U0512792

中国古代文体学

下卷

中国古代文体分类学

“十二五”国家重点图书出版规划项目
国家出版基金项目

全国高等院校古籍整理研究工作委员会规划项目
上海文化发展基金资助项目

四川师范大学文理学院重点科研项目

中国古代文体学

曾枣庄 著

下卷

中国古代文体分类学

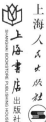

上海人民出版社
上海书店出版社
SHANGHAI BOOKSTORE PUBLISHING HOUSE

《中国古代文体学》序

龚鹏程

读到曾枣庄先生这部大书，实在感慨万端。

本书名曰《中国古代文体学》，当然没什么问题；但此语在今日，却不免有些矛盾似的诡谲之趣。为什么？因为文体学只能是古代的，当代并无文体学。

新文学运动以来，产生过许多大变化，其中之一就是文体学被消灭了。现代文学本身看似也有文体问题，小说、散文、诗歌、戏剧四大文类不就是四种文体吗？实则不！这四类，根本缺乏文体性的区分。诗与文用的是同一种文字和体式，不歌、也无格律。勉强用分行来区别是诗或散文，仍不免有“散文诗”这类令人头疼的名词。而散文诗与非散文诗到底又有什么真正的文体区分，谁也不能讲清楚。小说与散文之间、小说与戏剧之间，情况相同，不必一一介绍。

而把这四大类不成文体之文体拿来硬扣在中国古代文学上，更是一大灾难。中国古代的文章，体兼骈散。既曰散文，则骈俪就不必谈了？而古文运动以来之古文，似乎合乎散文之义，但《古文辞类纂》所收，分明又颇多不是今之所谓散文，该如何看待？小说，古出于稗史杂录，后世亦仍以巷议街谈、市井琐言为之，与西方现代小说本是两回事，硬予扣合，编造其起伏发展之史，益见其削足适履，不能掌握这种文体的实相。戏曲，重在唱曲，不是叙事与表演的，尤与西方戏剧枘凿。因此，总体看我们这八九十年来的古典文学研究，可说都是失了脚跟，邯郸学步，对于我们自己的文体早已丧失了理解。情况如此，文学批评、文学理论研究领域之不重视文体学也就是理所当然的了。

曾先生这部大书，即是在这个大背景底下写成的。全面整理了中国古代对各种文体的讨论资料、勾勒出文体学的体系及其发展之历史。在近百年中国文学研究中实是前所未有的伟构。

是的，中国文学，若要讨论，第一步就得论文体，因此宋人才会视王安石论文“先体制而后工拙”！体制不明，工拙何谓耶？自夫子删诗书以来，即欲令雅颂各得其所；

尔后选文列篇，基本上也都是分体叙次，如《文选》、《唐文粹》、《文苑英华》、《宋文鉴》、《金文雅》、《元文类》、《明文海》等等都是如此。论文之作，如《文赋》、《文心雕龙》、《文章流别》等亦复如此。这个关注点和今人是极不相同的，但尝试理解它，却是进窥中国文学堂奥的关键。

但就算知道理解中国文学须由文体入手，今人对之也还是不易掌握的。因为目前我们讲的文体，大抵只是西方文类的概念。文体确实有近于文类之义，但它不等于文类。它不仅指语言文字格式上的体裁，还指文词与意义共同造就的风格，也指题材、主题或功能。

例如，曹丕《典论·论文》说："奏议宜雅，书论宜理，铭诔尚实"。雅、理、实指风格。奏、议、书、论、铭、诔看起来是指体裁，却也不然。因为铭和诔的功能并不一样，铭的功能很广，诔则主要用以志亡者，因此它们可能体裁相同、风格相似，但仍应区分为两种文体。而就以诔来说，汉代诔都是四言有韵的，魏晋以后就近于楚辞，可见同一文体，文字体裁格式上却是不固定的，常有变化，仅就文词格式论文体当然就很不恰当了。反之，曹丕这句话讲的铭，本指碑铭。但古代勒铭于铜器，早已有铭；后世刻石为铭，也不仅用于表墓，不乏用以赞勋、述己的，所以虽同为铭，功用并不相同，只是写法相似罢了。而碑文有人用骈、有人用散，也有文散而后缀韵语以为铭的，文字格式又不一样。凡此，若不熟悉中国文体之意涵及其流变，确实亦不容易了解。

所以曾先生这本书才会综合体裁、体格、体类几个方面来论文体，希望能厘清一些观念、消解一些争议。我觉得这是他主要贡献之所在。

要能如此综合地解释文体，并不容易。曾先生这套书的一个特点，正是在他全面清理了讨论文体的文献上。在这个基础上说话，方能解纷解惑，一扫过去论文体者含糊笼统或偏执一端之病。他曾主持过《全宋文》等大型文献整理工作，清查文献，本是驾轻就熟的事，但我知道这并不简单。因大部分辑出的资料散在子部集部，不惟难找，且多未经前人钩稽讨论过；而什么材料属文体学范畴，尤其需要专业判断。曾先生是国内少数具有文学史及文学评论修养的文献学家，因此可能只有他才能够胜任这样的工作。

曾先生前些年曾为病魔所困，初以为他需要伏摄静养，不料竟然精进勇猛若此。不仅大胜小恙，甚且做了这套了不起的大书，为中国古代文体学研究打开了一个新局面。我很钦服，故掬诚敬荐，聊代序章。

壬辰小雪，于燕京旅次

目 录

体格(风格)

体类

《中国古代文体学》前言

曾枣庄

一　古代文体研究的必要性

中国古代十分重视文体研究，最早的文体专论是曹丕的《典论·论文》和陆机的《文赋》，最早的文体专著为挚虞的《文章流别论》，惜已失传，只留存十余条论及文体的源流及变化。刘勰的《文心雕龙》是今存最早、最系统、最全面的文论专著，全书五十篇，从《辨骚》至《书记》共二十一篇专论文体，其余各篇也间涉文体。其《序志》要求"原始以表末，释名以章义，选文以定篇，敷理以举统"，[①]对各种文体的源流演变、体制特点、典型范式，作了总体的论述。其文体研究方法也颇有借鉴意义，或归类以探求文体之同，或辨析以区别文体之异，或考镜源流以彰显文体之变。此书标帜着中国文体学的形成。明代的《文章辨体汇选》，清代的《古今图书集成》，是中国古代文体学完成的标帜。特别是《古今图书集成》，其《文学典》除总论所收为自先秦至明代的文艺理论和文学名家列传外，其他四十八部皆专论文体，实集中国古代文体资料之大成。

但最近半个多世纪以来，我们很不重视中国古代文体的教学和研究，以致一些古典文学研究者也缺乏起码的中国古代文体常识。有人说"长短句是词的最基本的特征"，于是把苏轼的"长短句"诗都说成是"东坡词"，一口气就新辑出"四十首"苏词，发明了数十种从未见于万树《词律》和康熙《御定词谱》诸书的新词牌。多数词确实是"长短句"，但逆定理不一定都能成立，长短句诗并非都是词。因为词是隋、唐时代的产物，兴盛于宋，而中国诗歌从产生之日起，就有长短句诗，即所谓的杂言诗。不仅《诗经》有杂言，古歌谣、楚辞、乐府、歌行也有杂言，而且更多。宋人所辑苏词只有二百七十二首（傅幹《注坡词》），或三百二十八首（曾慥《东坡先生长短句》）。经过历代

① （梁）刘勰《文心雕龙》卷十《序志》，文渊阁四库全书本。

辑佚，唐圭璋《全宋词》共收苏词三百六十首，但这新增的三十多首苏词并非完全可靠。苏词研究的重点不应是辑佚，而应是辨伪。今人曹树铭的《东坡词》，认为确为苏词者只有三百一十九首，与曾慥《东坡先生长短句》相近，其余都列入互见词和误入词。2002 年中华书局出版的邹同庆、王宗堂的《苏轼词编年校注》认为确为苏词的只有二百八十八首，与傅幹《注坡词》相近，其余皆列于互见词、存疑词、误入词。现在有人一下子就新发现了"四十首"，苏词就不是三百余首，而是四百首了。

早在 1981 年，郭绍虞先生就写了一篇《提倡一些文体分类学》的文章。1984 年，褚斌杰先生又出版了专著《中国古代文体概论》，其《绪论》说："研究和了解我国古代众多的文体的特点，研究它们的发生、发展，以及它们彼此相互渗透、相互影响而不断演变的历史，对于更好地阅读和理解古代文学作品，对于认识和掌握文学体裁的发展规律，以至推陈出新地为发展新文学服务，都是十分必要的。"①此后三十年，特别是最近十多年，学界对文体学的研究逐渐重视起来，发表出版了一些专论和专著，但视野较窄。一是资料视野较窄，多限于古代文论专著和诗文评中的文体资料；二是研究视野较窄，多限于对诗文体裁的研究。因此，即使在今天，仍有强调加强文体研究的必要。

二　全面占有资料是文体学研究的基础

任何研究工作都必须以广泛占有资料为基础，唐刘知幾云："珍裘以众腋成温，广厦以群材合构，自古探穴藏山之士，怀铅握椠之客，何尝不征求异说，采摭群言，然后能成一家，传诸不朽。"更要辨别真伪："郡国之记，谱牒之书，务欲矜其州里，夸其氏族，读之者安可不练其得失，明其真伪……故作者恶道听途说之违理，街谈巷议之损实。"②中国古代的文体分类与文体理论在经、史、子、集四部中皆有，故应仔细研究经、史、子、集中的文体分类、文体理论意见，这是文体学研究的基础。

历代论文，多认为各种文体皆源于六经。刘勰云："故论、说、辞、序，则《易》统其首；诏、策、章、奏，则《书》发其源；赋、颂、歌、赞，则《诗》立其本；铭、诔、箴、祝，则《礼》总其端；纪、传、盟、檄，则《春秋》为根。"③任昉云："六经素有歌、诗、诔、箴、铭之类，《尚书》帝庸作歌，《毛诗》三百篇，《左传》叔向《贻子产书》，鲁哀公《孔子诔》，孔悝

① 褚斌杰《中国古代文体概论》卷首，北京大学出版社 1984 年版。

② (唐)刘知幾《史通》卷五《采撰》，文渊阁四库全书本。

③ (梁)刘勰《文心雕龙》卷一《宗经》，文渊阁四库全书本。

《鼎铭》、《虞人箴》，此等自秦汉以来圣君贤士沿著为文章名之始，故因暇录之，凡八十四题，聊以新好事者之目云尔。”①可见任昉虽认为六经为诸多文体之源，但他撰著此书的目的却是“自秦汉以来圣君贤士沿著为文章名之始”。明陈懋仁《文章缘起》注和清方熊的补注，往往追溯到秦汉以前，六经以前，对文体溯源很有参考价值。

中国文体虽源于六经，六经中已提到不少文体名，但相比较而言，经部书中的文体理论、文体分类意见还是相对较少。

《春秋》虽被列入经部，但实际上是中国第一部编年体史书，《左传》则是《春秋》三传之一。编年体史书论及文体者较少，但也提及不少文体名。宋人陈骙云：“春秋之时，王道虽微，文风未殄，森罗词翰，备载规模。考诸左氏，摘其英华，别为八体。”他所谓“八体”，指命、誓、盟、祷、谏、让、书、对等八种文体及其风格特征：“一曰命，婉而当；二曰誓，谨而严；三曰盟，约而信；四曰祷，切而悫；五曰谏，和而直；六曰让，辨而正；七曰书，达而法；八曰对，美而敏。”②

司马迁的《史记》是我国第一部纪传体史书，他所创立的本纪、表、书、世家、列传以及所附论赞、自序，本身就是文体名。

班固据刘歆《七略》撰成《汉书·艺文志》，其《诗赋略》除按赋家细分外，又把杂赋分为客主赋、行出及颂德赋、四夷及兵赋、中贤失意赋、思慕悲哀死赋、鼓琴剑戏赋、杂山陵冰雹云气雨旱赋、禽兽六畜昆虫赋、器械草木赋、大杂赋、成相杂辞、隐书等十二家。末以诗衰而赋兴总结说：“古者诸侯卿大夫交接邻国，以微言相感，当揖让之时，必称诗以喻其志，盖以别贤不肖而观盛衰焉。故孔子曰‘不学诗，无以言’也。春秋之后，周道浸坏，聘问歌咏不行于列国，学诗之士逸在布衣，而贤人失志之赋作矣。大儒孙卿及楚臣屈原离谗忧国，皆作赋以风，咸有恻隐古诗之义。其后宋玉、唐勒，汉兴枚乘、司马相如，下及扬子云，竞为侈丽闳衍之词，没其风谕之义。是以扬子（雄）悔之曰：‘诗人之赋丽以则，辞人之赋丽以淫，如孔氏之门人用赋也，则贾谊登堂，相如入室矣，如其不用何？’自孝武立乐府而采歌谣，于是有代、赵之讴，秦、楚之风，皆感于哀乐，缘事而发，亦可以观风俗，知薄厚云。”③郑樵《通志》属史部政书类，其卷六九《艺文略》把图书分为十二类，其中《文类》又主要按文体分为二十二细目，涉及文体有楚辞、赋、赞颂、箴铭、碑谒、制诰、表章、启事、四六、军书、案判、刀笔、俳偕、奏议、论、策、书、诗评等。其他一些目录书往往也涉及文体分类。

---

① （梁）任昉《文章缘起》，文渊阁四库全书本。

② （宋）陈骙《文则》，有正书局文学津梁本。

③ （汉）班固《汉书·艺文志》，文渊阁四库全书本。

中国古代文体资料主要集中于子部和集部。子部的类书往往集中类编各种文体资料，颇值得注意。王应麟云："类事之书，始于《皇览》。"①但《皇览》已失传。唐武德七年(624)欧阳询等编成《艺文类聚》一百卷，为我们提供了丰富的文体资料，如卷一〇的《符命》，卷一九的《言语》、《讴谣》、《吟》、《啸》、《笑》，卷二四的《讽谏》，卷二五的《说》、《嘲戏》，卷三三的《盟》，卷四一的《论乐》，卷四二的《乐府》，卷四三的《歌》，卷五五的《经典》、《谈讲》、《读书》、《史传》、《集序》，卷五六的《诗》、《赋》，卷五七的《七》、《联珠》，卷五八的《书》、《檄》、《移》等。其他类书，如宋高承的《事物纪原》、王应麟的《词学指南》等都提供了丰富的文体资料。

清人来裕恂的《文章典》卷三之《文体》评历代文体学著作，又把文体分为撰著、集录两大类，卷四《文论》云："上古之文不立体，六艺而已。晚周以来，诸子各自名家，多以文鸣于世，虽不立体，而大要有撰著之体，有集录之体。汉儒好为撰著之文，故西汉文章能上追三代。至唐昌黎，尽为集录，宋士宗之，以至于今，于是撰著少而集录多。故汉代多撰著之文，唐后多集录之体。"②类书即属"集录之体"。长袖善舞，多资善贾，为学须占有资料，明王世贞为郑若庸所撰《类隽序》云："善类书者，犹之乎善货殖者也。"此书应赵康王之约而编，其编纂原则是："唐以前毋略，略惜其遗也；宋而后毋广，广恶其杂也。宁稗而奇，毋史而庸；宁巷而雅，毋儒而俚。"③

集部分为总集、别集、诗文评三类。总集现存逾千种，形式是多种多样的：就时间看，有通代、断代之分；就文体看，有兼收诗文，有单收诗或文，或专收某一文体之别；就编纂体例看，有以体(诗或文诸体)标目，以人(作者)系体的，也有以人(作者)标目，以体(诗或文诸体)系人的。以文体标目的总集，表现了编者对诗文体裁及其分类的看法；以作者标目的总集所附评语，往往表现了编者对诗文风格的看法。二者都属于文体学的研究范围，很值得研究古代文体的学者重视。

总集编纂始于先秦，诗文分体则起于编纂诗文总集的需要。《尚书》虽列为经，但实际上是我国最早的文章总集。孔安国《尚书序》云："芟夷繁乱，剪截浮辞，举其宏纲，撮其机要，足以垂世立教：典、谟、训、诰、誓、命之文凡百篇。"④《尚书》的"芟夷繁乱，剪截浮辞"即萧统《文选序》所说的"略其芜秽"；"举其宏纲，撮其机要"，即《文选序》所说的"集其清英"；⑤而"垂世立教"就是编纂《尚书》的目的。

---

① (宋)王应麟《玉海》卷五四，文渊阁四库全书本。

② (清)来裕恂《汉文典·文章典》卷四《文论》，商务印书馆 1906 年版。

③ (明)王世贞《弇州四部稿》卷六八，文渊阁四库全书本。

④ 《尚书注疏》卷首，文渊阁四库全书本。

⑤ (梁)萧统《文选》卷首，文渊阁四库全书本。

《诗经》虽被列入经，但实际上是我国第一部诗歌总集，分为风、雅、颂三大部分；雅又分为大雅、小雅，都有文体分类意义。风又分为十五国风，雅、颂下又分为各个小类，是按题材分的，实开以后总集以体标目、以文（诗）系体之例。

《尚书》、《诗经》既已列入经部，西汉刘向所编的《楚辞》，往往就被列为我国最早的总集，此集收入屈原、宋玉、景差、贾谊、淮南小山、东方朔、严忌、王褒、刘向、王逸等人的辞赋，实开以后总集以人标目、以文（诗）系人之例。

魏晋南北朝人所编的总集大都以体标目。晋人挚虞所编的《文章流别集》，正如《四库全书总目·总集类序》所说，“其书虽佚，其论尚散见《艺文类聚》中，盖分体编录者也”。南朝梁萧统所编《文选》是典型的分体编录的总集。历代总集多主分体，因此历代总集体例是我们研究古代文体观的重要依据。

总集收多人诗文，为辑录之体；别集收个人诗文，为撰著之体。别集的编纂比总集晚得多，今存别集，始于汉代，如《贾长沙集》、《司马相如集》、《扬子云集》等，然皆后人所编。直至六朝，始自编次：“（张）融文集数十卷行于世，自名其集为《玉海》。”①四库馆臣说：“古人不以文章名，故秦以前书，无称屈原、宋玉工赋者。洎乎汉代，始有词人，迹其著作，率由追录。故武帝命所忠求相如遗书，魏文帝亦诏天下上孔融文章。至于六期，始自编次。唐末又刊版印行。夫自编则多所爱惜，刊版则易于流传。四部之书，别集最杂，此其故欤！”②这里简明概括了我国别集的形成和发展过程，指出了“四部之书，别集最杂”及其原因。别集有自编者，有子孙、亲友、门生所编者，有自编、他编结合者，有原集已佚，为明、清人所重辑者。“自编则多所爱惜”，言外之意是自编会收文较滥。但从现存别集看，凡自编者都比他编的好得多。如王禹偁的《小畜集》三十卷即作者自编，他在《小畜集序》中说：“咸平二年守本官知齐安郡，年四十有六，发白目昏，居常多病，大惧没世而名不称矣。因阅平生所为文，散失焚弃之外，类而策之，得三十卷。”③现在流行的四部丛刊本《小畜集》为影印宋刊本，编排颇得法，“集凡赋二卷，诗十一卷，文十七卷”，为分体编排。苏辙的《栾城》三集皆为作者所编，也是按诗、文分体编排，各体内部再按时间先后为序，比明人所编的苏轼文集合理得多。《四库全书总目·别集类七》云：“盖集为辙所手定，与东坡诸集出自他人所裒集者不同。故自宋以来，原本相传，未有妄为附益者。”

别集的编排次第，一般都是诗、文、词分体编排。诗集部分有的分体（如古体、

---

① 《南史·张融传》，中华书局1975年版。

② 《四库全书总目》卷一四八《集部总叙》，文渊阁四库全书本。

③ （宋）王禹偁《小畜集》卷首，文渊阁四库全书本。

近体之类)编排,有的以时间先后为序,各体混合编排。词集部分一般按词牌编排,多集外单行。文集一般都按文体或内容分类编排,编得较好的,各体、各类文章再按时间先后顺序编排。一般别集都是诗前文后,如《东坡集》、《栾城集》;但也有文前诗后的,如苏洵《嘉祐集》。辞赋有置于全书之前的,如文同《丹渊集》卷一为词赋,卷二至卷二一为诗,卷二二以后为文。也有些集子大概是出于尊崇皇帝吧,把写给皇帝的各类文章置于前,如叶適的《水心文集》卷一至卷五为奏札、状表、奏议,卷六至卷八为诗;卷九以后为其他文章。可见从别集的分体和编序,也可看出作者或编者的文体分类观点。别集中有不少类似曹丕《典论·论文》、陆机《文赋》这样的论文、论诗、论词的单篇文论,不少涉及文体分类,但很分散,宜仔细搜检,加以利用。

同属集部的,除总集、别集外,还有诗文评著作。宋元之际赵文(生卒年不详)的《郭氏诗话序》论诗话源流,也认为诗话起源于先秦:"(孔)夫子之于诗删之而已,无所论说也。亦间有所发明,如'为此诗者其知道乎',孟子又申之曰:'故有物必有则,民之秉彝也,故好是懿德。'而诗话始此矣。《三百篇》后,建安以来,稍有诗评,唐益盛,宋又盛。诗话盛而诗愈不如古,此岂诗话之罪哉?先王之泽远而人心之不古也。"①《四库全书总目·诗文评》序云:"文章莫盛于两汉,浑浑灏灏,文成法立,无格律之可拘。建安、黄初,体裁渐备,故论文之说出焉,《典论》,其首也。其勒为一书,传于今者,则断自刘勰、钟嵘。勰究文体之源流,而评其工拙;嵘第作者之甲乙,而溯其师承,为例各殊。至皎然《诗式》,备陈法律;孟棨《本事诗》,旁采故实;刘攽《中山诗话》、欧阳修《六一诗话》,又体兼说部;后所论著,不出此五例中矣。宋明两代,均好为议论,所撰尤繁。虽宋人务求深解,多穿凿之词;明人喜作高谈,多虚憍之论。然汰除糟粕,采撷菁英,每足以考证旧闻,触发新意。《隋志》附总集之内,《唐书》以下则并于集部之末,别立此门。岂非以其讨论瑕瑜,别裁真伪,博参广考,亦有俾于文章欤?"这段话十分全面,一论诗文评之所以产生于东汉末,是因为这时文体渐备,有可能出现论文之说。二论诗文评的五种类型,或考文体源流,或评作者等第,或论诗文法式,或叙作品背景,或体兼说部,以资闲谈。在这五类中实以"体兼说部"者为大宗,这就是宋以后特别发达的诗话、词话、文话(包括赋话、四六话)之类。其中,尤以诗话为大宗。三论其分类,《隋书·经籍志》置于总集内,《新唐书·艺文志》置于"集部之末,别立此门",以后历代相袭,虽未必尽惬人意,也只好如此。最后论其价值,可以资考证,发新意,论瑕瑜,别真伪,有益于研讨为诗为文之法。

---

① (元)赵文《青山集》卷一,文渊阁四库全书本。

宋以前的诗文评著作可说是宋代出现的诗话之源，但诗话之名是到宋代才正式出现的，这就是欧阳修的《六一诗话》。最早的词话也产生于宋代，这就是杨绘的《时贤本事曲子集》和杨湜的《古今词话》。历代诗话中往往含有文话，从南北宋之际起，出现了一种四六话，可说是专门的文话，如王铚的《四六话》、谢伋的《四六谈麈》、杨囦道的《云庄四六余话》之类。这类诗话、词话、文话多以"资闲谈"为主，但也提供了大量分散的文体资料，而严羽的《沧浪诗话》论诗体，不仅论诗歌体裁，而且论其风格，更是研究文体学不可或缺的著作。

从上可见，文体分类及文体评论资料在经、史、子、集各部皆有，尤以子部、集部为多。因此，研究中国古代文体学应扩大视野，详尽占有经、史、子、集各部，特别是子部类书和集部中的文体学资料。

三　古代文体学的研究对象：体裁·体格·体类

文体学是研究文本特征及其分类的学问。文体的"体"，包括文体之体（各种文本的体裁）、体格之体（各种文本的风格）、体类之体（各种文本体裁、题材或内容的类别）三个方面。中国古代文体分类学是研究中国古代各种文本的体、格、类的形成、特征、演变及其分类的学问。体类是文体分类的基础，体裁是文体的形式和载体，体格则是文体的灵魂和精神风貌，三者密不可分，具有层次性。但目前的文体学研究，多侧重对文体体裁的研究，对文体体格（风格）和体类的研究十分薄弱。因此很有必要强调对文体体格和体类的研究。

（一）体　　裁

不同的体裁有不同的写作要求，元代刘祁说："文章各有体，本不可相犯欺。故古文不宜蹈袭前人成语，当以奇异自强。四六宜用前人成语，复不宜生涩求异。如散文不宜用诗家语，诗句不宜用散文言，律赋不宜犯散文言，散文不犯律赋语，皆判然各异。如杂用之，非惟失体，且梗目难通。然学者暗于识，多混乱交出，且互相诋诮，不自觉知此弊，虽一二名公不免也。"①李东阳《匏翁家藏集序》也说："言之成章为文，文之成声则为诗。诗与文同谓之言，亦各有体而不相乱。若典、谟、训、诰、誓、命、爻、象之谓文，风、雅、颂、赋、比、兴之为诗。变于后世，则凡序、记、书、疏、箴、铭、赞、颂之属

① （元）刘祁《归潜志》卷一二，文渊阁四库全书本。

皆文也;辞赋、歌什、吟谣之属皆诗也。”①这里所谓“有体”,指符合不同体裁的不同要求;“失体”,指不符合这些要求:皆指不同体裁所应具有的语言形式、结构形态、表述方法等。

中国诗文体裁的分类往往有多重标准:或依据题材内容,如诏为上对下,奏为下对上等。

或依据语言形式分类,包括每首句数,每句字数。中国古诗多为四句或八句,但也有一句之诗,如《汉书》“枹鼓不鸣董少年”,汉童谣“千乘万骑上北邙”,梁童谣“青丝白马寿阳来”;有两句之诗,如荆卿《易水歌》;有三句之诗,如汉高祖的《大风歌》;而多者达数百句,如王禹偁的《谪居感事》一百六十韵。诗歌每句字数多为四言、五言、七言,但也有一至九言,甚至超过九言的诗。严羽《沧浪诗话·诗体》云:“有杂言,有三五七言(自三言而终以七言,隋郑世翼有此诗:“秋风清,秋月明。落叶聚还散,寒鸦栖复惊。相思相见知何日,此日此夜难为情”),有半五六言(晋傅玄《鸿雁生塞北》之篇是也),有一字至七字(唐张南史《雪月》、《花草》等篇是也。又隋人应诏有三十字,凡三句七言,一句九言,不足为法,故不列于此也)。”词、曲句式看似比较自由,实际各句字数都有限定。

或依据语言格律分类,如李之仪《谢人寄诗并问诗中格目小纸》把诗分为近体、古体、格律、半格律,以及叹、行、歌曲,《宋文鉴》把诗歌分为古诗、律诗、绝句,即依据其是否有格律而分。

(二) 体格(风格)

体格是指诗文的风格、流派。中国古代的各种术语常常一语多义,文体学术语也一样,如《晋书》卷四五《和峤传》云:“峤少有风格,慕舅夏侯玄之为人,厚自崇重,有盛名于世唐。”这里的“风格”当然不是指诗文风格。体格本指人体的外表形态,但指诗文风格者也不少,如释皎然《诗式·辨体有一十九字》云:“逸:体格简放曰逸。”“简放”、“逸”的“体格”,显指诗歌风格。唐李嘉佑《访韩司空不遇》云:“图画风流似(顾)长康,文词体格效陈王(曹植)。”②“文词体格”更是不言自明,指文词风格。类似例子很多,详本书下卷《中国古代文体分类学》第十一章《文体风格的分类》。

体格是指诗文的风格、流派。文体学在国外常称为风格学。中国古代论文体

---

① (明)李东阳《怀麓堂集》卷六五,文渊阁四库全书本。

② (宋)洪迈《万首唐人绝句》卷十,文渊阁四库全书本。

也兼指体裁和风格。曹丕《典论·论文》云："奏议宜雅，书论宜理，铭诔尚实，诗赋欲丽。"这里所说的奏、议、书、论、铭、诔、诗、赋，为体裁之体；雅、理、实、丽，皆指风格。

陆机云："诗缘情而绮靡，赋体物而浏亮。碑披文以相质，诔缠绵而凄怆。铭博约而温润，箴顿挫而清壮。颂优游以彬蔚，论精微而朗畅。奏平彻以闲雅，说炜晔而谲诳。"①这里所论的诗、赋、碑、诔、铭、箴、颂、论、奏、说，皆指体裁；而绮靡、浏亮、相质、凄怆、温润、清壮、彬蔚、朗畅、闲雅、谲诳，皆指风格。

唐人令狐楚评张祜诗云："祜久在江湖，早工篇什，研几甚苦，搜象颇深。辈流所推，风格罕及。"②刘知幾云："词人属文，其体非一，譬甘辛殊味，丹素异彩。"③以甘辛、丹素喻体，显然也是指诗文风格。唐释齐己《风骚指格·诗有十体》的"高古"、"清奇"也是指诗歌风格。④唐释皎然《诗式·辨体有一十九字》云："高：风韵切畅曰高。逸：体格简放曰逸。贞：放词正直曰贞。忠：临危不变曰忠。节：持节不改曰节。志：立性不改曰志。气：风情耿耿曰气。情：缘境不尽曰情。思：气多含蓄曰思。德：词温而正曰德。诫：检束防闲曰诫。闲：情性疏野曰闲。达：心迹旷诞曰达。悲：伤甚曰悲。怨：词理凄切曰怨。意：立言曰意。力：体裁劲健曰力。静：非如松风不动，林狖未鸣，乃谓意中之静。远：非谓淼淼望水，杳杳看山，乃谓意中之远。"⑤这十九个字的"辨体"，也主要是辨诗的风格、风貌。

严羽《沧浪诗话·诗体》第一次把体裁与风格并列论述。首论体裁云："《风》、《雅》、《颂》既亡，一变而为《离骚》，再变而为西汉五言，三变而为歌行、杂体，四变而为沈、宋律诗。五言起于李陵、苏武，七言起于汉武《柏梁》，四言起于汉楚王傅韦孟，六言起于汉司农谷永，三言起于晋夏侯湛，九言起于高贵乡公。"其下论风格，认为不同的时代有不同的风格："以时而论，则有建安体、黄初体、正始体、太康体、元嘉体、永明体、齐梁体、南北朝体、唐初体、盛唐体、大历体、元和体、晚唐体、本朝体、元祐体、江西宗派体。"不同的名家有不同的风格："以人而论，则有苏李体、曹刘体、陶体、谢体、徐庾体、沈宋体、陈拾遗体、王杨卢骆体、张曲江体、少陵体、太白体、高达夫体、孟浩然体、岑嘉州体、王右丞体、韦苏州体、韩昌黎体、柳子厚体、韦柳体、李长吉体、李商隐体、卢仝体、白乐天体、元白体、杜牧之体、张籍王建体、贾浪仙体、孟东野体、杜荀鹤

---

① 《文选》卷一七《文赋》，文渊阁四库全书本。

② （元）辛文房《唐才子传》卷四引，文渊阁四库全书本。

③ （唐）刘知幾《史通·自叙》，文渊阁四库全书本。

④ （明）陶宗仪《说郛》卷八〇，文渊阁四库全书本。

⑤ （明）陶宗仪《说郛》卷七九上，文渊阁四库全书本。

体、东坡体、山谷体、后山体、王荆公体、邵康节体、陈简齐体、杨诚斋体。”不同的总集（或名篇）有不同的风格：“又有所谓选体、柏梁体、玉台体、西昆体、香奁体、宫体。”严羽所述是大体符合实际的，基本概括了宋以前的主要诗歌风格，只有“西昆体即李商隐体”待酌。如果作为溯源，可以这样说。但严羽又说“李商隐体即西昆体”，西昆体“兼温庭筠及本朝杨（亿）、刘（筠）诸公”，这就不对了。这是沿袭北宋惠洪《冷斋夜话》卷四之误：“诗到李义山，谓之文章一厄，以其用事僻涩，时称西昆体。”“时”当指李义山同时或其略后，但遍查唐人著述，没有称李义山诗为西昆体者。这大概是最早把李义山诗称为西昆体的，以后袭其误者不少。

杨万里《石湖先生大资参政范公文集序》称美范成大诸体皆工而风格多样：“至于公，训诰具西汉之尔雅，赋篇有杜牧之刻深，骚词得楚人之幽婉，序山水则柳子厚，传任侠则太史迁，至于大篇决流，短章敛芒，缛而不酿，缩而不窘，清新妩丽奄有鲍谢，奔逸隽伟穷追太白，求其只字之陈陈、一倡之呜呜而不可得也。”①这里，训诰、赋篇、骚词、序（记）、传指体裁，尔雅、刻深、幽婉、大篇决流、短章敛芒、缛而不酿、缩而不窘、清新妩丽、奔逸隽伟皆指风格。

诗有诗品。司空图《二十四诗品》所列雄浑、冲淡、纤秾、沉着、高古、典雅、洗炼、劲健、绮丽、自然、含蓄、豪放、精神、缜密、疏野、清奇、委曲、实境、悲慨、形容、超诣、飘逸、旷达、流动，这些诗品（诗的品格）也多指诗的风格，《四库全书总目·诗品》提要就直接称之为体：“所列诸体毕备，不主一格。”严羽《沧浪诗话·诗辨》云：“诗之品有九，曰高，曰古，曰深，曰远，曰长，曰雄浑，曰飘逸，曰悲壮，曰凄婉。”这也是论诗的风格。

文有文品，元富大用云：“开府之荣名重矣，矧优其礼命，视于文品为第一。”②王士禛云：“宁都魏禧叔子以古文名世，余观其《地狱论》上中下三篇殊非儒者之言。宣城吴肃公《晴岩街南集》文品似出其右，而知之者尚少。”③

词有词品，杨慎著有《词品》六卷。

曲有曲品，涵虚子《词品》实论元曲风格：“马东篱如朝阳鸣凤，张小山如瑶天笙鹤，白仁甫如鹏抟九霄，李寿卿如洞天春晓，乔梦符如神鳌鼓浪，费唐臣如三峡波涛，宫大用如西风鵰鹗，王实甫如花间美人，张鸣善如彩凤刷羽，关汉卿如琼筵醉客，郑德辉如九天珠玉，白无咎如太华孤峰，以上十二人为首等。”④

---

① （宋）杨万里《诚斋集》卷八三，文渊阁四库全书本。

② （元）富大用《古今事文类聚》新集卷三，文渊阁四库全书本。

③ （清）王士禛《分甘余话》卷四，文渊阁四库全书本。

④ （明）陶宗仪《说郛》卷八四下。

元稹在《唐故工部员外郎杜君墓系铭》中赞扬杜甫"掩颜谢之孤高，杂徐庾之流丽，尽得古今之体势"，①皎然《诗式》的"体裁劲健曰力"，这里的"体势"、"体裁"也显指风格。

同一风格的诗文多了，就形成流派，如诗有江西诗派、江湖派，词有豪放派、婉约派，文有桐城派、阳湖派之类。这类诗、文、词流派也主要是按风格分派的。杨万里《江西宗派诗序》认为江西诗派并非都是江西人，而是"风味"也就是风格相似的一群诗人："江西宗派诗者，诗江西也，人非皆江西也。人非皆江西而诗曰江西者何？系之也。系之者何？以味不以形也……高子勉不似二谢（谢逸、谢迈），二谢不似三洪（洪朋、洪刍、洪炎），三洪不似徐师川（俯），师川不似陈后山（师道），而况似山谷（黄庭坚）乎？味焉而已矣。酸咸异和，山海异珍，而调胹之妙出乎一手也。似与不似，求之可也，遗之亦可也。"②

（三）体类：次文之体，各以类分

体类的概念是萧统《文选序》首先提出的："凡次文之体，各以汇聚。诗赋体既不一，又以类分；类分之中，各以时代相次。"也就是说，《文选》不仅是按体编排的，也是按题材内容分类编排的，各类之文又以时代先后为序。他把所选的诗文分为赋、诗、骚、七等三十八体；每体又按题材内容分若干小类，如赋又分为京都、郊祀、耕藉、畋猎、纪行、游览、宫殿、江海、物色、鸟兽、志、哀伤、论文、音乐、情等小类；诗又分为补亡、述德、劝励、献诗、公燕、祖饯、咏史、百一、游仙、招隐、反招隐、游览、咏怀、哀伤、赠答、行旅、军戎、郊庙、乐府、挽歌、杂歌、杂诗、杂拟等小类，各类之下再按时代先后分系各个作者的作品，如赋体京都类就收有班固的《两都赋》、左思的《三都赋》等。《文选》以后的总集多仿用这种体例，吴曾祺云："自《昭明文选》而下，如《唐文粹》、《文苑英华》、《宋文鉴》、《金文雅》、《元文类》、《明文海》诸书，皆主分体，而离合之间，均不无可议。到国朝桐城姚惜抱先生（鼐）始约之为十三，曰论说，曰序跋，曰奏议，曰书说，曰赠序，曰诏令，曰传状，曰碑志，曰杂记，曰箴铭，曰颂赞，曰辞赋，曰哀祭。湘乡曾文正公（国藩）著《经史百家杂抄》，因姚氏之书而稍有变易，而大致不殊。于是论文体者莫不以此为圭臬。"③

---

① （唐）元稹《元氏长庆集》卷五六，文渊阁四库全书本。

② （宋）杨万里《诚斋集》卷七九，文渊阁四库全书本。

③ （清）吴曾祺《涵芬楼文谈·辨体第六》，商务印书馆宣统三年版。

《文心雕龙》同样“体既不一，又以类分”，全书把文体分为文与笔两大类，其下多以两种文体合为一篇的篇名，如卷四《论说》就包括了论与说两种文体：“论者伦也，伦理无爽则圣意不坠”；“说者悦也，兑为口舌，故言咨悦怿。”而论与说之下又分为若干文体，论就分为议、说、传、注、赞、评、序、引八体：“详观论体，条流多品。陈政则与议说合契，释经则与传注参体。辨史则与赞评齐行，铨文则与叙引共纪，故议者宜言，说者说语，传者转师。注者主解，赞者明意，评者平理，序者次事，引者胤辞。八名区分，一揆宗论。论也者弥纶群言而研精一理者也。”

中国古代的文体非常繁多，而且随着社会文化的发展越来越多。词、曲以词牌、曲牌为体。明曹学佺《诗话记》第四云：“《花间集》十卷，孟蜀卫尉少卿赵崇祚选，欧阳炯序。内云李太白应制《清平乐》四首，为词体之祖，不知陈隋之《玉树后庭花》、《水殿歌》词，已有之矣。”①这里的“词体”即指词牌。明人曹安谓“《元诗体要》为类三十有八”，其一曰“曲体”。②此指散曲，为诗体之一，与戏曲的曲体不尽同义。王世贞所论乃戏曲之曲：“曲者词之变，自金元入中国，所用北乐嘈杂凄紧，缓急之间，词不能按，乃更为新声以媚之。而诸君如贯酸斋、马东篱、王实甫、关汉卿、张可久、乔梦符、郑德辉、富大用、白仁甫辈，咸富有才情，兼喜声律，以故遂擅一代之长，所谓宋词、元曲殆不虚也。”③而词牌、曲牌，更数以千计。面对这数以千计的文体，只能分体分类编排，以便以简驭繁。

中国文体是分层次的。第一个层次分为文、诗、词、曲、小说、戏剧。第二个层次是就文、诗、词、曲、小说、戏剧之下再分，如文又可分为文与笔(韵文与无韵文)，骈文与散文。第三个层次是就骈文与散文，韵文与无韵文再细分，如骈文又可再细分为诏令、公牍、表、启等。第四个层次是就诏令、公牍、表、启等再细分，如诏令又分为诏、诰、制、命令、戒敕、喻告、赦文、册文、御札、御笔；公牍又分为国书、羽檄、露布、移、判等。

某些文体称谓不同而差别甚小，但又确有差别，必须尊重这一事实。为了使这众多文体有所归属，做到纲举目张，有条不紊，只有把相近的文体归类，以大类套小类。事实上前人已经这样做了，只是划分大类小类的角度、方法不同罢了。作为总集的《尚书》是按时代先后分为《尧典》、《舜典》、《大禹谟》、《皋陶谟》、《益稷》，《夏书》分为《禹贡》、《甘誓》、《五子之歌》、《胤征》、《商书》、《周书》分得更细。《诗经》分为风、雅、颂，这也证明分体分类是出于编纂总集的需要。

---

① (明)曹学佺《蜀中广记》卷一〇四引，文渊阁四库全书本。

② (明)曹安《谰言长语》，文渊阁四库全书本。

③ (明)王世贞《弇州四部稿》卷一五二《艺苑卮言》，文渊阁四库全书本。

章炳麟的《国故论衡》把我国的文体区分为有韵、无韵两大类。这种分法虽有一定用处，但也有缺点，类太大，近于未分。试想，如果把徐师曾《文体明辨》所列的一百二十七种文体（实际上还不止此数），仅分为诗与文，有韵与无韵两大类，有多大价值呢？何况这两大类也概括不了中国古代的文体，正如严既澄所说，“无论哪一国的文学，大抵只能划为韵文和散文两大部，惟有中国的文体，在这两大部而外，却还有那自成一体的骈文，既不能算是散文，只好让它自成为一部了”。①而且有些文体也很难用韵文、散文和骈文归类。中国的很多文体，特别是赋、箴、铭、颂、赞、哀辞、祭文等，都既可用韵文，也可用骈文，甚至用散文写作。各种序，一般都是散文，但也有纯以骈文为序者，如姚勉《雪坡集》卷二五《回张生去华求诗序》，究竟把他们归入哪一类呢？姚永朴说：“文有名异而实同者，此种只当括而归之一类中，如骚、七、难、对问、设论、辞之类，皆辞赋也；表、上书、弹事，皆奏议也；笺、启、奏记、书，皆书牍也；诏、册、令、教、檄、移，皆诏令也；序及诸书论赞，皆序跋也；颂、赞、符命，同出褒扬；诔、哀、祭、吊，并归伤悼。此等昭明，皆一一分之，徒乱学者之耳目……自惜抱先生（姚鼐）《古文辞类纂》出，辨别体裁，视前人乃更精审，其分类凡十有三……举凡名异而实同与名同而实异者罔不考而论之。分合而入之际，独厘然当于人心。乾隆、嘉庆以来号称善本，良有以也……曾文正公（国藩）又选《经史百家杂钞》，其分门有三。著述门凡三类，曰著述，曰辞赋，曰序跋；诰语门凡四类，曰诏令，曰奏议，曰书牍，曰哀祭；记载门凡四类，曰传志，曰叙记，曰典志，曰杂记。”②姚鼐《古文辞类纂》和曾国藩《经史百家杂抄》把众多的文体归为十余类，大小适中，较为适用。

四　关于《中国古代文体学》全书的分工

《中国古代文体学》全书由上卷《中国古代文体学史》、下卷《中国古代文体分类学》以及汇集中国古代文体资料的附卷组成。

鉴于目前不仅普通读者，而且有些古典文学研究者都缺乏中国古代文体常识，我决定编著相互联系而又各有分工的三部书以组成《中国古代文体学》：

一是中国古代文体资料集成。我的研究习惯都是从资料工作做起，这既可使自己的研究建立在比较扎实的资料基础上，又能为其他研究者提供比较全面的中国古代文体资料。《中国古代文体学史》、《中国古代文体分类学》是专著，是我对中国古代

① 转引自《中国文学概论》，中华书局 1934 年版。

② 姚永朴《文学研究法》卷一《门类》，王水照：《历代文话》第七册，第 6862 页。

文体学纵横两方面的看法，只能有选择地运用中国古代文体资料，未必完全符合中国文体实际，也许捡了芝麻丢了西瓜。汇集整理中国古代文体资料，旨在为文体学研究者和爱好者提供尽可能完整的原始资料，专著求精，资料求全。研究中国古代文体的视野宜宽，应仔细搜集各部书中的文体资料，这是文体学研究的基础。为此，我遍查从先秦至五四前后的经、史、子、集，广泛搜集中国古代文体资料，包括文体体裁、体格（太多，只能有选择地收录）、体类的资料，编成本书的附卷。

二是《中国古代文体学史》，这是从纵的角度，论述历代文体学的形成、演变、发展过程，介绍中国古代文体学论著及其主要观点。先秦两汉是中国文体的萌芽期，这一时期不仅要看其论述（相对较少），更要看其创作实践，两者结合，确实已备诸体；汉魏六朝是中国文体学的形成期，《文选》特别是《文心雕龙》基本奠定了中国文体学的基础；唐、宋、元是中国文体学的发展期，宋人严羽的《沧浪诗话》明确提出诗体包括体裁和风格，对整个诗词文分体都很有参考价值；明清是中国文体学的集大成期，特别是明代的《文章辨体汇选》，清代的《古今图书集成》，可说是中国文体学完成的标帜。

三是《中国古代文体分类学》，这是从横的方面论述中国古代各种文本的体裁和风格的形成、演变及其文体特征，对文体分类作较为系统的论述。第一部分为总论，论文体学是研究文体分类的学问，阐述文体的不同分类法，或按题材类别，或按诗文风格，或按诗文体裁分类，以及文体学与相关学科的关系。第二部分论体裁分类，这是全书的重点，包括散文、辞赋、骈文、韵文、诗体、词体、散曲、戏剧、分类、小说等。第三部分专论风格分类，包括以时而论、以人而论、以总集（包括书名或篇名而论）和以派而论的诗词文风格分类。第四部分专论体类，主要以总集、别集的分类说明这一问题。本书也仿刘勰《文心雕龙·序志》之说，对每种文体也将释其名以彰该体之义，介绍其文体特征及写作要求，该文体的渊源及各代的新变。空论文体不足以见其文体特征，故论每种文体都将举其最早或最有表性的名篇作为范例论述。由于文体在发展过程中的嬗变，还出现了大量同名异体、同体异名的问题。如同为乐府，汉代起指乐府诗，宋代指词，元代更指曲。同体异名在词曲里尤为多见，如《念奴娇》又名《百字令》、《大江东去》、《酹江月》、《壶中天》。黄侃云："文体多名，难可拘滞。有沿古以为号，有随宜以立称，有因旧名而质与古异，有创新号而实与古同。"《中国古代文体分类学》对类似现象都将分别论述。本书主要研究五四新文化运动以前的中国古代文体。五四以后产生了很多新兴文体，一则还未完全定型，二则本人素无研究，故只好留待他人。

下卷《中国古代文体分类学》凡例

一、本书既称为中国古代文体分类学，因此主要研究五四以前的中国古代文体。

二、文体分类学是研究文本体裁、体格（风格）和体类的学问。体裁是指为适应不同需要而形成的各种文本的体式。

三、本书以研究文本体裁为主，也将论及不同时代、不同作家、不同文体的风格（体格）。同一风格的作品多了，就形成流派，本书对以风格为特征的各种文学流派也将予以论述。

四、体类概念是萧统《文选序》首先提出的，《文选》既按体裁编排，又按题材内容分类编排，各类各体之文本又以时代先后为序。文体分体与文体分类（体类）是两个不同层次的概念。以类而论的文体分类也有不同的分类角度和标准，或依据题材内容，或依据体裁相近，或依据风格相似，或依据大类套小类的原则。

五、中国文体是分层次的。本书对不同层次文体都将论述，但重点论述最基本的文体。

六、本书体裁部分分为散文分体、辞赋分体、骈文（四六文）分体、韵文分体、诗歌分体、词之分体、散曲分类、戏剧分类、小说分类九大部分，各大部分中又分为若干具体体裁。

七、刘勰的《文心雕龙·序志》自序其书体例云："原始以表末，释名以章义，选文以定篇，敷理以举统。"本书所论文体也将释其名以彰其义，介绍其文体特征及写作要求，该文体的渊源及各代的新变。空论体裁不足以见其文体特征，故论每种文体都将举其最早或最具代表性的名篇作为范例。即使像章回体小说动辄数十万上百万字，也至少完整地举一回，以见其体。

八、古代文体在发展过程中还出现了大量同名异体、同体异名的问题。本书对这类现象将分别论述。

九、以上各项，凡各书记载有歧异者均择善而从。无旁证资料可资考订者，则并存诸说。一般只书结论，不作具体考证。

十、关于引文出处。引用别集，首次出现时皆作页下注，详注作者、书名、卷次、篇名、版本，再次出现时只括注卷次；同书有后集、续集、三集等者，在卷次前加注“后集”、“续集”、“三集”字样，以示区别。别集之外的引文，仅注卷次无从知道引自何书，即使重复出现，也注书名和卷次，但不再重注版本。较长的解说性注文也作页下注，短的则随文括注。

十一、本书所引文献的版本，除有新的整理本外，多用文渊阁四库全书本。《四库全书》声名一向不太好，原因之一是说它擅改原书，但这是人云亦云之说。《四库全书》的删改主要是涉及民族问题的部分，就其他方面而言，《四库全书》是丛书中编得最好的一种，多数版本是经过严格比较挑选的，内容较完整，错字较少，这也是本书多用《四库全书》本作底本的原因。

十二、数字，除公元纪年及用中文数字书写过长者外，一般不用阿拉伯数字。

总　论

第一章　文体分类学是研究文体分类的学问

文体分类学是研究文本特征及其分类的学问。文体的“体”，包括文体之体（各种文本的体裁）、体格之体（各种文本的风格）、体类之体（各种文本体裁、题材或内容的类别）三个方面。中国古代文体分类学是研究中国古代各种文本的体、格、类的形成、特征、演变及其分类的学问。

第一节　文本诸体皆源于六经

形式是不能脱离内容而存在的，任何“内容”都有一定的形式。同样，文体是不能脱离文本而存在的，任何文本都有一定的形式。因此，文体之源即文本之源。

所谓“六经”，传说是指经过孔子整理而传授的六部先秦古籍，包括《诗经》、《尚书》、《仪礼》、《乐经》、《周易》、《春秋》；其中《乐经》早已失传，所以也称为“五经”，它们是后人能够见到的最早一批文献典籍。因此后人论文，多认为文体皆源于六经（或五经）。

（梁）任昉云：“六经素有歌、诗、诔、箴、铭之类，《尚书》帝庸作歌，《毛诗》三百篇，《左传》叔向《贻子产书》，鲁哀公《孔子诔》，孔悝《鼎铭》、《虞人箴》，此等自秦、汉以来圣君贤士沿著为文章名之始，故因暇录之，凡八十四题，聊以新好事者之目云尔。”①可见任昉虽认为六经为诸多文体之源，但他撰写此书的目的却是“自秦、汉以来圣君贤士沿著为文章名之始”。明陈懋仁注和清方熊补注《文章缘起》，往往追溯到秦、汉以前，对探讨文体溯源很有参考价值。近人孙德谦云：“文章体制，原本六经，此说出之六朝，其识卓矣。”②

北齐颜之推《颜氏家训·文章篇》亦云：“夫文章者，原出五经：诏、命、策、檄，生于

① （梁）任昉《文章缘起》，文渊阁四库全书本。

② 孙德谦《六朝丽指》，1923年四益宧刊本。

《书》者也；序、述、论、议，生于《易》者也；歌、咏、赋、颂，生于《诗》者也；祭、祀、哀、诔，生于《礼》者也；书、奏、箴、铭，生于《春秋》者也。”①所言虽与刘勰不尽相同，而认为文体备于五经则一，都认为诗文诸体起于《周易》、《尚书》、《诗经》、《礼记》、《春秋》。

宋人真德秀以六经作为他的选文标准，其《文章正宗纲目序》云：“其指近乎经者，然后取焉，否则辞虽工亦不录。”②

元人郝经详尽论述了文体起源于六经：“易部：序、论、说、评、辨、解、问、难、语、言。书部：书、国书、诏、册、制、制策、赦、令、教、记、檄、疏、表、封事、奏、议、笺、启、状、奏记、弹章、露布、连珠。诗部：骚、赋、古诗、乐府、歌行、吟、谣、篇、引、辞、曲、琴操、长句杂言。春秋部：国史、碑、墓碑、诔、铭、符命、颂、箴、赞、记、杂文……右四类，其别五十有八，皆战国、秦汉以来文章体制，原于四经而滋蔓于四经之后，所以为文章学，后世之制也。虽其义理不醇，辞气寖衰，不逮夫古，然自今视之，又不逮汉、魏远甚矣。故三代之文至于六经、语、孟，后世之文至于先秦、汉、魏，虽原远末分，皆规矩准绳。”③

明人谭浚论之尤详：“迄今之作，其原于经。《易》言阴阳，知性命，斯无拘泥。《书》纪绍元，著事功，斯无警刻。《诗》教淳良，出词气，斯远暴慢。《礼》用节文，动容貌，斯立威仪。《春秋》断事，正名分，斯决是非：实文之宗也。”其下分论今之文体，皆原于五经，首论《易》：“故论、说、序、词（辞），宗于《易》。辨、义、评、断、判，论之流也。说、难、言、语、问、对，说之流也。原、引、题、跋，序之流也。繇、集、略、篇、章，词之流也。”次论《书》：“诰、命、表、誓，宗于《书》。诏、制、策、令，诰之流也。训、教、戒、敕、示、喻、规、让，命之流也。章、奏、议、驳、劾、谏、弹事、封事，表之流也。檄、移、露布，誓之流也。”三论《诗》：“赞、颂、赋、歌，宗于《诗》。铭、箴、碑、碣，赞之流也。诵、封禅、（扬雄）《美新》、（班固）《典引》，颂之流也。七词、客词、连珠、四六、赋之流也。谐、隐、谜、谚，歌之流也。”四论《礼》：“书、仪、祝、谥，宗于《礼》。札、启、简（牍牒）、笺、刺，书之流也。制、律、法、赦、关津、过所，仪之流也。”五论《春秋》：“记、志、编、录，史之流也。纬、疏、注、解、释、通、义，传之流也。玺书、契、券、约、状、列，符之流也。谱、簿、图、籍、案，记之流也。”末又总括说：“一宗出而流别，乃支分而脉缀。惟理存而意致，气克而情备，则质懿而体全也。”④

① 王利器《颜氏家训集解》卷四《文章》，上海古籍出版社1986年版。

② （宋）真德秀《文章正宗》卷首，文渊阁四库全书本。

③ （元）郝经《续后汉书·艺文·文章总叙》，文渊阁四库全书本。

④ （明）谭浚《谭氏集·言文》卷上《原流》，北京大学图书馆藏明万历间刊本。

文体皆源于六经(或五经)之说，确有过于"尊经"之嫌，但从早期的文献典籍中探讨文体源流的思路则是可取的。褚斌杰《中国古代文体概论》认为："这种把后世流行的各种文体，都归于所谓'五经'所生，虽然不无牵强，但后世许多文体，在先秦时代就已产生，或已萌芽，还是合乎事实的。"①

另一方面，诗文分体的意识与编纂诗文集的需要有关，这也是后人多认为文体源于六经的原因之一。《尚书》是我国第一部文章总集，收集有不少不同文体的文章，已有典(如《尧典》、《舜典》)、谟(如《大禹谟》、《皋陶谟》)、誓(如《甘誓》、《汤誓》、《秦誓》、《牧誓》、《费誓》)、诰(如《仲虺之诰》、《汤诰》、《大诰》、《康诰》、《酒诰》、《召诰》、《洛诰》、《康王之诰》)、训(如《伊训》)、命(如《说命》、《微子之命》、《蔡仲之命》、《顾命》、《毕命》、《冏命》)等不同称谓。孔安国《尚书序》云："芟夷繁乱，剪截浮辞，举其宏纲，撮其机要，足以垂世立教：典、谟、训、诰、誓、命之文凡百篇。"《尚书》的"芟夷繁乱，剪截浮辞"即萧统所说的"略其芜秽"；"举其宏纲，撮其机要"即萧统所说的"集其清英"；②而"垂世立教"就是编纂《尚书》的目的。

《诗经》是我国第一部诗歌总集，分为风、雅、颂三大部分；风又分为十五国风，雅、颂又分为若干什；雅又分为大雅、小雅。都有文体分类的意义。

第二节 一代有一代之文体

近人王国维《宋元戏曲史序》云："凡一代有一代之文学，楚之骚，汉之赋，唐之诗，宋之词，元之曲，皆所谓一代之文学，而后世莫能继焉者也。"③因为文学作品都要通过不同体裁的文本来体现，因此，"一代有一代之文学"也可以说是一代有一代之文体，因为楚骚、汉赋、唐诗、宋词、元曲等也都是文体名。

元人罗宗信《中原音韵序》云："世之共称唐诗、宋词、大元乐府，诚哉。"④明人王骥德《古杂剧序》云："后三百篇而有楚之骚也，后骚而有汉之五言也，后五言而有唐之律也，后律而有宋之词也，后词而有元之曲也，代擅其至也。"⑤石韫玉《沈氏四种序》云："盖古诗三百皆可被之管弦，乃一变而为楚人之骚，再变而为汉人之乐府，三变而为唐人之诗，四变而为宋人之词，五变而为元人之曲，其体屡变而不穷，其实皆古

---

① 褚斌杰《中国古代文体概论》，北京大学出版社 1984 年版，第 10 页。

② (梁)萧统《文选》卷首《原序》。

③ 王国维《宋元戏曲史》，上海古籍出版社 1986 年版。

④ 中国戏曲研究院编：《中国古典戏曲论著集成》(一)，中国戏剧出版社 1959 年版。

⑤ (明)王骥德《古杂剧》，古本戏曲丛刊本。

诗之流也。”①陈继儒《太平清活》云：“先秦两汉，诗文具备。晋人清谈、书法，六朝人四六，唐人诗、小说，宋诗余（词），元人画与南北剧，皆是独立一代。”②顾彩《清涛词序》云：“一代之兴，必有一代擅长著作，如木水金火之递旺，于四序不可得兼也。古文莫盛于汉，骈俪莫盛于晋，诗律莫盛于唐，词莫盛于宋，曲莫盛于元。”③焦循云：“夫一代有一代之所胜，舍其所胜，以就其所不胜，皆寄人篱下者耳。余尝欲自《楚辞》以下，至明八股，撰为一集。汉则专取其赋，魏晋六朝至隋专录其五言诗，唐则专录其律诗，宋专录其词，元专录其曲，明专录其八股，一代还其一代之所胜。”④可见“一代有一代之文学”也可以说是一代有一代之文体，或指某一代新兴的文体，或指最能代表某一代创作成就的文体，或兼而有之。

一提起秦始皇，人们只想到他“焚书坑儒”，是位暴君，其实他也好文，特别是好法家之文。秦始皇并不是坑一切读书人，而是坑“诽谤”他的那部分儒生。事实上，秦始皇倒是相当爱才的，能够“礼贤下士”。有一技之长的士人，不论是法家还是儒家，他都能给以礼遇。他在“坑儒”时说自己“悉召文学方术士甚众，欲以兴太平”，“卢生等吾尊赐之甚厚”，⑤这并非自吹自擂之词，而是有真凭实据的。李斯是楚国上蔡人，是大儒荀卿的弟子。秦宗室大臣请下逐客令，李斯也在被逐之列，于是他上了著名的《谏逐客书》，被前人誉为秦汉间第一等文字，为千年以来所绝少。李斯为了歌功颂德，在绎山、泰山、琅玡、芝罘、碣石、会稽、勾曲等地刻石颂秦功德，成为我国最早的碑体文，对后世铭文、碑体文产生了深远的影响。韩非与李斯俱事荀卿，著有《孤愤》、《五蠹》、《说林》、《说难》等十余万言，是较成型的论说文。其书传至秦国，秦始皇慨叹道：“嗟乎，寡人得见此人与之游，死不恨矣！”⑥喜慕之意，溢于言表。章太炎说，秦始皇“好文过于余主”，并不“必以文学为戮”。⑦镇压反对自己的士人，不是秦始皇所独有，历代统治者都是这样，前有古人，后有来者，至多只是形式略有不同而已。在秦始皇之前，对于古代典籍，各国“诸侯恶其害己也，而皆去其籍”。⑧在这方面，儒家的祖师爷孔丘做得比谁都不逊色。他整理六经，对凡是不符合他口味的篇章都大肆删削。

① 吴梅《奢摩他室曲丛》第一集，古香林刻本。
② （清）周召《双桥随笔》卷一引，文渊阁四库全书本。
③ （清）孔传铨《清涛词》卷首，康熙丙戌刊本。
④ （清）焦循《易余钥录》卷一五，丛书集成初编本。
⑤ （汉）司马迁《史记・秦始皇本纪》，文渊阁四库全书本。
⑥ 《史记・老庄申韩列传》。
⑦ 章炳麟《秦献记》，中华书局 1974 年版。
⑧ 《孟子・万章下》，文渊阁四库全书本。

他当鲁国大司寇不到七天，就杀了少正卯，并曝尸三天。将军著痛箭，恰似射人时。彼此彼此，何苦只骂秦始皇？

汉代出现了一些重要的新兴文体，这就是楚辞、汉赋、五言诗、乐府诗。

楚辞是战国时期楚国出现的一种新兴文体，因以屈原《离骚》为代表，故又称“骚体”。楚辞虽肇始于战国楚地，但把屈原、宋玉作品及模仿他们的汉人作品编为《楚辞》的，则是汉人刘向。刘勰《文心雕龙》第五《辨骚》云：“自《风》、《雅》寝声，莫或抽绪，奇文郁起，其《离骚》哉！固已轩翥（高飞）诗人之后，奋飞辞家之前，岂去圣之未远，而楚人之多才乎？”

荀子最早以“赋”名篇，汉代则以赋为一代文学之特色，以后又演变成骈赋、律赋和文赋，成为我国文体的一大宗。《沧浪诗话·诗体》云：“屈原以下仿楚辞者皆谓之楚辞。”①

五言诗一般认为始于汉代的苏武、李陵、班婕妤，但至少在刘勰时已有人对此置疑了。《文心雕龙·明诗》认为，汉初的“朝章国采，亦云周备。而辞人遗翰，莫见五言，所以李陵、班婕妤见疑于后代也。”苏轼《评文选》更认为苏武、李陵的五言诗乃伪托之作，批评萧统《文选》不能去伪：“李陵、苏武五言，皆伪而不能去。”②苏轼又云：“刘子玄辨《文选》所载李陵《与苏武书》非西汉文，盖齐、梁间文士拟作者也。予因悟陵与武赠答五言，亦后人所拟。今日读《列女传》蔡琰二诗，其词明白感慨，颇类世所传《木兰诗》，东京无此格也。建安七子，犹涵养圭角，不尽发见，况伯喈女乎？”③刘勰《文心雕龙·明诗》认为五言诗早在先秦就有了：“按《召南·行露》，始肇半章（前半为五言）；孺子《沧浪》，亦有全曲（全诗除“兮”字外均为五言）；《暇豫》优歌，远见春秋（见《国语·晋语》）。”汉初也有五言诗：“《邪径》童谣，近在成世（汉成帝时，事见《汉书·五行志》）：阅时取证，则五言久矣。”但五言诗的盛行则是在汉代，刘勰历评汉代的五言诗云：“又古诗佳丽，或称枚叔（有人认为《古诗十九首》作者为枚乘），其《孤竹》一篇，则傅毅之词。比采而推，两汉之作乎。观其结体散文，直而不野，婉转附物，怊怅切情，实五言之冠冕也。至于张衡《怨篇》，清典可味；《仙诗缓歌》，雅有新声。”

乐府诗也产生于汉代。《沧浪诗话·诗体》云：“汉武帝定郊祀，立乐府，采齐、楚、赵、魏之声以入乐府，以其音调可被于弦管也。乐府俱备众体，兼统众名也。”④

魏晋南北朝时期的文体又有了进一步的发展。

一是骈文作为一种文体出现于文坛。骈句作为修辞手段，起源于先秦，六经、诸

---

①④ （宋）严羽《沧浪诗活》，文渊阁四库全书本。

②③ 《东坡全集》卷九二，文渊阁四库全书本。

子书中已有大量骈句。骈文作为文体，形成于西晋，已经从修辞手段逐渐发展成为一种独立文体，陆机是其代表。南北朝是骈文鼎盛时期。金秬香认为："吾国自上古以迄三代，为骈、散无分之时代也；自周末以迄西汉，为骈、散角出之时代也。自东汉以迄曹魏，为偏重骈文之时代也；起两晋，历六朝，迄中唐，则为骈文极盛之时代；自唐末至赵宋，散文兴而四六起，骈文之余波犹流衍而未有已也；元、明骈散并衰，而骈势尚未蹶；清代骈散并行，而骈势为特强。此论文体者多以骈为正宗也。"①这大体概括了骈文发展的过程。

二是七言诗开始盛行。七言诗起源很早，梁任昉《文章缘起》云："七言诗，汉武帝《柏梁殿联句》。"但到魏晋南北朝才开始成熟。三国时魏文帝曹丕所作《燕歌行》(秋风萧瑟天气凉)是最早的文人七言诗代表作。此诗写妇人思夫远行，感情真挚，语言通俗，描写颇为细腻。孙矿之评云："七言古，前罕有，至此始畅。"②到南朝刘宋时的鲍照，七言诗才完全成熟。鲍照长于乐府和七言歌行，而以《拟行路难》十八首为最有名，其第六首(对案不能食)充分表现出他的愤世之情。王夫之云："明远乐府，自是七言极致，顾于五言歌行，亦以七言手笔行之。"③乔亿《剑溪说诗》卷上亦称鲍明远"七言歌行，寓廉悍于藻丽中，江表三百年，允推独步"。④

隋、唐颇似秦、汉。隋与秦都是短命王朝，唐与汉都维持了较长时间的统治。分久必合，合久必分，继汉、唐之后，都是国家的再次分裂。这一时期的文体有了进一步的发展：

一是各体律诗进一步成熟。此前律诗还只是处于萌芽阶段，清冯班《钝吟杂录》云："自永明至唐初，皆齐梁体也。至沈佺期、宋之问变为新体，声律益严，谓之律诗。"⑤律诗至唐始盛，吴讷云："律诗始于唐而其盛亦莫过于唐。考之唐初，作者盖鲜。中唐以后，若李太白、韦应物犹尚古多律少。至杜子美、王摩诘则古律相半。迨元和而降，则近体盛而古作微矣。"⑥律诗也有各种变体，《沧浪诗话·诗体》云："有律诗至百五十韵者(少陵有百韵律诗，白乐天亦有之，而本朝王黄州有百五十韵五言律)，有律诗止三韵者(唐人有六句五言律，如李益诗"汉家今上郡，秦塞古长城。有日云常惨，无风沙自惊。当今天子圣，不战四方平"是也)，有律诗彻首尾对者(少陵多此体，不可概举)，有律诗彻首尾不对者(盛唐诸公有此体，如孟浩然诗"挂席东南

---

① 金秬香《骈文概论》，商务印书馆 1934 年版。

② (明)闵齐华《文选瀹注》卷一四引，雍正十年城山堂刊本。

③ (清)王夫之《古诗评选》卷一，河北大学出版社 2008 年版。

④⑤ 郭绍虞《清诗话续编》，上海古籍出版社 1983 年版。

⑥ (明)吴讷《文章辨体序说·律诗》，人民文学出版社 1982 年版。

望，青山水国遥。轴轳争利涉，来往接风潮。问我今何适，天台访石桥。坐看霞色晚，疑是石城标”。又“水国无边际”之篇，又太白“牛渚西江夜”之篇，皆文从字顺，音韵铿锵，八句皆无对偶）。”“绝句本截律诗”①，是截律诗而成的四句诗体，吴讷《文章辨体序说·绝句》引《诗法源流》云：“绝句者，截句也。后两句对者是截律诗前四句，前两句对者是截后四句，皆对者是截中四句，皆不对者是截前、后各两句。故唐人称绝句为律诗，观李汉编《昌黎集》，凡绝句皆收入律诗内是也。”

二是词这种新兴诗体开始产生。词产生于隋之燕乐，唐代导其流，五代扬其波，至宋代而大盛。明徐炬《事物原始》：“词始于李太白《菩萨蛮》等作，乃后世倚声填之祖。”②宋王灼撰《碧鸡漫志》卷一《歌曲之变》：“盖隋以来，今之所谓曲子者渐兴，至唐稍盛，今则繁声淫奏殆不可数。古歌变为古乐府，古乐府变今曲子，其本一也。”唐人绝句多能歌，成为早期词体的一部分。王灼又云：“唐时古意亦未全丧，《竹枝》、《浪淘沙》、《抛球乐》、《杨柳枝》乃诗中绝句，而定为歌曲。故李太白《清平调》词三章，皆绝句。”③

三是为纠转齐、梁的骈体文风，韩愈、柳宗元掀起古文革新，开启了散文创作的新局面，丰富和发展了古代散文的各种文体，使论说文、杂记文、传状文、碑志文、哀祭文等均有所创新。韩愈在论说文中开创了“原”体，吴讷《文章辨体序说·原》：“文体谓之原者，先儒谓始于昌黎之《五原》，盖推其本原之义以示人也。”在序跋文外又出现了赠序文，姚鼐《古文辞类纂·序目》云：“唐初赠人，始以序名，作者亦众。至于昌黎，乃得古人之意，其文冠绝前后作者。”④柳宗元在杂记文中则发展了山水游记。

陈寅恪先生《邓广铭〈宋史职官志考证〉序》说：“华夏民族之文化，历数千年之演进，造极于两宋之世。”⑤这在文体、文体学方面也有表现，这就是旧有文体的新变与新兴文体的开拓。宋词、元曲是宋、元文学最突出的特色，也是宋、元新兴文体开拓的主要表现。

明、清是我国古代文体集大成的时期。明代的文学成就主要在戏曲、小说方面，诗文则逊于前代。明初的统治者为了巩固自己的统治，实行文字狱，提倡程朱理学，实行八股取士以控制思想。为了笼络文士，又编纂了大型类书《永乐大典》。明初以三杨（杨士奇、杨荣、杨溥）为代表的台阁体，所作多为应制颂圣之作，只有于谦、宋濂、

---

① （清）魏际瑞《伯子论文》，道光十三年昭代丛书本。

② （明）徐炬《新镌古今事物原始》，上海古籍出版社影印本。

③ （宋）王灼《碧鸡漫志》清知不足斋五卷本。

④ （清）姚鼐《古文辞类纂》，上海会文堂书局民国七年（1918）本。

⑤ 陈寅恪《金明馆丛稿二编》，生活·读书·新知三联书店 2001 年版。

高启等少数作家成就较高。首先起来反对台阁体的是以李东阳为代表的茶陵派和以李梦阳、何景明为首的前七子，他们或提倡典雅，或提倡复古，却形成模拟剽窃之风。明代后期，为了与前七子的复古思潮相对抗，形成了以王慎中、唐顺之、茅坤、归有光为代表的唐宋派，他们的成就主要在散文方面。李贽提倡童心说，公安派、竟陵派提倡性灵说以反对复古模拟之风，并在小品文的创作方面取得了突出成就。明末的陈子龙、夏完淳更以他们的救亡图存之作为明代文学留下了最后的闪光。正如《明史》卷二八五《文苑传序》云："明初，文学之士，承元季虞、柳、黄、吴之后，师友讲贯，学有本原。……永、宣以还，作者递兴，皆冲融演迤，不事钩棘，而气体渐弱。弘、正之间，李东阳出入宋、元，溯流唐代，擅声馆阁。而李梦阳、何景明倡言复古，文自西京，诗自中唐而下，一切吐弃，操觚谈艺之士翕然宗之，明之诗文，于斯一变。迨嘉靖时，王慎中、唐顺之辈，文宗欧、曾，诗仿初唐；李攀龙、王世贞辈，文主秦汉，诗规盛唐，王、李之持论，大率与梦阳、景明相倡和也。归有光颇后出，以司马、欧阳自命，力排李、何、王、李，而徐渭、汤显祖、袁宏道、钟惺之属，亦各争鸣一时，于是宗李、何、王、李者稍衰。至启、祯时，钱谦益、艾南英准北宋之矩矱，张溥、陈子龙撷东汉之芳华，又一变矣。有明一代，文士卓卓表见者，其源流大抵如此。"①

近百年来轻视八股文，似乎完全不值一提。八股文是明清科举考试的文体之一，也称制艺、制义、时文、八比文；因其题目取自四书，又称四书文。其体沿于宋、元经义考试。宋代考试律赋，宋代律赋讲究起承转合，首尾呼应，实为明清八股文之先声。八股文实为明文的代表，清亦如之，直至清末光绪年间始废止。八股文与古文也有相通之处。清赵吉士云："文章之体变矣，然体虽变而法则同。古文者，散八股也；八股者，整古文也。"②清杨绳武《论文四则》："八股者，说经之文也。故义必根经，而取材亦以经为上。"③梁章钜云："能为八比者，其源必出于古文，自明以来，历历可数。"又云："制艺文虽只用于科举，然代圣贤立言，则与学古文初无二道。"④清包世臣《艺舟双楫·论文目录序》云："八比为近世正业，前明能者辈出，论说多当。"⑤

至于吴讷的《文章辨体》、徐师曾的《文体明辨》、贺复徵的《文章辨体汇选》的序说，更是我们研究文体不可不读的重要资料。

清代是中国古代文化的回光返照，在诗、文、词、戏曲、小说等各个文学领域都取

① 《明史》卷二八五《文苑列传》，文渊阁四库全书本。

② (清)赵吉士《万青阁文训》，康熙二十九年刊本。

③ (清)杨绳武《论文四则》，清道光年间昭代丛书本。

④ (清)梁章钜《退庵论文》，道光十九年退庵随笔本。

⑤ (清)包世臣《艺舟双楫》，光绪十四年刊本。

得了比明代大得多的成就。诗歌方面有明末清初的江左三大家（钱谦益、吴伟业、龚鼎孳）、岭南三大家（屈大钧、陈恭尹、梁佩兰），以沈德潜为代表的格调派，以袁枚为代表的性灵派，清末以郑孝胥、陈衍为代表的同光体，以王闿运、邓辅纶为代表的汉魏六朝诗派。古文方面，有以方苞、刘大櫆、姚鼐为代表的桐城派，以恽敬、李兆洛为代表的阳湖派。桐城派是指清代安徽桐城的古文派，是清代文坛最大的散文流派，作家队伍庞大，地域广阔，绵延时间长。戴名世是桐城派奠基人，方苞、刘大櫆、姚鼐被尊为桐城三祖，姚莹、曾国藩、吴汝纶、马其昶等均属此派。姚鼐提倡义理、考证、文采三者要结合，阳刚、阴柔两大类风格都为文采所需，不能偏废，成为桐城派较系统的古文文体理论。曾国藩宗法桐城派的方苞、姚鼐而自成一格，形成晚清古文的湘乡派。他所编的《经史百家杂钞》与姚鼐的《古文辞类纂》成为学习古文的典范，影响很大。清词在康乾时期有以陈维崧为代表的阳羡词派，以朱彝尊为代表的浙江词派，嘉靖以后有以张惠言、周济为代表的常州词派。总之，清代诗、词、文各体皆工，流派林立，名家辈出，不胜枚举，其文学成就不仅无愧于唐宋，甚至有所超越。清人所编的《古今图书集成》，特别是其中的《文学典》，更是中国古代文体学资料的集大成者。

第三节　文体分类学的主要研究内容

文体之“体”至少应包括体裁之体、体格之体、体类之体三方面。与之相应，文体分类学也应全面研究这三个方面的内容。本书正是从这一观点出发构建文体分类学体系的。

体裁是指为适应不同写作需要而形成的各种文本的体式、样式，如三国时曹丕《典论·论文》论及的奏、议、书、论、铭、诔、诗、赋八体，晋人陆机《文赋》论及的诗、赋、碑、诔、铭、箴、颂、论、奏、说十体，《文心雕龙》论及的骚、诗、乐府、七、赋、颂、赞、祝、盟、铭、箴、诔、碑、哀、吊、杂文、谐隐、史传、诸子、论说、诏策、檄移、封禅、章表、奏启、议对、书记等三十余体。不同的体裁有不同的写作要求，元代刘祁说：“文章各有体，本不可相犯欺。故古文不宜蹈袭前人成语，当以奇异自强。四六宜用前人成语，复不宜生涩求异。如散文不宜用诗家语，诗句不宜用散文言，律赋不宜犯散文言，散文不犯律赋语，皆判然各异。如杂用之，非惟失体，且梗目难通。然学者暗于识，多混乱交出，且互相诋诮，不自觉知此弊，虽一二名公不免也。”①李东阳《匏翁家藏集序》也说：

① （元）刘祁《归潜志》卷一二，文渊阁四库全书本。

"言之成章者为文,文之成声者则为诗。诗与文同谓之言,亦各有体而不相乱。若典、谟、训、诰、誓、命、爻、象之谓文,风、雅、颂、赋、比、兴之为诗。变于后世,则凡序、记、书、疏、箴、铭、赞、颂之属皆文也;辞赋、歌什、吟谣之属皆诗也。"①这里所谓"有体"指符合不同体裁的不同要求,"失体"指不符合这些要求,皆指不同体裁所应具有的语言形式、结构形态、表述方法等。

体格是指各种文本的风格、流派。文体学在国外常称为风格学。中国古代论文体也兼指体裁和风格。曹丕《典论·论文》云:"奏议宜雅,书论宜理,铭诔尚实,诗赋欲丽。"②这里所说的奏、议、书、论、铭、诔、诗、赋,为体裁之体;雅、理、实、丽、清、浊,皆指风格。陆机《文赋》云:"诗缘情而绮靡,赋体物而浏亮。碑披文以相质,诔缠绵而凄怆。铭博约而温润,箴顿挫而清壮。颂优游以彬蔚,论精微而朗畅。奏平彻以闲雅,说炜晔而谲诳。"这里所论的诗、赋、碑、诔、铭、箴、颂、论、奏、说,皆指体裁;而绮靡、浏亮、相质、凄怆、温润、清壮、彬蔚、朗畅、闲雅、炜晔,皆指风格。明人方岳贡《历代古文国玮集序》也认为不同的文体须有不同的风格:"夫文不一体,而用之有所。昔人谓相如之文,文则其赋;贾生之赋,赋则其文。惟此二贤犹有偏短,况其下乎!兼而用之,明其体要,则异同之论,咸得所安矣。是故章、疏取其深亮,赞、颂取其典硕,箴、铭取其沉奥,笺、表取其藻郁,序、记取其高劲,论、策取其明达。此有所长,彼有所短,调弦更奏,适宜为贵可也。"③严羽《沧浪诗话·诗体》第一次明确把体裁与风格并列论述。其论体裁云:"《风》、《雅》、《颂》既亡,一变而为《离骚》,再变而为西汉五言,三变而为歌行、杂体,四变而为沈、宋律诗。五言起于李陵、苏武,七言起于汉武《柏梁》,四言起于汉楚王傅韦孟,六言起于汉司农谷永,三言起于晋夏侯湛,九言起于高贵乡公。"其下论风格,认为不同的时代有不同的风格:"以时而论,则有建安体、黄初体、正始体、太康体、元嘉体、永明体、齐梁体、南北朝体、唐初体、盛唐体、大历体、元和体、晚唐体、本朝体、元祐体、江西宗派体。"不同的名家有不同的风格:"以人而论,则有苏李体、曹刘体、陶体、谢体、徐庾体、沈宋体、陈拾遗体、王杨卢骆体、张曲江体、少陵体、太白体、高达夫体、孟浩然体、岑嘉州体、王右丞体、韦苏州体、韩昌黎体、柳子厚体、韦柳体、李长吉体、李商隐体、卢仝体、白乐天体、元白体、杜牧之体、张籍王建体、贾浪仙体、孟东野体、杜荀鹤体、东坡体、山谷体、后山体、王荆公体、邵康节体、陈简齐体、杨诚斋体。"不同的总集有不同的风格:"又有所谓选体、柏梁体、玉台体、西昆体、香奁

① (明)李东阳《怀麓堂集》卷六四,文渊阁四库全书本。

② (梁)萧统《文选》卷五二,文渊阁四库全书本。

③ 《历代古文国玮集》卷首,齐鲁书社 1997 年影印本。

体、宫体。”严羽所述是大体符合实际的，基本概括了宋以前的主要诗歌风格。

体类是指各种诗文的体裁、题材的类别。体类的概念是萧统《文选序》首先提出的：“凡次文之体，各以汇聚。诗赋体既不一，又以类分；类分之中，各以时代相次。”也就是说，《文选》不仅是按体编排的，也是按题材内容分类编排的，各类之文又以时代先后为序。他把所选的诗文分为赋、诗、骚、七等三十八体；每体又按题材内容分若干小类，如赋又分为京都、郊祀、耕藉、畋猎、纪行、游览、宫殿、江海、物色、鸟兽、志、哀伤、论文、音乐等小类；诗又分为补亡、述德、劝励、献诗、公燕、祖饯、咏史、百一、游仙、招隐、反招隐、游览、咏怀、哀伤、赠答、行旅、军戎、郊庙、乐府、挽歌、杂歌、杂诗、杂拟等小类，各类下再按时代先后分系各个作者的作品，如赋体京都类就收有班固的《两都赋》、左思的《三都赋》等。《文选》以后的总集多仿用这种体例，吴曾祺《涵芬楼文谈·辨体第六》云：“自《昭明文选》而下，如《唐文粹》、《文苑英华》、《宋文鉴》、《金文雅》、《元文类》、《明文海》诸书，皆主分体，而离合之间，均不无可议。到国朝桐城姚惜抱先生（鼐）始约之为十三，曰论说，曰序跋，曰奏议，曰书说，曰赠序，曰诏令，曰传状，曰碑志，曰杂记，曰箴铭，曰颂赞，曰辞赋，曰哀祭。湘乡曾文正公（国藩）著《经史百家杂抄》，因姚氏之书而稍有变易，而大致不殊。于是论文体者莫不以此为圭臬。”①

冯惟讷云：“各家成集者编法，先乐府，次诗，各分四言、五言、六言、七言、杂言。齐梁以下诸体渐备，今各以体相从，而诸体之中又各以类相附。”②可见《古诗纪》也是“以体相从”，而“以类相附”。但冯舒不以分体分类编排为然：“一人所作咸备诸体，一题所赋或别体裁，未有可以篇之长短，韵之多少为次者。古人之集亡来已久，陈思、蔡邕、二陆、阴（铿）、何（逊），俱系后人编集，四言、五言亦并间出，足知《宋文鉴》以前无分体之事矣。玄晖（谢朓）、文通（江淹）二集是原本，然玄晖首撰乐府，三言、五言间列；文通稍如后世体例，但五言之外，本无别体可以异同。今一人之作必以四言先于五言，一题所赋又以三韵先于四韵，即如萧子显《春别》一诗，简文、元帝各有和章，首末各三韵四句，惟次章六句三韵。今以六句之故，各移第二章为末章，是犹歌南曲者以尾声止于三句，而移之引子之前也，何俟知音始为拊掌！”③说“《宋文鉴》以前无分体之事”，不符合客观实际，前引吴曾祺《涵芬楼文谈·辨体第六》所举《昭明文选》、《唐文粹》、《文苑英华》、《宋文鉴》、《金文雅》、《元文类》、《明文典》诸书，皆分体编排，

---

① （清）吴曾祺《涵芬楼文谈·辨体第六》，商务印书馆宣统三年本。

② （明）冯惟讷《古诗纪·凡例》，文渊阁四库全书本。

③ （清）冯舒《诗纪匡谬》，文渊阁四库全书本。

有的还在体下分类，证明历代总集往往既分体，又分类。

第四节 文体分类学与相关学科的关系

文体分类学是一门边缘性、综合性，但又具有自己的独立性，具有特定研究对象的学科。它所研究的文体，任何一门学科也无法囊括，无法代替。它探讨文体的特征、本质、分类及其规律，虽然涉及众多学科，却自成一个完整、独立的体系，有明确的研讨对象，其他任何学科都无法取代它对文体所进行的全面、系统的研究。文体分类学在借鉴有关学科的基础上，开始形成自己独特的研究方法，远在南朝梁代，刘勰在《文心雕龙》中就提出了一套比较成熟的中国古代文体理论，显示出文体学的独立特征。

文体分类学是一门横跨众多领域的边缘学科。边缘学科的特点是，应用一门学科的方法去研究另一门学科的对象，使得不同学科的研究方法和研究对象有机地结合起来。文体分类学生长于若干学科的交界处，并不断渗透以扩展自己的研究领域。它把有些表面相互独立、彼此分离的学科横向沟通起来，打破了学科间的传统界限，使不同领域的学科边界衔接、融合，促进了不同学科的相互交叉和渗透。

文体分类学是一门须从多学科、多角度探讨同一领域的综合性学科。它不能单从某一学科角度或某一侧面去进行研究，而需要靠多学科联手合作。因为文体分类学的研究对象——文本的体裁、体格(风格)和体类，涉及许多学科，如版本学、文献学、目录学、文字学、音韵学、训诂学、校勘学、语言学、文艺学、文章学、美学、心理学、图书分类学等等。它所研究的范围，已经远远超出了过去人们划分的一些传统的学科领域。可见，单一的学科方法和视角，或某一侧面和局部，无法从多层次上去透视文体分类的内在本质和深层涵义。

(一) 文体与文学(文与笔，散文与骈文，韵文与非韵文)

西方文论以诗歌、散文(文学性散文)、小说、戏剧四类体裁为文学作品。研究中国古典文学，应从中国古典文学的客观实际出发，不能照搬西方文学和现代文学的定义。如果只有诗歌、戏剧、小说和抒情性散文才算文学，只有纯艺术而非教化性的，纯虚构而非纪实性的作品才算文学，恐怕会得出中国古代无文学，有也少得可怜的结论。元、明、清的戏剧、小说是否够得上这种纯文学的标准，恐怕也要打个大大的问号。

在先秦、两汉，“文学”的含义很广，兼有文章、博学之义，文学、史学、哲学、法学都囊括在内，几乎等同于现在所说的社会科学。魏晋南北朝，文学的含义逐渐接近后世的泛文学观念，渐有文笔之分，笔与文相对而言，诗和骈文谓之文，其他散文谓之笔。汉人王充已有“文笔不足类”语；①梁孝元帝萧绎云：“善为章奏如伯松，若此之流，泛谓之笔；吟咏风谣，流连哀思者谓之文。”②刘勰《文心雕龙・总术》云：“今之常言，有文有笔，以为无韵者笔也，有韵者文也。”《文心雕龙》是文体论集大成之作，自《辨骚》、《明诗》至《谐隐》是有韵之文，自《史传》至《书记》是无韵之笔。无名氏《文笔式》云：“文者，诗、赋、铭、颂、箴、赞、吊、诔等是也。笔者，诏、策、移、檄、章、奏、书、启等是也。即而言之，韵者为文，非韵者为笔。”③梁章钜《退庵论文》云：“六朝以前多以文笔对举，或以诗笔对举。诗即有韵之文，可以文统之，故《昭明文选》奄有诗歌。”梁又云：“笔则专指纪载之作，故陆机《文赋》所列诗赋十体，不及传志也。”自韩、柳提倡古文，宋欧阳修、曾巩、王安石、三苏父子纷起响应，原被称为笔的单行散文被称为古文，成为时尚，而有韵之文渐趋冷落，故宋元以后，文、笔不再分称。清人阮福（阮元子）《学海堂文笔策问》再次强调文笔之分，形式上是有韵无韵之别，内容上则是“文取乎沉思翰藻，故以有情辞声韵者为文”，而“直言无文彩者为笔”。④清包世臣云：“南朝以有韵者为文，无韵者为笔。故牧之有‘杜诗韩笔’，玉溪有‘任昉文笔纵横’之语。然对文则为笔，单言则统于笔。”⑤梁光钊云：“沉思翰藻之谓文，纪述直述之谓笔。”⑥

萧统的泛文学观念成了中国古代传统的文学观念，对后世影响很大，宋初李昉等奉敕编纂的《文苑英华》，姚铉编纂的《唐文粹》，南北宋之际吕祖谦编纂的《皇朝文鉴》，元苏天爵编的《元文类》，皆沿其波。明代吴讷的《文章辨体》分文体为五十九体，徐师曾的《文体明辨》分文体为一百二十七体，明末贺复徵《文章辨体汇选》分列各体为一百三十二类，大体反映了明以前文体的繁杂。清人编《古今图书集成》，其《文学典》也是沿用这种泛文学观念，把文体分为四十八部，成为中国古代文体学的集大成之作。

---

① （汉）王充《论衡》卷一三《超奇篇》，文渊阁四库全书本。

② （梁）萧绎《金楼子》卷四《立言篇》，文渊阁四库全书本。

③ 〔日〕空海大师《文镜秘府论・西卷》引，人民文学出版社 1980 年版。

④ （清）阮元《研经室集》下附，中华书局 1993 年版，参见刘玉才《从学海堂策问看文笔之辨》，《清华大学学报》2008 年第 2 期。

⑤ （清）包世臣《艺舟双楫・论文目录序》光绪十四年刊本。

⑥ 阮元《学海堂集》卷七，清道光五年启秀山房本。

今人的古典文学观念同样是泛文学观念。朱东润主编的《中国历代文学作品选》是影响较大的一部选本，它就收有奏议，如李斯《谏逐客书》；有札子，如王安石《本朝百年无事札子》；有封事，如胡铨《戊午上高宗封事》；有表，如诸葛亮《出师表》、曹植《求自试表》；有移文，如孔稚珪《北山移文》；有檄文，如骆宾王《代李敬业传檄天下文》；有奏状，如陆贽《奉天请罢琼林大盈二库状》；有墓志铭，如韩愈《柳子厚墓志铭》；有碑，如陆龟蒙《野庙碑》、苏轼《韩文公庙碑》；有阡表，如欧阳修《泷冈阡表》。若按西方和当代的文论观，这些文体都不属文学作品，但据"事出于沉思，义归乎翰藻"的泛文学观念，这些篇章却不失为文学名作。

从研究中国古典文学的实际出发，中国古代数以百计的文体，大体可以分为文学性的、非文学性的和两可性的三大类。把文体划分为文学类、非文学类和两可类，是就这种文体的主流说的。

文学类文体首先是指中西方都认为属于文学作品的诗歌、小说、戏剧。中国是诗的王国，从体类看，各体诗歌包括四言、五言、七言、杂言，古体、近体、绝句，无疑都属文学类文体，但并不是每首诗都堪称文学作品，即使诗圣杜甫《三绝句》的"前年渝州杀刺史，今年开州杀刺史。群盗相随剧虎狼，食人更肯留妻子"，①恐怕也只有史料价值，而不能算文学作品。词是兴起于隋唐，盛行于宋的新兴诗体，宋词最能代表宋代文学的特色。最能代表元代文学特色的，则是包括散曲和杂剧在内的元曲。戏剧在我国萌芽虽甚早，但成熟比小说还晚，元代才出现了关汉卿的《窦娥冤》，王实甫的《西厢记》，白朴的《梧桐雨》、《墙头马上》，马致远的《汉宫秋》，高明的《琵琶记》等名作。中国小说起源于古代神话传说，发展于魏晋南北朝的志怪、志人小说，大都篇幅短小，情节简单。到了唐代传奇、宋元话本，才出现了比较曲折复杂的故事情节，明清才出现了大型的章回小说。

文中的辞赋、赠序、杂记、哀祭、对联等类也多属文学类作品。辞赋包括楚辞（骚体）、古赋（汉赋）、俳赋（骈赋）、律赋、文赋等体，是诗的变体，介于诗文之间，但更接近于文，历代古文选集和文章总集皆收辞赋。赠序以叙友谊、道惜别、致勉励、陈忠告为主要内容。虽为应酬之作，但一般都写得情意真切、行文曲折、含蓄有味，富有文学色彩。杂记文多以描写、抒情、叙事、议论的错综并用为特征，寓情于景，借景抒情，情景交融。哀祭文为悼念亲友而作，重于抒情，具有较强的文学色彩。

非文学类文体包括诏令、奏议、公牍、祈祷等应用文体。从总体上看，这类文体算不上文学作品，但其中也有不少文学名篇。诏令是皇帝或以皇帝名义发布的文字，即

---

① （清）仇兆鳌《杜诗详注》卷一四，文渊阁四库全书本。

所谓“上对下者”，①皆属这一类。这类公文，结构千篇一律，文字大同小异，被宋太祖讥为“依样画葫芦”，②但也不可一概而论，如汉武帝《元封五年求贤诏》，就言简意深，富有文采，善于用通俗的比喻阐述深刻的道理，完全堪称文学作品。奏议大多写得冗长质实，基本上属于史学研究对象，不少目录书把奏议集划归史部，不是没有道理的。但王安石的《本朝百年无事札子》却属文学名篇。从古典文学角度看，“陈情”之表比较值得注意，像诸葛亮的前后《出师表》、李密的《陈情表》，均写得情词恳切，哀婉动人，历来为文学史家所注目。公牍指国与国间、政府各部门间的往来公文及各级政府发布的文告等，文学史家比较注意的是其中的羽檄、露布，如司马相如的《喻巴蜀檄》、陈琳的《为袁绍檄豫州》，特别是骆宾王的《为徐敬业讨武曌檄》，都是文学史上的名篇。

（二）文体分类学与目录学等相关学科的关系

版本学、文献学、目录学皆以图书为研究对象，与以单篇诗文的体裁为研究对象的文体分类学是不同的。版本学以图书为研究对象，研究书籍的形式特征，研究同一书籍在书写、印刷过程中而形成的各种不同版式，包括年代、版次、字体、行款、版心、纸墨、装订、内容增删等。文献学以图书、文物为研究对象，研究具有历史价值的图书、文物。只有目录学与文体学有较密切的关系，它是研究书目，研究图书分类的学问：“辨章学术，考镜源流”，③但图书分类往往也包含了文体分类。

文字学、音韵学、训诂学、校勘学都是以文字为主要研究对象，与以单篇诗文的体裁、体格（风格）、体类为研究对象的文体分类学是不同的。文字学是研究文字的起源和发展，文字的形、音、义，正字与错别字的演变等的学问。音韵学或称声韵学，是研究文字的声、韵、调的发音和类别及其古今流变的学问。训诂学是研究古书字义的学问，晋郭璞《尔雅序》云：“夫《尔雅》者，所以通诂训之指归。”宋邢昺疏曰：“诂，古也，通古今之言使人知也；训，道也，道物之貌以告人也。”④这是训诂学的内容。校勘学比较文字异同，是用不同版本或其他典籍校勘同一书籍文字异同及其规律的学问。文体分类学研究文体及其分类时，常常涉及音韵方面的问题，而音韵学又是与文字学、

① （清）曾国藩《经史百家杂钞·序例》，光绪三十二年上海商务印书馆本。

② （宋）文莹《续湘山野录》，中华书局唐宋史料笔记丛刊本。

③ （清）章学诚《校雠通义》，嘉业堂章氏遗书影印本。

④ 《尔雅注疏》卷首，文渊阁四库全书本。

训诂学、校勘学密不可分的。

侧重于语言功能的语言学属修辞学的研究范围，与侧重研究文体的文体分类学也是不同的。但修辞学常涉及风格问题，与文体分类学研究文体风格有相通之处。

文体分类学与文章学都以单篇诗文为研究对象，但文章学研究诗文的命意、结构、句法、字法，研究一篇诗文如何组字成句，组句成章，组章成篇，研究语言词采以加强诗文的艺术效果，以吸引、加深读者的印象。可见文体学与文章学虽然都以单篇诗文为研究对象，但具体内容是不同的，各有侧重。

但也不能将文体分类学简单理解为体裁学，如前所述，文体分类学还包括文本的体格、体类，本书将分别论述。

体　裁

第二章　散文分体

散文指与骈文相对、以散句为主、不讲究音韵、不讲究排比、不讲究对偶、束缚和限制都较少的文章。秦汉以前之文多为散文，有骈句而未形成骈文；六朝形成骈文后，则以散句为主之文为散文。散文一词出现较晚，有人说古人几乎没有散文概念，散文概念已通行百年。其实，散文概念从宋代起已较通行，至今已有千年历史。宋俞琰的《读易举要》，李樗、黄櫄的《毛诗集解》，辅广的《诗童子问》，朱鉴的《诗传遗说》，都不止一次地论及散文，而罗大经的“山谷诗骚妙天下，而散文颇觉琐碎局促”尤为有名。①古代散文包括论说、杂记、书信、赠序、序跋、传纪、行状、碑铭、墓志铭等文体。

第一节　论说文

论说文是以说理为主的文章，是直接说明事理、阐发见解、宣示主张的文体。议论是其主要表达方式，这也是论说文和记叙文的最重要的区别。论说文有论、说、难、评、议、解、原、（辩）辨、问对、传、喻、应（问对）、讼等不同称谓，这些不同称谓的文体，均以“论说”为主要特征，均属论说文，而又各有特点。元人陈绎曾论“议论”的不同体式云：“议，切事情之实，而议其可行者。论，依事理之正，而论其是非者。辨，重复辨析，以决是非之极致。说，评说其事可否，是非自见言外。解，解析其理，明白则已，不劳论辨。传，传述所闻，不敢增减。疏，条陈其事，画一分明。笺，拾古人非缺之处而补正之。讲，解析其理，究研详尽。戒，正辞严色，规儆于人。喻，和颜温辞，晓谕于人。”②所论虽不一定全面和准确，但充分说明属于论说文的体裁是很多的。

若按题材分，则论说文又可分为理论、政论、经论、史论、策论、文论、杂论等，它们分别属于政治史、思想史、史学史、文学批评史等各门专史的研究对象，不属本书的文

---

① （宋）罗大经《鹤林玉露》卷二，中华书局唐宋史料笔记丛刊本。

② （元）陈绎曾《文章欧冶》，日本元禄元年（1688）伊藤长胤刊本。

体研究范围。而其中论旨新颖、构思奇特、富有文采的论说文，也在我们的文体举例中多有涉及。

（一）论

关于论的源流，《文心雕龙·论说》认为论起于《论语》："昔仲尼微言，门人追记，故仰其经目，称为《论语》。盖群论立名，始于兹矣。自《论语》已前，经无'论'字，《六韬》二论，后人追题乎！"又论其演变云："是以庄周《齐物》，以论为名；不韦《春秋》，六论昭列。至石渠论艺，白虎通讲，聚述圣言通经，论家之正体也。"但《论语》实为孔门弟子所记的孔子语录，不能算论体的开始。因此宋高承云："庄周之书，有'尝试论之'，荀卿有《正论》，贾谊有《过秦论》。论以荀、贾为始。"①明王行《论鉴序》则认为论萌芽于先秦："论议之文尚已，自古昔盛治之时，其君臣相与论议于朝廷之上；衰乱之世，其士大夫相与论议于学校、乡党之中者，其言皆文辞也。惟以论名文，乃未见焉。"而以论名篇始于汉而盛于唐、宋以后："由汉而降，始有著文而称论者，而亦不甚多也。至唐以论取士，应科目者咸习之，而论始盛。宋初因之，盖无所更也。及制论兴而习之者益众矣。方是时，士大夫多负豪杰奇伟之才，蓄魁广渊深之学，蕴建功立业之志，明于成败之数、治乱之迹，发于文章，雄健而宏博，正大而高亮，探古人之情如历见，料将来之事如已往，其俊伟光明，交相照耀，有论以来所未见也。呜呼，其盛亦极矣！"②明何乔新《论学绳尺序》持同一观点："议论之文尚矣，禹皋之都、俞、吁、咈见于经，春秋卿大夫之辞命往来纪于史，其论之权舆乎！自汉以来，贾生之论《过秦》，班彪之论《王命》，而论之名始见。夏侯太初之论《乐毅》，刘孝标之论《绝交》，而论之文益盛。唐、宋以词章取士，论居其一焉。唐人省试诸论盖不多见，其传于今者惟苏廷硕之《夷齐四皓孰优》，韩退之之《颜子不贰过》而已。若此书所载，则皆南宋科举之士所作者也。"③

关于论的类别，《文心雕龙·论说》云："详观论体，条流多品：陈政则与议说合契，释经则与传注参体，辨史则与赞评齐行，铨文则与叙引共纪。故议者宜言，说者说语，传者转师，注者主解，赞者明意，评者平理，序者次事，引者胤辞：八名区分，一揆宗论。"这里把论分为四品（陈政、释经、辨史、铨文）八名（议、说、传、注、赞、评、序、引）。

① （宋）高承《事物纪原》卷四，文渊阁四库全书本。

② （明）王行《半轩集》卷五，文渊阁四库全书本。

③ （明）何乔新《椒邱文集》卷九，文渊阁四库全书本。

徐师曾《文体明辨序说》则据刘勰之说和萧统《文选》的实际分类，“列为八品：一曰理论，二曰政论，三曰经论，四曰史论（有评议、述赞二体），五曰文论，六曰讽论，七曰寓论，八曰设论”。①其实，理论、政论、经论、史论、文论，都是按论的不同题材所作的分类，讽论、寓论、设论都是立论之法，不能作为论之一体。

贾谊《过秦论》分上、中、下三篇，论秦成（削平六国）败（二世而亡）的原因，是最早的史论之一，其中写得最好、影响最大的是上篇。下面仅举上篇为例，说明论体文的特征。上篇首论秦孝公和商鞅内立法度，外连诸侯，使秦开始强盛：

> 秦孝公据崤函之固，拥雍州之地，君臣固守，以窥周室，有席卷天下，包举宇内，囊括四海之意，并吞八荒之心。当是时也，商君佐之，内立法度，务耕织修守战之具，外连衡而斗诸侯。于是秦人拱手而取西河之外。

次论经过几代人的苦心经营，运用正确的战争策略，追亡逐北，各个击契，而越来越强盛：

> 孝公既没（殁），惠文、武、昭襄蒙故业，因遗策南取汉中，西举巴蜀，东割膏腴之地，北收要害之郡。诸侯恐惧，会盟而谋弱秦，不爱珍器重宝肥饶之地，以致天下之士，合从缔交，相与为一。当此之时，齐有孟尝，赵有平原，楚有春申，魏有信陵，此四君者皆明智而忠信，宽厚而爱人，尊贤而重士，约从离衡，兼韩、魏、燕、赵、宋、卫、中山之众。于是六国之士，有宁越、徐尚、苏秦、杜赫之属为之谋；齐明、周最、陈轸、召滑、楼缓、翟景、苏厉、乐毅之徒通其意，吴起、孙膑、带佗、倪良、王廖、田忌、廉颇、赵奢之属制其兵。尝以十倍之地，百万之众，叩关而攻秦。秦人开关而延敌，九国之师逡巡而不敢进。秦无亡矢遗镞之费，而天下诸侯已困矣。于是从散约解，争割地而赂秦。秦有余力而制其弊，追亡逐北，伏尸百万，流血漂橹，因利乘便，宰割天下，分裂山河，强国请服，弱国入朝。施及孝文王、庄襄王，享国之日浅，国家无事。

在此基础上，秦始皇遂能吞二周而亡诸侯，建立起统一而又以强盛的秦王朝：

> 及至始皇，奋六世之余烈，振长策而御宇内，吞二周而亡诸侯，履至尊而制六

---

① （明）吴讷、（明）徐师曾《文章辨体序说　文体明辨序说》，人民文学出版社 1962 年版。

合，执敲朴（刑具）以鞭笞天下，威振四海。南取百越之地，以为桂林、象郡，百越之君俛首系颈，委命下吏。乃使蒙恬北筑长城而守藩篱，却匈奴七百余里。胡人不敢南下而牧马，士不敢弯弓而报怨。于是废先王之道，焚百家之言，以愚黔首。隳名城，杀豪杰，收天下之兵，聚之咸阳，销锋镝，铸以为金人十二，以弱天下之民。然后践华（凭着华山）为城，因河为池，据亿丈之城，临不测之渊，以为固。良将劲弩而守要害之处，信臣精卒陈利兵而谁何。天下已定，始皇之心，自以为关中之固，金城千里，子孙帝王万世之业也。

秦始皇想建“万世之业”，结果却二世而亡，原因就在于不施仁义：

始皇既没，余威震于殊俗。然而陈涉，瓮牖绳枢之子，氓隶之人，而迁徙之徒也，材能不及中庸，非有仲尼、墨翟之贤，陶朱、猗顿之富，蹑足行伍之间，俛起阡陌之中，率罢散之卒，将数百之众，转而攻秦。斩木为兵，揭竿为旗，天下云集响应，赢粮而景从。山东豪俊，遂并起而亡秦族矣。且夫天下非小弱也，雍州之地，崤函之固自若也。陈涉之位，非尊于齐、楚、燕、赵、韩、魏、宋、卫、中山之君也；鉏耰棘矜，非铦于钩戟长铩也，谪戍之众，非抗于九国之师也，深谋远虑，行军用兵之道，非及曩时之士也。然而成败异变，功业相反，何也？试使山东之国与陈涉度长絜大（度量长短粗细），比权量力，则不可同年而语矣。然秦以区区之地，致万乘之势，招八州而朝同列，百有余年矣。①

全文以史实为论据，以观点统率材料，对史实作出高度概括；采用对比论证手法，特别是末段以秦国的过去和现在比，陈涉之弱与六国之强比，以秦强盛之久与灭亡之速比，集中突出“一夫作难”而“身死人手，为天下笑”就在于“仁义不施”这一中心论点。全文多铺陈排比句、对偶句以渲染气氛，读起来铿锵有力。《太平御览》卷五九五引曹丕《典论》曰：“余观贾谊《过秦论》，发周秦之得失，通古今之制义，洽以三代之风，润以圣人之化，斯可谓作者矣。”②欧阳修《与黄校书论文章书》云：“见其弊而识其所以革之者，才识兼通，然后其文博辩而深切中于时病，而不为空言，盖见其弊必见其所以弊之因，若贾生论秦之失，而推古养太子之礼，此可谓知其本矣。”③因此，历代选本

① （汉）贾谊《新书》卷一，文渊阁四库全书本。

② 《太平御览》，文渊阁四库全书本。

③ （宋）欧阳修《文忠集》卷六七，文渊阁四库全书本。

几乎都选此文，把它作为论说文的典范。

（二）难、喻

难与论一样都是说理之文。李充《翰林论》曰："研求名理，而论、难生焉。"①明杜浚《杜氏文谱》卷二《文式·入境》："难以诘问，贵纠结而使人难解。"②

论与难是相对的概念，论是正面论理，难是诘难，是从反面论理，通过对话反诘阐明自己的观点。《韩非子》卷一五《韩非子·难一》云："晋文公将与楚人战，召舅犯问之曰：'吾将与楚人战，彼众我寡，为之奈何？'舅犯曰：'臣闻之，繁礼君子不厌忠信，战阵之间不厌诈伪，君其诈之而已矣。'文公辞。"③这是较早较典型的难体形式。

难与喻也是相对的概念，喻是晓喻，难是责难。任昉《文章缘起》云："喻、难，汉司马相如《喻巴蜀》并《难蜀父老》。"明陈懋仁注："喻，喻告以知上意也。难，难也，以己意难之，以讽天子也。"《难蜀父老》是司马相如奉汉武帝之命使巴蜀时所作，通过自己与巴蜀父老的对话，阐明巴蜀必须归属中央。首论汉之兴盛："汉兴七十有八载，德茂存乎六世，威武纷纭，湛恩汪濊，群生澍濡，洋溢乎方外。于是乃命使西征，随流而攘，风之所被，罔不披靡。"次写巴蜀父老之诘难："盖闻天子之牧夷狄也，其义羁縻勿绝而已。今罢三郡之士，通夜郎之途，三年于兹而功不竟，士卒劳倦，万民不赡。今又接以西夷，百姓力屈，恐不能卒业，此亦使者之累也。"而全文重点是司马相如的反诘：巴蜀必须统一，必能统一。认为父老所云之实质"则是蜀不变服而巴不化俗也"，他说："世必有非常之人，然后有非常之事；有非常之事，然后有非常之功。夫非常者，固常人之所异也。"并举夏禹治水以为证。他认为全国必须统一："《诗》不云乎：'普天之下，莫非王土；率土之滨，莫非王臣。'是以六合之内，八方之外，浸浔衍溢，怀生之物有不浸润于泽者，贤君耻之。"也必能统一："今封疆之内，冠带之伦，咸获嘉祉，靡有阙遗矣……北出师以讨强胡，南驰使以诮劲越，四面风德，二方之君鳞集仰流，愿得受号者以亿计……拯民于沉溺，奉至尊之休德，反衰世之陵夷，继周氏之绝业，天子之亟务也。百姓虽劳，又恶可以已乎哉？"④楼昉《崇古文诀》卷三既肯定此文之文字，又批评其主旨，助成汉武的好大喜功："武帝事西南夷，岂是好事？其实相如只是强分疏，却

---

① 《太平御览》卷五九五引，文渊阁四库全书本。

② （明）杜浚《杜氏文谱》，明刊杜氏家刻《杜氏四谱》本。

③ 《韩非子》，文渊阁四库全书本。

④ 《史记》卷一一七《司马相如列传》，文渊阁四库全书本。

又要强说道理。至以禹治水为比，可谓牵合矣。使人主观之，乃所以助成其好大喜功之习，非所以正救其失也。然文字自佳。”①

难体并不都以难名篇。《容斋随笔》卷七《七发》论难体的模仿与创新云：“东方朔《答客难》自是文中杰出。扬雄拟之为《解嘲》，尚有驰骋自得之妙。至于崔骃《达旨》，班固《宾戏》，张衡《应间》，皆屋下架屋，章摹句写，其病与《七林》同。及韩退之《进学解》出，于是一洗矣。”

汉蔡邕《释诲》论及东方朔《答客难》云：“闲居玩古，不交当世，感东方《客难》及扬雄班固、崔骃之徒设疑以自通，乃斟酌群言，韪其是而矫其非，作《释诲》以戒厉云尔。”②明代吴讷的《文章辨体》云：“至若《答客难》、《解嘲》、《宾戏》等作，则皆设辞以自慰者焉。”“设疑”、“设辞”皆指“难”之结构形态为主客双方，有问有答；“自通”、“自慰”则指这两篇难体文的主旨，答疑释惑，解嘲自慰。两者缺一皆不成其为设“难”之体。

溯源问答之体，最早可以追溯到殷商时期的卜筮活动。中国最早的诗歌总集《诗经》之中的问答形式已很多，如《秦风·终南》、《豳风·伐柯》、《小雅·采薇》都有问有答。屈原的《离骚》、《卜居》，宋玉的《对楚王问》等作也多问答形式。魏晋袭客难之体的作家更多，如陈琳的《应讥》、嵇康的《卜疑》、傅玄的《客难》、束皙的《抵疑》、郭璞的《客傲》都是较为典型的。东晋以后渐衰，但历代都有这种文体，“难以诘问，贵纠结而使人难解”，③这就是其写作特点。

（三）说

说为论之一体。张表臣云：“正是非而著之者，说也。”④吴讷《文章辨体序说·说解》云：“说者释也，述也，解释义理而以己意述之也。说之名，起自吾夫子之《说卦》，厥后汉许慎著《说文》，盖亦祖述其名而为之辞也。魏晋六朝文载《文选》而无其体，独陆机《文赋》备论作文之义，有曰‘说，炜烨而谲诳’，是岂知言者哉！至昌黎韩子(愈)，悯斯文日弊，作《师说》，抗颜为学者师。迨柳子厚及宋室诸大老出，因各即事即理而为之说，以晓当世，以开悟后学，由是六朝陋习，一洗而无余矣。”

---

① (宋)楼昉《崇古文诀》，文渊阁四库全书本。

② (汉)蔡邕《蔡中郎集》卷三，文渊阁四库全书本。

③ (明)杜浚《杜氏文谱》卷二《文式·入境》，明刊杜氏家刻《杜氏四谱》本。

④ (宋)张表臣《珊瑚钩诗话》卷三，文渊阁四库全书本。

徐师曾《文体明辨序说》云，说“与论无大异也”。论与说虽无大异，但也略有区别。陆机《文赋》云：“论精微而朗畅……说炜晔而谲诳。”李善注云：“论以评议臧否，以当为宗，故精微朗畅”；“说以感动为先，故炜晔谲诳。”《文心雕龙·论说》云：“论也者，弥纶群言，而研精一理者也”；“说者悦也，兑为口舌，故言咨悦怿。”可见论偏重于阐释，说偏重于叙说；论多以论为论，说多以述为论；论是比较严肃的，论断事理，“以当为宗”；说则比较自由活泼，更加强调感情（“以感动为先”，“言咨悦怿”）和文采（“炜晔而谲诳”）。明杜浚认为：“说则自出己意，横说竖说，其文详赡抑扬，无所不可。如韩文《师说》是已。”①因此，在论说文中，杂说往往比正论更有文学价值。

韩愈《师说》最能表明说“与论无大异”、说实为论的特点。文章中对“古之学者必有师”的尊师情况的述说，对“古之圣人”对待“师”的态度的回顾，对古有师而今无师的状况的描述，对“作《师说》以贻之”的写作缘起的交待，都体现出说体文“述”的特点；而对“师者，所以传道受业解惑也”的定位性解释，则体现了说体文“释”的特点。②

如果说《师说》是“正是非而著之”，那么柳宗元的《捕蛇者说》则更具有说体文的特征：此文的主要篇幅都在“述”，叙述捕蛇者的悲惨境遇，“以感动为先”，颇能引起读者精神上的震撼和共鸣：

> 永州之野产异蛇，黑质而白章（黑底有白色斑纹），草木尽死。以啮（咬）人，无御之者。然得而腊之以为饵，可以已（治愈）大风（风湿）、挛踠（手足不能伸直）、瘘（颈肿）、疠（疠疫），去死肌（死肉），杀三虫。③其始太医以王命聚之，岁赋其二（每年征收两次蛇）。募有能捕之者，当其租入，永之人争奔走焉。
>
> 有蒋氏者专其利三世矣。问之，则曰吾祖死于是，吾父死于是，今吾嗣为之，二十年几死者数矣。言之貌若甚戚（悲伤）者。余悲之，且曰：“若毒之乎（你这样痛恨捕蛇吗）？余将告于莅事者（当事官吏），更若役，复若赋（更换你的劳役，恢复你的赋税）。则何如？”蒋氏大戚，汪然出涕曰：“君将哀而生之乎？则吾斯役之不幸，未若复吾赋不幸之甚也。向吾不为斯役，则久已病矣。自吾氏三世居是乡，积于今六十岁矣，而乡邻之生日蹙（困迫）。殚（尽）其地之出，竭其庐之入，呼

---

① (明)杜浚《杜氏文谱》卷一《文法》，明刊杜氏家刻《杜氏四谱》本。

② 韩愈《五百家注昌黎文集》卷一二，文渊阁四库全书本。

③ 叶梦得《避暑录话》卷下六：“道家有言三尸，或谓之三彭，以为人身中皆有是三虫，能记人过失。至庚申日，乘人睡去，而谗之上帝。故学道者至庚申日辄不睡，谓之守庚申。或服药以杀三虫。”文渊阁四库全书本。

号而转徙，饥渴而顿踣（困顿僵仆）。触风雨，犯寒暑，呼嘘毒疠（呼吸有毒的疠气），往往而死者相藉（一个挨着一个）也。曩与吾祖居者，今其室十无一焉；与吾父居者，今其室十无二三焉；与吾居十二年者，今其室十无四五焉。非死则徙尔，而吾以捕蛇独存。悍吏之来吾乡，叫嚣乎东西，隳突（破坏骚扰）乎南北，哗然而骇者，虽鸡狗不得宁。吾恂恂（谨慎缓慢）而起，视其缶而吾蛇尚存，则弛然（轻松貌）而卧。谨食（喂养）之，时而献焉。退而甘食其土之有，以尽吾齿。盖一岁之犯死者二焉，其余则熙熙（和乐貌）而乐，岂若吾乡邻之旦旦若是哉？今虽死乎此，比吾乡邻之死则已后矣，又安敢毒（怨恨）耶。"

余闻而愈悲。孔子曰："苛政猛于虎也。"①吾尝疑乎是，今以蒋氏观之，犹信。呜呼，孰知赋敛之毒有甚是蛇者乎！故为之说，以俟夫观人风者（观察民间风俗的官吏）得焉。②

文章首段以叙事起，从捕蛇之役代赋税说起；中间部分是主体，借蒋氏之口叙赋税之重甚于捕蛇的劳役；末段为作者的感慨，点明全文主旨"苛政猛于虎也"。林次崖评云："只就'苛政猛于虎'一语发出一篇妙文，中间写悍吏之催科，赋役之烦扰，十室九空，一字十泪，中谷哀鸣，莫尽其惨。然都就蒋氏口中说出，子厚只代述得一遍。以叙事起，入蒋氏语，出一'悲'字，后以'闻而愈悲'自相叫应。结乃明言著说之旨。一片悯时深思，忧民至意，拂拂从纸上浮出，莫作小文字观。"又云："抑扬起伏，宛转斡旋，含无限悲伤凄宛之态。"③"一字十泪，中谷哀鸣，莫尽其惨"道出了此文"以感动为先"的特点；而"抑扬起伏，宛转斡旋"则说明此文比一般论说文更富文采。

周敦颐的《爱莲说》更完全摆脱了论体文的抽象说理，而以莲花"出淤泥而不染，濯清涟而不妖"，④比喻君子的高风亮节，俨然是一篇极富文采的小品文。朱熹甚喜此文，并撰《爱莲》诗云："闻道移根玉井傍，开花十丈是寻常。月明露冷无人见，独为先生引兴长。"⑤并为之刻石。语言简洁华美，以喻为说是此文的突出特点。

可见，与论相比，说的形式更加短小灵活，叙述性更强，语言更加富有文采；论多以理动人，而说多以情动人。

---

① 《论语注疏·檀弓下》，文渊阁四库全书本。
② （唐）柳宗元《柳河东集》卷一六，文渊阁四库全书本。
③ （唐）柳宗元《柳柳州全集》卷四引，山晓阁选唐大家集本。
④ （宋）周敦颐《元公周先生濂溪集》卷六，正谊堂全书本。
⑤ （宋）朱熹《晦庵集》卷八，文渊阁四库全书本。

（四）传

传除纪传之传外，还有解说经文之传。《文心雕龙·论说》云："详观论体，条流多品……释经则与传注参体……传者转师，注者主解。"清末王兆芳云："传者，驲遽也，转也，转传经训，若驲遽也。公羊子曰：'主人习其读而问其传。'主于转移受授，依经传训。源出《礼经·丧服传》、《春秋传》，流有魏文侯《孝经传》，汉申公《鲁诗传》，伏生《尚书大传》，毛公《诗故训传》。"①其他如《诗》之毛传、《春秋》三传皆是。解说经文之传除了对经文进行解释疏通之外，往往还用很多篇幅来阐述作者自己的文体观点，有明显的论说文特征。如朱熹《诗集传》云：

> 国者诸侯所封之域，而风者民俗歌谣之诗也。谓之风者以其被上之化以有言，而其言又足以感人，如物因风之动以有声，而其声又足以动物也。是以诸侯采之以贡于天子，天子受之而列于乐官，于以考其俗尚之美恶，而知其政治之得失焉。旧说"二南"为正风，所以用之闺门乡党邦国而化天下也。"十三国"为变风，则亦领在乐官，以时存肄，备观省而垂监戒耳，合之凡"十五国"云。

又解《周南》云：

> 周，国名。南，南方诸侯之国也。周国本在《禹贡》雍州境内，岐山之阳，后稷十三世孙，古公亶父始居其地。传子王季，历至孙文王昌，辟国寖广，于是徙都于丰而分岐。周故地以为周公旦、召公奭之采邑，且使周公为政于国中，而召公宣布于诸侯，于是德化大成于内，而南方诸侯之国，江、沱、汝、汉之间，莫不从化，盖三分天下而有其二焉。至子武王发又迁于镐，遂克商而有天下。武王崩，子成王诵立，周公相之，制作礼乐，乃采文王之世风化所及民俗之诗，被之筦弦，以为《房中》之乐。而又推之以及于乡党邦国所，以著明先王风俗之盛，而使天下后世之修身、齐家、治国、平天下者皆得以取法焉。盖其得之国中者杂以南国之诗，而谓之《周南》，言自天子之国而被于诸侯，不但国中而已也。其得之南国者，则直谓之《召南》，言自方伯之国被于南方而不敢以系于天子也。②

---

① （清）王兆芳《文章释》，光绪二十九年刊本。

② （元）刘瑾《诗传通释》卷一引《朱子集传》，文渊阁四库全书本。

因此，后世有些以传名篇的文章实为论说文。如秦观《浩气传》，实际上就是阐释孟子的“我善养吾浩然之气”的论说文：“呜呼，气之为物，亦已至矣！此公孙丑所以问之悉，而孟子所以告之详也。凡进以礼，退以义，动而智，静而仁者，皆性也。穷通之有数，废兴之不常者，皆命也。君子审去就之分，循得丧之理，以尽其性，则宠辱于己，犹蚊虻之一过，死生于己，犹夜旦之一易，皆命之偶然者也，乌足概其心哉？”①文长不尽录。

（五）议

《说文》云：“议，语也，又曰论难也。”桓宽《盐铁论·水旱篇》云：“大夫曰：议者贵其辞约而指明，可于众人之听，不至繁文稠辞多言，害有司化俗之计。”王通《中说》卷下《问易篇》：“议，其尽天下之心乎。昔黄帝有合宫之听，尧有衢室之问，舜有总章之访，皆议之谓也。’大哉乎，并天下之谋，兼天下之智，而理得矣。我何为哉？恭己南面而已。”又《中说》卷六《礼乐》篇云：“议，天子所以兼采而博听也，唯至公之主为能择焉。”宋张表臣《珊瑚钩诗话》卷三：“度其宜而揆之者议也。”高承《事物纪原》卷四：“议，《管子》曰‘轩辕有明堂之议’，此盖疑为议之始也。”徐师曾《文体明辨序说》云：“按刘勰云：‘议者宜也，周爰谘谋以审事宜也。’《周书》曰：‘议事以制，政乃不迷。’此之谓也。昔管仲称轩辕有明台之议，则其来远矣。至汉始立驳议，驳者杂也，杂议不纯，故曰驳也。盖古者国有大事，必集群臣而廷议之，交口往复，务尽其情，若罢盐铁、击匈奴之类是也。厥后下公卿议，乃始撰词，书之简牍以进，学士偶有所见，又复私议于家，或商今，或订古，由是议浸盛焉。然其大要在于据经析理，审时度势。文以辨洁为能，不以繁缛为巧；事以明核为美，不以深隐为奇，乃为深达议体者耳。”吴讷《文章辨体序说》：“《周书》曰：‘议事以制，政乃不迷。’眉山苏氏释之曰：‘先王人法并任，而任人为多，故临事而议。’是则国之大事，合众议而定之者尚矣。”明杜浚《杜氏文谱》卷一《诗文体制》论议云：“度其宜而揆之者议也。”卷二《入境》云：“议以议事，贵直切而有处置。”

刘勰《文心雕龙》第二四《议对》则具体论述了议体文的写作要求：“其大体所资，必枢纽经典，采故实于前代，观通变于当今。理不谬摇其枝，字不妄舒其藻。又郊祀必洞于礼，戎事必练于兵，佃谷先晓于农，断讼务精于律。然后标以显义，约以正辞，文以辨洁为能，不以繁缛为巧；事以明核为美，不以深隐为奇：此纲领之大要也。若不达政体，而舞笔弄文，支离构辞，穿凿会巧，空骋其华，固为事实所摈；设得其理，亦为

① （宋）秦观《淮海集笺注》卷二四，上海古籍出版社 1994 年版。

游辞所埋矣。昔秦女嫁晋，从文衣之媵，晋人贵媵而贱女；楚珠鬻郑，为熏桂之椟，郑人买椟而还珠。若文浮于理，末胜其本，则秦女楚珠，复存于兹矣。”

不难看出，议主要指“议事”，所议之事多为“国之大事”、“有关于政理者”。从“轩辕有明堂之议”、“周爰谘谋以审事宜”、“必集群臣而廷议之”可知，议主要用于朝廷之上、臣子之间。议的目的在于“议事以制，政乃不迷”，因此议的政治色彩很浓，即便是“私议”，也多“有关于政理”。这是议与一般的“论”的主要区别。

议有驳议，是就他人之议而驳其非是。清末王兆芳《文章释》云：“议者，语也，谋也，谋事之语也。汉‘上书四名’，四曰驳议。蔡邕曰：‘其有疑事，公卿百官会议。其非驳议，不言议异。’唐门下省‘六书’，四曰议。李充曰：‘在朝辨政而议出，宜以远大为本。’主于援旧谋新，语中事理。源出黄帝时《明台议》，《管子·桓公问》目。流有秦王绾《帝号》、《封建》二议，淳于越《封建议》，诸儒生《封禅议》，李斯《存韩》、《废封建》诸议，汉萧何《天子服议》，后世议文甚多，《文粹》列‘议’。汉《石渠》、《白虎》经论亦曰议奏。”又论驳议，谓：“斥人议之不纯也。李善曰：‘推覆平论，有异事进之，曰驳。’汉上书四曰驳议。蔡邕曰：‘若台阁有所正处，而独执异议者，曰驳议。驳议曰，“某官某甲议以为如是”，下言“臣愚戆议异”。’李充曰：‘驳不以华藻为先。’主于进言指误，胜以纯正。源出汉初，流有张苍《驳公孙臣汉应土德议》，萧望之《驳张敞入谷赎罪议》，许商《驳孙禁开笃马河方略》，后世驳议甚多。”

议有谥议，是研讨当赐何种谥号的议论。徐师曾《文体明辨序说》云：“宋制，拟谥定于太常，复于考功，集议于尚书省，其法渐密……而其体有四：一曰谥议，二曰改议，三曰驳议，四曰答驳议。观其往复论辩，岂得已哉，不过欲归于是非之公而已……至于名臣处士，法不得谥，则门生故吏相与共议而加私谥焉。”吴讷《文章辨体序说》又论谥议云：“《白虎通》曰：‘人行始终不能若一。’故据其终始，明别善恶，所以劝人为善而戒人为恶也。”谥议就“著为谥议以上于朝”言，可算奏议；就其品评死者言，亦可属哀祭文；但就其“往复论辩”以定是非言，还是属论说文。

较早的议体文如《史记·秦始皇本纪》所载李斯《废封建》云：“周文武所封子弟同姓甚众，然后属疏远，相攻击如仇雠，诸侯更相诛伐，周天子弗能禁止。今海内赖陛下神灵，一统皆为郡县。诸子功臣以公，赋税重赏赐之，甚足易制，天下无异意，则安宁之术也。置诸侯不便。”以周之封建与今之郡县对比，斩钉截铁，富有说服力。

曾巩有《讲官议》、《为人后议》、《公族议》、《救灾议》，或批评当时朝廷的侍讲官，或针对王安石当政后裁减宗室恩例而发，或为濮议之争而发，皆为就国事大事阐述自己的观点。均属论说文。其《讲官议》首论师当有问而告：“孔子之语教人曰：不愤悱不启发。举一隅不以三隅反，则不告也。孟子之语教人曰：有答问者。子之语教人曰：不问而告谓之傲，问一而告二谓之囋。傲，非也。囋，非也。君子如响。故《礼》无往教而有待问，则师之道，有问而告之者尔。”批评当时的侍讲官不是有问而告，而是终日强聒以师自任：“世之挟书而讲者，终日言，而非有问之者也，乃不自知其强聒而欲以师自任，何其妄也……世之挟书而讲于禁中者，官以侍为名，则其任故可知矣。乃自以谓吾师道也，宜坐而讲，以为请于上，其为说曰：‘必如是，然后合于古之所谓坐而论道者也。’夫坐而论道，谓之三公；作而行之，谓之卿大夫，语其任之无为与有为，非以是为尊师之道也。且礼于朝，王及群臣皆立，无独坐者；于燕皆坐，无独立者，故坐未尝以为尊师之礼也。”①“宜坐而讲”是王安石的主张，曾巩与王安石虽有深交，但在熙宁初曾巩已不以王安石之说为然。

（六）辨

辨（亦作辩）为论之一种。权衡事理谓之论，剖析疑难谓之辨。宋张表臣《珊瑚钩诗话》卷三云：“别嫌疑而明之者，辨也。”辩体出现较晚，《文章缘起》补注云：“按字书云：辨，判别也，其字从言或从刂，近世魏校谓从刀，而古文不载，汉以前初无作者，至唐韩、柳乃始作焉。然其原实出于《孟》、《庄》，盖本乎至当不易之理而以反复曲折之词发之。韩文《讳辨》一篇，全不直说破，尽是设疑，佯为两可之辞，而待人自释。此作辨之体裁，若直直判断，失学者更端之意矣。”

以辨为题虽出现较晚，但剖析疑难之辨早在先秦就出现了。吴讷《文章辨体序说·辩》云：“昔孟子答公孙丑问好辩曰：‘予岂好辩哉？予不得已也。’中间历叙古今治乱相寻之故，凡八节，所以深明圣人与己不能自已之意，终而又曰：‘岂好辩哉？予不得已也。’盖非独理明义精，而字法、句法、章法亦足为作文楷式。迨唐韩昌黎作《讳辩》，柳子厚辩桐叶封弟（即《桐叶封弟辩》），识者谓其文效孟子，信矣。大抵辩须有不得已而辩之意，苟非有关世教，有益后学，虽工，亦奚以为?”杜浚云：“辩以辩明，贵曲折而善解结。”②清末王兆芳《文章释》曾详论其源流演变云：“辨者，通作‘辩’，判别也，明辨，非争辩也。扬子曰：‘惟五经为辩。’主于别是非，明异同，若别白黑。源出《礼辨名记》，流有《墨子》三辨，③汉陆贾《新语·辨惑》，吴韦昭《辨释名》，唐陆文通

---

① （宋）曾巩《元丰类稿》卷九，文渊阁四库全书本。

② （明）杜浚《杜氏文谱》卷二《文式·入境》，明刊杜氏家刻《杜氏四谱》本。

③ 《墨子·非攻上》：“今有人于此，少见黑曰黑，多见黑曰白，则以此人不知白黑之辩矣；少尝苦曰苦，多尝苦曰甘，则必以此人为不知甘苦之辩矣；今小为非则知而非之，大为非，攻国则不知而非，从而誉之，谓之义，此可谓知义与不义之辨乎？”文渊阁四库全书本。

《春秋集解辨疑》，宋贾昌朝《群经音辨》。”近人张相按内容把辨分为五类：“折衷圣喆，导励流俗，如昌黎《讳辩》之类是也，是曰辨理。捃摭史事，一扫蚍蜉，如柳州《桐叶封弟辩》之类是也，是曰辨事。载籍丛残，殷殷考订，如柳州《文子》、《鬼谷》诸辨之类是也，是曰辨古书。沧桑陵谷，传闻异辞，如王广津《太华仙掌辨》之类是也，是曰辨地理。盖棺之论，重为平反，如焦弱侯《扬子云始末辩》之类是也，是曰辨古人。”①

可见，辩（辨）主要是针对有“嫌疑”的问题而“明之”、“判别”之，即释疑而断以己意，有明确而具体的对象和针对性，这是其主要特征，也是它与一般性论说文的区别所在。

柳宗元《桐叶封弟辩》云：②

> 古之传者有言：成王以桐叶与小弱弟，戏曰以封汝。周公入贺，王曰戏也。周公曰：“天子不可戏。”乃封小弱弟于唐。吾意不然。王之弟当封耶，周公宜以时言于王，不待其戏而贺以成之也；不当封耶，周公乃成其不中之戏。以地以人与小弱者为之主，其得为圣乎？且周公以王之言不可苟焉而已，必从而成之耶？设有不幸，王以桐叶戏妇寺（宦官），亦将举而从之乎？凡王者之德在行之何若，设未得其当，虽十易之不为病，要于其当，不可使易也，而况以其戏乎？若戏而必行之，是周公教王遂过也。吾意周公辅成王，宜以道，从容优乐，要归之大中而已，必不逢其失而为之辞。又不当束缚之，驰骤之，使若牛马然，急则败矣。且家人父子尚不能以此自克，况号为君臣者耶？是直小丈夫缺缺者之事。

这是一篇驳辩文。先摆出靶子（辩的对象），再层层反驳。首论当封不当封，周公都有过；以地与不当与者，不得称圣；因王言“不可苟”，但不可能“举而从之”；王德在行不在言，言不当就必须改；戏言也必行，则是“遂过”。一环扣一环，颇有气势。谢枋得《文章轨范》卷二评此文云：“七节转换，义理明莹，意味悠长，字字经思，句句著意，无一字懈怠，亦子厚之文得意者。”特别是“王者之德在行之何若，设未得其当，虽十易之不为病”尤为精辟。③

宋代以辩为题者渐多，如吴泳就有《情辨》、《物辩》、《欲辩》、《力辩》、《意辩》等文。欧阳修《怪竹辩》就竹之有知、无知反复辩难，首先提出问题：“谓竹为有知乎，不宜生

---

① 张相《古今文综》第三章，中华书局1916年版。

② （唐）柳宗元《柳河东集》卷四，文渊阁四库全书本。

③ （宋）谢枋得《文章轨范》，文渊阁四库全书本。

于庑下；谓为无知乎，乃能避槛而曲全其生。”先辨其“有知”：“其果有知乎？则有知莫如人，人者万物之最灵也，其不知于物者多矣。至有不自知其一身者，如骈拇、枝指、悬疣、附赘，皆莫知其所以然也。以人之灵，而不自知其一身，使竹虽有知，必不能自知其曲直之所以然也。”接着辨其“无知”：“竹果无知乎？则无知莫如枯草死骨，所谓蓍龟者是也。自古以来，大圣大智之人有所不知者，必问于蓍龟而取决，是则枯草死骨之有知，反过于圣智之人所知远矣。以枯草死骨之如此，则安知竹之不有知也？遂以蓍龟之神智，而谓百物皆有知，则其他　草木瓦石，叩之又顽然皆无所知。然则竹未必不无知也。”然后一结，“有知、无知皆不可知”：“由是言之，谓竹为有知不可，谓为无知亦不可，谓其有知、无知皆不可知，然后可。”并进一步推论出万物之理“不可以一概”：“万物生于天地之间，其理不可以一概。谓有心然后有知乎，则蚓无心；谓凡动物皆有知乎，则水亦动物也。人兽生而有知，死则无知矣；蓍龟生而无知，死然后有知也。是皆不可穷诘。故圣人治其可知者，置其不可知者，是之谓大中之道。”①竹之有知、无知是这篇论辩文所论辩的问题，而“有知、无知皆不可知”，万物之理“不可以一概”，则是这篇论辩文所“判别”的结果；茅坤《唐宋八大家文钞》卷六一称其“空中设相，相外归空”。《欧阳文忠公文选》卷一〇中顾锡畴称其“波澜层出”。孙琮称其“治其可知，置其不可知，此是第一种识力。通篇只将有知、无知两路夹翻，然后转出‘皆不可知’语断定，非惟第一种识力，亦是第一种笔力”②。

（七）释

徐师曾《文体明辨序说》云：“按字书云：释，解也，解之别名也。自蔡邕作《释诲》，而郄正《释讥》，皇甫谧《释劝》，束皙《玄居释》，相继有作，然其词旨不过递相祖述而已。至韩愈作《释言》，别出新意，乃能追配邕文，而免于蹈袭之陋矣。”清末王兆芳《文章释》云：“释者，解也，解释文字也。主于因文解义，正名事物。源出《尔雅》之篇称‘释某’，流有汉刘熙《释名》，唐陆德明《经典释文》及宋王应麟《通鉴地理通释》。”

可见释之本义就是解释文字，因文解义，正名事物。既有以之名书者，此不论；也有以之名篇者，今举蔡邕《释诲》、韩愈《释言》以明其体。

蔡邕生当王莽篡汉之时，不交当世，仿东方朔《客难》及扬雄、班固、崔骃之徒的设疑自通，虚设务世公子（王莽篡汉时的趋炎附势者）与华颠胡老（蔡邕自指）的对话，作

---

① （宋）欧阳修《文忠集》卷十八，文渊阁四库全书本。

② （清）孙琮《山晓阁选宋大家欧阳庐陵全集》卷四，山晓阁文选本。

《释诲》以诲戒之（“吾将释汝”，向你解释）。务世公子诲戒华颠胡老说不要继续“安贫乐贱，与世无营”，而应“俯仰取容，辑当世之利，定不拔之功，荣家宗于此时，遗不灭之令踪”。华颠胡老傲然而笑，向务世公子讲了一篇大道理，谓不应“睹暧昧之利，而忘昭晢之害；专必成之功，而忽蹉跌之败”；三代盛世应出仕，而生于乱世则应“潜形”：“于斯已降，天网纵，人纮弛，王途坏，太极陁，君臣土崩，上下瓦解。于是智者骋诈，辩者驰说。武夫奋略，战士讲锐。电骇风驰，雾散云披，变诈乖诡，以合时宜。或画一策而绾万金，或谈崇朝而锡瑞珪。连衡者六印磊落，合从者骈组流离。隆贵翕习，积富无崖，据巧蹈机，以忘其危。夫华（花）离蒂而萎，条去干而枯，女冶容而淫，士背道而辜。人毁其满，神疾其邪，利端始萌，害渐亦牙。速速方毂，夭夭是加，欲丰其屋，乃蔀（草席）其家。是故天地否闭，圣哲潜形，石门守晨，沮、溺耦耕，颜歜抱璞，蘧瑗保生，齐人归乐，孔子斯征，雍渠骖乘，逝而遗轻。夫岂傲主而背国乎？道不可以倾也。”他提出了处世的原则：“用之则行，圣训也；舍之则藏，至顺也”；“君子推微达著，寻端见绪，履霜知冰，路露知暑。时行则行，时止则止，消息盈冲，取诸天纪。利用遭泰，可与处否，乐天知命，持神任己。群车方奔乎险路，安能与之齐轨？思危难而自豫，故在贱而不耻。方将骋驰乎典籍之崇途，休息乎仁义之渊薮，盘旋乎周、孔之庭宇，揖儒、墨而与为友。舒之足以光四表，收之则莫能知其所有。若乃丁千载之运，应神灵之符，闾阊阖，乘天衢，拥华盖而奉皇枢，纳玄策于圣德，宣太平于中区。计合谋从，已之图也；勋绩不立，予之辜也。龟凤山翳，雾露不除，踊跃草莱，只见其愚。不我知者，将谓之迂。修业思真，弃此焉如？静以俟命，不斁不渝。‘百岁之后，归乎其居。’幸其获称，天所诱也。罕漫而已，非已咎也。昔伯翳综声于鸟语，葛卢辩音于鸣牛，董父受氏于豢龙，奚仲供德于衡辀，倕氏兴政于巧工，造父登御于骅骝，非子享土于善圉，狼瞫取右于禽囚，弓父毕精于筋角，佽非明勇于赴流，寿王创基于格五，东方要幸于谈优，上官效力于执盖，弘羊据相于运筹。仆不能参迹于若人，故抱璞而优游。”①

韩愈的《释言》是一篇以言自解之文，看似平铺直叙，实则行文曲折。始言相国郑絪向其索诗文，次言有人进谗言，谓“韩愈曰相国征余文，余不敢匿，相国岂知我哉？”韩愈表示相国不信此谗言：“愈为御史，得罪德宗朝，同迁于南者凡三人（另二人为张署、李方叔），独愈为先收用，相国之赐大矣；百官之进见相国者或立语已退，而愈辱赐坐语，相国之礼过矣；四海九州岛之人，自百官已下欲以其业彻相国左右者多矣，皆惮而莫之敢。独愈辱先索，相国之知至矣。赐之大，礼之过，知之至，是三者于敌已下受之，宜以何报，况在天子之宰相乎？”不久，又有人向翰林舍人李吉甫与裴垍人谗毁韩

① （东汉）范晔《后汉书·蔡邕传》，文渊阁四库全书本。

愈，韩愈也不相信，认为二公“居则与天子为心膂，出则与天子为股肱，四海九州岛之人，自百官以下，其孰不愿忠而望赐？愈也不狂不愚，不蹈河而入火，病风而妄骂”，“虽有谗者百人，二公将不信之矣”。三写夜归自揣，对“市有虎，曾参杀人”，“始疑而终信之”，可见他也担心谗言会起作用。徐又自解曰：“今三贤方与天子谋所以施政于天下而阶太平之治，听聪而视明，公正而敦大。夫聪明则视听不惑，公正则不迩谗邪。敦大则有以容，而思彼谗人者孰能进而为谗哉？虽进而为之，亦莫之听矣。”①全文都在说他不忧谗，实际正是他忧谗的表现，正如《韩文起》卷八所说，“骤阅之，似平直无波，细味其中，每段皆有许多曲折，总是一片忧谗畏讥之心，前思后想，不能放下，因而自驳自解”。②

（八）解

刘勰《文心雕龙》第二十五《书记》云：“解者释也，解释结滞，征事以对也。”杜预《春秋左传集解》之“解”，即解释文义。明吴讷《文章辨体序说·说解》云：“若夫解者，亦以讲释解剥为义，其与说亦无大相远焉。”明杜浚《杜氏文谱》卷二《文式·入境》：“解以解义，贵明白而题意朗然。”明陈懋仁《文章缘起》注：“嘲，相调也；解，释结滞，征事以对。按字书，解者释也，与论、说、议、辨盖相通焉。论、议既见，说、辨附此。”清方熊《文章缘起》补注云：“按字书，解，释义理而以己意述之也。说起于《说卦》，汉许慎作《说文》，亦祖其名以命篇。而魏、晋以来作者少，独曹植集中有二首，而《文选》不载，故体阙焉。要之，傅于经义而更出己见，纵横抑扬，以详赡为上，与论亦无大异。此外，又有名说、字说，名虽同而所施实异。”清末王兆芳《文章释》：“解者判也，判解书义也。主于厘析奥义，申明故训。源出《礼记·经解》篇，流有汉孔安国《论语训解》，郑兴、郑众《周官解诂》，贾逵《春秋内外传解诂》，何休《公羊解诂》，服虔《左传解诂》，魏何晏《论语集解》及汉高诱《吕氏春秋训解》，唐裴骃《史记集解》。”可见，解就是解释，与说相近。传多解经，解多针对一般性的问题；辩多具驳辩性，解多正面论述；议多论国事，解则不拘事之“大小”。

扬雄的《解嘲》是较早以解名篇的作品之一，先写客嘲扬雄，士“不生则已，生则上尊人君，下荣父母，析人之珪，儋人之爵，怀人之符，分人之禄，纡青拖紫，朱丹其毂”。而扬雄却“不能画一奇，出一策，上说人主，下谈公卿”，“而位不过侍郎，擢才给事黄

---

① （唐）韩愈《五百家注昌黎文集》卷一三，文渊阁四库全书本。

② 无名氏《韩文起》，清林云铭评注本。

门”，“何为官之拓落也”？这实际上是借客之口抒发自己仕途不得志。接着写扬雄“笑而应之”：“客徒欲朱丹吾毂，不知一跌将赤吾之族也。”时代不同，士的地位自然不同。战国时代“士无常君，国无定臣。得士者富，失士者贫”，故重视士人，“邹衍以颉颃而取世资，孟轲虽连蹇，犹为万乘师”。而汉代全国统一，版图很大，人才云集，无需礼士，安得青紫朱毂之荣：“散以礼乐，风以诗书，旷以岁月，结以倚庐。天下之士，雷动云合，鱼鳞杂袭，咸营于八区，家家自以为稷契，人人自以为皋陶”，“当途者升青云，失路者委沟渠。旦握权则为卿相，夕失势则为匹夫。譬若江湖之崖，渤澥之岛，乘雁集不为之多，双凫飞不为之少”，“世乱则圣哲驰骛而不足，世治则庸夫高枕而有余”，故“当今县令不请士，郡守不迎师，群卿不揖客，将相不俛眉，言奇者见疑，行殊者得辟，是以欲谈者卷舌，而同声欲行者拟足而投迹。乡(向)使上世之士处乎今世，策非甲科，行非孝廉，举非方正，独可抗疏。时道是非，高得待诏，下触闻罢，又安得青紫”？“世异事变”，“有造萧何律于唐虞之世则悖矣，有作叔孙通仪于夏殷之时则惑矣，有建娄敬之策于成周之时则缪矣”。前人认为是“会其时之可为”，要自己像司马相如那样“窃赀于卓氏”，像东方朔那样“割炙于细君，仆诚不能与此数公者并，故默然独守吾《太玄》”。①清李光地称此段“言外皆有不屑效意”。②蒋彤云：“《解嘲》摹东方生《客雄》为之，班孟坚《宾戏》又摹《解嘲》为之。东方义属草创，孟坚倍加润色，总不及《解嘲》之辞义并美，以其所遇之时异也。东方生为孝武执戟，孟坚为幕府典文章，皆当平世，直达其辞而已。子云《解嘲》乃通体发明《太玄经》义蕴，‘客徒知朱丹吾毂，不知一跌将赤吾之族’，此言非戏。至新都(王莽)用事，丁傅、董贤诸族无通达自全，而其事验矣。‘世异事变，人道不殊，彼我异时，未知何如’，彼指丁傅徒也。‘彰往察来，洞若观火，《太玄》拟《易》，不为矫诬’，已然不以玄理正襟作论，唯以‘玄之尚折’作相戏语，曰《解嘲》亦汉人善于立题，亦所以隐约避时雄也。”③

韩愈《进学解》首论“业精于勤，荒于嬉”：

> 国子先生晨入太学，招诸生立馆下，诲之曰：“业精于勤，荒于嬉；行成于思，毁于随。方今圣贤相逢，治具必张，拔去凶邪，登崇俊良。占小善者率以录，名一艺者无不庸(通用)，爬罗剔抉，刮垢磨光，盖有幸而获选，孰云多而不扬？诸生业患不能精，无患有司之不明；行患不能成，无患有司之不公。”

---

① (汉)扬雄《扬子云集》卷四，文渊阁四库全书本。

② (清)李光地《古文精藻》卷上，清刊本。

③ (清)蒋彤《丹棱文钞》卷二《书扬子云〈解嘲〉后》，常州先哲遗书本。

次叙学生之责难，实为借他人之酒杯自抒胸中之块垒：

言未既（尽、完），有笑于列者曰："先生欺余哉！弟子事先生于兹有时矣，先生口不绝吟于六艺之文，手不停披于百家之编，记事者必提其要，纂言者必钩其玄，贪多务得，细大不捐。焚膏油以继晷，恒兀兀以穷年。先生之业可谓勤矣，抵排（抵制排斥）异端，攘斥佛老，补苴罅漏，张惶幽眇，寻坠绪之茫茫，独旁搜而远绍，障百川而东之，回狂澜于既倒，先生之于儒可谓劳矣。沉浸醲郁，含英咀华，作为文章，其书满家，上规姚（虞舜）姒（夏禹），浑浑无涯，《周诰》、《殷盘》，佶屈聱牙，《春秋》谨严，《左氏》浮夸，《易》奇而法，《诗》正而葩（华美），下逮《庄》、《骚》。太史（司马迁）所录，子云（扬雄）、（司马）相如，同工异曲，先生之于文，可谓闳其中而肆其外矣。少始知学。勇于敢为，长通于方，左右具宜，先生之于人可谓成矣。然而公不见信于人，私不见助于友，跋前疐后①，动辄得咎。暂为御史，遂窜南夷（指贬官广东阳山令）。三年博士，冗不见治。命与仇谋，取败几时（屡次招败）。冬暖而儿号寒，年登（丰收）而妻啼饥。头童（秃发）齿豁（齿落），竟死何裨（至死有何补益）。不知虑此，而反以教人为？"

末为解学生之责难：

先生曰："吁！子来前。夫大木为宎（栋梁），细木为桷（屋椽），欂（壁柱）栌（半拱）侏儒（此指梁上短木），椳（门臼）闑（房中所立短木）居（门闩）楔（门框两侧长木），各得其宜。以成室屋者，匠氏之功也。玉札丹砂，赤箭青芝，牛溲马勃，败鼓之皮（皆药名或可作药者），俱收并蓄。待用无遗者，医师之良也。登明选公（选拔人才明察公正），杂进巧拙，纡余为妍，卓荦为杰，校短量长，惟器是适者（各种人才都得到适当的使用），宰相之方（治国方略）也。昔者孟轲好辩，孔道以明，辙（车迹）环（遍）天下，卒老于行（途中）。荀卿宗王，大论以兴。逃谗于楚，废死兰陵。是二儒者，吐辞为经，举足为法，绝类离伦（超离同辈），优入圣域（圣人境界），其遇于世何如也？今先生学虽勤而不繇（由）其统，言虽多而不要其中，文虽奇而不济于用，行虽修而不显于众，犹且月费俸钱，岁靡廪粟，子不知耕，妇不知织，乘马从徒（有弟子跟随），安坐而食，踵常途之役役（劳累不停貌），窥陈篇（前

① 《诗经·豳风·狼跋》："狼跋其胡，载疐（同踬）其尾"，意谓进退两难。见《毛诗注疏》，（汉）郑氏笺，（唐）陆德明音义，孔颖达疏。文渊阁四库全书本。

人著述)以盗窃(窃取前人之说)。然而圣主不加诛,宰臣不见斥,兹非幸欤！动而得谤,名亦随之,投闲置散,乃分之宜。若夫商(谋算)财贿(财货)之有亡(无),计(较量)班资(品秩)之崇庳(高低),忘己量之所称,指前人之瑕疵,是所谓诘(责问)匠氏之不以杙(小木椿)为楹(大柱),而訾(非议)医师以昌阳引年(草蒲延年),欲进其豨苓(即猪苓,菌类药物)也。

孙樵《与王霖秀才书》云:"韩吏部《进学解》,冯常侍《清河壁记》莫不拔地倚天,句句欲活,读之如赤手捕长蛇,不施控骑生马,急不得暇,莫不捉搦;又如远人入太兴城,茫然自失。"①茅坤《唐宋八大家文钞》卷一〇云:"此韩公正正之旗,堂堂之阵也,其主意专在宰相,盖大才小用,不能无憾。而以怨怼无聊之辞托之人,自咎自责之辞托之已,最得体。"借人之口以抒己愤是此文最突出的特点。《韩文起》卷二云:"首段以进学发端,中段句句是驳,末段句句是解,前呼后应,最为严密。"

宋人著解甚多。欧阳修有《诗解》,含《诗解统序》、《二南为正风解》、《周召分圣贤解》、《王国风解》、《十五国次解》、《定风雅颂解》、《鲁颂解》、《商颂解》、《十月之交解》等篇。其《诗解统序》云:"《易》、《书》、《礼》、《乐》、《春秋》,道所存也。《诗》关此五者,而明圣人之用焉。习其道不知其用之与夺,犹不辨其物之曲直而欲制其方圆,是果于其成乎！故二《南》牵于圣贤,《国风》惑于先后,《豳》居变《风》之末,惑者溺于私见而谓之兼上下,二《雅》混于小、大而不明,三《颂》昧于《商》、《鲁》而无辨,此一经大概之体,皆所未正者。先儒既无所取舍,后人因不得其详,由是难易之说兴焉。毛、郑二学,其说炽辞辩固已广博,然不合于经者亦不为少,或失于疏略,或失于谬妄。盖《诗》载《关雎》,上兼商世,下及武、成、平、桓之间,君臣得失、风俗善恶之事阔广邃邈,有不失者鲜矣,是亦可疑也。予欲志郑学之妄,益毛氏疏略而不至者,合之于经,故先明其统要十篇,庶不为之芜泥云尔。"《黄氏日钞》卷六一称其《诗解》"自是一家"。

刘敞有《师三年解》、《御龙解》。其《御龙解》云:"天下之物无智于龙者,是能乘云气雷雨而游乎天地之间,在天地之间无微细隐隙而不容其身者,其为物也,可谓神矣。然而昔之人得而扰之御之,则以能识其嗜欲,而不背其性也。凡扰畜物之道,苟为不尽其性,虽狎(亲近)不留;苟为尽其性,虽不狎,留之。然而狎犀象虎豹也易,狎龙也难。彼龙者,恃其才之大而智之神,如有不合则去矣,无求于人矣,非若犀象虎豹而受制于人、而求全于人、而丧身于人也,是以狎之非其道弗就也。"②无求于人,不合则

① (唐)孙樵《孙可之集》卷二,文渊阁四库全书本。

② (宋)刘敞《公是集》卷四六,文渊阁四库全书本。

去，就是此文主旨。

（九）原

原有推求、察究的意思，为论说文的一种。原的特征是推本寻源，探究事物的本质，义贵精严而直造本原，这是它与一般性论说文的区别。吴讷《文章辨体序说》云："按韵书，原者本也。一说推原也。义如大《易》'原始要终'之训，若文体谓之原者，先儒谓始于退之之《五原》①，盖推其本原之义以示人也。"徐师曾《文体明辨序说》云："其曲折抑扬，亦与论、说相为表里，无甚异也。其题或曰原某，或曰某原，亦无他义。"其实，原并非始于韩愈，汉刘安《淮南子》有《原道训》，梁刘勰《文心雕龙》有《原道》篇；继之者更多，皮日休有《原化》、《原宝》、《原亲》、《原己》、《原奕》、《原用》、《原谤》、《原刑》、《原兵》、《原祭》。宋人以原为题者也不少，如李邦直《势原》、《法原》，楼昉《崇古文诀》二八评其《势原》云"能道他人说不出底意思，文字伤于刻削，太深些子"；评其《法原》云"以警策语易陈言，以杰特句发新意，所谓化臭腐为神奇者"。李耆卿《文章精义》云："李邦直《势原》只一'势'字，《法原》只一'法'字，演出数千言，所谓一茎草化作丈六金身者。"

韩愈《原毁》（卷一一）云：

> 古之君子，其责己也重以周，其待人也轻以约。重以周故不怠，轻以约故人乐为善。闻古之人有舜者，其为人也仁义人也，求其所以为舜者，责于己曰："彼人也，余人也，彼能是而我乃不能是。"早夜以思，去其不如舜者，就其如舜者。闻古之人有周，其为人也多才与艺人也。求其所以为周公者，责于己曰："彼人也，余人也，彼能是而我乃不能是。"早夜以思，去其不如周公者，就其如周公者。舜，大圣人也，后世无及焉。周公大圣人也，后世无及焉。是人也，乃曰："不如舜，不如周公，吾之病也。"是不亦责于己者重以周乎。其于人也，曰："彼人也能有是，是足为良人矣；能有是，是足为艺人矣。"取其一不责其二，即其新不究其旧。恐恐然，惟惧其人之不得为善之利。一善易修也，一艺易能也，其于人也，乃曰："能有是，是亦足矣。"曰："能善是，是亦足矣。"是不亦待于人者轻以约乎？
>
> 今之君子则不然，其责人也详，其待己也廉。详，故人难于为善；廉，故自取也少。己未有善，曰："我善是，是亦足矣"。己有未能，曰："我能是，是亦足矣。"外以欺于人，内以欺于心，未少有得而止矣。是不亦待于己者已廉乎？其于人

---

① 指韩愈《原道》、《原性》、《原毁》、《原人》、《原鬼》。

也，曰："彼虽能是，其人不足称也；彼虽善是，其用不足称也。"举其一不计其十，究其旧不图其新，恐恐然惟惧其人闻也。是不亦责于人者已详乎？夫是谓不以众人待其身，而以圣人望于人，吾未见其尊己也。

虽然，为是者有本有原，怠与忌之谓也。怠者不能修，而忌者畏人修。吾常试之矣，尝试语于众曰："某良士，某良士。"其应者必其人之与也。不然，则其所疏远，不同其利者也。不然，则其畏也。不若是，强者必怒于言，懦者必怒于色矣。又尝语于众曰："某非良士，某非良士。"其不应者，必其人之与也。不然，则其所疏远，不与同其利者也。不然，则其畏也。不若是，强者必说于言，懦者必说于色矣。是故事修而谤兴，德高而毁来。

呜呼，士之处此世，而望名誉之光，道德之行，难矣。将有仕于上者，得吾说而存之，其国家可几（庶几）而理欤！

文章探"古之君子"之原，是为了揭"今之君子"之实；探究"毁"的根源，正是论说"毁"的实质。故与论"无甚异也"。茅坤《唐宋八大家文钞》卷九云："此篇八大比，秦汉来故无此调，昌黎公创之。然感慨古今之间，因而摹写人情，曲鬯骨里，文之至者。"八大比实为三大段，前三小段为第一大段，讲古之君子的责己与待人，责己严而待人宽。次三小段为第二段，讲今之君子责己与待人和古人恰恰相反，责己宽而待人严。七、八两小段为第三大段，分析今人责己宽而待人严的原因，是"怠与忌"造成的："怠者不能修，而忌者畏人修。"《韩文起》卷一云："篇中揭出'怠'、'忌'两字，可谓推见至隐。末写出人情恶薄，曲尽其态。以公平日动而得谤，故有是作也。"可见此文实有感而发。中唐朋党之争激烈，此文富有针对性，皆针对当时的"事修而谤兴，德高而毁来"的社会风气而发。末谓士者能以他的《原毁》为戒，国家就有望得到治理。《韩文起》卷一又云："读结语三句，不但欲君相得听言之法，并为君相定观人之法也。故曰'国家可几而理'，岂诬也哉？'"全文长于对比，以古与今对比，以责己与待人对比，《古文观止》卷七云："全用重周、轻约、详廉、怠忌八字立说，然其中只以一'忌'字原出毁者之情，局法亦奇，若他人作此，则不免露爪张牙，多作雠愤语矣。"①

（十）问　对

梁萧统《文选》，宋王霆震《古文集成》，明贺复徵《文章辨体汇选》，都单列问对（或

---

① （清）林云铭《韩文起》，上海天宝书局民国七年版。

作对问）一体。梁任昉《文章缘起》云："对问，宋玉对楚王问。"陈懋仁注云："《诗》云'对扬王休'，《书》曰'好问则裕'，盖对问者载主客之辞，以著其意者也。"方熊补注云："按问对者，文人假托之辞。其名既殊，其实复异。故名实皆问者，屈平《天问》，江淹《邃古篇》之类是也。其他曰难，曰谕，曰答，曰应，又有不同，皆问对之类也。古者君臣朋友口相问对，其词可考，后人仿之，设词以见志。于是有应对之文而反复纵横，可以舒愤郁而通意虑。"吴讷《文章辨体序说》云："问对体者，载昔人一时问答之辞，或设客难以著其意者也。《文选》所录宋玉之于楚王，相如之于蜀父老，是所谓问对之词。至若《答客难》、《解嘲》、《宾戏》等作，则皆设词以自慰者也。"徐师曾《文体明辨序说》云："问对者，文人假设之词也。其名既殊，其实复异。故名实皆问者，屈平《天问》、江淹《邃古篇》之类是也；名问而实对者，柳宗元《晋问》之类是也。其他曰难，曰喻，曰答，曰应，又有不同，皆问对之类也。古者君臣朋友口相问对，其词详见于《左传》、《史》、《汉》诸书，后人仿之，乃设词以见志，于是有问对之文。而反复纵横，真可以舒愤郁而通意虑，盖文之不可缺者也。"徐师曾把问对体都看成"假设之词"，另分为"名实皆问"与"名问而实对"两类。

《文选》卷四五《对问》载宋玉《对楚王问》云：

> 楚襄王问于宋玉曰："先生其有遗行（不好的行为）与？何士民众庶不誉之甚也？"
>
> 宋玉对曰："唯，然有之。愿大王宽其罪使得毕其辞。客有歌于郢中者，其始曰《下里》、《巴人》，国中属而和者数千人；其为《阳阿》、《薤露》，国中属而和者数百人；其为《阳春》、《白雪》，国中属而和者不过数十人。引商刻羽，杂以流徵①，国中属而和者不过数人而已。是其曲弥高其和弥寡，故鸟有凤而鱼有鲲，凤凰上击九千里，绝云霓，负苍天，足乱浮云，翱翔乎杳冥之上。夫蕃篱之鷃（小鸟），岂能与之料天地之高哉？鲲鱼朝发昆仑（西方大山名）之墟，暴鬐（鱼脊）于碣石（东海小山名），暮宿于孟诸（大泽名），夫尺泽之鲵（小鱼）岂能与之量江海之大哉？故非独鸟有凤而鱼有鲲也，士亦有之。夫圣人瑰意琦行，超然独处，世俗之民又安知臣之所为哉？"

可见问对体也是问答式的论，宋王霆震编《古文集成》卷七五引敩斋批云："此篇

---

① 宫商角徵羽为五音，"引商刻羽，杂以流徵"，谓引其轻敏的商音，灭掉（刻）低平的羽音，杂以抑扬流荡的徵音。

设辞先论曲弥高而和弥寡，后以凤凰、鲲鱼自喻其行能，而王不能用也。”何焯云：“气焰自非小才可及。”①著名的“曲高和寡”一语，即源出此篇。

在宋代另有问答、答问之类的文章，也属论说文。如欧阳修之《文忠集》所收的《易或问》、《豳问》、《鲁问》、《序问》、《武成王庙问进士策》、《问进士策》、《问进士策题》、《易童子问》、《濮议答问》、《为后或问》等。其《问进士策》(卷四八)云：

问：古之取士者，上下交相待以成其美。今之取士者，上下交相害，欲济于事，可乎？

古之士，教养有素而进取有渐。上之礼其下者厚，故下之自守者重。上非厚礼不能以得士，士非自重不能以见礼于上。故有国者，设爵禄、车服、礼乐于朝，以待其下；为士者，修仁义、忠信、孝悌于家，以待其上。设于朝者，知下之能副其待，则愈厚；居下者，知上之不薄于己，故愈重。此岂不交相成其美欤！

后世之士则反是。上之待其下也，以谓干利而进尔，虽有爵禄之设而日为之防，以革进之滥者。下之视其上也，以谓虽自重，上孰我知，不自进则不能以达。由是上之待其下也益薄，下之自守者益不重而轻。

呜呼！居上者欲得其人，在下者欲行其道，其可得邪？原夫三代取士之制如何？汉、魏迨今，其变制又如何？宜历道其详也。制失其本，致其反古，当自何始？今之士皆学古通经，稍知自重矣；而上之所以礼之者，未加厚也。噫！由上之厚，然后致下之自重欤？必下之自重，然后上礼之厚欤？二者两不为之先，其势亦奚由而合也？具陈其本末与其可施于今者以对。

方岳甚至还以词的形式作问对，虽属词体而非论说文，但奇文可供欣赏。其《哨遍·问月》：“月亦老乎？劝尔一杯，听说平生事。吾问汝，开辟自何时？有乾坤更应有尔，年几许，鸿荒邈哉遐已。吾今断自唐虞起，繄帝曰放勋，甲辰践阼，数至今，宋嘉熙，凡三千五百二十年余。嗟雨僽风僝几盈亏，老兔奔驰，痴蟆吞吐，定应衰矣。　噫，月岂无悲？吾观人寿几期颐。炯炯双眸子，明清无过婴儿。但才曾中年，昏然欲眊，那堪老矣知何似。试以此推之，吾言有理，不能不自疑耳。恐古时月与今时异，恨则恨今人不千岁。但见今冰轮如洗，阿谁曾自前古？看到隋唐世，几时明洁，几时昏暗，毕竟少晴多雨。须臾月落夜何其？曰先生，寘之姑醉。”方岳又有《用韵作月对，和程申父国录》：“月曰不然，君亦怎知，天上从前事？吾语汝，月岂有弦时，奈

① (清)何焯《义门读书记》卷四九，中华书局1987年版。

人闲井观乃尔。休浪许，历家缪悠而已。谁云魄死生明起，又明死魄生，循环晦朔，有老兔，自熙熙。妄相传，月遡日光余。嗟万古谁知了无亏，玉斧修成，银蟾奔去，此言荒矣。　　噫，世已堪悲，听君歌复解人颐。桂魄何曾死，寒光不减些儿。但与日相望，对如两镜，山河大地无疑似。待既望观之，冰轮渐侧，转斜才一钩耳。论本来不与中秋异，恐天问灵均未知此。又底用咸池重洗，乾坤一点英气。宁老人间世，飞上天来，摩挲月去，才信有晴无雨。人生圆缺几何其，且徘徊与君同醉。”①

（十一）喻

喻是以比喻晓人的论说文。明杜浚《杜氏文谱》卷二《文式·入境》：“喻以晓人，贵明切而使人心解。”清末王兆芳《文章释》：“谕者，一作喻，告也，晓也，以事情告下，令明晓也。主于告晓意指，与诏、诰相通。源出汉高帝《入关告谕》（古谕不为体），流有宣帝《谕意萧望之》及张骞《谕指乌孙》，王骏《谕指淮阳王钦》，王遵《喻牛邯书》，唐刘蜕《谕江陵耆老书》。”

所谓“源出汉高帝《入关告谕》”，即《史记》卷八《高祖本纪》载汉高帝入关告喻：

父老苦秦苛法久矣。诽谤者族。偶语者弃市。吾与诸侯约，先入关者王之。吾当王关中，与父老约法三章耳：杀人者死，伤人及盗抵罪。余悉除去秦法。诸吏人皆案堵如故，凡吾所以来，为父老除害，非有所侵暴，无恐。且吾所以还军霸上，待诸侯至，而定约束耳。

《文章辨体》卷一六引真德秀云：“告喻之语才百余言，而暴秦之弊为之一洗，所谓若时雨降，民大悦者也。”

宋刘敞有《谕归》、《谕客》。其《谕归》（卷四八）谓太原王生久寓京师求举，而“连不获，盖居者十年焉”，认为王生必归，因为京师已不可居：“古者仕不遇则去，说不用则去。夫仕而去者道也，说而去者激也，以其京师不入，犹有诸侯存焉，齐、鲁、宋、楚、秦、晋之大国千乘者非一也，滕、薛、韩、魏、郳、莒之小国百乘者非一也。今天下一家，进一道，黜于京师，复进于阙下，去则无所矣，则王生之居可也。”因为王生与其父母都相互思念：“虽然，王生能无朝夕之念于其父母乎？其父母能无朝夕之念于其子乎？故曰：王生必归。”然后又逐一分析没有不归的理由：“且王生所以久不归者何为乎？

① （宋）方岳《秋崖集》卷一六，文渊阁四库全书本。

为贫贱羞父母乎？为不遇耻乡里乎？抑为上国胜下国乎？夫王生士也，岂为是哉？使贫贱可羞，是曾子不足为也；不遇为可耻，是孟子不足多也；以上国胜下国，是仲尼不足师也。夫曾参至孝，未尝羞贫贱；孟子亚圣，固不耻不遇；仲尼诚明，而欲处九夷。彼一圣二贤，其意何如哉？为士者，可法乎？不可也。今夫胡马也，闻北风而嘶，心怀其旧土也，有仁心焉。曷为士也？苟耻其身而废其归，曾轻任其身而不知也。且使王生得之不以道，其躬虽富贵，其事亲为能自厌其心哉？”末又以朋友的身份喻其归：“吾与王生同道也，同道近乎友，欲乎吾欲之无过也，是厚乎身于无过也。故谕王生使之归，解其惑。”“故谕王生使之归”，即要通过这篇晓之以理、谕之以文的文章劝其归乡，重在以理谕人，以理服人，是一篇典型的论说文。其《谕客》（同上）则设为主客问答的形式来说理。

苏轼的《日喻》（卷六四），就正题看是一篇喻体论说文，但就其“赠吴彦律”来看则是一篇赠序文。文谓有一个生下来就失明的人（“眇者”），有人告诉他“日之状如铜盘”，铜盘有声，以后他听见钟声就误认为是日；又有人告诉他“日之光如烛”，烛形如笛，后来他就把笛误认为是日。认识来自实践，眇者之所以闹笑话，就在于他“未尝见而求之人”。文中还作了另一个比喻，南方人“日与水居”，故“七岁而能涉（徒步渡水），十岁而能浮，十五而能没（潜水）；”“北方之勇者”，“生不识水，则虽壮，见舟而畏之”，即使有人告诉他应该如何游泳，但他们“以其言试之河，未有不溺者”。苏轼通过一反一正的比喻，说明了“道可致而不可求”，真理只可能在实际接触事物的过程中逐步获得，而不可能通过“达者告知”而求得。他说：“即其所见而名之，或莫之见而意之，皆求道之过也。”所谓“即其所见而名之”，意思是仅仅根据自己的一得之见来解释事物；所谓“莫之见而意之”，是说根本没有耳闻目见而对事物进行主观臆测。苏轼认为这两种情况“皆求道之过也”，对寻求真理来说都是错误的。这种以浅近的比喻来说明深刻的哲理的方法，是很值得借鉴的。

（十二）八　股　文

八股文是明、清科举考试的文体之一，又叫经义、制艺、时艺、时文、程文、八比，因试题多取自四书，故又叫四书文。其题目主要用四书、五经中的文句，所论内容主要据朱熹《四书章句集注》，不得自由发挥。通篇由破题、承题、起讲、入手、起股、中股、后股、束股八部分组成：破题是用两句话说明题目的意义；承题是承接破题的意义而作说明；起讲为议论的开始，首二字一般用“意谓”、“若曰”、“以为”、“且夫”、“尝思”等作为开端；入手为起讲后入手之处。起股、中股、后股、束股才是正式议论，以中股为全篇重心。在这四股中，每股又有两股排比对偶的文字，总共八股，故名八股文。八股文在字数上也有规定，清顺治时定为五百五十字，康熙时增为六百五十字，后又改为七百字。八股文强调章法与格调，本来是说理的古体散文，却与骈文、辞赋合流，成为一种新的论说文体。

中国人喜欢古，有人说战国楚简《恒先》已是八股文。①其实八股文是宋、元、明、清科举考试的一种文体，它滥觞于北宋的经义，到南宋的应试文，则越来越八股化。清顾炎武云："今之经义始于宋熙宁中王安石所立之法，命吕惠卿、王雱等为之。"②清人秦蕙田云："神宗笃意经学，深悯贡举之弊，且以西北人材多不在选，遂议更法。王安石谓古之取士俱本于学，请兴建学校以复古。其明经诸科欲行废罢，取明经人数，增进士额。"蕙田案："熙宁之经义，即八股文所由昉也。"③胡鸣玉云："今之八股文，或谓始于王荆公，或谓始于明太祖，皆非也。案《宋史》熙宁四年，罢诗赋及明经诸科，以经义、论策试进士，命中书撰《大义式》颁行。所谓经大义即今时文之祖。"④王安石在推行变法时，也改革了科举考试，罢诗赋而试经义，并著《三经新义》颁于学官，统一对经书的解释。为适应科举考试的需要，宋代还出现了很多作为科举考试范文的选本，如《古文关键》、《论学绳尺》、《文章轨范》、《十先生奥论》之类。吕祖谦云："学文须熟看韩、柳、欧、苏，先见文字体式，然后遍考古人用意下句处……第一看大概主张，第二看文势规模，第三看纲目关键：如何是主意，首尾相应；如何是一篇铺叙次第，如何是抑扬开合处。第四看警策句法：如何是一篇警策，如何是下句下字有力处，如何是起头、换头佳处，如何是缴结有力处，如何是融化屈折，剪截有力，如何是实体贴题目处。"⑤所论正是后世八股文之法。《四库全书总目》卷一八七《文章轨范》提要云："前有王守仁序，称为当时举业而作。然凡所标举，动中窾会。要之，古文之法亦不外此矣。"又称《十先生奥论》提要"不出于科举之学"。《四库全书总目》卷一八七魏天应《论学绳尺》提要论之尤详：

> 考宋礼部《贡举条式》，元祐法以三场试士，第二场用论一首。绍兴九年定以四场试士，第三场用论一首，限五百字以上，成经义。诗、赋二科并同。又载绍兴九年国子司业高闶札子，称太学旧法每旬有课，月一周之；每月有试，季一周之。

---

① 邢文《楚简〈恒先〉与八股文：后世文体皆备于战国》，2010年3月1日《光明日报》。

② (清)顾炎武《日知录》卷一六，文渊阁四库全书本。

③ (清)秦蕙田《五礼通考》卷一七四，文渊阁四库全书本。

④ (清)胡鸣玉《订讹杂录》卷七《八股文缘起》，文渊阁四库全书本。

⑤ (宋)吕祖谦《古文关键》卷首《总论·看文字法》，文渊阁四库全书本。

皆以经义为主，而兼习论策云云。是当时每试必有一论，较诸他文，应用之处为多，故有专缉一编，以备揣摩之具者。天应此集，其偶传者也。其始尚不拘成格，如苏轼《刑赏忠厚之至论》，自出机杼，未尝屑屑于头、项、心、腹、腰、尾之式。南渡以后讲求渐密，程序渐严，试官执定格以待人，人亦循其定格以求合。于是双关、三扇之说兴，而场屋之作遂别有轨度。虽有纵横奇纬之才，亦不得而越。此编以《绳尺》为名，其以是欤。绍兴重修《贡举式》中，试卷犯点抹条下，有论策、经义连用本朝人文集十句之禁，知拘守之余，变为剽窃，故以是防其弊矣。然当日省试中选之文，多见于此。存之可以考一朝之制度。且其破题、接题、小讲、大讲、入题、原题诸式，实后来八比之滥觞，亦足以见制举之文源流所自出焉。

元代科举考试沿袭宋代。宋末以来，皆尊尚陆九渊之学，而朱子之学不行。程端礼（1271—1345）独从史蒙卿游，以传朱子明体达用之旨，门徒甚众。他论经义（八股文所自出）作法云："今之试中经义，既用张庭坚体，[①]亦不得不略仿之也。考试者是亦不思之甚也。张庭坚体已具冒、原、讲、证、结，特未如宋末所谓文妖经贼之弊耳，致使累举所取程文，未尝有一篇能尽依今制，明举所主、所用、所兼用之说者。此皆考官不能推明设科初意，预防末流轻浅虚衍之弊，致使举举相承，以中为式。今日乡试经义，欲如初举方希愿《礼记》义者，不可得矣。科制明白，不拘格律，盖欲学者直写胸中所学耳，奈何阴用冒、原、讲、证、结格律，死守而不变？安得士务实学，得实材为国家用，而为科目增重哉！"[②]可见元人主张"不拘格律"，"直写胸中所学"，反对死守"冒、原、讲、证、结"等格律，以"务实学，得实材"。

明代成化年间，经王鏊、谢迁、章懋等人倡导，八股文才成为一种独立文体，逐渐形成严格的程序，其后一直沿用。清顾炎武《日知录》卷一六《试文格式》言之甚详：

经义之文，流俗谓之八股，盖始于成化以后。股者对偶之名也。天顺以前，经义之文不过敷衍传注，或对或散，初无定式，其单句题亦甚少。成化二十三年会试《乐天者保天下文》，起讲先提三句，即讲"乐天"四股；中间过接四句，复讲"保天下"四股；复收四句，再作大结。弘治九年会试《责难于君谓之恭文》，起讲先提三句，即讲责难于君四股；中间过接二句，复讲谓之恭四股；复收二句，再作大结。每四股之中一反一正，一虚一实，一浅一深（亦有联属二句四句为对，排比

---

① 详见后文《以人而论的风格分体》中的"张庭坚体"。

② （元）程端礼《读书分年日程》卷二，文渊阁四库全书本。

> 十数对成篇，而不止于八股者），其两扇立格（谓题本两对，文亦两大对），则每扇之中各有四股。其次第之法亦复如之，故今人相传谓之八股。若长题则不拘此。嘉靖以后文体日变，而问之儒生，皆不知八股之何谓矣。孟子曰：大匠诲人必以规矩。今之为时文者，岂必裂规偭矩矣乎？发端二句或三四句，谓之破题，大抵对句为多。此宋人相传之格，下申其意，作四五句，谓之承题。然后提出"夫子（曾子、子思、孟子皆然）"为何而发此言，谓之"原起"。至万历中，破止二句，承止三句，不用原起。篇末敷衍圣人言毕，自摅所见，或数十字或百余字，谓之"大结"。明初之制，可及本朝时事，以后功令并密，恐有借以自炫者，但许言前代，不及本朝。至万历中，大结止三四句，于是国家之事，罔始罔终，在位之臣，畏首畏尾，其象已见于应举之文矣。①

八股文在历史上成为士子追求利禄的工具，起过相当大的不良作用。八股文虽是始于宋之经义，成于明代，以四书、五经之语为题，为科举考试服务，但以儒家经典谋取高官厚禄，则从汉武帝"独尊儒术"起就开始了。尽管霸道、王道杂用为汉代家法，汉武帝本人更不相信儒术而只相信巫术，但以儒家经典利诱士人，确实是从汉武帝时开始的，公孙弘以治《春秋》，从布衣而为宰相就是明证。孔子创立儒学是为了明道，儒家之徒学儒是为了做官，仕途通而儒道亡，这是"独尊儒术"的严重后果之一。明人赵南星《叶相公时艺序》论八股之弊云："文各有体，不容相混，今取士以时艺言，古无此体也。然主于明白纯正，发明经书之旨，亦足以端士习，天下之太平由之。前辈如王、薛、唐、瞿诸公，皆高才博学，能古文词，而其所为皆时艺也。斯事虽细，孟子不曰生于其心乎？且进士之科日重，公卿大夫，皆从此出，所关于士风世运大矣。嘉、隆之间，文体日变，然不失为时艺。浸淫至于今日，率皆以颇僻幽眇之见，托之乎经书之言，而其词非经书也，又非《左》、《国》、《史》、《汉》、韩、欧、三苏之词也。一切佛老异端，稗官野史，丘里之常谈，吏胥之文移，皆取之以快其笔锋，而骋其词力。如飓风之起，卷草树，飞砂砾，掩覆天宇，不见日月，而以为奇观。时艺、古文，都无所似，士大夫奈何作此以取富贵？此天不之乱所以越至于今也。"②清人方苞《又书儒林传后》说："由弘以前，儒之道虽郁滞，而未尝亡；由弘以后，儒之途通而其道亡矣。此所以废书而叹也。"③宋、元、明、清从四书五经中拟题进行科举考试之后，士子更是束书不观，

① （清）顾炎武《日知录》卷一六《试文格式》。

② 转引自《中华大典·文学典·文学理论分典》，凤凰出版社2005年版，第626页。

③ （清）方苞《望溪集》卷二，文渊阁四库全书本。

只于经书中猜题，从科举范文中抄袭。顾炎武《三场》云：“今则务于捷得，不过于四书一经之中拟题一二百道，窃取他人之文记之，入场之日抄誊一过便可侥幸中式同，而本经之全文有不读者矣。”又《拟题》云：“八股之害等于焚书，而败坏人材有甚于咸阳之郊所坑者，但四百六十余人也。”又《程文》云：“唐之取士以赋，而赋之末流最为冗滥；宋之取士以论策，而论策之弊亦复如之；明之取士以经义，而经义之不成文又有甚于前代者。”①徐大椿《道情》更对这些应试士子作了形象的描写：“读书人，最不齐。烂时文，烂如泥。国家本为求生计，谁知道变做了欺人技。三句承题，两句破题，摆尾摇头，便道是圣门高弟。可知道，《三通》(《通典》、《通志》、《文献通考》)、《四史》(《史记》、《汉书》、《后汉书》、《三四志》)是何等文章，宋皇、汉祖是哪一朝皇帝？案头放高头讲章，店里买新科利器。读得来肩背高低，口角嘘唏。甘蔗渣儿，嚼了又嚼，有何滋味？辜负光阴，白白昏迷一世。就教他骗得高官，也是百姓、朝廷的晦气。”②

八股文之弊颇遭诟病在于它的独尊儒术，只以四书、五经取士以及格式化的文体。但它历经宋、元、明、清，存在了九百余年，仅明、清两代也有六百多年，产生了大量的八股文，其中也不乏优秀作品；以经义、八股出身的也不乏仁人志士，不可一概否定。宋末文天祥是宝祐四年(1256)状元，陆秀夫为同科进士，二人皆抗元烈士，为国捐躯。《续资治通鉴》卷一七四载，考官王应麟得文天祥试卷，奏曰：“是卷古谊若龟鉴，忠肝如铁石，臣敢为得人贺。”理宗览对，亲擢为第一。乾隆《题文山集》云：“忠义根心节烈身，宋家终始一全人。文山不独嘉其艺，题句为师千古臣。”③明代方孝孺、于谦、海瑞的高风亮节；晚明杨廷枢、陈子龙的临危授命；清人入主中原后，顾炎武不事二姓，归庄野服终身；黄周星变名隐逸，方以智削发为僧，都是民族气节的代表。

宋魏天应《论学绳尺》卷一收有林希逸《孝宣厉精为治论》，此书卷首引先辈语作《论诀》，其《认题》云：“凡作论之要，莫先于体认题意，故见题目则必详观其出处、上下文及细玩其题中有要切字，方可立意。盖看上下文则识其本原而立意不差，知其要切字则方可就上面着工夫。此最作论之关键也。”此题“出处”指《前汉书·循吏传序》：“至孝宣由仄陋(即侧陋，指非正统而身居微贱)而登至尊，兴(起)于闾阎，知民事之艰难。自霍光薨后，始躬万机，厉精为治。”“其要切字”则为“厉精为治”。

《论诀·立意》云：“凡论以立意为先，造语次之。如立意高妙，而遣辞不工，未害

---

① (清)顾炎武《日知录》卷一六。

② (清)袁枚《随园诗话》卷一二引，随园全书本。

③ 《御制诗五集》卷二八，文渊阁四库全书本。

为佳论;苟立意未善,而文如浑金璞玉,亦为无补矣。故前辈作论,每先于体认题意者,盖欲其立意之当也。立意既当,造语复工,则万选万中矣。"宣帝承昭帝积弊之后,即位数年,韬晦于心,似无作为。亲政事后,总揽权纲,厉精于治,风采顿异于其前,开汉中兴之业,这就是《孝宣厉精为治论》通篇的立意。《论诀·破题》云:"破题为论之首,一篇之意皆涵蓄于此,尤当立意详明,句法严整,有浑厚气象。论之去取实系于破题,破题不佳,后虽有过人之文,有司亦不复看。"其文破题云:

以一人而作新天下,亦运诸此心而已。神乎心之用也,举天下之大,斡旋阖辟,有非智巧之所能;而精神之地,一日用其力焉,则治之功用随之。

"运诸此心"就是用心,就是厉精,用心不是用"智巧",而是"用其力"以治天下。一篇之意皆涵蓄于此段。其《论诀·原题》云:"题下正咽喉之地,推原题意之本原,皆在于此。若题下无力,则一篇可知。或设议论,或便说题目,或使譬喻,或使故事,要之,皆欲推明主意而已。"此文以设问("此其故何也")领起,紧扣"厉精为治"原题:

此其故何也?盖吾心之蕴者为精,而其发者为治。求治于天下,不于其治,而于其心,则沉潜于未发之先,激扬于既发之后,风采所至,怠必奋,弛必张,事物条理,而政治精明,特吾心一运量之顷尔。地节(前69—前66)元康(前65—前62)之政,汉治更始之日也。帝之精神,晦藏亦甚矣。一旦权纲反正,而与斯世更新焉,不致力于其他,而汲汲于此心之用,一念奋而百废兴,约也!方其韬晦则精蕴于心,及其奋发则精见于治。中兴之盛,其可以心外求之乎?

"沉潜于未发之先"指宣帝即位之初,韬晦于心,似无作为;"激扬于既发之后"指自霍光死后,宣帝始亲政,厉精为治。《论诀·讲题》云:"讲题谓之论腹,贵乎圆转议论,备讲一题之意。然初入讲处,最要过度精密,与题下浑然,使人读之不觉其为讲题也。大凡讲题,实事处须是反复铺叙,方得用语圆转;又须时时缴归,题意方得紧切。如小儿随人入市,数步一回顾,则无失路。若一去不复反,则人与儿两失矣。初学论者最宜加审。"讲题就是对题旨作比原题作更详尽的讲解,此文之讲题如下:

孝宣厉精为治,请以是明班固之意。尝谓治道之精神在于人主,而人主之精神在于一心。含洪停蓄,心之体也;光明发越,心之用也。其虚灵之妙,主宰之神,存诸方寸者虽微,而万化之枢纽,百为之纲纪系焉。帝之所以帝,王之所以王，无非吾心之精者为之也。今夫日月星辰之运行，阴阳寒暑之代谢，人莫不以为天之功。而冥冥之中，干实主之。《大易》之赞干，既曰“刚健中正纯粹”矣，而管摄之妙，独归于“精”之一辞。①精也者，其乾道变化之根乎！吁，乾，天也，君也。天以乾运，而精之用见于四时。君以心运，而精之用见于政治。二者盖同一机栝也。宣帝之为君，固未足以语此。而更始一意，独得于此心之用，愚于是有取焉尔。

此讲“求治于天下，不于其治，而于其心”。《论诀·使证》云：“讲后使证，此论之常格……初学者不可不依常格，善使事者但一二句至三五句而题意已了然。前辈尝谓学者使事不可反为事所使，此至论也。”首以亲政以前之心为证：

地节以前，帝之于治何如也？弊根之蟠固，蠹冗之浸淫，志气梏于滞固之深，神采铄于退逊之久，民生疾苦，帝非不知也，而未及问焉。吏治得失，帝非不闻也，而未暇察焉。帝于斯时韬聪明以自晦，则此心之精者未露也。藏智勇以若怯，则此心之精者未奋也。

接着以亲政后之心、之治为证：

一旦阴翳剥而阳和舒，洊（再，一次接一次）雷震而群蛰起，一时之政粲然精芒，如太阿（名剑）之出匣，人孰不曰治之键也？品式备具，治之目也，劳来之褒，所以明劝赏之权；②副封之撤，所以防壅蔽之渐。③初政施行，班班可纪，致治之美，殆以是基之。然尝观诸帝之心矣，遣使循问之诏则曰朕所甚闵，直言箴过之诏则曰朕所甚惧。想其闵心一萌，而痒痾疾痛，真切吾身；惧心一动，而天地鬼神，森布左右。其曰念虑之不忘，其曰朕意之未称，无非此心之精所著见者。故听断惟精，见于斋居之决，而内治以兴（帝尝至宣室，斋居决事，“宣室求贤访逐臣”即其一例）；饬躬斋精，诏及勤事之吏，而吏治以振。二十余年（宣帝前73—前49年在位，凡二十五年），田里绝愁叹之声，上下无苟且之意，文学法理，咸精

① （魏）王弼《周易·乾传》：“大哉乾乎，刚健中正纯粹，精也。”

② 《汉书·王成传》载，王成为胶东相，治有声，帝诏曰：“成劳来不怠，流民自占八万余口。赐爵关内侯。”

③ 《汉书·魏相传》载，故事，上书者皆为二封，一曰副封，领尚书者先发副封，所言不善，屏去不奏。魏相白去副封，以防壅蔽。

其能，中兴之治，号为厉精。至今在人耳目，是岂出于帝心之外乎？帝果何以得此哉？人之一心，动则汩(汩乱)，静则精。当其韬晦之时，盖有静定之益。阅历之久，则其见精；容忍之积，则其虑精。帝之所得，愚知其出于是矣。

《论诀·结尾》云："结尾，正论关锁之地，尤要造语精密，遣文顺快。盖精密则有文外之意，使人读之而愈不穷；顺快则见才力不乏，使人读之而有余味。凡为论，未举笔之前，而一篇之规模已备于胸中。凡结尾，当如反复，如何议论已寓深意于论首。故一论之意，首尾贯穿，无间断处，文有余而意不尽。若至讲后而始思量结尾，则意穷而复求意，必无是理。纵求得新意，亦必不复浑全矣。"此文结尾正符合这些要求：

虽然，心也者合理与气而后有是名也。理足以御气，则其用也纯；气得以胜理，则其用也驳(杂)。唐虞三代之治粹而不杂，精而无间，纯乎心之理也。秦汉而下，英君谊辟，时获有为于斯世，而大抵皆以气主之。以帝之精锐，一时之振厉固有余用，而不能充此心之理，以进于传心精一之地。使汉之为汉，仅止于斯，是可慨叹也已。岂惟帝哉，贞观之思治曰厉精也，开元之政事亦曰厉精也，于其气而不于其理，视帝盖一辙焉。帝与太宗犹能勉强支持，帅是气以终身，故不尽见其败缺。玄宗之晚节亦馁(丧气)甚矣，后之厉精为治，其监(鉴)于兹。谨论。

此文重点是论治国需先治心，结尾推进一层，认为心当"合理与气"而言之，尤以理为最重要，理要"足以御气"，汉宣帝、唐太宗、唐玄宗虽皆厉精为治，然皆不能以理御气，故不能达到"唐虞三代之治"。

《论诀·造语》云："造语有三，一贵圆转周旋，二贵过度(上下段间)精密，三贵精奇警拔。凡造语警拔，则当于下字上着工夫。盖下字既工，则句语自然警拔矣。"此文语言堪称圆转周旋，精奇警拔，当时考官批云："地位广大，议论纯粹，时文中高作也。"

明、清八股文，兹举韩菼《子谓颜渊曰(一节)》。①韩菼字符少，江南长洲(今江苏苏州)人。应顺天府乡试时，尚书徐乾学在遗卷中发现了他的卷子，十分赏识，取中了他。康熙十二年(1673)会试、殿试都是第一名，授翰林院编修，后曾任《大清一统志》总裁。官至礼部尚书，《清史稿》有传。韩菼是清初八股文名家，通《五经》及诸史，尤以制义著称于世，乾隆时追谥"文懿"，称其"雅学绩文，湛深经术，所撰制义，清真雅

① 《钦定四书文·本朝四书文》卷三《论语上之中》，文渊阁四库全书本。

正，开风气之先，为艺林楷则”。《论语·述而》载：“子谓颜渊曰：用之则行，舍之则藏，唯我与尔有是夫。”韩菼《子谓颜渊曰（一节）》破题二句即暗点《述而》此语：

圣人行藏之宜，俟能者而始微示之也。

“圣人”指孔子，“能者”指颜渊，“微示”指“用之则行，舍之则藏”二语。这是明破“行藏”，暗破“惟我与尔”。以下四句为承题：

盖圣人之行藏，正不易规，自颜子几之，而始可与之言矣。

以下十句为起讲：

故特谓之曰：毕生阅历，只一二途以听人分取焉，而求可以不穷于其际者，往往而鲜也。迨于有可以自信之矣，而或独得而无与共，独处而无与言。此意其托之寤歌自适也耶，而吾今幸有以语尔也。

起讲句数无定，一般用“且夫”、“今夫”、“若曰”、“意谓”、“尝思”等字领起，这里用的是“故特谓之曰”，此下皆用孔子口气，正所谓代圣人立言。“毕生”四句是正起，谓可与言者甚少；“迨于”三句是反承，谓无与可言；“此意”二句转合，“今幸有以语尔”。此十句层次分明，笼罩全题。接着以“回乎”二字领起，直接入题：

回乎，人有积生平之得力，终不自明，而必俟其人发之。人有积一心之静观，初无所试，而不知他人已识之者，神相告也，故学问诚深，有一候焉，不容终秘矣。

接着出题仍用“回乎”唤起，将“用、舍、行、藏、我、尔”字一齐点出：

回乎，尝试与尔仰参天时，俯察人事，而中度吾身，用耶舍耶，行耶藏耶？

此下两小比为起股，明用之则行，舍之则藏：

汲于行者蹶，需于行者滞，有如不必于行，而用之则行者乎？此其人非复功名中人也。一于藏者缓，果于藏者殆，有如不必于藏，而舍之则藏者乎，此其人非复泉石中人也。

此下为中股，起股可不展开，中股锁上关下，为神理之所在，故以“拟而求之”、“身为试之”展开：

则尝试拟而求之，意必诗书之内有其人焉。爰是流连以志之，然吾学之谓何。而此诣竟遥遥终古，则长自负矣。窃念自穷理观化以来，屡以身涉用舍之交，而充然有余以自处者，此际亦差堪慰耳。则又尝身为试之，今者辙环之际有微擅焉，乃日周旋而忽之，然与人同学之谓何，而此意竟寂寂人间，亦用自叹矣。而独是晤对忘言之顷，曾不与我质行藏之疑，而渊然此中之相发者，此际亦足共慰耳。

然后以“而吾因念夫我也，念夫我之与尔也”过渡，转入后股：

惟我与尔揽事物之归，而确有以自主，故一任乎人事之迁，而只自行其性分之素。此时我得其为我，尔亦得其为尔也，用舍何与焉？我两人长抱此至足者共千古已矣。惟我与尔参神明之变，而顺应无方，故虽积乎道德之厚，而总不争乎气数之先，此时我不执其为我，尔亦不执其为尔也，行藏又何事焉？我两人长留此不可知者予造物已矣。

后股实为中股的发挥，经过“求之”，“试之”，认为“我与尔”皆“有以自主”，“只自行其性分之素”，与行藏用舍无关，与“我与尔”亦无关。这样一正一反，已意无余蕴，全文至此已完，故只以三句收结：

有是夫，惟我与尔也夫，而斯时之回，亦怡然得默然解也。

总之，八股文由破题、承题、起讲、入手、起股、中股、后股、束股八比组成，八比的出比与对比皆相对以成文，此为定体，可以有小的变化，但总的程序不能变。《钦定四书文·本朝四书文》卷三此文末评云：“或谓上二句尽有理，实可发挥，病此文太略。非也，一实发，便非此题。神理清深温润，正与语意相称。”刘知幾《史通》卷二赞美《春秋》“理尽一言，语无重出”，文简意赅的八股文正具有这一特点，因为八股文严格限制字数，作者不得不在有限的字数里阐论其观点。

中国的各体文学都经历过规范化的过程，诗由古体转为律体，文由散文转为辞赋、四六，八股。不少的八股文成了公式化的文章，但好的八股文却能在八股之内做到酣畅淋漓。否定八股文者往往说它限制太严，其实文学如戴着枷锁跳舞，限制越严而又能自由驰骋，就越能表现作者的才华。吴敬梓《儒林外史》第十一回写道："八股文若做的好，随你做什么东西，要诗就诗，要赋就赋，都是一鞭一条痕，一掴一掌血。"

论说文的其他称谓还不少，就不一一介绍了，如评，多指史赞、史评、史论。《古今图书集成》卷一五四《赞部》附："按字书云：评，品论也，史家褒贬之辞。盖古者史官各有论著，以订一时君臣言行之是非。然随意命名，莫协于一。故司马迁《史记》称'太史公曰'，而班固《西汉书》则谓之赞，范晔《东汉书》又谓之论，其实皆评也。而评之名则始见于《三国志》，后世作者渐多，则不必手秉史笔而后为之矣。故二评载诸《文粹》，而评史见于《苏文忠公文集》中。今以陈寿史评为主，而其他作者亦并列焉，分为史评、杂评二品云。"①明杜浚《杜氏文谱》卷二《文式·入境》云："评以评事，贵公平而服众。"清末王兆芳《文章释》云："评者，平也，订也，议也，校订平议也。主于长短旧说，立议持平。源出晋孙毓《毛诗异同评》，流有陈邵《周礼异同评》，江熙《公谷二传评》及梁袁昂《书评》。"

第二节　杂　记　文

杂记文萌芽于先秦，盛于唐，变于宋。杂记文以记事为主，以描写、抒情、叙事、议论的错综并用为特征，寓情于景。徐师曾《文体明辨序说》论记体文的演变云："按《金石例》云：'记者，记事之文也。'《禹贡·顾命》乃记之祖，而记之名则仿于《戴记》、《学记》诸篇，厥后扬雄作《蜀记》。而《文选》不列其类，刘勰不著其说，则知汉魏以前，作者尚少，其盛自唐始也。其文以叙事为主，后人不知其体，顾以议论杂之。故陈师道云：'韩退之作记，记其事耳，今之记乃论耳。'盖亦有感于此也。"方苞《答程夔州》："散体文惟记难撰结，论辨书疏有所言之事，志传表状则行谊显然，惟记无质干可立，徒具工筑兴作之程期，殿观楼台之位置，雷同铺序，使览者厌倦，甚无谓也。故昌黎作记多缘情事为波澜，永叔、介甫则别求义理以寓襟抱；柳子厚惟记山水，刻雕众形，能移人之情；至监察使四门助教武功县丞厅壁诸记，则皆世俗人语言意思，援古证今，指事措

① 巴蜀书社1985年版。

语，每题皆有现成文字，一篇不假思索。是以北宋文家于唐多称韩、李而不及柳氏也。”①

（一）记

记以叙事、记物为主，汉刘熙云：“记，纪也；纪，识之也。”②刘勰《文心雕龙・书记》所列太泛，谱籍簿录、方术占试、律令法制、符契券疏、关刺解谍，都包含在内，而对记的含义及源流尚未“著其说”，反映了梁以前杂记文还不流行。宋王应麟《辞学指南》云：“记者，纪事之文也。西山先生曰《禹贡》、《武成》、《金縢》、《顾命》，记之属似之。《文选》止有奏记，而无此体。《古文苑》载后汉樊毅《修西岳庙记》，其末有铭，亦碑文之类。至唐始盛。”③明吴讷《文章辨体序说・记》云：“《金石例》云：‘记者，记事之文也。’西山曰：‘记以善叙事为主，《禹贡》、《顾命》乃记之祖。后人作记，未免杂以议论。’陈后山亦曰：‘退之作记，记其事耳。今之记乃论也。’窃尝考之，记之名始于《戴记》、《学记》等篇。记之文，《文选》弗载，后之作者固以韩退之《画记》，柳子厚之游山诸记为体之正。然观韩之《燕喜亭记》，亦微载议论于中。至柳之记新堂、铁炉步，则议论之辞多矣。迨至欧、苏而后，始有专以论议为记者，宜乎后山诸老以是为言也。大抵记者，盖所以备不忘，如记营建当记月日之久近，工费之多少，主佐之姓名，叙事之后，略作议论以结之，此为正体。至若范文正公之记严祠，欧阳文忠公之记昼锦堂，苏东坡之记山房藏书，张文潜之记进学斋，晦翁之作《婺源书阁记》，虽专尚议论，然其言足以垂世而立教，弗害其为体之变焉。”清方熊《文章缘起》补注云：“《文选》不列其类，刘勰不著其说，则知汉、魏以前作者尚少，盛自唐始也。文以叙事为主，后人不知其体，顾以议论杂之，故陈师道云：‘韩退之作记，记其事，今之记乃论也。’然《燕喜亭记》已涉议论，欧、苏以下，议论浸多。又有托物以寓意者，有首之以序，而以韵语为记者，有末系以诗歌者。”曾国藩《经史百家杂钞・序例》说：“杂记类，所以记杂事者。经如《礼记》（之）《投壶》、《深衣》、《内则》、《少仪》，《周礼》之《考功记》皆是。后世古文家修造宫室有记，游览山水有记，以及记器物，记琐事皆是。”其中宫室等建筑物之记特别多，有楼记、台记、亭记、阁记、堂记、斋记、轩记、室记、学记、院记、祠记、寺观记、园记、堤记、桥记、井记、磨记、厅壁题名记之类，不能一一细说，这里着重说明唐、宋杂记

---

① （清）方苞《望溪集》卷五，文渊阁四库全书本。

② （汉）刘熙《释名》卷六《释典艺三》，文渊阁四库全书本。

③ （宋）王应麟《玉海》卷二〇四，文渊阁四库全书本。

文的不同。

韩愈《画记》云：

杂古今人物小画共一卷：骑而立者五人，骑而被甲载兵立者十人，一人骑而执大旗前立，骑而被甲载兵行且下牵者十人。骑且负者二人，骑执器者二人，骑拥田犬者一人，骑而牵者二人，骑而驱者三人同，执羁靮立者二人，骑而下倚马臂隼而立者一人，骑而驱涉者二人，徒而驱牧者二人，坐而指使者一人，甲胄手弓矢鈇钺植者七人，甲胄执帜植者十人，负者七人。偃寝休者二人，甲胄坐睡者一人，方涉者一人，坐而脱足者一人，寒附火者一人，杂执器物役者八人，奉壶矢者一人，舍而具食者二十（一作一十，似是）有一人，挹且注者四人，牛牵者三人，驴驱者四人，一人杖而负者，妇人以孺子载而可见者六人，载而上下者三人，孺子戏者九人。凡人之主事三十有二，为人大小百二十有三，而莫有同者焉。

马大者九匹，于马之中又有上者，下者，行者，牵者，奔者，涉者，陆者，翘者，顾者，鸣者，寝者，讹（马在动）者，立者，龁（吃草）者，饮者，溲者，陟者，降者，痒磨树者，嘘者，嗅者，喜而相戏者，怒相踶啮（足踢口咬）者，秣（吃饲料）者，骑者骤者（骑或当作驰，骑骤即奔跑），走（慢行）者，载服物者，载狐兔者。凡马之事二十有七，为马大小八十有三，而莫有同者焉。

牛大小十有一头，橐驼三头，驴如橐驼之数而加其一焉，隼一。犬羊狐兔麋鹿共三十，旃车三两。杂兵器弓矢旌旗刀剑矛盾弓服矢房（装弓装矢的器物）甲胄之属，瓶盂簦笠筐筥锜釜饮食服用之器，壶矢博奕之具，二百五十有一，皆曲极其妙。

贞元甲戌年，余在京师，甚无事。同居有独孤生申叔者，始得此画，而与余弹棋，余幸胜而获焉。意甚惜之，以为非一工人之所能运思，盖丛集众工人之所长耳，虽百金不愿易也。明年出京师至河阳，与二三客论画品格，因出而观之。座有赵侍御者，君子人也，见之戚然，若有所感。少而进曰："噫，余手之所摹也，亡之且二十年矣。余少时尝有志乎兹事，得国本，绝人事而摹得之，游闽中而丧焉。居闲处独，时往来余怀也，以其始为之劳而夙好之笃也。今虽遇之，力不能为已，且命工人存其大都（大略，大概）焉。"余既甚爱之，又感赵君之事，因以赠之，而记其人物之形状与数，而时观之以自释焉。①

① （唐）韩愈《五百家注昌黎文集》卷一三，文渊阁四库全书本。

此记首段记人，次段记马，第三段记其他动物、器物，末段记得画于独孤申叔及赠与失此画者赵侍御的经过，有主有次，重点突出，层次分明，结构严谨。但苏轼看不起此记，《东坡志林》卷二云："仆尝谓退之《画记》近似甲乙账耳，了无可观。世人识真者少，可叹亦可愍也。"这是因为宋人特别是苏轼以论为记，故不满唐人以记事为记。但正如茅坤《唐宋八大家文抄》卷八所说，"妙在物数庞杂，而诠次特悉，于其记可以知其画之绝世矣"。《韩文起》卷七云："记本因画而作，然记中实有画。在当日画固为入神之画，而记尤入神之记也。"如记人的"偃寝休者"，"甲胄坐睡者"，"方涉者"，"寒附火者"，"掲且注者"；叙马的"二十七"种姿态，特别是其中的"痒磨树者，嘘者，嗅者，喜而相戏者，怒相踶啮者"，确实堪称读记如赏画，虽似"甲乙账"，但不能说"了无可观"。末段的平平叙事，却充满抒情色彩：独孤生的"意甚惜之"，"虽百金不愿易也"，赵侍御的"见之戚然，若有所感"，都不仅刻画出了二人的神情，而且进一步反衬出画之品格，确实是"丛集众工人之所长"。秦观《五百罗汉图记》则简明概括了此记特点："尝览韩文公《画记》，爱其善叙事，该而不烦，缛详而有轨律。读其文恍然如即其画，心窃慕焉。"

柳宗元的《永州八记》尤为杂记文的名篇，其《钴鉧潭西小丘记》云：

> 得西山后八日，寻山口西北道二百步，又得钴鉧潭。潭西二十五步，当湍而浚者为鱼梁。梁之上有丘焉。生竹树。其石之突怒偃蹇，负土而出，争为奇状者，殆不可数。其嵚然相累而下者，若牛马之饮于溪；其冲然角列而上者，若熊罴之登于山。

次写买丘：

> 丘之小不能一亩，可以笼而有之。问其主，曰："唐氏之弃地，货而不售。"问其价，曰："止四百。"余怜而售之。李深源、元克己时同游，皆大喜。出自意外。

继写辟丘：

> 即更取器用，铲刈秽草，伐去恶木，嘉木立，美竹露，奇石显。

再写赏山：

由其中以望，则山之高，云之浮，溪之流，鸟兽鱼之遨游，举（全）熙熙然回巧献技，以效兹丘之下。枕席而卧，则清泠之状与目谋，瀯瀯之声与耳谋，悠然而虚者与神谋，渊然而静者与心谋。不匝旬（不满十天）而得异地者二（钴鉧潭及潭西小丘），虽古好事之士或未能至焉。

末以感慨作结：

噫，以兹丘之胜，致之沣、镐、鄠、杜（皆古地名，在唐京西安附近），则贵游之士争买者，日增千金而愈不可得。今弃是州也，农夫渔父过而陋之，贾（价）四百，连岁不能售。而我与深源、克己独喜得之，是其果有遭乎？书于石，所以贺兹丘之遭也。

孙琮论此文结构云："此篇平平写来，最有步骤。一段先叙小丘，次叙买丘，又次叙辟芜刈秽，又次叙游赏此丘，后从小丘上发出一段感慨，不搀越一笔，不倒用一笔，妙，妙。"①全文以写景和抒慨见长，林云铭云："子厚，篇篇入妙，不必复道。此作把丘中之石及既售得之后，色色写得生活（生动活泼），尤为难得。末段以贺兹丘之遭，借题感慨，全说在自己身上。"②其写景生动尤以首段与第三段为突出，其"借题感慨"，景得其地，则为贵游之士所争买，这正是柳宗元当年在京为官的写照；不得其地，则为农夫所鄙，这正是他现在谪居永州的写照；此丘现在为自己与二三好友所得，所以值得庆贺。贺丘实为自吊，无限感慨，无限伤情，均在言外。

韩、柳之记以记事为主，以描写、抒情、叙事、议论的错综并用为特征，寓情于景，情景交融。而宋人之记则好发议论，多以论为记，苏轼尤为典型。苏轼之记有前后为记叙而中间为议论的，如《醉白堂记》只有开头一段与最后一段是记事，中间都是论韩琦与白居易的异同，被王安石讥为"韩白优劣论"。③有前后为议论而记叙在中间的，如《石钟山记》。有先议论而后进入记叙的，如《超然台记》。有先记叙而后议论的，如《放鹤亭记》。甚至有除用寥寥数语交代本事外，几乎通篇都是议论的，如《清风阁记》、《思堂记》。④

---

① （清）孙琮《山晓阁选宋大家欧阳庐陵全集》卷三引。
② （清）林云铭《古文析义二编》卷三，乾隆三十二年积秀堂刻本。
③ （宋）胡仔《渔隐丛话》（前集）卷三五引《西清诗话》，文渊阁四库全书本。
④ 此节所举苏轼杂记均见《东坡文集》卷一一至卷一二。

记一般为散文，但宋初之记却多为骈文，如扈蒙的《新修唐高祖庙碑记》，陈抟的《京兆府广慈禅院新修瑞像记》。杨亿为真宗朝骈文大家，今存杂记文十余篇几乎都是骈文。

记一般不用韵，但有篇末系以诗歌者，如范仲淹《桐庐严先生祠堂记》，范成大《三高祠记》，文末皆系以诗。这类杂记文，记无韵，而篇末则为有韵之诗。为什么有的记"篇末系以诗歌"呢？姚鼐作了说明："杂记类者，亦碑文之属。碑主于称颂功德，记则所记大小事殊，取义各异，故有作序与铭、诗，全用碑文体者。又有为纪事而不以刻石者。柳子厚记事小文或谓之序者，然实记之类也。"①台阁名胜记与碑一样，一般都要刻石，故姚以"纪事而不以刻石"为特殊。陈抟所撰《京兆府广慈禅院新修瑞像记》即以四言诗作结："我丞三昧，无终善始。我丞大极，得通善至。履和尽妙，感诚无思。惟真日忌，惟法是利。"②

（二）述

以述名篇者并非都是杂记文。明贺复徵云："述之义不一，其一事一物俱可称述。"③或为行述之述，述一人之言行，与行状相似，徐师曾《文体明辨序说》："按字书云：述，撰也，纂撰其人之言行，以俟考也。其文与行状同，不曰状而曰述，亦别名也。"或述古事，申旧言，取述而不作之义，王兆芳《文章释·述》云："述者，循也，循乎古也。郑子曰：'述者，述其古事。'主于循旧申言，不敢妄作。源出吴陆绩《周易述》，流有隋刘炫《尚书、毛诗、春秋、孝经述义》（并辑）。及魏邯郸子叔《受命述》。"或为述赞之述，如陶潜《读史述九章》，皆四言韵，与赞相似。或为记之别名，吴曾祺《文体刍言·杂记第九》云："古无是称，亦无是作，唐以后始见。有二种，述著作之缘起，则入之序跋类；述事物之名迹，则入之杂记类。"

邯郸淳《魏受命述》云：

> 臣闻雅颂作于盛德，典谟兴于茂功。德盛功茂，传序弗忘，是故竹帛以载之金石，以声之垂诸来世，万载弥光。陛下以圣德应期，龙飞在位，其有天下也，恭已以受天子之籍，无为而四海顺风。若乃天地显应，休征祥瑞，以表圣德者，不可胜载。铄乎焕显真神，明之所以祚命，世之令主也。凡自能言之类，莫不讴叹于野；执笔

---

① （清）姚鼐《古文辞类纂》卷首《序目》。

② 《金石续编》卷一三，台湾新文丰出版公司石刻史料新编本。

③ （明）贺复徵《文章辨体汇选》卷六二八，文渊阁四库全书本。

之徒，咸竭文思，献诗上颂。臣抱疾伏蓐，作书一篇，欲谓之颂则不能雍容盛懿，列伸玄妙；欲谓之赋，又不能敷演洪烈，光扬缉熙，故思竭愚，称《受命述》。①

此文诚如作者所言，似颂似赋而又非颂非赋，故聊称为述，算不上典型的述体。之所以举此篇，是为证明“古无是称，亦无是作，唐以后始见”。这实际上是一篇歌功颂德的文字，魏之篡汉乃上顺天意，下得人心。故得到魏文帝的嘉奖：“邯郸淳上《受命述》，诏曰：‘淳作此甚典雅，私亦美曰：朕何以堪也哉？其赐帛四十匹。’”②

以述名篇的杂记文，如宋杨亿的《殇子述》，③就是记述，陈述之意，为其子云堂生“六百六十七日”夭折而作，颇富抒情色彩。前段叙其子夭，纯用散文：

予授室之明年，出领缙云郡。下车十月，而生一子。既三月，执其左手，欬而名之曰云堂。云堂生七月，予被召归阙。前一月，太夫人举族先归建安吴兴之别墅，比玺书至，予亦间道归拜坟墓。云堂颇能识其父，迎门而笑，跃而就予抱焉。家居仅五旬，虑稽留诏书，遂单车即路。凡再见朏魄，而至京师，气憀栗以变衰，岁峥嵘而将晚。明年春，迎版舆自三吴泛九江，浮淮溯汴，就养于辇毂。而云堂始蹒跚能行，旦暮嬉戏于太夫人之膝下，爰笑爰语，甚足慰祖母之心。涉秋乃病，命医视之。先是，疡生于颊，善疗者必令外决，使毒气不留藏中。医，市井徒也，利其有瘳，亟饮以药，不数日而愈。未浃旬，病腹痛，便利，又呼医视之，医亟以药止。又数日，下血，复召医，但谩言将愈，利于受直。讫五日，有加而无瘳，即召他医，医言疾深矣，殆不可为也。既而痟气上攻，口中龈腭皆创。落两齿，手足掉举，目眩转而死。噫！生于己亥十月之己未，死于辛丑八月之乙丑，凡六百六十七日。

后段抒发感慨，则骈散相间：

因念万物之内，最灵者人，父子之道，斯惟天性。过犹不及，适情之所钟；有而归无，亦理之可遣。然高堂夺抱孙之庆，衰门缠遗体之悲，盖衅积自躬，而祸延于嗣。夫子所谓“苗而不秀”者，是之谓乎？若其月角对耸，山庭（额头）衍斥，眉目疏秀，方口大颐，必兴吾门，终能成器。其在襁褓，挺然不群，初生才满月，方呱

① （宋）章樵注《古文苑》卷一二，文渊阁四库全书本。

② 《太平御览》卷八一八，文渊阁四库全书本。

③ （宋）杨亿《武夷新集》卷一一，浦城遗书本。

> 呱而泣，家人取书册展向之，即熟视其文字，喜且笑，若能识焉。未尝遗屎溺于席褥上，虽夜寒，亦辗转而起。家有奴产子者，亦数岁，颇无赖，虽群萃中，了不怖慑，东西跳梁，歌吟无度。每远见是子，必惶惧号泣，若无所容。家人潜抱令近之，必大呼殒绝，不知其所以然也。初，疾愈，东室中北壁有画佛像，每过其门，必引身入焉，视其画而笑，若相对语者，乃喜甚。傥家人拒之，必号哭偃踣。如是，日三四十往，以至于疾甚。性不好弄，不嗜味，不妄言笑。太夫人常言："吾阅孩孺多矣，未有此儿之卓异也。"岂吾宗之薄佑，无复大其门闾耶？而疾夫之不夭，将遂挤于沟壑耶？

这是说父子情深，出于天性，指云堂不足一岁，久别而"颇能识其父，迎门而笑，跃而就予抱焉"。自己以"过犹不及"、"有而归无"之理排遣自己的悲哀之情，但总排遣不去，以致归咎自己积衅太深，延及于子。继写云堂的卓异不群，进一步说明悲哀难遣，"眉目疏秀，方口大颐"，外貌如此可爱，"必兴吾门，终能成器"的"卓异"幼儿夭折又怎能不伤心呢？末又以佛教学说为自己排遣悲哀：

> 因念尝读金仙子书，了知大雄氏之旨。识六尘之妄相，见诸行之无常。聚沫非可撮摩，浮云倏然变灭。轮回起于爱，必断必除；烦恼归于空，何执何著？一切虚幻，万化纷纶，又安能触类增悲，缅怀舐犊之爱；积毁成疾，自贻丧明之戚哉？予出于儒门，沉迷俗谛，犹或慕圣人之达节，希上士之忘情。诚知其无可奈何，聊以自遣耳。服名教者，得无罪我乎？

"金仙子书"指佛书。"圣人之达节"指子夏丧子而有失明之戚，曾子罪之。①"上士之忘情"，指佛家万物皆幻，何必增悲之说。但作者越是告诫自己不要太执著而要"必断必除"其父子之爱，就越见其不能断除，不能释怀。

（三）序

一提起序，人们往往只想到"序跋"之序。其实以序名篇的除"序跋"之序外，②至少还有四种序：字序之序、赠序之序、寿序之序、记序之序。

---

① 《礼记·檀弓》上，《礼记注疏》，(汉)郑玄注，(唐)陆德明音义，孔颖达疏，文渊阁四库全书本。

② 见本章第五节"书序与篇序"部分。

字序又叫字说、字解，虽以序名篇，但实为杂说。吕祖谦《皇宋文鉴》卷八八所收的苏洵《仲兄郎中字序》，卷八九所收的章望之《章公甫字序》、《郑野甫字序》均属此类。除字序属杂说外，还有一些以序名篇而议事议政的杂说，如宋白《弈棋序》就是一篇以小喻大、以弈喻政的论说文。

寿序之序，即生日祝寿之序。祝寿始于齐、梁，寿序则始于元而盛行于明、清。清张谦宜《絸斋论文》卷四："祝寿序，唐宋无此格，至明极滥。"①

赠序之序，为送别亲友而作。②

记序之序，虽以序名篇，但实属杂记文，如王羲之《兰亭集序》、王勃《滕王阁序》、李白《春夜宴从弟桃花园序》等。宋初李昉等编的《文苑英华》卷七〇八至七一一《游宴》类所收序，从王勃的《春日孙学士宅宴序》至白居易的《三游洞序》都是序记之序，是杂记文。宋代也有以序为记的杂记文。

以上几类序文，清以前的总集、别集多混收，不作区分。姚铉的《唐文粹》卷九一至九五所收序皆书序；卷九六至九八所收序则有序记，如独孤及的《琅琊溪述序》、李白的《泛郎官湖序》；有赠序，如韩愈的《送陆歙州序》、李白的《赠嵩山焦炼师诗序》。北宋人编的《宋文选》按作者收文，卷二收有欧阳修的赠序文《送梅圣俞归洛序》，书序文《集古录目序》，字序文《章望之字序》。南宋初吕祖谦编的《古文关键》既收赠序，如韩愈的《送王含秀才序》、《送文畅序》；也收书序，如苏轼的《六一居士集序》、《钱塘勤上人诗集序》。楼钥编的《崇古文诀》是按朝代、作者收文，收有书序（如卷八李汉的《昌黎文集序》）、赠序（如同卷韩愈的《赠张子序》）、记序（如卷二七曾巩的《相国寺维摩院听琴序》）。南宋魏齐贤等编的《圣宋名贤五百家播芳大全文粹》卷一〇二所收序也是混收书序（如程颐的《易传序》）和赠序（如石介的《送龚鼎臣序》）。元、明情况类似，直至清人姚鼐的《古文辞类纂》才把序跋之序与赠序之序区分为两类。曾国藩的《经史百家杂钞·凡例》又把赠序文归入序跋类，他说："赠序，姚氏所有而余无焉者也。"《经史百家杂钞·序跋类》收有韩愈的《赠郑尚书序》、《送李愿归盘谷序》、欧阳修的《送徐无党南归序》等，都是赠序文。历代总集除姚鼐的《古文辞类纂》外，几乎都混收各种不同的序。但赠序之序和序跋之序实为不同性质的文章，赠序为赠人以言，序跋为叙述著作之意，赠序之序与序跋之序实应各为一类。

我们这里所论的序是记的一种。如王羲之《兰亭集序》云：③

---

① （清）张谦宜《絸斋论文》，乾隆二十三年胶西法氏又敬堂刊《家学堂遗书》本。

② 详本章第四节《赠序文》。

③ （明）张溥编《汉魏六朝百三家集》卷五九，文渊阁四库全书本。

永和九年，岁在癸丑，暮春之初，会于会稽山阴之兰亭，修禊事也。①群贤毕至，少长咸集。此地有崇山峻岭，茂林修竹，又有清流激湍，映带左右。引以为流觞曲水，列坐其次。虽无丝竹管弦之盛，一觞一咏，亦足以畅叙幽情。是日也，天朗气清，惠风和畅。仰观宇宙之大，俯察品类之盛，所以极目骋怀，足以极视听之娱，信可乐也。

夫人之相与，俯仰一世，或取诸怀抱，晤言一室之内；或因寄所托，放浪形骸之外。虽趋舍万殊，静躁不同，当其欣于所遇，暂得于己，快然自足。不知老之将至。及其所之既倦，情随事迁，感慨系之矣。向之所欣，俛仰之间，以为陈迹。犹不能不以之兴怀，况修短随化，终期于尽。古人云："死生亦大矣。"岂不痛哉！每览昔人兴感之由，若合一契，未尝不临文嗟悼，不能喻之于怀。固知一死生为虚诞，齐彭殇为妄作，后之视今，亦犹今之视昔。悲夫！故列叙时人，录其所述，虽世殊事异，所以兴怀，其致一也。后之览者，亦将有感于斯文。

王羲之(303—约361)字逸少，东晋琅邪临沂(今属山东)人，后迁居山阴(今浙江绍兴)。出身于名门望族，伯父王导官至太尉。历仕秘书郎、宁远将军、江州刺史、右军将军、会稽(今浙江绍兴)内史。东晋永和九年(353)农历三月三日，王羲之同谢安、孙绰等共二十六人，在绍兴兰亭修禊时，众人饮酒赋诗，汇诗成集，羲之即兴挥毫，写下这篇著名的《兰亭集序》，又名《兰亭序》、《临河序》、《禊序》、《禊贴》、《兰亭记》。标题中的"集"字，若是宴集之集，此文则为记叙文；若是兰亭唱和诗集之集，则此文为序跋之序。王羲之擅长书法，此序之有名，更是因其书艺。但仅作为文章，亦足以名垂千古。文章前半记游宴，写"群贤毕至，少长咸集"，"天朗气清，惠风和畅"，皆赏心乐事。后半感慨兴怀，先叹人生有限，"向之所欣，俛仰之间，以为陈迹"；次叹古今如一，"后之视今，亦犹今之视昔"。先记事后抒情，与一般杂记文没有区别。马永卿云："《兰亭序》在南朝文章中少其比伦。"②陆游《夜读巩仲至闽中诗有怀其人》谓"兰亭尽名士，逸少独清真"；③又《对酒》(卷五九)谓"《兰亭》独清绝，千载擅清真"，《溪上》(卷六五)诗亦称"兰亭余韵想清真"。"清真"二字，确实是此序特征。

① 禊，祓除疾病和不祥的活动。葛立方《韵语阳秋》(文渊阁四库全书本)卷一九："上巳日于流水上洗濯，祓除去宿垢，故谓之祓禊。禊者洁也。"

② (宋)马永卿《懒真子》卷三，文渊阁四库全书本。

③ (宋)陆游《剑南诗稿》卷五五，文渊阁四库全书本。

姚鼐《古文辞类纂·序目》云："柳子厚记事小文或谓之序，然实记之类。"如《柳河东集》卷二四的《序饮》、《序棊》之类。其《序饮》首写在钴鉧潭西买的小丘上饮酒，并设置监史，定下酒令：

买小丘一日锄理，二日洗涤，遂置酒溪石上。向之为记①，所谓牛马之饮者，离坐其背。实觞而流之，接取以饮。乃置监史而令曰："当饮者举筹之十寸者三，逆而投之，能不洄于洑，不止于坻（小渚），不沉于底者，过至不饮。而洄而止而沉者，饮如筹之数。"

次写饮酒之欢乐尤为生动：

既或投之，则旋眩滑汩，若舞若跃，速者迟者，去者住者，众皆据石注视，欢抃以助其势。突然而逝，乃得无事。于是或一饮，或再饮。客有娄生图南者，其投之也，一洄一止一沉，独三饮，众乃大笑欢甚。余病痞（腹内结痛），不能饮酒，至是醉焉。遂损益其令，以穷日夜而不知归。

末写今之饮酒虽简而欢乐并不亚于古人：

吾闻昔之饮酒者，有揖让酬酢百拜以为礼者，有叫号屡舞如沸如羹以为极者，有裸裎袒裼以为达者，有资丝竹金石之乐以为和者，有以促数糺逖而为密者。今则举异是焉，故舍百拜而礼，无叫号而极，不袒裼而达，非金石而和，去糺逖而密。简而同，肆而恭，衎衎（和乐貌）而从容，于以合山水之乐，成君子之心，宜也。作《序饮》以贻后之人。

《山晓阁选唐大家柳柳州全集》卷二论此文结构云："通序饮地，序饮，序监史，序投筹，处处写得如画，便是一幅流觞曲水图。后幅赞美一段，尤觉通篇出色。"林纾《韩柳文研究法·柳文研究法》以《兰亭集序》与此文比较，认为它在描写上胜过《兰亭集序》："《序饮》，短质悍劲，语语入古，且曲状情事，匪微弗肖。兰亭之集，纪流觞也，然右军散朗，但略记其事而已。子厚则穷形尽相，必绘出物状，以尽其所能。"林纾又云："是篇前摹写物状，跃跃如生。一筹之微，又能为之穷形尽相而出之，真写生妙手也。

① 详前柳宗元《钴鉧潭西小丘记》。

入后一开一阖，以庄语行之，是能以小题抒正论者。”①

宋代也有以序为记的杂记文，如赵湘的《观王岩弹琴序》。②王岩，金陵人，善琴。文章认为乐主于人，而不在于乐器：“乐主于音也，音雅则和。人诚能雅而和，虽名器异，而不淫于色、不害于德也。苟离于是，虽埙篪钟磬，为郑人卫人之执，恶能免乎趋数傲辟之过也?”次以王岩弹琴为证，在一次宴会上，主人谓王岩善秦声，遂置秦弦于其前。作者感到王岩貌脱略而神不俗，语爽而气清，而乐艺何其鄙俗：“未几，主人命是器置于岩之前，岩色无愧，复不让。试调之，铿铿然；始作，泠泠然；纵之，纯纯然。自初而终，且为瑟声，似非秦弦也。爰而问之，则舍器而作(起)，对曰：‘某之志，始在琴瑟也。幼能学琴，逮成人，遇秦弦，或试调弄，调之则心存乎雅正。由是至于和，往往离部之曲作操弄，宛尔琴瑟之道如是，亦使人不荡其心，不淫其志，无凝滞之想。’”作者感慨道：“呜呼！邪正之音，果在乎人，不在乎器也。岩之志本雅，虽手因乎秦弦，而心存乎焦桐。夫岂异乎在庄、墨之教，而好周公、孔子之道；居蛮貊之国，而乐忠信礼乐之事？苟手存乎焦桐，心存乎秦弦，又岂异乎读尧舜之书，行桀纣之教；立冠裳之门，发屠沽之行?《易》所谓外君子而内小人也。噫！手焦桐而心秦弦者，皆是也。”乐声不可能不受乐器影响，所谓邪正之音在人不在器，或许不无片面性；但文章的主旨是反对“外君子而内小人”，强调人正则乐正，则富有教育意义。

景祐三年(1036)，蔡襄年二十五时所撰的《七石序》，③首写雪山僧惟正之西轩有七石，因形状不同，分别取名，并以形象的语言描摹七石之状：“雪山僧惟正涣然，其居净土之西轩有七石，皆因物象而名之。其曰麒麟，俯趋而游；曰仙凫，浑礴自如；曰孤鹤，引吭开喙，若唳而远视；曰苍鹰，竦翼将击，沉思而在；曰飞泉，碧玉莹澈，素练斜落；曰屏风，高丈而半，广又半之；曰四面，其东当楹，窍洞牙蘖，西南北亦如之。”次记惟正之语：“涣然极嗜而无厌。予尝与寓观焉，涣然指而语予曰：‘我为释氏学，洸洋无羁，乐此君而留者今仅十年。以事入旁郡，中道思之，辄罢归。石乎，其亦累我耶？然每至其侧，叩之言，不声而默，告之游，不从而止，我亦默焉止焉。邻而居焉，忘彼之石，忘己之我，两皆忘焉。石乎，亦何累于我哉！’予于是知涣然甚自适也。”然后提出一连串问题，这些石是天然的还是人工的？对其沦显无所动还是无所知？以器物名石，石是不是器物？何不为础、为砥、为石阙、为桥梁、为砚、为磬、为玩具、为镞？并借“为石言者”的回答以点出“贵天成”的文章主旨：“名与用亦时遇尔。我自守而贵者天

---

① 林纾《选评古文辞类纂》，浙江古籍出版社 2011 年版。

② (宋)赵湘《南阳集》卷四，文渊阁四库全书本。

③ (宋)蔡襄《端明集》卷二九，文渊阁四库全书本。

质也,异夫工者镌磨鑱凿之为之也。天成之质,可不贵乎?”末以惟正“能诗善草书,犹是石之贵乎天成也”作结。蔡襄《谢昭文张相公(士逊)笺》(卷三一)自谓少作词章,日务新奇,与时辈争声名。本文即以“新奇”为特征,而又描写生动,议论风生。

第三节 书 信

以书名篇的文章有多种文体。

或指奏议。《文心雕龙·书记》把本属奏议的上书与同辈往来的书信混同论述,其论上书云:“大舜云:‘书用识哉!’[①]所以记时事也。盖圣贤言辞,总谓之书,书之为体,主言者也。扬雄曰:‘言,心声也;书,心画(字)也。声画形,君子小人见矣。’故书者,舒也,舒布其言,陈之简牍,取象于夬(夬卦,表决断),贵在明决而已。”吴讷《文章辨体序说》云:“昔臣僚敷奏,朋旧往复,皆总曰书。”“臣僚敷奏”为奏议,如上皇帝书。

或指论说文。徐师曾《文体明辨序说》云:“编类既以人臣进御之书为上书,往来之书为书,而此类(论说文)复称书者,则别以议论别之而为书也。”下举唐人李翱《复性书》、《平赋书》为例。宋代也有以书名篇而实为论者,如苏洵《权书》之类。

或指纪事之文。汉刘熙《释名·释书契》云:“书,庶也,纪庶物也。亦言著,简纸末不灭也……书称刺书,以笔刺纸简之上也;又曰写,倒写此文也。”

或指题跋。《释名·释书契》又云:“书称题,题,谛也,审谛其名号也。亦言第,因其第次也。”题跋文多题作书某。

这里所论的是“同辈相告”、“朋旧往复”之书,即书信之书,也有多种称谓。

(一) 书

刘勰《文心雕龙·书记》云:“三代政暇,文翰颇疏。春秋聘繁,书介弥盛。绕朝(秦臣)赠士会(在秦晋人)以策[②],子家与赵宣以书[③],巫臣之遗子反[④],子产之谏范宣[⑤],

---

① 识,记录。语见《尚书·益稷》。

② 《春秋左传注疏》(晋杜氏注,唐陆德明音义,孔颖达疏。文渊阁四库全书本,以下简称《左传》)《左传·文公十三年》云:“绕朝赠之(士会)以策曰:‘子无谓秦无人,吾谋适不用也。’”

③ 《左传·文公十七年》:郑子家与赵宣子书,请楚允许陈侯朝晋。

④ 《左传·成公八年》:楚臣子重、子反杀了在晋做官的楚人巫臣的族人,巫臣遗二子书曰:“尔以残慝贪婪事君,而多杀不辜,余必使尔罢(疲)于奔命以死。”

⑤ 《左传·襄公二十四年》:晋范宣子加重征收各国财物,郑国子产致书范宣子,称这既不利于晋,也不利于范宣子。范宣子为之减征。

详观四书，辞若对面。又子服敬叔进吊书于滕君①，固知行人（使节）挈辞（携带文辞）多被翰墨矣。及七国献书，诡丽辐辏；汉来笔札，辞气纷纭。观史迁之《报任安》，东方朔之《难公孙》，杨恽之《酬会宗》，子云（扬雄）之《答刘歆》，志气盘桓，各含殊采，并杼轴乎尺素，抑扬乎寸心。逮后汉书记，则崔瑗尤善。魏之元瑜（阮瑀），号称翩翩；文举（孔融）属章，半简必录。休琏（应璩）好事，留意词翰，抑其次也。嵇康《绝交》，实志高而文伟矣。赵至叙离，乃少年之激切也。至如陈遵占辞，百封各意；祢衡代书，亲疏得宜，斯又尺牍之偏才也。"又论书之要求云："详总书体，本在尽言。言以散郁陶，托风采，故宜条畅以任气，优柔以怿怀，文明从容，亦心声之献酬也。"吴讷《文章辨体序说・书》云："按昔臣僚敷奏，朋旧往复，皆总曰书。近世臣僚上言，名为表奏，惟朋旧之间则曰书而已。盖论议知识，人岂能同？苟不具之于书，则安得尽其委曲之意哉？战国、两汉间，若乐生，若司马子长，若刘歆诸书，敷陈明白，辩难恳到，诚可以为修辞之助。至若唐之韩、柳，宋之程、朱、张、吕，凡其所与知旧、门人答问之言，率多本乎进修之实。读者诚能熟复，以反之于身，则其所得又岂止乎文辞而已哉！"

书信的书是应用文之一，有固定的格式。或以尊称对方开头，以署名结，如李陵《答苏武书》以"子卿足下"开头，以"李陵顿首"结；②或以自报家门，尊称对方开头，如司马迁的《报任少卿书》以"太史公牛马走司马迁再拜言少卿足下"开头，而以"谨再拜"结（同上）；陈琳为曹洪撰写的《为曹洪与魏文书》则以"十一月五日洪白"开头，末仍以"洪白"结（同上）。

书信多套语，《东轩笔录》卷一五："近世书问，自尊与卑（上对下）即曰不具，自卑上尊（下对上）即曰不佞，朋友交驰（同辈往来）即曰不宣。三字义皆同，而例无轻重之说，不知（起自）何人，世莫敢乱，亦可怪也。"

书启都是私人信函，启多为骈文，书多为散文。但也不能用骈、散区别书启，正如启有散文一样，书也有骈文。本书"书启"之"启"在骈文部分论述。

秦、汉的书信多为散文，如《汉书・司马迁传》所载司马迁的《报任少卿书》。任少卿名安，荥阳人。他曾写信给司马迁，要他"推贤进士"。此为司马迁之答书。首写自己因李陵事下狱，受宫刑，已无法"推贤进士"：

太史公牛马走司马迁再拜言。少卿足下：曩者辱赐书，教以慎于接物，推贤进士为务，意气勤勤恳恳，若望仆不相师，而用流俗人之言。仆非敢如此也。虽

---

① 《礼记・檀弓》：滕成公之丧，鲁使使叔（氏）敬叔（谥号）往吊。

② （梁）萧统《文选》卷四一，文渊阁四库全书本。

罢驽，亦尝侧闻长者遗风矣。顾自以为身残处秽，动而见尤，欲益反损，是以独郁悒而谁与语。谚曰："谁为为之？孰令听之？"盖钟子期死，伯牙终身不复鼓琴。何则？士为知己者用，女为说(悦)己者容。若仆大质已亏缺矣，虽材怀随和，行若由夷，终不可以为荣，适足以见笑而自点耳。书辞宜答，会东从上来，又迫贱事，相见日浅，卒卒无须臾之间得竭志意。今少卿抱不测之罪，涉旬月，迫季冬，仆又薄从上雍，恐卒然不可为讳。是仆终已不得舒愤懑以晓左右，则长逝者魂魄私恨无穷。请略陈固陋。阙然久不报，幸勿为过。

仆闻之，修身者智之府也，爱施者仁之端也，取与者义之表也，耻辱者勇之决也，立名者行之极也。士有此五者，然后可以托于世，列于君子之林矣。故祸莫憯于欲利，悲莫痛于伤心，行莫丑于辱先，而诟莫大于宫刑。刑余之人，无所比数，非一世也，所从来远矣。昔卫灵公与雍渠载，孔子适陈；商鞅因景监见，赵良寒心；同子参乘，袁丝变色：自古而耻之。夫中材之人，事有关于宦竖，莫不伤气，而况忼慨之士乎！如今朝虽乏人，奈何令刀锯之余荐天下之豪隽哉！仆赖先人绪业，得待罪辇毂下，二十余年矣。所以自惟：上之，不能纳忠效信，有奇策材力之誉，自结明主；次之，又不能拾遗补阙，招贤进能，显岩穴之士；外之，不能备行伍，攻城野战，有斩将搴旗之功；下之，不能积日累劳，取尊官厚禄，以为宗族交游光宠。四者无一遂，苟合取容，无所短长之效，可见于此矣。乡者，仆亦尝厕下大夫之列，陪外廷末议。不以此时引维纲，尽思虑，今已亏形为扫除之隶，在阘茸之中，乃欲昂首信眉，论列是非，不亦轻朝廷，羞当世之士邪！嗟乎！嗟乎！如仆，尚何言哉！尚何言哉！

次叙其不幸遭遇：

且事本末未易明也。仆少负不羁之行，长无乡曲之誉，主上幸以先人之故，使得奉薄伎，出入周卫之中。仆以为戴盆何以望天，故绝宾客之知，亡室家之业，日夜思竭其不肖之材力，务一心营职，以求亲媚于主上。而事乃有大谬不然者。夫仆与李陵俱居门下，素非能相善也，趣舍异路，未尝衔杯酒接殷勤之余欢。然仆观其为人自守奇士，事亲孝，与士信，临财廉，取与义，分别有让，恭俭下人，常思奋不顾身以徇国家之急。其素所蓄积也，仆以为有国士之风。夫人臣出万死不顾一生之计，赴公家之难，斯已奇矣。今举事一不当，而全躯保妻子之臣随而媒糵其短，仆诚私心痛之。且李陵提步卒不满五千，深践戎马之地，足历王庭，垂饵虎口，横挑强胡，仰亿万之师，与单于连战十有余日，所杀过当。虏救死扶伤不给，旃裘之君长咸震怖，乃悉征其左右贤王，举引弓之人，一国共攻而围之。转斗千里，矢尽道穷，救兵不至，士卒死伤如积。然李陵一呼劳军，士无不起，躬自流涕，沫血饮泣，张空弮，冒白刃，北向争死敌者。陵未没时，使有来报，汉公卿王侯皆奉觞上寿。后数日，陵败书闻，主上为之食不甘味，听朝不怡。大臣忧惧，不知所出。仆窃不自料其卑贱，见主上惨怆怛悼，诚欲效其款款之愚，以为李陵素与士大夫绝甘分少，能得人之死力，虽古之名将不能过也。身虽陷败，彼观其意，且欲得其当而报于汉。事已无可奈何，其所摧败，功亦足以暴于天下矣。仆怀欲陈之而未有路。适会召问，即以此指推言陵之功，欲以广主上之意，塞睚眦之辞。未能尽明，明主不深晓，以为仆沮贰师，而为李陵游说，遂下于理。拳拳之忠，终不能自列。因为诬上，卒从吏议。家贫，货赂不足以自赎，交游莫救，左右亲近不为一言。身非木石，独与法吏为伍，深幽囹圄之中，谁可告愬者！此真少卿所亲见，仆行事岂不然乎？李陵既生降，颓其家声，而仆又佴之蚕室，重为天下观笑。悲夫！悲夫！

末言自己之所以忍辱苟活，就是为了完成《史记》的撰写：

事未易一二为俗人言也。仆之先非有剖符丹书之功，文史星历，近乎卜祝之间，固主上所戏弄，倡优所畜，流俗之所轻也。假令仆伏法受诛，若九牛亡一毛，与蝼蚁何以异？而世俗又不与能死节者次比，特以为智穷罪极，不能自免，卒就死耳。何也？素所自树立使然也。人固有一死，或重于太(泰)山，或轻于鸿毛，用之所趣异也。太上不辱先，其次不辱身，其次不辱理色，其次不辱辞令，其次诎体受辱，其次易服受辱，其次关木索、被箠楚受辱，其次剔毛发、婴金铁受辱，其次毁肌肤、断支体受辱，最下腐刑极矣！传曰："刑不上大夫。"此言士节不可不勉励也。猛虎在深山，百兽震恐，及在槛阱之中，摇尾而求食，积威约之渐也。故士有画地为牢，势可不入；削木为吏，议不可对，定计于鲜也。今交手足，受木索，暴肌肤，受榜箠，幽于圜墙之中，当此之时，见狱吏则头抢地，视徒隶则心惕息。何者？积威约之势也。及已至是，言不辱者，所谓强颜耳，曷足贵乎！且西伯，伯也，拘于羑里；李斯，相也，具于五刑；淮阴，王也，受械于陈；彭越、张敖，南面称孤，系狱抵罪；绛侯诛诸吕，权倾五伯，囚于请室；魏其，大将也，衣赭衣，关三木；季布为朱家钳奴；灌夫受辱于居室。此人皆身至王侯将相，声闻邻国，及罪至罔加，不能引决自裁。在尘埃之中，古今一体，安在其不辱也？由此言之，勇怯，势也；强弱，形也。审矣，何足怪乎？夫人不能早自裁绳墨之外，已稍陵迟，至于鞭箠之间，乃欲引节，斯不亦远乎！古人所以重施刑于大夫者，殆为此也。

夫人情莫不贪生恶死，念父母，顾妻子，至激于义理者不然，乃有不得已也。今仆不幸，早失父母，无兄弟之亲，独身孤立，少卿视仆于妻子何如哉？且勇者不必死节，怯夫慕义，何处不勉焉！仆虽怯懦，欲苟活，亦颇识去就之分矣，何至自沉溺缧绁之辱哉！且夫臧获婢妾，犹能引决，况仆之不得已乎？所以隐忍苟活，幽于粪土之中而不辞者，恨私心有所不尽，鄙陋没世，而文彩不表于后也。古者富贵而名摩灭，不可胜记，唯倜傥非常之人称焉。盖西伯（文王）拘而演《周易》；仲尼厄而作《春秋》；屈原放逐，乃赋《离骚》；左丘失明，厥有《国语》；孙子膑脚，《兵法》修列；不韦迁蜀，世传《吕览》；韩非囚秦，《说难》、《孤愤》；《诗》三百篇，大底圣贤发愤之所为作也。此人皆意有所郁结，不得通其道，故述往事、思来者。乃如左丘无目，孙子断足，终不可用，退而论书策，以舒其愤，思垂空文以自见。仆窃不逊，近自托于无能之辞，网罗天下放失旧闻，略考其事，终其终始，稽其成败兴坏之纪，上计轩辕，下至于兹，为十表，本纪十二，书八章，世家三十，列传七十，凡百三十篇。亦欲以究天人之际，通古今之变，成一家之言。草创未就，会遭此祸，惜其不成，是以就极刑而无愠色。仆诚已著此书，藏之名山，传之其人，通邑大都，则仆偿前辱之责，虽万被戮，岂有悔哉？然此可为智者道，难为俗人言也！

且负下未易居，下流多谤议。仆以口语遇遭此祸，重为乡里所戮笑，以污辱先人，亦何面目复上父母之丘墓乎？虽累百世，垢弥甚耳！是以肠一日而九回，居则忽忽若有所亡，出则不知其所往。每念斯耻，汗未尝不发背沾衣也！身直为闺阁之臣，宁得自引深藏岩穴邪！故且从俗浮沉，与时俯仰，以通其狂惑。今少卿乃教以推贤进士，无乃与仆私心剌谬乎？今虽欲自雕琢，曼辞以自饰，无益于俗，不信，适足取辱耳。要之，死日然后是非乃定。书不能悉意，略陈固陋。谨再拜。

此书为我们提供了书信体的基本格式，同时它也是我国文学史上第一篇长篇书信，长达二千余言，抒情色彩极浓，深刻揭露了汉武帝的专横，李陵的功高遇祸，朝臣的落井下石以及自己的因言得罪，强烈地抒发了自己的愤懑。书信为私人信函，往往以情真意切见长，倪朴《上杨推官书》云："仆尝读史，见司马迁与任安书，以坐李陵事腐之蚕室，其言伤感痛切，至今千余载读之，使人为之流涕。"①《古文辞类纂》（卷二七）引林云铭评云："通篇淋漓悲壮如泣如诉，自始至终，似一气呵成。"其中不少文字

① （宋）倪朴《倪石陵书》，文渊阁四库全书本。

成了后世人人能详的至理名言，如“士为知己者用，女为说己者容”，“祸莫惨于欲利，悲莫痛于伤心”，“人固有一死，或重于太山，或轻于鸿毛”以及“文王拘而演《周易》”一段。

杨恽的《报孙会宗书》也是散文。①杨恽字子幼，华阴（今属陕西）人。宰相杨敞之子，其母乃司马迁之女，封平通侯。好发人阴私，为人所告，后失爵家居，以治产业自娱。友人孙会宗以书戒之，此为杨恽答书，辞语怨怼，为汉宣帝所杀。文章首言报书之由：“窃恨足下不深惟其终始，而猥随俗之毁誉也。言鄙陋之愚心，若逆指而文过；默而息乎，恐违孔氏‘各言尔志’之义。故敢略陈其愚，唯君子察焉。”次言其家方隆盛时，无所建明，而获罪后，“横被口语，身幽北阙，妻子满狱。当此之时，自以夷灭不足以塞责，岂意得全首领，复奉先人之丘墓乎？……君子游道，乐以忘忧；小人全躯，说（悦）以忘罪。窃自思念，过已大矣，行已亏矣，长为农夫以没世矣。是故身率妻子，勠力耕桑，灌园治产，以给公上。不意当复用此为讥议也。”接着极写其闲居、逐利之乐，讥孙还以卿大夫之制相责：“臣之得罪已三年矣，田家作苦，岁时伏腊，烹羊炰（裹烤）羔，斗酒自劳。家本秦也，能为秦声；妇赵女也，雅善鼓瑟；奴婢歌者数人，酒后耳热，仰天抚缶，而呼呜呜。其诗曰：‘田彼南山，芜秽不治。种一顷豆，落而为萁。人生行乐耳，须富贵何时！’是日也，拂衣而喜，奋袖低昂，顿足起舞，诚淫荒无度，不知其不可也。恽幸有余禄，方籴贱贩贵，逐什一之利，此贾竖之事，污辱之处，恽亲行之。下流之人，众毁所归，不寒而栗。虽雅知恽者，犹随风而靡，尚何称誉之有？董生不云乎：‘明明求仁义，常恐不能化民者，卿大夫之意也；明明求财利，常恐困乏者，庶人之事也。’故道不同不相为谋，今子尚安得以卿大夫之制而责仆哉？”文气豪荡而辞涉怨望，此文确实像司马迁的《报任少卿书》，兀傲愤激，结果招致杀身之祸。

上举书信均以抒愤为主要内容，《文选》卷四三载嵇康的《与山巨源绝交书》则以明志为主要内容。嵇康首先提出，世上有兼济天下和独善其身两种人，不可相强：“吾昔读书，得并（兼善天下者）介（介然自守，独善其身者）之人，或谓无之，今乃信其真有耳。性有所不堪，真不可强。”全文就围绕这两种人进行论述，而他自己是属于介然自守者。他说：“老子、庄周，吾之师也，亲居贱职；柳下惠、东方朔，达人也，安乎卑位，吾岂敢短之哉！□仲尼兼爱，不羞执鞭；子文无欲卿相，而三登令尹，是乃君子思济物之意也。所谓达能兼善而不渝，穷则自得而无闷。以此观之，故尧、舜之君世，许由之岩栖，子房之佐汉，接舆之行歌，其揆一也。仰瞻数君，可谓能遂其志者也。故君子百行，殊涂（途）而同致，循性而动，各附所安，故有处朝廷而不出，入山林而不反之论。

---

① （梁）萧统《文选》卷四一，文渊阁四库全书本。

且延陵高子臧之风，①长卿（司马相如）慕相如（蔺相如）之节，志气所托，不可夺也。吾每读尚子平、台孝威②传，慨然慕之，想其为人。”次写自己的性格不适于入仕：“少加孤露，母兄见骄，不涉经学，性复疏懒，筋驽肉缓，头面常一月十五日不洗，不大闷痒，不能沐也……又纵逸来久，情意傲散，简与礼相背，懒与慢相成，而为侪类见宽，不攻其过。□读庄、老，重增其放，故使荣进之心日颓，任实之情转笃。此由禽鹿少见驯育，则服从教制，长而见羁，则狂顾顿缨，赴蹈汤火，虽饰以金镳，飨以嘉肴，逾思长林而志在丰草也。阮嗣宗口不论人过，吾每师之而未能及。至性过人，与物无伤，唯饮酒过差耳。至为礼法之士所绳，疾之如仇，幸赖大将军保持之耳。吾不如嗣宗之贤而有慢弛之阙，又不识人情，暗于机宜，无万石（石奋）之慎，而有好尽之累（方言则尽情，不知避忌）。久与事接，疵衅日兴，虽欲无患，其可得乎？又人伦有礼，朝廷有法，自惟至熟，有必不堪者七，甚不可者二。”其下即以“必不堪者七，甚不可者二”进一步具体写其性格不宜入仕，其中尤以“又每非汤、武而薄周、孔”为最有名。“又闻道士遗言，饵术黄精，令人久寿，意甚信之。游山泽，观鱼鸟，心甚乐之。一行作吏，此事便废，安能舍其所乐而从其所惧哉?”末以望山涛（巨源）能全其天性作结：“夫人之相知，贵识其天性，因而济之。禹不偪（逼）伯成子高，全其节也；仲尼不假盖于子夏，护其短也；近诸葛孔明不偪元直以入蜀，华子鱼（歆）不强幼安（管仲）以卿，相此可谓能相终始，真相知者也。足下见直木必不可以为轮，曲者必不可以为桷，盖不欲以枉其天才，令得其所也。故四民有业，各以得志为乐，唯达者为能通之，此足下度内耳。不可自见好章甫强越人以文冕也，已嗜臭腐，养鸳雏以死鼠也。吾顷学养生之术，方外荣华，去滋味，游心于寂寞，以无为为贵，纵无九患，尚不顾足下所好者，又有心闷疾，顷转增笃，私意自试，不能堪其所不乐。自卜已审，若道尽涂穷则已耳，足下无事冤之，令转于沟壑也……今但愿守陋巷，教养子孙，时与亲旧叙离阔，陈说平生，浊酒一杯，弹琴一曲，志愿毕矣。”《文心雕龙·书记》称“嵇康《绝交》，实志高而文伟”，此文确实表现了嵇康的高尚之志，而全文一气呵成，笔锋犀利，全是激愤之语，故为司马昭所忌。

魏晋南北朝以及唐宋之初骈文之风盛行时，书信多为骈文，如《文选》卷四三所载丘迟《与陈伯之书》就是一封以骈文写成的劝降书。丘迟（464—508）字希范，吴兴乌程（今浙江湖州）人。他是南朝齐梁间的著名文人。陈伯之在南朝齐末守江州，后降梁，又起兵反梁，投奔北魏。临川王萧宏奉命北伐，命其记室丘迟撰此书劝降。陈得书后，率兵归梁。此信首先斥陈弃明投暗，叛梁投魏：“将军勇冠三军，才为世出，弃燕

① 曹宣公卒，将立子臧，子臧去国，延陵季子曰“愿附于子臧”。事见《左传》。

② 二人皆东汉隐士，事见《后汉书·逸民传》。

雀之小志，慕鸿鹄以高翔。昔因机变化，遭遇明主（指梁武帝），立功立事，开国称孤。朱轮华毂，拥旄万里，何其壮也！如何一旦为奔亡之虏（指陈投北魏），闻鸣镝而股战，对穹庐以屈膝，又何劣邪！”次申明梁武帝将赦其罪，解其后顾之忧：“寻君去就之际，非有他故，直以不能内审诸己，外受流言，沉迷猖獗，以至于此。圣朝赦罪责功，弃瑕录用，推赤心于天下，安反侧于万物。将军之所知，非假仆一二谈也。朱鲔喋血于友于（兄弟），①张绣剚刃（用刀刺杀）于爱子，②汉主不以为疑，魏君待之若旧。况将军无昔人之罪，而勋重于当世。夫迷途知反，往哲是与，不远而复，先典攸（所）高。主上屈法申恩，吞舟是漏。将军松柏不剪，亲戚安居，高台未倾，爱妾尚在。悠悠尔心，亦何可言。”接着极论南北形势，明其投魏没有前途：“今功臣名将，雁行有序，佩紫怀黄，赞帷幄之谋；乘轺建节，奉疆场之任。并刑马作誓，传之子孙。将军独靦颜借命（厚着脸皮，贪生怕死），驱驰毡裘之长，宁不哀哉！夫以慕容超之强，身送东市；姚泓之盛，面缚西都。故知霜露所均，不育异类。姬汉旧邦，无取杂种。北虏僭盗中原，多历年所，恶积祸盈，理至燋烂。况伪孽昏狡，自相夷戮。部落携离，酋豪猜贰，方当系颈蛮邸，悬首槁街，而将军鱼游于沸鼎之中，燕巢于飞幕之上，不亦惑乎！”末又动之以思乡之情，再次开导其出路：“暮春三月，江南草长，杂花生树，群莺乱飞。见故国之旗鼓，感生平于畴日，抚弦登陴（城上女墙），岂不怆恨？所以廉公之思赵将，③吴子之泣西河，④人之情也，将军独无情哉？想早励良规，自求多福。当今皇帝盛明，天下安乐，白环西献（西方部落来献白环），楛矢东来（东方部落来献楛矢），夜郎、滇池，解辫请职；朝鲜、昌海（新疆罗布泊一带），蹶角（叩头）受化。唯北狄野心，崛强沙塞之间，欲延岁月之命耳。中军临川殿下，明德茂亲，总兹戎重，吊民洛汭（洛水入黄河处），伐罪秦中，若遂（一直）不改，方思仆言。聊布怀往，君其详之。丘迟顿首。”全文情真意挚，说理透彻，文辞优美，特别是“暮春三月”一段，尤能打动人心。

唐宋古文革新运动以后的书信则多散文，但也有骈文，如杨亿的书信，就几乎都是骈体四六，如其《答并州王太保书》云：“龆龀之时，傅召诣门；弱冠之岁，通籍于朝”；“文彩焕发，五色以相宣；理道贯通，有条而不紊。”⑤其《答钱易书》（同上），答钱易所作《戒杀生文》云：“某不佞，窃从事于空宗，为日虽浅（仅数年），闻道素笃。常服《首楞》之典，获佩法王之训。乃知世间轮回，杀、贪为本……我佛所以为一念因缘而出

---

① 朱鲔，王莽朝末年绿林军将领，曾劝刘玄杀刘秀之兄刘伯升，后降刘秀，秀既往不咎。

② 张绣，先降曹操，后又举兵反操，杀操长子曹昂。后又降操，封为列侯。

③ 廉颇因谗去国，时时想回去统领赵国军队。

④ 吴起因谗调离西河，涕泣说，西河将为秦所夺。后果然。

⑤ （宋）杨亿《武夷新集》卷一八，文渊阁四库全书本。

世，设十二分教以化人，诱掖群迷，首举兹事。”其《答陈在中书》(同上)云：“有条不紊，乃端若贯珠；自难而易，亦渐如攻木……政教之污隆，讨御之得失，创守之方略，治乱之本原，莫不周旋䌷绎，包括总统，引而伸之，如茧之抽绪；提而举之，若网之在纲。”其《答王魏公书》云：“介推母子，绝希绵上之田；伯夷弟兄，甘守西山之饿。”①

（二）简

书信除称为书外，还有简、手简、小简、尺牍、帖等称谓。简是书信之一种。徐师曾《文体明辨序说》云：“简者，略也，言陈其大略也。或曰手简，或曰小简，或曰尺牍，皆简略之称也。”段玉裁《说文解字注》卷七下云：“木为之谓之检(竹为之则谓之简)，帛为之则谓之帖。”可见简、帖皆为简短的书函，只是古代因书写材料不同而有不同的称谓罢了。高承《事物纪原》卷一云：“简，《诗·出车》曰：‘畏此简书。’简书者，治竹煞青，作简以书尔。今人直用纸，名曰简，以通庆吊问候之礼，取简书之义，尺牍类也。《锦带》前书曰，书版曰牍，书竹曰简。”简短随意，拉杂叙事，不拘一格，情真意切，是简的主要特征。

《文章辨体汇选》卷二七六载晋王羲之《与人手简》云：“吾前東粗足作佳观，吾为逸民之怀久矣，足下何以方复及此，似梦中语邪？无缘言面为叹，书何能悉。”其二云：“去夏得足下致邛竹杖皆至，此士人多有尊老者，皆即分布，令知足下远惠之至。”此即拉杂叙事之例。

同卷又载梁沈约《简沈驎士》云：“独往之业，虽闻前载，高尘逸轨，罕或共时，未尝不拊帙兴怀，望古遐瞩，尊贤拔俗，遥然沉冥，自远幽贞之操，义高篆策，虽蒋诩不窥城市，郑真名动京师，何远之？名山既乡内所丰，清川亦坐卧可对，不出户庭而与禽鸟齐美哉。约少不自涯，早爱虫鸟逐食，推迁未谐宿愿。冀幽期可托，克全素履，与尊弋钓泉皋，以慰闲暮，则生平之心于此遂矣。”此可为情真意切之例。

秦观《答傅彬老简》(《淮海集》卷三〇)评“三苏”文说：

> 阁下又谓“三苏”之中，所愿学者登州(苏轼)为最优，于此尤非也。老苏先生，仆不及识其人；今中书(苏轼)、补阙(苏辙)二公，则仆尝身侍之矣。中书之道如日月星辰，经纬天地，有生之类，皆知仰其高明；补阙则不然，其道如元气，行于混沦之中，万物由之而不知之。故中书尝自谓“吾不及子由”，仆窃以为知言。

---

① (宋)叶梦得《石林燕语》卷七，文渊阁四库全书本。

秦观这段话说明在苏轼兄弟生前，对他们的诗文就存在两种截然不同的看法。傅彬老以为苏轼为“最优”，秦观却认为子瞻“不及子由”。秦观具体比较了两人文风的不同，轼文如日月，一望可知；辙文如元气，深不可测。

李之仪以书简、题跋闻名，其简札的突出特点，是信笔书意，而又行文曲折，婉转多姿。如其《与苏黄门子由》云：“久不获修记师门”，先对久未通信表示慊意；“虽穷在途，然窃借余光，不忘自振”，“穷在途”是委婉解释无心写信的原因，但重点却摆在不忘借余光以自振；“惟是耳壅目枯，求一毫发洗濯增新，无复可得”，这是申说身处穷途；“以故系咏拳拳不忘鉴寐”，仍落到虽未写信，而未忘师门上来；“秋深江上犹有暑气，不审燕居却扫，尊体动止何似”，这是书简中的问安套话；“恭惟神听冥符，日有胜趣”，这是恭贺套话，但由于是在“秋深江上犹有暑气”之后说的，紧扣苏辙再谪筠州（今江西高安）而言，不但不觉得是套话，反而备感亲切；“万事既不复经意，则御风忌气，遂与造物者游矣”，苏辙在朝，身居副相，日理万机，现在谪居江上，不再理事，遂得解脱，暗含宽慰之意，而又不露痕迹。最后以希望将来能再见面并希望苏辙更加爱惜自己作结：“不腆一介，尚冀投老余息，犹及款侍。不胜系吝之私，更祈加爱。”①李之仪的多数书简都具有这种行文婉转的特征。

鲁迅在《当代文人尺牍钞序》中说：尺牍“究竟较近于真实，所以从作家的日记或尺读上，往往能得到比看他的作品更其明晰的意见”。李之仪的书简也是这样，例如他的《与赵仲强兄弟手简》对世态炎凉，人情冷暖的感慨，就比他的任何诗、词、文都更鲜明：“衰莫沦落，如在井中，奄奄未绝，时于缺甃间望见青天白日，心知其然，而无一援之而出者……十年飘泊，亲戚朋友号畴昔之厚者，或近在咫尺，或便道吾庐，尺纸之不通，与来略叙寒温，既见而不情之语如涌至，掉臂而不顾者，往往而然！”这是多么冷酷的世道人心，见其奄奄一息于井中，而无一救之者！亲朋近在咫尺却不通书问，顺道来访也只说今天天气多好，更多的则是掉头不顾。而赵氏兄弟对自己的友谊，却如“冰玉无一瑕可指”，因而不胜感慨梗塞，充满感激之情。全文情真意切，信笔书意，曲折多姿，对世态炎凉、人情冷暖，感慨甚深。书简是私人信函，信得过的朋友间可吐真言，故时有警语，如“治生进取，明是两途，且耕且战，特虚语耳”（《与荣天和手简》）之类富有哲理的话，在李之仪的书简中随处可见。

（三）札

汉刘熙《释名》卷六《释书契》第十九：“札，栉也，编之如栉齿相比也。”以札名篇者

---

① （宋）李之仪《姑溪居士前集》卷一八，文渊阁四库全书本。

一指奏议，欧阳修云：“唐人奏事，非表非状者谓之牓子，亦谓之录子，今谓之札子。凡群臣百司，上殿奏事，两制以上，非时有所奏陈，皆用札子。中书、枢密院事有不降宣敕者，亦用札子。”①二指公牍，欧阳修又谓“两府自相往来亦用札子”（同上）。吴曾祺《文体刍言·书牍类第四》：“今世则为公牍之一体。”又云：“札与简同，以木为之，而作字于其上。后乃转以为书札之名，即汉人所称笔札是也。”②近人张相《古今文综·评文》说：“在竹曰简，在木曰牍，牒札其通语也。后世公府行文，专用此称，书札之谊，浸为可见。”三指书信，又称书札，是书信的一种。徐师曾《文体明辨序说》云：“按字书：‘札，小简也。’”《文选·古诗十九首》的“客从远方来，遗我一书札”即指书信。唐周贺《泗上逢韩司徒归北》有“更为此别愁应老，书札何由到北军”句。③苏轼的短札很多很有名，兹举数则，以见札之特点。其《与章质夫》：

承喻慎静以处忧患，非心爱我之深，何以及此，谨置之座右也。《柳花词》妙绝，使来者何以措词。本不敢继作，又思公正柳花飞时出巡按，坐想四子，闭门愁断，故写其意，次韵一首寄去，亦告不以示人也。

所论皆指章、苏的杨花词《水龙吟》，作于贬官黄州时，为什么“不以示人”？无非是害怕大祸再次临头，害怕那些“好事君子”抓住信中的片言只语，捕风捉影，再次栽赃陷害。又如《与王庠》向后辈介绍读书“八面受敌”之法云：

卑意欲少年为学者，每一书，皆作数过尽之。书富如入海，百货皆有之，人之精力，不能兼收尽取，但得其所欲求者耳。故愿学者，每次作一意求之。如欲求古人兴亡治乱圣贤作用，但作此意求之，勿生余念。又别作一次求事迹故实典章文物之类，亦如之。他皆瘾此。此虽迂钝，而他日学成，八面受敌，与涉猎者不可同日而语也。甚非速化之术，可笑可笑！

其《与千之侄》云：

秋试又不利，老叔甚失望。然慎勿动心，益务积学而已。人苟知道，无适而

① （宋）欧阳修《归田录》卷下，中华书局唐宋史料笔记丛刊本。

② 王水照编《历代文话》，复旦大学出版社2007年版。

③ （明）高棅《唐诗品汇》卷八七，文渊阁四库全书本。

不可，初不计得失也。

王世贞《苏子瞻札》云："苏长公此札，家人语耳，而中吾病。"①如"家人语"就是苏轼简札的特点，读之亲切。

书、简、札都是私人间的信函，多用散体，形式十分灵活。

（四）尺　　牍

尺牍与简、札一样，也是书信之一种。刘熙《释名》卷六《释书契》第十九："牍，睦也，手执之以进见，所以为恭睦也。"张表臣《珊瑚钩诗话》卷三《示客》："尺牍无封，指事而陈之者，札子也。"清人孙梅《四六丛话》卷一七《书》："夫书，源溯春秋，派流唐、宋。上书达乎表启，尺牍旁该谈论。"②尺牍一般较短，但名家仍认真写作，毫不苟且。

明贺复徵《文章辨体汇选》卷二五九《尺牍》云："尺牍者，约情愫于尺幅之中，亦简略之称也。刘勰所谓才冠鸿笔，多疏尺牍是也。"其下收了七卷（卷二五九至卷二三六）尺牍，兹举数篇以见其体。

范蠡《遗大夫种》：

"蜚鸟尽，良弓藏。狡兔死，猎狗烹。"越王为人长颈乌喙，可与共患难，不可与共安乐，子何不去？

司马迁《与挚伯陵》：

迁闻君子所贵乎道者三，太上立德，其次立功，其次立言。伏惟伯陵材能绝人，高尚其志，以善厥身，冰清玉洁，不以细行苛累其名，固已贵矣，然未尽太上之所由也。愿先生少致意焉。

尺牍就是书信，贺复徵所收七卷尺牍有些就直接以书名。尺牍与简、札相似，一般较短，但也有较长者，如孔融的《与曹操论酒禁书》：

---

① （明）王世贞《弇州四部稿续稿》卷一六一，文渊阁四库全书本。

② （清）孙梅《四六丛话》，光绪七年许应镕鐉重刊本。

> 公初当来，邦人咸忭舞踊跃以望我后。亦既至，止酒禁施行。夫酒之为德久矣，古先哲王类帝禋宗，和神定人，以济万国，非酒莫以也。故天垂酒星之耀，地列酒泉之郡，人着旨酒之德，尧不千钟无以建太平，孔非百觚无以堪上圣，樊哙解厄鸿门，非豕肩钟酒无以奋其怒，赵之厮养东迎其王非引卮酒无以激其气，高祖非醉斩白蛇无以畅其灵，景帝非醉幸唐姬无以开中兴，袁盎非醇醪之力无以脱其命，定国非酣饮一斛无以决其法，故郦生以高阳酒徒著功于汉，屈原不餔糟歠醨取困于楚。由是观之，酒何负于政哉？①

孔融故意与曹操作对，但行文堪与刘伶《酒德颂》媲美。苏轼《孔北海赞并叙》云："文举以英伟冠世之资，师表海内，意所予夺，天下从之，此人中龙也。而曹操阴贼险狠，特鬼蜮之雄者尔，其势决不两立，非公诛操，则操害公，此理之常。而前史乃谓公负其高气，志在靖难，而才疏意广，讫无成功，此盖当时奴婢小人论公之语。公之无成，天也。使天未欲亡汉，公诛操如杀狐兔，何足道哉？世之称人豪者，才气各有高卑。然皆以临难不惧。谈笑就死为雄。操以病亡。子孙满前。而咿嘤涕泣。留连妾妇。分香卖履。区处衣物。平生奸伪，死见真性。世以成败论人物，故操得在英雄之列，而公见谓才疏意广，岂不悲哉！"

（五）帖

帖也是书信之一种。清末王兆芳《文章释》云："帖者，帛书署也。服虔曰：题赋曰帖。帛书言事题署之变，后世以纸代也。主于题写事指，明若表楬。源出汉崔瑗《杂帖》，流有蜀武侯《远涉帖》，魏钟繇《杂帖》，阮籍《搏赤猿帖》，晋王珉、王羲之多杂帖。"张相《古今文综·评文》云："古谓之帖，今谓之笺，魏晋以还，为书牍之一名。盖单篇只义，近乎短书。"需要指出的是，铭功纪事的书疏、石刻的拓片也叫帖，但不属于书牍之帖。

明贺复徵《文章辨体汇选》卷二七六云："按《说文》曰，帖者帛书署也。又《广韵》曰，券帖也。《选举志》明经试帖。《尚书故实》：王逸少有《与蜀郡守求来禽、青李、樱桃日给滕子帖》，则称帖从来旧矣。今于阁帖中，前有题致某某者，仍入尺牍。失题如'月仪栖闷'之类，选十余则，以备一体。"此指同书卷二七七所收王羲之《青李帖》：

---

① （汉）孔融《孔北海集》，文渊阁四库全书本。

青李、来禽、樱桃，日给藤子，皆囊盛为佳，函封多不生。足下所疏云，此果佳，可为致子，当种之。此种彼胡桃。皆生也。吾笃喜种果，今在田里，唯以此为事，故远及足，下致此大惠也。

同书同卷还载有晋索靖《月仪帖》：

山川路限，不能翻飞，登彼崇丘，逍遥长望，延伫莫及。思积情疲，不胜眷然之感。裁复具书，不悉。

以及谢安的《栖闷帖》：

每念君，一旦知穷，烦冤号慕，触耳悲踊，寻绎荼毒，岂可为心，奈何奈何！临书栖闷。别后，淫雨不止，所过灾伤殊甚。京口米斗百二十文，人心已是皇皇。又四月天气，全似正月。今岁流殍疾病，必须措置。淮南蚕麦已无望，必拽动本路米价。欲到广陵，更与正仲议之，更一削。愿老兄与徽之、中玉商议，早闻朝廷，厚设储备。熙宁中，本路截拨及别路搬来钱米，并因大荒放税及亏却课利，盖累百距万，然于救饥初无丝毫之益者，救之迟故也。愿兄早留意。又，乞与漕司商量，今岁上供斛米，皆未宜起发。兄自二月间奏，乞且迟留数月起发，徐观岁熟，至六月起未迟。免烦他路搬运赈济。如此开述，朝廷必不讶。荷知眷之深，辄尔僭言，想加恕察。

第四节 赠　序　文

赠序文是以序名篇的诸多文体中的一种，标题一般都是以《送……序》、《赠……序》为题。邹浩《送史述古序》云："君子爱人以德，细人爱人以姑息，富贵者赠人以财，仁人赠人以言。"①"赠人以言"多为赠诗，陈耆卿《送应太丞赴阙序》云："观唐人送李正字皆以诗，以序者，独韩退之。"②姚鼐《古文辞类纂・序目》云："老子曰：'君子赠人以言。'颜渊、子路之相违，则以言相赠；梁王觞诸侯于范台，鲁君择言而进：所以致敬爱，陈忠告之谊也。唐初赠人，始以序名，作者亦众。至于昌黎，乃得古人之意，其文

① (宋)邹浩《道乡集》卷二七，文渊阁四库全书本。

② (宋)陈耆卿《篔窗集》卷三，文渊阁四库全书本。

冠绝前后作者。苏明允之考为序，故苏氏讳序，或曰引，或曰说。”姚鼐谓“唐初赠人，始以序名”，此语不确，晋人傅玄已有《赠扶风马钧序》，潘尼有《赠二李郎诗序》等。但赠序体确实是唐、宋才盛行起来的。吴讷《文章辨体序说》引东莱云：“凡序文籍，当序作者之意；如赠送燕集等作，又当随事以序其实也。”前者指序跋之序，后者指赠序。又云：“近世应用，惟赠序为盛。当须取法昌黎韩子诸作，庶为有得古人赠言之义，而无枉己循人之失也。”这既说明了唐、宋以来赠序文之多，又说明了赠序文宜“序其实”，切忌“枉己循人”。

董邵南，寿州安丰人，举进士不得志，去游河北，韩愈为作《送董邵南序》云：“燕赵古称多感慨悲歌之士（忠义之士）。董生举进士，连不得志于有司。怀抱利器（指有用之才），郁郁适兹土，吾知其必有合也，董生勉乎哉！夫以子之不遇时，苟慕义强仁（勉力行仁）者，皆爱惜焉，矧（况且）燕赵之士，出乎其性者哉！然吾尝闻风俗与化移易，吾恶（何）知其今不异于古所云邪？聊（幸且）以吾子（对董的尊称）之行卜之也（卜以决疑，是否多感慨悲歌之士），董生勉乎哉！吾因子有所感矣，为我吊望诸君（乐毅）之墓，而观于其市，复有昔时屠狗者乎？①为我谢曰：明天子在上，可以出而仕矣。”韩愈作此文时，正是燕赵藩镇割据之时，故首言董之往“必有合”；中言今未必“不异于古”，即未必能合。茅坤《唐宋八大家文钞》卷七云：“文仅百余字，而感慨古今，若与燕赵豪俊之士相为叱咤，呜咽其间，一涕一笑，其味不穷。昌黎序文当属第一首。”

有的赠序文在标题前面冠以诗题或杂说之题，如唐王勃《感兴奉送王少府序》的“感兴”即诗题：“八十有遇，共太公晚官未迟；七岁神童，与颜回早死何益？仆一代丈夫，四海男子，衫襟缓带，拟贮鸣琴；衣袖阔裁，用安书卷。贫穷无有种，富贵不选人。高树易来风，幽松难见日。羽翼未备，独居草泽之间；翅翮若齐，即在云霄之上。鸟众多而无辨凤，马群杂而不分龙。荆山看刖足之夫，湘水闻《离骚》之客。人贫才富，罔窥卿相之门；貌弱骨刚，岂入王侯之宅？王少府北辞伊阙，南登湎山。过我贫居，饮我清酒。一谈经史，亚比孔先生；再读词章，何如曹子建！山岳藏其迹，川泽隐其形。一旦睹风云，千年想光景。孔夫子何须频删其诗书，焉知来者不如今？郑康成何须浪注其经史，岂觉今之不如古？王少府乃可畏后生，学问人也。各为四韵，共写别怀。”②从此序可知，王少府未遂其志，只好南归，与王勃辞

---

① 指游侠之士，《史记·刺客列传》载：“聂政勇敢士也，避仇隐于屠者之间”；“荆轲既至燕，爱燕之狗屠及善击筑者高渐离。”

② （唐）王勃《王子安集》卷七，文渊阁四库全书本。

别，他们“各为四韵，共写别怀”，即所说的“感兴”。王不得志，故以“幽松难见日”，“独居草泽之间”比之；又以姜太公八十始遇，“贫穷无有种，富贵不选人”，“翅翮若齐，即在云霄之上”安慰他，鼓励他；文末称其经史、词章皆好，是“学问人”，是“可畏后生”。

王令《交说送杜渐》的“交说”即为杂说之题。此文是为送杜渐远游而作，称美杜渐“能资性之善而充之，习不相远之”，而详述他们之间的交情：“与吾交而游者多矣，未见其可爱如杜子者……居相为群也，别相为思也，见相为喜也，言语相唱答而出处相往来也。故悲而同为吁，穷而相为谋，乐而相为让，去就相为之可否，过失相为之扳牵，吾独杜子望而杜子亦望予然也。”①

苏轼冠以杂说标题的赠序尤多，如《日喻赠吴彦律》、《太息送秦少章秀才》、《稼说送张琥》、《明正送于伋失官东归》等。南宋的赠序文也有冠以杂说之题的，如李昴英的《韶石说送曲江赵广文序》。

有些杂说虽未以杂说为题，但实际也是以杂说为赠序，如欧阳修《送杨寘序》（卷四二），文末有“予作《琴说》以赠其行”，可见此序也可作《琴说送杨寘序》。

也有只以杂说为题而实为赠序者，如陈傅良的《舟说》。②此文以舟喻人之才器，以“济世之舟”喻君子，文末云：“吾闻子试于学，骤先诸生登，吾固忧其挟少年之弱器，以其空中而幸然于一济，冒焉而遂求速也。《诗》不云乎：‘譬彼舟流，不知所届。心之忧矣，不遑假寐。’以吾子学夫《诗》也，于是乎赠《舟说》。”

赠序文的结构一般与其他文章无别，但因古代赠人以言多数是赠诗，赠序文即从赠诗之序而来，故在赠序文的末尾往往附以诗。如韩愈的《送李愿归盘谷序》（卷一九）前为序，后为骚体辞。首写太行之阳有盘谷，草木丛茂，居民鲜少，隐者所宜。次写李愿居此，而文章的主体部分全引李愿之语，以“遇于时者”与“不遇于时者”对比，谓“利泽施于人，名声昭于时。坐于庙朝，进退百官，而佐天子出令；其在外则树旗旄，罗弓矢，武夫前呵，从者塞途……大丈夫之遇知于天子，用力于当世者之所为也”。而不遇于时者，则“穷居而野处，升高而望远，坐茂树以终日，濯清泉以自洁。采于山，美可茹；钓于水，鲜可食。起居无时，惟适之安。与其有誉于前，孰若无毁于其后；与其有乐于身，孰若无忧于其心。车服不维，刀锯不加，理乱不知，黜陟不闻，大丈夫不遇于时者之所为也，我则行之”。末以韩愈闻而歌之作结：“嗟盘之乐兮乐且无殃，虎豹远迹兮蛟龙遁藏。鬼神守护兮呵禁不祥，饮则食兮寿而康，无不足兮奚所望。膏吾车

① （宋）王令《广陵集》卷一二，文渊阁四库全书本。
② （宋）陈傅良《止斋集》卷五二，文渊阁四库全书本。

兮秣吾马，从子于盘兮终吾生以徜徉。”《东坡志林》卷七云：“欧阳文忠公言晋无文章，唯陶渊明《归去来兮》一篇而已。予亦谓唐无文章，唯韩退之《送李愿归盘谷序》一篇而已。平生欲效此作一文，每执笔辄罢，因自笑曰不若且放教退之独步。”茅坤《唐宋八大家文钞》卷七云：“通篇全举李愿说话，自说只数语，此又别是一格。而其造语形容处，则又铸造六代之长技矣。”

韩愈《送陆歙州傪序》写陆出刺歙州，“朝廷夙夜之贤，都邑游从之良，赍咨涕洟，咸以为不当去”，韩愈则认为陆出刺歙州是受重用的表现：“歙，大州也；刺史，尊官也。由郎官而往者前后相望也。当今赋出于天下，江南居十九；宣使之所察，歙为富州；宰臣之所荐闻，天子之所选用，其不轻而重也较然矣”。为什么大家还以为陆不当去呢？因为陆在朝，则天下受其赐；刺一州，则专利于一州，“于是昌黎韩愈道愿留者之心，而泄其思，作诗曰：我衣之华兮我佩之光，陆君之去兮谁与翱翔？敛此大惠兮施于一州，今其去矣，胡不为留？我作此诗，歌于逵道。无疾其驱，天子有诏。”仍是以诗作结。《韩文起》卷五认为陆出刺歙州是“不得其位以行其道”的表现，但韩愈“作序送之，不便说出陆君之意，只借旁人之悲思，写过又驳，驳过又解，总结穴在‘道行朝廷，则天下受其赐，州则专而不能咸’四句，而陆君平日之贤与此番不惬之意，无不毕现”。

宋代赠序以韵语作结者也很多，如苏轼《送杭州进士诗叙》，魏了翁《送吴门叶元老归浮光序》及李若水的《送黄元龄归南盘谷序》之类。①李序仿韩愈《送李愿归盘谷序》而作，结构相似而持论却相反：“予文字不及退之固也，至论士大夫出处，则不以退之为然。”

赠序的对象有上赠下、下对上或同辈相赠的区别。根据所赠对象的不同，语气也往往不同。赠序以叙友谊、道惜别、致勉励、陈忠告为内容，上赠下的赠序不妨直质，而下对上的赠序最难写，陈忠告似不礼貌，道盛德又似阿谀。袁说友《送赵运使赴召序》谓赠序“施之等辈则为劝，行之先生长者则为薄，是故不可以不审”。他认为即使是下对上的赠序也应“无失乎赠言之意”，即“致勉励、陈忠告”。而当时下对上的赠序多“诵古今，道盛德”，他却“不欲以亡益之辞而塞赠言之责”。如果或称赵之学，或称赵之行，或称赵之公，“切切然以称咏为美，先生何乐乎此哉！”他认为“赠言之劝，以忠而不谀”。②

---

① 《新刊国朝二百家名贤文粹》卷一七一，北京图书馆出版社 2006 年版。

② （宋）袁说友《东塘集》卷一八，文渊阁四库全书本。

第五节 书序与篇序

序跋之序是写在一部书或单篇作品前面的文字，故有书序和篇序之分。

序又作绪、叙、引。吴讷《文章辨体序说·序》云："《尔雅》云：'序，绪也。'序之体一始于《诗》之大序，首言六义，次言《风》、《雅》之变，又次言《二南》王化之自。其言次第有序，故谓之序也。"徐师曾《文体明辨序说·序》云："按《尔雅》云：'序，绪也。'字亦作叙，言其善叙事理，次第有序，若丝之有绪也。又谓之大序，则对小序而言也。"其《小序》云："按小序者，序其篇章之所由作，对大序而名之也。"明陈懋仁注《文章缘起》云："序起《诗大序》。序所以序作者之意，谓其言次第有序也。《史通》云：'书列典谟，诗含比兴，若不先序其意，难以曲得其情。'《汉书》言之，所起远矣。至孔子篡焉，上断于尧，下讫于秦，凡百篇而为之序。按孔安国序《尚书》，未尝言孔子作。刘歆亦云：'识见浅陋，无所发明，非孔子作甚明。'"清方熊补注《文章缘起》云："按《尔雅》云：'序，绪也，字亦作叙，言其善叙事理，次第有序，若丝之绪也。'又谓之大序，则对小序而言也。其为体有二：一曰议论，二曰叙事。宋真氏尝分列于《正宗》之编。其叙事又有正变二体。至唐柳氏有序略之名，其题稍变，而其文益简矣。"明曾鼎《文式》云："序：序其事，随其大小而作，其文较寡，宜疏通圆美而随所记之事变化。"①近人孙德谦《六朝丽指》论序与传的关系云："《史记》列传，于其人有著述者，无不言之曲尽，直可作书序读……近儒有曰：'在人则谓之传，在书即谓之序。'此真不刊之言。余读任彦升《王文宪序》与宇文逌《庾子山文集序》，皆叙述生平，近于传体。"

《诗大序》即《诗经》全书之序，《诗小序》则是《诗经》各篇之序，其作者虽历代争论不休，但它们确是书序和篇序的最早代表。《诗大序》云：

> 诗者，志之所之也，在心为志，发言为诗。情动于中而形于言，言之不足故嗟叹之，嗟叹之不足故永歌之，永歌之不足，不知手之舞之，足之蹈之也。
>
> 情发于声，声成文谓之音。治世之音安以乐，其政和；乱世之音怨以怒，其政乖；亡国之音哀以思，其民困。故正得失，动天地，感鬼神，莫近乎诗。先王以是经夫妇，成孝敬，厚人伦，美教化，移风俗。
>
> 故诗有六义焉：一曰风，二曰赋，三曰比，四曰兴，五曰雅，六曰颂。上以风化

① (明)曾鼎《文式》，日本内阁文库旧钞本。

下，下以风刺上，主文而谲谏，言之者无罪，闻之者足以戒，故曰风。至于王道衰，礼义废，政教失，国异政，家殊俗，而变风、变雅作矣。国史明乎得失之迹，伤人伦之废，哀刑政之苛，吟咏情性，以风其上，达于事变而怀其旧俗者也。故变风发乎情，止乎礼义。发乎情，民之性也；止乎礼义，先王之泽也。是以一国之事，系一人之本，谓之风；言天下之事，形四方之风，谓之雅。雅者，正也，言王政之所由废兴也。政有小大，故有小雅焉，有大雅焉。颂者，美盛德之形容，以其成功告于神明者也。是谓四始，诗之至也。

然则《关雎》麟趾之化，王者之风，故系之周公。南，言化自北而南也。《鹊巢》、《驺虞》之德，诸侯之风也，先王之所以教，故系之召公。《周南》、《召南》，正始之道，王化之基，是以《关雎》乐得淑女，以配君子，忧在进贤，不淫其色，哀窈窕，思贤才，而无伤善之心焉，是《关雎》之义也。①

先秦典籍被秦始皇焚烧之后，所剩无几，《诗》靠口耳相传得以流行。汉初传《诗》者分四家，即鲁之申培生，齐之辕固，燕之韩婴，鲁之毛亨、毛苌。鲁、齐、韩“三家诗”早已亡佚，独毛诗传世。以后又有传、笺、疏：传是毛亨传，是对原诗的解释；笺是郑玄笺，是对传的解释；疏为唐人孔颖达疏，是对笺的疏解。《诗大序》的作者，郑玄认为是子夏(前507—?)。卜商字子夏。春秋卫人，孔子弟子。长于文学，相传曾讲学西河，序《诗》传《易》，为魏文侯师。《诗大序》也称为毛诗序，是两汉时期诗学的重要文献，是对于儒家“诗言志”学说的系统的阐发和总结，被称为儒家诗教，提出了“治世之音”、“乱世之音”、“亡国之音”的区别；诗有“正得失，动天地，感鬼神”，“经夫妇，成孝敬，厚人伦，美教化，移风俗”的作用。诗有风、雅、颂、赋、比、兴六义，风是“言一国之事，系一人之本”；雅是“言天下之事，形四方之风”，“雅者，正也”，政有小大，故有小雅、大雅之分；颂是“美盛德之形容，以其成功告于神明”。风、小雅、大雅、颂，合称四始。

《诗小序》则是《诗经》各篇之序，是解释各篇主旨的文字，如《关雎》篇序云：“后妃之德也，风之始也，所以风天下而正夫妇也。故用之乡人焉，用之邦国焉。”此类小序传为子夏、毛公所作。中国的经学自汉至宋初都笃守古义，各承师说，不求新奇，不凭胸臆。到了宋仁宗庆历年间开始大变，学者阐述经旨，多标新说。陆游说：“唐及国初，学者不敢议孔安国(西汉经学家)、郑康成(即郑玄，东汉经学家)，况圣人乎！自庆历后，诸儒发明经旨，非前人所及。然而排《系辞》，废《周礼》，疑《孟子》，讥《书》之《胤

① 《毛诗正义》卷一，中华书局1980年版阮元刻《十三经注疏》本。

征》、《顾命》，黜《诗》之序，不难于议经，况传注乎？”①“黜《诗》之序”，苏辙就是代表人物之一。苏籀说：“（苏辙）年二十，作《诗传》。”又说：“公解《诗》时，年未二十。”②当然，现存苏辙《诗集传》二十卷，是经过他后来反复修改过的。此书认为《诗》之小序反复繁重，似非一人之词，疑为毛公之学，卫宏所集录。因此，他只保留其开头一句，而以下之文皆删汰。《四库全书总目》卷一五说：“辙取小序首句为毛公之学，不为无见。史传言《诗序》者以《后汉书》为近古，而《儒林传》称谢曼卿善《毛诗》，乃为其训；卫宏从曼卿受学，因作《毛诗序》。辙以为卫宏所集录，亦不为无征。”苏辙的这一见解，唐人成伯玙《毛诗指说》已提出，经苏辙阐释，后人多从其说，包括朱熹在内，都认为是东汉卫宏所作。

（一）书　　序

书序是写在一部书前面的序，经史子集各类典籍均有序。作者自作的书序，主要是交待该书的写作缘起和背景，或概括全书内容、主旨，介绍该书写法、编法等，有助于读者在未读全书之前对该书有一个大致的了解。他人所作的书序，除了介绍该书外，往往还对该书进行一定的评价。

经书序如苏辙的《春秋集解引》：“近岁王介甫以宰相解经，行之于世，至《春秋》漫不能通，则诋以为断烂朝报，使天下士不得复学。呜呼，孔子之遗言而凌灭至此，非独介甫之妄，亦诸儒讲解不明之过也。故予始自熙宁谪居高安，览诸家之说而裁之以义，为《集解》十二卷。”③

史书序如费枢有《廉吏传序》：“唐自开元天宝之际，诛杀赃吏多矣。今年书曰某县令坐赃杀某处，明年书曰某郡太守坐赃决死某地，其他屏废终身，又不可胜数。夫苟贱不廉，士夫有之，孔子不欲作言，止曰‘簠簋不饰’而已。今乃诛杀流窜之不恤，岂不以礼义廉耻扫地几尽，不如是不足以惩之耶？迩者奸臣当路，群枉并进，官以贿受，冗滥多门，如有前日之诏旨矣。愚闻之汉制，赃吏禁锢，子孙三世不得入仕。今若严赃吏之法，愿以此为显。”④“礼义廉耻扫地几尽”是贪污盛行的原因，整治之道就是“严赃吏之法”，“诛杀流窜之不恤”，颇有借鉴意义。

---

① （宋）王应麟《困学纪闻》卷八《经说》引，文渊阁四库全书本。

② （宋）苏籀《栾城遗言》，文渊阁四库全书本。

③ （宋）苏辙《春秋集解》卷首，文渊阁四库全书本。

④ （宋）费枢《廉吏传》卷首，文渊阁四库全书本。

子书序如王铚撰《四六话》，并自为之序：

> 唐天宝十二载，始诏举人策问外试诗赋各一首，自此八韵律赋始盛。其后作者如陆宣公（贽）、裴晋公（度）、吕温、李程犹未能极工。逮至晚唐，薛逢、宋言及吴融出于场屋，然后曲尽其妙。然但山川草木、雪风花月，或以古之故实为景题赋，于人物情态为无余地；若夫礼乐、刑政、典章、文物之体，略未备也。国朝名辈犹杂五代衰陋之气，似未能革。至二宋（宋庠、宋祁）兄弟，始以雄才奥学，一变山川草木、人情物态，归于礼乐刑政、典章文物，发为朝廷气象，其规模闳达深远矣。继以滕、郑、吴处厚、刘辉，工致纤悉备具，发露天地之藏，造化殆无余巧。其隐括声律，至此可谓诗赋之集大成者。亦由仁宗之世太平闲暇，天下安静之久，故文章与时高下。盖自唐天宝远讫于天圣，盛于景祐、皇祐，溢于嘉祐、治平之间，师友渊源，讲贯磨砻，口传心授，至是始克大成就者，盖四百年于斯矣，岂易得哉！岂一人一日之力哉！岂徒此也，凡学道学文渊源，从来皆然也。世所谓笺题表启号为四六者，皆诗赋之苗裔也，故诗赋盛则刀笔盛，而其衰亦然。①

王铚指出了唐、宋四六的区别，认为唐代四六虽曲尽其妙，但内容不过是山川草木、风花雪月、人情物态，而于礼乐刑政、典章文物之体未备。宋初名辈仍杂五代衰陋之气，而至宋庠、宋祁兄弟始以雄才奥学，一变山川草木、人性物态，归于礼乐刑政、典章文物，发为朝廷气象，规模宏达深远。这确实是唐、宋四六的重要区别之一，恐怕也是人们从文学角度喜欢唐人四六超过宋人四六的原因所在。宋人四六的史料价值超过唐人四六，但文学价值却逊于唐人四六。文章还认为四六文乃诗赋之苗裔，诗赋之法在于以常语为文，这些主张对宋代四六进一步散文化起到了促进作用。

集部分为总集与别集。唐元结《箧中集序》为总集序，②此书仅选七个人的二十四首诗，尽管编者声称只是就“箧中所有，总编次之”，但显然与他不满“近世作者，更相沿袭，拘限声病，喜尚形似，且以流易为辞，不知丧于雅正”有关，故只选沈千运等“凡所为文，皆与时异”者的作品。殷璠《河岳英灵集序》，明确提出“编者能审鉴诸体，详所从来，方可定其优劣，论其取舍”的编选原则，他不满“理则不足，言常有余，都无兴味，便贵轻艳”的作品，他“恶华好朴，去伪从真”，只选“声律风骨”兼备的作品，对

① （宋）王铚《四六话》卷首，学津讨源本。
② （唐）元结《箧中集》卷首，文渊阁四库全书本。

"名不副实，才不合道，纵权压梁、窦，终无取焉"。①宋孔延之有《会稽掇英总集序》首先感慨历代编简脱落："予常恨《诗》、《书》之阙亡，使善恶之戒，不详见于后代者，盖编脱简落，不能即补之故也。后之为文章，自非藏之名山，副在缃帙。镂之板，屋室有时而变；勒之石，岸谷有时而易。况火于秦，(王)莽、(董)卓于汉，割裂于六朝、五代，则木石之能不散荡者几矣。"元微之、白居易之吟咏撰述，才力相当，而完缺不同，就在于白能自为之集："若元微之、白居易之吟咏撰述，汪洋富博，可谓才尤力敌矣，而今完缺不同者，白能自为之集，举而置之二林之藏，②元则悠然不知所以为计也。故题之板不如刊之石，刊之石不如墨诸纸。苟欲诵前人之清芬，搜斯文之放逸，而传之久远者，则纸本尚矣。"然后自叙其编纂此书经过及其体例："会稽称名区，自《周官》、《国语》、《史记》，其衣冠文物、纪录赋咏之盛，则自东晋而下，风亭月榭，僧蓝道馆，一云一鸟，一草一木，覙缕而曲尽者。自唐迄今，名卿硕才，毫起栉比，碑铭颂志，长歌短引，究其所作，宜以万计；而时移代变，风磨雨剥，见于今者，盖亦仅有。考之壁记，自唐武德至光启，为之守者几百人，其间高情逸思、发为篇咏者，岂无四五，而今所传者，元、薛、李、孟数人而已。或失于自著，或怠于所承，此予之所以深惜也。故自到官，申命吏卒遍走岩穴，且捃之编蕴，询之好事，自太史所载，至熙宁以来，其所谓铭志歌咏得八百五篇，为二十卷，命曰《会稽掇英总集》。诗则以古次律，自近而之远；文则一始于古。稍以岁月为先后，无所异也。噫！隋珠和璞，流落乎冥昧久矣，一旦钩索宝聚，夸示来世，神光灵气，炯然在目，东南之美尽矣，阙亡之恨消矣。所以然者，庶几无负作者之用心也。"③全文情辞并茂，表现了作者对传统文化和地方文献的热爱。

别集序如黄彦平的《王介甫文集序》，④首论江西文人之盛："艺祖神武定天下，列圣右文而守之，江西士大夫多秀而文，挟所长与时而奋。王元之、杨大年笃尚音律，而元献晏公臻其妙；柳仲涂、穆伯长倡古文，而文忠欧阳公集其成。南丰曾子固、豫章黄鲁直，亦所谓编之乎诗书之册而无愧者也。"南宋初，朝廷上下多以北宋之亡归罪于王安石变法，序文对此避而不谈，而对王的文学成就给予了充分肯定："丞相早登文忠之门，晚跻元献之位，子固之所深交，而鲁直称为不朽。"文章后半叙重刊《临川集》经过："近世诸贤旧业，其乡郡皆悉刊行，而丞相之文流布闽浙，顾此郡独因循不暇，子詹子所为奋然成之者也。纸墨既具，久而未出，一日谓客曰：'读书未破万卷，不可妄下雌

---

① (唐)殷璠《河岳英灵集》卷首，文渊阁四库全书本。

② 二林指东林寺、西林寺。《旧唐书·白居易传》："居易尝写其文集，送江州东西二林寺，洛城香山、圣善等寺。"

③ (宋)孔延之《会稽掇英总集》卷首，文渊阁四库全书本。

④ (宋)黄彦平《三余集》卷四，宋人集乙编本。

黄;雠正之难,自非刘向、扬雄莫胜其任。吾今所校本,仍闽浙之旧尔,先后失次,讹舛尚多,念少迟之,尽更其失,而虑岁之不我与也,计为之何!'客曰:'不然。皋、苏不世出,天下未尝废律;刘、扬不世出,天下未尝废书。凡吾所为,将以备临川之故事也,以小不备而忘其大不备,士夫披阅终无时矣。明窗净榻,永昼清风,日思误书,自是一适。若览而不觉其误,误而不能思,思而不能得,虽刘、扬复生,将如彼何哉!'詹子曰:'善。客其为我志之。'"行文很巧妙,本来是为校正未精辩解,但所举理由,特别是"日思误书,自是一适",亦堂堂正正,令人信服。

请名人为自己的作品作序,自古皆然,于今为盛。今人不仅好请名家为其大作写序,而且好请名家为写评介文章。名人又都是大忙人,故又有由作者代笔、名家署名者。这类序、评多有不实的恭维,少有中肯的批评。宋姚勉认为序不必作,其《回张生去华求诗序》首谓不需作序:"粤从初诗,未有大序。迨圣门始闻子夏之作,至东汉则有卫宏之辞。盖是后来之人,述所作者之意。曹、刘见梦,乃于异世以求知;苏、杜遗编,何敢当时而作引?如自有脍人口之语,亦何资冠篇首之文。"批评时人多"借序为重":"降于今时,甚矣陋习。才能为里巷之咏,即目曰江湖之人。以诗自名者,于道已卑;借序为重者,其格益下。不求工于锻炼,第欲假于铺张。傥无剑如千口之垂,又何衮褒一字之用。炫鼠璞为燕玉,宁取信于荆和;誉嫫母为西施,但可欺于师旷。一经品题,固作佳士。苟轻许可,此亦妄人。与其称三好以误其一生,孰若效寸长以补其尺短。伏想高明之见,必俞狂谬之言。"末望张去华不随流俗:"省元学士耽句如痴,好游成癖,新章累牍,大集成编。镕意铸饼,欲作出月穿天之巧;饴餐枕寐,莫非批风判月之词。借听于聋,使削其垩。愿不随于流俗,期益进于古人。吟家称张祜之诗,只消两句;《文选》爱景阳之作,能用几篇?贵乎工不贵乎多,求其传岂求其序。别三日刮目相待,岂复阿蒙;得一顾增价遂高,终逢伯乐。仆无敢僭,子有余师。"①"如自有脍人口之语,亦何资冠篇首之文","借序为重者,其格益下",这是对求序者的规诫;"苟轻许可,此亦妄人",这是对好作序者的规诫。此文对求序者、作序者均有鉴戒作用。姚勉还有一篇《秋崖毛应父诗序》(《雪坡集》卷三七),主旨与此文同:"诗不以序传也。三百五篇皆有序,朱夫子犹使人舍序而求诗,序不足据也,'姑舍是'②。后世诗亦尔,杜子美、李太白、白乐天,唐诗人之冠冕者,各以其诗传,不以元微之、李阳冰序传也。东坡之诗,无敢序;山谷之诗,无敢序;近时诚斋之诗,无敢序。信乎诗不以序传,而以诗传也。诗不以诗传,以人传也。人可传,诗必可

---

① (宋)姚勉《雪坡集》卷二五,文渊阁四库全书本。

② 见朱熹《孟子集注》卷二,文渊阁四库全书本。

传矣。李、杜而白，苏、黄而杨，其诗何如哉，其人何如哉？应父诗思清而句逸，生于剑川，钟泉阿之英，其人品自异。他日所进未已，能如六君子之可传，诗不患不传也，又安用序？况应父之诗，其首篇曰：'时人作诗自有体，卷头品题必名士。依诗无体无品题，不作东家效西子。'夫不效时人求品题于卷头，见自高也。而今求序，为是亦效时人矣。言未既，或哑然笑于旁曰：如子非名士何？"此文对古今好请名家作序以自炫，以及对名家的好"轻许可"的批评，都有鉴戒作用。清人黄宗羲也批评好为人作序云："世之君子不学而好多言也。凡书有所发明，序可也；无所发明，但纪成书之岁月可也。人之患，在好为人序。唐杜牧《答庄克书》曰：'古序其文者，皆后世宗师其人而为之。今吾与足下并生今世，欲序足下未已之文，固不可也。'此言，今之好为人序者可以止矣。"①

（二）篇　　序

有些诗文词单篇作品前有序。书序有自序，但多数为他序。单篇诗文词也有请他人作序者，南朝宋刘义庆云："左太冲（左思）作《三都赋》初成，时人互有讥訾。思意不惬，后示张公（张华），张曰：'此二京可三。然君文未重于世，宜以经高名之士。'思乃询求于皇甫谧，谧见之嗟叹，遂为作叙。于是先相非贰者莫不敛衽赞述焉。"②但多数篇序都是自序，如《皇朝文鉴》卷三所载的狄遵度《凿二江赋》自序："予始至蜀，询诸古之贤于蜀有功者，以为无出文翁上者，于是作《石室赋》。已而复闻有李侯者，于蜀有大功焉。二人者用力于民，虽有劳逸，然参其功亦其等耳。于是又为之赋《凿二江》，使蜀之民知蜀之所以为蜀，皆二公之力乎！"这是序写作缘起。蒋堂撰《北池赋》自序："姑苏北池，其来古矣。昔刺史韦应物诗云：'海上风雨至，逍遥池馆凉。'即其地也。韦与白乐天皆有池上之作，盛诧其景。自韦、白没仅三百年，寂无歌咏者。余景祐丁丑岁被命守苏，池馆必葺，常赋《北池宴集》诗。是时端明张安道为邑昆山，亦留风什，传刻于石，故事在焉。去此涉一纪，余复佩苏印，感旧成赋，聊以寄怀云。"③这是序所赋之地。欧阳修的《鹦鹉赋》自序："圣俞作《红鹦鹉赋》，以谓禽鸟之性，宜适于山林，今兹鹦徒事言语文章以招累，见囚樊中，曾乌鸢鸡雏之不若也。谢公学士复多鹦之才，故能去昆夷之贱，有金闺玉堂之安，饮泉啄实，自足为乐，作赋以反之。夫适

---

① （清）顾炎武《日知录》卷一九《书不当两序》，文渊阁四库全书本。

② （南朝宋）刘义庆《世说新语》卷上之下，文渊阁四库全书本。

③ （宋）蒋堂《春卿遗稿》，文渊阁四库全书本。

物理，穷天真，则圣俞之说胜。负才贤以取贵于世，而能自将，所适皆安，不知笼槛之于山林，则谢公之说胜。某始得二赋，读之释然，知世之贤愚出处各有理也。然犹疑夫兹禽之腹中或有未尽者，因拾二赋之余弃也，以代鹦毕其说。”这是序“贤愚出处各有理”的作赋主旨。可见，篇序的作用主要在于交待写作缘起，说明时间地点背景、点明文章主旨等。

单篇诗序如苏洵的《题仙都山鹿并叙》云：“至酆都县，将游仙都观。见知县李长官云：‘固知君之将至也。此山有鹿甚老，而猛兽猎人终莫能害。将有客来游，鹿辄放鸣。故常以此候之，而未尝失。’予闻而异之，乃为作诗。”①又《自尤并叙》(同上)云：“予生而与物无害。幼居乡间，长适四方，万里所至，与其君子而远其不义。是以年五十有一，而未始有尤于人，而人亦无以我尤者。盖壬辰之岁而丧幼女，始将以尤其夫家，而卒以自尤也。女幼而好学，慷慨有过人之节，为文亦往往有可喜。既适其母之兄程浚之子之才，年十有八而死。而浚本儒者，然内行有所不谨，而其妻子尤好为无法。吾女介乎其间，因为其家之所不悦。适会其病，其夫与其舅姑遂不之视而急弃之，使至于死。始其死时，余怨之，虽吾之乡人亦不直浚。独余友人闻而深悲之，曰：‘夫彼何足尤者！子自知其贤，而不择以予人，咎则在子，而尚谁怨?’予闻其言而深悲之。其后八年，而予乃作自尤之诗。”苏轼诗亦有自叙，如《和陶饮酒二十首并叙》云：“吾饮酒至少，常以把盏为乐，往往颓然坐睡。人见其醉而吾中了然，盖莫能名其为醉为醒也。在扬州时饮酒，过午辄罢，客去，解衣盘礴，终日欢不足而适有余。因和渊明《饮酒二十首》，庶以仿佛其不可名者，示舍弟子由、晁无咎学士。”

单篇词序以姜夔词序最为有名，他有大量优美的词序，本身就是优美的散文。如《鹧鸪天·己酉之秋苕溪记所见》②序云：“予与张平甫自南昌游西山玉隆宫，盖乙卯三月十四日也。是日即平甫初度，因买酒茅舍，并坐古枫下。古枫，旌阳(晋人许逊)在时物也。旌阳尝以草屦悬其上，士人谓屦屏，因名曰挂屏枫。苍山四围，平野尽绿，隔涧野花红白，照影可喜，使人采撷，以藤纠缠着枫上。少焉月出，大于黄金盆。逸兴横生，遂成痛饮，午夜乃寝。明年，平甫初度，治舟往封禺松竹间，念此游之不可再也，歌以寿之。”又《扬州慢》(江左名都)序云：“淳熙丙申至日，予过维扬。夜雪初霁，荠麦弥望。入其城，则四顾萧条，寒水自碧，暮色渐起，戍角悲吟。予怀怆然，感慨今昔，因自度此曲，千岩老人(萧德藻)以为有黍离之悲也。”③

---

① (宋)苏洵《嘉祐集笺注·辑佚》，曾枣庄、金成礼笺注，上海古籍出版社1993年版。

② 唐圭璋《全宋词》第三册，中华书局1965年版，第2172页。

③ 唐圭璋《全宋词》第三册，中华书局1965年版，第2180页。

序多为散体文，但也有骈文撰成的序文，如钱惟演的《梦草集序》①。《梦草集》，钱守让撰，钱惟演编。此序认为"天地清气，盖泄为文章；人伦异禀，必生于世族。所以河山之英粹，钟于贤哲之系嗣。《诗》云'是似之德'，《传》云'世济其美'，有自来矣。"这一观点并不可取。但宋代确有不少文人世家，吴越钱氏即其一。作者说他叔父兄弟辈皆文高于世，诸子文士更多，"子孙繁昌，英俊纷委。怀黄垂紫，盈于朝阙；摛华掞藻，充于家庭。"这并非虚夸之词。文章主体是序钱守让之文，称其"为文既精，聚学甚富……沉思所属，藻丽不群。或讨摘物情，造起端绪。祖离送别，必主于悲哀；乐事赏心，咸归于体要。涣水之锦，不足称其妍；合浦之珠，不足称其媚。"而以对他的思念作结："呜呼！平昔风猷，降石麟于天上；今兹恻怆，埋玉树于土中。接一笑以无由，追十起而何及？昔谢公梦见阿连，乃得'春草'之句。予与希仲，虽巷分南北，而学同砚席，文义之乐，起予则多，因以'梦草'命名，用见于志。"此序与杨亿《西昆酬唱集序》具有同一审美倾向，全文皆为四六骈文，足以代表西昆派的文风。

第六节　跋(题跋)

前人往往把序与跋(题跋)归作一类，其实应分为两类。序是写在一部书或一篇作品前面的文字，②跋是写在一部书或一篇作品后面的文字。《皇朝文鉴》、《南宋文范》皆把序和题跋分为两类，是有道理的。

题跋(跋)之名始于唐而盛行于宋。吴讷《文章辨体序说·题跋》云："按《苍崖金石例》云：'跋者随题以赞语于后，前有序引，当掇其有关大体者，以表章之。须明白简严，不可堕人窠臼。'予尝即其言考之，汉晋诸集题跋不载，至唐韩、柳始有读某书及读某文、题其后之名。迨宋欧、曾而后，始有跋语。然其辞意亦无大相远也。故《文鉴》、《文类》总编之曰题跋而已。近世疏斋卢公又云：跋取古诗'狼跋其胡'之义，狼行则前躐其胡，故跋语不可太多，多则冗。尾语宜峭拔，使不可加。若然，则跋比题与书尤贵乎简峭也。"

贺复徵《文章辨体汇选》卷三六三、卷三七八皆为各类题跋(本节所举凡未特别注明出处者皆见此数卷)，其说明基本为录吴讷、徐师曾语，仅卷三六八《跋》补了一句："复征曰，跋足也，申其义于下，犹身之有足也。"

跋与序一样内容很广，除有序中常有的论文评文、论诗评诗、论词评词、论书评书、论画评画、记人评人等内容外，还多有"考古证今，释疑订谬"的内容，具有一定的

---

① 《新刊国朝二百家名贤文粹》卷一四九，北京图书馆出版社2006年版。

② 早期的序如司马迁的《太史公自序》，多置于书后。

考辨性。

题跋一般为散文，但也有以骈文、韵语为跋者。骈文题跋如丁谓的《真宗皇帝御制赐诗跋》："臣谓材庸无取，声猷不扬，徒以遭遇盛明，忝冒荣宠。掌邦计，参国政，一纪于兹；赞皇猷，相盛则，百礼斯举。位重逾量，恩深积忧。盖早负官箴，久妨贤路，或骤掇物论，则大辜圣知。优退是希，陈露未暇。去年秋九月甲辰，忽奉制命，遥登将坛，进崇秩于上公，建高牙于故里。君亲奇遇，臣子殊荣。授命之初，便殿赐对，天语抚劳，睿旨温密。至感至恋，且拜且泣。十一日，复对于宣和门，赐御制《入谢日》七言四韵诗一首；十九日，朝辞于长春殿，赐御制《宠行》五言十韵诗一首，皆俾和进。丹文绿字，亲奉于紫清；云笈芝函，颁流于衡泌。簪缨耸观，油素腾芳。璧日九华，但圆首以拭目；熏弦六变，罄方舆而悦心。期大播于玉音，敢尽刊于金字。苏台粤壤，钟阜名区，并谨岁时，永昭盛美。"①

韵语题跋如苏轼的《跋姜君弼课策》："云兴天际，歘然车盖。凝卢未瞬，弥漫霮□。惊雷出火，乔木糜碎。般地爇空，万夫皆废。溜练四坠，日中见沬。移晷而收，野无完块。"②陈善评此跋云："东坡《跋姜君弼课策》云：'此三者(指"云兴天际"、"惊雷出火"、"溜练四坠")，语各不同，然只是一意。前辈作者，皆用此法。吾谓此实不传之妙，学者即此，便可反三隅矣。"③

题跋的称谓极多，或称"读某"，如张嵲《读梅圣俞诗》云："圣俞以诗名本朝，欧阳永叔尤推尊之。余读之数过，不敢妄肆讥评，至反复味之，然后始判然于胸中不疑。圣俞诗长于叙事，雄健不足而雅淡有余，然其淡而少味，令人无一唱三叹之意，盖有愧古人矣。至于五言律诗特精，其句法步骤真有大历诸公之骚雅云。"④短短百余字，可谓梅诗定评。

或称"跋某"，如朱熹《跋范文正公家书》："右范文正公与其兄子之书也。其言近而易知，凡今之仕者，得其说而谨守之，亦足以检身而及物矣。然所谓自未尝营私者，必若公之'先天下之忧而忧，后天下之乐而乐'，事上遇人，一以自信，不择利害为趋舍，然后足以充其名。而其所论亲僚友以绝壅蔽之萌，明禁防以杜奸私之渐者，引而伸之，亦非独效一官者所当知也。友人陈君明仲为侯官宰，得公此帖，刻置坐隅，以自观省，而以其墨本见寄。熹盖三复焉，而深赞其言之近，指之远，敢书其说于左方，庶

① (宋)郑虎臣《吴都文粹》卷三，文渊阁四库全书本。

② (宋)周密《齐东野语》卷一〇引，中华书局唐宋史料笔记丛刊本。

③ 《御选唐宋文醇》卷三三，文渊阁四库全书本。

④ (宋)张嵲《紫微集》卷三三，文渊阁四库全书本。

几览者有以发焉。”又如元好问《跋金国名公书》:“任南麓(询)书如老法家断狱,网密文峻,不免严而少恩。使之治京兆,亦当不在赵张三王之下。黄山书如深山道人,草衣木食,不可以衣冠礼乐束缚,远而望之,知其为风尘物表。黄华书如东晋名流,往往以风流自命,如封胡羯末,犹有蕴藉可观。闲闲公(赵秉文)书如本色头陀,学至无学,横说竖说,无非《般若》。”①这里用生动的比喻比较了金代多位书法名家的特点。

或称“某跋”,如赵令畤《乔仲常后赤壁赋图跋》:“观东坡公赋赤壁,一如自黄泥阪游赤壁之下。听诵其赋,真杜子美所谓‘及兹烦见示,满目一凄恻。悲风生微绡,万里起古色’者也。”②

或称“跋尾”,如李纲《了翁(陈瓘)祭陈奉议文跋尾》:“予昔邂逅见了翁于姑苏,观其容貌渥然而不枯,察其志气浩然而不挫,听其辩论毅然而不屈。窃谓近世以来善处患难,未有如了翁者。今于沙阳见了翁祭其兄奉议公文,辞意之高洁,笔力之遒健,与昔见其容貌、志气、辩论无少异焉,信乎养之完守之固,而文章字画似其为人也。”③

或称“跋后”,如晁补之《跋东坡所记漳守柯述异鹊事后》:“政以得民心为本,而以信及豚鱼者为至。《易》之意若曰,豚鱼信犹及之,人可知矣。吏无爱物之诚,民心不附之,虽凤凰下,嘉禾生,诸难致之物毕至,非祥也。夫必有诚心实事,如柯侯述之得漳民,民以为惠,而鹊应之,斯异矣。古之循吏,民不忍去之如父母,故史板其迹而书之。虎徙珠还,雉驯蝗去,后不复见此久,谓徒虚语,今乃知之。广陵掾晔,乃侯长子,数与余议疑狱,不附重,近古所谓求生之者,其世有阴德,当不愧于东坡公所期。”④

或称“书某”,如唐李德裕《书大孤山》云:“余剖符淮司,道出蠡泽,属江天清霁,千里无波。点大孤于中流,升旭日于匡阜,不因左官,岂遂斯游?谢康乐尤好山水,尝居此地,竟阙词赋,其故何哉?彼孤屿乱流,非可俦匹。”其二又云:“沧湖口北望匡、庐,二山影入澄潭,峰连清汉,江水无际,烟景相鲜,沿流而东,若存世表。”⑤二跋写景抒情,皆为小品文佳什。

或称“书后”,如周紫芝《书了翁赠别颂后》:“了翁以正色立朝,愤世疾邪,不避权贵。风采人物当不在汲长孺下,宜其高目云汉,以傲睨一世,折节下士,喜与佳士周旋。此公何止高人数头地耶?居士韦深道隐居湖阴,一时贤士大夫皆乐与之游,而公

---

① (元)苏天爵:《元文类》卷三八,文渊阁四库全书本。
② 《石渠宝笈》卷三二,文渊阁四库全书本。
③ (宋)李纲《梁溪集》卷一六二,文渊阁四库全书本。
④ (宋)晁补之《济北晁先生鸡肋集》卷三三,四部丛刊初编本。
⑤ (唐)李德裕《会昌一品集》卷二,文渊阁四库全书本。

于居士所以相求之意尤厚。余以是益喜居士之贤，而知翁之为乐易君子也。”①

或称“记某”，如苏过《记交趾进异兽》，虽名为记，实际都是议论：“麒麟凤凰，天所生也，虎豹蛇蝎，亦天所生也。生麟凤矣，必复生虎豹蛇蝎，苍苍者或自有说。然天之生麟凤也不数，而虎豹蛇蝎害人之物，往往蕃衍于深山大泽间，耽耽焉，逐逐焉，肆其爪牙之利，以逞其口腹之欲。宜乎麒麟凤凰，高飞远引，不一游于世也！”②全文仅一百字，具有强烈的抒情色彩，可谓寄慨万端。

或称“记后”，如欧阳修《记旧本韩文后》，首写得韩文之由：“予少家汉东，汉东僻陋无学者，吾家又贫无藏书。州南有大姓李氏者，其子尧辅颇好学。予为儿童时，多游其家，见有弊筐贮故书在壁间，发而视之，得唐《昌黎先生文集》六卷，脱落颠倒无次序，因乞李氏以归。”次写未学其文：“读之，见其言深厚而雄博，然予犹少，未能悉究其义，徒见其浩然无涯，若可爱。是时天下学者杨、刘之作，号为时文，能者取科第，擅名声，以夸荣当世，未尝有道韩文者。予亦方举进士，以礼部诗赋为事。”再写韩文为文章最高境界，决心“当尽力于斯文”：“予年十有七试于州，为有司所黜。因取所藏韩氏之文复阅之，则喟然叹曰：‘学者当至于是而止尔！’因怪时人之不道，而顾己亦未暇学，徒时时独念于予心，以谓方从进士干禄以养亲，苟得禄矣，当尽力于斯文，以偿其素志。”末叙偿其志：“后七年，举进士及第，官于洛阳。而尹师鲁之徒皆在，遂相与作为古文。因出所藏《昌黎集》而补缀之，求人家所有旧本而校定之。”此跋并未在旧本上作文章，而是对韩文表达仰慕，正如浦起龙所说：“凡得古书书后者，但志(记)购拾缘起、版帙异同、装函工力，此于架阁美观之本则然。公振兴古学，为于举世不为，从二百年晦蚀之余，望祀昌黎，以定宗向，岂苟然耳目玩好比者？斯文拈出瓣香，历叙伏见进退，本身与韩文相助发以为终始，当作一段大事因缘观。”③唐德宜评云：“欧公少时，即以昌黎为衣钵，宜其文之登峰造极，并埒于唐、宋间。读此文，可以想其愿力焉。”④

或称“题某”，如杨时《题了翁责沈》：“了翁以盖世之才，迈往之气，包括宇宙，宜其自视无前矣。乃退然不以贤知自居，而以不闻先生长者之言为愧，非有尊德乐义之诚心，而以自胜为强，何以及此？高文大笔著之简册，使世之自广而狭人者有所矜式，岂曰小补之哉！”⑤

---

① (宋)周紫芝《太仓稊米集》卷六六，文渊阁四库全书本。

② (宋)苏过《斜川集校注》卷七，巴蜀书社 1996 年版。

③ (清)浦起龙《古文眉诠》卷六〇，静寄东轩三吴书院刊本。

④ (清)唐德宜《古文翼》卷七，清乾隆六年刻本。

⑤ (宋)杨时《龟山集》卷二六，文渊阁四库全书本。

或称“题后”，如《汉魏六朝百三家集》卷五九收有晋王羲之《题卫夫人笔阵图后》：“夫纸者阵也，笔者刀矟也，墨者鍪甲也，水砚者城池也，心意者将军也，本领者副将也，结构者谋略也，扬笔者吉凶也，出入者号令也，屈折者杀戮也。”唐司空图有《题柳柳州集后》：“金之精粗，考其声皆可辨也，岂清于磬而浑于钟哉？然则作者为文为诗，才格亦可见，岂有善于此而不善于彼耶？愚观文人之为诗，诗人之为文，始皆系其所尚。既专则搜研愈至，故能炫其工于不朽。亦犹力巨而斗者，所持之器各异，而皆能济胜以为勍敌也。愚尝览韩吏部歌诗数百首，其驱驾气，势若掀雷抉电，撑拄于天地之间，物状奇怪不得不鼓舞而狥其呼吸也。其次皇甫祠部文集，所作亦为遒，逸非无意于深密，盖或未遑耳。今于华下方得柳诗，味其探搜之致亦深远矣。俾其穷而克寿，抗精极思，则固非琐琐者轻可拟议其优劣。又尝观杜子美《祭太尉房公文》，李太白《佛寺碑赞》，宏拔清厉，乃其歌诗也。又张曲江五言沉郁，亦其文笔也岂相伤哉？噫，后之学者褊浅，片词只句，未能自辨，已侧目相诋訾矣。痛哉，因题柳柳州集之末，庶裨后之评诠者无惑偏说以盖其全工。”①

或称“书后”，如苏轼《书秦少游挽词后》：“庚辰岁六月二十五日，余与少游相别于海康，意色自若，与平日不少异。但自作《挽词》一篇，人或怪之。余以谓少游齐生死，了物我，戏出此语，无足怪者。已而北归，至藤州，以八月十二日卒于光化亭上。呜呼，岂亦自知当然者耶？”

或称“后序”，如文天祥的《指南录后序》，前为叙事，叙其除相、出使、被扣留及逃归经过。接着写其“及于死者，不知其几”：“呜呼！予之及于死者，不知其几矣。诋大酋当死，骂逆贼当死，与贵酋处二十日，争曲直，屡当死。去京口，挟匕首以备不测，几自刭死。经北舰十余里，为巡船所物色，几从鱼腹死。真州逐之城门外，几彷徨死。如扬州，过瓜洲扬子桥，竟使遇哨，无不死。扬州城下，进退不由，殆例送死。坐桂公塘土围中，骑数千过其门，几落贼手死。贾家庄几为巡徼所陵迫死。夜趋高邮，迷失道，几陷死。质明，避哨竹林中，逻者数十骑，几无所逃死。至高邮，制府檄下，几以捕系死。行城子河，出入乱尸中，舟与哨相后先，几邂逅死。至海陵，如高沙，常恐无辜死。道海安、如皋，凡三百里，北与寇往来其间，无日而非可死。至通州，几以不纳死。以小舟涉鲸波，出无可奈何而死。固付之度外矣。呜呼！死生昼夜事也，死而死矣，而境界危恶，层见错出，非人世所堪。痛定思痛，痛何如哉！”末叙四卷内容，并表示“生无以救国难，死犹为厉鬼以击贼，义也。赖天之灵，宗庙之福，修我戈矛，从王于师，以为前驱，雪九庙之耻，复高祖之业，所谓誓不与贼俱生，所谓鞠躬尽力，死而后

---

① （唐）司空图《司空表圣文集》卷二，文渊阁四库全书本。

已，亦义也。嗟夫，若予者，将无往而不得死所矣！向也，使予委骨于草莽，予虽浩然无所愧怍，然微以自文于君亲，君亲其谓予何。诚不自意返吾衣冠，重见日月，使旦夕得正丘首，复何憾哉，复何憾哉！”①全文连叙十七次死的可能性，境界险恶，层见错出，非人世所堪，充满百折不挠、临死不屈的爱国精神。

就所跋对象看，题跋与序一样，有书跋和篇跋之别。上举文天祥的《指南录后序》即为书跋。苏轼《跋子由〈老子解〉后》也是书跋：“昨日子由寄《老子新解》，读之不尽卷，废卷而叹。使战国时有此书，则无商鞅、韩非；使汉初有此书，则孔、老为一；晋、宋间有此书，则佛、老不为二：不意老年见此奇特。”《古今小品》卷七称“其胸甚圆，故如是兴叹”。但如上所举，多数题跋都为篇跋。

就写作方式看，题跋多数是作为单篇文章写成的，但因宋人题跋既多且好，故有些单篇题跋又被他人汇集成书，如欧阳修《六一题跋》，曾巩《元丰题跋》，苏颂《魏公题跋》，苏轼《东坡题跋》，黄庭坚《山谷题跋》，秦观《淮海题跋》，米芾《海岳题跋》，李之仪《姑溪题跋》，晁补之《无咎题跋》，释惠洪《石门题跋》，陆游《放翁题跋》，周必大《益公题跋》，朱熹《晦庵题跋》，楼钥《攻媿题跋》，陈傅良《止斋题跋》，叶適《水心题跋》，真德秀《西山题跋》，刘克庄《后村题跋》，魏了翁《鹤山题跋》等。也有少数是作为题跋专书写成的，如欧阳修《集古录跋尾》十卷，曾巩《元丰金石录跋尾》一卷，赵明诚《金石录》三十卷，董逌《广川书跋》十卷，又《广川画跋》六卷，翟耆年《籀史》二卷，张抡《绍兴内府古器评》二卷，陈思《宝刻丛编》二十卷，郑樵《金石略》三卷等。

题跋一般很简短，黄庭坚《题画菜》才二十字，却可作为格言看：“不可使士大夫不知此味，不可使天下之民有此色。”②王安石《读孟尝君传》则以短而曲折胜，八十八字而有四层意思：“世皆称孟尝君能得士，士以故归之，而卒赖其力以脱于虎豹之秦。嗟乎！孟尝君特鸡鸣狗盗之雄耳，岂足以言得士？不然，擅齐之强，得一士焉，宜可以南面而制秦，尚何取鸡鸣狗盗之力哉！夫鸡鸣狗盗之出其门，此士之所以不至也。”《文章精义》云：“文章有短而转折多、气长者，韩退之《送董邵南序》、王介甫《读孟尝君传》是也。”《古文释义新编》卷八云：“通篇只八十八字，而有四层段落，起承转合，无不毕具，洵简劲之至。然非此等生龙活虎之笔，寥寥数语中何能得此转折，何能得此波澜。文与可画竹，尺幅而具寻丈之观，此其似之。至议论之正大，尤堪千载不磨。”

也有一些题跋颇长，如李清照的《金石录后序》。她首先愤叹《金石录》之无用：

---

① （宋）文天祥《文山全集》卷一三《指南录》卷首，四部丛刊初编本。

② （宋）黄庭坚《山谷别集》卷一〇，文渊阁四库全书本。

“右《金石录》三十卷者何？赵侯德父所著书也。取上自三代，下迄五季，钟、鼎、甗、鬲、盘、匜、尊、敦之款识，丰碑大碣、显人晦士之事迹，凡见于金石刻者二千卷，皆是正伪谬，去取褒贬，上足以合圣人之道，下足以订史氏之失者皆载之，可谓多矣。呜呼！自王播、元载之祸，书画与胡椒无异；长舆、元凯之病，钱癖与《传》癖何殊？名虽不同，其惑一也。”次写她与亡夫赵明诚同甘共苦，共同收集金石文字的快乐；再写北宋灭亡，明诚早逝，金石文字逐渐散失；末以感叹“得之艰而失之易”为结：“今日忽阅此书，如见故人。因忆侯在东莱静治堂，装卷初就，芸签缥带，束十卷作一帙。每日晚，吏散，辄校勘二卷，跋题一卷。此二千卷，有题跋者五百二卷耳。今手泽如新，而墓木已拱，悲夫！昔萧绎江陵陷殁，不惜国亡而毁裂书画；杨广江都倾覆，不悲身死而复取图书。岂人性之所著，死生不能忘之欤？或者天意以余菲薄，不足以享此尤物耶？抑亦死者有知，犹斤斤爱惜，不肯留在人间耶？何得之艰而失之易也！呜呼，余自少陆机作赋之二年，至过蘧瑗知非之两岁，三十四年之间，忧患得失，何其多也。然有有必有无，有聚必有散，乃理之常。人亡弓，人得之，又胡足道？所以区区记其终始者，亦欲为后世好古博雅者之戒云。”①全文集中抒发了作者对丈夫的深切思念之情。作者最后以“有聚必有散”数语作自我宽慰，以与开头的“其惑一也”相照应，回环往复，感慨遥深。序跋文一般就书论书，而这篇后序实为李清照的自传，是对丈夫赵明诚的回忆录，所叙少历繁华，中经丧乱，晚境凄凉，颇能代表靖康前后士人的共同遭遇。全文情文并茂，感慨淋漓，被人称为宋以后闺阁文字之冠，实非虚誉。全文叙事与抒情交融，叙事以时间为序，层次分明，简洁而有条理，并善于细节描写，如写比赛记忆力，读之似闻其笑声。抒情则喜怒哀乐皆溢于言表，如典当衣物买画，“相对展玩咀嚼，自谓葛天氏之民也”；欲购徐熙《牡丹图》，因价格太昂贵未能如愿以偿，“夫妇相向惋怅者数日”；写兵荒马乱中的离别对话，赵“戟手遥应”，皆如见其人。故清人李慈铭《越缦堂读书记》卷九称赏此文“叙致错综，笔墨疏秀，萧然出町畦之外”，“宋以后闺阁之文，此为观止”。

第七节　传　　纪

《释名》卷六《释典艺三》：“传，传也，以传示后人也。”吴讷《文章辨体序说》云：“太史公创《史记》列传，盖以载一人之事，而为体亦多不同。迨前后两《汉书》、《三国》、《晋》、《唐》诸史，但第相祖袭而已。厥后世之学士大夫，或值忠孝才德之事，虑其湮没

① （宋）赵明诚《金石录》卷末，雅雨堂丛书本。

无闻，或事迹虽微而卓然可为法戒者，因为立传，以垂于世，此小传、家传、外传之例也。”徐师曾《文体明辨序说》所论大体相近而更为具体：“按字书云：‘传者传也。纪载事迹以传于后世也。’自汉司马迁作《史记》，创为列传以纪一人之始终，而后世史家卒莫能易。嗣是山林里巷，或有隐德而弗彰，或有细人而可法，则皆为之作传以传其事，寓其意；而驰骋文墨者，间以滑稽之术杂焉，皆传体也。故今辨而列之，其品有四：一曰史传（正变二体），二曰家传，三曰托传，四曰假传，使作者有考焉。”《文章辨体汇选》卷四八三：“按传之品有七：一曰史传，二曰私传，三曰家传，四曰自传，五曰托传，六曰寓传，七曰假传。”传体文多长篇大幅，不可能一一列举，只能作一些概述。

史传指史官所作传，即纪传体史书中的世家、列传，除《史记》的不少篇章可称传记体文学作品外，后世的纪传体史书，多冗长质实而缺乏文彩，但在逸民传、高士传、独行传、忠义传、奸臣传、酷吏传中往往有一些颇值一读的传记。如宋代欧阳修的《新唐书》、《新五代史》也有一些较好的篇章，特别是《新五代史》卷一四《皇后刘氏传》、卷三二《死节传》与卷三八《宦者传》中的《张承业传》，都是史传文学的名篇。

家传是指子孙述其父祖事迹的传记。谢灵运《山居赋》云：“国史以载前纪，家传以申世模。”①南朝宋范煜《后汉书・列女传序》：“自中兴以后，综其成事，述为列女篇，如马、邓、梁后，别见前纪，梁嫕（梁竦女）、李姬（李固女）各附家传。若斯之类，并不兼书。”宋欧阳修《王彦章画像记》云：“予以节度判官来此，求于滑人，得公之孙睿所录家传。”清梁章钜云：“顾念兄之行谊，惟余知之最悉，不可以无言，因摭拾其事，为家传一首。”②《艺文类聚》卷五五载有颜延之《家传铭》，是用铭文形式写成的家传，“旷彼琅邪，实唯海宇。谁其来迁，时闻远祖。青州隐秀，爰始奠居。内辞鼎府，外秉邦闾。建节中平，分竹黄初。刑清齐右，政偃营区。葛峄明懿，平阳聪理。式荐公庭，或登宰士。列美霸朝，双凤千里。华萼之茂，于昭不已。”

所谓假传、托传，则指文士所作传，最富有文学色彩，是古代文学研究者最值得重视的部分。顾炎武认为：“列传之名始于太史公，盖史体也。不当作史之职，无为人立传者。故有碑、有志、有状而无传。梁任昉《文章缘起》言传始于东方朔作《非有先生传》，是以寓言而谓之传。《韩文公集》中传三篇：太学生何蕃、圬者王承福、毛颖。《柳子厚集》中传六篇：宋清、郭橐驼、童区寄、梓人李赤、蝜蝂。何蕃，仅采其一事而谓之传，王承福之辈皆微者而谓之传，毛颖、李赤、蝜蝂则戏耳而谓之传，盖比于稗官之属

---

① (明)张溥辑《汉魏六朝百三家集》卷六五，文渊阁四库全书。
② (宋)欧阳修《归田琐记・曼云先兄家传》，中华书局 1997 年版。

耳。若段太尉，则不曰传，曰逸事状。子厚之不敢传段太尉，以不当史任也。自宋以后，乃有为人立传者，侵史官之职矣。”①顾氏所举即多为托传。

所谓假传、托传，则指文士所作传，最富有文学色彩，是古代文学研究者最值得重视的部分。文士所作传中有自传，如陶潜《五柳先生传》就是自传：

先生不知何许人也，亦不详其姓字。宅边有五柳树，因以为号焉。闲静少言，不慕荣利。好读书，不求甚解。每有会意，便欣然忘食。性嗜酒，家贫不能常得，亲旧知其如此，或置酒而招之。造饮辄尽，期在必醉。既醉而退，曾不吝情去留。环堵萧然，不蔽风日。短褐穿结，箪瓢屡空，晏如也。常著文章自娱，颇示己志。忘怀得失，以此自终。

赞曰：黔娄有言，不戚戚于贫贱，不汲汲于富贵。其言兹若人之俦乎！酬觞赋诗以乐其志，无怀氏之民欤，葛天氏之民欤！②

这篇自传，不是着重自叙生平事迹，而是自写其性情。林云铭《古文析义二编》卷五云：“此传乃陶公实录也。看来此老胸中，浩浩荡荡，总无一点粘著。”唐德宜《古文翼》卷八引孙执升评云：“淡荡潇疏，不衫不履，而靖节神情已从纸上托出，一片神行之文。”姚鼐《古文辞类纂》引刘才甫语云：“古之为达官名人者，史官识之；文士作传，凡为《圬者》（指韩愈《圬者王承福传》）、《种树》（指柳宗元《种树郭橐驼传》）之流而已。”

又如韩愈《毛颖传》。毛颖又叫管城子，指毛笔，全文皆用拟人化手法写笔。王柏《大庾公世家传》后记云：“托物作史，以文为戏，自韩昌黎传毛颖始。”③文章首写毛颖家世：

毛颖者，中山人也。其先明视，佐禹治东方土，养万物有功，因封于卯地，死为十二神。尝曰：“吾子孙神明之后，不可与物同，当吐而生。”已而果然。明视八世孙㝹，世传当殷时居中山，得神仙之术，能匿光使物，窃姮娥、骑蟾蜍入月，其后代遂隐不仕云。居东郭者曰□，狡而善走，与韩卢争能，卢不及，卢怒，与宋鹊谋而杀之，醢（剁成肉酱）其家。

---

① （清）顾炎武《日知录》卷十九，文渊阁四库全书本。

② 《陶渊明集》卷五，文渊阁四库全书本。

③ （宋）王柏《鲁斋集》卷一四，文渊阁四库全书本。

次写毛颖被秦始皇俘获并被任用：

秦始皇时，蒙将军恬南伐楚，次中山，将大猎以惧楚。召左右庶长与军尉，以《连山》筮之，得天与人文之兆。筮者贺曰："今日之获，不角不牙，衣褐之徒，缺口而长须，八窍而趺居（盘足蹲居），独取其髦，简牍是资。天下其同书，秦其遂兼诸侯乎！"遂猎，围毛氏之族，拔其毫，载颖而归，献俘于章台宫，聚其族而加束缚焉。秦皇帝使恬赐之汤沐，而封诸管城，号曰管城子，日见亲宠任事。

再写毛颖的功用：

颖为人，强记而便敏，自结绳之代以及秦事，无不纂录。阴阳、卜筮、占相、医方、族氏、山经、地志、字书、图画、九流、百家、天人之书，及至浮图、老子、外国之说，皆所详悉。又通于当代之务，官府簿书、市井货钱注记，惟上所使。自秦皇帝及太子扶苏、胡亥、丞相斯、中车府令高，下及国人，无不爱重。又善随人意，正直、邪曲、巧拙，一随其人。虽见废弃，终默不泄。惟不喜武士，然见请，亦时往。累拜中书令，与上益狎，上尝呼为中书君。上亲决事，以衡石自程，虽官人不得立左右，独颖与执烛者常侍，上休方罢。颖与绛人陈玄（指墨）、弘农陶泓（指砚），及会稽楮先生（指纸）友善，相推致，其出处必偕。上召颖，三人者不待诏，辄俱往，上未尝怪焉。

末写其因久用而秃，不复召用，但其子孙之用遍及"中国夷狄"：

后因进见，上将有任使，拂拭之，因免冠谢。上见其发秃，又所摹画不能称上意。上嘻笑曰："中书君老而秃，不任吾用。吾尝谓中书君，君今不中书邪？"对曰："臣所谓尽心者。"因不复召，归封邑，终于管城。其子孙甚多，散处中国夷狄，皆冒管城，惟居中山者，能继父祖业。

太史公曰：毛氏有两族。其一姬姓，文王之子，封于毛，所谓鲁、卫、毛、聃者也。战国时有毛公、毛遂。独中山之族，不知其本所出，子孙最为蕃昌。《春秋》之成，见绝于孔子，而非其罪。及蒙将军拔中山之毫，始皇封诸管城，世遂有名，而姬姓之毛无闻。颖始以俘见，卒见任使，秦之灭诸侯，颖与有功，赏不酬劳，以老见疏，秦真少恩哉。

柳宗元对此文评价很高，其《读韩愈所著毛颖传后题》说："自吾居夷（贬永州），不与中州人通书。有来南者，时言韩愈为《毛颖传》，不能举其辞，而独大笑以为怪，而吾久不克（能）见。杨子诲之来，始持其书，索而读之，若捕龙蛇，搏虎豹，急与之角而力不敢暇，信韩子之怪于文也。世之模拟窜窃，取青妃白，肥皮厚肉，柔筋脆骨，而以为辞者之读之也，其大笑固宜。且世人笑之也不以其俳（以文为戏）乎？而俳又非圣人之所弃者。诗曰：'善戏谑兮，不为虐兮。'《太史公书》（指《史记》）有《滑稽列传》，皆取乎有益于世者也。"此文人以为怪，柳读后也说"信韩子之怪于文"，并引经据典为其怪辩护，就在于韩愈以拟人化手法把毛笔当人来写，并为之立传，煞有介事地考证其先世，述其仕履，从被重用一直叙述至"不复召，归封邑，终于管城"，以"太史公曰"作结，完全是《史记》写法。这种小题大做，戏题正作的写法，确实具有滑稽的性质。但这滑稽之中又具有严肃的意义，笔的命运正是韩愈一生不得志的写照。柳宗元又说："韩子穷古书，好斯文，嘉（毛）颖之能尽其意，故奋而为之传，以发其郁积。"胡应麟《诗薮外编唐下》云："遍读唐三百年文集，可追西汉者仅《毛颖》一篇。"茅坤《唐宋八大家文钞》卷八云："设虚景摹写，工极古今，其连翩跌宕，刻画司马子长。"又引王遵岩曰："通篇将无作有，所谓以文滑稽者，赞论尤高古，直逼马迁。"刘克庄有《跋方至文房四友除授四六》亦云："文为戏，其来久矣。南朝诸人有《驴加九锡文》、《鲁鲰谢官表》，皆不脱俳体。及《毛颖传》出，亦戏也，然其由辞真似《易》，传赞真似《左传》、《史记》，不类假合而成者。于时士或大笑，虽裴度未免讥议，所谓'读之如捕龙蛇，搏虎豹，急与之角而力不暇'者，惟柳子厚一人而已。"①

宋代文士所作传记中也有不少优秀之作，如柳开的《补亡先生传》，种放的《退士传》，欧阳修的《六一居士传》，邵雍的《无名公传》，王向的《公默先生传》，宋末郑思肖的《一是居士传》等。

苏辙《栾城后集》卷二四《巢谷传》是为巢谷所作。巢谷，字符修，苏辙的同乡。《宋史》入《卓行》传。此传仅以三件事就刻画出一位义士形象。文章先写巢谷弃文学武，已表现得与众不同："巢谷字符修，父中世，眉山农家也，少从士大夫读书，老为里校师。谷幼传父学，虽朴而博。举进士京师，见举武艺者，心好之。谷素多力，遂弃其旧学，畜弓箭，习骑射，久之，业成而不中第。闻西边多骁勇，骑射击刺为四方冠，去游秦凤、泾原间，所至友其秀杰。"次写他与"熙河名将"韩存宝的金石之交，后韩因罪"自料必死"，托巢谷以后事，"谷许诺，即变姓名，怀银步行以授其子，人无知者"。这已经

① （宋）刘克庄《后村先生大全集》卷一〇六，四部丛刊初编本。

表现巢谷出“缓急可托”的义士之风。最感人的是，苏轼贬黄州，巢谷又去黄州看望苏轼，住于东坡，教苏轼二子（苏迨、苏过）读书。苏轼《与子安兄书》说：“巢三见在东坡安下，依旧似虎，风节愈坚，师授某两小儿极严。”元祐年间，苏辙兄弟还朝，官居高位，巢谷沉沦乡里，从未去高攀他们。但苏辙兄弟远谪岭南，年逾七十的巢谷却不远万里，徒步往岭南慰问。元符二年（1099）春他到达循州，并要到儋州看望苏轼。苏辙见他“瘦瘠多病，非复昔日”，劝阻巢谷道：“君意则善，然自此至儋数千里，复当渡海，非老人事也。”但巢谷坚持要去，结果不出苏辙所料，行至新州病卒。苏辙在《巢谷传》中感叹道：“予闻哭之失声，恨其不用吾言，然亦奇其不用吾言而行其志也。”是的，巢谷因不听苏辙劝阻，死于异乡，令人惋惜，但如果他听从苏辙劝阻，巢谷就不成其为巢谷，他的事迹也就没有那样感人了。全文语言质朴，不事雕琢，但由于选材典型，详略得当，巢谷形象非常鲜明生动，读之十分感人。宋代传记文不甚发达，这是较有名的一篇。唐庚《读巢元修传》认为巢谷可与唐代郑遨比：“唐末有郑遨者，与李振厚善。振仕梁至崇政使，遨未尝一至其门。后唐同光初，振窜岭外，遨徒步万里往见之。其后一百八十年，而宋有巢元修事，事之难得盖如此。吾闻子由立朝，謇謇有大体，然靳惜名器太甚，良以是失士心。比其败也，士大夫诋之又过甚。观其书巢元修事，可胜叹哉，可胜叹哉！”①《唐宋八大家文钞》卷一六二评云：“叙谷豪举处，有生色，可爱。”

秦观的《眇倡传》则为我们记载了一个“意之所蔽，以恶为美”的荒诞故事：“吴倡有眇一目（瞎一目）者，贫不能自赡，乃计谋与母西游京师，或止之曰：‘倡而眇，何往而不穷？且京师，天下之色府也，美眄巧笑，雪肌而漆发，曳珠玉，服阿锡，妙弹吹，籍于有司者以千万计。使若具两目犹恐往而不售，况眇一焉，其瘠于沟中必矣。’倡曰：‘固所闻也。然谚有之：心相怜，马首圆。以京师之大，是岂无知我俪者？’遂行，抵梁，舍于滨河逆旅。”后来果然出现了一位知其俪的少年：“居一月，有少年从数骑出河上，见而悦之，为解鞍留饮燕，终日而去。明日复来，因大嬖，取置别第中，谢绝姻党，身执爨以奉之。倡饭，少年亦饭，倡疾不食，少年亦不食，嗫嚅伺候，曲得其意，唯恐或不当也。有书生嘲之曰：‘间者缺然不见，意有奇遇，乃从相矢者处乎？’少年忿曰：‘自余得若人，还视世之女子，无不余一目者。夫佳目，得一足矣，又奚以多为？’”秦观论赞道：“夫意之所蔽，以恶为美者多矣，何特眇倡之事哉？”全文仅三百余字，故事曲折，富有哲理，颇似传奇小说。

---

① （宋）唐庚《眉山文集》卷九，文渊阁四库全书本。

第八节　行　　状

行状之状与奏状之状不同：奏状属奏议，行状属传记，主要记载死者的世系身份、姓氏籍贯、生卒年月以及一生行事。行状始于汉，到魏晋南北朝时期成为独立文体，从宋代起出现了很多长篇行状。

《文心雕龙·书记》云："状者，貌也。体貌本原，取其事实，先贤表谥，并有行状，状之大者也。"李翱《百官行状奏》论行状作用云："劝善惩恶，正言直笔，纪圣朝功德，述忠臣贤士事业，载奸臣佞人丑行，以传无穷。"①王柏《答刘复之求行状书》论行状有两种，一为供请谥之用："某尝谓行状之作非古也，又尝考之，卫公叔文子卒，其子戌请谥于君曰：'日月有时，将葬矣，请所以易其名者。'请谥之词，意者今世行状之始也。周士大夫以上葬必有谥，而勋德著见于时，人所共知，不待其子累累之言，故请谥之词寂寥简短，不能数语。后之大夫勋德不尽表表于当时，而人子哀痛之中，难于自述，遂属以门生故吏，具述行事，以状其请。"二为供撰写墓志之用："自唐以来，有官不应谥，亦为行状者，其说以为将求名世之士为之志铭，而行状之本意始失矣。"妇人不作行状："夫观昌黎、庐陵、东坡之集，铭人之墓最多，而行状共不过五篇，而妇人不为也，又知妇人之不为行状之意亦明矣。若以行状而求铭，犹有说也。今先夫人已有墓铭，乃投诸四裔扔堂之门人述其师之语，理已当矣。若又为行状，不亦赘乎？愚谓行状之不必作者，此也。"但"妇人之不为行状"之说似不确，江淹就有《建平王太妃周氏行状》："伏见国太妃禀灵惟岳，集庆自远，世擅淮汝，族冠畴代。故以载曜声书，式炳縢牒矣。太妃诞巽离之正和，函云露之中气，凝采龆岁，贲章笄年。若乃彤管女图之学，纂组绮缟之工，升降处谦之仪，柔静居顺之节，莫不中道若性，不严而成。故誉满闱阈，声闻轩殿，以元嘉某年归于故司徒宣简王。既而第高恒伦，秩逾外品，青轩华毂，用光国辉。素壁丹墀，实隆家贵。"②完全是行状写法。吴讷《文章辨体序说》云："行状者，门生故旧状死者行业，上于史官或求志铭于作者之辞也。"徐师曾《文体明辨序说》云："盖具死者世系、名字、爵里、行治、寿年之详，或牒考功太常议谥，或牒史馆请编录，或上作者乞墓志碑表之类皆用之。"由此可知，撰写行状的目的是为了上于史官或求志铭于作者（请人写墓志铭）；行状内容较详，质实少文，很少涉及死者的思想感情及生活情趣，没有什么文学价值。

---

①　（唐）李翱《李文公集》卷一〇，文渊阁四库全书本。

②　（梁）江淹《江文通集》卷三，文渊阁四库全书本。

关于行状、墓表规制，苏轼《与子安兄》云："墓表又于行状外寻访得好事，皆参验的实。石上除字外，幸不用花草及栏界之类。才著栏界，便不古，花草尤俗状也。唐以前碑文皆无。告照管模刻仔细为佳。"

行状本贵真实，但因为行状是为"上于史官或求志铭"的，往往因为美化死者而失真。苏洵《与杨节推书》批评杨推官所提供的行状云："往者见托以先丈之埋铭，示之以程生之行状……今余不幸而不获知子之先君，所恃以作铭者，正在其行状耳。而状又不可信，嗟夫难哉……凡行状之所云，皆虚浮不实之事，是以不备论。论其可指之迹。行状曰：'公有子美琳，公之死由哭美琳而恸以卒。'夫子夏哭子，止于丧明，而曾子讥之。而况以杀其身，此何可言哉？余不爱夫吾言，恐其伤子先君之风。行状曰：'公戒诸子无如乡人，父母在而出分。'夫子之乡人，谁非子之宗与子之舅甥者？而余何忍言之？而况不至于皆然，则余又何敢言之？此铭之所以不取于行状者有以也，子其无以为怪。"此即因美化死者而失真。吴讷《文章辨体序说》云："碑铭所以论列德善功勋，虽铭之义称美不称恶，以尽其孝子慈孙之心，然无其美而称者谓之诬，有其美而弗称者谓之蔽。诬与蔽，君子之所弗由也欤。"

任昉有《齐竟陵文宣王行状》，文长不录；又有《齐司空曲江行状》，行文较短，又是骈文，是存世较早的行状：

> 公禀灵景宿，擅气中和。一篑初登，东岳之功可鉴；埏埴在器，瑚琏之姿先表。岂惟荆南有圣童之目，襄城著孔甫之称而已哉？故以羽仪宗家，冠盖后进。路叔之一日千里，北海之称美共治，方斯蔑如也。志学之年，遍治经纪，登隆十载，网罗百氏。藻斲赡逸，蔚为词宗。延贾谊而升堂，携相如而入室。加以翰牍精辩，发言有章，持论从容，辞无矜尚。自河洛丘虚，历载二百，俾我逢掖，遂沦左衽。晋宋所以遗恨，宗祖是用顾怀。公自荷方任，志在克复，将欲使功遂之日，身退有所。爰乃卜居金陵，营带林壑。用辞聊城之赏，以为疏韩之馆。人谢运往，遂辍远图。①

可见早期行状只是对状主一生的概述性评价，较有文采，并无后世行状冗长质实之弊。

唐人所作行状渐多，《文苑英华》卷九七一至九七七所收皆为行状。韩愈有《唐故赠绛州刺史马府君行状》，可以代表后世行状的一般体式。文章首述其家世：

---

① （明）梅鼎祚《梁文纪》卷六，文渊阁四库全书本。

君讳汇，字某。其先为嬴姓，当周之衰，处晋为赵氏。晋亡而赵氏为诸侯，其后益大，与齐、楚、韩、魏、燕为六国，俱称王。其别子赵奢，当赵时破秦军阏与有功，号马服君，子孙由是以马为氏。梁有安州刺史、侍中、赠太尉岫，岫生乔卿，任襄州主簿。国乱，去官不仕。乔卿生君才，隋末为蒯令，燕王艺师之，以有幽都之众。武德初，朝京师，拜武侯大将军，封南阳郡公，卒葬大梁新里，赵郡李华刻碑颂之。君才生珉，为玉铃卫仓曹参军事，赠尚书左仆射，生季龙，为岚州刺史，赠司空，清河崔元翰铭其德于碑在新里。司空生燧，为司徒、侍中、北平王，赠太傅，谥庄武。庄武之勋劳在策书。君其长子也。

次述其生平：

少举明经，司徒公作藩太原，授河南府参军。建中四年，司徒公使将武人子弟才力之士三百人朝行在捍卫，献御服用物，弓夹煮器幄幕，奔走危难。上喜其勤，超拜太常丞，赐章服，迁少府少监、太仆少卿，司徒公之薨也，刺臂出血，书佛经千余言，期以报德。庐墓侧值松柏，终丧又拜太仆少卿。疾病一年。贞元十八年七月二十五日终于家。凡年四十有五。其弟少府监畅上印绶求追赠，赠绛州刺史，布帛百匹。

君在家行孝友，待宾客朋友有信义。其守官恭慎举职，其朝献奉父命不避难，其居丧有过人行。初司徒公娶河南元氏，封颍川郡夫人，赠许国夫人。许国薨，少府始孩，顾托以其侄为继室，是为陈国夫人。夫人无子，爱君与少府如己生。其薨也，君与少府丧之，犹实生已，亲负土封其墓。夫人荥阳郑氏，王屋县令况之女，有贤行，侍君疾愈年不下堂，食菜饮水药物必自择，将进辄先尝，方书本草恒置左右。子男二人：赦，前左卫仓曹参军；扬，右清道率府胄曹参军。女子二人在室，虽皆幼，侍疾居丧如成人。

末以交代写作缘起结：

愈既世通家，详闻其世系事业。今葬有期日，从少府请，掇其大者为行状，托立言之君子而图其不朽焉。①

① (唐)韩愈《五百家注昌黎文集》卷三七，文渊阁四库全书本。

这篇行状行文简洁，述事清晰，颇能代表唐人行状的体式。

宋人行状、碑志多伤冗，杨慎《辞尚简要》云："吾观在昔文弊于宋，奏疏至万余言，同列书生尚厌观之，人主一日万几，岂能阅之终乎？其为当时行状、墓铭，如将相诸碑皆数万字。朱子作《张魏公浚行状》四万字，犹以为少，流传至今，盖无人能览一过者，繁冗故也。"①行状长达四万字，可知其冗。黄震《黄氏日抄》卷六二称颂苏轼《司马君实行状》诗云："温公德业二王佐，坡老文章万古奇，凛凛遗编生气在，史迁而下固无之。"黄震如此推崇的苏轼《司马君实行状》，也长达一万三千字。王士禛《带经堂诗话》卷一引虞山钱先生云："吾读子瞻《司马温公行状》、《富郑公神道碑》，如万斛水银，随地涌出，茫然莫得其涯涘也。""如万斛水银，随地涌出"，这是苏文的优点；而"莫得其涯涘"，也正是宋人行状伤冗的生动写照。

黄榦撰《朱先生（熹）行状》并书其后，②首论其不得不作此行状："行状之作，非得已也，惧先生之道不明，而后世传者之讹也。"这篇跋语的主体是为这篇行状的写法作辩解，一是文字"太露"、"太繁"："有谓言贵含蓄，不可太露，文贵简古，不可太繁者。夫工于为文者固能使之隐而显、简而明，是非愚陋所能及也。顾恐名曰含蓄，而未免于晦昧，名曰简古，而未免于艰涩，反不若详书其事之为明白也。"二是为何尽记"年月"、"辞受"："又有谓年月不必尽记，辞受不必尽书者。先生之用舍去就，实关世道之隆替、后学之楷式。年月必记，所以著世变；辞受必书，所以明世教。状先生之行，又岂可以常人比、常体论哉！"三是是否当略去"太直"、"太讦"之语："又有谓告上之语失之太直，记人之过失之太讦者。责难陈善，事君之大义，人主能容于前，而臣子反欲隐于后，先生敢陈于当世，而学者反欲讳于将来乎？人之有过，或具之狱案，或见之章奏，天下后世所共知，而欲没之，可乎？"四是应不应该大量引用其奏疏、申状："又有谓奏疏之文纪述太繁，申请之事细微必录，似非行状之体者。古人得君行道，有事实可纪，则奏疏可以不述；先生进不得用于世，其所可见者特其言论之间，乃其规模之素，则言与行岂有异耶？事虽微细，处得其道，则人受其利，一失其道，则人受其害。先生理明义精，故虽细故，区处条画，无不当于人心者，则巨与细亦岂有异耶？"五是排抑"异学"，称美朱熹之言并未"失之过"："至于流俗之论，则又以为前辈不必深抑，异学不必力排，称述之辞似失之过者。孔门诸贤至谓孔子贤于尧、舜，岂以抑尧、舜为嫌乎？孟子辟杨墨而比之禽兽，卫道岂可以不严乎？夫子尝曰'莫我知也夫'，又曰'知德者鲜矣'，甚矣，圣贤之难知也！知不知不足为先生损益，然使圣贤之道不明，异端

① （明）杨慎《升庵集》卷五二，文渊阁四库全书本。

② （宋）黄榦《勉斋集》卷三六，文渊阁四库全书本。

之说滋炽，是则愚之所惧，而不容于不辨也。”宣传“圣贤之道”，排斥“异端之说”就是这篇《行状》的主旨。这篇行状整整一卷，近一万五千字，其跋语详论他“详书”朱熹事迹的原因，也颇能代表宋人行状冗长的原因。

但宋代也有一些写得简明的行状，如欧阳修的《司封员外郎许公行状》，全文仅一千三百余字，首写许逖自南唐入宋：“君讳逖，字景山，世家歙州。少仕伪唐，为监察御史。李氏国除，以族北迁。献其文若干篇，得召试，为汲县尉、冠氏主簿。凡主簿二岁，县民七百人诣京师，愿得君为令。迁秘书省校书郎、知县事。”次写他“数上书论北边事”：“是时赵普为相，四方奏疏不可其意者，悉投二瓮中，瓮满辄出而焚之，未尝有所肯可，独称君为能，曰：‘其言与我多合。’”次写其历官，最后补叙其为人：“君少孤，事其母兄，以孝谨闻。常戒其妻事嫂如姑，而未尝敢先其兄食，衣虽弊，兄不易衣，不敢易。初，违命侯（南唐后主李煜）遣其弟朝京师，君之故友全惟岳当从，以其家属托君。惟岳果留不返，君善抚其家，为嫁其女数人。李氏国亡，君载其家北归京师，以还惟岳。历官四十年，不问家事。好学，尤喜孙、吴兵法。初在伪唐，数上书言事，得校书郎，遂迁御史。王师围金陵，李氏大将李雄拥兵数万，留上江，阴持两端。李氏患之，以谓非君不能召雄。君走上江，以语动雄，雄即听命。已而李氏以蜡书止雄于溧水，君曰：‘此非栅兵之地，留之必败。’乃戒雄曰：‘兵来，慎无动，待我一夕，吾当入白，可与公兵俱入城。’君去，王师挑之，雄辄出战，果败死。君至，收其余卒千人而去。君少慷慨，卒能自立于时。其孝谨闻于其族，其信义著于其友，其材能称于其官，是皆可书以传。”简洁明了。

王安石的《尚书兵部员外郎知制诰谢公（绛）行状》①更简洁，不足千字。首叙谢绛仕履，仅百余字。次评其文章、政事、兴学：“公以文章贵朝廷，藏于家凡八十卷。其制诰，世所谓常、杨、元、白，不足多也。而又有政事材，遇事尤剧，尤若简而有余。所至辄大兴学舍。”后又举数事以实之。“及知制诰，自以其近臣，上一有所不闻，其责今豫我，愈慷慨欲以论谏为己事。”再伤其不幸早逝：“故其葬也，庐陵欧阳公铭其墓，尤叹其不寿，用不极其材云。卒之日，欧阳公入哭其堂，楎无新衣，出视其家，库无余财。盖食者数十人，三从孤弟妹皆在，而治衣栉才二婢。平居宽然，貌不自持，至其敢言自守，矫然壮者也。”末以简述其家世作结。茅坤《唐宋八大家文钞》认为这篇行状“胜欧公志铭”，胜就胜在简净。

逸事状为行状之变体。徐师曾《文体明辨序说》云：“逸事状，则但录其逸者，其所已载不必详焉，乃状之变体也。”如柳宗元的《段太尉逸事状》，仅记三件逸事，重点突

① （宋）王安石《临川文集》卷九〇，文渊阁四库全书本。

出，人物性格鲜明：一为断汾阳王子晞军扰市者十七人头，表现其刚；二为卖马代偿大将军焦令谌所取旱岁农人谷，表现其仁；三为严惩其婿韦晤受朱泚绫三百疋，表现其节。《山晓阁选唐大家柳柳州全集》卷四云："此篇叙太尉三逸事，截然是三段文字。第一段写太尉以勇服王子晞，便写得千人辟易，一军皆惊；第二段写太尉以仕愧焦令谌，便写得慈祥恺悌，不是煦煦之仁；第三段写太尉以廉服朱泚，便写得从容辞让，不是孑孑之义，末幅证献状之不谬，笔墨疏朗，不下史迁作法。"段太尉名秀实，《旧唐书》卷一二八、《新唐书》卷一五三皆有传。汪藻《范文正公祠堂记》云："昔段秀实尽忠于唐，世徒以为一时奋取功名之人(此为新旧《唐书》给人的印象)，而不知居官必有可书之事。柳宗元为摭其实，上之史官，今所以知段太尉逸事者，宗元发之也。"①可见正史之外的传记，有时比正史更有价值。

第九节 碑　　文

(一) 碑和碑文

碑，最初本指木柱或石柱，非指文或文体。《释名》卷六《释典艺三》谓碑是用以垂放棺木的："碑，被也，此本王莽时所设也。施其辘轳，以绳被其上，以引棺也。臣子追述君父之功美，以书其上，后人因焉。故无建于道陌之头，显见之处，名其文就谓之碑也。"任昉《文章缘起》云："碑，汉惠帝《四皓碑》。"②

其实，碑既非始于"王莽时"，也非始于汉惠帝，早在先秦已有碑，《礼记·檀弓》有"公室视丰碑"语，注云："丰碑，斫大木为之，形如石碑。"③刘勰《文心雕龙·诔碑》云："碑者，埤也。上古帝王，纪号封禅，树石埤岳，故曰碑也。周穆纪迹于弇山之石，亦古碑之意也。又宗庙有碑，树之两楹，事止丽牲，未勒勋绩，而庸器渐缺，故后代用碑，以代金石，同乎不朽，自庙徂坟，犹封墓也。""周穆纪迹于弇山之石"或为传说，宗庙有碑则确实源自先秦："宫必有碑，所以识日景，引阴阳也。凡碑，引物者也，宗庙则丽牲焉，以取毛血。其材，宫庙以石，窆用木。"④由此可见，碑原无文字，后来有人在碑上

① (宋)汪藻《浮溪集》卷一八，文渊阁四库全书本。

② (明)杨慎《丹铅余录·摘录》卷三："四皓有羽翼太子之功，其没也，惠帝为之制文立碑，此乃上世人主赐葬人臣恤典之始。《通典》、《文献通考》皆不之载，而四皓碑目，《集古录》、《金石录》、郑樵《金石略》皆遗之，独见于任昉《文章缘起》，故特表出之。"

③ 《礼记注疏》卷一〇，文渊阁四库全书本。

④ 《仪礼注疏》卷八，文渊阁四库全书本。

记姓名、爵里才出现了碑文，成为一种文体。《皇朝文鉴》卷一二五载宋孙何《碑解》云：“碑非文章之名也，盖后人假以载其铭耳。铭之不能尽者，复前之以序，而编录者通谓之文，斯失矣……天下皆踵乎失，故众不知其非也……古之所谓碑者，乃葬祭飨聘之祭所植一大木耳。而其字从石者，将取其坚且久乎，然未闻勒铭于上者也。今丧葬令其螭首龟趺，洎丈尺品秩之制，又易之以石者，后儒所增耳。”后来才把刻于木柱、石柱上的文字称为碑文，欧阳修《唐元稹修桐柏宫碑》亦云：“碑者石柱尔，古者刻石为碑，谓之碑铭、碑文之类可也。”①明吴讷《文章辨体序说》云：“《礼记·祭义》云：‘牲入丽于碑。’贾氏注云：‘庙宫皆有碑，以识日影，以知早晚。’《说文》注又云：‘古宗庙立碑系牲，后人因于上纪功德。’是则宫室之碑，所以识日影，而宗庙则以系性也。秦、汉以来始谓刻石曰碑，其盖始于李斯峄山之刻耳。萧统《文选》载郭有道等墓碑，而王简栖《头陀寺碑》亦厕其间。至《唐文粹》、《宋文鉴》，则凡祠庙等碑与神道碑各为一类。”这里叙述了碑志的发展过程及其类别。

碑文体制介乎传、铭之间，其纪碑主之事似传，颂碑主之德似铭。《文心雕龙·诔碑》又云：“夫属碑之体，资乎史才，其序则传，其文则铭。标序盛德，必见清风之华；昭纪鸿懿，必见峻伟之烈：此碑之制也。夫碑实铭器，铭实碑文，因器立名，事先于诔。是以勒石赞勋者，入铭之域；树碑述亡者，同诔之区焉。”清方熊补注《文章缘起》云：“故碑实铭器，铭实碑文。其序则传，其文则铭，此碑之体也。又碑之体于叙事，其后渐以议论杂之，则非矣。按《史记》载秦刻石辞凡八篇，峄山、泰山、之罘、东观、碣石、会稽各一篇，琅邪台二篇，碑版金石之祖也。汤岩夫曰：碑者悲也，此又纪前人之功德而思之，安得不悲？”这里分析了碑文的结构，序、铭的含义，序不过是其详尽说明。

最初作为引棺之用的木柱或石柱的碑虽无文字，但自从在上面纪述功德之后，自然都有碑文了，但也有无字的碑：一为泰山无字碑，传为秦始皇所刻，《山东通志》卷三五载邹德溥《无字碑》诗云：“绝巘植空碑，古人如有意。由来最上乘，原不立文字。”乾隆《御制诗》三集卷九六《无字碑》云：“本意欲焚书，立碑故无字。虽云以身先，大是不经事。”但顾炎武《日知录》卷三一已力证此为汉武帝所立，而非秦始皇。二为谢安墓碑，明李日华《六研斋三笔》卷三云：“始兴文献公谢安墓碑，以公勋德之盛，不敢轻为叙述。”三为武则天墓碑，李梦阳《乾陵歌》云：“九重之城双阙峙，前有无字碑，突兀云霄里。”②谢安、武则天无字碑可能都是因“由来最上乘，原不立文字”吧。四是秦桧墓碑变无字，是因为无人愿为其刻字。《六研斋三笔》卷二又云：“秦会之墓碑，其家树石

---

① （宋）欧阳修《集古录》卷八，文渊阁四库全书本。
② （明）李梦阳《空同集》卷二二，文渊阁四库全书本。

征文，而士大夫鄙憾之，不肯著笔。”福建雪峰寺也有无字碑，《六艺之一录》卷一〇六载：“雪峰寺无字碑，有客题诗云：‘一片如云紫翠间，风吹日炙藓花斑。莫言个里无文字，正要当人著眼看。’”

碑一般是为死者所立，但也有为活人立碑的。《日知录》卷二二《生碑》云：“《西京杂记》：平陵曹敞，其师吴章为王莽所杀，人无敢收葬者，弟子皆更名他师。敞时为司徒椽，独称吴章弟子，收葬其尸。平陵人生为立碑于吴章墓侧，此生立碑之始。”《古今事文类聚》外集卷一四《异政立碑》：“后汉董诩字汉之，除须昌令，多异政，生为立碑。”

碑的用途很广，包括记事碑、功德碑、宫观寺庙碑、山川碑、城池碑、宫室碑、桥道碑、坛井碑、寺观碑、家庙碑、古迹碑等。清方熊补注《文章缘起》云：“后人因于其(碑)上纪功德，则碑之所从来远矣。后汉以来作者渐盛，故有山川之碑，有城池之碑，有宫室之碑，有桥道之碑，有坛井之碑，有神庙之碑，有家庙之碑，有古迹之碑，有土风之碑，有灾祥之碑，有功德之碑，有墓道之碑，有寺观之碑，有托物之碑，皆因庸器渐阙而后为之，所谓以石代金，同乎不朽者也。”

此外，刻经亦用碑。《后汉书·蔡邕传》：“邕以经籍去圣久远，文字多谬，俗儒穿凿。疑误后学，熹平四年乃与五官中郎将堂溪典光禄大夫杨赐，谏议大夫马日磾，议郎张驯、韩说，太史令单扬等奏，求正定六经文字。灵帝许之。邕乃自书册于碑，使工镌刻，立于太学门外。于是后儒晚学咸取正焉。及碑始立，其观视及摹写者车乘日千余两，填塞街陌。”这就是著名的熹平石经。《洛阳伽蓝记》卷三云：“开阳门御道东有汉国子学堂，堂前有三种字石经二十五碑，表里刻之，写《春秋》、《尚书》二部，作篆、科斗、隶三种字，汉右中郎将蔡邕笔之遗迹也，犹有十八碑，余皆残毁。复有石碑四十八枚，亦表里隶书，写《周易》、《尚书》、《公羊》、《礼记》四部，又读书碑一所，并在堂前。”

浮图亦有碑。柳宗元《碑阴》：“凡葬大浮图，其徒广则能为碑。晋宋尚法，故为碑者多法。梁尚禅，故碑多禅法。不周施禅不大行而律存焉，故近世碑多律。凡葬大浮图，未尝有比丘尼主碑事。今惟无染实来，涕泪以求，其志益坚，又能言其师他德尤备，故书之碑阴。”

祀鬼神有碑。陆龟蒙《野庙碑》云：“碑者，悲也。古者悬而窆用木，后人书之以表其功德，因留之不忍去，碑之名由是而得。自秦汉以降，生而有功德政事者亦碑之，而又易之以石，失其称矣。余之碑野庙也，非有政事功德可纪，直悲夫甿竭其力以奉无名之土木而已矣。瓯越间好事鬼，山椒水滨多淫祀，其庙貌有雄而毅，黝而硕者，则曰将军；有温而愿，哲而少者则曰某郎；有媪而尊严者则曰姥，有妇而容艳者则曰姑。”①

《宋书·裴松之传》载裴松之批评碑文之滥云:“松之以世立私碑,有乖事实,上表陈之曰:‘碑铭之作以明示后昆,自非殊功异德无以允应。兹典大者,道动光远,世所宗推。其次节行高妙,遗烈可纪。若乃亮采登庸,绩用显著,敷化所莅,惠训融远,述咏所寄,有赖镌勒,非斯族也,则几乎僭黩矣。俗敝伪兴,华烦已久,是以孔悝之铭行,是人非蔡邕,制文每有愧色。而自时厥后,其流弥多,预有臣吏,必为建立勒铭。寡取信之实,刊石成虚伪之常,真假相蒙,殆使合美者不贵。但论其功费,又不可称。不加禁裁,其敝无已。”以为“诸欲立碑者,宜悉令言上,为朝议所许,然后听之。庶可以防遏无征,显彰茂实,使百世之下,知其不虚,则义信于仰止,道孚于来叶”。但碑文之滥并未因裴松之的批评而收敛,“唐人说李邕前后撰碑八百首”。②

历代多有不以作碑为然者,《唐书·杨玚传》:“在官清白,吏请立石纪德,玚曰:‘事益于人,书名史氏足矣。若碑颂者徒遗后人作碇石(用以稳定船身的石块)耳。’”多数碑确实也只起到了“后人作碇石”的作用。《隋书·秦孝王俊传》:“王府僚佐请立碑,上曰:‘欲求名,一卷史书足矣,何用碑为?若子孙不能保家,徒与人作镇石耳。’”总之,立碑本以求传世,却未必能传世。

稍为严肃的作者,都不愿妄颂功德以为碑。唐陆贽奉旨为田承嗣撰遗爱碑,他就拖延不撰,其《请还田绪所寄撰碑文马绢状》云:“劝戒之道,忠义攸先;褒贬之词,《春秋》所重。爵位有侥幸而致,名称非诈力可求。将使循轨辙者畏昭宪而莫渝,怙奸妄者顾清议而知耻。仲尼修《春秋》而乱臣贼子惧,岂必临之以武,胁之以刑哉?褒贬苟明,亦足助理。田承嗣阻兵犯命,靡恶不为,竟逭天诛,全归土壤。此乃先朝所愧恨,义士所惋嗟。今田绪尚干宸严,请颂遗爱。微臣隘局,实愤于心。谬承恩光,备位台辅,既未能涤除奸慝,匡益大猷,而又饰其愧词,以赞凶德,纳彼重赂,以袭贪风。情所未安,事固难强。是以屡尝执翰,不能措词。辄投四马一匹并鞍绢二千匹所操,太息而止。缘承圣诲,姑务怀柔,昨见田绪使人臣亦婉为报答,但告云:所为碑颂皆奉德音,既异私情,难承厚贶。候稍休暇,续当撰成。既无拒绝之言,计亦不至疑阻其来。书谨封进,所送马及绢等,令刘瞻便领却回讫,不敢不奏。”③

《容斋四笔》卷六云:“东坡祭张文定文云:‘轼于天下未尝铭墓,独铭五人,皆盛德故。’以文集考之凡七篇,若富韩公(弼)、司马温公(光)、赵清献公(抃)、范蜀公(镇)并

① (唐)陆龟蒙《笠泽丛书》卷四,文渊阁四库全书本。

② 《(康熙)御定佩文斋书画谱》卷二七,文渊阁四库全书本。

③ (唐)陆贽《翰苑集》卷二〇,文渊阁四库全书本。

张公(方平),坡所自作。此外赵康靖(槩)、滕元发(达道)二志,乃代张公者,故不列于五人之数。《眉州小集》有元祐中奏稿云:‘臣近准敕差撰故同知枢密院事赵瞻神道碑并书者。臣平生本不为人撰行状、埋铭、墓碑,士大夫所共知。只因近日撰《司马光行状》,盖为光曾为臣亡母程氏撰埋铭;又为范镇撰墓志,盖为镇与先臣某平生交契至深,不可不撰。及奉诏撰司马光、富弼等墓碑,不可固辞,然终非本志。况臣老病废学,文词鄙陋,不称人子所欲显扬其亲之意。伏望圣慈别择能者,特许辞免。’观此一奏,可印公心,而杭本奏议十五卷中不载。”“不称人子所欲显扬其亲之意”,也就是不愿说一些违心的话,这就是他不愿撰墓碑的原因。

王若虚甚至宁死也不肯为叛变者撰碑,《金史·王若虚传》:“天兴元年,哀宗走归德。明年春,崔立变。群小附和,请为立建功德碑。翟奕以尚书省命召若虚为文,时奕辈恃势作威,人或少忤,则谗构立见屠灭。若虚自分必死,私谓左右司员外郎元好问曰:‘今召我作碑,不从则死,作之则名节扫地,不若死之为愈。’”

(二)碑文举例

碑文一般是散文。《魏书》卷一《序纪》有“累石为亭,树碑以纪行”语,可见碑与记有相通处。但也有用骈文、韵文写成的碑文,欧阳修《唐元稹修桐柏宫碑》云:“右唐元稹撰文并书其题云修桐柏宫碑,又其文以四言为韵语,既牵声韵,有述事不能详者,则自为注以解之。为文自注,非作者之法。”天圣七年孙慎言所撰《天圣宫纪事碑》亦为韵语。①

碑铭一般都是序长铭短,而王安石的《翰林侍读学士知许州军州事梅公神道碑》,序文仅一百五十来字,主要叙梅询之子梅清臣求欧阳修为作神道碑,而铭文却长达千字,神道碑的主要内容如家世、名字、里贯、仕履皆置铭中。序只叙缘由而铭内叙事迹,《唐宋八大家文钞》卷九一茅坤认为:“通篇以铭序始,终亦变调。”

早期的碑文较简洁,后来的碑文越来越冗长。《艺文类聚》卷三七载蔡邕《郭泰碑》云:

> 先生诞膺天衷,聪睿明哲,孝友温恭,仁慈惠敏。夫其器量弘深,姿度广大。浩浩焉,汪汪焉,奥乎不可测已。于时缨緌之徒,绅佩之士,望形表而景附,聆嘉声而响臻者,犹百川之归巨海,鳞介之宗龟龙也。蹈鸿崖之遐迹,绍巢许之绝轨,

---

① 《浮山县志》卷四〇,民国二十四年刊本。

翔区外以舒翼，超天衢以高峙。

铭曰：懿乎其纯，确乎其操，洋洋缙绅，言观其高。栖迟秘丘，善诱能教。赫赫三事，几行其招。委辞召贡，保此清妙。

郭泰字林宗，博通坟典，居家教授，弟子至数千人，与李膺相友善。及卒，蔡邕为碑，并云："吾为碑铭多矣，皆有惭德，唯郭有道无愧色耳。"①这就是早期碑文的形式，与后世冗长达数万言的碑文迥异。

《文选》卷五八载蔡邕《郭有道碑并序》首述其家世：

先生讳泰字林宗，太原介休人也。其先出自有周王季之穆有虢叔者，实有懿德，文王咨焉，建国命氏，或谓之郭，即其后也。

次纪其生平：

先生诞应天衷，聪睿明哲，孝友温恭，仁笃慈惠。夫其器量弘深，姿度广大，浩浩焉，汪汪焉，奥乎不可测已。若乃砥节砺行，直道正辞，贞固足以干事，隐括足以矫时。遂考览六经，探综图纬，周流华夏，随集帝学，收文武之将坠，拯微言之未绝。于时缨绥之徒，绅佩之士，望形表而影附，聆嘉声而响和者，犹百川之归巨海，鳞介之宗龟龙也。尔乃潜隐衡门，收朋勤诲，童蒙赖焉。用绥祛其蔽，州郡闻德，虚己备礼，莫之能致。群公休之，遂辟司徒掾，又举有道，皆以疾辞。将蹈鸿涯之遐迹，绍巢许之绝轨，翔区外以舒翼，超天衢以高峙。禀命不融，享年四十有二，以建宁二年正月乙亥卒。凡我四方同好之人，永怀哀悼，靡所置念。乃相与惟先生之德以谋不朽之事，佥以为先民既没，而德音犹存者，亦赖之于见述也，今其如何而阙斯礼？于是树碑表墓，昭铭景行，俾芳烈奋于百世，令闻显于无穷。

末为铭文，其辞曰：

于休先生，明德通玄。纯懿淑灵，受之自天。
崇壮幽浚，如山如渊。礼乐是悦，诗书是敦。
匪惟摭华。乃寻厥根。宫墙重仞。允得其门。

① （东汉）范晔《后汉书·郭太传》，文渊阁四库全书本。

懿乎其纯，确乎其操。洋洋缙绅，言观其高。
栖迟泌丘。善诱能教。赫赫三事，几行其招。
委辞召贡，保此清妙。降年不永，民斯悲悼。
爰勒兹铭。摛其光耀。嗟尔来世，是则是效。

明方岳贡云：“林宗优游末世，保贞无闷，奖拔人伦，天下仰企。此碑言无繁委，特见清邵。”康熙评云：“藻腴流利，已开晋魏六朝之风，然西京矩矱犹存也。”①

韩愈奉敕撰写的著名的《平淮西碑奉敕撰并序》是一篇纪功碑。前为序，在高祖、太宗、高宗、中宗、睿宗数朝，“四海九州岛，罔有内外，悉主悉臣”，玄宗达到极盛（“物众地大”），同时也开启了藩镇割据（“孽芽其间”），肃宗、代宗、德宗、顺宗时更是“文恬武嬉”。安史之乱以后，唐王朝陷入了中央与藩镇的长期斗争，从建中四年(783)淮西节度使李希烈叛唐开始，到吴元济手握重兵，据地千里，蔡州成了国中之国，严重威胁唐王朝的统治。为了平定淮西，唐宪宗下令讨伐叛贼，但用兵不利，最后才在裴度统领下，由部将李愬在元和十二年(817)十月乘吴不备，夜袭其老巢，在蔡州活捉了吴元济，结束了蔡州长期割据的局面。后为铭，裴度“既还奏，群臣请纪圣功，被之金石。皇帝以命臣愈。臣愈再拜稽首而献文曰”：

唐承天命，遂臣万方。孰居近土，袭盗以狂。往在玄宗，崇极而圮。河北悍骄河南附起。四圣不宥，屡兴师征。有不能克，益戍以兵。夫耕不食，妇织不裳。输之以车，为卒赐粮。外多失朝，旷不岳狩。百隶怠官，事亡其旧。帝时继位，顾瞻咨嗟。惟汝文武，孰恤予家。既斩吴蜀，旋取山东。魏将首义，六州降从。淮蔡不顺，自以为强。提兵叫嚾，欲事故常。始命讨之，遂连奸邻。阴遣刺客，来贼相臣。方战未利，内惊京师。群公上言，莫若惠来。帝为不闻，与神为谋。乃相同德，以讫天诛。乃敕颜胤，愬武古通。咸统于弘，各奏汝功。三方分攻，五万其师。大军北乘，厥数倍之。常兵时曲，军士蠢蠢。既翦凌云，蔡卒大窘。翦之邵陵，郾城来降。自夏及秋，复屯相望。兵顿不励，告功不时。帝哀征夫，命相往厘。士饱而歌，马腾于槽。试之新城，贼遇败逃。尽抽其有，聚以防我。西师跃入，道无留者。额额蔡城，其疆千里。既入而有，莫不顺俟。帝有恩言，相度来宣。诛止其魁，释其下人。蔡之卒夫，投甲呼舞，蔡之妇女，迎门笑语。蔡人告饥，船粟往哺。蔡人告寒，赐以缯布。始时蔡人，禁不往来。今相从戏，里门夜

① 《圣祖仁皇帝御制文》第三集卷三一，文渊阁四库全书本。

开。始时蔡人，进战退戮。今旰而起，左餐右粥。为之择人，以收余惫。选吏赐牛，教而不税。蔡人有言，始迷不知。今乃大觉，羞前之为。蔡人有言，天子明圣。不顺族诛，顺保性命。汝不吾信，视此蔡方。孰为不顺，往斧其吭。凡叛有数，声势相倚。吾强不支，汝弱奚恃。其告而长，而父而兄，奔走偕来，同我太平。淮蔡为乱，天子伐之。既伐而饥，天子活之。始议伐蔡，卿士莫随。既伐四年，小大并疑。不赦不疑，由天子明。凡此蔡功，惟断乃成。既定淮蔡，四夷毕来。遂开明堂，坐以治之。

这类歌功颂德的文字，往往使人难以卒读，但此碑却备受历代好评。李商隐《韩碑》云："愈拜稽首蹈且舞，金石刻画臣能为。古者世称大手笔，此事不系于职司。当仁自古有不让，言讫屡颔天子颐。公退斋戒坐小阁，濡染大笔何淋漓。点窜尧典舜典字，涂改清庙生民诗。"①陈师道《后山诗话》引孙觉语云："龙图孙学士觉喜论文，谓退之《淮西碑》叙如《书》，铭如《诗》。"宋董逌《广川书跋》卷九云："昔韩愈受诏为文，开凿浑元，索功玄宰，盖精金百汰，愈炼愈坚。其植根深，其藏本固，发越乎外，其华烨然，不可掩已。自汉以后，无此作也。"韩碑主要突出裴度执行宪宗旨意的运筹帷幄之功，引起李愬不满，诉说碑文不实，宪宗命翰林学士段文昌重新撰文勒石，观点与韩迥然不同。宋袁文《瓮牖闲评》卷五载苏轼诗云："淮西功德冠吾唐，吏部文章日月光。千载断碑人脍炙，不知世有段文昌。"段文昌以骈体为之，远不如韩碑古雅。《韩文起》卷一〇称此碑文为"全集中第一有用文字"。

韩愈的《柳州罗池庙碑》，首写柳宗元贬柳州，勤政爱民，深得民心："罗池庙者，故刺史柳侯庙也。柳侯为州，不鄙夷其民，动以礼法。三年，民各自矜奋曰：'兹土虽远京师，吾等亦天氓。今天幸惠仁侯，若不化服，我则非人。'于是老少相教语，莫违侯令，凡有所为于其乡闾及于其家，皆曰：'吾侯闻之，得无不可于意否？'莫不忖度而后从事。凡令之期，民劝趋之，无有后先，必以其时。于是民业有经，公无负租，流逋四归，乐生兴事。宅有新屋，步有新船，池园洁修，猪牛鸡鸭，肥大蕃息，子严父诏，妇顺夫指，嫁娶葬送，各有条法。出相弟长，入相慈孝。先时民贫以男女相质，久不得赎，尽没为隶。我侯之至，案国之故，以佣除本，悉夺归之。大修孔子庙，城郭道巷皆治使端正，树以名木。"中间一部分写柳死成为罗池神，显系民间传说。继写作碑之由并简介柳宗元："明年春，魏忠、欧阳翼使谢宁来京师，请书其事于石。余谓柳侯生能泽其民，死能惊动祸福之以食其土，可谓灵也。已作迎享送神诗以遗柳民，俾歌以祀焉而

① (唐)李商隐《李义山诗集》卷上，文渊阁四库全书本。

并刻之。柳侯，河东人，讳宗元，字子厚。贤而有文章，尝位于朝，光显矣。已而摈不用。”末以辞结：“荔子丹兮蕉黄，杂肴蔬分进侯堂。侯之舡兮两旗，度中流兮风泊之。待侯不来兮不知我悲。侯乘驹兮入庙，慰我民兮不嚬以笑。鹅之山兮柳之水，桂树团团兮白石齿齿。侯朝出游兮暮来归，春与猿吟兮秋鹤与飞。北方之人兮为侯是非，千秋万岁兮侯无我违。福我兮寿我，驱厉鬼兮山之左。下无苦湿兮高无干，秔稌充羡兮蛇蛟结蟠。我民报事兮无怠其始，自今兮钦于世世。”此篇名为《柳州罗池庙碑》，实为吊柳宗元之文。《邵氏闻见后录》卷一四认为此碑文佳于宋玉为屈原所作的《招魂》：“嗟夫，退之之悲仪曹，甚于宋玉之悲大夫也。”

也有碑主、撰碑者皆无名，而碑文可称者。《容斋五笔》卷二载，庆元三年，信州上饶尉陈庄发土得唐碑，乃妇人为夫所作。其文曰：“君姓曹名因字鄙夫，世为番阳人。祖父皆仕于唐高祖之朝，惟公三举不第。居家以礼义自守，及卒于长安之道，朝廷公卿、乡邻、耆旧无不太息。惟予独不然，谓其母曰：‘家有南亩足以养其亲，室有遗文足以训其子。肖形天地间，范围阴阳内，死生聚散，特世态耳，何忧喜之有哉？’予姓周氏，公之妻室也。归公八载，恩义有夺，故赠之铭曰：其生也天，其死也天。苟达此理，哀复何言？”洪迈称其“妇人能文达理如此，惜其不传，故书之以裨图志之缺”。此碑无论碑主还是撰者皆非名人，但确实堪称“能文达理”。

不同作者所作碑往往具有不同风格，后人常把欧阳修的《资政殿学士户部侍郎文正范公神道碑铭》与苏轼的《司马温公神道碑》作比较。归有光云：“欧阳碑文正公，仅千四百言，而生平已尽；苏长公状司马温公，几万言，而似有余旨。盖欧所长在史家，苏则长于策论。两公短长处，学者不可不知也。”茅坤评也有类似的看法：“欧得史迁之髓，故于叙事处裁节有法，自不繁而体已完；苏则所长在策论纵横，于史家学或短。此两公互有短长，不可不知。”梁章钜《退庵论文》：“欧阳公碑志之文，可谓独得史迁之体矣。王荆公又别出一调，当细绎之。”又云：“宋诸贤叙事，当以欧阳公为最。何者，以其调自史迁出，一切结构剪裁有法，而中多感慨俊逸处。曾之大旨近刘向，然逸调少矣。王之结构剪裁多镵洗苦心处，往往矜而严，洁而则，然较之曾，特属伯仲。至于苏氏兄弟，论其文才之大略，疏爽豪荡处多，而‘结构剪裁’四字，非其所长。诸神道碑，多者八九千言，少者亦不下四五千言，所当详略敛散处，殊不得史体。何者？鹤颈不得不长，凫颈不得不短，两公于策论，千年以来绝调矣，故于此或杀一格，亦天限之也。”

欧阳修的《资政殿学士户部侍郎文正范公神道碑铭并序》，亦前叙其仕履，略详其要事，如范仲淹因父早卒，随继父改姓朱而少有大节：“公讳仲淹，字希文。五代之际，世家苏州，事吴越。太宗皇帝时，吴越献其地，公之皇考从钱俶朝京师，后为武宁军掌书记以卒。公生二岁而孤，母夫人贫无依，再适长山朱氏。既长，知其世家，感泣去之南都。入学舍，扫一室，昼夜讲诵，其起居饮食，人所不堪，而公自刻益苦。居五年，大通六经之旨，为文章论说必本于仁义……公少有大节，于富贵、贫贱、毁誉、欢戚，不一动其心，而慨然有志于天下，常自诵曰：'士当先天下之忧而忧，后天下之乐而乐也。'其事上遇人，一以自信，不择利害为趋舍。其所有为，必尽其方，曰：'为之自我者当如是，其成与否，有不在我者，虽圣贤不能必，吾岂苟哉！'"范仲淹以言事忤章献太后旨，出通判河中府、陈州。当太后临朝听政时，上将率百官为寿。有司已具，公上疏言天子无北面，且开后世弱人主以强母后之渐，其事遂已。又上书请太后还政天子。"及太后崩，言事者希旨，多求太后时事，欲深治之。公独以谓太后受托先帝，保佑圣躬，始终十年，未见过失，宜掩其小故以全大德。"从范仲淹对章献太后生前死后的态度，充分表现出他为政识大体。他知开封府时，曾为《百官图》以献，攻宰相用人以私，坐落职，知饶州。为陕西经略安抚副使，知延州、耀州、庆州，为环庆路经略安抚招讨使，"公为将，务持重，不急近功小利"。庆历三年(1043)春，召为枢密副使，以为参知政事，"每进见，必以太平责之。公叹曰：'上之用我者至矣，然事有先后，而革弊于久安，非朝夕可也。'既而上再赐手诏，趣使条天下事，又开天章阁，召见赐坐，授以纸笔，使疏于前。公惶恐避席，始退而条列时所宜先者十数事上之。其诏天下兴学，取士先德行不专文辞，革磨勘例迁以别能否，减任子之数而除滥官，用农桑、考课、守宰等事。"开始推行著名的庆历新政。不久，"磨勘、任子之法，侥幸之人皆不便，因相与腾口"，会边奏有警，公即请行，乃以公为河东、陕西宣抚使。后继知邠州、邓州、杭州、青州，卒于颍州。末为作者对范仲淹的评论："公为人外和内刚，乐善泛爱。丧其母时尚贫，终身非宾客食不重肉，临财好施，意豁如也。及退而视其私，妻子仅给衣食。其为政，所至民多立祠画像。其行己临事，自山林处士、里闾田野之人，外至夷狄，莫不知其名字，而乐道其事者甚众。"而以铭文作结：

范于吴越，世实陪臣。俶纳山川，及其士民。
范始来北，中间几息。公奋自躬，与时偕逢。
事有罪功，言有违从。岂公必能，天子用公。
其艰其劳，一其初终。夏童跳边，乘吏怠安。
帝命公往，问彼骄顽。有不听顺，锄其穴根。
公居三年，怯勇隳完。儿怜兽扰，卒俾来臣。
夏人在廷，其事方议。帝趣公来，以就予治。
公拜稽首，兹惟难哉。初匪其难，在其终之。

群言营营，卒坏于成。匪恶其成，惟公是倾。
不倾不危，天子之明。存有显荣，殁有赠谥。
藏其子孙，宠及后世。惟百有位，可劝无怠。

欧阳修说他极愿为其撰神道碑，“有千万端事待要舒写”，其《与姚编礼（姚辟字子张）书》云：“希文得美谥，虽无墓志亦可，况是富公作，必不泯昧。修亦续后为他作《神道碑》，中怀亦自有千万端事待要舒写，极不惮作也……此文出来，任他奸邪谤议，近我不得也。要得挺然自立，彻头须步步作把道理事，任人道过，当方得恰好……本要言语无屈，准备仇家争理尔。如此，须先自执道理也。”其《与渑池徐宰（无党）书》云：“大抵某之碑，无情之语平；富之志，嫉恶之心胜。后世得此二文虽不同，以此推之，亦不足怪也。其官序非差，但略尔，其后已自解云‘居官之次第不书’，则后人不于此求官次也。”可知他对此碑颇自负。前人对此文评价也很高，黄震《黄氏日钞》卷六一称此碑所载皆国之大事：“幼孤刻苦，慨然有志于天下；为谏官，以争废郭后贬；制西贼，参大政：碑中所著，皆系天下国家之大者。”何焯《义门读书记》卷三九云：“叙范、吕本末，斟酌称量，特微而显，公文之至者。”《评校音注古文辞类纂》卷四四王文濡评云：“叙事能扼其大，措词不觉其繁，是欧公极意经营文字。”

《潮州韩文公庙碑》是苏轼最有名的碑文。韩愈，因反对唐宪宗迎佛骨，被贬为潮州刺史。元祐五年（1090）潮州人在潮州城南为韩愈建新庙，元祐七年苏轼应潮州人士之请，撰写了这篇碑文。文章高度评价韩愈振兴儒学之功，盛赞他“文起八代之衰”，歌颂他在潮州的政绩，概括了他坎坷不平的一生，记述了潮州人民对他的爱戴和怀念。全文虽也有一般碑传文褒扬过度之嫌，但气势磅礴，风格雄浑，古往今来，上天下地，纵横驰骋，议论风生。首论参天地、关盛衰的浩然之气：“匹夫而为百世师，一言而为天下法。是皆有以参天地之化，关盛衰之运。其生也有自来，其逝也有所为。故申、吕（周宣王时的申侯、吕侯）自岳降，傅说（商王武丁的大臣）为列星，古今所传，不可诬也。孟子曰：‘吾善养吾浩然之气。是气也，寓于寻常之中，而塞乎天地之间。’卒然遇之，则王公失其贵，晋、楚失其富，（张）良、（陈）平失其智，（孟）贲、（夏）育失其勇，（张）仪、（苏）秦失其辩，是孰使之然哉？其必有不依形而立，不恃力而行，不待生而存，不随死而亡者矣。故在天为星辰，在地为河岳，幽则为鬼神，而明则复为人。此理之常，无足怪者。自东汉以来，道丧文弊，异端并起，历唐贞观、开元之盛，辅以房（玄龄）、杜（如晦）、姚（崇）、宋（璟）而不能救。独韩文公起布衣，谈笑而麾之，天下靡然从公，复归于正，盖三百年于此矣。文起八代（指东汉、魏、晋、宋、齐、梁、陈、隋）之衰，而道济天下之溺；忠犯人主之怒，①而勇夺三军之帅。②岂非参天地，关盛衰，浩然而独存者乎！”次论韩愈被贬之故：“盖尝论天人之辨，以谓人无所不至，惟天不容伪。智可以欺王公，不可以欺豚鱼；力可以得天下，不可以得匹夫匹妇之心。故公之精诚，能开衡山之云，③而不能回宪宗惑；能驯鳄鱼之暴，④而不能弭皇甫湜、李逢吉之谤；能信于南海之民，庙食百世，而不能使其身一日安于朝廷之上。盖公之所能者，天也；所不能者，人也。”末写潮人为韩愈立庙之故：“始，潮人未知学，公命进士赵德为之师⑤。自是潮之士，皆笃于文行，延及齐民，至于今，号称易治。信乎孔子之言：‘君子学道则爱人，小人学道则易使也。’潮人之事公也，饮食必祭，水旱疾疫，凡有求必祷焉。而庙在刺史公堂之后，民以出入为艰。前守欲请诸朝作新庙，不果。元祐五年，朝散郎王君涤来守是邦⑥，凡所以养士治民者，一以公为师。民既悦服，则出令曰：‘愿新公庙者听。’民欢趋之。卜地于州城之南七里，期年而庙成。或曰：‘公去国万里，而谪于潮，不能一岁而归，没而有知，其不眷恋于潮，审矣。’轼曰：‘不然。公之神在天下者，如水之在地中，无所往而不在也。而潮人独信之深，思之至，焄蒿（香臭蒸发）凄怆，若或见之。譬如凿井得泉，而曰水专在是，岂理也哉。’”最后以歌诗作结：“公昔骑龙白云乡（仙乡），手抉云汉分天章（指日月星辰），天孙（织女星）为织云锦裳。飘然乘风来帝旁，下与浊世扫秕糠。西游咸池略扶桑⑦，草木衣被昭回光。追逐李、杜参翱翔，汗流籍、湜走且僵⑧。灭没倒景不可望，作书诋佛讥君王。要观南海窥衡湘，历舜九疑

① 唐宪宗崇佛，迎佛骨入禁中。韩愈上表极谏，触怒宪宗，贬潮州刺史。韩愈《左迁至蓝关示侄孙湘》：“一封朝奏九重天，夕贬潮州路八千。欲为圣明除弊事，敢将衰朽惜残年！”

② 指唐穆宗时，镇州（今河北正定）发生兵变，杀田弘正，立王廷凑。韩愈奉诏宣抚。元稹言韩愈可惜，穆宗亦悔。但韩愈至镇州以正气折服王廷凑等，平息了镇州兵乱。事见《新唐书·韩愈传》。

③ 衡山在湖南衡山县西，五岳之一，称南岳。韩愈游衡山，天气阴晦，韩愈默祷，忽云散天晴，作《谒衡岳庙遂宿岳寺题门楼》诗记其事。

④ 《新唐书·韩愈传》：“初，愈至潮，问民疾苦。皆曰：‘恶溪有鳄鱼，食民畜产且尽，民以是穷。’数日，愈自往视之，令其属秦济以一羊一豚投溪水而祝之（韩愈有《祭鳄鱼文》）……祝之夕，暴风震电起溪中，数日水尽涸，西徙六十里。自是潮无鳄鱼患。”

⑤ 韩愈《潮州请置乡校牒》：“赵德秀才，沈雅专进，颇通经，有文章，能知先王之道，论说且排异端，而宗孔氏，可以为师矣。请摄海阳县尉，为衙推官，专勾当州学，以督生徒，兴恺悌之风。”苏轼《与吴子野书》：“《文公庙碑》，近已寄去。潮州自文公来到，则已有文行之士如赵德者，盖风俗之美久矣。”

⑥ 苏轼《与潮守王朝请涤》：“承寄示士民所投牒及韩公庙图，此古之贤守留意于教化者所为，非簿书俗吏之所及也。”

⑦ 屈原《离骚》：“饮余马于咸池兮，总余辔于扶桑。”咸池：神话传说中的地名。扶桑：《南史·东夷传》中有“扶桑在大汉国东二百余里”。此句写韩愈东奔西走，为国奔忙。

⑧ 籍、湜指张籍、皇甫湜。谓张籍、皇甫湜汗流浃背也赶不上韩愈。《新唐书·韩愈传》：“其徒李翱、李汉、皇甫湜从而效之，遽之及远甚。”

吊英皇①。祝融先驱海若藏②,约束蛟鳄如驱羊。钧天无人帝悲伤,讴吟下招遣巫阳。犦牲鸡卜羞我觞,于粲荔丹与蕉黄。公不少留我涕滂,翩然被发下大荒。”苏轼称颂韩愈“匹夫而为百世师,一言而为天下法”,“文起八代之衰,道济天下之溺”,或有褒扬过分之嫌,但碑文气势磅礴,风格雄浑,在所有称颂韩愈的文章中,确实堪称压卷之作。洪迈《容斋随笔》卷八云:“刘梦得、李习之、皇甫持正、李汉皆称诵韩公之文,务极其挚……是四人者,所以推高韩公,可谓尽矣。及东坡之碑一出,而后众说尽废。”黄震《黄氏日抄》卷六二云:“韩文公庙碑,非东坡不能为此,非文公不足以当此,千古奇观也。”《御选唐宋文醇》卷四九引王世贞云:“此碑自始至末,无一字懈怠。佳言格论,层见迭出,太牢悦口,夜明夺目。苏文古今所推,此尤其最得意者,其关系世道亦大矣。”《纂评唐宋八大家文读本》卷七引唐介轩评云:“通篇历叙文公一生道德文章功业,而归本在养气上,可谓简括不漏。至行文之排宕宏伟,即置之昌黎集中,几无以辨。”《唐宋八大家文钞》卷八引张伯行评云:“此文只是一气挥成,更不用波澜起伏之势,与东坡他文不同。其磅礴澎湃处,与昌黎大略相似。”

第十节　墓　　碣

墓碣亦为墓碑之一。吴讷《文章辨体序说》曰:“墓碣,近世五品以下所用,文与碑同。墓志,则直述世系、岁月、名字、爵里,用防陵谷迁改。埋铭、墓记,则墓志异名。古今作者惟昌黎最高,行文叙事,面目首尾不蹈袭。凡碑碣表于外者,文则稍详;志铭埋于圹者,文则简严。其书法,则惟书其学行大节,小善寸长则皆弗录。近世弗知者,至将墓志亦刻墓前,斯失之矣。”又云:“碣谓石之特立者,近世五品以下则用诸墓,以别于碑也。文与碑同,墓表则有官无官皆可,其辞则叙学行德履焉。”徐师曾《文体明辨序说》曰:“按潘尼作《黄门碣》,则碣之作自晋始也。唐碣制方趺圆首,五品以下官用之。故其题有曰碣,有曰碣铭,有曰碣颂并序。至于专言碣而却有铭,或兼言铭而却无铭,则亦犹志铭之不可为典要也。文有正体,有变体。”明杜浚《杜氏文谱》卷一《诗文体制》云:“碣者,揭示操行而立之墓隧也。”《文章辨体汇选》卷六百九十四收有碣铭。

潘尼所作《黄门碣》已佚。唐张九龄《后汉征君徐君碣铭并序》是存世较早的墓碣

---

① 九疑,山名,在湖南宁远县南,相传虞舜葬此。英、皇指女英、娥皇,尧之二女,舜之二妃,舜死苍梧,二妃奔至,亦死于此。

② 祝融,韩愈《南海神庙碑》云:“南海之神曰祝融。”海若:海神。屈原《离骚》云:“使湘鼓瑟兮,令海若舞冯夷。”此句谓韩愈在潮州使海神远徙。

铭,以夹叙夹议的手法,述徐稚生平,美其高尚之志:

> 后汉高士徐君讳稚字孺子,南昌人也。先生受天元休,含道杰出,生知而上,贯之以一。体资清纯,动适玄妙。知道之将废,乃穷则独善,躬耕取资,非力不食。邻落所处,率化无讼。在汉之季,遭时溷浊,不抗迹以庇物,故退栖山林;不苟利以辱身,故进无禄位。五辟宰府,四察孝廉,文举有道,就拜太原太守,皆辞疾不起。延嘉二年,尚书令陈蕃仆射,南郡胡广相与上疏,极言先生宜为辅弼,协和人神。汉桓帝犹能安车玄纁,备礼征聘,而竟不屈志,知时之不可久也。然而诸公嘉招,虽不之屑,就及闻薨,卒徒步吊祭。礼有所尚,只鸡不薄;意有所将,生刍为贵。士之感义,实衰世之有补;仁而见德,俾后生之可寻。其废中权,行中虑,皆此之类也。昔者(伯)夷、(叔)齐介洁而远去,(长)沮、(杰)溺野逸而离群,颜阖凿坯(后墙)以遁逃,接舆狂歌而诡激,此诚作者,或类沽名。夫有所不为,志则偏也;无适不可,用之极也。先生则贬绝在心,而经修于世,纯俭以存戒,博爱以体仁,应物以会通,全己以归正,汉庭所以宗其德,天下所以服其行,岂与彼数子直径庭而已哉?灵帝初欲蒲轮聘会,先生以疾终,时年七十二。有子曰季登,笃行孝悌,亦高尚不仕。

文末交代写作此碣缘起:"皇唐开元十五年,予忝牧兹郡,风流是仰,在悬榻之后;想见其人,有表墓之仪。岂孤此地,则先生之德其可没乎!"此前皆多骈句,最后以四言铭文作结:"灵芝无根,醴泉无源。角立杰出,先生斯存。英英先生,德不可名。麟出无应,凤飞入冥。道高事远,迹陈名劭。勒石旧邦,以观其妙。"徐稚不仕及陈蕃对他的礼遇,历来为人所称道。

韩愈《河中府法曹张君墓碣铭》写法较特别,首叙请铭:"有女奴抱婴儿来致其主夫人之语曰:'妾张圆之妻刘也。妾夫常语妾云:'吾常获私于夫子,且曰夫子天下之名能文辞者,凡所言必传世行后。'今妾不幸,夫逢盗,死途中,将以日月葬。妾重哀其生志不就,恐死遂沉泯。敢以其稚子汴见先生,将赐之铭。是其死不为辱,而名永长存。所以盖覆其遗胤,若子若孙且死,万一能有知,将不悼其不幸于土中矣。"又曰:"妾夫在岭南时,尝疾病,泣语曰:'吾志非不如古人,吾材岂不如今人,而至于是,而死于是耶若?尔吾哀,必求夫子铭,是尔与吾不朽也。'"后幅乃为墓碣铭:"愈既哭吊辞,遂叙次其族世、名字、事终始,而铭曰:君字直之,祖谨,父孝新,皆为官汴宋间。君尝读书,为文词有气,有吏才。尝感激欲自奋拔,树功名以见世。初举进士,再不第,因去事宣武军节度使,得官至监察御史。坐事贬岭南,再迁至河中府法曹参军,摄虞乡令，有能名。进摄河东令，又有名，遂署河东从事。绛州阙刺史，摄绛州事。能闻朝廷，元和四年秋有事适东方，既还，八月壬辰死于汴城西双丘，年四十有七。明年二月庚午，葬于河南偃师。妻，彭城人，世衣冠。祖好顺，泗州刺史；父泳，卒蕲州别驾。女四人，男一人，婴儿汴也。是为铭。"从此墓碣铭可知，张圆实无事可叙，只因张有志不遂及其妻刘氏恳请之诚，才为他作此墓碣铭。宋楼昉《崇古文诀》卷九云："前面二百余字丁宁反复。委蛇曲折，读之使人感动。以其人无事业可纪载，故其体如此。退之前后铭墓多矣，而面子个个不同，此类可见。"《韩文起》卷一一云："人以为无甚生色，余以为惟如此直书，方不是谀墓，而淡中有味，甚耐咀嚼也。"王符曾等云："最是碌碌未有奇节人墓道碑志，大不易作。善用笔者，在虚虚实实之间。"①

柳宗元有《故御史周君碣》：

有唐贞臣汝南周氏，讳某字某，以谏死，葬于某。贞元十二年柳宗元立碣于其墓左。在天宝（当为开元之误）年，有以谄谀至相位，贤臣放退。公为御史，抗言以白其事，得死于墀下，史臣书之公。公死，而佞者始畏公议。于虖，古之不得其死者众矣，若公之死，志匡王国，气震奸佞，动获其所，斯盖得其死者欤！公之德之才，洽于传闻，卒以不试，而独申其节，犹能奋百代之上，以为世轨。第令生于定、哀之间，则孔子不曰"未见刚者"；出于秦、楚之后，则汉祖不曰"安得猛士"。而存不及兴王之用，没不遭圣人之叹，诚立志者之所悼也，故为之铭。铭曰：忠为美，道是履。谏而死，佞者止。史之志，石以纪，为臣轨兮！

御史周君指周子谅。开元二十四年(736)冬，张九龄等罢知政事，以牛仙客为工部尚书、同中书门下三品，仍知门下事。二十五年夏，监察御史周子谅言于御史大夫李适之，谓仙客不才，滥登相位。大夫国之懿亲，何得坐观其事？适之遽以子谅之言奏，明皇大怒，廷诘之，廷杖以死。此碣以简劲胜，全文只叙周因谏杖死事，不涉他事，这样就突出了重点。明王行云："惟叙其以谏而死一事，此所谓立石者也。他非所重，故多略也。"②《古文小品咀华》卷三云："以隽思逸笔，发潜德幽光，觉味美在酸盐之外。"所谓"存不及兴王之用，没不遭圣人之叹，诚立志者之所悼也"，实为柳宗元自悼之词。

黄庭坚的《章明扬墓碣》，前以散语记其侠气及他们之间的友情："章君庭字明扬，分宁县之石觐人。石觐与余所居双井阻一溪，余在双井，明扬略无一日不来，来则嚣

① 王符曾、张衍华、刘化民编选《古文小品咀华》卷三，广东人民出版社 2002 年版。

② （明）王行《墓铭举例》卷一，文渊阁四库全书本。

呼剧饮，夜醉，驱马涉溪而归，未尝见其有忧色也。余家有急难，明扬未尝不竭蹶而趋事，且一综理，而事皆办。乡有斗者，明扬必扬臂于其间，排难解纷，使皆意满，谢不直而去。余尝与乡长者评其人，似长安大侠，高阳酒徒。顾天下安平，诙诡谲怪之士，虚老田野，亦无足怪也。”后记其临死以墓碣相托：“元符之元夏六月，明扬之子如埙以书走戎州，来告明扬死矣。且曰：‘将死谓如埙，以余之死累黄鲁直。’余为之出涕，而为文碣其墓。”末以四言铭文结：“鄙夫舌反，平地蹇屵。明扬坦坦。鄙夫嗟咨。戚老羞卑，明扬熙熙。鄙夫干没，刮利次骨，明扬安拙。鄙夫在堂，较短量长，明扬一觞。醉不愦乱，简不废弛。稽古不售，教子雪耻。四十盖棺，人谓之短，吾谓之长。彼耄耋老，人谓之寿，吾谓之殇。夫人某氏，羞其苹藻。如埙如篪，尚克有造。石觐之峨，松竹连阡。卜宫其洄，亿千万年。”铭文感叹人命短长，颇富哲理。

第十一节　墓　志　铭

（一）墓志铭概说

关于墓志铭的含义、内容、作用及“末流”之弊，徐师曾《文体明辨序说》云：“按志者，记也；铭者，名也。古之人有德善功烈可名于世，殁则后人为之铸器以铭，而俾传于无穷，若《蔡中郎（名邕）集》所载《朱公叔（名穆）鼎铭》是已。至汉，杜子夏始勒文埋墓侧，遂有墓志，后人因之。盖于葬时述其人世系、名字、爵里、行治、寿年、卒葬年月与其子孙之大略，勒石加盖，埋于圹前三尺之地，以为异时陵谷变迁之防，而谓之志铭，其用意深远，而于古意无害也。迨夫末流，乃有假手文士，以谓可以信今传后，而润饰太过者，亦往往有之，则其文虽同，而意斯异矣。然使正人秉笔，必不肯循人以情也。”姚鼐《古文辞类纂・序目》亦云：“志者，识也。或立石墓上，或埋之圹中，古人皆曰志，所以识之之辞也。然恐人观之不详，故又为序。世或以石立墓上曰碑曰表，埋乃曰志；及分志铭二之，独呼前序曰志，皆失其义。”这里概括了墓志文的结构，序、铭的含义，铭也是“识之之辞”，序不过是其详尽说明而已。

关于墓志的缘起，任昉《文章缘起》认为起于晋：“墓志，晋东阳太守殷仲文作《从弟墓志》。”明陈懋仁在注《文章缘起》时认为起于汉：“汉崔瑗作《张衡墓志铭》，洪适《跋文章缘起》云：‘世所传墓志皆东汉人大隶，此云始于晋日，盖丘中之刻，当其时未露见也。’”①周必大《跋王献之保母墓碑》认为起于三代：“铭墓，三代已有之。薛尚功

① （宋）洪適《盘洲文集》卷六三，四部丛刊本。

《钟鼎款识》第十六卷载唐开元四年偃师耕者得比干墓铜盘篆文云：'右林左泉，后冈前道。万世之宁，兹焉是宝。'"①可见铭墓三代时已有。

徐师曾认为墓志铭称谓繁多："至论其题，则有曰墓志铭，有志、有铭者是也。曰墓志铭并序，有志、有铭而又先有序者是也。然云志铭而或有志无铭，或有铭无志者，则别体也。②曰墓志则有志而无铭，曰墓铭则有铭而无志。然亦有单云志而却有铭，单云铭而却有志者，有题云志而却是铭，题云铭而却是志者，皆别体也。其未葬而权厝者曰权厝志，曰志某；殡后葬而再志者曰续志，曰后志；殁于他所而归葬者曰归祔志；葬于他所而后迁者曰迁祔志。刻于盖者曰盖石文，刻于砖者曰墓砖志，曰墓砖铭；书于木版者曰坟版文，曰墓版文；又有曰葬志，曰志文，曰坟记，曰圹志，曰圹铭，曰椁铭，曰埋铭。其在释氏则有曰塔铭，曰塔记。凡二十题，或有志无志，或有铭无铭，皆志铭之别题也。""二十题"不可能一一列举，下面将择其要而论之。

徐师曾又论及墓志之体，一是志文之体："其为文则有正变二体。正体唯叙事实，变体则因叙事而加议论焉。又有纯用'也'字为节段者，有虚作志文而铭内始叙事者，亦变体也。"二是铭文之体，论及其用韵："若夫铭之为体，则有三言、四言、七言、杂言、散文；有中用'兮'字者，有末用'兮'字者。其用韵有一句一用韵者，有两句用韵者，有三句用韵者，有前用韵而末无韵者，有前无韵而末有韵者，有篇中既用韵而章内又各自用韵者，有隔句用韵者，有韵在语辞上者，有一字隔句重用自为韵者，有全不用韵者；其更韵，有两句一更者，有四句一更者，有数句一更者，有全篇不更者，皆杂出于各篇之中，难以例举。"

（二）各具特色的墓志铭

吴子良云："四时异景，万卉殊态，乃见化工之妙；肥瘠各称，妍淡曲尽，乃见画工之妙。水心为诸人墓志，廊庙者赫奕，州县者艰勤，经行者粹醇，辞华者秀颖，驰骋者奇崛，隐遁者幽深，抑郁者悲怆，随其资质，与之形貌，可以见文章之妙。"③概而言之，墓志铭应写出各自的特点，才能"见文章之妙"。

汉蔡邕《蔡中郎集》卷六有《贞节先生范史云铭》、《玄文先生李子材铭》，这是今存

---

① （宋）周必大《文忠集》卷五一，文渊阁四库全书本。

② 清黄宗羲《金石要例·墓志无铭例》云："墓志而无铭者，盖叙事即铭也……盖所谓志铭者，通一篇而言之，非以叙事属志，韵语属铭。犹如作赋者，末有'重曰'、'乱曰'，总之是赋，不可谓重是重，乱是乱也。故无铭者犹赋之无重无乱者也。"

③ （宋）吴子良《荆溪林下偶谈》卷三《水心文章之妙》，文渊阁四库全书本。

较早较完整的墓志铭。《贞节先生范史云铭》首叙其先世，次叙其事迹，“时人未之或知，屈为县吏”；仕非其好，“乃托死遁去”，“遂隐窜山中，涉五经，览书传，尤笃《易》与《尚书》”；“久而后归，游集太学。知人审友，苟非其类，无所容纳。介操所在，不顾贵贱”；“郡县请召，未尝屈节”，“不从州郡之政”；“雅性谦俭，体勤能苦，不乐假借。与从事荷负徒行，人不堪劳，君不胜其逸”；后遭党锢之祸，“闭门静居，九族中表，莫见其面。晚节禁宽，困于屡空”，“乃鬻卦于梁宋之域”；朝廷大臣“前后四辟，皆不就仕。不为禄，故不牵于位，谋不苟合，故特立于时”；卒，谥“贞节先生”。后为铭，概括其为人，称其“如渊之清，如玉之素；溷之不浊，涅之不污；用行思忠，舍藏思固。伯夷是师，史鳅是慕；荣贫安贱，不恡穷迮。甘死善道，遗名之故。身没誉存，休声载路”。后世的墓志铭大体就是这种格式。

《文选》卷五九所载南朝梁人任彦升《刘先生夫人墓志》提供了早期墓志的形式：

> 既称莱妇，亦曰鸿妻。复有令德，一与之齐。实佐君子，簪蒿杖藜。欣欣负载，在冀之畦。居室有行，亟闻义让。禀训丹阳，弘风丞相。籍甚二门，风流远尚。肇允才淑，阃德斯谅。芜没郑乡，寂寥杨冢。参差孔树，毫末成拱。暂启荒埏，长扃幽陇。夫贵妻尊，匪爵而重。

刘先生为刘瓛，谥贞简，其妻为王法施女。莱妇、鸿妻皆古之贤妇，借以喻刘先生夫人。《列女传》载，老莱子逃世，耕于蒙山之阳。楚王驾车至其门，表示愿交先生。老莱子已答应，其妻曰：“妾闻之居乱世为人所制，此能免于患乎？妾不能为人所制者。”投其畚而去，老莱子随之去。又载，梁鸿妻，同郡孟氏女，德行甚修，鸿纳之。共遁逃霸陵山中，后至会稽，赁舂为事。虽杂佣保之中，妻每进食，常举案齐眉，不敢正视。以礼修身，所在慕之。刘瓛为晋丹阳尹惔六世孙，其妻王氏为丞相王導之后，故称她“禀训丹阳，弘风丞相。籍甚二门，风流远尚”。郑乡指郑玄之乡，杨冢指扬雄之冢，此以郑、扬喻刘。孔树指孔子冢之树，“参差孔树，毫末成拱”，谓刘先生去世已久，墓木已成合抱之木（拱）。“暂启荒埏，长扃幽陇”，谓刘先死，王氏死后，启刘墓合葬。这是以铭为志，故有韵，代表早期墓志的形式。

墓志应书名字，《容斋三笔》卷一一《碑志不书名》：“碑志之作，本孝子慈孙欲以称扬其父祖之功德，播之当时而垂之后世，当直存其名字，无所避隐。然东汉诸铭载其先代多只书官，如淳于长夏承碑云：‘东莱府君之孙，太尉掾之中子，右中郎将之弟。’李翊碑云：‘牂牁太守曾孙，谒者孙，从事君元子’之类是也。自唐及本朝名人文集所志往往只称君讳某，字某，至于记序之文亦然，王荆公为多。殆与求文求名之旨为不相契。”

史书有以二人或多人合传的，但少有以二人合为一篇墓志铭的。叶適《著作、正字二刘公墓志铭》较特殊，①以二人合为一篇墓志铭：“隆兴、乾道中，天下称莆之贤曰二刘公。著作讳夙，字宾之；弟正字讳朔，字复之。其学本于师友，成于理义，轻爵禄而重出处，厚名闻而薄利势。立朝能尽言，治民能尽力。居家以父母兄弟为心而不私其身，乡党隐一州之患，若除其身之疾。其饬廉隅，定臧否，公是非，审予夺，皆可以暴之当世。方孝宗始初求治，召二公置馆阁，犯而不欺，难进易退，国人贵焉，以为麟见获，凤来仪也。不幸正字年四十四，以乾道六年六月卒。其明年五月，著作年四十八，亦卒。四方相吊，如悲亲戚。后四十年，道其事者，尚相与悼痛嗟惜不已。呜呼！其中心诚信于人耶！”可能正是因为他们生卒年皆相近，人品亦相近，故其下全文都并列交叉论述二刘。真德秀跋《著作正字二刘公志铭》云：“永嘉叶公之文于近世为最，铭墓之作于他文又为最，著作、正字二刘公同为一铭，笔势雄拔如太史公，叹咏悠长如欧阳子，于他铭又为最。”②

这是合兄弟二人入一篇墓志铭。叶適还有《陈同甫、王道甫墓志铭》，也是以二人同入一墓志铭。先论合志之由，是因为他们的大义、大虑、大节同，故合为一志：“志复君之雠，大义也；欲挈诸夏合南北，大虑也；必行其所知，不以得丧壮老二其守，大节也：春秋、战国之材无是也。吾得二人焉：永康陈亮，平阳王自中。”但写法又与前篇不同，前篇是二人之事交错合写，此篇则有分有合，先合述其由，再分写陈亮与王自中，最后又以合写作结。吴子良《荆溪林下偶谈》卷二《水心合铭陈同甫、王道甫》云：“水心与陈龙川游，龙川才高而学未粹，水心每以为然也。作《抱膝轩》诗，镌诮规责，切中其病，是时水心初起，而龙川已有盛名，龙川虽不乐，亦不怒，垂死犹托铭于水心曰：‘铭或不信，吾当虚空中与子辨！’故水心祭龙川文云：‘子不余谬，悬俾余铭。且曰必信，视我如生。畴昔之言，余岂敢苟！哀哉此酒，能复饮否？’水心既尝为铭，而病耗失之……（龙川）诸子再求铭于水心，遂以陈同甫、王道甫合一铭，盖用太史公老子、韩非及鲁连、邹阳同传之意。老子非韩非之比，然异端著书则同；鲁连非邹阳之比，然慷慨言事则同；陈同甫视王道甫虽差有高下，而有志复仇，不畏权幸则同。其言大义、大虑、大节，以为春秋战国之材无是，称扬同甫至矣。末后微寓抑扬，其论尤正，又与昌黎评柳子厚略相类。水心于龙川，自少至老，自生至死，只守一说，而后辈不知本末，或以为疑，此要当为知者道也。”

① （宋）叶適《水心集》卷十六，文渊阁四库全书本。

② （宋）真德秀《西山文集》卷三五，文渊阁四库全书本。

有志与铭为不同人分撰者，如欧阳修《河南府司录张君(汝士)墓志铭》，题下原署：“山东道节度掌书记、知伊阳县事、天水尹洙撰。”又其《河南府司录张君墓表》亦云：“其友人河南尹师鲁志其墓，而庐陵欧阳修为之铭。”本此则知此墓志为尹洙撰，铭文才是欧阳修所撰。

墓志文同行状一样，具有较高的史料价值，但也有一些具有文学价值的墓志铭，如庾信的《周大将军怀德公吴明彻墓志铭》，首写其家世，次叙其生平，多骈句；末以铭结，为四言诗，称其“负才矜智，乘危恃力”，仍以失败告终：“浮磬戢鳞，孤桐垂翼”；“存没俄顷，光阴凄怆”；“壮志沉沦，雄图埋没。”①李兆洛《骈体文钞》卷二五评此文云：“同病相怜，故言哀人痛，志文绝唱也。”又引谭献批云：“有难言之隐，无不尽之辞，屈曲洞达，此之谓开府‘清新’。”②

韩愈一生写了很多墓志，得了不少酬金，被刘叉讥为“谀墓中人所得”。③但韩愈毕竟是大文豪，其《柳子厚墓志铭》，正如储欣《昌黎先生全集录》卷六所说：“有抑扬隐显不失实之道，有朋友交游无限爱惜之情，有相推以文墨之意，即令先生自第所作墓志，亦当压卷此篇。”文章首写柳宗元家世，他是唐相柳奭之后。次以夹叙夹议的手法述其生平，这是全文的主体。一是“少精敏，无不通达。逮其父时，虽少年已自成人，能取进士第，崭然见头角，众谓柳氏有子矣。其后以博学宏词授集贤殿正字，隽杰廉悍，议论证据今古，出入经史百子，踔厉风发，率常屈其座人。名声大振，一时皆慕与之交，诸公要人争欲令出我门下，交口荐誉之”。二写先后贬永州司马、柳州刺史：“贞元十九年，由蓝田尉拜监察御史。顺宗即位，拜礼部员外郎。遇用事者(指王叔文)得罪，例出为刺史。未至，又例贬永州司马……元和中，尝例召至京师。又偕出为刺史，而子厚得柳州。”而在贬永、柳期间，在文学上“益自刻苦，务记览，为词章，泛滥停蓄。为深博无涯涘，而自肆于山水间”。在政治上尽可能为百姓多做好事，或因俗设教：“既至，叹曰：‘是岂不足为政邪！’因其土俗，为设教禁，州人顺赖。”或赎好驻婢，让“没为奴婢”者“悉令赎归”，“观察使下其法于他州，比一岁，免而归者且千人”。或培养后进：“衡湘以南为进士者，皆以子厚为师。其经承子厚口讲指画为文词者，悉有法度可观。”最令人感动的是请与刘禹锡换贬所之事：“其召至京师而复为刺史也，中山刘梦得禹锡亦在遣中，当诣播州。子厚泣曰：‘播州非人所居，而梦得亲在堂，吾不忍梦得之穷，无词以白其大人，且万无母子俱往理。’请于朝，将拜疏，愿以柳易播，虽重得罪，

① (北周)庾信《庾子山集》卷一五，文渊阁四库全书本。

② 杜甫《春日怀李白》有“清新庾开府”之句。

③ (元)辛文房《唐才子传》卷三，文渊阁四库全书本。

死不恨。遇有以梦得事白上者,梦得于是改刺连州。"韩愈感慨道:"呜呼,士穷乃见节义。今夫平居里巷相慕悦,酒食游戏相征逐,诩诩(媚悦)强笑语以相取下,握手出肺肝相示,指天日涕泣,誓生死不相背负,真若可信。一旦临小利害,仅如毛发比,反眼若不相识,落陷阱,不一引手救,反挤之,又下石焉者皆是也。此宜无知夷狄所不忍为,而其人自视以为得计。闻子厚之风,亦可以少愧矣。"宋张端义《贵耳集》卷上云:"退之作《柳子厚墓铭》,自'士穷而见节义'三四十言,皆自道胸中事。"这段议论确实是韩愈借柳之酒杯浇自己胸中的块垒,是韩愈的夫子自道。对柳宗元因参与王叔文革新而褫管,韩愈略有微词,前面的"遇用事者得罪"已有此意,而下面一段尤为集中:"子厚前时少年,勇于为人,不自贵重顾籍,谓功业可立就,故坐废退。"这就是储欣所说的"有抑扬隐显不失实之道",但更多的是"有朋友交游无限爱惜之情":"既退,又无相知有气力得位者推挽,故卒死于穷裔。材不为世用,道不行于时也。使子厚在台省时,自持其身,已能如司马刺史时,亦自不斥;斥时,有人力能举之,且必复用不穷。"但"材不为世用,道不行于时",正进一步成就了他的文学成就,得甚于失:"然子厚斥不久,穷不极,虽有出于人,其文学辞章必不能自力以致必传于后,如今无疑也。虽使子厚得所愿,为将相于一时,以彼易此,孰得孰失,必有能辩之者。"末记其死、葬之时日及后代情况,为柳安排后事的裴行立、卢遵亦可敬:"其得归葬也,费皆出观察使河东裴君行立。行立有节概,重然诺,与子厚结交,子厚亦为之尽,竟赖其力。葬子厚于万年之墓者,舅弟卢遵。遵,涿人,性谨顺,学问不厌。自子厚之斥,遵从而家焉,逮其死不去。既往葬子厚,又将经纪其家,庶几有始终者。"因为当说的话已于志中说尽,故铭文很简单,仅十五字:"铭曰:是惟子厚之室,既固既安,以利其嗣人。"前人对此文评价很高,储欣《唐宋八大家类选》卷一四评云:"昌黎墓志第一,亦古今墓志第一,以韩志柳,如太史公传李将军,为之不遗余力矣。"过珙《古文评注》卷七云:"于叙事中夹入议论,曲折淋漓,绝类史公《伯夷》、《屈原》二传。"

韩愈古文革新以后的墓志多为散文,上举韩愈墓志即为散文,但也有骈文墓志,如宋人徐铉著名的《大宋左千牛卫上将军追封吴王陇西公(李煜)墓志铭并序》即全用骈文写成。①徐铉(917—992)字鼎臣,其先会稽人,徙扬州(今属江苏),与弟锴皆以文行称于时。仕江南李氏,周旋三世,官至翰林学士、尚书左丞、兵部侍郎、御史大夫、吏部尚书。随李后主煜归宋,以太子率更令奉朝请,迁给事中,授右散骑常侍,改左散骑常侍。后贬静难军节度行军司马卒。他奉诏所撰的《吴王陇西公墓志铭》首发感慨,谓江山易代,世所难免:"盛德百世,善继者所以主其祀;圣人无外,善守者不能固其

---

① (宋)徐铉《徐公文集》卷二九,四部丛刊初编本。

享。盖运历之所推，亦古今之一贯。”这无异于说，李煜亡国是“历运”所致。又称颂李煜“精穷六经，旁综百氏……酷好文辞，多所述作。一游一豫，必颂宣尼；载笑载言，不忘经义”。这样好的国主，为什么会灭亡呢？灭亡原因是“果于自信，怠于周防。东邻起衅，南箕构祸”。称颂宋太祖对他的宽仁：“太祖至仁之举，大赉为怀。录勤王之前效，恢焚谤之广度。位以上将，爵为通侯。待遇如初，宠锡斯厚。”这是一篇颇费斟酌的骈文，徐铉作为李煜的旧臣，不愿开罪旧主，但作为由南唐入宋的降臣，更不敢得罪新主。而这两个方面，他都处理得很好。碑文有“投杼致慈亲之惑，乞火无里媪之谈，始劳因垒之师，终后涂山之会”语，时人以为犹存故主之谊。魏泰《东轩笔录》卷一云：“太平兴国中，吴王李煜薨，太宗诏侍臣撰神道碑。时有和铉争名而欲中伤之者，面奏曰：‘知吴王事迹，莫若徐铉为详。’太宗未悟，遂诏铉撰碑。铉遂请对而泣曰：‘臣旧侍李煜，陛下容臣存故主之义，乃敢奉诏。’太宗始悟让者之意，许之。故铉之为碑，但推言历数有尽，天命有归而已。”陈振孙《直斋书录解题》卷一七云：“所撰《李煜墓铭》，婉孍有体，《文鉴》取之。”

墓志多以叙事为主，但也有以议论胜者。前举韩愈作品已含议论，欧阳修《徂徕石先生墓志铭》主要载石介议论及论石介为人。首论石介为朝官，而鲁人不称其官而称其所居之地。次论其“学笃而志大”，写其生平，亦着重表现其“学笃而志大”，一是庆历新政时“乃作《庆历圣德诗》，以褒贬大臣，分别邪正，累数百言。诗出，太山孙明复曰：‘子祸始于此矣。’明复，先生之师友也。其后所谓奸人作奇祸者，乃诗之所斥也”。二是一生宣扬孔孟之道，排斥佛老。林纾《古文辞类纂选本》卷八评云：“此篇文猝读之，似为徂徕不平而发者，实则非是……通篇主意，欲发明其生平之言论。处处述他言论，却处处加以制断，方煞得住，而文气亦为之凝敛而不散泛。欧公铭墓，于本人之事迹不多者，则用驾空，似空中有实，如子野之志是也。徂徕在宋儒中为表表人物，虽与程、朱异派，终不失为君子。且其言论慷慨，为之志铭者，不能不述。述之过详，则文体累重，故于言下在在为之收束。能收束，便斩截；不能收束，即见繁重。此自在灵心慧腕，方能恣其所言。”“发明其生平之言论”就是此文主旨。王安石《太常博士曾公（易占）墓志铭》亦略述曾易占仕履，而详论其文。

叶適《徐道晖墓志铭》是为“永嘉四灵”之一的徐照所撰的墓志，首用十余字交代传主姓名、字号、籍贯：“徐照，字道晖，永嘉人，自号山民。”末用三十余字交待其安葬。继写其嗜好，一嗜苦茗：“嗜苦茗甚于饴蜜，手烹口啜无时。”二嗜诗。全文主体是论其诗：“上下山水，穿幽透深，弃日留夜，拾其胜会，向人铺说，无异好美色也。有诗数百，斲思尤奇，皆横绝欻起，冰悬雪跨，使读者变踔憀栗，肯首吟吟不自已；然无异语，皆人所知也，人不能道尔。盖魏、晋名家，多发兴高远之言，少验物切近之实，及沈约、谢朓永明体出，士争效之，初犹甚艰，或仅得一偶句，便已名世矣。夫束字十余，五色彰施，而律吕相命，岂易工哉！故善为是者，取成于心，寄妍于物，融会一法，涵受万象，豨苓、桔梗，时而为帝，无不接节赴之，君尊臣卑，宾顺主穆，如丸投区，矢破的，此唐人之精也。然厌之者，谓其纤碎而害道，淫肆而乱雅，至于廷设九奏，广袖大舞，而反以浮响疑宫商，布缕缪组绣，则失其所以为诗矣。然则发今人未悟之机，回百年已废之学，使后复言唐诗自君始，不亦词人墨卿之一快也！惜其不尚以年，不及臻乎开元、元和之盛。"称之者谓徐得"唐人之精"，"复言唐诗自君始"；"厌之者，谓其纤碎而害道，淫肆而乱雅"。而且提出了"永嘉四灵"之名："同为唐诗者，徐玑字文渊，翁卷字灵舒，赵师秀字紫芝。"这虽是一篇墓志，但却堪称诗论。

墓志多以叙述生平仕履为主，但也有以写其特立独行为主者。王安石《广西转运使屯田员外郎苏君(安世)墓志铭》的写法就很特别，开头以四分之三篇的幅写其特立独行，其突出者一是辩欧阳修之诬；二是通判陕府，延州兵变，城中无一人敢出，苏安世以一骑出卒间，谕慰止之；然后仅以四分之一的篇幅略述其生平，而铭文亦称其为人。《唐宋八大家文钞》卷九二唐荆川云："此等志文，独荆公有之。"这种写法，确为墓志文所少有。文天祥的《刘定伯墓志铭》则着重描述刘澄性格，仅文末略述其家世生平，也是墓志别格。

墓志多以叙事为主，但也有以抒情胜者。欧阳修所撰墓志多长于抒情，其《黄梦升墓志铭》前叙其家世，后叙其仕履，加起来仅两百来字，而以主要篇幅叙述他与黄梦升的关系，充满了悲其不幸之情："予少家随，梦升从其兄茂宗官于随，予为童子，立诸兄侧，见梦升年十七八，眉目明秀，善饮酒谈笑，予虽幼，心已独奇梦升。后七年，予与梦升皆举进士于京师。梦升得丙科，初任兴国军永兴主簿，怏怏不得志，以疾去。久之，复调江陵府公安主簿，时予谪夷陵令，遇之于江陵。梦升颜色憔悴，初不可识，久而握手嘘唏，相饮以酒，夜醉起舞，歌呼大噱。予益悲梦升志虽衰，而少时意气尚在也。后二年，予徙乾德令，梦升复调南阳主簿，又遇之于邓。间常问其平生所为文章几何，梦升慨然叹曰：'吾已讳之矣。穷达有命，非世之人不知我，我羞道于世人也。'求之不肯出，遂饮之酒。复大醉，起舞歌呼，因大笑曰：'独子知我者！'乃肯出其文。读之，博辨雄伟，其意气奔放，犹不可御。予又益悲梦升志虽困，而独其文章未衰也。是时谢希深出守邓州，尤喜称道天下士，予因手书梦升文一通，欲以示希深。未及，而希深卒，予亦去邓。后之守邓者皆俗吏，不复知梦升。梦升素刚，不苟合，负其所有，常怏怏无所施，卒以不得志死于南阳。"《欧阳文忠公文选》卷九引徐文昭评曰："以生平交游感慨为志，令人可歌可舞，欲泣欲笑。"《诸家评点古文辞类纂》卷四六刘大櫆评，甚至称此文为欧公"墓志第一"，"为志墓之绝唱"："欧公叙事之文，独得史迁风神。

此篇遒宕古逸，当为墓志第一。”姚范《援鹑堂笔记》卷四四亦云：“欧文黄梦升、张子野墓志最工，而《黄志》尤风神发越，兴会淋漓。”

梅尧臣《小女称称砖铭》首记其小女称称生卒时间：“吾小女称称，庆历七年十月七日生，至八年三月二十一日死。”仅活了半岁，无事可记，故主要是抒发自己的悲哀。首悲其不满一岁而夭：“呜呼，鸟兽蝼蚁犹有岁时之命，汝不然也！”次极写其无忧无虑，猝然而夭：“汝禀气血为人，丰然皙然，其目了然，耳鼻眉口手足备好。其喜也笑不知其乐，其怒也啼不知其悲。动舌而未能言，无口过；动股而未能行，无蹈危。饮乳无犯食之禁，爱恶无有情之系。若是，则得天真与保和，何病夭之遽乎！”末叹人生不可料，可料者是人人都要“朽而为土”：“得不推之于偶然而生，偶然而化，偶然而寿，偶然而夭，何可必也！吾将衣汝衣，敛汝棺，葬汝于野，亦人道之常分。汝之魂其散而为大空，其复托为人，不可知也。其质朽而为土，不疑矣。富贵百年者尚不免此，汝又何冤！瘗之日，父母之情未能忘，故书之砖，非欲传之久，且以志其悲云。”羡慕小女的“动舌而未能言，无口过；动股而未能行，无蹈危”，寄托了自己无限的人生感慨。

王安石的《司封员外郎秘阁校理丁君(宝臣)墓志铭》首写撰志之由，次叙其生平，而重点是为其端州之败辩解：“移知端州。侬智高反，攻至其治所。君出战，能有所捕斩，然卒不胜，乃与其州人皆去而避之，坐免一官，徙黄州……君质直自守，接上下以恕。虽贫困，未尝言利。于朋友故旧，无所不尽。故其不幸废退，则人莫不怜；少进也，则皆为之喜。居无何，御史论君尝废矣，不当复用，遂出通判永州。世皆以咎言者，谓为不宜。夫驱未尝教之卒，临不可守之城，以战虎狼百倍之贼，议今之法，则独可守死尔，论古之道，则有不去以死，有去之以生。吏方操法以责士，则君之流离穷困，几至老死，尚以得罪于言者，亦其理也。”“驱未尝教之卒，临不可守之城，以战虎狼百倍之贼”，何罪之有？《唐宋八大家文钞》卷九二茅坤评云：“感慨凄惋，中文多讽。”当即指此。王安石的其他墓志如《王深父墓志铭》、《泰州海陵县主簿许君墓志铭》、《王逢原墓志铭》等都以议论、抒慨胜。储欣《唐宋十大家全集录·临川先生全集录四》比较欧阳修、王安石墓志云：“墓志铭欧、王多用感慨取胜。然欧以婉转，王以峭堑，各足动人。”

秦观《李状元(常宁)墓志铭》亦以抒情胜。元祐三年春三月，李常宁年五十二以进士及第，而六月即以疾卒，十分不幸。志云：“上刺六经之文，旁猎百氏之言，下通当世之务，其词奥衍，有汉唐之遗风。进御一读，遂为举首，天下莫不异之。是时朝廷耇老谋王体、断国论者，皆累朝旧臣。君于斯时，年逾知命，踯然得隽于翰墨之场，世以为万户侯如以契券取也。而君释褐授宣义郎、签书镇海军节度判官。是岁六月以疾卒,享年五十有二……天下莫不悲之。君困于科举盖三十年,其得名宦才数月尔。呜呼,何起之难而偾之易邪!然君子疾没世而名不称焉。君以诸生崛兴,名动海内,其视碌碌无闻而殁者,亦可以无憾。”铭云:“帝初临轩,策士于廷。有器晚成,冠我群英。大道孔夷,其御又良。阊阖玉堂,行矣翱翔。庆者在门,吊者在闾。胡亟只且,世为嗟吁。如霆忽厉,风雨奄至。俛仰而阙,孰知其自?大椿久荣,朝菌暂敷。竟复何殊,同于空虚。隋渠之壖,杞国之疆。佳城苍苍,刻文是藏。”林纾《林氏选评名家文集·淮海集》云:“文极严洁,铭词亦凄咽动人。”

谢枋得《辛稼轩先生墓记》也是一篇抒情美文。①首叹其生不得志:“稼轩字幼安,名弃疾。列侍清班,久历中外,五十年间身事四朝,仅得老从官号名。”之所以不得志,是因为奸臣当道:“稼轩垂殁,乃谓枢府曰:‘侂胄岂能用稼轩以立功名者乎,稼轩岂肯依侂胄以求富贵者乎?’”次叹其死后被诬:“自甲子至丁卯,而立朝署四年,官不为边阃,手不掌兵权,耳不闻边议,后之诬公以片言只之文致其罪,孰非天乎?”被诬而无人为之一辩,是因为“嘉定名臣无一人”:“议公者非腐儒则词臣也。公论不明,则人极不立,人极不立,则天之心无所寄,世道如之何?”次写自幼闻其忠义,而忠义必报:“枋得先伯父尝登公之门,生五岁,闻公之遗盛风烈而嘉焉。年十六岁,先人以稼轩奏请教之,曰:‘乃西汉人物也。’读其书,知其人,欣然有执节之想。乃今始与同志升公之堂,瞻公之像,见公之曾孙多英杰不凡,固知天于忠义有报矣。为信陵置乎冢者,慕其能其人也;祭田扫墓而厥者,感其进高能得士也;谓武侯祠至不可忘,思其有志定中原而愿不遂也。”其英才不得用,故死后亦不平,中原亦不得恢复:“有疾声大呼于祠堂者,如人鸣其不平,自昏莫至三更不绝,声近吾寝室愈悲,一寺数十人惊以为神……公有英雄之才、忠义之心、刚大之气,所学皆圣贤之事,朱文公所敬爱,每以股肱王室、经纶天下奇之。自负欲作何如人?二圣不归,八陵不祀,中原子民不行王化,大雠不复,大耻不雪,平生志愿百无一酬,公有鬼神,岂能无抑郁哉!六十年来,世无特立异行之士为天下明公论,公之疾声大呼于祠堂者,其意有所托乎?枋得倘见君父,当披肝沥胆以雪公之冤,复官还职,恤典易名录后,改正文传,立墓道碑,皆仁厚之朝所易行者。然后录公言行于书史,昭明万世,以为忠臣义士有大节者之劝。此枋得敬公本心亲国之事,亦所以为天下明公论,扶人极也。言至此,门外声寂然,枋得之心必有契于公之心也。”文末写其“以只鸡斗酒酬于祠下”,但不是以有韵的铭文结,而是以散文结:“呜呼!天地间不可一日无公论,公论不明则人极不立;人极不立,天地之心无所寄。本朝以仁为国,以义待士。夫南渡后,宰相无奇才远略,以苟且心术,用架漏规模,纪纲

---

① (宋)谢枋得《叠山集》卷三,四库全书本。

法度、治兵理财无可恃，所恃扶持社稷者，惟士大夫一念之忠义耳。以此比来忠义第一人，生不得行其志，没无一人明其心，全躯保妻子之臣，乘时抵瞒之辈，乃苟富贵者，资天下之疑。此朝廷一大过，天地间一大冤，志士仁人所深悲至痛也。公精忠大义，不在张忠献、岳武穆下。一少年书生，不忘本朝，痛二圣之不归，闵八陵之不祀，哀中原子民之不行王化。结豪杰，志斩虏馘，挈中原，还君父，公之志亦大矣！耿京孔公家比者无位，尤能擒张安国归之京师。有人心天理者，闻此事莫不流涕。使公生于艺祖太宗时，必旬日取宰相。入仕五十年，在朝不过老从官，在外不过江南一连帅。公没，西北忠义始绝望。大雠必不复，大耻必不雪，国势远在东晋下。五十年为宰相者，皆不明君臣之大义，无责焉耳。"以抒情散文为墓记，是其最突出的特点。

宋人墓志多冗长，但也有以简洁胜者。欧阳修《河南府司录张君墓志铭》，其志文部分为尹洙所撰，洙文向以简古著称，志文仅二百余字。首写其突然病逝，次写其人品与历官，末简记其家世。铭文为欧阳修所撰："噫嘻哉！上者苍苍也。宜寿而夭，宜福而祸，有尸者邪？其无也？丰其躬者鲜其仁，予之贤者啬其位，岂其不可兼邪？斯可怪也！其有莫施，其为不伐，充而不光，遂以昧灭，后孰知也！吊宾盈位，哭皆有涕，夫嗟于道，妇咄于灶，夫能使人之若此也！噫嘻哉！君子吾不得见而见善人，善人今复不得而见也。"志、铭合在一起，也仅四百余字。

王安石《亡兄王常甫墓志铭》也仅四百余字，抒情色彩却十分浓厚，全文如下：

> 先生七岁好学，毅然不苟戏笑，读书二十年。当庆历中，天子以书赐州县，大置学。先生学完行高，江淮间州争欲以为师，所留，辄以《诗》、《书》、《礼》、《易》、《春秋》授弟子，慕闻来者，往往千余里。磨砻淬濯，成就其器，不可胜数。而先生始以进士下科补宣州司户，至三月，转运使以监江宁府盐院。又三月卒，又七月葬，则卒之明年四月也，实皇祐四年。墓在先君东南五步。先君姓王氏，讳益，官世行治既有铭。先生其长子，讳安仁，字常甫，年三十七，生两女。
>
> 呜呼！先生之道德，蓄于身而施于家，不博见于天下。文章名于世，特以应世之须尔，大志所欲论著，盖未出也。而世之工言能使不朽者，又知先生莫能深。呜呼！先生之所存，其卒于无传耶！始，先生常以为功与名不足怀，盖亦有命焉，君子之学尽其性而已，然则先生之无传，盖不憾也。虽然，先生孝友最隆，委百世之重而无所属以传，有母有弟，方壮而夺之，使不得相处以久，先生尚有知，其无穷忧矣！呜呼！以往而推存，痛其有已耶！痛其有已耶！先生有文十五卷，其弟既次以藏其家，又次行治藏于墓。呜呼！酷矣，极矣，铭止矣，其能使先生传耶？

《唐宋八大家文钞》卷九五茅坤评此文云："荆公以兄常甫才而不遇，故特于文章虚景相感慨，令人读之而余悲。"其余如《屯田员外郎邵君墓志铭》(仅三百余字)、《马汉臣墓志铭》(不足三百字)、《右武卫大将军黎州刺史世岳故妻安喜县君李氏墓志铭》(不足两百字)亦以"简劲"或"简而深"胜。①

墓志应写得词语明白，善恶焕然。邵博《邵氏闻见后录》卷二一称富弼所撰《范文正公仲淹墓志铭》云："《文正墓志》，则富公之文也。先是，富公自欧阳公平章，其书略曰：'大都作文字，其间有干著说善恶，可以为劝戒者，必当明白其词，善恶焕然，使为恶者稍知戒，为善者稍知劝，是亦文章之用也。岂当学圣人作《春秋》，隐奥微婉，使后人传之、注之尚未能通，疏之、又疏之尚未能尽，以至为说，为解，为训释，为论议，经千余年而学者至今终不能贯彻晓了。弼谓如《春秋》者，惟圣人可为，降圣人而下皆不可为，为之亦不复取信于后矣……向作希文《墓志》，盖用此法，但恨有其意而无其词，亦自谓希文之善稍彰，奸人之恶稍暴矣。今永叔亦云：'胸臆有欲道者，诚当无所避，皎然写之，泄忠义之愤，不亦快哉！'则似以弼之说为是也。然弼之说，盖公是公非，非于恶人有所加诸也。如希文《墓志》中，所诋奸人皆指事据实，尽是天下人闻知者，即非创意为之。彼家数子皆有权位，必大起谤议，断不恤也。"

(三) 撰写墓志铭的要求和是非

撰写墓志铭的要求很高，非道德高尚的能文之士不能写出好的墓志铭。曾巩《寄欧阳舍人书》是为谢欧阳修"撰先大父墓碑铭"而作。首言墓志铭与史传之异同："夫铭志之著于世，义近于史，而亦有与史异者。盖史之于善恶无所不书，而铭者，盖古之人有功德材行志义之美者，惧后世之不知，则必铭而见之。或纳于庙，或存于墓，一也。苟其人之恶，则于铭乎何有？此其所以与史异也。其辞之作，所以使死者无有所憾，生者得致其严。而善人喜于见传，则勇于自立；恶人无有所纪，则以愧而惧。至于通材达识，义烈节士，嘉言善状，皆见于篇，则足为后法。警劝之道，非近乎史，其将安近？"墓志铭旨在旌善，史书善恶尽书，较客观。但墓志铭也有警劝之道，此与史同。次言后世墓志铭之不实，皆由托之非人，书之非公："及世之衰，为人之子孙者，一欲褒扬其亲而不本乎理。故虽恶人，皆务勒铭以夸后世。立言者既莫之拒而不为，又以其子孙之所请也，书其恶焉，则人情之所不得，于是乎铭始不实。后之作铭者，常观其人。苟托之非人，则书之非公与是，则不足以行世而传后。故千百年来，公卿大夫至

① (明)茅坤《唐宋八大家文钞》卷九四茅坤评。

于里巷之士，莫不有铭，而传者盖少。其故非他，托之非人，书之非公与是故也。”再论非德高能文之士不能为墓志铭：“然则孰为其人而能尽公与是欤？非畜道德而能文章者无以为也，盖有道德者之于恶人，则不受而铭之，于众人则能辨焉。而人之行，有情善而迹非，有意奸而外淑，有善恶相悬而不可以实指，有实大于名，有名侈于实。犹之用人，非畜道德者恶能辨之不惑，议之不徇？不惑不徇，则公且是矣。而其辞之不工，则世犹不传。于是又在其文章兼胜焉。故曰非畜道德而能文章者无以为也，岂非然哉？然畜道德而能文章者，虽或并世而有，亦或数十年或一二百年而有之。其传之难如此，其遇之难又如此。若先生之道德文章，固所谓数百年而有者也。”而欧阳修正是“畜道德而能文章者”，故以谢作结：“先祖之言行卓卓，幸遇而得铭其公与是，其传世行后无疑也。而世之学者，每观记传所书古人之事，至其所可感，则往往衋然不知涕之流落也，况其子孙也哉？况巩也哉？其追晞祖德而思所以传之之由，则知先生推一赐于巩而及其三世，其感与报，宜若何而图之？抑又思若巩之浅薄滞拙，而先生进之；先祖之屯蹶否塞以死，而先生显之。则世之魁闳豪杰不世出之士，其谁不愿进于门？潜遁幽抑之士，其谁不有望于世？善谁不为？而恶谁不愧以惧？为人之父祖者，孰不欲教其子孙？为人之子孙者，孰不欲宠荣其父祖？此数美者，一归于先生。既拜赐之辱，且敢进其所以然。”茅坤《唐宋八大家文钞》卷九九评云：“此书纡徐百折，而感慨呜咽之气，博大幽深之识，溢于言外。较之苏长公所谢张公为其父墓铭书特胜。”《蔡氏古文评注补正全集》卷一引过珙评云：“将道德文章特地抬高，欧公正足以信今传后，卓然归美祖先，其立言品地，便加人一等。而感慨真挚中，更郑重有体，在南丰集中应推为千年绝调。”浦起龙《古文眉诠》卷七一评云：“南丰第一得意书，乞言者、立言者皆当三复。”林纾《古文辞类纂选本》卷五评对此书更作了详尽的评论，因涉及墓志铭写法，故不避其繁而引述如下：“此书起伏伸缩，全学昌黎。妙在欲即仍离，将吐故茹。通篇着意在‘蓄道德’、‘能文章’六字，偏不作一串说，把道德抬高，言有道德之人，方别得公与是；别得公与是矣，又须用文章以传之。精神一副，全注在欧公身上。然而说近欧公时，忽又缩转，如此者再，真有力量，方能吞咽。入手把史体与铭墓之体对举而互较，立将‘史’字撇去，归到铭文之有关系于死者，亦以劝戒乎生人；然劝戒之道，又近于史，又将史体与铭体纽紧，作一收束，以下专论铭体矣。顾铭一不实，则背公与是，故人人虽皆有铭，作者非人，传者亦非人，有铭与无铭等，渐渐近到欧公及其先大夫之可传可托者，非时流之比。高高揭出‘人’字，其下系以道德文章，郑重之极。在俗眼观之，似其下即当疾入欧公矣，顾乃不然，仍将‘道德’二字抬高说，惟有道德者方能传信，传信于人，方为公且是。说得万种难觅，又跌到文章不工亦不足传，是难上增难，专为欧公身分蓄势。至此似其下断无余语，必直捷扑到欧公身上矣，中间又说成兼此二美者，当世决无其人。果并世不能有者，又将如何？蓄势愈厚，则跌落本位，乃愈有力。此时始清出先生之道德文章，盖亘古难遇者也，得公与是，又能传后，则愿望之美满，至于极处。文到正面，只此数语，然不能动人，则正面之精神，亦形萧索。妙在连用两'况'字。上'况'字是述感激之意，下'况'字是隐言已亦蓄道德、能文章者，其感激当倍于常人。道出'巩'字于感激中，却带出抱负，以下自谦，兼述祖德，把以上善人见传、恶人知愧意作一复述，又述到子孙感激之意，此是应有之言。至结构之精严，实为南丰集中有数文字。"

唐顺之《按察司照磨吴君墓表》亦论及墓志与史传的异同："文字之变于今世极矣。古者秉是非之公以荣辱其人，故史与铭相并而行。其异者，史则美恶兼载，铭则称美而不称恶。美恶兼载则以善善为予，以恶恶为夺予，与夺并，故其为教也章；称美而不称恶，则以得铭为予，以不得铭为夺，夺因予显，故其为教也微。义主于兼载，则虽家人里巷之碎事可以广异闻者，亦或采焉，故其为体也，不嫌于详。义主于兼美，则非劳臣烈士之殊迹，可以系世风者，率不列焉，故其为体不嫌于简。是铭较之史犹严也。后世史与铭皆非古矣，而铭之滥且诬也尤甚。汉蔡中郎以一代史才自负，至其所为碑文则自以为多愧辞，岂中郎知严于史而不知严于铭耶？然则铭之不足据以轻重也，在汉而已然，今又何怪？"①可见史传是善恶皆书，而墓志铭则书善不书恶；史传求简，而墓志铭不妨略详。但过详也引人非议，吴讷《文章辨体序说》云："古今作者惟昌黎最高，行文叙事，面目首尾不蹈袭。凡碑碣表于外者，文则稍详；志铭埋于圹者，文则简严。其书法，则惟书其学行大节，小善寸长则皆弗录。"清黄宗羲云："志铭藏于圹中，宜简；神道碑立于墓上，宜详。然范仲淹为种世衡志数千余言，韩维志程明道亦数千言，东坡范蜀公志五千余言，唯昌黎烦简得当。"②

墓志乃送终之大事，受人之托撰写墓志铭者，不可草草应付。洪迈《容斋四笔》卷二云："东坡为张文定公(张恕)作墓志铭，有答其子厚之一书云：'志文路中已作得大半，到此百冗未绝笔，计得十日半月乃成。然书大事略小节，已有六千余字，若纤悉尽书，万字不了，古无此例也。知之知之。'盖当时恕之意但欲务多耳。……予乡士作一列大夫、小郡守行状九千言，衢州士人诣阙上书二万言，使读之者岂不厌倦，作文者宜戒之。"以苏轼之才都花了这样多的时间，可见其认真。"但欲务多"，这是家属的普遍心理，而作者却不能"纤悉尽书"，而应"书大事略小节"。

墓主之家更不可轻以委人作墓志。吴儆《答汪仁仲求撰墓志书》云："古今士大夫

---

① (明)唐顺之《荆川集》卷一一，文渊阁四库全书本。

② (清)黄宗羲《金石要例·碑志烦简例》，文渊阁四库全书本。

之家所立碑志，必先有行状，然后求当世名士叙而书之，埋之墓中，谓之墓志，为陵谷迁变设也。既葬，复以志铭之语，掇其大略，揭之墓道，三品以上谓之碑，余碣若表。故必有行状而后有墓志，有墓志而后有墓表。近世乡中俚俗之礼，既无墓志，又非墓表，只有大石一片，掩在椁口，便就石上镌刻姓系事迹，或谓之墓记，或谓之墓表，或谓之墓碑。其名称制度皆舛午不经，取笑识者。窃谓送终人子大事，志表又送终之大事，若不合于礼，不若不为，若欲必合于礼，周仲济仲皆儒者，岂不知此？慎之重之，勿轻以委人也。"①从总体看，墓志多为应人之请而作，请者总希望光宗耀祖，被请者也难免写些"虚浮不实之词"。正因为墓志铭为颂扬其亲而作，故其"滥且诬也尤甚"，"不足据以轻重"。晋隐士赵逸曰："时中庸之人耳，及其死也，碑文墓志莫不穷天地之大德，尽生民之能事，为君共尧、舜，连衡为臣与伊、皋等迹，牧民之官浮虎慕其清尘，执法之吏埋轮谢其梗直。所谓生为盗跖，死为夷齐，妄言伤正，华辞损实。"②孙觌墓志多吹捧过度，岳珂云："孙仲益觌《鸿庆集》，大半铭志，一时文名猎猎起，四方争辇金帛请，日至不暇给。今集中多云云，盖谀墓之常，不足诧。独有《武功大夫李公碑》列其间，乃俨然一当耳。亟称其高风绝识，自以不获见之为大恨，言必称公，殊不作于宋用臣之论谥也。其铭曰：'靖共一德，历践四朝，如砥柱立，不震不摇。'亦太侈云。余在故府时，有同朝士为某人作行状，言者摘其事以为士大夫之不忍为，即日罢去，事颇相类，仲益盖幸而不及于议也。"③

托写墓志铭者往往希望能美化其先人，而严肃的作者往往很难满足其要求，故家属与撰者常常发生争论。欧阳修撰《尹师鲁墓志》，以致不得不撰《书尹师鲁墓志》以晓谕其家人："志言天下之人识与不识，皆知师鲁文学、议论、材能。则文学之长，议论之高，材能之美，不言可知。又恐太略，故条析其事，再述于后。"一是"述其文，则曰'简而有法'。此一句，在孔子六经惟《春秋》可当之，其他经非孔子自作文章，故虽有法而不简也。修于师鲁之文不薄矣，而世之无识者，不考文之轻重，但责言之多少，云师鲁文章不合只著一句道了。"二是述其学："又述其学曰通知古今。此语若必求其可当者，惟孔、孟也。既述其学，又述其论议，云是是非非，务尽其道理，不苟止而妄随。亦非孟子不可当此语。"三是述其才能："既述其论议，则又述其材能，备言师鲁历贬，自兵兴便在陕西，尤深知西事，未及施为而元昊臣，师鲁得罪。使天下之人尽知师鲁材能。"末又总起来说："此三者，皆君子之极美，然在师鲁犹为末事。其大节乃笃于仁

① （宋）吴儆《竹洲集》卷九，文渊阁四库全书本。
② （北魏）杨衒之《洛阳伽蓝记》卷二，文渊阁四库全书本。
③ （宋）岳珂《桯史》卷六《鸿庆铭墓》，中华书局唐宋史料笔记丛刊本。

义，穷达祸福，不愧古人。其事不可遍举，故举其要者一两事以取信。如上书论范公而自请同贬，临死而语不及私，则平生忠义可知也，其临穷达祸福不愧古人又可知也。既已具言其文、其学、其论议、其材能、其忠义，遂又言其为仇人挟情论告以贬死，又言其死后妻子困穷之状。欲使后世知有如此人，以如此事废死，至于妻子如此困穷，所以深痛死者，而切责当世君子致斯人之及此也。《春秋》之义，痛之益至则其辞益深，‘子般卒’是也。诗人之意，责之愈切则其言愈缓，‘君子偕老’是也。不必号天叫屈，然后为师鲁称冤也。故于其铭文，但地云‘藏之深，固之密，石可朽，铭不灭’，意谓举世无可告语，但深藏牢埋此铭，使其不朽，则后世必有知师鲁者。其语愈缓，其意愈切，诗人之义也。而世之无识者，乃云铭文不合不讲德，不辩师鲁以非罪。盖为前言其穷达祸福无愧古人，则必不犯法，况是仇人所告，故不必区区曲辩也。今止直言所坐，自然知非罪矣，添之无害，故勉徇议者添之。”他不肯写不实之辞：“若作古文自师鲁始，则前有穆修、郑条辈，及有大宋先达甚多，不敢断自师鲁始也。偶俪之文苟合于理，未必为非，故不是此而非彼也。若谓近年古文自师鲁始，则范公祭文已言之矣，可以互见，不必重出也。皇甫湜《韩文公墓志》、李翱《行状》不必同，亦互见之也。”甚至连用辞之义也得作解释：“志云师鲁喜论兵。论兵儒者末事，言‘喜’无害。喜非嬉戏之戏，喜者，好也，君子固有所好矣。孔子言回也好学，岂是薄颜回乎？”“不考文之轻重，但责言之多少”，这是“无识者”特别是其家属的共同特点。末又特别就“言之多少”解释道，这正是学尹之简古：“后生小子，未经师友，苟恣所见，岂足听哉！修见韩退之与孟郊联句，便似孟郊诗；与樊宗师作志，便以樊文。慕其如此，故师鲁之志用意特深而语简，盖为师鲁文简而意深。又思平生作文，惟师鲁一见，展卷疾读，五行俱下，便晓人深处。因谓死者有知，必受此文，所以慰吾亡友尔，岂恤小子辈哉！”欧阳修作了如此详尽的解释，后世仍有不以为然者，如黄震《黄氏日钞》卷六一云：“谓‘述其文曰简而有法’，‘惟《春秋》可当’；‘述其学曰通知古今’，‘惟孔、孟可当’。愚意文简有法，各随其宜，岂必《春秋》？通知古今，各随其分，岂必孔、孟？未闻文王谥文而孔文子不可谓之文也。公与师鲁平生交，而故为讥贬，何哉？俄又云：‘然在师鲁，犹为末事。’若果末事，何必《春秋》然后可当，孔、孟然后可当？愚恐其首尾又自背驰也。”茅坤《唐宋八大家文钞》卷六〇对此感慨道：“世之览者不之知，其好訾之如彼。然而公之没且五百年矣，其知公而犹未尽。其所欲訾公者犹时时见之，予不能无慨云。”何焯《读书敏求记》卷四云：“庐陵《论尹师鲁墓志》条析其事，再述于后。予览之，喟然叹曰：古人珍重著述，一字不敢聊且，命笔若是之难而慎也……嗟嗟，文章千古事，欧公直欲起师鲁于九泉而质之，其寸心知己为何如耶！”

王安石也遇到过类似情况。王安石有《永安县太君蒋氏墓志铭》，乃为钱公辅母蒋氏所撰墓志。其《答钱公辅学士书》，乃为钱公辅不满墓志而作："比蒙以铭文见属，足下于世为闻人，力足以得类者铭父母，以属于不腆之文，似其意非苟然，故辄为之而不辞。不图乃犹未副所欲，欲有所增损。鄙文自有意义，不可改也。宜以见还，而求能如足下意者为之耳……故铭以谓'闾巷之士以为太夫人荣'，明天下有识者不以置悲欢荣辱于其心也。太夫人能异于闾巷之士，而与天下有识同，此其所以为贤而宜铭者也。至于诸孙，亦不足列。孰有五子而无七孙者乎？七孙业之有可道，固不宜略；若皆儿童，贤不肖未可知，列之于义何当也？"洪迈《容斋随笔》卷一三载："王荆公为钱公辅铭母夫人蒋氏墓，不称公辅甲科，但云'子官于朝，丰显矣。里巷之士以为太君荣。'后云'孙七人，皆幼'。不书其名。公辅意不满，以书言之，公复书曰（所引即上文）。"朱翌云："凡为文，合于古则不免世俗之讥评，君子不恤也。欧公作《尹师鲁暮志》，王介甫作《钱公甫（母）墓志》，皆不免纷纷，况他人乎？二公作书力辨，可以为庸妄之戒。"①吴子良《荆溪林下偶谈》、周辉（又作煇）《清波杂志》卷中也有类似记载。

南宋汪纲也曾要求叶適改其《汪勃墓志》，为叶所拒。吴子良《荆溪林下偶谈》卷二《前辈不肯妄改已成文字》云："水心作《汪参政勃墓志》，有云：'佐佑执政，共持国论。'执政盖与秦桧同时者也。汪之孙浙东宪纲不乐，请改，水心答云：'凡秦桧时执政，某未有言其善者，独以先正厚德，故勉为此。'自谓已极称扬，不知盛意犹未足也。汪请益力，终不从。未几水心死，赵蹈中方刊文集未就，门下有受汪嘱者，竟为除去'佐佑执政'四字，碑本亦除之，非水心意也。"《四库全书总目·水心集》云："今考集中《汪勃墓志》，已改为'居纪纲地，共持国论。'则子良所纪为足信，而适作文之不苟，亦可以概见矣。"

墓志铭不仅多为其后代所不满，甚至还有引起后世争论者。宋代第一个对苏轼生平作系统论述的是苏辙所作的《亡兄子瞻端明墓志铭》。②此文为研究苏轼生平提供了最原始最权威的资料，以后各种苏轼的传记和年谱皆沿于这一《墓志铭》。文章首写苏轼之死在当时所引起的强烈反应："吴越之民相与哭于市"；其次写苏轼的家世，然后依次写其一生经历，最后叙其妻室、后代、葬地及其著述、书法、性格，终以铭文。苏轼生平中的某些细节，恐怕只有作为亲兄弟的苏辙才能提供，如"太夫人尝读《东汉史》，至《范滂传》，慨然太息。公侍侧曰：'轼若为滂，夫人亦许之否乎？'太夫人曰：'汝能为滂，吾固不能为滂母耶？'"《宋史·苏辙传》说："辙与兄进退出处，无不相

---

① （宋）朱翌《猗觉寮杂记》卷上，文渊阁四库全书本。

② （宋）苏辙《栾城后集》卷二二，文渊阁四库全书本。

同，患难之中，友爱弥笃，无少怨尤，近古罕见。”以“患难之中，友爱弥笃”的亲弟弟，为兄作《墓志铭》，自然充满感情。《墓志铭》云：“公始病，以书属辙曰：‘即死，葬我嵩山下，子为我铭。’辙执书哭曰：‘小子忍铭吾兄！’”一个“忍”（作岂忍解）字，充分表达了苏辙当时的悲痛心情。虽不忍，但他仍作了《墓志铭》。铭文结尾云：“我初从公，赖以有知。抚我则兄，诲我则师。皆迁于南，而不同归。天实为之，莫知我哀。”也充满了抒情色彩。但晁公武却批评苏辙《东坡先生墓志铭》“非实录”：“公（苏轼）之葬也，少公黄门（苏辙）铭其圹，亦非实录。其甚者以赏罚不明罪元祐，以改法免役坏元丰；指温公才智不足，而谓公之斥逐出其遗意；称蔡确谤讟可赦，而谓公之进用自其迁擢；章子厚之贼害忠良，而谓公与之友善；林希之诋诬善类，而云公尝汲引之。呜呼，若然，则公之《上清储祥》、《忠清粹德》二碑及诸奏议、著述，皆诞谩欤？”①所举五条不实之词，其实都是苏辙如实记载当时的真实情况。②

第十二节 墓表 阡表

墓表是墓志的一种。吴讷《文章辨体序说》云：“墓表，则有官无官皆可，其辞则多叙其学行德履。”徐师曾《文体明辨序说》曰：“按墓表自东汉始，安帝元初元年立《谒者景君墓表》，其文体与碑碣同，以其树于神道，故又称神道表。其为文有正体，有变体，录而辨之。又有阡表、殡表、灵表，以附于篇，则溯流而穷源也，盖阡，墓道也；殡，未葬之称；灵者，始死之称：自灵而殡，自殡而墓，自墓而隆起也，故以墓表括之。”东汉安帝元初元年的《景君墓表》是今存最早的墓表，但字多磨灭，不成文，兹不举。《文苑英华》卷九七〇载有唐人墓表七篇，柳宗元有《唐故给事中皇太子侍读陆文通（质）先生墓表》：

> 孔子作《春秋》千五百年，以名为传者五家，今用其三焉。秉觚牍，焦思虑，以为论注疏说者百千人矣。攻讦狠怒，以词气相击排冒没者，其为书，处则充栋宇，出则汗牛马，或合而隐，或乖而显。后之学者，穷老尽气，左视右顾，莫得而本。则专其所学，以訾其所异，党枯竹，护朽骨，以至于父子伤夷。君臣诋悖者，前世多有之。甚矣，圣人之难知也！
>
> 有吴郡人陆先生质，与其师友天水啖助洎赵匡，能知圣人之旨。故《春秋》之

---

① （宋）费衮《梁溪漫志》卷四引晁公武《毗陵东坡祠记》，上海古籍出版社1985年版。

② 参见《苏辙〈东坡先生墓志铭〉“非实录”吗？》一文，曾枣庄《三苏研究》，巴蜀书社1999年版。

言，及是而光明。使庸人小童，皆可积学以入圣人之道，传圣人之教，是其德岂不侈大矣哉！先生字某，既读书，得制作之本，而获其师友。于是合古今，散同异，联之以言，累之以文。盖讲道者二十年，书而志之者又十余年，其事大备，为《春秋集注》十篇，《辨疑》七篇，《微指》二篇。明节大中，发露公器。其道以圣人为主，以尧舜为的，包罗旁魄，胶葛下上，而不出于正。其法以文武为首，以周公为翼，揖让升降，好恶喜怒，而不过乎物。既成，以授世之聪明之士，使陈而明之，故其书出焉。而先生为巨儒。用是为天子诤臣，尚书郎、国子博士、给事中、皇太子侍读，皆得其道。刺二州，守人知仁。永贞年，侍东宫，言其所学，为《古君臣图》以献，而道达乎上。是岁，嗣天子践阼而理，尊优师儒，先生以疾闻，临问加礼。某月日，终于京师；某月日，葬于某郡某里。

呜呼！先生道之存也以书，不及施于政；道之行也以言，不及睹其理。门人世儒，是以增恸。将葬，以先生为能文圣人之书通于后世，遂相与谥曰文通先生。后若干祀，有学其书者过其墓，哀其道之所由，乃作石以表碣。

这篇墓表首发议论，次叙其生平，末以感慨结。陆质实无多少事迹可述，故着重论其著《春秋集注》之功，详其所当详，而略其可略。明王行云："右表议论以发其端，而叙为《春秋》之学者互相诽诋，所以叹圣人之难知，而著其《春秋集注》为有功也，又一例也。略其履历者，非所重也。按此例盖以其所专重者不可不详，故于其不必兼详者不得不略，又略例之大者也。"①

欧阳修贬峡州夷陵令，为峡州军事判官，与丁宝臣相唱和，有著名的《戏答元珍》诗："春风疑不到天涯，二月山城未见花。残雪压枝犹有橘，冻雷惊笋欲抽芽。夜闻啼雁生乡思，病入新年感物华。曾是洛阳花下客，野芳虽晚不须嗟。"丁卒，欧阳修为撰《集贤校理丁君墓表》，首先以简洁的语言介绍其生平：

君讳宝臣，字符珍，姓丁氏，常州晋陵人也。景祐元年，举进士及第，为峡州军事判官，淮南节度掌书记，杭州观察判官，改太子中允、知剡县，徙知端州，迁太常丞、博士。坐海贼侬智高陷城失守，夺一官，徙置黄州。久之，复得太常丞、监湖州酒税，又复博士、知诸暨县，编校秘阁书籍，遂为校理、同知太常礼院。

次写其文行：

① (明)王行《墓铭举例》卷一，文渊阁四库全书本。

君为人外和怡而内谨立，望其容貌进趋，知其君子人也。居乡里，以文行称。少孤，与其兄笃于友悌。兄亡，服丧三年，曰：“吾不幸幼失其亲，兄，吾父也。”庆历中，诏天下大兴学校，东南多学者，而湖、杭尤盛。君居杭学，为教授，以其素所学问而自修于乡里者教其徒，久而学者多所成就。其后天子患馆阁职废，特置编校八员，其选甚精，乃自诸暨召居秘阁。君治州县，听决精明，赋役有法，民畏信而便安之。其始治剡也如此，后治诸暨，剡邻邑也，其民闻其来，欢曰：“此剡人爱而思之，谓不可复得者也。今吾民乃幸而得之。”而君亦以治剡者治之。由是所至有声，及居阁下，淡然不以势利动其心，未尝走谒公卿；与诸学士群居恂恂，人皆爱亲之。盖其召自诸暨也，以材行选，及在馆阁，久而朝廷益知其贤。英宗每论人物，屡称之。

而着重为其失城辩护，前曾“九请不报”，贼至又曾“率羸卒百余拒战”，其情可原。储欣《六一居士全集录》卷二称其“洗雪最晳”：

国家自削除僭伪，东南遂无事，偃兵弛备者六十余年矣，而岭外尤甚。其山海荒阔，列郡数十，皆为下州，朝廷命吏，常以一县视之，故其守无城，其戍无兵。一日智高乘不备，陷邕州，杀将吏，有众万余人，顺流而下，浔、梧、封、康诸小州所过如破竹。吏民皆望而散走，独君犹率羸卒百余拒战，杀六七人，既败，亦走。初，贼未至，君语其下曰：“幸得兵数千人，伏小湘峡，扼至险，以击骄兵，可必胜也。”乃请兵于广州，凡九请，不报。又尝得贼觇者一人，斩之。贼既平，议者谓君文学，宜居台阁，备侍从，以承顾问，而眇然以一儒者守空城，提百十饥羸之卒，当万人卒至之贼，可谓不幸。而天子亦以谓县官不素设备，而责守吏不以空手捍贼，宜原其情。故一切轻其法，而君以尝请兵不得，又能拒战杀贼，则又轻之。故他失守者皆夺两官，而君夺一官。已而知其贤，复召用。

后写其十余年后，再次为苏寀所劾，而卒于常州：

后十余年，御史知杂苏寀受命之明日，建言请复治君前事，夺其职而黜之。天子知君贤，不可以一眚废，而先帝已察其罪而轻之矣，又数更大赦，且罪无再坐，然犹以御史新用，故屈君，使少避而不伤之也。乃用其校理岁满所当得者，即以君通判永州。方待阙于晋陵，以治平四年四月某甲子，暴中风眩，一夕卒，享年五十有八。

末以感慨结：

君之平生，履忧患而遭困厄，处之安然，未尝见戚戚之色。其于穷达寿夭，知有命，固无憾于其心。然知君之贤，哀其志而惜其命止于斯者，不能无恨也。于是相与论著君之大节，伐石纪辞，以表见于后世，庶几以慰其思焉。

吕葆中论此文结构云："丁君有文学之才，而失端州一节自不可掩。是文先提文学在前，至其后段，专写失守事，即用文学照应，以为斡旋，篇法似乱而整。""'议者谓君'以下十数行，低昂宛转，作一气灌注，用笔甚奇。"①王安石曾撰《秘阁校理丁君墓志铭》，《诸家评点古文辞类纂》卷四五吴汝纶比较欧、王二文云："荆公所为墓志，代发不平之鸣；此则立言含蓄，尤为得体。盖性气不同，而年之老与壮亦异也。"陈曾则评云："以二篇比而观之，介甫文笔劲悍有力，然不及欧阳叙事之周到。"②《唐宋八大家文钞》卷九二茅坤评："感慨凄惋中文多讽。"

阡表亦为墓表之一体。欧阳修的《泷冈阡表》不以墓表名，实为墓表，其《先君墓表》，题下原注云："此乃《泷冈表》初稿，其后删润颇多，题曰《泷冈阡表》。"首写自己"四岁而孤"，为母养大成人："修不幸，生四岁而孤。太夫人守节自誓，居穷，自力于衣食，以长以教，俾至于成人。"因欧阳修四岁丧父，故表文内容主要是转述其母对"先君"的描述。一是廉："汝父为吏廉，而好施与，喜宾客，其俸禄虽薄，常不使有余，曰'毋以是为我累'。故其亡也，无一瓦之复，一垄之植，以庇而为生。"二是对母孝："自吾为汝家妇，不及事吾姑，然知汝父之能养也；汝孤而幼，吾不能知汝之必有立，然知汝父之必将有后也。吾之始归也，汝父免于母丧方逾年，岁时祭祀，则必涕泣曰：'祭而丰，不如养之薄也。'间御酒食，则又涕泣曰：'昔常不足而今有余，其何及也！'吾始一二见之，以为新免于丧适然耳。既而其后常然，至其终身未尝不然。吾虽不及事姑，而以此知汝父之能养也。"三是为吏仁："汝父为吏，尝夜烛治官书，屡废而叹。吾问之，则曰：'此死狱也，我求其生不得尔。'吾曰：'生可求乎？'曰：'求其生而不得，则死者与我皆无恨也，矧求而有得邪？以其有得，则知不求而死者有恨也。夫常求其生犹失之死，而世常求其死也。'回顾乳者抱汝而立于旁，因指而叹曰：'术者谓我岁行在戌，将死，使其言然，吾不及见儿之立也，后当以我语告之。'其平居教他子弟，常用此语，吾耳熟焉，故能详也。其施于外事，吾不能知；其居于家无所矜饰，而所为如此，是真发于中者邪。呜呼！其心厚于仁者邪，此吾知汝父之必将有后也。汝其勉之！夫养不必丰，要于孝；利虽不得博于物，要其心之厚于仁。吾不能教汝，此汝父之志也。'

---

① （清）吕留良《唐宋八家古文精选·欧阳文》，康熙吕氏家塾刊本。

② 陈曾则《古文比》卷三，中华书局1916年版。

修泣而志之，不敢忘。”其下写父母两家家世，而重点写其母：“自其家少微时，治其家以俭约，其后常不使过之，曰：‘吾儿不能苟合于世，俭薄所以居患难也。’其后修贬夷陵，太夫人言笑自若，曰：‘汝家故贫贱也，吾处之有素矣，汝能安之，吾亦安矣。’”末谓“既又载我皇考崇公之遗训，太夫人之所以教而有待于修者，并揭于阡，俾知夫小子修之德薄能鲜，遭时窃位，而幸全大节，不辱其先者，其来有自”。载其父其母之遗训是《泷冈阡表》的主要内容。如“俭薄所以居患难”，可谓深富哲理。此文深受历代好评，《山晓阁选宋大家欧阳庐陵全集》卷四孙琮评云：“不事藻饰，但就真意写出，而语语精绝，即闲语无不入妙，笔力浑劲，无痕迹可求。欧公文，当以此为第一。”又云：“善必归亲，仁人之心；褒崇祖先，孝子之思。篇中前幅表扬父母之孝节仁俭，善必归亲之意也；后幅详述膺封之隆宠，褒荣祖先之心也。仁人孝子之心，蔼然如见。”《欧阳文忠公文选》卷一〇顾锡畴评云：“自家屋里文，亦只淡写几句家常话，遂无一字不入情，无闲语不入妙，欧公集中之至文也。”《古文析义》卷一四林云铭论此文撰写之难及其结构云：“今乃自为表于既葬六十年后，事属创见。且其文尤不易作，何也？幼孤不能通知父之行状，必借母平日所言为据，多一曲折，一难也。人生大节，莫过廉孝仁厚数端，而母以初归既不逮姑，且妇职中馈，外言不入于阃，恶(何)从知之？二难也。母卒已十数年，纵有平日之言，亦不知今日用以表墓，错综引入，不成片段，三难也。赠封祖考，实己之显亲扬名，咏叹语稍不斟酌归美，便涉自矜，四难也。是作开口便擒‘有待’二字，随接以太夫人教言。其‘有待’处即决于乃翁素行，因以死后之贫验其廉，以思亲之久验其孝，以治狱之叹验其仁，或反跌，或正叙，琐琐曲尽，无不极其斡旋。中叙太夫人，将治家俭薄一节重发，而诸美自见。末叙历官赠封，以赞叹语结之。句句归美先德，且以自己功名皆本于父母之垂裕，深得立言之体。此庐陵晚年用意合作(合于法度)也。”《圣祖仁皇帝御制文第二集》卷一九《书欧阳修泷冈阡表后》云：“唐宋以来阡表不可屈指数，而必以欧阳修此篇为巨擘。朱子常心服之，岂不以情致悱恻，一唱三叹，达所不能达之隐，言虽尽犹有不尽之意乎?”沈德潜《唐宋八大家文读本》卷一四评云：“不特不铺陈己之显扬，并不实陈崇公行事，只从太夫人语中传述一二，而崇公之为孝子仁人，足以庇赖其子孙者，千载如见。此至文也。若出近代巨公，必扬其先人为周、孔矣。”唐介轩评云：“从太夫人口中叙述前德，意真词切，一字一泪。”①林纾《古文辞类纂选本》卷八评云：“此至文也……盖不能以文字目之，当以一团血性说话目之。”

---

① (清)唐德宜《古文翼》卷七，清同治十二年本。

第三章　辞赋分体

第一节　辞赋概论

古代辞赋通称。祝尧云："《离骚》为辞、赋祖。"[①]明王文禄云："李空同曰：'汉无骚。'予曰：司马相如《长门》，扬子云《反骚》，贾谊《鹏赋》，班昭《自悼》，岂曰无骚？"[②]所举司马相如、贾谊、班昭之作皆为赋，可见骚、赋可通称。晁补之《跋第五永箴》："箴亦诗，若赋之流尔。昔贾谊《鹏赋》，句皆如诗四言，而但中加'兮'字属之。至谊传乃皆去'兮'字，则与诗、箴何异？彪与崔琦二箴，[③]亦四言之敷畅者，名箴而实赋也。"刘熙载《艺概》卷三《赋概》云："古者，辞与赋通称。《史记·司马相如传》言'景帝不好辞赋'，《汉书·扬雄传》'赋莫深于《离骚》，辞莫丽于相如'。"可见辞可称赋，赋亦可称为辞，有一些赋与箴、四言诗的写法相近。

关于赋的起源，或谓赋源于《诗经》。《文选》卷一班固《两都赋序》云："赋者，古诗之流也……或以抒下情而通讽喻，或以宣上德以尽忠孝，雍容揄扬，著于后嗣，亦雅颂之亚也。"或谓源于《离骚》、《楚辞》，班固《离骚序》称《离骚》"其文弘博丽雅，为辞赋宗。"[④]黄伯思《校定楚辞序》云："《汉书·朱买臣传》云：严助荐买臣，召见，说《春秋》，言楚辞，帝甚说之。《王褒传》云：宣帝修武帝故事，征能为楚辞者九江被公等。楚辞虽肇于楚，而其目盖始于汉世。然屈、宋之文，与后世依放者，通有此目。而陈说之以为惟屈原所著则谓之《离骚》，后人效而继之则曰楚辞，非也。自汉以还，文师词宗慕其轨躅，擒华竞秀，而识其体要者亦寡。盖屈、宋诸骚皆书楚语，作楚声，纪楚地，名楚物，故可谓之楚辞。若些、只、羌、谇、蹇、纷、侘傺者，楚语也；顿挫悲壮，或韵或否者，

---

① (元)祝尧《古赋辩体》卷一，文渊阁四库全书本。

② (清)曹溶辑，(清)陶越增订《文脉》卷二，学海类编本。

③ 指高彪《赠第五永箴》，崔琦《外戚箴》，皆见(宋)陈仁子《文选补遗》卷三七，文渊阁四库全书本。

④ (汉)王逸《楚辞章句》卷三，文渊阁四库全书本。

楚声也；沅、湘、江、澧，修门、夏首者，楚地也；兰、茝、荃、药，蕙、若、苹、蘅者，楚物也。他皆率若此，故以楚名之。自汉以还，去古未远，犹有先贤风概。而近世文士，但赋其体，韵其语，言杂燕粤，事兼夷夏，而亦谓之楚辞，失其指矣。”①《离骚》、《楚辞》对汉赋的影响实大于《诗经》，赋就是直接从《楚辞》演变而来的。宋方大琮《词赋与古诗同义赋》云：

> 文固有异，意无不通。虽词赋之体变，与古诗之义同。形为浏亮之篇，岂无所主；若较咏歌之旨，均出乎中。自词章之响无传，而辞藻之工迭异。求诸体制，前后百变；概以发越，古今一意。且曷名乎赋？情托此以见。辞虽不谓之诗，实与之而同义。吐凤摛藻，凌云逸思。贾、扬等作，分种《汉志》；屈、宋诸人，擅名《楚辞》。久矣乎正声之后，隐然者古意之遗。作者百六家，②非徒侈刻雕之丽；去之千余载，尚足为风雅之追。岂非名为托讽而讥刺意存，虽曰不刊而讴吟中寓。《校猎》非《卢令》，③并以田讽；《离骚》岂《采葛》，均之谗惧。当知此意之犹诗，毋但以文而视赋。虽辞藻之文抑末，浑若可观；幸声歌之理未亡，托兹以吐。大抵历代有辞节，固随体以迭变；人心真理义，不为文而转移。使删后至今，词赋不续；诗亡未几，性情亦随。《上林》一赋有古《狸首》，《西征》一篇亦今《黍离》。虽作于文人才子，可采于春官太师。无容若楚子之词，区区效雅；但见述兰陵之志，凛凛追诗。论者曰：比兴之赋在诗意固存，丽则之赋亦诗人所作。《羔羊》诗也，赋以子产；《车舝》诗也，赋于孙婼。既是名上世之已寓，岂后代曾古人之不若？《子虚》篇末，上言曩日之驺虞；《明水》韵中，远引昔人之鸣鹤。当知文章有异体，不可相混；诗赋同一机，特随所施。献太清、吟古诗，同是杜甫；感二鸟，著律诗，均乎退之。非作诗之意，赋亦可用；何能赋之士，诗皆可为？所恨诸儒之作，不生三代之时。如（扬）雄遇宣王，当不逊《车攻》之作；若（屈）原出周末，必能发《巷伯》之思。乃若司马（相如）三十篇，虚滥无归；枚皋百余作，俳优等语。既皆为后学之疵玷，况可以古诗而推许？吾尝谓艺文五种，有不经吾夫子之删，所以起壮夫之不与。④

---

① （宋）黄伯思《东观余论》卷下，文渊阁四库全书本。

② 《汉书·艺文志》：“凡诗赋百六家千三百一十八篇。”

③ 《诗经·卢令》小序：“刺荒也，襄公好田猎，毕弋而不修民事，百姓苦之，故陈古以风焉。”

④ （宋）方大琮《忠惠铁庵方公文集》卷二六，明正德八年方良刻本。

此赋极论词赋与古诗同义，文体虽异，义无不同，并举大量名篇、名家以证其说，名作如《校猎》、《上林》、《西征》、《子虚》，名家如杜甫、韩愈，“献太清、吟古诗，同是杜甫；感二鸟著律诗，均乎退之”，以证明“作诗之意，赋亦可用”，“能赋之士，诗皆可为”。

元人祝尧《古赋辩体》卷一《楚辞体上》亦云：“宋景文公曰《离骚》为词赋祖，后人为之，如至方不能加矩，至圆不能过规，则赋家可不祖楚骚乎？然骚者诗之变也，诗无楚风，楚乃有骚，何邪？愚按屈原为骚时，江汉皆楚地，盖自文王之化行乎南国，汉广江有汜，诸诗已列于二南十五国风之先。其民被先王之泽也深，风雅既变而‘楚狂凤兮’之歌，‘沧浪孺子’、‘清兮浊兮’之歌，莫不发乎情，止乎礼义，而犹有诗人之六义，故动吾夫子之听。但其歌稍变于诗之本体，又以兮为读，楚声萌蘖久矣。原最后出，本诗之义以为骚，凡其寓情草木，托意男女，以极游观之适者，变风之流也；其叙事陈情，感今怀古，不忘君臣之义者，变雅之类也；其语祀神歌舞之盛，则几乎颂矣。至其为赋，则如骚经首章之云比，则如香草恶物之类兴，则托物兴辞，初不取义。如《九歌》沅芷澧兰以兴，思公子而未敢言之属，但世号楚辞。初不正名曰赋，然赋之义实居多焉。自汉以来，赋家体制大抵皆祖原意，故能赋者要当复熟于此，以求古诗所赋之本义，则情形于辞而其意思高远，辞合于理而其旨趣深长。成周先王二南之遗风，可以复见于今矣。”

明人程廷祚《骚赋论上》论诗、骚、赋异同云：

声韵之文，《诗》最先作，至周而体分六义焉。其二曰赋。战国之季，屈原作《离骚》，传称为贤人失志之赋。班孟坚云：“赋者，古诗之流也。”然则诗也，骚也，赋也，其名异也，义岂同乎？古之为诗也，风行于邦国，雅颂施于朝廷。情动于中而形于言，其用则有赋与比、兴之分。总其大要，有陈情与志者焉，有体事与物者焉。屈子之作，称尧、舜之耿介，讥桀、纣之昌披，以寓其规讽；誓九死而不悔，嗟黄昏之改期，以致其忠怨；近于《诗》之陈情与志者矣。若夫体事与物，风之《驷铁》，雅之《车攻》、《吉日》，《畋猎》之祖也；《斯干》、《灵台》，宫殿苑囿之始也；《公刘》之“豳居允荒”，《绵》之“至于岐下”，《京都》之所由来也。至于鸟兽草木之咏，其流寖以广矣。故诗者，骚赋之大原也。既知诗与骚赋之所以同，又当知骚与赋之所以异。诗之体大而该，其用博而能通，是以兼六义而被管弦。骚则长于言幽怨之情，而不可以登清庙。赋能体万物之情状，而比兴之义缺焉。盖风、雅、颂之再变而后有《离骚》，骚之体流而成赋。赋也者，体类于骚而义取乎诗者也。故有谓《离骚》为屈原之赋者，彼非即以赋命之也，明其不得为诗云尔。骚之出于诗，犹王者之支庶封建为列侯也，赋之出于骚，犹陈完之育于姜，而因代有其国也。

骚之于诗远而近，赋之于骚近而远；骚主于幽深，赋宜于浏亮。[①]

清方熊为《文章缘起》补注云：

两汉而下，独贾生以命世之才俯就骚律，非一时诸人所及。他如相如长于叙事而或昧于情，扬雄长于说理而或略于辞，至于班固辞理俱失。若是者何？凡以不发乎情耳。然《上林》、《甘泉》极其铺张，终归于讽谏，而风之义未泯；《两都》等赋极其炫曜，终折以法度，而雅颂之义未泯；《长门》、《自悼》等赋缘情发义，托物兴词，咸有和平从容之意，而比兴之义未泯。故君子犹取焉。以其为古赋之流也。三国两晋以及六朝再变而为俳，唐人又再变而为律，宋人又再变而为文。夫俳赋尚辞而失于情，故读之者无兴起之妙趣，不可以言则矣；文赋尚理而失于辞，故读之者无咏歌之遗音，不可以言丽矣。至于律赋，其变愈下，始于沈约四声八病之拘，中于徐、庾隔句作对之陋，终于隋、唐、宋取士限韵之制，但以音律谐协，对偶精切为工，而情与辞皆置弗论。

可见诗、辞与赋有不同：就产生先后看，《诗经》最早，《楚辞》继之，赋最后。诗、辞、赋的功能风格各异，《诗》长于陈情表志，《楚辞》长于抒写幽怨，而赋则长于铺张摹写事物情状。赋不同于诗、辞，赋是一种兼有韵文和骈文特点的文体，经先秦的骚体辞和骚体赋，两汉的大赋和抒情小赋，六朝的骈赋，限制越来越严。特别是唐、宋用以取士的试体赋（又叫律赋），不但讲骈偶，还要讲平仄，限押韵（也就大体限了字数），束缚很紧。晚唐杜牧的《阿房宫赋》、宋代欧阳修的《秋声赋》、苏轼的前后《赤壁赋》，形成了一种以散代骈，骈散结合，句式参差，用典较少，押韵不严的文赋。明人吴讷的《文章辨体·赋》云："分赋为四体：一曰古体，二曰俳赋，三曰文赋，四曰律赋。"吴讷所说的古体指六朝以前的赋体，包括楚辞（骚体辞）、骚体赋、两汉大赋。唐宋的文赋实由汉代的抒情小赋演变而成，唐宋律赋实由六朝骈赋演变而成。

日本学者铃木虎雄认为中国赋凡分六期：一为骚赋发生成立时期，自周末屈原、宋玉前后，至汉文帝、景帝期间；二为自汉武帝时代至魏、晋之交，是骚体赋变化为汉赋时期；三为自晋、宋至唐初，是俳赋或骈赋时代；四为唐及宋初的律赋时代，除重声律、对偶外，还对用韵、字数等多有限制，用于科举考试及课试官吏；五是唐末、两宋文

---

① （明）程廷祚《青溪集》卷三，金陵丛书本。

赋时代，多用长句，或用成语，作偶语而带散文单行气势；六是清代“八股文赋”时期，于对偶中杂入制艺文句，可视为文赋之别体。①其实就像诗发展到律、绝，诸体皆备，再没有新兴诗体出现一样，赋发展到文赋，亦诸体皆备，再没有新兴赋体出现。元、明、清三代，除唐、宋的新兴文赋继者寥寥外，基本上都是骚体辞、骚体赋、汉赋、骈赋、律赋并行，仍出现了不少辞赋名家和名作，特别是清代，但再也没有出现新的赋体，明清八股文显然受律赋影响，却没有什么诸如“八股文赋”的新兴赋体。

第二节　骚体(楚辞体)及其不同称谓

楚辞是战国时楚国出现的一种新兴文体，因以屈原《离骚》为代表，故称骚体辞。《文心雕龙》卷五《辨骚》云：“自《风》《雅》寝声，莫或抽绪，奇文郁起，其《离骚》哉！固已轩翥(高飞)诗人之后，奋飞辞家之前，岂去圣之未远，而楚人之多才乎！”元人祝尧的《古赋辩体》，除卷一、卷二以“时代之高下”首列“楚辞体”外，又在卷九、卷一〇《外录》列后骚、辞、文(指《北山移文》之类)、操、歌，这些不同称谓都属楚辞体或叫骚体。《四库全书·古赋辩体》提要云：“其外集二卷，则拟骚、琴操、歌等篇，为赋家流别者也。”可见骚、辞、文、操、歌都属于骚体辞。

楚辞或骚体辞的称谓很复杂，从标题上很难断定。凡直接仿《楚辞》或以《楚辞》篇名为题的，凡前代总集或别集明确列为骚、辞或楚辞的，本书均视为骚体辞，如扬雄的《反离骚》，李纲的《拟骚》，范成大的《楚辞四首》(《幽誓》、《愍游》、《交难》、《归将》)，刘宰的《楚辞二首》之类。

吴子良《荆溪林下偶谈》卷二云：“屈原以此(指《离骚》)命名，其文则赋也。故班固《艺文志》有屈原赋二十五篇，梁昭明集《文选》，不并归赋门，而别名之曰骚。后人沿袭皆以骚称，可谓无义。”其实也并非完全“无义”，正如胡应麟《诗薮》卷一所说：“骚与赋，句语无甚相远，体裁则大不同。骚复杂无伤，赋整蔚有序；骚以含蓄深婉为当，赋以夸张宏富为工。”赋长于铺叙，辞长于抒情，明陈懋仁在《文章缘起》注中云：“感触事物，托于文章谓之辞。”

辞是介于诗、赋、文之间的一种特殊文体，明张蔚然云：“骚之为体，非诗非赋非文，亦诗亦赋亦文。自《骚经》至《大招》，篇节几许，而千百世为诗为赋为文者，取给不竭焉，咄咄是何物。”②

---

① 〔日〕铃木虎雄《赋史大要》第二节《赋史时期之区分》，正中书局本。

② (明)张蔚然《西园诗麈》，续说郛本。

《楚辞》多“以‘兮’字为读”①，或以“些”、“只”为句读，如屈原《大招》大量以“只”为句读，宋玉《招魂》大量以“些”为句读。有人认为“以兮字为读”，虞舜的《南风歌》、《楚狂》、《凤兮》、《孺子》、《沧浪》之歌已开其端，吴讷《文章辨体序说·楚辞》云：“风雅既亡，乃有《楚狂》、《凤兮》、《孺子》、《沧浪》之歌，发乎情，止乎礼义，与诗人六义不甚相远。但其辞稍变诗之本体，而以‘兮’字为读，则夫楚声固已萌蘖于此矣。屈平后出，本诗义以为骚，盖兼六义而赋之义居多。厥后宋玉继作，并号《楚辞》。”

骚体辞的称谓很多，择要论述如下。

（一）骚

吴曾祺《文体刍言·辞赋》云：“楚人屈原始为此体。谓之骚者，凡以写其忧郁无聊之思，犹《风》、《雅》之变也，其文中多楚音。后人多效而为之。”关于骚体形式上的特点，参见本书第十一章第三节（四）“骚体（楚辞体、骚体赋）”。

屈原（约前340—前278）是战国时楚国人，做过楚国司徒、三闾大夫。他主张明法度，举贤能，东联齐，西抗秦。因被谗，先后两次被楚怀王、顷襄王放逐，最后投汨罗江自杀。他一生留下了很多优秀作品，反复陈述自己的政治主张，揭露贵族的昏庸腐朽，表现出强烈的爱国精神。他在吸收楚国民间文学艺术的基础上，创作出以《离骚》为代表的具有楚国地方特色的文学样式，被称为楚辞体。《史记·屈原列传》云：“（屈）平疾王听之不聪也，谗谄之蔽明也，邪曲之害公也，方正之不容也，故忧愁忧思，而作《离骚》。离骚者，犹离忧也。”《离骚》较长，详而论之，可分为十个部分。第一部分（从“帝高阳之苗裔兮”到“来吾导夫先路”）自叙家世出身、生辰名字以及自己如何积极自修，锻炼才能。第二部分（从“昔三后之纯粹兮”到“伤灵修之数化”）写自己的政治理想以及为实现自己政治理想所遭到的挫折。第三部分（从“余既滋兰之九畹兮”到“愿依彭咸之遗则”）写自己在遭遇挫折之后，毫不气馁，依旧积极自修，依照彭咸的遗教行事。第四部分（从“长太息以掩涕兮”到“固前圣之所厚”）写自己的特立独行，遭人馋毁，再一次遭遇挫折，陷入孤独绝望的境地，但仍不肯“背绳墨以追曲”，而甘愿“伏清白以死直”。第五部分（从“悔相道之不察兮”到“岂余心之可惩”）进一步写内心的矛盾、彷徨、苦闷以及心灵搏斗的过程，最终坚定自己的道德情操和政治理想。第六部分（从“女媭之婵媛兮”到“沾余襟之浪浪”）写经女媭的劝诫，自己到重华面前，陈述己志。第七部分（从“跪敷衽以陈辞兮”到“余焉能忍而与此终古”）写向重华陈述

① （明）唐顺之《稗编》卷七四，文渊阁四库全书本。

了自己的“举贤授能”的政治主张后，开始神游天地，“上下求索”，表达自己不为世容的强烈感情。第八部分(从“索藑茅以筳篿兮”到“周流观乎上下”)写自己听了巫咸的话，最后决心离开楚国。这一大段最能代表《离骚》的浪漫主义色彩。屈原请灵氛为他占卜，灵氛劝他离开楚国：“两美(忠臣、明君)其必合兮，孰信修(忠信之人)而慕之？思九州之博大兮，岂惟是其有女？勉远逝而无狐疑兮，孰求美而释(舍)女？何所独无芳草兮，尔何怀乎故宇？”但他“欲从灵氛之吉占兮，心犹豫而狐疑”，故又向巫咸(古代神巫)请教，巫咸也劝他离楚：“(傅)说操筑于傅岩兮，武丁(殷高宗)用而不疑。吕望(姜太公)之鼓刀兮，遭周文(王)而得举。宁戚之讴歌兮(卫人宁戚饭牛而歌)，齐桓(公)闻以该辅(任为大夫)。”楚国已没有这样的明君，而是奸臣当道：“惟此党人之不谅兮，恐嫉妒而折之。时缤纷其变易兮，又何可以淹留？”灵氛、巫咸的话实际都是屈原的自白，是他留与去的矛盾心理的表现。第九部分(从“灵氛既告余以吉占兮”到“蜷局顾而不行”)这是写在灵氛、巫咸的劝告下，决心离开楚国远游而又仍不忍离开楚国：“仆夫悲余马怀(思)兮，蜷局(不行貌)顾而不行。”末以“乱曰”作结：“已矣哉！国无人莫我知兮，又何怀乎故都！既莫足与为美政兮，吾将从彭咸之所居！”

《离骚》是中国古代最长的政治抒情诗，全文二千四百多字，揭露抨击了统治者的奸邪残暴、贪婪纵欲，抒发了自己坚持正义，追求真理，不畏艰险，不怕迫害，始终怀恋故土，不愿离开楚国的心情。全篇用了大量比、兴、夸张手法，采用不少神话传说，富有浪漫气息。王逸《楚辞章句·离骚经序》云：“《离骚》之文，依《诗》取兴，引类譬喻，故善鸟香草以配忠贞，恶禽臭物以比谗佞，灵修美人以媲于君，宓妃佚女以譬贤臣，虬龙鸾凤以托君子，飘风云霓以为小人，其词温而雅，其义皎而朗，凡百君子莫不慕其清高，嘉其文采，哀其不遇而闵其志焉。”全文想象丰富，形象地记录了他一生的历程，被视为屈原的自叙传。司马迁对屈原称颂备至，而班固则讥其为“狂狷景行之士”，但亦承认“其弘博丽雅，为辞赋宗”。①

《离骚》对后世文学影响深远，续作甚多。扬雄有《反离骚》、《广离骚》。《反离骚》也像《离骚》一样，首先自报家门，交代撰写此文的原因，然后对屈原及其《离骚》给予很高的评价，认为屈原与神龙、庆云、圣哲、仲尼相类：“懿神龙之渊潜兮，俟庆云而将举”、“夫圣哲之不遭兮，固时命之所有”、“昔仲尼之去鲁兮，婓婓迟迟而周迈。”但他批评屈原不知自保，更不当投江自杀，没有看出楚王之不可信：“灵修(楚王)既信椒、兰(令尹子椒、子兰)之唼佞(谗言)兮，吾累忽焉而不蚤(早)睹？”既知世人嫉妒他的才能，就不应真显露其美务：“知众嫭之嫉妒兮，何必扬彼之峨眉”；责难他不能行其志，

---

① (汉)王逸《楚辞章句》卷三《天问章句第三》，文渊阁四库全书本。

何不早离开:"累既攀夫傅说(商王武丁时大臣)兮,奚不信(伸) 而遂行";为什么不像渔父、许由、老聃学习,而走彭咸的老路:"混渔父之馆歠(饮)兮,洁沐浴之振衣,弃由、聃(许由与老聃)之所珍兮,跖彭咸之所遗(彭咸,殷之介士,不得志而投江死。《离骚》:'虽不周于今之人兮,愿依彭咸之遗则。')"①

对于扬雄及其《反离骚》,历史上争议颇多。有赞扬者,如王安石《扬子二首》其一云:"儒者陵夷此道穷,千秋止有一扬雄";晁补之《变离骚序》云:"《反离骚》非反也,合也,盖原死知原惟雄。"三苏父子则不以扬雄为然,苏轼《与谢民师推官书》云:"屈原作《离骚经》。盖风雅之再变者,虽与日月争光可也。可以其似赋而谓之雕虫乎?"朱熹在《楚辞辩证》、《楚辞后语》中讥雄为"莽大夫",其《楚辞后语目录序》云:"雄则欲因反骚而著,苏氏(轼)、洪氏(兴祖)之贬词,以明天下之大戒也。"朱熹还将《反离骚》收入《楚辞后语》卷三,并说:"雄固为屈原之罪人,而此文乃《离骚》之谗贼矣,他尚何说哉!"

宋代直接仿楚辞而作的有李纲的《拟骚》,范成大的《楚辞四首》,刘宰的《楚辞二首》也是拟骚之作。②李纲《拟骚》自序云:"昔屈原放逐,作《离骚经》,正洁耿介,情见乎辞。然而托物喻意,未免有谲怪怨怼之言,故识者谓'体慢于三代,而风雅于战国,乃雅颂之博徒,而词赋之英杰',不其然欤! 予既以愚触罪,久寓谪所,因效其体,摅思属文,以达区区之志。取其正洁耿介之义,去其谲怪怨怼之言,庶几不诡于圣人,目之曰《拟骚》。"所谓"以愚触罪,久寓谪所"指他贬官福建,因为文中有"绝江淮而历浙兮,割深爱于亲庭。陟闽山之险阻兮,予只影之伶俜。泛吾舟兮建溪,弭吾节兮剑浦。会计当兮委吏,偷燕闲兮筦库"之句。他认为《离骚》表现了屈原的"正洁耿介",但不满其托物谲怪,喻意怨怼,称自己的拟作"不诡于圣人"。此文与屈原《离骚》一样,自述其生平。先述家世:"帝混元之苗裔兮,历汉唐而扬英。散枝叶于天壤兮,遭五季而遁族于瓯闽。皇祖隐德而弗耀兮,逮吾亲(指李夔,官终龙图阁待制)而振名。"次叙自己的经历及感恩图报之情:"岁昭阳之渊献兮,闰夏甲申吾以降。幻倥侗而颛蒙兮,非岐嶷之夙成。长游学于四方兮,爰观光于国宾。服诗礼之严训兮,传忠孝之家声。揽百氏之所长兮,味六经之纯精。常恐不德以怨及朋友兮,慕节义于古人。岂富贵之足志兮,冀斯文之可鸣……误姓名之上达兮,珥史笔于彤庭。侍穆穆之清光兮,闻玉音之丁宁。入则陪国论于青琐兮,出则扈属车之清尘。惟丘山之恩厚兮,何涓埃之报轻。"结果却"朝抗节而夕贬":"悼奸邪之乱政兮,汩正理而不明。窃怀愤而郁结兮,每欲叩

① (宋)陈子仁《文选补遗》卷三〇。

② 以上均见(清)庄仲芳《南宋文范》卷三,光绪戊子江苏书局刊本。

龙墀而力争。惟本朝之宽大兮，非有鼎镬斧钺之刑。何群公之噤默兮，咸卷舌而吞声。因积水之告灾兮，爰奏疏而上陈。庶一言之悟主兮，回天照之明明。朝抗节而夕贬兮，白日不谅予之精诚。徒孤忠之耿耿兮，任萍梗之飘零。”在贬所他只好以读书写作、游山玩水为乐：“朝吾游兮翰墨之林，夕吾戏兮图书之府。道既不可以行于今兮，质圣贤于往古。嘉溪山之秀绝兮，聊逍遥以容与。眺翠岭兮泛清流，桂为櫂兮兰舟。”他对屈原、贾谊、韩愈、李德裕的处穷都有所不满：“有觞咏兮自适，乐天命兮何忧。悼屈原之沉汨兮，非悲贾谊之不修。笑退之之戚嗟兮，悯德裕之穷愁。惟君子之出处兮，贵体道以周流。自任以天下之重兮，何一己之为谋。用则行而舍则藏兮，又何必杀身而怨尤。”他主张乐天自适，放眼未来：“惟盖棺兮事始定，聊康强兮保天性。岁寒不失其青青兮，惟松柏之独正。信吾道以倨游兮，姑居易以俟命。”结尾也像《离骚》一样，以“乱曰”作结，用语也多《离骚》之词，如“带长铗而峨冠兮，锵佩玉而琚琼。纫兰荪之香洁兮，服蕙茝之芳声。纷吾既袭此众美兮，胡敢自谓之修能”；“艺兰蕙兮九畹，植松竹兮百亩。餐秋艺菊兮落英，饮木兰兮坠露。”总之，此文除不满屈原的“必杀身而怨尤”外，从结构到语言都确实是在拟《骚》，模拟屈原的《离骚》。

林希逸对《广骚》、《反骚》、《辨骚》、《悼骚》之辞不以为然，其《离骚》是一篇阐述《离骚》主旨，批评宋人拟《骚》之作的文章。他首论《诗》、《骚》关系：“不知《诗》之旨趣，无以知《骚》之风骨；不知《诗》之蹊径，无以知《骚》之门户。《诗》者《骚》之宗，而《骚》者《诗》之异名也。”次论《诗》派不传，《诗》、《骚》之义多不为人识：“自《诗》派不传，文习益腾，辞尚于浮靡而不务于真实，言出于口耳而不根于肝鬲，流浪于风云月露之形，祖袭于四六红白之体，《诗》、《骚》之义即不为人所识。”他指责本朝人好议古人：“其或好名之士，以文相高，指瑕前辈，轻议古人，至又有援笔而为《广骚》、《反骚》、《辨骚》、《悼骚》之辞者。悲夫，原之不遇也！”文章后幅即详论屈原之不遇，并举李、杜等为例说明“《诗》家之风骨蹊径，与《骚》为同出也。”①全文结构严密，行文刚劲有力，颇有《离骚》之风。

（二）辞

吴曾祺《文体刍言·辞赋》云：“辞为文体之名，犹之论也，盖皆语言之别称，惟论则质言之，辞则少文矣。故《左传》称‘子产有辞’是也。而后之文体，亦由此而分。曾氏（国藩）每以无韵者入之论著类，以有韵者入之辞赋类，即其义也。春秋以后，惟楚

---

① （宋）林希逸《竹溪鬳斋十一稿》续集卷八，文渊阁四库全书本。

人最工此体，故谓之《楚辞》，而后之人往往摹拟而为之。自汉魏以后，迄于南北朝，赋体盛行，唐人且以之取士。洎唐中叶，韩柳之徒出，于是文有骈体、散体之分。而今人之选古文者，往往不登词赋一门，以示裁别。然二者用有广狭，而其实不可偏废也。且自古文人，亦未有于骈体全未问津而能工散体者，特人之性质不同，故于功力所至，不免有所专注焉耳。叙辞赋类第十二，为目八：曰赋，曰辞，曰骚，曰操，曰七，曰连珠，曰偈。”又云：“辞之为体与赋同，盖皆诗之附庸，后乃自为大国。今择乐府歌曲之以词名者，不以入选。惟汉武帝之《秋风辞》与诗相近，然自昭明入选时，已不与诗为类，今仍之。《楚辞》亦辞也，今别之为骚，自为一体。”又云：“操与诗相似。孔子有《龟山》、《漪兰》二操，其来久矣。而考其体制，实与骚不相远，所以异于骚者，不以楚人作楚语耳。”

关于辞之源流，梁任昉《文章缘起》云：“辞，汉武帝《秋风辞》。”《古赋辩体》收有汉武帝《秋风辞》，汉息夫躬《绝命辞》，晋陶潜《归去来辞》，宋黄庭坚《濂溪辞》，杨万里《延陵怀古辞》(包括《延陵季子》、《兰陵令》、《东坡先生》)。

汉武帝《秋风辞》见《汉武故事》，武帝行幸河东祠后土，顾视帝京，乃作此辞：“秋风起兮白云飞，草木黄落兮雁南归。兰有秀兮菊有芳，怀佳人兮不能忘。泛楼船兮济汾河，横中流兮扬素波。箫鼓鸣兮发棹歌。欢乐极兮哀情多，少壮几时兮奈老何!”此辞三易韵，其节短，其辞哀，前两句叹秋风起而万物枯黄，三四句因秋菊而思佳人，后五句因泛楼船而对自己穷兵黩武似略有悔意，王通《中说》卷四云：“《秋风》，乐极哀来，其悔志之萌乎。‘欢乐极兮哀情多’，此悔悟前过，志形哀痛之语也。”

《汉书》卷四五载，息夫躬为汉河阳人，少为博士弟子，受《春秋》。哀帝时为光禄大夫，数言事，众畏其口，告躬怀怨。躬恐遭害，作《绝命辞》。首写其处境之艰难：“玄灵泱郁将安归兮。鹰隼横厉(疾飞)鸾徘徊兮。矰若浮猋(疾风)动则机兮(缯弋张设，其疾若风，动则机发)。丛棘栈栈(众盛貌)曷可栖兮。”次写其忠而被谤，无人理解自己：“发忠忘身自绕罔兮。冤颈折翼庸得往兮。涕泣流兮萑兰(草名，蔓生于地，有所依凭则起)，心结愲(心乱)兮伤肝。虹蜺曜兮日微，孽杳冥兮未开。痛入天兮鸣呼，冤际绝兮谁语。仰天光兮自列，招上帝兮我察。秋风为我吟，浮云为我阴。”末谓自己被迫离开朝廷，朝廷将来会想起自己：“嗟若是兮欲何留，抚神龙兮揽(执)其须。游旷回兮反亡期，雄失据兮世我思(言上失所据乃思我)。”朱熹《楚辞后语》云：“《绝命词》者，汉息夫躬之所作也。躬以变告东平王云祠祭祝诅事，拜官封侯，而云坐诛死。后又数上疏论事，语皆险谲，竟以罪系诏狱，仰天大呼，绝咽而死。躬以利口作奸，死不偿责，而此词乃以发忠忘身，号于上帝。甚矣，其欺天也！特以其词高古似贾谊，故录之，而备其本末如此，又以见文人无行之不足贵云。”这里朱熹一面指责息夫躬乃无行文人，一面又肯定"其词高古"。

陶潜的《归去来辞》是妇孺皆知的名篇,兹不赘述。

宋代以辞名篇的骚体辞很多,最早的应算朱昂的《隋河辞》,《宋史·朱昂传》云:"尝作《隋河辞》,谓浚决之病民,游观之伤财,乃天意之所以亡隋也。使隋不兴役费财,以害其民,则安得有今日之利哉!"可惜《宋史》本传只录了他的《广闲情赋》,而此文已失传。

欧阳修撰《啄木辞》寓意较深,感叹后世帝王大兴土木,为了一人之庇而不惜"一林夷族",认为虫蠹之害远不如工蠹,不应捕小纵大:"工蠹则大兮虫蠹则小,捕小纵大兮将何谓?皇惜木兮虽甚恩,虫利食兮啄徒勤,蠹未入口兮刃至其根。与其啄蠹能尽死,不如得啄匠手,使不堪于斧斤。"通篇表现了欧阳修嫉恶如仇的精神。

苏轼的《黄泥阪词》是他谪居黄州期间所作的骚体辞。①首写途经黄泥阪所见之景:"出临皋而东骛兮,并丛词而北转。走雪堂之坡陀兮,历黄泥之长阪。大江汹以左缭兮,渺云涛之舒卷。草木层累而右附兮,蔚柯丘之葱茜。余旦往而夕还兮,步徙倚而盘桓。虽信美而不可居兮,苟娱余于一盼。"次写自己的谪居原因及处境:"余幼好此奇服兮,袭前人之诡幻。老更变而自哂兮,悟惊俗之来患。释宝璐而被缯絮兮,杂市人而无辨。路悠悠其莫往来兮,守一席而穷年。时游步而远览兮,路穷尽而旋反。朝嬉黄泥之白云兮,暮宿雪堂之青烟。喜鱼鸟之莫余惊兮,幸樵苏之我嫚。"最后写自己大醉:"初被酒以行歌兮,忽放杖而醉偃。草为茵而块为枕兮,穆华堂之清宴。纷坠露之湿衣兮,升素月之团团。感父老之呼觉兮,恐牛羊之予践。于是蹶然而起,起而歌曰:月明兮星稀,迎余往兮饯余归。岁既宴兮草木腓,归来归来兮,黄泥不可以久嬉。"全词极写自己无所事事的谪居生活,朝嬉黄泥之白云,暮宿雪堂之青烟,以草为茵,以块为枕,坠露湿衣,而酣卧不醒。苏辙《东坡三绝句》把此词与《赤壁赋》相提并论,称为"奇韵":"为文《赤壁》并《黄阪》,奇韵平生想象中。延目练江嗟逝水,举头碧落看飞鸿。"②

骚体辞的题材十分丰富,可谓无所不包,或咏物,或怀古,或抒发自己的怀抱,或为友人赠言。与汉赋、骈赋、律赋、文赋相比较,骚体辞在艺术上具有自身的特点。赋特别是汉赋以夸张宏富为工,骚体辞则以抒情深婉为当。欧阳修的《哭女师辞》是为八岁小女夭折而作,行文很短,仅一百一十六字,而抒情色彩却很浓:"暮入门兮迎我笑,朝出门兮牵我衣。戏我怀兮走而驰,旦不觉夜兮不知四时。忽然不见兮一日千思,日难度兮何长,夜不寐兮何迟。暮入门兮何望,朝出门兮何之?恍疑在兮杳难追,

---

① (宋)吕祖谦《宋文鉴》卷三十,文渊阁四库全书本。

② (宋)苏辙《双溪集》卷一,文渊阁四库全书本。

髽两毛兮秀双眉。不可见兮如酒醒睡觉，追惟梦醉之时。八年几日兮百岁难期，于汝有顷刻之爱兮，使我有终身之悲。”全词以生前的朝挽暮迎与死后的朝出何之、暮入何望作对比，以生前的日嬉于怀和死后的一日千思作对比，特别是以顷刻之爱与换得的却是终生之悲作对比，充分抒发了失去爱女的悲伤之情。刘埙《隐居通议》卷五云：“遗哀遣卷，殆骨肉之情不能忘。”

苏轼有一篇《伤春词》，虽是代吕文甫丧妻安氏而作，但其感人似乎可与欧阳修的《哭女师辞》媲美：“佳人与岁皆逝兮，岁既复而不返。付新春于居者兮，独安适而愈远。昼昏昏其如醉兮，夜耿耿而不眠。”

汉以后的各体赋多骈句，特别是律赋、俳赋，而骚体辞多单句，句式也更富于变化。苏轼的《太白词》作于嘉祐七年任凤翔签判时，其叙云：“岐下频年大旱，祷于太白山辄应，故作迎送神辞一篇五节。”可见是为迎送神而作。五节分别描写“神将驾”、“神在途”、“神既至”、“神欲还”、“神之去”，即整个祈神降雨的过程。每句三字，唯末句多一“兮”字，句式十分整齐。如第三首：“风为幄，云为盖。满堂烂，神既至。纷醉饱，锡以雨。百川溢，施沟渠，歌且舞兮。”

释居简的《紫芝词》的句式更为灵活：“石兮琼，木兮椿，飞兮凤，走兮麟，草兮芝，配是四灵。绝类兮离伦，拔萃兮茁英。不时兮自解，不植兮自萌。软湿兮紫润，丽泽兮芳新。食秀兮春滋，挹粹兮露零。太和兮蔼蔼，至洁兮津津，山云兮溶溶，溪水兮泠泠。华风兮致祥，霁月兮荐清。马鬣未封兮玄堂未扃，发之者天兮感之者人。”①这里运用三、四、五、九句式，读起来十分轻灵。他还撰有《姚山僧舍怪梅词》，句式整齐，通篇皆为四字句；写法奇特，通过梅与水的对话写梅的古怪，显然是借物以拟人：“水谓梅兄，既清且奇，亦复怪古，岁寒不移。古则背俗，怪则违众。彼众与俗，邈不汝共。”梅回答说，背俗违众，是它的禀赋，很难改变：“兄曰不然，赋形大钧，有万不齐，粤维钧成。伊予所赋，绝不谐俗。俗睨尽白，以白自淑。”最后以水与梅都愿各遂其性作结：“水泣诉兄，兄谨勿言。我维涟漪，乃行潦怨。盍同笺天，俾遂厥性。反尔怪古，及我澄莹。兄谢涟漪，尔毋蔓辞。天匪汝谐，遂及我私。”

（三）七

“七”或名七体，是楚辞的一体，挚虞《文章流别论》云：“《七发》造于枚乘……因膏粱之常疾以为匡劝，虽有甚泰之辞，而不没其讽喻之义也。其流遂广，其义遂变，率有

① （宋）释居简《北磵集》卷二，文渊阁四库全书本。

辞人淫丽之尤矣……斯文之族，岂不谓义不足而辩有余者乎？赋者将以讽，吾恐其不免于劝也。”①《文心雕龙·杂文》云：“及枚乘摛艳，首制《七发》，腴辞云构，夸丽风骇……自《七发》以下，作者继踵，观枚氏首唱，信独拔而伟丽矣。及傅毅《七激》，会清要之工；崔骃《七依》，入博雅之巧；张衡《七辨》，结采绵靡；崔瑗《七厉》，植义纯正；陈思《七启》，取美于宏壮；仲宣（王粲）《七释》，致辨于事理。自桓麟《七说》以下，左思《七讽》以上，枝附影从，十有余家。或文丽而义暌，或理粹而辞驳。观其大抵所归，莫不高谈宫馆，壮语畋猎。穷瑰奇之服馔，极蛊媚之声色。甘意摇骨髓，艳词洞魂识，虽始之以淫侈，而终之以居正。然讽一劝百，势不自反。子云（扬雄）所谓‘犹骋郑卫之声，曲终而奏雅’者也。唯《七厉》叙贤，归以儒道，虽文非拔群，而意实卓尔矣。”

明陈懋仁注梁任昉《文章缘起》不以七体起于《七发》为然，认为“七”最早起于汉代东方朔的《七谏》：“七，对问之别为，楚骚《七谏》之流，后遂以七为文体……古人戒册用九与七，屈子《九章》、《九歌》，《孟子》、《庄子》七篇命名。”清方熊补注梁任昉《文章缘起》认为“七”是由问对组成，这与赋体相似，“七”的问对实为七：“按七者，文章之一体也。词虽八首，而问对凡七，故谓之七。则七者问对之别名，而楚辞《七谏》之流也。”吴曾祺《文体刍言·辞赋类》云：“《楚辞》中有《七谏》一篇，而其体未备。汉人枚乘始作《七发》，首序，余则设问难之辞凡七，因以为名。后人仿而为之甚众。”明人谢榛《四溟诗话》则认为七体源于《鬼谷子·七箝》，颇有新意：“枚乘始作《七发》，后有傅毅《七激》、张衡《七辩》、崔骃《七依》、马融《七广》、刘向《七略》、刘梁《七举》、崔琦《七蠲》、桓麟《七说》、李尤《七疑》、刘广世《七兴》、曹子建《七启》、徐幹《七喻》、王粲《七释》、刘邵《七华》、陆机《七征》、孔伟《七引》、湛方生《七欢》、张协《七命》、颜延之《七绎》、竟陵王《七要》、萧子范《七诱》。诸公驰骋文词，而欲齐驱枚乘，大抵机括相同，而优劣判矣。赵王枕易曰：‘《七发》来自《鬼谷子·七箝》之篇。’”

七体因由七则问对加一则小结组成，行文一般都较长，难以举其全篇。枚乘以所作《七发》而闻名后世。《文选》卷三四李善注云：“《七发》者，说七事以启发太子也，犹楚辞《七谏》。”刘勰《文心雕龙·杂文》云：“盖七窍所发，发乎嗜欲，始邪末正，所以戒膏粱之子也。”可见《七发》是一篇有为之作。其序文设楚太子有病，吴客指出其病就在于奢淫过度。正文分述音乐、饮食、车马、游宴、田猎、观涛等，引导太子改变其生活；最后说要为太子引见方术之士，为他讲“要言妙道”，“论天下之精微，理万物之是非”，结果“太子据几而起”，病好了。这是一篇颇富哲理的文章，特别是序文中的：“出舆入辇，命曰蹷痿之机；洞房清宫，命曰寒热之媒；皓齿娥眉，命曰伐性之斧；甘脆肥

① 《文章流别论》已佚，今存佚文十二条，见（清）严可均《全晋文》卷七七，中华书局1958年版。

脓，命曰腐肠之药。今太子肤色靡曼，四支委随，筋骨挺解，血脉淫濯，手足惰窳，越女侍前，齐姬奉后，往来游宴，纵恣乎曲房隐间之中，此甘餐毒药，戏猛兽之爪牙也。所从来至深远，淹滞永久而不废，虽令扁鹊治内，巫咸治外，尚何及哉！”这段话至今仍是至理名言。全文寓意深刻，描写细腻。

后世模仿《七发》之作甚多，被称为七体。但多屋下架屋，体气卑弱，规模狭陋，少有高标逸韵之作。正如《容斋随笔》卷七《七发》论七体模仿与创新云：“枚乘作《七发》，创意造端，丽旨腴词，上薄骚些，盖文章领袖，故为可喜。其后继之者，如傅毅《七激》、张衡《七辩》、崔骃《七依》、马融《七广》、曹植《七启》、王粲《七释》、张协《七命》之类，规仿太切，了无新意。傅玄又集之以为《七林》，使人读未终篇，往往弃诸几格。柳子厚《晋问》乃用其体，而超然别立，新机杼，激越清壮，汉晋之闲，诸文士之弊于是一洗矣。”

（四）九

九也是楚辞的一体。

《说郛》卷二四下引施青臣《继古丛编·骚篇》云：“《楚辞》多以九为义，屈原曰《九章》，曰《九歌》，宋玉曰《九辩》，王褒曰《九怀》，刘向曰《九叹》是也。后人继之者又有如曹植之《九愁》、《九咏》，陆云之《九愍》，前后祖述，必用九者。王逸注《九辨》为九者阳之数，道之纲纪也；五臣《文选注》亦云：‘九者，阳之数极，自谓否极，取为歌名也。’二家之说如此。余按《山海经》曰夏后开土，三嫔于天（原注缺）……得《九辨》与《九歌》以下。郭景纯注引《归藏·开筮》曰：‘昔彼九宜，是为帝辨；同宫之序，是为《九歌》。’考此则《九歌》、《九辨》皆天帝乐名。夏初得之，屈原、宋玉取诸此也。况屈、宋骚辞多摘《山海经》之事，迹乎诗亡而后骚作，骚亦诗乐之余派，乐至九而成，故《周礼·九德之歌》，箫韶之舞奏于宗庙之中，乐必九变而可成礼，所以必取于九者。黄钟在子太元，以为子数九，得非黄钟为五音之宫欤？然则屈原而下赝辞规谏寓诸乐章，将以感神之心，而感人意亦切矣。”清末王兆芳《文章释》云：“九者，老阳之数，逾七而多者也。古恒言，少曰一，多曰九。讽词别章至九数也。主于假譬规讽，充义尽情。源出夏禹《九歌》，流有《楚辞》屈原《九歌》至汉王逸《九思》等篇，魏曹植《九咏》，晋陆云《九愍》。”可见九体并非始于屈原，而早在夏代就已有了。

《九章》包括《惜诵》、《涉江》、《哀郢》、《抽思》、《怀沙》、《思美人》、《惜往日》、《橘颂》、《悲回风》九篇。王逸《楚辞章句》卷四《九章序》云：“《九章》者，屈原之所作也。屈原放于江南之野，思君念国，忧心罔极，故复作《九章》。章者，明也，言已所陈忠信之道甚著明也。卒不见纳，委命自沉，楚人惜而哀之，世论其词以相传焉。”兹举其第一篇《惜诵》以见一斑。

《惜诵》是《九章》第一篇，今以此为例来看看九体。何谓“惜诵”，历来解释不一。洪兴祖《楚辞补注》卷四释为“惜诵者，惜其君而诵之也”，其主旨是“言己以忠信事君，可质于明神，而为谗邪所蔽，进退不可，惟博采众善以自处而已”。“惜诵”就是以痛惜的心情，述说自己因直言进谏而遭谗之事。有人认为此篇非屈原所作，但其主旨实与《离骚》相同，至少是屈原的思想。文章首谓自己写作此篇的目的在于抒愤明志：“惜诵以致愍（忧苦）兮，发愤以抒情。所（傥，假如）令五帝（东西南北中之帝）使折中兮，戒六神（上下四方之神）与向服（对质）。俾山川以备御（共同参与对质）兮，命咎繇（即皋陶，舜时司法之臣）使听直。”此言自己对楚王的忠诚，天帝鬼神可鉴，可招来五帝六神、山川神祇和司法的皋陶听我申诉，作出公正的评判。次写屈原的申诉，谓自己竭诚事君，却忠而被谤，成了“招祸之道”：“竭忠诚而事君兮，反离群而赘肬（肿瘤，多余的人）。忘儇媚（不以轻佻取媚）以背众兮，待明君其知之。言与行其可迹（可考）兮，情与貌其不变。故相臣莫若君兮，所以证之不远（证明无需远求）。吾谊（通“义”）先君而后身兮，羌（语助词）众人之所仇也。专惟君而无他兮，又众兆（多数人）之所仇。一心而不豫（犹豫）兮，羌无可保也。疾亲君而无他兮，有招祸之道也。”再写自己陈志无路的心情：“思君其莫我忠（没有人比我更忠心）兮，忽忘身之贱贫。事君而不贰兮，迷不知宠之门（取宠之门）。患何罪以遇罚兮，亦非余之所志也。行不群以巅越兮，又众兆之所咍（笑）也。纷逢尤（责怪）以离（遭）谤兮，謇（口吃）不可释也。情沉抑而不达兮，又蔽而莫之白也。心郁邑余侘傺（失意貌）兮，又莫察余之中情。固烦言不可结而诒（传送）兮，愿陈志而无路。退静默而莫余知兮，进号呼又莫吾闻。申侘傺之烦惑兮，中闷瞀之忳忳（忧伤貌）。”自己是“先君而后身”，虽不在乎遇罚，但会为国人所笑。静默不言，无人知道自己的苦心；大声疾呼，也“莫吾闻”。屈原既不为人知，只好向神占卜，以下就是占梦者对屈原的劝告：“昔余梦登天兮，魂中道而无杭（通“航”）。吾使厉神（附在占梦者身上的神）占之兮，曰：‘有志极而无旁（有最终志向而无法实现），终危独以离异兮？（这是屈原的问话，难道我最终就只能危险孤独而离开吗。下面是神的回答）’曰：‘君可思而不可恃。故众口其铄金兮，初若是（本来就是如此）而逢（危险）。惩于羹（烫的汤）而吹齑（截成细末的冷菜）兮，何不变此志也？欲释（舍）阶而登天兮，犹有曩（从前）之态也？众骇遽（惊慌）以离心兮，又何以为此伴也？同极而异路兮，又何以为此援也？晋申生之孝子兮，父信谗而不好①。行婞直（刚直）而不豫（犹

① 申生，晋献公太子。为后母骊姬所谗，申生被迫自杀。《史记》卷五《秦本纪》：“晋骊姬作乱，太子申生死新城。”

豫)兮,鲧功用而不就。①’”此段与《离骚》女媭一节略同,厉神谓屈原的目标无路可施,是“欲登天而释阶”,根本达不到目的,并以申生和鲧为例,说明好心未必有好报。最后写屈原听了厉神的话后的感慨:“吾闻作忠以造怨兮,忽谓之过言。九折臂而成医兮,吾至今而知其信然。矰弋机(安装捕兽器具)而在上兮,罻罗张(张高捕鸟之具)而在下。设弧檠(弧、檠,皆捕鸟之具)以娱君兮,愿侧身而无所。欲儃佪(俳徊)以干傺(寻求机会)兮,恐重患而离尤(再次遭遇祸患和怨尤)。欲高飞而远集兮,君罔(诬罔)谓女(汝)何之?欲横奔而失路兮,盖志坚而不忍。背膺(胸口)牉(分裂)以交痛兮,心郁结而纡轸(纡回作痛)。捣木兰以矫蕙(揉碎蕙草)兮,糳(舂)申椒(芳香小木)以为粮。播江离与滋菊兮,愿春日以为糗芳。恐情质之不信(伸)兮,故重著以自明(一再表白)。矫兹媚以私处兮(举起美好德行而独处),愿曾思(即层思,反复考虑)而远身。”“九折臂而成医”,现在才懂得忠而造怨,确实如此(信然)。矰弋、罻罗在侧,无容身之地(“愿侧身而无所”),该怎么办呢?或俳徊等待,恐再遭忧患;或远走高飞,但往哪里去呢?或“横奔而失路”,即“妄行失道”,与坏人同流合污,但“志坚而不忍”。屈原用了很多比喻,如捣碎木兰和蕙草,磨细申椒,种上江蓠和菊花,作为春天的干粮(糗芳),来表白自己既要保持美好的品德,又要远离这肮脏的地方,“愿曾思而远身”。

《惜诵》在艺术上也很有特色。与《离骚》一样,《惜诵》有丰富的想象力,有浓郁的浪漫主义色彩。他希望有五方天帝、山川诸神、古代皋陶来倾听自己的诉说;又虚构了厉神给屈原以劝告和回答,“君可思而不可恃,故众口其铄金兮”,何不改变志向。这就既给人一种虚无缥缈的景象,又给人以身临其境的感受。从对天发誓(“非忠而言之兮,指苍天以为正”),写到自己哭诉无门;从厉神的忠告写到自己“愿曾思而远身”,行文曲折起伏,抒情色彩极浓。语言上,《惜诵》也与《离骚》一样,用了大量的比喻、典故和神话传说以抒胸臆,通俗浅显,生动自然。正如朱熹《楚辞集注》卷四所说:“此篇全用赋体,无他寄托,其言明切,最为易晓,而其言作忠造怨,遭谗畏罪之意,曲尽彼此之情状,为君臣者皆不可以不察。”

历代都有不少模仿《九章》之作,如宋鲜于侁有《九诵》。苏轼《书鲜于子骏楚辞后》云:“鲜于子骏作楚词《九诵》以示轼。轼读之,茫然而思,喟然而叹,曰:嗟乎,此声之不作也久矣,虽欲作之,而听者谁乎?譬之于乐,变乱之极,而至于今,凡世俗之所用,皆夷声夷器也,求所谓郑、卫者,且不可得,而况于雅音乎?学者方欲陈六代之物,弦匏《三百五篇》,犁然如戛釜灶、撞瓮盎,未有不坐睡窃笑者也。好之而欲学者无其

---

① 鲧,尧臣。鲧治水,因为人劲直,自恣自用,被殛于羽山。谓屈原履行忠直,终不回曲,将像鲧一样最终获罪。

师，知之而欲传者无其徒，可不悲哉？今子骏独行吟坐思，寤寐于千载之上，追古屈原、宋玉，友其人于冥寞，续微学之将坠，可谓至矣。而览者不知甚贵，盖亦无足怪者。彼必尝从事于此，而后知其难且工。其不学者，以为苟然而已。”

（五）五

以五为体的远没有七、九那样多，唐卢照邻《五悲》（《文苑英华》等总集多作《五悲文》）自序云：“自古为文者多以九、七为题目，乃有《九歌》、《九辨》、《九章》、《七发》、《七启》，其流不一。余以为天有五星，地有五岳，人有五章，礼有五礼，乐有五声，五者亦在天地之数。今造《五悲》以申万物之情，传之好事耳。”五悲为《悲才难》，《悲穷道》、《悲昔游》、《悲今日》、《悲人生》，其《悲才难》文颇长，今录其第一段，以见其体制：

> 恭闻古之君子兮，将远适乎百蛮。何故违父母之宗国，从禽兽于末班？将矫词兮不往，将背俗兮不还。宁曲成而薄喪，不直败以厚颜？彼圣人兮犹若此，况不肖于中间？古往今来，邈矣悠哉！稽生玉折，颜子兰摧。人兮代兮俱尽，代兮人兮共哀。至如左丘失明，冉耕有疾，《兵法》作而断足，《史记》修而下室。高明者鬼瞰其门，正直者人怨其笔。虽为镜于前代，终抱痛于今日。别有汉阳许掾，郊国台卿，抗希代之奇节，负超时之令名。坎壈九死，离披再生。伊才智之为患，故贤哲之所婴。若乃贾长沙（谊）之数奇，崔亭伯（骃）之不偶。思欲削鲁、史之高行，钳杨、墨之辩口。为书为礼，驱季俗于三古之前；垂誉垂声，正颓纲于百王之后。天子闻之而欲用，群公畏之而莫取。徒窘蠢于泥沙，竟龙钟于尘垢。异乎！稽之古人则如彼，考之今代又如此。近有魏郡王公曰方，华阴杨氏曰亨，咸能博达奇伟，覃思研精，探孔门之礼乐，吞鬼谷之纵横。岳秀泉澄，如川如陵。高谈则龙腾豹变，下笔则烟飞雾凝。王则官终于郡吏，杨则官止于邑丞。何异夫操太阿以烹小鲜，飞夜光而弹伏翼？灼金龟兮访兆，邀玉骐兮骋力。

古往今来俱如此，“高明者鬼瞰其门，正直者人怨其笔”，这就是《悲才难》的主旨。孙绪论此文背景云：“卢照邻自以为高宗尚吏，而独好儒；武后尚法，而独好黄老；后封嵩山，屡聘贤士，而身已废疾。著《五悲文》自沉颍水而死，此尤可伤也。”①

---

① （明）孙绪《沙溪集》卷一五，文渊阁四库全书本。

（六）文

仅就文体看，文有多重含义。一是泛指各种文体，张表臣《珊瑚钩诗话》卷三："青黄黼黻，经纬以相成者，总谓之文也。"刘师培云："古人诗赋，俱谓之文。"①日本斋藤正谦《拙堂文话》卷一云："诗本文中一体耳，故古与《书》、《易》并立为经。至昭明之《选》，犹收在文中。少陵云'与汝细论文'，昌黎云'李杜文章在'，皆谓诗也。至近体之盛行，诗文始分为二派。近体之诗，韵必限一，句必限四若(及)八，约束严整，不能自肆，然不免为文中一艺，犹四六之于文，诗余(词)之于诗也。至古诗，直文而已。言其押韵，则古书之文比比有之，非独诗也。但以其咏歌之体，遣词措语不得同耳。"②二是单指仿楚辞之一体，徐师曾《文体明辨序说》云："按编内所载均谓之文(即我们说的"泛指各种文体")，而此类独以文名者，盖文中之一体也。其格有散文，有韵语，或仿楚辞，或为四六。或以盟神，或以讽人，其体不同，其用亦异焉。"徐师曾《文体明辨》此数卷所收就有散文，有韵语，有四六，或盟神，或讽人。我们这里所要论述的仅为以"文"为题而又"仿楚辞"者。仿楚辞之文，元祝尧《古赋辩体》卷一〇《外录下》就收有六朝孔稚珪的《北山移文》，唐李华的《吊古战场文》，韩愈的《吊田横文》，柳宗元的《吊屈原文》、《吊苌叔文》、《吊乐毅文》。此外，韩愈还有《送穷文》、柳宗元还有《乞巧文》。宋代以文名篇的骚体辞也不少，如刘敞的《逐伯强文》、《吊海文》、《吊二岳生文》等，均属骚体辞。

唐卢照邻有《释疾文》，其序极写其病废："余羸卧不起，行已十年"，"两足匍匐。寸步千里，咫尺山河。每至冬谢春归，暑阑秋至，云壑改色，烟郊变容，辄舆出户庭，悠然一望，覆帱虽广，嗟不容乎此生；亭育虽繁，恩已绝乎斯代。赋命如此，几何可凭？今为《释疾文》三篇(指《粤若》、《悲夫》、《命曰》)，以贻诸好事。盖作《易》者其有忧患乎？删《书》者其有栖遑乎？《国语》之作，非瞽叟之事乎？骚文之兴，非怀沙之痛乎？吾非斯人之徒欤，安可默而无述？"《粤若》是以开篇头两字为题，前为辞："彼圣贤之相续，信古往而今来。人何代而不贵？代何人而不才？郁律崛岉兮，似昆陵之玉石；泮涣粲烂兮，象星汉之昭回……时也命也，自前代而痛诸！道之乖也，则贤人君子伏斧锧而不暇；时之来也，则屠夫饿隶作王侯而有余。"亦有"重曰"，对自己中路而废充满悲愤："积怨兮累息，茹恨兮吞悲。怨复怨兮坎壈乎今之代，愁莫愁兮侘傺乎斯之时。

① 刘师培《论文杂记》，人民文学出版社 1998 年版。

② 王水照《历代文话》第十册，复旦大学出版社 2007 年版。

皇穹何亲兮诞而生之？后土何私兮鞠而育之？何故邀余以好学？何故假余以多辞？何余庆之不终兮，当中路而废之？彼有初而鲜克兮，贤者其犹不欺。况陶钧之象物，胡不贞而谅之？岂其始终爽德，苍黄变色，无心意乎簪履，有悲哀乎杨墨？已焉哉！天盖高兮不可问，地盖广兮不容人。钟鼓玉帛兮非吾事，池台花鸟兮非我春。寂兮寞，岁岁年年长沙乐；慌兮惚，朝朝暮暮生白发。”以“歌曰”结：“岁将晏兮欢不再，时已晚兮忧来多。东郊绝此麒麟笔，西山秘此凤凰柯。死去死去今如此，生兮生兮奈汝何？”①全文充满绝望，故作者不久就自投颍水而死。

韩愈《送穷文》出于扬雄的《逐贫赋》，谓主人结柳作车，缚草为船，三揖穷鬼而送之，望穷鬼“携朋挈俦，去故就新，驾尘彍风，与电争先，子无底滞之尤，我有资送之恩，子等有意于行乎？”穷鬼却回答说：“吾与子居四十年余，子在孩提，吾不子愚。子学子耕，求官与名，惟子是从，不变于初。门神户灵，我叱我呵，包羞诡随，志不在他。子迁南荒，热烁湿蒸，我非其乡，百鬼欺凌。太学四年，朝齑暮盐，惟我保汝，人皆汝嫌。自初及终，未始背汝，心无异谋，口绝行语……怪怪奇奇，不可时施，只以自嬉。又其次曰命穷，影与形殊，面丑心妍，利居众后，责在人先。又其次曰交穷，磨肌戛骨，吐出心肝。企足以待，寘我仇冤。凡此五鬼，为吾五患。饥我寒我，兴讹造讪。能使我迷，人莫能间。朝悔其行，暮已复然。蝇营狗苟，驱去复还。”这五鬼实际就是自己一生处穷之因。主人“言未毕，五鬼相与张眼吐舌，跳踉偃仆，抵掌顿脚，失笑相顾”，认为主人“驱我令去”是“小黠大痴”，小聪明而大愚蠢，因为正是五鬼使其名垂百世：“人生一世，其久几何？吾立子名，百世不磨。小人君子，其心不同。惟乖于时，乃与天通。携持琬琰，易一羊皮。饫于肥甘，慕彼糠糜。天下知子，谁过于予？虽遭斥逐，不忍子疏。谓予不信，请质诗书。”最后主人不但没有驱逐穷鬼，还把穷鬼延之上座：“主人于是垂头丧气，上手称谢。烧车与船，延之上座。”此文对后世影响很大，段成式尝作《留穷词》、《送穷辞》，唐庚曾作《留穷诗》，二者皆祖韩文之意。

宋代以文名篇的“仿楚辞”之作也不少，如刘敞的《逐伯强文》。伯强为厉鬼，其自序云：“宝元二年，予羁旅淮南，医来言曰：‘今兹岁多疾疫。’予因作文，以逐伯强。伯强，厉也，能为疫者，故逐也。”此文首写天下太平：“上无秕政兮，下无悖人。邻里其集兮，乐哉欣欣。”次写伯强为虐：“伯强何为兮，孰畀以政。反世五福兮，持极以令。我民不怡兮，既爽其盛。白黑眩瞀兮，孰察其正？谓寿反夭兮，谓康反病。仁义无益兮，苟且为幸。”然后对伯强发出警告：“嗟尔子强兮，其独何心？绝世和气兮，俾民不任。上天孔神兮，大德曰生。天不可长罔兮，民不可久侵。天诛诚加兮

① (唐)卢照邻《卢昇之集》卷五，文渊阁四库全书本。

靡所避，雷公驱兮风伯逝，嗟尔子强兮何所诣?”最后为伯强指导出路，要它去代天子讨伐南蛮西戎:“南有蛮兮，为寇为逋。西羌戎兮，恃艰自虞。天子孔仁兮，靡焉毕屠。子强往兮，代天伐诛。嗟中国兮，不可久留。子不去兮，颠倒思予。”全文显然仿韩愈《逐鳄鱼文》而作。

王守仁(1472—1529) 号阳明，明代著名思想家，继承发展了陆九渊的心学。他曾被贬至贵州龙场驿(今贵阳市修文县境内)，驿馆破败不可居，乃居于馆旁山洞，其洞因而得名为阳明洞。其《瘗旅文》即作于此时。瘗旅就是安葬死于旅途者，其序谓有自京来者，不知其名氏，携一子一仆将之任，过龙场，投宿土苗家。三人皆相继死于附近的蜈蚣坡，他带二童子持畚插往瘗。二童子有难色，他向童子说:“吾与尔犹彼也。”并告死者说:“吾龙场驿丞，余姚王守仁也。吾与尔皆中土之产，吾不知尔郡邑尔，乌为乎来为兹山之鬼乎? 古者重去其乡，游宦不逾千里，吾以窜逐而来此，宜也，尔亦何辜乎? 闻尔官吏目耳，俸不能五斗。尔率妻子躬耕可有也，乌为乎以五斗而易尔七尺之躯，又不足而益以尔子与仆乎?”这与其说是责问死者，还不如说是在自责，为区区一点俸禄而被远谪龙场。但自己也与死者不同，死者既恋兹五斗就应欣然就道，却蹙然不胜其忧:“夫冲冒雾露，扳援崖壁，行万峰之顶，饥渴劳顿，筋骨疲惫，而又瘴疠侵其外，忧郁攻其中，其能以无死乎?”自己“历瘴毒而苟能自全，以吾未尝一日之戚戚也”。末以骚体歌辞作结:“连峰际天兮飞鸟不通，游子怀乡兮莫知西东。莫知西东兮惟天则同，异域殊方兮环海之中。达观随寓兮奚必予宫(何必一定要住自己的房子)，魂兮魂兮无悲以恫(哀痛)。”

(七) 操

操，操守，作为骚体辞的操主要写坚持操守。《后汉书·曹褒传》有“歌诗曲操”语，注引刘向《别录》云:“君子因雅琴之适，故从容以致思焉。其道闭塞悲愁而作者名其曲曰操，言遇灾害不失其操也。”汉应劭《风俗通义》卷六《琴》云:“操者言遇灾遭害，困厄穷迫，虽怨恨失意，犹守礼义，不惧不慑，乐道而不失其操者也。”《古赋辩体》卷一〇《外录下·操》认为操只是歌之别名，未必有困厄穷迫，不失其操之义:“舜《南风歌》亦被之琴，岂谓穷厄乎? 亦歌之别名尔。晁氏曰:孔子于《三百篇》皆弦歌之操，亦弦歌之辞也。《离骚》本古诗之衍者，至汉而衍极，故《离骚》亡。操与诗赋同出而异名，盖衍复于约者。约故去古不远。然则后之欲学《离骚》者，惟约犹近之。”但也有不少人同意应劭之说，明宋绪云:“操者，操也。君子操守有常，虽厄穷犹不失其操也。若《南风》、《思亲》、《拘幽》、《猗兰》等操，皆称圣人之词，未敢以为深信，后之作者盖儗之。”①清末王兆芳《文章释》云：“操者持也，人所执持之志也，自显志操之琴曲也。桓谭曰：‘穷则独善其身而不失其操。’应劭曰：‘言虽怨恨失意，犹守礼义，不惧不慑，乐道而不失其操者也。’主于抒写志操，词义坚凝。源出许由《箕山操》，流有伯奇《履霜操》，孔子《猗兰》、《龟山》、《将归》三操，伯牙《水仙操》，沐犊子《稚朝飞操》，商陵牧子《别鹄操》，及太王《岐山操》，周公《越裳操》。”

元陈仁子《文选补遗》卷三五载有大禹《襄陵操》之题解云：“呜呼，洪水滔天，下民愁悲。上帝愈咨，吾门不入。夫子道衰，嗟嗟不欲烦下民。”周公《越裳操》题解云：“于戏嗟嗟，非旦之力，乃文王之德。”以及孔子的《将归操》、《猗兰操》、《龟山操》，尹吉甫子伯奇的《履霜操》、牧犊子的《雉朝飞操》，商陵穆子的《别鹄操》，但多不可信。兹举《履霜操》以见一斑：“朝履霜兮采晨寒，考不明其心兮信谗言。孤恩离别兮摧肺肝，何辜皇天兮遭斯愆。痛殁不同兮恩有偏，谁说倾兮知此冤？”

唐代以操名篇的文章很多，仅韩愈就有《琴操十首》，有的《琴操》属于骚体辞，但不是所有《琴操》都是骚体辞。韩愈的《琴操十首》，朱熹《楚辞后语》卷四就只收了四首：“十操取其四，以近楚辞，其删六首者诗也。”所收者皆以“兮”为句读，即《将归操》(孔子之赵，闻杀鸣犊作)：“秋之水兮其色幽幽，我将济兮不得其由。涉其浅兮石啮我足，乘其深兮龙入我舟。我济而悔兮，将安归尤？归兮归兮。无与石斗兮无应龙求。”《龟山操》(孔子以季桓子受齐女乐，谏不从，望龟山而作)：“龟之气兮不能云雨，龟之枿兮不中梁柱。龟之大兮只以奄鲁，知将隳兮哀莫余伍。周公有思兮嗟余归辅。”《拘幽操》(文王羑里作)：“目窈窈兮其凝其盲，耳肃肃兮听不闻声。朝不日出兮夜不见月与星，有知无知兮为死为生。呜呼，臣罪当诛兮，天王圣明。”《残形操》(曾子梦见一狸，不见其首作)：“有兽维狸兮我梦得之，其身孔明兮而头不知。吉凶何为兮觉坐而思，巫咸上天兮识者其谁。”被视作诗而未收的六首为《越裳操》、《岐山操》、《猗兰操》、《履霜操》、《雉朝飞操》、《别鹄操》。除《履霜操》有“父兮”、“母兮”外，其他都未用“兮”字。

《宋文鉴》卷一二九收有刘敞的《怀归操》、苏轼的《醉翁操》、王令的《于忽操》。欧阳修有《醉翁并序》，②其自序云：“余作醉翁亭于滁州，太常博士沈遵，好奇之士也，闻而往游焉。爱其山水，归而以琴写之，作《醉翁吟》三迭。去年秋，余奉使契丹，沈君会余恩、冀之间。夜阑酒半，援琴而作之，有其声而无其辞，乃为之辞以赠之。”其辞前半写

---

① (明)宋绪《元诗体要》卷六《操体》，文渊阁四库全书本。

② 欧阳修《文忠集》卷一五作《醉翁并序》，注“一作醉翁述”，但《宋文鉴》卷一二九、苏轼《醉翁引》卷三三之序皆作《醉翁操》。

鸟兽前后对他的态度变化:"始翁之来,兽见而深伏,鸟见而高飞。翁醒而往兮,醉而归。朝醒暮醉兮,无有四时。鸟鸣乐其林,兽出游其蹊。咿嘤啁唽于翁前兮醉不知。"后半感慨自己不能不离去,抒发了对这里的眷恋之情:"有心不能以无情兮,有合必有离。水潺潺兮,翁忽去而不顾;山岑岑兮,翁复来而几时? 风袅袅兮山木落,春年年兮山草菲。嗟我无德于其人兮,有情于山禽与野麋。贤哉沈子兮,能写我心而慰彼相思。"

特别值得一提的是名声颇不好的林希的《昼操》(孟子去齐,舍于昼作),抒发了孟子去齐舍昼时犹豫不决的心情:"彼滔滔之天下,余孰从而与归? 来何其然兮,其去何为? 吾行或使兮,止或尼之。毋嗟我行兮,于此迟迟。其量鬴兮,龠撮安施? 钧石则委兮,亦何用于铢累。顾瞻咨嗟兮,人曷余疑? 呜呼余归兮,已而已而!"吕祖谦编《宋文鉴》就文论文,不以人论文,收林希《昼操》正是他不以人论文的表现之一。

(八)歌

歌指歌行,诗之一种,而以"兮"字为句读的歌则属骚体辞。《古赋辩体》卷一〇《外录下·歌》云:"《风俗通》云:歌,汉《艺文志》云'不歌而诵谓之赋'。然骚中《抽思篇》有少歌,荀卿《赋篇》内《佹诗》有少歌,及《渔父篇》末又引《沧浪孺子歌》,则赋家亦用歌为辞,未可泥'不歌而诵'之言也。是故后代赋者多为歌以代乱,亦有中间为歌者,盖歌者乐家之音节,与诗赋同出而异名尔。"张表臣《珊瑚钩诗话》卷三云:"猗迁抑扬,永言谓之歌。"明宋绪《元诗体要》卷五《歌体》云:"猗迁抑扬永言谓之歌,有高下之节,诵之使人兴起。若君臣之《赓歌》、《五子》、《接舆》、《沧浪之歌》见于经传,非《击壤》、《卿云》之比,读者不可以不察。观所取者,尤见古今之不同也。"

《古赋辩体》收骚体辞的歌很多,有虞舜氏的《南风歌》,箕子的《麦秀歌》,伯夷的《采薇歌》,孔子的《获麟歌》,楚狂接舆的《凤兮歌》,寡陶婴的《黄鹄歌》,楚渔父的《渡伍员歌》,榜枻越人的《越人歌》,燕荆轲的《易水歌》,项羽的《垓下帐中歌》,汉高帝的《大风歌》,汉武帝的《瓠子歌》,乌孙公主的《乌孙公主歌》,后汉梁鸿的《五噫歌》,唐李白的《鸣皋歌》,韩愈的《盘谷歌》。其中不少都是名篇,如燕荆轲《易水歌》云:"风萧萧兮易水寒,壮士一去兮不复还。"项羽《垓下帐中歌》云:"力拔山兮气盖世,时不利兮骓不逝。骓不逝兮可奈何,虞兮虞兮奈若何?"汉高祖《大风歌》云:"大风起兮云飞扬,威加海内兮归故乡。安得壮士兮守四方?"后汉梁鸿《五噫歌》云:"陟彼北邙兮,噫! 顾瞻帝京兮,噫! 宫阙崔嵬兮,噫! 民之劬劳兮,噫! 辽辽未央兮,噫!"早期以歌名篇的骚体辞多简短,汉武帝《瓠子歌》以后较长,不再列举。

唐李太白有《鸣皋歌送岑徵君》(时梁园三尺雪,在清泠池作)。有人认为岑徵君即岑参，岑出身仕宦之家，三世（岑文本、岑义、岑长倩）为相，李白有救世之志，因送岑而发此意。前借岑去途之艰险（积雪、霜崖、山峻、河凌、海涛等）喻时局之艰："若有人兮思《鸣皋》（《诗·鹤鸣》：'鹤鸣于九皋'），阻积雪兮心烦劳。洪河凌竞不可以径度，冰龙鳞兮难容舠。邈仙山之峻极兮，闻天籁之嘈嘈。霜崖缟皓以合沓兮，若长风扇海，涌沧溟之波涛。玄猿绿罴，舔舕岌危，咆柯振石，骇胆栗魄，群呼而相号。峰峥嵘以路绝，挂星辰于岩坳。"后点撰《鸣皋歌》送岑，劝岑要不顾险阻而勇往直前："送君之归兮，动《鸣皋》之新作，交鼓吹兮，弹丝觞清泠之池阁。君不行兮何待，若返顾之黄鹤。扫梁园之群英，振大雅于东洛。巾征轩兮历阻折，寻幽居兮越巇崿。盘白石兮坐素月，琴《松风》兮寂万壑。望不见兮心氛氲，萝冥冥兮霰纷纷。水横洞以下渌波，小声而上闻，虎啸谷而生风。龙藏溪而吐云，冥鹤清唳，饥鼯嚬呻，块独处此幽默兮，愀空山而愁人。鸡聚族以争食，凤孤飞而无邻。蝘蜓嘲龙，鱼目混珍，嫫母衣锦，西施负薪。若使巢由桎梏于轩冕兮，亦奚异乎夔龙蹩躠于风尘？哭何苦而救楚，笑何夸而却秦[①]？吾诚不能学二子沽名矫节以耀世兮，固将弃天地而遗身。白鸥兮飞来，长与君兮相亲。"[②]此篇虽以歌名，但全是骚体的写法，上天下地，与屈赋颇类。

元祝尧《古赋辩体》卷一〇收有韩愈《盘谷歌》："膏吾车兮秣吾马，从子于盘兮终吾生以徜徉。盘之中维子之宫，盘之土维子之稼，盘之泉可濯可沿，盘之阻谁争子所。窈而深廓其有容，缭而曲如往而复。嗟盘之乐兮乐且无央，虎豹远迹兮蛟龙遁藏。鬼神护兮呵禁不祥，饮且食兮寿而康。无不足兮奚所望。"这是《送李愿归盘谷序》中的歌词，实为骚体辞。

宋代也有以歌名篇的骚体辞，如绍圣四年黄庭坚谪居黔州所作的《王圣涂二亭歌》，自序谓王圣涂将告老归营邱，作二亭，请黄庭坚为之命名，黄庭坚名其一曰休休，其一曰冥鸿，言公"自此去矰缴远矣"。此歌想象王圣涂告老归隐之后的闲适云："伟长松兮卧龙蛇，阅千岁兮不改其柯。震雷不惊兮，谁欲休之以蜩蛭。下有锦石兮，可用杯勺。云月供帐兮，万籁奏乐。石子磊磊兮涧谷纵横，春月桃李兮士女倾城。"

（九）吟及其他骚体辞

张表臣《珊瑚钩诗话》卷三云："吁嗟慨叹，悲忧深思谓之吟。"《沧浪诗话》云："古

---

① 《李太白集分类补注》卷七萧士赟补注："巢由，尧时之隐者；夔龙，尧时之臣。此言巢由若不以让天下为高，则亦将如夔龙之役人之役，而劳力于风尘之中也。"

② 《李太白文集》卷六，文渊阁四库全书本。

词有《陇头吟》，孔明有《梁父吟》，相如有《白头吟》。”明宋绪《元诗体要》卷六《吟体》云：“吁嗟感慨，如蛩螿之吟，读之使人怨思，如《白头》、《梁父》、《处女》者是也。今录中吟咏凄惋之情，有唐音所不及者。”吟也是诗之一体，《元诗体要》所举皆为诗；但以“兮”字为句读的吟也属骚体辞。李白、韩淲皆有《东山吟》，皆属诗，只有张方平的《东山吟》属骚体辞：“我思古人兮，有东晋太傅谢公者其庶几。英才乃是孔明辈，风流更觉茂弘卑。东山游兮不归，妓携手兮嬉嬉。晚年拂剑兮一起，为苍生兮安国危。笑言指挥兮八千师，氐秦百万兮溃而夷。朝之君臣兮犹燕巢于幕上，公对枰兮解颐。吁嗟公之车兮，逢白鸡而遽止，青山空兮已而。”①

除拟骚、辞、文、操、吟以外，还有一些题目不带文体名，但实际上是楚辞体的。如欧阳修的《山中之乐》，王令的《南山之田赠王介甫》、《我思古人答焦千之伯强》，狄遵度的《放言》，刘彝的《题禹庙壁》，沈括的《幽命》，刘攽的《诋风穴》，黄庭坚的《明月篇赠张文潜》，载于《古赋辩体》的王安石《寄蔡氏女》、邢居实《秋风二叠》等。其中以黄庭坚最多，如《毁璧》、《予欲金玉汝赠黄从善》、《悲秋》、《秋思》、《渡江》诸篇，仅从标题上很难看出它们属骚体辞，历来多有不同看法，这里就不一一论述了。

第三节　赋　　体

（一）骚　体　赋

晋挚虞《文章流别论》云：“古诗之赋（指骚体赋）以情义为主，以事类为佐；今之赋（指汉代大赋或仿汉大赋）以事形为本，以义正为助。情义为主则言省而文有例矣，事形为本则言富而辞无常，文之烦省，辞之险易，盖由于此。夫假象过大则与类相远，逸辞过壮则与事相违，辩言过理则与义相失，丽靡过美则与情相悖，此四过者所以背大体而害政教。是以司马迁割相如之浮说，扬雄疾辞人之赋丽以淫。”

骚体赋不同于以铺陈排比事类的汉代大赋，更不同于以骈为体的骈赋和俳赋，也不同于以文为体的文赋，而是与以“兮”字为句读的骚体辞相近。朱熹的《楚辞后语》，除收骚体辞外，还收有《吊屈原》、《服赋》（即《鹏鸟赋》）、《长门赋》、《哀二世赋》、《自悼赋》、《思玄赋》、《登楼赋》、《复志赋》、《闵已赋》、《别知赋》、《惩咎赋》、《闵生赋》、《梦归赋》、《吊屈原赋》、《吊苌弘赋》、《吊乐毅赋》、《服胡麻赋》等骚体赋。此不能尽论，略举数篇以见一斑。

---

① （宋）张方平《乐全集》卷四，文渊阁四库全书本。

贾谊(前200—前168)，世称贾生、贾太傅、贾长沙，洛阳(今河南洛阳东)人。年十八已能诵诗书，闻名郡中。年二十余，汉文帝诏为博士，每诏令议下，诸老先生不能言，贾生尽为之对，人人各如其意之所欲出。文帝悦，超迁，一岁中升至太中大夫，并拟任以公卿。老臣谓其"洛阳之人，少年初学，专欲擅权，纷乱诸事"，乃以贾生为长沙王太傅，后又为梁怀王太傅。怀王堕马死，贾谊自伤为傅无状，岁余亦死，时仅三十三岁。历代咏贾谊之作很多，白居易《读史五首》之一认为屈原生于乱世，不得志以死；贾谊生于治世，亦不得志以死，比屈原更可悲："楚怀放灵均(屈原)，国政亦荒淫。彷徨未忍决，绕泽行悲吟。汉文疑贾生，谪置湘之阴。是时刑方措，此去难为心。士生一代间，谁不有浮沉。良时真可惜，乱世何足钦。乃知汨罗恨，未抵长沙深。"①

贾谊以谪去，过湘水时，伤屈原沉汨罗以死，撰《吊屈原赋》以自喻，②伤屈原被谪自沉："仄闻屈原兮，自湛汨罗。造托湘流兮，敬吊先生。遭世罔极兮，乃陨厥身。乌虖哀哉兮，逢时不祥。鸾凤伏窜兮，鸱鸮翱翔。"叹当时是非颠倒："阘茸尊显兮，谗谀得志。贤圣逆曳兮，方正倒植。谓随、夷(随卞、伯夷皆古之贤人)溷兮，谓跖跻(盗跖、跻庄，古之大盗)廉。莫邪(古之名剑)为钝兮，铅刀为铦(锋利)。"在这种情况下，屈原只好"自引而远去。袭九渊之神龙兮，沕渊潜以自珍。"这显然是在借屈原之酒杯，浇自己胸中之块垒，因为贾谊的处境与屈原颇相似。明邹思明云："篇中率多自寓，故皆愤世嫉俗之谈，奇致横溢，绮语纷飞，抚节悲歌，声振林木。"③

《鹏鸟赋》也是贾谊谪居长沙时所作。鹏鸟，俗谓之猫头鹰。古人认为这是一种不祥之鸟，"野鸟入室兮，主人将去"。贾谊问死期，"鹏乃叹息，举首奋翼，口不能言，请对以臆"。下借鹏鸟之口，以老庄齐生死、等祸福的思想来安慰自己。世间万物是变化无穷的："万物变化兮，固无休息。斡流而迁兮，或推而还。形气转续兮，变化而嬗。沕穆(精微深远)无穷兮，胡可胜言。"祸福是相倚的："祸兮福所倚，福兮祸所伏。忧喜聚门兮，吉凶同域。彼吴强大兮，夫差以败。越栖会稽兮，句践霸世。(李)斯游遂成兮，卒被五刑。傅说胥靡(系在一起服劳役)兮，乃相武丁。夫祸之与福兮，何异纠缠(纠缠在一起的绳索)。命不可说兮，孰知其极。"祸福是不可预知的："水激则旱兮，矢激则远。万物回薄(往返相迫)兮，振荡相转。云蒸雨降兮，纠错相纷。大钧(造化，天地)播物兮，坱圠无垠(无边无际)。天不可预虑兮，道不可预谋。迟速有命兮，焉识其时。"万物齐一，生与死都是一样的："且夫天地为炉兮，造化为工。阴阳为炭

---

① (唐)白居易《白氏长庆集》卷二，文渊阁四库全书本。

② 《汉书·贾谊传》。下篇《鹏鸟赋》同见本传。

③ (明)邹思明《文选尤》卷一四，齐鲁书社1997年版。

兮，万物为铜。合散消息兮，安有常则？千变万化兮，未始有极。忽然为人兮，何足控抟。化为异物兮，又何足患。”然后以小智与达人，夸者与品庶，怵迫之徒与大人，愚士与至人，众人与真人，说明应以超然物外的态度来对待祸福与生死：“小智自私兮，贱彼贵我。达人大观兮，物无不可。贪夫徇财兮，烈士徇名。夸者死权（贪求虚名的人死于权势）兮，品庶（普通人）每生。怵迫之徒（为利所诱迫的人）兮，或趋西东。大人不曲（不为物欲所屈）兮，意变齐同。愚士系俗兮，窘若囚拘。至人遗物兮，独与道俱。众人惑惑兮，好恶积亿，真人恬漠兮，独与道息。释智遗形兮，超然自丧。寥廓忽荒兮，与道翱翔。乘流则逝兮，得坻则止。纵躯委命兮，不私与己。其生兮若浮，其死兮若休。淡乎若深渊之静，泛乎若不系之舟。不以生故自宝兮，养空而浮。德人无累兮，知命不忧。细故蒂芥兮，何足以疑。”邹思明云：“说尽人物生化之理，勘破人物生化之机，可以同死生，齐物我，真知天人之际者也。”①

祢衡（173—198）字正平，平原般（今山东商河北）人。东汉末年名士，与孔融等人亲善。少有才辩而尚气，曹操欲见之，不肯往。操怀忿而以其有才名，不欲杀之，送荆州牧刘表。后复侮慢刘表，刘表不能容，以江夏太守黄祖性急，故送与之，终为黄祖所杀，年仅二十六岁。黄祖长子射善祢衡，射大会宾客，人有献鹦鹉，射举札于衡前曰：“愿先生赋之。”衡走笔立成《鹦鹉赋》，前写鹦鹉的体态性情，因其美，故自陇西捕来，爱护有加（“伤肌者被刑”）：

> 惟西域之灵鸟兮，挺自然之奇姿。体金精之妙质兮，合火德之明辉。性辩慧而能言兮，才聪明以识机。故其嬉游高峻，栖跱幽深。飞不妄集，翔必择林。绀趾丹觜（嘴），绿衣翠衿。采采丽容，咬咬（鸟鸣）好音。虽同族于羽毛，固殊智而异心。配鸾皇而等美，焉比德于众禽？于是羡芳声之远畅，伟灵表之可嘉。命虞人于陇坻，诏伯益于流沙。跨昆仑而播弋，冠云霓而张罗。虽纲维之备设，终一目之所加。且其容止闲暇，守植安停。逼之不惧，抚之不惊。宁顺从以远害，不违迕以丧生。故献全者受赏，而伤肌者被刑。

后写鹦鹉的离群之悲和怀归之意，完全是借物自喻：

> 尔乃归穷委命，离群丧侣。闭以雕笼，翦其翅羽。流飘万里，崎岖重阻。逾岷越障（岷、障，二山名。或谓障指障亭），载罹（再经）寒暑。女辞家而适人，臣出

① （明）邹思明《文选尤》卷一四，齐鲁书社 1997 年版。

身而事主。彼贤哲之逢患，犹栖迟以羁旅。矧禽鸟之微物，能驯扰以安处！眷西路而长怀，望故乡而延伫。忖陋体之腥臊，亦何劳于鼎俎？嗟禄命之衰薄，奚遭时之险巇？岂言语以阶乱，将不密以致危？痛母子之永隔，哀伉俪之生离。匪余年之足惜，愍众雏之无知。背蛮夷之下国，侍君子之光仪。惧名实之不副，耻才能之无奇。美西都之沃壤，识苦乐之异宜。怀代越之悠思，故每言而称斯。若乃少昊司辰，蓐收整辔①。严霜初降，凉风萧瑟。长吟远慕，哀鸣感类。音声凄以激扬，容貌惨以憔悴。闻之者悲伤，见之者陨泪。放臣（被逐之臣）为之屡叹，弃妻为之歔欷。感平生之游处，若埙篪（皆乐器，土曰埙，竹曰篪）之相须。何今日之两绝，若胡越（胡在北，越在南）之异区？顺笼槛以俯仰，窥户牖以踟蹰。想昆山之高岳，思邓林之扶疏②。顾六翮之残毁，虽奋迅其焉如？心怀归而弗果，徒怨毒于一隅。苟竭心于所事，敢背惠而忘初？托轻鄙之微命，委陋贱之薄躯。期守死以报德，甘尽辞以效愚。恃隆恩于既往，庶弥久而不渝。③

祝尧《古赋辩体》卷四云："《鹦鹉赋》，比而赋也，其中兼含风兴之义。虚以物为比，而寓其羁栖流落无聊不平之情，读之可为哀欷。凡咏物题当以此等赋为法，其为辞也，须就物理上推出人情来，直教从肺腑中流出，方有高古气味。如但赋之以辞，则流于后代之体，以字句之巧为用工，而不知其漠然无情；以体贴之切为着题，而不知其涣然无理。视之虽如织锦，味之乃如嚼蜡，况望其可高古耶？此赋宜与鲍明远《野鹅赋》并看。""就物理上推出人情来"，即借物言情，借鹦鹉以抒发自己托身世人的遭遇和忧谗畏讥的心情，这是此赋特点。"忖陋体之腥臊，亦何劳于鼎俎？嗟禄命之衰薄，奚遭时之险巇？岂言语以阶乱，将不密以致危？"这完全是祢衡忧祸的自白，他完全明白自己随时可能遇害。何焯评后段云："后言鹦鹉怀归不遂，深感恩托命之思，明明自为写照"；"全是寄托，分明为才人写照 。正平豪气不免有樊笼之感，读此为之感慨"；"身处樊笼，欲归不得，不能不转为托命之思。正平具此苦心，终为贾祸，可哀也夫！"④

《文选》卷一一所载《登楼赋》是三国时魏国王粲所作。王粲是建安七子之一，西京扰乱，避地荆州，依刘表，不被重用，登当阳城楼，作此赋，抒发自己久客思乡之情。

---

① 《文选》六臣注："少昊，西方帝也；蓐收，典秋之神；整辔，御秋也。"

② 《文选》李善注："班固《汉书》赞《禹本纪》云：昆仑山高二千五百余里。《山海经》曰：夸父与日竞走，渴死，弃其杖，化为邓林。"扶疏，稀疏。

③ （梁）萧统《文选》卷一三，文渊阁四库全书本。

④ 于光华编《重订文选集评》卷一引，乾隆四十三年(1778)刊本。

这是一篇著名的骚体赋，首写登楼所见之景："登兹楼以四望兮，聊暇日以销忧。览斯宇之所处兮，实显敞而寡仇（少有可比）。挟清漳之通浦兮，倚曲沮之长洲。背坟（高起）衍（广平）之广陆兮，临皋隰之沃流。北弥陶牧（北极陶朱公范蠡的墓地），西接昭丘（楚昭王的墓地）。华实蔽野，黍稷盈畴。虽信美（确实很美）而非吾土兮，曾何足以少留。"接着抒写其思乡之情，思乡是人之所同，不因穷达而异："遭纷浊而迁逝兮，漫逾纪（十二年）以迄今。情眷眷而怀归兮，孰忧思之可任（承担）？冯（凭，靠）轩槛以遥望兮，向北风而开襟。平原远而极目兮，蔽荆山之高岑（小山）。路逶迤（长而曲折）以修迥（长远）兮，川既漾而济深。悲旧乡之壅隔兮，涕横坠而弗禁。昔尼父（孔子）之在陈兮，有归欤之叹音。钟仪幽而楚奏兮①，庄舄显而越吟②。人情同于怀土兮，岂穷达而异心？"最后写自己不能虚度光阴，也就是他后来离开刘表、北归曹操的原因："惟日月之逾迈兮，俟河清乎其未极（至）。冀王道之一平兮，假高衢（借大道）而骋力。惧匏瓜之徒悬兮③，畏井渫（除去井水秽浊）之莫食。步栖迟以徙倚兮，白日忽其将匿。风萧瑟而并兴兮，天惨惨其无色。兽狂顾以求群兮，鸟相鸣而举翼。原野阒（寂静）其无人兮，征夫行而未息。心凄怆以感发兮，意忉怛（悲痛）而憯恻（凄伤）。循阶除（阶梯）而下降兮，气交愤于胸臆。夜参半而不寐兮，怅盘桓以反侧。"

韩愈的《复志赋》、《闵已赋》、《别知赋》，柳宗元的《别知赋》、《惩咎赋》、《闵生赋》、《梦归赋》也是骚体赋。兹举柳宗元的《梦归赋》以见一斑。宗元谪居永州，悔其年少气锐而致贬，他在《寄许京兆孟容书》云："立身一败，万事瓦裂，身残家破，为世大僇，复何敢更望？"故作《梦归赋》："罹摈斥以窘束兮，余惟梦之为归。"全文以主要篇幅写梦："精气注以疑沍兮，循旧乡而顾怀……指故都以委坠兮，瞰乡闾以修直。原田芜秽兮峥嵘榛棘，乔木摧解兮垣庐不饰。山嵎嵎以崑立兮，水汩汩以漂激。魂恍恍若有亡兮，涕浪浪以陨轼。类曛黄之黯漠兮，欲周流而无所极。纷若喜而佁儗兮，心回互以壅塞。钟鼓喤以戒旦兮，陶去幽而开寤。罾罻蒙其复体兮，孰云桎梏之不固。精神之不可再兮，余无蹈夫归路。"末以孔子欲居九夷，老子适戎、庄子远游等自我安慰："伟仲尼之圣德兮，谓九夷之可居。惟道大而无所入兮，犹流游乎旷野。老聃遁而适戎兮，指淳茫以纵步。蒙庄之恢怪兮，寓大鹏之远去。苟远适之若兹兮，胡为故国之为慕。"虽说无需慕故国，而兔死还要头向巢穴，很难忘其旧居："首丘之仁类兮，斯君子之所誉。鸟兽之鸣号兮，有动心而曲顾。胶余哀之莫能舍兮，虽判析而不悟。列兹梦

---

① 钟仪，楚国乐官，为晋所俘，晋侯要他弹琴，所弹仍为楚音。

② 庄舄，在楚国做官的越人，病中思念故乡，仍发越音。

③ 《论语·阳货》："吾岂匏瓜也哉，焉能系（挂着）而不食？"

以往复兮，极明昏而告愬。”朱熹《楚辞后语》卷五引晁补之语论此赋云：“初言览故都乔木而悲，中言仲尼欲居九夷，老子适戎以自释，末云首丘鸣号示终不忘其旧。当世怜之，然众畏其才高，竟废不复云。”祝尧《古赋辩体》卷七云：“赋也，中含讽与怨意，其有得于变风之余者。中间意思全是就《离骚》中脱出。”

《楚辞后语》所举《服胡麻赋》为苏轼所作。全赋为四字句，末句加一“兮”字。首写胡麻可以养生：“乔松千尺，老不僵兮。流膏入土，龟蛇藏兮。得而食之，寿莫量兮。”次写苏辙以茯苓养生：“茯苓为君，此其相兮。我兴发书，若合符兮。”批评“世人不信，空自劬兮”。全赋仅结处句式略有变化：“嗟此区区，何与于其间兮。譬之膏油，火之所传而已耶?”罗大经《鹤林玉露》甲编卷二云：“文公(朱熹)每与其徒言苏氏之学，坏人心术，学校尤宜禁绝。编《楚辞后语》，坡公诸赋皆不取，惟收《胡麻赋》，以其文类《橘颂》。”苏轼的《滟滪堆赋》、《屈原庙赋》、《酒子赋》也属骚体赋。

宋代的骚体赋很多，如狄遵度的《凿二江赋》，朱昂仿陶潜《闲情赋》而作的《广闲情赋》，杨亿的《君可思赋》，欧阳修的《述梦赋》，范纯仁的《秋风吹汝水赋》、《喜雪赋》，秦观的《黄楼赋》，张耒的《游东湖赋》、《柯山赋》，苏过的《思子台赋》，邢居实的《南征赋》，南宋李处权的《乐郊赋》，王迈的《六野堂赋》、《爱方亭赋》、《爱贤堂赋》、《蚊赋》，陈傅良的《戒河豚赋》，崔敦礼的《闲居赋》等，均属骚体赋。

苏过的《思子台赋》是一篇以论为赋的骚体赋，正如祝融《古赋辩体》卷八所说，“《思子台赋》，则有韵之论尔”。现在有人大肆吹捧汉武帝的独尊儒术，其实他真正信奉的不是儒教儒术，而是巫教巫术。巫蛊之祸是汉武帝信奉巫教巫术的集中表现。谗臣江充与太子有隙，诬告太子埋木人以诅上。太子矫诏杀江充，长安大乱，言太子反。武帝发兵围太子，太子出亡自杀。武帝后来知其无辜，筑思子台。白居易《思子台有感二首》自注说：“凡题思子台者皆罪江充。予观祸胎不独在此，偶以二绝句辩之。”诗有“但以恩情生隙罅，何人不解作江充”、“但使武皇心似烛，江充不敢作江充”句，意思是说巫蛊之祸的责任主要不在江充，而在武帝自己。苏过此赋亦写汉武帝的巫蛊之祸，苏过痛斥道：“闻武帝之多忌兮，谓左右之皆戎。杀阳石(阳石公主，亦坐巫蛊被诛)而未厌兮，又瘗(埋)祸于宫中。忸君王之好杀兮，视人命犹昆虫。死者几何人兮，岂问骨肉与王公!”汉武帝“多忌”、“好杀”，把左右的人都当作敌人(戎，古代少数民族)，掀起一次又一次的巫蛊之祸。当他征伐四夷时，似乎是“雄杰”之主；而失道嗜杀时，似乎比婴儿还更无知：“彼茂陵(汉武帝)之雄杰兮，盖将与黄帝俱仙。及其失道于几微兮，狐鬼生于左臂。如婴儿之未孩(笑)兮，易耳目而不知。”于是，“信谗而杀子，慝奸而败国”。苏过还进一步揭露说：汉武帝害死了太子就“慷慨悲歌，泣涕踌躇”，而他杀了那样多大臣、忠臣，“皆以无罪而夷灭，一言以就诛，曾无兴哀于既往，一洗其无辜”。古往今来，无辜受戮的人太多了，苏过之所以在《思子台赋》中大动感情，显然寓有父亲忠而被谤、远谪岭南的隐痛。

（二）汉　赋

一代有一代的文学，最能代表汉代文学特征的是赋。

汉赋实有两体，一为抒情小赋，即前面论及的汉代骚体赋；二为汉代大赋，其特点是篇幅很长，构思宏伟，辞藻华丽，文彩飞扬；状景摩物，穷妍极态；铺陈排比，气势磅礴：是我国古代文学作品与非文学作品脱离的重要标帜。

汉王逸认为，屈原《离骚》“为辞赋宗”，亦为汉赋之宗：“昔在孝武博览古文，淮南王安叙《离骚传》，以国风好色而不淫，小雅怨悱而不乱，若《离骚》者可谓兼之矣。蝉蜕浊秽之中，浮游尘埃之外，皭然泥而不滓，推此志，虽与日月争光可也。斯论似过其真……然其文弘博丽雅，为辞赋宗，后世莫不斟酌其英华，则象其从容，自宋玉、唐勒、景差之徒。汉兴，枚乘、司马相如、刘向、扬雄骋极文辞，好而悲之，自谓不能及也。虽非明智之器可，谓妙才者也。”①

萧统《文选序》云：“《诗序》云：‘诗有六义焉：一曰风，二曰赋，三曰比，四曰兴，五曰雅，六曰颂。至于今之作者异乎古昔，古诗之体今则全取赋名。荀、宋表之于前，贾、马继之于末。自兹以降，源流实繁。述邑居则有凭虚、亡是之作，戒畋游则有《长杨》、《羽猎》之制，若其纪一事，咏一物，风云草木之兴，鱼虫禽兽之流，推而广之，不可胜载矣。”

沈约《谢灵运传论》论汉赋云：“周室既衰，风流弥著。屈平、宋玉导清源于前，贾谊、相如振芳尘于后，英辞润金石，高义薄云天，自兹以降，情志愈广。王褒、刘向、扬、班、崔、蔡之徒，异轨同奔，递相师祖。虽清辞丽曲时发乎篇，而芜音累气固亦多矣。若夫平子（张衡）艳发，文以情变，绝唱高踪，久无嗣响。”②

唐令狐德棻等云：“贾生，洛阳才子，继清景而奋其晖，并陶铸性灵，组织风雅，词赋之作，实为其冠。自是著述滋繁，体制匪一。孝武之后，雅尚斯文，扬葩振藻者如林，而二马（司马迁、司马相如）、王（褒）、扬（雄）为之杰。东京之朝，兹道愈扇，咀征含商者成市，而班（固）、傅（玄）、张（衡）、蔡（邕）为之雄。”③

---

① （汉）王逸《楚辞章句》卷三。

② 《宋书》卷六七，文渊阁四库全书本。

③ 《周书》卷四一《王褒、庾信传论》，文渊阁四库全书本。

从唐、宋起已有不少人批评汉赋的浮虚夸饰，多背义理，李白《大猎赋并序》云："白以为赋者，古诗之流，辞欲壮丽，义归博远。不然，何以光赞盛美，感天动神？而相如、子云竞夸辞赋，历代以为文雄，莫敢诋讦。臣请语其略：窃或褊其用心，《子虚》所言楚国，不过千里，梦泽居其大半，而齐徒吞若八九，三农及禽兽无息肩之地，非诸侯禁淫述职之义也。《上林》云左苍梧，右西极，考其实地，周袤才经数百。《长杨》夸胡，设网为周阹，放麋鹿其中，以搏攫充乐。《羽猎》于灵台之囿，围经百里而开殿门，当时以为穷壮极丽，迨今观之，何龌龊之甚也。但王者以四海为家，万姓为子，则天下之山林禽兽岂与众庶异之？而臣以为不能以大道匡君，示物周博，平文论苑之小，窃为微臣之不取也。"

宋人丁谓《大蒐赋》①，其序对汉赋及其仿作的批评与李白如出一辙："司马相如、扬雄以赋名汉朝，后之学者多规范（模仿）焉，欲其克肖，以至等句读，袭征引，言语陈熟，无有已出。观《子虚》、《长杨》之作，皆远取傍索灵奇瑰怪之物，以壮大其体势。撮其辞彩，笔力恢然，飞动今古，而出入天地者无几。然皆人君败度之事，又于典正颇远。今国家大搜，行旷古之礼，辞人文士不宜无歌咏，故作《大搜赋》。其事实本之于《周官》，历代沿革制度参用之，以取其丽则。奇言逸辞，皆得之于心，相如、子云（扬雄）之语，无一似近者，彼以好乐而讽之，此以勤礼而颂之，宜乎与二子不类。"在丁谓现存诗文中，能看出其文体主张的，就仅剩下这篇仿汉大赋之前的短序了，他尖锐批评后世文人多模仿汉代大赋，同其句读，袭其典故，语言陈旧，意无已出；接着他对汉代大赋既肯定其艺术成就，又指出其内容有失"典正"，所述"皆人君败度（骄奢淫逸，败坏法度）之事"，自己所作《大搜赋》与司马相如、扬雄之赋不同，内容皆本于周代礼制，参考历代制度沿革，取其美好的法度（"丽则"）；言辞皆得于心，无一近似相如、扬雄之语。

明陈懋仁《文章缘起》注云："汉兴，赋家专取诗中赋之一义以为赋，又取骚中赡丽之辞以为辞，若情若理，有不暇及。故其为丽也，异乎风骚之丽，而则之与淫遂判矣。古今言赋，自骚之外，或以两汉为古，盖非魏晋已还所及。心乎古赋者，诚当祖骚而宗汉，去其所以淫而取其所以则，庶不失古赋之本义。"

司马相如的《子虚赋》、《上林赋》，扬雄的《甘泉赋》、《羽猎赋》，斑彪的《北征赋》，班固的《两都赋》，张衡的《西京赋》、《东京赋》、《南都赋》，王延寿的《鲁灵光殿赋》等，都是汉大赋的名作。但大量的类事排比、辞藻堆积，反而冲淡了文学应有的抒情色彩。挚虞《文章流别论》论汉代大赋之弊说："夫假象过大则与类相远，逸辞过庄则与

---

① （宋）吕祖谦《宋文鉴》卷一，文渊阁四库全书本。蒐，猎。

事相违，辩言过理则与义相失，丽靡过美则与情相悖。此四过者所以背大体而害政教，所以司马迁割相如之浮说，扬雄疾辞人之赋丽以淫也。”《四库全书·四六标准提要》批评宋人李刘的《四六标准》是“类书之外编，公牍之副本，而冗滥极矣”，移之以评汉代大赋也许更为恰当。吴淑的《事类赋》更以赋的形式撰写类书，其《进注事类赋状》云：“类书之作，相沿颇多，盖无纲条，率难记诵。今综而成赋，则焕焉可观。”①

司马相如的《子虚赋》和《上林赋》在《史记》、《汉书》的《司马相如传》中本为一篇，《文选》卷七中才分为两篇。《子虚赋》设为子虚出使齐国，向乌有先生夸耀楚王云梦之游的盛况非齐所及：“臣闻楚有七泽，尝见其一，未睹其余也。臣之所见，盖特其小小者耳，名曰云梦。云梦者，方九百里。”特小小者的云梦都“方九百里”，其他六泽就可想而知，这就是汉代大赋特有的夸张手法。然后铺叙其山、其土、其石、其东、其西、其中、其北、其南（其高、其埤）、其中、其上、其下。继写楚王游猎，率“郑女嫚姬”，“楚王乃登云阳之台”。后写乌有先生不服，反诘道：“是何言之过也！足下不远千里来贶吾国王，悉发境内之士，备车骑之众，与使者出畋，乃欲戮力致获，以娱左右。何名为夸哉？问楚地之有无者，愿闻大国之风烈，先生余论也。今足下不称楚王之德厚，而盛推云梦以为高，奢言淫乐而显侈靡，窃为足下不取也。必若所言，固非楚国之美也；无而言之，是害足下之信也。彰君恶，伤私义，二者无一可，而先生行之，必且轻于齐而累于楚矣。”要吹大家吹，乌有先生吹嘘齐国说：“且齐东渚（小洲曰渚）巨海，南有琅邪，观乎成山，射乎之罘，浮渤澥，游孟诸。邪（斜）与肃慎为邻，右以旸谷为界。秋田乎青丘，彷徨乎海外。吞若云梦者八九于其胸中，曾不蒂芥。若乃俶傥瑰玮，异方殊类，珍怪鸟兽，万端鳞崪（与“萃”通，萃集），充牣其中，不可胜记。禹不能名，卨（契，尧时司徒）不能计。然在诸侯之位，不敢言游戏之乐，苑囿之大。”“奢言淫乐而显侈靡”，这就是汉代大赋的特点。

《文选》卷八的《上林赋》写亡是公详述汉天子在上林苑校猎的盛况，非齐、楚诸侯之国所能比，依次铺叙上林苑之大，山溪原野及草木名兽之多，离宫别馆之丽，田猎景象之盛以及猎后之宴乐：“于是乎游戏懈息，置酒乎昊天之台，张乐乎胶葛之寓，撞千石之钟，立万石之虡，建翠华之旗，树灵鼍之鼓，奏陶唐氏之舞，听葛天氏之歌，千人唱，万人和，山陵为之震动，川谷为之荡波。”最后才曲终奏雅，以提倡节俭、修明政治作结：“天子芒（茫）然而思，似若有亡，曰：‘嗟乎，此大奢侈。朕以览听余闲，无事弃日（不虚弃时日），顺天道以杀伐，时休息于此。恐后叶（世）靡丽，遂往而不返，非所以为继嗣创业垂统也。’于是乎乃解酒罢猎，而命有司曰：‘地可垦辟，悉为农郊，以赡萌隶

① （宋）吴淑《事类赋》卷首，文渊阁四库全书本。

(平民)。隤墙填堑,使山泽之人得至焉。实陂池而勿禁,虚宫馆而勿仞(充满)。发仓廪以救贫穷,补不足,恤鳏寡,存孤独。出德号(发出恩德的号令),省刑罚,改制度,易服色,革正朔,与天下为更始。'于是历吉日以斋戒,袭朝服,乘法驾,建华旗,鸣玉鸾,游乎六艺之囿,骛乎仁义之途。"扬雄《吾子篇》云:"'或问吾子少而好赋。'曰:'然,童子雕虫篆刻。'俄而曰:'壮夫不为也。'或曰:'赋可以讽乎?'曰:'讽则已,不已,吾恐不免于劝也。'"①雕虫篆刻,讽一而劝百,既是汉代大赋的特点,也是它过于繁琐的弊病之所在。

宋代仿汉代大赋者亦不少,《宋史·赵邻几传》云:"赵邻几字亚之,郓州须城人,家世为农。邻几少好学,能属文,尝作《禹别九州赋》,凡万余言,人多传诵。"《宋史·艺文志》载:"赵邻几《禹别九州赋》三卷。"王禹偁《著作佐郎赠国子博士鞠君(常)墓碣铭》云:"公举进士时著《四时成岁赋》万余言,声振场屋。"②释文莹云:"钱熙,泉南才雅之士。进《四夷来王赋》万余言,太宗爱其才。"③动辄万余言,是典型的汉式大赋。宋代仿汉大赋与汉代大赋一样,内容多为歌功颂德之作,或歌颂祖国山河,如夏侯嘉正的《洞庭赋》、崔公度的《感山赋》、李廌的《武当山赋》、薛季宣的《雁荡山赋》;或描摹都市繁荣,如周邦彦的《汴都赋》、李长民的《广汴都赋》;歌颂国家大典的大赋更多,如王禹偁的《籍田赋》、《大阅赋》,丁谓的《大蒐赋》、刘筠的《大酺赋》、杨亿的《天禧观礼赋》、范仲淹的《明堂赋》、范镇的《大报天赋》、刘弇的《元符南郊大礼赋》、李处权的《拟进南郊大礼庆成赋》等;但也有少量刺世之作,或讥徽宗朝的荒政,如李质的《艮山④赋》和程俱的《采石赋》;或总结北宋灭亡教训,如胡寅的《原乱赋》。⑤

《原乱赋》先写自己因亡国而流落异乡,接着铺陈亡国之"故",非惟"天运",亦由"人事"("岂天运抑人事兮")。或亡于酒色:"故妹喜、妲己兮灭夏、商之祀,(赵)飞燕、太真(杨贵妃)兮倾汉、唐之国。何覆辙之荒忽兮,迩声色而纵极……三纲荡而沦胥兮,此所以启乱萌者一也。"或亡于大兴宫室:"前钟鼓之未移兮,后绳墨已新制。曾步游之几何兮,又改图而更缔。眷苍头之下陈兮,锡歌儿之外嬖。近皇宫之秀色兮,峙北阙之大第。毁孤嫠之室堵兮,快狐鼠之凭祟。激宏侈以交夸兮,纷渠渠之莫计。嗟赤子之流离兮,或风雨之无庇。竟不得以托处兮,此所以失土守者二也。"或亡于征

---

① (汉)扬雄《扬子法言》卷二,文渊阁四库全书本。

② (宋)王禹偁《小畜集》卷三十,文渊阁四库全书本。

③ (宋)释文莹《玉壶清话》卷七,中华书局唐宋史料笔记丛刊本。

④ (宋)释文莹宋徽宗在汴京东北隅所作土山。

⑤ (宋)胡寅《斐然集》卷一,文渊阁四库全书本。

战:“事远略于四陲兮,辟疆境而孔贪”;“军旅动而绎骚兮,民呻吟而弗堪”;“遂渝盟而北师兮,授兵符于老阉。罄大农之陈陈兮,饱虓虎之饥馋。乃计口而调庸兮,吏疾视而欲芟。乖皇祖之仁术兮,换幽蓟以帑缣……微道德之安强兮,此所以不戢而自焚者三也。”或亡于独乐珍奇:“珍林日以剑拔兮,嘉卉蔼其云萃。移西域之蒲萄兮,转南海之丹荔……耸福威以享上兮,十五里而付置。尽动植之怪奇兮,夫乌识其称谓……予及汝以偕亡兮,此所以不能独乐者四也。”或亡于佛、道:“上天安得矫诬兮,曰李耳乃吾祖……岂闻异教之驳杂兮,正座讲于黉宇。六籍危其不焚兮,学士窘而如鼠。痛人纪之俶扰兮,强邻固宜予侮。既彝伦之大斁兮,此将亡而听于神者五也。”或亡于宦官:“圣王所以俟天下之豪杰兮,为亿兆而作牧。彼刀锯之残人兮,只阍寺之役。畜一身而二任兮,达内外而妾仆。资惨刻而厉萑兮,未柔靡而含毒。任巾车而秦败兮,殿国师而齐辱。仰前古其一律兮,祸必发于所伏……木蠹尽而自及兮,此亲小人所以倾颓者六也。”以上所赋,都是针对徽宗朝的荒政而言。后半部分更追溯其源,这就是王安石变法:“姑置此而勿论兮,敢请循夫厥初……曾议道以持世兮,申商术而施诸。昔愿治而更化兮,荆舒(王安石先封荆国公,后封舒王)秉夫国政。诋先后之持循兮,肇欲新夫邦命……陈王度以法律兮,兴太平于聚敛。恶私藏之削国兮,曰民富尔何僭?日剥割而月朘兮,民岌岌其愁阽。城高危而复隍兮,此损下而为渐。饰六艺以文奸言兮,假皇威而敷之。示好恶以同俗兮,蒙一世而愚之。”末以宋亡可鉴为结:“过宫阙而禾黍兮,涂黔黎之肝脑……乱与败孰甚哀此兮,蓄万古之遗憾。往噬脐而奚及兮,吾将为来者之龟鉴。”

汉赋几乎通篇是摹写,只是曲终寓讽,以数句议论点明主旨。宋人好议论,《原乱赋》几乎通篇都是议论。就结构看,多数宋代大赋与汉代大赋基本相同,以主客对话的形式铺陈排比所赋内容,但《原乱赋》就未设主客对话,而其铺陈排比的形式仍属汉式大赋。其他如王禹偁的《籍田赋》、刘筠的《大酺赋》、范仲淹《明堂赋》、杨大雅的《京畿赋》、李问的《仰山赋》等也无主客对话。就语言看,宋代大赋较汉赋平实得多,不像汉赋那样怪字奇字连篇累牍,句式也更富于变化。

(三)骈　赋

中国古代的文章无非骈文、散文两种形式,但骈句作为一种修辞形式,在散文中也大量运用。正如刘师培所云,“非偶辞俪语,弗足言文”。①

---

① 刘师培《中国中古文学史》,人民文学出版社1959年版。

随着六朝骈文的发展，赋也趋向骈偶，篇幅较汉赋为短，而骈句较汉赋为多而工，多用四字六字句式。元祝尧《古赋辩体》卷五《三国六朝体上》论骈赋之盛云：“后之辞人刊陈落腐，而惟恐一语未新；搜奇摘艳，而惟恐一字未巧；抽黄对白，而惟恐一联未偶；回声揣病，而惟恐一韵未协”；“观士衡（陆机）辈《文赋》等作，全用俳体，盖自楚骚‘制芰荷以为衣，集芙蓉以为裳’等句，便已似俳。然犹一句中自作对。及相如‘左乌号之雕弓，右夏服之劲箭’等语，始分两句作对，其俳益甚。故吕与叔（吕大临）曰‘文似相如殆类俳’，流至潘岳，首尾绝俳，然犹可也。沈休文（沈约）等出，四声八病起，而俳体又入于律，为俳者则必拘于对之必的，为律者则必拘于音之必协，精密工巧，调和便美，率于辞上求之。《郊居赋》中尝恐人呼‘雌霓’作‘倪’，不复论大体意味，乃专论一字声律，其赋可知。徐、庾（徐摛、徐陵父子，庾肩吾、庾信父子）继出，又复隔句对，联以为骈四俪六，簇事对偶，以为博物洽闻，有辞无情，义亡体失，此六朝之赋所以益远于古。然其中有士衡（陆机）《叹逝》，茂先（张华）《鹪鹩》，安仁（潘岳）《秋兴》，明远（鲍照）《芜城》、《野鹅》等篇，虽曰其辞不过后代之辞，乃若其情则犹得古诗之余情。愚于此益叹古今人情如此其不相远，古诗赋义如此其终不泯。《诗》云：‘中心藏之，何日忘之？’六义藏于人心，自有不能忘者，吾乌乎而忘吾情？”既批评了六朝骈赋过分追求俳偶、声韵、辞藻，又充分肯定了一些名家的骈赋“犹得古诗之余情”，仍具有浓郁的抒情色彩。

六朝是骈赋的鼎盛期，清人陆棻云：“骈丽之词，屈、宋、相如已见一斑。其后遂有全用比偶者，浸淫至于六朝，绚烂极矣。唐人联以四六，限以八音，协韵谐声，严于铢两，此如画家之有界画，勾牛不得，专取泼墨淡远为能品也。故凡属词俪，事比偶成文者，列为骈赋一格。”①林联桂云：“骈赋体，骈四俪六之谓也。此格自屈、宋、相如开其端，后遂有全用比偶者，浸淫至于六朝，绚烂极矣。”②孙梅论赋之演变云：“两汉以来，斯道为盛……左、陆以下，渐趋整炼；齐梁而降，益事妍华，古赋一变而为骈赋。”③清方熊补注《文章缘起》云：“夫俳赋尚辞而失于情，故读之者无兴起之妙趣，不可以言则矣。”

陆机存赋较多，有《文赋》、《遂志赋》、《祖德赋》、《述先赋》、《思亲赋》、《别赋》、《怀土赋》、《思归赋》、《行思赋》、《感时赋》、《叹逝赋》、《愍思赋》、《述思赋》、《大暮赋》、《感丘赋》、《列仙赋》、《凌霄赋》、《幽人赋》、《应嘉赋》、《豪士赋》、《浮云赋》、《白云赋》、《鼓

---

① （清）陆棻《历朝赋格・凡例》，清康熙二十八年（1689）本。

② （清）林联桂《见星庐赋话》卷一，高凉耆旧遗集本。

③ 孙梅《四六丛话》卷三，人民文学出版社2010年版。

吹赋》、《漏刻赋》、《羽扇赋》、《桑赋》、《瓜赋》、《鳖赋》等。其《叹逝赋》可说是万物易逝、人生苦短的哀歌，其自序云：

昔每闻长老追计平生，同时亲故或凋落已尽，或仅有存者。余年方四十，而懿亲戚属，亡多存寡，昵交密友，亦不半在。或所曾共游一途，同宴一室，十年之内，索然已尽。以是思哀，哀可知矣。

其赋云：

伊天地之运流，纷升降而相袭。日望空以骏驱，节循虚而警立。嗟人生之短期，孰长年之能执？时飘忽其不再。老晼(日将落)晚其将及。怼琼蕊之无征，恨朝霞之难挹。望旸谷以企予，惜此景之屡戢。悲夫！川阅水以成川，水滔滔而日度。世阅人而为世，人冉冉而行暮。人何世而弗新，世何人之能故？野每春其必华，草无朝而遗露。经终古而常然，率品物其如素。譬日及之在条，恒虽尽而不悟。虽不悟而可悲，心惆焉而自伤。亮造化之若兹，吾安取夫久长？痛灵根之夙殒，怨具尔之多丧。悼堂构之颓瘁，愍城阙之丘荒。亲弥懿其已逝，交何戚而不亡。咨余命之方殆。何视天之茫茫。伤怀凄其多念，戚貌瘁而鲜欢。幽情发而成绪，滞思叩而兴端。惨此世之无乐，咏在昔而为言。居充堂而衍宇，行连驾而比轩。弥年时其讵几，夫何往而不残？或冥邈而既尽，或寥廓而仅半。信松茂而柏悦，嗟芝焚而蕙叹。苟性命之弗殊，岂同波而异澜？瞻前轨之既覆，知此路之良难。启四体而深悼，惧兹形之将然。毒娱情之寡方，怨感目之多颜。谅多颜之感目，神何适而获怡。寻平生于响像，览前物而怀之。步寒林以凄恻，玩春翘而有思。触万物以生悲，叹同节而异时。年弥往而念广，途薄暮而意迮。亲落落而日稀，友靡靡而愈索。顾旧要于遗存，得十一于千百。乐隤心其如忘，哀缘情而来宅。托未契于后生，余将老而为客。然后弭节安怀，妙思天造，精浮神沦，忽在世表。寤大暮之同寐，何矜晚以怨早？指彼日之方除，岂兹情之足搅？感秋华于衰木。瘁零露于丰草。在殷忧而弗违，夫何云乎识道？将颐天地之大德，遗圣人之洪宝。解心累于末迹，聊优游以娱老。

这是较为标准的六朝骈赋，虽有四字句，但多数为六字句，多为两句对，还未形成以后流行的四六句式的隔句对。全赋多换韵，每段各自为韵。全赋多咏万物常变，目的都在咏人生苦短："嗟人生之短期，孰长年之能执"，"人何世而弗新，世何人之能故"，"亲弥懿其已逝，交何戚而不亡"，"亲落落而日稀，友靡靡而愈索"，无可奈何，只能以自我安慰作结："解心累于末迹，聊优游以娱老。"祝尧《古赋辩体》卷五评此赋云："凡哀怨之文易以动人，六朝人尤喜作之，岂非欢愉之辞难工，而穷苦之言易好与？然此作虽未能止乎礼义而发乎情，犹于变风之义有取焉。但古人情得其理，和平中正，故哀而不伤，怨而不怒。后人情流于欲，淫邪偏宕，故哀极而伤，怨极而怒。此赋与江文通《恨赋》同一哀伤，而此赋尤动人。吁，哀思之音，诚庄人端士之所当警者。"

江淹(444—505)字文通，济阳考城(今河南兰考东)人。他六岁能诗。十三岁丧父，家贫，靠采薪养母。成年后，先后在新安王刘子鸾、建平王刘景素幕府任职。但因他"倜傥不俗，或为世士所嫉"(《自序传》)，曾被诬受贿入狱。宋明帝死后，刘景素密谋叛乱，江淹曾多次谏劝，景素不纳，元徽二年(474)被贬为建安吴兴县(今福建浦城)令，在仕途上很不得志。这大概就是他自称"恨人"的原因。

江淹的《恨赋》是一篇著名的抒情骈赋，①先总写并点题："试望平原，蔓草萦骨，拱木敛魂。人生到此，天道宁论！于是仆本恨人，心惊不已，直念古者，伏恨而死。"所谓"恨人"，就是深抱遗恨的人。其下就是分述"直念古者，伏恨而死"，以"至如"、"若乃"、"若夫"、"至乃"、"及夫"、"或有"之类的连接词领起，分写各色人等之恨。一是帝王秦始皇："至如秦帝按剑，诸侯西驰，削平天下，同文共规，华山为城，紫渊为池。雄图既溢，武力未毕。方架鼋鼍以为梁，巡海右以送日。一旦魂断，宫车晚出。"二是赵王刘迁："若乃赵王既虏，迁于房陵。薄暮心动，昧旦神兴。别艳姬与美女，丧金舆及玉乘。置酒欲饮，悲来填膺。千秋万岁，为怨难胜。"三是名将李陵："至如李君降北，名辱身冤。拔剑击柱，吊影惭魂。情往上郡，心留雁门。裂帛系书，誓还汉恩。朝露溘至，握手何言?"四是美人王昭君："若夫明妃去时，仰天太息。紫台稍远，关山无极。摇风忽起，日白西匿。陇雁少飞，代云寡色。望君王兮何期？终芜绝兮异域。"五是才士冯衍："至乃敬通见抵，罢归田里。闭关却扫，塞门不仕。左对孺人，右顾稚子。脱略公卿，跌宕文史。赍志没地，长怀无已。"六是高士嵇康："及夫中散下狱，神气激扬。浊醪夕引，素琴晨张。秋日萧索，浮云无光。郁青霞之奇意，入修夜之不旸。"七是困顿之人："或有孤臣危涕，孽子坠心。迁客海上，流戍陇阴。此人但闻悲风泪起，泣下沾襟；亦复含酸茹叹，销落湮沉。"八是得志之人："若乃骑迭迹，车屯轨；黄尘匝地，歌吹四起。无不烟断火绝，闭骨泉里。已矣哉!"七八两项是类举，不是具体的人。所举人物秦始皇是胜利者，赵王迁是失意者；李陵与王昭君皆背井离乡，前者是被俘，是降

① (梁)江淹《江文通集》卷一，文渊阁四库全书本。

臣，后者是和亲使者；冯衍无疾而终，嵇康含冤下狱，被杀身亡。类举的两种人也是命运相反之人，但这些不同的人的最终命运却是共同的，都是“饮恨而死”。江淹通过列举不同类型的历史人物进行概括，各个人物之“恨”各不相同，但“伏恨而死”却是相同的，通过典型表现一般，表达了人们的普遍情感。最后一段总括起来抒发感慨，也是结论：“春草暮兮秋风惊，秋风罢兮春草生。绮罗毕兮池馆尽，琴瑟灭兮丘垄平。自古皆有死，莫不饮恨而吞声。”以“春草暮”、“秋风罢”、“绮罗毕”、“池馆尽”、“琴瑟灭”、“丘垄平”烘托凄凉气氛，以“莫不”二字概括了所有人都以饮恨吞声而死，照应开头的“直念古者，伏恨而死”。全文结构谨严，层次明晰，前呼后应，浑然一体，文辞华丽，情景交融，具有十分悲凉的气氛和感染力。

《恨赋》对后世影响甚大，仿作不断，如唐李白、明李东阳皆有《拟恨赋》，清魏裔介有《广恨赋》。对《恨赋》的评赞尤多，宋楼昉《崇古文诀》卷七云“文通托此自雪，若悲惋凄怆之态，当于《恨赋》见之”；喻良能云“昔江文通为《恨赋》，备尽古今之情致”①；清浦起龙《古文眉诠》云“通篇奇峭有韵，语法俱自千锤百炼中来，然却无痕迹。至分段叙事，慷慨激昂，读之英雄雪涕”；于光华《评注昭明文选》引明孙𬘭评云“古意全失，然探奇搜细，曲有状物之妙，固是一时绝技”，“借古事喻情，固自痛快。此亦是文通创作。”之所以称美如潮，是因为他抒发了人们的共同感受，李东阳《拟恨赋》颇能代表这一观点：“予少读江淹、李白所作《恨赋》，爱其为辞，而怪所为恨多闺情阁怨，其大者不过兴亡之恒运、成败之常事而已。是何感于情，亦奚以恨为哉？中岁以来更涉世故，记忆旧闻。忠臣孝子，奇勋盛事，或方值几会，遽成摧毁；失之毫厘而终身旷世不可复得，至令人吞声扼腕而不能已。圣贤不言恨，然情在天下而不为私，亦天理人事之相感激。虽以为‘恨’可也。乃效江、李体，反其为情以写抑郁，而卒归于正。知我罪我，皆有所不避云。”②魏裔介《广恨赋》云：“昔江文通作《恨赋》，凄恻动人。但如秦帝穷奢极欲，沙丘告终，无所恨；李陵降北，生堕家声，亦无足恨也。惟是古今治少乱多，覆辙相迹，余推其恨而广之，非独吊古生怆，亦以志鉴诫之意尔。”③王士禛《悼亡诗二十六首》之一云：“锦瑟年华西逝波，寻思往事奈君何。若为乞得江郎笔，应较文通《恨赋》多。”④陶元藻《书江淹恨赋后》更怪他挂一漏万，举小遗大：“古来恨事如勾践忘文种之功，夫差拒伍胥之谏，荆轲不逞志于秦王，范增竟见疑于项羽，此皆恨之大者，概

① (宋)喻良能《香山集》卷一《喜赋》序，文渊阁四库全书本。
② (明)李东阳《怀麓堂集》卷二一，文渊阁四库全书本。
③ (清)魏裔介《兼济堂文集》卷一六，文渊阁四库全书本。
④ (清)王士禛《精华录》卷六，文渊阁四库全书本。

置勿论，挂漏之讥，固难免矣。且所谓恨者，此人宜获吉而反受其殃，事应有成而竟遭其败，衔冤抱恨，为天下古今所共惜。非揣摩一已之私，遂其欲则忻忻，不遂其欲则怏怏也。秦王无道，固宜早亡，何恨之有？若赵王受虏、敬通见黜、中散被诛，自周秦两汉以迄于齐，类此者不胜枚举焉。李陵之恨，不能写得淋漓剀切。明妃以毛延寿颠倒真容，遂致绝宠君王、失身塞外，痛心疾首，其恨全属于斯，今只言'陇雁'云云，凡出塞者人人如此，即乌孙公主、蔡文姬，何尝不领兹凄楚？"①

唐贞元二十年(804)，韩愈谪居阳山，湖南观察使杨凭派支使杨仪之巡察阳山，在杨仪之离开阳山之际，韩愈写了送别短赋《别知赋》：

> 余取友于天下，将岁行之两周②。下何深之不即，上何高之不求(深即高求，言取友广)？纷扰扰其既多，咸喜能而好修(好其长处)。宁安显而独裕，顾厄穷而共愁。惟知心之难得，斯百一而为收(百中得一)。岁癸未(贞元十九年)而迁逐，侣虫蛇于海陬(角落)。遇夫人之来使(指杨仪之)，辟公馆而罗羞(美食)。索微言(微妙之言)于乱志(因贬谪而志思忧乱之时)，发孤笑于群忧。物何深而不镜(明察)，理何隐而不抽(接纳)？始参差以异序，卒烂漫而同流。何此欢之不可恃，遂驾马而回辀(回掉车头)？山磝磝其相轧，树蓊蓊其相摎。雨浪浪其不止，云浩浩其常浮。知来者之不可以数，哀去此而无由。倚郭郛(外城)而掩涕，空尽日以迟留。

赋一开头即感叹"知心之难得"，为下文作铺垫；次写杨仪之正是难得的知心朋友，在自己贬谪山阳时来访，以微言妙道开其因贬谪而忧乱的志思，能明察并接纳自己，虽处境异序而志同道合。末伤其去，依依不舍，倚郭掩涕。黄震《黄氏日钞》卷五九云："(此赋乃韩公)伤知心之难得，不忍杨仪之之去己也。"这是一篇典型的骈赋，韩愈虽提倡古文，但其骈文也十分工整，通篇皆为六六句式的骈偶句，以真挚朴实之情布局谋篇，流畅自然，一气呵成，无奇字，无棘句，语言清新，风格平实。元祝尧《古赋辩体》卷七评此赋云："其中'山敖敖其相轧'四句，殊觉自在，方是赋家语，有比兴之义存焉。宋王介甫《书山石辞》有云：'水泠泠而北出，山靡靡以旁围。欲穷源而不得，竟怅望以忘归。'谈者尚之，以为非今人言辞。其妙意虽在后二句，然前二句亦雅淡，正与此赋四语相似。"

---

① (清)陶元藻《泊鸥山房集》卷九，乾隆六十年本。

② 岁，岁星，即木星。岁星十二年运行一周天，两周就是二十四年。此言其整数。

一讲宋赋，人们往往就想到文赋。其实宋代文赋数量很小，骈赋仍为宋赋大宗。如王禹偁的《三黜赋》，狄遵度的《石室赋》，赵湘的《姑苏台赋》，钱惟演的《春雪赋》，张咏的《声赋》、《幽窗赋》，宋祁的《右史院蒲桃赋》、《古瓦砚赋》，范仲淹的《秋香亭赋》、《灵乌赋》，邵雍的《洛阳怀古赋》，蒋堂的《北池赋》，李觏的《长江赋》，胡宿的《颜子不二过赋》，张舜民的《长城赋》、《水磨赋》，苏过的《飓风赋》，秦观的《叹二鹤赋》，李之仪的《梦游览辉亭赋》，郭祥正的《石室游赋》，慕容彦逢的《岩竹赋》，王灼的《朝日莲赋》，王铚的《梅花赋》，赵鼎臣的《寄傲斋赋》，范成大的《望海亭赋》、《馆娃宫赋》，程珌的《钓台赋》，李流谦的《龙居山人墨戏赋》，刘宰的《漫塘赋》等，都是宋代骈赋的名篇，限于篇幅，不能一一细说。因为世人多以欧、苏为例来说明宋赋似乎就是文赋，故这里仅举梁周翰、吴淑、欧阳修、苏轼的骈赋为例，说明宋代现存赋仍以骈赋为主。

五代以来，文体卑弱，梁周翰雄文奥学，名重一时。宋初修五凤楼，周翰献《五凤楼赋》，明著讽喻之义，人多传颂。南宋吕祖谦编《皇朝文鉴》卷一，以之冠于编首。此赋历陈前代之君皆以奢侈荒淫亡国。帝曰："顷于戎马之暇，详窥历代之纪，乃知乎夏德之衰，焜室自庇；商政之坏，琼宫大侈。楚王章华，一身何寄；秦皇阿房，二世而弃。汉武柏梁，孽火随炽；陈后三阁，义师寻至。岂非乎祸生于渐，欲起于恣？亦如崇饮不已，必至昏醉；嗜色不已，必至乏瘁；迁怒不已，必绝人纪；穷兵不已，必暴人胔；甘谀不已，必杜忠义；溺谗不已，必斥贤智。亡国之君，未尝不尔。朕皆知之，得以趋避。淫于土木，雅不如是。"此文既达到了歌颂"帝道昌"，"君万方"，"垂无疆"，"长乐康"的目的，又达到了以"祸生于渐，欲起于恣"为鉴戒的目的，而且是以"帝曰"的形式出现的，更觉婉转，难怪《皇朝文鉴》要选它为压卷之作。

吴淑长于骈赋，其《事类赋》百篇三十卷全为骈赋。南宋绍兴中，边敦德《事类赋序》（《事类赋》卷首）云："今观其书，骈四俪六，文约事备，经史百家、传记方外之说，靡所不有，其视李峤单题诗、丁晋公《青衿集》，用功盖万万矣。"《四库全书总目》卷一三五云："唐以来诸本骈青妃白、排比对偶者，自徐坚《初学记》始……其联而为赋者，则自淑始……淑本徐铉之婿，学有渊源，又预修《太平御览》、《文苑英华》两大书，见闻尤博。故赋既工雅，又注与赋出自一手，事无舛误，故传诵至今……自此逸书数种外，皆采自本书，非辗转捃扯者比，其精审益为可贵，不得以习见忽之矣。"

欧阳修以文赋知名，但其赋多数为骈赋。《黄杨树子赋》，是景祐三年(1036)欧阳修贬官夷陵时所作，是典型的骈赋。此赋主旨是以黄杨树生处穷僻而不为世所赏比喻自己谪居夷陵。汉宫五柞、景阳双桐是"婆娑万户之侧，生长深宫之中"；而黄杨树却处境恶劣："上临千仞之盘薄，下有惊湍之渍激。"它不为人所知，但仍"节既晚而愈茂，岁已寒而不易"。《赋话》卷五引朱熹语云："六一《黄杨树子赋》，词气质直，虽是宋派，其格律则犹唐人之遗。”其《鸣蝉赋》是以骈、骚、四言为主，偶有散句的骈赋。前以骈句写蝉之鸣：“引清风以长啸，抱纤柯而永叹”；然后以排比形式提出一串问题，继以骚句写“吾尝悲夫万物莫不好鸣”，而写蝉鸣及万物好鸣实为伤人之好鸣：“呜呼！达士所齐，万物一类，人于其间，所以为贵。盖已巧其语言，又能传于文字。”末以蝉声止息作结：“方将考得失，较同异。俄而阴云复兴，雷电俱击，大雨既作，蝉声遂息。”此赋句式灵活，从多种角度咏蝉鸣及万物之鸣，实伤自己的“穷彼思虑，耗其血气，或吟哦其穷愁，或发扬其志意”。

苏轼也以文赋知名，但他存世最多的还是骈赋和律赋。《昆阳城赋》是苏轼南行赴京途中所作的吊古赋。首写古战场之荒凉，感叹今人已不知此地为古战场，次写当年昆阳之战的残酷，末发出感叹，死者多数为市井之无赖，不足惜，唯严尤亦追随王莽为不可理解：“彼狂节之僭窃，盖已旋踵而将败。岂豪杰之能得，尽市井之无赖。贡符献瑞一朝而成群兮，纷就死之何怪。独悲伤于严生，怀长才而自浼。岂不知其必丧，独徘徊其安待。过故城而一吊，增志士之永慨。”①“严生”指严尤，为王莽谋主，晓兵法，昆阳之败，乘轻骑，践死人而逃。吴子良《荆溪林下偶谈》云：“词人即事睹景，怀古思旧，感慨悲吟，情不能已。今举其最工者，如……东坡《昆阳城赋》：‘横门豁以四达，故道宛其未改。彼野人之何知，方伛偻而畦菜。’……盖人已逝而迹犹存，迹虽存而景随变。”其他如《后杞菊赋》、《复改科赋》、《秋阳赋》、《沉香山子赋》、《老饕赋》、《菜羹赋》皆咏食，皆作于海南。《老饕赋》、《菜羹赋》、《酒隐赋》、《洞庭春色赋》、《中山松醪赋》都是骈赋。《菜羹赋》与《后杞菊赋》的内容相近，《后杞菊赋》咏知密州时的贫困生活，《菜羹赋》写贬官海南时的贫困生活：“嗟余生之褊迫，如脱兔其何因。殷诗肠之转雷，聊御饿而食陈。无刍豢以适口，荷邻蔬之见分。汲幽泉以揉濯，抟露叶与琼根。”但在苏轼看来，邻蔬的露叶、琼根比酰酱、椒桂之味更美，以致他“屏酰酱之厚味，却椒桂之芳辛……先生心平而气和，故虽老而体胖。计余食之几何，固无患于长贫。忘口腹之为累，以不杀而成仁。窃比予于谁欤，葛天氏之遗民”。

（四）律　　赋

随着魏晋南北朝声律学的形成，五七言律诗的发展，赋也开始格律化，讲究对偶、用韵以及上下句的平仄对称，形成所谓律赋。律，指绳尺法度亦如律令之严，不可逾越。元祝尧《古赋辩体》卷五云：“沈休文等出，四声八病起，而俳体又入于律。为俳者

① 《苏轼文集》卷一，中华书局 1986 年版。

则必拘于对之必的，为律者则必拘于音之必协，精密工巧，调和便美，率于辞上求之。”明吴讷《文章辨体序说·律赋》云：“律赋起于六朝，而盛于唐宋。凡取士以之命题，每篇限以八韵而成，要在音律谐协、对偶精切为工。迨元代场屋更用古赋，由是学者弗习。”

清李调元《赋话》卷一的论述更为详尽，他认为古赋变为律赋，六朝已经开始：“古变为律，兆于吴均、沈约诸人，庾子山信衍为长篇，益加工整，如《三月三日华林园马射赋》及《小园赋》，皆律赋之所自出。”清倪璠《庾子山集》卷一注云：“《小园赋》者，伤其屈体魏、周，愿为隐居而不可得也。其文既异潘岳之《闲居》，亦非仲长之《乐志》，以乡关之思发为哀怨之辞者也。”可知庾信此赋作于出使西魏被留，历仕西魏、北周时。首以慨叹起，人生需要有限，何必定要连洞房，绿青锁：“若夫一枝之上，巢夫得安巢之所；一壶之中，壶公有容身之地。况乎管宁藜床，虽穿而可座；嵇康锻灶，既烟而堪眠。岂必连洞房，南阳樊重之第；绿青锁，西汉王根之宅。”巢夫即巢父，尧时隐士，年老以树为巢而寝其上，故时人号为巢父，见《逸士传》。壶公见《后汉书·方术传》，费长房为市掾，市中有老翁卖药，悬二壶于街头。及市罢，辄跳入壶中，人称壶公。管宁，汉人，家贫，藜床欲穿，为学不倦，见《汉书·管宁传》。樊重，樊宏父，所居庐舍，皆有重堂高阁，陂渠灌注，见《后汉书·樊宏传》。王根之宅见《汉书·元后传》，成帝微行出过曲阳侯王根第，见其骄奢僭上，赤墀青琐(乃天子之制)。全赋几乎句句用典。从《小园赋》可知，律赋就是骈赋，只是已开始讲究四声、平仄。但与唐宋用于考试，限以八韵的律赋不同，用韵还较自由，篇幅也就不受限制，可长可短。

应试律赋限韵的宽严有一个发展过程，宋洪迈《容斋续笔》卷一三《试赋用韵》论之甚详：

> 唐以赋取士，而韵数多寡，平侧次叙，元无定格。故有三韵者，《花萼楼》赋以题为韵是也。有四韵者，《蓂荚赋》以“呈瑞圣朝”，《舞马赋》以“奏之天廷”，《丹甑赋》以“国有丰年”，《泰阶六符赋》以“元亨利正”为韵是也。有五韵者，《金茎赋》以“日华川上动”为韵是也。有六韵者，《止水》、《魍魉》、《人镜》、《三统指归》、《信及豚鱼》、《洪钟待撞》、《君子听音》、《东郊朝日》、《蜡日祈天》、《宗乐德》、《训胄子》诸篇是也。有七韵者，《日再中》、《射已之鹄》、《观紫极》、《五声听政》诸篇是也。八韵有二平六侧者，《六瑞赋》以“俭故能广，被褐怀玉”，《日五色赋》以“日丽九华，圣符土德”，《径寸珠赋》以“泽浸四荒，非宝远物”为韵是也；有三平五侧者，《宣耀门观试举人》以“君圣臣肃，谨择多士”，《悬法象魏》以“正月之吉，悬法象魏”，《玄酒》以“荐天明德，有古遗味”，《五色土》以“王子毕封，依以建社”，《通天

台》以"洪台独出，浮景在下"，《幽兰》以"远芳袭人，悠久不绝"，《日月合璧》以"两曜相合，候之不差"，《金柅》以"直而能一，斯可制动"为韵是也；有五平三侧者，《金用砺》以"商高宗命，傅说之官"为韵是也；有六平二侧者，《旗赋》以"风日云舒，军容清肃"为韵是也。自大和以后，始以八韵为常。唐庄宗时尝覆试进士，翰林学士承旨卢质以《后从谏则圣》为赋题，以"尧舜禹汤，倾心求过"为韵。旧例，赋韵四平四侧，质所出韵乃五平三侧，大为识者所诮，岂非是时已有定格乎？国朝太平兴国三年九月始诏自今广文馆及诸州府礼部试进士律赋，并以平侧次用韵，其后又有不依次者，至今循之。

元祝尧《古赋辩体》卷七《唐体》云："尝观唐人文集及《文苑英华》所载，唐赋无虑以千计，大抵律多而古少。夫古赋之体其变久矣，而况上之人选进士，以律赋诱之以利禄耶？盖俳体始于两汉，律体始于齐梁，俳者律之根，律者俳之蔓……后生务进干名，声律大盛，句中拘对偶以趋时好，字中揣声病以避时忌，孰肯学古哉？"

律赋有限韵数和不限韵数两种，不限韵者少者六韵，多者上百。考试赋限以八韵始于唐而盛于宋。吴曾《能改斋漫录》卷二《试赋八字韵脚》云："赋家者流由汉晋历隋唐之初，专以取士，止命以题，初无定韵，至开元二年，王邱员外知贡举，试《旗赋》始有八字韵脚，所谓'风日云浮，军国清肃'。"《文苑英华》卷六四载李昂《旗赋》即"以'风日云野，军国清肃'为韵"，显然就是吴曾所说的开元二年所试赋，这可能是保存完整的最早的应试律赋："遐国华之容卫，谅兹旗之多任务。文成日月，影灭霜空。乍逶迤而挂雾，忽摇曳以张风。排回(徘徊)惊鸟，飞失断鸿。至若混羽旗以横野，则睹之者目骇；杂金鼓而特设，则见之者气雄尔。"以上"风"韵。"其誓将临边，兴师授律。拥豹骑而长往，指龙山而冲出。月阵联云，星旄斗日。回五翎以隔面，挫三庭而屈膝。非旗之佐彼军容，则何以沙场清谧?"以上"日"韵。"明明我君，四海无尘。立徽号，建洪勋，为旗削蚩尤之迹，画蛟龙之文。信侯功于巢燧，谅比德于姜云。"以上"云"韵。"奄有天下，体国经野。览兹旗之财成，故可得而言者。俨孤峙以标众，列广形而助寡。随时卷舒，任用行舍。不务功以伐谋，良有足而称也。"以上"野"韵。"徒观其进退缤纷，旖旎三军。"以上"军"韵。"可仰可则，光辉一国。□示迷于指南，何登车而逐北。"以上"国"韵。"塞断连营，幸偶时清。对岌岌之台殿，间悠悠之旆旌。陵紫霄而风扫，逗碧落以云萦。摆帝楼之晴树，弄天门之晓旌。高则可仰，犯乃不倾。每低昂以自守，常居满而望盈。"以上"清"韵。"时亨大畜，于何不育。永端容于太阶，沐皇风之清肃。"以上"肃"韵。用以考试的八韵律赋大体就是这种形式。

唐代律赋也有一个发展过程，唐初律赋尚少，中唐以后才多起来，李调元《赋话》

卷一云:“唐初……不试诗赋之时,专攻律赋者尚少。大历、贞元之际,风气渐开,至大和八年,杂文专用诗赋,而专门名家之学,樊然竞出矣。”唐代律赋限韵也不严,《赋话》卷四云:“初唐人排律不过六韵,杜陵(杜甫)始有长篇。至元(稹)、白(居易)沾沾自喜,动辄韵矣。唐时律赋,字有定限,鲜有过百者。驰骋才情,不拘绳尺,亦以元、白为然。”他举了一大串唐代律赋作家,第一个就是李程。

李程字表臣,陇西人。约生于唐代宗永泰中,约卒于武宗会昌初,年七十七岁。贞元十二年(796)进士,官至翰林学士,知制诰,拜礼部侍郎。敬宗即位,以吏部侍郎同平节事。所撰律赋颇多,见《历代赋汇》各卷,有“以‘日丽九华,圣符土德’为韵”的《日五色赋》,“以‘青天流魄,玉户失颜’为韵”的《破镜飞上天赋》,“以‘人归政德,如彼众星’为韵”的《众星拱北赋》,“以‘清光内朗,禀之媚然’为韵”的《石镜赋》,“以‘百金休功,万国从化’为韵”的《汉文帝罢露台赋》,“以‘三王郊礼,日用夏正’为韵”的《迎长日赋》,“以‘礼尚治情,酌中形外’为韵”的《黄目樽赋》,“以‘高会群儒,讨论正义’为韵”的《汉章帝白虎殿观诸儒讲五经赋》,“以‘时贵顺成,非由速致’为韵”的《揠苗赋》,“以题为韵”的《华清宫望幸赋》,“以‘五音克谐次用’为韵”的《匏赋》,“以‘求宝之道,同乎选才’为韵”的《披沙拣金赋》,“以‘圣无全功,必资辅佐’为韵”的《金受砺赋》,“以‘君子之道,暗然日节’为韵”的《衣锦褧衣赋》,“以‘纯粹积中,英华发外’为韵”的《青出于蓝赋》,“以‘学者攻艺,必求至精’为韵”的《攻坚木赋》。从其所限韵可看出多为八韵,但并非都是八韵,这正是早期律赋的特点。兹举其《日五色赋》来看看唐代律赋:

> 德动天鉴,祥开日华。守三光而效祉,彰五色而可嘉。验瑞典之所应,知淳风之不遐。禀以阳精,体乾爻于君位;昭夫土德,表王气于皇家。懿彼日升,考兹礼斗。因时而出,与圣为偶。仰瑞景兮灿中天,和德辉兮光万有。既分羲和之职,自契黄人之守。舒明耀,符君道之克明;丽九华,当帝业之嗣九。时也寰宇廓清,景气澄霁。浴咸池于天末,拂若木于海裔。非烟捧于圆象,蔚矣锦章;余霞散于重轮,焕然绮丽。固知畴人有秩,天纪无失。必观象以察变,不废时而乱日。合璧方而孰可,抱珥比而奚匹。泛草际而瑞露相鲜,动川上而荣光乱出。信比象而可久,故成文之不一。足使阳乌迷莫黑之容,白驹惊受彩之质。浩浩天枢,洋洋圣谟。德之交感,瑞必相符。五彩彰施于黄道,万姓瞻仰于康衢。足以光昭前古,照临下土。殊祥著明,庶物咸睹。名翚矫翼,如威凤兮鸣朝阳;时藿倾心,状灵芝兮耀中圃。斯乃天有命,日跻圣。太阶平,王道正。同夫少昊,谅感之以呈祥;异彼夏王,徒指之而比盛。今则引耀神州,扬光日域。设象以启圣,宣精以昭

德。彰烛远于皇明，乃备彩于方色。故曰惟天为大，吾君是则。

《晋书》卷一二云："人君乘土而王，其政太平，则日五色。"其题本此。李程以此赋获状元，当时及后代对此赋都评价较高，宋吴曾《能改斋漫录》卷六《赋日五色》称其"造语警拔，士流推之"。《历代诗话》卷二〇引吴旦生曰："限字为韵，自唐以律赋取士已有此体。如崔损《北斗赋》以'成象在天，维北有斗'为韵，皇甫湜《履薄冰赋》以'戒慎之心，如履冰上'为韵是也。然其韵数多寡，平侧（仄）次叙，初无定格……按唐时亦重破题，如李程试《日五色赋》，杨于陵询其破题，曰：'德动天鉴，祥开日华。'于陵谓'须作状元'。翌日无名，于陵携此赋诣主文，于是擢为状元。"李调元《赋话・新话》云："唐李程《日五色赋》起句云'德动天鉴，祥开日华'，杨于陵深赏之……按篇中云'非烟捧于圆象，蔚矣锦节；余霞散于重轮，焕然绮丽'；又云'泛草际而瑞露相鲜，动川上而荣光乱出'，句句精神，字字庄雅，胜人处尤在'故曰惟天为大，吾君是则'一结。"从此赋可知，应试律赋即为骈赋，区别仅在于骈赋不限韵，律赋限韵。但六朝及唐代的律赋"韵数多寡，平侧次叙，初无定格"，此赋本"以'日丽九华，圣符土德'为韵"，实际却是以"华、九、丽、日、符、土、圣、德"为序，可见只用了这些韵字，并未依其所定韵序，每韵字数多寡也不同，其中"懿彼日升，考兹礼斗。因时而出，与圣为偶。仰瑞景兮灿中天，和德辉兮光万有。既分羲和之职，自契黄人之守"，与前面的"华"字韵及后面的"九"字韵皆不同，在所限韵中没有这一韵脚，可见直至唐代，律赋限韵都并不很严。

宋代律赋更多。李调元《赋话》卷五云："宋初人之律赋最夥者，田（锡）、王（禹偁）、文（彦博）、范（仲淹）、欧阳（修）五公……论宋朝律赋当以表圣（田锡）、宽夫（文彦博）为正则，元之（禹偁）、希文（仲淹）次之，永叔（欧阳修）而降皆横骛别趋，而偭唐人之规矩者矣。"但"宋人律赋以轻便为宗，流丽有余而琢炼不足，故意致平浅，远逊唐人"；"宋人四六则上掩前哲，赋学则不逮唐人，良由清切有余而藻缋不足耳。"律赋自南宋式微，元代以后的更不足观，其卷六云："金……赋罕有流传者。元承金制，赋不限韵……大率平衍朴遬，不足观览，律赋至元而中息矣。有明馆阁课试率由学士命题，未有定式。于是八韵之作歇绝者几四百年。"直至清代律赋始复兴盛。清人汤聘云："元人易为古赋，而律赋浸微，逮乎有明，殆成绝响。国朝昌明古学，作者嗣兴，巨制鸿篇，包唐轹宋，律赋于是乎称绝盛矣。"①

律赋就是骈赋，用韵有种种不同，清林联桂《见星庐赋话》卷一云："唐人骈赋多以

① （清）汤聘《律赋衡裁》卷首《凡例》，乾隆二十五年刊本。

八韵解题，后之试赋（即律赋）率用此式，或八韵，或六七韵，或四五韵，或以题为韵，多寡不等。然有数韵，却不能如律诗之一韵到底也。古人骈赋，有全篇都用一韵者，如晋傅咸之《仪凤赋》全用八庚韵，《萤赋》亦全用八庚韵，唐韩愈之《别知赋》全用十一尤韵，宋陆游之《丰城剑赋》全用一先韵，元朱德润之《沅湘图赋》全用七阳韵之类是也。古人骈赋有用两韵到底者，如汉马融之《围棋赋》，前半篇用阳韵，后半篇用月韵是也。”宋代律赋限韵更严，一般皆沿唐庄宗时已形成的“定格”，限以八韵，并按所限韵依次而用，平仄相间，韵字嵌于文中，以表明他们“压强韵”而有“余地”。只有那些“横骛别趋”的赋家才偶不遵守这些“定格”，如欧阳修的《鲁秉周礼所以本赋》以“鲁公之后，其本周礼”为韵，但赋中实际却以“其”、“鲁”、“公”、“本”、“周”、“礼”、“之”、“后”为序。苏轼的《三法求民情赋》以“王用三法，断民得中”为韵，实际却以“中”、“断”、“民”、“得”、“王”、“用”、“三”、“法”为序。

律赋是限制更严的骈赋，历来为文学史家所不取，认为没有什么文学价值。如吴讷《文章辨体序说·赋》云：“唐宋取士限韵之制，但以音律谐协、对偶精切为工，而情与辞皆置弗论。呜呼，极矣。”现在一些《赋史》专著，更认为律赋似乎完全不值一谈。其实对律赋不可一概否定。康熙《御制第三集》卷二一《四朝诗选序》云：“熙宁专主经义而罢诗赋，元祐初复诗赋，至绍圣而又罢之，其后又复与经义并行。”可见除熙宁、元丰、绍圣年间外，宋代都以诗赋取士，至少兼试诗赋。唐代科举考试偏重于诗，宋则偏重于赋。欧阳修《六一诗话》谓宋初“科场用赋取人，进士不复留意于诗”。刘克庄《李耘子诗卷》云：“唐世以赋诗设科，然去取予夺一决于诗，故唐人诗工而赋拙……本朝亦以诗赋设科，然去取予夺一决于赋，故本朝赋工而诗拙。”南宋姚勉的《词赋义约序》极论赋在宋代科举考试中的地位说：“国初殿廷惟用赋取状元，有至宰相者，赋功用如此也。”而且宋代律赋并非尽为应试之作，既有试前习作，也有入仕后有感之作，因此，宋人文集往往律赋甚多。田锡现存赋二十四篇，有九篇律赋。王禹偁现存赋二十七篇，十九篇为律赋。夏竦现存赋十四篇，十二篇是律赋。宋祁现存赋四十五篇，二十四篇为律赋。范仲淹现存赋三十八篇，三十五篇为律赋，堪称宋代律赋大家。文彦博现存赋二十篇，十八篇为律赋，占十分之九。刘敞现存赋三十篇，律赋达二十二篇。南宋文集中的律赋渐少，但楼钥《攻媿集》存赋十五篇，尽为律赋。对于数量如此可观的宋代律赋，文学史家不应视而不见。

宋代律赋不仅数量大，而且佳作也不少。刘敞《公是集》卷首《杂律赋自序》云：“当世贵进士，而进士尚词赋，不为词赋，是不为进士也；不为进士，是不合当世也。”宋人为入仕计，不得不从小练习诗赋，因此名篇佳作，代不乏人。正如律诗限制很严，但仍出现了大量名家名作一样，律赋限制虽严，也不乏名家名作。所谓“但以音律谐协、对偶精切为工，而情与辞皆置弗论”，考试或许只能如此。现在不是什么都讲量化吗？音律、对偶的得失，考官是可以量化的，而情与辞就只能凭感觉了。

宋代律赋也不乏情辞并茂之作，即使应试时仓卒所作的律赋也是如此。彭大翼云：“宋真庙朝徐奭作《铸鼎象物赋》，有‘王臣威重’之句；蔡齐作《置器赋》，有‘安天下于复盂’之句，皆以文辞理致擢为第一。仁庙朝吕臻作《富民之要在于节俭赋》，有‘国用既省，民财乃丰’之句，上方崇俭，亦擢第一。”①叶適《习学记言序目》卷四七《律赋》云：“诸律赋皆场屋之伎，于理道材品，非有所关。惟王曾、范仲淹有以自见，故当时相传，有‘得我之小者，散而为草木；得我之大者，聚而为山川’；‘如令区别妍媸，愿为轩鉴；倘使削平祸乱，请就干将’之句。”宋庠云：“王沂公（曾）所试《有教无类》、《有物混成》赋二篇，在生平论著绝出，有若神助云。”②《有教无类赋》已佚，仅存残句，见欧阳修《归田录》卷下：“咸平五年，南省试进士《有教无类赋》，王沂公为第一。赋盛行于世，其警有句云：‘神龙异禀，犹嗜欲之可求；纤草何知，尚熏莸而相假。’时有轻薄子拟作四句云：‘相国寺前，熊翻筋斗；望春门外，驴舞柘枝。’议者以为言虽鄙，亦著题也。”其以“虚象生在天地之始”为韵的《有物混成赋》还存世，见《皇朝文鉴》卷一一。吴处厚《青箱杂记》卷一〇评《有物混成赋》云：“王曰：‘不缩不盈，赋象宁穷于广狭；匪雕匪斫，流形罔滞于盈虚。’则宰相陶钧运用之意，已见于此赋矣。”邵伯温云：“王沂公初作《有物混成赋》，识者知其决为宰相，盖所养所学发为言辞者，可以观矣。”③王得臣《麈史》卷中云：“赋者，古诗之流，亦足以观其志。如王沂公作状元，殿试《有物混成赋》，其间曰：‘得我之小者，散而为草木；得我之大者，聚而为山川。’此有陶镕品物之度，后果为相。”《青箱杂记》卷二云：“李巽亦以《六合为家赋》登第，赋云：‘辟八荒而为庭衢，并包有截；用四夷而作藩屏，善闭无关。’此亦善矣，然不若世则之雄壮。巽字仲权，邵武人。以《土鼓》、《蜃楼》、《周处斩蛟》三赋驰名，累举不第，为乡人所侮曰：‘李秀才应举，空去空回，知席帽甚时得离身？’巽亦不较。至是乃遗乡人诗曰：‘当年踪迹困泥尘，不意乘时亦化麟。为报乡闾亲戚道，如今席帽已离身。’盖国初犹袭唐风，士子皆曳袍重戴，出则以席帽自随。”范仲淹曾编辞赋总集《赋林衡鉴》，并为之序：“律体之兴，盛于唐室。贻于代者，雅有存焉。可歌可谣，以条以贯。或祖述王道，或褒赞国风，或研究物情，或规戒人事，焕然可警，锵乎在闻。”他把所收赋分为叙事、颂德、纪功、赞序、缘情、明道、祖述、论理、咏物、述咏、引类、指事、析微、体物、假象、旁喻、叙

---

① （明）彭大翼《山堂肆考》卷一二九，文渊阁四库全书本。

② （宋）宋祁《宋景文公笔记》卷上引，湖北先正遗书本。

③ （宋）邵伯温《邵氏闻见录》卷七，中华书局唐宋史料笔记丛刊本。

体、总数、双关、变态等二十门，门各有序。所收多为唐人律赋，“古不足者，以今人之作附焉”。①由此不难看出唐宋律赋题材的广泛，而宋人律赋多为议政之作。

欧阳修《进拟御试应天以实不以文赋》云：“赋者古人规谏之文。”古赋多曲终奏雅，赋的主要内容为铺陈排比，仅结尾点明其规谏之意，所谓劝十而讽一。但宋代律赋多以赋的形式议政，很多律赋仅从题目就不难看出是议政议军之作，如田锡的《开封府试人文化成天下赋》、《南省试圣人并用三代礼乐赋》、《御试不阵而成功赋》之类。王禹偁以“君有庶民，如得天也”为韵的《君者以百姓为天赋》是一篇表现儒家治国理念的议政赋，极写得天意即在得民心：“勿谓乎天之在上，能覆于人；勿谓乎人之在下，不覆于君。政或施焉，乃咈违于民意；民斯叛矣，同谪见于天文。”宋祁以“畿制千里，尊大王国”为韵的《王畿千里赋》，极论“畿制千里”，目的就在于“尊大王国”。赋云：“王有一统，人无异归。中四方而正位，画千里以为畿。总大众之奠居，式昭民极；据方来而处要，以重皇威。”②《赋话》卷五称此赋“流播艺林，奉为楷式”。这大概就是王铚《四六话・序》所说的宋祁“一变山川草木、人情物态，归于礼乐刑政”吧。

宋初孙何《论诗赋取士》云：“诗赋之制，非学优才高不能当也。破巨题期于百中，压强韵示有余地。驱驾典故，混然无迹；引用经籍，若己有之。咏轻近之物，则托兴雅重，命词峻振；述朴素之学，则立言遒丽，析理明白。其或气韵飞动，而语无孟浪；藻绘交错，而体不卑弱。颂国政则金石之奏间发，歌物瑞则云日之华相照。观其命句，可以见学植之深浅；即其构思，可以觇器业之大小。穷体物之妙，极缘情之旨，识《春秋》之富赡，洞诗人之丽则，能从事于斯者，始可言赋家者流。”③清人孙梅云：“自唐迄宋，以赋造士，创为律赋。用便程序，新巧以制题，险难以立韵，课以四声之切，幅以八韵之凡，栫（堆积，以柴木堵塞）以重棘之围，刻以三条之烛（限时完成）。然后铢量寸度，与帖括同科；夏课秋卷，将揣摹其术矣。徒观其绳墨所设，步骤所同，起谓之破题，承谓之含接，送迎互换其声，进退递新其格。”④这两段话充分说明了律赋在破题、立韵、引经据典、构思命句、缘情体物等各个方面都要求很严，确实“非学优才高不能当”，而宋代的“学优才高”之士很多。

作赋需先审题，清余丙照云：“赋贵审题，拈题后不可轻易下笔，先看题中着眼在

---

① （宋）范仲淹《范文正公别集》卷四，宣统二年重雕康熙岁寒堂本。

② （宋）宋祁《景文集》卷三，文渊阁四库全书本。

③ （宋）沈作喆《寓简》卷五引，文渊阁四库全书本。

④ （清）孙梅《四六丛话缘起》，二余堂丛书本。

某字，然后握定题珠，选词命意，斯能扫尽浮词，独诠真谛。如唐太宗《小山赋》处处摩写小字，宋言《学鸡鸣度关赋》处处关合鸡鸣，此风檐中秘诀也。赋又贵肖题，如遇廊庙题，须说得落落大方，杂不得山林景况。遇山林题，须说得翩翩雅致，杂不得廊庙风光。题目甚伙，举可类推。”①宋代律赋多以经史为题。以经为题如王禹偁以《易·系词下》的“尺蠖之屈，以求伸也”为韵的《尺蠖赋》，即截取其“尺蠖”二字为题。蠖，又叫尺蠖，昆虫名，谓尺蠖之所以弯曲，是为伸展其身体。全赋主旨即阐明以屈求伸。以史为题如田锡的《鄂公夺矟赋》(矟，同“槊”)，是歌颂唐代名将尉迟敬德的，取材于《新唐书·尉迟敬德传》。

诗有次韵，赋亦有次韵，起于宋而盛于明。宋李纲《浊醪有妙理赋》即次东坡韵。林联桂云：“古人诗有和韵、次韵者，词有和韵、次韵者，赋之和韵、次韵则罕见也。然亦有之，如宋朱子《白鹿洞赋》，明祁顺和之，且通篇次其韵，妙极自然，读竟不知其和韵也。此格最为奇创，何祭酒凌汉拟庾子山《小园赋》，通篇次子山韵，亦用此法。”②浦铣云：“诗有属和，有次韵，惟赋亦然。《南史》齐豫节王嶷子子恪年十二，和兄司徒竟陵王《高松赋》，谢朓、王俭、沈约皆有和作。自是而后，唐则徐充容有和太宗《小山赋》，张说、韩休、徐安贞、贾登、李宙有和玄宗《喜雨赋》，高常侍適有和李北海《鹘赋》。宋则欧阳文忠有和刘原父《病暑赋》，范文正有和梅圣俞《灵乌赋》，苏子由有和子瞻《沈香山子赋》，田谏议锡有依韵和吕杭《早秋赋》，李忠定纲有次韵东坡《浊醪有妙理赋》。有次韵而不必对题者，李忠定《南征赋序》云：‘仲辅赋《西郊》见寄，次韵作《南征赋》报之’。有以后人而次韵前人者，朱子《白鹿洞赋》六十余年，里中学子方岳及明代林俊、祁顺、舒芬、唐龙皆有次晦翁韵赋是也。③有以今人而和古人者，如《林下偶谈》载李季允和王仲宣《登楼赋》是也。有和而不必对题者，张燕公作《虚室赋》，魏归仁为《宴居赋》以和之是也。有以赋和诗者，湘东王作《琵琶赋》以和世子范旧《琵琶诗》，南唐徐常侍铉《木兰赋》和其宗兄《拟古诗》见寄是也。梁简文赋体八句，用‘化夜舍驾’四韵，任昉、王僧孺、陆倕同此，即后来依韵之所本也。”④

宋代律赋讲究起承转合，首尾呼应，实为明清八股文之先声。起首必须破题，孙何《论诗赋取士》所谓“破巨题期于百中”，如田锡以“叶落南翔，云飞水宿”为韵的《雁阵赋》开篇云：“绝塞霜早，阴山顺飞。有翔禽兮北起，常遵渚以南归。一一汇

① (清)余丙照《增注赋学指南》卷二《论诠题》，咸丰醉经堂刻本。

② (清)林联桂《见星庐赋话》卷一，高凉耆旧遗集本。

③ 王柏《宋文书院赋》云：“蔡子明讲于鹅湖，用文公《白鹿洞赋》韵示学者，以墨本见寄，因用韵和之。”可见蔡子明、王柏都曾次朱熹《白鹿洞赋》韵。

④ (清)浦铣《复小斋赋话》卷上，上海古籍出版社2007年版。

征，若限行之甚整；嗷嗷类聚，比部曲以相依。当乎朔野九秋，湘天万里，风萧萧兮吹白草，雁嗈嗈兮向寒水。单于台下，繁笳之哀韵催来；勾践城边，两槊之幽音惊起。”①《赋话》卷五《新话》五云：“如此起法，恰好是雁阵先声。”结句必须照映起句，如范仲淹以“君德通远，天马斯见”为韵的《天骥呈才赋》，以“天产神骥，瑞符大君。偶昌运以斯出，呈良才而必分”起，以“客有感而贤叹曰：马有俊灵，士有秀彦，偶圣斯作，为时而见，方今吾道亨而帝道昌，敢昧呈才之便”结，以“天马呈才”喻秀士的“为时而见”，前后相映。结语不是起语的简单重复，往往有所引申，范仲淹《金在镕赋》的“正意”是“求试”，希望“圣人”能像良冶铸金那样使自己成为国器：“士有锻炼诚明，范围仁义。俟明君之大用，感良金而自试。居圣人天地之炉，亦庶几于国器。”但这一“正意”只在结尾处轻轻一点，而全赋的主要内容是以“良冶铸金”喻“上之化下”，所谓“观此镕金之义，得乎为政之谋”。李调元《赋话·新话》认为此赋善于驭题而不为题缚：“文正借题抒写，跃冶求试之意居多，而正意只一点便过，所谓以我驭题，不为题缚者也。”宋代律赋常以对句起，而以散句结，李调元评文彦博以“明识经旨，能若神矣”为韵的《经神赋》云：“文彦博《经神赋》结处云：‘盛德昭然，遗芬若此，神兮神兮，与百神而有殊，吾亦祷之久矣。’恰好作结，不露押韵痕迹，亦是神来之笔。”

宋代律赋的句式富于变化。由唐至宋，律赋之法度渐密，对偶句式以四四、六六、四六、六四为隔句对。但在仁宗朝以后，宋代律赋的句式多有突破这一程序者，有二五、二六、二九、三三、三五、三三六、三七、三三七、四四六、五二、五五、五六、六四、六五、七四、七六、八四、八六、九九句式，兹不尽举，仅举颇为特殊者如下：二六、二九句式，如刘敞《三命不逾父兄赋》云：“于外，故右贤而贵爵；于内，故尚亲而立爱。贵爵，然后知王官之不可乱；立爱，然后见人道之不可废。”三三六句式，如刘敞《贵知我者希赋》云：“和其光，同其尘，毋恤骜民之怨；出乎类，拔乎萃，岂嫌举世之非？”三三七句式，如楼钥《高祖好谋能听赋》云：“为真王，为假王，悟陈平蹑足之语；趣刻印，趣销印，用张良借箸之筹。”四四六句式，如刘敞《三命不逾父兄赋》云：“名位不同，彼乡饮也，或不齿之为尚；少长有礼，此宗室也，宜入事而勿佻。”宋人律赋中常用流水对，以收一气贯注之效，如楼钥《击楫誓清中原赋》云：“果能扶神器之阽危，拯遗黎之沉溺，长淮以北也，复见夫冠带；大河以南也，悉除夫荆棘，不渝江上之盟，坐制目中之敌。”在欧阳修的《进拟御试应天以实不以文赋》中，甚至还有三十八字的长联：“阳能和阴则雨降，若岁大旱，则阳不和阴而可推；阴不侵阳则地静，若地

① （宋）田锡《咸平集》卷九，文渊阁四库全书本。

频动，则阴干于阳而可知。”

宋人律赋用典较唐人律赋少，所用典往往有如己出。《赋话》卷五云：“宋文彦博《鸿渐于陆赋》云：‘翻迅羽以嗈嗈，弋人何慕；冲层峰而翩若，阳鸟攸居。’运成语如自己出。又‘将候雁以同宾，羽翮既就；与时龙而共起，燕雀焉知？’则自然合拍，并忘其成语矣。”苏轼以“神圣功用，无捷于酒”为韵的《浊醪有妙理赋》，赋题为杜甫《晦日寻崔戢、李封》诗成句：“当歌欲一放，泪下恐莫收。浊醪有妙理，庶用慰沉浮。”“浊醪有妙理，庶用慰沉浮”正是此赋主旨，赋一开头即予点明：“酒勿嫌浊，人当取醇。失忧心于卧梦，信妙理之疑神。浑盎盎以无声，始从味入；杳冥冥其似道，径得天真。伊人之生，以酒为命。常因既醉之适，方识此心之正。”全赋围绕这一主旨，驱使与酒有关的典故：“得时行道，我则师齐相之饮醇；远害全身，我则学徐公之中圣”；“酷爱孟生，知其中之有趣；犹嫌白老，不颂德而言功”；“又何必一石亦醉，罔间州闾；五斗解酲，不问妻妾。结袜廷中，观廷尉之度量；脱靴殿上，夸谪仙之敏捷。阳醉逿地，常陋王式之褊；乌歌仰天，每讥杨恽之狭。我欲眠而君且去，有客何嫌；人皆劝而我不闻，其谁敢接”；“独醒者，汨罗之道也；屡舞者，高阳之徒欤？恶蒋济而射木人，又何狷浅；杀王敦而取金印，亦自狂疏。”以上几乎句句用典，而所有典故都在借“外寓于酒”说明“内全其天”，以抒发他贬官海南时的心境。释惠洪《冷斋夜话》卷一云：“东坡……海上作《浊醪有妙理赋》曰：‘尝因既醉之适，方识人心之正。’然此老言人心之正，如孟子言性善何以异哉！”李调元《赋话·新话》云：“宋苏轼《浊醪有妙理赋》云：‘得时行道，我则师齐相之饮醇；远害全身，我则学徐公之中圣。’穷通皆宜，才是妙理。通篇豪爽，而有隽致，真率而能细入，前无古人，后无来者。”

宋代律赋多以议论胜，但也有一些律赋缘情体物，长于描写。田锡的《春色赋》、《晓莺赋》、《春云赋》、《雁阵赋》均以描写胜，如《春色赋》云：“明霞淡霭，初发色于楼台；清奏雅歌，始均和于律管。言其状也，则明婉而融怡；状其体也，则暄妍而艳曦。宫漏昼永，天光日迟。散梨花兮似雪，垂柳线兮如丝。古渡轻波，望孤舟之去矣；平芜落日，惜晴山之远而。大都芳景之妍，物华非一。”他的《鄂公夺矟赋》也把鄂公尉迟敬德与齐王李元吉比武夺矟这一段史实演绎得有声有色：“二人乃策马交驰，锋铓若飞。千人看，万人窥，广场喧阗而将裂，高殿崔嵬而欲欹。一驰一骤，乍合乍离。红尘涨天地，杀气飘旌旗。若两虎斗而未知生死，二龙战而不辨雄雌。天颜为之动容，神武为之增威。莫不鬼出神藏，风驰雨走。金吾之列卫旁震，武库之五兵潜吼。或左兮或右，或前而或后。或翻身相避，或挺身以诱。王谓我艺必胜，公谓彼矟可取。俄而齐王之矟，已在鄂公之手。”

（五）文　赋

文赋是兴起于唐、成熟于宋的新兴赋体，它是对骈赋、律赋的反动，是对秦汉古赋的复归，但又不同于秦汉古赋。

文赋的结构更富于变化，但多数未改变主客问答的形式。杜牧的《阿房宫赋》未用问答形式，而欧阳修的《秋声赋》设为作者与童子的问答，苏轼的前后《赤壁赋》设为"苏子与客"的问答。其他文赋也大多为问答形式。

文赋一般也押韵，但用韵不太严，不拘韵目、韵数；可以是句末韵，也可是句中韵；既可是平声韵，也可是仄声韵；可句句押韵，也可隔句押韵、隔数句押韵；可以换韵，甚至不押韵。如苏轼《天庆观乳泉赋》的开头一段："阴阳之相化，天一为水，六者其壮，而一者其稚也。夫物老死于坤，而萌芽于复，故水者，物之终始也。意水之在人寰也，如山川之蓄云，草木之含滋，漠然无形而为往来之气也。为气者水之生，而有形者其死也。死者咸而生者甘，甘者能往能来，而咸者一出而不复返，此阴阳之理也。"初读似与无韵的散文无异，实为押韵之文赋，以稚、始、气、死、理为韵，或四句一押韵，或两句一押韵，韵脚都在末句的虚词前，似乎颇为自由，给人以未用韵的感觉。

有人说，文赋就是说理赋，以议论为宗者皆文赋："不拘其语言形式为散体、骈体或骚体，凡具'文体'以议论为宗、饶富情趣者，皆尽含括于'文赋'之内。总结而言，可以说文赋等同于说理赋。"①这实际上不能作为文赋的特征，因为宋代的律赋更以说理、议论为宗。宋代律赋多以赋的形式议政议军，前已详述，兹不重复。

杨家骆《骚赋与骈文》说："文赋之特征，在以古文之气势为赋，即以单行之气势运偶语，以散文之气势运韵语。"②这失之太浮，因为气势是很难把握、很难说清楚的，这不仅涉及文本本身是否有"古文之气势"、"单行之气势"、"散文之气势"，而且还涉及接受者自己的主观判断。

有人说，文赋是指宋赋的散文化现象。这又失之太泛，因为受宋代古文革新的影响，宋代文学诸体几乎无不有散文化倾向，所谓以文为诗，以文为词，赋也不例外，如果仅以是否有散文化倾向来确定是否为文赋，那么宋赋就都成文赋了。

---

① 陈韵竹《宋代文赋特质辨析》，张高评：《宋代文学研究集刊》第三辑，民国 86 年台湾丽文文化事业公司。

② 杨家骆《骚赋与骈文》，世界书局 1953 年版。

李曰刚认为："散赋……乃为一种纯然以散文形式，杂有韵语，而无限韵、对偶规格之赋体，别于俳赋、律赋而言，一如文章中之散文别于骈文之称。"①这又失之太严。如果按这一标准确定文赋，那么宋代几乎就没有文赋这种新兴赋体了。因为骈偶作为一种修辞形式，即使不是每篇文章都有骈句，但至少是每种文章体裁中都有骈句。即使大家公认的宋代文赋的代表作如欧阳修的《秋声赋》、苏轼的前后《赤壁赋》，也有不少骈句。《秋声赋》的"初淅沥以萧飒，忽奔腾而砰湃"；"其色惨淡，烟霏云敛；其容清明，天高日晶；其气栗冽，砭人肌骨；其意萧条，山川寂寥"；"丰草绿缛而争茂，佳木葱茏而可悦，草拂之而色变，木遭之而叶脱"；"百忧感其心，万事劳其形"；"思其力之所不及，忧其智之所不能，宜其渥然丹者为槁木，黝然黑者为星星。奈何以非金石之质，欲与草木而争荣？念谁为之戕贼，亦何恨乎秋声！"《赤壁赋》的"白露横江，水光接天。纵一苇之所如，凌万顷之茫然。浩浩乎如凭虚御风，而不知其所止；飘飘乎如遗世独立，羽化而登仙"；"舞幽壑之潜蛟，泣孤舟之嫠妇"；"寄蜉蝣于天地，渺沧海之一粟。哀吾生之须臾，羡长江之无穷。挟飞仙以遨游，抱明月而长终"；"惟江上之清风，与山间之明月，耳得之而为声，目遇之而成色，取之无禁，用之不竭"。《后赤壁赋》的"山高月小，水落石出"；"履巉岩，披蒙茸。踞虎豹，登虬龙。攀栖鹘之危巢，俯冯夷之幽宫"；"山鸣谷应，风起水涌"等，都是典型的骈句，哪里去找"纯然以散文形式"出现的文赋呢？

在宋赋诸体中，骚体赋、汉式大赋、俳赋、律赋，因其形式特殊，都比较易于确定。受宋代古文革新的影响，宋赋诸体都有散文化的倾向，骈赋中常有散句，文赋中也常有骈句。因此，以是否有骈句来区别骈赋与文赋，反而很难区别。只能说以骈句为主者为骈赋，以散句为主者为文赋。清王芑孙云："单行之始，推轮晚周。"②其《审体》谓赋已"拓疆于文苑"。其《谋篇》云："散言颇见于《楚辞》。"可见散言早已见于辞赋，文赋的特点是以散言为主的赋。

作为溯源，文赋起源很早。最早以赋名篇的，当推《荀子·赋篇》所收五赋（《礼》、《知》、《云》、《蚕》、《箴》）。五赋皆用问答形式，各描写一件事物，前半实为四言诗，后半是单行散句，篇末点出事物的名称。赋之源有二，一为《诗经》，一为《楚辞》。荀赋实源自《诗经》。林联桂《见星庐赋话》卷六云："荀卿《礼赋》为赋家文赋之祖。然寥寥篇幅，淡淡元音，椎轮穴处之风，元酒大羹之味，犹未极灿烂之观也。"宋代有不少仿作，如欧阳修的《螟蛉赋》即通篇为四言诗。其自序云，螟蛉"能以非类继之为子"，而

---

① 李曰刚：《散赋之命名》，《中国文学流变史》，台北，联贯出版社 1976 年版。

② （清）王芑孙《读赋卮言·导言》，国朝名人著述丛编本。

人“羽毛形性不相异也”,“乃有不能继其父之业者,儒家之子卒为商,世家之子卒为皂隶。呜呼,所谓螟蛉之不若也,作《螟蛉赋》”。赋的内容与序同:“爰有桑虫,实曰螟蛉。与夫蜾蠃,异类殊形。负以为子,祝之以声。其子感之,朝夕而成。嗟夫人子,父母所生。父祝之言,子莫之听;父传之业,子莫克承。父没母死,身复位倾。呜呼为人,孰与虫灵? 人不如虫,曷以人称!”梅尧臣《雨赋》、《灵乌后赋》,晁补之《坐进庵赋》,罗愿《风赋》,都是仿荀子《赋篇》而作,四言中间夹用排比反诘。宋赋中这类模仿荀赋的作品不少,有人把这类作品算作文赋,但这只可算是仿荀古文赋,不是我们要研究的唐、宋新兴文赋。

两汉古赋多沿楚辞体,首尾是文,中间是骚体赋。元人祝融《古赋辩体》卷三《子虚赋》云:“赋之问答体,其原自《卜居》、《渔父》篇来,厥后宋玉辈述之,至汉此体遂盛。此两赋(指《子虚赋》、《上林赋》)及《两都》、《上林》、《三都》等作皆然。盖又别为一体,首尾是文,中间乃赋,世传既久,变而又变,其中间之赋,以铺张为靡,而专于辞者,则流为齐梁唐初之俳体;其首尾之文,以议论为使而专于理者,则流为唐末及宋之文体(指文赋)。性情益远,六义渐尽,赋体遂失。”徐师曾《文体明辨序说》:“按《楚辞》《卜居》、《渔父》二篇,已肇文体,而《子虚》、《上林》、《两都》等作,则首尾是文,而文遂甚焉。后人效之,纯用此体,盖议论用韵之文也。”萧统把开头的散文部分算作赋序,苏轼认为都是赋的一部分,其《书〈文选〉后》云:“五臣既陋甚,至于萧统亦其流耳。宋玉《高唐》、《神女赋》,自‘玉曰唯唯’以前皆赋,而统谓之序,大可笑。相如赋首有子虚、乌有、亡是三人论难,岂亦序耶? 其他谬陋不一,聊举其一耳。”宋代也有不少模仿汉赋的作品,如王禹偁的《籍田赋》、《大阅赋》,丁谓的《大搜赋》之类,也有人把它们算作文赋,但也只可算是另一类仿古文赋,并不是我们要研究的唐、宋新兴文赋。

魏晋南北朝直至初唐,是骈赋盛行的时代。韩、柳掀起古文革新后,新兴文赋才渐次兴起。其代表作就是杜牧的《阿房宫赋》、欧阳修的《秋声赋》、苏轼的前后《赤壁赋》。本书所要研究的是唐、宋新兴文赋,是指与欧、苏文赋类似的文赋,而不含模仿秦、汉古赋之类的文赋。

阿房宫为秦始皇所建。杜牧《阿房宫赋》作于唐敬宗宝历元年(825),[①]敬宗荒淫失德,大兴土木,杜牧借咏古以讥之:

六王毕(齐、楚、燕、赵、韩、魏六国完结),四海一。蜀山兀(光兀,谓伐尽蜀山之木),阿房出。覆压三百余里,隔离天日。骊山(在陕西临潼东南)北构而西折,

① (唐)杜牧《樊川集》卷一,文渊阁四库全书本。

直走咸阳。二川(渭水、樊川)溶溶,流入宫墙。五步一楼,十步一阁;廊腰缦回(走廊曲折),檐牙高啄(屋檐尖耸);各抱地势,钩心(与中心相连)斗角(屋角状如相斗)。盘盘焉,囷囷焉(皆屈曲回旋貌),蜂房(指天井)水涡,矗(耸立)不知其几千万落(滴水装置)。长桥(横跨渭水之桥)卧波,未云何龙(云从龙,未起云何来龙。形容桥似卧龙)?复道行空,不霁(雨晴)何虹?高低冥迷,不知西东。歌台暖响,春光融融;舞殿冷袖,风雨凄凄。一日之内,一宫之间,而气候不齐。

妃嫔媵嫱(王妃宫女),王子皇孙,辞楼下殿,辇来于秦。朝歌夜弦,为秦宫人。明星荧荧(闪烁),开妆镜也;绿云(发鬟)扰扰,梳晓鬟也;渭流涨腻,弃脂水也;烟斜雾横,焚椒兰(香料)也。雷霆乍惊,宫车过也;辘辘远听,杳不知其所之也。一肌一容,尽态极妍,缦立远视,而望幸焉。有不得见者,三十六年。

燕、赵之收藏,韩、魏之经营,齐、楚之精英,几世几年,剽掠其人,倚叠如山。一旦不能有,输来其间。鼎铛玉石,金块珠砾(视鼎如锅,视玉如石,视金如土块,视珠如砂砾),弃掷逦迤(到处都是),秦人视之,亦不甚惜。

嗟乎!一人之心,千万人之心也。秦爱纷奢,人亦念其家。奈何取之尽锱铢,用之如泥沙?使负栋之柱,多于南亩之农夫;架梁之椽,多于机上之工女;钉头磷磷,多于在庾之粟粒;瓦缝参差,多于周身之帛缕;直栏横槛,多于九土之城郭;管弦呕哑,多于市人之言语。使天下之人,不敢言而敢怒。独夫之心,日益骄固。戍卒叫(指陈胜、吴广反叛),函谷(关名)举,楚人(指项羽)一炬,可怜焦土!

呜呼!灭六国者六国也,非秦也;族(灭掉宗族)秦者秦也,非天下也。嗟夫!使六国各爱其人,则足以拒秦;使秦复爱六国之人,则递三世可至万世而为君,谁得而族灭也?秦人不暇自哀,而后人哀之;后人哀之而不鉴之,亦使后人而复哀后人也。

文赋既为赋,它就具有赋的共同特点:铺陈排比,依次铺叙宫室、宫妃、宫中之物及秦国灭亡的原因;通篇仍押韵、换韵,如首段分别以"毕、一,兀、出,里、日,阳、樯,阁、啄、角、涡、落,龙、虹、东、融,凄、齐"为韵。但既称此赋为文赋,它就具有不同于骚体赋、骈赋、律赋的特质,而具有文的特质,句式多单行散句,其"嗟乎"、"呜呼"二段的感慨、议论,可说是押韵的散文,用了不少感叹词(嗟乎、奈何)、联结词(多于、足以)以及"之、也、其、而、则"等虚词;而结尾处的"秦人不暇自哀"数句,点明了全文主旨,不以秦为鉴,必将重蹈秦之覆辙。元祝尧《古赋辩体》卷七《唐体》云:"杜牧之《阿房宫赋》,古今脍炙,但大半是论体,不复可专目为赋矣。毋亦恶俳律之过,而特尚理以矫其失。"

欧阳修的《秋声赋》充满悲凉感。此赋首写秋声："欧阳子方夜读书，闻有声自西南来者，悚然而听之，曰：异哉！初淅沥以萧飒，忽奔腾而砰湃，如波涛夜惊，风雨骤至。其触于物也，鏦鏦铮铮，金铁皆鸣。又如赴敌之兵，衔枚疾走，不闻号令，但闻人马之行声。"秋声有如淅沥的细雨、奔腾的波涛、金铁相撞之声、衔枚疾走的行军之声，抽象的声音就形象化了。再通过"余"与"童子"的对话写秋之为状，包括秋色、秋容、秋气、秋意："余谓童子：'此何声也？汝出视之。'童子曰：'星月皎洁，明河在天，四无人声，声在树间。'余曰：'噫嘻，悲哉！此秋声也，胡为而来哉？盖夫秋之为状也，其色惨淡，烟霏云敛；其容清明，天高日晶；其气栗冽，砭人肌骨；其意萧条，山川寂寥。故其为声也，凄凄切切，呼号愤发。丰草绿缛而争茂，佳木葱茏而可悦，草拂之而色变，木遭之而叶脱。其所以摧败零落者，乃其一气之余烈。"《山晓阁选宋大家欧阳庐陵全集》卷一钟惺评云："秋声，无形者也，却写得形色宛然。读之使人悄然而悲，肃然而恐，真可谓绘风手矣。"接着又以刑官、兵象、音乐写秋以肃杀为心："夫秋，刑官也，于时为阴。又兵象也，于行用金。是谓天地之义气，常以肃杀而为心。天之于物，春生秋实。故其在乐也，商声主西方之音，夷则为七月之律。商，伤也，物既老而悲伤；夷，戮也，物过盛而当杀。"写秋声、秋形、秋心都是为了烘托自己"百忧感其心，万事劳其形"："嗟乎！草木无情，有时飘零。人为动物，惟物之灵。百忧感其心，万事劳其形，有动于中，必摇其精。而况思其力之所不及，忧其智之所不能，宜其渥然丹者为槁木，黟然黑者为星星。奈何以非金石之质，欲与草木而争荣？念谁为之戕贼，亦何恨乎秋声！"最后以"童子莫对，垂头而睡，但闻四壁虫声唧唧，如助余之叹息"作结，进一步烘托自己的悲凉心情。《崇古文诀》卷一八云："模写之工，转折之妙，悲壮顿挫，无一字尘涴。"《欧阳文忠公文选》卷一〇归有光评云："形容物状，模写变态，末归于人生忧感，与时俱变，使人读之，有悲秋之意。"《山晓阁选宋大家欧阳庐陵全集》卷一孙琮论此赋结构云："作赋本意只是自伤衰老，故有动于中，不觉闻声感叹。一起先作一番虚写，第二段方作一番实写，一虚一实已写尽秋声。第三段止说秋之为义专以肃杀，引起第四段自伤衰老为一篇主意。结尾'虫声唧唧'亦是从声上发挥，绝妙点缀。读前幅，写秋声之大，真如狂风怒涛，令人怖恶；读末幅，写虫声之小，真如嫠妇夜泣，令人惨伤：一个'声'字写作两番笔墨，便是两番神境。"

苏轼贬官黄州，政治处境极为不利，心情非常苦闷，力图用老庄听任自然、随缘自适、超然达观的处世哲学来解脱自己的痛苦，因此写下了著名的《赤壁赋》。赋的开头描写月夜泛舟大江的美好景色和饮酒赋诗的舒畅心情："清风徐来，水波不兴"；"月出于东山之上，徘徊于斗牛之间。白露横江，水光接天。"短短几句，为我们烘托出一幅月白风清、天水相连的秋夜景色。"纵一苇之所如（入），凌万顷之茫然。浩浩乎，如冯

(凭)虚御风,而不知其所往;飘飘乎,如遗世独立,羽化而登仙。”听任苇叶似的小舟掠过茫茫无际的江面,浩浩荡荡,好像驾着风凌空飞去;飘飘然,好像脱离人世,成为仙人而飞升仙境。既抒发了月夜泛舟的舒畅心情,又给人以渺渺茫茫的虚幻感觉,衬托出现实环境的悲凉和前程的渺茫,为后面的议论作好了铺垫,通过客人“如怨如慕”、“如泣如诉”的洞箫声,很自然地引出主客间关于人生意义的一场辩论。主客的对话,实际上都是作者的独白,是他陷于深沉苦闷而又力求摆脱的矛盾心情的表露。作者通过客人之口说,当年的曹操“破荆州,下江陵,顺流而东也,舳舻千里,旌旗蔽空,酾酒临江,横槊赋诗,固一世之雄也,而今安在哉!”浪淘尽千古风流人物,像这样不可一世的曹操,都被时间的流水洗尽了旧迹,何况自己已经“渔樵于江渚之上,侣鱼虾而友麋鹿”,还能在历史上留下什么陈迹呢?“寄蜉蝣于天地,渺沧海之一粟。哀吾生之须臾,羡长江之无穷。”人生太渺小了,太短促了!这是“奋厉有当世志”的苏轼,在贬官黄州时深感壮志难酬而发出的沉痛哀叹。但是,作者虽不愿沉浸在悲观颓丧的情绪中,而又找不到出路,于是只好搬出老庄的处世哲学来自我安慰说:

> 客亦知乎水与月乎?逝者如斯(指水)而未尝往也;盈虚者如彼(指月)而卒莫消长也。盖将自其变者而观之,则天地曾不能以一瞬;自其不变者而观之,则物与我皆无尽也,而又何羡乎?且夫天地之间,物各有主,苟非吾之所有,虽一毫而莫取。惟江上之清风,与山间之明月,耳得之而为声,目遇之而成色,取之无禁,用之不竭。是造物者之无尽藏也,而吾与子之所共适。

这段主客对话,我们可以从《庄子》中找到它的原版。吴子良《荆溪林下偶谈》卷二云:“《庄子》内篇《德充符》云:‘自其异者视之,肝胆楚越也;自其同者视之,万物比一也。’东坡《赤壁赋》云:‘盖将自其变者而观之,则天地曾不能以一瞬;自其不变者而观之,则物与我皆无尽也,而又何羡乎?’盖用《庄子》语意。”要会想:从变的一面看,人生固然短促、渺小;但从不变的一面看,“则物与我皆无尽也”。高官厚禄既“非吾之所有”,就只好“莫取”了;但“江上之清风,与山间之明月”,是“取之无禁,用之不竭”的,可以尽情享受而又与世无争。这是一种无可奈何的自我安慰。但苏轼在极端失意时能处以达观,能看到人生“无尽”的一面,仍有其积极意义。文章从泛舟大江的羽化登仙之乐,转入“侣鱼虾而友麋鹿”的现实苦闷,最后又以“清风”、“明月”之乐作自我安慰。文章对江上秋夜美景、小舟自由荡漾和箫声如泣如诉的描写,形象生动,文笔精炼。其主客对话,说理谈玄,议论风生。最后以主客狂饮,酣睡达旦作结,戛然而止,余味无穷。“以杯浇愁愁更愁”,结尾处的“喜而笑”,实际上掩藏着难以排遣的苦闷。

这篇文赋，保留了传统赋体的对话形式，同时大量使用散句，行文潇洒神奇，奔放豪迈，出尘绝俗；情、景、理水乳交融，景中含情，情中寓理；全文波澜起伏，曲折多姿，由喜而悲，转悲为喜，喜中含悲，悲中见喜。《说郛》卷七九上引唐庚《文录》云："东坡《赤壁》二赋一洗万古，欲仿佛其一语，毕世不可得也。"

苏轼的《后赤壁赋》则记叙了夜游赤壁的经过。作者先交待游览缘起和舟游准备，通过"霜露既降，木叶尽脱"的描写，烘托出笼罩全篇的凄清气氛；又以月白风清，友朋相伴，携酒与鱼点染其快乐心情。然后写重游赤壁，由景物的变化叹息江山不可复识，暗含沧桑之感；由独登西山以及山鸣谷应、风起水涌的景象，表现其奋励向上而又悄然悲恐的复杂感受；由返江登舟，任船飘止，突出描绘掠舟西去的孤鹤，传达出超逸旷达而又孤凄冷落的情调。最后写梦中道士化鹤，抒发人生如梦的情怀，渲染出一片虚无气氛。全赋给人一种清冷的感觉，表现了作者贬官黄州期间孤寂悲凉的心情。通过叙事写景，形象地描绘出作者心境由乐而悲，由悲而逸，由逸而空的变化过程，空灵奇幻，笔笔欲仙。其体物尤为精工，如"山高月小，水落石出"，"山鸣谷应，风起水涌"，都是千古传颂的名句。与《赤壁赋》相比，虽然二赋同写赤壁，但各自特点鲜明。前赋字字秋色，后赋句句冬景；前赋恬静明朗，后赋寂寞冷落；前赋重在谈玄说理，后赋完全叙事写景；前赋基调乐观开朗，后赋色彩虚无缥缈。

罗大经《鹤林玉露》甲编卷六称《赤壁》二赋是"文章绝唱"。二赋相较，人们更喜欢后赋，《苏长公合作》卷一李贽评云："前赋说道理，时有头巾气。此则空灵奇幻，笔笔欲仙。"

但正如唐宋古文革新后，四六文仍大量存在，苏轼创立豪放词后，婉约词仍大量存在一样，杜牧、欧阳修、苏轼创作新兴文赋后，这种赋体却未成为宋代及宋以后赋的主体。《全宋文》所收宋赋约一千四百余篇，堪称文赋者不足一百篇。就宋代文学的发展过程看，北宋初年很少有人作文赋。宋初的辞赋大家，如王禹偁存赋二十七篇，吴淑存赋一百篇，夏竦存赋十四篇，宋祁存赋四十五篇，范仲淹存赋三十八篇，文彦博存赋二十篇，刘敞存赋三十篇，但几乎都是骈赋、律赋或仿汉古赋，都没有文赋存世。北宋前期最重要的文学群体为西昆派，西昆派的主要文学成就在诗歌领域，但西昆派的三大领袖都有赋存世，杨亿的《君可思赋》是骚体赋，他的《天禧观礼赋》和刘筠的《大酺赋》是仿汉大赋，钱惟演的《春雪赋》是骈体赋。

文赋的出现主要是在北宋古文革新兴起以后。北宋古文革新对宋代文学产生了深远的影响，使各种文体无不打上散文化的烙印，以文为赋只不过是以文为诗、以文为词的又一影响表现而已。宋人并不是有意作文赋，而是受古文革新影响，自然而然形成了文赋，正如王芑孙《读赋卮言·总指》所说："韩、柳角立于唐，欧、苏眉分于宋……总文囿之大纲,即赋门之真种。”宋代古文革新的部分作家也就自然而然地成了文赋的代表作家。但他们的存世文赋也远较其他赋体为少。欧阳修现存赋十九篇,真正可算文赋的就只有《秋声赋》;倒是梅尧臣所作文赋较多,存赋二十篇,有一半以上堪称文赋。苏轼现存赋二十五篇,文赋仅有四篇(前后《赤壁赋》、《黠鼠赋》、《天庆观乳泉赋》)。苏辙现存赋九篇,可算文赋者有三篇(《缸砚赋》、《墨竹赋》、《黄楼赋》),他作文赋的时间也比苏轼早得多。苏辙十七岁时,苏轼游成都,得一破酿酒缸作的砚台“极美”,送与苏辙,苏辙为此作了一篇《缸砚赋》。赋的前部分写缸砚的由来:“生乎黄泥之中”,“出乎烈火之下”而成酿酒缸;“偶与物斗,胁漏内槁”而“弃于路隅”;“忽然逢人”,“斧凿见剖”而成砚台。后一部分是议论:“既成而毁者,悲其弃也;既弃而复用者,又悲其用也。”过去作酿酒缸,是悲“开口而受湿,茹辛含酸,而不得守子之性”;现在作缸砚,是悲“坦腹而受污,模糊弥漫,而不得保子之正”。最后是劝戒之词:“子果以此自悲也,则亦不见夫诸毛之捽拔(指笔),诸楮之烂靡(指纸,楮皮可作纸),杀身自鬻,求效于此,吐词如云,传示万里,子不自喜而欲其故,则吾亦谓子恶名而喜利,弃淡而嗜美,终身陷溺而不知止者,可足悲矣!”大意是说,毫楮(笔纸)虽因久用而“杀身”,却能“吐词如云,传示万里”。缸砚与之为伍而“不自喜”,还想恢复故态,作酿酒缸,则是恶名喜利,弃淡嗜美。作者的想象是丰富的,通篇用拟人化的手法,设想缸砚过去是“悲其弃”,现在是“悲其用”,患得患失,沉溺于利。这篇赋显然受了《庄子》一书的影响,所谓缸“不得守子之性”,砚“不得保子之正”,毫楮“杀身自鬻”,都是来自《庄子·人间世》的“山木自寇也,膏火自焚也,桂可食,故伐之;漆可用,故割之”。但这时的苏辙还是积极向上的青年,他并没有由此得出“无用之用”的消极结论,他得出的是相反的结论,即砚虽“坦腹受污”,纸笔虽“杀身自鬻”,却能“吐词如云,传示万里”,扬名天下,并对终身沉溺于利而不知止者,作了无情的嘲笑。苏轼以文赋知名于赋史,但他的前后《赤壁赋》作于元丰五年(1082),苏轼已四十七岁。苏辙的《缸砚赋》也是一篇文赋,作于至和二年(1055),年仅十七岁,比《赤壁赋》的写作时间早二十五年。

苏轼的门人所谓苏门四学士或苏门六君子,现存文赋也不多。晁补之现存赋九篇,都是四言赋或骚体赋,没有一篇文赋。秦观也仅存有九篇赋,可算文赋的只有《寄老庵赋》,这是一篇四言、骈句颇多的文赋。黄庭坚存赋十五篇,真正堪称文赋者也仅止《苏李画枯木道士赋》、《东坡居士墨戏赋》、《刘仲明墨竹赋》三篇。在苏门四学士中,以张耒存赋最多,共三十二篇。与梅尧臣相似,张赋篇幅也较短,其《问双棠赋》、《蜘蛛赋》是四言赋;《鸣蛙赋》、《芦藩赋》、《燔薪赋》也以四言为主;《杞菊赋》、《人日饮酒赋》、《鸣鸡赋》、《喜晴赋》是间有骈句的四言赋。以上诸赋都很少有散句,很难归入文赋。勉强可算文赋的仅有《卯饮赋》、《石菖蒲赋》、《哀伯牙赋》、《秋风赋》四篇，占其赋总数的八分之一。《石菖蒲赋》是一篇不足百字的短赋，前以四言描写石菖蒲："岁寒风霜，水落石洁。大木百围，僵仆摧折。有草于此，寸根九节。曾是莫伤，苯然茂悦。"后以散句发议论，石菖蒲虽为"养性上药"，但不应"糜而饵之"："若处广深、隐奥密，而不知户牖之外平地尺雪也。将糜而饵之，私其益于我躬，则不几于夺也？曷若致之吾前，仪之以自修兮，庶乎比德之琚玦也。"

伯牙，相传为春秋时代琴师，只有钟子期能赏其琴。钟子期死，伯牙终身不复鼓琴。张耒《哀伯牙赋》即咏此："伯牙鼓琴，后世无如。我哀伯牙，似智而愚。天地之间，四方万里，知尔琴者，一人而已。钟子既死，其一又亡，欲弹无听，泣涕浪浪。己奏己闻，欲诘不可，逼塞满怀，无所倾写。《折杨》、《皇荂》，巷歌里曲，入邑娱邑，入国悦国。回视伯牙，面有矜色。夫操至伎者，必不和众人之耳；而媚众耳者，又善工之深耻。违众者常孑孑其无与，而冒耻者乃身安而获利。则亦安知夫至艺之非祸，而庸工之非祉也？嗟夫！将为至巧者，必无顾于终身之无与，则至巧之于人，乃不祥之上器。操不祥之器终身而不知，则伯牙者，乃后世之深戒。"赋谓伯牙似智而愚，技高者必不为人所赏，媚众者却能身安而获利。全赋都是反话，是借伯牙抒发曲高和寡、怀才不遇的愤懑。这些赋都只能勉强算作文赋。

苏门六君子之一的陈师道无赋存世，李廌现存赋十篇，有仿汉大赋、骈赋、律赋，唯独没有文赋。同属苏轼门人而不属四学士或六君子的李之仪只有两篇赋存世，而其《闲居赋》倒是一篇比较典型的文赋。赋一开头就揭示了全篇的主旨："呜呼，闲居之为乐也，乐其所可乐也；乐非其可乐，不为闲居也。"在这篇赋里，他歌颂真闲居，指斥假闲居。他说，有些闲居者是故作闲居的样子而"盗有其名"，"迹虽是而心不在"。潘岳作《闲居赋》，"名则是也，而心则不闲矣"。陶渊明作《归去来辞》，"似无顷刻之休息，而超然自放于造物之外，陶然自得于言意之表，不闲而得闲居之乐"，这才是真正的闲居。闲不闲是次要的，乐不乐才是关键。"孔子居乡党"，是闲居，"而乐不足以言之也"；"汉儒所记闲居燕居，是其日用之常，而非其所得之乐也"；至于那些"杜门却扫，而闾里坐视其左右；动容变色，而肉食（指官府）率怀其可畏。一颦一笑，惟我之从，则言发而利害随之；一动一静，立我之异，则颐指而百罹斯值"，这种人自称"我闲居者也"，实际上根本与闲居无关，这种人连潘岳都不如，是"潘岳之罪人"。这篇《闲居赋》并未描写闲居之乐，而是论何谓闲居，何谓闲居之乐，可说是以论为赋，与一般赋的写法大不一样。

《皇朝文鉴》卷九载蔡确《送将归赋》，可算文赋："昔人之言秋意也，曰：'若在远行，登山临水，送将归。'此其平日游子之所悲，怨慕凄怆，尚不能自支，而况于予乎！

恋高堂之慈爱，积三岁之违离。余亲属子以侍我行，且复命于庭闱。其送子也，乃在粤岭之南，溟海之西，洗亭之侧，泸水之湄。出门踯躅以将别，仰天涕泣之交颐。浮云为我变色，行路为我赍咨，而况于予乎！予方省愆念咎，藿食布衣。发如秋霜，形如槁枝。”他要其子回去后报喜不报忧：“子见吾亲，勿以告之。明明二圣（指高太后、哲宗），仁如天也。雷霆雨露，固有明也。孤臣放逐，久当怜也。晨夕定省，归可期也。子告吾亲，其以斯也。”赋末直抒盼望北归之情：“周楚之郊，余亲所栖。瞻彼白云，予留子驰。安得借翰于鸿鹄，径从子而奋飞也！”这是一篇典型的文赋，全赋仅百余字，具有强烈的抒情色彩。陆游对此赋评价甚高，其《跋蔡忠怀送将归赋》云：“予读《送将归》之赋，为之流涕，不为蔡氏也。宋兴百余年，累圣致治之美，庶几三代。熙宁、元祐所任大臣，盖有孟、杨之学，稷、卨之忠，而朋党反因之以起，至不可复解。一家之祸福曲直，不足言也，为之子孙者，能力学进德，不为偏诐，则承家报国，皆在其中矣。”①

南宋文赋也不多。周紫芝是南宋初年的著名文学家，现存赋十五篇，只有《招玉友赋》可算文赋。李纲存赋二十二篇，有三篇文赋，都是仿前人文赋之作。一为《秋色赋》，是仿欧阳修的《秋声赋》、苏轼的《秋阳赋》而作；二为《迷楼赋》是仿杜牧文赋《阿房宫赋》而作；三为《后乳泉赋》，是为苏轼文赋《乳泉赋》“理有未安”、“似是而实不然”而作。南宋中兴四大家（尤袤、杨万里、范成大、陆游）中的尤袤，存世作品甚少，没有赋传世。范成大存赋十一篇（含楚辞四篇），陆游存赋八篇，均没有一篇可称为文赋。四人中以杨万里存赋最多，共十六篇，至少有一半是文赋。其他南宋文人，或有集传世而无赋，如汪藻、孙觌、陈亮、叶適、綦崇礼、洪适、欧阳守道、孙应时、黄榦、陈淳、卫泾、魏了翁、李刘、李昴英、阳枋、姚勉、牟巘、文天祥等；或有赋传世而无文赋，如杨冠卿、陈造、程珌、洪咨夔、方大琮、刘克庄、姚勉等；或有文赋传世，但所占比例甚小，如薛季宣存赋二十篇，堪称文赋者似乎只有一篇《信乌赋》。所存文赋比例稍大的是杨简，他现存赋七篇，有三篇为文赋，这就是《广居赋》、《东山赋》、《心画赋》。

欧、苏所开始的宋代新兴文赋，在宋代继之者已不多，而在元明清三代更为寥寥。正如马积高所说，“宋、元以来流行的新文赋日趋衰落，隋、唐以前的文赋、骈赋和骚体赋则得到兴”；“唐开始的新文赋经过宋、元两代已走到尽头了”。②究其原因，是这种新兴赋体未能为多数赋家所接受。《赋话》卷五云：“朱子亦云，宋朝文章之盛，前世莫不推欧阳文忠公、南丰曾公与眉山苏公，相继迭起，各以文擅名一世。独于楚人之赋，

---

① （宋）陆游《渭南文集》卷二九，文渊阁四库全书本。

② 马积高《赋史》，上海古籍出版社1987年版。

有未数数然者。盖以文为赋，则去风雅日远也。”元人祝尧《古赋辩体》卷七《唐体·阿房宫赋》最能代表这种意见：“前半篇造句犹是赋，后半篇议论俊发，醒人心目，自是一段好文字。赋之本体，恐不如此。以至宋朝诸家之赋，大抵皆用此格。”可见祝尧认为杜牧此赋已背“赋之本体”，“不可专目为赋”，而宋朝文赋，“大体皆用此格”。祝尧《古赋辩体》卷八又批评宋代文赋云：“宋之古赋往往以文为体，则未见其有辨其失者……赋若以文体为之，则专尚于理，而遂略于辞，昧于情矣。俳律卑浅固可去，议论俊发亦可尚，则风之优柔，比兴之假托，雅颂之开容，皆不复兼矣。非特此也，赋之本义当直述其事，何尝专以论理为体邪？以论理为体，则是一片之文，但押几个韵尔，赋于何有？今观《秋声》、《赤壁》等赋，以文视之，诚非古今所及；若以赋论之，恐教坊雷大使舞剑，终非本色……本以恶俳，终以成文，舍高就下，俳固可恶，矫枉过正，文亦非宜……虽能脱于对偶之文，而不自知入于散语之文。”日本人也有类似看法，古贺洞庵（1788—1847）《〈赤壁赋〉多瑕疵》云：“赋者，诗骚之变，以丽则为主，体与序、论迴殊。至长卿（司马相如）《上林》，孟坚（班固）《两都》，江文通（江淹）《恨》、《别》之属，厌赋家窠臼，驰骋变化，别创机轴，然未尝自外于成法。东坡二赋出，荡焉决坏大防，直是押韵之序、记，且也寒瘦萎苶，全失词人丽则之妙，不足算已。然而后人眩苏盛名，多推崇之。果尔，则属文不必辨体，不必守矩矱，猖狂妄作，惟意所欲……人必知二赋之陋，然后始可与语赋矣。”①

骈赋、律赋的句式、限韵都很严，文赋却自由多了，但对文赋的随意与变通，赋论家多不以为然，如祝尧《古赋辩体》卷三云：“尚理而不尚辞，则无咏歌之遗，而于丽乎何有？后代赋家之文体是已。”徐师曾《文体明辨》云：“文赋尚理而失于辞，故读之者无咏歌之遗音，不可以言丽也。”杨家骆《骚赋与骈文》说：“文体之赋，因必以读古文之腔读之，已失赋为朗诵韵文之特征也。”概括起来，后人对新兴文赋的批评主要是指文赋已不成其为赋，失去了赋体的特征。赋是抒情文体，而不是用以论理的，而文赋却“昧于情”；赋是讲究文采的，而文赋却“略于辞”；赋是可供讽诵的，而文赋却“无咏歌之遗音”。这就难怪宋元以来新兴文赋日趋衰落，而隋唐以前的骚体赋、两汉文赋、魏晋骈赋反而得到复兴。

（六）俗　　赋

俗赋有民间俗赋和文人俗赋两种，民间俗赋多已失传，文人俗赋起源却很早，几

---

① 《续日本儒林丛书》，昭和八年（1933）东洋图书刊行会本。

乎与赋同时产生。《荀子》卷一八《蚕赋》云："有物于此，裸裸兮其状，屡化如神。功被天下，为万世文。礼乐以成，贵贱以分。养老长幼，待之而后存。名号不美，与暴为邻。功立而身废，事成而家败。弃其耆老，收其后世。人属所利，飞鸟所害。臣愚而不识，请占之五帝。帝占之曰：此夫身女好而头马首者与？屡化而不寿者与？善壮而拙老者与？有父母而无牝牡者与？冬伏而夏游，食桑而吐丝，前乱而后治。夏生而恶暑，喜湿而恶雨，蛹以为母，蛾以为父，三俯三起，事乃大已。夫是之谓蚕。"此赋即为俗赋，用问答形式，前写其状，后以帝答点明为蚕。

汉代扬雄《酒赋》云："子犹瓶矣，观瓶之居，居井之眉。处高临深，动常近危。酒醪不入口，藏冰满怀。不得左右，牵于纆徽。……自用如此，不如鸱夷。鸱夷滑稽，腹大如壶。昼日盛酒，人复借酤。常为国器，托于属车。出入两宫，经营公家。由是言之，酒何过乎？"①刘伶《酒德颂》显然受其影响。扬雄《逐贫赋》也属俗赋，设为扬雄与贫的对话，前为扬雄自述其贫，要贫离去，"勿复久留"："扬子遁世，离俗独处，左邻崇山，右接旷野。邻垣乞儿，终贫且窭。礼薄义弊，相与群聚。惆怅失志，呼贫与语：汝在六极，投弃荒遐。好为庸卒，刑戮是加。匪惟幼稚，嬉戏土沙。亦非近邻，接屋连家。恩轻毛羽，义薄绮罗。进不由德，退不受呵。久为滞客，其意若何？人皆文绣。余褐不完。人皆稻粱，我独藜飧。贫无宝玩，何以接欢？宗室之燕，为乐不槃。徒行负赁，出处易衣。身服百役，手足胼胝。或耘或耔，沾体露肌。朋友道绝，进宦凌迟。厥咎安在，职汝为之。舍汝远窜，昆仑之巅。尔复我随，翰飞戾天。舍尔登山，岩穴隐藏。尔复随我，陟彼高冈。舍尔入海，泛彼柏舟。尔复我随，载沉载浮。我行尔动，我静尔休。岂无他人，从我何求？今汝去矣，勿复久留。"后为贫的答复："贫曰：唯唯。主人见逐，多言益嗤。心有所怀，愿得尽辞。昔我乃祖，宣其明德。克佐帝尧，誓为典则。土阶茅茨，匪雕匪饰。爰及世季，纵其昏惑。饕餮之群，贪富苟得。鄙我先人，乃傲乃骄。瑶台琼榭，华屋崇高。流酒为池，积肉为肴。是用鹄逝，不践其朝。三省吾身，谓予无愆。处君之家，福禄如山。忘我大德，思我小怨。堪寒能暑，少而习焉。寒暑不忒，等寿神仙。桀跖不顾，贪类不干。人皆重闭，子独露居。人皆怵惕，子独无虞。言辞既罄，色厉目张。摄齐而兴，降阶下堂。逝将去汝，适彼首阳。孤竹二子，与我连行。余乃避席，辞谢不直。请不贰过，闻义则服。长与汝居，终无厌极。贫逐不去，与我游息。'"谢榛《诗家直说》评此赋云："此作辞虽古老，意则鄙俗，其心急于富贵，所以终仕新莽，见笑于穷鬼多矣。"但此赋对后世的影响却不小，仿作甚多，韩愈、段成式《送穷文》，柳子厚、沈亚之《乞巧文》，孙樵《逐痁鬼文》；皮日休《祀疟疠文》，明

---

① （唐）欧阳询《艺文类聚》卷七三，文渊阁四库全书本。他书或作《酒箴》。

刘基《送穷文》，陈勋《驱疟鬼文》，或拟扬子云《逐贫赋》，或受其影响。《野客丛书》卷六云："《容斋随笔》曰：韩文公《送穷文》，柳子厚《乞巧文》，皆拟扬子云《逐贫赋》，几五百言。《文选》不收，《初学记》所载才百余字，今人有未见者，辄录于此。宣宗朝有王振者作《送穷词》亦工。仆观《逐贫赋》备载于《古文苑》、《艺文类聚》中，洪氏何未之见乎？《送穷文》虽祖《逐贫赋》，然亦与王延寿《梦赋》相类，疑亦出此。仆谓古今文人递相祖述何限，人局于闻见，不暇远考耳。据耳目之所及，皆知韩、柳二作拟扬子云矣，又乌知子云之作无所自乎？"

蔡邕的《短人赋》也是一篇俗赋：

侏儒短人，僬侥之后。出自域外，戎狄别种。去俗归义，慕化企踵。遂在中国，形貌有部。名之侏儒，生则象父。惟有晏子，在齐辩勇。匡景拒崔，加刃不恐。其余尪幺，劣厥偻窭。啧啧怒语，与人相拒。蒙昧嗜酒，喜索罚举。醉则扬声，骂詈恣口。众人患忌，难与并侣。是以陈赋，引譬比偶。皆得形象，诚如所语。其词曰：雄荆鸡兮鹜鹏鹈，鹘鸠雏兮鶉鷃莺。冠戴胜兮啄木儿，观短人兮形若斯。巴巅马兮柙下驹，蛰地蝗兮芦即且。茧中蛹兮蚕蠕须，视短人兮形若斯。木门阃兮梁上柱，弊凿头兮断柯斧。鞞鞑鼓兮补履朴，脱椎柄兮捣衣杵。视短人兮形如许。①

此赋内容不足取，与《太平御览》卷三八二所收繁钦《三胡赋》内容相近，都是嘲弄胡人的作品："莎车之胡，黄目深精，员（圆）耳狭颐。康居之胡，焦头折颎，高辅陷鼻。眼无黑眸，颊无余肉。罽宾之胡，面象炙猬。顶如持囊，隅目赤眦，洞颎仰鼻。"

《艺文类聚》卷三五载南朝梁人张缵的《妒妇赋》：

惟妇怨之无极，羌于何而弗有。或造端构末，皆莠言之在口。常因情以起恨，每传声而妄受。乍隔帐而窥屏，或觇窗而瞰牖。若夫室怒小憾。反目私言，不忍细忿，皆成大冤。闺房之所隐私，床笫之所讨论。咸一朝之发泄，满四海之嚣喧。忽有逆其妒鳞，犯其忌制，赴汤蹈火，瞋目攘袂，或弃产而焚家，或投儿而害壻。

这篇作品不仅内容俗，语言也俗，这位妒妇无所顾忌，甚至杀人放火，确实可怕。

---

① （汉）蔡邕《蔡中郎集》卷四，文渊阁四库全书本。

但这类俗赋都不如近百余年来地下出土的俗赋。敦煌俗赋的发现为研究民间俗赋提供了丰富的资料，它多具有完整的故事性，语言通俗有趣，大体押韵而可自由换韵，对后世说唱文学和小说的发展有很大影响。《晏子赋》的故事出自《晏子春秋》，用晏子同梁王对话的形式，突出了梁王的无知和晏子的机敏。《韩朋赋》取材于《搜神记》的《韩凭妻》，宋康王强夺韩凭妻，韩凭夫妻死后化为鸳鸯，虽屡遭阴谋陷害，而死后仍不忘复仇，充分表现了韩朋夫妇真心相爱的故事。《燕子赋》以民间所传燕雀争巢、凤凰判决的故事为题材，借黄雀倚强凌弱讽刺唐代官僚的横行霸道，寓意深远，鞭挞有力，描写详尽曲折。这些俗赋意趣横生，清新明快，亦庄亦谐，语言通俗，音调铿锵，生活气息浓厚，描绘人物情感细腻真挚，寓意深长，反映了唐末五代民间说唱艺术的高度发展。今人程毅中、游国恩等把这些赋称为"俗赋"，俗赋成为一个文体概念，并得到学术界的认可。但俗赋不仅仅是敦煌俗赋，1993 年连云港东海县出土了西汉时期的《神乌赋》，其文体特征同敦煌俗赋几乎完全一样，这样，俗赋的历史几乎贯穿了赋体的始终，汉魏六朝以来一些带故事性、诙谐性、大体押韵的作品都是俗赋或为其变体，证明文人把赋逐渐贵族化的同时，民间俗赋仍然存在着、发展着，形成了雅赋、俗赋两条线索。但由于士大夫对俗赋的排斥，俗赋已大量佚失，地下出土文物才使我们了解了俗赋的大体面貌。

第四章　骈文(四六文)分体

第一节　概　　述

骈文是一种讲求对偶、声韵、用典、辞藻的文体，其中对偶是骈文最基本的特征。骈文是与散文相对而言的，以四六句式为主，讲究对仗，句式两两相对，犹如两马并驾，故被称为"骈体"；在声韵上讲究平仄，韵律和谐；修辞上注重藻饰和用典。

骈文是与散文相对的概念，宋李樗、黄櫄解"羔羊之皮"、"羔羊之革"，认为皮与革为对文："毛氏以革为皮，故孔氏(孔颖达)以为对文(即对偶之文，即后世所说的骈文、四六文)，言之则异散文，则皮革通也。"①明冯复京《六家诗名物疏》多处言及散文，其卷七云："《说文》云兽皮治，去其毛曰革，革，更也。'正义云：'对文则皮革异，散文则通。'"又同书卷九云："郑氏云：'铺陈曰筵，籍之曰席。'则在下者筵，在上者席，散文亦得通言也。"又卷一三云："《尔雅》云：'冰，脂也。'《内则》注云：'脂，肥凝者，释者曰膏。'《尔雅疏》云：'对例则异，散文则脂膏皆总名也。"

骈句作为修辞手段，起源于先秦，六经、诸子书中已有大量骈句。骈文作为文体，形成于西晋，已经从修辞手段逐渐发展成为一种独立文体，陆机是其代表。南北朝是骈文鼎盛时期。唐代骈文历经变化，初唐四杰始脱轻艳，追求自然疏逸；盛唐张说、苏颋崇雅黜浮，典赡宏丽，所谓"燕许大手笔"；中唐陆贽融散入骈，切于实用；晚唐李商隐讲究声律用典，富丽精工；五代宋初沿其波，直至欧、苏才形成新式四六。

四六文就是骈文，句式更加整齐，以四字、六字句式为主，故被称为四六文。中国文学史上有所谓骈散之争。在不同的时期，其势力互有消长，但谁也未能取代谁。经过唐宋两次古文革新，散文取得了优势，但骈体四六并未退出历史舞台。

骈文盛行于六朝，宋黄伯思《东观余论》卷下《跋玉笥山清虚馆碑后》云："景乔(梁

---

① (宋)段昌武《毛诗集解》卷三，文渊阁四库全书本。

萧子云)文词虽六朝骈俪体,故自清靡可喜,要不失为佳文。”在唐代以韩、柳为代表的古文革新之后,出现了李商隐的四六文,首以四六名书的正是李商隐的《樊南四六》。骈俪之文在宋代仍很流行。而在北宋古文革新之后的南北宋之际,骈体四六还曾风行一时,出现了不少四六名家、四六专书,宋代以四六名书者更多,如李刘《四六标准》之类。宋代还曾以骈文试士,《宋史》卷一五六《选举二》云:“绍圣初,哲宗谓制科试策对时政得失,进士策亦可言。因诏罢制科。既而三省言:‘今进士纯用经术,如诏、诰、章、表、箴、铭、赋、颂、赦、敕、檄书、露布、诫谕,其文皆朝廷官守日用不可阙,且无以兼收文学博异之士。’遂改置宏词科,岁许进士及第者诣礼部请试。如见守官则受代乃请。率以春试上舍生附试,不自立院也。试章、表、露布、檄书,用骈俪体;颂、箴、铭、诫、谕、序、记,用古体或骈俪。”故骈俪之文在宋代很流行。

金秬香认为:“吾国自上古以迄三代,为骈散无分之时代也;自周末以迄西汉,为骈散角出之时代也。自东汉以迄曹魏,为偏重骈文之时代也;起两晋,历六朝,迄中唐,则为骈文极盛之时代;自唐末至赵宋,散文兴而四六起,骈文之余波犹流衍而未有已也;元、明骈散并衰,而骈势尚未蹶;清代骈散并行,而骈势为特强。此论文体者多以骈为正宗也。”[①]这大体概括了骈文发展的过程。

明人温纯的《词致录序》是一篇论骈散之争的重要文章,对骈文之不可一概否定作了精彩论述。首引否定者的观点:

> 或谓四六始徐(陵)、庾(信)氏,支蔓于两晋,浸淫于六朝。僻构幽深,猥臻绮缛;风云月露,鱼鸟烟花。绘象而斗一字之奇,骈偶而侈三冬之富;点缀已甚,气骨无存。此文之靡也,好古者斥焉,胡集为?而又胡以序为?

温纯反驳道:

> 予曰不然。对偶音律,自天地剖判以来有之。山峙水流,日昼月夕,八埏度剖,列宿缠分,非对偶乎?水乐虫丝,松涛竹韵,万籁隐发,空谷互응,非音律乎?四六之靡者自靡耳,若取材于经,叶律以雅,境与兴适,抽黄白而曲中,其微意与韵偕,切宫商而妙成其响,则纶綍进奏,宣达庄严,歌咏咨嗟,感动神鬼,岂只五色之红紫,六经之鼓吹而已哉!故徐、庾氏,代不乏人,无论诸家试评著者。“一坏”、“六尺”,读者汗颜;“秋水”、“落霞”,观者动色。或改容于推诚任数之疏,或

① 金秬香《骈文概论》,商务印书馆1933年版。

阁笔于朱耶赤子之联。饥寒疾病，控告而忌者腐心；漂杵燎原，应声而争者结舌。所谓取材于经，叶律以雅，非与四六，又何可少之？大都善相马者，惟求筋骨；善评文者，惟贵神情。神情内会，而意兴各有寄托。其体裁以时易之，要未可概其世代生平也。宋广平（赵抃）玉性金肠，赋梅花不免婉媚；晏元献（晏殊）清标澹质，祖西昆止见便儇；王浚仲（王戎）嗜进纳污，持论每超玄致；柳子厚甘谀溺诡，立言辄附经常。如以其文而已，广平、元献呫呫漫漫者耳；而浚仲、子厚不庶几哉轩、黄、姬、孔之间乎！故四六诚靡矣，倘能寄骆丞之概，采子安之华，摅敬舆之忠，博卢弼之典，泻子瞻之赤，捷寇豺之锋，允矣作述无前，孰云四六非古！若夫参造化自然之机，收景物无穷之趣，变而不失其正，亦变风之余也，则有广平、元献在。盖文犹兵也，奇、正惟吾所用之，其神情固自有所著矣。不然，存葩去实，语怪志诙，或涉说铃，终成画饼，雅道伤矣！①

“对偶音律，自天地剖判以来有之”是否定不了的。历代骈文名家代不乏人，徐陵、庾信、骆宾王（“一抔之土未干，六尺之孤安在”）、王勃（“落霞与孤鹜齐飞，秋水共长天一色”）、赵抃、晏殊等等，数不胜数，也是否定不了的。

明人苏浚《词致录序》论四六文风的演变云：“四六非古也……初唐之瑰丽也，沿六朝之余也。然其类谐，其事核，如大将军击刁斗，虽众不哗也。迨昌黎氏、柳州氏破觚削方，绨绣之章变而尔雅，靡曼之音变而平淡。说者谓唐文三变，至韩、柳而极，良足多者。宋兴，而庐陵、眉山诸公一洗西昆之习，而力振之。绝纤巧，抒真愫，意若贯珠，而词若束帛。故称四六者，必以宋为工；非求工也，不蕲工而自工，乃工之至也。迩来操觚之士，争以绨绘博世资。然有意求工，亦反以工而失之。当其藻思绮合，繁词缛说，驰神于月露之态，刻意于丹青之章，岂不斌斌洒洒，充耳溢目。然剪彩刻木，非化工之饰；繁声急响，非大雅之风。骚人墨客之绪言，非庙堂对扬之耿论。欲以象形而谐声也，不亦相左失当耶！”②

清人彭元瑞的《宋四六话》，是一部研究宋四六文和宋四六话颇为重要的书，几乎网罗了宋人有关四六文的绝大多数论述。他还编有一部《宋四六选》，凡二十四卷，收宋代四六文七百六十六篇。前四卷为制诏，五至十卷为表，十一至二十三卷为启，最后一卷为上梁文、乐语。此书在当时影响颇大，奉为圭臬者廿余年，至今也是我们鉴赏宋人四六文的重要选本。《宋四六话》是作者编《宋四六选》的附产物，前三卷为制

---

① （明）温纯《温恭毅集》卷七，文渊阁四库全书本。

② （清）黄宗羲《明文海》卷二四八，文渊阁四库全书本。

诏,四至六卷为表,七至九卷为启,卷一〇含乐语、上梁文,此皆与《宋四六选》相对应。卷一一至卷一二含赋、檄、露布、判、设论、祝文、青词、道场疏、开堂疏、杂文散语摘句、谐谈,此为《宋四六选》所无,为本书新增。曹振镛跋云:“芸楣(彭元瑞号)先生博览群书,凡有关于宋人骈体者,遍加捃采,所引书百六十九种……片言只句,搜括无遗。”“无遗”虽不可轻断,但搜罗宏富确系事实。所录资料既分体,又于各体内按时间先后编排,并一一注明出处,有此一编,可省大量翻检之劳。下面大体按彭元瑞的分类,分别论述各体骈文、四六文。

第二节 诏　令

诏令是皇帝告下之文,名目繁多,有诏、令、制(内制、外制)、诰、敕、训、喻、赦文(德音)、册文、御批、口宣等不同称谓。凡皇帝或以皇帝名义发布的文字,即曾国藩《经史百家杂钞·序例》所谓“上对下者”,皆属这一类。

诏令都是以皇帝名义发布的公文,多由翰林学士、中书舍人起草,往往结构近似,语言雷同,多数只有史料价值,没有什么文学价值。宋僧文莹讲过一则笑话:“国初文章,惟陶尚书(陶谷)为优,以朝廷眷待词臣不厚,乞罢禁林。太祖曰:‘此官职甚难做?依样画葫芦,且做且做。’不许罢,复不进用。谷题诗于玉堂曰:‘官职有来须与做,才能用处不忧无。堪笑翰林陶学士,一生依样画葫芦。”[①]廖刚《答陈几叟简》论制诏之弊云:“近世词命,君褒其臣,不啻如谀佞者之颂德。未有乡党之行,尺寸之功,而除书累千百言,至有批答多于辞表者。仆常不以为然。又有甚不近人情者,除命方新,比德伊、周犹若有余;俄而贬黜,则曾闾巷小人之不若;他日召还,或又复为伊、周。此皆词命不吝其始之过也。”[②]褒贬过度,崇饰虚文,文字繁冗,这是不少制词的通病。但也不可一概而论,在国家多事之秋,也出现过一些颇有感染力的制诏。说翰林学士不难做更不合事实,能任此职的多为文思敏捷,行文典重温雅的饱学之士。

专门为皇帝所草拟的文词,或称王言体,曾巩《隆平集》卷八《王尧臣传上》云:“尧臣典内外制十余年,文词温润,得王言体。”《直斋书录解题》卷一八云:“《玉山翰林词草》五卷,尚书玉山汪应辰圣锡撰。绍兴五年进士首选,本名洋,御笔改赐。天材甚高,而不喜为文,谓不宜敝精神于无用。然每作辄过人,以天官兼翰苑近二年同,所撰制诏,温雅典实,得王言体,朱晦翁(朱熹)称为近世第一。”《宋史》卷三九六《王淮传》

---

① (宋)释文莹《续湘山野录》,文渊阁四库全书本。
② (宋)廖刚《高峰文集》卷九,文渊阁四库全书本。

云："淮除翰林学士、知制诰，训词深厚，得王言体。"或称代言体，代皇帝立言之体，王偁云："杨亿尝谓（晁）迥所作书命无过褒，而得代言之体。"①《宋史·綦崇礼传》云："崇礼再入翰林凡五年，所撰诏命数百篇，文简意明，不私美，不寄怨，深得代言之体。"从词臣角度又称为"词臣体"，《宋史·王居正传》云："中书舍人刘大中侍帝论制诰，帝曰：'王居正极得词臣体。'"或称"学士体"，欧阳修《归田录》卷下云："仁宗初立，今上为皇子，令中书召学士草诏。学士王珪当直，召至中书谕之。王曰：'此大事也，必须面奉圣旨。'明日面禀得旨乃草诏，群公皆以王为真得学士体也。"李清臣《王文恭公珪神道碑》云："英宗为皇子，中书召公草诏。公对曰：'天下属望立嗣子久矣，然必出自陛下意则后莫能摇。一有摇动，所以阶祸乱也。'帝谕以决自朕意，乃进稿，欧阳文忠公以为得学士体。"②

（一）诏

汉刘熙《释名》卷六《释典艺三》云："诏，昭也，人暗不见事宜，则有所犯，以此示之，使昭然知所由也。"诏令有骈、散两体，古代诏令多用散文，魏晋以后多用骈文。徐师曾《文体明辨序说·诏》云："夫诏者，昭也，告也。古之诏词，皆用散文，故能深厚尔雅，感动乎人。六朝而下，文尚偶俪，而诏亦用之，然非独用于诏也。后代渐复古文，而专以四六施诸诏、诰、制、敕、表、笺、简、启等类，则失之矣。然亦有用散文者，不可谓古法尽废也。"

《尚书·说命》载商高宗命傅说曰：

> 朝夕纳诲，以辅台德。若金，用汝作砺；若济巨川，用汝作舟楫；若岁大旱，用汝作霖雨。启乃心，沃朕心。若药弗瞑眩，厥疾弗瘳；若跣，弗视地，厥足用伤。惟暨乃僚，罔不同心，以匡乃辟。俾率先王，迪我高后，以康兆民。呜呼，钦予时命，其惟有终。③

意谓我将终日接受你的诲教，以辅自己之德；我会把你的谏言作为利器的磨刀石，作为过河的船，作为救旱的霖雨。忠言逆耳，吃药不吃到眼昏目眩，病就不会好；

---

① （宋）王偁《东都事略》卷四六，台湾文海出版社宋史资料萃编本。

② （宋）杜大珪《名臣碑传琬琰之集》上卷八，文渊阁四库全书本。

③ 《尚书注疏》卷九，文渊阁四库全书本。

光着脚走路，不看地，脚就会受伤。你们都要同心同德，以匡正你们的君主，使他循先王之道，遵成汤之迹，以安万民。这是一篇较早的诏令，全为散文，语言诚挚，比喻生动。

《文选》卷三五载有汉武帝《举茂才异等诏》：

盖有非常之功，必待非常之人。故马或奔踶而致千里，士或有负俗之累而立功名。夫泛驾（覆车）之马，跅弛（废逐）之士，亦在御之而已。其令州县察吏民，有茂才异等，可为将相及使绝国者。

又载有汉武帝《举贤良诏》云：

朕闻昔在唐虞画象（画衣冠章服）而民不犯，日月所烛，罔不率俾（无不循化而使）。周之成康，刑错（同措，废置，搁置）不用，德及鸟兽。教通四海，海外肃慎、北发、渠搜、氐羌（皆古国或古地名）来服。星辰不孛（不出现彗星），日月不蚀，山陵不崩，川谷不塞。麟凤在郊薮，河洛出图书。乌虖（呜呼），何施而臻此乎？今朕获奉宗庙，夙兴以求，夜寐以思，若涉渊冰，未知所济。猗欤（叹词）伟欤，何行而可以彰先帝之洪业休德，上参尧、舜，下配三王？朕之不敏，不能远德，此子大夫之所睹闻也。贤良明于古今王事之体，受策察问，咸以书对，著之于篇，朕亲览焉。

这是汉代的诏令，亦为散文，行文简洁恳切。但到六朝文风大变，《文选》卷三六所载梁任昉起草的多篇诏令，就颇不同于汉代诏令。梁王萧衍定京邑，迎宣德皇后入宫。衍进梁王，为相国，封十郡，为梁公。衍不受，宣德皇后劝其受封，任昉代草《宣德皇后令》，首谓功高不赏：

宣德皇后敬问具位（代指梁王萧衍）：夫功在不赏，故庸勋之典盖阙；施侔造物，则谢德之途已寡。要得不强为之名，使荃（荃，香草，喻君主）宰有寄；公（梁王）实天生德，齐圣广渊（深）。不改参辰而九星仰止，不易日月而二仪（天地）贞观（正视，谓暴乱既除，则能正视天下）。

次叙萧之为人及其功勋：

在昔晦明（暗藏其明），隐鳞戢（敛）翼（谓梁王在昔微时，暗潜其明，如龙凤隐其鳞翼），博通群籍，而让齿乎一卷之师；剑气陵云，而屈迹于万夫之下。辩析天口而似不能言，文擅（专擅）雕龙而成辄削槁（草稿）。爰在弱冠，首应弓旌。客游良朝，则声华籍甚；荐名宰府，则延誉自高。隆昌季年，勤王始著；建武维新，缔构斯在。功隆赏薄，嘉庸莫畴。一马之田，介山之志愈厉；六百之秩，大树之号斯存。及拥旄司部，代马不敢南牧；推毂樊邓，胡尘罕当夕起。惟彼狡童，穷凶极虐，衣冠泯绝，礼乐崩丧。既而鞠旅誓众，言谋王室，白羽一麾，黄鸟底定。甲既鳞下，车亦瓦裂。致天之届，拱揖群后，丰功厚利，无得而称。

最后仍以功高难赏作结，劝其受封：

是以祥光总至，休气四塞，五老游河，飞星入昴，而地狭乎四履，势卑乎九伯，帝有恧（惭）焉。辎轩莘止，今遣某位某甲等率兹百辟，人致其诚，庶匪席之旨，不远而复。

这篇诏令与前举汉武帝诏令已很不同，不仅为骈文，而且辞藻华丽，典故连篇，如“不改参辰而九星仰止，不易日月而二仪贞观”，化用陆贾《新语》卷下《明诫》之意：“尧舜不易日月而兴，桀纣不异星辰而亡。天道不改而人道易也。”九星，《文选》注引《周书》：“王曰：‘余不知九星之光。’周公曰：‘星辰日月四时岁是谓九星。’”“仰止”，语出《诗・车牵》：“高山仰止，景行行止。”“二仪”（即两仪）、“贞观”，皆语出《周易・系辞》：“易有太极，是生两仪。”王肃注：“两仪，天地也。”又曰：“天地之道，贞观者也。”注：“明夫天地万物莫不保其贞以全其用。”再如“博通群籍，而让齿乎一卷之师；剑气陵云，而屈迹于万夫之下。辩析天口而似不能言，文擅雕龙而成辄削槁”，“博通群籍”，语出范晔《后汉书》“马续博观群籍”；“一卷之师”，语出扬雄《法言》“一卷之书，必立之师”；“剑气陵云”二句，语出《三国志・邓艾传》“勇气陵云，士众乘势，使刘禅君臣面缚，叉手屈膝”；“辩析天口”，语出《七略》“齐田骈好谈论，故齐人为语曰：‘天口骈’”；“似不能言”，语出《论语》“孔子于乡党，恂恂如也，似不能言者”；“雕龙”，语出刘向《别录》“邹衍之所言，五德终始，天地广大，书言天事，故曰《谈天》。邹奭修衍之文，饰若雕镂龙文，故曰雕龙。”①

唐宋诏书既有四六，又有散体。建隆元年（960）正月五日发生陈桥兵变，赵匡胤

① 《册府元龟》卷八三三，文渊阁四库全书本。

取代后周，建立了宋王朝。陶谷草有《周恭帝禅位诏》，这是一篇含有骈句的散体诏书："天生蒸民，树之司牧，二帝推公而禅位，三王乘时以革命，其极一也。予末小子，遭家不造，人心已去，国命有归。咨尔归德军节度使、殿前都点检赵匡胤禀上圣之姿，有神武之略，佐我高祖，格于皇天，逮事世宗，功存纳麓，东征西讨，厥绩懋焉。天地鬼神，享于有德；讴谣狱讼，附于至仁。应天顺民，法尧禅舜，如释重负，予其作宾。"①

北宋末年汪藻所撰《隆裕太后告天下诏》则为四六文，这是徽、钦二宗被掳后的一篇著名诏书。隆裕太后即哲宗孟皇后。章惇诬宣仁后有废立计，事连孟后，因而被废，后又出居私第。金人入汴，六宫有位号者皆被掳，孟后因是废后，未居宫中，故得免。张邦昌僭立，迎孟后入宫；后遣人迎康王(即后之高宗)，并降此诏。首言京城失守，二帝(徽、钦二宗)蒙尘："比以敌国兴师，都城失守。祲缠宫阙，既二帝之蒙尘；诬及宗祊，谓三灵之改卜。"自己"起于闲废之中"："众恐中原之无统，姑令旧弼以临朝。扶九庙之倾危，救一城之惨酷。乃以衰癃之质，起于闲废之中。迎至宫闱，进加位号。举钦圣已还之典，成靖康欲复之心。"次言宋于天下有德，民心未失："永言运数之屯，坐视家邦之复。抚躬独在，流涕何从。缅惟艺祖之开基，实自高穹之眷命。历年二百，人不知兵；传序九君，世无失德。虽举族有北辕之衅，而敷天同左袒之心。"次言只能由康王继统的原因："乃眷贤王，越居近服。已循群臣之请，俾膺神器之归。由康邸之旧藩，嗣我朝之大统。汉家之厄十世，宜光武之中兴；献公之子九人，惟重耳之尚在。兹为天意，夫岂人谋?"最后希望中外协心，共定安危："尚期中外之协心，共定安危之至计。庶臻小愒，同底太平。用敷告于多方，其深明于吾意。"全文确实如《云庄四六谈麈》所说，"明白洞达"，富有感染力，特别是"历年"、"汉家"数联"情真事切，足以深感人心"。罗大经《鹤林玉露》丙编卷三云："靖康之乱，元祐皇后手诏曰：'汉家之厄十世，宜光武之中兴；献公之子九人，唯重耳之独在。'事词的切，读之感动，盖中兴之一助也。"

(二) 制(麻或麻制)

王言称制，始于秦代；汉承秦制，用载制度之文；唐、宋用于大赏罚，大除授，拜三公、三省等职。《旧唐书·百官制》云："凡王言之制有七，一曰册书，二曰制书。三曰慰劳制书，四曰发敕，五曰敕旨，六曰论事敕书，七曰敕牒。皆宣署申覆而施行之。"《唐会要》卷五七云："中书以黄白二麻为纶命重轻之辨。"《宋史·职官志》云：

---

① 《宋史全文续资治通鉴》卷一，台湾文海出版社宋史资料萃编本。

“中书省凡命令之礼有七，曰制书，处分军国大事，颁布赦宥德音，命尚书左右仆射、开府仪同三司、节度使，凡告廷授则用之。”张表臣《珊瑚钩诗话》卷三云：“帝王之言，出法度以制人者谓之制。”王应麟《辞学指南·制》云：“唐虞至周皆曰命，秦改命为制，汉因之，下书有四而制书次焉。颜师古谓为制度之命。唐王言有七，其二曰制书，大除授用之。学士初入院，试制书批答有三篇，此试制之始也。制用四六，以便宣读。”

制又有内制、外制之分。内制为翰林学士知制诰起草，因为唐代的翰林院在银台之北，称翰林学士为北门学士，因此有的宋人别集又称为北门书诏。外制为中书舍人知制诰起草，故有的宋人别集又称为中书制诰或西掖（中书省的别称）诰词。欧阳修《内制集序》（卷四三）云：“昔钱思公（惟演）尝以谓朝廷之官，虽宰相之重，皆可杂以他才处之，惟翰林学士非文章不可。思公自言为此语，颇取怒于达官，然亦自负以为至论。今学士所作文书多矣，至于青词斋文，必用老子、浮图之说；祈禳秘祝，往往近于家人里巷之事；而制诏取便于宣读，常拘以世俗所谓四六之文。其类多如此。然则果可谓之文章者欤？予在翰林六年，中间进拜二三大臣，皆适不当直。而天下无事，四夷和好，兵革不用。凡朝廷之文，所以指麾号令，训戒约束，自非因事，无以发明。矧予中年早衰，意思零落，以非工之作，又无所遇以发焉。其屑屑应用，拘牵常格，卑弱不振，宜可羞也。然今文士尤以翰林为荣选，予既罢职，院吏取予直草以日次之，得四百余篇，因不忍弃。况其上自朝廷，内及宫禁，下暨蛮夷海外，事无不载。而时政记、日历与起居郎舍人有所略而不记，未必不有取于斯焉。呜呼！予且老矣，方买田淮、颍之间。若夫凉竹簟之暑风，曝茅檐之冬日，睡余支枕，念昔平生仕宦出处，顾瞻玉堂，如在天上。因览遗藁，见其所载职官名氏，以较其人盛衰先后，孰在孰亡，足以知荣宠为虚名，而资笑谈之一噱也。亦因以夸于田夫野老而已。”又有《外制集序》（同上），谓庆历新政时，自己拜右正言、知制诰：“予时虽掌诰命，犹在谏职，常得奏事殿中，从容尽闻天子所以更张庶事、忧闵元元而劳心求治之意。退得载于制书，以讽晓训敕在位者。然予方与修祖宗故事，又修起居注，又修编敕，日与同舍论议，治文书所省不一，而除目所下，率不一二时，已迫丞相出。故不得专一思虑，工文字，以尽导天子难谕之意，而复诰命于三代之文。嗟夫！学者文章见用于世鲜矣，况得施于朝廷而又遭人主致治之盛。若修之鄙，使竭其材犹恐不称，而况不能专一其职，此予所以常遗恨于斯文也。”

制又称为麻或麻制，因唐、宋制书用黄白麻纸书写。刘克庄《内翰洪公舜俞哀诗》云：“忆昔端平册新典，三麻九制笔如神。”这里的麻即为制。宋高承《事物纪原》卷二：“制，刘勰《文心雕龙》曰：‘古者有命无制。’《周礼》太祝作六辞以通上下，其二曰命是也。《苏氏演义》曰:‘制也,主也,禁也,断也,言君上用人或制断而行之,或禁制而止之。’”明杜浚《杜氏文谱》卷一《诗文体制》云:“帝王之言,出法度以制人者谓之制。”吴讷《文章辨体序说·制诰》:“按《周官》:大祝六辞,二曰命,三曰诰。考之于《书》,命者以之命官,若《毕命》、《冏命》是也。诰则以之播诰四方,若《大诰》、《洛诰》是也。汉承秦制,有曰策书,以封拜诸侯王公;有曰制书,用载制度之文。若其命官,则各赐印绶而无命书也。迨乎唐世,王言之体曰制者,大赏罚、大除授用之;曰发敕者,授六品以下官用之,即所谓告身也。宋承唐制,其曰制者以拜三公、三省等职,辞必四六,以便宣读于庭。诰则或用散文,以其直告某官也。西山云:‘制诰皆王言,贵乎典雅温润,用字不可深僻,造语不可尖新。文武宗室,各得其宜,斯为善矣。’”

制与诰看似没有什么区别,但实际上也有一定区别。吴讷《文章辨体序说》云:“其曰制者,以拜三公、三省等职,辞必四六,以便宣读于庭;诰则或用散文,以其直告某官也。”徐师曾《文体明辨序说》亦云:“唐世王言,亦不称诰。至宋始以命庶官,而追赠大臣、贬谪有罪,赠封其祖父妻室,凡不宣于庭者,皆用之……若细分之,制与诰亦自有别,故《文鉴》分类甚明,不相混杂,足以辨二体之异。”制须当廷宣读,故“辞必四六”;诰“不宣于庭”,故多用散体,如王禹偁《王赟授殿中侍御史诰》,曾巩《徐禧给事中诰》,王安石《起居舍人直秘阁同修起居注司马光知制诰》,苏轼《蒋之奇天章阁待制知潭州诰》,均为散体,即使偶有骈句,但散文多有骈句,不能改变“诰”主要为散文的体式,这是它与“制”的最大区别。清姚之骃云:“制词体,明张居正集成宏时诰敕不过百余字,至于庆典覃恩,其词尤简,此制体也。近年以来多至百千言,或无实行,虚为颂美。以臣谀君犹谓之佞,况以上谀下乎?”①四库全书本《钦定历代职官表》卷二三详尽论述了周、汉、魏、晋、唐、宋制诰格的变化:“书有十体,曰诰曰命,皆教诲臣下之辞。盖即周官内史所掌策书,为后世诰敕所自昉。今存者如《君陈》、《君牙》诸篇,大抵意深劝励,并无所褒贬于其间。至汉而三王赐策,其文具载《史记》,尚为不失古意。魏晋以后,其事属之中书省。唐代始设翰林学士,以专知制诰,而中书舍人分掌外制。迨宋而其职益重,号为两制。宣名锁院,啧啧艳称。然当时制草多尚骈俪,体涉浮华,其措词已不能崇实,甚至爱憎任情,肆口低昂,遂以朝廷荣辱大柄付之当制诸臣之手,使得假宣麻出告之权,以快其报复恩雠之具。虽持正如苏轼,而于吕惠卿谪词,犹自夸三十年刽子方剐得一有肉汉,其他若郑畋草刘瞻谪词,多称其清节,而路岩以为何异表荐刘相。汪藻草李纲谪词,至比之共、驩、少正卯,而以为我文章自直一翰林学士,彼不我与,安得不丑诋之。其颠倒黑白如此者,不可殚数。又其陋者,且因交游请

① (清)姚之骃《元明事类抄》卷六,文渊阁四库全书本。

乞，利其润笔，为之饰词取悦，终至人主出奴，互相排袒，恩怨纠结，党论繁兴，浸酿清流之祸，其弊有不可胜言者。”

上文所举《君陈》、《君牙》均见《尚书》。君陈、君牙皆周臣，周穆王命君牙为周大司徒，作《君牙》云：

王若曰：呜呼君牙，惟乃祖乃父，世笃忠贞，服劳王家，厥有成绩，纪于太常。惟予小子，嗣守文武成康遗绪。亦惟先王之臣克左右，乱四方，心之忧危，若蹈虎尾，涉于春冰。今命尔予翼作股肱心膂，缵乃旧服，无忝祖考，弘敷五典，式和民则。尔身克正，罔敢弗正。民心罔中，惟尔之中。夏暑雨，小民惟曰怨咨；冬祁寒，小民亦惟曰怨咨。厥惟艰哉，思其艰以图其易，民乃宁。呜呼，丕显哉文王谟，丕承哉武王烈。启佑我后，人咸以罔缺。尔惟敬明，乃训用奉。若于先王，对扬文武之光命，追配于前人。王若曰：君牙乃惟由先正旧典时式。民之治乱在兹，率乃祖考之攸行。昭乃辟之有义。①

周穆王为周朝衰败之始，但文辞还保有周初之风。宋张九成《君牙论》云：“余读《君牙》篇，见穆王称述先王，尊敬先王，虔虔恳恳，有如将失之之意。而训饬慰勉，蔼乎有治世之音。严乎有父师之法，表表乎以祖宗为准，而不敢越也。此夫子所以有取焉，岂偶然哉？”但另一方面，他也指出此文不如《舜典》之简淳：“其命九官，事亦大矣，不过数十语，辞简意足，穆然浑然，含不尽之意……今穆王命君牙又一篇，命伯冏又一篇，平王锡晋文侯又一篇，呜呼，何其辞烦而意杂也。曰虞舜之书，辞不尽而意无尽。命者、受命者皆自得于言意之表，岂待训谕而知哉？至于后世，意不一而辞无穷，谆谆喋喋，尚恐不吾审也。虽可以见仁厚之意，亦可以见大道之衰矣。”②

朱泚叛乱，唐德宗出奔奉天（今陕西乾县），不久平定，改建中五年为兴元元年（784），陆贽为撰《奉天改元大赦制》。这是一篇著名的制词，首先承认朱泚之乱是自己治国无方造成的，表示愿意改过：“门下：致理兴化，必在推诚；忘己济人，不吝改过。朕嗣守丕构，君临万方，失守宗祧，越在草莽。不念率德，诚莫追于既往；永言思咎，期有复于将来。明征厥初，以示天下。”接着历叙祖宗之德：“惟我烈祖，迈德庇人。致俗化于和平，拯生灵于涂炭。重熙积庆，垂二百年。伊尔卿尹庶官洎亿兆之众，代受亭育，以迄于今。功存于人，泽垂于后。”自己之过：“肆予小子，获缵鸿业。惧德不嗣，罔

---

① 《尚书注疏》卷一八，文渊阁四库全书本。

② （宋）张九成《横浦集》卷一一，文渊阁四库全书本。

敢怠荒。然以长于深宫之中，暗于经国之务。积习易溺，居安忘危。不知稼穑之艰难，不察征戍之劳苦。泽靡下究，情不上通。事既壅隔，人怀疑阻。”再述朱泚之乱及其影响：“犹昧省已，遂用兴戎。征师四方，转饷千里。赋车籍马，远近骚然。行赍居送，众庶劳止。或一日屡交锋刃，或连年不解甲胄。祀奠乏主，室家靡依。生死流离，怨气凝结。力役不息，田莱多荒。暴命峻于诛求，疲甿空于杼轴。转死沟壑，离去乡闾。邑里丘墟，人烟断绝。天谴于上而朕不悟，人怨于下而朕不知。驯致乱阶，变兴都邑。贼臣乘衅，肆逆滔天。曾莫愧畏，敢行凌逼。万品失序，九庙震惊。上辱于祖宗，下负于黎庶。痛心靦貌，罪实在予。永言愧悼，若坠深谷。”平定朱泚之乱后，自己不当接受“圣神文武”之尊号：“赖天地降佑，神人叶谋。将相竭诚，爪牙宣力。屏逐大盗，载张惶维。将弘永图，必布新令。朕晨兴夕惕，惟念前非。乃者公卿百寮累抗章疏，猥以徽号加于朕躬，固辞不获，俯遂舆议。昨因内省，良用矍然。体阴阳不测之谓神，与天地合德之谓圣。顾惟浅昧，非所宜当。文者所以成化，武者所以定乱。今化之不被，乱是用兴。岂可更徇群情，苟膺虚美？重余不德，只益怀惭。自今以后中外所上书奏，不得更称圣神文武之号。”但决定改元，并大赦天下：“宜革纪年之号，式敷在宥之泽。与人更始，以答天休。可大赦天下，改建中五年为兴元元年。”制文后半就是大赦内容，如“自正月一日昧爽以前，大辟罪已，罪无轻重，咸赦除之。”免李希烈等之罪：“兵兴累年，海内骚扰。皆由上失其道，下罹其灾。朕实不君，人则何罪？屈己弘物，予何爱焉？庶怀引慝之诚，以洽好生之德。其李希烈、田悦、王武俊、李纳及所管将士官吏等，一切并与洗涤，各复爵位，待之如初。仍即遣使，分道宣谕。”朱滔亦可贷免：“朱滔虽与贼泚连坐，路远未必同谋。朕方推以至诚，务欲弘贷。如能效顺，亦与惟新。”朱泚不可赦，但朱之部下允其自新：“朱泚大为不道，弃义蔑恩。反易天常，盗窃名器。暴犯陵寝，所不忍言。获罪祖宗，朕不敢赦。其应被朱泚胁从将士官吏百姓及诸色人等，有遭其扇诱，有迫以凶威，苟能自新，理可矜宥。但官军未到京城以前，能去逆效顺及散归本道者，并从赦例原免，一切不问。”“天下左降官即与量移近处……家口未得归者，一切放还。”平叛功臣并与升迁，或赐名奉天定难功臣：“诸军使、诸道赴奉天及进收京城将士等，或百战摧敌，或万里勤王，捍固全城，驱除大憝。济危难者其节著，复社稷者其业崇。我图尔功，特加彝典。锡名畴赋，永永无穷，宜并赐名奉天定难功臣。”减免赋税：“自顷军旅所给，赋役繁兴，吏因为奸同，人不堪命。咨嗟怨苦，道路无聊。汔可小康，与之休息。其垫陌及税间架竹木茶漆榷铁等诸色名目，悉宜停罢。京畿之内，属此寇戎攻劫焚烧，靡有宁室。王师仰给，人以重劳，特宜减放今年夏税之半。”优恤孤寡：“天下孤老鳏寡茕独不能自活者，并委州县长吏，量事优恤。”广征天下贤士：“尚德者教化之所先，求贤者邦家之大本。永言兹道，梦想劳怀。而浇薄之风,趋竞不息。幽栖之士,寂寞无闻。盖诚所未孚,故求之未至。天下有隐居行义,才德高远,晦迹丘园,不求闻达者,委所在长吏具姓名闻奏,当备礼邀致。诸色人中,有贤良方正能直言极谏,及博通坟典达于教化,并洞识韬钤堪任将帅者,委常参官及所在长吏闻荐。”削减皇室费用、朝廷开支:“大兵之后,内外耗竭,贬食省用,宜自朕躬。当节乘舆之服御,绝宫室之华饰,率已师俭,为天下先。诸道贡献,自非供宗庙军国之用,一切并停。应内外官有冗员及百司有不急之费,委中书门下即商量条件,停减闻奏。”①这是一篇骈体制词,行文虽长,但诚挚感人。《四六话》卷下云:“其后荆公(王安石)罢相守金陵,《谢上表》末云:‘经体赞元,废任莫追于既往;承流宣化。收功尚冀于将来。’用宣公(陆贽)语意,乃知文章师承未有无从来者也。”可见此诏对后世影响之大。

上文是大赦的制词,苏轼《王安石赠太傅制》则是大赏的制词:

敕:朕式观古初,灼见天意。将有非常之大事,必生希世之异人。使其名高一时,学贯千载。智足以达其道,辩足以行其言。瑰玮之文足以藻饰万物,卓绝之行足以风动四方。用能于期岁之间,靡然变天下之俗。

故观文殿大学士、守司空、集禧观使王安石,少学孔孟,晚师瞿聃。罔罗六艺之遗文,断以己意;糠秕百家之陈迹,作新斯人。属熙宁之有为,冠群贤而首用。信任之笃,古今所无。方需功业之成,遽起山林之兴。浮云何有,脱屣如遗。屡争席于渔樵,不乱群于麋鹿。进退之际,雍容可观。

朕方临御之初,哀疚罔极。乃眷三朝之老,邈在大江之南。究观规模。想见风采。岂谓告终之问,在予谅暗之中。胡不百年,为之一涕。於戏!死生用舍之际,孰能违天;赠赙哀荣之文,岂不在我?是用宠以师臣之位,蔚为儒者之光。庶几有知,服我休命。可特赠守太傅。

此制先赞王安石为“希世之异人”,次论其进退皆“雍容可观”,再哀这位三朝元老继神宗而去世,末以赠太傅(“宠以师臣之位”)结。这篇制词很值得咀嚼。苏轼对王安石一生的主要事业变法,仅用寥寥数语如“用能于期岁之间,靡然变天下之俗”,“属熙宁之有为,冠群贤而首用”一笔带过,基本上是客观记叙,算不上是对变法的赞词。但对王安石的道德文章却称颂备至,郎晔云:“安石薨背,时温公(司马光)方在病告中,谓吕申公(吕公著)曰:‘介甫无他,但执拗耳。褒恤之典,不可不厚。’故有此赠。

① (唐)陆贽《翰苑集》卷一,文渊阁四库全书本。

此虽褒词，然其言皆有微意，览者当自得之。”①王铚《四六话》卷下却认为并没有“微意”：“子瞻《赠太傅诰》曰：‘浮云何有，脱屣如遗。’此两句乃能真道荆公出处妙处也。世人谓中含讥切，恐大不然。”饱含感情、文采飞扬，是这篇制词不同于一般公文化制词的突出特点。

大罚的制词如苏轼《吕惠卿责授建宁军节度副使本州安置不得签书公事制》。此制亦以泛论起：“元凶在位，民不奠居；司寇失刑，士有异论。稍正滔天之罪，永为垂世之规。”重点是历数吕惠卿的过恶：

> 具官吕惠卿，以斗筲之才，挟穿窬之智。谄事宰辅，同升庙堂。乐祸而贪功，好兵而喜杀。以聚敛为仁义，以法律为诗书。首建青苗，次行助役。均输之政，自同商贾；手实之祸，下及鸡豚。苟可蠹国以害民，率皆攘臂而称首。先皇帝求贤若不及，从善如转圜。始以帝尧之心，姑试伯鲧；终然孔子之圣，不信宰予。发其宿奸，谪之辅郡；尚疑改过，稍畀重权。复陈罔上之言，继有砀山之贬。反复教戒，恶心不悛；躁轻矫诬，德音犹在。始与知己，共为欺君。喜则摩足以相欢，怒则反目以相噬。连起大狱，发其私书。党与交攻，几半天下。奸赃狼藉，横被江东。至其复用之年，始倡西戎之隙。妄出新意，变乱旧章。力引狂生之谋，驯至永乐之祸。兴言及此，流涕何追。迨予践祚之初，首发安边之诏。假我号令，成汝诈谋。不图涣汗之文，止为款贼之具。迷国不道，从古罕闻。尚宽两观之诛，薄示三危之窜。国有常典，朕不敢私。可。

储欣《东坡先生全集录》卷七称美苏轼所撰王、吕二制云：“传神，传神！安石、惠卿，一赠一责，俱使有识旁观代其入地。”两制皆情文并茂，完全堪称文学作品。北宋古文革新到苏轼时已经取得胜利，但制诰书启一般仍用四六文，只是这时的四六文也开始散文化，用典较少，文笔流畅，以上二制就是这种新式四六文的名篇。

制词多为骈体，但也有散体制词。绍兴和议后，台臣追究秘阁李健陷伪之罪，谪监德安府在城酒税。《李健监德安府在城酒税制》云：“往者元恶，盗有魁柄，浊乱国经，为不道之宗主，故汝得以免。赖天之灵，国是大定，汝曾不知愧，甄济而从缙绅之后，罪岂胜诛？”②《陈傅良复官制》亦为散体：“日者宗相当国，凶愎自用，论者指为大奸，似矣。盍亦考其所以然，盖亦庸妄人耳。何物小子，敢名元恶，而一时大夫士逐臭

① （宋）郎晔《经进东坡文集事略》卷三九，文学古籍刊行社1957年版。

② （明）惠康野叟《识余》卷一，笔记小说大观本。

附炎，几有二王刘李之号，朕甚悯之。”①

（三）诰

蔡邕《独断》论制与诰的异同云：“制诰，制者王者之言，必为法制也；诰犹告也，告教也。三代无其文，秦汉有也。”任昉《文章缘起》云：“诰，汉司隶从事冯衍作。”

其实诰起源很早，《尚书·商书》曰：“汤既黜夏，命复归于亳，作《汤诰》。”又《周书》曰：“武王崩，三监及淮夷叛，周公相成王，将黜殷，作《大诰》。”又曰：“成王既伐管叔、蔡叔，以殷余民封康叔，作《康诰》。”又曰：“康王既尸天子，遂诰诸侯，作《康王诰》。”张表臣《珊瑚钩诗话》卷三：“属其人而告之者谓之诰。”徐师曾《文体明辨序说》云：“按字书云：‘诰者告也，告上曰告，发下曰诰。’古者上下有诰，故下以告上，《仲虺之诰》是也；上以告下，《大诰》、《洛诰》之类是也。考于《书》可见矣。”“下以告上”后为奏议之文。这里所说的“上以告下”的诰，与制一样，都是诏令之文。因此，宋人别集的制、诰，往往不作区别，故徐师曾又云：“考欧、苏、曾、王诸集，通谓之制，故称内制、外制，而诰实杂于其中，不复识别。”

《皇朝文鉴》卷三八至卷四〇所收“诰”，在欧、苏、曾、王诸集中皆作“制”。内容上，或命庶官，或追赠大臣，或贬谪有罪，或赠封其祖父妻室。但诰与制也有一定区别［参见(二)制］，明贺复徵《文章辨体汇选》卷一九云：“考《文苑英华》，亦有中书制诰、翰林制诏之别。疑出中书者为诰，出翰林者为制。盖诰止施于庶官，而大臣诸王则称制书也，后人一以为制云。又曰：按宋亦有内制、外制之别，《文鉴》内制曰制，多除授大臣文，用四六；外制曰诰，则俱属庶司，常用散文，间亦有四六者。我明大夫曰诰命，郎官曰敕命，则是唐、宋制重而诰轻，明则敕轻而诰重。合而观之，可以知唐、宋、明三代之损益矣。”可见制诰在形式上也有区别，制“辞必四六”，诰“不宣于庭”，故多用散体。明陈懋仁在《文章缘起》注中云：“成王封康叔，作康诰。《易》曰：‘后以施命诰四方。’诰，告也，训饬戒励之言也。《尔雅》曰：‘诰，誓谨也。’古者上下有诰，《仲虺之诰》，下以诰上也。《大诰》、《洛诰》之类，上以诰下也。今诰封赠五品以上覃恩考绩之臣及大臣勋戚赠谥咸用之。词多溢美，殊乖诰下之体。朱子所谓君谀其臣，此代制王言者之过也。”清方熊补注任昉《文章缘起》云：“按字书云：诰者告也，告上曰告，发下曰诰，古者上下有诰，故下以告上，《仲虺之诰》是也；上以诰下，《大诰》、《洛诰》之类是也。考于《书》可见矣。《周礼·士师》以五戒先后刑罚，其二曰诰，用之于会同以谕众也。秦废

---

① (宋)叶绍翁《四朝闻见录》卷四《嘉泰制词》引，文渊阁四库全书本。

古法，正称制诰。汉武帝元狩六年始复作之，然亦不以命官。唐世王言亦不称诰。至宋始以命庶官而追赠大臣，贬谪有罪，赠封其祖父妻室，凡不宣于庭者皆用之，故所作尤多。然考欧、苏、曾、王诸集，通谓之制。故称内制、外制而诰实杂于其中，不复识别。盖当时王言之司谓之两制，是制之一名统诸诏命七者而言。若细分之则制与诰亦自有别。故《文鉴》分类甚明，不相混杂，足以辨二体之异。惟唐无诰名，惟称制。其词有散文，有俪语。今制命官，不用制诰。至三载考绩，则用诰以褒美五品以上官，而赠封其亲及赐大臣勋阶赠谥皆用之。六品以下则用敕命，其词皆兼二体。"

散体诰如《卢辩为安定公告谕公卿》：

> 呜呼，我群后暨众士，维文皇帝以襁褓之嗣托于予，训之诲之，庶厥有成。而予罔能革变厥心，庸暨乎废坠我文皇帝之志。呜呼，兹咎予其焉避？予实知之，矧尔众人之心哉？惟予之颜，岂惟今厚，将恐来世以予为口实。①

关于这篇告谕的背景，唐令狐德棻等《周书》卷二有详尽记载："魏恭帝元年夏四月，帝大飨群臣，魏史柳虬执简书于朝曰：废帝文皇帝之嗣子年七岁，文皇帝托于安定公曰：'是子才由于公，不才亦由于公，宜勉之。'公既受兹重寄，居元辅之任，又纳女为皇后，遂不能训诲有成，致令废黜，负文皇帝付属之意，此咎非安定公而谁？'太祖乃令太常卢辩作诰谕公卿。"

明贺复徵《文章辨体汇选》卷一九至卷二四所收诰皆散体，卷二五所收诰皆近体，多骈句，兹举所收王安石《参知政事欧阳修三代制六道・曾祖郴赠太子少保可赠太子太保》以见一斑：

> 君子善善之义，下及子孙。况推而上之至其祖考，所以褒美崇宠，岂顾可以不称哉？故先王宗庙之制，视其爵位之高下，以为世数之远近；而本朝追命之礼，亦从其子孙名数之卑尊。具官某曾祖某，潜于丘园，躬有善行，畜积之庆，施于曾孙，为时宗工，名重天下。图任以登于右府，褒嘉当及其前人。东宫之孤，位已显矣。进秩一品，尚其享哉！可。

（四）命　　令

徐师曾《文体明辨序说》云："按朱子云：'命犹令也。'字书：'大曰命，小曰令。'此

① （明）梅鼎祚《后周文纪》卷二，文渊阁四库全书本。

命、令之别也。上古王言同称为命，或以命官，如《书》《说命》、《冏命》是也；或以封爵，如《书》《微子之命》、《蔡仲之命》是也；或以饬职，如《书·毕命》是也；或以赐赉，如《书·文侯之命》是也；或以遗诏，如《书·顾命》是也。秦并天下，改名曰制。汉唐而下，则以策书封爵，制诰命官，而命之名亡矣。"《尚书·周书》载，周成王既黜殷，杀武庚，命微子启代殷后，《微子之命》即为册封之词：

王若曰：猷（发语词），殷王元子，惟稽古崇德象贤，统承先王，修其礼物，作宾于王家，与国咸休，永世无穷。呜呼，乃祖成汤，克齐圣广渊，皇天眷佑，诞受厥命，抚民以宽，除其邪虐，功加于时，德垂后裔焉。尔惟践修厥猷（道，此指汤之道），旧有令闻，恪慎克孝，肃恭神人，予嘉乃德曰，笃不忘上帝，时歆下民，祗协庸建，尔于上公，尹兹东夏，钦哉！往敷乃训，慎乃服命，率由典常，以蕃王室。弘乃烈祖，律乃有民，永绥厥位，毗予一人，世世享德。万邦作式，俾我有周无斁（永无厌斁之情）。呜呼，往哉惟休，无替朕命。①

前言为什么要以微子启代殷后，因为其祖商汤有功于世。"钦哉"以下为戒敕之言。张九成《微子之命论》云："微子盖帝乙长子，特以其母初贱而生，故不立。其母后贵而生纣，故纣得立。然而纣无道，亡天下，其子武庚又背叛，亡其国，商绪宜绝矣。周家忠厚，不忍灭商宗庙社稷，卒封微子以为商后，且使成汤以来不泯祭祀凡三十二传，而灭于齐。是全汤之宗祀者微子也，使微子继帝乙有天下，岂有牧野之事（纣亡于牧野之战）乎？呜呼，自尧舜之风一变，其间祸故可胜道哉？余深痛启之不能上继唐虞，而使后世至此极也，悲夫！"

《文体明辨序说》又云："按刘良云：'令即命也。七国之时，并称曰令；秦法，皇后、太子称令。'至汉王有《赦天下令》，淮南王有《谢群公令》，则诸侯王皆得称令矣。盖其文与制诏无大异，特避天子而别其名耳。然考《文选》，有梁任昉《宣德皇后令》，而其辞华靡，不可法式。其余诸集亦不多见。"由此可见，命、令即制诏，其文与制诏无大异，大曰命，小曰令，汉唐以后，即为制诰，命、令之名实亡。

任昉的《宣德皇后令》见《文选》卷三六：

宣德皇后敬问具位（指梁武帝）：夫功在不赏，故庸勋之典盖阙；施侔造物，则谢德之途已寡也。要不得不强为之名，使荃（香草，喻君）宰有寄。公实天生德齐

---

① 《尚书注疏》卷一二，文渊阁四库全书本。

圣广渊，不改参辰而九星仰止，不易日月而二仪贞观。在昔晦明，隐鳞戢翼，博通群籍，而让齿乎一卷之师；剑气陵云，而屈迹于万夫之下。辩析天口，而似不能言；文擅雕龙，而成辄削稿。爰在弱冠，首应弓旌；客游梁朝，则声华籍甚。荐名宰府，则延誉自高；隆昌季年，勤王始著。建武惟新，缔构斯在。功隆赏薄，嘉庸莫畴。一马之田，介山之志愈厉；六百之秩，大树之号斯存。及拥旄司部，代马不敢南牧；推毂樊邓，胡尘罕尝夕起。惟彼狡童，穷凶极虐，衣冠泯绝，礼乐崩丧。既而鞠旅誓众，言谋王室；白羽一麾，黄鸟底定。甲既鳞下，车亦瓦裂。致天之届，拱揖群后；丰功厚利，无得而称。是以祥光总至，休气四塞，五老游河，飞星入昴。元功茂勋若斯之盛，而地狭乎四履，势卑乎九伯，帝有恧焉。辎轩莘止，今遣某位某甲等率兹百辟，人致其诚，庶匪席之旨，不远而复。

把上举二文并读，就可看出六朝之文与三代迥异。故闵斋华《文选瀹注》卷一八引孙矿评云："辞非不工，第太涉纤巧，失诏令之体。"

（五）敕

徐师曾《文体明辨序说》云："按字书云：'敕，戒敕也。'汉制，天子命令有四，其四曰戒书，即戒敕也。唐制，王言有七，其四曰发敕，五曰敕旨，六曰论事敕书，七曰敕牒，则唐之用敕广矣。宋亦有敕，或用之于奖喻，岂敕之初意哉？其词有散文，有四六……宋制，戒励百官，别有敕榜，故以附焉。"敕榜是以皇帝名义发布的，当属诏令。另有官府晓谕军民的文告亦称榜，当入公牍。敕除称为敕榜外，还称作敕书、诏敕、谕告。徐师曾又云："按字书云：谕，晓也；告，命也。以上敕下之词。"①可见，谕告与敕近似，只是称谓不同而已。谕告与敕均含有戒敕之意，即使奖谕敕也有戒敕之意。《皇朝文鉴》有"敕"类，《南宋文范》有"诏敕"类，《真西山集》卷二三有"敕书"类。

敕也往往叫"制"，如《皇朝文鉴》卷三二刘敞的《罢诸路同提点刑狱使臣置转运判官敕》，《公是集》卷三〇就叫制；或叫诏，如《皇朝文鉴》卷三二张方平的《复天下州县职田敕》，《宋大诏令集》卷一七八就叫《定职田诏》；《皇朝文鉴》卷三二张方平的《条制资荫敕》，《宋大诏令集》卷一六一就作《任子诏》。

从体式上看，敕有四六、散文、骈散并用之别。下各举一篇，以见其格式。四六敕如苏颂《皇族出官敕词》：

---

① 徐师曾《文体明辨序说》，人民文学出版社1962年版。

牒，奉敕：自我祖宗，惇叙邦族，大则疏封于爵士，次则通籍于闺台，并留京师，参奉朝请。然而世绪浸远，皇枝益蕃。属有亲疏，则恩有隆杀；才有贤否，则禄有重轻。今而一贯于周行，是亦奚分于流别？虽睦姻之道诚广，而德施之义未周。故廷臣数言，宰司继请，谓宜定正限以等彝。朕维视戚之间，经史有训；汉唐之世，典故具存。或以九族辨尊卑，或以五宗纪远近，或听推恩而分子弟，或许自试而效才能，或宗子之贤得从科举，或诸王之女自主婚姻。尽前世之所行，顾当今之未备。况我朝制作，动法先王，岂宗室等衰。乃无定著？因俾群公之合议，将为一代之通规。载览奏封，具陈条目，以谓祖宗昭穆宜从世世之封，王公子孙抑有亲亲之杀。若乃服属之既竭，洎于才艺之并优，在随器以甄扬，使当官而勉懋。至于任子之令，通婚之仪，凡曰有司之常，一用外官之法。佥言既允，朕意何疑。告于将来，遂颁明命。噫！自义率祖，既殊升降之文；因时制宜，斯尽变通之利。咨尔宗盟之众，固多博识之伦，奉承新书，当体朕意。①

散体敕如欧阳修的《赐右屯卫大将军叔韶奖谕敕书》：

敕叔韶：省所进《祝圣寿歌》、《日月元枢论》共二轴，事具悉。朕固嘉汝向学励善，蔚然而有文，与夫习富贵之骄而乐狗马之玩者异矣。然夫学者所以知君臣、父子之礼，出可以施于国，入可以施于家。汝其慎择厥师，讲救其阙，使言而无过，以自远于悔尤。夫能异于众人，诚为有立；必至乎君子，然后大成。汝其勉之，无或中止。故兹奖谕，想宜知悉。

宋祁的《赐陕西四路沿边经略招讨都部署司敕》则是一篇骈散兼用的敕文：

朕恤军旅之苦，宠边陲之良，事从优宽，情无遴爱。至于常愆细过，并许功除，烦文苛法，罕由吏议。昨滕宗谅、张亢并缘事任，合给公用库钱，俾其宴享宾僚，犒饫军伍。而乃用度无艺，簿领失防，阳托贸营，潜有牟入。攸司言上，遣使即推。如闻逮系颇多，鞫劾弥广，本其冗费，宁足深诛？已罢案穷，悉令原贷。其滕宗谅等止免一官，量降差遣。虽屈吾法，期慰士心。且夫尽用市租，美推赵将；来从我取，谊表汉臣。每慕前风，思全大体。尚虑诸道帅守，便以兹事为惩。或损狭饩牵，或裁量药饵，苟存畏避，谓免讥弹。胡益至公，亦非朕意。但当循经费

① (宋)苏颂《苏魏公文集》卷二九，中华书局1988年版。

之式，去自润之私，取仰于官，均惠于众。由兹底绩，夫何间然？安节坦怀，毋或疑惮。

（六）赦文（德音）

赦文，亦称赦书、德音，指赦罪的诏书。徐师曾《文体明辨序说》云："按字书云：'赦者舍也。'肆赦之语，始见《虞书》，而《周礼》司刺掌三赦之法，《吕刑》有疑赦之中则以其情之可矜，或以其事之可疑，或其人之在三赦三宥八议之列，①是以赦之；非不问其情之深浅，罪之轻重而概赦之也。后世乃有大赦之法，而赦文兴焉。又谓之德音，盖以赦为天子布德之音也。"但江少虞《宋朝事实类苑》卷二九《制书不可称德音》却认为："德音非可名制书，乃臣下奉行制书之名。天子自谓德音，非也。"江少虞谓天子不会"自谓德音"，而是"臣下奉行制书之名"，此说颇有道理。但约定俗成的观念很难纠正，在江少虞之后，一般仍称赦书为德音。《文苑英华》卷四二〇至卷四四〇所收皆为赦书，卷四三四至卷四四一所收皆为德音。兹各举一篇。

南朝梁武帝代齐，沈约为草《改天监元年赦诏》，先泛论天命："五精递袭，皇王所以受命；四海乐推，殷周所以改物。虽禅代相舛，遭会异时，而微明迭用，其流远矣。莫不振民育德，光被黎元。"次谓梁之代齐乃历数所在："朕以寡暗，命不先后。宁济之功，属当期运；乘此时来，同心万物。遂振厥弛维，大造区夏。永言前踪，义均惭德。齐氏以代终有征，历数云改，钦若前载。集大命于朕躬，顾惟菲德，辞不获命。寅畏上灵，用膺景业。执禋柴之礼，当与能之祚。继迹百王，君临四海。若涉大川，罔知攸济。洪基初兆，万品权舆。思俾庆泽，覃被率土。"末为大赦内容："可大赦天下，改齐中兴二年为天监元年。赐民爵二级，文武加位二等，鳏寡孤独不能自存者，人谷五斛。逋布口钱，宿债勿复收。其有犯乡论清议，赃污淫盗，一皆荡涤洗除前注，与之更始。长从敕系之身，特皆原遣。亡官失爵，禁锢夺劳，一依旧典。"②这就是赦文的一般形式。

南宋初，汪藻为宋高宗撰有《建炎三年十一月三日德音》，首言高宗迫于强敌，不

---

① 三赦三宥八议：三赦，三种可赦免的人；三宥，三种可减刑的条件；八议，对八种人给予减刑。《周礼注疏》卷三五："司刺掌三刺、三宥、三赦之法，以赞司听狱讼。一宥曰不识，再宥曰过失，三宥曰遗忘。一赦曰幼弱，再赦曰老耄，三赦曰蠢愚。"又三四云："以八辟（法）丽（附）邦法，附刑罚，一曰议亲之辟，二曰议故之辟，三曰议贤之辟，四曰议能之辟，五曰议功之辟，六曰议贵之辟，七曰议勤之辟，八曰议宾之辟。"八辟，汉改称八议。

② 《文苑英华》卷四二一，文渊阁四库全书本。

得不南迁："御敌者莫如自治，动民者当以至诚。朕自缵丕图，即罹多故，昧绥怀之远略，贻播越之深忧。虽眷我中原，汉祚必期于再复；而迫于强敌，商人几至于五迁。兹缘仗卫之行，尤历江山之阻。"次言他深知南迁给老百姓带来的痛苦，他说自己已在尽力减轻百姓的痛苦："老弱扶携于道路，饥疲蒙犯于风霜。徒从或苦绎骚，程顿不无烦费。所幸天人协相，川陆无虞，仿治古之时巡，即奥区而安处。言念连年之纷扰，坐令率土之流离，乡闾遭焚劫之灾，财力困供输之役，肆夙宵而轸虑，如冰炭之交怀。嗟汝何辜？由吾不德。故每畏天而警戒，誓专克己以焦劳。欲睦邻休战，则卑辞厚礼以请和；欲省费恤民，则贬食损衣而从俭。苟可坐销于氛祲，殆将无爱于发肤。"但战争未停，征敛仍重，希望臣民能"咸体朕怀"，"协济中兴"："然边陲岁骇，而师徒不免于屡兴；馈饷日滋，而征敛未遑于全复。惟八世祖宗之泽，岂汝能忘？顾一时社稷之忧，非予获已。少俟寇攘之息，首图蠲省之宜。况昨来蒙蔽之俗成，致今日凌夷之祸亟。虽朕意日求于民瘼，而人情终壅于上闻。主威非特于万钧，堂下自遥于千里。既真伪有难凭之患，则遐迩衔无告之冤。已敕辅臣，相与虚怀而听纳；亦令在位，各须忘势以咨询。直言者勿遣危疑，忠告者靡拘微隐，所期尔众，咸体朕怀。尚虑四民兴失职之嗟，百姓有夺时之怨。科需苛急，人心难俟于小康；犴狱繁滋，邦法有稽于末减。乃用迎长之节，特颁在宥之恩。戏！王者宅中，夫岂甘心于远狩；皇天助顺，其将悔祸于交侵。惟我二三之臣，与夫亿兆之众，亟攘外侮，协济中兴。""御敌者莫如自治，动民者当以至诚"，"至诚"二字，可说是全文特色。特别是"惟八世祖宗之泽，岂汝能忘？顾一时社稷之忧，非予获已"；表示"止恃寇攘之息，首图蠲省之宜"等语相当感人。陆游云："汪彦章草赦书，叙军兴征敛，其词云'八世祖宗之泽，岂汝能忘；一时社稷之忧，非予获已'最为精当，人以比陆宣公《兴元赦书》。"①明人王志坚《四六标准》卷一评此文云："国家艰难之际，得一诏令，足以悚动人心，关系不小。唐之陆贽、宋之汪藻，皆其选也。"《四库全书总目·浮溪集提要》谓"藻学问博赡，为南渡后词臣冠冕"，"其文章自能雄视一代"，"工于俪语，所作代言之文，如《隆裕太后手书》（即《隆裕太后告天下诏》）、《建炎德音》诸篇，皆明白洞达，曲当情事，诏命所被，无不凄愤激发，天下传诵，以比陆贽。说者谓其制作得体，足以感动人心，实为词令之极则，固不独其格律精审，擅绝于时。其他诗篇杂文，亦多深醇雅健，追配古人。孙觌作墓铭，以大手笔推之，洵可无愧。"可见，即使在赦书、德音这类朝廷公文中，也有"格律精审"的"感动人心"之作。

---

① （宋）陆游《老学庵笔记》卷四，文渊阁四库全书本。

（七）册　　文

册文亦为诏令之一。徐师曾《文体明辨序说》云："古者册书施之臣下而已，后世则郊祀、祭享、称尊、加谥、寓哀之属亦皆用之，故其文渐繁。今汇而辨之，其目凡十有一：一曰祝册，郊祀祭享用之；二曰玉册，上尊号用之；三曰立册，立帝、立后、立太子用之；四曰封册，封诸侯用之；五曰哀册，迁梓宫及太子、诸王、大臣薨逝用之；六曰赠册，赠号、赠官用之；七曰谥册，上谥、赐谥用之；八曰赠谥册，赠官并赐谥用之；九曰祭册，赐大臣祭用之；十曰赐册，报赐臣下用之；十一曰免册，罢免大臣用之。"《徐骑省集》、《皇朝文鉴》等称册，《真西山集》、《南宋文范》等称册文。册文一般较长，此举一篇。

曹操自为魏公，加九锡。据《韩诗外传》，诸侯之有德，天子赐之，一赐车，再赐衣服，三赐虎贲，四赐乐器，五赐纳陛，六赐朱户，七赐弓矢，八赐铁钺，九赐秬鬯，谓之九赐。潘勖代汉愍帝撰《册魏公九锡文》。这是一篇著名的册文，首写汉已危在旦夕："朕以不德，少遭闵凶。越在西土，迁于唐卫（河内）。当此之时，若缀旒然，宗庙乏祀，社稷无位，群凶觊觎，分裂诸夏。一人尺土，朕无获焉。即我高祖之命，将坠于地。朕用夙兴假寐，震悼于厥心，曰：惟祖惟父，股肱先正，其孰恤朕躬？"而重点是颂曹操之功：

> 乃诱天衷，诞育丞相，保乂我皇家，弘济于艰难，朕实赖之。今将授君典礼，其敬听朕命。昔者董卓初兴国难，群后失位，以谋王室，君则摄进，首启戎行，此君之忠于本朝也。后及黄巾反易天常，侵我三州，延于平民，君又讨之，剪除其迹，以宁东夏，此又君之功也。韩暹、杨奉专用威命，又赖君勋，克黜其难，遂建许都，造其京畿，设官兆祀，不失旧物，天地鬼神于是获乂，此又君之功也。袁术僭逆，肆于淮南，慑惮君灵，用丕显谋，蕲阳之役，桥蕤授首，棱威南厉，术以殒溃，此又君之功也。乘轩将返，张扬沮毙，眭固伏罪，张绣稽伏，此又君之功也。袁绍逆常，谋危社稷，凭恃其众，称兵内侮，当此之时，王师寡弱，天下寒心，莫有固志，君执大节，精贯白日，奋其武怒，运诸神策，致届官度，大歼丑类，俾我国家拯于危坠，此又君之功也。济师洪河，拓定四州，袁谭高干，咸枭其首，海盗奔迸，黑山顺轨，此又君之功也。乌丸三种，崇乱二世，袁尚因之，逼据塞北，束马悬车，一征而灭，此又君之功也。刘表背诞，不供贡职，王师首路，威风先逝，百城八郡，交臂屈膝，此又君之功也。马超成宜，同恶相济，滨据河潼，求逞所欲，殄之渭南，献馘万计，遂定边城，抚和戎狄，此又君之功也。鲜卑丁令，重译而至，单于白屋，请吏帅

职，此又君之功也。君有定天下之功，重以明德，班叙海内，宣美风俗，旁施勤教，恤慎刑狱，吏无苛政，民不回慝，敦崇帝族，援继绝世，旧德前功，罔不咸秩。虽伊尹格于皇天，周公光于四海，方之蔑如也。

最后详述其锡封内容："朕闻先王并建明德，胙之以土，分之以民，崇其宠章，备其礼物，所以蕃卫王室，左右厥世也……今以冀州之河东、河内、魏郡、赵国、中山、巨鹿、常山、安平、甘陵、平原凡十郡封君，为魏公"，并"加君九锡"。①通篇内容，与其说是汉愍帝的意思，还不如说是曹操自己的意思，正如张尚瑗所说，"汉季《册魏公九锡文》，潘勖所撰，而刘宋萧齐南北朝无不艳称为权臣受禅之阶"。②但所叙曹操之功也基本属实，行文典雅。清人杭世骏曰："魏国初建，潘勖为策命文，自汉武以来未有此制，勖乃依商周宪章，唐虞辞义，温雅典诰，同风于时，朝士皆莫能措一字。"③

（八）御札　御笔

徐师曾《文体明辨序说》云："按字书：'札，小简也。'天子之札称御札，尊之也。古无此体，至宋而后有之。其文出于词臣之手，而体亦不同，大抵多用俪语，盖敕之变体也。"其实，宋之前早有御笔的提法，《北史·魏彭城王勰传》："（魏孝文）帝令勰为露布……及就，尤类帝文，有人见者，咸谓御笔。"《旧唐书》卷二〇上载唐昭宗"朱书御札曰：'卿等所论至当，事可从，权勿以小瑕遂妨大礼"。卷一百七〇《裴度传》载，唐文宗赐裴度御札曰："朕诗集中欲得见卿唱和诗，故令示此。卿疾恙未痊，固无心力，但异日进来。春时俗说难于将摄，勉加调护，速就和平，千百胸怀，不具。一二药物所须，无惮奏请之烦也。"御札及门而度已薨。《文苑英华》所载各种谢御札表更数不胜数。《新五代史·唐明宗纪》云："（天成三年）三月丁未朔，御札求直言。"

据《宋史·职官志》载，中书省宣奉命令即用御札，多数为词臣代作，收入词臣文集中的御札就是，如欧阳修的《大庆殿行恭谢之礼御札》，王珪的《熙宁元年南郊御札》，像这样工整而富有文采的四六文，且收入文士之集，当然是文士代作。即使未收入文士文集，而见于《宋大诏令集》者，如宋仁宗的多篇《有事南郊御札》，也大体可定为文士代笔。

① （梁）萧统《文选》卷三五，文渊阁四库全书本。

② （清）张尚瑗《左传折诸》卷七，文渊阁四库全书本。

③ （清）杭世骏《三国志补注》卷三引《殷芸小说》，文渊阁四库全书本。

御札、御笔多为词臣代笔，但也有皇帝亲书之文。宋代诸帝现存文，署御札、御笔者并不多，行文也较短，且多为散文。熙宁八年四月，宋神宗有《责韩缜御笔》："疆界事，朕访问文彦博、曾公亮，皆以为南北通好百年，两地生灵得以休息，有所求请，当且随宜应副。朝廷已许，而卿犹固执不可，万一北人生事，卿家族可保否？"①

宋徽宗这位亡国之君所存御笔、御札特多，超出宋代诸帝御笔、御札的总和，多见于《宋大诏令集》，有的行文颇长，未必全为徽宗亲笔。但短篇更多，如《邹浩重行黜责御笔》、《明堂图御笔手诏》、《赐大晟乐名御笔手诏》、《开封府置居养安济御笔手诏》、《建拱州为保庆军御笔》、《除外州奸党石刻御笔手诏》之类。如果这些御笔确实出自徽宗亲笔，他就应算是一位勤政的君主，不应亡国。南宋孝宗也有《左仆射陈康伯乞解机政不允御笔》、《赐韩仲通御笔》、《造册进呈五项请给御笔》，理宗有《史弥远拜太师御笔》、《日食令学士院降诏御笔》、《周敦颐、程颢、程颐、张载、朱熹从祀御笔》等。

第三节 公 牍

从广义上说，诏令、奏议均属公牍。诏令为下行公文，奏议为上行公文。但诏令是皇帝给臣民的，奏议是臣民给皇帝的，还包括不了国与国之间、政府各部门之间的往来公文及各级政府发布的文告等。这里的公牍专指后一类，包括国书、移牒（不相统属的各官府间的往来文书）、申状（下级官府或个人陈文于上级官府）、羽檄、露布、判词（断狱之词）等等。

（一）国 书

国与国之间的往来文书叫国书。徐师曾《文体明辨序说》云："按国书者，邻国相遗之书也。春秋列国各有词命，以通彼此之情，而其文务协典礼，从容委曲，高卑适宜，乃为尽善……汉唐而下，国统虽一，而夷狄内通，故其往来亦用之，乃有国之不可废者也。"

国书有韵文、散文、骈文诸体。韵文如秦始皇《与燕太子丹誓书》："使日再中天雨粟，令乌头白马生角，厨门木象生肉足。"汉王充《论衡》卷五对此记载不以为然："此言虚也，燕太子丹何人，而能动天圣人之拘，不能动天？太子丹贤者也，何能致此？"

多数国书是骈文。唐代与突厥、回纥、吐蕃、吐谷浑、大食、契丹、高丽、日本等都

① （宋）李焘《续资治通鉴长编》卷二六二，文渊阁四库全书本。

有书信往来。陆贽草拟的《与回纥可汗书》亦为骈文：

皇帝敬问可汗弟：两国和好，积有岁年，申之以婚姻，约之以兄弟，诚信至重，情义至深。顷因贼臣背恩，构成嫌衅，天不长恶，寻已诛夷，使我兄弟恩好如旧，周皓及踏本啜黑达干等，至得弟来书，省览久之，良以为慰。弟天资雄杰，智识通明，亲仁善邻，敦信明义，罢战争之患，弘礼让之风，保合大和，用宁区宇，惟兹盛美，何以加焉？朕之素怀，与弟叶契。为君之道，本务爱人，同日月之照临，体天地之覆育。其于广被，彼此何殊？况累代以来，继敦姻戚，与弟俱承先业，所宜遵奉令图。自兹以还，情契弥固，垂之百代，永远无穷。缅想至诚，当同此意。所附踏本啜奏，请降公主，姻不失旧，颇叶通规。待弟表到，即依所请，宣示百寮，择日发遣。缘诸军兵马收京破贼，频立功勋，赏给数多，府藏虚竭。其马价物且付十二万匹，至来年三月更发遣一般，余并续续支付，弟宜悉也。安西北庭，使人入奏，并却归本道，至彼宜差人送过，令其远达弟所。寄马并到，深愧厚意。

从此文可知，国书是书信之一种，与普通书信的格式没有太大区别，以尊称对方起，以落款结（本文缺），主体则为信函内容。此信首叙两国和好多年，并有姻亲关系；次叙近日嫌衅因得可汗书已消除；三叙自己的愿望，“为君之道，本务爱人”，今后“情契弥固，垂之百代，永远无穷”；末以交代事实作结，包括对方礼物及再次和亲等事。

宋王朝给江南国主、辽、西夏、金、蒙等之书也属国书。建隆元年正月，陈桥兵变，赵匡胤黄袍加身，为稳定局势，有《赐江南国主书》：

朕奋发侧微，经纶草昧，削平多垒，辅翊前朝，唯坚金石之心，用保河山之誓，历事三主，于兹十年。洎世宗上仙，少帝嗣位，仰承顾命，敢怠初心？属并寇之幸灾，结匈奴而入鄙，寻奉专征之命，方图却敌之功。岂谓师次郊圻，变生仓卒，人心所属，天命有归，竞列干戈，逼趋京阙，千夫之长不息于欢呼，三事之臣共伸于推戴，勉从禅让，若坠冰渊。非不能致命捐躯，盖无益于周之宗社矣。国主雄材奕叶，武略守邦，抚吴、楚之全封，绍扬、徐之旧业。备观兴替，深识变通。共保欢盟，永安疲瘵，远惟英晤，当鉴诚怀。①

此书首叙自己对后周二主的忠心，次写自己奉命出征，“变生仓卒”，推脱自己在

① （宋）周应合《景定建康志》卷二，文渊阁四库全书本。

陈桥兵变中的作用。全文的重点是最后数句，要江南国主“深识变通”，勿生异议：“备观兴替，深识变通，共保欢盟，永安疲瘵。”这是委婉地打招呼。国书要从容婉转，符合典礼。宋既以中央王朝自居，江南还未受其统治，这既是从上赐下之书，又是国与国间的通信，故要高卑适宜。

以上是骈体国书，在宋与契丹签订屈辱的澶渊之盟后，宋真宗的《澶渊誓书》，表示将遵守这些条款，则为散文：

> 大宋皇帝谨致誓书于大契丹皇帝阙下：共遵成信，虔奉欢盟，以风土之宜，助军旅之费，每岁以绢二十万匹、银一十万两，更不差使臣专往北朝，只令三司差人般送至雄州交割。沿边州军，各守疆界，两地人户，不得交侵。或有盗贼逋逃，彼此无令停匿。至于陇亩稼穑，南北勿纵惊骚。所有两朝城池，并可依旧存守，淘壕完葺，一切如常，即不得创筑城隍，开拔河道。誓书之外，各无所求。必务协同，庶存悠久。自此保安黎献，慎守封陲，质于天地神祇，告于宗庙社稷，子孙共守，传之无穷，有渝此盟，不克享国。昭昭天监，当共殛之。①

澶渊和约之后，宋、辽间虽仍时有摩擦，但仍换得了相对和平。但北宋前期宋、辽矛盾较为突出，因此与契丹国主书较多。苏颂《华戎鲁卫信录总序》论述了宋辽往来详情，介绍其书体例、目录，也涉及书诏、誓书、国书、公移、文移等公牍文体。神宗朝，宋与西夏的矛盾更为突出，故与西夏的国书增多，其《赐夏国诏》云：“朕以尔膺受封爵，世为藩臣，职贡之修，岁时无怠，朝廷待遇，恩礼加隆。顷以权强，敢行废辱，达于予听，良用震惊。尝令边州，就往移问，匿而不报，继犯疆陲。王师徂征，盖讨有罪，义存拯患，非获已焉。今者遣使造廷，辞礼恭顺，仍闻国政，悉复故常。朕心释然，深所嘉纳。已戒边吏，无辄出兵。尔其遵守先盟，永励臣节，永绥宠禄，庸副眷怀。”②

南宋诸帝，特别是高宗、孝宗偏安江南，名为抗金，实为乞降，他们与金国的许多国书就是明证。如建炎元年（1127）六月，高宗《与金元帅书》云：“痛念本国，远通贵朝。原其浮海之初，各有誓山之志。事有可恨，谋因不臧。一变欢盟，重罹祸故。兴言及此，虽悔何追……天有常理，不多上人者，盖识消息盈虚之数；天无私复，非大无道者，皆有扶持安全之心。谅国相元帅特扩大度，深矜至衷。资二帝之南还，择六宫

① （宋）李焘《续资治通鉴长编》卷五八原注引，文渊阁四库全书本。

② 王安礼《王魏公集》，豫章丛书本。

而偕行。无留宗族，并返官联。上承天地好生之心，俯慰黎元愿息之意。倘施恩之出此，宜图报之何如？四海流闻，必服柔而慕德；上穹降鉴，亦眷佑以垂休。”①绍兴三十二年(1162)四月《与金人国书》云：“粤从海上之盟，获讲邻封之信。中更多故，颇紊始图。事有权宜，姑为父兄而贬损；衅无端隙，靡逃天地之鉴临。既边隙之一开，致誓言之遂绝。敢期后聘，许缔新欢。载惟陵寝之山川，浸隔春秋之祭祀。志岂忘于缵旧，孝实切于奉先。愿画旧疆，宠还敝国。结兄弟无穷之好，垂子孙可久之谋。庶令南北之民，永息干戈之苦。傥垂睿照，曲徇恳祈；愿伫佳音，别修要约。”②这里举高宗即位、去位时与金人国书各一篇，就不难看出他自始至终都在乞和。

（二）羽　　檄

在公牍类文体中，文学史家比较注意的是羽檄和露布。《后汉书・鲍永传》注：“檄，军书也，若今之露布也。”《文心雕龙・檄移》云：“震雷始于曜电，出师先乎威声。故观电而惧雷壮，听声而惧兵威。兵先乎声，由来已久……凡檄之大体，或述此休明，或叙彼苛虐。指天时，审人事，算强弱，角权势，标蓍龟于前验，悬鞶鉴于已然，虽本国信，实参兵诈。谲诡以驰旨，炜晔以腾说。凡此众条，莫之或违者也。故其植义扬辞，务在刚健。插羽以示迅，不可使辞缓；露板以宣众，不可使义隐。必事昭而理辨，气盛而辞断，此其要也。若曲趣密巧，无所取才矣。又州郡征吏，亦称为檄，固明举之义也。”宋杨侃云：“师古曰：檄者，以木简为书，长尺二寸，用征召也。其有急事，则加以鸟羽，插之示远疾也。魏武奏事云：今边有警，辄露檄插羽。”③可见，羽檄是军事文书，插鸟羽以示紧急，须迅远传递。据考证，汉代发兵有四种信物：虎符、节、羽檄、诏书。汉王朝设有符节台管理虎符、节、玺印。虎符要与诏书同时使用。节的使用没有地域限制，而羽檄则独立作为发兵文书，用于紧急军情，羽檄一出，即有战事。地方握有重兵的将领一旦看到插上鸟羽的文书，就知道情况紧急，需要立即援助。羽檄内容一般要吹嘘自己如何“休明”，指责对方如何“苛虐”；兵不厌诈，要“谲诡以驰旨，炜晔以腾说”，说理要透彻显明，用语要急促，要以气胜。

关于檄之演变，梁任昉《文章缘起》云：“檄，汉丞相祭酒陈琳作《檄曹操文》。”其实，檄萌芽于先秦，正如《文心雕龙・檄移》所说，“昔有虞始戒于国，夏后初誓于军，殷

---

① 《大金吊伐录》卷四，文渊阁四库全书本。

② （宋）李心传《建炎以来系年要录》卷一九九，文渊阁四库全书本。

③ （宋）杨侃《两汉博闻》卷二《羽檄征天下兵》，文渊阁四库全书本。

誓军门之外，周将交刃而誓之。故知帝世戒兵，三王誓师，宣训我众，未及敌人也。至周穆西征，祭公谋父称'古有威让之令，令有文告之辞'，即檄之本源也。及春秋征伐，自诸侯出，惧敌弗服，故兵出须名。振此威风，暴彼昏乱，刘献公之所谓'告之以文辞，董之以武师'者也。齐桓征楚，诘苞茅之缺；晋厉伐秦，责箕部之焚。管仲、吕相，奉辞先路，详其意义，即今之檄文。"

以檄为篇名则始于战国。《文心雕龙·檄移》又云："暨乎战国，始称为檄。檄者，皦也。宣露于外，皦然明白也。张仪《檄楚》，书以尺二，明白之文，或称露布。露布者，盖露板不封，播诸视听也。夫兵以定乱，莫敢自专，天子亲戎，则称'恭行天罚'；诸侯御师，则云'肃将王诛'。故分阃推毂，奉辞伐罪，非唯致果为毅，亦且厉辞为武。使声如冲风所击，气似欃枪所扫，奋其武怒，总其罪人，征其恶稔之时，显其贯盈之数，摇奸宄之胆，订信慎之心，使百尺之冲，摧折于咫书；万雉之城，颠坠于一檄者也。观隗嚣之檄亡新，布其三逆，文不雕饰，而意切事明，陇右文士，得檄之体矣！陈琳之檄豫州，壮有骨鲠；虽奸阉携养，章实太甚，发丘摸金，诬过其虐，然抗辞书衅，皦然露骨，敢矣撄曹公之锋，幸哉免袁党之戮也。钟会檄蜀，征验甚明；桓温檄胡，观衅尤切，并壮笔也。""张仪《檄楚》"见《史记·张仪列传》。张仪尝从楚相饮，已而楚相亡璧，意张仪盗之，执张仪，掠笞数百，仪不服。张仪既相秦，为文檄告楚相曰："始吾从若饮，我不盗而(尔)璧，若笞我。若善守汝国，我顾且盗而城。"这是最早的檄文，与一般散文差别不大，"事昭而理辨，气盛而辞断"的特点还不突出。到了汉魏，"隗嚣之檄亡新(王莽新朝)"，"陈琳之檄豫州"，"钟会檄蜀"，"桓温檄胡"，檄的特点就完全形成了。

《文选》卷四四收有檄文四篇，皆汉魏之文。其一为司马相如的《喻巴蜀檄》。《史记》卷一一七载，唐蒙使巴蜀，发吏卒千人，巴蜀民大惊恐。汉武帝乃派司马相如责唐蒙，因谕告巴蜀民，此非上意。这是汉代一篇著名的檄文：

> 告巴蜀太守：蛮夷自擅不讨之日久矣。时侵犯边境，劳士大夫。陛下即位，存抚天下，安集中国，然后兴师出兵。北征匈奴，单于怖骇，交臂受事，屈膝请和。康居西域，重译纳贡，稽颡来享。移师东指，闽越相诛。右吊番禺，太子入朝。南夷之君，西僰犍之长，常效贡职，不敢惰怠，延颈举踵喁喁然，皆向风慕义，欲为臣妾。道里辽远，山川阻深，不能自致。夫不顺者已诛，而为善者未赏。故遣中郎将往宾之，发巴蜀之士各五百人以奉币帛。卫使者不然，靡有兵革之事、战斗之患。今闻其乃发军兴制，惊惧子弟，忧患长老，郡又擅为转粟运输，皆非陛下之意也。当行者或亡逃，自贼杀，亦非人臣之节也。夫边郡之士，闻烽举燧燔，皆摄弓而驰，荷戈而走，流汗相属，唯恐居后。触白刃，冒流矢，议不反顾，计不旋踵。人

怀怒心，如报私仇。彼岂乐死恶生，非编列之民，而与巴蜀异主哉？计深虑远，急国家之难，而乐尽人臣之道也。故有剖符之封。析珪儋爵，位为通侯，处列东第，终则遗显号于后世，传土地于子孙。行事甚忠敬，居位甚安逸，名声施于无穷，功烈著而不灭。是以贤人君子，肝脑涂中原，膏液润野草而不辞也。今奉币役至，南夷即自贼杀，或亡逃抵诛，身死无名，谥为至愚，耻及父母，为天下笑。人之度量相越岂不远哉？然此非独行者之罪也，父兄之教不先，子弟之率不谨，寡廉鲜耻，而俗不长厚也。其被刑戮，不亦宜乎？陛下患使者有司之若彼，悼不肖愚民之如此，故遣信使，晓谕百姓，以发卒之事，因子之以不忠，死亡之罪，让三老孝悌以不教诲之过。方今田时，重烦百姓已亲见近。县恐远所，溪谷山泽之民不遍闻，檄到亟下县道，使咸喻陛下之意，无忽。

此檄吹嘘汉王朝的强大，对西南夷的宽仁，派唐蒙入蜀是为奖赏蜀夷："夫不顺者已诛，而为善者未赏。故遣中郎将往宾之，发巴蜀之士各五百人，以奉币帛。"而唐蒙却违背朝廷之意："今闻其乃发军兴制，惊惧子弟，忧患长老。郡又擅为转粟运输，皆非陛下之意也。"结果招致边郡用兵。文末是司马相如言入蜀之意："陛下患使者有司之若彼，悼不肖愚民之如此，故遣信使，晓论百姓以发卒之事……溪谷山泽之民不遍闻，檄到亟下县道，使咸喻陛下之意。"安抚为全篇主旨。檄文对南夷、奉旨开边者皆各打三十大板，把汉武帝的责任推得一干二净，全文主旨实不可取，但文章可称。司马相如的赋以侈靡为特征，而此檄却简洁明切。宋楼昉《崇古文诀》卷三谓："一文全是为武帝文过饰非，最害人主心术。然委曲回护，出脱得不觉，又不全然道有司不是也，要教百姓当一半不是。最善为辞，深得告谕之体。"林云铭《古文析义》卷三评云："长卿以辞赋得幸，多迎合上意。如上好游，则为《上林赋》；上好神仙，则为《大人赋》；至死封禅，遗札以奏，则此篇未必非迎合。"

魏晋南北朝也有一些檄文，见于《汉魏六朝百三家集》的就有陈琳的《为袁绍檄豫州文》、《檄吴将校部曲文》，王粲的《为荀彧与孙权檄》，应玚的《檄文》，钟会的《移蜀檄》，梁武帝的《移京邑檄》，梁元帝的《讨侯景檄》，吴均的《檄江神责周穆王璧文》，徐陵的《檄周文》，隋炀帝的《遗陈尚书江总檄》，卢思道的《为隋檄陈文》等。

梁武帝末年，降将侯景叛乱，攻破建康，武帝含恨而死，后废梁自立，改号汉。梁元帝《讨侯景檄》叙梁之功云："粤若梁兴五十余载，平一宇内，德惠悠长，仁育苍生，义征不服，左伊右瀍，咸皆仰化；浊泾清渭，靡不向风……自桐柏以北，孤竹以南，碣石之前，流沙之后，延颈举踵，交臂屈膝。胡人不敢牧马，秦士不敢弯弓。协和万邦，平章百姓。十尧九舜，曷足云也！"数侯景之罪云："贼臣侯景，匈奴叛臣，鸣镝余噍……不知纪极。敢兴逆乱，梗我王畿……矫托天命，伪作符书。重增赋敛，肆意裒剥。生者逃窜，死者暴尸。道路以目，庶僚钳口。刑戮失衷，爵赏由心。老弱波流，士女涂炭。臧获之人，五宗及赏；缙绅之士，三族见诛。谷粟腾踊，自相吞噬。惵惵黔首，路有衔索之哀；蠢蠢黎民，家有陨山之泣……南山之竹，未足言其愆；西山之兔，不足书其罪。”继写征讨侯景所获得的胜利：“我是以义勇争先，忠贞尽力。斩馘凶渠，不可称算。沙同赤岸，水若绛河……天马千群，长戟百万，驱贲获之士，资智勇之力。大楚逾荆山，浅源度彭蠡。舳舻泛水，以犄其南；辎軿委输，以冲其北。华夷百濮，羸粮景从；雷震风骇，直指建业。按剑而叱，江水为之倒流；抽戈而挥，皎日为之退舍。方驾长驱，百道俱入，夷山殄谷，充原蔽野。挟辀曳牛之侣，拔距礫石之夫，骑则逐日追风，弓则吟猿落雁。捧昆仑而压卵，倾渤海而灌萤。如驷马之载鸿毛，若奔牛之触鲁缟。以此众战，谁能御之？”最后恩威并施，进行分化：“今司寇明罚，锧铁所诛，止侯景而已。黎元何辜，一无所问。诸君或世树忠贞，身荷宠爵，羽仪鼎族，书勋王府。俛眉滑竖，无由自效。岂不下惭泉壤，上愧皇天……因变立功，转祸为福。有能缚侯景及送首者，封万户开国公，绢布五万匹；有能率动义众，以应官军，保全城邑，不为贼用，上赏方伯，下赏剖符，并裂山河，以纡青紫。昔由余入秦，礼同卿佐；日磾降汉，且珥金貂。必有其才，何恤无位？若执迷不反，拒逆王师，大军一临，刑兹罔赦。孟诸焚燎，芝艾俱尽；宣房河决，玉石同沉。信赏之科，有如皎日；黜陟之制，事均白水。檄布远近，咸使知闻。”①南朝文坛是骈文的世界，这是一篇骈体檄文，同样据有事理明辩、气盛辞断的特点。

唐代以骆宾王的《代李敬业讨武氏檄》为最著名。唐高宗崩，中宗立，武则天集百官于乾元殿，废中宗为庐陵王，立豫王旦，却不得豫政，事皆决于武后。诸武用事，唐宗室人人自危，众心愤惋。李敬业起兵，骆宾王为草此檄。此檄前半数武后之罪：“伪临朝武氏者，人非温顺，地实寒微。昔充太宗下陈（指武氏曾为太宗才人），曾以更衣入侍。洎乎晚节，秽乱春宫（指与唐高宗关系暧昧），密隐先帝之私，阴图后庭之嬖。入门见嫉，蛾眉不肯让人；掩袂工谗，狐媚偏能惑主。践元后（正宫皇后）于翚翟（皇后礼服），陷吾君于聚麀（两头牡鹿共占一头牝鹿，喻武氏既为太宗之妃，又为高宗之后）。加以虺蜴为心，豺狼成性，近狎邪佞，残害忠良，杀子屠兄，弑君鸩母。神人之所共疾，天地之所不容。犹复包藏祸心，窃窥神器。君之爱子，幽在别宫（指唐中宗被囚事）；贼之宗盟（指武氏家族），委以重任。”然后感慨现在没有汉代霍光那样的大臣，刘章那样的皇子，唐有灭亡的危险：“呜呼，霍子孟（霍光）之不作，朱虚侯（汉高祖之孙刘

---

① （明）张溥《汉魏六朝百三家集》卷八五，文渊阁四库全书本。

章）之已亡。燕啄皇孙（汉成帝皇后赵飞燕残杀皇子），知汉祚之将尽；龙漦帝后，识夏庭之遽衰。[①]”接着写自己举义旗以讨武氏：“敬业，皇唐旧臣，公侯冢子。奉先君之遗训，荷本朝之厚恩。宋微子（殷纣王之兄）之兴悲，良有以也；桓君山之流涕，[②]岂徒然哉！是用（因此）气愤风云，志安社稷，因天下之失望，遂四海之推心，爰举义旗，以清妖孽。南连百越，北尽三河，铁骑成群，玉轴相接。海陵红粟，仓储之积靡穷；江浦黄旗，匡复之功何远？班声动而北风起，剑气冲而南斗平。喑呜则山岳崩颓，叱咤则风云变色。以斯制敌，何敌不摧？以斯攻城，何城不克？”最后号召天下勤王：“公等或居汉地，或叶周亲，或膺重寄于爪牙，或受顾命于宣室。言犹在耳，忠岂忘心？一抔之土未干，六尺之孤安在？傥能转祸为福，送往事居，共立勤王之师，无废大君之命。凡诸爵赏，同指山河。若或眷恋穷城，徘徊歧路，坐昧先几之兆，必贻后至之诛。请看今日之域中，竟是谁家之天下？”[③]《唐语林》卷二云：“骆宾王年方弱冠，时徐敬业据扬州而反，宾王陷于贼庭，其时书檄皆宾王之词也。每与朝廷文字，极数伪周，天后览之，至‘蛾眉不肯让人，狐媚偏能惑主’，初微笑之。及见‘一抔之土未干，六尺之孤安在’，乃不悦曰：‘宰相因何失如此之人！’盖有遗才之恨。”《资治通鉴》卷二〇三所载更具体：“太后见檄，问曰：‘谁所为？’或对曰骆宾王。太后曰：‘宰相之过也，人有如此才而使之流落不偶乎？’”连被檄者都如此看重，可见此文煽动性之强。

宋代虞允文的《檄四川总领所文》为散文檄，但多数宋代檄文仍为四六文。北宋灭亡，金人建立伪齐政权，岳飞的《奉诏移伪齐檄》即为四六檄，指责宋之臣僚纷纷事敌云：“契勘伪齐僭号，窃据汴都。旧忝台臣，累蒙任使。是宜执节效死，图报国恩。乃敢背弃君父，无天而行。以祖宗涵养之泽，翻为叛乱；率函夏礼义之俗，甘事仇雠。”阐明宋廷形势已经好转：“我国家厄运已销，中兴在即。天时既顺，人意悉谐。所在皆贾勇之夫，思共快不平之忿。今王师已尽压淮泗，东过海沂，驿骑交驰，羽檄迭至。”最后是劝其归降，指明两种前途：“尔应（所有）陷没州县官吏兵民等，元非本意，谅皆胁从，屈于贼威，归逃无路。我今奉辞伐罪，拯溺苏枯，惟务安集，秋毫无犯。傥能开门纳款，肉袒迎降，或愿倒戈以前驱，或列壶浆而在道，自应悉仍旧贯，不改职业，尽除戎索，咸用汉条。如或执迷不悟，甘为叛人，嗾桀犬以吠尧，詈猎师而哭虎，议当躬行天罚，玉石俱焚，祸并宗亲，辱及父祖，挂今日之逆党，遗千载之恶名。顺逆二途，蚤（早）

① 《史记·周本纪》载，夏末龙所吐沫（龙漦），到了周厉王时成为亡周的褒姒。

② 桓君山即桓谭，汉光武帝时人，被谪而死，此以喻己。

③ （唐）骆宾王《骆丞集》卷四，文渊阁四库全书本。或作《为徐敬业讨武曌檄》。

宜择处。兵戈既逼，虽悔何追?"①

周必大的《桂广观察使谕遴管伐黄贼檄》也是四六檄，首言有贼必讨："盖寇攘或害于民生，则罪恶难稽于天讨。"次列黄贼之罪："黄少师等世依山险，境接王封，赖国家涵养之恩，保蛮蜑零丁之种。自顷鞭笞之浸弛，遂兴妖孽以称雄。内稔奸谋，外机毒矢。恣为侵掠，用远覆亡。仰圣主之中兴，抚寰区而载定。跋扈飞扬之藩镇，尚伏欧刀；狂奔呶叫之獠夷，乃干资斧。"末论以桂广之军，讨贼必胜："犀甲熊旗，倘动羽林之士；江氛岭祲，必生疾病之忧。岂如兴南海之师，斯可代伏波之将。既习安其风土，且具识于要冲。以此摧锋，庶几得隽。扣阍有请，愿颁起旅之牙璋；奉诏曰俞，俯授专征之黄钺。裨校闻风而踊跃，卒夫鼓锐以欢呼。戟櫜櫜兜，戎容素整；资粮扉屦，军费已充。将成掎角之谋，实赖同舟之济。顾瞻邕管，最迩贼巢。肆容府之雄藩，暨安南之巨镇。时维良牧，并蕴奇谋。谅闻羽檄之言，亟下辕门之令。旌麾蔽日，铠甲凝霜。或浮海济师，或横江誓众。戒养虎自遗于后患，思牧羊必去于败群。一清蛇豕之妖，大筑鲸鲵之观。上功幕府，金缯之赏先颁；奏凯天朝，爵禄之荣必至。盍乘机会，同立功名!"也具有檄文事理明辩、气盛辞断的特点。

（三）露　　布

《文心雕龙·檄移》认为羽檄亦可称露布："明白之文，或称露布。露布者，盖露板不封，播诸视听也。"吴讷《文章辨体序说》云："按《通典》云，魏攻战克捷，欲天下闻知，乃书帛建于漆竿上，名为露布。此其始也。考诸《文章缘起》，则曰汉贾洪为马超伐曹操作露布。及《世说》又载桓温北征，令袁宏倚马撰露布。是则魏晋以前亦有之矣……然今考之，魏晋之文俱无传本，唐、宋虽有传者，然其命辞全用四六，未知于体合否。西山先生尝云，露布贵奋发雄壮，少粗无害，观者详焉。"唐封演云："露布，捷书之别名也。诸军破贼，则以帛书建诸竿上，兵部谓之露布。盖自汉以来有其名，所以名露布者，谓不封检而宣布，欲四方远知。亦谓之露版。魏武奏事云'有警急，辄露版插羽'是也。"②

明贺复徵《文章辨体汇选》卷四四收有晋无名氏《前锋都督平兖青州露布》，宋王应麟《四明文献集》卷三亦收有此文，题下注云："词科试拟进卷。"从行文看亦不似晋文，吴讷谓"魏晋之文俱无传本"是大体可信的。

---

① (宋)岳飞《岳武穆遗文》，文渊阁四库全书本。

② (唐)封演《封氏闻见记》卷四，文渊阁四库全书本。

李昉等编《文苑英华》卷六四七收有骆宾王露布两篇，即《兵部奏姚州破贼诺没弄杨虔柳等露布》和《兵部奏姚州破贼设蒙俭等露布》，张说《为河南郡王武懿宗平冀州贼契丹等露布》，樊衡《为幽州长史薛楚玉破契丹露布》，卷六四八收有无名氏《河西破蕃贼露布》，杨谭两篇即《兵部奏剑南节度破西山贼露布》和《兵部奏桂州破西原贼露布》，于公异《西平王李晟收西京露布》。

到了宋代，由于把露布列为词科考试的内容之一，露布才多起来。杨囦道《云庄四六余话》云："国朝词科以露布命题凡四：李正民《唐西海道行军大总管破吐谷浑露布》曰：'夏禹徂征，以讨有苗之弗率；周王薄伐，乃闻猃狁之于襄。鸟棣鼠窜，方假息以偷生；羊狠狼贪，终投诚而请命。'薛嘉言曰：'楼兰盗取节印，终婴北朔之诛；匈奴困辱使人，旋正槁街之戮。远犁突厥之庭，戎荒屏迹；共上可汗之号，异域归心。龙驹千里，越流沙青海而来；凤历万年，颁正朔白兰之外。'秦桧《唐擒颉利露布》曰：'商邦嘉靖，乃伐鬼方于三年；周室中兴，亦饬戎车于六月。整王旅之云屯，依天声而电击。气调时豫，岂容微祲之弗除；地辟天开，奚有纤埃之未扫。'吕成公《晋征虏将军征讨大都督破苻坚露布》曰：'众胜天而定胜人，终归助顺；直为壮而曲为老，乌可恃强？牧野若林之旅，罔敌有周；昆阳彗云之锋，亦歼于汉。颠踬穷途，过项籍乌江之窘；零丁匹马，犹本初官渡之归。'王壁《唐天下兵马元帅克复京城露布》曰：'襁负欢呼，喜汉仪之复见；壶浆迎劳，知商德之来苏。'石延庆曰：'士气益振，争鼓勇以猋驰；天声亟张，咸望风而麋骇。赤眉已破，远逾汉光再造之勋；淮夷来铺，愿纪周后中兴之雅。'"

露布既是报捷的文字，故贵奋发雄壮，义正辞严。《皇朝文鉴》卷一五〇所收两篇露布，一为开宝四年(971)，潘美平岭南，有《岭南道行营擒刘鋹露布》，首论宋王朝"将复三代之土疆"："臣等闻飞霜激电，上帝所以宣威；伐罪吊民，明王以之耀武。我国家仰稽玄象，大启洪基，将复三代之土疆，永泰万方之生聚。西平巴蜀，云雷敷润物之恩；南定衡湘，江汉鼓朝宗之浪。"次数刘鋹之罪："惟岭南之犷俗，独恃远以偷安，久背照临，罔遵声教。伪汉国主刘鋹，性惟凶恶，识本庸愚，以虐害为化风，以诛戮为政事。置火床铁刷之狱，人不聊生；设锉碓汤镬之刑，古未尝有。恨刀锋之不快，用锯解以恣情，脔割刲屠，穷彼残害。一境吁天而无路，生民何地以称冤！众心望君，如望皎日。"继叙用兵经过："我皇帝仁深恤隐，义切救焚，遂发干戈，拯其涂炭。臣等上凭神武，遥禀睿谋，举军未及于半年，乘胜连平于数郡，累逢战阵，无不扫除。刘鋹远惧倾危，寻差人使。初则称臣上表，具陈归化之心；后乃设诈藏奸，翻作款兵之计。臣与将士等仰承睿旨，不敢逗留，于正月二十七日已到栅口，去广州只及一程。刘鋹又频发佐僚，来往商议，渐无凭准，固欲淹留。兼于诸处收到新出伪命文榜，皆是会合逆党，以拒王师。至二月四日，果遣其弟伪祯王保兴等，部领举国军兵，并来决战。臣等愤其反复，认此狂迷，寻结战以交锋，复挥戈而誓众。行营将士等，感大君之抚御，咸愿竭忠；怒逆党之拒张，争先效命。八十里枪旗竞进，数万人杀戮无遗。寻又分布师徒，径收贼垒。其刘鋹知城隍之必陷，将府库以自焚。烈焰连天，更甚昆冈之火；投戈散地，甘从涿野之诛。刘鋹则寻即生擒，广州则当时平定。其在州官吏、僧道、军人、百姓等，乍除苛虐，咸遂生全，无不感帝力以沾衿，望皇都而稽首。此盖天威远被，宸算遐敷，平七十年不道之邦，救百万户倒悬之命。殊方既乂，长承日月之回光；鸿祚无疆，永荷乾坤之降佑。"

开宝八年十一月，曹彬攻下江南，生擒李后主，发布《升州行营擒李煜露布》，结构与上篇相近，首叙国家渐趋统一："天道之生成庶类，不无雷电之威；圣君之统制万邦，须有干戈之役。所以表阴惨阳舒之义，彰吊民伐罪之功。我国家开万世之基，应千年之运。四海尽归于临照，八纮皆入于提封。西定巴、邛，复五千里升平之地；南收岭表，除七十年僭伪之邦。巍巍而帝道弥光，赫赫而皇威远被。顷者因缘丧乱，分裂土疆。累朝皆遇于暗君，莫能开拓；中夏今逢于英主，无不扫除。"次数李煜之罪："惟彼江南，言修臣礼，外示恭勤之貌，内怀奸诈之谋。况李煜本是骇童，固无远略。负君亲之煦育，信左右之奸邪。曾乖量力之心，但贮欺天之意。修葺城垒，欲为固守之谋；招纳叛亡，潜萌抵拒之计。我皇帝度深含垢，志在包荒。擢青琐之近臣，降紫泥之丹诏，曲示推恩之道，俾修入觐之仪，期暂诣于阙庭，庶尽销于疑间。示信特开于生路，执迷自履于危途，托疾不朝，坚心背顺。士庶咸怀于愤激，君亲曲为之优容，但矜孤孽之愚蒙，虑陷人民于涂炭，累宣明旨，庶俾自新。略无悛悟之心，转恣陆梁之性。"次叙用兵经过："事不获已，至于用兵。大江特创于长桥，锐旅寻围其逆垒。皇帝陛下尚垂恩宥，终欲保全，遣亲弟从镒归，回降天书，委曲抚喻，务从庇护，无所阙焉。终怀蛇豕之心，不体乾坤之造。送蜡书则勾连逆寇，肆凶徒则劫掠王民。劳我大军，驻逾周岁。既人神之共怒，复飞走以无门。貔貅竞效其先登，虮虱自悲于相吊。臣等于十一月二十七日，齐驱战士，直取孤城。奸臣无漏于网中，李煜生擒于麾下。千里之氛霾顿息，万家之生聚寻安。其在城官吏、僧道、军人、百姓等久在偏方，困于虐政，喜逢荡定，皆遂舒苏。望天朝而无不涕洟，乐皇化而惟知鼓舞。有以见穹旻助顺，海岳知归。当圣朝临御之期，是文轨混同之日。卷甲而兵锋永戢，垂衣而帝祚无穷。"

露布也有拟作的，如王禹偁的《拟李靖破颉利可汗露布》，翟汝文的《拟擒获杭州军贼露布》，高启的《拟唐平蜀露布》等。

(四)移　文

移又称移文、公移,是各官府间往来的文书。战国时,移文是各国间、各国官员间或国内不相统属的各官署间的一种交往文书。汉代,移文则是各衙署之间、平级官员间交往的文书。三国以后,亦单称"移"或"移书",用于劝喻训戒,文词晓明刚健,简约清晰。《文心雕龙·檄移》云:"移者,易也,移风易俗,令往而民随者也。相如之《难蜀老》,文晓而喻博,有移檄之骨焉。及刘歆之《移太常》,辞刚而义辨,文移之首也;陆机之《移百官》,言约而事显,武移之要者也。故檄移为用,事兼文武;其在金革,则逆党用檄,顺命资移;所以洗濯民心,坚同符契,意用小异,而体义大同,与檄参伍,故不重论也。"宋高承《事物纪原》卷二云:"移,《文心雕龙》曰,始于刘歆《移太常》,孔稚圭因有《北山移文》。今有移牒之名,宜始此也。"张表臣《珊瑚钩诗话》卷三云:"移者自近移,远使之周知也。"徐师曾《文体明辨序说》云:"按公移者,诸司相移之词也,其名不一,故以公移括之。"

刘歆的《移太常博士书》,见明张溥辑《汉魏六朝百三家集》卷九,阐述秦、汉儒学的演变,这大概就是刘勰称之为"文移之首"的原因。虽"辞刚而义辨",但主要是为其古文经学张目:"数家之言,所以兼包大小之义,岂可偏绝哉?若必专已守残,党同门,妒道真,违明诏,失圣意,以陷于文吏之议,甚为二三君子不取也。"刘勰称为"武移之要"的陆机的《移百官》惜已失传,不知其具体内容。

今存世较早而影响又较大的移文是《文选》卷四三所载孔稚珪的《北山移文》。据《文选》五臣注,周颙原隐于北山(今江苏南京市的钟山),应诏出为海盐县令,后欲过此山,孔稚珪乃假山灵之意,不许周过,故云《北山移文》。这是一篇讽刺假隐士的名作,先泛论隐士有真假:

> 钟山之英(神灵),草堂之灵。驰烟驿路(驰驱于充满山雾的驿道),勒移山庭(刻此移文于山庭)。夫以耿介拔俗之标(标格,风度),潇洒出尘之想。度白雪以方絜(通洁),干青云而直上。吾方知之矣。若其亭亭(耸立貌)物表,皎皎(洁白貌)霞外,芥千金(视千金如草芥)而不盼,屣万乘其如脱(视万乘如脱屣)。闻凤吹于洛浦①,值薪歌于延濑②。固亦有焉。岂有终始参差(前后不一),苍黄翻覆

① 《列仙传》载,王子乔,周宣王太子,好吹笙,作凤鸣,游伊洛之间。

② 《文选》六臣注:"苏门先生游于延濑,见一人采薪,谓之曰:'子以终此乎?'采薪人曰:'吾闻圣人无怀,以道德为心,何怪乎而为哀也?'遂为歌二章而去。言有坚固如此。"值,碰上。濑,水流沙上。

（变化无常）。泪翟子之悲，恸朱公之哭①。乍回迹以心染（暂时身回山林而心染仕途），或先贞而后黩，何其谬哉！呜呼！尚生（尚子平）不存，仲氏（仲长统）既往。山阿寂寥，千载谁赏？

真隐士是“芥千金而不眄，屣万乘其如脱”；假隐士则是“乍回迹以心染，或先贞而后黩”，即暂时避迹山林，而实际醉心仕宦，先纯正而后变得污浊的人物。接着指名道姓地指责周颙正是这样的假隐士：

世有周子，俊俗之士。既文既博，亦玄（指其长于佛理，兼善《老子》、《周易》）亦史。然而学遁东鲁②，习隐南郭，偶吹草堂③，滥巾北岳（在北山戴着冒充隐士的珠头巾）。诱我松桂，欺我云壑。虽假容于江皋，乃缨（系）情于好爵。其始至也，将欲排巢父，拉许由（巢父、许由皆隐士），傲百氏，蔑王侯。风情张日（开朗如日），霜气横秋。或叹幽人（幽居之人）长往，或怨王孙不游。谈空空（佛教主空）于释部，核玄玄（道家主玄）于道流。务光何足比，涓子不能俦（务光、涓子皆古代高士，皆匹配不上周颙）！及其鸣驺（征召周颙的车马）入谷，鹤书（诏书）赴陇。形驰魄散，志变神动。尔乃眉轩席次，袂耸筵上。焚芰制而裂荷衣，抗尘容而走俗状。风云凄其带愤，石泉咽而下怆。望林峦而有失，顾草木而如丧。

其志似乎甚高，将欲“排巢父，拉许由，傲百氏，蔑王侯”，而征召之使一至，他就喜上眉梢，脱掉隐士之服，而与尘俗之士无别，以致山中景物都为之愤怨凄怆，若有所失。继写周颙出仕，完全丢掉了隐士的美誉，与俗吏无别：

至其纽金章，绾墨绶。跨属城之雄，冠百里之首。张英风（美名）于海甸，驰妙誉于浙右。道帙长殡（埋藏道家经典），法筵（佛家说法之席）久埋。敲扑（鞭打

① “泪翟子”二句：翟，墨翟；朱，杨朱。宋朱胜非《绀珠集》卷七云：“墨翟见练丝而悲，为其可以黄，可以黑。杨朱见岐路而泣，谓其可以南，可以北：皆本同而末异也。”

② 东鲁指颜阖，《庄子·让王》曰：“鲁君闻颜阖得道之人也，使人以币先焉。颜阖守陋闾，苴布之衣而自饭牛。鲁君之使者至，颜阖自对之，使者曰：‘此颜阖之家与？’颜阖对曰：‘此阖之家也。’使者致币，颜阖对曰：‘恐听者谬而遗使者罪，不若审之。’使者还反审之，复来求之，则不得已。故若颜阖者真恶富贵也。”

③ “习隐”二句见《庄子·齐物论》：“南郭子綦隐几而坐，仰天而嘘，嗒焉似丧其耦。”后句即著名的滥竽充数的典故。

罪人）喧嚣犯其虑，牒诉（诉讼文书）倥偬（事务繁忙）装其怀。琴歌既断，酒赋无续。常绸缪于结课（纠缠于考核官吏），每纷纶于折狱（断案）。笼张、赵（张敞、赵广汉，皆西汉能吏）于往图（历史上的记载），架卓、鲁（卓茂、鲁恭，皆东汉循吏）于前箓（前代簿箓）。希踪三辅豪，驰声九州牧。

“希踪三辅豪，驰声九州岛牧”，招致各处山林的嘲笑、非议（逸议、素谒），使北山深蒙其辱：

使我高霞孤映，明月独举。青松落阴，白云谁侣？涧石（一作“户”）摧绝无与归，石径荒凉徒延伫。至于还飙（回风）入幕，写（通“泻”）雾出楹。蕙帐空兮夜鹄怨，山人去兮晓猿惊。昔闻投簪（弃官）逸海岸，今见解兰（放弃隐居生活）缚尘缨（为世俗所缚）。于是南岳献嘲，北垄腾笑。列壑争讥，攒峰竦诮。慨游子之我欺，悲无人以赴吊。故其林惭无尽，涧愧不歇。秋桂遗风，春萝罢月。骋西山之逸议，驰东皋之素谒。

现在周颙又想“假步于山扃”（而实未至），故为《北山移文》严词拒之，不让其车入山：

今又促装下邑，浪拽上京（驾舟南京），虽情投于魏阙，或假步于山扃（门）。岂可使芳杜厚颜，薜荔无耻，碧岭再辱，丹崖重滓。尘游躅（足迹）于蕙路，污渌池以洗耳①？宜扃（关闭）岫幌，掩云关。敛轻雾，藏鸣湍。截（阻断）来辕于谷口，杜（堵塞）妄辔于郊端。于是丛条瞋胆，叠颖怒魄。或飞柯（枝）以折轮，乍（突然）低枝而扫迹（扫去其足迹）。请回俗士驾，为君谢（谢绝）逋客（逃离山林的人）。

全文节奏纡徐，议论高古，造语新奇老炼，对伪隐士进行了辛辣的讽刺。林云铭《古文析义二编》卷五云：“此以赋体为文者也……中间写周子趋名嗜利，一段热肠，可贱可耻，能令天下处士借终南为捷径者无所施其面目。看来层层段落，却是一气呵成。”马廷鸾《绿山胜概记》云：“今夫士生天地间，其攀名梯，奔利航，而竭蹷不休者，欲暂而有此胜，不可得也。厥有拄笏西山，寄径终南，而居心不静者，又安能长有此胜

① （晋）皇甫谧《高士传》卷上载：尧召许由为九州长，“由不欲闻之，洗耳于颍水滨”。

乎?”周颙正是这种“攀名梯,奔利航,而竭蹷不休者”。①

《宋文鉴》卷一二八所载宋初宋白的《三山移文》,显然是仿孔稚珪的《北山移文》而作,《北山移文》讥刺假隐士,《三山移文》则写历代帝王对三山(传说中的三神山:蓬莱、方丈、瀛洲)的亵渎:“世有秦皇,爰及汉帝,既崇登高,益骄益炽。然而貌学希夷,情忘橐龠,窃祀神山,滥封东岳,污吾真风,轻吾上药,虽笃志于仙材,竟无心于天爵。”他们最初似乎志趣很高:“其始至也,将拍洪崖,挹浮丘,捐百揆,弃诸侯。鼋梁架日,剑气凌秋。或思玉皇可接,或忆金仙共游。废元元以不治,仰苍苍而是求。燕昭何足比,子晋不能俦。”实际却是穷奢极侈:“及其妄说斯行,贪诚弥勇;智刃挥霍,灵台飞动。乃阅意海隅,穷奢世上。泛楼船而济重溟,建祈年而侔大壮。兰桡馥其天风,桂栋凌乎辰象。望仙阙而何极,顾人寰而如丧。至其俨霞冠,垂珠绶,履风云之舄,列蛟龙之绣,焚百和于筵上,辉九华于坐右。羽旆争耸,瑶坛竞开,丹台紫府在何处,白凤青鸾犹未来。大宝非贵,三清是属。耻万机之琐屑,隘六合之局促。将纪号于真图,任销声于帝箓。希风七十君,委政三十毂。使我徒费步虚,尝轻举,徐福不归,安期谁侣?文成、五利并虚词,太一、上玄徒延伫。”结果事与愿违:“至于柏梁灰烬,承露飘零,甲帐空兮暮烟怨,羽人去兮秋风惊。昔求长生跻寿域,今见委骨在穷尘。是知碧海汪洋,瀛洲浩渺,方丈争奇,蓬莱竦峭。慨沙丘之云去,悲茂陵而谁吊!故其露惨长寒,风啼自咽;秋草凄凉,春花愁绝。嗟罗绮之皆空,叹池台之已灭。”这不是帝王应有之道:“且夫奄有神器,化育群生;将天地以合德,与日月而齐明。岂可使风扆寂寥,龙图销毁,帝道荒芜,天潢泥滓,游心于幻路,教臣民而以诡?”故不应接纳这样的帝王,帝王当为“治世君”,不为“宾天客”:“宜扃玉洞,掩天关,扬大雾,涌惊湍,隔妖风于海上,杜妄魄于云端。于是嗔波如山,怒云寡色,斥二主之讹谬,警后王之道德。请为治世君,无俟宾天客。”田锡《贻宋小著书》称宋白“悦我以文藻,荣我以道义”,《三山移文》就是一篇富有道义、文藻的文章。

黄庭坚《跛奚移文》是一篇寓言性移文。跛奚即跛足的奴婢,因其跛足,故“主人不悦,厨人骂怒”。作者认为“物有所不可,则亦有所宜”,牧羊,一牧童就可以了,而以尧、舜牧羊是大材小用:“尧牵羊而舜鞭之,羊不得食,尧、舜俱疲。百羊在谷,牧一童子。草露晞而出,草露湿而归。不亡一羊,任其指扮。”他还举了不少例子说明这一观点:“警夜偷者不以马,司昼漏者不以鸡”;“屦不可运土,箕不可当屦。”懂得这一道理,就知道“瞽者之耳,聋者之目,绝利一源,收功十百。事固有精于一则尽善,遍用智则无功,有所不能,乃有所大能焉。”跛奴不能与壮士拔距,不能与群狙争芋,不

① (宋)马廷鸾《碧梧玩芳集》卷一七,文渊阁四库全书本。

能与八骏赛跑，不能逐三窟狡兔。但跛奴亦有“可为者”，他举了一大堆跛奴可做的事，并说：“截长续短，凫鹤皆忧；持勤补拙，与巧者俦。凡前之为，汝能之不？”跛奚回答说：“我缺于足，犹全于手，如前之为，虽劳何咎？”作者说：“若是，则不既有用矣乎？”结果是“无不意满”。全文以问、答为结构，类似赋的写法，与一般移文的写法不同。

以上所举移文，文学性胜过实用性。明王守仁《巡抚南赣钦奉敕谕通行各属》才是比较标准的上级官府给下级官府的公移，是他于正德十二年（1517）提督南赣军务时给各下属的公移，前半节录朝廷命令：“钦奉敕谕江西、福建、广东、湖广各布政司地方交界去处，累有盗贼生发，因地连各境，事无统属，特命尔前去巡抚江西南安赣州，福建汀州、漳州，广东南雄、韶州、惠州、潮州各府及湖广郴州地方安抚军民，修理城池，禁革奸弊，一应地方贼情，军马钱粮事宜，小则径自区画，大则奏请定夺。但有盗贼生发，即便严督各该兵备守御、守巡并各军卫有司，设法剿捕，选委廉能属官密切体访。及签所在大户并被害之家有智力人丁多方追袭，量加犒赏。或募知因之人，阴为乡导，或购贼徒自相斩捕，或听胁从并亡命窝主人等自首免罪。其军卫有司官员中政务修举者，量加旌奖；其有贪残畏缩误事者，径自拿问发落。尔风宪大臣，须廉正刚果，肃清奸弊，以副朝廷之委任，钦此。”后半是他采取的具体措施：“钦遵照得抚属地方，界连四省，山溪峻险，林木茂深，盗贼潜处其间，不时出没剽劫，东追则西窜，南捕则北奔。各省巡捕等官，彼此推调观望，不肯协力追剿，遂至延蔓日多。当职（自指）猥以菲才，滥膺重寄，大惧职业鳏废，仰负朝廷委托。为照前项地方延袤广远，未能遍历其间，绥抚之方随时殊制，攻守之策因地异宜。若非的确询访，难以臆见裁度。为此，仰抄案回司，着落当该官吏，照依案验内事理即行。本司该道分巡分守、兵备守备等官并所属大小衙门，各该官吏，公同逐一会议，要见即今各处城堡关隘，有无坚完；军兵民快，曾否操练；某处贼方猖獗，作何擒剿；某处贼已退散，作何抚缉；某贼怙终，必须扑灭；某贼被诱，尚可招徕；何等人役堪为乡导，何等大户可令追袭；军不足恃，或须别募精强；财不足用，或可别为经画；某处或有闲田，可兴屯以足食；某处或多浮费，可节省以供军；何地须添寨堡，以断贼之往来；何地堪建城邑，以扼贼之要害。姑息隐忍，固非久安之图；会举夹攻，果得万全之策。一应足财、养兵、弭寇、安民之术，皆宜悉心计虑，折衷推求。山川道路之险易，必须亲切画图；贼垒民居之错杂，皆可按实开注。近者一月以里，远者一月以外，凡有所见，备写揭帖，各另呈来，以凭采择。非独以匡当职之不逮，亦将以验各官之所存，务求实用，毋事虚言。各该官吏俱要守法奉公，长廉远耻，祛患卫民，竭诚报国。毋以各省而分彼此，务须协力以济艰难。果有忠勇，清勤绩行显著者，旌劝自有常典，当职不敢蔽贤；其或奸贪畏缩，志行卑污者，黜罚亦有明条，当职亦不敢同恶。深惟昧劣，庶赖匡襄，凡我有官，各宜知悉。”①此文内容虽不可取，但可为公移的样本。

（五）委　　曲

委曲也是文书之一体，是唐、宋时期主官对下属，主帅对将佐的非正式的下行文书，类似今之批示。唐段成式说，元和初汉州孔目典陈昭“乃具说杀牛实奉刘尚书（辟）委曲，非牒也，纸是麻面，见在汉州某司房架”。②《资治通鉴》卷二五七载，光启三年，“（吕）用之比来频启令公，欲因此相图，已有委曲在张尚书所，宜备之”。胡三省注：“当时机密文书谓之委曲。”同书卷二九〇载：“帝复遗（刘）赟书曰：‘爰念斯人尽心于主，足以赏其忠义，何由责以悔尤，俟新节度使入城，当各除刺史，公可更以委曲示之。’”注云：“唐宋主帅以手书谕示将佐，率谓之委曲。”岳珂《段文昌秋气帖赞》云：“有华阳消息，可报委曲。”③高骈《滁州许勍委曲》云：

> 报许勍得状，知妻刘氏将从征讨，愿致勤劳，嘉尚之怀，喻言不及。吾尝览《后魏书》，见杨大眼者，武技绝伦，战功居最。其妻潘氏颇善骑射，至于攻战游猎之际，潘亦戎装，齐镳并驱，及至远营，同坐幕下，对诸寮佐，笑言自得。大眼时指诸人曰：“此潘将军也。”吾思见若人，为日已久，不期今夕，得举妙才，此亦可谓刘将军矣。想鼓声方振，琴瑟相随，既在同心，可知竭力。教战则必欺孙武，解围则可服陈平。勉致殊功，即行悬赏。悉之，不具云云。④

委曲为这篇文书的体裁。“报许勍”，直呼其名，不用敬语，正表明是上对下；“得状”二句是“报许勍”的缘由，是许勍先致状将率妻出征。这篇委曲就是高骈的答复或“批文”。“嘉尚”至“孙平”是正文，先表“嘉尚”，接着引《后魏书》杨大眼及其妻潘氏事以比之，再推想许、刘必将“同心”“竭力”，必将取得孙武、陈平之功，这是进一步申说“嘉尚”之由。最后三句以勉励之语作结。这就是委曲体的一般格式，由事由、正文、勉励语三部分组成。

---

① （明）王守仁《王文成全书》卷一六《公移》，文渊阁四库全书本。
② （唐）段成式《酉阳杂俎》续集卷七，文渊阁四库全书本。
③ （宋）岳珂《宝真斋法书赞》卷五，文渊阁四库全书本。
④ （唐）崔致远《桂苑笔耕录》卷一二，四部丛刊本。

（六）判

判又叫判状、判牍、判词、判语，皆断狱之词。徐师曾《文体明辨序说》云："按字书云：'判，断也。'古者折狱，以五声听讼，致之刑而已。秦人以吏为师，专尚刑法。汉承秦后，虽儒吏并进，然断狱必贵引经，尚有近于先王议制及《春秋》诛意之微旨。其后乃有判词。唐制，选士得居其一，则其用弥重矣。故今所传如称某某有姓名者，则断狱之词也；称甲乙无姓名者，则选士之词也。"这就是说，判词有两种类型，一为真正的断狱之词，一为科举考试的科目之一。吴讷《文章辨体序说》云："宋代选人，试判三道，若二道全通，一道稍次而文翰俱优为上；一道全通而二道稍次为中；三道全次而文翰纰缪为下。"判词应使人心服口服，《文章轨范》卷三云："明官判断公案，须要说得人心服。若只能责人，亦非高手。"《续古遗丛书》所收《明公书判清明集》中，就收有不少判词。

王维《宫门误不下键判》论守门当宽应宽、当严则严云："对设险守国，金城九重；迎宾远方，朱门四辟。将以昼通阡陌，宵禁奸非。眷彼阍人（守门人），实司是职。当使秦王宫里，不失狐白之裘（孟尝君使人盗裘事）；汉后厩中，唯通赭马之迹。是乃不施金键，空下铁关。将谓尧人可封，固无狗盗之侣；王者无外，有轻鱼钥之心。过自慢生，陷兹诖误。而抱关为事，空欲望于侯嬴（为信陵君大梁夷门监者侯嬴驾车事）；或犯门有人，将何御于臧纥（战国时季孙氏攻臧纥，臧氏斩鹿门之关出逃）。固当无疑，必置严科。"①

余靖《武溪集》卷一二、卷一三收有大量的判词，多达六十篇，兹举一首以为例。御试判词之一《甲为学官教国子以六艺，或讥其艺成而下不伏》，首判教官"德比珪璋，才堪模范"："立身之道，虽鄙异端；进学之方，必资善教。盖严师而育益，岂执艺以同讥？甲德比珪璋，才堪模范。东序上庠之地，素号人师；五礼六乐之文，敢忘国典？至于和容执辔，夙著彝章，会意差分，悉有成训，咸资博喻，式励多能。"次判讥者"罔识先儒之道"："何哉或者之谈，罔识先儒之道。且夫治民安上，不专于揖让周旋；易俗移风，可以察存亡治乱。习于襄尺，爰标选士之规；舞彼交衢，再纪鸣銮之节。偃波成字，取法于奎躔；回筋穷微，能知于府实。安可比之贱技，固当励彼兼才。鄙事自谦，虽闻尼父之语；嘉猷可采，盍遵保氏之仪。固难诘以他规，宜见嘉于善诱。"

在宋人笔记中，还有不少有关判词的游戏之笔。《渑水燕谈录》卷一〇载："子瞻

① （唐）王维《王右丞集笺注》卷二八，文渊阁四库全书本。

通判钱塘，尝权领州事。新太守将至，营妓陈状，以年老乞出籍从良，公即判曰：'五日京兆，判状不难；九尾野狐，从良任便。'有周生者，色艺为一州之最，闻之，亦陈状乞嫁。惜其去，判云：'慕《周南》之化，此意虽可嘉；空冀北之群，所请宜不允。'其敏捷善谑如此。"《四六话》卷下云："刘贡父作国子监直讲，英宗即位久而车驾方出，太学生除直日外并迎驾。时有斋直日，以不得预也，乃潜出看驾。既而众退，以潜出之罪申直讲。直讲难其辞，贡父遽判其状尾曰：'黄屋初出，莫不咸观；青衿何为，乃独块处？可特免罚。'众以为当。"此虽游戏之笔，倒也符合《文章轨范》所谓"须要说得人心服"的要求。

在《红楼梦》里，判词就是部分主要人物结局的一种隐讳的总结。所有判词中，又以十二钗判词为最。近年来，对判词的研究已成为红学的一个重要分支。

第四节　表及其各种变体

表有多种含义，一是指按年次或类别分类记载复杂事物的文体，如《史记》之十表，《汉书》之《古今人表》、《百官公卿表》之类。这里所论的表是奏议之一种。各类诏令都是上对下的，是皇帝对臣民所下的命令；表则是下对上的，是臣民上皇帝的文字。

（一）表及其写作特点

汉刘熙《释名》卷六《释书契》云："下言上曰表，思之于内，表施于外也。"《文心雕龙·章表》云："章以谢恩，奏以按劾，表以陈情，议以执异。"宋张表臣《珊瑚钩诗话》卷三云："表者，布臣子之心致君父之前也。"清方熊补注任昉《文章缘起》云："按字书，表者标也，明也。古者献言于君，皆称上书。汉定礼仪，乃有四品，其三曰表，但用以陈情而已。后世因之，其用浸广。于是有论谏，有请劝，有陈乞，有进献，有推荐，有庆贺，有慰安，有辞解，有陈谢，有讼理，有弹劾。所施既殊，故其辞亦异。至论其体，则汉晋多用散文，唐宋多用四六。而唐、宋之体又自不同，唐人声律时有出入，而不失乎雄浑之风；宋人声律极其精切，而有得乎明畅之旨，盖各有所长也。然有唐、宋人而为古体者，有唐人而为宋体者，此又不可不辨。"

关于表之演变，宋高承《事物纪原》卷二云："表，尧咨四岳，舜命九官，并陈词，不假书翰，则敷奏以言，章表之义也。汉乃有章、表、奏、驳四等。则表盖汉制也。《苏氏演义》曰，表者白也，言以情旨表白于外也。按衣外为表，论语必表而出之，以披露于意。"吴讷《文章辨体序说》云："按韵书：'表，明也，标也，标著事绪，使之明白以告乎上也。'三代以前,谓之敷奏,秦改曰表,汉因之。窃尝考之,汉晋皆用散文,若孔明前后《出师》、李令伯(李密)《陈情》之类是也。唐宋以后,多尚四六,其用则有庆贺、有辞免、有陈谢、有进书、有贡物,所用既殊,则其辞亦各异焉。西山(真德秀)云:'表中眼目,全在破题,要见尽题意,又忌太露。贴题目处,须字字精确。且如进实录,不可移于日录。若泛滥不切,可以移用,不为工矣。大抵表文以简洁精致为先,用事忌深僻,造语忌纤巧,铺叙忌繁冗。'"

《后汉书・马援传》载有马援的《上铜马式表》:

> 夫行天莫如龙,行地莫如马。马者甲兵之本,国之大用,安宁则以别尊卑之序,有变则以济远近之难。昔有骐骥,一日千里,伯乐见之,昭然不惑。近世有西河子舆亦明相法,子舆传西河仪长孺,长孺传茂陵丁君都,君都传成纪杨子阿。臣援尝师事子阿,受相马骨法,考之于行事,辄有验效。臣愚以为传闻不如亲见,视景不如察形,今欲形之于生马,则骨法难备具,又不可传之于后。孝武皇帝时,善相马者东门京,铸作铜马法献之。有诏立马于鲁班门外,则更名鲁班门曰金马门。臣谨依仪氏鞲,中帛氏口齿,谢氏唇鬐,丁氏身中,备此数家骨相以为法。

这是一篇含有骈句的散文表,用语堪称"字字精确",特别是"马者甲兵之本,国之大用,安宁则以别尊卑之序,有变则以济远近之难"数句。

吴讷所说的"孔明前后《出师》"指诸葛亮的前后《出师表》,①是诸葛亮北伐曹魏前向蜀后主刘禅所上表,劝其广开言路、严明赏罚、亲贤远佞,以兴复汉室,表明自己以身许国的忠心。文章可分为三部分,第一部分分析形势,提出治汉方略:

> 臣亮言先帝(刘备)创业,未半而中道崩殂。今天下三分,益州罢弊,此诚危急存亡之秋也。然侍卫之臣不懈于内,忠志之士亡身于外者,盖追先帝之遇,欲报之于陛下也。诚宜开张圣听,以光先帝遗德,恢志士之气。不宜妄自菲薄,引喻失义(讲话不当),以塞忠谏之路也。宫中府中俱为一体,陟(提拔)罚臧(好人)否(不好的人),不宜异同。若有作奸犯科及为忠善者,宜付有司,论其刑赏,以昭陛下平明之治,不宜偏私,使内外异法也。侍中侍郎郭攸之、费祎、董允等,此皆良实志虑忠纯,是以先帝简拔(检选提拔)以遗陛下。愚以为宫中之事,事无大小,悉以咨(询问)之,然后施行,必能裨补阙漏,有所广益也。将军向宠性行淑均

① (梁)萧统《文选》卷三七,文渊阁四库全书本。

> (善良公平),晓畅军事,试用于昔日,先帝称之曰能。是以众议举宠为督,愚以为营中之事悉以谘之,必能使行阵和穆,优劣得所也。亲贤臣,远小人,此先汉所以兴隆也;亲小人,远贤士,此后汉所以倾颓也。先帝在时,每与臣论此事,未尝不叹息痛恨于桓、灵也。侍中、尚书、长史、参军,此悉贞亮死节之臣也,愿陛下亲之信之,则汉室之隆,可计日而待也。

当时形势严峻,刘备已逝,天下三分,是蜀汉危急存亡之秋。但好的一面是刘备之臣或不懈于内,或亡身于外,皆忠贞不贰。诸葛亮提出了治蜀方略,一要"开张圣听",不宜"塞忠谏之路";二要严明赏罚,刑赏"宜付有司","不宜偏私,使内外异法";三要"亲贤臣,远小人",宫中之事悉以谘郭攸之、费祎、董允等;军中之事悉以谘向宠,"贞亮死节之臣","亲之信之,则汉室之隆可计日而待"。第二部分追叙刘备对自己的知遇之恩:

> 臣本布衣,躬耕于南阳,苟全性命于乱世,不求闻达于诸侯。先帝不以臣卑鄙(身份低微,见识短浅),猥自枉屈(降低身份屈就),三顾臣于草庐之中,谘臣以当世之事。由是感激,遂许先帝以驱驰。后值倾覆,受任于败军之际,奉命于危难之间尔来二十有一年矣。先帝知臣谨慎,故临崩寄臣以大事也。受命以来,夙夜忧叹,恐托付不效,以伤先帝之明。故五月渡泸,深入不毛。今南方已定,兵甲已足,当奖帅三军,北定中原,庶竭驽钝,攘除奸凶,兴复汉室,还于旧都,此臣之所以报先帝而忠陛下之职分也。至于斟酌规益,进尽忠言,则攸之、祎、允之任也。

这里叙述了他对刘备的感激、效忠之情,一是三顾茅庐,二是临终托孤。"后值倾覆"指建安十三年(208)刘备为曹操所败,前一年刘备三顾茅庐,至上此表时已"二十有一年"。"临崩寄臣以大事",指司马光《资治通鉴》卷七〇所载:"汉主病笃,命丞相亮辅太子,以尚书令李严为副。汉主谓亮曰:'君才十倍曹丕,必能安国,终定大事。若嗣子可辅,辅之;如其不才,君可自取。'亮涕泣曰:'臣敢不竭股肱之力,效忠贞之节,继之以死!'汉主又为诏敕太子曰:'人五十不称夭,吾年已六十有余,何所复恨,但以卿兄弟为念耳。勉之勉之,勿以恶小而为之,勿以善小而不为。惟贤惟德,可以服人,汝父德薄,不足效也。汝与丞相从事,事之如父。'"

继写他"受命以来",一是南征,平定川南诸郡之乱;二是决定"北定中原","兴复汉室",临别上表以述衷情;最后要求刘禅允许他北伐,对自己,对郭攸之、费祎、董允,对刘禅分别提出要求，明确责任：

> 愿陛下托臣以讨贼兴复之效，不效则治臣之罪，以告先帝之灵；若无兴德之言，则戮允等以章（彰）其慢（一作咎）；陛下亦宜自谋以咨诹善道（征求好的建议），察纳雅言（考察采纳好的言论），深追先帝遗诏，臣不胜受恩感激。今当远离，临表涕泣，不知所云。

全文融叙事、议论、抒情于一体，富有浓厚的抒情色彩。开篇的“亲贤臣，远小人，此先汉所以兴隆也；亲小人，远贤士，此后汉所以倾颓也。先帝在时，每与臣论此事，未尝不叹息痛恨”；中间的自叙身世，追述刘备的三顾茅庐、临终托孤，都充分抒发了他对先帝的感激之情，对后主的效忠之志。最后对自己、对同僚、对刘禅的要求和希望尤为诚挚周详。苏轼《乐全先生文集叙》云：“诸葛孔明不以文章自名，而开物成务之姿，综练名实之意，自见于言语。至《出师表》简而尽，直而不肆，大哉言乎，与《伊训》、《说命》相表里，非秦汉以来以事君为悦者所能至也。”李光地《榕村语录》卷二九云：“武侯《出师表》自肺腑流出，即以文章论，亦居最顶。”

吴讷所言“李令伯《陈情》”指《文选》卷三七所载李密的《陈情表》。李密字令伯（224—287），西晋犍为武阳（今四川彭山）人。曾仕蜀汉，蜀亡后，晋武帝征他为太子洗马，他写了这篇著名的辞表，首述家庭的不幸，与祖母相依为命：

> 臣密言：臣以险衅（险阻祸患），夙遭闵凶（早遇忧患凶险之事）。生孩六月，慈父见背（弃我而去）；行年四岁，舅夺母志（母亲被迫改嫁）。祖母刘愍（怜）臣孤弱，躬亲抚养。臣少多疾病，九岁不行。零丁孤苦，至于成立（长大成人）。既无叔伯，终鲜兄弟。门衰祚薄（门庭衰微，福祚浅薄），晚有儿息。外无期功（五服之期内服丧）强（较）近之亲，内无应门五尺之童。茕茕（孤独貌）独立，形影相吊。而刘夙婴（早缠）疾病，常在床蓐（草席），臣侍汤药，未曾废离。

“臣密言”，是表奏开头的一般格式。“臣以险衅”二句先总提自己的不幸，是全文述其不幸的总冒。四岁丧父是一不幸，母被迫改嫁是二不幸，“臣少多疾病，九岁不行”是三不幸，无叔伯兄弟是四不幸，“躬亲抚养”自己成人的祖母又年老多病是五不幸。“茕茕独立，形影相吊”，更形象地刻画出祖母与自己的寂寞孤独、悲怆凄凉的境遇，“而刘夙婴”四句就道出了陈情不仕的主要原因。接着承上写朝廷屡次征召而不应诏之因：

逮奉圣朝(指晋)沐浴清化,前太守臣逵察臣孝廉,后刺史臣荣举臣秀才,臣以供养无主,辞不赴会。诏书特下,拜臣郎中。寻蒙国恩,除臣洗马。猥以微贱,当侍东宫(太子),非臣陨首所能上报。臣具以表闻,辞不就职。诏书切峻,责臣逋慢(回避怠慢)。郡县逼迫,催臣上道;州司临门,急于星火。臣欲奉诏奔驰,则刘病日笃;欲苟顺私情,则告诉不许。臣之进退,实为狼狈。

"逮奉圣朝沐浴清化",这是对晋武帝的颂词,旨在消除他对自己的怀疑。晋臣一以"孝廉",一以"秀才"荐举他,为后文"圣朝以孝治天下"作铺垫。武帝更"特下"诏书,或拜郎中,寻除洗马,甚至以他为太子侍臣,"非臣陨首所能上报",委婉诚恳。但诏书、郡县、州司,或"责臣逋慢",或"催臣上道",使其进退狼狈:"奉诏奔驰,则刘病日笃;欲苟顺私情,则告诉不许。"接着进一步申诉自己"辞不就职"之因:

伏惟圣朝以孝治天下,凡在故老,犹蒙矜育,况臣孤苦特为尤甚。且臣少仕伪朝,历职郎署,本图宦达,不矜名节,今臣亡国贱俘,至微至陋,过蒙拔擢,宠命优渥,岂敢盘桓,有所希冀?但以刘日薄西山,气息奄奄,人命危浅,朝不虑夕。臣无祖母,无以至今日;祖母无臣,无以终余年。母孙二人,更相为命,是以区区不能废远(废养而远宦)。臣密今年四十有四,祖母刘今年九十有六。是臣尽节于陛下之日长,报养刘之日短也。乌鸟(乌鸦反哺其母)私情,愿乞终养。

这里以自己的处境(孤苦尤甚),从政的历史(少仕伪朝),人生态度(本图宦达,不矜名节),今之地位(亡国贱俘)说明自己"岂敢盘桓,有所希冀"。然后以自己"辞不就职"正是奉行"圣朝以孝治天下","但以刘日薄西山"尤为诚挚感人,特别是"臣密今年四十有四,祖母刘今年九十有六。是臣尽节于陛下之日长,报养刘之日短"的对比,更令武帝难以再"责臣逋慢"。《晋书·李密传》云:"武帝览之曰:'士之有名,不虚然哉!'"《华阳国志》卷一一云:"武帝览之曰:'宓("密"之误)不空有名也。'嘉其诚款,赐奴婢二人,下郡县,供其祖母奉膳。"《晋书·李密传》又云:"后刘终,服阕,复以洗马征至洛。"末以"乞终养"结:

臣之辛苦,非独蜀之人士及二州牧伯所见明知;皇天后土,实所共鉴。愿陛下矜愍愚诚,听臣微志,庶刘侥幸,卒保余年。臣生当陨首,死当结草。臣不胜犬马怖惧之情,谨拜表以闻。

如果说《出师表》是以忠心感人，那么《陈情表》则以孝心感人。全文主旨鲜明，结构严密，辞语恳切，以抒情胜。宋释惠洪《冷斋夜话》卷三云："诸葛亮、刘伶、陶潜、李令伯文，如肺腑中流出。李格非善论文章，尝曰：'诸葛孔明《出师表》、刘伶《酒德颂》、陶渊明《归去来辞》、李令伯《陈情表》，皆沛然从肺腑中流出，殊不见斧凿痕。是数君子，在后汉之末两晋之间，初未尝以文章名世，而其意超迈如此。吾是知文章以气为主，气以诚为主，故老杜谓之诗史者，其大过人在诚实耳。"于光华《重订文评》引何焯评云："一味情真，字字滴泪，初不着意为文，而精诚剀切，遂成宇宙间至文。"

明陈懋仁注《文章缘起》云："下言于上曰表，表，明也，标著事绪，明告乎上也。诸葛亮《出师》、李密《陈情》、韩愈《佛骨》之类皆散文，后代始尚偶俪。"《佛骨》指韩愈的《谏佛骨表》。陕西凤翔法门寺有护国真身塔，塔内有释迦牟尼指骨一节。唐宪宗遣中使持香花迎入宫内，王公士庶奔走赞叹。韩愈时为刑部侍郎，上此表谏阻。宪宗大怒，欲置死罪，裴度等皆为愈言，乃贬潮州刺史。韩愈《左迁至蓝关示侄孙湘》"一封朝奏九重天，夕贬潮阳路八千，欲为圣明除弊事，岂将衰朽计残年"即指此。此表首言佛教乃东汉传入的外来宗教，远古的黄帝、少昊、颛顼、帝喾、尧、舜、禹皆长寿，非因事佛而然：

> 臣某言：伏（伏，俯伏，下对上表敬之词）以佛者（此指佛教），夷狄之一法耳。自后汉时流入中国①，上古未尝有也。昔者黄帝在位百年，年一百十岁；少昊在位八十年，年一百岁；颛顼在位七十九年，年九十八岁；帝喾在位七十年，年一百五岁；帝尧在位九十八年，年一百一十八岁；帝舜及禹年皆百岁。此时天下太平，百姓安乐寿考，然而此时中国未有佛也。其后殷汤亦年百岁，汤孙太戊在位七十五年，武丁在位五十九年，书史不言其年寿所极，盖亦俱年不减百岁。周文王九十七岁，武王年九十三岁，穆王在位百年，此时佛法亦未至中国，非因事佛而致然也。

次论佛教传入中国后，宋、齐、梁、陈、元魏，皆运祚不长，乱亡相继：

> 汉明帝时始有佛法，明帝在位才十八年耳。其后乱亡相继，运祚不长，宋、齐、梁、陈、元魏已下，事佛渐谨，年代尤促（短暂）。惟梁武帝在位四十八年，前后

① 后汉明帝派遣蔡愔到天竺（今印度）求佛法，得《四十二章经》和佛像，于永平十一年（68）在洛阳建白马寺，此为佛教传入中国之始。今人考证，或言更早。

三度舍身施佛，宗庙之祭不用牲牢，尽日一食止于菜果，其后竟为侯景所逼，饿死台城，国亦寻(不久)灭。事佛求福，反更得祸，由此观之，佛不足信，事亦可知矣。

以上二段之意，其前傅奕已有，《新唐书·傅奕传》载傅奕上疏极诋浮屠法云："五帝三王未有佛法，君明臣忠，年祚长久。至汉明帝始立胡祠，然惟西域桑门自传其教。西晋以上，不许中国髡发事胡。至石苻乱华，乃弛厥禁。主庸臣佞，政虐祚短，事佛致然。梁武、齐襄，尤足为戒。""事佛渐谨，年代尤促"是韩愈几乎招致杀身之祸的直接原因，《旧唐书·韩愈传》载："宪宗谓宰臣曰：昨得韩愈到潮州表，因思其所谏佛骨事，大是爱我，我岂不知？然愈为人臣，不当言人主事佛乃年促也。我以是恶其容易(轻率)。"其实，韩愈并不轻率，一涉及本朝，一涉及当今，尤为谨慎，多回护之语：

高祖始受隋禅，则议除之。当时群臣材识不远，不能深知先王之道，古今之宜，推阐明圣，以救斯弊，其事遂止，臣常恨焉。伏惟睿圣文武皇帝陛下(即宪宗)，神圣英武，数千百年已来未有伦比。即位之初，不许度(剃度)人为僧尼道士，又不许创立寺观。臣常以为高祖之志，必行于陛下之手。今纵未能即行，岂可恣之，转令盛也？

林纾云："及归到本朝……上援祖训。下征诏书，以矛攻盾，几逼到宪宗无可置对。此处却用婉转之笔，言'今纵未能即行，岂可恣之，转令盛也'，文气一舒，亦稍为宪宗回护。"①下述迎佛骨事：

今闻陛下令群僧迎佛骨于凤翔，御楼(合楼)以观，舁入大内(抬入皇宫。大内，皇帝宫殿)，又令诸寺递迎供养，臣虽至愚，必知陛下不惑于佛，作此崇奉，以祈福祥也。直以年丰人乐，徇(随从)人之心，为京都士庶诡异之观，戏玩之具耳。安有圣明若此，而肯信此等事哉？然百姓愚冥，易惑难晓，苟见陛下如此，将谓真心事佛，皆云天子大圣，犹一心敬信，百姓何人，于佛更惜身命？以故焚顶烧指，百十为群，解衣散钱，自朝至暮，转相仿效，惟恐后时，老少奔波，弃其业次(生业，职业)。若不即加禁遏，更历诸寺，必有断臂脔身(从身上割肉)以为供养者。伤风败俗，传笑四方，非细事也。

---

① 林纾《韩柳文研究法·韩文研究法》，商务印书馆1918年排印本。

这也是在回护宪宗。林纾同书又云："下始激起迎佛骨之非是。然专制之朝，不能直捷指出朝廷弊病，于是复大加回护，谓圣明若此，断不肯信……斥佛骨却撇去佛骨，专为政体上追寻利害，语语切弊。"末论对佛骨的应有态度：

夫佛者（此指佛教创始人释迦牟尼）本夷狄之人，与中国言语不通，衣服殊（不同）制，口不言先王之法言（合乎礼法之言），身不服先王之法服（合乎礼法的服装），不知君臣之义，父子之情。假如其身至今尚在，奉其国命来朝京师，陛下容而接之，不过宣政（唐宫殿名）一见，礼宾（礼宾院，招待外宾地）一设，赐衣一袭（一套），卫而出境，不令惑众也。况其身死已久，枯朽之骨凶秽之余（所迎佛骨仅指骨一节，故云），岂可直入宫禁？孔子曰："敬鬼神而远之。"古之诸侯行吊于其国，尚令巫祝先以桃茢祓除不祥①，然后进吊。今无故取秽朽之物，亲临观之，巫祝不先，桃茢不用，群臣不言其非，御史不举其失，臣实耻之。乞以此骨付有司，投诸水火，永绝根本，断天下之疑，绝后代之惑，使天下之人知大圣人（指宪宗）之所作为，出于寻常万万也，岂不盛哉，岂不快哉！佛如有灵，能作祸福，凡有殃咎，宜加臣身。上天鉴临，臣不怨悔。无任（不胜）感激恳悃之至，谨奉表以闻，臣某诚惶诚恐。

对释迦牟尼应给以礼遇，对佛骨只可"投诸水火"。林纾同书续评云："然后以祸祟之事极垦自任，尤为得体。通篇碍目处只'事佛渐谨，年代尤促'八字。"历代对此表之敢言都赞不绝口。《林纾选评古文辞类纂》卷三云："佞佛而运祚不长，国亦寻灭等等，此大触帝之忌讳，为从来奏议所未有……就文论文，可谓声满天地，能言人所不敢言。"储欣《唐宋八大家类选》卷一四评云："所争关国家大体，贾生（贾谊）而后，此表可与日月争光。文之古质是西汉诸公谏疏，而法度整齐殆于过之。"林云铭《韩文起》卷二云："昌黎此表亦不辩佛骨是真是伪，只把古帝王未事佛与后世人主事佛祸福较论一番，而以崇佛失当处层层翻驳，冀其省悟，可谓明切。"

宋以后的表多为四六骈体，其中一些陈情表，往往情文并茂。王铚《四六话》卷上云："先公言本朝自杨（亿）、刘（筠）四六弥盛，然尚有五代衰陋气，至英公（夏竦）表章，始尽洗去。四六之深厚广大，无古无今，皆可施用者，英公一人而已，所谓四六集大成

① 《礼记·檀弓下》："君临臣丧，以巫祝桃茢执戈，恶之也，所以异于生也。"注："桃，鬼所恶。茢，苇苕，可扫不祥。"巫祝，官名，巫以舞蹈迎神娱神，祝以言辞向鬼神求福去灾。桃，桃枝，古人认为鬼怕桃木。祓除，驱除。

者。至王岐公(王珪)、元厚之(元绛)四六,皆出于英公,王荆公(王安石)虽高妙,亦出英公,但化之以义理而已。”这里大体概括了北宋表文的发展过程:宋初杨亿、刘筠长于骈文,但“尚有五代衰陋气”,至夏竦才尽洗“五代衰陋气”;北宋古文革新后,欧、苏表文发展成宋代的新式四六,甚至还有散体表文;而王珪、元绛、王安石等仍袭夏竦路径,其所撰表多数仍是较为规范的四六文。如夏竦《辞免奉使契丹表》云:①

> 比膺使指,往奉欢盟。选授至艰,道途差近。况多侑(报酬)币,实济空拳。然念顷岁先人没于行阵,春初母氏始弃孤遗。义不戴天,难下单于之拜②;哀深陟屺③,忍闻禁佅之音(夷族音乐)?车府(官府名)露章(上章弹劾),槐庭(三公的官署)泣血。王姬筑馆,接仇人之礼既嫌④;鲁子回车,胜母之游遂辍⑤。荷两宫(指皇帝和皇太后)之大庇,载三事之昌言⑥。退安四壁之贫⑦,如获万金之赐。某官力持名教,数奖孤寒。属商利于摘山⑧,阙言心于奏记。何图驿置,先坠书筠?俯哀蹈义之心,不辱资忠之训。永唯佩服,何但铭藏。卑情不任感咽依归之至。

这是一篇骈文辞表,首谢派遣自己出使契丹,接着申诉自己辞不能去的理由,最后表示自己“力持名教,数奖孤寒”,不能出使契丹。全文对仗工稳,用典洽切,历受好评。欧阳修《归田录》卷一云:“夏英公竦父官于河北,景德中契丹犯河北,遂殁于阵。后公为舍人,丁母忧起复,奉使契丹,公辞不行。其表云:‘父殁王事,身丁母忧。义不戴天,难下穹庐之拜;礼当枕块,忍闻夷乐之声?’当时以为四六偶对,最为精绝。”王铚《四六话》卷上云:“四六有伐山语,有伐材语。伐材语者,如已成之柱桷,略加绳削而

---

① (宋)夏竦《文庄集》卷一七作《免奉使启》,文渊阁四库全书本。

② 《通鉴总类》卷二〇下《汉郑众不拜单于》载,郑众使北,匈奴单于欲令众拜,众不为屈。单于围守闭之,不与水火。众拔刀自誓,单于恐而止。

③ 陟屺即登山,喻思亲。《诗·陟岵》:“陟彼屺兮,瞻望母兮。”笺:“思母之戒,而登屺山而望之也。”

④ 《春秋·庄公元年》:“夏单伯逆王姬,秋筑王姬之馆于外。”威公被杀于齐,庄公为之子,而不为之复仇,反为之主婚,筑馆待之,失礼之甚。

⑤ 《史记·邹阳传》:“盛饰入朝者,不以利污义;砥砺名号者,不以欲伤行。故县名胜母,而曾子不入;邑号朝歌,而墨子回车。”

⑥ 昌言,直言无隐,《孟子》:“周公思兼三王,以施四事,其有不合者仰而思之,夜以继日。幸而得之,坐以待旦。”

⑦ 《汉书·司马相如传》:“文君夜亡奔相如,相如与驰归成都,家徒四壁立。”

⑧ 《史记·吴王濞传》:“濞则招致天下亡命者,益铸钱,煮海水为盐,以故无赋。”《宋史·林特传》:“以朝廷雄富,犹言摘山煮海,一年商利不入,则或阙军须。”

已；伐山语者，则披山开荒，自我取之。伐材谓熟事也，伐山谓生事也。生事必对熟事，熟事必对生事。若两联皆生事，则伤于奥涩；若两联皆熟事，则无工，盖生事必用熟事对出也。如夏英公《辞奉使表》略云：'顷岁先人没于行阵，春初母氏始弃孤遗。义不戴天，难下单于之拜；哀深陟岵，忍闻禁侏之音？'不拜单于，用郑众事；而《公羊》谓夷乐为'禁侏'，此生事对熟事格也。"又云："夏英公《免起复奉使表》，世以为工，然其间一联云：'王姬筑馆，接仇之礼既嫌；曾子回车，胜母之游遂辍。'此联亦不减前一联也。"

表贵简要。《文苑英华》卷七四二载牛希济《表章论》云："人君尊严，臣下之言不可达于九重。表章之用，下情可以上达，得不重乎？历观往代策文、奏议及国朝元和以前名臣表疏，词尚简要，质胜于文，直指是非，坦然明白，致时君易为省览。夫聪明睿哲之主，非能一一奥学深文，研穷古训。且理国、理家、理身之道唯忠孝仁义而已，苟不逾是，所措自合于典谟，所行自谐于尧舜，岂在乎属文比事？况人君以表疏为急者，窃以为稀，况览之茫然，又不亲近儒臣，必使傍询左右小人之宠用是为幸。傥或改易文意，以是为非，逆鳞发怒，略不为难，故礼曰臣事君不授其所不及，盖不可援引深僻，使夫不喻。且一郡一邑之政，讼者之辞蔓，引数幅尚或弃之，况万乘之主，万机之大，焉有三复之理？国史以马周建议不可以加一字，不可以减一字，得其简要。又杜甫尝雪房管表，朝廷以为庾辞，傥端明易晓，必庶几免于深僻之弊。夫僻事新对用以相夸，非切于理道者，明儒尚且杼思移时，岂守文之主可以远达？窃愿复师于古，但寘于理，何以幽僻文烦为能也？"明杜浚《杜氏文谱》卷二《文式・入境》则云："表以明通下情，贵切当而无冗长。"

上皇帝的表文，文贵得体，语贵平和，意贵隽永。《东轩笔录》卷四云："王禹偁在太宗末年，以事谪守滁州，《到任谢表》略曰：'诸县丰登，苦无公事；一家饱暖，全荷君恩。'禹偁有遗爱，滁州怀之，画其像于堂以祀焉。庆历中欧阳修责守滁州，观禹偁遗像而作诗曰：'偶然来继前贤迹，信矣皆如昔日言。诸县丰登少公事，一家饱暖荷君恩。想公风采犹如在，顾我文章不足论。名姓已光青史上，壁间容貌任昏尘。'皆用其表中语也。"欧阳修之所以全用王禹偁表中语为诗，就在于王表十分平和，仅有"略无公事"一语略抒其不满。杨万里《诚斋诗话》云："张敬夫（张栻）深于经学，初不作意于文字间，而每下笔必造极。绍兴辛巳年，其父魏公（张浚）久谪居永州，得旨自便，敬夫代作谢表（指《代父谢上表》），自叙有云：'家国异谋，固难调于众口；天日下照，夫何歉于一心。兹盖皇帝陛下，体尧之仁，行禹之智。微彰以道，必因天地之时；动化若神，孰则风雷之用。'其辞平，其味永，其韵孤，岂作意为之者？"

表文用典贵精当。费衮论陈瓘的《缴进尊尧集表》云："今时士大夫论四六，多喜其用事精当，下字工巧，以为脍炙人口。此固四六所尚，前辈表章固不废此，然其刚正之气形见于笔墨间，读之使人耸然，人主为之改容，奸邪为之破胆。元符末，刘元城（刘安世）自贬所起帅郓，当过阙，公谢表云：'志惟许国，如万折之而必东；忠以事君，虽三已之而无愠。'大观间，陈了翁（陈瓘）在通州，编修政典局取《尊尧集》，了翁以表缴进，其语有云：'愚公老矣，益坚平险之心；精卫眇然，未舍填波之愿。'后竟再坐贬。此二表，于用事、下字，亦皆精切，而气节凛凛如严霜烈日，与退之所谓'登泰山之封，镂白玉之牒'者似不侔矣。"①但不用典亦可造其妙，《诚斋诗话》云："有客在张敬夫（栻）坐上，举介甫《贺册后妃》'关雎''鸡鸣'之联，以为四六之妙者。敬夫因举东坡《贺册后表》云：'上符天造，日月为之光明；下逮海隅，夫妇无有愁叹。'曰：'此全不用古人一字，而气象塞乎天地矣。'"王以用典妙，苏则不用典更妙。《四六话》卷上云："沈存中（沈括）缘永乐陷没，谪官久之，元祐中复官分司，以表谢曰：'洪造与物，难回霜霰之余；圣恩及臣，更过天地之力。'又曰：'虽奋竭之心，难伸于已废之日；惟忠孝之志，敢忘于未死之前？'皆新语也。"用典贵活，可直用亦可反用，胡仔《苕溪渔隐丛话》后集卷一九引《艺苑雌黄》云："文人用故事，有直用其事者，有反其意而用之者。元之（王禹偁）《谪黄冈谢表》云：'宣室鬼神之问，岂望生还；茂陵封禅之书，惟期死后。'此一联每为人所称道，然皆直用贾谊、相如之事耳。李义山诗：'可怜夜半虚前席，不问苍生问鬼神。'虽说贾谊，然反其意而用之矣。林和靖诗：'茂陵他日求遗稿，犹喜曾无封禅书。'虽说相如，亦反其意而用之矣。直用其事，人皆能之；反其意而用之者，非识学素高，超越寻常拘挛之见，不规规然蹈袭前人陈迹者，何以臻此。"苕溪渔隐曰："《艺苑》以元之直用贾谊、相如事，不若李义山、林和靖反用之，然元之是谢表，须直用其事，以明臣子之心，非若作诗可以反意用，此语殊非通论也。"②

表文说理贵透彻，形容贵生动。黄震《黄氏日抄》卷六二称美苏轼《贺坤成节》云："'放亿万之羽毛，未若消兵以全赤子；饭无数之缁褐，岂若散廪以活饥民。'此类皆说理，不求工于文。近世表启，文虽工而理缺矣。"放生、饭僧不如活民，此说理透彻之例。《云庄四六余话》云："绍兴丁丑，词科《代交趾进驯象表》，就试之士，仅能形容画像及塑像，俱不见驯服生动态度。惟周益公（周必大）说出象之步趋来庭之意，遂中首选。其词曰：'赐复南交，预藩臣之下列；效牵灵囿，备法驾之前驱。'首联已见象为有用。又曰：'昔虞因齿以焚身，今喜逢辰而效伎。名应周郊之五路，克协驭仪；耳闻舜乐之八音，能参率舞。''少致贡獒之义，愿回却马之谦。靡惮奔驰，幸舍鸢飞之跕跕；

① （宋）费衮《梁溪漫志》卷三，文渊阁四库全书本。

② （宋）胡仔《渔隐丛话后集》卷一九，文渊阁四库全书本。

无烦教扰,俾陪兽乐之般般。'曲尽驯象生意。"此形容贵生动之例。

(二) 表的各种变体:笏记、右语、致辞、笺

表又有笏记、右语、致辞、笺等各种变体。

笏记是古代大臣上朝时拿着的手板,用玉、象牙或竹片制成,上面可以记事。无名氏《家山图书》曰:"笏,忽也。君有命则书其上,备忽忘也。笏长二尺有六寸,其中博三寸,其杀六分而去一。"唐代武德四年(621)以后,五品官以上执象牙笏,六品以下官执竹木笏;明代规定五品以上的官员执象牙笏,五品以下不执笏;从清朝开始,笏板就废弃不用了。徐师曾《文体明辨序说》云:"宋人又有笏记,书词于笏,以便宣奏。盖当时面表之词也。"又云:"表文书于牍,则其词稍繁;笏记宣于廷,则其词务简,此又二体之别也。"《苏轼文集》卷二三载《笏记》多篇,行文均较短,如:

禁林之选,多士所荣。非独文章之工,俾专翰墨;当属典刑之老,以重朝廷。如臣空疏,岂宜尘冒!此盖伏遇皇帝陛下,刚健纯粹,缉熙光明。曲搜已弃之材,将建无穷之业。顾惭浅陋,将何补于盛明;惟有朴忠,誓不回于生死。

又如:

既尘美职,复玷名藩;荣宠过情,省循知愧。此盖伏遇太皇太后陛下仁均动植,明烛幽微,特示宠章,以旌眷遇。恩勤莫报,生死难忘。

苏辙也有《笏记》:

臣进擢未几,劳效未闻。偶缘生育之辰,遽蒙敛赐之典。醉酒饱德,虽喜太平之风;先事后禄,愧非崇德之义。黾勉图报,愧畏交中。

右语是进书表的变体。徐师曾《文体明辨序说》云:"按右语者,宋时词臣进呈文字之词也。谓之右语者,所进文字列于左方,而先之以此词,实居其右,故因而名之,盖变进书表文之体,而别其称耳。唯欧阳修、王安石等有《进功德疏右语》,岂其特用于此等文字,而他皆不用欤?词皆俪语,而短简特甚。"欧阳修《太祖皇帝忌辰道场功德疏右语》云:

右伏以当天开运，聿隆创始之功；继统承休，方罄奉先之孝。爰戒彻音之日，用资作善之祥。严法会于金园，启灵文于贝叶。伏愿超登妙果，高证真乘。瞻不动以常存，佑无疆而永固。下均氓庶，咸获乂宁。

王安石有《进圣节功德疏右语》四首，其一云：

臣窃以绍皇策以降神，千龄莫拟，归宝坊而献福，万寓惟均。矧荷眷之特殊，固输诚之独至。伏愿三灵协佑，十力证知，常储有美之祥，永御无疆之历，臣无任。

沈遘有右语两篇，其一为《三司狱空道场功德疏右语》：

伏以至仁当天，品物咸若。尚念中都之广，未殚庶狱之情，是用乘肃杀之辰，班疏涤之诏。宥恩浃被，重行荡空，申命有司，率循故事。命竺乾之众，启梵呗之场，秘密并宣，允臻于胜果；福祥所报，愿谢于洪慈。稽首真如，同归正觉。①

致辞，徐师曾《文体明辨序说》云："按致辞者，表之余也。其原起于越臣祝其主，而后世因之。凡朝廷有大庆贺，臣下各撰表文，书之简牍以进。而明廷之宣扬，宫壶之赞颂，又不可缺，故节略表语而为之辞。观《皇朝文鉴》以此杂表中，盖可知矣。"可见致辞乃表之节文。《皇朝文鉴》卷六九本为表，收有林希《开封府群见致辞》：

臣希等以圣人在上，首善始于京师；天下修文，贡士兴于畎亩。此盖伏遇尊号皇帝陛下仰稽古道，下育人材，发明诏于多方，命兴贤于列郡。臣等缪当诏旨，辄与能书。虽为草野之臣，得奉天庭之贡。

笺为奏议之一。《说文》云："笺，表识书也。"刘勰《文心雕龙·书记》云："笺者表也，表识其情也。"又历评当时之笺云："崔寔奏记于公府，则崇让之德音矣；黄香奏笺于江夏，亦肃恭之遗式矣。公幹（刘桢）笺记丽而规益，子桓（曹丕）弗论，故世所共遗。若略名取实，则有美于为诗矣。刘廙谢恩，喻切以至；陆机自理，情周而巧。笺之为善

① （宋）沈遘《西溪集》卷九，文渊阁四库全书本。

者也。原笺记之为式，既上窥乎表，亦下睨乎书，使敬而不慑，简而无傲，清美以惠其才，彪蔚以文其响，盖笺记之分也。”宋张表臣《珊瑚钩诗话》卷三云：“笺者修储后之问，伸宫闱之仪也。”任昉《文章缘起》云：“笺，汉护军班固说东平王笺。”明陈懋仁《文章缘起》注云：“《诗》注：笺或作笺，表识书也，笺记之为式。上窥乎表，下睨乎书。”明徐师曾《文体明辨序说》云：“字亦作笺。古者君臣同书，至东汉始用笺记。公府奏记，郡将奏笺。若班固之说东平，黄香之奏江夏，所谓郡将奏笺者也。是时太子、诸王、大臣皆得称笺，后世专以上皇后、太子。于是天子称表，皇后、太子称笺，而其他不得用矣。今制，奏事太子、诸王称启，而庆贺则皇后、太子仍并称笺云。”《明会典·表笺》举有各种笺式，并云：“凡表笺，洪武间令只作散文，不许循习四六。旧制务要言词典雅不犯，应合回避凶恶字样……洪武二十九年，以天下诸司所进表笺多务奇巧，词体骈俪，令翰林院撰庆谢恩表笺成式，颁于天下，诸司令凡遇庆贺谢恩则如式录进。”《大清会典》亦载有《笺式》。

《宋文鉴》卷七二收有李至《对皇太子问政笺》，皇太子指宋真宗，作者兼太子宾客时作。首谓太子问政，自己喜与忧并。忧自己学不足以待问，喜太子虚怀访问，以百姓为念。自古太子不亲外事，故不知黔庶疾苦，稼穑艰难。但李至认为：“事有背经而合道，时有适变而从宜。是以五帝三王，不相沿袭。圣上知其然，由是以浩穰之务，独命殿下总其纲要而躬决焉。殿下复能钦若圣训，率由旧章，驭吏民必以诚，待参佐必以礼，慎命令必以简，察狱讼必以情，恤鳏寡必以仁，抑豪猾必以法，杜谗佞必以正，绝邪辟必以道。有一于此，犹为善政，况兼是数者乎？而犹曰：‘奉车苟赐于司南，为政何惭于拱北。’不亦过谦乎？然则至虽不敏，窃尝读《易》，见群爻稍过，必有悔吝，惟《谦》象独亡，是知《谦》之时义大矣哉。愿殿下守之而已、勉之而已。如此则何正言不入，何正道不行？若正言入而正道行，则生民不泰，未之有也；政化不洽，亦未之有也。”行文周密婉转，规谏之意，不张不露，十分得体。

另有朱表，乃释道敷陈之词，属祈谢文，非此处所论之表。

第五节　“文而不侈”之启

启有两种，或为表奏之一，或为书信之一。刘勰《文心雕龙·奏启》云：“启者，开也。高宗云‘启乃心，沃朕心’，取其义也。孝景讳启，故两汉无称。至魏国笺记，始云启闻。奏事之末，或云‘谨启’。自晋来盛启，用兼表奏。陈政言事，既奏之异条；让爵谢恩，亦表之别干。必敛饬入规，促其音节，辨要轻清，文而不侈，亦启之大略也。”

两汉以前无启，魏晋以后，“启”与表、奏一样常用。宋人高承《事物纪原》卷二认为，“启”始于东汉末，魏、晋与“表”并用，而唐、宋以来仅用于臣下。有人举曹植《七启》作为三国时“启”的代表，其实这是“七”体，不是“启”体。高柔有《军士亡（逃亡）勿罪妻子启》：“士卒亡军，诚在可疾（嫉恨），然窃闻其中时有悔者。愚谓乃宜贷其妻子，一可使贼中不信，二可使诱其还心。正如前科固已绝其意望，而猥复重之，柔恐自今在军之士，见一人亡逃，诛将及己，亦且相随而走，不可复得杀也。此重刑非所以止亡，乃所以益走耳。”曹操接受了高柔的意见，“蒙活者甚众”。①魏刘辅等有《论赐谥启》：“古者存有号，则没有谥，必考行迹，论功业而为之制。汉不修古礼，大臣有宠，乃赐之谥。今国家因用未革，臣以为今诸侯薨于位者可有谥，主者宜作得谥者秩品之限。”②这大概是现存最早的两篇启。

晋代以启名篇者渐多，如傅玄的《请原杨骏官属启》，王导的《请原杨聃启》，司马道子的《请崇正文李太妃名号启》、《皇太子纳妃启》等。《文选》卷三九收有任昉《奉答敕示七夕诗启》、《为卞彬谢修卞贞忠墓启》、《上萧太傅固辞夺祀启》。其《奉答敕示七夕诗启》云：

> 任昉启：奉敕并赐示《七夕》五韵。窃惟帝迹多绪，俯同不一，托情风什，希世罕工。虽汉在四世（指汉武帝），魏称三祖（指魏明帝），宁足以继想《南风》，克谐《调露》。性与天道，事绝称言③。岂其多幸，亲逢旦暮。臣早奉龙潜，与贾（谊）、马（司马相如）而入室；晚属天飞，比严（安）、徐（乐）而待诏。惟君知臣，见于讷言之旨；取求不疵，表于辩才之戏④。谨辄牵率庸陋，式酬天奖。拙速虽效，蚩鄙已彰。临启惭悉，罔识所寘。谨启。

以“任昉启”起，而以“谨启”结，通篇皆为骈文，这就是当时启文的一般形式。《全上古三代秦汉三国六朝文・全晋文》卷三四收有山涛启数则，其中一则云：

> 侍中尚书仆射奉车都尉新沓伯臣涛言：臣近启，崔谅、史曜、陈准可补吏部郎。诏书可尔。此三人皆众论所称，谅尤质正少华，可以敦教。虽大化未可仓

---

① 《三国志・魏志・高柔传》，文渊阁四库全书本。

② （唐）杜佑《通典》卷一〇四，文渊阁四库全书本。

③ 《论语》：“子贡曰：夫子之文章可得而闻也，夫子之言性与天道不可得而闻也。”

④ 此联乃指敕语，原注引诏曰：“聊为七夕诗五韵，殊未近咏歌。卿虽讷于言而辩于才，可即制付使者。”

卒,风尚所劝,为益者多。臣以为宜先用谅。谨随事以闻。

以上二启都是写给皇帝的,与表的性质相近。

以启为书信,始于魏晋,盛行于南北朝以后,尤其是宋代。《四库全书总目·四六标准提要》云:"至宋而岁时通候、仕途迁除、吉凶庆吊,无一事不用启,无一人不用启,其启必以四六,遂于四六之内别有专门。"

"无一人不用启",甚至连一些姓名都未留下的文士也留下了一些优秀的启文。费衮《梁溪漫志》卷四云:"东坡帅定武,有武臣状极朴陋,以启事来献,坡读之甚喜,曰:'奇文也!'客退,示幕客李端叔,问:'何者最为佳句?'端叔曰:'独开一府,收徐庾于幕中;并用五材,走孙吴于堂下。'此佳句也。坡曰:'非君,谁识之者?'端叔笑谓坡曰:'视此郎眉宇间,决无是语,得无假诸人乎?'坡曰:'使其果然,固亦具眼矣。'即为具,召之与语,甚欢,一府皆惊。"周密云:"霅中有游士春时误入赵孟仪之园者,为其家干仆所辱,讼之于官,郡守赵必槐德符治之。士子以启为谢云:'杜陵之厦千万间,意谓大庇寒于天下;齐王之囿四十里,不知乃为阱于国中。'"①或庇寒士,或设陷阱,对比鲜明。元人蒋正子云:"薛制机言,有贺自长沙移镇南昌者,启云:'夜醉长沙,晓行湘水,难教樯燕之留(杜诗);朝飞南浦,暮卷西山,来听佩鸾之舞(王勃)。'又有贺除直秘阁依旧江东制置司干办公事云:'望玉宇琼楼之邃,何似人间;从纶巾羽扇之游,依然江表。'上巳请客云:'三月三日,长安水边多丽人;一觞一咏,会稽山阴修禊事。'"②

"无一事不用启",治国无非事治法治二事,兹各举一例以明之。《文章辨体汇选》卷一七八载晋人山涛《山公启事》论知人之难云:

人才既自难知,中人已下,情伪又难。吏部郎以碎事日夜相接,非但当正已而已,乃当能正人,不容秽杂也。议者杜默德履亦佳,太子庶子崔谅、中郎陈准皆有意正人,其次不审有可用者不(否)。

宋鲍照《论国制启》论法治云:

臣启:臣闻尺之量锦,工者裁之;袤丈之木,绳墨在焉。事无巨细,非法不行。当今世闲政睦,藩国相望,君举必书,动成准式。息躬圣壤,十有余载,条制节文,

---

① (宋)周密《浩然斋雅谈》卷上,文渊阁四库全书本。

② (元)蒋正子《山房随笔》,文渊阁四库全书本。

宜其备矣。诸王列封，动静兼该，而窃见国之处事未尽善，臣之暗蔽私心有惜。伏见彭城国旧制犹有数卷，虽多殊革，大纲可依。愚谓宜令掌故刊而撰之，上著朝典藩邦之度，下揆国训繁简之谊，傍酌州府宽猛之中，章程久具，永为恒制。岂伊今美乃足贵之，将来臣忝充直员，脱以启闻，烦而非要，伏追惭悚。谨启。①

启尤盛于宋，宋人文集大量的求见启、谢启、贺启、答启，代启，都是私人信函。兹举苏轼为例，"仕途迁除"有《登州谢两府启》、《罢登州谢杜宿州启》、《除起居舍人谢启》、《谢中书舍人启》、《除翰林学士谢启》、《杭州谢执政启》、《颍州到任谢执政启》、《扬州到任谢执政启》等；"岁时通问"有《贺正启》（有的版本即作《贺年启》）、《贺邻帅及监司正旦启》、《贺列郡守倅正旦启》、《贺冬启》、《贺邻帅及监司冬至启》、《贺列郡知通冬至启》；"吉凶庆吊"有《与迈（长子苏迈）求婚启》、《与过（幼子苏过）求婚启》、《答求亲启》、《下财启》之类。其《谢制科启》是论科举之启。首论国家取士之难，察举考试各有利弊：

右轼启：今月某日蒙恩授前件官者。临轩策士，方搜绝异之材；随问献言，误占久虚之等②。忽从佐县，擢与评刑。内自顾于无堪，凛不知其所措。恭惟制治之要，惟有取人之难。用法者畏有司之不公，故舍其平生而论其一日；通变者恐人才之未尽，故详于采听而略于临时。兹二者之相形，顾两全而未有。一之于考试，而掩之于仓卒，所以为无私也，然而才行之迹，无由而深知；委之于察举，而要之于久长，所以为无失也，然而请属之风，或因而滋长。此隋、唐进士之所以为有弊，魏、晋中正之所以为多奸。

这段话讲得很深刻。科举考试，不看平时才行，而决定于一试，未必能真正发现人才；而九品中正的举荐制度却为开后门（所谓"请嘱之风"）大开方便之门。苏轼这封信写于二十六岁时，正是他应进士试和制科试都在高等，在科举道路上非常顺利的时候。他尝到的是科举制度的甜头，之所以发出这样的感慨，显然是有感于父亲的屡试不第。接着论应制科试之难，称美制科考试"兼用考试、察举之法"：

惟是贤良茂异之科，兼用考试察举之法。每中年辄下明诏，使两制各举所

① （南朝宋）鲍照《鲍明远集》卷九，文渊阁四库全书本。
② （宋）叶梦得《石林燕语》卷五："仁宗初复制科，立等甚严，首得富公，次得吴春卿、张安道、苏仪甫。"

> 闻。在家者能孝而恭，在官者能廉而慎。临之以患难而能不变，邀之以宠利而能不回。既已得其行己之大方，然后责其当世之要用。学博者又须守约而后取，文丽者或以用寡而见尤。特于万人之中，求其百全之美。凡与中书之召命，已为天下之选人。而又有不可测知之论，以观其默识之能；无所不问之策，以效其博通之实。至于此而不去，则其人之可知。然犹使御史得以求其疵，谏官得以考其素。一陷清议，辄为废人。是以始由察举，而无请谒公行之私；终用考试，而无仓卒不审之患。盖其取人也如此之密，则夫不肖者安得而容？

可见他很赞成制科“兼用考试察举之法”，这样就可做到“始由察举，而无请谒公行之私；终用考试，而无仓卒不审之患”。最后庆幸自己居然能入三等：

> 轼才不逮人，少而自信。治经独传于家学，为文不愿于世知。特以饥寒之忧，出求斗升之禄。不谓诸公之过听，使与群豪而并游。始不自量，欲行其志。遂窃俊良之举，不知才力之微。论事迂阔，而不能动人；读书疏略，而无以应敌。取之甚愧，得而益惭。此盖伏遇某官，德为世之望人，位为时之显处。声称所被，四方莫不奔趋；议论一加，多士以为进退。致兹庸末，亦与甄收。然而志卑处高，德薄宠厚，历观前辈，由此为致君之资；敢以微躯，自今为许国之始。过此以往，未知所裁。

此启的特点是以骈文作议论，叶梦得《石林燕语》卷二评此启：“以议论入骈偶中，因方为圆，遇圆成璧，无所不到。”

任尽言《贺汤侍御启》则为洋洋政论。①岳珂《桯史》卷一三云：“秦桧秉权浸久，植党缔交，牢不可破。高皇渊嘿雷声，首更大化，惩言路壅蔽之弊，召汤元枢鹏举于外，执法殿中，继迁侍御史。时有选人任尽言者，居下僚，好慷慨论事，闻其除，亟以启贺之。”启文较长，此录其中“慷慨论事”一段：

> 靖言有宋之奸臣，无若亡秦之巨蠹。十九载辅国而专政，亘古无之；二百年列圣之贻谋，扫地尽矣。乃若糊名而较艺，亦复肆志而任私。敢以五尺之童，连冠两科之士。老牛舐犊，爱子谁无？野鸟为鸾，欺君实甚。公攘名器，报微时箪食之恩；峻立刑诛，钳当世缙绅之口。一时谪籍，半坐流言。父子至于相持，道路

① （明）王志坚《四六法海》卷六，文渊阁四库全书本。

无复偶语。每除言路，必预经筵。盖缘乳臭之雏，实预金华之讲。受其颐旨，应若影从。忠臣不用而用臣不忠，实事不闻而闻事不实。逮政府枢庭之有阙，必谏官御史而后除。所以复鹰犬之报，而搏吠已憎；疏鸳鹭之班，而孤危主势。私窃富贵之势利，岂止于子孙而为臣；仰夺造化之炉锤，至不容人主之除吏。方当宁之意，未罪魏其；而在位之臣，专阿王氏。致学官之献佞，假题目以文奸，引前代兴王之诗，为其孙就试之谶。旋从外幕，擢至中枢，冀招致于妖言，启包藏之异意。忠愤扼腕，智识寒心。上愧汉臣，既乏朱云之请剑；下惭唐室，未闻林甫之斫棺。坐令存没之奸，备极宠荣之典。正缘和议，常赞睿谋。故圣主念功，务曲全于体貌；然宪台议罪，当明正于典刑。赏当功，所以示朝廷之至恩；罚当罪，所以贻臣子之大戒。政若偏废，国将若何？敢为上言，莫如君重。

其中“忠臣不用而用臣不忠，实事不闻而闻事不实”，“盖缘乳臭之雏，实预金华之讲”，“上愧汉臣，既乏朱云之请剑；下惭唐室，未闻林甫之斫棺”等语，可谓深中秦桧专权之弊。末以对汤鹏举的称颂（实为期盼）作结：“其他世俗之谄语，谅非方正之乐闻。”《桯史》卷一三谓“汤得之喜，袖以白上，天颜为回。故一时公议大明，奸谀胆落，尽言其助也”。

吕广问的《贺执政启》也是一篇议政之作。庄绰云：“廖刚为中丞，建议令两制举士拔擢超用。时李光自江西帅作参政，有机宜吕广问，欲加引用。廖与给事中刘一止、中书舍人周葵遂通荐之。李又求于秦相，欲置之文馆。虽已许之，久而未上。乃以吕贺其执政启以示秦，其中有云：‘屈己以讲和，而和未决；倾国以养兵，而兵愈骄。’丞相固已不乐，至‘四方属意，固异于前后碌碌无闻之人；百辟承风，尤在于朝夕赫赫有为之际。’秦意愈怒，讫不与之，至争辩于上前。李由是罢，廖与周、刘也被逐。”①可惜此启全文已佚，但仅从所引两联可知，几可与任尽言《贺汤侍御启》媲美。

彭元瑞《宋四六话》卷八云：“（李若水）尝以启上李邦彦，其末云：‘顾积蠹之云久，宜致理之尤难。首建裁损，而国用未丰；痛罢科徭，而民力犹困。边陲初定，当求守御之方；敌势稍衰，可弛防闲之策。权贵抑之而益横，仕流滥矣而莫澄。凡兹十数之大功，未睹轩昂之成效。政宜解榻以待士，置驿以招贤，博采寸长，用裨远见。’”此启纵论国事，一气呵成。

岳珂《与吴畏斋启》则为论军之作。岳珂《桯史》卷七云：“开禧兵隙将开，忧国者虑其不终。乙丑之元，吴畏斋（吴猎）自鄂召，过京口，以先君湖湘之契，先来访余，亟

① （宋）庄绰《鸡肋编》卷下，中华书局唐宋史料笔记丛刊本。

送出南水门，谢不敏。既而留中为大蓬，未几，遂以秘撰帅荆，复出闸西溯。时北事已章灼，余念数路出师，具有殷鉴，虽上流运奇，先王有遗规，而今未必能。且是时招伪官，遣妄谍，亹亹多费，实无益于事，天下寒心，而谋国者不之知也。因草一启代贽及之。”此启首论南宋初年的国势令人“寒心”：“自崇（宁）、（大）观撤藩篱之蔽，而（建）炎、（绍）兴纷和战之谋。诞谩败事，而巽懦则有余；浮躁大言，而矜夸之亡实。有志者以拘挛而废，无庸者以积累而升。牢笼易制之人才，玩愒有为之岁月。肉食者鄙，亡秦当可进而失机；骨猾而争，逆亮以难从而求衅。遂致蟠固狡兔之窟，犹欲睥睨化龙之都。决策和亲，姑谓奉春之孰计；卧薪自厉，谁为勾践之盛心……有识每一置念，终夕为之寒心。畎亩有怀于忧国，瓯旌无路而陈情。”主体部分是论“欲兴不世之勋功”，需“革易知之宿弊”，总结南宋初年屡战屡败的教训，认为“古昔中兴之业，或因东南全盛之基……江淮为唇齿之邦，关陕乃腹心之地，欲近守则不当固其内而舍其外，欲远攻则安可即所后而忘所先。况天险可守，共守则险亦均；地利可据，能据则利必倍。此皆不易之常理，具有已行之旧规。襄阳，关中之喉，兵易进而亦易退；京师，海内之腹，守可暂而不可常。通秦蜀两道之势，则兵力不宜轻；居陈梁四战之郊，则守备不必泥”。末以对吴猎寄厚望作结：“恭惟某官以世大儒，助国正论，贯兼资于文武，视一节于险夷。归自乘轺，公议浩然而归重；畀之颛阃，天心昭若以可知。上方勤西顾之忧，公特任北门之寄。风露三神之顶，溽尔褰裳；旌旗千骑之来，跫然望履。耸列城之观望，屹外阃之蕃宣。当尽远猷，庶销过计。”并表示自己“或可执鞭，愿供磨盾”。《桯史》卷七续载：“畏斋（吴猎）在丹阳馆，一览（指岳珂启）辄喜，亲作数语谢曰：‘抗身以卫社稷，久沉射虎之威；疏王爵以大门间，将表食牛之气。有来相过，允荷不忘。监仓学士，风烈承宗，词华振俗。喜北平（指岳飞）之有后，幸郎君之克家。庾氏卑官，王孙令器，必有表荐，以发忠嘉。至于陈谊之甚高，与夫期待之太过，此则诸君子之责，而非一郡守之忧。某行官沔、鄂之间，即有兵民之寄。当呼老校退卒，问先烈之宏规；将与群公贵人，诵故侯之名绪。叙谢之意，匆草莫殚。’于是一得之谋，颇彻于诸公间矣。”

就形式看，启多数为骈体四六，但也有散体。《四库全书总目·四六标准提要》谓“启必以四六”，其实也不尽然，赵善璙《自警编》卷二云：“司马温公除知制诰，辞至八九，乃改天章阁待制兼侍讲。按文集，公有《上庞丞相启》云：‘光于属文，性分素薄，又懒为之。当应举时强作科场文字，虽仅能牵合，终于不甚工。颇慕作古文，又不能刻意致力，窥前修之藩。其言迂僻鄙俚，不益世用，虽亲旧书启，不免假手于人。今知制诰之职掌，为天子作诏文，宣布华夷，岂可使假手答书启者为之邪？若苟贪荣利，强颜为之，不惟取一身没齿之羞，亦非所以增朝廷之光华也。’以是观之，光之不受知制诰，出于赤诚，非饰让也，但不为朝廷及世人所谅耳。”此启通篇都是散文而无骈句。潘永因云：“王元泽（王安石子王雱）病亟，介甫命道流作醮，大陈楮泉。平甫（王安石弟王安国）启介甫曰：‘兄在位，要须令天下后世人取法。雱虽疾，丘之祷久矣，为此奚益？且兄常以仓法绳吏奸，今乃以楮泉徼福，安知三清门下不行仓法耶？’”①除“常以仓法绳吏奸，今乃以楮泉徼福”勉强可算骈句外，全文亦是散体。

如前所述，宋人“无一事不用启，无一人不用启”。宋启喜用虚词，充满了“岂若”、“之云乎”、“得如”、“而足矣”、“矣”、“之”、“则”、“欤”之类的虚词，体现了宋启的散文化特点。谢伋《四六谈麈》云：“叔祖逍遥公（谢良佐）旧为四六极工，极其精思，尝作《谢改官启》云：‘志在天下，岂若陈孺子之云乎；身寄人间，得如马少游而足矣。’”傅伯寿《与韩侂胄启》云：“人无耻矣，咸依右相之山；我则异欤，独仰韩公之斗。”②

宋启的散文化有一个发展过程。宋初之文深受五代文弊的影响，直至欧阳修以前没有根本改变（包括欧阳修在内）。何焯《义门读书记》卷三八评欧阳修《谢进士及第启》亦云：“少作，风逸既不如唐，又未变新体。”既不如唐而又未变新体，可见仍属宋初所承袭的五代文风。但欧阳修开始古文革新后，其启一变，他景祐二年所作的《谢襄州燕龙图肃惠诗启》已有明显的散文化倾向，茅坤《唐宋八大家文抄》卷三七评此启云：“词虽四六之体，而蕴思转调如峡之流泉，如岫之吐云，绝无刀尺，绝无断续。”明道二年（1033）欧阳修所作的《上随州钱相公（钱惟演）启》，高步瀛《唐宋文举要》乙编卷四称此启“言情运事皆佳，然已纯为宋调矣”。

北宋诗文革新之后，启多平易流畅，明白如话，南宋启尤为平易。《诚斋诗话》云：“汪伯彦、黄潜善为相时，太学之士陈东以上书诛，既而高宗深悔之，赠东谏议大夫，而罢汪、黄二相。后赵鼎为相，汪、黄有启谢庙堂。鄱阳熊彦时叔雅为赵客，代赵答云：‘一男子之上书，彼将焉罪？诸大夫曰可杀，公亦何心！’”此启直叙其事而全不用典。罗大经《鹤林玉露》甲集卷三云：“胡淡庵（胡铨）乞斩秦桧得贬，卢溪先生王廷珪，字民瞻，以诗送之曰：‘痴儿不了公家事，男子要为天下奇。’亦贬辰阳。太府寺丞陈刚中，字彦柔，以启贺之云：‘屈膝请和，知庙堂御侮之无策；张胆论事，喜枢庭经远之有人。身为南海之行，名若泰山之重。’又云：‘谁能屈大丈夫之志，宁忍为小朝廷之谋。知无不言，愿请尚方之剑；不遇故去，聊乘下泽之车。’亦贬安远宰。”此启大义凛然，直抒胸臆。张邦基《墨庄漫录》卷七云：“翟公巽（翟汝文）知密州，侯蒙元功自中书侍郎罢政归乡，公有启云：‘得请真祠，归荣故里，虽老成去国之易，而明哲保身之全。多士叹

① 《宋稗类钞》卷六，康熙八年刻本。

② （宋）周密《齐东野语》卷一三，文渊阁四库全书本。

嗟，饯韩侯之出祖；邦人慰喜，咏季子之来归。'又云：'乘安车而过诸子，未慕昔贤；挥赐金以娱故人，用偿夙志。'公平时四六多聱牙高古，而此启特平易，诚大手笔也。"又卷一〇云："兴化隐士陈易隐居归庐山，乃筑室于兴化县之蔡溪岩，不下山者三十年，襟抱达旷，风韵洒然，见者无不爱慕忘归。蔡子由正言首以八行荐之，易以启事谢之云：'心若死灰，枉被吹嘘之力；身如槁木，难施雕琢之功。'又云：'昔在儒门，虽粗修于八行；晚归祖道，惟务了于一心。心既已忘，行复何有？'终不起。"此启亦"特平易"。杨囦道《云庄四六余话》载汪藻《到任谢宰相启》云："城郭重来，疑千载去家之鹤；交游半在，或一时同队之鱼。"此启虽用典，但皆为人所熟知之典。谢伋《四六谈麈》云："方彦蒙《上时相启》云：'三已无怨，虽知众口之烁金；万折必东，自信臣心之如水。'下句完善。""完善"在哪里呢？就在于以"万折必东"表明了决不因挫折而气馁。洪迈《容斋三笔》卷三云："建昌县士人李元亮，山房公择尚书族子也，抱材尚气，不以辞色假人。崇宁中，在太学，蔡嶷为学录，元亮恶其人，不以所事前廊之礼事之。蔡擢第魁多士，元亮失意归乡。大观二年冬，复诣学，道过和州。蔡解褐，即超用，才二年至给事中，出补外，正临此邦，元亮不肯入谒。蔡自到官，即戒津吏阿卒，凡士大夫往来，无问官高卑，必飞报，虽布衣亦然。既知其来，便命驾先造所馆，元亮惊喜出迎，谢曰：'所以来，专为门下之故，方修贽见之礼，须明旦扣典客，不意给事先生卑躬下贱如此，前贽不可复用，当别撰一通，然后敬谒。'蔡退。元亮旋营一启，旦而往焉，其警策曰：'跣足而见长者，古犹非之；轻身以先匹夫，今无此事。'蔡摘读嗟激，留宴连夕，饷以五十万钱，且致书延誉于诸公间，遂登三年贡士科。"此事足见蔡之气量，李启也贴切流亮，难怪"遂登三年贡士科"。

第六节　其他各体四六文

四六文除以上各大类外，还有乐语、致语、上梁文、联珠、对联以及青词、表本、祝文、道场疏等各种祈谢文字。下面择其要简略论及。

（一）乐语（致语）

徐师曾《文体明辨序说》云："乐语者，优伶献伎之词，亦名致语。宋制，正旦、春秋、兴龙、坤成诸节，皆设大宴，仍用声伎，于是命词臣撰致语以畀教坊，习而诵之；而吏民宴会，虽无杂戏，亦有首章，皆谓之乐语。"明贺复徵《文章辨体汇选》卷二〇〇云："致语始于宋人，盖内庭宴飨，侍御优伶之辞，皆词臣拟撰，今制因之。"有人把乐语误认为乐府，其实乐语为独立文体，既不是乐府，更不是词。

乐语是供伶人演唱的，因此，宋人所作乐语虽多，但仍看不起这种文体。杨囦道《云庄四六余话》云："陈莹中（陈瓘）初任颍州教官，韩持国（韩维）为守，开宴用乐语，左右以旧例，必教授为之。公因以命陈，陈曰：'朝廷师儒之官，不当撰俳优之文。'公不以为忤，因以荐诸朝。"陈瓘拒绝作乐语，韩维"不以为忤"，不仅表现了韩维的气度，也在一定程度上说明韩维是同意陈瓘的看法的。

有的致语有歌词，有的致语无歌词。治平三年（1066）苏洵去世，次年葬于眉州彭山安镇乡可龙里老翁井侧。无名氏《老苏先生会葬致语并口号》①，对苏洵的巨大贡献和影响作了很高的评价，对其不幸遭遇表示了极大的义愤。前为致语，后为口号（即歌词）：

> 编礼寺丞，一时之杰，百世所宗。道兼文武之隆，学际天人之表。渔钓渭上，韫六韬而自称；龙蟠汉南，非三顾而不起。自宋兴百载，文弊多方，简编具在，气象不振。虽作者之继出，尚古文之未还。迨公勃兴，一变至道。上自朝廷缙绅之士，下及岩穴处逸之流，皆愿见其表仪，固将以为师友。而道将坠丧，天不假年。书虽就于百篇，爵不过于九品。谓公为寿，不登六十；谓公为夭，百世不亡。今者丧还里闾，宵会亲友，顾悲哀之不足，假讽咏以纾情。敢露微才，上陈口号：
>
> 万里当年蜀客来，危言高论冠伦魁。
> 有司不入刘蕡第，诸老徒推贾谊才。
> 一惠独刊姬《谥法》，六经先集汉家台。
> 如公事业兼忠愤，泪作岷江未寄哀。

"道兼文武之隆，学际天人之表"，充分肯定了苏洵的贡献。"一时之杰，百世所宗"，"上自朝廷缙绅之士，下及岩穴处逸之流，皆愿见其表仪，固将以为师友"，充分说明了苏洵在当时的巨大影响，准确评价了他在文学史上的重要地位。"书虽成于百篇"，指苏洵所编《太常因革礼》一百卷；"爵不过于九品"，指他仅以文安县主簿的九品小官终身。"有司不入刘蕡第"，哀其成名前总是屡试不第。刘蕡字去华，唐文宗时应贤良对策，极言宦官祸国，考官不敢录取。"诸老徒推贾谊才"，这是指他成名后，朝廷大臣也只是推许其文才，实际上并未重用他。"姬《谥法》"，周公《谥法》，此指苏洵所

① 见（宋）苏洵《嘉祐集笺注》附录，文渊阁四库全书本。

撰《谥法》。屡试而不第,徒推其文才,爵不过九品,这就是宋王朝对待苏洵这样一位“王佐才”、“帝王师”的态度,是对苏洵一生不幸发出的沉痛哀叹。

欧阳修的《会老堂致语》、苏轼的《教坊致语》,也是既有致语,又有歌词。但苏轼的《小儿致语》则有致语而无歌词:“臣闻生民以来,未有祖宗之仁厚;上帝所眷,锡以圣神之子孙。孚佑下民,笃生我后。瞻舜瞳之日月,望尧颡之山河。若帝之初,达四聪于无外;如川方至,倾万宇以来同。恭惟皇帝陛下,齐圣广渊,刚健笃实。识文武之大者,体仁孝于自然。歌《诗·思齐》,见文王之所以圣;诵《书·无逸》,法中宗之不敢康。诞日载临,舆情共祝。神策授万年之算,洛书开五福之祥。臣等嬉游天街,沐浴皇化。欲陈舞蹈之意,不知手足之随。未敢自专,伏取进止。”此无口号(即歌词)。张端义《贵耳集》卷上评此文云:“东坡,天人也,凡作一文,必有深旨。撰《小儿致语》云:‘自古以来,未有祖宗之仁厚;上天所佑,愿生贤圣之子孙。’其意深切著明。”

吴梅《鄮峰真隐(史浩)大曲跋》云:“六一、东坡往往仅作勾放乐语而不制歌词;郑仅、董颖之徒则又止有歌词而无乐语,二者鲜有兼备焉。《鄮峰大曲》二卷,有歌词,有乐语,且诸曲之下,各载歌演之状,尤为欧、苏、郑、董诸子所未及。宋人大曲之详,无有过于此者矣。”①说欧阳修、苏轼有乐语而不制歌词,并不尽然,欧阳修《会老堂致语》、苏轼的《教坊致语》皆有致语,有歌词。史浩今存致语多达两卷,今举一篇以说明其形式。其《余姚县燕贡士致语》云:

> 三岁而兴贤能,雅重圣朝之举;十室而有忠信,郁为吾邑之光。宜陈觞豆之清欢,用庆衣冠之盛集。恭惟旧举某人月评望重,风鉴才高。久淬砺于文锋,兹翱翔于上国。新举某人共推饱学,俱在妙龄。或蜚英于璧水漕台,或驰誉于乡举里选。画戟门中贵公子,锦囊社里贤王孙。行追雁塔之诸儒,同上龙门之三汲。某官政先儒雅,气合宾僚。式邀桂苑之群仙,来作琴堂之重客。光芒书剑,相将紫府之游;杂沓笙歌,看取玉山之倒。某等叨居乐部,幸对芳筵,不揆才荒,敢呈口号:
>
> 玉京才子宴瑶池,雪压梅梢春近时。
> 尽道舜江登舜牧,却归尧殿侍尧咨。
> 鹏抟看即掀双翼,鲸饮何辞酒百卮?
> 好是嫦娥倚丹桂,拟教人折一枝枝。②

---

① 《吴梅词曲论著集》,南京大学出版社 2008 年版。

② (宋)史浩《鄮峰真隐漫录》卷三七,文渊阁四库全书本。

史浩的这篇乐语是比较标准的乐语，前为四六骈文的乐语，首写科举三年一试，次称美贡士，末叙作会之由，后为歌词，即本篇的口号(七言诗)。致语一般就是这种形式。

公私宴会的乐语、致语，一般都用四六文。其文虽多游戏之作，但偶尔也有优美的文学作品，如欧阳修的《(颍州)西湖致语》："昔者王子猷之爱竹，造门不问于主人；陶渊明之卧舆，遇酒便留于道士。况西湖之胜概，擅东颍之佳名。虽美景良辰，固多高会；而清风明月，幸属闲人。并游或结于良朋，乘兴有时而独往。鸣蛙暂听，安问属官而属私；曲水临流，自可一觞而一咏；至欢然而会意，亦旁若于无人。乃知偶来常胜于特来，前言可信；所有虽非于己有，其得已多。因翻旧阕之辞，写以新声之调。敢陈薄技，聊佐清欢。"这种独游之乐，能感受到的人一定很多，而抒发得如此之妙，恐怕就很少了。

明代致语一般也是四六文，如程敏政《元夕节宴奉皇上致语》：

> 伏以时分四季，惟春季当和乐之时；节有三元，惟上元乃繁华之节。宜张御宴，未奉宸欢。况一岁之丰登，有先朝之故事。恭惟皇帝陛下秉宽仁恭俭之德，爰高明睿哲之姿，天纵多能，上师孔子，日新旧学，远慕汤王。祥刑不及于非辜，恤典屡施于无告。南郊礼备，特牲才胙于尚方；北塞尘清，虎旅又归于宿卫。调春台之玉烛，实在此时；放夜禁之金吾，岂妨正务。银花玉树，彻应鳌山，鼍鼓龙笙，少延凤驾。侍臣立红云之殿，尚食进紫霞之觞。圣龄愿保于万年，健随天运；节假已开于十日，乐与人同。盼明月之光辉，喜良宵之未艾。臣等猥以末技，叨预伶官，礼太乙贵神于六宫之中，想周旋于达旦；献升平妙曲于两阶之下，愧声调之入云。欲罄下情，敢陈俚语：
>
> 宝历初开二十巡，上元风景一回新。
> 千株火树连西苑，万点星球拥北辰。
> 金剖黄柑传令节，调翻白雪应阳春。
> 圣心愿比光明烛，满赐余辉及庶民。

乐语贵著题。杨囦道《云庄四六余话》云："宋贶之父惠直为江州德化簿，王彦昭涣之出帅长沙郡守令，作乐语以宴之。时有王积中者知名士也，为签幕，亦俾预席。其中三联云：'少年射策，有贾太傅之文章；落笔惊人，继沈中丞之翰墨。从来汝颍之间，固多奇士；此去潇湘之地，遂逢故人。况有锦帐之郎官，来为东道；且邀红莲之幕客，共醉西园。’郡守读之大喜，谓句句著题，荐于时相何清源，即除书局。继中词科，声名籍甚。”

乐语、致语以纪实切事为贵。张端义《贵耳集》卷上载：“杨冠卿掾九江戎司时，赵温叔罢相帅荆南，道经九江，冠卿于守帅合宴上作致语云：‘相公倦台鼎，喜看绣衮之东归；浔阳无管弦，且听琵琶之旧曲。’温叔再三称道。”之所以受称道，就因为很符合赵的身份、心情，《琵琶行》又很切合“道经九江”。龚明之《中吴纪闻》卷六称吴昉致语纪实而又切其事云：“王葆字彦光，擢宣和甲辰第。昆山自郑正夫登第后，有孙积中，积中后六十年无有继之者。彦光擢第时，吴昉博士适为邑宰，有致语云：‘振六十载之颓风，贾三千人之余勇。’纪其实也。”

乐语贵隐喻含讽。《墨庄漫录》卷七云：“乐语中有俳谐之言一两联，则伶人于进趋诵咏之间，尤觉可观而警绝。”又云：“凡乐语不必典雅，惟语时近俳乃妙。王履道（王安中）《天宁节宴小儿致语》云：‘五百里采，五百里卫，外并有截之区；八千岁春，八千岁秋，共上无疆之寿。’又《正旦宴小儿致语》云：‘君子有酒多且旨，得尽群心；化国之日舒以长，对扬万寿。’优词乐语，前辈以为文章余事，然鲜能得体。王安中履道，政和六年天宁节集英殿宴，作《教坊致语》，其诵圣德云：‘盖五帝其至莫臣，自致太平；凡三代受命之符，异彰殊应。’又云：‘歌太平《既醉》之诗，赖一人之有庆；得久视长生之道，参万岁以成纯。’可谓妙语也。至《放小儿队词》云：‘戢戢两髦，已对襄城之问；翩翩群舞，却从沂水之归。’《放女童词》云：‘奏阆圃之云谣，已瞻天而献祝；曳广寒之霓袖，将偶月以言归。’益更工丽而切当矣。履道之掌内制，可谓称职。”《容斋三笔》卷八亦云：“王履道《大燕乐语》曰：‘五百里采，五百里卫，外包有截之区；八千岁春，八千岁秋，上祝无疆之寿。’”陈振孙《直斋书录解题》卷一八称京镗帅蜀日，杨济所为乐语有“良辰美景，赏心乐事，四者难并；崇山峻岭，修竹茂林，群贤毕至”之句，传诵一时。这些乐语都是俳语。

乐语贵用陈语。杨囦道《云庄四六余话》云：“朱新仲少仕王彦诏幕下，有《代作春日留客致语》云：‘寒食止数日间，才晴又雨；牡丹盖数十种，欲拆又芳。’皆鲁公帖与《牡丹谱》中全语也。彦昭好令人歌柳词，又尝作乐语云：‘正好欢娱，歌绿树数声啼鸟；不妨沉醉，拼画堂一枕春醒。’皆柳词中语。”沈作喆《寓简》卷五云：“前辈谓今古文章无不可作对者……东坡表启乐语中，间有全句对，皆得于自然，游戏三昧，非用意巧求也。亦可劈破使用，如曾巩《秋宴乐语》。”《耆旧续闻》卷五云：“曾南丰为南宫舍人，时相令撰《秋宴乐语》，因问坐客曰：‘霜始降而百工休，可对甚语？’久之，坐客云：‘若无全句可偶，当劈破用。’曾于是云：‘始降霜而休百工，正得秋而成万宝。’坐客称诵。既而文成，颂圣德一联云：‘惟天为大，荡荡乎无能名焉；如日之升，皓皓乎不可尚已。’

坐客皆击节赏之。”

(二) 上 梁 文

致语中还有一种上梁文，是为建造房屋，选择吉日上梁所作的庆贺之辞。刘师培《论文杂记》云：“有所谓上梁文者也，出于《诗·斯干篇》……一二慧业文人，笔舌互用，多或累篇，少或数言，语近滑稽，言违典则，此则子云(扬雄)称为小技，而昌黎(韩愈)斥为俳优者也。古人谓‘小言破道’，其此之谓乎！”《斯干》见《诗经·小雅》，这是一篇祝颂周王宫室落成的诗，前五章赞宫室之美，后四章祝主人生男生女昌盛吉祥。就其内容看，确实与后代上梁文相似。但就形式看，这是一篇典型的四言诗，仅最后两句为五言(“唯酒食是议，无父母诒罹”)，而且全诗也没有“语近滑稽，言违典则”，至少在形式上还不像上梁文。

吴曾《能改斋漫录·逸文》卷一《事始》载：“后魏温子升《阊阖门上梁祝文》云：‘惟王建国，配彼太微。大君有命，高门启扉。良臣是简，牧下无违。雕梁乃架，河翼斯飞。八龙李李，九重巍巍。居宸纳祜，就日垂衣。一人有庆，四海爰归。’乃知上梁有祝，其来久矣，第不若今时有诗语也。”这里讲得很准确，“上梁有祝，其来久矣”；但这还不是后来出现的上梁文，因为“第不若今时有诗语也”。王应麟《困学纪闻》卷二〇引吴曾所引魏温子升《阊阖门上梁祝文》，而断言“此上梁文之始也”，是不太准确的。

《全唐文》亦不载上梁文，上梁文大约出现于唐末、五代的民间。敦煌文献《维大唐长兴元年癸巳岁(后唐明宗长兴四年，933年)二十四日河西都僧统和尚依宕泉灵迹之地建龛一民上梁文》(编号为P. 3302)，前为骈文，后面的祝辞为“诗语”，与宋代大量出现的上梁文相类。又编号为“斯3905”的《唐天德元年辛□岁□月十八日金光明寺造窟上梁文》则全为六言诗语。

上梁文的大量出现是在宋代。清末吴曾祺《文体刍言》说：上梁文“不知始于何时，宋以后此体屡见，杨诚斋、王介甫集中皆有之。文用骈语，皆寓颂祷之意，实《小雅·斯干》之遗。末附诗，上下东西南北凡六章，每章冠以‘儿郎伟’三字；亦有不用者。”清人彭元瑞的《宋四六选》就选了诏、制、表、启、上梁文、乐语六种文体，可见上梁文在宋四六中的重要地位。现存宋人总集别集中的上梁文不下百篇，《五百家播芳大全》卷九二、九三所收上梁文分为宫、官宇、学校、府第、寺观、桥、船等类。

关于上梁文的体式，徐师曾《文体明辨序说》云：“按上梁文者，工师上梁之致语也。世俗营构宫室，必择吉上梁，亲宾裹面杂他物称庆，而因以犒匠人。于是匠人之长以面抛梁而诵此文以祝之。其文首尾皆用俪语,而中陈六诗,诗各三句,以按四方上下,盖俗体也……宋人又有上碑文,盖上匾额之词,亦因上梁而推广之也。”“首尾皆用俪语,而中陈六诗,诗各三句,以按四方上下”,这就是上梁文在形式上的特点。清人陈维崧《四六金针》认为上梁文的体式一般分为四段:破题、颂德、入事、陈抛梁东西南北诗各三句。如苏轼远谪惠州时所作的《白鹤新居上梁文》:

鹅城万室,错居二水之间;鹤观一峰,独立千岩之上。海山浮动而出没,仙圣飞腾而往来。古有斋居,号称福地。鞠为茂草,奄宅狐狸。物有废兴,时而隐显。东坡先生,南迁万里,侨寓三年。不知归与之心,更作终焉之计。越山斩木,溯江水以北来;古邑为邻,绕牙墙而南峙。送归帆于天末,挂落月于床头。方将开逸少(王羲之)之墨池,安稚川(葛洪)之丹灶。去家千岁,终同丁令(丁令威)之来归;有宅一区,聊记扬雄之住处。今者既兴百堵,爰架两楹,道路来观,里闾助作。愿同父老,宴乡社之鸡豚;已戒儿童,恼北邻之鹅鸭。何辞一笑之乐,永结无穷之欢。

儿郎伟,抛梁东。乔木参天梵释宫。尽道先生春睡美,道人轻打五更钟。
儿郎伟,抛梁西。袅袅虹桥跨碧溪。时有使君来问道,夜深灯火乱长堤。
儿郎伟,抛梁南。南江古木荫回潭。共笑先生垂白发,舍南亲种两株柑。
儿郎伟,抛梁北。北江江水摇山麓。先生亲筑钓鱼台,终朝弄水何曾得。
儿郎伟,抛梁上。璧月珠星临蕙帐。明年更起望仙台,缥缈空山隘云仗。
儿郎伟,抛梁下。凿井疏畦散邻社。千年枸杞夜长号,万丈丹梯谁羽化。

伏愿上梁之后,山有宿麦,海无飓风。气爽人安,陈公之药不散;年丰米贱,林婆之酒可赊。凡我往还,同增福寿。

其中“尽道先生春睡美,道人轻打五更钟”,充分表现了苏轼对政敌迫害的蔑视,结果为此又付出了惨重代价,再贬海南。曾季狸《艇斋诗话》云:“东坡《海外上梁文口号》云:‘为报先生春睡美,道人轻打五更钟。’章子厚(章惇)见之,遂再贬儋耳。”后来效苏轼此文风格者不少,胡仔《苕溪渔隐丛话》后集卷三〇:“苕溪渔隐曰:东坡作《惠州白鹤新居上梁文》,叙幽居之趣,盖以文为戏,自此老启之也。其后叶少蕴(叶梦得)作《石林谷草堂上梁文》,孙仲益(孙觌)作《西徐上梁文》,皆效其体格,然不能无优劣矣。余亦尝效之,有云:‘春风雨足,耕陇首之晓云;秋日鲈肥,钓波心之寒月。’”

南宋上梁文的形式也相同，姜特立《节堂上梁文》自述其生平最详：

建宁远之旄节，初无汗马之劳；依光宗之风云，晚拜攀龙之宠。实一时之创见，虽千载而难逢。顾惟吾家，本非世阀。因先君之死事，被恤典而得官。雪案寒窗，几勤灯火之读；乘田委吏，屡从州县之游。夫何衰晚之年，乃有遭逢之幸。百首之清诗夜上，九重之温诏晨颁。既试中书，复登上阁。侍主上之潜邸，仅及六年；奉兴国之真祠，殆逾一纪。误蒙异奖，锡以殊名。红旆碧幢，共仰皇朝之文物；绿蓑青笠，有光渔父之家风。幸遇良辰，辄陈韵语：

抛梁东，晓日曈昽照海红。山势住时鳌背起，浮图千尺插晴空。
抛梁西，堂接如山万瓦齐。更有一峰金作柱，玉泉千丈泻虹霓。
抛梁南，仙掌巍峨耸翠岚。夜半老人呈瑞处，丙丁光彩照重疃。
抛梁北，山围水绕山翁宅。醒心烟壑接池亭，四时好景宜留客。
抛梁上，栋宇翚飞符大壮。岂唯瑞气复重重，更有台星光两两。
抛梁下，燕雀争飞来贺厦。黄幡豹尾妥神灵，儿孙代代传香火。

伏愿上梁之后，一人有庆，万国交欢。画栋朱甍，永作云山之盛事；庞眉素发，长为风月之主人。林婆之酒休赊，孔老之尊长满。时招佳友，共乐清时。

前以骈语自叙生平，中以韵语祝上梁，末仍以骈语结。“百首之清诗夜上，九重之温诏晨颁”，颇为自负。

《鹤林玉露》丙编卷六云：“孙仲益《山居上梁文》云：‘老蟾驾月，上千崖紫翠之间；一鸟呼风，啸万木丹青之表。’又云：‘衣百结之衲，扪虱自如；拄九节之笻，送鸿而去。’奇语也。”可见上梁文也有一些好的作品，此以奇杰胜。

杨囦道《云庄四六余话》云：“何颉之斯举，黄冈人，道士冲妙大师李思立重建东坡雪堂，斯举作上梁文，其略云：‘岁在辛酉，蔚为鸾凤之栖；堂毁崇宁，奄作鼪鼯之野。’又云：‘冲妙大师，前身化鹤，尝从赤壁之游；故事博鹅，无复《黄庭》之字。’数语皆警策。”此以警策胜。

《齐东野语》卷五云：“乔文惠行简，嘉熙之末，自相位拜平章军国重事，年已八袠矣，时皆以富贵年长羡之。而公晚年子孙沦丧，况味尤恶，尝作《上梁文》云：‘有园有沼，聊为卒岁之游；无子无孙，尽是他人之物。’”此以情真胜。

《困学纪闻》卷一九认为徐渊子的上梁文“林木翳然，便有濠濮间想；清风飒至，自谓羲皇上人"，所用典"皆全句"，此以用典胜。

（三）祝文及其不同称谓

徐师曾《文体明辨序说》论祝文云："按祝文者，飨神之辞也，刘勰所谓'祝史陈信、资乎文辞'者是也。昔伊祈始蜡，以祭八神，此祝文之祖也。厥后虞舜祠田，商汤告帝，周礼设太祝之职，掌六祝之辞，春秋以降，史辞浸繁，则祝文之来尚矣。考其大旨，实有六焉：一曰告，二曰修（修，常祀也），三曰祈（求也），四曰报（谢也），五曰辟（让也），六曰谒（见也）。用以飨天地山川，社稷宗庙，五祀群神，而总谓之祝文。其词有散文，有韵语之别也。"所引刘勰语见《文心雕龙·祝盟》："天地定位，祀遍群神。六宗既禋，三望咸秩。甘雨和风，是生黍稷。兆民所仰，美报兴焉。牺盛惟馨，本于明德。祝史陈信，资乎文辞。昔伊耆始蜡，以祭八神，其辞云：'土反其宅，水归其壑。昆虫无作，草木归其泽。'则上皇祝文，爰在兹矣。舜之祠田云：'荷此长耜，耕彼南亩。四海俱有利。'民之志颇形于言矣。至于商履圣敬，日跻玄牡，告天以万方罪已，即郊禋之祠也。素车祷旱，以六事责躬，则雩禜之文也。及周之大祝，掌六祀之辞，是以庶物咸生，陈于天地之郊，旁作穆穆，唱于迎日之拜，夙兴夜处，言于祔庙之祝，多福无疆，布于少牢之馈，宜社类祃。莫不有文，所以寅虔于神祇，严恭于宗庙也。春秋已下，黩祀谄祭，祝币史辞，靡神不至。"由于用途不同，祝文有多种不同的称谓，包括祝辞、祈辞、嘏辞、玉牒文、青词（绿章）、叹佛、叹道词、斋文、表本、功德疏、道场疏等，不能尽举，略举其要。

《文章辨体汇选》卷三二至卷三九所收皆为祝文，卷三二所收第一篇为《周武王策祝文》："殷之末孙季纣，殄废先王明德，侮蔑神祇不祀，昏暴商邑百姓，其章显于天皇上帝。"第二篇为《汉光武帝告天地群神文》，已较成熟：

> 皇天上帝，后土神祇，眷顾降命，属秀黎元。为人父母，秀不敢当。群下百辟，不谋同辞，咸曰王莽篡位，秀发愤兴兵，破王寻、王邑于昆阳，诛王郎、铜马于河北，平定天下，海内蒙恩。上当天地之心，下为元元所归。谶记曰：刘秀发兵捕不道，卯金修德为天子。秀犹固辞，至于再，至于三。群下佥曰：皇天大命，不可稽留，敢不敬承。

祝文又叫祝辞、祈辞、嘏辞。徐师曾《文体明辨序说》云："按祝辞者，颂祷之词也。诸集不载，而世所传独有净发、颒（洗也）面祝词。苟推其类，则凡喜庆皆可为之，不特施之二事而已。"《文章辨体汇选》卷三四所收为祈辞，有《炎帝伊耆氏蜡祝辞》、《帝舜祠田》、《商王成汤祷辞》、《成汤桑林祷辞》之类。卷三五所收为报辞，有《周祭天辞》、《周祭地辞》之类。卷三六所收为嘏辞，附祝辞，如《周祭礼嘏辞》、《汉九祝嘏辞》之类。徐师曾《文体明辨序说》云："按嘏者，祝为尸致福于主人之辞记，所谓嘏以慈告者也。辞见《仪礼》，其他文集不载，惟《蔡中郎集》有之。"《九祝辞》见《蔡中郎集》卷二："高皇帝使工祝承致多福无疆于尔嗣曾孙皇帝：使尔受禄于天，宜此旧都，万国和同，兆民康乂，眉寿万年，子子孙孙，永守民庶，勿替引之。"

青词又叫绿章，道教举行斋醮时献给天神的祝文，因用朱笔写在青藤纸上，故称青词或绿章。唐李肇云："凡太清宫道观荐告词文，用青藤纸书朱字，谓之青词。"①陆游《花时遍游诸园》云："为爱名花抵死狂，只愁风日损红芳。绿章夜奏通明殿，乞借春阴护海棠。"这里的绿章就是青词。徐师曾《文体明辨序说》云："按陈绎曾云：'青词者，方士忏过之词也，或以祈福，或以存亡，唯道家用之。'其谓密词，则释道通用矣……此外又有法诰，有告牒，有投简，有解语，有法语，而举棺撒土亦皆有文，其目至为烦琐。"宋人文集中多有青词，遂成为文体体裁之一。《说郛》卷五五："贾秋壑(贾似道)德祐乙亥八月生日建醮青词云：'老臣无罪，何众议之不容；上帝好生，奈死期之已迫。适值垂弧之旦，预陈易箦之辞。切念臣际遇三朝，始终一节。为国任怨，但知存大体以杜私门；遭时多艰，安敢顾微躯而思末路。属枉矢贪狼之逞焰，率骄兵悍将以徂征。用命不前，致成酷祸。措躬无所，惟有后图。众口皆诋其非，百喙难明此谤。四十年劳悴，悔不为留侯之保身；三千里流离，犹恐置霍光于赤族。仰惭覆载，俯愧劬劳。伏愿皇天厚土之鉴临，理考度宗之昭格。三宫霁怒，收瘴骨于江边；九庙阐灵，扫妖氛于境外。'此时已无廖、王诸客矣，岂似道所自为邪？读之虽可怒可笑，可恨其文自好。"

黄震《黄氏日钞》卷六一云："论青词、斋文，用释、老之说，祈禳秘祝近里巷之事，而制诰拘于四六，果可谓之文章欤？"青词虽未必可谓文章，但也有一些青词可表现作者的真情实感，如苏轼的《徐州祈雨青词》："河失故道，遗患及于东方；徐居下流，受害甲于他郡。田庐漂荡，父子流离。饥寒顿仆于沟坑，盗贼充盈于犴狱。人穷计迫，理极词危。望二麦之一登，救饥民于垂死。而天未悔祸，岁仍大荒。水未落而旱已成，冬无雪而春不雨。烟尘蓬勃，草木焦枯。今者麦已过期，获不偿种；禾未入土，忧及明年。臣等恭循旧章，并走群望。意水旱之有数，非鬼神之得专。是用稽首告哀，吁天请命。若其赋政多僻，以谪见于阴阳；事神不恭，以获戾于上下。臣实有罪，罚其敢

① (唐)李肇《翰林志》，文渊阁四库全书本。

辞？小民无知，大命近止。愿下雷霆之诏，分敕山川之神。朝隮寸云，暮洽千里。使岁得中熟，则民犹小康。”王安中的一些青词亦善于剪裁，《四六谈麈》云：“四六经语对经语，史语对史语，诗语对诗语方妥帖……近世王初寮（王安中）在翰苑，作《宝箓宫青词》云：‘上天之载无声，下民之虐匪降。’时人许其裁剪。”《诚斋诗话》亦云：“四六有用古人全语，而全不用其意者。《行苇》之诗云：‘仁及草木，牛羊勿践履。’此盛世之事也。又《鸱鸮》之诗云：‘予未有室家，风雨所漂摇。’谓鸱鸮之巢也。王履道（亦指王安中）北人也，靖康避乱，谪在八桂，思乡里坟墓，作《青词》云：‘万里丘坟，草木牛羊之践履；百年乡社，室家风雨之漂摇。’”

徐师曾《文体明辨序说》论“表本”云：“按表本者，宋时天子告祭先帝、先后之词也。古者郊禘宗庙陵寝仅用册文、祝文，至宋始加表文，呼为表本。”如苏轼《皇帝为冬节奏告永裕陵神宗皇帝表本》：“伏以历纪天正，史书日至。感舒长于测景，增怵惕于履霜。恭惟谥号皇帝，德迈尧仁，功恢禹迹。游衣冠于原庙，徒仰威神；望松柏于桥山，永怀悲慕。”

苏轼又有《南华寺六祖塔功德疏》，前有序：“朝奉郎提举成都府玉局观苏轼，先于绍圣之初，谪往惠州，过南华寺上谒六祖普觉大鉴禅师而后行。又谪过海南，遇赦放还。今蒙恩受前件官，再过祖师塔下。全家瞻礼，饭僧设浴，以致感恩念咎之意，为禳灾集福之因。具疏如后。”其疏云：“伏以窜流岭海，前后七年；契阔死生，丧亡九口。以前世罪业，应堕恶道；故一生忧患，常倍他人。今兹北还，粗有生望。伏愿六祖普觉真空大鉴禅师示大慈愍，出普光明。怜幼稚之何辜，除其疾恙；念余年之无几，赐以安闲。轼敢不自求本心，永离诸障；期成道果，以报佛恩。”陈旅《跋东坡帖》云：“《南华斋僧书》，读之令人流涕。使先生至于如此者，真无人心者也。”①

徐师曾《文体明辨序说》论道场疏云：“按道场疏者，释、老二家庆祷之词也。庆词曰生辰疏，祷词曰功德疏，二者皆道场之所用也。”苏轼有《重请戒长老住石塔疏》（亦题作《留石塔戒老疏》）：“大士未曾说法，谁作金毛之声；众生各自开堂，何关石塔之事？去无作相，住亦随缘。长老戒公，开不二门，施无尽藏。念西湖之久别，本是偶然；为东坡而少留，无不可者。一时作礼，重听白椎。渡口船回，依旧云山之色；秋来雨过，一新钟鼓之音。”晁补之《跋戒公疏后》云：“元祐七年，翰林东坡先生守扬，七月，石塔禅师将还山，其徒诣府请留。公书其状后与之曰：‘传语长老，三十日奉谒议去住。’即以其日从僚属过师，出疏袖间，师去而复留。初，师欲去甚确，众以为非东坡故不留也。师留而公去，室中尘凝，师坐晏然，如公未去时也。补之不学道，不足以知师

① （元）陈旅《安雅堂集》卷一三，文渊阁四库全书本。

得道之浅深，而徒识其貌，渊然而靖，不可澄挠。忘其初不为东坡而去，亦忘其终为东坡而留也，姑留而已矣。”

明代道教盛行，严嵩之流争以青词邀宠，至有‘青词宰相’之讥。清代也有不少著名青词，龚自珍《己亥杂诗》之一“九州生气恃风雷，万马齐喑究可哀。我劝天公重抖擞，不拘一格降人材”，就是作者过镇江时为道士所撰青词，成了人人传诵的名篇。

（四）联珠（连珠）

连珠是借物陈义以通讽喻的骈体韵文，比喻、骈俪、含韵是其文体特征，而其比喻的目的在于陈义，具有说理性质。除连珠外，还有拟连珠、演连珠、范连珠、仿连珠、畅连珠等不同称谓。

刘勰《文心雕龙·杂文》云：“夫文小易周，思闲可赡。足使义明而词净，事圆而音泽，磊磊自转，可称珠耳。”此为珠之含义。徐师曾《文体明辨序说》：“按连珠者，假物陈义以通讽谕之词也。连之为言贯也，穿贯情理，如珠之在贯也。”此为连珠的含义。

唐欧阳询《艺文类聚》卷五七所收晋人傅玄《连珠序》云：“所谓连珠者，兴于汉章帝之世，班固、贾逵、傅毅三子受诏作之，而蔡邕张华之徒又广焉。其文体辞丽而言约，不指说事情，必假喻以达其旨，而令贤者微悟。合于古诗劝兴之义，欲使历历如贯珠，易睹而可悦，故谓之连珠也。班固喻美辞壮，文章弘丽，最得其体。蔡邕似论言质而辞碎，然旨笃矣。贾逵儒而不艳，傅毅有文而不典。”并收有扬雄《连珠》，班固《拟连珠》，后汉潘勖《连珠》，魏文帝《连珠》，王粲《仿连珠》，晋陆机《演连珠》，宋谢惠连《连珠》，颜延之《范连珠》，齐王俭《畅连珠》，梁武帝《连珠》，梁宣帝《连珠》，沈约《连珠》，吴均《连珠》，刘孝仪《探物作艳体连珠》等。

关于连珠的起源，其说甚多，或谓始于春秋《邓析子》，①近人孙德谦持此说，并举《邓析子》为例：“夫负重者患途远，据贵者忧民离。负重途远者，身疲而无功；在上离民者，虽劳而不治。故智者量途而后负，明君视民而出政。”或谓始于战国韩非，明杨慎《论文·韩子连珠论》持此说：“《北史·李先传》：‘魏帝召先读韩子《连珠》二十二篇。’韩子，韩非子，《韩非》书中有连语，先列其目而后著其解，谓之连珠。据此则连珠之体兆于韩非。”②即使《邓子》、《韩非子》某些行文，类似后之连珠，但并未以“连珠”

---

① 范文澜《文心雕龙注》认为《邓析子》为战国人假托。

② （明）杨慎《升庵集》卷五二，文渊阁四库全书本。

名篇，最多只能算是连珠的萌芽（所谓“兆”），此二说失之过早。或谓始于东汉，如前引晋傅玄《连珠序》，此说失之略晚。西汉末年的扬雄已正式以“连珠”名篇，梁任昉《文章缘起》云：“《连珠》，扬雄作。”《文心雕龙·杂文》亦云：“扬雄覃思文阁，业深综述，碎文琐语，肇为《连珠》，其辞虽小而明润矣。”宋高承《事物纪原》卷四载：“梁沈约云：《连珠》之作，始自扬子云。欧阳询作《艺文类(聚)》中，亦有扬雄《连珠》，则为斯文之兴不自汉章明矣。”《扬子云集》卷六收其连珠一篇：“臣闻天下有三乐，有三忧焉。阴阳和调，四时不忒，年谷丰遂，无有夭折，灾害不生，兵戎不作，天子之乐也。圣明在上，禄不遗贤，罚不偏罪，君子小人，各处其位，众臣之乐也。吏不苟暴，役赋不重，财力不伤，安土乐业，民之乐也。乱则反焉，故有三忧。”《艺文类聚》卷五八还收有扬雄另一篇连珠：“臣闻明君取士，贵拔众之所遗；忠臣荐善，不废格之所排。是以岩穴无隐，而侧陋章显也。”《汉魏六朝百三家集》卷八就收了以上两篇连珠。沈约称其“放《易》象论，动模经诰”，似指“臣闻天下有三乐”篇；《文心雕龙》称其“辞虽小而明润”，似指“臣闻明君取士”篇。

在扬雄作连珠之后，较之其他文体，作者并不算多，吴讷《文章辨体序说》云：“自士衡(陆机)后，作者盖鲜。”佳作更少，只有东汉班固、西晋陆机之作颇受推崇。傅玄《连珠序》称“班固喻美辞壮，文章弘丽，最得其体”。《文心雕龙·杂文》云：“自连珠以下，拟者间出。杜笃、贾逵之曹，刘珍、潘勖之辈，欲穿明珠，多贯鱼目。可谓寿陵匍匐，非复邯郸之步；里丑捧心，不关西施之颦矣。唯士衡(陆机)运思，理新文敏，而裁章置句，广于旧篇，岂慕朱仲四寸之珰乎(刘邦女鲁元公主曾向他买珰)！”“欲穿明珠，多贯鱼目”，确实是对那些邯郸学步、东施效颦者的辛辣讽刺。

《汉魏六朝百三家集》卷一一《汉班固集》收有班固《拟连珠》五首：

臣闻公输爱其斧，故能妙其功；明主贵其士，故能成其治。

臣闻良匠度其材而成大厦，明主器其士而建功业。

臣闻听决价而资玉者，无楚和(和氏璧)之名；因近习而取士者，无伯王(霸王)之功。故玙璠之为宝，非驵侩之术；伊吕之为佐，非左右之旧。

臣闻鸾凤养六翮以凌云，帝王乘英雄以济民。《易》曰：“鸿渐于陆，其羽可用为仪。”

臣闻马伏皂而不用，则驽与良而为群；士齐僚而不职，则贤与愚而不分。

傅玄《连珠序》之所以称班固最得连珠之体，就是因为它最符合“辞丽而言约”，“假喻以达其旨”，“历历如贯珠”，“骈偶而有韵”的标准，皆前为比喻，后点明主旨，确实堪称“喻美辞壮，文章弘丽”。

萧统《文选》卷五五收有陆机《演连珠》五十首，吴讷《文章辨体序说》称之为“言演旧义以广之也”。五十首自然无法尽举，兹举数首以见其“理新文敏”：“臣闻日薄星回，穹天所以纪物；山盈川冲，厚地所以播气。五行错而致用，四时违而成岁。是以百官恪居，以赴八音之离；明君执契，以要克谐之会。”这是以自然现象喻政，和谐并非单一，而是由多元组成的。又云：“臣闻禄放于宠，非隆家之举；官私于亲，非兴邦之选。是以三卿世及，东国多衰弊之政；五侯并轨，西京有陵夷之运。”这是说任人唯亲乃亡国之道。又云：“臣闻鉴之积也，无厚而照，有重渊之深；目之察也，有畔而视，周天壤之际。何则？应事以精不以形，造物以神不以器。是以万邦凯乐，非悦钟鼓之娱；天下归仁，非感玉帛之惠。”眼睛之所以能看到“重渊之深”、“天壤之际”，就在于它“以精不以形”，“以神不以器”，为政也一样，“钟鼓之娱”并不能代表天下太平，小恩小惠并不能使“天下归仁”。又如以“臣闻利眼临云，不能垂照”喻明君也可能被人蒙蔽，“明哲之君，时有蔽壅之累”；以“朗璞蒙垢，不能吐晖”喻良臣也可能不容于时，“俊乂之臣，屡抱后时之悲”；以“臣闻弘有常音，故曲终则改；镜无畜影，故触形则照”说明“虚己应物，必究千变之容；挟情适事，不观万殊之妙”，均说明陆机的《演连珠》不仅“理新”，而且思深。

连珠虽以班固、陆机之作最为有名，但并非其他人的连珠都是“鱼目”。为《文心雕龙·杂文》所讥的杜笃、贾逵、刘珍的《连珠》均已失传，而东汉潘勖的《连珠》尚存：“臣闻媚上以希利者，臣之常情，主之所患；忘身以忧国者，臣之所难，主之所愿。是以忠臣背利而修所难，明主排患而获所愿。”此文明白如话，君臣都当书之座右。

三国时魏文帝曹丕有《连珠》三首：

> 盖闻琴瑟高张，则哀弹发；节士抗行，则荣名至。是以申胥流音于南极，苏武扬声于朔裔。
>
> 盖闻四节异气以成岁，君子殊道以成名。故微子奔走而显，比干剖心而荣。
>
> 盖闻驽蹇服御，良乐咨嗟；铅刀剖截，欧冶叹息。故少师幸而季梁惧，宰嚭任而伍员忧。①

三首皆前为比喻，后为论旨。前二首旨在说明“节士抗行，则荣名至”，“君子殊道”始能“成名”的道理，后一首以“驽蹇服御”、“铅刀剖截”说明君主用佞幸而不用良

① （唐）欧阳询《艺文类聚》卷五八，文渊阁四库全书本。

臣的恶果。

南朝宋人谢惠连有《连珠》四首，[①]其四云："盖闻修己知足，虑德其逸；竞荣昧进，志忘其审。是以饮河满腹，而求安愈泰；缘木务高，而畏下滋甚。"旨在说明知足常乐、务竞多忧的道理。

南朝梁人吴均有《连珠》二首：

盖闻艳丽居身，而以蛾眉入妒；贞华照物，而以绝等见猜。是以班姬辞宠，非无妖冶之色；扬子寂寞，岂乏炫耀之才？

盖闻义夫投节，未必识君；烈士赴危，非期要利。是以墨子萦带，不蒙肉食之谋；申胥泣血，非有执圭之位。[②]

女美见妒，才大见猜，古今同慨。

宋刘攽《连珠一首》云："盖闻诡道取胜同，得以暂用；怀恶致讨，未有能克。是故以桀诈桀可容于傲幸，用燕伐燕不足以相服。"[③]这是以史事证明不可以以诈继诈、以暴易暴的道理。

明代宋濂有《演连珠》五十首，其自序总结了历代连珠的发展情况："连珠者，兴于汉章之世，班固、贾逵、傅毅咸受诏作之。其后陆士衡演之，司空图、徐铉、晏殊、宋庠又从而效之。然其为体不指说事情，必假喻以达其旨，而览者微悟，合于古诗讽兴之义，有足取者，作演连珠五十首。"[④]陆机为晋人，司空图为唐人，徐铉、晏殊、宋庠皆宋人，明人宋濂、王世贞都有《演连珠》，清代毛奇龄有《连珠词》，惜已失传，《四库全书·西河集》提要，谓"奇龄著述之富，甲于近代。没后其门人子侄编为《西河合集》……凡五十种。"其中有"《拟广博词、连珠词》一卷，皆有录无书"。这大概就是历代连珠的发展概况。

从内容上看，连珠具有说理性质，与箴、铭、诫等文体的内容相近，不少可作座右铭看。说理的方式有两种，一是以比喻说理，如沈约有《连珠》二首，其一以烈风吹不断蔓草，朽壤可使崇山崩塌（"烈风虽震，不断蔓草之根；朽壤诚微，遂賈崇山之峭"），说明"一夫不加威于赫怒，千乘必致亡于巧笑"的道理。其一云："臣闻鸣籁受响，非有志于要风；涓流长迈，宁厝心于归海。是以万窍怒号，不叩而咸应；百川是纳，用卑而

---

① （唐）欧阳询《艺文类聚》卷五八，文渊阁四库全书本。

② （唐）欧阳询《艺文类聚》卷五七，文渊阁四库全书本。

③ （宋）刘攽《彭城集》卷四〇，文渊阁四库全书本。

④ （明）宋濂《文宪集》卷二七，文渊阁四库全书本。

为宰。”说明积小可以成大的道理。明人宋濂《演连珠》五十首，其二云：“盖闻鹰鹯巢林，乌雀为之不栖；松柏在冈，蒿艾为之不植。是以君子居乡，憸壬革面；正士立朝，奸雄敛迹。”此以鹰鹯、松柏喻君子、正士，以乌雀、蒿艾喻憸壬、奸雄之徒。二是以史事说明道理，如北周庾信有《拟连珠四十四首》其二云：“盖闻萧、曹赞务，雄略所资；鲁、卫前驱，威风所假。是以黄池之会，可以争长诸侯；鸿沟之盟，可以中分天下。”其三云：“盖闻得贤斯在，不借挥锋；股肱良哉，无论应变。是以屈倪参乘，诸侯解方城之围；干木为臣，天下无西河之战。”这都是以史证旨。宋濂《演连珠》五十首其三云：“盖闻志于贞节者，浮名不足以累其真；志于恬泊者，好爵不可以乱其性。是以子陵乐富春之耕，干木辞于陵之聘。”也是以史证旨，以严子陵、段干木的史事说明真隐士需志于贞节，甘于淡泊。明王世贞有《演连珠十二首》，其一云：“愚闻物无专美，配祸为福；情有轧机，缘恩出怨。达士悟而廉取，贪夫昧而无厌。是以庄生上相，宁为曳尾之龟；韩氏真王，终作就烹之犬。”庄子宁作曳尾之龟而不肯为上相，才是真正的达士；韩信要挟刘邦封他为真王，只不过是贪夫，以终招杀身之祸的史事说明祸福相倚、恩怨相结的道理。

从形式上看，连珠的文体特征大体可概括如下：

第一，“辞丽而言约”，文辞华美而简短。蔡邕《广连珠》二首之二只有二十字：“道为知者设，马为御者良。贤为圣者用，辨为知者通。”①但也有个别篇幅较长的连珠，如宋庠的《连珠一首》：“山有楩梓之材，居山者茇草而舍；田有禾稷之实，力田者半菽而饱；厩有骥騄之乘，掌厩者羸股而步。此所谓役于物者，智不逮乎物也。无木者有华榱之荫，无田者有嘉谷之享，无厩者有上驷之御，此所谓役物者智包乎物也。故君子逸于用德，小人劳于用力。”作者想说明“君子逸于用德，小人劳于用力”，但我们也可看到劳者无食、食者不劳的社会普遍现象。

第二，“假喻以达其旨”，这是连珠体最突出的特点，几乎所有以“连珠”名篇者，都是通过比喻以表达主旨。东汉蔡邕《广连珠》二首之一云：“臣闻目瞤（眼跳）耳鸣，近夫小戒也；狐鸣犬嗥，家人小妖也。犹忌慎动作，封镇书符，以防其祸。是故天地示异，灾变横起，则人主恒恐，惧而修政。”傅玄《连珠序》讥其“似论”，其实，连珠本来就是借比喻以论理，这里以眼跳耳鸣、狐鸣犬嗥人们都要“慎动”，说明“天地示异”，人主更当“惧而修政”，完全符合连珠的文体要求。梁武帝有《连珠》三首，其一以“水镜不以妍蚩殊照，芝兰宁为贵贱异芳”喻“弘道归于兼济，至德由乎两忘”。其二以“一眚（一眼生翳）不足以掩德，五刑非可以妄加”喻“径寸之珍，有时而颣；盈尺之

---

① （明）张溥《汉魏六朝百三家集》卷一八，文渊阁四库全书本。

宝,不能无瑕”。①唐末司空图有《连珠》,其二云:“盖闻太和所赋,植性自驯。孰为之而曰凤,孰为之而曰麟。翔必以时,肯争鸣而作怪?动惟中矩,宁受嗾以噬人?”②此以麟凤为喻说明“太和所赋,植性自驯”。

第三,“历历如贯珠”。一篇《连珠》往往由数首组成,一首为一珠,一篇则像一串珍珠。一首之内,往往一环扣一环,也像一串珍珠。沈约《编注制旨连珠表》:“连珠者,盖谓辞句连续,互相发明,若珠之结排也。虽复金镳互骋,玉轪并驰,妍蚩优劣,参差相间,翔禽伏兽,易以心威,守株胶瑟,难与适变,水镜芝兰,随其所遇,明珠燕石,贵贱相悬。”③

第四,“骈偶而有韵”,实为骈体韵文。吴讷《文章辨体序说》云:“其体则四六对偶而有韵。”徐师曾《文体明辨序说》云:“其体辗转,或二或三,皆骈偶而有韵。”如南朝宋颜延之《范连珠》曰:“盖闻匹夫履顺,则天地不违;一物投诚,则神明可交。事有微而愈著,理有暗而必昭。是以鲁阳倾首,离光为之反舍;有鸟拂波,河伯为之不潮。”④通篇皆为骈句,而以“交、昭、潮”为韵。此前所举各篇连珠一般也是骈体韵文。

第五,连珠的结构似乎较呆板,几乎都由比喻与主旨组成,但细看也富于变化,如王粲的《仿连珠》四首:

> 臣闻明主之举士,不待近习;圣君之用人,不拘毁誉。故吕尚一见而为师,陈平乌集而为辅。
>
> 臣闻记切志过,君臣之道也;不念旧恶,贤人之业也。是以齐用管仲而霸功立,秦任孟明而晋耻雪。
>
> 臣闻振鹭虽材,非六翮无以翔四海;帝王虽贤,非良臣无以济天下。
>
> 臣闻观于明镜,则疵瑕不滞于躯;听于直言,则过行不累乎身。⑤

前两首都是先点明主旨,再举史为证,是以事喻旨;后两首都是前为比喻,再点明主旨。宋徐铉有《连珠词》四首,其三云:“道不可以权行,终则道丧;情不可以苟合,久则情疏。是以兵谏爱君,君安而忠敬已失;同舟济险,险夷而取舍自殊。”这也是先点主旨,后作比喻,以说明“道不可以权行”,“情不可以苟合”。也有主旨置中间而前后

---

① (明)梅鼎祚《梁文纪》卷一,文渊阁四库全书本。

② (唐)司空图《司空表圣文集》卷八,文渊阁四库全书本。

③ (明)梅鼎祚《梁文纪》卷八,文渊阁四库全书本。

④ (明)梅鼎祚《宋文纪》卷一一,文渊阁四库全书本。

⑤ (唐)欧阳询《艺文类聚》卷五八,文渊阁四库全书本。

为比喻的，如谢惠连《连珠》之三云："盖闻春兰早芳，实忌鸣鴂；秋菊晚秀，无惮繁霜。何则？荣乎始者易悴，贞乎末者难伤。是以傅长沙而志沮，登金马而名扬。"①前以比喻，后以贾谊少年得志，后谪为长沙王傅，公孙弘晚年才对策第一，登金马门，后位至丞相的史事，证明"荣乎始者易悴，贞乎末者难伤"。

唐以前的连珠多以"臣闻"、"盖闻"起，唐以后的连珠开始变化，往往不用这样的词语，如唐苏颋《为人作连珠二首》其一云："夫恩至深而必报，言至信而罔遗。系于我者深不可夺，牵于彼者信不可欺。故操刀而割，岂为他人所污；书扇而殒，竟还夫氏之尸。"②宋晏珠《演连珠》云："时平德合，秉均者续隐于几先；运极道消，享位者誉隆于事外。是以房、杜之恩勤莫二，无迹可寻；郭、裴之退黜居多，其名益大。"③

（五）楹联（对联）和诗钟

楹联又叫对联，由字数完全相等的上下联组成。上联叫出句，下联叫对句。每副对联的字数可多可少，但上、下两联的字数必须相等。对联属诗还是属文，看法不一。有人认为对联属诗，五字联、七字联确实相当于五律、七律诗的中间两联，但笔者认为对联是由骈句、骈文演变而来的，当属于文，是骈文的变体。因为律诗每句的字数是固定的，而对联的字数则很不固定，短联虽仅数字，但长联可多达数百字（如云南昆明大观楼联），不算文算什么呢？云南昆明大观楼联的作者为孙髯（？—1772），字髯翁，号颐庵。一生勤奋，著述甚丰，有《永言堂诗文集》和《金沙诗草》，辑有《国诗采》（多已佚），但他最有名影响最大的还是他的这副大观楼长联，上联写滇池景色：

> 五百里滇池，奔来眼底，披襟岸帻（高耸的头巾），喜茫茫空阔无边，看东骧神骏（东面的金马山），西翥灵仪（指昆明西面的鸡碧山），北走蜿蜒（指昆明北面的蛇山），南翔缟素（指昆明西面的白鹤山）。高人韵士，何妨选胜登临。趁蟹屿螺洲（指滇池中如蟹似螺的小岛或小沙洲），梳裹就风鬟雾鬓；更苹天苇地，点缀些翠羽丹霞。莫辜负四围香稻，万顷晴沙，九夏（夏季的九十天）芙蓉，三春杨柳。

---

① （明）梅鼎祚《宋文纪》卷一〇，文渊阁四库全书本。

② 《文苑英华》卷七七一，文渊阁四库全书本。

③ （宋）吕祖谦《宋文鉴》卷一二八，文渊阁四库全书本。

下联借史抒怀，因景生情，意境深远：

数千年往事，注到心头，把酒凌虚，叹滚滚英雄谁在？想汉习楼船，唐标铁柱，宋挥玉斧，元跨革囊，伟烈丰功，费尽移山心力。尽珠帘画栋，卷不及暮雨朝云；便断碣残碑，都付与苍烟落照。只赢得几杵疏钟，半江渔火，两行秋雁，一枕清霜。

前半以"数千年往事"领起，叙云南历史："汉习楼船"，《史记·平淮书》载，汉武帝大修昆明池，治楼船，以操习水军；"唐标铁柱"，《新唐书·吐蕃列传上》载，吐蕃与姚州蛮寇边，九征毁絙夷城，建铁柱于滇池以勒功；"宋挥玉斧"，《续资治通鉴后编》卷四载，北宋初年，王全斌既平蜀，欲乘势取云南，以图献。宋太祖鉴于唐天宝之祸起于南诏，以玉斧画大渡河以西曰"此外非吾有也"；"元跨革囊"，《元史·宪宗本纪》载，忽必烈征大理，过大渡河，至金沙江，乘革囊及皮筏以渡。后半仍以眼前景色结，历代战争赢得的只是一派萧条景象：疏钟、渔火、秋雁、清霜。

上下联各为九十字，合计一百八十字，素有"天下第一长联"之称。其实，大观楼联算不上"第一长联"。四川达州万源人苟达明，字朗卿，书斋名燕溪山房，人称苟燕溪，为前清进士。其墓华表上的对联，上联为苟达明生前自撰，写自己"辜负他龙斗虎争"，一事无成，早该像丁令威那样化鹤飞去，像老子那样骑青牛归去：

造物皆野马尘埃，谁是仙，谁是佛，殊青云客呕残心血，白眼郎击碎唾壶，仗兹一点灵光，洋洋洒洒，到头来兔走乌飞，顷刻黄泉都梦醒。世本无金刚法身，但留个书生面目，赤子心肠，合采笔题我，椒浆奠我，宝剑酬我，也落得炳炳磷磷，为老头巾吐气。似此终场，辜负他龙斗虎争，迭正迭闰迭英雄，倒不如丁公白鹤，老子青牛，泡影早寻归去路。何须求福地嫏嬛，即傍君家画人，吾家可山，总与乾坤留正气。

下联由其友人邓柳泉、苟德孝、冉景贤、张明正合撰，称颂他如徐福渡海，严陵垂钓，逍遥一生：

浮名若酰鸡世界，偶为角，偶为蛮，但首丘狐长恋故乡，华表鸡每怜新冢，凭尔三生幻态，渺渺茫茫，撒手去清风月朗，逍遥魂归碧落帐。死犹傍玉皇香案，再等他翰苑胚胎，蓬莱伯仲，看簪缨让谁，鬼魅欺谁，车笠恕谁，又何妨轰轰烈烈，做新傀儡登场。几多妙趣，任随尔莺歌燕贺，宜雅宜风宜庄烈，也还与徐福楼船，严滩钓叟，沧桑都作过来人。这便是蓬莱方丈，无分先代帝国，后代民国，都从风月认前身。

上下联各一百五十六字，像这样上下联共达三百一十二字，几乎与不少古代散文、骈文的篇幅无别，当然只能算文。

对偶句在古代诗文中很多，但对联产生较晚，肇始于五代的桃符，宋人所作渐多，累见于各种笔记，但很少有人收入别集的。《宋史》卷四七九载，后蜀主孟昶"第岁除，命学士为词，题桃符，置寝门左右。末年，学士幸寅逊撰词，昶以其非工，自命笔题云：新年纳余庆，嘉节号长春。"欧阳修《六一诗话》云："吴僧赞宁，国初为僧录。颇读儒书，博览强记。亦自能撰述，而辞辩纵横。人莫能屈。时有安鸿渐者，文辞隽敏，尤好嘲咏，尝街行，遇赞宁与数僧相随。鸿渐指而嘲曰：'郑都官不爱之徒，时时作队。'赞宁应声答曰：'秦始皇未坑之辈，往往成群。'时皆善其捷对。鸿渐所道乃郑谷诗云'爱僧不爱紫衣僧'也。"又《归田录》卷下载："寇莱公（寇准）在中书与同列戏云：'水底日为天上日。'未有对，而会杨大年（杨亿）适来白事，因请其对。大年应声曰：'眼中人是面前人。'一坐称为的对。"《墨庄漫录》卷八载，苏轼贬黄州，曾为王文甫撰门联云："门大要容千骑入，堂深不觉百男欢。"蔡沈《九峰集》收有《题白莲寺联》："游鱼顾影惊寒月，宿鹭迷群下夕阳。"

楹联作者，明、清渐多，清代最为流行。明吕毖《明宫史》卷一载，内书堂有先师孔子位，其楹联曰："学未到孔圣门墙，须努力儹行几步；了不尽家庭事业，且开怀丢在一边。"乾隆《钦定热河志》卷四一《宜照斋》云："于西北门内倚石城构斋五楹，御题额曰'宜照斋'。临风致爽，炎宇初晴，谷荫凉生，林飙响答，于照为宜也。联曰：'触目无非远尘俗，会心皆可入研覃。'右为属霄楼，楼下东楹，联曰：'啼树闲禽疑对语，隔峰驯鹿若堪招。'楼上联曰：'云外山为嶂，风前叶照阶。'斋左为却炎榭，联曰：'爱看画影偏迟砌，便有炎风解避疏。'"

历代的诗文总集、诗话、文话很多，而无集楹联成书者。到了清代，突然多起来，如汤蠹仙的《楹联游戏》一卷、《楹联续刻》一卷、《楹联聚宝》一卷，绵文虎的《撰联偶记》一卷，蒋琦龄的《集唐楹联》一卷，俞樾的《楹联录存》五卷，胡凤丹的《楹联集锦》八卷。特别值得一提的是梁章钜的《楹联丛话》。梁章钜（1775—1849）字闲中，号茝邻，晚号退庵，福州（今属福建）人。乾隆五十九年举人，嘉庆七年进士。历任礼部主事，湖北荆州府知府，江苏、山东、江西按察使，江苏、甘肃布政使，广西巡抚，两江总督等职，道光二十二年因病辞官居家，专事著述，著有《三国志旁证》、《游雁荡日记》、《退庵诗存》、《退庵随笔》、《退庵论文》、《归田琐记》、《闽川闺秀诗话》等。同治年间王叔兰贺梁章钜七十大寿之联云："二十举乡，三十登第，四十还朝，五十出守，六十开府，七十归田，须知此后逍遥，一代福人多暇日；简如《格言》，详如《随笔》，博如《旁证》，精如《选学》，巧如《联语》，高如诗集，略数平生著作，千秋大业擅名山。"概括了他的一生，也是对他的定评。梁章钜是楹联学的开山祖师，他对这一文体作了系统的收集、分类和品评，其《楹联丛话自序》说：

楹联之兴，肇于五代之桃符。孟蜀"余庆""长春"十字（指孟昶所撰"新年纳余庆，嘉节号长春"），其最古也。至推而用之楹柱，盖自宋人始，而见于载籍者寥寥。然如苏文忠、真文忠及朱文公撰语，尚有存者，则大贤无不措意于此矣。元明以后，作者渐伙，而传者甚稀，良由无荟萃成书者，任其零落湮沉，殊可慨惜！我朝圣学相嬗，念典日新，凡殿廷庙宇之间，各有御联悬挂。恭值翠华临莅，辄荷宸题；宠锡臣工，屡承吉语。天章稠叠，不啻云烂星敶。海内翕然向风，亦莫不缉颂剬诗，和声鸣盛。楹联之制，殆无有美富于此时者。伏思列朝圣藻，如日月之经天，自有金匮石室之司，非私家所宜撰辑。而名公巨卿，鸿儒硕士，品题投赠，涣衍寰区，若非辑成一书，恐时过境迁，遂不无碎壁零玑之憾。窃谓刘勰《文心》，实文话所托始；钟嵘《诗品》，为诗话之先声。而宋王铚之《四六话》，谢伋之《四六谈麈》，国朝毛奇龄之《词话》，徐釚之《词苑丛谈》，部列区分，无体不备，遂为任彦升《文章缘起》之所未赅。何独于楹联而寂寥罔述！因不揣固陋，创为斯编。博访遐搜，参以旧所闻见，或有伪体，必加别裁。邮筒遍于四方，讨源旁及杂说，约略条其义类，次其后先。第一曰故事，第二曰应制，第三、第四曰庙祀，第五曰廨宇，第六、第七曰胜迹，第八曰格言，第九曰佳话，第十曰挽词，第十一曰集句，附以集字，第十二曰杂缀，附以谐语，分为十门，都为十二卷。非敢谓尽之，而关涉掌故，脍炙艺林之作，则已十得六七，粲然可观。方之禁扁，似稍扩其成规；比诸句图，亦别开生面云尔。道光庚子立春日，福州梁章钜撰于桂林抚署之怀清堂。①

此书分为故事、应制、庙祀、廨宇、胜迹、格言、佳话、挽词、集句集字、杂缀谐语，共十门十二卷，收联话六百余条。全书考察了楹联的源起、发展和演变，搜集保存了大量历代名联，建立了楹联分类体系，以前人论诗论文的品评标准来鉴赏楹联，内容十

① （清）梁章钜《楹联丛话》卷首，北京出版社 1996 年版。

分丰富。如卷四所收潮州韩公祠联云：

天意起斯文，不是一封书，安得先生到此；

人心归正道，只须八个月，至今百世师之。

紧扣韩愈贬潮州事，暗寓苏轼《韩文公庙碑》对他的评价，用在潮州韩公祠十分贴切，他处不能用。梁章钜还编有《楹联续话》四卷，收联话三百三十则；《楹联三话》，未分门分卷，仅系以小标题，收联话一百三十多则；《巧对录》八卷。其子梁恭辰还编有《楹联四话》六卷，《巧对续录》上、下两卷，体例与其父的《楹联丛话》、《巧对录》相同。1996年北京出版社出版的《楹联丛话全编》，基本囊括了以上各书。

梁章钜之所以能在楹联学上集大成，这与他的家学、师学渊源及其一生阅历分不开。他的父亲与叔父皆进士及第，大学者纪昀特书"书香世业"的匾额相赠。《楹联丛话》卷八《格言》载梁父集《四书》联一副示章钜云："敏则有功公则说，淡而不厌简而文。"他授业于纪昀、阮元和翁方纲等大学者，三人都是楹联大家，《楹联丛话》无数次提到他们及其所撰楹联。他作官遍及江南各省，陈继昌《楹联丛话序》云："比年为吾粤采风陈诗，征文考献，将有'三管英灵'之集。而公暇搜罗，孳孳未已，乃复以所辑楹帖见示，诹遍八方，稿凡三易，每联辄手叙其所缘起，附以品题，判若列眉，了如指掌。夫道体之罔弗该也，文字之罔弗喻也；语其壮则鲲海鹏霄，语其细则蚊睫蜗角。须弥自成其高也，芥子不隘于纳也。楹帖肇自宋、元，于斯为盛。片辞数语，着墨无多，而蔚然荟萃之余，足使忠孝廉节之悃，百世常新；庙堂瑰玮之观，千里如见。可箴可铭，不殊负笈趋庭也；纪胜纪地，何啻梯山航海也。诙谐亦寓劝惩，欣戚胥关名教。草茅昧于掌故者，如探石室之司矣；脍炙遍于士林者，可作家珍之数矣。一为创局，顿成巨观。"《楹联丛话》汇古今佳联于一书，提高了楹联的地位，扩大了楹联的影响，成为后人学作楹联的范本，整个清代、民国以至现在，作者不乏其人。

就楹联所挂处所看，有门联，是雕刻、嵌缀在门的两旁的；堂联，是挂在客厅、书房、卧室的；名胜古迹联，是题写在风景胜地和名胜古迹处的。就对联的用处看，有春联，是春节时贴的；婚联，又叫"喜联"，是祝贺结婚用的；寿联，是为老年人祝寿的；挽联，又叫丧联，是哀悼死者之词；赠答联，是馈赠亲友、抒发情怀、表示友情、互为勉励的。就对联的艺术手法看，与诗类似，有叠字联，用叠字法写成的对联，造成一种重重叠叠，反反复复，音调铿锵的艺术效果；复字联，即在一副对联中，为了突出某种感情或某一内容，让一个字或几个字多次重复使用；回文联，正读倒读都文从字顺；嵌字联，在对联中嵌入人名、地名或其他文字，既突出某一内容，又增强其艺术效果；隐字联,将某些字词故意省略,让人们自己去思考、补充,体味其中的言外之意。

总之,对联是一种特殊的骈文,写作要求与骈文相似。它短小灵活,言短意长,既可写景状物,又可抒情言志;既可褒扬颂赞,又能贬抑嘲讽;既可题于楼台亭榭、寺庙祠宇,又可题于千门万户、客厅书斋。不少对联寓意深微,对仗工稳,或雅或俗,或庄或谐,脍炙人口,广为流播。如果再继续把它排斥于古典文学研究领域之外,确实"殊可慨惜"。

清末出现的诗钟也属楹联之一,取"击钵催诗"之意,起于清道光、咸丰年间,原为闽(今福建)人所创,后来传到大江南北,遍及各地,盛极一时,清人好之成癖。《清朝野史大观》卷一〇载:"樊增祥分藩江宁,蔡伯浩分巡上海,每日以快电互递诗钟,勾心斗角,不下数百联。"诗钟形式既像诗,又像对联,实为七律之一联。这是一种文字游戏,但非聪明敏捷、博洽多闻者不能为。诗钟分二体,一是分咏,两句分别各咏一物一事,或分咏两物两事。如《宝剑、崔莺莺》云"万里河山归赤帝,一生名节误红娘";《赤壁赋、泰山》云"前后两篇名士笔,东南千仞丈人峰";《红楼梦、白发》云"应号怡红公子传,已非惨绿少年时";《寿星、帘钩》云"南极经天珠照耀,西山卷雨玉弯环";《醉蟹、情丝》云"浊世不容公子醒,春愁多为女儿牵";《杨柳、七夕》云"三起三眠三月暮,一年一度一魂销。"二是嵌字,任举两字或数字,分嵌于两句之中,如《睡、星》"睡汉金鳌春及第,星河银雀夜填桥",嵌"睡、星"二字于句首;《屋、心》"老屋欲倾松作柱,禅心未定絮沾泥",嵌"屋、心"二字于第二字;《鸭、花》"养得鸭言惊客弹,拈将花笑悟禅机",嵌"鸭、花"二字于第三字;《田、月》"薄宦无田何日返,故人如月几时圆",嵌"田、月"二字于第四字;《皋、马》"金玦儿伤皋氏字,玉环魂断马嵬坡",嵌"皋、马"二字于第五字;《楚、宫》"巫峡朝云归楚梦,连昌夜月入宫词",嵌"楚、宫"二字于第六字;《甲、啼》"龙腾沧海频舒甲,猿听巫山不住啼",嵌"甲、啼"二字于句末。分咏、嵌字之法五花八门,举不胜举,略知其戏法即可。

第五章　韵 文 分 体

韵文包括箴、铭、赞、颂、哀祭各体。初看起来，似乎诗、文界限很清楚，但一涉及具体问题，就未必如此。我们和北大在开始编纂《全宋诗》、《全宋文》时，有人主张凡押韵的文字均应收入《全宋诗》，其余的收入《全宋文》。其实不仅诗有韵，文也有含韵的。辞赋、箴、铭、颂、赞、祭文等文体，其中有全为韵文的，也有含韵文的。吴讷《文章辨体序说》云："大抵箴、铭、赞、颂虽或均用韵语而体不同。"刘师培《论文杂记》云："箴、铭、碑、颂，皆文章之有韵者也。"历代总集、别集多把它们归入文类。

第一节　箴

箴是援古刺今以箴得失之文。《文心雕龙·铭箴》云："箴者，针也，所以攻疾防患，喻针石也。"宋张表臣《珊瑚钩诗话》卷三云："援古刺今，箴戒得失谓之箴。"王应麟《辞学指南》云："箴者，谏诲之辞，若箴之疗疾，故名箴。" 又引"西山先生曰：箴、铭、赞、颂，虽均韵语，然体各不同。箴乃规讽之文，贵乎有警戒切劘之意"。明陈懋仁注《文章缘起》云："箴者规戒以御过者也……按《说文》云：'箴者，试也。'盖医者以针石刺病，故有讽刺而救其失者谓之箴。"吴讷《文章辨体序说·箴》云："按许氏《说文》：'箴，诫也。'《商书·盘庚》曰：'无或敢伏小人之攸箴。'盖箴者规诫之辞，若箴之疗疾，故以为名……东莱云：'凡作箴须用官箴王阙之意，箴尾须依《虞箴》'兽臣司原，敢告仆夫'之类。"明杜浚《杜氏文谱》卷一《诗文体制》云："援古刺今，箴戒得失谓之箴。"又卷二《文式·入境》云："箴以惩创，贵严切而使人痛心。"姚鼐《古文辞类纂·序目》云："箴铭类者，三代以来有其体矣。圣贤所以自戒警之义，其辞尤质，而意尤深。"曾国藩《经史百家杂钞·序例》云："曰箴铭，曰颂赞，姚氏所有，余以附入辞赋之下编。"但箴、铭、颂、赞与辞赋，无论形式和内容都差别较大，不宜混同。赋，前已详论，此专论箴、铭、颂、赞与哀祭文。

（一）官　箴

箴有官箴、私箴之分。徐师曾《文体明辨序说》云："其品有二：一曰官箴，二曰私箴。大抵皆用韵语，而反复古今兴衰理乱之变，以垂警戒，使读者惕然有不自宁之心，乃称作者。"所谓官箴，指臣下对君主或上层执政者的劝戒，即所谓"官箴王阙"。

任昉《文章缘起》认为箴始于汉："箴，汉扬雄《九州百官箴》。"其实早在三代就有箴，《文心雕龙·铭箴》云："斯文之兴，盛于三代。《夏》、《商》二箴，余句颇存。周之辛甲，百官箴阙，唯《虞箴》一篇，体义备焉。"明陈懋仁注《文章缘起》亦云："古有《夏》、《商》二箴，见于《尚书》大传解及《吕氏春秋》，然余句虽存，而全文已缺。及周太史辛甲命百官箴王阙，而《虞人》一篇备载于《左传》。于是扬雄仿而为之，大抵用韵语以垂警戒。"吴讷《文章辨体序说·箴》云："古有夏、商二箴，见于《尚书大传解》、《吕氏春秋》，而残缺不全。独周太史辛甲命百官，箴王阙，而虞氏掌猎，故为《虞箴》，其辞备载《左传》。后之作者，盖本于此。"

东汉胡广《百官箴叙》云："箴谏之兴，所由尚矣。圣君求之于下，忠臣纳之于上，故《虞书》曰：'予违汝弼，汝无面从，退有后言。'"①这当是最早的箴文残句。晋孔晁《逸周书》卷三载《夏箴》曰："小人无兼年之食，遇天饥，妻子非其妻子也；大夫无兼年之食，遇天饥，臣妾非其臣妾也；卿大夫无兼年之食，遇天饥，臣妾舆马非其有也；国无兼年之食，遇天饥，百姓非其有也。"此箴是散文排比句。《左传》襄公四年载，周武王时，辛甲为太史，命百官箴王阙，虞人掌田猎，故借田猎事以谏："昔周辛甲之为太史也，命百官官箴王阙。于虞人之箴曰：'芒芒禹迹，画为九州，经启九道。民有寝庙，兽有茂草，各有攸处，德用不扰。在帝夷羿，冒（贪）于原兽，忘其国恤。而思其麀牡。武不可重，用不恢于夏家。兽臣司原，敢告仆夫。'《虞箴》如是，可不惩乎？"这就是《文心雕龙》称之为体义皆备的《虞箴》，也是现存最早最完整的箴文。

王应麟《辞学指南》列举了历代箴之名篇："《诗》、《庭燎》、《沔水》等篇，左氏《虞人箴》，扬子云《百官箴》，张茂先《女史箴》，白居易《续虞人箴》，柳公绰《太医箴》，王元之《端拱箴》，《文粹》中诸箴，可写作一帙，时时反复熟诵，便知体式。"《诗》之《庭燎》，序谓"美宣王也，因以箴之"；《沔水》，序谓"规宣王也，箴规者，正圆之器也"。但两篇并未以箴名篇，兹不论。《左传·虞人箴》，前已举。扬雄的《百官箴》既箴地方官员，如《冀州牧箴》、《扬州牧箴》、《益州牧箴》之类，又箴中央官员，如《光禄勋箴》、《太仆箴》、

---

① 《太平御览》卷五八八，文渊阁四库全书本。

《执金吾箴》之类。兹举一篇，以见汉代箴文特征。其《益州牧箴》云：

岩岩岷山，古曰梁州。华阳西极，黑水南流（谓益州东据华山，西据黑水）。茫茫洪波，鲧堙降陆。于时八都（即八州），厥民不隩（无可居之地）。禹导江沱，岷嶓启干①。远近底贡，磬错砮丹。丝麻条畅，有粳有稻。自京徂畛（自王畿至益州外境），民攸温饱。帝有桀纣，湎沉颇僻。遏绝苗民，灭夏殷绩。爰周受命，复古之常。幽厉夷业，破绝为荒。秦作无道，三方（即三川）溃叛。义兵征暴，遂国于汉。开拓疆宇，恢梁之野。列为十二，光羡虞夏②。牧臣司梁，是职是图。经营盛衰，敢告士夫。③

此箴概述了益州的地理和历史，夏禹治水，一改鲧的堙堵之策，益州遂成为富饶之地。夏桀、殷纣时，益州再受祸害。周文王"复古之常"，周幽王、周厉王时又陵夷至于废绝，成为荒野。秦政无道，三川叛乱，汉除暴拓疆，列为十二郡，可谓盛矣。末以告戒结，治益州者当以史为鉴，预虑其衰，"是职是图"。

张华《女史箴》见《文选》卷五六。《晋书·张华传》云："华惧后族之盛，作《女史箴》以为讽。贾后虽凶妒，而知敬重。"可见《女史箴》为是戒贾后而作："欢不可以黩，宠不可以专。专实生慢，爱极则迁。致盈必损，理有固然。美者自美，翩以取尤。冶容求好，君子所雠。结恩而绝，职此之由。故曰：翼翼矜矜，福所以兴④。靖恭自思，荣显所期。"

唐宪宗好游畋，元和十五年白居易撰《续虞人箴》，即为戒唐宪宗畋猎而作："驰骋畋猎，俾心发狂。何以验之，曰羿与康。曾不是诫，终然覆亡。故我列圣，鉴彼前王。虽有畋游，乐不至荒……噫，逐兽于野，走马于路。岂不快哉，衔橛可惧。噫，夜归禁苑，朝出皇都。岂不乐哉，寇戎可虞。臣非兽臣（指不是虞人），不当献箴。辄思出位，敢谏从（纵）禽。蝼蚁命小，安危计深。苟裨万一，臣死甘心。"

《旧唐书》卷一六五载柳公绰所撰《太医箴》，主旨与白居易《续虞人箴》相近："寒暑满天地之间，浃肌肤于外；玩好溢耳目之前，诱心知于内……饮食所以资身

① 谓鲧堵洪水，不知疏导其源，故八州之民皆不得宅土安居。禹自岷山导江东别为沱，自嶓冢东流为汉，皆从其源而疏瀹之，故自此启干，水患以平。

② 汉高祖灭秦，置广汉郡。武帝通巴蜀，置犍为、越嶲、益州、牂柯、武都、沈黎、文山七郡，并秦时的汉中、巴、蜀、陇西四郡，共十二郡，比虞夏封域，更为光羡。

③ （宋）章樵注《古文苑》卷十四，文渊阁四库全书本。

④ 《文选》注："师尚父谓武王曰：舜之居人上，矜矜乎如履薄冰，汤之居人上，翼翼乎惧不敢息。"

也，过则生患；衣服所以称德也，侈则生慢。惟过与侈，心必随之；气与心流，疾亦伺之。”

宋代王禹偁的《端拱箴》是著名的官箴。端拱为宋太宗年号。前言为君之难，难在应以欲从人而不生懈怠：“为君实难，惟辟作福。在以欲而从人，不以人而从欲。位既尊大，时惟开泰。渐忘焦劳，或生懈怠。乃有谏诤，乃陈箴诫。”次言君臣之义，臣当谏而君当从谏：“箴诫惟艰，斥君之过；谏诤惟艰，救君之祸。君或好谏，臣亦何患？臣或尽忠，君何不从？君臣之义，今古攸同。普天之下，人谁不宾？如父如母，为妾为臣。虐之则雠，抚之则亲。是以王者，可畏非民。”君主万物皆足：“率土之宾，物何不足？乃犀乃贝，惟珠惟玉。”其下皆为箴戒之词，一要节俭：“寒不被体，馁不充腹。是以圣人，所宝惟谷。无侈乘舆，无奢宫宇，当念贫民，室无环堵。无崇台榭，无广陂池，当念流民，地无立锥。御服煌煌，有彩有章，一袭之费，百家衣裳。御膳郁郁，有粱有肉，一食之用，千人口腹。勿谓丰财，经费不节，须知府库，聚民膏血。”二要慎战：“勿谓强兵，征伐不息，须知干戈，害民稼穑。”三要慎刑：“赏罚者国之大柄，喜怒者人之常情。赏虽由己，勿因喜而行；罚虽在我，勿因怒而刑。喜赏或滥，亏损天鉴；怒刑不正，枉屈人命。”四要近贤臣而远小人：“大臣元老，经邦论道，裨补聪明，于何不照？乐成、尹寿①，所以为其师友。小臣阉官，执巾沃盥，干议政事，于何不乱？竖刁、易牙②，所以败其邦家。孰为君子？先人后己。信而用之，斯为至理。孰为小人？害物谋身。察而斥之，斯为至仁。”五要防好辩恶讷：“无好人辩，或有虚诞，喋喋之言，侈而多讪。无恶人讷，或有淳质，期期之口，直而不屈。”六要宽容佛教：“浮图之教，乃戎乃蕃，汉明之际，始入中原。行之既久，存而勿论。”七要防亲夏、辽：“匈奴之种，无义无仁。秦皇之后，常苦边尘，御之以道，疏而勿亲。”八要抑制兼并：“计口授田，兼并何有？是谓仁政，及于黔首。”九要裁减冗官：“约人署吏，侵渔则少，是谓能官，惠于无告。”十要提倡孝悌：“父天母地，日兄月姊，乃郊乃烟，劝其孝悌。”十一要明察各级官吏：“左辅右弼，前疑后丞，一举一动，戒其骄矜。罔或明察，政体用伤；罔或弛紊，国经不张。”十二要行古道，复淳风：“行乎大中之道，渐乎无何之乡，游神乎简易之域，息虑乎清净之场。斯则妙有，垂之无疆。”十三要慎始克终：“谁谓古道，背而不还？君或行之，是亦非艰。谁谓淳风，去而不返？君或继之，是亦何远！慎始则多，克终盖鲜。朽索当手，覆车在眼。庸庸只只，兢兢战战。小臣司箴，敢告旒冕。”③王禹偁在《进端拱箴表》中

① 传说为尧之师，教以无为之道，又传道于彭祖。

② 齐桓公宠臣，后乱齐。

③ （宋）魏齐贤、叶棻《五百家播芳大全文粹》卷一〇九，文渊阁四库全书本。

说："'安不忘危，理不忘乱'，'靡不有初，鲜克有终'，古圣贤之深旨也。"这就是此文的"深旨"。通篇都是韵文，多数是四字句，也有超出四字的；多数是四句一换韵，也有两句一换韵的，如"君或好谏，臣亦何患"，"喜赏或滥，亏损天鉴"，"怒刑不正，枉屈人命"；或六句一换韵，如"赏罚者国之大柄，喜怒者人之常情。赏虽由己，勿因喜而行；罚虽在我，勿因怒而刑"，"行乎大中之道，渐乎无何之乡，游神乎简易之域，息虑乎清净之场。斯则妙有，垂之无疆"；或八句一换韵，如"行之既久，存而勿论。匈奴之种，无义无仁。秦皇之后，常苦边尘，御之以道，疏而勿亲"。而"谁谓古道"以下十六句就未再换韵。由于句式和用韵富于变化，这篇行文颇长的四言箴，读起来仍活泼跳荡，毫不板滞。

王禹偁的《端拱箴》无序，而箴文很长。晁迥的《慎刑箴并序》也是一篇官箴，箴文很短，而序文很长，达七百余言。首引先贤论慎刑："《书》曰：'钦哉钦哉，惟刑之恤哉！'又曰：'与其杀不辜，宁失不经。好生之德，洽于民心。'《礼》曰：'刑者侀也，侀者成也。一成而不可变，故君子尽心焉。'斯乃古先垂世之文，布在方策之著明者也。"次论汉代尤重其事："圣朝顺考古道，以御万邦，建官率属，尤重其事。《汉书》曰：'张释之为廷尉，天下无冤民；于定国为廷尉，民自以为不冤。'噫，凡亲民莅政，司刑典狱之官，若能明慎深切，法汉之张、于二贤，则仁德之□，无出于此，至如践卿相之位，固当然也。"连功臣周勃都怕狱事，何况小民："鲁庄公曰：'小大之狱，虽不能察，必以情。'路温舒曰：'天下之患，莫深于狱。捶□之下，何求而不得？'又周勃有大功，历尊位，威望素震。及坐事被摄，犹叹狱吏之贵。是知愚弱之民，苟婴缧绁，则锻□诬服者可胜言哉！故俗语曰：'画地为狱，议不入；刻木为吏，期不对。'此皆悲痛之辞也。"末叙自己的看法，认为"慎刑最为急务"："迥尝接深识巨贤先生之论，□为食禄之士，固当恻隐济众，自求多福。殖福之法，必须善利及人。善利之要，莫若慎刑最为急务，余皆不足为比。"应"视所治之人皆如己子"，"无怠忽，无苛留"。认为"听讼折狱"需具四德："公清首之，先正自心，勿为势力所迁，一也。明察次之，究其事始，勿至变乱成惑，二也。仁恕又次之，既得其情，哀矜而勿喜，三也。平允又次之，狱具取决，无庸上下相殴，以刻为明，四也。"而箴文不足六十四字，不足序文的十分之一："刑之所设，禁暴防淫。慎□戒滥，利泽惟深。如烛于暗，如拯于沉。所以君子，必尽其心。慎刑本仁，仁者多寿。滥□获报，天网不漏。严母先见，于公有后。愿布斯文，置诸座右。"①对案情应"如烛于暗"，对囚犯应"如拯于沉"；要"公清"，勿为势力所迁；要"明察"，弄清案情真象；要"仁恕"，勿因既得其情而自喜；要"平允"，不要"以刻为明"。古今执法者似

① （清）王昶《金石萃编》卷一三一，上海古籍出版社1995年版。原书多缺字。

乎都应以此自箴。倪涛《六艺之一录》卷一二五云:“《慎刑箴》乃晁尚书迥判西京时所作,一序一箴,极其剀切。”①

真德秀在长沙,以廉、仁、公、勤四事勉僚属,王迈撰廉、仁、公、勤四箴,其《律己以廉箴》云:“惟士之廉,犹女之洁。苟一毫之点污,为终身之玷缺。毋谓暗室,昭昭四知。汝不自爱,心之神明其可欺?黄金五六驼,胡椒八百斛,生不足以为荣,千载之后有余戮。彼美君子,一鹤一琴,望之凛然,清风古今。”《抚民以仁箴》云:“古者于民,饥溺犹己,心诚求之,若保赤子。”《存心以公箴》云:“本心日月,利欲食之;大道康庄,偏见窒之。听言偏则枉直而惠奸,喜怒偏则赏僭而刑滥。惟公生明,偏则生暗。”《莅事以勤箴》云:“尔服之华,尔馔之丰,凡缕丝而颗粟,皆民力乎尔供。仕焉而旷厥官,食焉而怠若事,稍有人心,胡不自愧?昔者君子,靡素其餐,汗流洽背,日不辞难,警枕计功,夜不遑安。谁为我师,一范一韩。”②四篇皆韵语,但句式灵活多变,有三言、四言、五言、六言、七言、九言的不同。真德秀《跋陈复斋为王实之书四事箴》云:“揭之幕府之壁,与同僚共警焉……实之(王迈字实之)之箴明厉峻切,读者已知悚畏。”袁甫《跋长沙幕府四箴》进一步概括并深化了四箴主旨,他称美真德秀待僚属“真如子弟朋友”:“长官之待僚属,政欲己出,权畏下移,能用其所长者鲜矣,况望其肝胆无隔、休戚一体如家人父子乎?能以真情相与者鲜矣,况望其训导谆谆,讲明义理,如师友琢磨乎?粤山真公之帅长沙也,待僚属之意,真如子弟朋友。条为四事,庸示劝勉。”又申王迈四箴之意云:“幕属王君既作四箴矣,余申以一言可乎?天下万事,皆原于心,心本至灵,己私障之。己私既去,洞然大公。无适无莫,常清常明。律己也,抚民也,莅事也,皆是心为之也。廉而不本于心,则有以敝车羸马为廉者矣;仁而不本于心,则有以燠休姑息为仁者矣;勤而不本于心,则有以衡石程书为勤者矣。是皆心未通乎大公,智漫窥于小道,故流弊至于此。然则四者,固官箴之要,而存心又三箴之要。心诚廉,当辞而辞,当受而受,皆廉也。心诚仁,温如春生,凛如秋杀,皆仁也。心诚勤,职思其忧,思不出位,皆勤也。”③在袁甫看来,廉、仁、公、勤,以存心公为最重要。

(二)私　　箴

私箴指自警自戒之词,扬雄的《酒箴》即属私箴:

---

① (清)倪涛《六艺之一录》,文渊阁四库全书本。

② (宋)王迈《臞轩集》卷一〇,文渊阁四库全书本。

③ (宋)袁甫《蒙斋集》卷一五,文渊阁四库全书本。

子犹瓶矣，观瓶之居，居井之眉。处高临深，动常近危。酒醪不入口，臧水满怀。不得左右，牵于纆徽（井索）。一旦叀（悬）碍，为甓（井以砖为甃）所轠（击）。身提黄泉，骨肉为泥。自用如此，不如鸱夷（革囊，盛酒器）。鸱夷滑稽，腹大如壶。尽日盛酒，人复借酤。常为国器，托于属车（天子属车，常载酒食）。出入两宫，经营公家，由是言之，酒何过乎？

《汉书·货殖列传》云："黄门郎扬雄作《酒箴》以讽谏成帝，其文为酒客难法度士。"这里以瓶喻法度之士，以鸱夷子喻客，随人之需，容易全身。"处高临深，动常近危"二语，尤有警戒意义。

韩愈的五箴即《游箴》、《言箴》、《行箴》、《好恶箴》、《知名箴》，为私箴名篇。其《五箴序》云："人患不知其过，既知之不能改，是无勇也。余生四十有八年，发之短者日益白，齿之摇者日益脱。聪明不及于前时，道德日负于初心，其不至于君子而卒为小人也昭昭矣。作《五箴》以讼其恶云。"其自警、自戒之意甚明。

宋代晁迥的《三言约己自修箴》、《过幻日损箴》也是自警自戒之词，属私箴。前篇是三言韵语："愚修心，自作戒。勿驰散，勿昏昧。不分别，勿留碍。去缠缚，令自在。破忧恚，成欢泰。保其身，无败坏。进其道，无懈怠。铭座隅，书绅带。"后篇是四言韵语："过而能改，自然寡悔。知幻即离，何劳用智。日损之师，简要如是。"①

赵湘有《室箴并序》、《吐握箴并序》。前篇云："待雨以室，食器以陶。不陋不秽，可歌可谣。回巷以陋，回饮以瓢。嗟尔不贤，比回孔骄。如不汝安，乃道之消。"这是箴奢。后篇云："（周公）旦之圣耶，必待白屋。哺三吐而出，发三握而复。嗟而后人，非旦之族，胡可以餐，胡可以沐？"②这是箴骄。

明祝允明《三箴》序云："余以祸福非圣哲所趣（趋）辟，然有自召之者。盖亦有其机矣，士之机多由三者：心、舌、笔也，因各为之箴。"其《笔箴》云："倏然而褒，华衮立朝，而炙竹耿昭，非斯曷操？忽然而贬，象服黥脸，而流污刀简，非斯曷典？物用斯杀己，己亦用斯杀物，以并其谪。物不可察，而己可戒。戒之哉，戒之哉，祸福曰笔。"③因笔而褒，因笔而贬；己因笔杀，亦用笔杀人。其理不可察，但可戒，戒以文贾祸，是全文主旨。

箴多为四言，但也有骈文箴。如许奎《危箴》云："围棋制淝水之胜，单骑入回纥之

① 均见（宋）晁迥《昭德新编》卷下，文渊阁四库全书本。
② （宋）赵湘《南阳集》卷五，文渊阁四库全书本。
③ （明）祝允明《怀星堂集》卷九，文渊阁四库全书本。

军，此宰相之雅量，非将军之轻身。盖安危未定，胜负未决，帐中仓皇，则麾下气慑，正所以观将相之事业。浮海遇风，色不变于张融；乱兵掠射，容不动于庾公。盖鲸鲵澎湃，舟楫寄躬，白刃蜂午，节制谁从？正所以试天下之英雄，噫，可不忍与！”①

（三）箴的其他称谓：戒、规

箴还有其他一些称谓，戒、规就与箴相近，名虽不同而内容大体一致。吴讷《文章辨体序说》云：“按韵书，戒者警敕之辞。《文章缘起》曰：‘汉杜笃作《女诫》，辞已弗传。《文选》亦无其体，今取汉、晋以后诸作录之于编，庶读者得所警发焉。传：戒者防患之谓，以之名文，所以禁人之失也。”徐师曾《文体明辨序说》认为戒是“箴之别名”：“按字书云：‘戒者，警敕之辞，字本作诫。’文既有箴，而又有戒，则戒者，箴之别名欤！”《文章辨体汇选》卷四七三所收为韵文戒，如《淮南子》所载《尧戒》云：“战战栗栗，日谨一日，人莫踬于山，而踬于垤。”又收有汉东方朔《戒子》，这既是他自己的处世哲学，又用以戒子：

明者处世，莫尚于中。优哉游哉，于道相从。首阳（伯夷、叔齐）为拙，柳下（惠）为工。饱食安步，以仕代农。依隐玩世，诡时不逢。是故才尽者身危，好名者得华，有群者累生，孤贵者失和，遗余者不匮，自尽者无多。圣人之道，一龙一蛇。形见神藏，与物变化，随时之宜，无有常家。

《文章辨体汇选》卷四七四所收为散文戒，其中汉班昭《女诫》，晋嵇康《戒子》，韩愈《守戒》，柳宗元的《柳州三戒》（《临江之麋》，《黔之驴》，《永某氏之鼠》）尤为有名，宋代宋祁《治戒》，晁补之《乌戒》，王十朋《三不能戒》也富有谨戒意义。这里仅举司马光《言戒》以见散文戒的特点：

迂夫（光自号）曰：言不可不重也，子不见钟鼓乎？夫钟鼓叩之然后鸣，铿訇镗鞳，人不以为异也。若不叩自鸣，人孰不谓之妖耶？可以言而不言，犹叩之而不鸣也，亦为废钟鼓矣。

这是以叩而不鸣为废钟鼓，不叩自鸣则“人孰不谓之妖”，说明言有可言、不言之

---

① （明）杨慎《丹铅余录·总录》卷一一引，文渊阁四库全书本。

分，比喻浅切而说理深透。

贺复徵《文章辨体汇选》卷四七五云："规者为圆之器，以之名文，所以成人之德也。《书》曰：'官师相规。'义盖始此。后世学校则每用之。徐师曾曰：'今人以箴、规并称，而文章顾分为二体者，何也？箴者箴上之阙，而规者臣下之互相规谏者也。其用以自箴者，乃箴之滥觞耳。'然规之为名虽见于《书》，而规之为文则汉以前绝无作者，至唐元结始作《五规》，岂其缘《书》之名而创为此体欤。"此卷所收皆为元结所撰，其一为《出规》：

> 元子门人叔将出游，三年及还，元子问之曰："尔去我久矣，何以异乎？"诺曰："叔将始自山中至长安，见权贵之盛，心愤然切悔。比年于空山穷谷，与夫子甘饥寒，爱水木而已。不数月，至王公大夫卿相近臣之门，无不至者。及一年，有向与欢宴，过之可吊；有始贺拜，候已闻，就诛。岂不裂封，疆土未识；岂无印绶，怀之未暖。其客得禄位者随死，得金玉者皆拿，参游宴者或刑或免。叔将之身如犬逃者五六，似鼠藏者八九。当其时环望天地，如置在杯斗之中。"元子闻之叹曰："叔将汝何思而为乎？汝若思为社稷之臣，则非正直不进，非忠说不言，虽手足斧钺，口能出声，犹极忠言，与气偕绝。汝若思为禄位之臣，犹当避赫赫之路，晦显显之机，如下厩粟马，齿食而已。汝忽然望权势而往，自致身于刑祸之方，得筋骨载肉而归，幸也大矣。二三子以叔将为戒乎！"

门人叔将，其事不详。其他各篇皆与此篇相似，散文体裁，多由对话组成，"二三子以叔将为戒"，说明规即戒之一体。

司马光也撰有《五规》，其《进五规状》云："右臣幸得备位谏官，窃以国家之事，言其大者远者，则汪洋濩落，而无目前朝夕之益，陷于迂阔；言其小者近者，则丛脞委琐，徒足以烦渎圣听，失于苛细。夙夜惶惑，口与心谋，涉沥累旬，乃敢自决。与其受苛细之责，不若取迂阔之讥。伏以祖宗开业之艰难，国家致治之光美，难得而易失，不可以不慎。故作《保业》；隆平之基，因而安之者易为功，颓坏之势，从而救之者难为力，故作《惜时》；道前定则不穷，事前定则不困，人无远虑，必有近忧，故作《远谋》；燎原之火生于荧荧，怀山之水漏于涓涓，故作《重微》；象龙不足以致雨，画饼不足以疗饥，华而不实，无益于治，故作《务实》。合而言之，谓之《五规》，此皆守邦之要道，当世之切务。戆陋狂瞽，触冒忌讳，惟知纳忠，不敢爱死。伏望陛下以万几之余，游豫之间，垂精留神，特赐省览。万一有取，裁而行之，则臣生于天地之间，不与草木同朽矣。"其《惜时》云：

夏至，阳之极也，而一阴生；冬至，阴之极也，而一阳生。故盛衰之相承，治乱之相生，天地之常经，自然之至数也。其在《周易》，泰极则否，否极则泰。《丰》："亨，宜日中。"孔子传之曰："日中则昃，月盈则食，天地盈虚，与时消息。而况于人乎，况于鬼神乎！"是以圣人当国家隆盛之时，则戒惧弥甚，故能保其令问，永久无疆也。凡守太平之业者，其术无它，如守巨室而已。今人有巨室于此，将以传之子孙，为无穷之规，则必实其堂基，壮其柱石，强其栋梁，厚其茨盖，高其垣墉，严其关键。既成，又择子孙之良者使谨守之。日省而月视，欹者扶之，弊者补之。如是则虽亘千万年，无颓坏也。夫民者，国之堂基也；礼法者，柱石也；公卿者，栋梁也；百吏者，茨盖也；将帅者，垣墉也；甲兵者，关键也。是六者不可不朝念而夕思也。夫继体之君，谨守祖宗之成法，苟不隳之以逸欲，败之以谗谄，则世世相承，无有穷期。及夫逸欲以隳之，谗谄以败之，神怒于上，民怨于下，一旦涣然而去之，则虽有仁智恭俭之君，焦心劳力，犹不能救陵夷之运，遂至于颠沛而不振。呜呼，可不鉴哉！今国家以此承平之时，立纲布纪，定万世之基，使如南山之不朽，江河之不竭，可以指顾而成耳。失今不为，乃顿足扼腕而恨之，将何益矣！《诗》云："我日斯迈，而月斯征。夙兴夜寐，无忝尔所生。"时乎时乎，诚难得而易失也。

此戒与散体论说文无异，先总论盛衰相承，治乱相生，继以守巨室为喻，说明当如何治民，全文主旨是说明"当国家隆盛之时，则戒惧弥甚"。《(康熙)御制文第三集》卷三八云："五篇振挈要领，可谓硕论吁谟，而气体亦深厚尔雅。"清人张汉《史论》云："司马光《五规》所谓《保业》、《惜时》、《远谋》、《谨微》、《务实》，其说皆守邦之要道。"①

第二节 铭

（一）铭文的内容：警戒与祝颂

铭是题于器物上的警戒、祝颂、褒赞之词，《仪礼・士丧礼》云："为铭各以其物。"《周礼》卷三〇云："凡有功者，铭书于王之大常，祭于大烝(烝者众也)，司勋诏之。"郑注云："铭之言名也，生则书于王旌，以识其人与其功也；死则于烝，先王祭之，诏谓告其神以辞也。"可见铭生以记功，死以为祭，后来才铭于器，成为一种文体。

① 《皇清文颖》卷九，文渊阁四库全书本。

《文心雕龙·铭箴》云："铭者名也，观器必也正名。"又云："夫箴诵于官，铭题于器，名目虽异，而警戒实同。箴全御过，故文资确切；铭兼褒赞，故体贵弘润。其取事也必核以辨，其摛文也必简而深。"宋人陈模讲得更具体："东坡云：'铭不似叙，铭不似诗，铭不似赞。'盖叙已言之者，铭不必重出；诗则铺叙，铭要高古；赞则称颂其美而已，铭则不专赞颂。"①刘勰比较了箴、铭的异同，陈模则比较了叙、铭内容的不同，诗、铭风格的不同，赞、颂内容的不同，均概括了铭的特点。张表臣《珊瑚钩诗话》卷三云："程事较功，考实定名谓之铭。"元陈绎曾《文说·明体法》云："铭宜深长切实。"②明杜浚《杜氏文谱》卷二《文式·入境》云："铭以铭事，贵质实。"这是铭的文体特征。

关于铭之缘起，任昉《文章缘起》云："铭，秦始皇登会稽山刻石铭。"其实早在三代已有铭。刘勰《文心雕龙》卷三《铭箴》云："昔帝轩刻舆几以弼违（匡正过失），大禹勒笱簴而招谏，成汤盘盂著日新之规，武王户席题必戒之训，周公慎言于金人，仲尼革容于欹器，则先圣鉴戒，其来久矣。"所举夏商诸铭，多已残缺，独汤之《盘铭》见于《大学》："苟日新，日日新，又日新。"这是刻在沐浴之盘上的自警之辞，汤以洗濯其心以去恶，如沐浴其身以去垢，言当日涤其污以自新，不可间断。

周武王诸铭（《席铭》、《几铭》、《鉴之铭》、《盥盘铭》、《楹铭》、《杖铭》、《带铭》、《履屦铭》、《觞豆铭》、《户铭》、《牖铭》、《剑铭》、《弓铭》、《矛铭》）见于《大戴礼记》卷六。其《席铭》铭于席之四端："安乐必敬，无行可悔。一反一侧，亦不可以忘。所监不远，视迩所代。"谓虽处安乐，亦须朝夕恭敬，不做后悔的事；即使一反一侧之间，也不可忘。商朝亡国，为周代的教训，近在殷世。明陈懋仁注《文章缘起》云："不切而妙者有武王诸铭。""不切"谓于所铭之物不切，但仍"妙"，妙在鉴戒之意颇深。

"周公慎言于金人"，见唐欧阳询《艺文类聚》卷一九，孔子观周，入后稷庙。庙堂右阶之前有金人，三缄其口，而铭其背云：

> 古之慎言人也。戒之哉，戒之哉！无多言，无多事。多言多败，多事多患。安乐必戒，无行所悔。勿谓何伤，其祸将长。勿谓何害，其祸将大。勿谓不闻，神将伺人。焰焰弗灭，炎炎若何。涓涓不壅，终为江河。绵绵不绝，或成网罗，毫末不札，将寻斧柯。

这是戒多言之铭。颜之推《颜氏家训》卷下《省事篇》深刻阐明了此铭主旨："铭

---

① （宋）陈模《怀古录》卷下，中华书局1993年版。
② （元）陈绎《文说》，文渊阁四库全书本。

《金人》云:'无多言,多言多败;无多事,多事多患。'至哉斯戒也。能走者夺其翼,善飞者减其指,有角者无上齿,丰后者无前足,盖天道不使物有兼焉也。古人云:'多为少善,不如执一。鼫鼠五能,不成伎术。'近世有两人,朗悟士也,性多营综,略无成名。经不足以待问,史不足以讨论,文章无可传于集录,书迹未堪以留爱玩。卜筮射六得三,医药治十差五,音乐在数十人下,弓矢在千百人中。天文画绘棋博,鲜卑语煎胡桃油,炼锡为银,如此之类,略得梗概,皆不通熟。惜乎以彼神明,若省其异端,当精妙也。"

任何事物都可以有相互对立的两种观点。《艺文类聚》卷一九载晋人孙楚有《反金人铭》,仿《金人铭》之行文而主旨与之相反,谓"少言少事则后生何述焉",并以《三坟》、《五典》、《八索》、《九丘》为证,说明"夫唯立言,名乃长久,胡为块然,生钳其口",又以"尧悬谏鼓,舜立谤木"证明圣人鼓励多言,衰世才"承旨则顺,忤意则违"。

《欹器铭》见《荀子·宥坐篇》:"孔子观于鲁桓公之庙,有欹器焉,孔子问于守庙者曰:'此为何器?'守庙者曰:'此盖为宥(右)坐之器。'孔子曰:'吾闻宥坐之器者,虚则欹,中则正,满则覆。'孔子顾谓弟子曰:'注水焉。'弟子挹水而注之,中而正,满而覆,虚而欹。孔子喟然而叹曰:'吁,恶有满而不覆者哉?'""虚则欹,中则正,满则覆",这是戒满之铭。

《文章辨体汇选》卷四四七至卷四五〇按朝代收录铭文,卷四五一至卷四五五则分类收录铭文,共九卷。卷四五一为赞美类,卷四五二至四五三为杂铭类,卷四五四为器皿类,卷四五五为志感类,每类内部仍以朝代为序。关于铭之类别,吴讷《文章辨体序说》云:"按铭者,名也,名其器物以自警也……迨周武王则凡几席觞豆之属,无不勒铭以致戒警,其后又有称述先王之(德善劳烈)以为铭者,如春秋时孔悝《鼎铭》是也。又有以山川、宫室、门关为铭者,若汉班孟坚之《燕然山(铭)》,则旌征伐之功;晋张孟阳之《剑阁(铭)》,则戒殊俗之僭叛,其取义又各不同也。"清方熊补注《文章缘起》云:先秦之后,"作者浸繁,凡山川宫室门井之类皆有铭词,盖不但施之器物而已。然要其体,不过有二:一曰警戒,二曰祝颂。"从内容看有祝颂、警戒之别,自然以警戒的内容更有价值。

汉刘向《杖铭》就富警戒意义:"历危乘险,匪杖不行。年耆力竭,匪杖不强。有杖不任,颠跌谁怨?有士不用,害何足言?都蔗虽甘,殆不可杖。佞人悦已,亦不可相。杖必取便,不必用味。士必任贤,何必取贵。"①这是以"有杖不任"喻"有士不用",以"都蔗虽甘,殆不可杖"喻"佞人悦已,亦不可相",以"杖必取便"喻"士必任贤"。

① (明)梅鼎祚《西汉文纪》卷一七,文渊阁四库全书本。

晋傅玄《口铭》戒多言："神以感通，心由口宣。福生有兆，祸来有端。情莫多妄。口莫多言。蚁孔溃河，溜穴倾山。病从口入，祸从口出。存亡之机，开阖之术。口与心谋，安危之源。枢机之发，荣辱存焉。"①其中的"病从口入，祸从口出"，早已成为日常口语。

唐代崔沔《陋室铭》云：

山不在高，有仙则名。水不在深，有龙则灵。斯是陋室，惟吾德馨（香气，自喻品德高尚）。苔痕上阶绿，草色入帘青。谈笑有鸿儒（大儒），往来无白丁（平民百姓，此指浅薄无知的人）。可以调（弹奏）素（无装饰）琴，阅金经（指佛经）。无丝（弦乐器）竹（管乐器）之乱耳，无案牍（公文）之劳形。南阳诸葛（亮）庐，西蜀子云（扬雄）亭。孔子云："何陋之有？"②

此铭作者多认为是刘禹锡，但不见于《刘宾客文集》或《外集》，新、旧《唐书》本传亦未提及。相反，唐颜真卿《颜鲁公集》卷一四《叙石幢事》云："公讳沔，字若冲，博陵安平人……为常侍时，著《陋室铭》以自广。"《颜鲁公年谱》大历十一年丙辰："公年六十八，四月有《崔孝公陋室铭记》。"宋释智圆《雪刘禹锡》云："俗传《陋室铭》，谓刘禹锡所作，谬矣，盖阘茸辈狂简斐然，窃禹锡之盛名以诳无识者，俾传行耳。夫铭之作，不称扬先祖之美，则指事以戒过也，出此二途，不谓之铭矣。称扬先祖之美者，宋《鼎铭》是也；指事戒过者，周庙《金人铭》是也。俗传《陋室铭》，进非称先祖之美，退非指事以戒过，而奢夸矜伐，以仙、龙自比，复曰'惟吾德馨'。且颜子愿无伐善，圣师不敢称仁，禹锡巨儒，心知圣道，岂有如是狂悖之辞乎！陆机云：'铭博约而温润。'斯铭也，旨非博约，言无温润，岂禹锡之作邪！昧者往往刻于琬琰，悬之屋壁，吾恐后进童蒙慕刘之名，口诵心记，以为楷式，岂不误邪？故作此文，以雪禹锡耻，且救后进之误。使死而有知，则禹锡必感吾之惠也。"③《新唐书·崔沔传》云："沔俭约自持，禄禀随散宗族，不治居宅，尝作《陋室铭》以见志。"宋计敏夫《唐诗纪事》卷一四："沔字善冲，有才章，举贤良方正第一，最受知于张说。俭约自持，尝作《陋室铭》以见志云。"《白孔六帖》卷二八，宋章定《名贤氏族言行类稿》卷一〇，宋谢维新《古今合璧事类备要》续集卷二二，亦作崔沔撰。

---

① （晋）傅玄《傅子》，文渊阁四库全书本。

② （明）贺复徵《文章辨体汇选》卷四五二，文渊阁四库全书本。

③ （宋）释智圆《闲居编》卷二六，续藏经本。

陆龟蒙《书铭》是一篇愤世嫉邪之铭，极论文字之不可信：

太古之时，何尝有欺！逮乎结绳，民始相疑。画卦造书，圣人之为。图载文字，厥初弗知。惟简惟牍，断竹析木。累必充庭，负必折轴。韦编一绝，错乱名目。浸务轻省，捣枲剥谷。胶缀番番，恣其所便。虫篆吏隶，形模易宣。上下今古，卷舒蝉联。薰暴蠹郁，疵乎不坚。又取珉石，篆琢雕镌。由简牍下，其存四边。玺印章号，殷勤识焉。其巧益甚，其说益繁。盟契质要，朝成夕反。诰誓制令，尾违首言。笺檄奏报，离方就圆。传录注记，丑仇美怜。铭诔碑表，虚功妄贤。歌诗赋颂，多思谄权。在简牍者，埋没烂坏，无遗一编。副以枲谷，其留最延。缪戾颠倒，龙蒙弗删。在珉石者，固宠纳赂，惟辞是妍。镵凿既毕，名声泯然。尧舜之道，以人为传。有死必继，流乎亿年。宜斥诈伪，焚烧弃捐。复以太古，结绳之前。

太古无文字，“何尝有欺”；结绳记事开始，“民始相疑”；简牍产生后，“韦编（用以连接简牍）一绝，错乱名目”；因求轻便出现了绢、纸，“上下今古，卷舒蝉联”；嫌纸不坚，又雕镌于珉石，“其巧益甚”，其伪益繁，“尾违首言”，“离方就圆”，“丑仇美怜（怜爱的人）。铭诔碑表，虚功妄贤。歌诗赋颂，多思谄权”。鉴于文字的不可信，作者主张“复以太古，结绳之前”。这当然是愤世嫉邪之言，不可信以为真。

宋代石介《击蛇笏铭》是一篇著名的铭文：

天地至大，有邪气干于其间，为凶暴，为残贼，听其肆行，如天地卵育之而莫御也；人生最灵，或异类出于其表，为妖怪，信其异端，如人蔽覆之而莫露也。祥符年，宁州天庆观有蛇妖，极怪异，郡刺史日两至于其庭朝焉，人以为龙。举州人内外远近，罔不骏奔于门以觐，恭庄肃祇，无敢怠者。今龙图侍御孔公，时佐幕在是邦，亦随郡刺史于其庭。公曰：“明则有礼乐，幽则有鬼神，是蛇不亦诬乎！惑吾民，乱吾俗，杀无赦！”以手板击其首，遂毙于前，则蛇无异焉。郡刺史暨州内外远近庶民，昭然若发蒙，见青天，睹白日，故不能肆其凶残而成其妖惑。《易》曰：“是故知鬼神之情状。”公之谓乎！夫天地间有纯刚至正之气，或钟于物，或钟于人，人有死，物有尽，此气不灭，烈烈然弥亘亿万世而长在。在尧时为指佞草①，在鲁为孔子诛少正卯刃，在齐为太史简，在晋为董史笔，在汉武朝为东方朔戟，在

① （晋）张华《博物志》卷三载，尧时有屈轶草，佞人入朝，则屈而指之，名指佞草。

成帝朝为朱云剑，在东汉为张纲轮，在唐为韩愈《论佛骨表》、《逐鳄鱼文》，为段太尉击朱泚笏，今为公击蛇笏。故佞人去，尧听聪；少正卯诛，孔法举；罪赵盾，晋人惧；辟崔子，齐刑明；距董偃、折张禹、劾梁冀，汉室兹；佛、老微，圣德行；鳄鱼徙，潮患息；朱泚伤，唐朝振；怪蛇死，妖气散。噫！天地钟纯刚至正之气在公之笏，岂徒毙一蛇而已。轩陛之下有罔上欺民、先意顺旨者，公以此笏指之；庙堂之上有蔽贤蒙恶、违法乱纪者，公以此笏麾之；朝廷之内有谀容佞色、附邪背正者，公以此笏击之。夫如是，则轩陛之下不仁者去，庙堂之上无奸臣，朝廷之内无佞人，则笏之功也，岂止在一蛇！公以笏为任，笏得公而用，公方为朝廷正人，笏方为公之良器。敢称德于公，作《笏铭》曰：

至正之气，天地则有。笏惟灵物，笏乃能受。笏之为物，纯刚正直。公惟正人，公乃能得。笏之在公，能破淫妖。公之在朝，谗人乃消。灵气未竭，斯笏不折。正道未亡，斯笏不藏。惟公宝之，烈烈其光。①

笏是古代大臣上朝时手中所执的手板，以为指画或记事之用。此铭先泛论天地至大，难免有妖怪存其间；次论孔道辅击蛇及其作用，“昭然若发蒙，见青天，睹白日，故不能肆其凶残而成其妖惑”；然后进一步展开论述“天地间有纯刚至正之气”，全文最精彩的就是这一部分，特别是自“在尧时为指佞草”至“今为公击蛇笏”一段，充分表现出石介嫉恶如仇的精神；末以铭文结。序很长，铭很短，只是概括序的主旨。关于此铭背景，田况《儒林公议》卷下云：“孔道辅祥符中为宁州军事推官。州天庆观有蛇妖，郎将而下，日两往拜焉。道辅以笏击蛇首毙焉，由是知名。后郓人石介作《击蛇笏铭》，其文甚激。”“激”是此铭特点。

司马光的《剑铭》序云：“或曰：古者君子居常佩剑以备不虞，今也无之，仓卒何恃焉？应之曰：君子恃道不恃剑，道不在焉，虽剑不去体，不能救其死。是故苟得其道，则剑存可也，亡可也。”此铭主旨就是“君子恃道不恃剑”：“昆吾之精，太阿之灵。深虑过防，却除不祥。倏忽纵横，万夫莫当。用得其道，利器可保。道之不明，器无足凭。怙力弃常，匹夫以亡。败德阻兵，国家以倾。逆不敌顺，暴不犯仁。上以守国，下以全身。长铗萧萧，七星照腰。不离于道，神锋可销。”

明王廷相《釜铭》云：“耕以自给，体瘁志逸，其乐熙熙。仕而从禄，王粲锦衣，履厥危机。汝将肉食耶，藿食耶？”作者问而未答，但其意已明。②

① (宋)石介《徂徕集》卷六，文渊阁四库全书本。

② (明)贺复徵《文章辨体汇选》卷四五〇，文渊阁四库全书本。

以警戒为内容的铭文多可书之座右，而以“座右铭”名篇者更是作者对历史和自身经验的总结，辞虽质而意颇深。就其辞质看，似乎无文；但由于言简意深，包含了作者的深沉感慨，为文学史家所注目。

严遵字君平，西汉成都人。其《座右铭》颇多骈句：“夫疾行不能遁影，大音不能掩响。默然托荫则影响无因，常体卑弱则祸患无萌。口舌者祸患之门，灭身之斧；言语者天命之属，形骸之部。出失则患入，言失则忘身。是以圣人当言而怀，发言而忧。如赴水火，履危临深，有不得已，当而后言。嗜欲者溃腹之矛，货利者丧身之仇，嫉妒者亡躯之害，谗佞者刎颈之兵，残酷者绝世之殃，陷害者灭嗣之场，淫戏者殚家之堑，嗜酒者穷馁之薮，忠孝者富贵之门，节俭者不竭之源。吾日三省，传告后嗣，万世勿遗。”①

崔瑗(77—142)字子玉，东汉安平(今属河北)人。其《座右铭》几与五言诗无异：“无道人之短，无说己之长。施人慎勿念，受施慎勿忘。世誉不足慕，唯仁为纪纲。隐心而后动，谤议庸可伤。勿使名过实，守愚圣所臧。在涅贵不淄，暧暧内含光。柔弱生之徒，老氏诫刚强。行行鄙夫志，悠悠故难量。慎言节饮食，知足胜不祥。行之苟有恒，久久自芬芳。”②梁陆倕《座右铭》亦为五言诗：“事父尽孝敬，事君端忠贞。兄弟敦和睦，朋友笃信诚。从官重公慎，立身贵廉明。待士慕让谦，莅民尚宽平。理讼惟正直，察狱必审情。谤议不足怨，宠辱讵须惊。处满常惮溢，居高本虑倾。诗礼固可学，郑卫不足听。幸能修实操，何俟钓虚声。白圭玷可灭，黄金诺不轻。秦穆饮盗马，楚客报绝缨。言行既无择，存没自扬名。”③

白居易《续座右铭》云：“崔子玉《座右铭》，予窃慕之。虽未能尽行，常书屋壁。然其间似有未尽者，因续为《座右铭》：勿慕贵与富，勿忧贱与贫。自问道如何，贵贱安足云。闻毁勿戚戚，闻誉勿欣欣。自顾行何如，毁誉安足论。无以意傲物，以远辱于人。无以色求事，以自重其身。游与邪分歧，居与正为邻。于中有取舍，此外无疎亲。修外以及内，静养和与真。养内不遗外，动率义与仁。千里始足下，高山起微尘。吾道亦如此，行之贵日新。不敢规他人，聊自书诸绅。终身且自勗，身没贻后昆。后昆苟反是，非我之子孙。”

李至《座右铭》序云：“子玉为座右铭，白乐天亦为座右铭，检身之道，几乎殚(尽)矣。予尝冥心燕坐，自思所为，虑向之益友，以予位著，不我规也。因疏其所得，亦命

① (明)梅鼎祚《西汉文纪》卷二二，文渊阁四库全书本。

② (梁)萧统《文选》卷五六，文渊阁四库全书本。

③ 《文苑英华》卷七九〇，文渊阁四库全书本。

为座右铭。"可见座右铭是"检身之道"的"自规"之辞。但此铭形式与崔、白不同，不是五言诗而是骈体韵文："短不可护，护则终短，长不可矜，矜则不长。尤人不如尤己，好圆不如好方。用晦则天下莫与汝争智，撝谦则天下莫与汝争强。多言者老氏所戒，欲讷者仲尼所臧。妄动有悔，何如静而勿动；太刚则折，何如柔而勿刚。吾见进而不已者败，未见退而知足者亡。为善，则游君子之域；为恶，为入小人之乡。吾将书绅带而自警，刻盘盂以过防。岂如长存于座右，庶夙夜之不忘。"①

张浚《座右铭》亦为骈文："夫血气不可以胜人，胜人者理也；刚不可以屈物，屈物者柔也。怀疑于人，人未必疑而已先疑矣；逆诈于人，人未必诈而已先诈矣。扬人之善，人将扬其善；掩人之恶，人将掩其恶。待我以不诚，而我应之以诚，则彼自愧；犯我以非理，而我以理服之，则彼自服。我以容人则易，人以容我则难。望人太深则生怨，察物太明则取憎。"②

邹浩《座右铭》序云："先君之丧既祥除，念无以赎不孝之罪，勉率诸弟，稍就术业。于是雪涕作铭，以置其座右。"前伤父之逝："呜呼！尔年既壮，尔身则孤。痛九原之难作，常陨血而号呼。欻炎凉其再序，报罔极以何如。"后为自勉之词："呜呼！有田以足尔之食，有屋以宁尔之居。曾不以寒饥暴露窘尔之心兮，舍为善而曷图？呜呼！志难成而易败，时难遭而易徂(逝)。奉先训以夙夜，无自画于须臾。声载实而远骛，焕祖考之规摹。彼圣贤之人，亦人而已，庶以此而为徒。"③"志难成而易败，时难遭而易徂"，十分惊警，值得书之座右。

(二) 铭文的形式

《黄帝金人铭》是现存最早最富哲理的铭文，含有对偶句、排比句，但近似散文：

古之慎言人也，戒之哉，无多言，多言多败；无多事，多事多患。安乐必戒，无所行悔。勿谓何伤，其祸将长；勿谓何害，其祸将大；勿谓不闻，神将伺人。焰焰不灭，炎炎若何；涓涓不塞，终为江河；绵绵不绝，或成网罗；毫末不札，将寻斧柯。诚能慎之，福之根也；口是何伤，祸之门也。强梁者不得其死，好胜者必遇其敌。盗憎主人，民怨其上。君子知天下之不可上也，故下之；知众人之不可先也，故后

---

① (宋)吕祖谦《宋文鉴》卷七三。

② (明)蒋一葵《尧山堂外纪》卷五七，明万历刻本。

③ (宋)邹浩《道乡集》卷三三。

之。温恭慎德，使人慕之；执雌持下，人莫逾之。人皆趋彼，我独守此；人皆惑之，我独不徙。内藏我智，不示人技。我虽尊高，人弗我害。谁能于此也，江海虽左，长于百川，以其卑也。天道无亲，而能下人。戒之哉！①

其后历代铭文颇多，形式多种多样，多为换韵，如苏轼《徐州莲华漏铭》，其铭以"目、孚、诬"为韵："人之所信者，手足耳目也，目识维忠肆怀，维孝肆孚。我铭祠庭，示后不诬。"苏辙《彭城汉祖庙试剑石铭》褒赞汉高祖刘邦，以"有、走、剖、母、偶、手、旧"为韵："维汉之兴，三代无有。提剑一呼，豪杰奔走。厥初自试，山石为剖。夜断长蛇，旦泣神母。指麾东西，秦、项授首。敛然三尺，一夫之偶。大人将之，山岳颓仆。用巨物灵，不复凡手。武库焚荡，帝命下取。岿然斯石，不尚有旧。"

铭文多换韵，如晁补之《文恭胡公砚铭》是褒赞胡宿的铭文，四句一换韵："天不爱道，实生异人；地不爱宝，发为物珍。人惟文恭，物则砚美。介如石焉，断可识矣。公在场屋，文词崛奇，此砚出之，如虹如霓。公来侍从，诏命雍容，出此砚中，为雷为风。公居廊庙，谟谋宥密，亦此砚出，以泽万物。遗其孙子，折墨弃笔。世不乏才，亦卿亦弼。贵人有金，后益不学。砚如龟壳，以支床脚，粤公是作。"

有些铭文虽为韵语，但读起来却似散文，如苏轼《九成台铭》以"年、传、间、天、弦、绵、全、前"为韵。首谓韶乐早亡："自秦并天下，灭礼乐，《韶》之不作，盖千三百二十有三年。其器存，其人亡，则《韶》既已隐矣，而况于人器两亡而不传。"次谓韶乐虽亡而天籁实存："虽然，《韶》则亡矣，而有不亡者存，盖常与日月、寒暑、晦明、风雨并行于天地之间。世无南郭子綦，则耳未尝闻地籁也，而况得闻于天。使耳闻天籁，则凡有形有声者，皆吾羽旄、干戚、管磬、匏弦。"登韶石即可闻韶乐："尝试与子登夫韶石之上，舜峰之下，望苍梧之眇莽，九疑之联绵。览观江山之吐吞，草木之俯仰，鸟兽之鸣号，众窍之呼吸，往来唱和，非有度数而均节自成者，非《韶》之大全乎！上方立极以安天下，人和而气应，气应而乐作，则夫所谓《箫韶》九成，来凤鸟而舞百兽者，既已粲然毕陈于前矣。"此铭实为含韵散文，周密《浩然斋雅谈》卷上引东莱语："东坡《九成台铭》，实文耳，而谓之铭，以其中皆用韵，而读之久乃觉，是其妙也。"茅坤《唐宋八大家文钞》卷一四三称之为"铭之变体"。

黄庭坚《养源堂铭》先叙原委："李子作堂，欧阳子名曰养源，以成其福禄。不知其源及所以养，而问诸山谷。"次论源："山谷曰：'江出汶山，其才滥觞，其浸荆楚，匪舟不航，非以有源而受下流多故耶？""有源而受下流多"，故成长江。相反，无源而受，下流

① 《孔子家语》卷三，文渊阁四库全书本。

不多，则将枯涸："行潦之委，盈沟溢壑，少焉雨止，立观其涸。"故源须清而深："必清其源，源清则流洁；必深其源，源深则流长。是故有令德者，百世不忘。"末论养："智及十年，则知艺木。持百年而不知艺人，智不保其身，况其子孙？欲其源清且深，其人其人。"除大体用韵（禄、谷；觞、航；壑、涸；长、忘）外，此铭的写法与其他散文没有明显区别。

也有纯散文的铭文，如苏轼《汉鼎铭》，叙谓禹铸九鼎，本不以为宝："自春秋时，楚庄王已问其轻重大小。而战国之际，秦与齐、楚皆欲之，周人惴惴焉，视三虎之垂涎而睨己也。绝周之祀不足以致寇，裂周之地不足以肥国，然三国之君，未尝一日而忘周者，以宝在焉故也。三国争之，周人莫知所适与。得鼎者未必能存周，而不得者必碎之，此九鼎之所以亡也。周显王之四十二年，宋太丘社亡，而鼎沦没于泗水，此周人毁鼎以缓祸，而假之神妖以为之说也。秦始皇、汉武帝乃始万方以出鼎，此与儿童之见无异。善夫吾丘寿王之说也，曰：'汾阴之鼎，汉鼎也，非周鼎。'夫周有鼎，汉亦有鼎，此《易》所谓正位凝命者，岂三趾两耳之谓哉？恨寿王小子方以谀进，不能究其义，余故作《汉鼎铭》，以遗后世君子。"铭文完全是散文，亦无韵："惟五帝三代及秦汉以来受命之君，靡不有兹鼎。鼎存而昌，鼎亡而亡。盖鼎必先坏而国随之，岂有易姓而鼎犹传者乎？不宝此器，而拳拳于一物，孺子之智，妇人之仁，乌乎悲矣！"内容很深刻，《黄氏日抄》卷六二评云："谓禹鼎为用器，此灼然考见始末之论。"茅坤《苏文忠公文钞》卷二七评云："其忧深，其思远。""岂有易姓而鼎犹传者乎"，就是忧深思远的表现。

有骈文铭，如苏轼《惠州李氏潜珍阁铭》就是典型的骈文铭，前写潜珍阁："袭九渊之神龙，沕渊潜以自珍。虽无心于求世，亦择胜而栖神。蔚鹅城之南麓，擢仙李之芳根。因石阜以庭宇，跨饮江之鳌鼋。岌飞檐与铁柱，插清江之渊沦。眩古潭之百尺，涵万象于瑶琨。耿月魄以终夜，湛天容之方春。信苍苍之非色，极深远而自然。疑贝阙与珠宫，有玉函之老人。"后写自己谪居海南，往返皆经过这里："予南征其万里，友鱼虾与蛭螾。逝将去而反顾，托江流以投文。悼此江之独西，叹妙意之不陈。逮公子之东归，寓此怀于一樽。虽神龙之或杀，终不杀之为仁。"《朱子语类》卷一三九以此为例说，苏轼"这般闲戏文字便好，雅正底文字便不好"。苏轼《文与可琴铭》也是骈文铭："攫之幽然，如水赴谷；醳之萧然，如叶脱木。"这是言弹琴指法，苏轼自注说："邹忌论琴云：'攫之深，醳之愉。'此言为指法之妙耳。"继云："按之噫然，应指而长言者似君；置之枵然，遗形而不言者似仆。"文末苏轼自注说："与可好作楚辞，故有'长言似君'之句。"《古今小品》卷七评云："意之中外，言之前后，飘渺无际。"张端义《杖铭》也是骈文："用则行，舍则藏，惟我与尔；危不持，颠不扶，则焉用彼?”①以杖之用警戒自己需扶颠持危。

有骚体铭,如释遵式的《遐榻铭》。何谓“遐榻”?其序云:“余生五十有九岁,知在不永,乃造棺以待之,目为‘遐榻’。”可见遐榻就是棺廓。其铭曰:“贵贱兮归于斯,贤愚兮混于斯。豪势兮颓于斯,金玉兮弃于斯。骄奢兮彻于斯,恩爱兮诀于斯。庆昨朝兮荣会,吊今日兮穷离。”②内容没有什么特别,无非言人皆有死,但它为我们提供了骚体铭文的形式。

黄庭坚《灵龟泉铭》序云:“发皖口而西四十里,泉淙淙行山径乱石间。谓其来甚远,乃不能三里,裂石而发源。坎甃清澈,鱼虾辈游见其中。顶有大石,如龟引气,出源上。酌泉饮之,爱其甘。问泉上之人,曰:是不知水旱,下而为田,其溉种五百斛。于是原德媲形,命曰灵龟泉而铭之。”铭文也是骚体辞:“云涔涔兮山木造天,乱石却走兮扶屋椽。有龟闯首兮足尾伏匿,阅游者兮不知年。钟一德兮养灵根,漱石齿兮吐寒泉。中深可以濯缨,下流可以濯足。挹旗兮未病多,瓶罂不休其汝覆。虽不能火而兆兮,吉凶不欺唯汝卜。”

朱熹《南剑州尤溪县学明伦堂铭》含《崇德》、《广业》、《居仁》、《由义》诸铭,都是骚体铭,如《由义》云:“羞恶尔汝,勉扩充兮;遵彼大路,行无穷兮。”朱熹《黄子厚琴铭》亦为骚体铭:“无名之朴,子所琴兮。扣之而鸣,获我心兮。杳而弗默,丽弗淫兮。维我知子,山高而水深兮。”

袁甫《铅山县石梁铭》也是骚体铭:“铅之山兮苍苍,铅之水兮泱泱。劚山骨兮为梁,卧洪波兮康庄。题巨扁兮弥章,万目具瞻兮,万古之光。”

有三言铭,如苏轼的《苏程庵铭》、《唐陆鲁望砚铭》、《卵砚铭》皆为三字铭。后者云:“东坡砚,龙尾石。开鹄卵,见苍璧。与居士,同出入。更险夷,无燥湿。今何者,独先逸。从参寥,老空寂。”

苏辙《凤咮石砚铭》叙云:“北苑茶冠天下,岁贡龙凤团,不得凤凰山咮潭水则不成。潭中石苍黑,坚致如玉,以为研,与笔墨宜,世初莫识也。熙宁中,太原王颐始发其妙,吾兄子瞻始名之。然石性薄,厚者不及寸。最后得此,长博丰硕,盖石之杰。子瞻方为《易传》,日效于前,与有功焉。”铭文也是三字铭:“陶土涂,凿崖石。玄之蠹,颍之贼。涵清泉,闷重谷。声如铜,色如铁。性滑坚,善凝墨。弃不取,长叹息。招伏羲,揖西伯。发秘藏,与有力。非相待,谁为出?”

袁甫《五事铭》为貌、言、视、听、思五事各撰一铭,皆为三字铭,其《貌》云:“貌曰

① (宋)岳珂《桯史》卷一〇,文渊阁四库全书本。
② (宋)释遵式《天竺别集》卷下,北京刻经处续藏经本。

恭,君子容。瞻视尊,衣冠中。匪色厉,内美充。足恭者,貌似同。载伪拙,灭德凶。人肖貌,天地通。玉温温,春融融。恭而安,乃圣功。”

有四言铭,四句一换韵,如苏轼《王定国砚铭》:“月之从星,时则风雨。汪洋翰墨,将此是似。黑云浮空,漫不见天。风起云移,星月凛然。”而《谈妙斋铭》则一韵到底。首写自己:“南华老翁,端静简洁。浮云扫尽,但挂孤月。”次写苏伯固的谈妙斋:“吾宗伯固,通亮英发。大圭不琢,天骥超绝,室空无有,独设一榻。空毗耶城,奔走竭蹶。”末合写二人的谈妙:“二士共谈,必说妙法。弹指千偈,卒无所说。有言皆幻,无起不灭。问我何为,镂冰琢雪。人人造语,一一说法。孰知东坡,非问非答。”《古今小品》卷七称此铭“空灵无点尘”。

有五言铭,如白居易《续座右铭》云:“勿慕贵与富,勿忧贱与贫。自问道何如,贵贱安足云。闻毁勿戚戚,闻誉勿欣欣。自顾行何如,毁誉安足论。无以意傲物,以远辱于人。无以色求事,以自重其身。游与邪分岐,居与正为邻。于中有取舍,此外无疏亲。修外以及内,静养和与真。养内不遗外,动率义与仁。千里始足下,高山起微尘。吾道亦如此,行之贵日新。不敢规他人,聊自书诸绅。终身且自勖,身殁贻后昆。后昆苟反是,非我之子孙。”

有七言铭,如晁补之《七星砚铭》:“如天其苍匪正色,杓樒魁枕森的皪。有尊如辰粤帝宅,其傍嘒者俨若客。广野成宫象所积,古娲捣炼疑此石。不敢笺《诗》以写《易》,斯文星烂从尔出。”朱熹《紫阳琴铭》也是七言铭:“养君中和之正性,禁尔忿欲之邪心。乾坤无言物有则,我独与子钩其深。”

有杂言铭,刘敞《庶几堂铭》就是一篇杂言铭。“庶几”,也许可以,表希望之词。此铭是希望自己能像颜回那样一箪食、一瓢饮而乐在其中:“既作此堂,名之‘庶几’。毋曰予小子,颜徒是睎(仰慕)。一箪之食,不可废也。一瓢之水,不可弃也。饮之食之,犹吾义也。吾闻君子,以身殉仁,不戚富贵,而羞贱贫。或曰:颜徒易乎?睎之则是。吾虽不能及,犹冀一二。游于斯,息于斯,非夫人之为思,而谁思?噫!”

诗有组诗,铭也有组铭。谢谔《十铭》,一戒守业:“业成而难,其败或易。兢兢保之,常恐失坠。”二戒守道:“道甚简易,在尊所闻。帝王之学,匪艺匪文。”三戒畏天:“畏天之威,主德为最。水旱雷风,天之仁爱。”四戒公正:“存心公正,治之所起。毫厘之私,患及千里。”五戒赏罚:“妄赏不劝,妄罚不畏,赏罚大权,以妄为忌。”六戒虐民:“贪吏虐民,戒石莫听。奖廉以激,捷于号令。”七戒民艰:“民之疾苦,幽远难知,日访日问,犹恐或遗。”八戒刻敛:“财在天下,理之以义,未闻刻敛,其罪在吏。”九戒奸谀:“乱之所生,非止夷狄,奸回谀说,尤害于国。”最后一戒是总起来说:“自治十全,可以理外。重乃轻驭，轻动为戒。”①罗大经《鹤林玉露》甲编卷一六称其“词简理明，时人以比李卫公《丹扆箴》”。

黄庭坚《晋州州学斋堂铭》十六首，主旨是“劝学”，但形式多种多样，有三言韵语，如铭《渴日斋》：“学未竟，日西入。明追今，终弗及。”有四言韵语，如铭《乐泮堂》云：“思乐泮水，仁义之海。见贤思齐，闻过则改。”有杂言韵语，如铭《典学堂》：“立则参于前，坐则布于席。乐则诏于钟鼓，宴则列于饮食。谁能出不由户，而不终始典于学。”有杂言换韵，如铭《稽古斋》：“学之求于先王，我占四方。维天有斗，执先王之道，以御今之有，是谓古人不朽。”有两句韵语，如铭《敬业斋》：“慢游者日失一日，敬业者不速而疾。”有无韵散文，如铭《优仕斋》：“君子无一日不学也。岂惟日哉，无一时不学也。岂惟时哉，无须臾不学也。学哉身哉，身哉学哉！”有全为排比句者，如铭《浮筠亭》：“丰肌秀骨，先后辈出，何其孺子也解褓乐群，不舍昼夜，何其学士也！壮节臞躬，不知岁寒，何其丈夫也！”黄庭坚又有《张益老十二琴铭》（张损字益老），②也是一组形式多变的铭文，有的像打油诗，其铭《涧》云：“震陵孤桐下阳岑，音如涧泉鸣深林。二圣元祐岁丁卯，器而名之张益老。”铭《舞胎仙》云：“琴心三叠舞胎仙，肉飞不到梦所传。白鹤归来见曾元，坌头松风入朱弦。”有的像骈文，铭《秋思》云：“秋风度而草木先惊，感秋者弦直而志不平。揽变衰之色，为可怜之声。不战者善将，伤手者代匠。悲莫悲于湘滨（屈原），乐莫乐于濠上（庄子）。”铭《渔榱》云：“袯襫夫须，萧然于万物之表；槁项黄馘，闯然于一苇之杭。与鸥鸬而物化，发山水之天光。惊潜鳞而出听，是谓渔榱。”铭《九井璜》云：“钩鱼而得九井之璜，辟纣而遇六州之王。堙沉乎射鲋之谷，委蛇乎鸣凤之堂。其音不爽，维其德之常。”

第三节 颂（偈）

（一）颂为称美颂德之作

颂为《诗经》六义之一，是《诗经》之一体，为称美颂德之作。《诗大序》云：“颂者，美盛德之形容，以其成功告于神明者也。”郑玄注云：“颂之言容，天子之德，光被四表，格于上下，无不覆焘，无不持载，此之谓容。于是和乐兴焉，颂声乃作。”刘熙《释名》云：“颂，容也，叙说其成功之形容也。”又云：“称颂成功为之颂。”王充《论衡》卷二〇

① （宋）罗大经《鹤林玉露》甲编卷一六。

② 此十二琴铭又见明万历间茅维刊本《苏东坡全集》，文字小异。

云:“古之帝王建鸿德者,须鸿笔之臣褒颂纪载,鸿德乃彰,万世乃闻。”挚虞《文章流别论》云:“颂,诗之美者也,古者圣帝明王功成治定而颂声兴,于是奏于宗庙,告于鬼神,故颂之所美者,圣王之德也。”宋高承《事物纪原》卷四:“颂,《诗序》六义,其六曰颂。盖颂者,美盛德之形容,以其成功告于神明者也。《诗》有商、周、鲁三颂。”王应麟《辞学指南》云:“西山先生曰:赞、颂皆韵语,体式类相似。赞者,赞美之辞;颂者,形容功德。然颂比于赞尤贵赡丽宏肆,昌黎(韩愈)《圣德诗》,徂徕(石介)《庆历颂》,此正格也。其用事造语,最忌尘俗,须熟读《三百篇》,博观司马相如、扬雄诸赋与夫汉《郊祀歌》,文选所载《二京》、《三都》、《七启》、《七发》之类及韩、柳文韵语文字,则笔下自然丰腴矣。更须铺张扬厉,以典雅丰缛为贵。”明吴讷《文章辨体序说》云:“《诗大序》曰:‘诗有六义,六曰颂。颂者美盛德之形容,以告神明者也。’尝考《庄子·天运篇》,称‘黄帝张咸池之乐,猋氏为颂’,斯盖寓言尔。故颂之名,实出于《诗》。若商之《那》,周之《清庙》诸什,皆以告神,为颂体之正。至如《鲁颂》之《駉》、《駜》等篇,则当时用以祝颂僖公,为颂之变。故先儒胡氏有曰:‘后世文人献颂,特效《鲁颂》而已。’颂须铺张扬厉,而以典雅丰缛为贵。”明陈山毓《赋略·绪言》谓颂亦赋之一体,赋颂可通称:“《文选》注云:赋之言颂者,颂亦赋之通称也。按《九章》有《橘颂》,《大人赋》史迁谓之《大人颂》,《洞箫颂》昭明谓之赋,《艺文志·赋略》中入《孝景皇帝颂》。《长笛赋》本称《长笛颂》,《籍田赋》臧荣绪《晋书》称《籍田颂》。然则赋可称颂,颂之取裁于赋者,即得称赋也。”①

关于颂之源流演变,刘勰《文心雕龙·颂赞》论之最详,阐述了整个颂体的发展历史:“颂者,容也,所以美盛德而述形容也。昔帝喾之世,咸墨为颂,②以歌《九韶》。自商而下,文理允备。夫化偃一国谓之风,风正四方谓之雅,容告神明谓之颂。风雅序人,事兼变正;颂主告神,义必纯美。鲁国以公旦次编,商人以前王追录,斯乃宗庙之正歌,非飨宴之常咏也。《时迈》一篇,周公所制,哲人之颂,规式存焉。”春秋战国之颂渐及细物,实为变体:“夫民各有心,勿壅惟口。晋舆之称原田,鲁民之刺裘鞸,直言不咏,短辞以讽,丘明子高,并谍为诵,斯则野诵之变体,浸被乎人事矣。及三闾《橘颂》,情采芬芳,比类寓意,又覃及细物矣。”秦、汉之颂以褒德显容为内容,渐渐变得与序、引、赋无别:“至于秦政刻文,爰颂其德。汉之惠景,亦有述容。沿世并作,相继于时矣。若夫子云(扬雄)之表充国,孟坚(班固)之序戴侯,武仲(傅毅)之美显宗,史岑之述熹后,或拟《清庙》,或范《駉》、《那》,虽浅深不同,详略各异,其褒德显容,典章一也。

① (明)陈山毓《赋略》崇祯七年刻本。

② 咸墨应作咸黑,《吕氏春秋》卷五《古乐》:“帝喾命咸黑作为声歌。”

至于班、傅之《北征》、《西征》，变为序引，岂不褒过而谬体哉！马融之《广成》、《上林》，雅而似赋，何弄文而失质乎！又崔瑗《文学》、蔡邕《樊渠》，并致美于序，而简约乎篇。挚虞品藻，颇为精核。至云杂以风雅，而不变旨趣，徒张虚论，有似黄白之伪说矣。”魏、晋之颂褒贬杂居，已不符合颂体：“及魏、晋杂颂，鲜有出辙。陈思所缀，以《皇子》为标；陆机积篇，惟《功臣》最显。其褒杂居，固末代之讹体也。”刘勰在总结颂体演变后说：“原夫颂惟典懿，辞必清铄，敷写似赋，而不入华侈之区；敬慎如铭，而异乎规戒之域；揄扬以发藻，汪洋以树义，虽纤巧曲致，与情而变，其大体所底，如斯而已。”这里论述了颂与赋、铭的区别。颂像赋一样讲究外表铺叙，但不华侈；像铭一样讲求敬慎，但以歌功颂德为主，主要用于歌颂先祖、帝王、贤臣的功业，而不以规戒为主。颂赞与箴铭不同，箴、铭、规、戒皆警戒之词，颂赞则为褒颂之词，姚鼐《古文辞类纂》把它们分作两类是对的。

（二）历代颂体之作举例

历代颂体之作举不胜举，兹各举一二，以见其体。

汉代王褒有《圣主得贤臣颂》，颂君臣相得。前以比喻起，继以工人之器为喻：“夫贤者国家之器用也，所任贤则趋舍省而功施普，器用利则用力少而就效众。故工人之用钝器也，劳筋苦骨，终日矻矻。及至巧冶铸干将之璞，清水淬其锋，越砥敛其锷，水断蛟龙，陆剸犀革，忽若彗氾画涂。如此，则使离娄督绳，公输削墨，虽崇台五层，延袤百丈，而不溷者，工用相得也。”又以御马为喻：“庸人之御驽马，亦伤吻弊策，而不进于行，胸喘肤汗，人极马倦。及至驾啮膝，骖乘旦（啮膝、乘旦皆良马名），王良执靶，韩哀附舆（王良、韩哀皆古善御马者），纵骋驰骛，忽如影靡，过都越国，蹶如历块，追奔电，逐遗风，周流八极，万里一息，何其辽哉！人马相得也。故服絺绤之凉者，不苦盛暑之郁，燠袭狐貉之暖者，不忧至寒之凄怆。何则？有其具者易其备。”后半才正式论君臣关系：“贤人君子亦圣王之所以易海内也。是以呕喻（喜悦貌）受之，开宽裕之路，以延天下之英俊也。夫竭智附贤者必建仁策，索人求士者必树伯（霸）迹。昔周公躬吐握之劳，故有圄空之隆；齐桓设庭燎之礼，故有匡合之功。由此观之，君人者勤于求贤而逸于得人。人臣亦然，昔贤者之未遭遇也，图事揆策，则君不用其谋；陈见悃诚，则上不然其信。进仕不得施效，斥逐又非其愆，是故伊尹勤于鼎俎，太公困于鼓刀。百里自鬻，宁戚饭牛，离此患也。及其遇明君，遭圣主也，运筹合上意，谏诤则见听，进退得关其忠，任职得行其术，去卑辱，奥渫（幽狎）而升本朝，离蔬（蔬食）释蹻（以绳为履）而享膏粱，剖符锡壤而光祖考。传之子孙以资说士。故世必有圣智之君，而后有贤明之臣。虎啸而谷风洌，龙兴而致云气，蟋蟀俟秋吟，蜉蝣出以阴。《易》曰：'飞龙在天，利见大人。'《诗》曰：'思皇多士，生此王国。'故世平主圣，俊乂将自至。若尧、舜、禹、汤、文、武之君，获稷契、皋陶、伊尹、吕望之臣。明明在朝，穆穆布列，聚精会神，相得益章。虽伯牙操遞钟，逢门子弯乌号，犹未足以喻其意也。故圣王必待贤臣而弘功业，俊士亦俟明主以显其德。上下俱欲欢然交欣，千载一会，论说无疑，翼乎如鸿毛遇顺风，沛乎若巨鱼纵大壑，其得意如此，则胡禁不止，曷令不行？化溢四表，横被无穷，遐夷贡献，万祥必臻。是以圣主不遍窥望而视已明，不殚倾耳而听已聪，恩从祥风翱，德与和气游，太平之责塞，优游之望得。遵游自然之势，恬淡无为之场，休征自至，寿考无疆，雍容垂拱，永永万年，何必偃仰诎信，若彭祖煦嘘呼吸，如乔松眇然绝俗离世哉？《诗》曰：'济济多士，文王以宁。'盖信乎其以宁也。"《圣祖仁皇帝御制文第三集》卷二九称其"语既绚烂，气复深浑，自是斧藻润色之文"。

晋人潘岳《许由颂》是歌颂隐士的："邈哉许公，执真履贞。辞尧天下，抱朴隐形。川停岳峙，淡泊无营。栖迟高山，与世靡争。虚薄忝任，来宰斯城。愧无惠化，豹产之政。峨峨治所，乐慕景名。登箕逍遥，来过墓庭。通于时宪，倾筐不盈，恨无旨酒，奠公之灵。死而不朽，公其有荣。聊述雅美，扬公馨声。"①"执真履贞"、"淡泊无营"八字，概括出真隐士的特点，与后世的假隐士形成鲜明对比。

南朝宋鲍照《河清颂》是一篇四言颂，数句一换韵；前有序，字数比颂略长。《宋书·鲍照传》云："元嘉中，河、济俱清，当时以为美瑞。照为《河清颂》，其序甚工。"下引序之全文，末引颂文一语。宋王应麟《辞学指南》亦云："《宋书》曰：'鲍照为《河清颂》，其序甚工。'颂诗有序，亦不可略也。"可见王对序文也更为重视。其序首言"臣闻善谈天者必征象于人，工言古者先考绩于今"，批评当时"颂声为之而寝，诗人于是不作，庸非惑欤"，从总体上论撰写此颂之必要。次写刘宋天下太平："显靡失心，幽无怨魄。精照日月，事洞天情。故不劳仗斧之使，号令不肃而自严；无辱风举之事，灵怪不名而自彰。万里神行，飙尘不起。农商野庐，边城偃柝……是以嘉祥累仍，福应尤盛。"接着具体写河、济之清："长河巨济，异源同清。澄波万壑，洁澜千里。斯诚旷世伟观，昭启皇明者也。语曰：'影从表，瑞从德。'此其效焉。宣尼称'凤鸟不至，河不出图'，传曰'俟河之清，人寿几何'，皆伤不可见者也。然则古人所未见者，今殚见之矣。"而"盛德形容，藻被歌颂"乃"臣子旧职，国家通议，不可辍也。臣虽不敏，敢不勉乎？"于是写了这篇《河清颂》："澄波岳镜，流葱山泉。室凝淀水，府挹清涓。俯瞰夷都，降视骊渊。朱宫潜耀，紫阁阴鲜……泰阶既平，洪河既清。大人在上，区宇文明。

① (唐)欧阳询《艺文类聚》卷三六，文渊阁四库全书本。

樵夫议道，渔父濯缨。臣照作颂，铺德树声。"古代视黄河清为天下太平的象征，因此历代仿作甚多，如刘宋的张畅，宋代的晏殊、田锡、胡旦，元代的朱佑、王逢，明代的戴良、解缙、邹汝鲁、孙承恩，清代的蔡世远、兰鼎元、汪上敦等都有《河清颂》或《拟河清颂》之作。如果所颂均属实，那么中国历代几乎都是太平盛世了。杜甫《洗兵行》（一作《洗兵马》）云："词人解撰《河清颂》，田家望望惜雨干。"元陈旅《次韵友人京华即事》云："何人只献《河清颂》，宜向明时沥寸丹。"①一面是河清，一面是春旱；只知献《河清颂》，却不肯"沥寸丹"。这样的"词人"，良心何在？值得注意的是，宋、元、明、清都有人撰《河清颂》，唐代却没有，反而有杜甫那样对比鲜明、讥刺入骨的《洗兵马行》，可见粉饰太平时未必真太平。

唐、宋科举考试，颂为考试科目之一，王应麟《辞学指南》云："隋杜正元举秀才，拟《圣主得贤臣颂》。唐开元十一年进士试《黄龙颂》，十五年试《积翠宫甘露颂》。宋朝淳化三年，杨亿于学士院试《舒州进甘露颂》，遂赐及第。则试颂尚矣。"因此，唐、宋及其以后，颂体仍很发达。韩愈《元和圣德颂》（一作《元和圣德诗》）为四言颂，其序云："臣愈顿首再拜言：臣伏见皇帝陛下即位已来，诛流奸臣，朝廷清明，无有欺蔽，外斩杨惠琳、刘辟以收夏蜀，东定青、徐积年之叛，海内怖骇，不敢违越。郊天告庙，神灵欢喜，风雨晦明，无不从顺，太平之期，适当今日。臣蒙被恩泽，日与群臣序立紫宸殿陛下，亲望穆穆之光，而其职业又在以经籍教道国子，诚宜率先作歌诗以称道盛德，不可以辞语浅薄，不足以自效为解。辄依古作四言《元和圣德诗》一篇，凡千有二十四字，指事实录，具载明天子文武神圣，以警动百姓耳目，传示无极。"

颂的内容多为歌功颂德，如胡旦的《河平颂》，田锡的《河清颂》、《籍田颂》、《太平颂》，夏竦的《景德五颂》（含《平边颂》、《广文颂》、《朝陵颂》、《广农颂》、《周伯星颂》）、《大中祥符颂》，宋祁的《皇帝神武颂》、《大有年颂》、《景灵宫颂》、《乾元节颂》，欧阳修的《会圣宫颂》，吕祖谦的《太祖皇帝阅武便殿颂》，从题目上就不难看出是为颂圣，即使写得"铺张扬厉"、"典雅丰缛"，也没有多大意思。《礼记·礼运》所说的"大顺"，类似今天我们提倡的和谐社会，晁迥的《大顺颂》序首引《礼记·礼运》："四体既正，肤革充盈，人之肥也。父子笃，兄弟睦，夫妇和，家之肥也。大臣法，小臣廉，官职相守，君臣相正，国之肥也。天子以德为车，以乐为御，诸侯以礼相与，大夫以法相序。士以信相考，百姓以睦相守，天下之肥也。是谓大顺。"次写他的读后感："愚读书至此，详味久之。观乎古先垂教，条畅明备，义取饶裕充盛，目之曰肥。若能偃风践迹，各当其分，顺之至也。无远弗届，浸渍浃洽，熏然大同，斯乃纯被之化，尽善尽美矣。虽欲锐

---

① （元）陈旅《安雅堂集》卷三，文渊阁四库全书本。

意推演，复何措辞？区区至诚，愿陈万一。今但举其全文，而系以褒赞者，只率道扬之志也。”颂云：“猗欤《礼》经，孰窥优域？愚尝究观，沛然有得。肇自人伦，及于家国。遂满天下，具四表则。是谓大顺，以臻其极。老生作颂，奉阳景式。”

元虞集有《青宫受宝颂》，明宋濂有《平江汉颂》，刘基有《祀方丘颂》，兹不尽举。倒是一些借颂为讽之作，往往比单纯的歌功颂德之作更耐读，更耐人寻味。如《文选》卷四七所载刘伶《酒德颂》云：

> 有大人先生，以天地为一朝，万期为须臾，日月为扃牖，八荒为庭衢，行无辙迹，居无室庐。幕天席地，纵意所如（入）。止则操卮执觚，动则挈榼提壶（卮、觚、榼、壶，皆酒器）。唯酒是务，焉知其余？有贵介公子，缙绅处士，闻吾风声，议其所以。乃奋袂攘衿，怒目切齿，陈说礼法，是非锋起。先生于是方捧罂承槽，衔杯漱醪，奋髯踑踞，枕曲藉糟。无思无虑，其乐陶陶。兀然而醉，豁尔而醒。静听不闻雷霆之声，熟视不睹泰山之形。不觉寒暑之切肌，利欲之感情。俯观万物，扰扰焉如江汉之载浮萍。二豪（指贵介公子与缙绅处士）侍侧焉，如蜾蠃之与螟蛉①。

此颂写大人先生（自谓）与贵介公子、缙绅处士不同的处世态度：大人先生是“唯酒是务”，贵介公子、缙绅处士对他“怒目切齿，陈说礼法，是非锋起”。大人先生对他们的说教充耳不闻，“枕曲藉糟。无思无虑，其乐陶陶”。最后贵介公子、缙绅处士也与大人先生一样，蜾蠃无子，取螟蛉子为子，自己也成了螟蛉（“蜾蠃之与螟蛉”）。何焯《义门读书记》卷四九云：“撮庄生（周）之旨，为有韵之文，仍不失潇洒自得之趣。真逸才也。”于光华《重订文选集评》卷一二引孙执升评云：“极真率，极豪迈，是醉话，是达语，浩浩落落，真足破除万事。”《滹南诗话》卷二云：“东坡诗云：‘文章岂在多，一颂了伯伦。’朱少章云：‘《唐艺文志》有《刘伶文集》三卷，则非无他文章也，坡岂偶忘于落笔之时乎，抑别有所闻也？’予谓不然。按《晋史》云：‘伶未尝措意文翰，惟著《酒德颂》一篇。’坡亦据此而已。且公意本谓只此一篇，足以道尽平生，传名后世，则他文有无，亦不必论也。”

王禹偁的《续酒德颂》为反驳刘伶《酒德颂》而作。首论刘《颂》不符合颂之旨：“《诗》有六义焉，颂居其一也，所以涔扬德业，褒赞成功，美盛德之形容，告于神明者

① 扬雄《法言》：“螟蛉（桑虫）之子殪而逢蜾蠃（蜂虫），祝之曰类我类我，久则肖之矣。速哉，七十子之肖仲尼也。”

也。观乎伯伦之颂，异乎是哉，徒以大人先生放荡为辞，似未知酒德之故，乃赓而颂之。"次论酒应有之德："夫天有酒星，地有酒泉。圣人之法天地而为酒，先用之以祭神祇，次用之以飨宾客，然后劳来众士，宠锡有功。中其礼者，酒之德也。是故尧设衢尊，使至者尽饮；禹疏仪狄，恐国以酒亡。此天子之德也。勾践投醪，士卒皆醉；文侯受锡，征伐自专。此诸侯之德也。傅说应命，著曲蘖之用；管仲弃酒，陈讽谏之词。此卿士之德也。斯乃载在前籍，垂之后昆。操卮执觚，幕天席地者，不得与焉。至于尧、舜千钟，孔子百觚，亦无所取也。萧梁既重浮华之文，忘礼法之度，列于王褒、陆机之间，不其失耶？必于衔杯漱醪，提壶挈榼，称之为德，则糟丘酒池，德之大者也。及乎亡桀纣，败羲和，蔑不由于斯矣，又何德之云乎？"颂曰："古之明君，先成其民。薄以赋敛，勖之耕耘。风雨祁祁，稼穑蓁蓁。三时既丰，九谷斯芬。民之成矣，致力于神。正词以告，于以奠之。若作酒醴，曲蘖必时。神乃享矣，百禄攸宜，古之乱主，残民好兵。疆场多警，中土未平。甫田既荒，太仓不盈。人有菜色，野无歌声。民未成矣，乌用神明？若作酒醴，酌彼金罍。矫词以告，上天降灾。神乃怨矣，万事隳哉。化有醇醴，馨非黍稷。饮无沉湎，道乃昭格。畅叶人神，是酒之德。"①

田锡《五声听政颂》是一篇骚体颂。颂本以"美盛德"为主，但田锡此颂却借颂为讽，表面看是歌颂夏禹的文字，而其主旨是讽喻当今君主要听谏："立大功兮享大位，慎其终兮德不匮。菲其膳兮厚祭祀，恶其服兮美黼扆。犹询贤兮以自树，欲问道兮常自裕。罗五声兮启谏路，用群材兮为国辅。干于道兮邦弥阜，基于德兮名转固。不然安得声为律而身为度？"颂文之前有长序，序虽长，但值得细读。首论禹继尧、舜，故学尧、舜的纳谏："以尧之圣，犹以谤木听于人；以舜之才，犹设善旌求其过。况我臣于唐（尧），乘四载而平水土；嗣于虞（舜），观七政而御历数。敢忘踵其懋德，师其明规？"次论禹设五声以听政："于是设五声以示诫，俾群贤而纳诲。故题于簴曰：'教我以道则鸣鼓，告我以宜则撞钟，示我以事则振铎，语我以忧则击磬，告我以狱则挥鞞。'"全文就围绕"道则鸣鼓"、"宜则撞钟"、"事则振铎"、"忧则击磬"、"狱则挥鞞"等五音五器展开。由于公开征询意见，故可闻民意；朝臣不仅要忠于职守，而且还应规主之过。末论夏禹"位愈高而心愈慎"，故能治水有成，"有巨功于天地"。夏禹的"唯予过则规"，"虑政有阙，恐过未闻"，确实值得历代君主牢记。

颂的形式也是多种多样的。前面所举足以说明多数颂为四言韵语，但也有三言颂、五言颂、六言颂、七言颂、杂言颂，此外还有骚体颂、骈文颂，甚至还有散文颂。有一韵到底者，有数句一换韵者。颂与箴、铭、赞不同，多鸿篇巨制，而宋人却有不少短

---

① （宋）魏齐贤、叶棻《五百家播芳大全文粹》卷一一〇，文渊阁四库全书本。

篇颂。苏轼之颂多游戏之言,如其《鱼枕冠颂》谓鱼枕冠似鱼:"莹净鱼枕冠,细观初何物。形气偶相值,忽然而为鱼。"鱼又变为冠:"不幸遭网罟,剖鱼而得枕。方其得枕时,是枕非复鱼。"是冠是枕,说不清楚:"汤火就模范,巉然冠五岳。方其为冠时,是冠非复枕。成坏无穷已,究竟亦非冠。"自己已失官,无需簪发:"假使未变坏,送与无发人。簪导无所施,是名为何物。"最后感慨道:"我观此幻身,已作露电观。而况身外物,露电亦无有。佛子慈闵故,愿受我此冠。若见冠非冠,即知我非我。五浊烦恼中,清净常欢喜。"冠非冠,我非我,故虽远谪海南,亦能"欢喜"如故。袁桷《书东坡凉热偈》云:"《鱼枕冠颂》,落笔惊座,则所谓梦中语,特神其说法耳。"①杨维祯《跋鱼枕冠颂》云:"余读苏玉局在玉堂所写《维摩赞》、《鱼枕冠颂》二首,而知是老游戏人间世,其所见卓然独立乎造物者之表,虽东方曼倩号为滑稽之雄,岂能及哉!玉堂瘴海,一升一沉,世间以为利害祸福者,又岂足以入其舍哉!世以是老之学溺般若,而不知般若之学不能出其文字之妙也。吁,维摩欲以无语现不二门,而是老欲以横说竖说现妙憙,语默虽殊,三昧一也。故会是法者所至,为玉堂净土,不然者,虽玉堂净土,恶海而已耳。"②王庆《跋鱼枕冠颂》云:"盛宋称文章,苏翰林当一代之雄。然观其书奏,皆忠言谠议,深谋达虑,为国家世道计,岂居文章之下耶!及其鬼蜮之谤,横逆之加,朝玉堂,夕岭海,而公处之泰然,未尝以死生得失累于其心,是皆顺受之乎,天也。岂真所谓有无幻化,深得于禅学者哉!所书《维摩赞》、《鱼枕冠颂》,自以为录其戏言,此又嬉笑怒骂之绪余耳。遗墨粲然,诚为世宝。后之观者,当与公书所撰昌黎伯庙碑并参,庶无惑焉。"东坡之颂不仅多游戏之言,甚至常以俗语出之,如其《枯骨观颂》即以俗为雅:"这个在这里,那个那里去。终待乞伊来,大家做一处。"这无非是"生为尧舜,死为白骨。生为桀纣,死为白骨"的意思,而出之以俗语。其《猪肉颂》更俗也更有趣:"净洗锅,少着水,柴头罨烟焰不起。待他自熟莫催他,火候足时他自美。黄州好猪肉,价贱如泥土。贵人不肯吃,贫人不解煮。早晨起来打两碗,饱得自家君莫管。"

(三)偈(颂)是梵语"偈佗"的简称

佛经中的颂叫偈或偈颂,是梵语"偈佗"的简称,如偈颂、偈文、偈言、偈语、偈诵,均指梵语"偈佗",是佛经中的颂词。

① (元)袁桷《清容居士集》卷四六,文渊阁四库全书本。

② 《石渠宝笈》卷二九,文渊阁四库全书本。

偈产生很早，《释文纪》卷九《西方辞体论》云："天竺国俗甚重文，制其宫商体韵，以入弦为善。凡觐国王必有赞德，见佛之仪。以歌叹为贵，经中偈颂，皆其式也。但改梵为秦，失其藻蔚，虽得大意，殊隔文体，有似嚼饭与人，非徒失味，乃令呕哕也。"梁慧皎《高僧传·鸠摩罗什》云："从师受经，日诵千偈。偈有三十二字，凡三万二千言。"

明人徐一夔《倡酬禅偈序》论诗偈异同云："偈者，诗之类也。佛说诸经必有重偈，以申其义。观于吾书，春秋列国大夫交聘中国，既修词令以达事情，末复举诗明之，盖亦此类。偈或五言、七言，惟便于读诵，而不叶以音韵。诗多四言，而以音韵叶之，盖被之弦歌故也。诗自汉变为五言，唐变为七言，颇严声律。为释氏者出言成偈，大略亦近于诗。吾乡佐上人字东州，处灵隐禅窟，还台省亲。有密心严师者，为偈一首以赠其行，其言七言，其句八句，诗之类也。依韵而继作者，又二十四人，则近代诗人次韵之法也。上人姿敏慧，参扣直指，其同袍之友虑其爱亲之心不胜求道之志，更相提击，蕲振祖道，而非世俗嘲风咏月之具，故不曰诗而曰偈。上人征余题辞，因笔于首简。"①

宋代有不少偈或偈颂，宋太宗著有《御制莲华心轮回文偈颂》二十五卷，其《御制莲华心轮回文偈颂序》云："朕机务之余，留心释典，乃构回文之偈，精求玄妙之源。起因一章，终成千首。舒展状莲开一朵，联缀似月彩初圆，立名曰《莲华回文偈》。深非帝王之能事，□媿辞正以纵横。随分可观，甚为鲁质。兼诏高僧注解，稍究根源。大振于宝铎金文，贯穿于玄言妙旨。永作津梁，而济沉溺；常为慧炬，以破昏迷。俾使信心，咸知朕意。今雕成图像注并偈、颂共二十五卷，具列于后。"②张方平有《答偈》，《青箱杂记》卷一〇云："张尚书方平，尤达性理，有人问祖师西来意，张作偈答之，曰：'自从无始千千劫，万法本来无一法。祖师来意我不知，一夜西风扫黄叶。'"

苏轼所作偈很多，或四言，或五言，或七言，或杂言，形式多样。其《养生偈》云："闲邪存诚，炼气养精。一存一明，一炼一清。清明乃极，丹元乃生。坎离乃交，梨枣乃成。中夜危坐，服此四药。一药一至，到极则处，几费千息。闲之廓然，存之卓然，养之郁然，炼之赫然。守之以一，成之以久。功在一日，何迟之有！"末附其说云："《易》曰：'闲邪存其诚。'详味此字，知邪中有诚，无非邪者，闲亦邪也。至于无所闲，乃见其诚者，幻灭灭故，非幻不灭。"主张养生要闲、存、养、炼四者并"守之以一"。《古今小品》卷七评云："即药即病，即病即药，说得八面玲珑。"又《十二时中偈》云："百滚

① （明）徐一夔《始丰稿》卷五，文渊阁四库全书本。

② 《御制莲华心轮回文偈颂》卷一，（台湾）新文丰出版公司影印高丽大藏经第三十五册。

油铛里，恣把心肝爍。遮个在其中，不寒亦不热。似则是似，则未是。不唯遮个不寒热，那个也不寒热。咄！甚叫做遮个、那个！"《古今小品》卷七评云："曲折随势，如自然曲木几不施雕琢。"

《文章辨体汇选》卷四七七收有明徐祯卿《为僧明祥寿觉师偈》，是一篇宣扬佛法真谛的偈文，认为众生"不达本来，妄见生灭。堕诸贪痴，恋恶浊世。耽生恚死，延愿百年，乃至无尽"，认为"本自不生，亦自不灭"。譬如水之与冰，闪电之与电光，实皆不生不灭。"一切色相，咸复如是"，"本觉圆明，无起灭念"，"十方世界，法身不坏"。后为五言偈，主旨与序同："妙湛法为尊，由不堕于二。本性自真无，何者受生灭。开士合内照，生灭了无著。是名无上觉，实获本妙因。长生七宝车，亿世持法身。"

第四节 赞

（一）赞的源流

《文心雕龙·颂赞》论赞之本义及其与颂的关系云："赞者，明也，助也……本其为义，事在奖叹，所以古来篇体，促而不广，必结言于四字之句，盘桓乎数韵之辞。约举以尽情，昭灼以送文，此其体也。发源虽远，而致用盖寡，大抵所归，其颂家之细条乎！"可见赞就是赞美、奖叹，明就是"扬言以明事"，助就是"嗟叹以助辞"。内容"事在奖叹"，篇幅"促而不广"（而颂多长篇巨制），多为四字句及含韵之词，实为"颂之变"，"颂家之细条"。吴讷《文章辨体序说》云："按赞者，赞美之辞。《文章缘起》曰：'汉司马相如作《荆轲赞》。'世已不传。厥后班孟坚《汉史》以论为赞，至宋范晔更以韵语……西山（真德秀）云：'赞、颂，体式相似，贵乎赡丽宏肆，而有雍容俯仰、顿挫起伏之态，乃为佳作。'"

赞最初起源于图赞，是以简洁的语言评述图画内容的文体。萧统《文选序》云："图像则赞兴。"李充《翰林论》曰："容象图而赞立，宜使辞简而义正。"《玉海》卷六二载《汉明帝画赞》云："《唐志·杂传类》汉明帝画赞五十卷，《隋志·总集类》画赞五卷。汉明帝殿阁画，魏陈思王赞……汉文帝时诏绘古帝王名臣像于殿壁，明帝好画，立画官，诏班固、贾逵辈取经史事画之，起伏羲，凡五十，谓之画赞。"《曹子建集》收有《庖牺赞》至《三鼎赞》凡三十篇，可能都是图赞、画赞之类，其后各代都有这类作品。

关于赞之源流演变，《文心雕龙·颂赞》云："昔虞舜之祀，乐正重赞，盖唱发之辞也。及益赞于禹，伊陟赞于巫咸，并扬言以明事，嗟叹以助辞也。故汉置鸿胪，以唱言为赞，即古之遗语也。至相如属笔，始赞荆轲。及迁《史》固《书》，托赞褒贬，约文以总录，颂体以论辞；又纪传后评，亦同其名。而仲治《流别》，谬称为述，失之远矣。及景纯注《雅》，动植必赞，义兼美恶，亦犹颂之变耳。”所谓“虞舜之祀，乐正重赞”见《尚书大传》：“舜为宾客，禹为主人，乐正进赞曰：‘尚考大室之义，唐为虞宾，至今衍于四海，成禹之变，垂于万世之后。’”所谓“益赞于禹”见《尚书·大禹谟》：“益赞于禹曰：惟德动天，无远弗届，满招损，谦受益，时乃天道。”当时益从禹出征，见苗民负固恃强，不可以威服，益乃“赞于禹”，欲使禹班师，改以德怀之。所谓“伊陟赞于巫咸”，伊陟，伊尹之子。《史记·封禅书》有“伊陟赞巫咸”语，但未载其赞词。所谓“汉置鸿胪，以唱言为赞”，《东观汉记·百官表》云：“大鸿胪，汉旧官……主斋祠傧赞九宾之礼。”但刘勰以上所举，只能算赞体的萌芽。司马相如的《荆轲赞》，以赞名篇，代表赞体的形成，惜已失传。司马迁、班固的史赞见于《史记》、《汉书》。“及景纯注《雅》，动植必赞，义兼美恶”，指东晋郭璞所撰赞，《汉魏六朝百三家集》卷五七《晋郭璞集》收其赞甚多，其《桂赞》是赞桂之美：“桂生南裔，拔萃岑岭。广莫熙葩，凌霜津颖。气王百药，森然云挺。”《长蛇赞》是贬蛇之恶：“长蛇百寻，厥鬣如彘。飞群走类，靡不吞噬。极物之恶，尽毒之厉。”《文章辨体汇选》卷四六三至卷四七一凡九卷，所收皆为各代各类赞体文。

(二) 赞的类型

徐师曾《文体明辨序说》云：“其体有三：一曰杂赞，意专褒美，若诸集所载人物、文章、书画诸赞是也；二曰哀赞，哀人之殁而述德以赞之者是也；三曰史赞，词兼褒贬，若《史记索隐》、《东汉(书)》、《晋书》诸赞是也。”这些赞有两种类型，一是“托赞褒贬”、“义兼美恶”，如史赞就有褒有贬。二是只赞不贬，称美不及恶。汉刘熙《释名》云：“称人之美曰赞。赞，纂也，纂集其美而叙之也。”东汉明帝时，佛教传入中国，受其梵呗、偈颂的影响，其后之赞主要成为只褒不贬的赞美之词。唐释道世云：“西方之有呗，犹东国之有赞。赞者从文以结章，呗者短偈以流颂。比其事义，名异实同。是故经言以微妙音声歌赞于佛德，斯之谓也。”①西方的梵呗只有颂佛德的作用，受其影响，中国之赞也逐渐变成只褒不贬。

赞的三种类型，一是杂赞，包括文人杂赞，即使只褒不贬，亦贵有所讽戒。晋陶潜《扇上画赞》赞美了荷蓧丈人、长沮桀溺、于陵仲子、张長公、邴曼容、郑次都、薛孟尝、

---

① (唐)释道世《法苑珠林》卷四九，大正藏本。

周阳珪等八位隐士，这都是他所向往的人："三五道邈，淳风日尽。九流参差，互相推陨。形逐物迁，心无常准。是以达人，有时而隐。四体不勤，五谷不分。超超丈人，日夕在耘。辽辽沮溺，耦耕自欣。入鸟不骇，杂兽斯群。至矣于陵，养气浩然。蔑彼结驷，甘此灌园。张生一仕，曾以事还。顾我不能，高谢人间。岧岧邴公，望崖辄归。匪骄匪吝，前路威夷。郑叟不合，垂钓川湄。交酌林下，清言究微。孟尝游学，天网时疏。眷言哲友，振褐偕徂。美哉周子，称疾闲居。寄心清尚，悠然自娱。翳翳衡门，洋洋泌流。曰琴曰书，顾盼有俦。饮河既足，自外皆休。缅怀千载，托契孤游。"邱嘉穗云："总结八句，都为自己写照。"①宋魏泰《东轩笔录》卷八云："陈恭公（执中）初罢政，判亳州，年六十九。遇生日，亲族往往献《老人星图》以为寿，独其侄世修献《范蠡游五湖图》，且赞曰：'贤哉陶朱，霸越平吴。名遂身退，扁舟五湖。'恭公甚喜，即日表纳节。明年累表求退，遂以司徒致仕。"

总集、别集所载人物、文章、书画诸赞也被称为杂赞。张衡《南阳文学儒林书赞》云："南阳太守，上党鲍君。愍文学之弛废，怀儒林之陵迟，乃命匠修而新之，崇肃肃之仪，扬济济之化。"②夏侯湛撰有《东方朔画赞》、《虞舜赞》、《左丘明赞》、《颜子赞》、《闵子骞赞》、《庄周赞》、《管仲赞》、《鲍叔赞》、《范蠡赞》、《鲁仲连赞》。其《范蠡赞》赞颂范蠡进退得宜云："悠悠范子，求仁在己。进报危国，退弘妙理。身与勋偕，名与身否。逸群远游，永齐终始。"把张衡与夏侯湛的赞作一比较，就不难看出汉、晋之赞的不同：张赞为散体，夏侯湛之赞已是整齐的四言韵文。谢灵运有《王子晋赞》、《岩下见一老翁四五少年赞》、《维摩经十譬赞》（聚沫、泡合、焰、芭蕉、聚幻、梦、影、响合、浮云、电）、《侍泛舟赞》、《和范光禄只洹像赞三首（佛赞、菩萨赞、缘觉声闻合赞）并序》，多类五言偈。其《浮云赞》云："泛滥明月阴，荟蔚南山雨。能为变动用，在我竟无取。俄已就飞散，岂复得攒聚。诸法既无我，何由有我所。"梁萧统有《弓矢赞》、《制法则赞》、《蝉赞》，其《蝉赞》云："兹虫清洁，惟露是餐。寂寞秋序，咽嘶夏阑。岂伊不美，曜彼华冠。"陈江总有《香赞》、《花赞》、《灯赞》、《幡赞》，其《灯赞》云："宝灯夜开，光遍花台。烟抽细焰，烬落轻灰。珠惭色并，月耻光来。一明暗室，若遣尘埃。"庾信有《自古圣帝名贤赞二十七首》，还有一首《鹤赞》，其序云："武成二年春三月，双白鹤飞集上林园。大将郑伟布弋设置，并皆禽获。六翮已摧，双心俱怨，相顾哀鸣，孤雄先绝，孀妻向影，天子愍焉。信奏事阶墀，立使为赞。"其赞云："九皋遥集，三山迥归。华亭别泪，洛浦

---

① （清）丘嘉穗《东山草堂陶诗笺》一，清康熙刻本。

② 《汉张衡集》，《汉魏六朝百三家集》本。以下所引夏侯湛、谢灵运、萧统、江总、庾信作品亦分别见《汉魏六朝百三家集》本的《晋夏侯湛集》、《宋谢灵运集》、《梁萧统集》、《陈江总集》、《庾信集》。

仙飞。不防离缴，先遭合围。笼摧月羽，弋碎霜衣。塞传余号，关承旧名。南游湘水，东入辽城。云飞欲舞，露落先鸣。六翮摧折，九门严闭。相顾哀鸣，肝心断绝。松上长悲，琴中永别。”写双鹤的“相顾哀鸣”，十分哀婉。

唐代的帝德赞、圣贤赞、佛像赞、道像赞、写真赞、图画赞等杂赞也很多。杜甫《画马赞》云：“韩幹画马，毫端有神。骅骝老大，騕褭清新。鱼目瘦脑，龙文长身。雪垂白肉，风蹙兰筋。逸态萧疏，高骧纵恣。四蹄雷雹，一日天地。御者开敏，去何难易。愚夫乘骑，动必颠踬。瞻彼骏骨，实维龙媒。汉歌燕市，已矣茫哉。但见驽骀，纷然往来。良工惆怅，落笔雄才。”这是一篇著名的画赞，写出了韩幹所画马“逸态萧疏，高骧纵恣”的英姿。仇兆鳌《杜诗详注》卷二四云：“篇中凡三转韵，初言马相之特殊，次言名马必须善驭，末伤骏才少而凡马多。语中皆含感慨，画马本在首首尾点明。”

白居易《酒功赞》云：“晋建威将军刘伯伦(伶)嗜酒，有《酒德颂》传于世。唐太子宾客白乐天亦嗜酒，作《酒功》以继之，其词曰：麦曲之英，水泉之精。作合为酒，孕和产灵。孕和者何？浊醪一樽。霜天雪夜，变寒为温。产灵者何？清醑一酌。离人迁客，转忧为乐。纳诸喉舌之内，淳淳泄泄，醍醐沆瀣；沃诸心胸之中，熙熙融融，膏泽和风。百忧齐息，时乃之德；万缘皆空，时乃之功。吾尝终日不食，终夜不寝，以思无益，不如且饮。”四言与骈句交替使用，并不断换韵，而结尾四句颇有散文化倾向。

二是哀赞，哀人之没而赞其德，但历代总集、别集中以哀赞名者很少，一般都是以哀辞名篇(后将专论)。蔡邕有《议郎胡公夫人哀赞》①，但其写法几与他所擅长的碑文无异，文中亦有“作哀赞书之于碑”语。前写碑主生平事迹，后为哀赞。哀赞内容也大体是重复碑文内容，前为四言韵语：“愍予小子，夙罹孔艰。严考殒没，我在龆年……将征将迈，从养陶丘。景命徂逝，不愍少留。”后为骚体辞：“疾大渐以危亟兮，精微微而浸衰。逼王职于宪典兮，子孙忽以替违。目不临此气绝兮，手不亲夫含饭。陈衣衾而不省兮，合绠棺而不见。昔予考之即世兮，安宅兆于旧邦。依存意以奉亡兮，迁灵柩而同来。考妣痛以惨兮离乖，神柩集而移兮增哀。黄垆密而无闲兮，出入閴其无门。异柩在兹兮，不知魂景之所存。悼孤衷之不遂兮，思情憭以伤肝。幽情沦于后坤兮，精哀达乎昊乾。”无论四言韵语还是骚体辞，内容都与碑文一致。

三是史赞，是史臣对历史人物或事件所作的褒贬。中国史书往往以“论赞”的形式表明作者的看法。任昉《文章缘起》云：“传赞，汉刘歆作《列女传赞》。”明陈懋仁注：“传，著事；赞，叙美也。”称谓五花八门，但“其义一揆”，多数属史论性质，《史记》的“太史公曰”，《汉书》的“赞曰”，都是以论为赞。如《汉书》卷二《惠帝纪》：“赞曰：孝惠内修

① (明)杨溥《汉魏六朝百三家集·汉蔡邕集》，文渊阁四库全书本。

亲亲，外礼宰相，优宠齐悼、赵隐，恩敬笃矣。闻叔孙通之谏则惧然，纳曹相国之对而心说(悦)，可谓宽仁之主。遭吕太后亏损至德，悲夫!”在文体上，与司马迁《史记》的“太史公曰”实无区别。范晔《后汉书》以韵语为赞，才属真正的史赞。如《后汉书》卷一下《光武帝纪》:“赞曰:炎正中微，大盗(王莽)移国。九县飙回，三精雾塞。人厌淫诈，神思反德。光武诞命，灵贶自甄。沈几先物，深略纬文。寻邑百万，貔虎为群。长毂雷野，高锋彗云。英威既振，新都自焚。虔刘庸代，纷纭梁赵。三河未澄，四关重扰。神旌乃顾，递行天讨。金汤失险，车书共道。灵庆既启，人谋咸赞。明明庙谟，赳赳雄断。于赫有命，系隆我汉。”全文皆为四言韵语，并不断换韵，以国、塞、德;甄、文、群、云、焚;赵、扰、讨、道;赞、断、汉为韵，与总集、别集的杂赞在形式上几无区别，是标准的赞体。

宋代还有对前代史赞再加以评论的，如刘克庄《题方汝一班史赞后》云:“太史公(司马迁)始人各为传，传后又各系以己见，谓之赞。然不可胜赞，故有合数人而为一赞者，视圣贤大费辞矣。班(固)、范(晔)于赞尤不苟，班步骤《史记》而不觉相犯，范自谓‘赞是吾史杰思，无一字虚设’。今观二书于一代公卿大臣人品之贤佞，经生学士道术之纯驳，仁人志士出处之精微，与夫外戚、宦官、奸雄、夷狄祸乱之颠末，传所不能该者，必于赞发之，往往中其肺腑而得其骨髓。方君清卿读班《赞》，若有遗恨者，又各以己见系其后，多数百言，少亦一诗。或为史所誉而见疵，或为史所摈而取节，或潜德久湮而深嘉屡叹，或隐匿未彰而奋笔直书，或一语之乖谬，或一行之谄曲，虽其人之骨已朽，必绳以《春秋》之法，读之使人汗出。”方汝一字清卿，莆田人，幼奇逸，以考古著书自娱，著有《小园僻稿》。

(三) 赞的内容

从以上论述已可看出，赞的内容很丰富，几乎无所不包，而赞美先贤是其重要内容。一是赞先儒，孔、孟以下的历代先儒几乎都有赞，不能尽举，今举宋刘敞《西汉三名儒赞》为例。其叙云:“余读《西汉书》，爱董仲舒、刘向、扬雄之为人，慕之。然仲舒好言灾异，几陷大刑。向铸伪黄金，亦减死论。雄仕王莽，作《剧秦美新》，复投阁求死。皆背于圣人之道，惑于性命之理者也。以彼三子，犹未能尽善，才难，不其然欤?然其善可师，其过可警也。为三赞以自览焉。”其赞董仲舒云:“仲舒先觉，承秦绝学，进退规矩，金玉其璞。发明《春秋》，大义以修。旁及五经，博哉优优。世莫能庸，黜相诸侯。仁义所渐，易刚以柔。茫茫大道，在昔圣考。盖有不闻，奚究奚讨?主父掎之，步舒诡之。嗟若先生，有以启之。恁违告休，不预世忧。著作孔多，后世是遒。嗟尔君子，克遵厥猷。”赞刘向云：“子政翼翼，简易正直。博览百家，以充其德。黄金之伪，智由信惑。駹駹邪世，身居困厄。不为俗儒，苟取拘拘。略其威仪，忠质之符。疾邪救危，著论上书。同姓之仁，贤哉已夫。虽不三事，其文实章。以迄于今，日月之光。嗟我后人，庶几不忘。”赞扬雄云：“子云清虚，自有大度。非圣不观，耻为章句。拟仿六经，其文孔明。隐隐繇繇，实为雷霆。世世不迁，知命理神。胡为投阁，剧秦美新？君子之缺，众儒有言。盖天绝之，亦何必然。末世之人，以道邀利，或徇耳目，得之弗愧。嗟尔君子，能勿此畏？”此赞的特点在于赞其贤而不掩其过，这是其他赞所少有的。朱熹有《濂溪先生（周敦颐）赞》、《明道先生（程颢）赞》、《伊川先生（程颐）赞》、《康节先生（邵雍）赞》、《横渠先生（张载）赞》、《涑水先生（司马光）赞》，所赞皆宋代名儒。

二是赞名臣。晋袁宏有《三国名臣赞》，赞荀文若、诸葛亮、周瑜等；唐吕温有《凌烟阁勋臣赞二十二首》，赞房玄龄、杜如晦、魏征等。宋代田锡《斩马剑赞》赞汉代朱云上疏请上方剑斩佞臣张禹，序为骈文：“直言贻祸，虽君子之自知：杀身利君，固忠臣之所乐。是以奋刚肠而不顾，蹈烈节以如归。每观史氏之书，景慕朱云之节，诚坚若金石，气烈侯风雷。其悦善也，若行潦之趣江河；其嫉恶也，若秋鹰之逐鸟雀。愤张禹之大佞，请利剑而欲诛。犯天颜，触逆鳞，言切直以无疑，气慷慨而不慑。百寮为之耸惧，一人为之赫怒。持之下殿，将置于法。赖庆忌党其直也，故成帝霁乎震威。丹墀之折槛弗修，青史之芳名遂远。千载之下，英魂若生。愿扬直臣之名，以赞尚方之剑。”赞为四言：“三尺秋色，百炼刚德。玉匣深藏，金玦为饰。直臣勃然，就帝请焉。诛奸气作，抗节词专。庭辱贵重，天威震动。言虽上闻，剑不克用。锋锷应飞，英灵何归？载怀美事，含毫发挥。”①张咏《拟富民侯赞》赞汉代田千秋。卫太子因谗被汉武帝所杀，千秋讼其冤，武帝感悟，数月升千秋为丞相，封富民侯。此文谓先王以“简俭”御天下，自“桀作瑶台，民始知劳”，“上阔其欲，而下散其束”，“斑白不得息，稚齿而趋驱，焦劳力竭，而饥冻继之”。汉洗秦弊，功磨三代。到了汉武帝，却“事威穷侈，四十年间，民力凋半”，于是封丞相田千秋为富民侯，以明休息养民之意。张咏认为，汉武帝“徒知民富而后国昌，不知国正而后民治”，“疗已弊之民，虽百斯术，未若一正其本之仁也”。何谓正本？“大朴未散，民命在天；风教既辟，民命在贤”，“蚩蚩饿甿，无阶休存之。遂使抱仁义智能者，易以要功于其间。如武皇帝命富民侯，又如何哉！又如何哉！”②此赞“讥汉武不尽富民之术”，实为讽真宗大兴土木而作。张咏临死前请诛

① 《国朝二百家名贤文粹》卷一八七，北京图书馆出版社2005年版。

② （宋）张咏《乖崖集》卷六，文渊阁四库全书本。

奸臣丁谓、王钦若以谢天下,所谓“正本”就是黜奸邪而用贤臣。

以上皆赞前朝名臣。赞本朝名臣如苏轼有《王元之(禹偁)画像赞》,其叙首以感慨起:“《传》曰:‘不有君子,其能国乎?’余常三复斯言,未尝不流涕太息也。如汉汲黯、萧望之、李固,吴张昭,唐魏郑公(征)、狄仁杰,皆以身徇义,招之不来,麾之不去,正色而立于朝,则豺狼狐狸,自相吞噬,故能消祸于未形,救危于将亡。使皆如公孙丞相(弘)、张禹、胡广,虽累千百,缓急岂可望哉!”次伤王禹偁可以追配古人却不容于朝:“故翰林王公元之,以雄文直道,独立当世,足以追配此六君子者。方是时,朝廷清明,无大奸慝。然公犹不容于中,耿然如秋霜夏日,不可狎玩,至于三黜以死。有如不幸而处于众邪之间、安危之际,则公之所为,必将惊世绝俗,使斗筲穿窬之流,心破胆裂,岂特如此而已乎!”末记作赞之由:“始余过苏州虎丘寺,见公之画像,想其遗风余烈,愿为执鞭而不可得。其后为徐州,而公之曾孙汾为兖州,以公墓碑示余,乃追为之赞,以附其家传云。”赞曰:“维昔圣贤,患莫己知。公遇太宗,允也其时。帝欲用公,公不少贬。三黜穷山,之死靡憾。咸平以来,独为名臣。一时之屈,万世之信。纷纷鄙夫,亦拜公像。何以占之,有泚其颡。公能泚之,不能已之。茫茫九原,爰莫起之。”“以雄文直道,独立当世”,“不容于中,耿然如秋霜夏日,不可狎玩”等语,显然也是苏轼“自况”。叙、赞均大义凛然,以气势胜。茅坤《苏文忠公文抄》卷二七评云:“感慨激烈过多。”

宋孝宗有《苏轼文集赞》,对苏轼给予了很高的评价。其叙首论气节的重要:“成一代之文章,必能立天下之大节;立天下之大节,非其气足以高天下者,未之能焉。孔子曰:‘临大节而不可夺,君子人欤。’孟子曰:‘我善养吾浩然之气。以直养而无害,则塞乎天地之间。’养存之于身谓之气,见之于事谓之节。节也,气也,合而言之,道也。以是成文,刚而无馁,故能参天地之化,关盛衰之运。不然则雕虫篆刻,童子之事耳,乌足与论一代之文章哉!”泛论气节是为称美苏轼的气节:“故赠太师、谥文忠苏轼忠言谠论,立朝大节,一时廷臣无出其右。负其豪气,志在行其所学,放浪岭海,文不少衰。力斡造化,元气淋漓,穷理尽性,贯通天人。山川风云,草木华实,千汇万状,可喜可愕,有感于中,一寓之于文。雄视百代,自作一家,浑涵光芒,至是而大成矣。”末写自己对苏轼诗文的喜爱:“朕万几余暇,细绎诗书,他人之文,或得或失,多所取舍。至于轼所著,读之终日,亹亹忘倦,常置左右,以为矜式,信可谓一代文章之宗也欤!”赞云:“维古文章,言必己出。缀词缉句,文之蟊贼。手抉云汉,斡造化机。气高天下,乃克为之。猗嗟若人,冠冕百代。忠言谠论,不顾身害。凛凛大节,见于立朝。放浪岭海,侣于渔樵。岁晚归来,其文益伟。波澜老成,无所附丽。昭晰无疑,优游有余。跨唐越汉,自我师模。贾、马豪奇,韩、柳雅健。前哲典型,未足多羡。敬想高风,恨不同时。掩卷三叹，播以声诗。"皇帝之文，多出自文臣之手，此文不知是否为孝宗亲撰，但"浑涵光芒"、"元气淋漓"等语亦可移评此赞。陆游《上殿札子》对这篇赞词给予了很高的评价："臣伏读御制《苏轼赞》，有曰：'手抉云汉，斡造化机，气高天下，乃克为之。'呜呼！陛下之言，典谟也。轼死且九十年，学士大夫徒知尊诵其文，而未有知其文之妙在于气高天下者。今陛下独表而出之，岂惟轼死且不朽，所以遗学者顾不厚哉！"刘兴祖《摛文堂集序》云："古今以文名家者多矣，其有兼作者之妙，为百代之师者，文忠苏公而已。是以皇上万几之暇，亲御翰墨，为之序赞，有曰：'他人之文，或得或失，多所取舍。至于轼所著，读之终日，亹亹忘倦，常置左右，以为矜式。'大哉王言，诚万世不刊之典也。"①

三是赞退隐之人，陶潜有《高士赞》，赞夷、齐二子及箕子等人；又有《扇上画赞》，赞荷蓧丈人、长沮桀溺、于陵仲子、张良公等人。唐李华有《四皓赞》②，赞汉初的商山四皓："时浊世危，贤人去之。商洛深山，鸾凤潜飞。汉以霸兴，皇王道衰。玉帛虽至，先生不归。吾非固然，可动而起。庞眉皓发，来护太子。至尊动容，夺嫡心已。四贤暂屈，天下定矣。返驾南山，白云千里。"

管宁(158—241)字幼安，三国时北海朱虚(今山东临朐东南)人，东汉末避居辽东三十七年，魏文帝征他为太中大夫，魏明帝征他为光禄勋，均辞而不就。苏辙去世前不久撰《管幼安画赞》，其引首写自己自岭南贬所北归，杜门隐居："予自龙川归居颍川十有三年，杜门幽居，无以自适，稍取旧书阅之，将求古人而与之友。盖于三国得一焉，曰管幼安宁。"接着赞管宁"明于知时，而审于处己"："幼安少而遭乱，渡海居辽东三十七年而归。归于田庐，不应朝命，年八十有四而没。功业不加于人，而予独何取焉？取其明于知时，而审于处己云尔。"又以三国时出而应世的荀彧、张昭、华韶、许靖作对比，进一步反衬管宁的明智："盖东汉之衰，士大夫以风节相尚，其立志行义贤于西汉。然时方大乱，其出而应世，鲜有能自全者……此四人者，皆一时贤人也。然直己者终害其身，而枉己者终丧其德。处乱而能全，非幼安而谁与哉？"末言管宁晚年的闲居，简直就是苏辙对自己杜门隐居生活的写照："旧史言幼安虽老不病，着白帽布襦裤布裙。宅后数十步有流水，夏暑能策仗临水盥手足，行园圃。岁时祀其先人，絮帽布单衣荐馔馈，跪拜成礼。予欲使画工以意仿佛画之。"赞云："幼安之贤，无以过人，予独何以谓贤？贤其明于知时，审于处己，以能自全。幼安之老，归自海东。一亩之宫，闭不求通。白帽布裙，舞雩而风。四时烝尝，馈奠必躬。八十有四，蝉蜕而终。少

① (宋)慕容彦逢《摛文堂集》卷首，常州先哲遗书本。

② 《文苑英华》卷七八〇，文渊阁四库全书本。

非汉人，老非魏人。何以命之？天之逸民。”全文赞美管宁处乱世而能全身远祸，感叹荀彧等人“直己者终害其身，而枉己者终丧其德”，含蓄地表明作者晚年杜门深居，力争处乱世既不自污，又能自全的思想。明人娄坚《书东坡孔北海赞后跋》云：“东坡之为此赞，盖其未衰之年，而颍滨（苏辙）归自岭南，则为《管幼安赞》，皆有慕乎其人而托之文词以自见也。”①杨慎《升庵诗话》卷七引元刘文靖语云：“苏长公爱孔文举，次公爱管幼安，盖气质各相类云。”茅坤《苏文定公文抄》卷一九云：“子由涉世难后，故其文如此。”所评皆是。

画赞是赞的大宗。魏夏侯湛有《东方朔画像赞》，北魏常景有《古贤图赞》，唐李白有《宣城吴录事画赞》。宋李宗谔的《黄筌墨竹赞并序》由序、赞、诗三部分组成。②序是一篇优美散文，首称黄筌，成都人，后蜀宋初著名画家。其画竹不用五色而用墨：“工丹青、状花竹者，虽一蕊一叶，必须五色具焉，而后见画之为用也。蜀人黄筌则不如是，以墨染竹，独得意于寂寞间，顾彩绘皆外物，鄙而不施。其清姿瘦节，秋色野兴，具于纨素，洒然为真，固不知墨之为圣乎？竹之为神乎？惜哉筌去世久矣，后人无继者。”次谓其画为苏易简所得：“蜀亡二十年，苏公易简得筌遗迹两幅，宝之如神，惧恐化去，惟乐安村民得一观焉。”末谓观画胜过观竹：“噫！清潇碧湘，会稽云梦，有竹万顷，去我千里，鲜碧蔽野，宁得而窥？曷若此图，虚堂静敞，满目烟翠，行立坐卧，秋光拂人？又何必雨中移来，窗外种得，霜庭月槛，萧骚有声，然后称子猷之高兴乎！③予叹筌图之入神，美翰林（指苏易简）之好事，抽毫抒思，敢为之赞。”中间是赞，赞黄筌竹：“猗欤黄生，画竹有名。能状竹意，是得竹情。一毫搵笔，匪丹匪青。秋思野态，混然而成。背石枕水，苍苍数茎。森然如活，飒若有声。湘江坐看，嶰谷随行。大壁高展，清阴满庭。”末为诗，颂苏易简：“惜哉黄公不可睹，空留高价传千古。向非精赏值苏公，时人委弃如泥土。”序、赞、诗三部分各有侧重而成一整体，是一篇精心构思之作。

苏轼是湖州画派的开派画家，其画赞尤多。汉代疏广为太傅，其侄疏受为少傅，广对受说：“官成名立，不去恐有后悔。”乃上疏乞骸骨。苏轼有《二疏图赞》：“惟天为健，而不干时。沉潜刚克，以燮和之。于赫汉高，以智力王。凛然君臣，师友道丧。孝宣中兴，以法驭人。杀盖、韩、杨，盖三良臣。先生怜之，振袂脱屣。使知区区，不足骄士。

---

① （明）娄坚《学古绪言》卷二四，文渊阁四库全书本。

② （明）曹学佺《蜀中广记》卷一七〇，文渊阁四库全书本。

③ 王徽之字子猷，晋人，王羲之之子。尝雪夜泛舟剡溪，访戴逵，不入其门而返。人问其故，回答说“乘兴而来，兴尽而返，岂必见？”

此意莫陈，千载于今。我观画图，涕下沾襟。”洪迈《容斋随笔》卷四云：“作议论文字，须考引事实无差忒，乃可传信后世。东坡先生作《二疏图赞》……其立意超卓如此。然以其时考之，元康三年二疏去位，后二年盖宽饶诛，又三年韩延寿诛，又三年杨恽诛。方二疏去时，三人皆亡恙。盖先生文如倾河，不复效常人寻阅质究也。”《古文辞类纂选本》卷一林纾亦云：“二疏去时，三人无恙。观此，则东坡文字之不贴实处，不能不滋人之议论。”二人一面肯定其“立意超卓”，一面又指出其史实有误，“滋人之议论”。

画赞中有不少真赞，即为自己或他人的画像作赞。唐王维有《裴右丞写真赞》，独孤及有《徐公写真图赞》，苻载有《杜佑写真赞》。宋范镇有《峨眉寿圣院写真赞》，序云：“余既致仕之六年，熙宁八年也，自京师还成都，遂游峨眉，极登览之胜。先是峨眉僧奉如者诿余为寿圣院之阁记，记成而未至，则奉如已化去。及余来，其徒在庆图余像于阁之东厢，求余自赞云：人安显途，我则退居。人尚壮少，我则老夫。绦褐何如？怀金纡朱。杖屦何如？高冠大车。我之处世，如此其迂。而师见我，勤勤渠渠。画我佛祠，寄书京都。求我自赞，章其蠢愚。”①范镇以直言勇退为世所称，但从这篇自赞可知，他对朝廷拒谏，迫使自己不得不未老告归亦有牢骚。苏轼的《秦少游真赞》云：“以君为将仕也，其服野，其行方。以君为将隐也，其言文，其神昌。置而不求君不即，即而求之君不藏。以为将仕将隐者，皆不知君者也，盖将挈所有而乘所遇，以游于世，而卒反于其乡者乎？”非仕非隐，亦非“将仕将隐”，而是“将挈所有而乘所遇”，一切听其自然。

（四）赞的形式

赞多为四言韵语，如袁宏《三国名臣序赞》，赞荀彧、诸葛亮、周瑜、荀攸、张昭、袁涣、蒋琬、鲁肃、崔琰、黄权、诸葛瑾、徐邈、陆逊、陈群、顾雍、夏侯玄、虞翻、王经、陈泰诸人，皆为四言赞。

但也有三言赞，如苏轼的《李西平画赞》云：“以吾观，西平王。提孤军，自北方。赴行在，走怀光。斩朱泚，如反掌。及其后，帅凤翔。与陇右，瞰河湟。兵益振，谋既臧。终不能，取寻常。堕贼计，困平凉。卒罢兵，仆三将。谁之咎？在庙堂。斩马剑，诛延赏。为菹醢，不足偿。览遗像，涕泗滂。”明王世贞的《项王像赞》前半也是三言赞：“力拔山，气盖世。喑呜发，万马废。目重瞳，剑如虹。挺一奋，僇守通。八千人，飞渡江。芜中原，燎秦宫。裂九宇，爵群雄。”

---

① 《国朝二百家名贤文粹》卷一八九，国家图书馆出版社 2009 年版。

有五言赞，如黄庭坚的《画墨竹赞》："人有岁寒心，乃有岁寒节。何能貌不枯，虚心听霜雪。"

有六言赞，如苏轼《辩才大师真赞》："即之浮云无穷，去之明月皆同。欲知明月所在，在汝吐雾之中。"

有七言赞，如黄庭坚《观世音赞》云："圣慈悲愿观自在，海岸孤绝补陀岩。贯花缨络普庄严，度生如幻现微笑。有一众生起圆觉，即现三十二应身。壁立千仞无依倚，住空还以自念力。"

还有杂言赞，如苏轼《胶西盖公堂照壁画赞》，又题作《师子屏风赞》："陆探微画师子在润州甘露寺，李卫公(靖)镇浙西所留者。笔法奇古，绝不类近世。予为甘露寺诗有云'破板陆生画，青猊戏盘跚。上有二天人，挥手如翔鸾。笔墨虽欲尽，典刑垂不刊'者也。熙宁九年十一月十五日，命工摹置胶西盖公堂中，且赞之云：'高其目，仰其鼻，奋髯吐舌威见齿。舞其足，前其耳，左顾右盼喜见尾。虽猛而和盖其戏，置之高堂护燕几。啼呼颠沛走百鬼，嗟乎妙哉古陆子。'"黄庭坚《文勋真赞》亦为杂言赞："荣如辱如，谁丧谁得？萃如嗟如，不见声色。为吏不残，去其败群。好贤喜士，黾勉而勤。子克家，吾税驾。舍几而寝，漠然即化。眉目在图，慰尔时思。蔼然粹温，似无恙时。"

有骈文赞，苏轼的《参寥子真赞》是散文化倾向很浓的骈文赞："维参寥子，身寒而道富，辩于文而讷于口，外尪柔而中健武。与人无竞，而好刺讥朋友之过；枯形灰心，而喜为感时玩物、不能忘情之语。此予所谓参寥子不可晓者五也。"田汝成评《辩才大师真赞》和此赞云："辩才、参寥，皆苏子瞻友也。(下引二赞，略)观此，则二僧之优劣可见矣。子瞻谪齐安，参寥不远二千里相从期年。子瞻谪海南，参寥欲泛海访之，子瞻以书戒止，会当路亦摘其诗有讥刺语，遂返初服。建中靖国初，曾肇言其非辜，复祝发。观其友义如此，亦几于近道者。"①意谓参寥优于辩才。

有散文赞，如司马光《河间献王赞》，首言秦焚书坑儒："周室衰，道德坏。五帝三王之文飘沦散失，弃置不省。重以暴秦，害圣典，疾格言，燔诗书，屠术士。称礼乐者谓之狂惑，述仁义者谓之妖妄，必薙灭先圣之道，响绝迹尽，然后慊其志。"次言汉初亦未尊儒："虽有好古君子，心诵腹藏，壁扃岩镭，济秦之险，以通于汉者，万无一二。汉初，挟书之律尚存，久虽除之，亦未尊录，谓之余事而已。则我先王之道，焰焰其不熄者无几矣。"次赞河间献王刘德厉节治身，校正《周官》、《左氏春秋》、《毛氏诗》等儒家经典："河间献王生为帝子，幼为人君。是时列国诸侯，苟不以宫室相高，狗马相尚，则

---

① (明)田汝成《西湖游览志余》卷一四，文渊阁四库全书本。

哀奸聚猾，僭逆妄图。唯献王厉节治身，爱古博雅，专以圣人法度遗落为忧。聚残补缺，校实取正，得《周官》、《左氏春秋》、《毛氏诗》而立之。《周礼》者，周公之大典，毛氏言《诗》最密，《左氏》与《春秋》为表里。三者不出，六艺不明。噫，微献王，则六艺其遂曀乎！故其功烈，至今赖之。"认为河间献王贤于汉武、文、景诸帝："且夫观其人之所好，足以知其心。王侯贵人不好侈靡而喜书者，固鲜矣。不喜浮辩之书而乐正道，知之明而信之笃，守之纯而行之勤者，百无一二焉。武帝虽好儒，好其名而不知其实，慕其华而废其质，是以好儒愈于文、景，而德业后之。景帝之子十有四人，栗太子废，而献王最长。向若尊大义，属重器，用其德，施其志，必无神仙祠祀之烦，宫室观游之费，穷兵黩武之劳，赋役转输之敝。宜其仁丰义治，风移俗变，焕然帝王之治复还，其必贤于文、景远矣。嗟乎，天实不欲礼乐复兴邪？抑四海自不幸而已矣？"宋人喜破体为文，这样的赞与普通的论已没有什么不同。

朱熹《吕伯恭画象赞》云："以一身而备四气之和，以一心而涵千古之秘。推其有，足以尊主而庇民；出其余，足以范俗而垂世。然而状貌不逾于中人，衣冠不诡于流俗。迎之而不见其来，随之而莫睹其躅。矧是丹青，孰形心曲？惟尝见之者于此而复见之焉，则不但遗编之可续而已也。"此篇前为骈语，后为散语。吴师道《跋东莱手书张孟远序》①谓"朱子赞吕成公……状公之德最尽，百世下宛然如亲见焉。"

第五节 哀祭文

（一）祭文概说

哀祭文包括祭文、吊文、哀辞、诔辞等，多为悼念亲友或自己所敬重的人而作，重于抒情，具有较强的文学色彩。哀祭文应以诚感人，不宜过分追求辞藻，朱熹《答王近思》批评其祭文云："孔子曰：'丧与其易也，宁戚。'吾友其未之思欤？大抵吾友诚悫之心似有未至，而华藻之饰常过其哀，故所为文亦皆辞胜理，文胜质，有轻扬诡异之态，而无沉潜温厚之风，不可不深自警省，讷言敏行以改故习之谬也。"

梁任昉《文章缘起》云："祭文，后汉车骑郎杜笃作《祭延钟文》。"其实祭文在先秦已有萌芽，吴讷《文章辨体序说》云："古者祀享，史有册祝，载其所以祀之之意，考之经可见。若《文选》所载谢灵运之《祭古冢》，王僧达之《祭颜延年》，则不过叙其所祭及悼惜之情而已。后韩、柳、欧、苏与夫宋世道学诸子，或因水旱而祷于神，或因

① （元）吴师道《礼部集》卷一六，续金华丛书本。

丧葬而祭亲旧，真情实意，溢出言辞之表，诚学者所当取法者也。大抵祷神以悔过迁善为主，祭故旧以道达情意为尚。若夫谀辞巧语，虚文蔓说，而亦君子之所厌听也。”这里阐明了哀祭文的发展过程（唐以后内容有较大扩展）、类别（祷神与祭故旧）及其写作要求。

徐师曾《文体明辨序说》云：“按祭文者，祭奠亲友之辞也。古之祭祀，止于告飨而已。中世以还，兼赞言行，以寓哀伤之意，盖祝文之变也。其词有散文，有韵语，有俪语；而韵语之中又有散文、四言、六言、杂言、骚体、俪体之不同……宋人又有祭马之文，是亦一体，故取以附焉。”这里除论哀祭文的演变（中世以还，除寓哀伤外，还兼赞言行）外，还论及它的语言形式。清方熊《文章缘起》补注有类似论述。

曾国藩《经史百家杂抄·序例》论哀祭文的不同称谓云：“人告于鬼神者，经如《诗》之《黄鸟》、《二子乘舟》，《书》之《金滕》、祝辞，《左传》荀偃、赵简告辞皆是。后世曰祭文，曰吊文，曰哀辞，曰诔，曰告祭，曰祝文，曰愿文，曰招魂皆是。”可见《诗经》、《左传》已有哀祭文之萌芽，而祭文题目则有吊文、哀辞、诔辞、告祭、祝文、愿文、招魂等不同，常以祭某文、告某文、哭某文、奠某文、悲某文等标题。

可见祭文内容以寓哀伤为主，但也有赞颂死者言行的哀祭文；就形式看，祭文有押韵、不押韵之别，有骚、赋、骈、散的不同，押韵祭文又有四言、六言、杂言、骚体、俪体之别；就题目看，有吊文、哀辞、诔辞等不同称谓；就结构看，祭文开头多有固定格式，如苏轼《祭张文定公文》云：“维元祐六年，岁次辛未，十一月乙卯朔，八日壬戌，门生龙图阁学士、左朝奉郎、知颍州军州事兼管内劝农使、轻车都尉、赐紫金鱼袋苏轼，谨以清酌庶羞之奠，昭告于故太子太保乐全先生张公之灵。”苏辙《祭欧阳少师文》云：“维年月日，具官苏辙谨以清酌庶羞之奠，致祭于故观文少师赠太师九丈之灵。”中间多以“呜呼”或“呜呼哀哉”领起，末尾多以“尚飨”或“呜呼哀哉，尚飨！”作结。

（二）祭文的内容

祭文内容以寓哀伤为主，并兼赞言行。歌颂纪念名臣是祭文的大宗，李商隐有《奠相国令狐公文》。令狐公指令狐楚。楚镇河阳，商隐年二十，献所业文，楚深礼之，令与诸子游，并为其巡官。后王茂元镇河阳，辟为掌书记，得侍御史，茂元爱其才，以子妻之。令狐楚与茂元有矛盾，以商隐背恩，其子令狐陶尤恶商隐。这篇祭文反映了李商隐与令狐父子关系的变化，但令狐楚毕竟有恩于商隐，故祭文一开头就说恨不能与之同死：“呜呼，昔梦飞尘，从公车轮。今梦山阿，送公哀歌。古有从死，今无奈何。”末以孔子、伯夷相比，对令狐楚十分崇敬：“圣有夫子，廉有伯夷。浮魂沉魄，公其与之。故山巍巍，玉溪在中。送公而归，一世蒿蓬。呜呼哀哉！”①

李翱《祭吏部韩侍郎文》，前半赞韩愈在文学史上的贡献：“呜呼，孔氏去远，杨朱恣行。孟轲拒之，乃坏于成。戎风混华，异学魁横。兄尝辨之，孔道益明。建武以还，文卑质丧。气萎体败，剽剥不让。俪花斗叶，颠倒相上。及兄之为，思动鬼神。拔去其华，得其本根。开合怪骇，驱涛涌云。包刘（汉）越嬴（秦），并武（周）同殷（商）。六经之风，绝而复新。学者有归，大变于文。”后半简叙韩之仕历，着重写自己与韩的友谊：“兄之仕宦，罔辞于艰。疏奏辄斥，去而复还。升黜不改，正言亟闻。贞元十二，兄在汴州。我游自徐，始得兄交。视我无能，待予以友。讲文析道，为益之厚。二十九年，不知其久。兄以疾休，我病卧室。三来视我，笑言穷日。何荒不耕，会之以一。人心乐生，皆恶言凶。兄之在病，则齐其终。顺化以尽，靡憾于中。别我千万，意如不穷。临丧大号，决裂肝胸。老聃言寿，死而不亡。兄名之垂，星斗之光。我撰兄行，下于太常。声殚天地，谁云不长？丧车来东，我刺庐江。君命有严，不见兄丧。遣使尊斝，百酸搅肠。音容若在，曷日而忘。呜呼哀哉，尚享！”

宋初李至有《祭徐铉文》。此为淳化三年十月，作者与杨徽之、张洎共祭徐铉之文，首称徐铉博学宏才：“惟公博识宏才，懿文茂学。如金之浑，如玉之璞。天然混成，不加凋琢。顷在江左，已闻素履。及来天庭，孰不仰止？周旋清显，殆将二纪。相如视草，隰朋近侍。篆籀称绝，典谟得体。其馨如兰，其直如矢。令问令望，之才之美。今也儒宗，古之君子。五百年来，一人而已。”次感叹徐铉道屈于位：“道屈于位，遇休明之世未尽伸；才困于命，当衰晚之年不得志。嗟乎！天地之间，人生如寄。自古迄今，其谁不死？矧素发之垂领，复何悲乎？已矣！可惜者沦于远郡，契阔千里。《鹏鸟》之赋未成，二竖之灾奄至。淳于意兮止一女，邓伯道兮终无子。此素友清交，门生故吏，可以失声而长号，汍澜而屑涕，以为天道难忱，善人如是。”②由于作者曾向徐铉学文字之学，而杨、张皆为南唐旧臣，有故人之契，故对徐铉之死特别动感情，是一篇感情真挚，感慨万端的祭文。

范仲淹《祭石学士（延年）文》云：“呜呼！曼卿之才，大而无媒，不登公卿，善人为哀。曼卿之笔，颜筋柳骨，散落人间，宝为神物。曼卿之诗，气雄而奇，大爱杜甫，独能嗣之。曼卿之心，浩然无机，天地一醉，万物同归。不见曼卿，忆兮如生。希阔之人，必为神明。”“必为神明”一语，附会出后世很多传说。苏轼《书石曼卿诗笔后》云：“方此时，世未有言曼卿为神仙事。后十余年，乃有芙蓉城之说，不知文正公偶然之言乎，

---

① （清）徐树穀笺，（清）徐炯注《李义山文集笺注》卷六，文渊阁四库全书本。

② 《徐公文集》附录，徐乃昌影宋明州刻本。

抑亦有以知之也?”苏轼《芙蓉城并序》云:“世传王迥子高与仙人周瑶英游芙蓉城,元丰元年三月,余始识子高,问之信然。乃作此诗,极其情而归之正,亦变《风》止乎礼义之意也。”①吴曾《能改斋漫录》卷一八《石曼卿、丁度为芙蓉城主》云:“王子高遇仙人周瑶英,与之游芙蓉城,世有其传。余案,欧阳文忠公《诗话》记石曼卿死后,人有恍惚见之者,云:‘我今为仙,主芙蓉城。’骑一青骡,去如飞。又案,太常博士张师正所纂《括异志》,记庆历中有朝士将晓赴朝,见美女三十余人,靓装丽服,两两并行,丁度观文案辔其后。朝士问后行者:‘观文将宅眷何往?’曰:‘非也,诸女御迎芙蓉城主。’俄闻丁死。故东坡诗云:‘芙蓉城中花冥冥,谁其主者石与丁。’韩子苍言,王荆公尝和东坡此诗,而集不载。止记其两句云:‘神仙出没藏杳冥,帝遣万鬼驱六丁。’”类似的记载还见于王铚《默记》卷上、赵彦卫《云麓漫钞》卷一〇等。

欧阳修去世后,曾巩、王安石、范镇、苏轼、苏辙、孔武仲、陈师道等都有祭欧文,最便于比较北宋中叶古文革新后不同作家的祭文的不同写法。范镇、曾巩的祭欧文皆四言韵语,较板滞。范镇《祭欧阳文忠公文》云:“公讣之来,泪下縻绠。闻公卜宅,许洛之境。余居在焉,傥得同井。异时往来,或接光影。”②颇为诚挚。曾巩《祭欧阳少师文》感谢欧之奖拔一段亦颇诚挚:“闻讣失声,毗泪横溢。戆冥不敏,早蒙振拔。言由公诲,行由公率。载德不酬,怀情独郁。西望輀车,莫持绋绋。”③苏辙《祭欧阳少师文》也通篇是四言,详尽评述欧的一生及对三苏父子的提携,尤以嘉祐二年知贡举,打击太学体,同时录取他们兄弟一段为最精彩:“踽踽元昆(指兄轼),与辙皆来。皆试于庭,羽翼病摧。有鉴在上,无所事媒。驰词数千,适当公怀。擢之众中,群疑相豗,公恬不惊,众惑徐开。滔滔狂澜,中道而回。匪公之明,化为诙俳。”但正如《唐宋八大家文抄》卷一六四所评:“子由祭欧文不如子瞻,然亦师生故人之情泠然可掬。”

苏轼的《祭欧阳文忠公文》是形式灵活的新式四六文,文章以饱含感情的语言,生动的比喻,说明欧阳修的生死,于国于民于文于学的巨大影响。先写其在世时天下有所恃:“呜呼哀哉!公之生于世,六十有六年。民有父母,国有蓍龟。斯文有传,学者有师。君子有所恃而不恐,小人有所畏而不为。譬如大川乔岳,不见其运动;而功利之及于物者,盖不可以数计而周知。”次写其去世后,天下无所归:“今公之没也,赤子无所仰芘,朝廷无所稽疑,斯文化为异端,而学者至于用夷。君子以为无为为善,而小人沛然自以为得时。譬如深渊大泽,龙亡而虎逝,则变怪杂出,舞鳅鳝而号狐狸。”《晚村精选八大家古文》引楼昉评此两段云:“模写小人情状,极其底蕴,介甫门下观之,能

① 《苏轼诗集》卷一六,中华书局 1982 年版。

②③ (宋)欧阳修《文忠集》附录卷二,文渊阁四库全书本。

无怒乎？然欧阳之存亡，其关于否泰消长如此，非坡公笔力不能及也。”再写欧的去就生死皆为民所关切：“昔其未用也，天下以为病；而其既用也，则又以为迟。及其释位而去也，莫不冀其复用；至其请老而归也，莫不惆怅失望。而犹庶几于万一者，幸公之未衰，孰谓公无复有意于斯世也。奄一去而莫予追，岂厌世溷浊，洁身而逝乎？将民之无禄，而天莫之遗？”最后追述他们父子两代三人皆受知于欧阳修，自己受教于欧公之门十六年，却不能亲自赴丧，将悲痛之情推向极点：“昔我先君，怀宝遁世，非公则莫能致。而不肖无状，因缘出入受教于门下者，十有六年于兹。闻公之丧，义当匍匐往救，而怀禄不去，愧古人以忸怩。缄词千里，以寓一哀而已矣。盖上以为天下恸，而下以哭其私。呜呼哀哉！”茅坤《苏文忠公文抄》卷二八云：“欧阳文忠公知子瞻最深，而子瞻为此文以祭之，涕入九原矣。”《古文辞类纂评注》卷七四王文濡评云：“大处落墨，劲气直达，读之想见古大臣之概。”全文确实是从大处着笔，只言世之不可无欧阳修，而不直接称颂其道德功勋，气概不凡。行文多用长句，如歌行体，情韵幽咽，恻恻感人。王安石的《祭范颍州文（仲淹）》详记范的政事，苏轼的《祭欧阳文忠公文》偏重于抒情，但都表现了“古大臣之概”。

在所有的祭欧文中，当以王安石的《祭欧阳文忠公文》为压卷，茅坤《唐宋八大家文抄》卷九六评云：“欧阳公祭文，当以此为第一。”王文开头就压倒众作：“夫事有人力之可致，犹不可期，况乎天理之溟漠，又安可得而推？惟公生有闻于当时，死有传于后世，苟能如此足矣，而亦又何悲？”朱宗洛《古文一隅》卷下评云：“人皆云公死可悲，此独云苟能如此足矣，而亦又何悲？此翻笔也。”然后分论其文章、操守、功成、身退：“如公器质之深厚，智识之高远，而辅以学术之精微，故充于文章，见于议论，豪健俊伟，怪巧瑰琦。其积于中者，浩如江河之停蓄；其发于外者，烂如日星之光辉。其清音幽韵，凄如飘风急雨之骤至；其雄辞闳辩，快如轻车骏马之奔驰。世之学者，无问乎识与不识，而读其文，则其人可知。”这是写他的文学成就。“呜呼！自公仕宦四十年，上下往复，感世路之崎岖。虽屯邅困踬，窜斥流离，而终不可掩者，以其公议之是非。既压复起，遂显于世，果敢之气，刚正之节，至晚而不衰。”这是写他的气节。“方仁宗皇帝临朝之末年，顾念后事，谓如公者，可寄以社稷之安危。及夫发谋决策，从容指顾，立定大计，谓千载而一时。”这是写他的功业，而其功成身退尤为可贵：“功名成就，不居而去，其出处进退，又庶乎英魄灵气，不随异物腐散，而长在乎箕山之侧与颍水之湄。”最后又照应开头，翻转“苟能如此足矣，而亦又何悲”，以“不能忘情”结，“从无可悲说到可悲”：“然天下之无贤不肖，且犹为涕泣而歔欷，而况朝士大夫，平昔游从，又予心之所向慕而瞻依？呜呼！盛衰兴废之理，自古如此，而临风想望，不能忘情者，念公之不可复见，而其谁与归！”这是一篇含有骈句的散体祭文，朱宗洛《古文一隅》卷下评云：

“中四段，总不出‘生有闻于当时，死有传于后世’意。以文章、操守、功名、出处，分四段看其接落处、收束处，段段相生不绝，读者当切究焉。又妙在只此二句，已领起下四段，而结处恰用‘然’字，为通篇转关，从无可悲说到可悲，真有篇如段、段如句之妙。其言无可悲处，是就欧公身上说；其言可悲处，是就自己身上说。此篇用笔亦善变化，一起一结，俱用跌宕之笔。首一段用奔放之笔，中二段多用劲峭之笔，或间用唱叹作转接。总是老手出奇无穷处。”储欣《唐宋十大家全集录·临川先生全集录三》称之为“祭文入圣之笔”。

无言之痛有时甚于呼天抢地，张九成《祭洪忠宣公文》仅如下一行：“维某年月日，具官某谨以清酌之奠，昭告于某官之灵。呜呼哀哉，伏惟尚飨！”正如洪迈所说：“先公自岭外徙宜春，殁于保昌，道出南安，犹未闻桧相之死。张子韶(九成)先生来致祭，其文但云(如上，略)……其情旨哀怆，乃过于词，前人未有此格也。”①

除祭当代名臣外，宋人还有祭前代名人的祭文，如宋真宗、宋仁宗都有祭孔子文。真宗《遣张齐贤祭孔子文》云：“朕以育事岱宗，毕告成之盛礼；缅怀阙里，钦设教之素风。躬谒奠于严祠，特褒崇于懿号。仍令旧相，载达精诚，昭荐吉蠲，用遵典礼。以衮国公颜子等配。尚飨！”仁宗《祭孔子文》云：“惟王渊圣难明，诚明易禀。敷厥雅道，大阐斯文。生民以来，至德莫二，教行万世，仪比一王。阙里之居，祠宇惟焕。遐瞻墙仞，逖仰门扉，奋于飞梁之踪，新兹标榜之制。命工庀事，推策涓辰，敢议形容，益申崇奉。仰惟降格，遥冀鉴观，尚飨！”②真宗还有《祭伍子胥诏》，皇帝之文皆称诏，祭诏即祭文：“吴山神庙，实主洪涛，聿书往册。顷者，湍流暴作，闾井为忧，致祷之初，厥应如响。御灾捍患，神实能之。用竭精衷，有加常祀，庶凭诚感，永庇居民。宜令本州每岁春秋建道场三昼夜，罢日设醮。其青词，学士院前一月降付。”③彭大雅有《祭诸葛武侯文》，刘一清《钱塘遗事》卷三云：“彭大雅字文子。癸卯守重庆时，蜀已残破，大雅披荆棘、冒矢石筑城以守，为蜀根柢。自此支吾二十年，大雅之功也。然取办峻迫，德之者固多，怨之者亦不少。后谪死蜀，士大夫为之立庙焉。大雅入蜀，曾有《祭诸葛武侯文》，云：‘大国之臣不拜小国之卿，大雅今拜矣！拜公以八阵之神图，拜君以出师之一表。尚飨。’其文甚伟。”

祭念故友是祭文的另一重要内容。苏洵有《祭史彦辅文》。史经臣，字彦辅，眉山名士，与苏洵齐名，屡试不第，终生未仕，潦倒而死。祭文一开头就为史之短寿、贫贱、

---

① (宋)洪迈《容斋随笔》卷一五，文渊阁四库全书本。

② (宋)孔传《东家杂记》卷四，文渊阁四库全书本。

③ (明)田汝成《西湖游览志余》卷二一，文渊阁四库全书本。

无子而鸣屈:"呜呼彦辅,胡为而然,胡负于天?谁不寿考,而于彦辅,独啬其年?谁不富贵,使终贱寒?谁无子孙,诜诜戢戢,满眼蚳蝝?于天何伤,独爱一孺,使殒其传?幨幨其帷,其下惟谁,有童未冠。彦辅从子,带绖而哭,稽颡来前。天高茫茫,恸哭不闻,谁知此冤?"他们二人结交于宝元、康定年间(1038—1040):"辍哭长思,念初结交,康定、宝元。"两人性格完全不同,史彦辅性格豪迈粗放:"子以气豪,纵横放肆,隼击鹏骞。奇文怪论,卓若无敌,悚怛旁观。忆子大醉,中夜过我,狂歌叫喧。"苏洵的性格却很沉静:"予不喜酒,正襟危坐,终夕无言。"这样两位性格完全不同的人,怎么成了莫逆之交呢?就因为他们均有大志,心心相印:"他人窃惊,宜若不合,胡为甚欢?嗟人何知,吾与彦辅,契心忘颜。"他们二人因应制科试而共同入京:"飞腾云霄,无有远迩,我后子先。挤排涧谷,无有险易,我溺子援。破窗孤灯,冷灰冻席,与子无眠。旅游王城,饮食寤寐,相恃以安。"二人应试皆落选,二人分别南游虔州、临江:"庆历丁亥,诏策告罢,予将西辕。慨然有怀,吾亲老矣,甘旨未完。往从南公,奔走乞假,遂至于虔。子时亦来,止于临江,系马解鞍。"不幸接踵而来,史弟被捕入狱,洵父骤逝于家,二人又同返故乡:"爱弟子凝(史沆),仓卒就狱,举家惊喧。及秋八月,予将北归,亦既具船。有书晨至,开视惊叫,遂丁大艰。故乡万里,泣血行役,敢其生还?中途逢子,握手相慰,曰无自残。旅宿魂惊,中夜起行,长江大山。前呼后应,告我无恐,相从入关。"他们返家后,史生了一场大病,手足痉挛,成了残废;其弟史沆之死,更使他伤心到极点,气得吐血,不久病逝:"归来几何,子以病废,手足若挛。我嘉子心,壮若铁石,益固而坚。嗔目大呼,屋瓦为落,闻者竦肩。子凝之丧。大临呕血,伤心破肝。"嘉祐元年(1056)三月,苏洵父子三人离家到成都与张方平告别。长期卧病的老友史经臣也来为苏洵父子饯行:"我游京师,强起来饯,相顾留连。我还自东,二子丧母,归怀辛酸。"苏洵刚刚安葬了亡妻不久,多年好友史经臣又去世了:"子病告革,奔走往问,医云已难。问以后事,口不能语,悲来塞咽。"他只好为之收拾遗稿,安排后事:"遗文坠稿,为子收拾,以葺以编。我知不朽,千载之后,子名长存。呜呼彦辅,天实丧之,予哭寝门。白发班班,疾病来加,卧不能奔。哭书此文,命轼往奠,以慰斯魂。尚飨!"全文详尽叙述了他们的友情,表现了二人不同的性格,抒发了自己的哀伤,情真意挚。林纾选评此文云:"每三句作一韵,述家常,语语逼真,老泉固是有心肝人。"①

祭亲人的文字抒情色彩往往更浓,更为感人。陈耆卿《祭先妣文》以不敢相信母亲已死而又不得不信起:"呜呼!吾母其真死邪?盖棺七日,无容无声,吾母其真死矣!"其父性耽书,不理家事,全靠其母经营全家生计:"吾家世儒,薄生理,母归,田无

① 林纾选评《嘉祐集》,民国十三年商务印书馆本。

三十亩，老屋数间，不任风雨。吾母一力经纪之，左手婴孩，右手绩织，下至米盐靡密之事，亦牵顿忘食。盖吾先人性耽书，口不道家有无，其所以至今仅给，则实惟母力，姻党尽能言之也。”父亲死后，全靠其母把他们兄弟姐妹抚养成人，完成婚娶，“人谓可以渐闲，然劳犹昔也。呜呼，吾尚忍言之邪……私谓生苟不达，傥得与母蔬饭而嬉，少酬其平昔之劳，则志愿毕矣，虽母之所以自期者亦然也。”接着以一串反诘句抒其悲痛：“呜呼吾母，孰谓其至是邪！天不佑善邪？岂造物者以子不孝，而降此毒戾邪？抑母所以役其神者过，而脆弱之质自不能久世邪？继自今，吾畴依邪？家道谁治邪？手泽满前，种种皆血，吾亦何以生为邪？未病之四旬，得孙，津津甚喜，中夜隆寒，起视之，至再三焉。告母少休，勿听也。呜呼！继自今，孙虽啼号，吾母其闻之邪？惟我母子，相与为命三十有一年，子不敢一日舍母而远游，母不肯一日不见子而食。母病八月，吾八月在床。亦谓母勿药而康，庸讵知晨出暮归，则母已不能语也邪？呜呼痛哉！未病时，意尝不满，间或指暗者曰：‘汝有分，则先我死也。’或又指其季曰：‘吾安得亟嫁汝也。’或谓母年未六十，何介介若此？由今观之，似若知其死而然。呜呼痛哉！”最后感叹母亲“有终身之劳，而无一息之乐……此耆卿之所以冤天叫地，欲与母俱死而未可也！决九河不足以为吾之泪，汗千竹不足以书吾之恨。哀哀我母，今安适矣！皇天后土，忍于是矣！借使不死，无见母之日矣。一酹而号，肝肠缕绝。呜呼痛哉！”

祭文非只祭人，还有祭神文，如陈瓘《祭平望八尺土地河伯神驱蚊文》：“自嘉禾而东，其地曰平望；苏台而西，其地曰八尺。”①所祭对象为水土即“土地河伯神”，作祭目的是为驱蚊，显然是仿韩愈《驱鳄文》而作。首先对“土地河伯神”恭维了一番：“惟神杳冥，无声无形，而能以天地之命而为水土之主者，为其有灵。故虽嗜不以口，听不以耳，而能纳吾之味、闻吾之音，独不可以鉴吾之诚？”接着讲平望、八尺地势低洼，蚊虫很多，水土之神有责：“水草秽腐，蓄潴不泄。蚊之所舍，三十余里，不待日出而高飞，其势如烟，其声如雷。岂无居民之所聚，舟车之所通，而俾夫秽腐之所化，而得肆害于人者，水土之神宁无愧邪？”人神各有分工，蚊之繁衍，水土之神难逃其责：“吾闻二气（阴气、阳气）既分，形质既备，载则不帱（覆盖），帱则不载。两形之间，圣人之所治。于是分水土，命百官，以使之司而职焉。由古而下，未或不然。犹以为未也，其上则求之天地，其下则求之水土之神。民有所不治，则天子公卿之所忧；求其所不应，则社稷神灵之所羞。蚊之为蚊，生乎秽聚，藏乎积草。秽者决（开通）焉，积者疏焉，彼则灭矣。奈何不然，徒使乎来者往者，过此而未尝无言。则郡守县令已可以知其为不贤，而水土之神又安可以忽吾之所宜？”末以“剪绝此类，使无更生”为结：“天生斯民，独为

① (明)朱存理《珊瑚木难》卷六，文渊阁四库全书本。“平望”、“八尺”皆地名。

万物之灵，载之以形，劳之以生。谓之劳矣，则岂特求免夫噆肤之蚊？然旦昼而伏，夜而出，则人尚何怨？而所可怪者，以其无辨于朝夕。是则既暮而出，为蚊之常；今至于凌日而飞矣，岂阴也而可以先阳？吾愿一言之出，契乎杳冥，剪绝此类，使无更生。则四海之内，天地之间，孰不知神之有灵？"

有祭马文。路振（950—1014），字子发，永州祁阳（今湖南祁阳）人。淳化三年登进士甲科，官至知制诰。《皇朝文鉴》卷一三五载其《祭战马文》是一篇典型的骈体祭文。序云："咸平中，契丹犯高阳关，执大将康保裔，略河朔而去。天子幸魏，特遣将王荣以五千骑追。荣无将材，但能走马，以驰射为事。受命恇怯，数日不敢行，伺贼渡河而后发。贼有剽淄、齐者数千骑，尚屯泥沽，荣不欲见敌，遂以其骑略界河南岸而还。昼夜急驰，马不秣而道毙者十有四五。天子悯之，遣使收瘗焉，因作祭文。"其祭文首写战马："虎脊孤耸，龙媒骜狞。丹髦晓霞，的颡秋星。茀方著干，宜乘旋膺。巉胪角起，方眦珠明。尔其绝塞草荒，八月陨霜。毛缩蹄坚，筋舒脉张。兽恶恐噬，虬狞欲骧。喷沙散沫，千里飞雪。圉人负绁，武士索铁。前遮后突，雷动地裂。忽挽一而制百，终伏挝而授绁。"这些战马是高价从"戎官"处换来，对之十分重视："劳其酋长，节以驵侩。蜀锦吴缯，积如丘陵。马归于我也重，币入于彼也轻。于是络黄金之羁，浴天池之波。鼓鬣云衢，弄影星河。或踶而啮，或鼿而吪。原蚕申禁，驵骏何多。帝念神物，来经远道。阅之于内殿，养之于外皂。饮以玉池，秣之瑶草。穷冬虏尘，入我河湄。羽书宵飞，龙驭北巡。选仗下之名马，属阃外之武臣。"但武臣却使之"不秣而道毙"："何嚄唶之无勇，反迁延而避敌？冰霜凄凄，介甲而驰。不饮不秣，载渴载饥。骏马馁死，行人嗟咨。委天骨于衢路，返星精于云雾。报主恩之无及，齐戎力而何误！生刍致祭，弊帷成礼。瘗于崇冈，全尔具体。马如有神，知帝之仁。呜呼！"从此文可看出宋初军政的腐败。

有祭牛文，如苏轼的《祭春牛文》实为寓言体，《东坡志林》卷五载："元丰六年十二月二十七日，天欲明，梦数吏人持纸一幅，其上题云：请《祭春牛文》。予取笔疾书其上，云：'三阳既至，庶草将兴。爰出土牛，以戒农事。衣被丹青之好，本出泥涂；成毁须臾之间，谁为喜愠？'吏微笑曰：'此两句复当有怒者。'旁一吏云：'不妨，此是唤醒他。'"为什么说"当有怒者"，又说"是唤醒他"？因为"衣被丹青之好"一联，讽刺世人表里不一，成败只不过在转瞬之间。《古今小品》卷六王纳谏云："子瞻以口语得罪，故托之梦言。"

有祭枯骨文，如苏轼《徐州祭枯骨文》云："嗟尔亡者，昔惟何人。兵耶、氓（民）耶，谁其子孙？虽不可知，孰非吾民。暴骨累累，见之酸辛。为卜广宅，陶穴宽温。相从归安，各反其真。"又有《惠州祭枯骨文》云："尔等暴骨于野，莫知何年。非兵则民，皆吾赤子。恭惟朝廷法令，有掩骼之文；监司举行，无吝财之意。是用一新此宅，永安厥居。所恨犬豕伤残，蝼蚁穿穴。但为丛冢，罕致全躯。幸杂居而靡争，义同兄弟；或解脱而无恋，超生人天。”前篇为四言韵语，后篇四言、骈言相间，但两篇主旨相近，即无论这些枯骨生前是何等人，“孰非吾民”、“皆吾赤子”，确如《古今小品》卷六所称，是“大名理，大体裁”。

苏轼的《祭古冢文》则基本上是散体，并多数均由问句组成：“闰十二月三日，予之田客，筑室于所居之东南，发一大冢，适及其顶，遽命掩之，而祭之以文曰：茫乎忽乎，寂乎寥乎，子大夫之灵也。子岂位冠一时，功逮宇内，福庆被于子孙，膏泽流于万世，春秋逝尽而托物于斯乎？意者潜光隐耀，却千驷而不顾，禄万钟而不受，岩居而水隐，云卧而风乘，忘身徇义而遗骨于斯乎？岂吾固尝诵子之诗书，慕子之风烈，而不知其谓谁欤？子之英灵精爽，与周公、吕望游于丰、镐之间乎？抑其与巢由、伯夷相从于首阳、箕颍之上乎？”祭文前半是问，这些遗骨是“位冠一时”，“与周公、吕望”并列的“子大夫之灵”呢，还是“潜光隐耀”，“与巢由、伯夷相从”的隐士，或是“忘身徇义”的侠士呢？接着紧扣“发一大冢”作了回答：“砖何为而华乎？圹何为而大乎？地何为而胜乎？子非隐者也，子之富贵，不独美其生，而又有以荣其死也。子之功烈，必有石以志其下，而余莫之敢取也。昔子之姻亲族党，节春秋，悼霜露，云动影从，享祀乎其下。今也，仆夫樵人，诛茅凿土，结庐乎其上。昔何盛而今何衰乎？”这不是“隐者”之冢，而是大人物之冢，但结局都一样：“仆夫樵人，诛茅凿土，结庐乎其上。昔何盛而今何衰！”末段感慨尤深：“吾将徙吾之宫，避子之舍，岂惟力之不能，独将何以胜夫必然之理乎？安知百岁之后，吾之宫不复为他人之墓乎？今夫一岁之运，阴阳之变，天地盈虚，日星殒食，山川崩竭，万物生死，欻吸飘忽，若雷奔电掣，不须臾留也，而子大夫，独能遗骨于其间，而又恶夫人之居者乎？嗟彼此之一时，邈相望于山河。子为土偶，固已归于土矣。余为木偶漂漂者，未知其如何。魂而有知，为余婥阿。”“婥阿”，依违随人，难有主见，末二句的意思是冢中魂灵有知，也会为我拿不定主意。

宋代文人僧人化，爱与僧人交往，故有不少祭僧文，如蒋之奇《祭秀禅师文》，张商英的《祭悦禅师文》。①宋代僧人文人化，宋僧也写有不少祭文，苏州僧有《自祭文》，赵令畤《侯鲭录》卷四云：“东坡云：‘近在苏州，有一僧旷达好饮，以醉死。将暝，自作《祭文》云：‘唯灵生在阎浮提，不贪不妒。爱吃酒子，倒街卧路。想汝直待生兜率天，尔时方断得住。何以故？净土之中，无酒得沽。’”

---

① 均见(宋)释晓莹《罗湖野录》卷二，文渊阁四库全书本。

（三）祭文的形式

祭文有骚、赋、骈、散等不同体裁，有押韵、不押韵之别（散体祭文多不押韵）。

多数祭文为四言韵语，数句一换韵。南朝宋元嘉七年（430）九月，彭城修东府，掘城北堑八丈余，得古冢，铭志不存，世代不可得而知，改埋于东冈，谢惠连为撰《祭古冢文》即为四言韵文，先后以司、代、传、齐、渥、存为韵。首写发现古冢的情况："忝总徒旅，版筑是司。穷泉为堑，聚壤成基。一椁既启，双棺在兹。舍畚凄怆，纵锸涟而。刍灵已毁，涂车既催。几筵糜腐，俎豆倾低。盘或梅李，盎或醢酰。蔗传余节，瓜表遗犀。"次叹对死者毫无所知："追惟夫子，生自何代？曜质几年，潜灵几载？为寿为夭，宁显宁晦？铭志堙灭，姓字不传。今谁子后，曩谁子先。功名美恶，如何蔑然。"次谓已不可能恢复此冢，只好改葬："百堵皆作，十仞斯齐。墉不可转，堑不可回。黄肠既毁，便房已颓。循题兴念，抚俑增哀。射声垂仁，广汉流渥。祠骸府阿，掩骼城曲。仰羡古风，为君改卜。轮移北隍，窀穸东麓。圹即新营，棺仍旧木。合葬非古，周公所存。敬遵昔义，还祔双魂。"末以致祭作结："酒以两壶，牲以特豚。幽灵仿佛，歆我牺樽。呜呼哀哉！"①《汉魏六朝百三家集·宋谢惠连集题词》称其"文简而有意"，全文只不过叙古冢发现和改葬的经过，表其哀悼之情而已。

南朝宋王僧达撰有《祭颜光禄文》。②颜光禄指颜延之，字延年，少孤贫，好读书，敢犯权要。官至紫金光禄大夫。其诗好藻绘，喜用典，与谢灵运齐名，世称"颜谢"。这也是一篇四言韵语的祭文，以清、华、阿、举、赋、耀、泪为韵。此文主要称颂颜之才德："德以道树，礼以仁清。惟君之懿，早岁飞声。义穷羲彖，文蔽班、扬。性婞刚洁，志度渊英。登朝光国，实宋之华。"其"逸翮独翔，孤风绝侣。流连酒德，啸歌琴绪。游顾移年，契阔宴处"数语，冲淡有味；其"心凄目眩，情条云互。凉阴掩轩，娥月寝耀"数语，凄怆悲感，富有抒情色彩。

南朝梁代刘令娴为刘孝绰之妹。刘氏姊妹三人，并有才学，而令娴文尤清拔，适太子洗马徐悱。悱字敬业，仆射徐勉之子。幼聪敏，能属文，迁晋安内史。卒。丧还京师，其妻令娴为《祭夫文》以祭，辞甚凄怆。首称其夫之才："惟君德爰礼智，才兼文雅。学比山成，辩同河泻。明经擢秀，光朝振野。调逸许中，声高洛下。含潘（岳）度陆（机、云），超终（军）迈贾（谊）。"次写他们夫妇相亲相敬："二仪既肇，判合始分。简贤依德，乃隶夫君。外治徒奉，内佐无闻。幸移蓬性，颇习兰熏。式传

①② （梁）萧统《文选》卷六〇，文渊阁四库全书本。

琴瑟，相酬典坟。”再写徐悱之死：“辅仁难验，神情易促。雹碎春红，霜雕夏绿。躬奉正衾，亲观启足。一见无期，百身何赎？呜呼哀哉！”最后抒写自己哀痛无穷：“生死虽殊，情亲犹一。敢遵先好，手调姜橘。素俎空乾，奠觞徒溢。昔奉齐眉，异于今日。从军暂别，且思楼中。薄游未反，尚比飞蓬。如当此诀，永痛无穷。百年何几，泉穴方同。”①

唐王绩有《祭杜康文》。杜康是传说中酒的发明者，此文首赞杜康在“茹毛饮血，巢居穴窠”之世，发明了酒：“以宴以祷。为樽为洗。”但“法成必弊，文盛则华”，也带来了无穷危害：“奚仲斵轮，焉知覆车。桀纣亡国，羲和丧家。”因此，“周公作诰，乃防厥邦”，开始了酒禁。但“降及中世，昏主作式，刑罚不中，谗淫罔极。吁嗟世道，一至于此！”而即使在中世以后，酒也起过好的作用，故建庙以祀：“眷兹酒德，可以全身。杜明塞智，蒙垢受尘。阮藉遂性，刘伶保真。此避其世，于今几人。我瞻前说，功高受赏。嗟嗟先生，其义可想。肇基曲蘖，光开祀飨。大礼斯备，群贤就养。敢依河曲，建尔灵祀。前临极岸，却就长矶。茅茨不剪，采椽不治。扫地而祭，神其享之。”②

欧阳修《祭资政范公文》概括了范仲淹的一生，首言被谗：“呜呼公乎！学古居今，持方入圆。丘、轲之艰，其道则然。公曰彼恶，公为好讦；公曰彼善，公为树朋。公所勇为，公则躁进；公有退让，公为近名。谗人之言，其何可听！”言其恶谓之攻讦，言其善谓之朋党，通于任事谓之躁进，退让谓之近名，在谗昵之徒眼里，好人动辄得咎。次言范仲淹被排斥，不得行其志：“先事而斥，群讥众排。有事而思，虽仇谓材。毁不吾伤，誉不吾喜。进退有仪，夷行险止。呜呼公乎！举世之善，谁非公徒？谗人岂多，公志不舒。善不胜恶，岂其然乎？成难毁易，理又然欤？呜呼公乎！欲坏其栋，先摧桷榱；倾巢破瞉，披折傍枝。害一损百，人谁不罹？谁为党论，是不仁哉！呜呼公乎！”末言其身后是非自明，为他恢复名誉：“易名谥行，君子之荣。生也何毁，没也何称？好死恶生，殆非人情，岂其生有所嫉，而死无所争？自公云亡，谤不待辨。愈久愈明，由今可见。始屈终伸，公其无恨。写怀平生，寓此薄奠。”“生有所嫉，而死无所争”，这大概就是“议论常公于身后”，二百年内无历史的原因吧！《评校音注古文辞类纂》卷七四王文濡评此文云：“文正一生，包括殆尽，移置他人不得。”浦起龙《古文眉诠》卷六二评云：“全为罹党论抒愤，言之不足，长言之也。”全文夹叙夹议，叙事简洁，议论含情，确实是为党论“抒愤”。

---

① （唐）欧阳询《艺文类聚》卷三九，文渊阁四库全书本。

② （明）贺复徵《文章辨体汇选》卷七五〇，文渊阁四库全书本。

丁宝臣(1010—1067),字元珍,晋陵(今江苏常州)人。景祐元年进士及第,为峡州军事判官,欧阳修贬峡州夷陵令,曾与之唱和,有著名的《戏答元珍》诗:"春风疑不到天涯,二月山城未见花。残雪压枝犹有橘,冻雷惊笋欲抽芽。夜阑啼雁生乡思,病入新年感物华。曾是洛阳花下客,野芳虽晚不须嗟。"丁一生多为地方官,后为秘阁校理、同知太常礼院。御史知杂苏寀劾其弃城事,出通判永州,方待阙而卒,欧阳修为撰《集贤校理丁君墓表》,又写下了这篇《祭丁学士文》。此文前半多为四言韵语,后半多为骈言,通篇都押韵。首叹善恶难辨:"呜呼元珍!善恶之殊,如火与水,不能相容,其势然尔。是故乡人皆好,孔子不然,恶于不善,然后为贤。子之美才,懿行纯德,谁称诸朝,当世有识。"次言丁为苏寀所劾而贬死:"子之憔悴,遂以湮沦,问孰恶子,可知其人。"祭文的主要篇幅是以孔、孟、屈原为例说明得与失"后世方知":"毁善之言,譬若蝇矢,点彼白玉,濯之而已。小人得志,暂快一时,要其得失,后世方知。受侮被谤,无如仲尼,巍然衮冕,不祀桓魋。孟轲之道,愈久弥光,名尊四子,不数臧仓。是以君子,修身而俟。扰扰奸愚,经营一世。迨荣华之销歇,嗟泯没其谁记?是皆生则狐鼠,死为狗彘。惟一贤之不幸,历千载而犹伤,自古孰不有死?至今独吊乎沅湘。彼灵均之事业,初未见于南邦,使不遭罹于放斥,未必功显而名彰。然则彼谗人之致力,乃借誉而揄扬。呜呼元珍!道之通塞,有命在天。其如予何,孔孟亦然。何以慰子,聊为此言。寄哀一奠,有涕涟涟。尚飨!"《崇古文诀》卷一八云:"讥贬虽近乎太过,然一时之毁誉,决不能掩千古之是非。观此文然后知枉之语为有味也。"由于欧阳修对丁之死"悲痛慷慨"①,故有些过激之论,如何焯《义门读书记》卷三九谓"是皆生则狐鼠,死为狗彘,太剧,伤雅"。但正如吕葆中《唐宋八家古文精选·欧阳文》所评:"元珍以一眚掩德,公故有青蝇之憾。读后一段,复快然矣。"特别是对"彼谗人之致力,乃借誉而揄扬"二语,《山晓阁选宋大家欧阳庐陵全集》卷四孙琮评价更高:"不说元珍被毁可惜,反惜元珍被毁可乐;不说元珍因毁丧名,反说元珍因毁得名。议论雄辩豪放,通篇一意到底。"

曾巩、王安石也有祭丁文,均通篇为四言韵语,其中尤以王安石的《祭丁元珍学士文》为工。首写丁对他的友情:"我初闭门,屈首书诗。一出涉世,茫无所知。援挈复护,免于阽危。雍培浸灌,使有华滋。微吾元珍,我始弗殖。如何弃我,殒命一昔!"次写丁是一位忠恕信仁的人物,却一生不得志:"以忠出恕,以信行仁。至于白首,困厄穷屯。又从跻之,使以踬死。岂伊人尤,天实为此!"最后表示要为之志铭,"以驰我哀":"有盘彼石,可志于丘。虽不属我,我其徂求。请著君德,铭之九幽。以驰我哀,

① (明)茅坤《唐宋八大家文抄》卷五九茅坤评,文渊阁四库全书本。

不在嵺差。”茅坤《唐宋八大家文抄》卷九六评云：“情之痛，而吐辞之激昂。”《古文范》下编吴闿生评云：“四言之体，自退之后，唯介甫多用逆折之笔也。”并认为“有盘彼石”以下四句“萧闲淡永，韵味可入风诗”。

也有骚体祭文，如唐杨炯的《祭汾阴公文》。汾阴公指唐初宰相薛振（杨炯另有《中书令汾阴公薛振行状》），全文主要歌颂其功德，首段云：“惟公含纯德而载诞兮，禀元精而秀出。备五行而立身兮，半千年而委质。属天地之贞观兮，逢圣人之得一。若夔龙稷卨之寅亮舜朝兮，若萧曹魏邴之谋猷汉室。悬大名于宇宙兮，立大勋于辅弼。如何斯人而有斯疾，曾未遐寿，中年殒卒，呜呼哀哉！”末以受知于薛作结：“俯循兮弱龄，叨袭兮簪缨。公夕拜之时也，既齿迹于渠阁；公春华之日也，又陪游于层城。参两宫而承顾眄兮，历二纪而洽恩荣。郭有道之青目兮，蔡中郎之下迎。倏焉今古，非复平生。无德不报兮愿摩顶而至足，有生必死兮空饮恨而吞声。天惨惨兮气冥冥，月穷纪兮日上丁。藉白茅兮无咎，和黍稷兮非馨。呜呼哀哉！”①

有赋体祭文，如唐宋之问《祭杜学士审言文》，明贺复徵编《文章辨体汇选》卷七五五收此文，即归于赋体内。杜审言（约 645—708）为杜甫祖父，是唐初著名诗人。因与张易之交，曾被流放。祭文开头的“辞业备而官成，名声高而命薄。屈原不终于楚相，扬雄自投于汉阁”即指其被贬事；认为杜审言之才超过王、杨、卢、骆诸子（“惟灵昭昭，度越诸子”），而其命运反不如诸子：“逢时泰兮欲达，闻数奇兮自伤。属文母之丕运，应才子之明扬。援沧秀于兰畹，侍游仙于柏梁。命以著作，拜之为郎。始翔鸳于清列，旋御魅于炎荒。遗旅雁兮超彭蠡，作编人兮居越裳。殊许靖之新适，忆虞翻之旧乡。”好在后来重回朝廷：“惟皇龙兴，再施法度，拂洗溟渤，骞翔雨露。通籍于八舍禁门，摇笔于万年芳树。仰赤墀兮非远，谓白首兮方遇。”而不幸又因病去世：“君病何病，到此弥留。药虽饵兮宁愈，针不及兮可忧。”末叙他们的友情，而自己因官守不能为之送丧：“自予与君，弱岁游执。文翰共许，风露相浥。况穷海兮同窜，复文房兮并入。川流遽阅，隙电初过。昔乘运兮如此；今造冥兮若何。怀君畴昔兮恨已积，念君恩惠兮情倍多……登君词赋于云台之上，藏君齿发于缑山之曲。缑氏山兮山上云，秦城郊兮郊外坟。孟冬十日兮共归君，君有灵兮闻不闻？”

明人曹学佺《祭徐惟和文》也是赋体祭文，首抒其悲：“噫，予昔送子于潞河兮，河水其涟。子泛泛而归兮，未及一年。余金陵既谪居兮，子贻我书。余答子以再兮，忽往其虚。余闻讣乃反走兮，为位而绝。徒恨不得归兮，今归何益。既登子之堂兮，复省子之殡宫。欲招子其来下兮，子其不与我同。余感痛子时节兮，奄忽长至。乃告子

① （唐）杨炯《盈川集》卷一〇，文渊阁四库全书本。

以文兮，一字一泪。”次叹造物忌才：“曰人孰无死兮，独伤哉乎子也。求四十而不得兮，何景光之甚迫也。尔才太高兮，神明啸号。尔器太利兮，造物所忌。”末以其死而不朽相慰：“尔平日其好道兮，死而不以为夭。尔生前其急人兮，宜其死后而贫。子旷然其无累兮，去世若敝屣。子虽在地下兮，实不忘乎风雅。彼昔人之立名兮，幽何殊于明。子其优以游兮，予后死之有春秋。”①

还有骈体祭文。谢伋《四六谈麈》云：“祭文，唐人多用四六。”如韩愈的《祭薛中丞文》即为骈体：

> 维年月日，某官某乙等谨以清酌庶羞之奠，祭于亡友故御史中丞赠刑部侍郎薛公之灵：公之懿德茂行，可以励俗；清文敏识，足以发身。宗族称其孝慈，友朋归其信义。累升科第，亟践班行；左掖南台，共传故事。诗人墨客，争讽新篇；羽仪朝廷，辉映中外。长途方骋，大限俄穷。圣上轸不憖之悲，具寮兴云亡之叹。况某等忘言斯久，知我俱深。青春之游，白首相失，来陈薄奠，讵尽哀诚？呜呼哀哉，尚飨！

薛中丞名存诚，字资明，河中宝鼎人。贞元中登第，历监察御史、殿中侍御史，累迁给事中，拜御史中丞。暴卒，宪宗赠刑部侍郎。韩愈的这篇祭文除开头的叙事为散体外，祭文本身是标准的骈文，前颂其功，“圣上”以下哀其暴卒。

欧阳修《祭尹师鲁文》，首伤其穷困而死：“嗟乎师鲁！辩足以穷万物，而不能当一狱吏；志可以狭四海，而无所措其一身。穷山之崖，野水之滨，猿猱之窟，麋鹿之群，犹不容于其间兮，遂即万鬼而为邻。嗟乎师鲁！世之恶子之多，未必若爱子者之众。何其穷而至此兮，得非命在乎天而不在乎人！”次颂其不以得失死生动其心：“方其奔颠斥逐，困厄艰屯，举世皆冤，而语言未尝以自及；以穷至死，而妻子不见其悲忻。用舍进退，屈伸语默，夫何能然？乃学之力。至其握手为诀，隐几待终，颜色不变，笑言从容。死生之间，既已能通于性命；忧患之至，宜其不累于心胸。”次颂尹虽不以死生为念，自己却不能忘其友情：“自子云逝，善人宜哀；子能自达，予又何悲？惟其师友之益、平生之旧，情之难忘，言不可究。”次颂其文必传：“嗟乎师鲁！自古有死，皆归无物。惟圣与贤，虽埋不没。尤于文章，焯若星日。子之所为，后世师法。虽嗣子尚幼，未足以付予；而世人藏之，庶可无于坠失。”末以致祭作结：“子于众人，最爱予文。寓辞千里，侑此一尊。冀以慰子，闻乎不闻？尚飨！”《欧阳文忠公文选》卷

---

① (明)贺复徵《文章辨体汇选》卷七五四，文渊阁四库全书本。

一〇归有光用"哀以愤"评此文，哀、愤二字确实把握住了此文特点，哀尹之不幸，愤世之不公。《唐宋八大家文抄》卷六张伯行评云："师鲁与公始倡为古文词，相知最厚，摈斥而死，故公特写其磊落之致、悲怆之思，抑扬跌宕，绰有情致。"《山晓阁选宋大家欧阳庐陵全集》卷四孙琮评云："文虽分作六段，其实止是一意相贯。大概言其困厄穷窘如此之至，却能安于天命，处之泰然，随其所遇，达于生死，则是师鲁已是达人，欧公又何用悲伤？惟其交友之情，所以一辞远奠。通篇联贯之意，实是如此，不得看作散索也。"这是一篇含有骚、散句式的骈体祭文，并大量使用虚词，如而、犹、遂、兮、嗟乎、何其、得非、乎、方其、至其、既已、宜其、云逝、惟其、尤于、庶可等，"意义迭生，大气包举，尤能善用虚字。"①

明方孝孺有《祭宋景濂先生文》，也是骈体祭文。宋璟濂(1310—1381)名濂，景濂为其字，明初著名文学家，累官礼部主事、侍讲学士、学士承旨等。因胡惟庸案，全家谪茂州，途中病死于夔州。此文首称其"跨越前古，拔汇超伦"之才："公之量可以包天下，而天下不能容公之一身；公之识可以鉴一世，而举世不能知公之为人。道可以陶冶造化，而不获终于正寝；德可以涵濡万类，而不获盖其后昆。其所有者皆众人之所难勉，而未尝自以为足；其所遇者皆众人之所难处，则怏然委命，而不置乎戚欣。此公之所以跨越前古，拔汇超伦，控宇宙而独立，后天地而长存者乎！"次称其不以荣辱毁誉为怀："世乌足以知之，徒传诵其雄文，执其词者惑其意，得其似者失其真。彼好慕者且若此，又何怪乎臧仓与叔孙！宜夫公之厌斯世而不居，甘远迹于峨岷，盖将吊重华于九疑，唁屈子于江滨，而不忍污乎流俗之埃尘也。然则公固以死生荣辱为梦幻，得失毁誉为浮云……尚何穷达之足云乎！"末抒"吾独悲叹"的原因："吾独悲叹而不止者，上以忧乎斯道，下以悯乎斯民。愧受恩而未报，惧来者之无闻。呜呼哀哉！公其舍此而安之，岂其与形俱逝，与物同泯乎？吾犹仿佛见公骑风驭气，鞭日月而叱星辰，遨游乎昆仑之野，出入乎无穷之门。是盖处乎世者止七十有三年，而不死者不知其几千万春。其遇乎人者虽若艰危而可痛，而乐乎天者不可数计而具陈。而吾犹嗷嗷哭于山巅与水漘，是皆公之所笑，而奚能酬教育之厚恩？呜呼哀哉！列泰华以为殽，注沧海以为樽，吾知公之不我顾，而庶几可以报公者，习其所闻以求不负乎明训，行其所得以冀有益于黎元。酹皇天与后土，尚同鉴乎斯言。"②唐尧臣《逊志斋集刻序》云："方先生之学一本于诚，发而为文，凿凿皆实理。"此文亦以诚感人。

有散体祭文。曹操《祭桥公文》是较早的散体祭文，所记桥公戏言，尤为后人称

---

① (清)姚鼐《评校音注古文辞类纂》卷七四王文濡评，文明书局民国十八年版。

② (明)方孝孺:《逊志斋集》卷二〇，四部丛刊本。

道："又承从容约誓之言，徂没之后，路有经由，不以斗酒只鸡，过相沃酹，车过三步，腹痛勿怨。虽临时戏笑之言，非至亲之笃好，何肯为此辞哉？"①

韩愈《祭十二郎文》是为祭其侄韩老成而作。韩愈兄弟三人，长兄韩会，次兄韩介，愈居第三。老成为韩介之子，过继给韩会为子。祭文前段写韩愈幼年丧父，由韩会夫妇抚养成人，自幼与老成一起生活，表现了对兄嫂的深厚感情，读来十分感人："呜呼，吾少孤，及长，不省(知)所怙(依靠)，惟兄嫂是依。中年兄(韩会)殁南方，吾与汝俱幼，从嫂归葬河阳，既又与汝就食江南，零丁孤苦，未尝一日相离也。吾上有三兄，皆不幸早世。承先人后者，在孙惟汝，在子惟吾。两世一身，形单影只。嫂常抚汝指吾而言曰：'韩氏两世，惟此而已。'汝时尤小，当不复记忆。吾时虽能记忆，亦未知其言之悲也。""两世一身，形单影只"二语，埋下了老成之死他特别悲伤的伏笔。继写其后与十二郎会少离多，竟成永别，后悔自己"舍汝而旅食京师，以求斗斛之禄"："呜呼，孰谓汝遽去吾而没乎！吾与汝俱少年，以为虽暂相别，终当久相与处。故舍汝而旅食京师，以求斗斛之禄。诚知其如此，虽万乘之公相，吾不以一日辍汝而就也。"其下一段围绕死讯的真假，感慨天道难测，神道难明，最为精彩：

> 去年孟东野往，吾书与汝曰："吾年未四十而视茫茫，而发苍苍，而齿牙动摇。念诸父与诸兄，皆康强而早世。如吾之衰者，其能久存乎？吾不可去，汝不肯来，恐旦暮死，而汝抱无涯之戚也。"孰谓少者没而长者存，强者夭而病者全乎！呜呼，其信然邪，其梦邪，其传之非其真邪？信也，吾兄之盛德而夭其嗣乎？汝之纯明而不克蒙其泽乎？少者强者而夭没，长者衰者而存全乎？未可以为信也，梦也，传之非其真也。东野之书，耿兰之报，何为而在吾侧也？呜呼，其信然矣。吾兄之盛德而夭其嗣矣。汝之纯明宜业其家者，不克蒙其泽矣。所谓天者诚难测，而神者诚难明矣。所谓理者不可推，而寿者不可知矣。虽然，吾自今年来，苍苍者或化而白矣，动摇者或脱而落矣，毛血日益衰，志气日益微，几何不从汝而死也？死而有知，其几何离(如果死者有知，当知离别不会太久，意谓自己将很快"从汝而死")？其无知，悲不几时，而不悲者无穷期矣。汝之子始一岁(一作十岁)，吾之子始五岁，少而强者不可保，如此孩提者又可冀其成立邪？呜呼哀哉，呜呼哀哉！

末以既不能相养以生，又不能相守以死，只能教嫁其子女，使死者安心结："呜呼，

① (梁)萧统《文选》卷三九，文渊阁四库全书本。

汝病吾不知时，汝殁吾不知日，生不能相养以共居，殁不得抚汝以尽哀，敛不得凭其棺，窆（下棺）不得临其穴。吾行负神明而使汝夭，不孝不慈，而不得与汝相养以生，相守以死。一在天之涯，一在地之角。生而影不与吾形相依，死而魂不与吾梦相接，吾实为之，其又何尤！彼苍者天，曷其有极！自今已往，吾其无意于人世矣。当求数顷之田于伊、颍之上以待余年，教吾子与汝子，幸其成长，吾女与汝女待其嫁，如此而已。呜呼，言有穷而情不可终，汝其知也邪，其不知也邪？呜呼哀哉，尚飨！"

这是一篇散体祭文，用虚词颇多。费衮《梁溪漫志》卷六《文字用语助》云："退之《祭十二郎老成文》一篇，大率皆用助语，其最妙处自'其信然邪'以下至'几何不从汝而死也'一段，仅三十句，凡句尾连用'邪'字者三，连用'乎'字者三，连用'也'字者四，连用'矣'字者七，几于句句用助辞矣。而反复出没，如怒涛惊湍，变化不测，非妙于文章者安能及此。"此文最突出的特点是抒情性强，明薛瑄云："凡诗文出于真情则工，昔人所谓出于肺腑者是也。如《三百篇》、《楚辞》、武侯《出师表》、李令伯《陈情表》、陶靖节诗、韩文公《祭兄子老成文》、欧阳公《泷冈阡表》，皆所谓出于肺腑者也，故皆不求工而自工。故凡作诗文皆以真情为主。"①茅坤《唐宋八大家文钞》卷一六亦云："通篇情意刺骨，无限凄切，祭文中千年绝调。"

欧阳修的《祭吴尚书文》是一篇以"也"字结句的散体祭文。吴育（1004—1058）字春卿，建州浦城（今属福建）人。天圣进士，试制科入三等。官至拜参知政事、枢密副使。后罢政，出知许州、蔡州、河南府兼西京留守司，徙永兴军，知汝州、陕州。判通进银台司、尚书都省，又出为鄜延路经略安抚使，判延州，知河中府，徙河南府。年五十五卒。此文通篇感慨时事可喜者少而可悲者多："呜呼公乎！余将老也，阅世久也。见时之事，可喜者少，而可悲者多也。"这可说是全篇主骨，古今同慨，故能引起历代读者的共鸣。声名初若可慕而却很少能保其终："士少勤其身，以干禄仕，取名声，初若可爱慕者众也。既而得其所欲而怠，与迫于利害而迁，求全其节以保其终者，十不一二也。"看似康强而很快衰病以死："其人康强饮食，平居笑言，以相欢乐，察其志意，可谓伟然。而或离或合，不见几时，遂至于衰病，与其俯仰旦暮之间忽焉以死者，十常八九也。"善人难得而易失："呜呼公乎！所谓善人君子者，其难得既如彼，而易失又如此也。故每失一人，未尝不咨嗟殒泣，至于失声而长号也。"以上看似泛论，实际处处都是为吴而发，最后归结到吴，祭文也戛然而止："公材谋足以居大臣，文学足以名后世，宜在朝廷以讲国论，而久留于外；宜享寿考以为人望，而遽云长逝。此缙绅大夫所以聚吊于家，而交朋故旧莫不走哭于位，岂惟老病之人独易感而多涕也。尚飨！"《欧阳

① （明）薛瑄《读书录》，文渊阁四库全书本。

文忠公文选》卷一〇归有光评云:“交疏而感长。”徐文昭评云:“通篇用‘也’字为韵,而感慨世道处更使人不堪多读。”茅坤《唐宋八大家文抄》卷五九评云:“交似疏而感独深,用‘也’字为韵,贯到篇末。”《唐宋八大家文抄》卷六张伯行评云:“情见乎词,令人阅之亦怆然有感。”

明唐顺之《永州祭柳子厚文》也是散体祭文,首言永州山水至柳始为世所知:“窃惟山川之与人文,同于擅天地之灵秘,顾若有神物爱惜乎其间,深扃固钥,而不轻以示。永之山水,天作地藏,经几何年,埋没于灌莽蛇豕之区。至公始大发其瓌伟,而搜剔其荒翳。”次言柳之文章亦赖永州山水之助:“公之文章开阳阖阴,固所自得。至于纵其幽遐诡谲之观,而邃其杳眇沉郁之思,则江山不为无助。”次叹文穷而后工,柳不贬永,“或不能以文自见于世”:“而公之穷愁困厄,岂造物者亦有深意?盖公之自记,钴鉧小丘也,尝以贺兹丘之有遭。而韩退之亦以公穷不久,斥不极,或不能以文自见于世。历千载而较失得,亦何尤乎偃蹇而摈弃?”又谓诵柳文如游其地,游其地如读其文:“某少而诵公之文,见其模写物状,则已爽然神游黄山之巅、冉溪之涘。今来吏兹土,周览四顾,而亲睹其所谓回巧献伎者,则又恍然若见乎公之文,而挹其余波之绮丽。”又扩及柳宗元在永州所撰的其他名篇,“自顾樗散之才未能庶几乎公之愚,而戒贪于鼠(《永某氏之鼠》),惩猛于蛇(《捕蛇者说》),敢不因公言以自励”?末以致祭结:“睠风景之如昔,想公之神恒往来于斯地,聊奠觞而陈词,尚仿佛其来至。”①全文回环往复,以论理胜。明归有光《震川集》卷三〇的《祭外姑文》也是一篇散体祭文。

第六节 其他哀祭文

哀祭文除以祭文为主体外,还有哀辞、庆辞、吊辞等称谓。

(一)哀　　辞

《文心雕龙·哀吊》论哀辞的含义及特点云:“哀者,依也。悲实依心,故曰哀也。以辞遣哀,盖下流之悼,故不在黄发(老人),必施夭昏(小孩)……原夫哀辞大体,情主于痛伤,而辞穷乎爱惜。幼未成德,故誉止于察惠;弱不胜务,故悼加乎肤色。隐心而结文则事惬,观文而属心则体奢。奢体为辞,则虽丽不哀;必使情往会悲,文来引泣,乃其贵耳。”可见哀辞多为长者悼幼之词。挚虞《文章流别论》讲得更明确:“哀辞者,

---

① (明)唐顺之《荆川集》卷九,文渊阁四库全书本。

诔之流也。崔瑗、苏顺、马融等为之，率以施于童殇夭折，不以寿终者。建安中，文帝与临淄侯各失稚子，命徐幹、刘祯等为之哀辞。哀辞之体，以哀痛为主，缘以叹息之辞。”

关于哀辞的源流演变，任昉《文章缘起》云：“哀辞，汉班固《梁氏哀辞》。”《文心雕龙·哀吊》认为哀辞起于先秦：“昔三良殉秦，百夫莫赎，事均夭枉，《黄鸟》赋哀，抑亦诗人之哀辞乎？”两汉哀辞渐变前式：“暨汉武封禅，而霍嬗暴亡，帝伤而作诗，亦哀辞之类矣。降及后汉，汝阳王亡，崔瑗哀辞，始变前式。然履突鬼门，怪而不辞；驾龙乘云，仙而不哀；又卒章五言，颇似歌谣，亦仿佛乎汉武也。至于苏顺、张升，并述哀文，虽发其情华，而未极其心实。”魏晋南朝义直而文婉：“建安哀辞，惟伟长差善，《行女》一篇，时有恻怛。及潘岳继作，实踵其美。观其虑赡辞变，情洞悲苦，叙事如传，结言摹诗，促节四言，鲜有缓句；故能义直而文婉，体旧而趣新，《金鹿》、《泽兰》，莫之或继也。”清吴曾祺《文体刍言》云：“《楚辞》有《哀郢》篇，司马相如有《哀二世赋》，皆与哀辞相近。至东汉班孟坚（固）有《梁氏哀辞》，二字始见。魏之曹子建，晋之潘安仁集中，皆有哀辞数篇。此文前必有序，而附韵语于后，亦有一篇全为韵语者。”①

徐师曾《文体明辨序说》曰：“按哀辞者，哀死之文也，故或称文。夫哀之为言依也，悲依于心，故曰哀；以辞遣哀，故谓之哀辞也。汉班固初作《梁氏哀辞》，后人因之，代有撰者。或以有才而伤其不用中，或以有德而痛其不寿。幼未成德，则止于察惠；弱不胜务，则悼加乎肤色。此哀辞之在略也。其文皆用韵语，而四言骚体，唯意所之，则与诔体异矣。吴讷乃并而列之（吴讷《文章辨体》有“诔辞哀辞”一节），殆不审之故与。”

贺复徵《文章辨体汇选》卷七四〇至卷七四二所收为哀辞，卷七四三收哀赞（汉蔡邕《议郎胡公夫人哀赞》）、哀颂（明徐一夔《蓉峰处士宋公哀颂》），亦为哀辞类。下略举哀辞数篇。

曹植的《曹子建集》卷九收有《金瓠哀辞》、《行女哀辞》、《仲雍哀辞》。金瓠是其长女，“生十九旬而夭折”，只活了半岁多一点；“行女生于季秋，而终于首夏”，亦不足一岁；“曹喈字仲雍，魏太子之仲子也，三月而生，五月而亡”，仅活了两个月：均“施于童殇夭折，不以寿终者”。三篇皆骈体哀辞，最后一篇还有不少排比句：“昔后稷之在寒冰，鬬穀之在楚泽，咸依鸟凭虎而无风尘之灾。今之玄绨文茵，无寒冰之惨；罗帏绮帐，暖于翔鸟之翼；幽房闲宇，密于云梦之野；慈母良保，仁乎鸟虎之情。卒不能延期于期载，虽六旬而夭殃。彼孤兰之眇眇，亮成干其毕荣。哀绵绵之弱子，早背世而潜

① （清）吴曾祺《涵芬楼文谈》附，商务印书馆宣统三年本。

形。且四孟(四季第一个月的总称)之未周,将愿乎一龄。阴云回于素盖,悲风动其扶轮。临埏阏(墓道)以欷歔,泪流射而沾巾。"意谓后稷在寒冰有鸟覆之(《诗·生民》),𫔭縠被弃楚泽,有虎乳之(《左传》宣公四年)。仲雍的条件好,却"六旬而夭殃","哀绵绵之弱子,早背世而潜形",具有浓重抒情色彩。刘克庄《后村诗话》续集卷二称其"文字丽密有如此者"。

韩愈有《独孤申叔哀辞》。申叔字子重,年二十二举进士,又二年以博学宏词为校书郎,又三年居父丧而殁。全文一串问语,表明天道难知:"众万之生,谁非天邪?明昭昏蒙,谁使然耶?行何为而怒邪,居何故而怜邪?胡喜厚其所可薄,而恒不足于贤邪?将下民之好恶,与彼悬邪?抑苍茫无端,而暂寓于其间邪?死者无知,吾为子恸而已矣。如有知也,子其自知之矣。濯濯其英,晔晔其光,如闻其声,如见其容。呜呼远矣,何日而忘?"林云铭《韩文起》卷八评此文云:"劈头绝不提起申叔一字,只将天道不可知处反复推问,且为普天下人抱了许多不平之根,则申叔之贤自见。"

宋代的哀辞很多,如曾巩有著名的《苏明允哀词》:"嗟明允兮邦之良,气甚夷兮志则强。阅今古兮辨兴亡,惊一世兮擅文章。御六马兮驰无疆,决大河兮啮扶桑。粲星斗兮射精光,众伏玩兮雕肺肠。自京师兮洎幽荒,矧二子兮与翱翔。唱律吕兮和宫商,羽峨峨兮势方扬。孰云命兮变不常,奄忽逝兮汴之阳。维自著兮暐煌煌,在后人兮庆弥长。嗟明允兮庸何伤!"其序尤为重要,对三苏父子给予很高的评价:"明允姓苏氏,讳洵,眉州眉山人也。始举进士,又举茂才异等,皆不中。归焚其所为文,闭户读书,居五六年。所有既富矣,乃始复为文,盖少或百字,多或千言。其指事析理,引物托喻,侈能尽之约,远能见之近,大能使之微,小能使之著,烦能不乱,肆能不流。其雄壮俊伟,若决江河而下也;其辉光明白,若引星辰而上也……明允为人聪明辨智,遇人气和而色温,而好为策谋,务一出已见,不肯蹑故迹。颇喜言兵,慨然有志于功名者也。"这可说是对苏洵的定评。又论三苏在当时的影响云:"嘉祐初,始与其二子轼、辙复去蜀,游京师,今参知政事欧阳公修为翰林学士,得其文而异之,以献于上。既而欧阳公为礼部,又得其二子之文,擢之高等。于是三人之文章,咸传于世,得而读之者皆为之惊,或叹不可及,或慕而效之,自京师至于海隅障徼,学士大夫莫不人知其名,家有其书。"林之奇《记闻》上云:"'侈能尽之约,远能见之近。大能见之小,微能使之著。烦能不乱,肆能不流。'最形容得妙处出。"①茅坤《唐宋八大家文钞》卷一〇六云:"叙明允生平,亦尽有生色可观。"

---

① (宋)林之奇《拙斋文集》卷一,文渊阁四库全书本。

（二）诔　词

《释名》卷六《释典艺三》："诔，累也，累列其事而称之也。"《文心雕龙·诔碑》认为诔在于累德行，旌不朽："诔者，累也，累其德行，旌之不朽也。"宋张表臣《珊瑚钩诗话》卷三："诔者，累其素履而质之鬼神也。"

关于诔之起源演变，《文心雕龙·诔碑》云："夏商以前，其词靡闻。周虽有诔，未被于士。又贱不诔贵，幼不诔长，其在万乘，则称天以诔之。读诔定谥，其节文（仪式）大矣。自鲁庄战乘丘，始及于士；逮尼父之卒，哀公作诔，观其慭遗之辞，呜呼之叹，虽非睿作，古式存焉。至柳妻之诔惠子，则辞哀而韵长矣。暨乎汉世，承流而作。扬雄之诔元后，文实烦秽，沙麓撮其要，而挚疑成篇，安有累德述尊，而阔略四句乎！①杜笃之诔，有誉前代；吴诔（指杜笃的《吴汉诔》）虽工，而他篇颇疏，岂以见称光武，而改盼千金哉！傅毅所制，文体伦序；孝山（苏顺）、崔瑗，辨絜相参。观其序事如传，辞靡律调，固诔之才也。潘岳构意，专师孝山，巧于序悲，易入新切，所以隔代相望，能徽厥声者也。至如崔骃诔赵，刘陶诔黄，并得宪章，工在简要。陈思叨名，而体实繁缓。文皇诔末，旨言自陈，其乖甚矣！若夫殷臣诔汤，追褒玄鸟之祚；周史歌文，上阐后稷之烈；诔述祖宗，盖诗人之则也。至于序述哀情，则触类而长。傅毅之诔北海，云'白日幽光，雰雾杳冥'。始序致感，遂为后式，景而效者，弥取于工矣。"末论诔之体制，介于传、颂之间，其序事如传，旌德似颂："详夫诔之为制，盖选言录行，传体而颂文，荣始而哀终。论其人也，暧乎若可觌；道其哀也，凄焉如可伤：此其旨也。"宋高承《事物纪原》卷二云："诔，周制，大夫已上有谥，士则有诔。是诔起于周也。《礼·檀弓》：'鲁庄公及宋战，县贲父死之，公诔之。'士之有诔自此始也。按《周礼》六辞，以通上下亲疏远近，六曰诔。注谓'积累生时德行以赐之命是也'。"

明吴讷《文章辨体序说》论诔辞、哀辞之异同云："按《周礼》：'大祝作六辞以通上下亲疏远近，六曰诔。'鲁哀公十六年四月孔子卒，公诔之曰：'旻天不吊，不慭遗一老，俾屏予一人以在位，茕茕余在疚。呜呼哀哉，尼父！'此即所谓诔辞也。郑氏注云：'诔者累也，累列生时行迹，读之以作谥。此唯有辞而无谥，盖唯累其美行，示已伤悼之情尔。'后世有诔辞而无谥者盖本于此。又按《文章缘起》载汉武帝《公孙弘诔》，然无其辞。唯《文选》录曹子建之诔王仲宣，潘安仁之诔杨仲武，盖皆述其世系行业，而寓哀伤之意。厥后韩退之之于欧阳詹，柳子厚之于吕温，则

① 扬雄《元后诔》文颇长，《汉书·元后传》仅摘引了"沙麓之灵"四句，故挚虞《文章流别论》疑不是全篇。

或曰诔辞，或曰哀辞，而名不同。迨宋曾南丰、东坡诸老所作则总谓之哀辞。大抵诔则多叙世业，故今率仿魏晋以四言为句；哀辞则寓伤悼之情，而有长短句及楚体不同焉。"

陈懋仁注任昉《文章缘起》云："《周礼·大祝》作六辞，其六曰诔。《檀弓》鲁庄公诔县贲父。士之有诔始此。《礼记》：'贱不诔贵，幼不诔长，礼也。'唯天子称天以诔之，诸侯相诔非礼也。勰曰：'尼父卒，哀公作诔，观其慭遗之切，呜呼之叹，虽非叡作，古式存焉。至柳妻之诔惠子，则辞哀而韵长矣。'诔之为体，盖选言录行，传体而颂文，荣始而哀终。论其人也，暧乎若可觌；道其哀也，凄然如可伤。挚虞曰：'唯诔无定制，故作者多异焉。"

以上诸人举了各代诔文的不少名篇，这里只能略举数篇来具体看看诔文的体裁及其演变。诔的形式有骚体，如《柳下惠诔》（见下）。但多数诔为四言韵语，《世说新语》卷下之下曰："长孙乐作王长史诔云：'余与夫子，交非势利。心犹澄水，同此玄味。'"

哀公的《孔子诔》，见《周礼注疏》卷二五，虽"存古式"，确"非睿作"，兹不论。柳下惠妻的《柳下惠诔》，诚挚而有文彩，是一篇较好较早的诔辞。首写作诔辞的背景："柳下既死，门人将诔之，妻曰：将诔夫子之德耶？则二三子不如妾知之也。"次载其诔辞："乃诔曰：夫子之不伐兮，夫子之不竭兮。夫子之信。诚而与人无害兮。屈柔从俗，不强察兮。蒙耻救民，德弥大兮。虽遇三黜，终不蔽兮。恺悌君子，永能厉兮。嗟呼惜哉，乃下世兮。庶几遐年，今遂逝兮。呜呼哀哉，魂神泄兮。夫子之谥，宜为惠兮。"末载门人对此诔辞的评价："门人从之以为诔，莫能窜一字。君子谓柳下惠妻，能光其夫矣。诗曰：'人知其一，莫知其他。'此之谓也。颂曰：下惠之妻，贤明有文。柳下既死，门人必存。将诔下惠，妻为之辞。陈列其行，莫能易之。"①

司马相如死，卓文君为撰《司马相如诔》："嗟嗟夫子兮亶通儒，少好学兮综群书。纵横剑技兮英敏有誉，尚慕往哲兮更名相如。落魄远游兮赋《子虚》，毕尔壮志兮驷马高车。忆昔初好兮雍容孔都，怜才仰德兮琴心两娱。永托为妃兮不耻当垆，生平浅促兮命也难扶。长夜思君兮形影孤，步中庭兮霜草枯。雁鸣哀哀兮吾将安如，仰天太息兮抑郁不舒。诉此凄恻兮畴忍听予，泉穴可从兮愿捐其躯。"②以简明的文字概括了司马相如的一生，特别是"长夜思君兮"以下数句，充分表达了她的哀伤凄恻。

《文选》卷五七载有颜延之《陶征士诔》。晋颜延之为始安郡，道经浔阳，尝饮陶渊

---

① （汉）刘向《列女传》卷二，文渊阁四库全书本。

② （明）梅鼎祚编《西汉文纪》卷二二。

明舍，自晨达暮。渊明卒，为撰此诔。其序或为四言，或为骈语，着重刻画其性格："有晋征士浔阳陶渊明，南岳（指庐山）之幽居者也。弱不好弄，长实素心，学非称师，文取指达。在众不失其寡，处言逾见其默。少而贫病，居无仆妾，井臼不任，藜菽不给。母老子幼，就养勤匮。远惟田生致亲之义，追悟毛子捧檄之怀。初辞州府三命，后为彭泽令。道不偶物，弃官从好。遂乃解体世纷，结志区外，定迹深栖，于是乎远灌畦鬻蔬，为供鱼菽之祭；织绚纬萧，以充粮粒之费。心好异书，性乐酒德，简弃烦促，就成省旷。"其诔为四言韵语，同样刻画了陶的性格，较颜延之的其他四言诗为优："赋诗归来，高蹈独善。亦既超旷，无适非心。汲流旧巘，葺宇家林。晨烟暮蔼，春煦秋阴。陈书辍卷，置酒弦琴。居备勤俭，躬兼贫病。人否其忧，子然其命。隐约就闲，迁延辞聘。"此文极有思致，《骈体文钞》卷二六谭献评云："情、事、理交至，六经九流而外，此类文事，古今数不盈百。"

宋张愈妻蒲芝（一作蒲幼芝）有《张愈诔》。张愈字少愚，益州郫人，隽伟有大志，游学四方，屡举不第。宝元初上书言边事，请使契丹，令外夷相攻以完中国之势，其论甚壮。文彦博治蜀，为置青城山白云溪杜光庭故居以处之，自号白云居士。与苏洵游，苏轼《题张白云诗后》称他"本有经世志，特以自重难合，故老死草野"。蒲芝的学问文章与其夫相侔，其夫死，撰此诔。《宋史·张愈传》很短，却全文收录此诔；宋人所作诔甚多，而明贺复徵《文章辨体汇选》（卷七三九）却仅收此诔，可见其为世所重。文章首谓世有英杰："高视往古，哲士实殷。施及秦汉，余烈氛氲。挺生英杰，卓尔逸群。孰谓今世，亦有其人。"次谓张愈亦是这样的英杰："其人伊何，白云隐君。尝曰丈夫，趋世不偶，仕非其志，禄不可苟。营营末途，非吾所守。吾生有涯，少实多艰。穷亦自固，困亦不颠。不贵人爵，知命乐天。"而对其隐居白云溪的描写尤为生动："脱簪散发，眠云听泉。有峰千仞，有溪数曲，广成遗趾，吴兴高躅。疏石通径，依林架屋。麋鹿同群，昼游夜息。岭月破云，秋霖洒竹。清意何穷，真心自得。放言遗虑，何荣何辱。"末写其死以及自己的悲伤："孟春感疾，闭户不出。岂期遂往，英标永隔。抒词哽噎，挥涕泛澜。人谁无死，惜乎材贤。已矣吾人，呜呼哀哉！"十分感人。

（三）吊　　文

《文心雕龙·哀吊》云："吊者，至也。诗云'神之吊矣'，言神至也……或骄贵以殒身，或狷忿以乖道，或有志而无时，或美才而兼累，追而慰之，并名为吊。"

关于吊文的源流演变，梁任昉《文章缘起》云："吊文，贾谊《吊屈原文》。"《文心雕龙·哀吊》云："自贾谊浮湘，发愤吊屈。体同而事核，辞清而理哀，盖首出之作也。及相如之吊二世，全为赋体，桓谭以为其言恻怆，读者叹息。及卒章要切，断而能悲也。扬雄吊屈，思积功寡，意深文略，故辞韵沈腿。班彪、蔡邕，并敏于致语。然影附贾氏，难为并驱耳。胡阮（胡广、阮瑀）之吊夷齐，褒而无间（无非难），仲宣（王粲）所制，讥呵实工。然则胡阮嘉其清，王子伤其隘，各其志也。祢衡之吊平子，缛丽而轻清；陆机之吊魏武，序巧而文繁。降斯以下，未有可称者矣。夫吊虽古义，而华辞末造；华过韵缓，则化而为赋。固宜正义以绳理，昭德而塞违，剖析褒贬，哀而有正，则无夺伦矣！”清方熊补注《文章缘起》云：“古者吊生曰唁，吊死曰吊，或骄贵而殒身，或狷忿而乖道，或有志而无时，或美才而兼累，后人追而慰之，并名曰吊文。滥觞于唐，故有《吊战场》、《吊鎛钟》之作，大抵仿佛楚骚，而切要恻怆似稍不同，否则华过韵缓，化而为赋，其能逃乎夺伦之讥哉？”

贾谊《吊屈原文》又作《吊屈原赋》，前已论及。《文章辨体汇选》卷七四四所收曹魏时王粲的《吊（伯）夷（叔）齐文》是一篇典型的骈体吊文：先交代写作背景和心情：“岁旻秋之仲月，从王师以南征。济河津而长驱，逾芒阜之峥嵘。览首阳于东隅，见孤竹之遗灵。心于悒而感怀，意惆怅而不平。望坛宇而遥涕，抑悲古之幽情。”接着对伯夷、叔齐义不食周粟而饿死首阳山作了一分为二的评价，一方面批评他们只知洁己，而忘了除暴：“知养老之可归，忘除暴之为仁。絜已躬以骋志，愆圣哲之大伦。忘旧恶而希古，退采薇以穷居。”另一方面又肯定他们“守圣人之清概，要既死而不渝。厉清风于贪士，立果志于懦夫。到于今而见称，为作者之表符。虽不同于大道，令尼父之所誉”。末句指《论语·述而》是“求仁而得仁”的“古之贤人”。

唐代李华的《吊古战场文》是对历代穷兵黩武者的控诉。首写古战场的荒凉：“浩浩乎平沙无垠，敻不见人。河水萦带，群山纠纷。黯兮惨悴，风悲日曛。蓬断草枯，凛若霜晨。鸟飞不下，兽挺亡群。亭长告余曰：‘此古战场也，常覆三军，往往鬼哭，天阴则闻。’”次叹历代统治者多好战：“伤心哉，秦欤汉欤，将近代欤？吾闻夫齐魏徭戍，荆韩召募，万里奔走，连年暴露。沙草晨牧，河冰夜渡。地阔天长，不知归路。寄身锋刃，腷臆谁诉？秦汉而还，多事四夷。中州耗斁，无世无之。古称戎夏，不抗王师。文教失宣，武臣用奇。奇兵有异于仁义，王道迂阔而莫为。呜呼噫嘻！”接着极写战争的残酷：“吾想夫北风振漠，胡兵伺便。主将骄敌，期门受战。野竖旄旗，川回组练。法重心骇，威尊命贱。利镞穿骨，惊沙入面。主客相搏，山川震眩。声析江河，势崩雷电。至若穷阴凝闭，凛冽海隅。积雪没胫，坚冰在须。鸷鸟休巢，征马踟蹰。缯纩无温，堕指裂肤。当此苦寒，天假强胡。凭凌杀气，以相剪屠。径截辎重，横攻士卒。都尉新降，将军复没。尸填巨港之岸，血满长城之窟。无贵无贱，同为枯骨。可胜言哉？鼓衰兮力尽，矢竭兮弦绝。白刃交兮宝刀折，两军蹙兮生死决。降矣哉，终身夷狄；战矣哉，暴骨沙砾。鸟无声兮山寂寂，夜正长兮风淅淅。魂魄结兮天沉沉，鬼神聚兮云幂幂。日光寒兮草短，月色苦兮霜白。伤心惨目，有如是耶？”“堕指裂肤”，“尸填巨港之岸，血满长城之窟。无贵无贱，同为枯骨”，确实“伤心惨目”，而其原因则是“威尊命贱”。末谓历代战争即使取得胜利也是得不偿失：“秦起长城，竟海为关。荼毒生人，万里朱殷。汉击匈奴，虽得阴山。枕骸遍野，功不补患。苍苍蒸民，谁无父母。提携捧负，畏其不寿。谁无兄弟，如足如手。谁无夫妇，如宾如友。生也何恩，杀之何咎？其存其没，家莫闻知。人或有言，将信将疑。悁悁心目，寝寐见之。布奠倾觞，哭望天涯。天地为愁，草木凄悲。吊祭不至，精魂无依。必有凶年，人其流离。呜呼噫嘻，时耶命耶？从古如斯，为之奈何。”①《养一斋诗话》称其“其存其没”以下六句云：“六语委曲深痛，文家真境，万不可移减一字者。”

宋人邓肃的《吊墨迹文》实为吊苏轼文。序云，邓庾（字端友）得苏轼墨迹两种，赏玩忘寝食。“时有同学之友见而骇之曰：‘异时之文，何可尚哉？’伺端友之出也，于是焚之。今十余年矣，端友此恨尚填胸臆，栟榈邓肃志宏作文以吊焉。”吊文首称：“嗟嗟先生，凛凛高风。道学卓然，一世独雄。文中之虎，人中之龙。我笔无舌，安能形容？”次称其书法：“独喜其书，天下之极。虞（世南）圆欧（阳询）方，颜（真卿）筋柳（公权）骨。体虽纡余，精英不没。其或得之，如藏白璧。”吊文后半始斥仇者生前迫害苏轼，死后毁其文：“道既不行，四海驰驱。仇者疾之，毅欲扫除。书何预焉，亦复焚如。盖怒之所移，有及于水中之蟹；而恶之已盛，遂延厨下之胥也。呜呼，惜哉……呜呼书乎，今何之乎？红焰烈烈，其可追乎？将归于日月，助其光明乎？岂吐为长虹，以摅其不平乎？将激为飞电，以神其威灵乎？岂散为星斗，以显于天之文乎？其烟气蓬勃，上彻青冥，亦将化为卿云，以瑞天庭耶？亦将感而为膏雨，以泽生民耶？亦念彼郑卫之声，纷焉杂出，将化为管中之灰，以正其音律耶？抑亦视彼狂澜混混之中，若灭若没，又从而哀之，乃积为女娲之石，以拯其陷溺者欤？虽然，是皆不足为先生道也。先生之誉虽走风雷，先生之心实若死灰。心且灰矣，书何有哉？宝之聊耳，焚之奚哀！”②全文感慨淋漓，情文并茂，用典虽多而一气贯注，对苏轼的人品、文品、书品充满崇敬，对朝廷和世间俗子毁苏轼文充满愤慨。

---

① （宋）姚铉《唐文粹》卷三三下，文渊阁四库全书本。

② （宋）邓肃《栟榈集》卷十三，文渊阁四库全书本。

第六章　诗 歌 分 体

诗是以言志抒情为主，有一定的节奏、韵律和声调的文学体裁。《尚书·舜典》云："诗言志，歌永言，声依永，律和声。八音克谐，无相夺伦，神人以和。"宋王与之云："六诗，曰风，曰赋，曰比，曰兴，曰雅，曰颂……王昭禹曰：'一国之事，系一人之本，谓之风；言天下之事，形四方之风，谓之雅；美盛德之形容，以其成功告于神明谓之颂。风出于德性，雅出于法度，颂出于功业，三者诗之体也。直述其事而陈之谓之赋，以其所类而况之谓之比，以其所感发而比之谓之兴，三者诗之用也。即其章言之则曰六诗，即其理言之则曰六义。'"①元吴澄《谭晋明诗序》云："诗以道情性之真，十五国风有田夫闺妇之辞，而后世文士不能及者，何也？发乎自然，而非造作也。汉魏逮今，诗凡几变，其间宏才硕学之士，纵横放肆，千汇万状，字以炼而精，句以琢而巧，用事取其切，模拟取其似，功力极矣，而识者乃或舍旃。而尚陶、韦则亦以其不炼字，不琢句，不用事，而情性之真近于古也。今之诗人随其能而有所尚，各是其是，孰有能知真是之归者哉？"②

第一节　诗之诸体，皆沿于《诗经》

晋挚虞《文章流别论》云："言其志谓之诗，古有采诗之官，王者以知得失。古之诗有三言、四言、五言、六言、七言、九言。古诗率以四言为体，而时有一句二句杂在四言之间。后世演之，遂以为篇。古诗之三言者'振振鹭，鹭于飞'之属是也，汉郊庙歌多用之。五言者，'谁谓雀无角，何以穿我屋'之属是也，于俳谐倡乐多用之。六言者，'我姑酌彼金罍'之属是也，乐府亦用之。七言者，'交交黄鸟止于桑'之属是也，于俳谐倡乐世用之。古诗之九言者，'泂酌彼行潦挹彼注兹'之属是也，不入歌谣之章，故

① (宋)王与之《周礼订义》卷四〇，文渊阁四库全书本。

② (元)吴澄《吴文正集》卷一七，文渊阁四库全书本。

世希为之。夫诗虽以情志为本，而以成声为节，然则雅音之韵，四言为正，其余虽备曲折之体，而非音之正也。”

唐刘存《刘冯事始》云：“诗三字至八字皆自《毛诗》。三字若‘鼓渊渊，醉言归’之类，四字若‘关关雎鸠，在河之洲’之类，五字若‘谁谓雀无角，何以穿我屋’之类，六字若‘俟我于庭乎而，充耳以青乎而’之类，七字若‘交交黄鸟止于棘’之类，八字若《节南山》云‘我不敢效我友自逸’之类。”①可见诗之诸体，皆沿于《诗经》。

严羽《沧浪诗话·诗体》更从句数、字数等方面论及诗体的复杂性：“又有古诗，有近体（即律诗也），有绝句，有杂言，有三五七言（自三言而终于七言，隋郑世翼有此诗：‘秋风清，秋月明。落叶聚还散，寒鸦栖复惊。相思相见知何日，此时此夜难为情。’），有半五六言（晋傅翼《鸿雁生塞北》之篇是也），有一字至七字（唐张南史《雪月花草》等篇是也。又隋人应诏有三十字诗，凡三句七言，一句九言，不足为法，故不列于此也），有三句之歌（高祖《大风歌》是也。古《华山畿》二十五首，多三句之词，其他古诗多如此者），有两句之歌（荆卿《易水歌》是也。又古诗有《青骢白马》、《共戏乐》、《女儿子》之类，皆两句之词也）、有一句之歌（《汉书》‘枹鼓不鸣董少年’，一句之歌也。又汉童谣“千乘万骑上北邙”，梁童谣“青丝白马寿阳来”，皆一句也）、有口号（或四句，或八句）、有歌行（古有《鞠歌行》、《放歌行》、《长歌行》、《短歌行》，又有单以歌名者，行名者，不可枚述）。”四言、五言、七言为诗体之主体，下有专论；而三言、六言、八言、九言诗较少，这里先略论之；一句两句之诗更少，故略而不论。

（一）三　言　诗

三言诗指三字句诗。《尚书》所载：“舜曰：‘股肱喜哉，元首起哉，百工熙哉。’皋陶曰：‘元首明哉，股肱良哉，庶事康哉。’”②虽为四字句，去掉虚词“哉”字，押韵也在“哉”前，实为三言诗。《文章流别论》所举“振振鹭，鹭于飞”，是《诗经·鲁颂·有駜》中所含的三言句，全诗三章，每章九句，含三言四句。下举第一章：

有駜有駜，駜彼乘黄。夙夜在公，在公明明。振振鹭，鹭于下，鼓咽咽，醉言舞。于胥乐兮。

---

① （宋）朱胜非《绀珠集》卷一一引，文渊阁四库全书本。

② 《尚书注疏》卷四，文渊阁四库全书本。

駜是马肥壮的样子。鲁国多饥荒，鲁僖公采取了一些措施，农作物获得丰收。全诗写鲁僖公与群臣的宴饮娱乐。四马为乘，“駜彼乘黄”即乘着四匹健壮的马。人用马之力，则需养其马；鲁僖公用臣之力，亦需养其臣。群臣日日夜夜为鲁僖公尽力，就在于鲁僖公之“明明”。“明明”通“勉勉”，指勤于宴饮。朱熹《诗集传》卷一九云：“僖公尽其养以养臣，臣尽其力以报君亦犹是，故曰‘夙夜在公，在公明明’，言未始不在公也，僖公于是燕之以礼乐。士之来者如鹭之集，其醉者或起舞以相乐，和之至也。”

任昉《文章缘起》云：“《国风·江有汜》，三言之属也。汉元鼎四年，马生渥洼水中，作《天马歌》，乃三言起。”《诗经·江有汜》凡三章，每章五句，其一云：“江有汜（水决复入之处），之子归（女子出嫁）。不我以（挟我偕行）。不我以，其后也悔。”其二云：“江有渚（小洲），之子归。不我与。不我与，其后也处。”其三云：“江有沱（汇入江河的支流），之子归。不我过。不我过，其啸也歌。”全诗写一女子为夫所弃而无怨言，处之以乐（其啸也歌），除末句加一助词“也”外，全诗皆三言。

《汉书·礼乐志》载，大宛国多善马，汉武帝时诛宛王，获宛马，一日千里，作《天马歌》，亦为三言诗：“太一（星座名）贶（赐予），天马下。沾赤汗，沫流赭。志俶傥，精权奇。籋（踏，蹑）浮云，晻（黯然无光）上驰。体容与（悠闲自得），迣（飞越）万里。今安匹，龙为友。”又曰：“天马来，从西极。涉流沙，九夷服。天马来，历无草。径千里，循东道。天马来，开远门。竦予身，逝昆仑。天马来，龙之媒。游阊阖，观玉台。”①

汉以后作三言诗者也有，但总的说来不太多，名篇更少。傅玄《化荡荡》（正旦乐歌）为较完整的三言诗：“化荡荡，清风曳。总英雄，御骏杰。开宇宙，扫四裔。光缉熙，美圣哲。超百代，扬休烈。流景祚，显万世。”②

唐颜真卿有《三言拟五杂组二首》：“五杂组，绣与锦。往复还，兴又寝。不得已，病伏枕。”又：“五杂组，甘咸醋。往复还，乌与兔。不得已，韶光度。”③杜仁杰有《至真观三言诗》④，诗长不录。

王士禛《居易录》卷三云：“罗明仲尝语李宾之‘三言诗亦可视为一体’，以扇命作。李援笔题云：‘扬风帆，出江树。家遥遥，在何处。’其意致颇近古。前明李西涯以乐府擅名，其所作三、五、七言诸体靡不悉具，以视宾之，其高下为何如耶？三言之作，其体已久，为作者所宜备。”

---

① （唐）欧阳询《艺文类聚》卷九四，文渊阁四库全书本。

② （明）冯惟讷《古诗纪》卷四九。

③ （唐）颜真卿《颜鲁公集》卷一五，文渊阁四库全书本。

④ （明）周复俊《全蜀艺文志》卷二三，文渊阁四库全书本。

明汪广洋有三言诗《短歌行赠别一首》："歌停云，酌春酒。送君发，为君寿。弹青萍，鼓素瑟。何以赠，双白璧。车儿膏，马儿秣。时载阳，鸣鸧鹒。戒仆夫，肃徂征。陟远道，扬飞旌。慰尔民，崇尔德。君子心，我无忒。"①

三言诗还常用于通俗普及读物，千百年来，家喻户晓的《三字经》就是明证。全书仅一千多字，内容却涵盖了天文、地理、历史、道德伦理以及一些民间传说。其中从"凡训蒙，须讲究"到"文中子，及老庄"介绍中国古代的重要典籍，列举了四书、六经、三易、四诗、三传，基本囊括了先秦诸子特别是儒家的著作。从"经子通，读诸史"到"通古今，若亲目"，从三皇五帝讲到清代，不足五百字，可说是一部简明中国通史：

> 经子通，读诸史，考世系，知终始。自羲农，至黄帝，号三皇，居上世。
> 唐有虞，号二帝，相揖逊，称盛世。夏有禹，商有汤，周文武，称三王。
> 夏传子，家天下，四百载，迁夏社。汤伐夏，国号商，六百载，至纣亡。
> 周武王，始诛纣，八百载，最长久。周辙东，王纲坠，逞干戈，尚游说。
> 始春秋，终战国，五霸强，七雄出。嬴秦氏，始兼并，传二世，楚汉争。
> 高祖兴，汉业建，至孝平，王莽篡。光武兴，为东汉，四百年，终于献。
> 魏蜀吴，争汉鼎，号三国，迄两晋。宋齐继，梁陈承，为南朝，都金陵。
> 北元魏，分东西，宇文周，与高齐。迨至隋，一土宇，不再传，失统绪。
> 唐高祖，起义师，除隋乱，创国基。二十传，三百载，梁灭之，国乃改。
> 梁唐晋，及汉周，称五代，皆有由。炎宋兴，受周禅。十八传，南北混。
> 辽与金，皆称帝，元灭金，绝宋世。舆图广，超前代，九十载，国祚废。
> 太祖兴，国大明，号洪武，都金陵。迨成祖，迁燕京，十六世，至崇祯。
> 权阉肆，寇如林，李闯出，神器焚。清太祖，膺景命，靖四方，克大定。
> 至世祖，乃大同，十二世，清祚终。读史者，考实录，通古今，若亲目。

《三字经》某些观点已过时，个别史实也不准确，如"若梁灏，八十二。对大廷，魁多士"。梁颢(963—1004)字太素，郓州须城(今山东东平)人。雍熙二年(985)中进士第一，年二十三，景德元年(1004)卒，年仅四十二，故不可能八十二岁才中状元。但此书对中国传统文化进行了系统的梳理，具有独特的思想价值和文化魅力。在看似浅显的词句中，蕴涵着许多深刻的道理，三字一句，两句一韵，读起来琅琅上口，易学易记，至今仍有广泛影响。

---

① (明)汪广洋《凤池吟稿》卷九，文渊阁四库全书本。

（二）六言诗（附：六言律、六言绝句）

六言诗指六字句诗。关于六言诗的起源，或认为始于东方朔。东方朔的六言诗，仅见于《文选》李善注所引两句，一句是《文选》卷二一左思《咏史诗》注引东方朔《六言诗》“计策捐弃不收”；另一句是《文选》卷四左思《蜀都赋》注引其“合樽促席相娱”句。或认为源于西汉谷永，南朝梁任昉《文章缘起》云：“六言诗，汉大司农谷永作。”宋严羽《沧浪诗话》也说：“六言起于汉司农谷永。”但谷永诗已佚。

其实，《诗经》中已有六言句。挚虞《文章流别论》说：“六言者，‘我姑酌彼金罍’之属是也。乐府亦用之。”“我姑酌彼金罍”句，出自《诗·周南·卷耳》。刘勰《文心雕龙·明诗》云：“六言、七言杂出《诗》、《骚》，而体之篇成于两汉。”宋高承《事物纪原》卷四：“《六帖》曰：‘谷永始作六言，亦《诗》‘公尸来燕来宁’（《凫鹥》）之类也。”明陈懋仁注《文章缘起》云：“《国风》‘我姑酌彼金罍’，六言之属也。《文选》注：‘董仲舒《瑟歌》二句，乐府《满歌行》尾亦六言。’”无名氏《满歌行》见《宋书·乐志》：“饮酒歌舞，不乐何须。善哉照观日月，日月驰驱轗轲。世间何有何无，贪财惜费，此一何愚。命如凿石见火，居世竟能几时。但当欢乐自娱，尽心极所熙怡。安善养君德性，百年保此期颐。”杨慎《六言诗始》也有类似记载。

《诗经》、《楚辞》和两汉诗中仅有六言句，完整而规范的六言诗则是到建安时期的孔融才出现的。其《六言诗三首》第一首写董卓之乱：

汉家中叶道微，董卓作乱乘衰，僭上虐下专威，万官惶怖莫违，百姓惨惨心悲。

第二首写董卓之将郭汜、李傕等为卓报仇，杀入长安：

郭李纷争为非，迁都长安思归。瞻望关东可哀，梦想曹公归来。

第三首写曹操拥汉献帝迁许：

从洛到许巍巍，曹公忧国无私，减去厨膳甘肥。群僚率从祁祁（众多貌），虽得俸禄常饥，念我苦寒心悲。①

① （汉）孔融《孔北海集》，文渊阁四库全书本。

三诗皆言时事，语言凝练，格调悲凉，多为实字，不用虚词，是中国诗歌史上最早的完整的六言诗，在诗歌发展史上具有标志性意义。陈祚明《采菽堂古诗选》卷四评此诗云："此言孟德（曹操）遇汉故朝臣之薄，前此望之甚殷（'梦想曹公归来'，'群僚率从祁祁'），今来因之甚困（'虽得俸禄常饥，念我苦寒心悲'）。"有人说此诗热情颂扬曹操，似与此诗内容不合，更与孔融、曹操的整个关系不合。

曹丕《黎阳作三首》和《令诗》也是规范的六言诗。《黎阳作三首》之三为六言诗，陈祚明《采菽堂古诗选》卷五称此诗"自非晋人可比"：

奉辞讨罪遐征，晨过黎山巉峥。东济黄河金营，北观故宅顿倾。中有高楼亭亭，荆棘绕蕃丛生。南望果园青青，霜露惨凄宵零，彼桑梓兮伤情。

大史丞许芝条上《魏王代汉图谶》，魏王曹丕令曰："昔周文王三分天下有其二，以服事殷，仲尼叹其至德。公旦履天子之籍，听天下之断，终然复子明辟。书美其人。吾虽德不及二圣，吾敢忘高山景行之义哉？"遂作《令诗》：

丧乱悠悠过纪（十二年），白骨纵横万里。哀哀下民靡恃，吾将佐时整理。①

此诗前三句写时局之乱，实际是对汉献帝的谴责，而"吾将佐时整理"倒表明了他取汉自代的决心。他表面上是在辞让推戴，却不经意间流露出他的野心。清朱嘉徵云："文帝《令诗》，辞让汉禅也，与晋高祖'竺罪武阳'（《燕饮歌》）之句，同为英雄欺人。"②

曹植的《妾薄命二首》是建安六言诗的压卷之作。其一云：

携玉手喜同车，北上云阁飞除。钓台蹇产清虚，池塘观沼可娱。仰泛龙舟绿波，俯擢神草枝柯。想彼宓妃洛河，退咏汉女湘娥。

其二云：

日月既逝西藏，更会兰室洞房。华灯步障舒光，皎若日出扶桑。促樽合坐行

① （明）张溥《汉魏六朝百三家集》卷二四《魏文帝集》，文渊阁四库全书本。
② （清）朱嘉徵《乐府广》卷二八，康熙十五年刻本。

觞。主人起舞盜盘，能者穴触别端。腾觚飞爵阑干，同量等色齐颜。任意交属所欢，朱颜发外形兰。袖随礼容极情，妙舞仙仙体轻。裳解履遗绝缨，俯仰笑喧无呈。览持佳人玉颜，齐举金爵翠盘。手形罗袖良难，腕若不胜珠环，坐者叹息舒颜。御巾裛粉君傍，中有霍纳都梁。鸡舌五味杂香，进者何人齐姜，恩重爱深难忘。召延亲好宴私，但歌杯来何迟。客赋既醉言归，主人称露未晞。①

二诗皆写男女幽会之欢，恨欢情难久，极尽绸缪婉转之致。唐汝谔《古诗解》卷一〇云："此子建自伤不遇，是托情美人为辞。首写夜饮张灯，光明如昼，戏舞相乐，觞酌将阑，此时美人在筵，任君择取；而朱颜妙舞，恣其喧笑，自谓轻盈之态必可接君之欢。而孰知挟诸香而进御者惟是齐姜，他不与也。及留亲好私宴，而但使行酒，责其杯来何迟，而宾主交欢，已置美人不问矣，则妾命之薄可知。而虽当款接，不蒙亲信，子建伤之意，亦隐然言表。"《乐府正义》卷一二云："两诗俱从得意时写到极情尽致，言外之意，含而不露，令人自思，所以为妙。"前首一韵到底，后首或四句一换韵，或六句一换韵。《古诗归》卷七钟惺评云："看其音节抚弄停放，迟则生媚，促则生哀，极顾步低昂之妙。"此诗对后世颇有影响，三国魏嵇康，西晋傅玄、陆机，南朝宋谢晦，梁简文帝萧纲、昭明太子萧统，北周王褒、庾信，唐代的韦应物、刘长卿、王建诸人的《调笑令》与《谪仙怨》等，都深受其影响，加上曹氏兄弟的特殊身份，更为六言诗的发展赢得了空间。

唐代六言诗和五、七言诗一样，逐步发展成为格律诗。唐人的六言律诗富有情致，如女道士鱼玄机的《隔汉江寄子安》：

江南江北愁望，相思相忆空吟。鸳鸯暖卧沙浦，鸂鶒闲飞橘林。烟里歌声隐隐，渡头月色沉沉。含情咫尺千里，况听家家远砧。②

全诗写有情人隔江相望之苦以及惆怅之情，对仗工整，格律严谨，抑扬顿挫，情致缠绵。此诗四联皆对，刘禹锡的《酬令狐相公六言见寄》则首尾不对，中间两联为对偶句，是较标准的六言律诗：

已嗟离别太远，更被光阴苦催。吴苑燕辞人去，汾川雁带书来。愁吟月落犹

① （魏）曹植《曹子建集》卷六，文渊阁四库全书本。

② （后蜀）韦縠《才调集》卷一〇，文渊阁四库全书本。

望，忆梦天明未回。今日便令歌者，唱兄诗送一杯。①

明宋绪《元诗体要》卷一三《六言绝句》谓六言绝句的形式与五绝、七绝相近，有“必前两句对起，后两句散结，或有四句皆对者，皆不对者”三情况。王维的《辋川六言》是四句皆对：

采菱渡头风急，杖策村西日斜。杏树坛边渔父，桃花源里人家。②

此诗通过对采菱渡头、村西、杏树坛边的风急、日斜、渔父的描写，刻画出一派田园风光，表现了诗人隐居田园的快乐心境，自己好像是“桃花源里人家”。此诗对仗工稳，格律严整，句式富于变化，是唐代六言绝句的代表作。王维的《田园乐七首·高原》亦四句皆对：“桃红复含宿雨，柳绿更带春烟。花落家僮未扫，莺啼山客犹眠。”又：“酌酒会临泉水，抱琴好倚长松。南园露葵朝折，东谷黄粱夜舂。”此诗同样表现了王维特有的闲适情趣，《二皇甫集》卷六作皇甫冉诗，即题作《闲居》。

白居易《临都驿答梦得六言二首》也是四句皆对：“扬子津头月下，临都驿里灯前。昨日老于前日，去年春似今年。”又：“谢守归为秘监，冯公老作郎官。前事不须问著，新诗且更吟看。”

杜牧《代人寄远六言二首》：“河桥酒旆风软，候馆梅花雪娇。宛陵楼上瞪目，我郎何处情饶。”又：“绣领任垂蓬髻，丁香闲结春梢。剩肯新年归否，江南绿草迢迢。”前两句对起，后两句散结。

吕祖谦《皇朝文鉴》卷二六收有较多六言绝句。王安石《西太一宫》亦对起散结：“草际芙蕖零落，水边杨柳欹斜。日暮炊烟孤起，不知鱼网谁家。”又《题西太一宫壁二首》：“草色浮云漠漠，树阴落日潭潭。三十六陂流水，白头想见江南。”王安石另一首《题西太一宫壁》云：“三十年前此路，父兄持我东西。今日重来白首，欲寻陈迹都迷。”文同的《相如》：“相如（司马相如）何必称病，靖节（陶潜）奚须去官。就下其谁不许，如愚是处皆安。”苏轼的《惠崇芦雁》：“惠崇烟雨芦雁，坐我潇湘洞庭。欲买扁舟归去，故人云是丹青。”则前后皆不对。黄庭坚的《题郑防画夹三首》之一云：“惠崇烟雨归雁，坐我潇湘洞庭。欲唤扁舟归去，故人言是丹青。”秦观的《宁浦书事》云：“挥汗读书不已，人皆怪我何求。我岂更求闻达，日长聊以销忧。”这些六言绝句都颇有韵味。

① （唐）刘禹锡《刘宾客外集》卷三，文渊阁四库全书本。

② （唐）王维《王右丞集笺注》卷一四，文渊阁四库全书本。

（三）八言和九言

明张萱云："古之诗自二言以至七言止耳，后人有八言，以毛诗'十月蟋蟀，入我床下。我不敢效，我友自逸'为八言之始。"①"十月蟋蟀"实为四言诗。李之用认为"'我不敢效我友自逸。'此八言诗之祖，然亦未有成章，而庾开府（庾信）则创见者矣。然不免间流为四言对扇，故造句比九言为尤难"。②庾信有《角调曲二首》，兹举其一：

止戈见于绝辔之野，称伐闻于丹水之征。
信义俱存乃先忘食，五材并用谁能去兵。
虽圣人之大宝曰位，实天地之大德曰生。
泾渭同流清浊异能，琴瑟并御雅郑殊声。
扰扰烝人声教不一，茫茫禹迹车轨未并。
志在四海而尚恭俭，心包宇宙而无矫盈。
言而无文行之不远，义而无立动则无成。
恻隐其心训以慈惠，流宥其过哀矜典刑。

"不免间流为四言对扇"，可见也说不上是典型的八言诗。洪迈编有《万首唐人绝句》一百卷，得七言诗七千五百首，五言诗二千五百首，六言诗不满四十首，八言诗一首也没有，这颇能说明八言诗实不成体。

九言诗每句九字，句数不限，以偶数句式为主，节奏均依传统体式。萧统《文选序》云："自炎汉中叶，厥途渐异……少则三字，多则九言，各体互兴，分镳并驱。"但古诗中有九言句，很少有真正的九言诗。明张萱《疑耀》卷六《九言诗》又云："独未有九言者。挚虞《流别论》曰'泂酌彼行潦挹彼注兹'指为九言。余检诸本皆云'泂酌之章，章五句'，则非九言明甚。颜延之亦云，诗体本无九言，将由声度阐缓，不协金石，故仲治云然耳。今之诗有九言者，其法非古也。"

有人以南朝宋谢庄《歌白帝》为九言："百川如镜天地爽且明，云冲气举德盛在素精。木叶初下洞庭始扬波，夜光彻地翻霜照悬河。庶类收成岁功行欲宁，浃地奉渥罄宇承秋灵。"但每句都可以分为四、五字两句读，算不上九言诗。谢庄之后，谢朓、庾信

---

① （明）张萱《疑耀》卷六《九言诗》，文渊阁四库全书本。

② （明）李之用《诗家全体·八言诗》，明万历二年刻本。

等人偶亦为之，但同样也是四、五句式。

或谓元朝天目山和尚明本中峰的《梅花》诗为九言诗："昨夜东风吹折中林梢，渡口小艇滚入沙滩坳。野树古梅独卧寒屋角，疏影横斜暗上书窗敲。半枯半活几个瘦蓓蕾，欲开未开数点含香苞。纵使画工善画也缩手，我爱清香故把新诗嘲。"但同样也是四、五句式。杨慎《升庵集》卷五七《九言诗》："元天目山释明本中峰有九字《梅花》诗云……（引诗略）池南唐文荐谓余曰：'此诗不佳，影不可言敲；又后四句有斋饭酸馅气。'属余作一首，乃口占云：'玄冬小春十月微阳回，绿萼梅蕊早傍南枝开。折赠未寄陆凯陇头去，相思忽到卢仝窗下来。歌残水调沉珠明月浦，舞破山香碎玉凌风台。错恨高楼三弄叫云笛，无奈二十四番花信催。'近观卢赞元《酴醿花诗》云：'天将花王国艳殿春色，酴醿洗妆素颊相追陪。绝胜浓英缀枝不韵李，堪友横斜照水搀先梅。瑶池董双成浴香肌露，竹林嵇叔夜醉玉山颓。风流何事不入锦囊句，清和天气直挽青阳回。'亦九字律也，诗亦有思致，以李花为不韵，甚切体物，前人亦未道破者。"所举除"无奈二十四番花信催"只能作九言读外，其他皆可作四、五句式读，算不上九言诗。从语言结构看，释明本中峰的九言律，各句皆属四五结构；杨慎的九言律各句亦属四五结构，只有末句属二七结构；卢赞元的"竹林嵇叔夜醉玉山颓"是五四结构，即使"绝胜浓英缀枝不韵李""甚切体物"，为六三结构，但不像律句，这大概也是历代九言律诗很少的原因吧。

明李东阳云："国初人有作九言诗曰：'昨夜西风摆落千林梢，渡头小舟卷入寒塘坳。'贵在浑成劲健，亦备一体，余不能悉记也。"①所举亦可作四、五句式读。《四库全书·八旬万寿盛典》卷九七所载《万寿恭纪九言诗一章，一百四十韵》也是四、五句式。

第二节 《诗经》与四言诗

《诗经》最初称《诗》，汉代起才被尊为经，称《诗经》。《诗》虽备诗诸体（有多种句式），但以四言为主，是最早的成熟的四言诗。

关于《诗经》的作者，《史记·太史公自序》说："《诗》三百篇，大抵圣贤发愤之所为作也。"后人多从其说，直至宋代朱熹《诗经集传序》才说："凡诗之所谓风者，多出于里巷歌谣之作，所谓男女相与咏歌，各言其情者也。"②但在具体解说各篇作者时，朱熹仍多从司马迁之说。他们各说对了一部分，《诗经》的《雅》、《颂》"大抵圣贤发愤之所

① （明）李东阳《怀麓堂诗话》，文渊阁四库全书本。
② （宋）朱熹《诗经集传》卷首，文渊阁四库全书本。

为”；十五《国风》中的大部分则“多出于里巷歌谣”。李先芳《疑雅降为风，诸侯有风无雅、颂》则云：“风有风体，凡出自闺门及民情好恶者是也”；“雅有雅体，歌于宗庙朝廷者是也。”①

《诗经》包含了西周初至春秋中叶上下数百年的诗歌，是怎样收集和编纂的呢？一是采诗，或由行人（主号令之官）采诗：“孟春之月，群居者将散，行人振木铎（大铃，以木为之叫木铎，类似后之梆子）徇于路以采诗，献之大师（掌音律之官）。比其音律以闻于天子。故曰王者不窥牖户而知天下，此先王制土处民，富而教之之大略也。”②或年老男女受命采诗：“男女有所怨恨，相从而歌，饥者歌其食，劳者歌其事。男年六十，女年五十无子者，官衣食之，使之民间求诗，乡移于邑，邑移于国，国以闻于天子，故王者不出户牖尽知天下所苦，不下堂而知四方。”③二是献诗，“天子听政，使公卿至于列士献诗”；“古之王者政德既成，又听于民。于是乎使工诵谏于朝，在列（位）者献诗，使勿兜（惑），风听胪（传）言于市，辨祆（恶）祥（善）于谣，考百事于朝，问谤誉于路，有邪而正之，尽戒之术也。”④

关于《诗经》的编者，《史记・孔子世家》说：“古者诗三千余篇，及至孔子去其重，取可施于礼义……三百五篇，孔子皆弦歌之，以求合韶武雅颂之音。”说《诗经》是由孔子从三千余首诗中删取而成，只保留了“三百五篇”。前人多信此说，但怀疑者也不少。《论语・子路》载：“子曰：诵诗三百，授之以政。不达，使于四方，不能专对，虽多，亦奚以为！”可见“诗三百”在孔子时早已存在。孔子一向不满郑卫之音，《论语・泰伯》云：“周道既衰微，郑卫之音作，正乐废而失节。”如果《诗经》确经孔子删定而成，就不当有郑风、卫风。先秦文献所引诗，大都见于《诗经》，《诗经》之外的佚诗甚少，孔子所见诗不可能多达三千余首，否则当有很多佚诗保存于其他典籍中。《左传・襄公二十九年》载，吴公子季札到鲁观周乐，季札所评诗皆见于《诗经》，而当时孔子还不足十岁。《诗经》的真正编者可能是周王室的乐师，他们不断收集删削，逐渐形成“三百五篇”，孔子的贡献只是“弦歌之，以求合韶武雅颂之音”。

诗之诸体，皆沿于《诗经》。《诗经》的句式灵活，如前所述，有三、四、五、六、七、八、九言句式，多数为四言，但因句式灵活多变，并不板滞。或为问答式，如《秦风・黄鸟》的“谁从穆公？子车奄息”，前句为问，后句为答，子车为氏，奄息为名，后句是对前

---

① （明）李先芳《读诗私记》卷一，文渊阁四库全书本。

② 《汉书》卷二四上《食货志第四》。

③ 《仪礼集传集注》卷二九，文渊阁四库全书本。

④ 《国语》卷一二，文渊阁四库全书本。

句的回答。或为设问式，自问自答，如《卫风·河广》的“谁谓河广，一苇杭（渡）之”，“谁谓河广，曾不容刀（小舟）”，前句设问，后句作了否定的回答。或为感叹式，如《卫风·氓》的“桑之未落，其叶沃若（桑叶茂盛润泽的样子）。吁嗟鸠（斑鸠）兮，无食桑葚（桑果）”。《东坡志林》对此评价甚高：“诗人有写物之功，‘桑之未落，其叶沃若’，他木殆不可以当此。”或为排比句式，《卫风·硕人》是赞美卫庄公夫人庄姜的诗，其第二章云：“手如柔荑（初竹的白茅嫩芽），肤如凝脂。领如蝤蛴（天牛幼虫，全身白色），齿如瓠犀（葫芦瓣，形容牙之整齐）。螓首（螓似蝉而略小，螓首，方正的额头）蛾眉，巧笑倩（酒窝）兮，美目盼（眼珠黑白分明）兮。”此章全篇皆为排比句。

《诗经》的章法多回环复沓，如《诗经》开篇十五国风之首的《周南·关雎》：

> 关关雎鸠，在河之洲。窈窕淑女，君子好逑。
>
> 参差荇菜，左右流之。窈窕淑女，寤寐求之。求之不得，寤寐思服。悠哉悠哉，辗转反侧。
>
> 参差荇菜，左右采之。窈窕淑女，琴瑟友之。参差荇菜，左右芼之，窈窕淑女，钟鼓乐之。

《诗经》是分章的，各章句数有相同的，有不相同的，此诗三章句数就不相同，而二、三两章相同。苏辙云：“《关雎》三章，一章章四句，二章章八句。”①《诗》有赋、比、兴等不同表现手法，此为兴，以“关关雎鸠，在河之洲”兴起“窈窕淑女，君子好逑”。关关，鸟鸣声。雎鸠，水鸟名，雌雄有固定配偶。“窈窕淑女”，纯洁娴雅的美女；“君子好逑”，是君子的好配偶。以有固定配偶的雎鸠兴起“窈窕淑女”是有深意的，体现了全诗的主旨。第二章极写君子思求淑女，荇菜即水黄花，生于水中可供食用的植物。流，采摘。思服，思念不已。“悠哉悠哉”，形容思念之情绵绵不断。第三章写君子以琴瑟钟鼓追求淑女，琴瑟钟鼓不是一般男子所能具备的，因此这里的君子显然是贵族男子。“琴瑟友之”，“钟鼓乐之”，即以琴瑟钟鼓来亲近淑女，使之快乐。芼是选择。苏辙《诗集传》论此诗结构又云：“芼，择也，求得而采，采得而芼，先后之叙也。凡诗之叙类此。窈窕淑女不可得也，苟其得之，则将友之以琴瑟，乐之以钟鼓。琴瑟在堂，钟鼓在廷，以此待之，庶其肯从我也，此求之至也。”《诗经》的多数篇章都用这种循环往复的章法，各章字句基本相同，只换少量词语，从而达到迭章联咏，反复尽兴的效果。

《诗经》的用韵也比较灵活，一般用在句末，如果句末为虚词，则用在虚词之前。

---

① （宋）苏辙《诗集传》卷一。

或句句用韵，如《魏风·十亩之间》二章，每章三句："十亩之间兮，桑者闲闲兮。行与子还兮"；"十亩之外兮，桑者泄泄兮，行与子逝兮。"桑者指采桑的女子，闲闲、泄泄，皆写悠闲自得之貌。苏辙《诗集传》卷五云："此君子不乐仕于其朝之诗也，曰虽有十亩之田，桑者闲闲，其可乐也，行与子归居之。夫有十亩之田，其所以为乐者亦鲜矣，而可以易仕之乐，则仕之不可乐也甚矣。"古人解《诗》，喜与政治挂钩。其实这就是一篇描写采桑女的诗，她们结伴采桑，结伴而还，欢快愉悦，悠然自得，无须与君子不乐仕进相联系。此诗以间、闲、还、泄、逝为韵，前章首句入韵，次章首句不入韵，六句皆以虚词"兮"字结，有助于舒缓语句，体现愉悦之情。也有隔句押韵的，前举《关雎》即为隔句押韵。再如《郑风·狡童》二章，章四句："彼狡童兮，不与我言兮。维子之故，使我不能餐兮"；"彼狡童兮，不与我食兮。维子之故，使我不能息兮。"此诗写一女子对恋人的怨言，以言、餐、食、息为韵，隔句一押韵。

《诗经》之后，四言式微。汉初四言诗继承了《诗经》的传统，刘勰《文心雕龙·明诗》云："汉初四言，韦孟首唱，匡谏之义，继轨周人。"《汉书》卷七三云："韦贤字长孺，鲁国邹人也。其先韦孟，家本彭城，为楚元王傅。傅子夷王及孙王戊，戊荒淫不遵道，孟作诗风谏。"《古诗纪》卷一二收有他的《讽谏诗》、《在邹诗》，皆四言诗。其后历代都有四言诗，也有佳作，如曹操的《短歌行》："对酒当歌。人生几何。譬如朝露，去日苦多。慨当以慷，忧思难忘，何以解忧，唯有杜康。"明陆深《跋汉魏四言诗》："曹氏父子以豪雄之才起而一新之，差强人意，而孟德尤工。犹恨'鹿鸣'之句尚循旧辙。余选汉诗，以魏武终焉。"①刘克庄《后村诗话》卷一云："四言自曹氏父子、王仲宣、陆士衡后，惟陶公（陶潜）最高，《停云》、《荣木》等篇，殆突过建安矣。"陶渊明思亲友的《停云》第一首云："霭霭停云，蒙蒙时雨。八表同昏。平路伊阻。静寄东轩，春醪独抚。良朋悠邈（远），搔首延伫。"②苏轼于诗人无所甚好，独好陶诗，尽和陶诗，其《和停云四首》为思其弟而作："停云在空，黯其将雨。嗟我怀人，道修且阻。眷此区区，俯仰再抚。良辰过鸟，逝不我伫。"纪昀评《苏文忠公诗集》称"此章颇有陶意"。

第三节　乐　　府

（一）乐　　府

乐府之名，古已有之。乐府原为古代音乐机构，至迟秦代已设立。1977 年西安

---

① （明）陆深《俨山集》卷九〇，文渊阁四库全书本。

② 《陶渊明集》卷一，文渊阁四库全书本。

秦始皇陵附近出土的编钟上，铸有“乐府”二字，证明《汉书·百官公卿表》所载为实：“少府：秦官，掌山海池泽之税以给共(供)养，有六丞。”其属官有乐府。《汉书·礼乐志》载：“武帝定郊祀之礼，祠太一于甘泉，就乾位也。祭后土于汾阴泽中，方丘也。乃立乐府，采诗夜诵，有赵、代、秦、楚之讴，以李延年为协律都尉，多举司马相如等数十人造为诗赋，略论律吕，以合八音之调，作十九章之歌。”证明汉乐府诗有二，一为乐府所采的民歌，即“赵、代、秦、楚之讴”，并由乐官李延年加工协律；二为文士所“作十九章之歌”。

吴讷《文章辨体序说·乐府》详尽论述了乐府的沿流演变，首论六代之乐：“《易》曰：‘先王作乐崇德，殷荐之上帝以配祖考。’成周盛时，大司乐以黄帝、尧、舜、夏、商六代之乐，报祀天地百神。若宗庙之祭，神既下降，则奏《九德》之歌，《九韶》之舞。盖以六代之乐，皆圣人之徒所制，故悉存之而不废也。”次论西汉乐府：“迨秦焚灭典籍，礼乐崩坏。汉兴，高帝自制《三侯》之章，而《房中》之乐则令唐山夫人造为歌辞。《史记》云：‘高祖过沛，诗《三侯》之章，令小儿歌之。高祖崩，令沛得以四时歌舞宗庙。孝惠、文景，无所增更，于乐府习常肄旧而已。’至班固《汉书》则曰：‘汉兴，乐家有制氏，但能纪其铿锵，而不能言其义。高祖时，叔孙通制宗庙乐，迎神奏《嘉至》，入庙奏《永至》，乾豆上奏《登歌》，再终下奏《休成》，天子就酒，东厢坐定，奏《安世》。然徒有其名，而亡其辞，所载不过武帝《郊祀》十九章而已。后儒遂以乐府之名起于武帝，殊不知孝惠二年，已命夏侯宽为乐府令，岂武帝始为新声，不用旧辞也？”“孝惠二年，已命夏侯宽为乐府令”颇值得注意，说明汉初已设乐府令。再论东汉分乐为四品：“迨东汉明帝遂分乐为四品：一曰《大予乐》，郊庙上陵用之；二曰《雅颂乐》，辟雍享射用之；三曰《黄门鼓吹乐》，天子宴群臣用之；四曰《短箫铙歌乐》，军中用之。其说虽载方册，而其制亦复不传。”四论魏晋南朝之乐不足观：“魏晋已降，世变日下，所作乐歌，率皆夸靡虚诞，无复先王之意。下至陈、隋，则淫哇鄙亵，举无足观矣。”五论唐宋乐府：“自时厥后，唯唐、宋享国最久，故其辞亦多纯雅。南渡后夹漈郑氏著《通志·乐略》，以为古之达礼有三：一曰燕，二曰享，三曰祀。所谓吉、凶、军、宾、嘉，皆主此三者。”末论历代对乐府的搜集整理以及自己的编次：“仲尼所删之诗，凡宴享祀之时用以歌之。汉乐府之作，以继三代，因列《铙歌》与《三侯》以下于篇，亦无其辞。后太原郭茂倩辑《乐府》百卷，由汉迄五代搜辑无遗。金华吴立夫谓其纷乱哤杂，厌人视听，虽浮淫鄙倍，不敢芟夷，何哉？近豫章左克明复编《古乐府》十卷，断自陈隋而止，中若后魏《杨白花》等淫鄙之辞，亦复收载，是亦未得尽善也。今考五礼，以《郊庙歌辞》为先，《恺乐》、《燕飨歌辞》次之，盖以其切于世用，足为制作家之助。至若古今《琴操》与夫《相和》等曲，亦附于后，以俟好古君子之所考订焉。其或有题无辞，或辞虽存而为庄人雅士之所厌闻者，兹亦不得录云。”

明陈懋仁注《文章缘起》也肯定了孝惠二年已有乐府令：“《汉书》：汉武帝立乐府。按《乐书》，高祖过沛，歌《三侯》之章，令小儿歌之。高祖崩，令沛得以四时歌儛宗庙。孝惠、文、景，无所增更于乐府，故知乐府之立，不起于武帝。武帝第作《郊祀》十九章而已。且孝惠二年，已命夏侯宽为乐府令矣。”陈懋仁的新意在于认为秦始皇时仍有乐府，只是不同于以前的乐府：“秦始皇坑焚后，亦使博士为《仙真人诗》。及行所游天下，令乐人歌弦之，似亦乐府。第仙真之诗，非所以殷荐上帝而配祖考耳。”他也论述了历朝乐府的演变，并提出了对拟古乐府的要求：“拟古乐府，如《郊庙》、《房中》，须极古雅，发以峭峻”；“近事毋俗，近情毋纤，拙不露态，巧不露痕，宁近毋远，宁朴毋虚，有分格，有来委，有实境。一涉议论，便是鬼道。”充分肯定杜甫对乐府的贡献：“吾见六朝浸淫，以至(初唐)四杰、青莲(李白)俱所不免，少陵(杜甫)乃能即事命题，此千古卓识也。”明宋绪《元诗体要》卷一《乐府体》云：“乐府之名，始于汉《房中》之乐，继而设官以荐郊祀，后于燕射朝飨，亦皆用焉。历代沿袭，盖有古乐府、新乐府之别，莫非讽颂当时之事以贻后世者。其音调多有不同，今不复识别云。”

《昭明文选》、《玉台新咏》都收有乐府诗，而收集最全的当推郭茂倩的《乐府诗集》。此书专收历代乐府，上起陶唐，下迄五代，分为郊庙歌辞、燕射歌辞、鼓吹曲辞、横吹曲辞、相和歌辞、清商曲辞、舞曲歌辞、琴曲歌辞、杂曲歌辞、近代曲辞、杂歌谣辞、新乐府辞，凡十二类，包括民间歌谣、文人作品、乐府原辞及后人仿作，颇多优秀之作。全书各类有总序，每曲有题解，对各种歌辞及曲调的来龙去脉都有考订，资料极为丰富。《四库全书总目》卷一八七提要云：“其题解征引浩博，援据精审，宋以来考乐府者无能出其范围。每题以古辞居前，拟作居后，使同一曲调，而诸格毕备，不相沿袭，可以药剽窃形似之失。”

从文体学角度看，乐府诗则开创了继四言诗之后的一种新的诗体。

第一，乐府诗既有杂言，又有句式整齐的齐言。最初的乐府诗多以杂言为主，如无名氏《东门行》：

出东门，不顾归。来入门，怅欲悲。盎中无斗米储，还视架上无悬衣。拔剑东门去，舍中儿母牵衣啼：“他家但愿富贵，贱妾与君共铺糜。”“上用仓浪天，故下当用此黄口儿。今非咄行，吾去为迟，白发时下难久居。”①

---

① (宋)郭茂倩《乐府诗集》卷三七，文渊阁四库全书本。下引乐府诗，未单独注明出处者均见此书，只括注卷次。

后数句意思不太清楚，有标点作“上用仓浪天故，下当用此黄口儿。今非，咄，行”者。但全诗大意还是清楚的，言男子不安贫，拔剑将去，妻子牵衣留之，愿共餔糜，不求富贵。但男子去意已决，因为他认为盎中无米，架上无衣，“白发时下难久居”。前为妻子劝留之词，后为男子决心离去的答词。诗中有三言、四言、五言、六言句式。这类无名氏乐府，可能是佚名文士所作，至少有一部分是经过文士加工的民歌。

有些乐府诗散文化倾向很浓，如《妇病行》：

> 妇病连年累岁，传呼丈人前一言。当言未及得言，不知泪下，一何翩翩。属累君两三孤子，莫我儿饥且寒。有过慎莫笪笞，行当折摇，思复念之。乱曰：抱时无衣，襦复无里。闭门塞牖，舍孤儿到市。道逢亲交，泣坐不能起。从乞求与孤买饵，对交啼泣，泪不可止。我欲不伤悲，不能已。探怀中钱持授交，入门见孤啼，索其母抱。徘徊空舍中。行复尔耳，弃置勿复道。

这是写一病危妇女对丈夫的嘱托。四、六、七言句式，并有“乱曰”，与骚体辞相近，内容与诗有分工。后者写丈夫为使孤儿无“饥且寒”，只好锁儿在家，自己上街乞讨。回家只见孤儿“索其母抱”，未晓事的孤儿还不知道其母已死，确实堪称“情事酸楚”①。

齐言乐府如无名氏《饮马长城窟行》，全是五言：

> 青青河边草，绵绵思远道。远道不可思，夙昔梦见之。梦见在我傍，忽觉在他乡。他乡各异县，辗转不可见。枯桑知天风，海水知天寒。入门各自媚，谁肯相为言。客从远方来，遗我双鲤鱼。呼儿烹鲤鱼，中有尺素书。长跪读素书，书中竟如何？上有加餐食，下有长相忆。

长城为戍边之地。此诗前半写征战者至长城，饮其马而思其妇，后半设想其妇得其信的情景及书信内容。这是一首较为工整的五言诗，是由四言诗到文人五言诗的过渡。

第二，中国古诗多为短篇抒情小诗，很少有长篇叙事诗，而乐府诗局部填补了叙事诗之缺。如无名氏《焦仲卿妻》，长达一千七百六十五字，不但为此前所仅有，此后也不多见。其序云：“汉末建安中，庐江府小吏焦仲卿妻刘氏，为仲卿母所遣，自誓不

---

① （明）陆时雍《古诗镜》卷一，文渊阁四库全书本。

嫁，其家逼之，乃没水而死。仲卿闻之亦自缢于庭树，时人伤之，而为此辞也。”其诗以“孔雀东南飞，五里一徘徊”起兴，故也有以首句名篇的。首写焦仲卿妻不堪焦母的虐待，向夫诉“心中常苦悲”：“十三能织素，十四学裁衣。十五弹箜篌，十六诵诗书。十七为君妇，心中常苦悲。君既为府吏，守节情不移。鸡鸣入机织，夜夜不得息。三日断五匹，大人故嫌迟。非为织作迟，君家妇难为。妾不堪驱使，徒留无所施。便可白公姥，及时相遣归。”其后依次写焦仲卿要求其母不要逐其妻，焦母坚决不允；焦向其妻转达母意后说：“我自不驱卿，逼迫有阿母。卿但暂还家，吾今且报(赴)府。不久当归还，还必相迎取。”焦妻清醒地回答说，自己“无罪过”而“被驱遣，何言复来还”，于是她从容做离去的准备，这里才铺叙其美：“鸡鸣外欲曙，新妇起严妆。著我绣夹裙，事事四五通(遍)。足下蹑丝履，头上玳瑁光。腰著流纨素，耳著明月珰。指如削葱根，口如含朱丹。纤纤作细步，精妙世无双。”她不仅很美，而且很有教养，别婆母，别小姑，“出门登车去，涕落百余行”。而焦与妻离别时，都誓不相负：“君当作盘石，妾当作蒲苇。蒲苇纫如丝，盘石无转移。”焦妻回家后，兄迫其嫁，她以没水而死，焦以自缢实践了他们诺言。末以神话幻想作结：“两家求合葬，合葬华山傍。东西植松柏，左右种梧桐。枝枝相覆盖，叶叶相交通。中有双飞鸟，自名为鸳鸯。仰头相向鸣，夜夜达五更。行人驻足听，寡妇起傍徨。多谢后世人，戒之慎勿忘。”全诗结构严谨，详略得当，语言质朴，人物性格鲜明，焦母的专横，焦仲卿妻兄的唯利是图，焦氏夫妇对爱情的忠贞不渝，都生动地呈献于读者眼前，堪称中国乐府叙事诗的杰作。

如果说《焦仲卿妻》是乐府叙事诗中的悲剧作品，那么《陌上桑》则是乐府叙事诗中的喜剧作品。此诗又名《艳歌罗敷行》，或以首句题为《日出东南隅行》。崔豹《古今注》卷中谓作者是秦氏女。秦氏，邯郸人，有女名罗敷，为邑人千乘王仁妻。王仁后为赵王家令，罗敷采桑于陌上，赵王登台见而悦之，因置酒，欲夺焉。罗敷善弹筝，乃作《陌上桑》之歌以自明，赵王乃止。此诗首以夸张手法，极写罗敷之美：“日出东南隅，照我秦氏楼。秦氏有好女，自名为罗敷。罗敷喜蚕桑，采桑城南隅。青丝为笼系，桂枝为笼钩。头上倭堕髻(发髻偏在一边，呈欲堕状)，耳中明月珠。缃绮为下裙，紫绮为上襦(短袄)。行者见罗敷，下担捋髭须。少年见罗敷，脱帽著帩头(著，整理头发。帩头，包头的纱巾)。耕者忘其犁，锄者忘其锄。来归相怨怒，但坐(只因为)观罗敷。”次写赵王对罗敷的爱慕，欲载回府：“使君谢(婉转地问)罗敷，宁可共载不?”末写罗敷的巧妙回答，通过夸夫，严词以拒，集中表现了罗敷的聪敏与坚贞：“罗敷前置辞，使君一何愚。使君自有妇，罗敷自有夫。东方千余骑，夫婿居上头。何用识夫婿，白马从骊驹(骑着白马，后面跟着小赤马)。青丝系马尾，黄金络马头。腰中鹿卢剑(剑首用玉作成滑轮形的宝剑)，可直千万余。十五府小史，二十朝大夫。三十侍中郎，四十专城居(居一城之主)。为人洁白皙,鬑鬑(鬓发稀疏状)颇有须。盈盈公府步,冉冉府中趋(盈盈、冉冉,皆舒缓貌。公府步即官步)。坐中数千人,皆言夫婿殊。"

《木兰诗》则既非悲剧,也非喜剧,而是一篇女英雄史诗:首写木兰代父从征之因:"唧唧复唧唧,木兰当户织。不闻机杼声,唯闻女叹息。问女何所思,问女何所忆?女亦无所思,女亦无所忆。昨夜见军帖,可汗大点兵。军书十二卷,卷卷有爷名。阿爷无大儿,木兰无长兄。愿为市鞍马,从此替爷征。"次写她女扮男装的从征过程,自备戎装:"东市买骏马,西市买鞍鞯。南市买辔头,北市买长鞭。"战于黄河、黑山:"旦辞爷娘去,暮宿黄河边。不闻爷娘唤女声,但闻黄河流水鸣溅溅。旦辞黄河去,暮至黑山头。不闻爷娘唤女声,但闻燕山胡骑鸣啾啾。"此为特写,再总写,概述十年征战:"万里赴戎机,关山度若飞。朔气传金柝,寒光照铁衣。将军百战死,壮士十年归。"再写她归来见天子,不要策勋,只要远归:"归来见天子,天子坐明堂。策勋十二转,赏赐百千强。可汗问所欲,木兰不用尚书郎。愿驰千里足,送儿还故乡。"末写还乡后,"脱我战时袍,著我旧时裳","爷娘闻女来,出郭相扶将。阿姊闻妹来,当户理红妆。小弟闻姊来,磨刀霍霍向猪羊。开我东阁门,坐我西间床。脱我战时袍,著我旧时裳,当窗理云鬓,挂镜帖花黄。出门看火伴,火伴皆惊忙。同行十二年,不知木兰是女郎。雄兔脚扑朔,雌兔眼迷离。双兔傍地走,安能辨我是雄雌?"《焦仲卿妻》和《陌上桑》都是五言乐府,《木兰诗》则为杂言乐府,"不闻爷娘唤女声","磨刀霍霍向猪羊","不知木兰是女郎","安能辨我是雄雌"为七言;"但闻黄河流水鸣溅溅","但闻燕山胡骑鸣啾啾"皆九言;又多排比句,如"东市买骏马"四句,"爷娘闻女来","阿姊闻妹来","小弟闻姊来"各二句;还有排比段,如两处"旦辞爷娘去"各四句。这些排比为全诗主旨服务,有利于造成雄壮的气势,有利于刻画女中英豪。宋薛季宣《木兰将军祠》称此诗"词意质朴,不加藻缋,自有迈往不群之气,真北朝人语也。要之古者妇人往往有猛士风烈,顾今丈夫,曾不如一女子,可为扼腕。木兰以一女子勋业,不大显,数百年后犹血食江上,祠敝而复葺,似不偶然,感此而作:人怯西山种,谁知掌上身。猪羊刀霍霍,车马道辚辚。幕府开娘子,旂常纪乱臣。梦回清镜对,千古茜裙新。"①

第三,乐府的形式是不断变化的。秦汉乐府多杂言,篇幅短小;八代(东汉、魏、西晋、东晋、宋、齐、梁、陈)多为五言乐府,并出现了拟乐府;唐代又出现了杜甫的新题乐府,白居易、元稹发展为新乐府。下面分别论述拟乐府、新题乐府、正乐府。

---

① (宋)薛季宣《浪语集》卷一二,四库全书本。

(二)拟乐府

拟乐府即后世的模拟乐府之作,魏晋以后历代多有。曹植尝拟乐府作《白马篇》。《玉台新咏》卷四载吴迈远《拟乐府四首》,一为《飞来双白鹄》,二为《阳春曲》,三为《长别离》,四为《长相思》;鲍照有《拟乐府白头吟》;卷六载张率《拟乐府三首》。颜延之、谢灵运也曾奉命撰拟乐府。李延寿《南史·颜延之传》载:"延之与陈郡谢灵运俱以辞采齐名,而迟速悬绝。文帝尝各敕拟乐府《北上篇》,延之受诏便成,灵运久之乃就。延之尝问鲍照己与灵运优劣,照曰:'谢五言如初发芙蓉,自然可爱;君诗若铺锦列绣,亦雕缋满眼。'"《全唐诗》卷七一四载唐崔道融《拟乐府子夜四时歌四首》,宋晁补之《鸡肋集》卷一〇有《拟乐府十二辰歌》。

乐府诗多较长,此举卓文君的《白头吟》和鲍照的《拟乐府白头吟》以作比较。《说郛》卷一〇〇载,司马相如将聘茂陵女为妻,文君作《白头吟》云:"凄凄重凄凄,嫁女不须归。愿得同心人,白头不相离。"相如以是不聘。鲍照的《拟乐府白头吟》在本集中题作《代白头吟》:

> 直如朱丝绳,清如玉壶冰。何惭宿昔意,猜恨坐相仍。人情贱恩旧,世议逐衰兴。毫发一为瑕,丘山不可胜。食苗实硕鼠,玷白信苍蝇。凫鹄远成美,薪刍前见陵。申黜褒女进,班去赵姬升。周王日沦惑,汉帝益嗟称。心赏犹难恃,貌恭岂易凭。古来共如此,非君独抚膺。

"申黜褒女进","周王日沦惑"皆指幽王取申女为后,又得褒姒,而黜申后。"班去赵姬升","汉帝益嗟称"皆指汉成帝皇后班婕妤,因赵飞燕入宫而失宠。前以比喻,后以历史人物的命运反复慨叹"人情贱恩旧,世议逐衰兴","古来共如此,非君独抚膺"。

关于乐府与拟乐府的异同优劣,前人看法多有不同。古诗与乐府的篇章字句的多少长短非有一定之格,及诗成而后被之于乐,因此都是协律的。后世之拟乐府,篇章字句的多少长短皆仿乐府,必出于一。拟乐府只是承袭乐府之名,不重协律,只重辞采。宋人陈旸云:"古者乐章或以讽谏,或导情性,情写于声,要非虚发。晋宋而下,诸儒炫采,并拟乐府,作为华辞,本非协律。由是诗、乐分为二途。"①元吴澄《题李伯

---

① (宋)陈旸《乐书》卷一五七《曲调上》,文渊阁四库全书本。

时九歌图后并歌诗一篇》云："《九歌》者何？楚巫之歌也……三闾大夫(屈原)不获乎上，去国而南，睹淫祀之非礼，聆巫歌之不辞，愤闷中托以抒情，拟作九篇(指《九歌》)，既有以易其荒淫媟嫚之言，又借以寄吾忠爱缱绻之意。后世文人之拟琴操，拟乐府肇于此。琴操、乐府古有其名，亦有其辞，而其辞鄙浅，初盖出于贱工野人之口，君子不道也。韩退之作十《琴操》，李太白诸人作《乐府》诸篇，皆承袭旧名，撰造新语，犹屈原之《九歌》也。"拟乐府的特点就是"承袭旧名，撰造新语"。清人冯班《钝吟杂录》卷三认为，诗本寓兴，不协律不足以为拟乐府之病："古人之诗皆乐也。文人或不娴音律，所作篇什不协于丝管，故但谓之诗，诗与乐府从此分区。又乐府须伶人知音增损然后合调……则于时乐府已有不歌者矣。后代拟乐府以代古词，亦同此例也。文人赋乐府古题，或不与本词相应。吴兢讥之，此不足以为嫌，唐人歌行皆如此。盖诗人寓兴，文无定例，率随所感。"明王世贞《艺苑卮言》称"拟乐府，自魏而后有逼真者，然不如自运滔滔莽莽"。①但清人张历友则认为乐府必不可拟："乐府自乐府，歌谣自歌谣，不相蒙也。乐府不特另具风神，而亦具有体格。古今之拟乐府者，皆东家施捧心伎俩也，雅颂为乐府之原，西汉以来如《安世房中歌》、《郊祀十九章》、《铙歌十八曲》。不惟音节不传，而字句亦多鲁鱼失真。然其辞之古穆精奇，迥乎神笔，岂操觚家效颦所可施？无论近代，即魏、晋而降，如缪袭《鼓歌曲》，陈思王《鞶舞歌》，晋之《白纻》、《拂翔》等歌，亦岂仿佛其万一乎？至唐世法部如《伊凉》、《甘州》之属，多采名辈绝句，其中音节今亦不传。然而歌谣者古逸也，乐府者正乐也，不只神妙天然，而叶应律吕，非可以骋辞纵臆为之者，观汉之大乐，其初皆掌之协律都尉李延年，非苟然也。固知古诗可拟，而乐府必不可拟。"②

(三)新题乐府

拟乐府皆沿袭乐府旧题，唐代出现了新题乐府，创始于杜甫，完成于白居易、元稹。杜甫的乐府诗多自拟新题，如《哀王孙》、《悲陈陶》、《悲青阪》、《洗兵马》、《兵车行》之类。其《兵车行》为反对唐玄宗穷兵黩武而作：

> 车辚辚，马萧萧，行人弓箭各在腰。耶娘妻子走相送，尘埃不见咸阳桥。牵衣顿足拦道哭，哭声直上干云霄。道旁过者问行人，行人但云点行频。或从十五

① (明)王世贞《弇州四部稿》卷一四九，文渊阁四库全书本。

② (清)郎廷槐《师友诗传录》，文渊阁四库全书本。

北防河，便至四十西营田。去时里正与裹头，归来头白还戍边。边庭流血成海水，武皇开边意未已。君不闻汉家山东二百州，千村万落生荆杞。纵有健妇把锄犁，禾生陇亩无东西。况复秦兵耐苦战。被驱不异犬与鸡。长者虽有问，役夫敢伸恨？且如今年冬，未休关西卒。县官急索租，租税从何出？信知生男恶，反是生女好。生女犹得嫁比邻，生男埋没随百草。君不见青海头，古来白骨无人收。新鬼烦冤旧鬼哭，天阴雨湿声啾啾。

此诗先写送别时悲楚之状："车辚辚，马萧萧，行人弓箭各在腰。耶娘妻子走相送，尘埃不见咸阳桥。牵衣顿足拦道哭，哭声直上干云霄。""道旁过者问行人"十四句借过者、行人的对话，追述"牵衣顿足拦道哭"的原因，写行人征战之苦。"点行频"，按户籍点名行边服役十分频繁。"武皇"句是借汉武帝以喻唐玄宗开边意未已。"禾生陇亩无东西"写禾苗不成行列，极言土地荒芜。"长者虽有问，役夫敢伸恨"十四句，写征战无已时，生男不如生女。宋吴师道《吴礼部诗话》云："'长者虽有问，役夫敢伸恨'，寻常读之，不过以为漫语而已，更(经)事之余，始知此语之信。盖赋敛之苛，贪暴之苦，非无访察之司，陈诉之令，而言之未必见理，或反得害。不然，虽幸复伸，而异时疾怒报复之祸尤酷，此民之所以不敢言也。'虽'字'敢'字，曲尽事情。"历代的访察司多为虚设，陈诉令往往是一纸空文，即使申诉得以受理，异时"报复之祸尤酷"，这就是真实的中国历史。前写"行役"之苦，下段进一步写"索租"之苦："县官急索租，租税从何出？"壮者行边，"千村万落生荆杞"，无物交租，以致发出了生男不如生女，"新鬼烦冤旧鬼哭，天阴雨湿声啾啾"的沉痛悲叹。《沧浪诗话・诗评》云："子美不能为太白之飘逸，太白不能为子美之沉郁。太白《梦游天姥吟》、《远离别》等子美不能道，子美《北征》、《兵车行》、《垂老别》等太白不能作。论诗以李杜为准，挟天子以令诸侯也。"仇兆鳌《杜诗详注》卷二论此诗结构云："此章是一头两脚体。下面两扇，各有起结，各换四韵，各十四句，条理秩然，而善于曲折变化。故从来读者不觉耳。"仇又引单复评曰："此为明皇用兵吐蕃而作，故托汉武以讽，其词可哀也。先言人哭，后言鬼哭，中言内郡凋弊，民不聊生，此安史之乱所由起也。"《唐宋诗醇》卷九云"此体创自老杜，讽刺时事，而记为征夫问答之词，言之者无罪，闻之者足以为戒，《小雅》遗音也。篇首写得行色匆匆，笔势汹涌如风潮骤至，不可逼视。以下接出点行之频，指出开边之非，然后正说时事。末以惨语结之，词意沉郁，音节悲壮，此天地商声不可强为者也。"

"新乐府"之名是白居易提出来的，其《新乐府并序》曰："凡九千二百五十二言，断为五十篇。篇无定句，句无定字，系于意不系于文。首句标其目，卒章显其志，诗三百之义也。其辞质而径，欲见之者易谕也；其言直而切，欲闻之者深诫也；其事核而实，使采之者传信也;其体顺而肆,可以播于乐章歌曲也:总而言之,为君、为臣、为民、为物、为事而作,不为文而作也。”这可说是新乐府诗的纲领,其特点就是自创新题,咏写时事,其言直切,“系于意不系于文”,体现了新乐府的现实性。

新乐府之新,一是题目新。建安以来的诗人所作乐府多因袭乐府旧题,内容为旧题所限,往往文题不协。白居易等以新题写时事,故名“新题乐府”。二是内容新,白居易在《与元九书》中明确提出“文章合为时而著,歌诗合为事而作”,以“新题乐府”写时事,以此美刺现实,正是对此的实践,具有“诗三百之义”。三是音乐新,拟乐府徒有乐府之名,实际上不能入乐;新乐府虽“篇无定句,句无定字”,但作者仍很重视“播于乐章歌曲”。

新题乐府由杜甫开其端,元结、顾况、张籍、王建继其事,而白居易正式提出了“新乐府”之名,他们撰写了大量堪称典范的作品,集中反映了中唐时期极为广阔的社会生活,从各个方面揭示了当时存在的社会矛盾,如白居易的《新乐府》五十首、《秦中吟》十首,元稹的《田家词》、《织妇词》,张籍的《野老歌》、王建的《水夫谣》,都是新乐府的代表作。清人冯班云:“杜子美创为新题乐府,至元、白而盛,指论时事,颂美刺恶,合于诗人之旨,忠志远谋,方为百代鉴戒,诚杰作绝思也。”①赵执信云:“新乐府皆自制题,大都言时事,而中含美刺,所谓言之者无罪,闻之者足以为戒,此诗家真实本领。”②

(四) 正 乐 府

皮日休《正乐府序》又提出了“正乐府”概念,亦为反对六朝拟乐府之侈丽、浮艳而作:“乐府,盖古圣王采天下之诗,欲以知国之利病,民之休戚者也。得之者,命司乐氏入之于埙篪,和之以管籥。诗之美也,闻之足以劝乎功;诗之刺也,闻之足以戒乎政。故《周礼》太师之职掌教六诗,小师之职掌讽诵诗。由是观之,乐府之道大矣。今之所谓乐府者唯以魏晋之侈丽、陈梁之浮艳谓之乐府诗,真不然矣。故尝有可悲可惧者,时宣于咏歌,总十篇。故命曰《正乐府诗》。”③可见正乐府与新乐府的主旨是相同的。这十篇正乐府诗的题目是:《卒妻怨》、《橡媪叹》、《贪官怨》、《农父谣》、《路臣恨》、《贱贡士》、《颂夷臣》、《惜义鸟》、《诮虚器》、《哀陇民》。其《橡媪叹》云:

---

① (清)冯班《钝吟杂录》卷三,文渊阁四库全书本。

② (清)赵执信《声调谱》卷首《声调谱论例》,文渊阁四库全书本。

③ (唐)皮日休《皮子文薮》卷一〇《正乐府十篇序》,文渊阁四库全书本。

秋深橡子熟，散落榛芜冈。伛伛黄发媪，拾之践晨霜。移时始盈掬，尽日方满筐。几曝复几蒸，用作三冬粮。山前有熟稻，紫穗袭人香。细获又精舂，粒粒如玉珰。持之纳于官，私室无仓箱。如何一石余，只作五斗量。狡吏不畏刑，贪官不避赃。农时作私债，农毕归官仓。自冬及于春，橡实诳饥肠。吾闻田成子，诈仁犹自王。吁嗟逢橡媪，不觉泪沾裳。

此诗前四句写老妇深山拾橡子，次四句写老妇之所以要拾橡子，是要“用作三冬粮”。中间十二句写官府剥削严重，山前熟稻，都要“纳于官”，而且“一石余，只作五斗量。狡吏不畏刑，贪官不避赃”。末六句直抒对官府的痛恨，他们连田成子都不如。田成子即春秋时的田恒，后人因避汉文帝刘恒讳，称他为田常。齐简公时，他以大斗出、小斗进的方法笼络民心。后杀齐简公，立简公弟骜为平公，自任相国，扩大封地，尽诛强者，自此田氏专国政。

其《贪官怨》云：

国家省阕吏，赏之皆与位。素来不知书，岂能精吏理。大者或宰邑，小者皆尉史。愚者若混沌，毒者如雄虺。伤哉尧舜民，肉袒受鞭棰。吾闻古圣王，天下无遗士。朝廷及下邑，治者皆仁义。国家选贤良，定制兼拘忌。所以用此徒，令之充禄仕。何不广取人，何不广历试。下位既贤哉，上位何如矣。胥徒赏以财，俊造悉为吏。天下若不平，吾当甘弃市。

此诗前半写官吏的腐败，他们“素来不知书，岂能精吏理……愚者若混沌，毒者如雄虺。”后半写官吏腐败是吏制腐败造成的，是与古代官制“朝廷及下邑，治者皆仁义”背道而驰的。作者质问道：“何不广取人，何不广历试”；并愤慨地表示：“天下若不平，吾当甘弃市”，表现出忧民的精神。

第四节　五七言古体诗与杂言诗

（一）古体诗的含义与特点

古体的含义，一指与骈文相对的古文。《南史·刘之遴传》载“之遴好属文，多学古体”，又《萧藻传》载“藻性谦退，不求闻达。善属文，尤好古体”，皆指古文。二指与今体律诗相对的古体诗，如杜甫《暮冬送苏四郎徯兵曹适桂州》云：“飘飘苏季子，六印佩何迟。早作诸侯客，兼工古体诗。”

古体诗含义也各有不同，一是专指《古诗十九首》及其拟作，如前引钟嵘《诗品》所举的“陆机所拟十四首”，“去者日已疏”四十五首，“客从远方来”，“橘柚垂华实”诸篇皆是。二是泛指与律诗相对的古体诗，《沧浪诗话·诗体》云：“有古诗，有近体（即律诗也）。”张表臣《珊瑚钩诗话》卷三云：“苏（武）、李（陵）而上，高简古淡谓之古；沈（约）、宋（之问）而下，法律精切谓之律。”朱熹《答巩仲至》云：“古今之诗凡有三变，盖自书传所记虞夏以来下及魏晋自为一等，自晋宋间颜、谢以后下及唐初自为一等，自沈、宋以后，定著律诗，下及今日又为一等。然自唐初以前其为诗者固有高下，而法犹未变。至律诗出而后诗之与法始皆大变，以至今日，益巧益密，而无复古人之风矣。”元陈绎曾《诗谱》则把律诗以前之诗均算作“古体”：“凡读《三百篇》，要会其情不足，性有余处。情不足，故寓之景；性有余，故见乎情。凡读骚，要见情有余处。凡读汉诗，先真实，后文华。凡读建安诗，于文华中取真实。三国六朝乐府，犹有真意，胜于当时文人之诗。凡读《文选》诗，分三节。东都以上主情，建安以下主意，三谢以下主辞，齐梁诸家五言未成律体，七言乃多古制，韵度犹出盛唐人上一等。但理不胜情，气不胜辞耳。”①这里所论是与律诗相对的古体诗，包括五言古体、七言古体和杂言古体。

古体又名旧体、往体。《南史·徐摛传》云：“摛幼好学，及长遍览经史，属文好为新变，不拘旧体。”又《徐陵传》云：“自陈创业，文檄军书及受禅诏策皆陵所制，为一代文宗。亦不以矜物，未尝诋诃作者。其于后进，接引无倦。文宣之时，国家有大手笔，必命陵草之。其文颇变旧体，缉裁巧密，多有新意。每一文出，好事者已传写成诵，遂传于周齐，家有其本。”明胡震亨《唐音癸签》卷一《体凡》云：“今考唐人集录所标体名，凡效汉、魏以下诗，声律未叶者，名往体。其所变诗体，则声律之叶者，不论长句、绝句，概名为律诗，为近体。而七言古诗于往体外，另为一目，又或名歌行。举其大凡，不过此三者，为之区分而已。至宋元编录唐人总集，始于古、律二体中备析五、七等言为次，于是流委秩然，可得具论。一曰四言古诗，一曰五言古诗，一曰七言古诗，一曰长短句。”可见，同是古体诗，又区别为四言古、五言古、七言古、杂言古诗。概括起来，古体诗有以下特点：

第一，篇无定句，每首诗没有固定句数。《诗经》中的二句、三句、四句、五句、六句、七句诗都很多，举不胜举，这里只说一句诗。《沧浪诗话》云：“有一句之歌，《汉书》‘枹鼓不鸣董少年’，一句之歌也；又汉童谣‘千乘万骑上北邙’，梁童谣‘青丝白马寿阳来’皆一句也。”所举并非尽皆一句诗，清人冯班《钝吟杂录》卷五反驳道：“按《汉书》董

---

① （明）陶宗仪《说郛》卷七九下引，文渊阁四库全书本。

少平，不作少年；'鸣'、'平'是韵，二句之歌也。又云'侯非侯，王非王，千乘万骑上北邙'，是三句，不是一句。沧浪读误本《汉书》，又健忘，所言童谣失却二句。可笑！"据《后汉书·董宣传》，"董宣字少平"，所引诗亦作"枹鼓不鸣董少平"，但这无碍于作一句读，是一句诗。"青丝白马寿阳来"，最早为《隋书》卷二二所引，亦为一句诗。

第二，句无定字，每句诗没有固定字数。参见本章第一节开篇所引晋挚虞《文章流别论》和唐刘存《刘冯事始》的论述。

第三，押韵灵活，韵无定位。中国诗无论古体和近体，一般都是押韵的，而且多为句末押韵。押韵又叫叶韵或协韵，指同韵母的字在句末重复出现，称为韵脚。第一个韵脚出现称为起韵，以后各句须与之同韵，如有改变则叫换韵。但与律诗相比，古体诗的押韵是比较灵活的：可押平声韵，五古如韦应物的《答裴丞说归京所献》压"佳"韵："执事颇勤久，行去亦伤乖。家贫无僮仆，吏卒升寝斋。衣服藏内箧，药草曝前阶。谁复知次第，濩落且安排。还期在岁晏，何以慰吾怀。"①七古如王昌龄的《奉赠张荆州》压"咸"韵："祝融之峰紫云衔，翠如何其雪崭岩。邑西有路缘石壁，我欲从之卧穷嵌。鱼有心兮脱网罟，江无人兮鸣枫杉。王君飞舄仍未去，苏躭宅中意遥缄。"②也可押仄声韵，五古如王维的《送宇文太守赴宣城》："寥落云外山，迢遥舟中赏。铙吹发西江，秋空多清响。地迥古城芜，月明寒潮广。时赛敬亭神，复解罟师网。何处寄相思，南风吹五两。"七古如杜甫的《寄狄明府博济》，此诗较长，仅引前后数句以见其形式："梁公曾孙我姨弟，不见十年官济济。大贤之后竟陵迟，浩荡古今同一体……胡为飘泊岷汉间，干谒王侯颇历抵。况乃山高水有波，秋风萧萧露泥泥。虎之饥，下巉岩，蛟之横，出清泚。早归来，黄土污人眼易眯。"既可一韵到底，前所举多如此，亦可不断换韵，如李白《妾薄命》："汉帝宠阿娇，贮之黄金屋。咳唾落九天，随风生珠玉。宠极爱还歇，妒深情却疏。长门一步地，不肯暂回车。雨落不上天，水覆难再收。君情与妾意，各自东西流。昔日芙蓉花，今成断根草。以色事他人，能得几时好？"此诗即四句一换韵。古诗多为隔句韵，多偶句押韵，但也有句句押韵的，自然也就包括了奇句押韵。如苏轼的《阎立本职贡图》："贞观之德来万邦，浩如沧海吞河江。音容狁狞服奇庞，横绝岭海逾涛泷。珍禽瑰产争牵扛，名王解辫却盖幢。粉本遗墨开明窗，我喟而作心未降，魏征封伦恨不双。"

第四，古诗是不讲平仄的，或平或仄听其自然，因此有些古体诗也就自然而然地出现了平仄相间，符合律诗平仄要求的句式，只是不像律诗那样通篇符合律诗的要求

① (唐)韦应物《韦苏州集》卷五，文渊阁四库全书本。

② (明)高棅《唐诗品汇》卷三一，文渊阁四库全书本。

罢了。如《古诗十九首》中如下一首，感叹歌者苦，知者稀，就有不少不讲平仄而自合平仄的句子："西北有高楼（平仄仄平平），奋翅起高飞（仄仄仄平平）。"

（二）五 言 古 诗

五言古诗是汉、魏时期形成的一种新诗体，每句五个字，用韵自由，没有固定的格律，不拘句数，不讲究平仄，既不同于汉代乐府歌辞，也不同于唐代的五言近体律诗和绝句。相较于四言诗，五言诗虽每句只增加了一个字，但正是这一字之增，使诗歌可以容纳更多的词汇，扩大了诗歌的容量，增加了诗歌抒情叙事的灵活性，使诗歌更富于音乐美和韵律美。因此五言古诗才能逐步取代四言诗的地位，成为古诗的主要形式之一。

关于五言诗的起源，有认为起于先秦者。作为溯源，五言诗的确萌芽于先秦。刘勰《文心雕龙・明诗》认为："按《召南・行露》，始肇半章；《孺子沧浪》，亦有全曲；《暇豫》优歌，远见春秋……阅时取证，则五言久矣。"所谓"《召南・行露》，始肇半章"，指《诗经》此篇有一半篇幅为五言，其第二章云："谁谓雀无角，何以穿我屋？谁谓女无家，何以远我狱？虽速我狱，室家不足。"其第三章云："谁谓鼠无牙，何以穿我墉？谁谓女无家，何以远我讼？虽速我讼，亦不女从。"所谓"《孺子沧浪》，亦有全曲"，指《孟子・离娄》所引的《孺子歌》，又作《沧浪歌》，全诗除"兮"字外均为五言："沧浪之水清兮，可以濯我缨。沧浪之水浊兮，可以濯我足。"所谓"《暇豫》优歌，远见春秋"，见《国语・晋语》："暇豫（闲乐）之吾吾（不敢亲貌），不如鸟乌（不如鸟集于茂木）。人皆集于苑（茂木），己独集于枯。"刘勰所举，或"始肇半章"，或虽有"有全曲"，却含"兮"字，只能算含五言句的诗，还算不上五言诗。《水经注》卷三云："秦始皇使蒙恬筑长城，死者相属，民歌曰：'生男慎勿举，生女哺用铺。不见长城下，尸骸相支拄。'其冤痛如此矣。"此诗既未夹虚词，又未夹杂言句，已较为接近后世的五言古诗。

有人认为正式的五言诗始于汉代苏武、李陵、班婕妤，但至少在刘勰时已有人对此怀疑了，《文心雕龙・明诗》认为，汉初的"朝章国采，亦云周备。而辞人遗翰，莫见五言，所以李陵、班婕妤见疑于后代也"。苏轼《题文选》云："舟中读《文选》，恨其编次无法，去取失当。齐、梁文章衰陋，而萧统尤为卑弱，《文选引》，斯可见矣。如李陵、苏武五言，皆伪而不能去。"又《题蔡琰传》云："刘子玄辨《文选》所载李陵《与苏武书》非西汉文，盖齐、梁间文士拟作者也。吾因悟陵与武赠答五言，亦后人所拟。今日读《列女传》蔡琰二诗，其词明白感慨，颇类世所传《木兰花诗》，东京无此格也。建安七子，犹含养圭角，不尽发见，况伯喈女乎？"苏轼认为李陵《与苏武书》乃"齐、梁间文士拟作”，虽未肯定“陵与武赠答五言”诗“亦后人所拟”之“后人”是否也是“齐、梁间文士”，但从其肯定东京（即东汉）无蔡琰二诗之话，至少也认为李陵、苏武诗不仅不是西汉诗，也不是东汉诗。

但汉代是五言古诗发展的重要阶段。民间五言古诗更加成熟，刘勰云：“《邪径》童谣，近在成世。”此指《汉书·五行志》所载，“成帝时歌谣又曰：‘邪径败良田，谗口乱善人。桂树华不实，黄爵巢其颠。故为人所羡，今为人所怜。”《后汉书》卷五四载：“传曰：‘吴王好剑客，百姓多创瘢，楚王好细腰，宫中多饿死。’长安语曰：‘城中好高髻，四方高一尺。城中好广眉，四方且半额。城中好大袖，四方全匹帛。’斯言如戏，有切事实。”既称“歌谣”，实为五言乐府，还不是后世文人的五言古诗。

东汉辛延年有《羽林郎》。①羽林指皇家禁卫军，羽林郎是禁卫军官名，掌宿卫侍从。但此诗与羽林郎没有直接关系，可能是乐府旧题，借写一当垆女子拒绝霍家豪奴冯子都的调情，先概述其事：“昔有霍家奴，姓冯名子都。依倚将军势，调笑酒家胡。”次写胡姬之美：“胡姬年十五，春日独当垆。长裾连理枝，广袖合欢襦。头上蓝田玉，耳后大秦珠。两鬟何窕窕，一世良所无。一鬟五百万，两鬟千万余。”再写霍家奴冯子都的调情：“不意金吾子，娉婷过我庐。银鞍何煜爚，翠盖空踟蹰。就我求清酒，丝绳提玉壶。就我求珍肴，金盘鲙鲤鱼。贻我青铜镜，结我红罗裾。”金吾子是保卫京都的武官，冯子都只不过是霍家奴，称为金吾子只是一种敬称。胡姬最初以礼相待，求清酒她就提玉壶，求珍肴她就上鲤鱼。但霍家奴得寸进尺，“贻我青铜镜，结我红罗裾”。末写胡姬的严词拒绝：“不惜红罗裂，何论轻贱躯。男儿爱后妇，女子重前夫。人生有新故，贵贱不相逾。多谢金吾子，私爱徒区区。”“徒区区”即枉自献殷勤。全诗属赋体，以辅叙手法叙事，胡应麟《诗薮》内篇卷一称其“条而整，丽而典，五言之赋也”。

关于著名的《古诗十九首》，刘勰云：“又古诗佳丽，或称枚叔，其《孤竹》一篇，则傅毅之词。比采而推，两汉之作乎。观其结体散文，直而不野，婉转附物，怊怅切情，实五言之冠冕也。至于张衡《怨篇》，清典可味；《仙诗》、《缓歌》（张衡诗，已佚），雅有新声。”“古诗佳丽，或称枚叔”所说的“古诗”即指《古诗十九首》，当时有人认为是枚乘所作，但《文选》李善注已予以否定：“古诗盖不知作者，或云枚乘，疑不能明也。诗云‘驱马上东门’，又云‘游戏宛与洛’，此则辞兼东都，非尽是乘明矣。”其第一首《行行重行行》写一女子思念远方的情人，首写初别：“行行重行行，与君生别离。相去万余里，各在天一涯。”次写路远难再见：“道路阻且长，会面安可知。胡马依北风，越鸟巢南枝。”

---

① （宋）郭茂倩《乐府诗集》卷六三，文渊阁四库全书本。

再写思念之苦:“相去日已远,衣带日已缓。浮云蔽白日,游子不顾返。”最后以无可奈何之语自我安慰:“思君令人老,岁月忽已晚。弃捐勿复道,努力加餐饭。”全诗写男子相去日远,女子相思日深,憔悴体瘦,以致“衣带日已缓”。“胡马依北风,越鸟巢南枝”,马、鸟犹思故乡,而“游子不顾(念)返”,显然带有怨言,文温而意悲。后代《拟行行重行行》特别多,可见其影响之深远。

“《孤竹》一篇”亦指《古诗十九首》之一:“冉冉孤生竹,结根泰山阿。与君为新婚,兔丝附女萝。兔丝生有时,夫妇会有宜。千里远结婚,悠悠隔山陂。思君令人老,轩车来何迟!伤彼蕙兰花,含英扬光辉。过时而不采,将随秋草萎。君亮(信)执高节,贱妾亦何为。”前二句写在家依靠父母,三至六句写婚后将依靠丈夫。兔丝、女萝,皆蔓生植物。后半皆怨迟迟不来迎娶,与唐人诗“劝君莫惜金缕衣,劝君须惜少年时。有花堪折直须折,莫待无花空折枝”同一意思。末二句谓你忙于在外做官,我又能有什么办法呢?显然也含有怨意。此诗是否为“傅毅之词”,古今多有不同看法。今人周振甫认为当时还没有这样成熟的五言古诗:“傅毅和班固同时,班固的五言诗《咏史》极质朴,与写得成熟而婉转的《古诗十九首》风格不同……因此说《冉冉孤生竹》是傅毅作,也不可靠。”①钟嵘《诗品》卷一云:“‘去者日已疏’四十五首,虽多哀怨,颇为总杂,旧疑是建安中曹王所制。②‘客从远方来’,‘橘柚垂华实’,③亦为惊绝矣。人代冥灭而清音独远,悲夫!”今人木斋(王洪)比钟嵘更进一步,不仅认为是曹植所作,并认为是写他与甄妃的隐情。④其说颇新,值得进一步深入研究。

魏晋南北朝是五言古诗发展的黄金时代,虽仅短短三百多年,诗风数变,相继出现了建安体、黄初体、正始体、太康体、元嘉体、永明体、齐梁体、南北朝体,本书将在第十一章《文体风格的分类》中详论。

五言古诗是中国诗歌的主要形式之一,以后历朝都有大量的五言古诗。如唐李白有《古风五十九首》,其一云:

> 大雅久不作,吾衰竟谁陈。王风委蔓草,战国多荆榛。龙虎相啖食,兵戈逮

---

① (梁)刘勰《文心雕龙注释》,人民文学出版社 1983 年版,第 55 页。

② 曹王又引作陈王。《四库全书总目》卷一九三《古诗解》提要云:“‘去者日以疏’,‘客从远方来’二首,钟嵘《诗品》称为旧疑建安中陈王所制。”陈王即曹植。

③ (明)杨慎《升庵集》卷六一《古诗十九首拾遗》认为:“钟嵘云:古诗凡四十余首,陆机所拟十余首,至梁昭明选十九首,其余有见于乐府及《玉台新咏》者,若‘上山采蘼芜’,‘橘柚垂华实’,皆《古诗十九首》之遗也。”

④ 木斋《古诗十九首与建安诗歌研究》,人民文学出版社 2009 年版。

狂秦。正声何微茫，哀怨起骚人。扬马激颓波，开流荡无垠。废兴虽万变，宪章亦已沦。自从建安来，绮丽不足珍。圣代复元古，垂衣贵清真。群才属休明，乘运共跃鳞。文质相炳焕，众星罗秋旻。我志在删述，垂辉映千春。希圣如有立，绝笔于获麟。

此诗一韵到底，可说是一部文学简史，从先秦一直写到“圣代”，表明了李白“文质相炳焕”的主张。其《月下独酌》则是一首换韵的五言古诗：

花间一壶酒，独酌无相亲。举杯邀明月，对影成三人。月既不解饮，影徒随我身。暂伴月将影，行乐须及春。我歌月徘徊，我舞影凌乱。醒时同交欢，醉后各分散。永结无情游，相期邈云汉。

前八句为平声韵，写花间独酌，无人同饮，只好邀月作伴，居然对影成三，由独成多。后六句换为仄声韵，醒时同欢，醉后分散，望能“永结无情游”。真是奇思妙想，以热闹的场面抒发孤寂之情，善于自我作乐，故《唐宋诗醇》卷八称其“千古奇趣，从眼前得之，尔时虽复潦倒，终不胜其旷达”。

宋代如欧阳修的《边户》则是一篇含有律句的五言古诗：“家世为边户，年年戒不虞。儿僮习鞍马，妇女能弯弧。边尘朝夕起，敌骑蔑如无。邂逅辄相射，杀伤两常俱。自从澶州盟，南北结欢娱。虽云免战斗，两地供赋租。将吏戒生事，庙堂为远图。身居界河上，不敢界河渔。”

（三）七言古诗和七言歌行

七言古诗简称七古，是每句七字或以含有七字句的句式为主的诗体，是古代诗歌中篇幅较长，容量较大，形式最活泼，用韵最灵活，句法最自由，最富有抒情叙事表现力的诗体。所谓七古，并不是说全诗每一句都是七个字，只要诗中有七言句就可以了，因此七古还包括含有七言的杂言诗。

明宋绪《元诗体要》卷二《七言古体》云：“古诗七言，从张衡《四愁诗》来，变柏梁体耳。唐初王子安《滕王阁》诗，宋之问《明河篇》语皆未纯，至王、岑、李、杜方成家数。是编凡清壮奇丽，雄深浑厚，其音律皆足以为法者取之。”清人田雯云：“七言古诗肇于《离骚》、《毛诗》，而汉魏已来，遂备其体。《大风》、《垓下》、《秋风》、《柏梁》、《四愁》、《燕歌》等篇，古音错落，皆成奇观。唐人体凡数变，王、杨、卢、骆，别是一格。何大复极言其工，固不必深议。太白旷世逸才，自成一家，少陵、昌黎，空前绝后。宋则欧、王、苏、黄、陆诸君子，根柢于杜、韩，而变化出之。元则裕之、道园辈，颇有法则。其余间有可采，而非歌行大观矣。大约作七古与他体不同，以纵横豪宕之气，逞夭矫驰骤之才，选材豪劲，命意沉远，其发端必奇，其收处无尽，音节琅琅，可歌可听。如老将用兵，漫山弥谷，结率然之阵，中击不断而壁垒一新，旌旗改色，乃称无敌。"①这里既概括了七言古诗的演变，又概括了七古的写作要求。

任昉《文章缘起》云："七言诗，汉武帝《柏梁殿联句》。"其实，七言诗句在先秦就有了。《诗·黄鸟》的"交交(小貌)黄鸟止于棘"，"交交黄鸟止于桑"，"交交黄鸟止于楚"，《周颂·敬之》的"学有缉熙于光明"等都是七言诗句。屈原《卜居》的"悃悃款款朴以忠"，"送往劳来斯无穷"，"诛锄草茆以力耕"，"将游大人以成名"，"正言不讳以危身"，"从俗富贵以偷生"，"超然高举以保真"，"廉洁正直以自清"，"如脂如韦以絜楹"，"昂昂若千里之驹"，"泛泛若水中之凫"等，也是含有虚词的七言句。

明陈懋仁注《文章缘起》云："《周颂》'学有缉熙于光明'，七言之属也。七言自《诗》、《骚》外，《柏梁》以前有《皇娥》、《白帝子》、《击壤》、《箕山》、《大道》、《狄水》、《获麟》、《南山》、《采葛妇》、《成人》、《易水》诸歌，俱七言。或曰始于《击壤》，或曰已肇《南山》，或曰起自《垓下》，然'兮'、'哉'类于助语，句体非全，惟少昊时《皇娥》、《白帝》二歌，勾践时《河梁歌》，体具世远，非其始乎？但悉见之后人书中，似出述作之手。故自汉、魏六朝下及唐、宋以来，迭相师法者，实祖《柏梁》也。"清方熊补注《文章缘起》云："汉祖《大风歌》汪洋自恣，不必三百篇遗音，实开汉一代气象，实为汉后诗开创。若武帝《瓠子》、《秋风》、《柏梁》诸作，从《湘累》脱化，有词人本色也。"《皇娥》、《白帝子》见晋王嘉《拾遗记》卷一，谓少昊以金德王母曰皇娥，经历穷桑沧茫之浦。时有神童，容貌绝俗，称为白帝之子，即太白之精，降乎水际，与皇娥燕戏，皇娥倚瑟而清歌曰："天清地旷浩茫茫，万象回薄化无方。浛天荡荡望沧沧，乘桴轻漾著日傍。当其何所至穷桑，心知和乐悦未央。"白帝子答歌曰："四维八埏眇难极，驱光逐影穷水域。璇宫夜静当轩织，桐峰文梓千寻直。伐梓作器成琴瑟，清歌流畅乐难极，沧湄海浦来栖息。"《河梁歌》见《吴越春秋》卷六："渡河梁兮渡河梁，举兵所伐攻秦王。孟冬十月多雪霜，隆寒道路诚难当。阵兵未济秦师降，诸侯怖惧皆恐惶。声传海内威远邦，称霸穆桓齐楚庄。天下安宁寿考长，悲去归兮河无梁。"汉高祖《大风歌》见《史记·高祖本纪》："大风起兮云飞扬，威加海内兮归故乡。安得猛士兮守四方？"《渡易水歌》见《史记·刺客列传》："风萧萧兮易水寒，壮士一去兮不复还。"这些诗都比汉武帝《柏梁殿联句》早得

① (清)田雯《古欢堂集》卷一七《论七言古诗》，文渊阁四库全书本。

多，本书在“文体风格的分类”中将专论柏梁体，兹不赘述。《史记·河渠书》还载有汉武帝的《瓠子》，除用虚词“兮”字外，也大体是由六言、七言诗句组成：“瓠子决兮将奈何，皓皓旰旰兮闾殚为河。殚为河兮地不得宁。功无已时兮吾山平。吾山平兮巨野溢，鱼拂郁兮柏冬日。延道弛兮离常流，蛟龙骋兮方远游。归旧川兮神哉沛，不封禅兮安知外。为我谓河伯兮何不仁，泛滥不止兮愁吾人。啮桑浮兮淮泗满，久不反兮水维缓。一曰河汤汤兮激潺湲，北渡迂兮浚流难。搴长茭兮沉美玉，河伯许兮薪不属。薪不属兮卫人罪，烧萧条兮噫乎何以御。水颓林竹兮楗石菑，宣房塞兮万福来。”

五言古诗在汉代已很成熟，七言古诗的成熟略晚一些。汉代七言古诗多含“兮”字，具有明显的楚辞痕迹。《文选》卷二九所载东汉张衡《四愁诗》四首即是如此：“我所思兮在泰山，欲往从之梁父艰，侧身东望涕沾翰。美人赠我金错刀，何以报之英琼瑶。路远莫致倚逍遥，何为怀忧心烦劳。”晋傅玄《拟四愁诗》小序认为四愁诗属七言类：“昔张平子作四愁诗，体小而俗，七言类也。聊拟而作之。名曰拟四愁诗。”①直至魏晋南北朝，七言古诗才比较成熟。

清末来裕恂《汉文典·文章典》卷三《文体》论七言乐府与七言歌行之别云：“七言古诗，始于柏梁，声长字纵，易以成文，与五言略异。汉、魏诸作，既多乐府，唐代名家，又多歌行，故于此类，作者亦希。然乐府、歌行，贵抑扬顿挫；古诗贵优柔和平，循守法度，其体出自不同也。”②七言古诗与七言乐府、七言歌行其风格（体）虽不同，只是“抑扬顿挫”与“优柔和平”的风格之异，并没有体裁上的明显区别。五言古诗皆为齐言诗，七言古诗则既有齐言，也有杂言，与乐府诗不易区别，不同总集对同一首诗往往既作为乐府诗，又作为古诗收，如杜甫《兵车行》既收入《乐府诗集》卷九一，明高棅《唐诗品汇》卷二八又收入七言古诗类。

七言歌行出自古乐府，而七言古诗则是七律产生之后别立的诗体，二者渊源不同。七言歌行是汉魏以来七言乐府歌诗自然的发展，清人吴乔《围炉诗话》尝云：“七言创于汉代，魏文帝有《燕歌行》，古诗有《东飞伯劳》，至梁末而大盛，亦有五七言杂用者，唐人歌行之祖也。”

《文选》卷二七所收曹丕的《燕歌行》为齐言七古，是一篇写妇人思夫之诗：

秋风萧瑟天气凉，草木摇落露为霜，群燕辞归雁南翔。念君客游思断肠，慊慊（不满貌）思归恋故乡，何为淹留寄他方？贱妾茕茕（孤独貌）守空房，忧来思君

---

① （陈）徐陵《玉台新咏》卷九，文渊阁四库全书本。

② （清）来裕恂《汉文典》，商务印书馆1906年版。

不敢忘，不觉泪下沾衣裳。援琴鸣弦发清商，短歌微吟不能长，明月皎皎照我床。星汉西流夜未央，牵牛织女遥相望，尔独何辜限河梁。

此诗已不带“兮”字，是一篇整齐的七言歌行。但它三句一节，句句押韵，一韵到底，与以后通行的四句一节、隔句押韵的七言古诗仍有区别。七言古诗的风格与五言古诗多不同，其表现力也远远超过五言古诗，刘熙载《艺概·诗概》云：“五言尚安恬，七言尚挥霍。”胡应麟《诗薮》内篇卷六云：“五言绝尚真切，质多胜文；七言色尚高华，文多胜质。”胡所论虽为五七言绝句，但对五七言古诗、五七言律也是适用的。

杂言七古可以刘宋鲍照的《拟行路难》为例：

对案不能食，拔剑击柱长叹息。丈夫生世会几时，安能蹀躞垂羽翼？弃置罢官去，还家自休息。朝出与亲辞，暮还往亲侧。弄儿床前戏，看妇机中织。自古圣贤尽贫贱，何况我辈孤且直！

全诗十二句，七言仅五句，五言多达七句。但仍属七言古诗。鲍照另一首同题诗甚至含九言句，亦属七古：

愁思忽而至，跨马出北门。举头四顾望，但见松柏园，荆棘郁蹲蹲。中有一鸟名杜鹃，言是古时蜀帝魂。声音哀苦鸣不息，羽毛憔悴似人髡。飞走树间逐虫蚁，岂忆往日天子尊。念此死生变化非常理，中心恻怆不能言。

此诗亦十二句，五言句四，七言句五，九言句三。前首句句押韵，此首隔句押韵，较为自由，但与曹丕诗相比较，已更为规范。

吴乔《围炉诗话》所谓“古诗有《东飞伯劳》”，即《东飞伯劳歌》，多数总集作无名氏诗，《玉台新咏考异》卷九作梁武帝歌辞：

东飞伯劳西飞燕，黄姑织女时相见。谁家女儿对门居，开颜发艳照里闾。南窗北牖挂明光，罗帷绮帐脂粉香。女儿年几十五六，窈窕无双美如玉。三春已暮花从风，空留可怜与谁同？

此诗句句押韵，但两句一换韵，读起来颇为活泼跳荡。

齐、梁是诗歌开始律诗化的时代，五七言古诗亦受其影响。如果说魏晋南北朝是五言古诗的黄金时代，那么唐代才是七言古诗的黄金时代。七古比五古更富于变化，篇幅可长可短，句式可兼用杂言，可奇可偶，用韵变化多端，铺陈排比，波澜起伏，跳荡活泼，更富表现力。

唐代七古名家、名篇辈出。杂言七古如初唐四杰之一王勃的《采莲曲》，首写采莲女："采莲归，绿水芙蓉衣，秋风起浪凫雁飞。桂棹兰桡下长浦，罗裙玉腕轻摇橹。叶屿花潭极望平，江讴越吹相思苦。"次写"相思苦"的原因是："相思苦，佳期不可驻。塞外征夫犹未还，江南采莲今已暮。采莲花，渠今那必尽娼家？官道城南把桑叶，何如江上采莲花？"后三句暗用《陌上桑》的典故，采莲女与严词拒绝使君调情的采桑女罗敷一样的坚贞。后一部分极写采莲女之美："莲花复莲花，花叶何稠叠！叶翠本羞眉，花红强如颊。"回忆离别时的依依不舍之情："佳人不在兹，怅望别离时。牵花怜共蒂，折藕爱连丝。"以及离别后的相思之苦："故情无处所，新物徒华滋。不惜西津交佩解，还羞北海雁书迟。""塞外征夫犹未还"，这不是一个采莲女的命运，而是普遍如此，她们都共同盼望着"塞外征夫"："采莲歌有节，采莲夜未歇。正逢浩荡江上风，又值徘徊江上月。徘徊莲浦夜相逢，吴姬越女何丰茸。共问寒江千里外，征客关山路几重？"① 此诗句式灵活，三、五、七言并用；不断换韵，宛转相生，变化自在，跳荡活泼；用典贴切，如朝云暮霞，自然无痕。贺裳特别欣赏"正逢浩荡江上风"以下结尾数句："不特迷离婉约，态度撩人，结处尤得性情之正。"②

李白的《蜀道难》也是杂言七古名篇，首以感叹点题："噫吁嚱，危乎高哉，蜀道之难，难于上青天。"次写蜀国历史，自古与中原隔绝："蚕丛及鱼凫（皆古蜀帝），开国何茫然。尔来四万八千岁，不与秦塞通人烟。"接着以主要篇幅具体描写蜀道之难之险："西当太白有鸟道，何以横绝峨眉巅。地崩山摧壮士死，然后天梯石栈方钩连。"此写秦惠王以"地崩山摧壮士死"的惨重代价才开通了蜀道，但仍很艰险，难以通行："上有六龙回日之高标（连羲和驾着六龙拉的车都不能过的高峰），下有冲波逆折之回川。黄鹤之飞尚不得，猿猱欲度愁攀缘。青泥（岭名）何盘盘（屈折），百步九折萦岩峦。扪参历井（参、井皆星名）仰胁息，以手抚膺坐长叹。问君西游何时还，畏途巉岩不可攀。但见悲鸟号古木，雄飞雌从绕林间。又闻子规啼夜月，愁空山。蜀道之难，难于上青天，使人听此凋朱颜。连峰去天不盈尺，枯松倒挂倚绝壁。飞湍暴流争喧豗（轰鸣声），砯（水击岩石之声）崖转石万壑雷。其险也若此，嗟尔远道

---

① （唐）王勃《王子安集》卷二，文渊阁四库全书本。

② （清）贺裳《载酒园诗话又编·初唐四杰》，清诗话续编本。

之人胡为乎来哉?”李白此诗写于安史之乱前夕,末段表明他已有预感:“剑阁峥嵘而崔嵬,一夫当关,万人莫开。所守或匪亲(不是可靠的人),化为狼与豺。朝避猛虎,夕避长蛇,磨牙吮血,杀人如麻。锦城虽云乐,不如早还家。蜀道之难,难于上青天。侧身西望长咨嗟。”关于此诗背景,众说纷纭,多不可信。《日知录》卷二六说得好:“开元、天宝间,时人共说锦城之乐,而不知畏途之险,异地之虞,即事名篇,别无寓意。”虽“别无寓意”,更无特指,但“一夫当关,万人莫开。所守或匪亲,化为狼与豺。朝避猛虎,夕避长蛇,磨牙吮血,杀人如麻”,可谓概括了蜀中千百年来的治乱。应名时评云:“‘锦城虽云乐,不如早还家’二语,为篇中之主。”徐增云:“‘危乎高哉’,口中未说蜀出,而先痛嗟其‘高’、‘危’。‘高’故‘危’,此二字为一篇之骨。”①全诗才思放肆,文字奇崛,行文起伏,结构谨严。明朱谏云:“前二句以叹词而发其端,末二句以叹词而结其意,首尾呼应而关键之密也。白此诗极其雄壮而铺叙有条,起止有法,唐诗之绝唱者。”②这是一篇典型的杂言七古,不仅有三、四、五、七、八言句式,还有散句,如“其险也若此,嗟尔远道之人胡为乎来哉”。诗最忌重复用字,此诗不但不忌重字,甚至不避重句,三用“蜀道之难,难于上青天”就是明证,但读者不觉其重,反而觉得它增强了全诗的抒情色彩。

如果说《蜀道难》是唐代杂言七古的压卷之作,那么张若虚的《春江花月夜》就是唐代齐言七古的压卷之作。首先点题,写“春江花月夜”:“春江潮水连海平,海上明月共潮生。滟滟随波千万里,何处春江无月明?江流宛转绕芳甸,月照花林皆似霰。空里流霜不觉飞,汀上白沙看不见。”江与海平,月共潮生,月照花林,似霰似霜似沙,写尽春江花月夜景。次八句写人与月的关系:“江天一色无纤尘,皎皎空中孤月轮。江畔何人初见月,江月何年初照人?人生代代无穷已,江月年年只相似。不知江月待何人,但见长江送流水。”这里提出一个无法回答的问题:“江畔何人初见月,江月何年初照人?”江月年年相似,所照之人却年年不同,充满物是人非之感。再十二句抒发离别之苦,前面的“不知江月待何人”是为了烘托明月楼中、妆镜台前的人在等待扁舟子:“白云一片去悠悠,青枫浦上不胜愁。谁家今夜扁舟子,何处相思明月楼。可怜楼上月徘徊,应照离人妆镜台。玉户帘中卷不去,捣衣砧上拂还来。此时相望不相闻,愿逐月华流照君。鸿雁长飞光不度,鱼龙潜跃水成文。”“谁家”、“何处”写相思之人,“可怜”、“应照”写相思之苦。凡有离人,无论舟中还是楼上,同见此月都会同有此感,是“卷不去”,“拂还来”的。鸿雁、鱼龙都无法传书带信,无法解决“相望不相闻”的问题,

① (清)徐增《而庵说唐诗》卷五,乾隆二十三年刻本。

② (唐)李白《李诗选注》卷二,(明)朱谏辑注,明隆庆刻本。

只好聊胜于无，“愿逐月华流照君”。末八句抒思归之情：“昨夜闲潭梦落花，可怜春半不还家。江水流春去欲尽，江潭落月复西斜。斜月沉沉藏海雾，碣石潇湘无限路。不知乘月几人归，落月摇情满江树。”[①]春半、春欲尽，进一步点明时在春末，落花、江水、江潭、落月、斜月，照应收缴“春江花月夜”，“碣石潇湘无限路”写思归而不可得，唯一可得的仍是“落月摇情满江树”，充满伤感之意。全诗纡回曲折，节节相生，王夫之称此诗“句句翻新，千条一缕，以动古今人心脾，灵愚共感。其自然独绝处则在顺手积去，宛尔成章”。[②]清毛先舒称其“不著粉泽，自有腴姿，而缠绵酝藉，一意萦纡，调法出没，令人不测，殆化工之笔哉！”[③]

清人宋荦云：“七言古诗，上下千百年定当推少陵为第一，盖天地元气之奥，至少陵而尽发之，允为集大成之圣。子美自许沉郁顿挫，掣鲸碧海，退之称其光焰万丈，介甫称其疾徐纵横，无施不可。孙仅亦称其驰骤怪骇，开阖雷电。合诸家之论，施之七古，尤属定评。后来学杜者昌黎、子瞻、鲁直、放翁、裕之，各自成家，而余于子瞻弥觉神契，岂所谓来自华严境中者，余亦有少夙缘耶？”[④]

杜甫《茅屋为秋风所破歌》是他寄居成都时所作，首写秋风吹破茅屋：“八月秋高风怒号，卷我屋上三重茅。茅飞渡江洒江郊，高者挂罥长林梢，下者飘转沉塘坳。南村群童欺我老无力，忍能对面为盗贼。公然抱茅入竹去，唇焦口燥呼不得，归来倚杖自叹息。”次写成都秋雨连绵，夜不能寐：“俄顷风定云墨色，秋天漠漠向昏黑，布衾多年冷似铁。娇儿恶卧踏里裂，床床屋漏无干处，雨脚如麻未断绝。自经丧乱少睡眠，长夜沾湿何由彻？”最感人的是杜甫推己及人，因一身而思天下：“安得广厦千万间，大庇天下寒士俱欢颜，风雨不动安如山。呜呼，何时眼前突兀见此屋，吾庐独破受冻死亦足。”全诗既有两句一节，也有三句一节；多为七字句，也有九字句；既有换韵，也有句句押韵。

初期部分七言歌行在体式格调上与七古相似，但后来却愈来愈格律化。据王力《汉语诗律学》统计，白居易《琵琶行》八十八句中，律句与似律句共五十三句；《长恨歌》一百二十句中，律句与似律句占达百句之多，这是歌行体诗要求适宜歌唱而刻意追求声韵和谐的必然结果。

《长恨歌》是长篇叙事诗，形象地叙述了唐玄宗与杨贵妃的爱情悲剧，全诗主题就

---

① 《御定全唐诗》卷一一七，文渊阁四库全书本。
② （明）王夫之《唐诗评选》卷一，船山遗书本。
③ （清）毛先舒《诗辩坻》卷三，清诗话续编本。
④ （清）宋荦《西陂类稿》卷二七《漫堂说诗》，清诗话本。

是“长恨”。首写“汉皇(喻指唐玄宗)重色思倾国”，而杨贵妃正是这样的倾城倾国的美色：

汉皇重色思倾国，御宇多年求不得。杨家有女初长成，养在深闺人未识。天生丽质难自弃，一朝选在君王侧。回眸一笑百媚生，六宫粉黛无颜色。春寒赐浴华清池，温泉水滑洗凝脂。侍儿扶起娇无力，始是新承恩泽时。云鬓花颜金步摇，芙蓉帐暖度春宵。春宵苦短日高起，从此君王不早朝。承欢侍宴无闲暇，春从春游夜专夜。后宫佳丽三千人，三千宠爱在一身。金屋妆成娇侍夜，玉楼宴罢醉和春。姊妹弟兄皆列土，可怜光彩生门户。遂令天下父母心，不重生男重生女。骊宫高处入青云，仙乐风飘处处闻。缓歌慢舞凝丝竹，尽日君王看不足。

次写安史之乱，玄宗逃往四川，贵妃死于非命：

渔阳鼙鼓动地来，惊破《霓裳羽衣曲》。九重城阙烟尘生，千乘万骑西南行。翠华摇摇行复止，西出都门百余里。六军不发无奈何，宛转蛾眉马前死。花钿委地无人收，翠翘金雀玉搔头。君王掩面救不得，回看血泪相和流。黄埃散漫风萧索，云栈萦纡登剑阁。峨嵋山下少人行，旌旗无光日色薄。蜀江水碧蜀山青，圣主朝朝暮暮情。行宫见月伤心色，夜雨闻铃肠断声。

再写安史之乱平定后，玄宗回京，物是人非，着重写他对贵妃的思念：

天旋地转回龙驭，到此踌躇不能去。马嵬坡下泥土中，不见玉颜空死处。君臣相顾尽沾衣，东望都门信马归。归来池苑皆依旧，太液芙蓉未央柳。芙蓉如面柳如眉，对此如何不泪垂？春风桃李花开日，秋雨梧桐叶落时。西宫南苑多秋草，落叶满阶红不扫。梨园弟子白发新，椒房阿监青娥老。夕殿萤飞思悄然，孤灯挑尽未成眠。迟迟钟鼓初长夜，耿耿星河欲曙天。鸳鸯瓦冷霜华重，翡翠衾寒谁与共？悠悠生死别经年，魂魄不曾来入梦。

末写方士在海上仙山的蓬莱宫中找到了贵妃，她已成了太真仙人，并将他们的定情之物(钿合金钗)寄一半给玄宗，并以只有他们两人才知道的当年“七月七日长生殿”的私语为证：

临邛道士鸿都客，能以精诚致魂魄。为感君王展转思，遂教方士殷勤觅。排空驭气奔如电，升天入地求之遍。上穷碧落下黄泉，两处茫茫皆不见。忽闻海上有仙山，山在虚无缥缈间。楼阁玲珑五云起，其中绰约多仙子。中有一人字太真，雪肤花貌参差是。金阙西厢叩玉扃，转教小玉报双成。闻道汉家天子使，九华帐里梦魂惊。揽衣推枕起徘徊，珠箔银钩迤逦开。云鬓半偏新睡觉，花冠不整下堂来。风吹仙袂飘飘举，犹似霓裳羽衣舞。玉容寂寞泪阑干，梨花一枝春带雨。含情凝睇谢君王，一别音容两渺茫。昭阳殿里恩爱绝，蓬莱宫中日月长。回头下望人寰处，不见长安见尘雾。唯将旧物表深情，钿合金钗寄将去。钗留一股合一扇，钗擘黄金合分钿。但教心似金钿坚，天上人间会相见。临别殷勤重寄词，词中有誓两心知。七月七日长生殿，夜半无人私语时。在天愿作比翼鸟，在地愿为连理枝。天长地久有时尽，此恨绵绵无绝期。

日本赖山阳编有一部《韩苏诗钞》，含《韩昌黎诗钞》四卷，共收韩诗六十三篇，七十首；《东坡诗钞》三卷，卷数虽较《韩昌黎诗钞》为少，但收诗数量还略多一些，共收六十六篇、八十八首。《韩昌黎诗钞》五古、七古、七律、五绝、七绝均选，而《东坡诗钞》仅选五古和七古，近体诗一首未选。为什么赖氏选韩诗，几乎各体皆选，而选苏诗却只选古体呢？因为苏诗虽各体皆工，但毕竟以古体见长。方东树《昭昧詹言》卷一一说："诗莫难于七古。七古以才气为主，纵横变化，雄奇浑颢，亦由天授，不可强能。"苏轼正是以才气而名闻古今的，这大概就是赖氏只选苏轼古体诗不选其近体诗的原因吧。苏诗从其早年的《游金山寺》，到晚年的《荔支叹》都是七古名篇，特别值得一提的是他的《荔支叹》：

十里一置飞尘灰，五里一堠兵火催。颠坑仆谷相枕籍，知是荔支龙眼来。飞车跨山鹘横海，风枝露叶如新采。宫中美人一破颜，惊尘溅血流千载。永元荔支来交州，天宝岁贡取之涪。至今欲食林甫肉，无人举觞酹伯游。我愿天公怜赤子，莫生尤物为疮痏。雨顺风调百谷登，民不饥寒为上瑞。君不见武陵溪边粟粒芽，前丁后蔡相笼加。争新买宠各出意，今年斗品充官茶。吾君所乏岂此物？致养口体何陋耶！洛阳相君忠孝家，可怜亦进姚黄花！

此诗前十六句揭露汉、唐官僚争献荔枝、龙眼的丑态。他们十里、五里密设驿站（置堠），快马奔驰，尘土飞扬，催征荔枝，急如兵火，弄得人倒马毙，尸骨成山。车马跨山越岭，就像猛鹘横海一样快速；荔枝运到京城，枝叶风露犹存，好像刚从树上采摘下来的一样。他们为了赢得"宫中美人一破颜",不惜百姓"颠坑仆谷相枕籍","惊尘溅血流千载"。从东汉和帝永元年间交州(今广东西南部)贡荔枝起,到唐玄宗天宝年间涪州(今四川涪陵)贡荔枝,人们只知痛恨以贡荔枝固宠的奸相李林甫,却没有人纪念汉和帝时上疏反对贡荔枝的唐伯游。也就是说,人们虽然痛恨暴政,但敢于效法直臣、反对暴政的人却太少了。这些话显然是有感而发。苏轼希望老天爷怜悯百姓,不要出产那些成为老百姓祸害("疮痏")的珍贵物品("尤物"),只要风调雨顺,百谷丰登,民无饥寒,就是最大的祥瑞了。这些话表现了苏轼对百姓的深切同情,对荒淫腐朽的统治者的极端不满。诗的后八句直接揭露本朝官僚的"争新买宠",指名道姓揭露的就有三人。一是"前丁",指宋真宗时的宰相丁谓,他开始以福建武夷山的初春芽茶("粟粒芽")进贡。二是"后蔡",指北宋著名书法家蔡襄,他在宋仁宗时,曾造小片龙茶进贡。三是"洛阳相君",指历仕真宗、仁宗朝的钱惟演,他的父亲吴越王钱俶归顺宋朝时,宋太宗曾称赞他"以忠孝而保社稷",故称"忠孝家"。钱惟演作洛阳留守时,开始设驿站,向宫廷进贡牡丹珍品"姚黄花"。苏轼曾把钱惟演这种行为叫做"宫妾爱君之意",并说"洛花有识,鄙之"。①尤其值得注意的是"今年斗品充官茶"一句,苏轼在这句下自注说:"今年闽中监司乞进斗茶,许之。"所谓"斗茶"、"斗品",是指参加比赛的高级茶,"充官茶"即充贡茶。如果哲宗没有接受这种"斗茶",还可说这些话仅仅是指责"闽中监司";但哲宗"许之",这"致养口体何陋耶"(一心在口体上下功夫是何等鄙陋),就无异于直斥哲宗了。在封建时代,敢于直接揭露本朝大臣,甚至揭露当今皇上,这是需要勇气的。汪师韩《苏诗选评笺释》卷六云:"'君不见'一段,百端交集,一篇之奇横在此。诗本为荔支发叹,忽说到茶,又说到牡丹,其胸中郁勃,有不可以已而言,斯至言至文也。"纪昀评《苏文忠公诗集》卷三九云:"貌不袭杜,而神似之。出没开合,纯乎杜法……自此以下("君不见武夷溪边粟粒芽"以下)百端交集,胸中郁勃,有不可以已者。不可以已而言,斯为至言。"此诗除"君不见"外,皆为七言,数句一换韵,以活泼跳荡之语抒悲愤交集之情。

(四)杂 言 诗

杂言诗是一种句无定字的诗体,《文心雕龙·明诗》:"至于三、六杂言,则出自篇什。"中国最早的诗歌总集《诗经》,即有很多杂言诗,如《将仲子》:"将仲子兮,无逾我里,无折我树杞。岂敢爱之?畏我父母。仲可怀也,父母之言亦可畏也";"将仲子兮,

---

① (宋)苏轼《仇池笔记》卷上《万花会》,文渊阁四库全书本。

无逾我墙，无折我树桑。岂敢爱之？畏我诸兄。仲可怀也，诸兄之言亦可畏也”；“将仲子兮，无逾我园，无折我树檀。岂敢爱之？畏人之多言。仲可怀也，人之多言亦可畏也。”到汉代乐府，这种诗体得到了长足发展，如汉乐府中的《东门行》、《妇病行》、《孤儿行》等等。元郝经《续后汉书》卷六六上《文艺·文章总叙》云：“自乐府歌谣外，三、四、六、七相杂成章者，则谓之杂言。诗之体制，至是极矣。”冯班《钝吟杂录》卷四《读古浅说》则把七言古诗、七言歌行与杂言诗并谈：“古人七言歌行止有《东飞伯劳歌》、《河中之水歌》。魏文帝有《燕歌行》。至宋、齐多有杂言诗，梁元帝作《燕歌行》，一时文士争和。郑渔仲(郑樵)《通志·艺文志》有《燕歌行集》，今其书不存。庾信集有一篇，可见。北人卢思道有《从军行》，皆唐人歌行之权舆也。七言歌行，唐人相袭虽少，变于开元、天宝。然其体至今见行杨状元、王司寇辈，不以为异。至赋则不习，遂以为丑。语云‘少所见，多所怪’，岂不然欤?”南北朝时期中国诗歌逐渐走上了整齐划一的格律诗道路，但仍有不少人创作这种错落有致而适于抒情的杂言诗，如唐代李白的《蜀道难》、《将进酒》、《笑矣乎》、《襄阳歌》、《江夏行》及杜甫的《兵车行》等，均为杂言诗。

晋傅玄《杂言诗》云：“雷隐隐，感妾心，倾耳清听非车音。”①把雷声误认为是丈夫回来的车声，说明思念之深。

南朝宋人张说《又杂言诗一首》云：“不梳头，不澡浴，免得堂前妻儿哭。或吟诗，或唱曲，富贵荣华无所欲。身贫道不贫，六根常具足。”②六根指眼、耳、鼻、舌、身、意，指六欲，泛指人的生理需求和基本欲望，表达了安贫乐道之情。

梁陆玢《赋得杂言咏栗》云：“货见珍于有汉，木取贵于隆周。英肇萌于朱夏，实方落于素秋。委玉盘，杂椒糈，将象席，糅珍羞。”③

李白有《三五七言》云：“秋风清，秋月明。落叶聚还散，寒乌栖复惊。相思相见知何日，此时此夜难为情。”诗凡六句，三、五、七言各二句，古无此体，始自李白。此诗《才调集》作无名氏诗，《沧浪诗话》作隋郑世翼诗。此诗见《李太白文集》，《石仓历代诗选》卷四四下亦作李白诗，当是。

宋人韦骧有《和待梅花从一字至十字句》：

梅，迟回。雪已消，花未开。傍山林馆，近水亭台。相期白玉蕊，数费碧云

---

① (唐)欧阳询《艺文类聚》卷二，文渊阁四库全书本。

② (明)钱穀《吴都文粹》续集补遗卷上，文渊阁四库全书本。

③ 《文苑英华》卷三二六，文渊阁四库全书本。

才。况有冰霜对偶，且无蜂蝶嫌猜。含蓄清香知自负，包藏幽艳俟谁来。岭头信兮使骑未至，楼间怨兮角声已哀。提壶秉笔兮酣咏其侧，花神有知兮得不留心哉。①

此诗很特殊，从一字至十字句，并一韵到底，写思夫之苦。

词、曲是杂言诗发展的必然产物，词曲的形成使杂言诗取得了与各体诗歌同等重要的地位。

第五节 五七言律诗、排律、五七言绝句

（一）近体格律诗的特点

近体又称今体，是相对于古体而言的。《南史・虞肩吾传》云："但以当世之作，历万古之才人，远则扬、马、曹、王，近则潘、陆、颜、谢，观其遣辞用心，了不相似。若以今文为是，则昔贤为非；若以昔贤可称，则今体宜弃。"可见今体是不同于古体的。

唐元稹《白氏长庆集序》云："予谴掾江陵，乐天犹在翰林，寄予百韵律诗及杂体前后数十章。"又《上令狐相公诗启》云："屡为小碎篇章，以自吟畅然。以为律体卑痹（一作下），格力不扬，苟无姿态，则陷流俗。常欲得思深语近，韵律调新，属对无差，而风情自远，然而病未能也。"明人邓云霄《冷邸小言》谓律诗之律"有三义焉，一如法律之律。老吏断狱，字字经拷打，一毫出入于法，便非正律。一如纪律之律。行兵部伍，结阵须似常山蛇，击首尾应，虽出奇无穷，总之不离阵法。一如音律之律。宫商清浊高下，须句句要谐和，方可比管弦而入歌舞。尽此三者，始称律诗矣。"②所言律有规律、格律之意，律诗的特点就是要讲规律、格律，不能杂乱，与古体诗恰恰相反：

第一，除排律外，皆篇有定句：五绝、七绝皆四句，五律、七律皆每首四联，称为首联、颔联、颈联、尾联。每联两句，前句叫出句，后句叫对句，凡八句。但有各种变体，《沧浪诗话》云："有律诗至百五十韵者（少陵有百韵律诗。白乐天亦有之，而本朝王黄州禹偁有百五十韵五言律）。"

第二，句有定字：五律、五绝皆每句五字，七律、七绝皆每句七字。但也有六言绝，如前举刘禹锡《酬令狐相公六言见寄》，白居易《临都驿答梦得六言二首》，杜牧《代人

---

① （宋）韦骧《钱塘集》卷一，文渊阁四库全书本。

② 转引自《中华大典・文学典・文学理论分典・二》，凤凰出版社 2005 年版，第 640 页。

寄远六言二首》，王安石《西太一宫楼》，苏轼《惠崇芦雁》，《西太一见王荆公旧诗偶次其韵二》之类。这样五言近体即可分为五言律诗，简称五律；五言排律，简称五排；五言绝句，简称五绝。七言近体与之相类。

第三，韵有定位。中国诗无论古体和近体，一般都是句末押韵。所谓押韵（又作压韵），是指在诗的某些句子的最后一个字，使用韵母相同或相近的字，从而使朗诵或咏唱时，产生和谐的美感。这些使用了同一韵母字的地方，称为韵脚。近体诗出现以前，从当时近似读音中选定韵脚，故押韵较宽。在近体诗出现以后，出现了韵书，有《广韵》、《集韵》、《中原音韵》、《佩文韵府》等，须从韵书规定的同韵字中选择韵脚。与古体诗相比，近体诗的押韵更严。古体诗的韵脚既可用平声韵，也可用上、去、入声韵。古体诗有单句押韵的，有句末虚词前一字押韵的；律诗则只是句末韵，除首句入韵，两句连押外，一般都是隔句押韵。律诗只押平声韵，须一韵到底，不得换韵。有首联首句即入韵的，成了连韵；但一般都是隔句押韵，一首凡四韵，叫四韵律诗。但也有少于八句的，如六句律诗，隔句押韵，只有三韵，称为三韵小律。如李益《登长城》（又题作《塞下曲》）："汉家今上郡，秦塞古长城。有日云长惨，无风沙自惊。当今圣天子，不战四夷平。"①

第四，近体诗讲究平仄、对偶。所谓平仄，指平声和仄声。平仄是在四声（四种声调，即平、上、去、入四种不同高低、升降、长短的声调）基础上，用不完全归纳法归纳出来的声调，平指平直，仄指曲折。在古代，上声、去声、入声为仄，剩下了的就是平声。自元朝周德清后，平分阴阳，仄归上去，逐步形成阴平、阳平归平，上声、去声归仄，入声取消的格局。近体诗讲究句中平仄相间，上下句的平仄相对或相反，所谓"一三五不论"，即每句的第一、第三、第五字可以变通；但"二四六分明"，即每句的第二、第四、第六字必须严格符合平仄规定。除首尾两联可以灵活外，中间两联必须对偶。但也有例外，《沧浪诗话》云："有律诗彻首尾对者（少陵多此体，不可概举），有律诗彻首尾不对者（盛唐诸公有此体，如孟浩然诗'挂席东南望，青山水国遥。轴轳争利涉，来往接风潮。问我今何适，天台访石桥。坐看霞色晚，疑是石城标'。又'水国无边际'之篇，又太白'牛渚西江夜'之篇，皆文从字顺，音韵铿锵，八句皆无对偶）。""水国无边际"指孟浩然的《洛下送奚三还扬州》："水国无边际，舟行共使风。羡君从此去，朝夕见乡中。余亦离家久，南归恨不同。音书若有问，江上会相逢。"②"牛渚西江夜"指李白的《夜泊牛渚怀古》："牛渚西江夜，青天无片云。登舟望秋月，空忆谢将军。余亦能

---

① 《御定全唐诗》卷二八二，文渊阁四库全书本。

② 《孟浩然集》卷四，文渊阁四库全书本。

高咏，斯人不可闻。明朝挂帆席，枫叶落纷纷。”律诗讲究粘对，出句与对句首二字的平仄必须相反，此叫对，不合则叫失对；前联对句与下联出句首二字的平仄必须相同，此叫粘，不合叫失粘。粘、对的要求在盛唐以前并不严格，中唐以后也有失对失粘的例子，被称为拗句，只要在相关位置采取补救措施即可，叫做救拗。如王维《山中》云：“荆溪白石出，天寒红叶稀。山路元无雨，空翠湿人衣。”“荆溪”与“天寒”皆平声字，“山路”与“空翠”皆仄声字，即失对。李白《自遣》云：“对酒不觉暝，落花盈我衣。醉起步溪月，鸟还人亦稀。”首联对句“落花”为平声，下联出句“醉起”也应平声，却为仄声，这就叫失粘。七言失对者不多，但失粘者却不少，如李白《与谢良辅游泾川陵岩寺》云：“乘君素舸泛泾西，宛似云门对若溪。且从康乐寻山水，何必东游入会稽。”首联对句“宛似”为仄，下联出句的“且从”亦应仄，但“从”为平声，这也是失粘。

（二）近体诗格律的形成和发展

诗体的格律化经历了一个漫长的过程。随着魏晋南北朝声律学的形成，诗体开始格律化，讲究对偶、用韵以及上下句的平仄对称，形成所谓律诗，谓其绳尺法度如律令之严，不可逾越。

关于律诗的形成和发展，宋高承《事物纪原》卷四云：“律格。《本事诗》载李白歌诗云：‘梁陈以来，艳藻斯极。沈休文又尚以声律。’《唐（书）·宋之问传》曰：‘建安江左，诗律屡变，至沈约、庾信以音律相婉附，属对精密。及之问、沈佺期又回忌声病，约句准篇，则律格之始原于约、信，而成于沈、宋也。”元陈绎曾《诗谱》云：“律体：沈约、吴均、何逊、王筠、任昉、阴铿、徐陵、薛道衡、江总。右诸家律诗之源，而尤近古者，视唐律虽宽而风度远矣。”①吴讷《文章辨体序说·律诗》云：“律诗始于唐而其盛亦莫过于唐。考之唐初，作者盖鲜。中唐以后，若李太白、韦应物犹尚古多律少。至杜子美、王摩诘则古律相半。迨元和而降，则近体盛而古作微矣。大抵律诗拘于定体，固弗若古体之高远。然对偶音律，亦文辞之不可废者，故学之者当以子美为宗。其命辞用事，联对声律，须取温厚和平，不失六义之正者为矜式。若换句拗体、粗豪险怪者，斯皆律体之变，非学者所先也。杨仲弘云：‘凡作唐律起处要平直，承处要春容，转处要变化，结处要渊永，上下要相连，首尾要相应。最忌俗意、俗字、俗语、俗韵。尝用功二十年，始有所得。’呜呼，其可易而视之哉！”清冯班《钝吟杂录》卷五云：“自永明至唐初，皆齐梁体也。至沈佺期、宋之问变为新体，声律益严，谓之律诗。”综上所论可知：(1)律诗

---

① (明)陶宗仪：《说郛》卷七九下，文渊阁四库全书本。

始于沈约、庾信;(2)律诗成于沈佺期、宋之问;(3)律诗虽形成于南北朝,但当时并未完全成熟,故有"律诗始于唐"之说;(4)就唐代来说,也有一个发展过程。唐初律诗作者"盖鲜",中唐以后仍"古多律少",杜甫、王维始"古律相半",元和以后始"近体盛而古作微"。这就是近体诗格律的形成和发展过程。所举诗人及其作品,在论诗文风格的分体时将作详述。

就五、七言诗相比较,五言诗先格律化,但还未成为后世的律诗,而叫做新体,是相对于旧体古诗而言的。《旧唐书·元稹白居易传赞》云:"文章新体,建安、永明。沈、谢既往,元、白挺生。"卢照邻《南阳公集序》云:"邺中新体,共许音韵天成;江左诸人,咸好瑰姿艳发。"王恽《春夜宴史右相宅》:"旧声今渐远,新体此无加。"[①]与正体相对而言,这种新体又称变体,唐杨炯《王勃集序》云:"尝以龙朔初载,文场变体,争构纤微,竞为雕刻,糅之金玉龙凤,乱之朱紫青黄,影带以徇其功,假对以称其美,骨气都尽,刚健不闻。思革其弊,用光志业。"新体诗的作者很多,如沈约、谢朓、王融、何逊、阴铿等。沈约的《别范安成诗》体现了新体向律诗的转化:"生平少年日,分手易前期。及尔同衰暮,非复别离时。勿言一樽酒,明日难重持。梦中不识路,何以慰相思。"[②]就声韵平仄言,此诗已完全符合格律要求,但中间四句不对不粘,还不是后来的五言律诗。这种新体诗到梁、陈时演变成为争新斗巧、以轻艳为特征的宫体诗,如梁简文帝萧纲的《美女篇》:"佳丽尽关情,风流最有名。约黄能效月,裁金巧作星。粉光胜玉靓,衫薄拟蝉轻。密态随流脸,娇歌逐软声。朱颜半已醉,微笑隐香屏。"[③]此诗首联、尾联不对偶,中间两联完全对偶,与后之五律几无区别。庾信《奉和山池》:"乐宫多暇豫,望苑暂回舆。鸣笳陵绝浪,飞盖历通渠。桂亭花未落,桐门叶半疏。荷风惊浴鸟,桥影聚行鱼。日落含山气,云归带雨余。"除为十句外,亦与后之五律无别。

七言律诗的形成略晚。初唐七律工丽有余而不全合律,《全唐诗》卷六二所载初唐杜审言的《春日京中有怀》,卷九六所载沈佺期的《古意呈补阙乔知之》是较为规范的七律。杜审言诗云:"今年游寓独游秦,愁思看春不当春。上林苑里花徒发,细柳营前叶漫新。公子南桥应尽兴,将军西第几留宾。寄语洛城风日道,明年春色倍还人。"律诗忌重复用字,此诗"游"字两用,"春"字三用。沈佺期的《古意》云:

卢家少妇郁金堂,海燕双栖玳瑁梁。

① (元)王恽《秋涧集》卷一二,文渊阁四库全书本。
② (梁)萧统《文选》卷二〇,文渊阁四库全书本。
③ (明)张溥《汉魏六朝百三家集·梁简文帝集》,文渊阁四库全书本。

九月寒砧催木叶，十年征戍忆辽阳。
白狼河北音书断，丹凤城南秋夜长。
谁为含愁独不见，更教明月照流黄。①

此诗首联入韵(堂、梁)，首尾两联皆不对，中间两联为对偶句，已完全符合七律要求，但颔联以"木叶"对"辽阳"，虽同为名词，但一为普通名词，一为专有地名，终不算工。

下面主要举例论述五言律诗、五言排律、五言绝句与七言律诗、七言排律、七言绝句，附带介绍六言律诗、六句律诗与十二句试帖诗。

(三)五言律诗

五言律诗，简称五律，是中国近体格律诗中的一种。其格式是每句五字，多数是全诗八句(排律等不受此限)，要讲平仄，起句有仄起、平起二格。五律有四个基本句式:仄仄平平仄(仄起仄收式)；平平仄仄平(平起平收式)；平平平仄仄(平起仄收式)；仄仄仄平平(仄起平收式)。这四种句式是五言律诗平仄格式变化的基础，由此构成五言律诗的四种基本格式。中间两联(三、四句和五、六句)均要为对仗句，对句与出句需讲粘联。只能押平声韵，并一韵到底，不得换韵。风格追求清远浑厚。明曾鼎《文式》云:"五言律诗宜清而远，必明音律。"明宋绪《元诗体要》卷一〇《五言律》云:"律诗号近体，唐人始为之。清远华丽，必谐音韵。周伯弜谓有雍容浑厚之态，而无堆积窒塞之患，斯为妙也。后人为之，不偏于枯瘠，则流于轻俗，不足采者多矣。今择其格律严整者录之。"

齐、梁是诗歌开始格律化的时代，五言诗先格律化，阴铿、何逊、庾信已开五言律诗之体，当时所谓新体如沈约的《别范安成诗》，特别是萧纲的《美女篇》已接近后世的五言律诗。但至初唐，五言律诗才开始定型，开元、天宝年间更加成熟，杜甫创作了大量的五言律诗。五言律诗每首八句，单句不入韵(首句有入韵者)，双句入韵。首句入韵的如初唐四杰之一的杨炯的名作《从军行》:

峰火照西京，心中自不平。牙璋辞凤阙，铁骑绕龙城。雪暗凋旗画，风多杂鼓声。宁为百夫长，胜作一书生。

① 《文苑英华》卷二〇六，文渊阁四库全书本。

此诗首句即入韵，首联的“京”、“平”连押；首、尾两联皆不对，颔联、颈联皆对。但更常见的是首句不入韵，如同为四杰之一的骆宾王的名作《在狱咏蝉》：

西陆蝉声唱，南冠客思侵。那堪玄鬓影，来对《白头吟》，露重飞难进，风多响易沉。无人信高洁，讵为表予心。①

此诗作于唐仪凤三年(678)，时骆宾王为侍御史，数上言，武则天怒，逮系于狱，骆作此诗，抒发自己直言遇害的悲愤之情。首联点题，写狱中闻蝉，首句写系狱时间，古人认为日循黄道而行，行东陆谓之春，行南陆谓之夏，行西陆谓之秋，行北陆谓之冬。西陆、蝉声皆指秋天。次句写系狱，南冠指“郑人所献楚囚之冠”，②后遂成为囚犯的代称。骆为义乌(今属浙江)人，系狱长安，难免思念故乡(“客思侵”)。颔联为流水对，由蝉说到自己。蝉鬓，魏文帝宫人莫琼梳蝉翼般的发式，此代指蝉。司马相如欲聘茂陵女，卓文君为《白头吟》，其词哀怨。颈联言蝉因露重沾翅而难飞，因风多而声闻，以喻自己含冤莫白，遭毁难伸。此联颇为前人所赏，唐汝洵概括此诗主旨云：“露重风多，喻世道之艰险；难进易沉，慨己冤之不伸。斯时也，有能信其高洁，表其贞心者乎？亦终于湮没而已。”③《载酒园诗话又编》称其“尤肖才人失路之悲，读之涕洟欲下”。此诗除尾联外，前三联皆是对偶句。

王勃的《送杜少府之任蜀州》云：

城阙辅三秦，风烟望五津。与君离别意，同是宦游人。海内存知己，天涯若比邻。无为在歧路，儿女共沾巾。

杜少府，名不详。首二句点送别，自己留在以三秦为之辅的长安(城阙)，而杜却要去蜀中。五津指自都江堰至犍为的白华津、万里津、江首津、涉头津、江南津。次二句写离别之因，“同是宦游人”，各有职任，不得不别。“海内存知己”二句是流水对，上下相联，是妇孺皆知的名句，既为知己，虽远在天涯，亦如相邻而居。末二句结上，既然如此，就不要在分别之地(歧路)泪洒衣襟。明陆时雍称“此是高调，读之不觉其高，以气厚故”。④清王

① (唐)骆宾王《骆丞集》卷一，文渊阁四库全书本。

② 见《左传·成公九年》。

③ (明)唐汝洵《唐诗解》卷三一，明万历四十三年刻本。

④ (明)陆时雍《唐诗镜》卷一，文渊阁四库全书本。

尧衢云："此等诗气格浑成，不以景物取妍，真初唐之风骨。前解写别，后解言不必伤心也。"①

初唐苏味道的《正月十五夜》也是首句不入韵，前三联对偶，尾联不对：

火树银花合，星桥铁锁开。暗尘随马去，明月逐人来。游伎皆秾李，行歌尽落梅。金吾不禁夜，玉漏莫相催。②

首联写上元灯火，星桥指护城河上的桥，铁锁指城门的锁，上元夜城门大开，灯火连成一片。中二联写游人之多，马蹄扬起的灰尘使人看不清，明月所照之处都有游人。游人中的歌伎艳如李花，她们一面走，一面唱着《梅花落》的古曲。尾联歌颂上元驰禁。金吾，京城禁卫军；玉漏，质地优良的计时漏壶。据《大唐新语》载，每年的上元节都要大放花灯，夜不戒严，任人游赏。此诗即写上元节的繁华景象。前人对此诗，特别是颔联评价很高，《瀛奎律髓汇评》卷一六载方回评云："味道，武后时人，诗律已如此健快。古今元宵诗少，五言好者殆无出此篇矣。"又载纪昀评云："三、四自然有味，确是元宵真景，不可移之他处。夜游得神处尤在出句，出句得神处尤在'暗'字。"

以上所举皆初唐的五言律诗，表明唐初五律的风格和韵律已完全成熟。后世此体举不胜举，虽"不足采者多"，但可采者亦多，特别是唐人五律，如张九龄的《望月怀远》：

海上生明月，天涯共此时。情人怨遥夜，竟夕起相思。灭烛怜光满，披衣觉露滋。不堪盈手赠，还寝梦佳期。③

全诗紧扣望月、怀远发挥。首联点题，月、怀皆在其中，"天涯共此时"即为怀远，其下皆怀远意。清黄叔灿评此诗云："首二句领得妙。'情人'一联先就远人怀念言之，少陵'今夜鄜州月'同此笔墨。'灭烛'一联切自己说，跟'相思'二字转。落句言如此夜月，不能持赠，故欲与梦为期耳。"④

---

① (清)王尧衢《古唐诗合解》卷七，乾隆刻本。
② 一作《上元》，《御定全唐诗》卷六六，文渊阁四库全书本。
③ (唐)张九龄《曲江集》卷五，文渊阁四库全书。
④ (清)黄叔灿《唐诗笺注》卷一，清乾隆三十年刻本。

李白的《访戴天山道士不遇》：

犬吠水声中，桃花带露浓。树深时见鹿，溪午不闻钟。野竹分青霭，飞泉挂碧峰。无人知所去，愁倚两三松。

此诗首联写戴天山有如桃花源幽寂，中二联写访道士不遇，见鹿而不闻钟，说明道士不在，所见只有野竹、飞泉而已。尾联写不遇之后的无聊惆怅之情，无人知道道士去处，自己只能倚松发愁。王夫之评云："全不添入情事，只拈死'不遇'二字，愈死愈活。"①

杜甫《秋野五首》，其一云：

秋野日疏芜，寒江动碧虚，系舟蛮井络，卜宅楚村墟。枣熟从人打，葵荒欲自锄。盘飧老夫食，分减及溪鱼。

此诗为杜甫寓居夔州时作，前半述所处之地，后半写处此之事。浦起龙云："此章盖泛写当前之况，曰蛮络、楚墟，处非其地可知；曰系舟、卜宅，则留滞不去可知。其言平日所事本甚无聊，却极恬适，非襟期高旷峭能有此。"②此诗首句入韵，首联为对句，尾联不对。宋人也有不少好的五言律诗，如寇准《春日登楼怀归》云：

高楼聊引望，杳杳一川平。远水无人渡，孤舟尽日横。荒村生断霭，深树语流莺。旧业通清渭，沉思忽自惊。③

此为寇准知巴东时作，一片荒凉景色，深叹无人知己。《韵语阳秋》卷一八云："寇忠愍少知巴东县，有'野水无人渡，孤舟尽日横'之句，固以公辅自期矣，奈何时未有知者。东坡《巴东访莱公遗迹》诗云：'江山养豪俊，礼数困英雄。执版迎官长，趋尘拜下风。当年谁刺史，应未识三公。'公以瑰奇忠谅之才，而当路者只以常辈遇之，信乎知人之难也。"

欧阳修有《又行次作》，一派秋末夕景：

---

① (清)王夫之《唐诗评选》卷三，船山遗书本。

② (清)浦起龙《读杜心解》卷三，中华书局 1961 年版。

③ (宋)寇准《忠愍集》卷中，文渊阁四库全书本。

秋色满郊原，人行禾黍间。雉飞横断涧，烧响入空山。野水苍烟起，平林夕鸟还。嵩岚久不见，寒碧更孱颜。

苏轼《游鹤林招隐二首》云：

郊原雨初霁，春物有余妍。古寺满修竹，深林闻杜鹃。睡余柳花堕，目眩山樱然。西窗有病客，危坐看香烟。

行歌白云岭，坐咏修竹林。风轻花自落，日薄山半阴。涧草谁复识，闻香杳难寻。时见城市人，幽居惜未深。

前首写睡起所见朝景，后首写日游所见，一动一静，相映成趣。类似可诵的宋人五律甚多，此不一一。

五言律诗一般皆八句，但也有仅六句的五言律，如李益的《登长城》：

汉家今上郡，秦塞古长城。有日云长惨，无风沙自惊。当今圣天子，不战四夷平。①

此诗凡五言六句，前二联为对偶句，尾联不对，平仄亦合律诗要求。严羽《沧浪诗话》云："有律诗止三韵者（唐人有六句五言律，如李益诗）。"所举即此诗。

（四）五言排律及试帖诗、赋得体诗、半格诗

标准的五言律诗为八句，超过八句的五言律诗称为五言排律。排律一般都是五言，句数不受限制，但必须超过八句，是偶数。前人排律喜欢用整数，或十韵，如王维《河南严尹弟见宿弊庐访别人赋十韵》；或二十韵，如杜甫《上韦左丞二十韵》；或三十韵，如杜甫《赠李八秘书别三十韵》；或四十韵，如杜甫《夔府抒怀四十韵》；或五十韵，如刘禹锡《武陵抒怀五十韵》；或六十韵，如元稹《春六十韵》；或七十韵，如柳宗元《游南亭夜还叙志七十韵》；或八十韵，如宋孙应时《四明山记游八十韵》。或一百韵，如杜甫《秋日夔府咏怀奉寄郑监李宾客一百韵》，仇兆鳌《杜诗详注》卷一九解此诗云："诗有近体，古意衰矣。近体而有排律，去古益远矣。考唐人排律，初帷六韵左右耳。长

---

① 一题作《塞下曲》，《全唐诗》卷二八二，文渊阁四库全书本。

篇排律起于少陵，多至百韵，实为后人滥觞。元、白集中往往叠见，①不免夸多斗靡，气缓而脉弛矣。此篇典雅工秀，才学既优，而部伍森严，章法尤为精密。短章诗断处多用突接，长排体则须用钩挑之法，每段出落处回顾上文者为钩，逗起下文者为挑，必层层连络，各有关合照应，否则散漫不属矣。玩此诗逐段钩挽挑逗，俱见作法之巧。"洪迈《容斋续笔》卷一四《诗要点检》云："作诗至百韵，词意既多，故有失于点检者。如杜老《夔府咏怀》前云'满坐涕潺湲'，后又云'伏腊涕涟涟'；白公寄元微之，既云'无杯不共持'，又云'笑劝迂辛酒'，'华樽逐胜移'，'觥飞白玉卮'，'饮讶卷波迟'，'归鞍酩酊驰'，'酡颜乌帽侧'，'醉袖玉鞭垂'，'白醪充夜酌'，'嫌醒自啜醨'，'不饮长如醉'。一篇之中，说酒者十一句。东坡赋中隐堂五诗各四韵，亦有'坡垂似伏鳌'，'崩崖露伏龟'之语，近于意重。"

宋王禹偁《小畜集》卷九有《谪居感事一百六十韵》，元吴当《学言稿》卷三有《辛巳秋初，归田有期，喜而成咏，因感今怀昔，赋成一百五十韵》，又有《再和康武一百五十韵》，元富大用《古今事文类聚》外集卷九《上圣德诗》云："张商英提举京西南路常平等事，公以说献曰：'真寿者不死，真乐者不忧，真治者不乱其说，以长久冲澹为主。'上异其言，召还，上《元丰圣德诗》一百二十韵，上曰：'卿不废学如此耶！'除馆职。"此诗已佚。明胡应麟《少室山房集》卷四十七《五言排律一首》亦一百二十韵，其序颇为自豪地说："唐五言百韵昉于杜陵，韩、白踵作。然皆历陈时事，未有咏物而韵百余者。又皆用宽韵四支一先之属，未有兹韵而至百余者。余不佞，实始滥觞。"清潘天成《铁庐集》卷二《吴青可先生传》谓吴年十五府试，"赋梅花诗三百韵，学使叹年少奇才，亦拔第一，名噪三吴"。"三百韵"即六百句，完全是逞才，夸多斗靡，没有多少诗意了。

吴讷《文章辨体序说》云："杨伯谦云：'唐初五言排律虽多，然往往不纯，至中唐始盛，若七言则作者绝少矣。大抵排律若句炼字锻，工巧易能，唯抒情陈意，全篇贯彻而不失伦次者为难。故山谷尝云：'老杜《赠韦左丞》诗，前辈录为压卷，盖其布置最为得体，如官府甲第，置堂房室各有定处，不相淆乱也。''"明宋绪《元诗体要》卷一三《五言长律》云："诗律屡变，意度则一。南朝沈休文辈始尚排偶，音韵相谐，属对精密。至唐沈、宋，又拘以声病，约句准篇，名曰排律。杜子美有百韵。"

五言排律的产生实早于五言律诗，因为五言律诗是由五言古诗演变而来的，而五

① 元指元稹，有《代曲江老人百韵》、《酬翰林白学士代书一百韵》、《酬乐天东南行诗一百韵》；白指白居易，有《代书诗一百韵寄微之》、《和梦游春诗一百韵》、《渭村退居，寄礼部崔侍郎、翰林钱舍人诗一百韵》、《东南行一百韵，寄通州元九侍御，泮州李十一舍人，果州崔二十二使君，开州韦大员外，庾三十二补阙，杜十四拾遗，李二十助教员外，窦七校书》。

言古诗多超过八句，谢灵运的一些五古实际上已可视作排律，如其《登池上楼》，全诗符合律诗的平仄要求，除尾联外，皆为对偶句：

潜虬媚幽姿，飞鸿响远音。薄霄愧云浮，栖川怍渊沉。
进德智所拙，退耕力不任。徇禄反穷海，卧疴对空林。
倾耳聆波澜，举目眺岖嵚。初景革绪风，新阳改故阴。
池塘生春草，园柳变鸣禽。祁祁伤豳歌，萋萋感楚吟。
索居易永久，离群难处心。持操岂独古，无闷征在今。①

前四句以潜龙（虬，传说的龙子）栖川，飞鸿近（薄）云起兴，谓龙能深潜保身，鸿能高飞远害，而自己却为世俗所羁，故深感愧怍。次四句写自己进退无据，想成就一番事业（进德）而又智拙，想退耕垄亩而又体力不支，只好回到荒僻的海滨永嘉作官（循禄），卧病（屙）空林。再八句写自己的无所事事，只好“聆（听）波澜”，“眺岖嵚（高山）”，欣赏春草生、柳禽鸣，享受初春的阳光，即将清除残冬的寒风（革绪风），改变昔日的阴冷，并由眼前春景想起古人咏春的名作。“祁祁伤豳歌”，语出《诗经·豳风·七月》：“春日迟迟，采繁祁祁。”祁祁，众多貌。“萋萋感楚吟”，语出《楚辞·招隐士》：“春草生兮萋萋”，萋萋，茂盛貌。前面多借景抒怀，最后四句则直接抒怀，离群索居，日子难以打发（易永久），难以安静心事，但保持节操而无所苦闷，岂古人独有，也可验（征）之于今，也就是说，自己也能做到。方回《文选颜鲍谢诗评》卷一云：“此诗句句佳，铿锵浏亮，合是灵运第一等诗。”特别是“池塘生春草”一联，叶梦得《石林诗话》云：“‘池塘生春草，园柳变鸣禽’，世多不解此语为工，盖欲以奇求之耳。此语之工，正在无所用意，猝然与景相遇，借以成章，不假绳削，故非常情所能到。诗家妙处，当须以此为根本，而思苦难言者往往不悟。”谢灵运自己对此也颇自负，《南史·谢惠连传》载其语云：“尝于永嘉西堂思诗，竟日不就。忽梦见惠连，即得‘池塘生春草’，大以为工。尝云：‘此语有神功，非吾语也。’”其《于南山往北山经湖中瞻眺》也是除尾联外，全诗皆对偶，但因不合近体诗的平仄，还算不上真正的五言排律。

最典型的五言排律当数杜甫的《奉赠韦左丞丈二十二韵》、《赠李八秘书别三十韵》、《夔府书怀四十韵》等诗，兹举他早年的《奉赠韦左丞丈二十二韵》和晚年的《夔府书怀四十韵》各一首，以见较为标准的五言排律。其《奉赠韦左丞丈二十二韵》云：

① （梁）萧统《文选》卷二二，文渊阁四库全书本。

纨袴不饿死，儒冠多误身。丈人试静听，贱子请具陈。
甫昔少年日，早充观国宾。读书破万卷，下笔如有神。
赋料扬雄敌，诗看子建亲。李邕求识面，王翰愿卜邻。
自谓颇挺出，立登要路津。致君尧舜上，再使风俗淳。
此意竟萧条，行歌非隐沦。骑驴三十载，旅食京华春。
朝扣富儿门，暮随肥马尘。残杯与冷炙，到处潜悲辛。
主上顷见征，欻然欲求伸。青冥却垂翅，蹭蹬无纵鳞。
甚愧丈人厚，甚知丈人真。每于百寮上，猥诵佳句新。
窃效贡公喜，难甘原宪贫。焉能心怏怏，只是走踆踆。
今欲东入海，即将西去秦。尚怜终南山，回首清渭滨。
常拟报一饭，况怀辞大臣。白鸥没浩荡，万里谁能驯。

韦左丞指尚书左丞韦济。天宝六载(747)，唐玄宗诏有一技之长者皆可到京应试，杜甫应试落第，故向颇赏其才的韦济倾诉自己的抱负和离京留京的矛盾心情。前四句以纨袴与儒冠对比，“儒冠多误身”乃全篇主旨。“甫昔”十二句写他少有文才，赋比扬雄，诗比曹植，壮志凌云，可立登要路，致君尧舜，并颇得文坛前辈的赏识。李邕是比杜甫年岁大得多的著名文人，《旧唐书》本传称他“早擅才名，尤长碑颂。虽贬职在外，中朝衣冠及天下寺观多赍持金帛，往求其文”。王翰也是当时的著名诗人，颇自负，发言立意，自比王侯，他的《凉州词》(“葡萄美酒夜光杯，欲饮琵琶马上催。醉卧沙场君莫笑，古来征战几人回”)在文坛享有很高的声誉。而这些人对他都是“求识面”，“愿卜邻”。“此意”十二句写自己不但未能“立登要路津”，反而“蹭蹬无纵鳞”，旅京十三年，一事无成，过着“朝扣富儿门，暮随肥马尘。残杯与冷炙，到处潜悲辛”的悲惨生活。好不容易遇上主上征召，欲求伸其志，最后仍垂翅落选，不能跳龙门。“甚愧”十六句写韦左丞的知遇之恩。贡公指汉人贡禹，与王吉为友，王吉得位，贡禹弹冠相庆，言其志趣相同。原宪，孔子弟子，极贫。怏怏，不平貌。踆踆，行走貌。杜甫向韦济表示自己不甘原宪之贫，将东入海，或西去秦，而对长安(终南山、清渭滨)又恋恋难舍。一饭之恩必报，更何况辞别你这样的大臣。但“白鸥没浩荡，万里谁能驯”，最后仍下决心离去。仇兆鳌《杜诗详注》卷一分析全诗结构云：“此章首段四句，中二段各十二句，末段十六句收。”此诗感愤悲壮，缱绻踌躇，纵横转折，曲尽其妙，历代推此为五言排律的压卷之作，《唐宋诗醇》卷九云：“此篇起语突兀……一结旷达，收转前半，意在言外，所谓‘篇终接混茫’也，故前人多取为压卷。总而言之，‘读书破万卷。下笔如有神’，学问之根柢也；‘致君尧舜上，再使风俗淳’，志愿之端倪也；‘尚怜终南山，回首清渭滨’，见恋阙之情；‘白鸥没浩荡，万里谁能驯’，明洁身之义。磊磊数语，本末具见，岂寻常赠答，汗漫敷陈者可比哉？”

其《夔府书怀四十韵》首叙自身遭遇，为书怀之因：

昔罢河西尉，初兴蓟北师。不才名位晚，敢恨省郎迟。
扈圣崆峒日，端居滟滪时。萍流仍汲引，樗散尚恩慈。
遂阻云台宿，常怀湛露诗。翠华森远矣，白首飒凄其。
拙被林泉滞，生逢酒赋欺。文园终寂寞，汉阁自磷缁。
病隔君臣议，惭纡德泽私。扬镳惊主辱，拔剑拨年衰。

前六句写天宝十四年为河西尉，遇上安史之乱（初兴蓟北师）后，从唐肃宗于凤翔（扈圣崆峒日），未几入蜀，以严武荐，除工部员外郎（省郎），最后又流落夔府（滟滪），此乃总括自己入蜀之因。“萍流”六句写自己流寓蜀中而仍思扈圣。樗是大而无用的散材，虽不能宿云台，但仍“尚恩慈”。“怀湛露”，远离朝廷，白发苍苍而仍不忘君。“拙被”八句写自己辞官而居夔（林泉滞），不能像邹阳（作《酒赋》）、司马相如（文园）、扬雄（汉阁自磷缁）那样任职京城，因病而不能在京议政，故深感枉纡德泽，主辱臣愧。次段承“惊主辱”，忆长安时事：

社稷经纶地，风云际会期。血流纷在眼，涕泗乱交颐。
四渎楼船泛，中原鼓角悲。贼壕连白翟，战瓦落丹墀。
先帝严灵寝，宗臣灵受遗。恒山犹突骑，辽海竞张旗。
田父嗟胶漆，行人避蒺藜。总戎存大体，降将饰卑词。
楚贡何年绝，尧封旧俗疑。长吁翻北寇，一望卷西夷。

“社稷”八句写肃宗朝之乱，国家经纶之地，成了战争交会之区，血流满地，涕泗横流。遍地（四渎、中原）皆兵，京城（白翟、丹墀）成了战场。“先帝”以下写代宗朝之乱，恒山、辽海到处都是战争，百姓遭殃。“总戎”以下究其因，安史之乱后，仆固怀恩怕贼平权失，任由诸将割据，结果是岭南不再朝贡（楚贡何年绝），燕蓟疑贰（尧封旧俗疑），回纥叛乱（翻北寇），吐蕃入寇（卷西夷），全国一片大乱。第三段叹自己救时无力：

不必陪玄圃，超然待具茨。凶兵铸农器，讲殿辟书帏。
庙算高难测，天忧实在兹。形容真潦倒，答效莫支持。

玄圃，周穆王西游之地；具茨，黄帝西游之山。前二句写代宗幸陕西，并未西游玄圃、具次（“不必陪”，“超然待”），而忙于平定安史之乱。杜甫希望能尽快结束战乱，销兵器以铸农器，开讲殿，辟书帏，开始太平之世。但皇帝之忧虽在此（“天忧实在兹”），而庙谋难测，自己穷愁潦倒，更无能为力。第四段写夔州民困：

> 使者分王命，群公各典司。恐乖均赋敛，不似问疮痍。
> 万里烦供给，孤城最怨思。绿林宁小患，云梦欲难追。
> 即事须尝胆，苍生可察眉。议堂犹集凰，贞观是元龟。
> 处处喧飞檄，家家急竞锥。萧车安不定，蜀使下何之。

此段写地方官吏不顾人民死活，兵戈未息，赋敛纷纷。盛称杜甫“世上疮痍，诗中圣哲；民间疾苦，笔底波澜”的郭沫若，为迎合毛泽东喜李厌杜而撰的《李白与杜甫》，断章取义，以“绿林宁小患？云梦欲难追。即事须尝胆，苍生可察眉”四句证明杜甫与人民为敌。但解诗应看全人、全诗，至少应看与这四句有关的整个一段，看看杜甫的意思是什么。从全诗来看，这几句是针对“兵戈犹拥蜀，赋敛强输秦”（《上白帝城》）的横征暴敛情况，警告统治者不要聚敛过度，否则会引起人民反抗。“使者”六句是说，朝廷的索饷使者分赴各地，各地的官吏各司职守。杜甫担心这些索饷官吏不能做到赋敛均平合理，因为他们不像是为了关心民间疾苦而来的。现在即使远离万里，也要输赋入京，这是夔府人民最伤心的。这是写赋敛日烦，民怨日炽。“绿林”六句的意思是，不要说绿林小盗不足为患，陷于楚昭王云梦遇盗的境地，就追悔莫及了。云梦，古泽名，今湖北洪湖一带。楚昭王（前515—前489在位），春秋时楚国国君。在国家多事之秋，凡事应像越王勾践那样卧薪尝胆，与民同甘共苦，赈贫救死，争取民心；应像郄雍那样“能视盗之眼，察其眉睫之间而得其情”，①预先采取防治措施。朝廷应该广集众议，以贞观之治为榜样（元龟）。这是杜甫针对朝政阙失，为唐王朝开的起死回生的药方，中心是要求效法贞观之治，要点有三。一要“尝胆”，痛惩前失，刻苦自励，但无论就本义和引申义讲，都没有对人民“要卧薪尝胆地严加警惕”（郭沫若语）的意思。二要“察眉”，这里本是用的引申义，要深悉民情，如果硬要讲为察盗，盗也不过是被逼上梁山的百姓。三要“集凤”，收揽各种贤才，听取各种意见。萧车指萧育，汉代名臣。汉哀帝时，南郡多盗，帝以育为南郡太守，曰：“南郡盗贼群辈为害，朕甚忧之。以太守威信素著，故委南郡太守。

① 《列子·说符》，文渊阁四库全书本。

之官，其于为民除害，安元元而已，亡拘于小文。”①蜀使指杜鸿渐。最后两句是说，如果像现在这样处处是催征赋税的飞檄，家家都急于竞逐刀锥之利，那么即使有像萧育那样的耆旧名臣安抚州郡，州郡也很难安定，而派杜鸿渐这样的使臣来蜀，又能有什么作为呢？这是对现实政治所作的指责。总观诗意，杜甫显然是站在“绿林”的对立面的（他也不可能站在“绿林”一边），生怕“绿林”再起；但他分明认为“绿林”之患是“万里烦供给”引起的，是“处处喧飞檄，家家急竞锥”引起的。因此，他反复告诫统治者要减轻赋敛，体察民情，注意和防止民变。这与他在浪游梓州时《有感五首》中说的“不过行俭德，盗贼本王臣”的意思是一样的。盗贼是统治者的横征暴敛引起的，只要“行俭德”，“均赋敛”，“问疮痍”，让人民有以为生，就不至于激起民变，就会有“宁岁”了。末段写自己客居夔州情景：

> 钓濑疏坟籍，耕岩进奕棋。地蒸余破扇，冬暖更纤絺。
> 豺遘哀登楚，麟伤泣象尼。衣冠迷适越，藻绘忆游睢。
> 赏月延秋桂，倾阳逐露葵。大庭终反朴，京观且僵尸。
> 高枕虚眠昼，哀歌欲和谁？南宫载勋业，凡百慎交绥。

“钓濑”八句写其无所事事，只好钓鱼而懒得读书（疏坟籍），在耕田的岩石上下棋。夔州潮湿炎热，故摇着破扇，穿着薄衣。“豺遘哀登楚”是哀世乱，指王粲《七哀诗》有“西京乱无象，豺虎方遘患”句，并登荆州城楼作《登楼赋》。“麟伤泣象尼”是悲道穷，指孔子著《春秋》至“获麟绝笔”。“衣冠迷适越”用《庄子·逍遥游》“资章甫（冠）而适诸越，越人断发文身，无所用之”事。“藻绘忆游睢”用陈琳《与魏文帝书》“游睢、涣（二水名）者学藻绘之采”事。这里用了一连串典故，都在说明自己生于乱世而一事无成，故想再游吴越。“赏月”八句是寄希望于“南宫载勋业”，望朝廷大员能忠君爱国（“倾阳逐露葵”），返璞归真，京城无僵尸，百夷无侵扰（“凡百慎交绥”）。而自己却白昼高卧，虚度光阴，有谁能理解自己的哀歌呢？

仇兆鳌《杜诗详注》卷一六概括此诗结构说：“此章前两段各二十句，后两段各十六句，中间八句作上下过峡……此章分枝分节，相生相应之法，必宁心静气，从容玩味，方有端绪可寻。但止流目泛览，涉猎大概，亦何由窥见作者深意哉？”浦起龙《读杜心解》卷五云：“解此诗者莫寻其绪，棼如乱丝，不知其章程最整饰也。叹老嗟卑之意轻，主忧臣辱之思切，在江湖而忧魏阙，所谓每饭不忘者也。藩镇擅命可忧，西北又多

---

① 《汉书》卷七八《萧育传》，文渊阁四库全书本。

不靖，兵不得休，故饷不得省，而民重困，意思一串。苦饷，单就夔言者，志（记）目击耳。可谓洋洋大文，丝丝入扣矣。”此诗四百字，首联即为对偶句，除末联外，通篇皆对偶，是典型的五言排律。

试帖诗是唐、宋用于科举考试的一种诗体。起源于唐代，多为五言六韵或八韵。开始题目与用韵限制较宽，唐玄宗开元时开始规定韵脚，宋仁宗时开始规定题目必于经史有据。明及清初不试诗赋。乾隆二十二年（1757）于会试时加试五言八韵诗，限制比前代更严。出题用经、史、子、集中语，或用前人诗句、成语，题目之字须在首联点出；韵脚在平声各韵中出一字，故应试者须能背诵平声各韵之字；诗内不许重字，语气必须庄重，多用歌颂皇帝功德之语。《全唐诗》卷二八八收陆贽诗三首，皆为试帖诗。一为《晓过南宫闻太常清乐》：

南宫闻古乐，拂曙听初惊。烟霭遥迷处，丝桐暗辨名。节随新律改，声带绪风轻。合雅将移俗，同和自感情。远音兼晓漏，余响过春城。九奏明初日，寥寥天地清。

二为《禁中春松》：

阴阴清禁里，苍翠满春松。雨露恩偏近，阳和色更浓。高枝分晓日，虚吹杂宵钟。香助炉烟远，形疑盖影重。愿符千载寿，不羡五株封。傥得回天眷，全胜老碧峰。

三为《赋得御园芳草》：

阴阴御园里，瑶草日光长。霍靡含烟雾，依稀带夕阳。雨余荑更密，风暖蕙初香。拥仗缘驰道，乘舆入建章。湿烟摇不散，细影乱无行。恒恐韶光晚，何人辨早芳。

试帖诗又叫“赋得体”，起于南朝，如梁简文帝《赋得当垆》：“十五正团团，流光满上兰。当垆设夜酒，宿客解金鞍。迎来挟琴易，送别唱歌难。欲知心恨急，翻令衣带宽。”①唐、宋

① （明）冯惟讷《古诗纪》卷七七，文渊阁四库全书本。

科举的试帖诗，因其题目多取前人成句，故题前多有“赋得”二字，亦用于应制及诗人集会分题、即景赋诗，“赋得”遂成为一种诗体，多为五言六韵或八韵。在历代总集、别集里，赋得体诗举不胜举，仅《文苑英华》就收有江总的《赋得三五明月夜》、《赋得谒帝承明庐》、《赋得咏琴》，唐太宗的《赋得白日半西山》、《赋得夏首启节》，张说的《三月三日承恩燕乐游园赋得风字》、《晦日承恩燕永穆公主亭子赋得流字》等。这类试帖诗、赋得体诗，内容多为歌功颂德之作，无需细说。但也不可一概而论，如白居易的《赋得古原草送别》就是文学史上的名篇：

离离原上草，一岁一枯荣。野火烧不尽，春风吹又生。
远芳侵古道，晴翠接荒城。又送王孙去，萋萋满别情。

“离离”，茂盛貌。《唐才子传》卷四载，白居易未冠，谒顾况，“况吴人，恃才少所推可，因谑之曰：‘长安百物皆贵，居大不易。’及览诗卷至‘离离原上草，一岁一枯荣。野火烧不尽，春风吹又生’，乃叹曰：‘有句如此，居天下不难。老夫前言戏之耳。’”“恃才少所推可”的顾况为什么对白居易此诗这样看重呢？《楚辞·招隐士》：“王孙游兮不归，春草生兮萋萋。”诗题本此。俞陛云评此诗云：“此诗借草取喻，虚实兼写。起句实赋‘草’字，三、四承上‘荣’、‘枯’而言。唐人咏物每有仅于末句见本意者，此作亦同之。但诵此诗者，皆以为喻小人去之不尽，如草之滋蔓。作者正有此意，亦未可知。然取喻本无确定，以为喻世道，则治乱循环；以为喻天心，则贞元起伏，虽严寒盛雪，而春意已萌，见智见仁，无所不可。一篇《锦瑟》，在笺者会意耳。五、六句‘古道’、‘荒城’，言草所丛生之地；‘远方’、‘晴翠’，写草之状态，而以‘侵’字、‘接’字绘其虚神，善于体物，琢句尤工。末句由草关合人事，远送王孙，与南浦春来，同一魂销黯黯，作咏物诗者，宜知所取格矣。”①

半格诗是半格律、半古体的诗体，是与今体律诗相谐的歌行体，以别于纯粹的古诗和律诗。方世举《兰丛诗话》云：“香山有半格诗，分卷著明。昔问之竹坨先生，亦未了了。意其半是古诗，半是格诗，以诗考之，又不然也。今吴下汪氏新刻本，不得其解，竟削之。然陆放翁七律，以‘庄子七篇论，香山半格诗’为对，又必实有其体。”②宋陆游《古寿人至闻五郎颇有老态作长句自遣》诗云：“点诵内篇庄叟语，长歌半格白公

① 俞陛云《诗境浅说》甲编，中华书局2010年版。
② 郭绍虞辑《清诗话续编》本。

诗。”白居易《立秋夕凉，风忽至，炎暑稍消，即事咏怀寄汴州节度使李二十尚书》云：

> 袅袅檐树动，好风西南来。红缸霏微灭，碧幌飘飖开。披襟有余凉，拂簟无纤埃。但喜烦暑退，不惜光阴催。河秋稍清浅，月午方徘徊。或行或坐卧，体适心悠哉。美人在浚都，旌旗绕楼台。虽非沧溟阻，难见如蓬莱。蝉迎节又换，雁送书未回。君位日宠重，我年日摧颓。无因风月下，一举平生杯。

除“或行或坐卧，体适心悠哉”，“虽非沧溟阻，难见如蓬莱”外，其他皆为排律体。

赵执信《声调谱》卷二《半格诗》举白居易的《小阁闲坐》为此体之例：“阁前竹萧萧，阁下水潺潺。拂簟卷帘坐，清风生其间（注：五平字）。静闻新蝉鸣，远见飞鸟（注：可平，惟此诗此字以独仄见律）还（注：以上古体）。但有巾挂壁（注：古句），而无客叩关。二疏返故里，四老归旧山（注：古句）。吾亦适所愿，求闲而得闲。”可见赵执信也认为半格诗是半律半古之诗。

王士禛《精华录》卷八《题苏台杨柳枝词后》云：“白家半格诗曾见，爱说苏州柳最多。今日钝翁吟卷里，雨条风絮奈君何。”田雯《古欢堂集》卷一四《自题乙亥诗卷后》云：“简略颓唐竟若何，排成新卷意销磨。一年事事成真懒，半格诗篇截句多。”可见半格诗是存在的。

（五）七 言 律 诗

七言律诗是中国近体诗的一种，起源于南北朝，成熟于唐初，盛行于其后各代。近体诗又名今体诗，为唐代新兴的诗体，因与古体有别而得名。近体诗分为绝句、律诗二种，四句为绝句，八句为律诗。

律诗每首有四联（即八句），每句五个字的是五言律诗，简称“五律”，每句七个字的是七言律诗，简称“七律”。律诗的第一、二句称为“首联”，三、四句称为“颔联”，五、六句为“颈联”，七、八句为“尾联”。“颔联”和“颈联”必须对偶；第二、四、六、八句最后的一个字必须同韵。

七言律诗每首八句，每句七字，全首共五十六字；一般第一、二、四、六、八句入韵，第三、五、七句不入韵，但也有首句不入韵的；中间两联必须对仗。七言律诗有四个基本句式：平平仄仄平平仄，末了两字是平仄，称之为平仄脚，即首句平起仄收式；仄仄平平仄仄平，末了两字是仄平，称之为仄平脚，即首句仄起平收式；仄仄平平平仄仄，末了两字是仄仄，称之为仄仄脚，即首句仄起仄收式；平平仄仄仄平平，末了两字是平平，称之为平平脚，即首句平起平收式。这四种句式是七言律诗平仄格式变化的基础。

明曾鼎《文式》云："七言律诗宜壮而健，时用拗律。"又云："律诗。破题：多对景兴起，或比起，或引事起，就题起，要如狂风卷浪，势欲滔天。颔联：或写景，或写意，或书事，或用事引证。此联要接破题，如骊龙之珠，抱而不脱。颈联：或写景，或写意，或书事，或用事引证，与颔联相应相比，如疾雷破山，观者骇愕，或就生续句。结句：或就题结，或推开一步，或缴前联意，或用事，或放一句作散场，要如剡溪之棹，自去而回，诗尽而味有余。曾氏（作者自己）曰：情中有景，景中有情，以事为意，以意融事，情景迭出，事意贯通，近体之妙也。"明宋绪《元诗体要》卷十《七言律》："七言律难于五言律，自唐沈佺期、宋之问倡而为之，研练精切，稳顺声势，殆变陈隋委靡之陋，学者宗之，号曰近体。沈、宋以下格律最多，似难遍举。今择其情景俱备，体量适均，无柔弱鄙俗之病，有谐婉丽则之音首，尾相应者列之。"

七言律诗比五言律诗产生得稍晚一些。作为初唐四杰的王勃、杨炯、卢照邻、骆宾王以及沈佺期、宋之问、杜审言等都撰有七律，但为数既不多，内容更单薄。到了开元、天宝年间，创作七律的人才开始多起来，但也不很多，作得好的更少。谢肇淛说："诗中诸体惟七律最难，非当家不能合作。盛唐惟王维、李颀颇臻其妙。然颀仅存七首，王亦只二十余首；而折腰叠字之病时时见之，终非射雕手也。"①如苏颋《奉和春日幸望春宫》云：

> 东望望春春可怜，更逢晴日柳含烟。宫中下见南山尽，城上平临北斗悬。
> 细草偏承回辇处，轻花微落捧觞前。宸游对此欢无极，鸟哢声声入管弦。②

此诗亦首句入韵（怜、烟），首、尾两联皆不对，中间两联皆对，平仄亦合七律要求。但律诗忌重字，而此诗首句即"望望"、"春春"重用。这就是说，初唐七律不仅数量少，而且质量也不高。大量创作七律，并使之臻于完美的是盛唐，特别是杜甫以后。李白不长于七律，而其《登金陵凤凰台》则是古今传唱的名篇：

> 凤凰台上凤凰游，凤去台空江自流。吴宫花草埋幽径，晋代衣冠成古丘。
> 三山半落青天外，二水中分白鹭洲。总为浮云能蔽日，长安不见使人愁。

① （明）谢肇淛《小草斋诗话》，知不足斋丛书本。
② 《文苑英华》卷一七四，文渊阁四库全书本。

首联点题，已笼罩今古，当年是“凤凰台上凤凰游”，而今是“凤去台空江自流”。金陵是六朝古都，颔联怀古，承“台空”，孙权吴宫、王（导）谢（安）衣冠，早成尘土。颈联写景，承“江自流”，三山、二水、白鹭洲皆金陵地名。三山在金陵之南，濒临长江；二水指源出溧水的秦淮河分为两支，共夹白鹭洲。中两联充满物是人非之感，江山仍是当年的江山，而吴、晋已为历史陈迹。尾联写登楼所见，不见京城长安，只见蔽日浮云。律诗忌重字，此诗三用“凤”，两用“凤凰”，却不失为千古名篇。方回《瀛奎律髓》卷一云：“太白此诗与崔颢《黄鹤楼》相似，格律气势，未易甲乙。此诗以凤凰台为名，而咏凤凰台不过起语两句已尽之矣，下六句乃登台而观望之景也。三、四怀古人之不见也，五、六、七、八咏今日之景，而慨帝都之不可见也。登台而望，所感深矣。金陵建都自吴始，三山、二水、白鹭洲，皆金陵山水名。金陵可以北望中原唐都长安，故太白以浮云遮蔽，不见长安为愁焉。”

明人杨慎《锦城丝管》说：“杜子美诸体皆有妙绝者，独绝句本无所解。”许多诗人往往长于某种诗体，但杜诗体兼众妙，“诸体皆有妙绝者”。所谓“诸体”，指五七言古风，五七言律诗（包括排律），五七言绝句等，杜甫都有名篇。比起李白、王维、高適、岑参来，绝句确实算不上杜甫的特长；比起他的七律来，绝句的名篇佳什也没有那么多。但也有，其七绝如《赠花卿》：“锦城丝管日纷纷，半入江风半入云。此曲只应天上有，人间能得几回闻！”五绝如《绝句二首》：“江碧鸟逾白，山青花欲燃。今春看又过，何日是归年？”都言近意远，富有韵味。特别是《赠花卿》写得风流华丽，婉而多讽，完全可与盛唐任何一个擅长绝句的诗人媲美，就是说杜甫于绝句“本无所解”的杨慎也不得不承认此诗“意在言外，最得诗人之旨”①。

律诗、绝句是当时产生不久的新兴诗体，杜甫有意识地运用这种新兴诗体进行创作。在现存一千四百多首杜诗中，各种律体诗竟有九百来首。由此可见杜甫对这种新兴诗体的重视，他进行了艰苦的摸索和尝试。杜甫很注意对诗律的研究和实践，不少诗都直接谈及诗律问题，最著名的就是《遣闷戏呈路十九曹长》的“晚节渐于诗律细”，此外还有很多，如《桥陵诗三十韵》的“遣词必中律”，《敬赠郑谏议十韵》的“律中鬼神惊”，《又示宗武》的“觅句新知律”等等。有的诗虽未直接谈及诗律，但无疑包含了诗律的内容，如《长吟》的“赋诗新句稳，改罢自长吟”；《解闷十二首》的“陶冶性灵存底物，新诗改罢自长吟。熟知二谢（谢灵运、谢朓）将能事，颇学阴何（阴铿、何逊）苦用心。”他这样苦心地学诗、吟诗、改诗，除锤炼内容外，自然也包括了对诗律的推敲斟酌。所谓诗律，当然不仅仅指七言律诗的格律，还包括五言律诗、五七言绝句、五七言

① 仇兆鳌《杜少陵集详注》卷一〇引，北京图书馆出版社1999年版。

排律的格律以及五七言古风的韵律。从现存杜诗看，杜甫在入蜀前对五言律诗、五七言古风已经掌握得比较纯熟。因此，杜甫在四川对诗律的研究推敲，看来主要还是针对七律和绝句的。经过杜甫的刻苦研究和实践，他对各体诗律的掌握确实达到了炉火纯青的地步。他曾在《江上值水如海势，聊短述》中自豪地说："为人性僻耽佳句，语不惊人死不休。老去诗篇浑漫与，春来花鸟莫深愁。"这是讲他对诗歌内容和艺术性的刻苦追求，字斟句酌，反复打磨。他在游新津时作《暮登四安寺钟楼寄裴十迪》，称美裴迪"知君苦思缘诗瘦"，其实也是他对自己的写照。经过这种"衣带渐宽终不悔，为伊消得人憔悴"的神伤体瘦阶段，终于换得了"老去诗篇浑漫与"的自由。漫与，随意付与，随意对付。花香鸟语，随意点染，皆成妙笔。"晚节渐于诗律细"，是说对诗律研究得精深细密；"老去诗篇浑漫与"，是说对诗律掌握得非常纯熟，不自斫削，皆合规矩。而这"浑漫与"完全是建立在"诗律细"基础上的，运用的纯熟是与研习的精深分不开的。

杜甫一生共写了一百五十多首七律，他在开元、天宝年间所作的七律不多，入蜀前所作的七律仅二十二首；离川之后所作的七律也只有十三首。杜甫的七律绝大部分作于四川，约占五分之四。他的七律的代表作，如《蜀相》、《江村》、《野望》、《闻官军收河南河北》、《登楼》、《诸将五首》、《咏怀古迹五首》、《秋兴八首》、《登高》、《又呈吴郎》等都作于四川，特别是夔州。在杜甫之前，一般还只以这种诗体酬答友朋，留连光景，歌颂宫廷生活。到了杜甫手里，七律的内容几乎无所不包。他写的七律沉郁顿挫，感情真挚，诗律精严，音调铿锵，语言华美。从内容到形式，杜甫都使这种新兴诗体臻于完善了。此不避烦冗，尽举其七律巅峰之作《秋兴八首》。秋兴即秋日漫兴，时杜甫身居夔州，心思京城，因秋而遣兴。其一云：

玉露凋伤枫树林，巫山巫峡气萧森。江间波浪兼天涌，塞上风云接地阴。
丛菊两开他日泪，孤舟一系故园心。寒衣处处催刀尺，白帝城高急暮砧。

此首为发端，写夔州之秋景。首联出句点时，次句点地，深秋的夔州一派凋伤萧条景象。颔联一上一下，下看是江间波涌，上看是风云阴沉。塞指关塞，夔州正是关塞要地。这既是写景，也暗寓时局。颈联写自己的处境，出句写两年来自己离开成都，流寓云安和夔府孤城，对句谓自己仍不能返回故乡。尾联仍以深秋的夔州结，谓傍晚的白帝城到处都在为游子赶制寒衣，到处都是急促的捣衣声(砧，捣衣石)。浦起龙《读杜心解》卷四概括此诗云："首句拈秋，次句拍夔，'江间'、'塞上'紧顶夔，'浪涌'、'云阴'紧顶秋，尚是纵笔写。五、六(句)则贴身起兴，'他日'、'故园'四字包举无疑……第七(句)仍收秋,七、八(句)仍收夔。""故园心"三字实八首之纲、全诗枢纽,其下各首都在写他有家归不得的思乡之情。其二云:

夔府孤城落日斜,每依北斗望京华。听猿实下三声泪,奉使虚随八月查。
画省香炉违伏枕,山楼粉堞隐悲笳。请看石上藤萝月,已映洲前芦荻花。

首联的"落日斜"紧承前首结上起下的"急暮砧"三字,第二首即写夔州暮景,"望京华"紧扣前首的"故园心",中间两联交叉写眼前景色与"望京华"。猿泪、悲笳是夔州之景,"奉使虚随","画省香炉违伏枕",皆指自己在成都时,好友严武镇蜀,曾荐举他为检校工部员外郎,皆未成行,而严武亦已死去。尾联仍以景结,并以"藤萝月"照应首句的"落日斜"。其三云:

千家山郭静朝晖,一日江楼坐翠微。信宿渔人还泛泛,清秋燕子故飞飞。
匡衡抗疏功名薄,刘向传经心事违。同学少年多不贱,五陵衣马自轻肥。

前两联写眼前景,"静朝晖"承"藤萝月",已由深夜写到天明,自己坐在山色青翠的江楼之上,下看是昨晚的渔人还在江上飘荡,上看是清秋燕子正飞来飞去,这本是美景,但在滞留难归的杜甫眼中却深感厌烦,著"还"、"故"(皆依旧之意)二字就是这种厌烦情绪的表现。后两联是对当年京华生活的回忆,自己因上章疏救宰相房管而被贬,就像汉代匡衡抗疏言事被贬一样,想象刘向那样在京传经而不可得,而当年的同辈早已在京城(五陵,汉代五帝的陵墓,此代指京城)过上轻裘肥马的高官生活。其四云:

闻道长安似奕棋,百年世事不胜悲。王侯第宅皆新主,文武衣冠异昔时。
直北关山金鼓振,征西车马羽书迟。鱼龙寂寞秋江冷,故国平居有所思。

此首承上首的"五陵衣马",由上篇的悲己,进一步悲百年世事多变。颔联申首句的"长安似奕棋",王侯第宅、文武衣冠像奕棋一样反复无常。颈联申"世事不胜悲",出句指安史之乱,对句指回纥、吐蕃、党项羌之乱,"金鼓振","羽书迟"皆指平乱无方,也是他"不胜悲"的原因。尾联前句点身居夔州,后句的"故国平居有所思"即第一首的"故园心"。此首改"故园"为"故国",可见此句所思不只是家,而是国;不是偶尔思国,而是常常思国("平居有所思")。此句承上启下,既结前三联,又启后四首。其五云:

蓬莱宫阙对南山，承露金茎霄汉间。西望瑶池降王母，东来紫气满函关。
云移雉尾开宫扇，日绕龙鳞识圣颜。一卧沧江惊岁晚，几回青琐照朝班。

此首写长安盛时境况。蓬莱宫，汉宫名，唐大明宫就以蓬莱宫为名。南山指终南山。汉武帝好神仙，建高耸入云的铜柱(金茎)来托甘露盘。颔联出句写西王母降临瑶池与周穆相会，暗指唐玄宗纳杨贵妃事；对句写老子西游至函谷关，关尹喜望见紫气东来。颈联写唐玄宗早朝的盛况，打开雉尾制成的宫扇，大臣才能见到玄宗的龙颜。杜甫曾任左拾遗，也曾参加过这样的早朝，故末联以眼前的"一卧沧江惊岁晚"与当年的"几回青琐照朝班"对比，不胜今昔盛衰之感。钱谦益云："此诗追思长安全盛，叙述其宫阙崇丽，朝省尊严，而感伤则见于末句……'几回青琐'，追数其近侍奉引，时日无几也。"①其六云：

瞿唐峡口曲江头，万里风烟接素秋。花萼夹城通御气，芙蓉小苑入边愁。
朱帘绣柱围黄鹤，锦缆牙樯起白鸥。回首可怜歌舞地，秦中自古帝王州。

此首及下首皆写安史之乱后的长安。首联写身在"瞿唐峡口"却心系长安的"曲江"，因为"万里风烟"把相隔万里的两地连接在一起了。下面即专写当年曲江之游，花萼楼通过夹城复道可直接到达曲江的芙蓉苑，"入边愁"指豪华奢侈的享受招致安史之乱。颈联承"入边愁"，写安史之乱后京城的荒凉，宫中的朱帘绣柱只有黄鹤围绕，曲江的锦缆牙樯只有白鸥翱翔。尾联对歌舞地、帝王州的长安经此巨变，深表惋惜，有无穷感慨。其七云：

昆明池水汉时功，武帝旌旗在眼中。织女机丝虚月夜，石鲸鳞甲动秋风。
波漂菰米沉云黑，露冷莲房坠粉红。关塞极天唯鸟道，江湖满地一渔翁。

此首专写长安西南的昆明池。首联谓昆明池为汉武帝所建以习水战，方圆三百里，有楼船高数十丈，旌旗蔽空。颔联谓有二石人，左牵牛，右织女，空对夜月("虚月夜")；还有石刻鲸鱼，"每至雷雨，常鸣吼，鬛尾皆动"②，故云"动秋风"。颈联谓池中种满菰米与莲花，菰米漂在水上，其影映入水中，如一片黑云；秋天莲花凋落(坠)，一

① (清)钱谦益《钱注杜诗》卷一五，上海古籍出版社1958年版。
② 《三辅黄图》卷四，文渊阁四库全书本。

池粉红色的荷花。前三联通过昆明池，极写长安当年强盛富裕。明杨慎《丹铅总录》卷二〇《诗话》云："'织女机丝虚夜月，石鲸鳞甲动秋风'，读之则荒烟野草之悲见于言外矣……'波漂菰米沉云黑，露冷莲房坠粉红'，读之则菰米不收而任其沉，莲房不采而任其坠，兵戈乱离之状具见矣。"可见写长安当年强盛富裕，也是为了反衬安史之乱后的荒凉。尾联仍以自己流落夔州作结，谓蜀道之难，难于上青天，关塞极天，只有鸟道可通关中，"江湖虽广，无地可归，徒若渔翁之飘泊"。①其八云：

> 昆吾御宿自逶迤，紫阁峰阴入渼陂。香稻啄余鹦鹉粒，碧梧栖老凤凰枝。
> 佳人拾翠春相问，仙侣同舟晚更移。彩笔昔游干气象，白头吟望苦低垂。

此首追忆昔日盛时之游。昆吾、御宿、紫阁、渼陂皆地名。首联谓自长安东南的昆吾、御宿到紫阁、渼陂，要经过纡回曲折的道路，渼陂中可见紫阁峰的倒影。颔联写渼陂物产丰富，鹦鹉啄食香稻不尽而有余粒；梧桐高大，枝繁叶茂，凤凰栖之而不肯离去，故云"老"。颈联写春游之盛，佳人结伴而行，或在岸上拾取翠羽，或在陂中共同划船，留连忘返（"晚更移"）。尾联是说当年曾以自己的彩笔描写过这些盛况（"干气象"），如《丽人行》之类；而今却只能"吟望"，痛苦地低下"白头"。清人认为"八首中此作最为佳境"，②佳就佳在"白头吟望苦低垂"概括了八首之意，长安当年的盛况令他吟望，而现实却使他不得不痛苦、低头。

这里之所以全文论述杜甫的《秋兴八首》，是因为此诗不仅是杜甫七律的压卷之作，也可以说是古今七律的压卷之作。《唐宋诗醇》卷一七引张綖曰："《秋兴八首》皆雄浑丰丽，沉着痛快。其有感于长安者但极摹其盛，而所感自寓于中，徐而味之，则凡怀乡恋阙之情，慨往伤今之意，与夫风俗之非旧，盛衰之相寻，所谓不胜其悲者，固已不出乎意言之表矣。卓哉一家之言，夐乎百世之上，此杜子所以为诗人之宗仰也。"清人云："唐人七律以老杜为最，而老杜七律又以此八首为最。以其生平之所郁结与其遭际，暨其伤感，一时荟萃，形为慷慨悲歌，遂为千古之绝调。"又云："高华典赡，而望之又如出水芙蓉；妍秀轻灵，而按之又如龙文百斛，则惟此《秋兴》之为独步也。"③全诗内涵丰富，主旨鲜明，夷狄乱华，小人病国，风俗非旧，盛衰相寻，怀乡恋阙之情，慨往伤今之意，无不寄寓其中。风格雄浑丰丽，沉着痛快，结构严密，回环曲折，首尾相

① （清）杨伦《杜诗镜诠》卷一三，清同治望三益斋刻本。
② （清）逍遥居士《杜诗评选》卷四，中国社科院出版社 2004 年版。
③ 清康熙年间无名氏《杜诗言志》卷一一，扬州广陵古籍刻印社本。

应，八首实为一体。《杜诗镜诠》卷一三云："身居巫峡，心忆京华，为八首大旨。曰巫峡，曰夔府，曰瞿塘，曰江楼、沧江、关塞，皆言身之所处；曰故国，曰故园，曰京华、长安、蓬莱、昆明、曲江、紫阁，皆言心之所思。此八首之线索。"明王嗣奭云："《秋兴八首》以第一首起兴，而后七首俱发中怀，或承上，或启下，或互相发，或遥相应，总是一篇文字，拆去一章不得，单选一章不得。"①八首皆首句入韵，首联、尾联皆不对，中间两联为对偶句，是标准的七言律诗。

《秋兴八首》对后世影响很大，后代和者甚多，如宋王之道《相山集》卷一一《秋兴八首追和杜老》，元郭翼《林外野言》卷下《拟杜陵秋兴八首》，顾瑛《草堂雅集》卷一《拟杜陵秋兴八首》，明石珤《熊峰集》卷四《和杜工部秋兴八首》，孙绪《沙溪集》卷二〇《提学王侍御应鹏枉顾，用老杜秋兴八首韵见贶，次韵奉谢》，何景明《大复集》卷二四《秋兴八首》，夏良胜《东洲初稿》卷一三《秋兴八首和惕庵，用少陵韵》，孙承恩《文简集》卷二三《秋兴八首用马西庵韵》，朱朴《西村诗集》补遗《拟少陵秋兴八首》等等。但正如徐增所说，《秋兴八首》"直使唐代人空，千秋罢唱，寄语世间才人，勿再和《秋兴》诗也"。②

在杜甫之后，七言律诗已颇成熟，作者渐多，如元稹的《遣悲怀三首》：

谢公最小偏怜女，自嫁黔娄百事乖。顾我无衣搜荩箧，泥他沽酒拔金钗。
野蔬充膳甘长藿，落叶添薪仰古槐。今日俸钱过十万，与君营奠复营斋。

昔日戏言身后意，今朝皆到眼前来。衣裳已施行看尽，针线犹存未忍开。
尚想旧情怜婢仆，也曾因梦送钱财。诚知此恨人人有，贫贱夫妻百事哀。

闲坐悲君亦自悲，百年都是几多时。邓攸无子寻知命，潘岳悼亡犹费词。
同穴窅冥何所望，他生缘会更难期。唯将终夜长开眼，报答平生未展眉。③

第一首追忆生前，写与亡妻共苦而未能同甘。首句以用"柳絮因风起"形容雪花而闻名的谢道韫夸其妻之文才，次句以古代贫士黔娄自喻。颔联写其恩爱，颈联写其安贫。荩箧，草编的衣箱；泥者，缠也，软磨硬缠，要她以金钗为自己换酒。没有饭吃，

① （明）王嗣奭《杜臆》卷八，中华书局上海编辑所 1962 年版。
② （清）徐增《说唐诗》卷一七，乾隆二十三年文茂堂刻本。
③ （唐）元稹《元氏长庆集》卷九，文渊阁四库全书本。

以野蔬豆叶(藿)充膳;没有柴烧,以槐叶为薪。而今俸钱很多,惜其已死,只能用这些钱为她设斋祭奠而已。第二首伤其身后,昔日开玩笑说的“身后”事,却不幸而言中了。颔联写人亡物在,颈联写想作一些补偿而不可得,只能对她的婢女尽可能好一些。“诚知此恨人人有,贫贱夫妻百事哀”,真是千古共慨。第三首由悲妻而自悲,进一步抒发“贫贱夫妻百事哀”。颔联以晋人邓攸无子,潘岳悼亡自喻,写悼亡无用。最后四句推开,云死后同葬,他生再结为夫妻都是难以预料的,唯一现实的是因思念亡妻而通宵难以入眠,以报答亡妻一生的穷苦。古今悼亡诗很多,此诗堪称压卷。有人嫌“今日俸钱过十万”、“也曾因梦送钱财”俗气,但所说很实在,是无可奈何的真情流露,只觉其悲,何俗之有！三首首、尾两联皆非对偶句,第二首的首联似对实不对(“意”不能与“来”对),中间两联皆对偶,也是较为标准的七律。

李商隐《无题》云:

> 相见时难别亦难,东风无力百花残。春蚕到死丝方尽,蜡炬成灰泪始干。
> 晓镜但愁云鬓改,夜吟应觉月光寒。蓬山此去无多路,青鸟殷勤为探看。

此诗首句入韵,首尾两联皆非对偶句。首联写对离别的无可奈何,颔联以两个比喻极写相爱之坚,至死不变。颈联写双方相思之苦,尾联盼能互通消息。清赵臣瑗云:“泛读首句,疑是未别时语;及玩通首,皆是别后追思语,乃知此句是倒文。言往常别时每每不易分手者,只缘相见之实难也。接句尤奇,若曰当斯时也,风亦为我兴尽不敢复颠,花亦为我神伤不敢复艳,情之所钟至于如此！三四承之,言我如春蚕耶,一日未死,一日之丝不能断也;我其如腊烛耶,一刻未灰,一刻之泪不能制也。呜呼,言情一至此,真可以惊天地而泣鬼神,《玉台》、《香奁》其犹粪土哉！”①

(六)七言排律

排律一般是五言,七言排律(又叫七言长律)甚少。宋绪《元诗体要》卷一三《七言长律》云:“唐以来作七言排律者甚少,其音律和协,体制整齐者独杜子美《送郑著作》及《清明》二首耳。王仲初《寄韩侍郎》等作次之。今采格调近唐若所录者,亦不易得也。”吴讷《文章辨体序说》云:“杨伯谦云:‘唐初五言排律虽多,然往往不纯,至中唐始盛,若七言则作者绝少矣。大抵排律若句炼字锻,工巧易能,唯抒情陈意,全篇贯彻而

① (清)赵臣瑗《山满楼笺注唐诗七言律》卷四,清刻本。

不失伦次者为难。故山谷尝云:'老杜《赠韦左丞》诗,前辈录为压卷,盖其布置最为得体,如官府甲第,置堂房室各有定处,不相淆乱也。'"

宋绪所言"杜子美《送郑著作》",郑著作指郑虔,是一位大学问家,诗、书、画、琴无所不能,对历史、地理、兵法、医学均有研究。他曾在自作画上题诗献与玄宗,玄宗为他题了"郑虔三绝(诗、书、画)"四个大字。但这样一位多才多艺的人,一生遭遇却非常悲惨。早年以"私撰国史"的罪名坐谪十年;后玄宗爱其才,特置广文馆,以他为博士;安禄山陷长安,他被劫往洛阳,强授伪职,因曾"潜以密章达灵武(肃宗所在之地)",两京收复后免死,但仍被贬为虔州(今浙江临海县)司户参军,死于贬所。杜甫同他的友谊很深,对他的不幸遭遇有着深切的同情,或哀其穷,《戏简郑广文(虔),兼呈苏司业(源明)》云:"广文到官舍,系马堂阶下。醉则骑马归,颇遭官长骂。才名三十年,坐客无寒毡。赖有苏司业,时时乞酒钱。"或伤其贬,《送郑十八虔贬台州司户,伤其临老陷贼之故,阙为面别,情见于诗》云:"郑公樗散鬓成丝,酒后常称老画师。万里伤心严谴日,百年垂死中兴时。仓皇已就长途往,邂逅无端出饯迟。便与先生应永诀,九重泉路尽交期。"宋绪所说的《送郑著作》指杜甫《题郑十八著作丈故居》:

台州地阔海冥冥,云水长和岛屿青。乱后故人双别泪,春深逐客一浮萍。
酒酣懒舞谁相拽,诗罢能吟不复听。第五桥东流恨水,皇陂岸北结愁亭。
贾生对鹏伤王傅,苏武看羊陷贼庭。可念此翁怀直道,也沾新国用轻刑。
祢衡实恐遭江夏,方朔虚传是岁星。穷巷悄然车马绝,案头干死读书萤。

前四句伤郑之远谪,"酒酣"四句写自己别后的凄凉,当年同游之地,无人同舞共吟。"贾生"四句以贾谊比郑此前曾被贬,以苏武比郑在安史之乱中不附贼,心怀直道,却被远谪,"也沾新国用轻刑"实为反话。最后四句担心郑虔会像祢衡那样死于贬所,像东方朔那样不为汉武帝所知(是岁星),而以郑虔远谪后自己的孤寂作结,无人来访,无心读书了。

宋绪所说的《清明》指杜甫的《寒雨朝行视园树》:

柴门拥树向千株,丹橘黄甘此地无。江上今朝云雨歇,篱中秀色画屏纡。
桃蹊李径年虽故,栀子红椒艳色殊。锁石藤梢元自落,倚天松骨见来枯。
林香出实垂将尽,叶蒂辞枝不重苏。爱日恩光蒙借贷,清霜杀气得忧虞。
衰颜动觅藜床坐,缓步仍须竹杖扶。散骑未知云阁处,啼猿僻在楚山隅。

前八句记雨后园树，丹橘黄甘，桃蹊李径，栀子红椒，藤梢松骨，秀色如画。后八句伤春景不常，转瞬间林香将尽，叶蒂辞枝，春光将尽，清霜堪忧，自己也与园树相似，虽被命为工部员外郎（散骑），但并未履职（未知云阁处），而僻居三峡，或藜床独坐，或扶杖徐行，听猿哀鸣。如果说五言排律是五言律诗的延长，那么七言排律则是七言律诗的延长。这两首排律与七律一样，除首尾二联不对外，中间皆为对偶句。

中唐以后也有七言排律，如白居易《泛太湖书事寄微之（元稹）》：

> 烟渚云帆处处通，飘然舟似入虚空。玉杯浅酌巡初匝，金管徐吹曲未终。
> 黄夹缬林寒有叶，碧琉璃水净无风。避旗飞鹭翩翻白，惊鼓跳鱼拨剌红。
> 涧雪压多松偃蹇，岩泉滴久石玲珑。书为故事留湖上，吟作新诗寄浙东。
> 军府威容从道盛，江山气色定知同。报君一事君应羡，五宿澄波皓月中。

此诗前四句写泛太湖，天水浩渺，如入虚空，一面饮酒，一面赏曲。中六句写秋冬的岸上，寒林黄叶有如系彩（缬），湖中风平浪静，有如琉璃，空中白鹭绕着旗杆翱翔，湖中鲤鱼跳跃，拨剌作响。涧雪压得松树偃蹇不伸，岩石滴泉玲珑剔透。最后六句是书事寄元稹，“书为故事留湖上”，自注云“所见胜景多记在湖中石上”，可见此前皆为记景事，“寄浙东”即寄时在浙东的元稹。“军府威容”句写元稹，自己却“五宿澄波”以“报君”，当引起元稹羡慕。全诗极写泛湖之乐，以反衬对“军府威容”之乏兴。

《唐诗合解笺注》卷一二云：“七言排律，作者罕传，即五言排律亦罕传于中唐以后。盖中、晚格调渐弱，句欠警严，故较之初、盛大异。如七言律同，则尤难于精警，所以选家多不入秩。”这里也就不再举了。

（七）古　绝　句

绝句包括古绝和律绝，因为只有两韵，故又称为二韵诗，包括古绝句、五言绝句、七言绝句。古绝句主要指律诗形成以前的二韵诗，即汉魏五言四句诗。这时对偶、声律的要求还不太严，有押平声韵的，也有押仄声韵的；有第一句入韵的，也有第一句不入韵的。南朝陈徐陵《玉台新咏》卷一〇所收无名氏《古绝句四首》，是今存较早的古绝，大约是汉代民歌：“槁砧今何在，山上复有山。何当大刀头，破镜飞上天”；“日暮秋云阴，江水清且深。何用通音信，莲花瑇瑁簪”；“菟丝从长风。根茎无断绝。无情尚不离，有情安可别”；“南山一树桂，上有双鸳鸯。千年长交颈，欢爱不相忘。”此四首皆押平声韵。同卷所收孙绰《情人碧玉歌二首》则为仄声韵：“碧玉小家女,不敢攀贵德。感郎千金意,惭无倾城色";"碧玉破瓜时,相为情颠倒。感郎不羞难,回身就郎抱。"

吴均、庾信的绝句开始有对句,还偶尔有平仄黏合的,不过还没有全篇平仄和谐的。从庾信的一些绝句可看出古绝句发展为近体绝句的痕迹,其《听歌一绝》云:"协律新教罢,河阳始学归。但令闻一曲,余声三日飞。"首联是不甚工整的对偶句。"协律"指协律郎,是官名,"河阳"是地名,二者不成对。从声律看,按近体绝句的标准,"教"、"令"、"声三日",都不符合平仄要求,这首诗看似近体绝句,但仍是古体绝句。而他的《暮秋野兴赋得倾壶酒》"刘伶正促酒,中散欲弹琴。但使逢秋菊,何须就竹林",对偶、平仄、黏连都已符合近体绝句的标准,是一首近体绝句了。

在齐、梁时已出现了不少七言绝句,庾信《代人伤往》云:"杂树本唯金谷苑,诸花旧满洛阳城。正是古来歌舞处,今日看时无地行。"此诗最接近近体绝句,而末句"今日看时无地行"却不符合前句的平仄、黏连要求。"日"字当用平声字,"时"字当用仄声字,"无地"当用仄平字。

律绝产生后,仍有人写作古绝,如唐李绅《悯农》:"春种一粒粟,秋成万颗子。四海无闲田,农夫犹饿死。"又一首云:"锄禾日当午,汗滴禾下土。谁知盘中餐,粒粒皆辛苦。"①二诗皆押仄声韵,故《全唐诗》又题作《古风二首》。古绝实为古体诗的一种。王维的《杂诗》也不符合近体诗的平仄要求,亦为古绝:"君自故乡来,应知故乡事。来日绮窗前,寒梅著花未?"

(八)五言绝句

近体绝句,包括五言绝句、六言绝句和七言绝句。

关于绝句的产生,历来有两种截然相反的说法。一是认为产生在律诗之前。清董文焕云:"绝句之句,唐以前即有之。徐东海撰《玉台新韵》,别具一卷,实古诗之支派也。至唐而法律愈严,不惟与律体异,即与古体亦不同,或谓截句,或谓断句。世多谓分律诗之半即为绝句,非也。盖律由绝而增,非绝由律而减也。绝句云者,单句为句,双句为联,联则生对;双联为韵,韵则生粘,句法平仄各不相重,无论律、古,粘对联韵必四句而后备。故谓之绝。由此递增,虽至百韵可也,而断无可减之理。"②清人冯班《钝吟杂录》卷三云:"四句之诗,故谓之绝句。宋人不知,乃云是绝律诗首尾。目不

---

① (宋)姚铉《唐文粹》卷一六下,文渊阁四库全书本。

② (清)董文焕《声调四谱图说》,上海医学书局民国十六年(1927)版。

识丁之人妄为诗话，以误后学，可恨之极。如此议论，亦非一事也。《玉台新咏》有古绝句，古诗也。唐人绝句有声病者，是二韵律诗也。元、白集，杜牧之集，韩昌黎集可证。唐人集分体者少，今所传分体集，皆是近日妄庸人所更定，不足据。宋人集，所幸近人不肯读，古本多存，中亦有分律诗、绝句者，如《王临川集》首题云七言律诗，下注云绝句，甚分明。唐人惟有元、白、韩、杜等是旧次，今武定侯刻白集、坊本杜牧集，亦皆分体，如今人矣。幸二集尚有宋板，新本亦有翻宋板可据耳。”高棅《唐诗品汇叙目》认为，今人不知绝句是律：“五言绝句，作自古也。汉魏乐府古辞则有《白头吟》、《出塞曲》、《桃叶歌》、《欢问歌》、《长干曲》、《团扇歌》等篇。下及六代，述作渐繁。唐初工之者众，王、杨、卢、骆尤多。宋之问、韦承庆之流相与继出，可谓盛矣……开元后独李白、王维尤胜诸人，次则崔国辅、孟浩然可以并驾……盛唐作者，若储光羲、王昌龄、裴迪、崔颢、高適、岑参等数篇，词简而意味尤长，与前数公实相羽翼……中唐虽声律稍变，而作者接迹之盛，尤过于天宝诸贤。”

二是认为绝句产生在律诗之后。元陈绎曾《诗谱》云：“绝句体：古乐府，浑然有大篇气象；六朝诸人，语绝意不绝。”①吴讷《文章辨体序说·绝句》云：“杨伯谦曰：‘五言绝句，盛唐初变六朝子夜体；六言，则王摩诘始效顾、陆作；七言，唐初尚少，中唐渐盛。’又按《诗法源流》云：‘绝句者，截句也。后两句对者是截律诗前四句，前两句对者是截后四句，皆对者是截中四句，皆不对者是截前后各两句。故唐人称绝句为律诗，观李汉编《昌黎集》，凡绝句皆收入律诗内是也。’周伯弜又云：‘绝句以第三句为主，须以实事寓意，则转换有力，而涵蓄无尽焉。’由是观之，绝句之法可见矣。”《岘佣诗话》云：“绝句，截律诗之半。或截首尾两联，或截前半首，或截中二句而成。”

其实二说并不矛盾，矛盾在于把古绝句与近体绝句混在一起说。分开说就是古绝句产生于律诗形成之前，近体绝句，包括五言绝句、六言绝句、七言绝句产生于律诗形成之后。

如果说五言排律是五言律诗的延长，那么五言绝句就是五言律诗的缩短，只有四句二十字，截五言律诗之半而成。律绝与古绝的区别，一是讲究平仄，凡不讲平仄者为古绝。二是多用平声韵，如李白《望木瓜山》：“早起见日出，暮见栖鸟还。客心自酸楚，况对木瓜山。”又如卢纶的《和张仆射塞下曲》：“月黑雁飞高，单于夜遁逃。欲将轻骑逐，大雪满弓刀。”②也有用仄声韵者，但较少，如裴度的《辋口遇雨忆终南山因献绝

① (明)陶宗仪《说郛》卷七九下，文渊阁四库全书本。

② 《御定全唐诗》卷二七八，文渊阁四库全书本。

句》:“积雨晦空曲,平沙灭浮彩。辋水去悠悠,南山复何在?”①王维的《答裴迪》即为答此诗而作:“淼淼寒流广,苍苍秋雨晦。君问终南山,心知白云外。”又如刘长卿的《送灵澈上人》:“苍苍竹林寺,杳杳钟声晚。荷笠带夕阳,青山独归远。”②孟浩然的《春晓》亦为仄声韵:“春眠不觉晓,处处闻啼鸟。夜来风雨声,花落知多少。”

按前引吴讷之说,截五言律诗之半而为律绝,可有四种截法:

一是截取五言律诗的前半即前四句为律绝。五言律诗首联可以不对仗,颔联必须是对仗句,故这种律绝必定后半为对偶句,如李白《九日龙山饮》云:“九日龙山饮,黄花笑逐臣。醉看风落帽,舞爱月留人。”又如宋郭祥正的《石莲华峰》云:“亭亭碧莲华,何年化为石? 越女莫惊猜,岩猿自相识。”③

二是截取五言律诗的后半即后四句为律绝。五言律诗尾联可以不对仗,颈联必须对仗,故这种律绝必定前半为对仗句,如杜甫的《八阵图》:“功盖三分国,名成八阵图。江流石不转,遗恨失吞吴。”又如刘长卿的《逢雪宿芙蓉山主人》:“日暮苍山远,天寒白屋贫。柴门闻犬吠,风雪夜归人。”

三是截五言律诗的中间两联即颔联、颈联各二句为律绝,这两联皆为对偶句,故这种律绝全为对偶句,如王之涣的《登鹳雀楼》:“白日依山尽,黄河入海流。欲穷千里目,更上一层楼。”④又如杜甫的《绝句二首》:“迟日江山丽,春风花草香。泥融飞燕子,沙暖睡鸳鸯”;“江碧鸟逾白,山青花欲然(燃)。今春看又过,何日是归年!”

四是截取五言律诗的前后两联为律绝,故这种律绝皆不用对仗,如李频的《渡汉江》:“岭外音书绝,经年(一作冬)复历春。近乡情更怯,不敢问来人。”⑤王维的《送别》:“山中相送罢,日暮掩柴扉。春草明年绿,王孙归不归?”又《山中寄诸弟妹》:“山中多法侣,禅诵自为群。城郭遥相望,惟应见白云。”王建的《新嫁娘词》:“三日入厨下,洗手作羹汤。未谙(熟悉)姑(婆母)食性,先遣小姑(夫妹)尝。”⑥

明人梁桥的《冰川诗式》则分别举例说明,论之尤详:“五言始于李陵、苏武,或云枚乘。五言绝句,作自古汉魏乐府古辞,则有《白头吟》、《出塞曲》等篇。下及六代,述作渐繁。唐人以来,工之者甚众。绝句,众唐人是一样,少陵是一样,韩退之是一样。绝句者,截句也,句绝而意不绝。截律诗中或前四句,或后四句,或中二联,或首尾四

---

① (宋)姚铉《唐文粹》卷一六上,文渊阁四库全书本。

② (唐)刘长卿《刘随州集》卷一,文渊阁四库全书本。

③ (宋)郭祥正《青山集》卷二六,文渊阁四库全书本。

④ 《御定全唐诗》卷二五三,文渊阁四库全书本。

⑤ (唐)李频《黎岳集》,文渊阁四库全书本。

⑥ (唐)王建《王司马集》卷七,文渊阁四库全书本。

句，大抵以第三句为主。七言绝句仿此。《易水送别》(唐骆宾王)，此诗是截律诗前四句，其法前散后对：'此地别燕丹，壮士发冲冠。昔时人已没，今日水犹寒。'《江令于长安归扬州九日赋》(唐许敬宗)，此诗是载律诗后四句，其法前对后散：'心逐南云逝，身随北雁来。故乡篱下菊，今日几花开。'《玩初月》(唐骆宾王)，此诗是截律诗中二联，其法四句两对：'忌满光恒缺，乘昏影暂流。自能明似镜，何用曲如钩。'《过酒家》(唐王绩)，此诗是截律诗首尾四句，其法四句一意不对：'此日长昏饮，非关养性灵。眼看人尽醉，何忍独为醒。'《哭台州郑司户苏少监》(唐杜甫)，此诗是隔句扇对法，以第一句对第三句，以第二句对第四句，详见《沙中金集》：'得罪台州去，时危弃硕儒。移官蓬阁后，谷贵殁潜夫。'《绝句》(唐杜甫)，此诗是四句四意：'迟日江山丽，春风花草香。泥融飞燕子，沙暖宿鸳鸯。'五言绝句，大法止此。然作之之要，贵婉曲回环，删芜就简，句绝而意不绝。多以第三句为主，第四句发之。有实接，有虚接，承接之间，开与合相关，反与正相依，顺与逆相应，一呼一吸，宫商自谐。大抵起承二句固难，然不过平直叙起为佳，从容承之为是，至如宛转变化，工夫全在第三句。若于此转变得好，则第四句如顺流之舟矣。七言绝句仿此，五言绝句撇情入事，七言绝句掉景入情，当知有此不同。或云五言绝句主情景，七言绝句主意事。"①

五绝多首句不入韵，但也有入韵的，如卢纶的《和张仆射塞下曲》："鹫翎金仆姑，燕尾绣蝥弧。独立扬新令，千营共一呼"；"林暗草惊风，将军夜引弓。平明寻白羽，没在石棱中"；"月黑雁飞高，单于夜遁逃。欲将轻骑逐，大雪满弓刀"；"调箭又呼鹰，俱闻出世能。奔狐将迸雉，扫尽古丘陵。"②皆首句入韵。柳宗元《江雪》："千山鸟飞绝，万径人踪灭。孤舟蓑笠翁，独钓寒江雪。"此诗首句入韵，但两联都不是对偶句，"鸟飞"与"人踪"，"孤舟"与"独钓"均不对。

关于五言绝句的风格，明曾鼎《文式》云："五言绝句宜言绝而意有余。"宋绪《元诗体要》卷一三《五言绝句》："绝句五言语短意长，一唱三叹，近体中之最为近古者也。盖亦只是律诗结尾四句，谓之小律，含蓄无限意思，读者宜深体味之。"清王世懋云："绝句之源出于乐府，贵有风人之致，其声可歌，其趣在有意无意之间，使人莫可捉着。盛唐惟青莲(李白)、龙标(王昌龄)二家诣极，李更自然，故居王上。晚唐快心露骨，便非本色，议论高处逗宋诗之径；声调卑处，开大石(明顾元庆，号大石山人)之门。"③魏际瑞论绝句、律诗之别云："绝句本截律诗，然读首一句，即知是绝是

① (明)梁桥《冰川诗式》，台湾广文书局影印嘉靖二十八年刊本。

② 《御定全唐诗》卷二七七，文渊阁四库全书本。

③ (明)王世懋《秇圃撷余》，文渊阁四库全书本。

律。律诗首句，每有端凝浩瀚巍峨之意；绝诗首句，多带轻利。文章各有胚胎，非加减舒缄可得而成也。”①

六言绝句在“诗之诸体，皆沿于《诗经》”一节已详论，此从略。

（九）七 言 绝 句

七言绝句每句七字，每首四句二韵，共二十八字。谢榛《诗家直说》云：“凡作七言绝句，起如爆竹，斩然而断；结如撞钟，余响不辍。此法之正也。”七言绝句以唐人绝句为独至，明杨慎《唐绝增奇序》云：“予尝品唐人之诗，乐府本效古体而意反近，绝句本自近体而意实远。欲求风雅之仿佛者莫如绝句，唐人之所偏长独至，而后人力追莫嗣者也。擅场则王江宁（维），骖乘则李彰明（白），偏美则刘中山（禹锡），遗响则杜樊川（牧），少陵（甫）虽号大家，不能兼善，一则拘乎对偶，二则汩于典故。拘则未成之律诗而非绝体，汩则儒生之书袋而乏性情。故观其全集，自‘锦城丝管’之外咸无讥焉。近世有爱而忘其丑者，专取而效之，惑矣。”正因为七绝据有“斩然而断”、“余响不辍”的特点，“求风雅之仿佛者莫如绝句”，因此可诵者特别多。

如果说五言绝句是五言律诗的截句，那么七言绝句就是七言律诗的截句，其截法与五绝截五言律诗之半而为五绝相似，也有四种截法：

一是截取七言律诗的前半即前四句为七绝，前二句可以不对仗，后二句对仗，如杜甫有《奉和严郑公军城早秋》云：“秋风袅袅动高旌，玉帐分弓射虏营。已收滴博云间戍，欲夺蓬婆雪外城。”又《喜闻贼盗、蕃寇总退口号五首》之三云：“勃律天西采玉河，坚昆碧碗最来多。旧随汉使千堆宝，少答胡王万匹罗。”勃律、坚昆皆西羌国名，采玉河在于阗国，源出昆仑山。李贺《南园》其八云：“春水初生乳燕飞，黄蜂小尾扑花归。窗含远色通书幌，鱼拥香钩近石矶。”②王安石《北陂杏花》云：“一陂春水绕花身，花影妖娆各占春。纵被春风吹作雪，绝胜南陌碾作尘。”又《白山》云：“北山输绿涨横陂，直堑回塘滟滟时。细数落花因坐久，缓寻芳草得归迟。”又《书湖阴先生（杨德逢）壁》云：“茅檐长扫净无苔，花木成畦手自栽。一水护田将绿绕，两山排闼送青来。”

二是截取七言律诗的后半即后四句为七绝，前二句对仗，后二句不对仗，如李嘉祐《访韩司空不遇》云：“图画风流似（顾）长康，文词体格效陈王（曹植）。蓬莱对去归

---

① （清）魏际瑞《伯子论文》，道光十三年昭代丛书本。

② （唐）李贺《昌谷集》卷一，文渊阁四库全书本。

常晚，丛竹闲飞满夕阳。”①

三是截七言律诗的中间两联即颔联、颈联四句为七律，全诗四句皆对仗，如杜甫《喜闻盗贼、蕃寇总退口号五首》之一：“萧关（在灵州傍）陇水入官军，青海黄河卷塞云。北极转愁龙虎气，西戎休纵犬羊群。”韦应物《登楼寄王卿》：“踏阁攀林恨不同，楚云沧海思无穷。数家砧杵秋山下，一郡荆榛寒雨中。”

是截取七言律诗的前、后两联为七绝，皆不对仗。这种七绝，名作更多。如贺知章《回乡偶书二首》云：“少小离乡老大回，乡音难改鬓毛衰。儿童相见不相识，笑问客从何处来”；“离别家乡岁月多，近来人事半销磨。唯有门前镜湖水，春风不改旧时波。”②王之涣《出塞》云：“黄河直上白云间，一片孤城万仞山。羌笛何须怨杨柳，春风不度玉门关。”③李白《黄鹤楼送孟浩然之广陵》云：“故人西辞黄鹤楼，烟花三月下扬州。孤帆远影碧空尽，唯见长江天际流。”又《望天门山》云：“天门中断楚江开，碧水东流至北回。两岸青山相对出，孤帆一片日边来。”又《早发白帝城》云：“朝辞白帝彩云间，千里江陵一日还。两岸猿声啼不住，轻舟已过万重山。”又《春夜洛城闻笛》云：“谁家玉笛暗飞声，散入春风满洛城。此夜曲中闻《折柳》，何人不起故园情。”杜甫《赠花卿》云：“锦城丝管日纷纷，半入江风半入云。此曲只应天上有，人间能得几回闻。”严武守蜀破吐蕃，收复盐川，杜甫作《军城早秋》云：“昨夜秋风入汉关，朔云边雪满西山。更催飞将追骄虏，莫遣沙场匹马还。”又《江南逢李龟年》云：“岐王宅里寻常见，崔九堂前几度闻。正是江南好风景，落花时节又逢君。”岑参《逢入京使》云：“故园东望路漫漫，双袖龙钟泪不干。马上相逢无纸笔，凭君传语报平安。”④张继《枫桥夜泊》云：“月落乌啼霜满天，江枫渔火对愁眠。姑苏城外寒山寺，夜半钟声到客船。”⑤韦应物《滁州西涧》云：“独怜幽草涧边生，上有黄鹂深树鸣。春潮带雨晚来急，野渡无人舟自横。”白居易《旧房》云：“远壁秋声虫络丝，入檐新影月低眉。床帷半故帘旌断，仍是初寒欲夜时。”王昌龄《闺怨》云：“闺中少妇不知愁，春日凝妆上翠楼。忽见陌头杨柳色，悔教夫婿觅封侯。”⑥又《芙蓉楼送辛渐》云：“寒雨连江夜入吴，平明送客楚山孤。洛阳亲友如相问，一片冰心在玉壶。”王之翰《凉州词》云：“蒲桃美酒夜光杯，欲饮琵琶马

① 《御定全唐诗》卷二〇七，文渊阁四库全书本。

② 《御定全唐诗》卷一一二，文渊阁四库全书本。

③ 唐芮挺章《国秀集》卷下，文渊阁四库全书本。

④ （后蜀）韦縠《才调集》卷七，文渊阁四库全书本。

⑤ 《御定全唐诗》卷二四二，文渊阁四库全书本。

⑥ 《御定全唐诗》卷一四三，文渊阁四库全书本。

上催。醉卧沙场君莫笑，古来征战几人回。”①刘禹锡《乌衣巷》云：“朱雀桥边野草花，乌衣巷口夕阳斜。旧时王谢堂前燕，飞入寻常百姓家。”朱庆余《闺意上张水部》云：“洞房昨夜停红烛，待晓堂前拜舅姑。妆罢低声问夫婿，画眉深浅入时无。”②李锜《金缕衣》云：“劝君莫惜金缕衣，劝君惜取少年时。有花堪折直须折，莫待无花空折枝。”③绝句因用字少，均忌文字重复。但一切都是相对的，这首二十八字的七绝中，“君”、“惜”、“花”均重用，“折”三用，不但不觉其重复，反而给人以回环往复之感。

明人梁桥《冰川诗式》对此也分别举例说明：“七言始于汉武《柏梁》。七言绝句始自古乐府《挟瑟歌》、梁元帝《乌栖曲》、江总《怨时行》等作，皆七言四句。至唐初，始稳顺声势，定为绝句。绝句者，四句不相连属，或云绝取八句律之四句，或云绝妙之句，详见五言口号。亦七言四句，草成而就速，达意宣情而已，贵明白条畅。律诗仿此。唐人好诗多是征戍、迁谪、行旅、离别之作，往往能感动激发人意。他诗固多，而七言绝句为甚，句少而意专。辞属赋、比、兴者，其旨深，其味长，可以兴，可以观焉。《寒食汜上》(唐王维)，此诗其法前散后对：‘广武城边逢暮春，汶阳归客泪沾巾。落花寂寂啼山鸟，杨柳青青渡水人。’《江南》(唐陆龟蒙)，此诗其法前对后散：‘村边紫豆花垂次，岸上红梨叶战初。莫怪烟中重回首，酒旗青纻一行书。’《奉和圣制幸韦嗣立庄应制》(唐李峤)，此诗其法四句两对：‘万骑千官拥帝车，八龙三马访仙家。凤凰原上窥青壁，鹦鹉杯中弄紫霞。’《赠花卿》(此诗一作古乐府入破第二叠)(唐杜甫)，此诗其法四句一意不对：‘锦城丝管日纷纷，半入江风半入云。此曲只应天上有，人间能得几回闻。’《绝句》此诗其法隔句扇对，以第一句对第三句，以第二句对第四句：‘去年花下留连饮，暖日夭桃莺乱啼。今日江边容易别，淡烟衰草马频嘶。’《绝句》(唐杜甫)，此诗四句四意，不相连属：‘两个黄鹂鸣翠柳，一行白鹭上青天。窗含西岭千秋雪，门泊东吴万里船。’七言绝句，其法如此。大略以第三句为主，首尾率直而无婉曲，此异时所以不及唐也。其法非惟久失其传，人亦鲜能知之。有实接者，以实事寓意而接。则转换有力。有虚接者，以虚语接前两句，亦有事虽实而意虚者，于承接之间，略加转换。有用事者，融化其事以为意，不使所用事窒塞堆栈。大抵第三句为接句，兼备虚实两体，四句之中，此句最宜着力。凡作七言绝句，如窗中览景，立处虽窄，眼界自宽。题广者，取远景寸山尺水，愈觉其遥；取近景，一草一木皆有生意。言从字顺，辞从兴底，

---

① (唐)芮挺章《国秀集》卷上。

② (宋)洪迈《万首唐人绝句》卷八，四库全书本。

③ (宋)洪迈《万首唐人绝句》卷五五。《说郛》卷七七：“唐杜秋娘，金陵女子也，年十五，为浙西观察使李锜妾，尝为锜词云。”明曹学佺《石仓历代诗选》卷一一四即作《杜秋娘诗》。

命意臻妙,句少而意无穷,方为作者。唐人以绝句名家者多矣。其词华而艳,其气深而长,锦绣其言,金石其声,读之使人一唱而三叹。"

"异时所以不及唐",但唐以后也有很多可以媲美于唐的七绝,如苏舜钦的《淮中晚泊犊头》:"春阴垂野草青青,时有幽花一树明。晚泊孤舟古祠下,满川风雨看潮生。"苏轼的《饮湖上初晴后雨》:"水光潋滟晴方好,山色空蒙雨亦奇。欲把西湖比西子,淡妆浓抹总相宜。"又《题西林壁》:"横看成岭侧成峰,远近高低各不同。不识庐山真面目,只缘身在此山中。"又《澄迈驿通潮阁》:"余生欲老海南村,帝遣巫阳招我魂。杳杳天低鹘没处,青山一发是中原。"

七律多首句入韵,以上所举皆是。也有首句不入韵的,如王维的《九月九日忆山东兄弟》:"独在异乡为异客,每逢佳节倍思亲。遥知兄弟登高处,遍插茱萸少一人。"白居易的《赠内》:"漠漠暗苔新雨地,微微凉露欲秋天。莫对月明思往事,损君颜色减君年。"窦巩有《南游感兴》,吴曾《能改斋漫录》卷八云:"唐窦巩有《南游感兴》诗:'伤心欲问当时事,惟见江流去不回。日暮东风春草绿,鹧鸪飞上越王台。'盖用李太白《览古》诗意也,李云:'越王句践破吴归,义士还家尽锦衣。宫女如花满春殿,只今惟有鹧鸪飞。'"王安石的《山陂》:"山陂院落今䅌种(江西方言,以两木打谷),城郭楼台已放灯。白发逢春惟有睡,睡闻啼鸟亦相憎。"

七绝多为平声韵,但也偶有仄声韵的,如唐吕温《戏赠灵澈上人》:"僧家亦有芳春兴,自是禅心无滞境。君看池水湛然时,何曾不受花枝影。"①

第六节　杂　体　诗

(一)杂体诗概述

杂体诗与杂言诗的含义不同:杂言诗是指诗歌每句字数不同,杂体诗是指古典诗歌除以上所述正式体裁以外的各种各样的诗体,它们往往利用汉语单音多义,每个字具有形音义的属性,把字形、语音、句法、音律等加以变化,重新加以组合,创作出独特奇异的新诗体,具有逞才、斗智、寓讽的特点,带有文字游戏的性质。吴讷《文章辨体序说·杂体》云:"昔柳柳州《读退之毛颖传》有曰:'善戏谑兮,不为虐兮。学者终日讨说习复,则罢惫而废乱,故有息焉游焉之说。譬诸饮食,既荐味之至者,而奇异苦咸酸辛之物,虽蜇吻裂鼻,缩舌涩齿,而咸有笃好之者,独文异乎?'予于是而知杂体之诗盖

① (唐)吕温《吕衡州集》卷一,文渊阁四库全书本。

类是也。然其为体，虽各不同，今总谓之杂者，以其终非诗体之正焉。”可见虽非正体，但历代“咸有笃好之者”。

杂体诗名目甚多，唐皮日休《杂体诗序》云：

案《舜典》帝曰：“夔命汝典乐，教胄子。”诗言志，歌永言在焉。《周礼》：“太师之职，掌教六诗。”讽赋既兴，风雅互作，杂体遂生焉。后系之于乐府，盖典乐之职也。在汉代李延年为协律，造新声，雅道虽缺，乐府乃盛，《铙歌》、《鼓吹》、《拂舞》、《予俞》，因斯而兴。词之体不得不因时而易也，古乐书论之甚详。今不能备载，载其他见者。案《汉武集·元封三年》作《柏梁台》，诏群臣二千石有能为七言诗者乃得上坐。帝曰“日月星辰和四时”，梁王曰“骖驾驷马从梁来”，由是联句兴焉。孔融诗云：“渔父屈节，水潜匿方。”作郡姓名字离合也，由是离合兴焉。晋傅咸有《回文》、《反复》诗二首，云“反复其文者，以示忧心辗转也”，“悠悠远迈独茕茕”是也。由是反复兴焉。晋温峤《回文虚言诗》云：“宁神静泊，损有崇亡”，由是回文兴焉。梁武帝云“后牖有朽柳”，沈约云“偏眠船舷边”，由是叠韵兴焉。《诗》云“蹢蝀在东”，又曰“鸳鸯在梁”，由是双声兴焉。《诗》云“维南有箕，不可以簸扬；维北有斗，不可以挹酒浆”，近乎戏也。古诗或为之，盖风俗之言也。古有采诗官命之曰风人，“围棋烧败袄，著子故依然”，由是风人之作兴焉。《梁书》云：“昭明善赋短韵，吴均善压强韵，今亦效而为之，存于编中。陆生与予各有是，为凡八十六首。至如四声诗、三字、离合、全篇双声叠韵之作，悉陆生所为，又足见其多能也。”案齐竟陵王《郡县诗》曰：“追芳承荔浦，揖道信云丘。”县名由是兴焉。案梁元《药名诗》曰：“戍客恒山下，当思衣锦归。”药名由是兴焉。陆与予亦有是作。至如鲍昭之建除，沈炯之六甲、十二属，梁简文之卦名，陆惠晓之百姓，梁元帝之鸟名、龟兆，蔡黄门之口字、古两头纤纤、槁砧、五杂组已降，非不能也，皆鄙而不为。噫，由古至律，由律至杂，诗尽乎此也。近代作杂体，唯刘宾客集中有回文、离合、双声、叠韵，如联句则莫若今孟东野与韩文公之多，他集罕见，足知为之之难也。陆与予窃慕其为人，遂合已作为杂体一卷，嘱予序杂体之始云。

仅这里所举就有联句、离合、回文、反复、叠韵、双声、风人、县名、药名、建除、六甲、十二属、卦名、百姓、鸟名、龟兆，口字古、两头纤纤、槁砧、五杂组等近二十种杂体诗。

严羽《沧浪诗话·诗体》也论及杂体诗：

论杂体，则有风人（上句述其语，下句释其义，如古《子夜歌》、《读曲歌》之类，则多用此体）、槁砧（古乐府“槁砧今何在，山上复安山。何当大刀头，破镜飞上天”，僻辞隐语也）、五杂俎（见乐府）、两头纤纤（亦见乐府）、盘中（《玉台集》有此诗，苏伯妻作，写之盘中，屈曲成文也）、回文（起于窦滔之妻，织锦以寄其夫也）、反复（举一字而诵，皆成句，无不押韵，反复成文也。李公《诗格》有此二十字诗）、离合（字相拆合成文，孔融“渔父屈节”之诗是也。虽不关诗之重轻，其体制亦古。）至于建除（鲍明远有《建除诗》，每句首冠以“建除平满”等字，其诗虽佳，盖鲍本工诗，非因建除之体而佳也）、字谜、人名、卦名、数名、药名、州名之诗（如此诗）只成戏谑，不足法也。又有六甲、十二属之类，及藏头、歇后等体（今皆削之。近世有李公《诗格》，泛而不备，惠洪《天厨禁脔》最为误人，今此卷有旁参二书者，盖其是处不可易也）。

明周琦云：

诗自沈约一变之后，有许多体制出来，故《三百篇》旨大坏于此。其体制如江左体、蜂要体、辘轳体、隔句体、回文体、偷春体、折腰体、绝弦体、五仄体、五平体、拗体、变体、离合体、人名体、药名体、双声叠韵体、平仄各押韵体、八句仄入体、第三句失黏体、促句换韵体、平头换韵体、六句体、促句体、五句体……案法有许多变态，三百篇安得而不坏乎？愚少时亦尝编有《诗家体制》一书，其体有百样。后来见得初为学诗者约归《三百篇》旨，恐反为《三百篇》累，遂火之。并今诗亦因其不工，皆厌作矣。①

皮、严、周三人论及的杂体诗，去重复后，有联句、离合、回文、叠韵、双声、风人、县名、药名、建除、卦名、百姓、鸟名、龟兆、两头纤纤、槁砧、五杂俎、回文、离合、联句、盘中、反复、字谜、人名、数名、州名、十二属、藏头、歇后、江左体、蜂要体、辘轳体、隔句体、蹉对体、扇对体、偷春体、折腰体、绝弦体、五仄体、五平体、拗体、变体、平仄各押韵体、八句仄入体、第三句失黏体、促句换韵体、平头换韵体、六句体、促句体、五句体等。但这还远未概括无余，有人说杂体诗多达二百余体。2009 年河南文艺出版社出版的由杨道诚、韩清显主编的《奇诗怪词》，分十类列举了 164 种杂体诗，即：1. 福唐体，2. 柏梁体，3. 间韵诗（变体诗），4. 转韵诗，5. 促句诗，6. 倒押前韵诗，7. 犯韵体，8. 短柱

① （明）周琦《东溪日谈录》卷一六，文渊阁四库全书本。

体，9. 四声诗，10. 双声诗，11. 叠韵诗，12. 双声叠韵诗，13. 禽言诗，14. 风人诗，15. 声韵诗，16. 嵌字诗，17. 藏头诗，18. 建除诗，19. 药名诗，20. 针穴名诗，21. 卦名诗，22. 龟兆名诗，23. 相名诗(嵌相术名)，24. 星名诗，25. 节气名诗，26. 鸟兽名诗，27. 草木名诗，姓名诗，28. 地名诗，29. 宫殿屋名诗，30. 车船名诗，31. 围棋名诗，32. 象棋名诗，33. 歌曲名诗，34. 戏目名诗，35. 四气诗(也称四时诗)，36. 四色诗，37. 五行诗，38. 六甲诗(六十甲子)，39. 六府诗(水，火，金，木，土，毂)，40. 八音诗(金、石、丝、竹、匏、土、革、木)，41. 十二属诗(即十二生肖诗)，42. 数字诗，43. 数名诗(又叫十数诗，是将从一至十以内的数目字连贯而成的诗，现在一般也称数字诗)，44. 数谜诗，45. 两头纤纤诗，46. 五杂俎诗，47. 三妇艳，48. 尔汝歌，49. 一半儿，50. 自君之出矣诗(首句都是“自君之出矣”)，51. 四愁诗，52. 五噫诗，53. 六忆诗(回忆聚、别、行、坐、食、眠六种情境)，54. 十索诗(十首，每首末句以“从郎索衣带”等语结)，55. 十离诗(十首为限，每首诗题均有“离”字)，56. 诸言体(又叫诸意体、诸语体，常见有了语、大言、小言、乐语、滑语、馋语、醉语、安语、危语)，57. 反义词诗，58. 五更诗，59. 十二时诗，60. 禁体诗，61. 七哀诗，62. 百年诗，63. 广告诗，64. 集句诗，65. 集句词，66. 剥皮诗(也称“拟古诗”)，67. 隐括体，68. 逐字替换诗，69. 藏诗体对联，70. 诗改词，71. 诗词包含体，72. 中西合璧诗，73. 号码诗(把阿拉伯的数字写入汉字诗)，74. 藏字横诗竖铭，75. 诗词合璧，76. 联诗(由对联组成的诗)，77. 诗联(由诗组成的对联)，78. 掉脚诗，79. 九言诗，80. 宝塔诗，81. 一七体诗(宝塔诗的一种)，82. 飞雁体诗，83. 火焰体诗，84. 叠翠诗，85. 八大山诗，86. 三句诗，87. 摊破诗，88. 复字体诗，89. 重字体诗，90. 叠字诗，91. 两字连珠诗，92. 翻韵诗(倒字诗)，93. 同头诗，94. 啰嗦诗，95. 绕头诗，96. 双承体，97. 首尾吟体诗，98. 辘轳体诗，99. 换序诗，100. 语义双关诗，101. 粘对诗，102. 歇后诗，103. 问句诗，104. 排比诗，105. 反语诗，106. 顶真体，107. 句蝉联，108. 倒顺连环锦缠枝，109. 回环顶真诗，110. 顶真回文诗，111. 连环体诗，112. 段落顶真(节蝉联)，113. 半字顶真体诗，114. 藏头拆字体诗，115. 槁砧诗、隐语诗、谜语诗，116. 离合诗，117. 拆字诗，118. 同旁诗(又叫联边诗)，119. 叠字形诗，120. 逆挽诗、抑扬诗，121. 颠倒歌，122. 俳谐体、俳体、谐体、覆窠体、打油诗，123. 回文诗，124. 颠倒虞美人，125. 围棋四季诗，126. 十字图诗，127. 数名会意诗，128. 阡陌诗，129. 纵横田亩诗，130. 花心诗，131. 拆字图诗，132. 相思璧，133. 神智体，134. 圈儿诗，135. 图画诗，136. 画中藏诗，137. 竹枝三弄，138. 梅花形诗，139. 梅花三弄，140. 蜘蛛图诗(综合离合诗)，141. 图像诗，142. 八枝盘鉴图诗，143. 六棱品字玦诗，144. 龟形诗，145. 宝塔形的文字葫芦，146. 葫芦图形诗，147. 回旋四季诗，148. 盘中诗，149. 方角书诗，150. 方结连环诗，151. 石碑诗，152. 卦形诗，153. 酒壶诗，154. 火环诗，155. 饮月诗(反义诗)，156. 鸳鸯诗，157. 翠峰诗，158.金花连环诗，159.火球形诗，160.三角形诗，161.风花雪月诗，162.鳞叠连环诗，163.渔网诗，164.方印诗。

以上所列并非都是诗（如集句词，颠倒虞美人、藏诗体对联），也非都是古诗（如广告诗、中西合璧诗、号码诗），故没有必要尽述。下面择其常见而较重要者，举例介绍如下。

（二）时　体

清人方世举《兰丛诗话》云："老杜晚年七律，有自注时体、吴体、俳谐体。俳谐易知，时体、吴体不解。案之不过稍稍野朴，以'老树著花无丑枝'博趣，而辞气无所分别。当时皆未有此，何自而立名目？"①其实，时体、吴体、俳谐体都是就风格说的。时体即"当时体"，指当时流行之体，即杜甫《戏为六绝句》所说的"杨王卢骆当时体"。又如吕温《送薛大信归临晋序》云："文乖时体，行失俗誉。"②时体含义较广，包括当时流行的诗文各体。

时体又指时文。《文选》卷二〇陆士衡《皇太子宴玄圃宣猷堂有令赋诗一首》有"时文惟晋，世笃其圣"语，卷二四《赠冯文熊迁斥丘令一首》有"于皇圣世，时文惟晋"语，卷三五张景阳《七命》也有"群萌反素，时文载郁"语。唐宋古文革新都以反对时文（骈文），以提倡古文相号召。但是，在不同时期，他们所反对的时文，其对象是不同的。从宋王朝建立到十世纪末，以柳开、王禹偁为代表的古文家，他们所反对的时文是指"五代文弊"的骈俪之风。十一世纪初的三四十年，穆修、石介、尹洙、苏舜钦等人所反对的时文主要是以杨亿为代表的西昆体。欧阳修《苏学士文集序》云："天圣之间，予举进士于有司，见时学者务以言语声偶摘裂，号为时文，以相夸尚。而子美独与其兄才翁及穆参军伯长，作为古歌诗杂文，时人颇共非笑之，而子美不顾也"；其《记旧本韩文后》云："是时天下学者杨刘之作，号为时文，能者取科第，擅名声，以夸荣当世，未尝有道韩文者。"十一世纪中叶，特别是在嘉祐二年（1057）欧阳修知贡举时，欧阳修、梅尧臣也反对西昆体，但更多的是"太学体"，是反对古文运动中求深务奇的不良文风；欧阳修去世后，在十一世纪的后三十年，苏轼所反对的时文则是指王安石"欲以其学同天下"，这更是古文运动内部的分歧。他们所反对的时文就是当时流行的文体。

① 郭绍虞辑《清诗话续编》本，上海古籍出版社1983年版。

② （宋）李昉《文苑英华》卷七二九，文渊阁四库全书本。

（三）吴体（拗体）

方世举《兰丛诗话》不解的“吴体”，前人之说甚多。一指吴均体，详后第十一章第二节“以人而论的风格分体例略”之“（六）吴均体”。二指吴地半雅半俗之体，明唐元竑云：“《愁》诗公自注：‘强戏为吴体。’今不知公所指吴体者为何等，读之但觉拗耳。宋方万里《瀛奎律髓》遂以拗为吴体，岂据此诗耶？‘强戏’者偶一为之。拗体，杜集中至多，宁独此也？当时北人皆以南音为鄙俚，公意似在半雅半俗间耳。”①三指吴歌。明田汝成《西湖游览志余》卷二五云：“吴歌惟苏州为佳，杭人近有作者往往得诗人之体，如云‘月子湾湾照几州，几人欢乐几人愁。几人高楼行好酒，几人飘蓬在外头。’”四指律诗之拗体，即“以拗为吴体”，黄庭坚笺注杜甫“野艇恰受两三人”：“（艇）改作‘航’，殊无理。此特吴体，不必尽律。白公《同韩侍郎游郑家池》诗云：‘野艇容三人。’正用此语。”②可见黄庭坚认为吴体就是不必尽合格律的律体。

拗体诗多见于初盛唐。两联不依常格的，称拗句格；通首全拗的，称为拗律。凡“拗”须用“救”，如上句该平的用仄，下句该仄的则用平。平拗仄救，仄拗平救，一拗一救，协调平仄，使音节和谐，称为“拗救”。拗救大致可分为两大类：一类是本句自救，律诗五言“平平仄仄平”格因第一字用了仄声，七言“仄仄平平仄仄平”格第三字用了仄声而“犯狐平”时，则在五言第三字、七言第五字改用平声字来补救。另一类是对句相救，大拗必救，指出句五言“仄仄平平仄”格第四字，七言“平平仄仄平平仄”格第六字拗时，必须在对句五言第三字、七言第五字用一个平声字作为补救。小拗可救可不救，指出句五言“仄仄平平仄”句型第三字，七言“平平仄仄平平仄”句型第五字拗时，可在对句五言第三字、七言第五字用一个平声字作为补救，也可以不救。本句自救和对句相救，往往同时并用。

刘克庄《后村诗话》卷下云：“苏子美（苏舜钦）歌行雄放于圣俞（梅尧臣），昂藏不羁，如其为人。及蟠屈为吴体，则极平夷妥帖。绝句云：‘别院深深夏簟清，石榴开遍透帘明。树阴满地日卓午，梦觉流莺时一声。’又云：‘春阴垂野草青青，时有幽花一树明。晚泊孤舟古祠下，满川风雨看潮生。’极似韦苏州《垂虹亭观中秋月》云‘佛氏解为银色界，仙家多住玉华宫’。极工。而世惟咏其上一联‘金饼’、‘彩虹’之句，③何也？‘山蝉带响穿疏户，野

---

① （明）唐元竑《杜诗攟》卷四，文渊阁四库全书本。

② （宋）黄庭坚《山谷别集》卷四，文渊阁四库全书本。

③ 指苏舜钦《中秋松江新桥对月和柳令之作》：“月晃长江上下同，画桥横绝冷光中。云头滟滟开金饼，水面沉沉卧彩虹。佛氏解为银色界，仙家多住玉华宫。地雄景胜言难尽，但欲追随乘晓风。”

蔓蟠青入破窗’,①亦佳句。”刘克庄认为吴体的特点是“蟠屈”而又“极平夷妥帖”。

方回《瀛奎律髓》卷二五拗字类云:“拗字诗在老杜集七言律诗中谓之吴体。老杜七言律一百五十九首,而此体凡十九出。不止句中拗一字,往往神出鬼没,虽拗字甚多,而骨骼愈峻峭……如‘负盐出井此溪女,打鼓发船何郡郎’,‘宠光蕙叶与多碧,点注桃花舒小红’之类是也……独老杜吴体之所谓拗,则才小者不能为之矣。五言律亦有拗者,止为语句要浑成,气势要顿挫,则换易一两字平仄,无害也。但不如七言吴体全拗尔。”同卷方回又论杜甫《题省中院壁》云:“‘掖垣竹埤梧十寻,洞门对雪常阴阴。落花游丝白日静,鸣鸠乳燕青春深。腐儒衰晚谬通籍,退食迟回违寸心。衮职曾无一字补,许身愧比双南金。’此篇八句俱拗,而律吕铿锵,试以微吟,或以长歌,其实文从字顺也。以下吴体皆然:‘落花游丝白日静,鸣鸠乳燕青春深’,此等句法惟老杜多,亦惟山谷、后山多,而简斋亦然。乃知江西诗派非江西,实皆学老杜耳。”在方回看来,吴体即拗体(“拗字诗”在老杜集七言律诗中谓之“吴体”),不仅七言律有拗体,五言律亦有拗体,甚至有全诗八句俱拗者。吴体的特点是虽拗字甚多而体骼峻峭,文从字顺,语句浑成,气势顿挫。

由于对吴体含义理解的不同,故对吴体的起源也有不同说法。或谓吴体始于鲍明远,王观国云:“鲍明远诸集中亦有二篇,谓之吴体。盖自雅颂不作,迄于魏晋南北朝以来,浮靡愈甚,始有为此态者,悉取闾阎鄙媟之语,比类而为之。诗道沦丧至于如此,诚可叹也。”②或谓起于吴均,王钦若等云:“(吴)均文体清拔有古气,好事者或效之,谓为吴体。”③或谓始于杜甫。吴体指拗体律诗,而拗体律诗确实起于杜甫,所谓“强戏为吴体”。而杜甫之后明确标为吴体者尤多,唐陆龟蒙《新秋月夕,客有自远相寻者,作吴体二首以赠》:“风初寥寥月乍满,杉篁左右供余清。因君一话故山事,忆鹤互应深溪声。云门老僧定未起,白阁道士遥相迎。日闻羽檄日夜急,掉臂欲归岩下行。”又:“惊闻远客访良夜,扶病起坐纶巾欹。清谈白苎思悄悄,玉绳银汉光离离。三吴烟雾且如此,百越琛赆来何时。林端片月落未落,强慰别情言后期。”④又《早秋吴体寄袭美》云:“荒松古树只独倚,败蝉残蛩苦相仍。虽然诗胆大如斗,争奈愁肠牵似绳。短烛初添蕙幌影,微风渐折蕉衣棱。安得弯弓似明月,快箭拂下西飞鹏。”

---

① 此指苏舜钦《沧浪静吟》:“独绕虚亭步石矼,静中情味世无双。山蝉带响穿疏户,野蔓盘青入破窗。二子逢时犹死饿,三闾(屈原)遭逐便沉江。我今饱食高眠外,惟恨醇醪不满缸。”曾慥《类说》卷三四:“窗破,蔓蟠,其中似无人居,竟世所惜。”

② (宋)王观国《学林》卷八《大刀》,文渊阁四库全书本。

③ 《册府元龟》卷八三九,文渊阁四库全书本。

④ (唐)陆龟蒙《甫里集》卷八,文渊阁四库全书本。

宋诗明标为吴体者更多，黄庭坚《二月丁卯喜雨，吴体为北门留守文潞公作》："乘舆斋祭甘泉宫，遣使骏奔河岳中。谁与至尊分旰食，北门卧镇司徒公。微风不动天如醉，润物无声春有功。三十余年霖雨手，淹留河外作时丰(是时太母闵雨勤甚，故有微风不动之句)。"①史浩《次韵鲍以道天童育王道中，吴体》："逆云佛塔金千寻，傍耸滴翠玲珑岑。春供万象富远目，响答两地纷啼禽。风摇野帻去复去，露浥乳窦深尤深。奇声俊逸鲍夫子，莲社不挂渊明心。"曾幾《寓居有招客者戏成》(此诗未标为吴体)："蓬蒿小院立秋天，秃鬓凄风雨飒然。丈室何人问摩诘，后堂无地着彭宣。床头白酒新浮瓮，案上黄诗屡绝编。不厌寒家淡生活，书窗期与子周旋。"②《瀛奎律髓》卷二五云："茶山曾公学山谷诗，有'案上黄诗屡绝编'之句，此其生逼山谷，然亦所谓老杜吴体也。此体不独用之八句律，用为绝句尤佳，山谷《荆江亭病起十绝》是也。茶山有一绝云：'自公退食入僧定，心与香字俱寒灰。小儿了不解人意，正用此时持事来。'深有三昧。"

《瀛奎律髓》卷一七云："赵蕃《晚晴》云：'残风落日蝉乱鸣，细履小园欣晚晴。投林倦鸟分暝色，满地落叶无秋声。卫尉一钱曾不直，阮郎几屐毕平生。三十六中第一策，脱却世故甘佣耕。'聱牙细润，吴体也。读至尾句乃与山谷逼真，此章泉学诗妙言也。"李洪《隐岩吴体》云："屋头日日闯云山，簿领沉迷肯放闲？一行作吏遽如许，三径就荒那得还。绿阴留与后人憩，丛桂时招好客攀。邂逅清泉与白石，岸巾时得洗衰颜。"③陆游有《夜闻大风感怀赋吴体》："故都宫阙污膻腥，原野久稽陈大刑。未须校尉戍西域，先要将军空朔庭。意言挥戈可退日，身乃读书方聚萤。病起窗前发如雪，夜闻风声孤涕零。"又《吴体寄张季长》云："九月十月天雨霜，江南剑南途路长。平生故人阻携手，万里一书空断肠。人生强健已难恃，世事变迁那可常。两家子孙各长大，他年穷达毋相忘。"

方回所作吴体也较多，《桐江续集》卷五《宾旸来饮秀山，予醉小跌，次韵为吴体》："无冰为水柘为浆，深入醉乡心自凉。微官误身鱼中饵，俗士缚礼龟榰床。未妨卖书笑杜甫，宁能食乳羡张苍？颠崖仆树幸无损，当复与君浮万觞。"又同卷《冰崖杨明府德藻携红酒殽果来饮，归舟独坐熊皮，索笔作字，且出示箧中书，为赋吴体》："有美一人升秋堂，木犀花中清言香。熊皮端坐雪衣洁，兔颖疾挥葱指长。琥珀味浓酒口口，口(原阙三字)溢价重书盈箱。臬羔剪韭儿辈问，此岂拜石米元章。"又卷一二《约端午

① (宋)黄庭坚《山谷外集》卷一，四部丛刊续编本。

② (宋)曾幾《茶山集》卷五，文渊阁四库全书本。

③ (宋)李洪《芸庵类稿》卷三，文渊阁四库全书本。

到家，复不果，赋吴体》："略无一点南来风，日日褰裳泥雨中。端午到家复失约，良辰阙酒非真穷。世情故宜俗眼白，时事不改戎葵红。三年为客可归矣，亦念儿曹思乃翁。"

（四）俳谐体及其不同称谓

俳谐体又称俳体、谐趣体、诙谐体等，指以滑稽幽默、诙谐嘲谑为主要内容的作品，遍及诗文词曲、民歌民谣，内容通俗易懂，晓畅明白，甚至俚俗粗浅，形式灵活多样。格律上，有的严守格律，有的只讲押韵，不守格律。刘勰《文心雕龙·谐隐》说："谐之言皆也，辞浅会俗，皆悦笑也。"曹丕《典论·论文》云："孔融体气高妙，有过人者。然不能持论，理不胜词，至于杂以嘲戏。"杜甫有《戏作俳谐体遣闷二首》。黄彻论俳谐体云："子建（曹丕）称孔北海文章多杂以嘲戏，子美亦戏效俳谐体，退之亦有'寄诗杂诙俳'，不独文举为然。自东方生（东方朔）而下，称处士张长史、颜延年辈，往往多滑稽语，大抵才力豪迈有余而用之不尽，自然如此。韩诗'浊醪沸入口，口角如衔钳。试将诗义授，如以肉贯串。初食不下喉，近亦能稍稍'，皆谑语也。坡集类此不可胜数，《寄蕲簟与蒲传正》云：'东坡病叟长羁旅，冻卧饥吟似饥鼠。倚赖东风洗破衾，一夜雪寒披故絮。'《黄州》云：'自惭无补丝毫事，尚费官家压酒囊。'《将之湖州》云：'吴儿脍缕薄欲飞，未去先说馋涎垂。'又：'寻花不论命，爱雪长忍冻。天公非不怜，听饱即喧哄'。《食笋》云：'纷然生喜怒，似被狙公怒。'《卖种茶》云：'饥寒未知免，已作太饱计。平生五千卷，一字不救饥。饥来凭空案，一字不可煮。'皆斡旋其章而弄之，信恢辨有余，与血指汗颜者异矣。"①

明徐师曾《文体明辨序说·诙谐诗》云："按《诗·卫风·淇奥篇》云：'善戏谑兮，不为虐兮。'此谓言语之间耳。后人因此演而为诗，故有俳谐体。"可见俳谐体是杂体诗的一种。自《诗经》以来，就有诙谐幽默的诗，如《诗经·齐风·鸡鸣》云："女曰鸡鸣，士曰昧旦。子兴（起）视夜，明星有烂。将翱将翔，弋凫与雁。"历代俳优的说唱、吟诵更多诙谐戏谑之诗，如《汉书·东方朔传》的"生肉为脍，干肉为哺。著树为寄生，盆下为窭数。"其后文人之作尤多。

覆窠体也是俳谐体之一。《升庵诗话》卷一四《覆窠、俳体、打油、钉铰》云："《太平广记》有仙人伊周昌，号伊风子，有《题茶陵县诗》云：'茶陵一道好长街，两边栽柳不栽槐。夜后不闻更漏鼓，只听锤芒织草鞋。'时谓之'覆窠体'。江南呼浅俗之词曰'覆

---

① （宋）黄彻《䂬溪诗话》卷一〇，四库全书本。

窠’，杜甫谓之‘俳谐体’，今谓‘打油’诗。唐人有张打油作《雪》诗云：‘江山一笼统，井上黑窟笼。黄狗身上白，白狗身上肿。’”周晖《金陵琐事》卷四云：“诗至于打油，恶道也。就而论之，刺之不入骨，听之不绝倒者，弗工也。”①王士禛《池北偶谈》卷一七《胡钉铰诗派》：“《茶谱》记胡生以钉铰为业，居近白蘋洲旁有古冢，每茶饮必酹之。忽梦一人曰：‘吾姓柳，感子茗惠，教子为诗。’后遂名胡钉铰诗。若然，则钉铰诗派乃本柳文畅耶？又《云溪友议》：‘列子墓在郑里，有胡生，家贫少为磨镜、镀钉之业，遇名茶美酝辄祭，忽梦一人刀划其腹，纳以一卷书。既觉，遂工吟咏，号胡钉铰。此一事而传载异耳。”

俳谐体在诗文曲中都有。诗中的俳谐体如上所举，文如《文选》卷四七所载刘伶的《酒德颂》，《文选补遗》卷二二所载鲁褒的《钱神论》。词如苏轼《南柯子》(东坡守钱塘，无日不在西湖，尝携妓谒大通禅师。大通愠形于色，东坡作长短句，令妓歌之)：“师唱谁家曲，宗风嗣阿谁？借君拍板与门捶，我也逢场作戏莫相疑。　溪女方偷眼，山僧莫眨眉。却愁弥勒下生迟，不见老婆三五少年时。”②又如辛弃疾《沁园春·将止酒，戒酒杯使勿近》：“杯汝前来，老子今朝，点检形骸。甚长年抱渴，咽如焦釜；于今喜睡，气似奔雷。汝说刘伶，古今达者，醉后何妨死便埋。浑如此，叹汝于知己，真少恩哉！　更凭歌舞为媒，算合作、人间鸩毒猜。况疾无大小，生于所爱；物无美恶，过则为灾。与汝成言：勿留亟退，吾力犹能肆汝杯。杯再拜，道麾之即去，招亦须来。”③散曲中的俳体尤多，任半塘认为：“俳体之格势极多，制作不穷，几占全部著述之半。”④如元人杜仁杰的《般涉调·耍孩儿》(庄家不识构阑)、睢景臣《般涉调·哨遍》(高祖还乡)等，都使人忍俊不禁。

(五) 建　除　体

建除是古代阴阳五行家用“建除”等十二个字，配合十二地支，以测时日吉凶的一种迷信术数。汉淮南王刘安云：“寅为建，卯为除，辰为满，巳为平，主生；午为定，未为执，主陷；申为破，主衡；酉为危，主杓；戌为成，主少德；亥为收，主大德；子为开，主太岁；丑为闭，主太阴。”⑤建除体诗指各句开头分别以“建”、“除”等字开头的诗，源自鲍

① (明)周晖《金陵琐事》，台湾成文出版社《中国方志丛书》1983 年影印版。
② (宋)苏轼《东坡词》，文渊阁四库全书本。
③ (宋)辛弃疾《稼轩词》卷一，文渊阁四库全书本。
④ 任半塘《散曲概论》，上海中华书局 1931 年版。
⑤ 《淮南子》卷三《天文训》，文渊阁四库全书本。

照《建除》诗：

建旗出燉煌，西讨属国羌。除去徒与骑，战车罗万箱，
满山又填谷，投鞍合营墙。平原亘千里，旗鼓转相望。
定舍后未休，候骑敕前装。执戟无暂顿，弯弧不解张。
破灭西零国，生虏郅支王。危乱悉平荡，万里置关梁。
成军入玉门，士女献壶浆。收功在一时，历世荷余光。
开壤袭朱绂，左右佩金章。闭帷草《太玄》，兹事殆愚狂。

这首《建除》诗以征讨西域少数民族(羌)，开疆拓土为内容，抒发了诗人对“开壤”功业的仰慕之心。前两句点出征，首句藏“建”字。三、四句写兵将之多，徒指步兵，骑指骑兵，“箱”为车箱，“万箱”极言兵车之多。第三句首藏“除”字。五至八句描写军旅气势之盛。满山谷都是士兵，卸下的马鞍可以架成营垒的围墙。军队在辽阔的大平原上绵延千里，旌旗(“旗鼓”，偏义词，指战旗)辗转相望。第五句首藏“满”字，第七句首藏“平”字。九至十二句写战事的紧张。安营扎寨(定舍)还来不及休息，传令兵(候骑)又传令(敕)继续前进。战士握着武器没有暂时停顿的时间，拉开的弓(弯弧)从未放松(“不解张”)。第九句首藏“定”字，第十一句藏“执”字。以上写出征和战斗，以下十二句写胜利和凯旋。“破灭”六句写灭掉了西零(或为西凉)国，俘虏了郅支王(匈奴呼韩邪单于之兄呼屠吾斯，自立为郅支骨都侯单于，汉元帝时被俘杀)。战乱平定后，就在边疆设立关隘(万里置关隘)，军队凯旋，入玉门关，“士女献壶浆”，受到老百姓的慰劳。最后六句是对这场战事的歌颂，“收功在一时，历世荷余光。开壤袭朱绂，左右佩金章”，收功一时将光照万世，不但主帅袭朱绂，左右也将佩金章。“袭”字表明不但他们获得了高官显爵，并将惠及他们的子孙。《太玄》是西汉末扬雄仿《周易》撰写的一部书。鲍照认为一个人不去为国建功立业而闭门著书，真是太愚蠢了。这首诗不仅是对这次战功的歌颂，也是对自己不能参与其事的自嘲：自己因门阀制度的限制，雄心壮志不能实现。全诗共二十四句，单句开头的第一字分别为建、除、满、平、定、执、破、危、成，收、开、闭，实际是一种文字游戏，正如《沧浪诗话·诗体》云：“鲍明远有《建除》诗，每句首冠以建、除、平、定等字，其诗虽佳，盖鲍本工诗，非因建除之体而佳也。”六朝作这种诗的人很少，只有梁朝的范云、梁宣帝萧督，陈朝的沈炯各有一首。

后世也有仿作建除体诗的，如唐权德舆《建除诗》云：

建节出王都，雄雄大丈夫。除书加右职，骑吏拥前驱。

满月张繁弱，含霜耀鹿卢。平明跃骎袅，清夜击珊瑚。
定远功那比，平津策乃迂。执心思报国，效节在忘躯。
破胆销丹浦，颦蛾舞绿珠。危冠徒自爱，长毂事应殊。
成绩封千室，畴劳使五符。收功轻骠卫，致理迈黄虞。
开济今如此，英威古不侔。闭关草玄者，无乃误为儒。①

宋李商老亦有建除诗。《能改斋漫录》卷一一《韩子苍黄叶句》载："李彭商老有《建除体赠韩子苍》云：'满朝以诗鸣，何独遗大雅？平生'黄叶'句，摸索便知价。'盖是时子苍自馆职斥宰分宁县时也，子苍有《馆中诗》最为世所推，故商老有黄叶之句云。"

（六）八　音　诗

八音诗是嵌字诗的一种。嵌字诗包括八音诗、十二属诗、卦名诗、针穴名诗、数名诗、六甲诗、人名诗、鸟名诗、兽名诗、草名诗、树名诗、曲名诗、车名诗、船名诗、屋名诗、将军名诗、宫殿名诗、星名诗等，难以尽举，略举数种。

古人以金、石、丝、竹、匏、土、革、木八种不同材质制乐器，音质各不同，故以八音统称乐器或音乐。八音诗即咏此，明冯惟讷《古诗纪》卷一一一载南朝陈沈炯《八音诗》云：

金屋贮阿娇，楼阁起迢迢。石头足年少，大道跨河桥。
丝桐无缓节，罗绮自飘飘。竹烟生薄晚，花色乱春朝。
匏瓜讵无匹，神女嫁苏韶。土地多妍冶，乡里足尘嚣。
革年未相识，声论动风飙。木桃堪底用，寄以答琼瑶。

唐权德舆也有《八音诗》：

金谷盛繁华，凉台列簪组。石崇留客醉，绿珠当座舞。
丝泪可销骨，冶容竟何补。竹林谅贤人，满酌无所苦。
匏居容宴豆，儒室贵环堵。土鼓与污尊，颐神则为愈。
革道当在早，谦光斯可取。木雁才不才，吾知养生主。

① (唐)权德舆《权文公集》卷八，文渊阁四库全书本。

此体特点是全诗均为十六句的五言诗，隔句嵌一字，把金、石、丝、竹、匏、土、革、木等八音或八种乐器名，依序嵌于每句之首或每联之首，称为八音歌或八音体。

（七）十二属诗（十二生肖诗）

十二属诗（十二生肖诗）是嵌字诗的一种。我国古代术数家以十二种动物配十二地支，即子鼠、丑牛、寅虎、卯兔、辰龙、巳蛇、午马、未羊、申猴、酉鸡、戌狗、亥猪。后人即以出生的干支纪年为生肖，也称属相。东汉王充《论衡》卷二三《言毒篇》就有“辰为龙（传说中的动物），巳为蛇”之说。清人赵翼云：“窃意此本起于北俗，至汉时呼韩邪入居五原，与齐民相杂，遂流入中国耳……则十二属相起于后汉无疑也。”①南北朝使用十二生肖已相当普遍，因而有十二属诗出现，即把十二生肖按顺序嵌用于诗中。其特点不是隔句嵌字，而是句句嵌字，突出每种生肖的生性特点，起到画龙点睛的作用。如《艺文类聚》卷五六南朝陈沈炯《十二属诗》云：

鼠迹生尘案，牛羊暮下来。虎啸生空谷，兔月向窗开。
龙隰远青翠，蛇柳近徘徊。马兰方远摘，羊负始春栽。
猴栗羞芳果，鸡跖引清杯。狗其怀物外，猪蠡窅悠哉。

这是现存最早的《十二属诗》，它把十二生肖分别嵌于句首，表现了各种动物的姿态。以后各代都有这种诗，如宋葛立方的《十二辰诗》，朱熹的《读十二辰诗卷，掇其余作此聊奉一笑》，刘子翚的《少稷赋十二相属诗戏赠一篇》，又《再和六四叔所赋十二相属诗》，许月卿的《十二辰》，刘因确的《十二辰诗》，明胡俨的《十二辰诗》等。

（八）数　名　诗

数名诗是嵌字诗的一种。以数字入诗的，如“五岳寻仙不辞远，一生好入名山游”（李白《庐山谣寄卢侍御虚舟》），“百年世事不胜悲”（杜甫《秋兴八首》），“三千宠爱在一身”（白居易《长恨歌》），“千呼万唤始出来”（白居易《琵琶行》），“二十四桥明月夜”（杜牧《寄人》），“两三条电欲为雨，七八个星犹在天”（卢延让《松寺》），“一将功成万骨枯”（曹松《己亥岁》），“六朝如梦鸟空啼”（韦庄《台城》）之类。但以数字入诗与数名诗

---

① （清）赵翼《陔余丛考·十二属相》，中华书局2006年版。

不同，数名诗要求诗的每句或多数句子都嵌入数字。

数名诗以数字嵌入诗中，每句或每联的第一个字都按顺序镶嵌数字。现存的数名诗以南朝文学家鲍照的《数诗》为最早：

一身仕关西，家族满山东。二年从车驾，斋祭甘泉宫。
三朝国庆毕，休沐还旧邦。四牡曜长路，轻盖若飞鸿。
五侯相饯送，高会集新丰。六乐陈广坐，组帐扬春风。
七盘起长袖，庭下列歌钟。八珍盈雕俎，绮肴纷错重。
九族咸瞻迟，宾友仰徽容。十载学无就，善宦一朝通。①

此诗将一至十按顺序用在每联首句。出身寒微的鲍照，对魏晋以来的门阀制度深恶痛绝，豪门子弟轻易得官受宠，平步青云，声势显赫；寒门子弟十年苦读，却仕进无门。诗中通过对贵族官宦生活的描写，揭露了门阀制度下极不合理的社会现象，深寓讽刺意味。

此后历代都有数名诗，唐权德舆《数名诗》云：

一区扬雄宅，恬然无所欲。二顷季子田，岁晏常自足。
三端固为累，事物反徽束。四体苟不勤，安得丰菽粟。
五侯诚晔煜，荣甚或为辱。六翮未骞翔，虞罗乃相触。
七人称作者，杳杳有遐躅。八桂挺奇姿，森森照初旭。
《九歌》伤泽畔，怨思徒刺促。《十翼》有格言，幽贞谢浮俗。

此诗将有宅有田、恬然无欲看作人生的一种较高境界，劝戒世人不要汲汲于功名利禄，而要远离世俗名利的束缚和烦扰，富有哲理。

欧阳修的《数诗》云：

一室曾何扫，居闲虑俗平。二毛经节变，青鉴不须惊。
三复磨圭戒，深防悔吝生。《四愁》宁敢拟，高咏且陶情。
五鼎期君禄，无思死必烹。六奇还自秘，海寓正休兵。
七日南山雾，彪文幸有成。八门当鼓翼，凌厉指霄程。

---

① （梁）萧统《文选》卷三〇，文渊阁四库全书本。

九德方居位，皇猷日月明。十朋如可问，从此卜嘉亨。

此诗亦富哲理，人生有限，无须追求官禄，而应安于归隐。

明方孝孺《闻鹃》是一首古体数名诗，抒写远游思归之情：

不如归去，不如归去。一声动我愁，二声动我虑。三声思逐白云飞，四声梦绕荆花树。五声落月照疏棂，想见当年弄机杼。六声泣血溅花枝，恐污阶前兰茁紫。七八九声不忍闻，起坐无言泪如雨。忆昔在家未远游，每听鹃声无点愁。今日身在金陵上，始信鹃声能白头。

有些数字诗不依数字顺序而是完全按行文需要排列，如唐张祜著名的《宫词》：“故国三千里，深宫二十年。一声何满子，双泪落君前。”①诗中出现重字本为作诗大忌，但作为一种游戏之作，唐王建《古谣》重复出现“一”字也颇有趣：“一东一西垄头水，一聚一散天边霞。一来一去道上客，一颠一倒池中麻。”

（九）药　名　诗

药名诗也是嵌字诗之一种，它把各种中草药名嵌入诗中，联缀成篇，字宜正用，意须假借，造语稳帖，无异常诗，读去不觉，细思始见，乃为入妙。若只用药名，更无别意，则味同嚼蜡。《诗人玉屑》卷二引《漫叟诗话》云：“尝见近世作药名诗或未工，要当字则正用，意须假借，如‘日侧柏阴斜’是也。若‘侧身直上天门东’，‘风月前湖夜湖东’二字即非正用。孔毅夫有诗云：‘鄙性尝山野，尤甘草舍中。钩帘阴卷柏，障壁坐防风。客土依云实，流泉架木通。行当归老矣，已逼白头翁。’又‘此地龙舒国，池隍兽血余。木香多野橘，石乳最宜鱼。古瓦松杉冷，旱天麻麦疏。题诗非杜若，笺腻粉难书。’”王安石《和微之药名劝酒》：“真珠的皪鸣糟床，金罂琥珀正可尝。史君子细看流光，莫惜觅醉衣淋浪。独醒至死诚可伤。欢华易尽悲酸早，人间没药能医老。寄言歌管众少年，趁取乌头未白前。”诗中的真珠、金罂、琥珀、史君、独醒、酸早（枣）、没药、管（惯）众、乌头都是药名。

关于药名诗的起始，或谓始于宋人陈亚。司马光《续诗话》云：“陈亚郎中性滑稽，尝为药名诗百首，其美者有‘风雨前湖夜，轩窗半夏凉。’不失诗家之体。”或谓始于唐

① （明）彭大翼《山堂肆考》卷一六一，文渊阁四库全书本。

人张籍,《郡斋读书志》卷四下云:"药诗者始于唐人张籍,有'江皋岁暮相逢地,黄叶霜前半下枝'之诗,人谓起于亚之(陈亚字亚之),实不然也。"或谓起于六朝,宋王楙《野客丛书》卷一七云:"此体已著于六朝,非起于唐也。当时如王融、梁简文、元帝、庾肩吾、沈约、竟陵王皆有,至唐而是体盛行,如卢受采、权(德舆)、张(籍)、皮(日休)、陆(龟蒙)之徒多有之。吴曾《漫录》谓药名诗,庾肩吾,沈约亦各有一者,非始于唐,所见亦未广也。本朝如钱穆父、黄山谷之辈亦多此作。"或谓始于东汉,蔡绦《西清诗话》云:"药名诗,世以起于陈亚,非也,东汉已有离合体,至唐始著药名之号。"清人赵翼《陔余丛考》卷二四考辨更详,认为《诗经》已有药名入诗:"药名入诗,《三百篇》中多有之,如'采采芣苢','言采其虻','中谷有蓷','墙有茨','堇荼如饴'之类。[①]《能改斋漫录》卷三蔡绦《西清诗话》云:'东汉已有《离合体》,至唐始著药名之号。如张籍《答鄱阳客诗》:'江皋岁暮相逢地,黄叶霜前半下枝。子夜吟诗问松桂,心中万事喜君知。'以余观之,恐或不然。且药名之号,自梁以来已有之,简文帝《药名诗》云:'朝风动春草,落日照横塘。重台荡子妾,黄昏独自伤。烛映合欢被,帷飘苏合香。石墨聊书赋,铅华试作妆。徒令惜萱草,蔓延满空房。'梁元帝《药名诗》云:'戍客恒山下,常思衣锦归。况看春草歇,还见雁南飞。蜡烛凝花影,重台闭绮扉。风吹竹叶袖,网缀流黄机。讵信金城里,繁露晓沾衣。'如庾肩吾、沈约亦各有一首[②],乃知药名诗不始于唐。"但诗句中含药名与药名诗是不同的。药名诗是指以此为题并全诗都以药名入诗的诗,是唐代才流行起来。权德舆《药名诗》云:"七泽兰房千里春,潇湘花落石鳞鳞。有时浪白微风起,坐钓藤阴不见人。"张籍《答鄱阳客药名诗》云:"江皋岁暮相逢地,黄叶霜前半夏枝。子夜吟诗向松桂,心中万事喜君知。"[③]宋人孔平仲有不少药名诗,如《新作西庵,将及春景,戏成两诗,请李思中节推同赋》(以下药名):"鄙性常山野,尤甘草舍中,钩帘阴卷柏,障壁坐防风。客土依云实,流泉驾木通。行当归老矣,已逼白头翁。"[④]清末,一举人因避雨受到河边药店主人款待,作诗致谢:

刚逢半夏雨连桥,是日当归路隔遥。雨浥蒙花香断续,风敲淡竹叶漂消。留行共酌菖蒲酒,活乐似火紫菀萧。只识思君怀远志,小回(茴)一舍路迢迢。

① 屈原《离骚》中提到的药名更多,如佩兰、泽兰、木兰、白芷、香茅、荷花等约二十五种。但只是诗中提及药名,非以《药名诗》为题。

② 《艺文类聚》卷五六载有梁简文帝、梁元帝、庾肩吾、沈约的药名诗。

③ (唐)张籍《张司业集》卷七,文渊阁四库全书本。

④ 《清江三孔集》卷二六,文渊阁四库全书本。

此诗至今仍悬挂在昆明市光华街的福林堂药店内，妙在联缀半夏、当归、蒙花、淡竹、菖蒲、紫菀、只识（枳实）、小回（茴）等药名表达了谢意，而又切合药店。

（十）六 府 诗

古人以金、木、水、火、土、谷为六府。《尚书·大禹谟》有“地平天成，六府三事允治，万世永赖”语，孔颖达疏云：“府者藏财之处，六者货财所聚，故称六府。”六府诗即咏此六者，是嵌字诗之一种，五言十二句。明冯惟讷《古诗纪》卷一一一载南朝陈沈炯《六府诗》云：

水广南山暗，杖策出蓬门。火炬村前发，林烟树下昏。
金花散黄蕊，蕙草杂芳荪。木兰露渐落，山芝风屡翻。
土高行已冒，抱瓮忆中园。谷城定若近，当终黄石言。

同时的孔鱼有《和六府诗》：

金门朱轨躅，吾子盛簪裾。木舌无时用，萍流复在余。
水乡访松石，兰泽侣樵渔。火洲方可至，地肺即为居。
土牛自知止，贞心达毁誉。谷稼有时隟，乘值望白榆。

唐权德舆也有《六府诗》：

金罍映玉俎，宾友纷宴喜。木兰泛方塘，桂酒启皓齿。
水榭临空迥，酣歌当座起。火云散奇峰，瑶瑟韵清徵。
土梗乃虚论，康庄有逸轨。谷城一编书，谈笑佐天子。

（十一）五 杂 俎 体

“五杂俎（俎又作组）”本为古乐府名。五杂俎体指每首都嵌入“五杂俎”三字，并以“五杂俎”名篇的三言六句诗体，偶句押韵，内容多富哲理，属拟古三言乐府诗。宋曾慥《类说》卷五一《五杂俎》云：“沈约云：‘五杂俎，冈头草。往复还，车马道。不获已，人将老。’王融云：‘五杂俎，庆云发。往复还，经天月。不获已，生胡越。’又：‘五杂俎，处朝市。往复还，王良驭。不获已，昭君去。'又云：'五杂俎，园中树。往复还，亏盈数。不获已，边城路。'"

后世以《五杂俎》为题的三言体诗颇多，唐权权德《五杂俎》云："五杂俎，旗亭客。往复还，城南陌。不得已，天涯谪。"《御选宋诗》卷七八载周紫芝《五杂组三首》："五杂组，陇头水。往复来，玉关骑。不得已，从仕子"；"五杂组，云际翮。往复来，长安陌。不得已，千里客。"又载范成大《五杂组四首》："五杂组，夜茫茫。往复来，雁南翔。不得已，思故乡"；"五杂组，同心结。往复来，当窗月。不得已，话离别"；"五杂组，流苏缕。往复来，临行语。不得已，上马去"；"五杂组，回文机。往复来，锦梭飞。不得已，独画眉"；"五杂组，彩丝针。往复来，鸟投林。不得已，梦孤衾。"

五杂俎也有变体，如《元诗选》二集卷一九《曹文晦新山集》的《五杂组》就以五言对句结："五杂组，双玉瓶。舟已具，潮已平。五杂俎，双玉筯，水自流。天涯一点红，离思千万重。"

（十二）两头纤纤体

两头纤纤体是每首起句都嵌入"两头纤纤"四字的七言四句诗体，每句前四字描绘事物特点，后三字点事物名称。这是一种填空体，在"两头纤纤，半白半黑，腷腷膊膊，磊磊落落"四句中每句填三个字组成一首诗。

郭绍虞《沧浪诗话校释》云："《槀砧》诗，后人尚鲜拟作，但《隐语》自是诗中一体。《五杂俎》与《两头纤纤》则拟之者众，故能成体。如王融有《代五杂俎》诗，又有《奉和纤纤》诗。范云亦有《拟古五杂俎》诗。"如宋曾慥《类说》卷五一《两头纤纤，半白半黑》云："徐朝云：'两头纤纤月初生，半白半黑眼中睛。腷腷膊膊鸡初鸣，磊磊落落向曙星。'沈约云：'两头纤纤弓欲持，半白半黑乌工衣。腷腷膊膊带戈飞，磊磊落落行人稀。'"唐王建《两头纤纤》云："两头纤纤青玉玦，半白半黑头上发。逼逼仆仆春冰裂，磊磊落落桃花结。"《渊鉴类涵》卷一九八载"宋张舜民《两头纤纤》诗曰：'两头纤纤织女梭，半白半黑右军鹅。腷腷膊膊石子坡，磊磊落落大风歌'；'两头纤纤矍绾丝，半白半黑蝇蠹之。腷腷膊膊母赴儿，磊磊落落忠臣词。"

（十三）风 人 体

风人体是模仿民歌的诗体，其特点是以下句释上句。严羽《沧浪诗话》论杂体诗，有"风人诗"一格，注云："上句述一语，下句释其义，如古《子夜歌》、《读曲歌》之类，则多用此体。”宋曾慥《类说》卷五一引《乐府解题》云：“梁简文《风人诗》，上句一语，用下句释之成文。‘围棋烧败袄，著子（指棋子）知然衣（一作“故依然”，依谐“衣”）。’”洪迈《容斋三笔》卷一六《乐府诗引喻》云：“自齐梁以来，诗人作乐府《子夜》、《四时歌》之类，每以前句比兴引喻，而后句实言以证之。至唐张祜、李商隐、温庭筠、陆龟蒙亦多此体。”《乐府诗集》卷四六有《读曲歌》八十九首，引“古今《乐录》曰：‘《读曲歌》者，元嘉十七年袁后崩，百官不敢作声歌。或因酒宴，止窃声读曲细吟而已，以此为名。’按义康被徙亦是十七年，南齐时，朱硕仙善歌吴声读曲，武帝出游钟山，幸何美人墓。硕仙歌曰：‘一忆所欢时，缘山破芿荏。山神感侬意，盘石锐锋动。’帝神色不悦，曰：‘小人不逊，弄我。’时朱子尚亦善歌，复为一曲云：‘暖暖日欲冥，观骑立踟蹰。太阳犹尚可，且愿停须臾。’于是俱蒙厚赉。”清人翟灏《通俗编·识余》云：“六朝乐府《子夜》、《读曲》等歌，语多双关谐意，唐人谓之风人体，以本风俗之言也。”

风人诗之名早见，真正流行则是在唐代。陆龟蒙《风人诗四首》云：“十万全师出，遥知正忆君。一心如瑞麦，唯作两岐分”；“破檗共朝爨，须知是苦辛。晓天窥落宿，谁识独醒人”；“旦日思双屦，明时愿早谐。丹青传四渎，难写是秋怀”；“闻道更新帜，多应废旧期。征衣无伴捣，独处自然悲。”《全唐诗》卷六一五皮日休《和鲁望风人诗三首》云：“刻石书离恨，因成别后悲。莫言春玺薄，犹有万重丝”；“镂出容刀饰，亲逢巧笑难。日中骚客佩，争奈即阑干”；“江上秋声起，从来浪得名。逆风犹挂席，苦不会帆情。”唐曹邺《曹祠部集》卷二《风人体》诗云：“出门行一步，形影便相失。何况大堤上，骢马如箭疾”；“夜夜如织妇，寻思待成匹。郎只不在家，在家亦如出”；“将金与卜人，谲道远行吉。念郎缘底事，不具天与日。”

（十四）盘中诗体

盘中诗指写于盘中，屈曲成文的诗体，属回文诗体一类。出自晋苏伯玉妻《盘中诗》①，写苏伯玉出使蜀地，久而不归，其妻于长安作此诗以寄，诉思念之情，吐别离之苦：

> 山树高，鸟鸣悲。泉水深，鲤鱼肥。空仓雀，常苦饥。吏人妇，会夫稀。出门望，见白衣。谓当是，而更非。还入门，中心悲。北上堂，西入阶。急机绞，杼声催。长叹息，当语谁。君有行，妾念之。出有日，还无期。结巾带，长相思。君忘

① （清）纪容舒《玉台新咏考异》卷九，文渊阁四库全书本。

妾，天知之。妾忘君，罪当治。妾有行，宜知之。黄者金，白者玉。高者山，下者谷。姓为苏，字伯玉。作人才多智谋足，家居长安身在蜀。何惜马蹄归不数，羊肉千斤酒百斛，令君马肥麦与粟。今时人，智不足，与其书，不能读。当从中央周四角。

全诗一百六十八字，二十七韵，四十九句，写于盘中，屈曲成文，寓婉转缠绵之意。从末句可知，其诗读法当由中央回旋读及四周。沈德潜称此诗“似歌谣，似乐府，杂乱成文，而用意忠厚，千秋绝调”，“使伯玉感悔，全在柔婉，不在怨怒，在深于情”。①此诗作者有汉人、晋人、傅玄、苏伯玉妻等不同说法，当以后者为是。严羽《沧浪诗话》云：“《盘中》，《玉台集》有此诗，苏伯玉妻作，写之盘中，屈曲成文也。”《四库全书总目·玉台新咏》提要云：“冯惟讷《诗纪》载苏伯玉妻《盘中诗》，作汉人。据此，知为晋代。”又《诗女史》提要云：“苏伯玉妻本晋人，故《玉台新咏》列傅玄之后。”

后世也有作盘中诗的，如沈德潜《清诗别裁集》所载《盘中诗》云：“木刻鸠，纸剪马，飞山头，走山下。露贯殊，纫为襦。云裁衣，烂光辉，是耶非，孰辨之。六月桑，吐蚕丝，冬之蕙，茁新枝，尔所思，非其时。素者发，丹者泪，心恻恻，老已至，骨肉残，风雨驶。寸有长，尺有短，双轮驰，不可挽，我所急，天所缓。击瓦鼓，声乌乌。白云满天歌且呼，歌周四角旋中区。初言似者之不能为真，次言过时者之归于无用，末言年命之速，时不可挽，而一付之悲歌也。中间隐分五解。”

（十五）回　文　体

回文诗指可以顺读、倒读、斜读，交互读，上下颠倒读的诗体，有的甚至可以从诗的任何一个字读起，前后左右，反复回旋，无不协音成文。唐代吴兢云：“回文诗，回复读之，皆歌而成文也。”②回文诗写作较难，因为要反复成章，所以事先必须安排好韵脚。律体回文诗还要安排好对仗、平仄，要求做到无论正读、反读都协音押韵，符合律诗押韵规则，句句工整，字字妥帖。

《文心雕龙·明诗》云：“回文所兴，则道原为始。”而道原为何许人则不详。皮日休《杂体诗序》云：“晋温峤有回文《虚言》诗云：‘宁神静泊，损有崇亡。’诗皆亡佚。”所引二句又可读为“亡崇有损，泊静神宁”，惜全诗已佚。现存回文诗以前秦（一说为西

---

① （清）沈德潜《古诗源》卷九，中华书局 1963 年版。

② （唐）吴兢《乐府古题要解》卷下，明毛晋汲古阁刊本。

晋初年人)窦滔妻苏蕙的《璇玑图》诗为最早最有名。唐武则天《苏氏织锦回文记》云:“前秦苻坚时,秦州刺史扶风窦滔妻苏氏,陈留令武功苏道质第三女也,名蕙字若兰,识知精明,仪容秀丽,谦默自守,不求显扬。行年十六归于窦氏,滔甚敬之。然苏氏性近于急,颇伤妒嫉也……初滔有宠姬赵阳台,歌舞之妙无出其右。滔置之别所,苏氏知之,求而获焉。苦加捶辱,滔深以为憾。阳台又专伺苏氏之短,谗毁交至,滔益忿苏氏焉。苏氏时年二十一,及滔将镇襄阳,邀苏氏之同往。苏氏忿之,不与偕行,滔遂携阳台之任,断苏氏音问。苏氏悔恨自伤,因织锦回文,五采相宣,莹心耀目,其锦纵广八寸,题诗二百余首(原注:他本多作三十余首),计八百余言,纵横反复,皆成章句,其文点画无缺。才情之妙,超古迈今,名曰《璇玑图》。然读者不能尽通,苏氏笑而谓人曰:‘徘徊宛转,自成文章,非我佳人,莫之能解。’遂令苍头赍至襄阳焉。滔省览锦字,感其妙绝,因送阳台之关中,而具车徒盛礼邀迎苏氏归于汉南,恩好愈重。”①张仲素、皇甫威的《回文锦赋》即赋此事。②

苏蕙《璇玑图》共八百四十字,纵横各二十九字,方阵,纵、横、斜、交互、正、反读或退一字、叠一字读均可成诗,诗有三、四、五、六、七言不等。有人统计说,它可组成七千九百五十八首诗,诗既长而读法尤为复杂,无法在这里详细解说。黄伯思《跋织锦回文图后》云:“苏蕙织锦回文诗,所传旧矣。故少常沈公复传其画,由是若兰之才益著。然其诗回旋书之,读者惟晓外绕七言,至其中方则漫弗可考矣。若沈公之博,亦谓辞句脱略,读不成文。殊不知此诗织成本五色相宣,因以别三四五七言之异。后人流传不复施采,故迷其句读,非辞句之脱略也。”又云:“国初钱镇州惟治尝有宝子垂绶连环之诗,亦锦文之遗范,而世罕传,故聊附卷左,以资书隽言鲭之余味焉。”③又《跋钱镇州回文后》云:“钱镇州诗虽未脱五季余韵,然回旋读之,故自娓娓可观。题者多云宝子,弗知何物,以予考之,乃迦叶之香炉上有金华,华内乃有金台,即台为宝子,则知宝子乃香炉耳。”清李汝珍《镜花缘》第四十一回《观奇图喜遇佳文,述御旨欣逢盛曲》以文学作品的形式,形象地介绍了《璇玑图诗》及其读法。

历代作回文诗者很多,庾信、白居易、王安石、苏轼、黄庭坚、秦观、高启、汤显祖等,均有回文诗传世。仅苏轼就有多篇,如《题织锦图上回文三首》、《记梦回文二首》、《再次前韵》(系织锦图上回文)、《和人回文五首》,其《记梦回文二首》云:“酡颜玉碗捧纤纤,乱点余花唾碧衫。歌咽水云凝静院,梦惊松雪落空岩”;“空花落尽酒倾缸,日出

① 《文苑英华》卷八三五,文渊阁四库全书本。
② 《文苑英华》卷一一九,文渊阁四库全书本。
③ (宋)黄伯思《东观余论》卷下,文渊阁四库全书本。

山融雪涨江。红焙浅瓯新活火，龙团小碾斗晴窗。”

经过历代诗人的创新，回文诗出现了千姿百态的形式，有通体回文、连环回文、就句回文、双句回文、叠字回文、借字回文等不同形式。回文诗是文人墨客利用汉语特点卖弄文才的一种文字游戏，虽无重大价值，但也不失为中国文学独有的一朵奇葩。影响所及，还有回文词，如丘浚《菩萨蛮·秋思》序云：“予幼时尝读朱文公、刘静修文集，俱有《菩萨蛮》回文词，惜其随句倒读，不免意复，不如至尾读回为妙。已曾以《村居》为题作一阕矣，后失其稿，闲中复戏作此云。”词云：“纱窗碧透横斜影。月光寒处空帏冷。香炷细烧檀，沉沉正夜阑。　更深方困睡，倦极生愁思。含情感寂寥，何处别魂消。”①

（十六）离　合　体

汉字多为形声字、会意字，因此，一个字往往可以被拆离为几个字，几个字也可以拼合成一个字。离合体就是指逐字拆合以成文的诗体，如汉末孔融《孔北海集》有《离合作郡姓名字诗》：“渔父屈节，水潜匿方（离鱼字）。与时进止，出行施张（离日字，鱼、日合成鲁）。吕公饥钓，阖口渭傍（离口字）。九域有圣，无土不王（离或字，口、或合成国）。好是正直，女回子匡（离子字）。海外有截，隼逝鹰扬（当离乙字，恐古文与今文不同，合成孔也）。六翮不奋，羽仪未彰（离鬲字）。龙蛇之蛰，俾也可忘（离虫字，合成融）。玟璇隐曜，美玉韬光（去玉成文，不须合）。无名无誉，放言深藏（离与字）。按辔安行，谁谓路长（离才字，合成举）。”从内容上看，这是一首抒怀诗，描述自己的处境，抒发自己的抱负，与屈原不被用（“渔父屈节”）和姜太公尚未用（“吕公矶钓”）时相似，但自己将安于韬光养晦，“无名无誉，放言深藏。按辔安行，谁谓路长”。从形式上看，它是一首离合诗，全诗隐“鲁国孔融文举”六字。离合的方法是：先以每两句为一组，把上句的首字或第二个字，用下句的首字或第二字离去，可得一字；同样，下面一组的两句，离析后也可以得一字；此前后两组所得二字再合成为一字，也就是每四句得一字。只有“玟璇隐曜，美玉韬光”，直接以“玟”字离“玉”而得“文”字，故是两句组成一字。叶梦得《石林诗话》卷中云：“古诗有离合体。近人多不解此体。此体始于孔北海，余读《文类》，得北海四言一篇（题作《离合作郡姓名字诗》）……此篇离合‘鲁国孔融文举’六字。徐而考之，诗二十四句，每四句离合一字。如首章云‘渔父屈节，水潜匿方，与时进止，出寺弛张’，第一

① （明）邱濬《重编琼台稿》卷六，文渊阁四库全书本。

句渔字，第二句水字，渔犯水字，而去水则存者为鱼字。第三句有时字，第四句有寺字，时犯寺字，而去寺则存者为日字。离鱼与日而合之，则为鲁字。下四章类此，殆古人好奇之过，欲以文字示其巧也。”

可见离合体是利用汉字的笔画、结构，加以分离或重新组合的诗体，类似谜语。这是以文字逞巧，没有多少深意。但文人好逞巧，历代仿效孔融离合诗者甚多，潘岳、谢灵运、谢惠连、沈炯、宋孝武帝、刘骏皆有离合诗，唐权德舆、张荐、崔邠、杨于陵、许孟容、冯伉、潘孟阳、武少仪等均有离合诗的唱和之作，成为当时诗坛佳话，皮日休、陆龟蒙亦有《怀锡山药名离合体》诗。

徐师曾《文体明辨序说》把离合诗的手法归纳为四：“其一，离一字偏旁为两句，而四句凑为一字，如‘鲁国孔融文举’、‘思杨容姬难堪’、‘何敬容’、‘闲居有乐’、‘悲客他方’是也。其二，亦离一字偏旁为两句，而六句凑为一字，如‘别’字诗是也。其三，离一字偏旁于一句之首尾，而首尾相续为一字，如《松间斟》、《饮岩泉》、《砌思步》是也。其四，不离偏旁，但以一物二字离于一句之首尾，而首尾相续为一物，如县名、药名离合是也。”

（十七）集　句　体

集句诗又称集锦诗，指把一位或数位古人的成句集为一首新诗。集句诗不是对前人诗句的简单照抄，而是把古人本来互不相干的诗句，集合成为一首具有新意的诗篇。集成的新诗，可以不改变原诗句的内容和意境，也可以引申、改变原诗句的内容和意境。作集句诗不仅要学问渊博，熟记百家之作，而且要善于联想，借古人妙句创造出自己富有新意的诗篇。

有人说集句诗始于宋人，或谓始于石曼卿，《类说》卷五七《集句》云：“集句自国初有之，至石曼卿以文为戏，然后大著。《下第偶成》：‘一生不得文章力，欲上青云未有因。圣主不劳千里召，嫦娥何惜一枝春。凤凰诏下虽沾命，豺虎丛中也立身。啼得血流无用处，著朱骑马是何人。’又云：‘年来年去志求忙，为他人作嫁衣裳。仰天大笑出门去，独对春风舞一场。’”或谓始于王安石，或谓始于胡归仁，《苕溪渔隐丛话》前集卷三五云：“《蔡宽夫诗话》云：‘荆公晚多喜取前人诗句为集句诗，世皆言此体自公始。予家有至和中成都人胡归仁诗，已有此作，自号安定八体（下引胡集句诗二首，此略）。”其实宋以前晋人傅咸早已有集句诗，元陈绎曾《诗谱》云：“杂体：晋傅咸作《七经》诗，其《毛诗》一篇略曰：‘聿修厥德，令终有淑。勉尔遁思，我言维服。盗言孔甘，其何能淑？谗人罔极，有腼面目。’此乃集句诗之始。或谓集句起于王安石,非也。"[①]杨慎《丹铅余录》卷九《七经诗集句之始》亦持同一看法。只是集句诗到宋代才流行起来,《临川文集》卷三六皆为集句诗,卷三七《胡笳十八拍十八首》尤为有名,严羽《沧浪诗话》云:"王荆公集句最长,《胡笳十八拍》浑然天成,绝无痕迹,如蔡文姬肺肝间流出。"

但"集句"一名则始于宋陈师道的《后山诗话》:"王荆公暮年喜为集句,唐人号为四体,黄鲁直谓正堪一笑尔。司马温公(司马光)为定武从事,同幕私幸营妓,而公讳之。尝会僧庐,公往迫之,使妓墙而去。度不可隐,乃具道。公戏之曰:'年去年来来去忙,暂偷闲卧老僧床。惊回一觉游仙梦,又逐流莺过短墙。'又杭之举子中老榜第,其子以绯裹之,客贺之曰:'应是穷通自有时,人生七十古来稀。如今始觉为儒贵,不著荷衣便著绯。'寿之医者,老娶少妇,或嘲之曰:'偎他门户傍他墙,年去年来来去忙。采得百花成蜜后,为他人作嫁衣裳。'真可笑也。"

对集句诗历来评价不一。沈括《梦溪笔谈》卷一四云:"古人诗有'风定花犹落'之句,以谓无人能对。王荆公以对'鸟鸣山更幽'。'鸟鸣山更幽'本宋王籍诗,元对'蝉噪林逾静,鸟鸣山更幽',上下句只是一意。'风定花犹落,鸟鸣山更幽'则上句乃静中有动,下句动中有静。荆公始为集句诗,多者至百韵,皆集合前人之句语意对偶,往往亲切过于本诗。后人稍稍有效而为之者。"这是称美好的集句往往超过原诗。

苏轼《次韵孔毅父集古人句见赠五首》则略有微意:"羡君戏集他人诗,指呼市人如使儿。天边鸿鹄不易得,便令作对随家鸡。退之惊笑子美泣,问君久假何时归。世间好句世人共,明月自满千家墀。"旧题王十朋《集注分类东坡先生诗》卷一八引次公曰:"公此诗美之,亦微以讥之耳。盖'市人'不可使之如儿,'鸿鹄'不可与'家鸡'为对,犹古人诗句有美恶工拙,其初各有思致,岂可混为一律邪?"赵翼《瓯北诗话》卷五云:"孔毅父集古人句成诗赠坡,坡答曰:'天边鸿鹄不易得,便令作对随家鸡。'又云:'路旁拾得半段枪,何必开炉铸矛戟。'又云:'不如默诵千万首,左抽右取谈笑足。'又云:'千章万句卒非我,急走捉君应已迟。'似讥集句非大方家所为。"

集句虽为苏轼所讥,但其后作集句诗者仍很多。李弥逊有《舍人林公时敷集句后序》云:"集句,唐人号为四体,国朝石曼卿始以为名。至元丰临川王文公,进乎技矣。东坡好为高世说,雅不与临川相能,故有鸿鹄、家鸡之比。自是靡然不复相尚。其后学诗者流,闻于膏馥之余,爬罗牵挽,仅相比属,则揣意语近似而命之题,虽形模具存,真木偶人,喑喑无复生气。"其评林震集句云:"观介翁(林震)之作,失喜自贺,不意复

---

① (明)陶宗仪《说郛》卷七九下,文渊阁四库全书本。

见前辈。向使坐荃蘅兰蕊之室，享笙竽琴瑟之奏，登鲂鲤牛心熊掌而脍炙之，不足喻其美且乐也。介翁敏博而文，读书过眼辄诵，自著及训解卷百有奇。煨烬之余，唯此稿存。其所用诗，上下数百年，凡二百八十家。且曰：'惜哉，使我不得置东坡、山谷语于其间也！'"①葛次仲亦擅长集句诗，金人王寂尝举其集句诗近十首，誉为事实贯串，偶对精切，浑然可爱，东坡所谓"信手拈得俱天成"者。②释绍嵩有《亚愚江浙纪行集句诗》，陈应申《亚愚江浙纪行集句诗跋》云："作诗固难，集句尤不易。前辈有云：不行万里路，莫读杜甫诗。一杜诗且病其难读，而况集诸家之诗乎？"③文天祥曾作集句诗二百首，其《集杜诗自序》云："余坐幽燕狱中，无所为，诵杜诗，稍习诸所感兴，因其五言，集为绝句。久之，得二百首。凡吾意所欲言者，子美先为代言之。日玩之不置，但觉为吾诗，忘其为子美诗也。乃知子美非能自为诗，诗句自是人情性中语，烦子美道耳。"④可见集句诗既有只存"形模"，有如木偶，"无复生气"者，也有"事实贯串，偶对精切，浑然可爱"，"人目其诗，固不知其为集句"者。

诗体至宋已无可再变。牟巘《厉瑞甫唐宋百衲集序》云："宋百余年间，乃有集句者出，其不变之变欤。求之回文、离合、双声、叠韵、建除、郡邑名诸体，无与集句类者，惟联句近之。但柏梁则君臣同时，昌黎则朋友同席，视集句远裒古作颇异焉，实始于半山王公。半山平生崛强执拗，行新法则诋诸老为流俗，作《字说》、《新经义》则目《春秋》为断烂朝报，然乃甘摭拾陈言，从事集句，何耶？然其天资殊绝，学力至到，猝然之顷，不劳思惟，立成数十韵，对偶亲切，吻合自然，抑难矣。"⑤《韩非子·五蠹》云："鄙谚曰：长袖善舞，多钱善贾，此言多资之易为工也。"文体亦然，集句诗是古代诗歌领域中的奇葩，只有像中国这样的诗歌王国，积累了大量的各体诗歌，才可能供人自由集句，重新组合，做到状物抒怀浑然一体，给人一气呵成的艺术美感，而无牵强拼凑之嫌。

除集句诗外，词、曲、赋、骈文也有集句而成者。集句词与集句诗一样，是集古人诗句成句为词。如苏轼《南乡子》(集句)：

寒玉细凝肤(吴融)，清歌一曲倒金壶(郑谷)。杏叶菖条遍相识(李商隐)，争如，豆蔻花梢二月初(杜牧)。　年少即须臾(白居易)，芳时偷得醉工夫(白居

---

① (宋)李弥逊《筠溪集》卷二二，文渊阁四库全书本。

② (金)王寂《辽东行部志》，辽海丛书本。

③ (宋)陈起《江湖小集》卷九《亚愚江浙纪行集句诗》卷末，文渊阁四库全书本。

④ (宋)文天祥《文信国集杜诗》卷首，文渊阁四库全书本。

⑤ (宋)韩驹《陵阳集》卷一二，文渊阁四库全书本。

易）。罗帐细垂银烛背（韩渥），欢娱，豁得平生俊气无（杜牧）。

怅望送春杯（杜牧），渐老逢春能几回（杜甫）。花满楚城愁远别（许浑），伤怀，何况清丝急管催（刘禹锡）。　　吟断望乡台（李商隐），万里归心独上来（许浑）。景物登临闲始见（杜牧），徘徊，一寸相思一寸灰（李商隐）。

何处倚阑干（杜牧），弦管高楼月正圆（杜牧）。蝴蝶梦中家万里（崔涂），依然，老去愁来强自宽（杜甫）。　　明镜借红颜（李商隐），须著人间比梦间（韩愈）。蜡烛半笼金翡翠（李商隐），更阑，绣被焚香独自眠（许浑）。

集句曲是集取前人成句以为曲，如元人王仲元套数〔中吕〕《粉蝶儿·集曲名题秋怨》开头云："《双雁儿》声悲，景潇潇《楚江秋》意。胜《阳关》、《刮地风》吹。《满庭芳》，《梧桐树》，《金蕉叶》坠。《庆东原》，《金菊香》，《满滴金》帷，那更醉西湖《干荷叶》失翠。"①此为集曲名为曲。汤显祖《牡丹亭》中的集句曲则为集前人成句："门馆无私白日闲（薛能），百年粗粝儒腐餐（杜甫）。左家弄玉惟娇女（柳宗元），花里寻师到杏坛（钱起）。"

集句赋。清林联桂《见星庐赋话》卷一云："词诗之有集古由来远矣，赋之集古从古寥寥……暇时当补作一集古句赋，以补一格耳。"②但林联桂似乎未有"暇时"，其"集古句赋"至今未见。

集句骈文。林联桂又云："集古为骈体之文，近亦有之，如黄之隽《香屑集自序》，全集唐句，亦一新法也。"序末并自注出处。自序开头云："脂粉简编，每讽词人之口；花钿侍从，终惭神女之工。为芳草以怨王孙，缘情不忍；执定镜而求西子，与影俱游。"③脂粉句，见李商隐《为举人上翰林萧侍郎启》。每讽句，见崔融《报三原李少府书》。花钿句，见常衮《赠婕妤河内董氏墓志》。终惭句，见崔融《嵩山启母庙碑》。为芳句，见李商隐《谢河东公和诗启》。缘情句，见皇甫湜《狠石铭》。执定句，见李商隐《献河东公启》。与影句，见蒋至《罔两赋》。这种集句，完全是文字游戏，没有什么意义。

楹联也有集句体，如南京莫愁湖联云："水如碧玉山如黛（韩愈），人想衣裳花想容（李白）。"杭州西湖楼外楼酒家有联云："看槛曲萦红，檐牙飞翠（姜夔）；有三秋桂子，十里荷花（柳永）。"

---

① 隋树森《全元散典》，中华书局 1964 年版，第 1059 页。

② 《赋话广聚》第三册，北京图书馆出版社 2006 年版。

③ （清）黄之隽《香屑集》卷一，文渊阁四库全书本。

(十八)谜 语 诗

谜语又叫隐语、字谜、廋辞(隐匿之辞),它通过隐语和暗示的手法表现事物的特征,让人们猜出是什么,而不对事物作直接描述。谜语题材广泛,内容丰富,种类繁多,有物谜、事谜等。

谜语起源很早,远古就有"谜语"的萌芽。春秋战国以后,更为流行。刘勰《文心雕龙·谐隐》云:"昔楚庄、齐威,性好隐语。至东方曼倩(东方朔),尤巧辞述。但谬辞诋戏,无益规补。自魏代已来,颇非俳优,而君子嘲隐,化为谜语。谜也者,回互其辞,使昏迷也。或体目文字,或图象品物,纤巧以弄思,浅察以衒辞,义欲婉而正,辞欲隐而显,荀卿《蚕赋》,已兆其体。至魏文、陈思,约而密之。高贵乡公,博举品物,虽有小巧,用乖远大。夫观古之为隐,理周要务,岂为童稚之戏谑,抟髀而抃笑哉?然文辞之有谐隐,譬九流之有小说,盖稗官所采,以广视听。若效而不已,则髡袒而入室,旃孟(优旃、优孟)之石交(金石之交)乎!"

宋刘义庆《世说新语》卷中之下载:"魏武(曹操)尝过曹娥碑下,[①]杨修从。碑背上见题作'黄绢幼妇,外孙齑臼'八字。魏武谓修曰解……修曰:'黄绢,色丝也,于字为绝;幼妇,少女也,于字为妙;外孙,女子也,于字为好;齑臼,受辛也,于字为辞。所谓绝妙好辞也。'"

明冯惟讷《古诗纪》卷六二载鲍照《字谜三首》"二形一体,四支八头。四八一八,飞泉仰流",隐井字;"头如刀,尾如钩。中央横广,四角六抽。右面负两刃,左边双属牛",隐龟字;"乾之一九,只立无偶。坤之二六,宛然双宿",隐土字。苏轼《仇池笔记》卷上《字谜》认为是隐桑字:"鲍明远诗有《字谜》三首,'飞泉仰流'者,旧说是井字;又'乾之一九,只立无偶。坤之六二,宛然双宿',云是桑字;又'头如刀,尾如钩。中间横广,四角六抽。右面负两刃,左边双属牛',乃龟字也。"

宋、元以后,谜语迅速发展,有关记载,多如牛毛。明田汝成《西湖游览志余》卷二五云:"古之所谓廋词,即今之隐语也,而俗谓之谜。人皆知其始于黄绢幼妇,而不知自汉伍举、曼倩时已有之矣。至《鲍照集》则有井字谜。杭人元夕多以此为猜灯,任人

---

① 曹娥碑是东汉元嘉元年(151),人们为颂扬曹娥的孝行而立的石碑。时甫弱冠的邯郸淳作碑文。碑以载孝,孝以文扬。蔡邕闻讯来观,手摸碑文而读,阅后书"黄绢幼妇,外孙齑臼"八字于碑阴,隐"绝妙好辞"四字。原碑早年散失,今碑由东晋王羲之书,吴茂先镌刻,此碑绢本手迹现存辽宁博物馆。现存的曹娥碑系宋代蔡卞重书,为行楷体,笔力遒劲,流畅爽利,已近千年,弥足珍贵。

商略。永乐初钱唐杨景言以善谜名,成祖时重语禁,召景言入直,以备顾问。今海内佳谜甚多,不独杭州有也。”其下举了很多谜语。明代以后还出现了不少收录谜语、研究谜语的专书,如冯梦龙的《黄山谜》、黄周星的《廋词四十笺》之类。清代谜语更是大行其道,猜灯谜成了扎根百姓的广泛活动。

(十九)稾 砧 体

稾砧体是以古乐府《稾砧诗》而得名:“稾砧今何在,山上复有山。何当大刀头,破镜飞上天。”①这是隐语、谜语的一种,据明人周婴《卮林》卷六所释,砧是捣衣的砧趺,以隐“夫”字。稾是禾秸,用以稳砧,故稾砧连用:“稾砧为趺,谜‘夫’字也;山上山,谜‘出’字也。大刀头,本《李陵传》,谜‘环’字也。破镜象新月形,谜弦月也。”这首古乐府是“夫出,弦月当还”的隐语。

权德舆《玉台体十首》之一云:“昨夜裙带解,今朝蟢子飞。铅华不可弃,莫是稾砧归。”明马鸣霆《吊闽中陈烈女》云:“峨嵋月黯凄风木,疑与稾砧诉墓前。”②这里的“稾砧”皆直接隐“夫”字。

(二十)歇 后 体

歇后体又称缩字诗、缩脚诗、截后诗,是将成语或古人陈句,引用前一部分,而略去后面的本质部分,隐去句尾一字,即民间所谓的歇后语。元黄溍谓汉初已有歇后语:“《汉高帝纪》‘吾以布衣提三尺取天下’,谓三尺剑也。《杜周传》‘三尺安出哉’,谓以三尺竹简书法律也。王充《论衡》凡引高帝语,却皆有剑字。作文而好用歇后语以为奇者,不可不知也。”③

《旧唐书·郑綮传》云:“綮善为诗,多侮剧刺时,故落格调,时号郑五歇后体。初去庐江,与郡人别云:‘唯有两行公廨泪,一时洒向渡头风。’滑稽皆此类也。”《新唐书》卷一八三《郑綮传》云:“綮字蕴武,大顺后,王政微,綮每以诗谣托讽。中人有诵之天子前者,昭宗意其有所蕴未尽,因有司上班簿,遂署其侧曰:‘可礼部侍郎、同中书门下平章事。’綮本善诗,其语多俳谐,故使落调,世共号郑五歇后体。至是,省

---

① (明)冯惟讷《古诗纪》卷二〇,文渊阁四库全书本。
② (清)沈季友《槜李诗系》卷二一,文渊阁四库全书本。
③ (元)黄溍《日损斋笔记·辨史》,文渊阁四库全书本。

史走其家上谒，綮笑曰：'诸君误矣。人皆不识字，宰相亦不及我。'史言不妄，俄闻制诏下，叹曰：'万一然，笑杀天下人。'既视事，宗戚诣庆，搔首曰：'歇后郑五作宰相，事可知矣。'"

《能改斋漫录》卷八云："《洪驹父诗话》谓世以兄弟为友于，子姓为贻厥，歇后语也。杜子美诗云'山鸟山花皆友于'，子美未能免俗，何耶？予以为不然。按《南史》'刘湛友于素笃'，《北史》'李谧事兄尽友于之诚'，故陶渊明诗云：'一欣侍温颜，再喜见友于。'子美盖有所本耳。子美《上太常张卿》诗：'亦云友于皆挺拔。'"《容斋三笔》卷一五载左君歇后云："左颇有才，最善谑。(绍兴)二十八年杨和王之子偰除权工部侍郎，时张循王之子子颜、子正皆带集英修撰，且进待制矣。会叶审言自侍御史，杨元老自给事中徙为吏兵侍郎，盖以缴论之故。左用歇后语作绝句曰：'木易(杨)已为工部侍(郎)，弓长(张)肯作集英修(撰)。如今台省无杨叶，豚犬超升卒未休。'"宋庞元英《文昌杂录》卷四云："礼部王员外说，昔有一举子恩泽榜授三班借职，作歇后诗，诗云：'官资得个三班借(职)，请给全胜录事参(军)。从此罢称乡贡进(士)，这回走马东西南(北)。'唐宰相郑綮好作歇后句，此诗亦甚工也。"

(二十一)人　名　诗

人名诗是用人名组成的一种诗体，即把人名嵌于诗的句首或句中。因此，人名诗亦属嵌字诗类，虽为戏谑之文，但需知识渊博，才思敏捷，方能驱使自如。

关于人名诗的起始，叶梦得《石林诗话》卷上云："王荆公诗有'老景春可惜，无花可留得。莫嫌柳浑青，终恨李太白'之句，以古人姓名藏句中，盖以文为戏。或者谓前无此体，自公始见之。余读《权德舆集》，其一篇云：'藩宣秉戎寄，衡石崇位势。年纪信不留，弛张良自愧。樵苏则为惬，瓜李斯可畏。不顾荣官尊，每陈农亩利。家林类岩巘，负郭躬敛积。志满宠生嫌，养蒙恬胜智。疏钟皓月晓，晚景丹霞异。涧谷永不谖，山川景梁冀。无累颇符生，学展禽尚志。从此直不疑，支离疏世事。'则德舆已尝为此体，乃知古人文章之变，殆无遗蕴。德舆在唐不以诗名，然词亦雅畅，此篇虽主意在立别体，然亦自不失为佳制也。"所引王安石诗中的景春，战国时人；留得即刘德谐音，武帝时人；柳浑、李白皆唐诗人。权德舆诗共嵌入了藩宣、石崇、纪信、张良、苏则、李斯、顾荣、陈农、林类、郭躬、满宠、蒙恬、钟皓、景丹、谷永、梁冀、王符、展禽、不疑、支离共二十二人的名字。如果仅嵌人名，不成为诗，此诗借这些人名抒发脱离宦海、归隐田园的愿望，并富有文采：或对仗工整，如"樵苏则为惬，瓜李斯可畏"；或写景如画，如"疏钟皓月晓，晚景丹霞异"，均堪称佳句。

宋王楙《野客丛书》卷一七《古人名诗》引《石林诗话》后说："仆谓此体其源流亦出于六朝，至唐而著，不但德舆也。如皮日休、陆龟蒙等皆有此作。"王楙谓此体源出六朝，不知其具体所指，但《艺文类聚》卷五六就载有沈约的《和陆慧晓百姓名诗》，梁元帝《相名诗》。其实人名诗既非始于宋代王安石，也非始于唐代权德舆，而是在汉、魏就有了。东汉袁康、吴平在《越绝书》卷一五说："以去为姓，得衣乃成；厥名有米，覆之以庚(隐袁康)。禹来东征，死葬其疆(隐籍贯会稽)。不直自斥，托类自明"；"邦贤以口为姓，丞之以天(隐吴字)；楚相屈原，与之同名(隐平字)。"这里暗含了会稽袁康、吴平的姓名、籍贯。汉魏时，这类暗嵌人名的诗亦不少，魏伯阳《参同契后序》说："委时去害，依托丘山，循游寥廓，与鬼为邻。伦寂无声，化形为仙，百世一下，遨游人间。敷陈羽翮，东西南倾，汤遭阨际，水旱隔并。柯叶萎黄。失其华荣，各相乘负，安稳长生。"①"委时"四句藏"魏"字，"伦寂"四句藏"伯"字，"敷陈"四句藏"阳"，"柯叶"四句藏"歌"字，这里的"魏伯阳"就交代了《参同契》的作者。

宋祝穆《古今事文类聚》别集卷二〇《人名诗》引《遯斋闲览》云："或传一诗谜云：佳人佯醉索人扶(贾岛)，露出胸前白雪肤(李白)。走入绣帏寻不见(罗隐)，任他风雨满江湖(潘阆)。乃贾岛、李白、罗隐、潘阆四诗人名也。"此人名诗更有趣。

人名诗是一种文字游戏，故为范晞文《对床夜语》卷三所讥："诗用古人名，前辈谓之点鬼簿，盖恶其为事所使也。如老杜'但见文翁能化俗，焉知李广不封侯'，'今日朝廷须汲黯，中原将帅忆廉颇'等作，皆借古以明今，何患乎多？李商隐集中半是古人名，不过因事造对，何益于诗？至有一篇而叠用者，如《茂陵》云：'玉桃偷得怜方朔，金屋修成贮阿娇。谁怜苏卿老归国，茂陵松柏雨萧萧。'《牡丹诗》云：'锦帏初见卫夫人，绣被犹堆越鄂君。石崇蜡烛何曾剪，荀令香炉可待熏。'不切甚矣。""李商隐集中半是古人名"，但多为用典而涉及人名，不是人名诗。

(二十二) 地　名　诗

地名诗包括郡名诗、州名诗、县名诗。将地名嵌入诗中，也是一种文字游戏。作为溯源，《艺文类聚》卷五六载有齐王融、梁范云的《奉和竟陵王郡县名诗》。王融诗曰："追芳承荔浦，揖道讯虚丘。升裾临广牧，从望尽平洲。曾山陵翠坂，方渠缅清流。阳台翻早茂，阴馆怀名秋。岁晏东光弭，景仄西华收。端溪惭昔彦，浉水谢前修。往食曲阜盛，今属平台游。燕棠缺初雅，郑衮息遗讴。久倾信都美，乃结茂陵俦。河间

① (明)蒋一彪《古文参同契集解》卷中上，文渊阁四库全书本。

殊可咏，南海果难游。”荔浦、虚丘、广牧、平洲、翠阪、阳台、东光、西华、端溪、曲阜、平台、信都、茂陵、河间、南海都是地名。

皮日休《松陵集》卷一〇有《怀鹿门县名离合二首》，其一云：“山瘦更培秋后桂，溪澄闲数晚来鱼。台前过雁盈千百，泉石无情不寄书。”其二云：“十里松萝阴乱石，门前幽事雨来新。野霜浓处怜残菊，潭上花开不见人。”这既是离合体诗，又是一首地名诗，离每句末一字与下句第一字组合成地名，前首组成了桂溪、鱼台、百泉，后首组成了石门、新野、菊潭，两首共六个地名。

陆龟蒙《甫里集》卷一一也有《和怀鹿门县名离合二首》，其一云：“云容覆枕无非白，水色侵矶直是蓝。田种紫芝餐可寿，春来何事恋江南。”其二云：“竹溪深处猿同宿，松阁秋来客共登。封径古苔侵石鹿，城中谁解访山僧。”前首离合成白水、蓝田、寿春，后首离合成宿松、登封、鹿城，也是六个地名。皮、陆的唱和诗似乎都是写鹿门景色，如果不是《怀鹿门县名离合二首》中的“离合”二字，人们很容易把它作为一般风景诗欣赏，绝不会想到诗中还有这些地名。

宋孔平仲《清江三孔集》卷二七有《郡名诗呈吕元钧五首》，《艺文类聚》卷五六有梁范云《州名诗》，唐权德舆有《州名诗寄道士》，宋韩维《南阳集》卷七也有《和晏相公答张提刑州名诗三首》，此不再细说。

（二十三）禽　言　诗

禽言诗是把禽鸣之声想象为人语，借以表达诗人之意。

早在先秦，人们就注意到某些鸟鸣声颇像汉语中的某个词语，如《山海经》卷一有“有鸟焉，其状如鸠，其音若呵（如人相呵呼声），名曰灌灌”；卷二有“有鸟焉，其状如鸮，青羽赤喙，人舌能言，名曰鹦䳇”；卷三有“有鸟焉，其状如雌雉而人面，见人则跃，名曰竦斯，其鸣自呼也”之类的记载。到了唐代，《全唐诗》卷七二姚合《题宣义池亭》云：“细草乱如发，幽禽语似弦。”又卷六三三载司空图《喜山鹊初归》云：“翠衿红觜便知机，久避重罗稳处飞。只为从来偏护惜，窗前今贺主人归”；“山中只是惜珍禽，语不分明识尔心。若使解言天下事，燕台今筑几千金。”宋代则出现了直接以“禽言”名诗的诗，一般认为这是北宋梅尧臣首创，其《禽言四首》之《子规》云：“不如归去，春山云暮。万木兮参云，蜀天兮何处？人言有翼可高飞，安用空啼向高树？”《提壶》云：“提壶芦，酤美酒，风为宾，树为友，山花缭乱目前开，劝尔今朝千万寿。”《山鸟》云：“婆饼焦，儿不食。尔父向何之。尔母山头化为石。山头化石可奈何，遂作微禽啼不息。”《竹鸡》云：“泥滑滑，苦竹冈，雨萧萧，马上郎。马蹄凌兢雨又急，此鸟为君应断肠。"①

但苏轼的《五禽言》却更有名,其序云:"梅圣俞作四禽言,余谪黄州,寓居定惠院,绕舍皆茂林修竹,荒池蒲苇。春夏之交,鸟鸣百族,土人多以其声之似者名之。遂用圣俞体作《五禽言》。"其第一首即咏此:"使君向蕲州,更唱蕲州鬼。我不识使君。宁知使君死?人生作鬼会不免,使君已老知何晚。"注云:"王元之(禹偁)自黄州移蕲州,闻啼鸟,问其名,或曰此名蕲州鬼。元之大恶之,果卒于蕲。"第二首咏布谷鸟:"南山昨夜雨,西溪不可渡。溪边布谷儿,劝我脱破袴(布谷鸟鸣声)。不辞脱袴溪水寒,水中照见催租瘢。"其三云:"去年麦不熟,挟弹规我肉。今年麦上场,处处有残粟。丰年无象何处寻,听取林间快活吟(此鸟声云:麦饭熟,即快活)。"其四云:"力作力作,蚕丝百箔。垄上麦头昂,林间桑子落。愿侬一箔千两丝,缫丝得蛹饲尔雏(鸟声云:蚕丝一百箔)。"其五云:"姑恶(水鸟名)姑恶,姑不恶,妾命薄。君不见东海孝妇死作三年干②,不如广汉庞姑去却还③。"

禽言诗隐禽鸣声入诗,要造语稳帖,无异常诗乃妙;要体现诗人向往大自然,希望与之融为一体,即宋儒所谓"物吾与也"的心态。它最初也许是一种游戏文字,但严酷的现实生活却使许多作者的禽言诗变成了讽谕诗。

周紫芝《太仓稊米集》卷九有《五禽言》诗一组,含《婆饼焦》、《泥滑滑》、《提壶卢》、《思归乐》、《布谷》,其自序云:"余避贼山中,婆娑岩壑间,终日寂然不闻人声。惟春禽嘲哳,不绝于耳,乃用其语,效昔人为《五禽言》,亦山中一戏事也。"其末篇《布谷》云:"田中水涓涓,布谷催种田,贼今在邑农在山。但愿今年贼去早,春田处处无荒草。农夫呼妇出山来,深种春秧答飞鸟。"钱钟书先生《宋诗选注》注此诗说:"在中国古代文学作品里,'禽言'跟'鸟言'有点分别。'鸟言'这个名词见于《周礼》的《秋官司寇》上篇,想象鸟儿叫声,就是在说它们鸟类的方言土话。像《诗经》里《豳风》的《鸱鸮》,和皇侃《伦语集解义疏》卷三所引《论释》里的'雀鸣啧啧啃啃',不论是别有寄托,或者全出附会,都是翻译'鸟言'而成的诗歌。'禽言'是宋之问《陆浑山庄》和《谒禹庙》两首诗里所谓'山鸟自呼名','禽言常自呼',也是梅尧臣《和欧阳永叔〈啼鸟〉》诗所谓'满壑呼啸谁识名,但依音响得其字',想象鸟儿叫声,是在说我们人类的方言土语。同样的鸟叫,各地方的人因自然环境和生活情况的不同而听成各种不同的说话,有的是

① (宋)梅尧臣《宛陵集》卷四,文渊阁四库全书本。

② 东海有孝妇,少寡亡子,养姑甚谨。其后姑自经死,姑女告其杀母,吏执孝妇杀之,郡中枯旱三年。

③ 广汉姜诗事母至孝,妻庞氏奉顺尤笃。后汲江水遇风,未即时还家。母渴,姜诗责遣之。其妻乃寄居邻舍,昼夜纺绩,市珍羞,使邻母遗姑。久,姑怪问邻母,邻母如实以告。姑感恩而呼还。

‘击谷’，有的是‘布谷’，有的是‘脱却破裤’，有的是‘一百八个’，有的是‘催王做活’等等（参看扬雄《方言》卷八，陈造《江湖长翁文集》卷七《布谷吟》，姚椿《通艺阁诗续录》卷五《采茶播谷谣》）。”元、明、清各代也有很多禽言诗，兹不赘述。

（二十四）三 妇 艳 诗

三妇艳诗，五言六句，专取古诗的后六句为式。亦称“三妇”，含大妇、中妇、小妇、良人等词。良人也可用丈人、丈夫、众人、上客、佳人等。古诗《相逢行》、《长安有狭斜行》的后段，都有大妇、中妇、小妇等辞。《古诗纪》卷十六《相逢行》云：“大妇织绮罗，中妇织流黄，小妇无所为，挟瑟上高堂。丈人且安坐，调丝未遽央。”《长安有狭斜行》略同：“大妇织绮纻，中妇织流黄。小妇无所为，挟琴上高堂。丈夫且徐徐，调弦讵未央。”《颜氏家训·书证》载：“古乐府歌词，先述三子，次及三妇，妇是对舅姑之称。其末章云：‘丈人且安坐，调弦未遽央。’古者子妇供事舅姑，旦夕在侧，与儿女无异，故有此言。丈人亦长老之目，今世俗犹呼其祖考为先亡丈人，又疑丈当作大。北间风俗，妇呼舅为大人公，丈之与大易为误耳。近代文士颇作《三妇诗》，乃为匹嫡并耦，已之群妻之意，又加郑卫之辞，大雅君子何其谬乎？”可见三妇原是“子妇（儿媳）供事舅姑（公公、婆婆）”之语，近代才误为“匹嫡并耦”，“群妻之意”，以三妇为妻妾，改“丈人”为“良人”。对艳的理解也与原意不同，《颜氏家训·书证》引何焯云：“《三妇艳》，‘艳’乃是曲调，犹《昔昔盐》‘盐’字，非艳冶也。”

此体在六朝、唐代颇为流行。据宋郭茂倩《乐府诗集》卷三五载，刘铄、王融、萧统、沈约、王筠、吴均、刘孝绰、陈后主、张正见、董思恭、王绍宗等都有《三妇艳诗》。刘铄诗云：“大妇裁雾縠，中妇牒冰练。小妇端清景，含歌登玉殿。丈人且徘徊，临风伤流霰。”王融诗云：“大妇织绮罗，中妇织流黄。小妇独无事，挟瑟上高堂。丈夫且安坐，调弦讵未央。”萧统诗云：“大妇舞轻巾，中妇拂华茵。小妇独无事，红黛润芳津。良人且高卧，方欲荐梁尘。”沈约诗云：“大妇拂玉匣，中妇结珠帷。小妇独无事，对镜理蛾眉。良人且安卧，夜长方自私。”王筠诗云：“大妇留芳褥，中妇对华烛。小妇独无事，当轩理清曲。丈人且安卧，艳歌方断续。”吴均诗云：“大妇弦初切，中妇管方吹。小妇多姿态，含笑逼清卮。佳人勿余及，殷勤妾自知。”刘孝绰诗云：“大妇缝罗裙，中妇料绣文。惟余最小妇，窕窈舞昭君。丈人慎勿去，听我驻浮云。”明陆时雍《诗镜总论》云：“梁人多妖艳之音，武帝启齿扬芬，其臭如幽兰之喷诗中，得此亦所称绝代之佳人矣。‘东飞伯劳西飞燕’，‘河中之水’歌，亦古亦新，亦华亦素，此最艳词也。所难能者在风格浑成，意象独出。简文诗多濃色腻情，读之如半醉憨情，恹恹欲倦。”

陈后主《三妇艳诗十一首》更属《颜氏家训》所讥的“郑卫之辞”，如其末首云：“大妇年十五，中妇当春户。小妇正横陈，含娇情未吐。所愁晓漏促，不恨灯销炷。”

（二十五）联句体（柏梁体）

联句体是两人或多人共作一首诗，相联成篇。或每人一句，句句押韵，集以成篇；或每人一联，结缀成篇；或每人四句，合则共为一首，分则各自成诗；或一人出上句，续者须对成一联，再出上句，轮流相续，循环往复成篇。始于汉武帝与群臣的柏梁联句所作的《柏梁诗》，故联句体又称柏梁体。《文心雕龙》第六《明诗》云：“孝武爱文，柏梁列韵。”《沧浪诗话·诗体》云：“柏梁体：汉武帝与群臣共赋七言，每句用韵，后人谓此体为柏梁体。”为了了解柏梁联句体的形式，这里全引唐欧阳询《艺文类聚》卷五六所载柏梁联句如下：

> 汉孝武帝元封三年作柏梁台，诏群臣二千石有能为七言者乃得上坐。皇帝曰：“日月星辰和四时。”梁王曰：“骖驾驷马从梁来。”大司马曰：“郡国士马羽林才。”丞相曰：“总领天下诚难治。”大将军曰：“和抚四夷不易哉。”御史大夫曰：“刀笔之吏臣执之。”太常曰：“撞钟击鼓声中诗。”宗正曰：“宗室广大日益滋。”卫尉曰：“周卫交戟禁不时。”光禄勋曰：“总领从官柏梁台。”廷尉曰：“平理清谳决嫌疑。”太仆曰：“循饰舆马待驾来。”大鸿胪曰：“郡国吏功差次之。”少府曰：“乘舆御马主治之。”大司农曰：“陈粟万硕扬以箕。”执金吾曰：“徼道宫下随讨治。”左冯翊曰：“三辅盗贼天下危。”右扶风曰：“盗阻南山为民灾。”京兆尹曰：“外家公主不可治。”詹事曰：“椒房率更领其材。”典属国曰：“蛮夷朝贺常会期。”大匠曰：“柱枅薄栌相枝持。”太官令曰：“枇杷橘栗桃李梅。”上林令曰：“走狗逐兔张罘罳。”郭舍人曰：“啮妃女唇甘如饴。”东方朔曰：“迫窘诘屈力穷哉。”

后世效法者颇多，仅何逊就有《拟古三首联句》、《往晋陵联句》、《范广州宅联句》、《相送联句》、《至大雷联句》、《赋咏联句》、《临别联句》、《增新曲相对联句》、《照水联句》、《折花联句》、《摇扇联句》、《正钗联句》等。《全唐诗录》卷一载，中宗有《十月诞辰，内殿宴群臣，效柏梁体联句》，又有《景龙四年正月五日移仗蓬莱宫，御大明殿，会吐蕃骑马之戏，因重为柏梁体联句》诗。

宋高承《事物纪原》卷四云：“联句，自汉武为柏梁诗，使群臣作七言，始有联句体。梁《何逊集》多有其格。唐文士为之者亦众，凡联一句或二句，亦有对一句，出一句者。

《五子之歌》有其一其二之文，则又联句之体也。其事见于《夏书·五子之歌》，始于汉武柏梁之作，而成于何逊也。”宋无名氏《诗谈》亦云：“梁何逊集中多联句。”①吴讷《文章辨体序说·联句诗》云：“按联句始著于《陶靖节集》，而盛于退之、东野。考其体，有人作四句，相合成篇，若《靖节集》中所载是也；又有人作一联，若子美与李尚书之芳及其甥字文彧联句是也。后有先出一句，次者对之；就出一句，前人复对之，相继成章，则昌黎、东野《城南》之作是也。其要在于对偶精切，辞意均敌，若出一手，乃为相称。山谷尝云：‘退之与孟郊意气相入，故能杂然成篇。后人少联句者，盖由笔力难相追尔。’”

（二十六）辘轳体

辘轳体也是一种联句体。江少虞《事实类苑》卷三七《唱和联句》引《杨文公谈苑》云：“唱和联句之起其源远矣，自舜作歌，皋陶《扬言》、《赓载》及《柏梁联句》，颜延年有《和谢监》，玄晖有《和伏武昌登孙权故城》等篇，梁何逊集中多联句，至唐朝文士唱和联句固多，元稹作《春深》题二十篇，并用家、花、车、斜四字为韵。白居易、刘禹锡和之，亦同此四句。令狐楚所和诗，多次韵起。于此凡联句或两句、四句，亦有对一句者，谓之辘轳体。”宋朱胜非《绀珠集》卷一一《辘轳体》，宋曾慥《类说》卷五三《辘轳体唱和联句》所载略同。

辘轳体诗是一种衔头接尾的诗体，可像辘轳一样旋转而得诗。清人吴玉搢云：“《广韵》：辘轳，圆转木也。井上汲木亦为辘轳，皆因其环转而名之。唐人以联句为辘轳体，亦谓其转也。”②此体在宋以后特别流行。苏轼《辘轳歌》云：“新系青丝百尺绳，心在君家辘轳上。我心皎洁君不知，辘轳一转一惆怅。何处春风吹晓幕，江南绿水通珠阁。美人二八颜如花，泣向花前畏花落。临春风，听春鸟，别时多，见时少。愁人一夜不得眠，瑶井玉绳相对晓。”杨万里《诚斋集》中此体诗颇多，有《城上野步用辘轳体》，《重九日雨菊花未开用辘轳体》，《寄题刘凝之坟山壮节亭用辘轳体》，《碧落堂暮景辘轳体》，《谢襄阳帅杨侍郎用辘轳体》等。五言如《城上野步用辘轳体》云：“初劲无遗暖，晴行失老怀。叶飞枫骨立，萍尽沼奁开。路好仍回首，泥残敢放鞋。登临不须尽，留眼要重来。”七言如《重九日雨菊花未开用辘轳体》云：“良辰巧与赏心违，四者难并自古稀。恰则今年重九日，也无黄菊两三枝。闭门幸免吹乌帽，有酒何须望白衣。

① (明)陶宗仪《说郛》卷七九，文渊阁四库全书本。

② (清)吴玉搢《别雅》卷五，文渊阁四库全书本。

正坐满城风雨句，平生不喜老潘诗。”

韦骧《钱塘集》卷五《雨后城上种蜀葵效辘轳体联句》则既为辘轳体，又为联句体：“不惮移根远，姑怜向日姿。春风从自得(绎)，夜雨况相资。敏远飞霜镢，婆娑拥碧枝。幽葩兹有待(骧)，杂卉漫多奇。野藿非余尚，庭兰盍尔知(绎)。倾心安所守，卫足岂其私。得地何妨徙(骧)，干霄固可疑。采幢须夏节，绿饼与秋期。莫以蓁生陋(绎)，唯其秀出宜。迁非拔茅进，爱岂揠苗为(骧)。色解凌溪锦，花应当酒卮。绕栏窠尚小(绎)，傍砌影犹卑。援护情宜倍，栽培力已施(骧)。桃蹊容烂熳，竹径耸参差，不待毛嫱妒(绎)，何嫌鲁相辞。土培忧压嫩，竹插为扶欹。疏密齐行列(骧)，芳华递疾迟。纤茎簪间导，繁蕊珥交垂(绎)。恐践禽须逐，防侵草必夷。养完先固本，采折俟乘时。屡戒园夫守(骧)，频烦墨客窥。拾来同地芥，吟就比江蓠。泛与萧蒿长，偏饶雨露滋。何如君子德，修直任荣衰(绎)。”

(二十七) 进 退 格 体

进退格又叫进退韵，是邻韵通押的特殊诗体格式之一。宋严羽《沧浪诗话·诗体》：“有辘轳韵者，双出双入。有进退韵者，一进一退。”进退格是两韵间押，即第二、第六句用甲韵，第四、第八则用与甲韵可通的乙韵，如“寒”、“删”或“鱼”、“虞”等，一进一退，相间押韵，故称进退韵。

宋袁文《瓮牖闲评》卷五云：“黄太史《谢送宣城笔》诗云：‘宣城变样蹲鸡距，诸葛名家捋鼠须。一束喜从公处得，千金求买市中无。漫投墨客摹科斗，胜与朱门饱蠹鱼。愧我初非草《玄》手，不将闲写吏文书。’世多病此诗既押十虞韵，鱼、虞不通押，殆落韵也。殊不知此乃古人诗格。昔郑都官与僧齐已、郑损辈共定今体诗格云：‘凡诗用韵有数格，一曰葫芦，一曰辘轳，一曰进退。葫芦韵者先二后四，辘轳韵者双出双入，进退韵者一进一退，失此则谬矣。今此诗前二韵押十虞字，后二韵押九鱼字，乃双出双入，得非所谓辘轳韵乎？非太史之误也。’”吴景旭云：“唐介为台官，廷疏文彦博，仁宗怒，谪英州别驾。朝中士大夫以诗送行，李师中诗曰：‘孤忠自许众不与，独立敢言人所难。去国一身轻似叶，高名千古重于山。并游英俊颜何厚，未死奸谀骨已寒。天为吾君扶社稷，肯教夫子不生还？’此正进退韵格也。难、寒二字在二十五寒韵，山、还二字在二十六删韵，诚合体格，岂率尔而为之哉？’近阅《冷斋夜话》，乃以此诗为落韵诗，盖渠不见郑谷所定诗格有进退之说而妄为云云也。”①《历代诗话》卷二〇又引

---

① (清)吴景旭《历代诗话》卷五辛集上之中引《缃素杂记》，文渊阁四库全书本。

吴旦生曰："李师中此律为进退韵，余于《律格图证》既载之矣。后见陆放翁《东山避暑》诗：'避暑穿林随所之，一奴每负胡床随。望秋槁叶有先陨，未暮赫日无余晖。轮囷离奇涧松古，钩辀格磔蛮禽悲。北岩竹间最惨栗，清啸倚石真忘归。'按此，随、悲字在四支韵，晖、归字在五微韵，正所谓进退韵也。而放翁题中自注云用辘轳体，则又何耶？又见韩子苍五言诗'盗贼犹如此，苍生困未苏。今年起安石，不用哭包胥。子去朝行在，人应问老夫。髭须衰白尽，瘦地日携钽'亦是，苏、夫字在七虞韵，胥、钽字在六鱼韵也。"

（二十八）禁体诗（白战体）

禁体诗是禁体物诗的简称，又简称"禁体"，指在咏物诗中禁止用描写某物的常用字。禁体诗始于杜甫五古《火》，而尚未用其名。杜甫此诗未用形容火之词语，主要写"旧俗烧蛟龙，惊惶致雷雨"的愚昧之举，旨在说明"烧蛟龙"无助于救旱，徒增炎热，指责有司失职忧民。韩愈《咏雪赠张籍》全诗四百字，未用一个雪字，但写的都是雪。宋代的欧阳修、苏东坡等才明确提出了"禁体"一格及其规则。欧阳修《与梅圣俞》云："前承惠《白兔》诗，偶寻不见，欲别求一本。兼为诸君所作，皆以常娥、月宫为说，颇愿吾兄以他意别作一篇，庶几高出群类，然非老笔不可。"梅尧臣《宛陵集》卷五〇有《永叔白兔》、《重赋白兔》，前首用了霜毛苇茸、月中捣药、桂傍杵臼、拔毛为笔等直接涉兔的词语，后首题下注引用了欧书，确实未再"以常娥、月宫为说"：

> 兔氏颖出中山中，衣白兔褐求文公。文公尝为颖作传，使颖名字存无穷。遍走五岳都不逢，乃至琅邪闻醉翁。醉翁传是昌黎之后身，文章节行一以同。滁人喜其就笼绁，遂与提携来自东。见公于巨鳌之峰，正草命令辞如虹。笔秃愿脱冠以从，赤身谢德归蒿蓬。

文公指韩愈，"为颖作传"指韩愈的《毛颖传》，醉翁指欧阳修。苏轼早年有《江上值雪，效欧阳公体，限不以盐、玉、鹤、鹭、絮、蝶、飞、舞之类为比，仍不使皓、白、洁、素等字，次子由韵》，晚年又有《聚星堂雪并叙》，叙云："元祐六年十一月一日，祷雨张龙公，得小雪，与客会饮聚星堂。忽忆欧阳文忠公作守时，雪中约客赋诗，禁体物语，于艰难中特出奇丽，尔来四十余年，莫有继者。仆以老门生继公后，虽不足追配先生，而宾客之美殆不减当时。公之二子，又适在郡，故辄举前令，各赋一篇。"诗云：

窗前暗响鸣枯叶，龙公试手行初雪。映空先集疑有无，作态斜飞正愁绝。
众宾起舞风竹乱，老守先醉霜松折。恨无翠袖点横斜，只有微灯照明灭。
归来尚喜更鼓永，晨起不待铃索掣。未嫌长夜作衣棱，却怕初阳生眼缬。
欲浮大白追余赏，幸有回飙惊落屑。模糊桧顶独多时，历乱瓦沟裁一瞥。
汝南先贤有故事，醉翁诗话谁续说。当时号令君听取，白战不计持寸铁。

白战即徒手作战，吟雪而不许用与雪有关的字。因末句“白战不许持寸铁”，后人因称禁体为“白战体”。《苕溪渔隐丛话》前集卷二九《六一居士上》载：“自二公赋诗之后，未有继之者，岂非难措笔乎？”叶梦得《石林诗话》则认为不难：“诗禁体物语，此学诗者类能言之也。欧阳文忠公守汝阴，尝与客赋雪于聚星堂，举此令，往往皆阁笔不能下。然此亦定法，若能者则出入纵横，何可拘碍？郑谷‘乱飘僧舍茶烟湿，密洒歌楼酒力微’，非不去体物语，而气格如此其卑。苏子瞻‘冻合玉楼寒起粟，光摇银海眩生花’，超然飞动，何害其言玉楼银海？韩退之两篇力欲去此弊，虽冥搜奇谲，亦不免有缟带、银杯之句。杜子美‘暗度南楼月，寒生北渚云’，初不避云月字。若‘随风且开叶，带雨不成花’，则退之两篇，殆无以过之也。”

文人好逞才，以后作禁体诗者不少。清乾隆皇帝《澄海楼联句》云：“乾隆八年十月十六日，自盛京蒇事还京，道入榆关，登澄海楼望海，雪霁千峰，波明万顷，天容海色，洵属奇观。时张照、梁诗正侍从，因与联句，凡字画涉水部者概不用，仿欧阳修《咏雪》禁体也。”四十年后乾隆又作有另一首《澄海楼联句》：“乾隆四十八年秋，自热河取道边外，四诣陪都，恭谒祖陵。礼成回跸，入山海关，经澄海楼，计自癸亥联句及甲戌戊戌叠韵，中间四十年矣。命梁国治、董诰仍依禁体，赓和前吟。”①

① 《御制诗初集》卷一九，文渊阁四库全书本。

第七章　词之分体

第一节　词体概述

词是诗的别体，又称曲子词、长短句、诗余，是隋唐兴起的一种新的文学体式，到了宋代，经过长期发展，进入了词的鼎盛期。词原是配合宴乐乐曲而填写的歌诗，每首词都有一个代表音乐性的词调(即词牌)。词牌是词的调子的名称，不同的词牌在总字数、总句数以及每句的字数、平仄上都有规定。一般而言，词调不是词的题目，只能把它当作词的乐谱看待。到了宋代，一些词人为了表明词旨，常在词调下面另加题目，或者写上一段小序，以说明该词的背景或主旨。词一般都分两段(称上下片或上下阕)，也有不分片或分片超过两片的。词的句式多参差不齐，基本上是长短句。词中声韵的规定较严，用字要分平仄，每个词调的平仄都有规定，各不相同。

唐人绝句多能歌，成为早期词体的一部分。王灼《碧鸡漫志》卷一云："唐时古意亦未全丧，《竹枝》、《浪淘沙》、《抛球乐》、《杨柳枝》乃诗中绝句，而定为歌曲。故李太白《清平调》词三章，皆绝句。元、白诸诗，亦为知音者协律作歌。白乐天守杭，元微之赠云：'休遣玲珑唱我诗，我诗多是别君辞。'自注云：'乐人高玲珑能歌，歌余数十诗。'乐天亦醉戏诸妓云：'席上争飞使君酒，歌中多唱舍人诗。'又曲歌妓唱前郡守严郎中诗云：'已留旧政布中和，又付新诗与艳歌。'元微之《见人咏韩舍人新律诗，戏赠》云：'轻新便妓唱，凝妙入僧禅。'沈亚之《送人序》云：'故友李贺善撰南北朝乐府古辞，其所赋尤多怨郁凄艳之句，诚以盖古排今，使为词者莫能偶矣。惜乎其终亦不备声弦唱然。'唐史称李贺乐府数十篇，云韶诸工皆合之弦管。又称李益诗名与贺相埒，每一篇成，乐工争以赂来取之，被声歌，供奉天子。又称元微之诗往往播乐府。旧史亦称武元衡工五言诗，好事者传之，往往被于管弦。又旧说开元中诗人王昌龄、高适、王涣之诣旗亭饮，梨园伶官亦招妓聚燕。三人私约曰：'我辈擅诗名，未第甲乙，试观诸伶讴诗分优劣。'一伶唱昌龄二绝句，一伶唱適绝句，涣之曰：'佳妓所唱如非我诗，终身不敢与子争衡。不然，子等列拜床下。'须臾妓唱涣之诗，涣之揶揄二子曰：'田舍奴，我岂妄哉!'以此知唐伶妓当时名士诗句入歌曲盖常事也。蜀王衍召嘉王宗寿饮宣华苑,命宫人李玉箫歌衍所撰宫词,五代犹有此风。今亡矣,近世有取陶渊明《归去来》,李白《把酒问月》,李长吉《将进酒》,大苏公《赤壁前后赋》协入声律,此暗合孙吴耳。"

宋词最能代表宋代文学,宋词达到的成就,在我国词学史上可谓空前绝后。随着宋词的发展,词话也产生了,最早的词话是北宋杨绘的《时贤本事曲子集》和杨湜的《古今词话》,以后历代都有很多词话。但各种词话多为词人词作的佚闻佚事和评论,系统论及词体者不多。

关于诗、词关系,一般认为词乃诗之余,故称诗余。但也有持相反看法者,李调元云:"词非诗之余,乃诗之源也。周之《颂》三十一篇,长短句居十八。汉《郊祀歌》十九篇,长短句居五。至《短箫铙歌》十八篇,篇皆长短句。自唐开元盛日,王之涣、高適、王昌龄绝句流播旗亭,而李白《菩萨蛮》等词亦被之管弦,实皆古乐府也。诗先有乐府而后有古体,有古体而后有近体。乐府即长短句,长短句即古词也。故曰词非诗之余,乃诗之源也。"①

关于词的用韵,毛奇龄云:"词本无韵,故宋人不制韵,任意取押,虽与诗韵相通不远,然要是无限度者。"②也就是说,诗、词韵相通,而且词韵没有诗韵那样严格。

词调又有令、引、近、慢之分,或认为令即小令,引、近即中调,慢即长调。宋武陵逸史的《草堂诗余》首以小令、中调、长调分词为三类,卷一为小令,卷二为中调,卷三、卷四为长调。《四库全书总目》卷一九九《类编草堂诗余四卷》提要云:"不著编辑者名氏,旧传南宋人所编者。王楙《野客丛书》作于庆元间,已引《草堂诗余》张仲宗《满江红》词,证'蝶粉蜂黄'之语,则此书在庆元以前矣。词家小令、中调、长调之分自此书始,后来词谱依其字数以为定式,未免稍拘。故为万树《词律》所讥。然填词家终不废其名,则亦倚声之格律也。朱彝尊作《词综》称《草堂》选词可谓无目,其诟之甚至。今观所录虽未免杂而不纯,不及《花间》诸集之精善,然利钝互陈,瑕瑜不掩,名章俊句,亦错出其间,一概诋排,亦未为公论。"同卷宋黄机《竹斋诗余》提要亦云:"《草堂诗余》乃南宋坊贾所编,漫无鉴别,徒以其古而存之。"明顾从敬类编本《草堂诗余》,清邹祗谟《丽农词》,王士禛《倚声初集》,毛先舒《填词名解》等都有类似说法。毛奇龄《填词名解》卷一《经窗迴》云:"凡填词五十八字以内为小令,自五十九字始至九十字止为中调,九十一字以外为长调,此古人定例也。"

宋翔凤《乐府余论·论令引近慢》云:"诗之余先有小令,其后以小令微,引而长

---

① (清)李调元《雨村词话序》,《雨村词话》卷首,唐圭璋《词话丛编》本。

② (清)毛奇龄《西河词话》卷一,文渊阁四库全书本。

之，于是有《阳关引》、《千秋岁引》、《江城梅花引》之类。又谓之近，如《诉衷情近》、《祝英台近》之类，以音调相近，从而引之也。引而愈长者则为慢。慢与曼通，曼之训引也，长也，如《木兰花慢》、《长亭怨慢》、《拜新月慢》之类，其始皆令也。亦有以小令曲度无存，遂去慢字，亦有别制名目者。则令者乐家所谓小令也；曰引曰近者，乐家所谓中调也；曰慢者，乐家所谓长调也。不曰令、曰引、曰近、曰慢，而曰小令、中调、长调者，取流俗易解，又能包括众题也。"①宋氏认为令、引、近、慢之别在篇幅长短。台湾学者林玫仪力破此说，②认为令不一定最短，更与"五十八字以内为小令"不合，《且坐令》七十字，《师师令》七十三字，《韵令》七十六字，《甘州令》七十八字；《有有令》八十一字，《兀令》八十四字，《婆罗门令》八十六字；《采莲令》九十一字，《六幺令》九十四字，《折桂令》一百字，《胜州令》其至长达二百一十五字。慢也未必最长，更与"九十一字以外为长调"不合，《卓牌子慢》仅五十六字，《少年游慢》八十四字，均未超过九十一字。引、近即中调的字数也多不符合"自五十九字始至九十字止"的说法，不再一一举例。

宋翔凤还认为："词调之发展乃由短而长，由令及慢"，"按词自南唐以后但有小令，慢词则始于柳永。"③也就是说，词调发展顺序是先有令，再有引、近，最后才有慢。后人多从其说。其实也不尽然。唐崔令钦《教坊记》已载有《柘枝引》、《渔父引》。唐咸通末江南钟辐有《卜算子慢》(寄妓青箱)，见《花草稡编》卷十六。敦煌所出《琵琶谱》也列有慢曲及《长沙女引》，敦煌曲有《倾杯乐》二首，一首一百一十字，一首一百一十一字；又有《内家娇》二首，一首一百零三字，一首一百零五字，均在百字以上，按"九十一字以外为长调"的标准，均属长调。宋王灼《碧鸡漫志》卷五云："唐中叶渐有今体慢曲子。"可见早在唐代已有引、慢，有长调，正如俞平伯《唐宋词选释》所说，"慢词的兴起远在北宋以前"，只是到了柳永才大量作慢词，但不能说"慢词则始于柳永"。林玫仪认为令、引、近、慢与小令、中调、长调不同："令引近慢乃音乐上的分类，而后人所谓小令、中调、长调也者，则是就文字上作分类。此两种观念本来不相侔，后人不察，遂混为一谈……故本文一则就字数上作统计，证明'慢'未必长于'引'、'近'；'引'、'近'亦未必长于'令'。以破除令引近慢之别在于字数多寡之成说；再则就现存资料分析令引近慢在音乐上之特色，以明四者之分际所在。"④

清毛奇龄《西河词话》卷二云："今照词例，列小令、中调、长调，因析隋唐题，特作一卷，名《原调》。其中《菩萨蛮》、《小重山》等征近宋调者悉分列之。"但他实际上不赞

①③ (清)宋翔凤《乐府余论》，唐圭璋《词话丛编》本。

②④ 林梅仪《词学考诠·令引近慢考》，(台湾)联经出版事业公司1987年版。

成这种分法:“古者以宫商角徵羽变宫变徵之七声乘十二律得八十四调,后人以宫商羽角之四声乘十二律得四十八调,盖去徵声与二变不用焉。四十八调至宋人诗余,犹分隶之,其调不拘短长,有属黄钟宫者,有属黄钟商者,皆不相出入,非若今之谱诗余者,仅以小令、中调、长调分班部也。其详载《乐府浑成》一书。近人不解声律,动造新曲,曰自度曲。试问其所自度者,曲隶何律,律隶何声,声隶何宫何调?而乃撊然妄作有如是耶?”

关于词牌、词题和词序,唐及北宋词,只有词牌,很少有词题,更少有词序以阐明词旨及其背景的。东坡词开始有词题及词序,但据刘尚荣先生考证,这些词题及词序多为后人所加:“今本苏词的某些题序,并不是东坡所作。这一点,朱祖谋(疆村)从事苏词编年,有所觉察。朱本《凡例》指出,毛本词题有时‘阑入他人语意,多出宋人杂说’;有时‘依托谬妄,并违词中本旨’;有时妄加标题,‘沿选家陋习’。凡此均一依元本正之,而元本‘亦间有非公原本者’,则皆移注词后……龙本编年沿袭朱本,[①]然而对作为编年重要依据的词题、词序,远没有朱祖谋那般重,因而也没有充分利用傅本资料校正其他各本在词题、词序方面存在的混乱与脱衍讹误,特别是将苏轼自加的词题、词序同傅幹所加的题注(题解)、校语严格加以区分,以致多次出现误将傅幹之题注当作苏轼之词序的情况。”[②]苏词有些词题、词序或为本人所作,如《水调歌头》(安石在东海)叙云:“余去岁在东武,作《水调歌头》以寄子由。今年子由相从彭城百余日,过中秋而去,作此曲以别余。以其语过悲,乃为和之。其意以不早退为戒,以退而相从之乐为慰云耳。”[③]又《满庭芳》(归去来兮,吾归何处)叙云:“元丰七年四月一日,余将自黄移汝,留别雪堂邻里二三君子。会李仲览自江东来别,遂书以遗之。”[④]这些叙有的作词题,有的作“公旧序”,有人认为皆他人所补,但从语气看似为苏轼语。

词题和词序在南宋才多起来,姜夔词有大量的词序,本身就是优美的散文。如《鹧鸪天·己酉之秋苕溪记所见》序云:“予与张平甫自南昌游西山玉隆宫,止宿而返,盖乙卯三月十四日也。是日即平甫初度,因买酒茅舍,并坐古枫下。古枫,旌阳(晋人许逊)在时物也。旌阳尝以草屦悬其上,士人谓屦为屩,因名曰挂屩枫。苍山四围,平野尽绿,隔涧野花红白,照影可喜,使人采撷,以藤纠缠着枫上。少焉月出,大于黄金盆。逸兴横生,遂成痛饮,午夜乃寝。明年,平甫初度,欲治舟往封禺松竹间,念此游

---

① 龙本,指龙榆生《东坡乐府笺》,商务印书馆1936年版。

② 刘尚荣《注坡词考辨》,《傅幹注坡词》代前言,巴蜀书社1993年版。

③ 邹同庆、王宗堂《苏轼词编年校注》,中华书局2002年版,第211页。

④ 邹同庆、王宗堂《苏轼词编年校注》,中华书局2002年版,第508页。

之不可再也，歌以寿之。”①又如《扬州慢》（江左名都）序云：“淳熙丙申至日，予过维扬。夜雪初霁，荠麦弥望。入其城，则四顾萧条，寒水自碧，暮色渐起，戍角悲吟。予怀怆然，感慨今昔，因自度此曲，千岩老人（萧德藻）以为有黍离之悲也。”②

刘师培《论文杂记》云：“唐人之词多缘题生咏……以调为题，此固唐人之遗法也……宋人填词，则不复缘题生咏……唐人由词而制调，故词旨多与调名相符。宋人因调而填词，故词旨多与调名不合。而词牌之外，别有词题矣（五代之时已有词题，不始于宋矣）。此则宋词之异于唐词名也。”

第二节 万树《词律》和康熙《御定词谱》

万树（约1630—1688）字红友、花农，号山翁，宜兴（今属江苏）人，康熙时曾为广东幕僚。他对词的格律研究极深，著有《词律》二十卷。其《词律自叙》叹词学之兴衰云：“自曲调既兴，诗余遂废，纵览《草堂》之遗帙，谁知大晟之元音。然而时届金、元，人工声律，迹其编著，尚有典型。明兴之初，余风未泯。青邱（高启）之体裁幽秀，文成（刘基谥号）之丰格高华。矩矱犹存，风流可想。既而斯道，愈远愈离。即世所脍炙之娄东（吴伟业）、新都（杨慎）两家，撷芳则可佩，就轨则多岐。按律之学未精，自度之腔乃出。虽云自我作古，实则英雄欺人。盖缘数百年来士大夫辈，帖括之外，惟事于诗。长短之音，多置弗论。即南曲盛行于代，作家多擅其名，而试付校雠，类皆龃龉。况乎词句，不付歌喉，涉历已号通材，摹仿莫求精审。故维扬张氏（张綖）据词而为图，钱唐谢氏广之，吴江徐氏去图而著谱，新安程氏（程明善）辑之，于是《啸余谱》一书通行天壤，靡不骇称博核，奉作章程矣。百年以来，蒸尝弗辍。近岁所见，剞劂载新，而未察其触目瑕瘢，通身罅漏也……至今日而词风愈盛，词学愈衰矣。”他认为词是有格律的：“词谓之填，如坑穴在焉，以物实之而恰满。如字可以易，则枘凿背矣，即强纳之而不安。”他于是根据《花庵》、《草堂》、《尊前》、《花间》等词集，“考其调之异同，酌其句之分合，辨其字之平仄，序其篇之短长，务标准于名家，必酌中于各制。有调同名别者则删而合之，有调别名同者则分而疏之，复者厘之，缺者补之”，编成此书，“计为卷二十，为调六百六十，为体千一百八十有奇。其篇则取之唐、宋兼及金、元，而不收明朝自度、本朝自度之腔；于字则论其平仄，兼分上去，而每详以入作平，以上作平之说”。③

① 唐圭璋《全宋词》第三册，中华书局2009年版，第2172页。

② 唐圭璋《全宋词》第三册，中华书局2009年版，第2180页。

③ 《词律》卷首，光绪二年本。

万树《词律》的《自叙》和《发凡》，实际堪称词体学通论，阐明了他的词学观点：

第一，关于词调分类。万树主张“列调自应从旧，以字少居前，字多居后，既有曩规，亦便检阅”。他反对以字数分为小令、中调、长调：“自《草堂》有小令、中调、长调之目，后人因之，但亦约略云尔。《词综》所云：‘以臆见分之。’后遂相沿，殊属牵率者也。钱唐毛氏云：‘五十八字以内为小令，五十九字至九十字为中调，九十一字以外为长调，古人定例也。’愚谓此亦就《草堂》所分而拘执之，所谓定例，有何所据？若以少一字为短，多一字为长，必无是理。如《七娘子》有五十八字者，有六十字者，将名之曰小令乎，抑中调乎？如《雪狮儿》有八十九字者，有九十二字者，将名之曰中调乎，抑长调乎？故本谱但叙字数，不分小令、中、长之名。”但相沿成习，清代仍有不少人以小令、中调、长调分类，如清吴绮撰《艺香词》即分为小令、中调、长调。①

第二，他反对以第一体、第二体等区别同调异词：“旧谱之最无义理者是第一体、第二体等排次。既不论作者之先后，又不拘字数之多寡，强作雁行，若不可逾越者。而所分之体，乖谬殊甚，尤不足取……夫某调则某调矣，何必表其为第几？自唐及五代十国、宋、金、元，时远人多，谁为之考其等第，而确不可移乎？更有继《啸余》而作者，逸其全刻，撮其注语，尤为糊突。若近日《图谱》，如《归自谣》止有第二而无第一，《山花子》、《鹤冲天》有一无二，《贺圣朝》有一、三无二，《女冠子》有一、二、四、五而无三，《临江仙》有一、四、五、六、七而无二、三，至如《酒泉子》以五列六后。”他主张“本谱但以调之字少者居前，后亦以字数列书又一体”，此为《御定词谱》所采纳，即使多至二十二体，均以“又一体”代。本书亦采用万树之法称“又一体”。

第三，关于同调异名、异调同名。对词史上十分复杂的同调异名现象，他主张加以合并：“词有调同名异者，如《木兰花》与《玉楼春》之类，唐人即有此异名。至宋人则多取词中字名篇，如《贺新郎》名《乳燕飞》，《水龙吟》名《小楼连苑》之类……后人厌常喜新，更换转多，至庞杂朦混，不可体认。所贵作谱者合而酌之，标其正名，削其巧饰，乃可遵守。”他认为当时的词谱有二失：一是“不知而误复收，如《望江南》外又收《梦江南》，《蝶恋花》外又收《一箩金》，《金人捧露盘》外又收《上西平》之类，不可枚举。甚至有一调收至四五者，更如《大江东》之误作《大江乘》，《燕春台》、《燕台春》颠倒一字，而两体共载一词，讹谬极矣。”二是“既袭旧传之误，而又徇时尚之偏，遂有明知是某调而故改新名者，如《捣练子》改《深院月》，《卜算子》改《百尺楼》，《生查子》改《美少年》之类尤多，不可枚举。至若《临江仙》不依旧列第三体，而换作《庭院深深》，复注云‘即

---

① (清)吴绮《林蕙堂全集》卷二三至二五，文渊阁四库全书本。

《临江仙》三体’，是明知而故改也。又如《喜迁莺》，因韦庄词语又名《鹤冲天》，而后人并长调之《喜迁莺》亦曰《鹤冲天》矣。《中兴乐》因牛希济词语又名《湿罗衣》，而后人并字少之《中兴乐》亦名《湿罗衣》，《图谱》且倒作《罗衣湿》矣。总因好尚新奇，矜多炫博，遇一殊名，亟收入帙。如升庵以《念奴娇》为《赛天香》，《六丑》为《个侬》，《图谱》皆复收之，而即以杨词为式。盖其序所云宋调不可得，则取之唐及元明是也。夫唐、宋、元既不可得，是古无此调，则亦已矣，何必欲载之耶？且《念奴娇》极为眼前熟调，而读《赛天香》竟不辨耶？《个侬》即用《六丑》美成（周邦彦）原韵，而两调连刻，亦竟未辨耶？本谱于异名者皆识之题下，且明列于目录中，使览者易于检核。有志古学者切不可贪署新呼，故镌旧号，徒贻大方之诮也。至于自昔传讹，若《高阳台》即《庆春泽》，《望梅》即《解连环》之类，相沿已久，莫为厘正，今皆精研归并。有注所不能详者，则将原篇用小字载于其左，以便校勘。”同调异名、异调同名既为普遍现象，不存其异名反使读者不知其为同调，故本书亦对“异名者皆识之题下”。

关于对同名异调的处理，万树云：“词有调异名同者，其辨有二：一则如《长相思》、《西江月》之类，篇之长短迥异，而名则相同。故即以相比，载于一处。他若《甘州》后之附《甘州子》、《甘州遍》，《木兰花》后之附《减字》、《偷声》，亦俱以类相从，盖汇为一区，可以披卷了然，而无重名误认、前后翻检之劳也。一则如《相见欢》、《锦堂春》俱别名《乌夜啼》、《浪淘沙》，《谢池春》俱别名《卖花声》之类，则皆各仍正名，而削去雷同者，俾归画一。又如《新雁》、《过妆楼》，别名《八宝妆》，而另有《八宝妆》正调；《菩萨蛮》别名《子夜歌》，而另有《子夜歌》正调；《一落索》别名《上林春》，而另有《上林春》正调；《眉妩》别名《百宜娇》，而另有《百宜娇》正调；《绣带子》别名《好女儿》，而另有《好女儿》正调之类，则另列其正调，而于前调兼名者注明，此不在前项附载又一体之例。盖又一体者，其体虽全殊，而无他名可别，故合之兼名者。其本调自可名，不得占彼调之名，故判之。又如《忆故人》之化为《烛影摇红》，虽先后悬殊而源流有本，故必相从，列于一处，然不得以《烛影》新名而废其原题也。又如《江月晃重山》、《江城梅花引》之类二调合成者，则以附于前半所用《西江月》、《江城子》之后。至于《四犯剪梅花》，则犯者四调，而所犯第一调之《解连环》便与本调不合，颇为可疑，故另列于九十四字之次，而不随各调。以上数项皆另为一例。”本书亦或“以类相从”，或“各仍正名，而削去雷同者”，或“列其正调”，注明兼名，作不同处理。

万树还列举了关于词调的种种错误。一是分调之误：“旧谱颇多。其最异者如《丑奴儿近》一调，稼轩本是全词，后因失去半阕，乃以集中相联之《洞仙歌》全阕误补其后，遂谓另有此《丑奴儿》长调，注云：‘一百四十六字，九韵。’反云辛词是换韵，极为可笑。《图谱》等书皆仍其谬，今为驳正。《图谱》又载《采碎花笺》一调，注云六十三字，七韵，乃本是《祝英台》而落去后起三句十四字耳。其他参差处不可枚举，皆于各调后注明。”

二是分阕之误：“分阕处往往以换头句赘属前尾。”又云：“分段之误，不全因作谱之人。盖自抄刻传讹久而相袭，但既欲作谱宜加裁定耳。如虞山毛氏刻诸家词，《词综》称其有功于词家，固已。但未及精订，如《片玉词》有方千里可证，而不取一校对，间有附识，亦皆弗确。然毛氏非以作谱，不可深加非议。若谱图照旧抄誊，实多草率，则责备有所难辞矣。各家惟柳词最为舛错，而分段处往往以换头句赘属前尾，兹俱考证辨晰，总以断归于理为主。如《笛家》以后起二字句连合前段，致前尾失去一叶韵字，且连上作八字读，而作者遂分为两四字句矣，岂不误哉。《长亭怨慢》亦然，今俱裁正。若词隐（万俟咏之号）《三台》一调，从来分作两段，愚独为三叠，如此类则大改旧观，于体制不无微益，识者自有明鉴。”

三是分句之误：“随读随分，任意断句，更或因字讹而不觉，或因脱落而不疑，不惟律调全乖，兼致文理大谬。”又云：“分句之误，更仆难宣。既未审本文之理路语气，又不校本调之前后短长，又不收他家对证，随读随分，任意断句，更或因字讹而不觉，或因脱落而不疑，不惟律调全乖，兼致文理大谬。坡公《水龙吟》‘细看来不是杨花，点点是离人泪’，原于‘是’字‘点’字住句（即断为‘细看来不是，杨花点点，是离人泪’），昧昧者读一七两三，因疑两体，且有照此填之者，极为可笑。升庵谓淮海《念多情》‘但有当时皓月照人依旧’，以词调拍眼，言当以‘但有当时’作一拍，‘皓月照’作一拍，‘人依旧’作一拍，盖欲强同于前尾之三字二句也。其说乖谬，若竟未读他篇者，正《词综》所云，升庵强作解事，与乐章未谙者也。沈天羽谓太拘拘，此是误处，岂得谓之拘拘而已？乃今时词流尚有守杨说者，吾不知词调拍眼今已无传，升庵何从考定乎？时流又谓断句皆有定数，词人语意所到，时有参差，如《瑞鹤仙》第四句‘冰轮桂花满溢’为句，此论更奇。‘满’字是叶韵，自有此调，此句皆五字，岂伯可忽作六字乎？如此读词论词，真为怪绝。今遇此等，俱加驳正，虽深获罪于前谱，实欲辨示于将来。不知顾避之嫌，甘蹈穿凿之谤。词中惟五言七言句最易淆乱，七言有上四下三，如唐诗一句者，若《鹧鸪天》‘小窗愁黛淡秋山’，《玉楼春》‘棹沉云去情千里’之类；有上三下四句者，若《唐多令》、《燕辞归》‘客尚淹留爪茉莉’，‘金风动冷清清地’之类，易于误认。诸家所选明词，往往失调。故今于上四下三者不注，其上三下四者皆注，豆字于第三字旁。使人易晓无误。整句为句，半句为读，读音豆，故借书豆字。其外有六字八字语气折下者，亦用豆字注之。五言有上二下三如诗句者，若《一络索》‘暑气昏池馆’，《锦堂春》‘肠断欲栖鸦’之类；有一字领句而下则四字者，如《桂华明》‘遇广寒宫女’，《燕归梁》‘记一笑千金’之类，尤易误填，而字旁又不便注豆，此则多辨于注中。作者须以类推之，盖尝见时贤有于《齐天乐》尾用‘遇广寒宫女’句法者，因总是五字句，不留心而率填之，不惟上一下四不合，而广字仄，宫字平，遂误同《好事近》尾矣。又四字句有中二字相连者。如《水龙吟》尾句之类，与上下各二者不同，此亦表于注中。向因谱图皆概注几字句，无所分辨，作者不觉，因而致误。至沈选《天仙子》后起用上三下四，《解语花》后尾用上二下三等，将以为人模范，而可载此失调之句乎？然沈氏全于此事茫然，观其自作，多打油语，至如《贺新郎》前结用‘星逢五’之平平仄，后结用‘夜未午’之三仄，真足绝倒，而他人之是非又乌能辨察耶？”

《四库全书总目》卷一九九对万树《词律》评价甚高：“是编纠正《啸余谱》及《填词图谱》之讹，以及诸家词集之舛异，如《草堂诗余》有小令、中调、长调之目，旧谱遂谓五十八字以内为小令，五十九字至九十字为中调，九十一字以外为长调。树则谓《七娘子》有五十字者，有六十字者，将为小令乎，中调乎？《雪狮儿》有八十九字者，有九十二字者，将为中调乎，长调乎？故但列诸调，而不立三等之名。又旧谱于一调而长短异者，皆定为第一、第二体，树则谓调有异同，体无先后，所列次第既不以时代为差，何由知孰为第几。故但以字数多寡为序，而不立名目，皆精确不刊。其最入微者，一为旧谱不分句读，往往据平仄混填。树则谓七字有上三下四句，如《唐多令》、《燕辞归》、《客尚淹留》之类；五字有上一下四句，如《桂华明》“遇广寒仙女之类。四字有横担之句，如《风流子》‘倚栏杆处、上琴台去’之类。一为词字平仄，旧谱但据字而填。树则谓上声、入声有时可以代平，而名词转折跌宕处多用去声。一为旧谱五七字之句，所注可平可仄多改为诗句。树则谓古词抑扬顿挫，多在拗字，其论最为细密。至于考调名之新旧，证传写之舛讹，辨元人曲词之分，斥明人自度腔之谬，考证尤一一有据。”但亦指出其不足：“虽其考核偶疏，亦所不免，如《绿意》之即为《疏影》，树方龂龂辨之，连章累幅，力攻朱彝尊之疏，而不知《疏影》之前为《八宝妆》，《疏影》之后为《八犯玉交枝》，即已一调复收。试取李甲《仇远词》合之，契若符节。至其论《燕春台》、《夏初临》为一调，乃谓《啸余谱》颠倒复收，贻笑千古，因欲于张子野词《探芳菲》‘走马’下，添入‘归来’二字为韵，而不知其上韵已用‘当时去燕还来’，一韵两用，其谬较一调两收为更甚。如斯之类，千虑而一失者，虽间亦有之。要之唐、宋以来倚声度曲之法，久已失传，明人臆造之谱，又递相淆乱。树推寻旧调十得八九，其开辟榛芜之功，亦未可没矣。”

康熙《御制词谱序》云：“词之有图谱，犹诗之有体格也。”①可见词谱所述就是词体。正如文体、诗体研究诗文体裁一样，《词谱》、《词律》，则是研究词体，研究词的体

---

① 《御定词谱》卷首，文渊阁四库全书本。

裁、“体格”的。关于词谱、词律的演变及其重要性，《御制词谱序》又云：“唐之中叶始为填词，制调倚声，历五代、北宋而极盛。崇宁间，大晟乐府所集有十二律、六十家、八十四调，后遂增至二百余。换羽移商，品目详具。逮南渡后，宫调失传，而词学亦渐紊矣。夫词寄于调，字之多寡有定数，句之长短有定式，韵之平仄有定声，杪忽无差，始能谐合。否则，音节乖舛，体制混淆，此图谱之所以不可略也。”又论此书编纂原因及其体例云：“间览近代《啸余》、《词统》、《词汇》、《词律》诸书，原本《尊前》、《花间》、《草堂》遗说，颇能发明，尚有未备。既命儒臣先辑历代诗余，亲加裁定，复命校勘《词谱》一编，详次调体，剖析异同，中分句读，旁列平仄，一字一韵，务正传讹。按谱填词，沨沨乎可赴节族而谐管弦矣。”词谱就是研究各种词体字之多寡、句之长短、韵之平仄、词之分阕的。

《四库全书》卷一九九《御定词谱》提要论唐、宋无词谱的原因说：“词萌于唐而大盛于宋，然唐、宋两代皆无词谱。盖当日之词犹今日里巷之歌，人人解其音律，能自制腔，无须于谱。其或新声独造，为世所传，如《霓裳羽衣》之类，亦不过一曲一调之谱，无裒合众体，勒为一编者。元以来，南北曲行，歌词之法遂绝。姜夔《白石词》中间有旁记节拍，如西域梵书状者，亦无人能通其说。”继论此书体例，较《御制词谱序》更为详尽：“今之词谱，皆取唐、宋旧词，以调名相同者互校，以求其句法、字数；取句法字数相同者互校，以求其平仄。其句法、字数有异同者，则据而注为又一体。其平仄有异同者，则据而注为可平可仄。自《啸余谱》以下，皆以此法推究，得其崖略，定为科律而已。”此书编纂显然参考了万树的《词律》，并有所补订：“然见闻未博，考证未精，又或参以臆断无稽之说，往往不合于古法。惟近时万树作《词律》，析疑辨误，所得为多，然仍不免于舛漏。惟我圣祖仁皇帝聪明天授，事事皆深契精微。既御定唐宋金元明诸诗，立咏歌之准；御纂《律吕精义》，通声气之元；又以词亦诗之余，派其音节亦乐之支流。爰命儒臣，辑为此谱，凡八百二十六调，二千三百六体。凡唐至元之遗篇，靡弗采录；元人小令，其言近雅者亦间附之；唐、宋大曲则汇为一卷，缀于末。每调各注其源流，每字各图其平仄，每句各注其韵叶，分刌节度，穷极窈眇，倚声家可永守法程。”

《御定词谱》所定的八百二十六调，每调往往不止一体，如《诉衷情》、《江城子》、《长相思》皆五体，《渔歌子》、《如梦令》、《浪淘沙》皆六体，《南歌子》、《玉蝴蝶》、《卜算子》皆七体，《春光好》、《一络索》、《更漏子》皆八体，《南乡子》、《霜天晓角》皆九体，《忆秦娥》、《贺圣朝》皆十一体，甚至有达二十二体者，这就是《酒泉子》，故《御定词谱》一共多达二千三百零六体。兹举温庭筠《酒泉子》为例以说明《御定词谱》分体之细，先论调：“双调四十字，前段五句，两平韵两仄韵，后段五句，三仄韵一平韵。”次举词，并注明句读用韵情况：

花映柳条（平韵），闲向绿萍池上（仄韵），凭阑干（句），窥细浪（韵），雨潇潇（平韵）。　　近来音信两疏索（换仄韵），洞房空寂寞（韵），掩银屏（句），垂翠箔（韵），度春宵（平韵）。

词后还有如下说明："自此至张泌'春雨打窗'词共八首，皆以平韵为主。前后段间入两仄韵，但前段起句有用韵者，有不用韵者。后段起句有换仄韵者，有仍押前段仄韵者，有押平韵者。后段第二句，或五字，或六字，或七字不同，各以类列。谱内可平可仄，悉参类列诸词，故不复注。"

第三节　主要词牌举例

《蜀中广记》卷一〇四引明曹学佺《诗话记》第四云："李太白应制《清平乐》四首，为词体之祖。"这里的"词体"即指词牌。康熙《御制词谱序》云："词之有图谱，犹诗之有体格也。"可知词体即指词牌。清人万树的《词律》和康熙《御定词谱》对词牌收集较全，解释较准。《御定词谱》对万树《词律》有所订补，而其所分"八百二十六调，二千三百六体"，还未必包括了全部词调词牌，本书无法一一论述，只能择要举例。本书也不分小令、中调、长调，而依各个词牌的字数多少，由少至多依次举例。所举看似稍多，但比起多达二千余种的词体，仍微乎其微。所举词牌多据万树《词律》，特别是康熙《御定词谱》，不再一一注明出处，凡引自他书者仍注出处。

（一）忆　王　孙

又名《独脚令》、《忆君王》、《豆叶黄》、《画蛾眉》、《阑干》、《万里心》。元人北曲《一半儿》也是此调。元曲亦有《忆王孙》，与此同，当是一调异名。有三体，一体为三十一字，单调，平韵，句句押韵。其作者，《御定词谱》作秦观，并谓"创自秦观"。但《花庵词选》卷七、《草堂诗余》皆作李重元。其词云："萋萋芳草忆王孙，柳外楼高空断魂。杜宇声声不忍闻。欲黄昏，雨打梨花深闭门。"全词皆以女子口吻忆与王孙的昔日旧游，借景抒情，哀怨凄楚。

又一体亦为单调，三十一字，五句，三平韵，两仄韵，句句叶韵。

又一体为双调，五十四字，前后字句同。前后阕各四句，三仄韵。如周紫芝的《忆王孙》(绝笔):“梅子生时春渐老,红满地落花谁扫。旧年池馆不归来,又绿尽今年草。　　思量千里乡关道,山共水几时得到。杜鹃只解怨残春,也不管人烦恼。”①

(二) 如　梦　令

《如梦令》,又名《忆仙姿》、《宴桃源》(《阮郎归》也有别名《宴桃源》者,与此无涉)、《不见》、《比梅》、《古记》、《如梦令》、《如意令》。此曲本唐庄宗制,名《忆仙姿》,嫌其名不雅,故改为《如梦令》,盖因此词中有“如梦”、“如梦”叠句。周邦彦又因此词首句,改名《宴桃源》。沈会宗词有“不见、不见”叠句,故名《不见》。张辑词有“比著梅花谁瘦”句,名《比梅》。《梅苑词》名《古记》,魏泰双调词名《如意令》。共六体,一体为单调,三十三字,七句,五仄韵,一叠韵,共六个韵字。如后唐庄宗《如梦令》云:“曾宴桃源深洞,一曲舞鸾歌凤。长记别伊时。和泪出门相送。如梦,如梦,残月落花烟重。”此为正体,第五、第六句例用叠句。又如李清照《如梦令》:“昨夜雨疏风骤,浓睡不消残酒。试问卷帘人,却道海棠依旧。知否,知否,应是绿肥红瘦。”

又一体,单调,三十三字,七句,六仄韵。

又一体,单调,三十三字,七句,五仄韵,一叠韵。

又一体,单调,三十三字,六句,四仄韵,一叠韵。

又一体,单调,三十三字,七句,五平韵,一叠韵。

以上各体大致相近。

双调《如意令》则差别较大,六十六字,前后段各七句,五仄韵,一叠韵。如魏泰的《如意令》:“炎暑尚余八日,火老金柔时节。闻道间生贤,储秀降神崧极。无敌,无敌,当代人伦准的。　　射策当为第一,高跃龙门三级。荣看绿袍新,帝渥必加宠锡。良弼,良弼,真个国家柱石。”《御定词谱》云:“此词合两段《如梦令》为一阕。”以“日、节、贤、极、敌、的、一、级、锡、弼、石”为韵,“无敌,无敌”为叠韵。

(三) 生　查　子

《生查子》,五体,又名《楚云深》、《梅和柳》、《晴色入青山》。朱希真词有“遥望楚云深”句,故名《楚云深》。韩淲词有“山意入春晴,都是梅和柳”句,故名《梅和柳》。又

---

① (宋)周紫芝《竹坡词》卷三,文渊阁四库全书本。

有“晴色入青山”句，名《晴色入青山》。韩偓《生查子》云：“侍女动妆奁，故故惊人睡。那知本未眠，背面偷垂泪。　　懒卸凤头钗，羞入鸳鸯被。时复见残镫，和烟坠金穗。”《生查子》共五体，此为正体，双调，四十字，五言八句，每句第二字例用仄声（间有前后段起句第二字用平声者）。前后阕各四句，两仄韵，此以“睡、泪、被、穗”为韵。

又一体，双调，四十字，前段四句两仄韵，后段四句三仄韵。

又一体，双调，四十一字，前段四句，两仄韵，后段五句三仄韵。如牛希济《生查子》下阕换头“语已多，情未了”，作三字两句。有些版本或作“语多情更深”，或作“语了情未了”，删作五字句，实误。

又一体，双调，四十二字，前后段各四句，两仄韵。如孙光宪《生查子》：“暖日策花骢，亸鞚垂杨陌。芳草惹烟青，落絮随风白。　　谁家绣毂动香尘，隐映神仙客。狂煞玉鞭郎，咫尺音容隔。”此词换头句作七字，故达四十二字。魏承班词后段第一句“花红柳绿间晴空”，《青箱杂记》陈亚词后段第一句“分明记得约当归”，俱七字。

又一体，双调，四十二字，前后段各五句，三仄韵。如张泌《生查子》：“相见稀，喜相见，相见还相远。檀画荔枝红，金蔓蜻蜓软。　　鱼雁疏，芳信断，花落庭阴晚。可惜玉肌肤，消瘦成慵懒。”此词前后段起句作三字两句，又各用韵。词家有摊破句法之例，如此词，句本五字，添一字，即破作三字两句。

（四）点　绛　唇

《点绛唇》又名《南浦月》、《沙头雨》、《点樱桃》、《十八香》、《沙头西》、《寻瑶草》。双调，四十一字，仄韵，上阕三押韵，下阕四押韵，共七个韵字。如姜夔《点绛唇·丁未冬过吴松作》：“燕雁无心，太湖西畔随云去。数峰清苦，商略黄昏雨。　　第四桥边，拟共天随住。今何许，凭阑怀古，残柳参差舞。”此以去、苦、雨、住、许、古、舞为韵。不仅押韵讲究平仄，有时开头一句也须讲究平仄。赵长卿《点绛唇》：“雪霁山横，翠涛拥起千重恨。砌成愁闷，那更梅花褪。　　凤管云笙，无不萦方寸。叮咛问，泪痕羞揾，界破香腮粉。”万树《词律》卷三评此词云：“‘翠’字去声，妙甚。‘砌’字，‘泪’字亦去，俱妙。凡名作俱然，作平则不起调。”

（五）醉　垂　鞭

张先《醉垂鞭·钱塘送祖择之》：“醉面滟金鱼，吴娃唱，吴潮上。玉殿白麻书，待君归后除。　　勾留风月好，平湖晓，翠峰孤，此景出关无，西州空画图。”此词为双调，四十二字，前后段各五句，三平韵（上阕的鱼、书、除，下阕的孤、无、图），两仄韵（上阕的唱、上，下阕的好、晓）。以平韵为主，属花间体。张先又一首《醉垂鞭》云："双蝶绣罗裙，东池宴，初相见。朱粉不深匀，闲花淡淡春。　　细看诸处好，人人道，柳腰身。昨日乱山昏，来时衣上云。"亦双调四十二字，平仄韵互押，前段首尾声三句和下阕后三句押平韵（裙、匀、春、身、昏、云），上阕的三字句和下阕的前两句押仄韵。

（六）浣　溪　沙

《浣溪沙》（又作《浣溪纱》、《浣沙溪》），唐教坊曲名，又名《小庭花》、《减字浣溪沙》、《满院春》、《东风寒》、《醉木犀》、《霜菊黄》、《广寒枝》、《试香罗》、《清和风》、《怨啼鹃》、《良心期》、《醉中真》。张泌词有"露浓香泛小庭花"句，故名《小庭花》；贺铸名《减字浣溪沙》；韩淲词有"芍药酴醾满院春"句，故名《满院春》；有"东风拂槛露犹寒"句，故名《东风寒》；有"一曲西风醉木犀"句，故名《醉木犀》；有"霜后黄花菊自开"句，故名《霜菊黄》；有"广寒曾折最高枝"句，故名《广寒枝》；有"春风初试薄罗衫"句，故名《试香罗》；有"清和风里绿阴初"句，故名《清和风》；有"一番春事怨啼鹃"句，故名《怨啼鹃》。

此调凡五体，一体为双调，四十二字，前段三句三平韵，后段三句两平韵，如韩偓《浣溪沙》："宿醉离愁慢髻鬟，六铢衣薄惹轻寒。慵红闷翠掩青鸾。　　罗袜况兼金菡萏，雪肌仍是玉琅玕。骨香腰细更沉檀。"此调以此词为正体。

此调名作甚多，如晏殊《浣溪沙》："一曲新词酒一杯，去年天气旧亭台。夕阳西下几时回。　　无可奈何花落去，似曾相识燕归来。小园香径独徘徊。"欧阳修《浣溪沙》："堤上游人逐画船，拍堤春水四垂天。绿杨楼外出秋千。　　白发戴花君莫笑，《六么》催拍盏频传。人生何处似尊前。"苏轼《浣溪沙·游蕲水清泉寺，寺临兰溪，溪水西流》："山下兰芽短浸溪，松间沙路净无泥。萧萧暮雨子规啼。　　谁道人生无再少，门前流水尚能西。休将白发唱黄鸡。"又一首云："旋抹红妆看使君，三三五五棘篱门。相挨踏破茜罗裙。　　老幼扶携收麦社，乌鸢翔舞赛神村。道逢醉叟卧黄昏。"秦观《浣溪沙》："漠漠轻寒上小楼，晓阴无赖似穷秋。淡烟流水画屏幽。　　自在飞花轻似梦，无边丝雨细如愁。宝帘闲挂小银钩。"贺铸《浣溪沙》："莲烛啼痕怨漏长，冷蛩随月到回廊。一屏烟景画潇湘。　　连夜断无行雨梦，来年犹有着人香。此情须信是难忘。"李清照《浣溪沙》："绣面芙蓉一笑开，斜飞宝鸭衬香腮。眼波才动被人猜。　　一面风情深有韵，半笺娇恨寄幽怀。月移花影约重来。"吴文英《浣溪沙·春情》："门隔花深梦旧游，夕阳无语燕归愁。玉纤香动小帘钩。　　落絮无声春堕泪，行云有影月含羞。东风临夜冷于秋。"

又一体，双调，四十二字，前后段各三句，两平韵。下举薛昭蕴《浣溪沙》。

又一体，双调，四十四字，前段三句，三平韵；后段五句，两平韵。下举孙光宪《浣溪沙》，并云："此词后结作三字三句(指"万般心，千点泪，泣兰堂")，唐、宋、元、词仅见此作。"

又一体，双调，四十六字，前段五句三平韵，后段五句两平韵，下举顾夐《浣溪沙》，并云："此词前后结皆三字三句(上阕结为"天际鸿，枕上梦，两牵情"，下阕结为"小窗凉，孤烛背，泪纵横")。"

又一体，双调，四十二字，前后段各三句，三仄韵。下举李煜《浣溪沙》："红日已高三丈透，金炉次第添香兽。红锦地衣随步皱。　　佳人舞点金钗溜，酒恶时拈花蕊嗅。别殿遥闻箫鼓奏。"并认为，诸又一体皆为变体："若薛词之少押一韵，孙词、顾词之摊破句法，李词之换仄韵，皆变体也。"

(七) 关　河　令

《关河令》原名《清商怨》(《钗头凤》也别名《清商怨》，与此无关)，四十三字，双调，仄韵，前后各三押，共六个韵字。如周邦彦《关河令》："秋阴时作渐向暝，变、一庭凄冷，伫听寒声，云深无雁影。　　更深人去寂静，但，照壁孤灯相映。酒已都醒，如何消夜永。"此以"暝、冷、影、静、映、永"为韵。赵师侠名或作师使字介之，南宋初人。他也有《关河令·清远轩晚望》一首："亭皋霜重飞叶满，听，西风断雁。闲凭危阑，斜阳红欲敛。　　行子归期太晚，误、仿佛征帆几点。水远连天，愁云遮望眼。"①此以"满、雁、敛、晚、点、眼"为韵。陆游《清商怨·葭萌驿作》即《关河令》调，但首句少一字，仅四十二字："江头日暮痛饮，乍、雪晴犹凛。山驿凄凉，灯昏人独寝。　　鸳机新寄断锦，叹、往事不堪重省。梦破南楼，绿云堆一枕。"②

(八) 霜　天　晓　角

《霜天晓角》又名《月当窗》、《踏月》、《长桥月》。《御定词谱》卷四云："元高拭词注越调，张辑词有'一片月，当窗白'句，名《月当窗》。程垓词有'须共踏，夜深月'句，名《踏月》。吴礼之词有'长桥月'句，名《长桥月》。"此调凡九体。

林逋《霜天晓角》："冰清霜洁，昨夜梅花发。甚处玉龙三弄，声摇动，枝头月。

---

① (宋)赵师使《坦庵词》，文渊阁四库全书本。

② (宋)陆游《放翁词》，文渊阁四库全书本。

梦绝,金兽热,晓寒兰烬灭。更卷珠帘清赏,且莫扫、阶前雪。”双调,四十三字,前段四句三仄韵,以“洁、发、月”为韵。后段五句四仄韵,以“绝、热、灭、雪”为韵。共七个韵字。

又一体,双调,四十三字,前后段各四句,三仄韵。以“尾、里、此、矣、醉、耳”为韵,共六个韵字。辛弃疾《霜天晓角》:“吴头楚尾,一棹人千里。休说旧愁新恨,长亭树,今如此。　宦途吾倦矣,玉人留我醉,明日落花寒食。得且住,为佳耳。”

又一体,双调,四十三字,前后段各四句,四仄韵。《御定词谱》下举赵师侠词。

又一体,双调,四十三字,前段五句,后段六句,各四仄韵,一叠韵,《御定词谱》下举葛长庚词。

又一体,双调,四十四字,前后段各四句,三仄韵。《御定词谱》下举程垓词。

又一体,双调,四十四字,前段四句三仄韵,后段五句四仄韵,《御定词谱》下举吴文英词。

以上六体皆仄韵。《御定词谱》卷四云:“此调押仄韵者,以林词、辛词为正体。若赵词、葛词之多押两韵,程词、吴词之添字,皆变格也。”

又一体,双调,四十三字,前后段各四句,三平韵。《御定词谱》下举黄机词:“玉粲冰寒,月痕侵画阑。客里安愁无地,为徙倚、到更残。　问花花不言,嗅香香欲阑。消得个温存处,三六曲、翠屏间。”此以“寒、阑、残、言、阑、间”为韵。

又一体,双调,四十三字,前段四句三平韵,后段五句四平韵,《御定词谱》下举蒋捷词:“人影窗纱,是谁来折花。折则从他折去,知折去、向谁家。　檐牙,枝最佳。折时高折些。说与折花人道,须插向、鬓边斜。”此词用平韵与黄词同,但换头句押短韵(指“檐牙,枝最佳”)。

又一体,双调,四十四字,前后段各四句,两平韵。《御定词谱》下举赵长卿词。以上三体皆平韵。

《御定词谱》卷四又云:“此调押平韵者,以黄词、蒋词为正体。若赵词之添字,乃变体也。”

(九)卜　算　子

《卜算子》又名《缺月挂疏桐》、《百尺楼》、《楚天遥》、《眉峰碧》。苏轼词有“缺月挂疏桐”句,名《缺月挂疏桐》。秦湛词有“极目烟中百尺楼”句,名《百尺楼》。僧皎词有“目断楚天遥”句,名《楚天遥》。无名氏词有“蹙破嵋峰碧”句,名《眉峰碧》。

此调七体。苏轼《卜算子》:“缺月挂疏桐,漏断人初静。时见幽人独往来,缥缈孤鸿影。　惊起却回头,有恨无人省。拣尽寒枝不肯栖,寂寞沙洲冷。”此词双调,四十四字，前后段各四句，两仄韵。

又一体，双调，四十四字，前后段各四句，三仄韵。《御定词谱》下举石孝友词。

又一体，双调，四十五字，前段四句两仄韵，后段四句三仄韵。《御定词谱》下举徐俯词。

又一体，双调，四十五字。前后段各四句，两仄韵。《御定词谱》下举黄公度词。

又一体，双调，四十六字，前段四句两仄韵，后段四句三仄韵。《御定词谱》下举张先词。

又一体，双调，四十六字，前后段各四句，三仄韵。《御定词谱》下举杜安世词。

又一体，双调，四十六字，前后段各四句，两仄韵，《御定词谱》下举《花草粹编》无名氏词："幽花带露红，湿柳拖烟翠。花柳分春各自芳，惟有人憔悴。　　寄与手中书，问肯归来未。正是东风料峭寒，如何独自教人睡。"

此调以苏轼词为正体，若石词之多押两韵，徐、黄、张、杜四词之添字，皆变体。此体名作也很多，如陆游的《卜算子·咏梅》："驿外断桥边，寂寞开无主。已是黄昏独自愁，更著风和雨。　　无意苦争春，一任群芳妒。零落成泥碾作尘，只有香如故。"李之仪的《卜算子》："我住长江头，君住长江尾。日日思君不见君，共饮长江水。　　此水几时休，此恨何时已。只愿君心似我心，定、不负相思意。"毛晋《跋姑溪词》称之为"古乐府俊语"。①

（十）减字木兰花

《减字木兰花》，又名《减兰》、《木兰香》、《天下乐令》。李子正词名《减兰》，徐介轩词名《木兰香》，《高丽史·乐志》名《天下乐令》。

欧阳修《减字木兰花》："歌檀敛袂，缭绕雕梁尘暗起。柔润清圆，百琲明珠一线穿。　　樱唇玉齿，天上仙音心下事。留住行云，满座迷魂酒半醺。"双调，四十四字，前后段各四句，两仄韵（袂、齿），两平韵（圆、云），为两仄两平四换韵（起、穿、事、醺）体。《御定词谱》卷五云："按《木兰花令》始于韦庄，系五十五字，全用仄韵。《花间集》魏承班有五十四字词一体，毛熙震有五十三字词一体，亦用仄韵，皆非减字也。自南唐冯延巳制《偷声木兰花》，五十字，前后起两句仍作仄韵，七言结处乃偷平声，作四字一句，七字一句，始有两仄两平四换韵体。此词亦四换韵，盖又就偷声词两起句各减三字，自成一体也。"

---

① （宋）李之仪《姑溪词》，文渊阁四库全书本。

（十一）采　桑　子

《采桑子》又名《丑奴儿》、《丑奴儿令》、《罗敷媚歌》、《罗敷媚》、《罗敷令》、《罗敷艳歌》、《醉梦迷》、《忍泪吟》。南唐李煜词名《丑奴儿令》，冯延巳词名《罗敷媚歌》，贺铸词名《丑奴儿》，陈师道词名《罗敷媚》。

和凝《采桑子》："蝤蛴领上诃梨子，绣带双垂，椒户闲时，竞学摴蒱赌荔枝。从头鞻子红纶细，裙窣金丝，无事颦眉，春思翻教阿母疑。"

欧阳修《采桑子》："群芳过后西湖好，狼籍残红，飞絮蒙蒙，垂柳阑干尽日风。笙歌散尽游人去，始觉春空，垂下帘栊，双燕归来细雨中。"和、欧《采桑子》皆双调，四十四字，前后段各四句，三平韵。

又一体，双调，四十八字，前后段各四句，两平韵，一叠韵，《御定词谱》下举李清照词："窗前谁种芭蕉树，阴满中庭，阴满中庭，叶叶心心、舒卷有余情。　伤心枕上三更雨，点滴凄清，点滴凄清，愁损离人、不惯起来听。"此词前后段第三句即叠上句，两结句较和凝词各添二字，或名《添字采桑子》。

又一体，双调，五十四字，前段五句四平韵，后段五句三平韵。《御定词谱》下举朱淑真词。

《御定词谱》卷五云："此调以此（和凝）词为正体，若李词、朱词之添字，皆变体也。"

（十二）菩　萨　蛮

《菩萨蛮》，唐教坊曲名，又名《菩萨令》、《城里钟》、《重叠金》、《子夜歌》、《子夜歌词》、《菩萨鬘》、《花间意》、《梅花句》、《花溪碧》、《晚云烘日》。孙光宪《北梦琐言》载，唐宣宗爱唱《菩萨蛮》词，令狐绹命温庭筠新撰进之。《碧鸡漫志》载，今《花间集》温庭筠词十四首，有"小山重叠金明灭"句，名《重叠金》。南唐李煜词名《子夜歌》，一名《菩萨鬘》。韩淲词有"新声休写花间意"句，名《花间意》；又有"风前觅得梅花"句，名《梅花句》；有"山城望断花溪碧"句，名《花溪碧》；有"晚云烘日南枝北"句，名《晚云烘日》。

李白《菩萨蛮》为正体："平林漠漠烟如织，寒山一带伤心碧。暝色入高楼，有人楼上愁。　玉阶空伫立，宿鸟归飞急。何处是归程，长亭连短亭。"双调，四十四字，前后段各四句，皆两仄韵（织、立）转两平韵（楼、程），两次换韵，上阕"暝色入高楼"，下阕"何处是归程"皆由仄韵换为平韵，句句在韵。

此调名作也很多，如晏殊《菩萨蛮》："哀筝一弄湘江曲，声声写尽湘波绿。纤指十三弦，细将幽恨传。　当筵秋水漫，玉柱斜飞雁。弹到断肠时，春山眉黛低。”①王安石《菩萨蛮》：“数家茅屋闲临水，单衫短帽垂杨里。今日是何朝，看予度石桥。　梢梢新月偃，午醉醒来晚。何物最关情，黄鹂一两声。”黄庭坚曾和其词，其词序云：“王荆公新筑草堂于半山，引八功德水作小港，其上垒石作桥。为集句云。”②辛弃疾的《菩萨蛮·书江西造口壁》尤为有名：“郁孤台下清江水，中间多少行人泪。西北是长安，可怜无数山。　青山遮不住，毕竟东流去。江晚正愁余，山深闻鹧鸪。”③

（十三）诉　衷　情

《诉衷情》又名《诉衷情令》、《偶相逢》、《画楼空》、《桃花水》、《一丝风》、《步花间》、《渔父家风》。

按《花间集》，此调有两体，单调者或间入一仄韵，或间入两仄韵，温庭筠、韦庄、顾夐三词略同。

温庭筠《诉衷情》云：“莺语，花舞。春昼午，雨霏微。金带枕，宫锦。凤凰帷，柳弱燕交飞。依依，辽阳音信稀。梦中归。”此词单调，三十三字，十一句，五仄韵，六平韵，以平韵为主，间两仄韵于平韵之内。第九句类用叠字（“依依”）。

韦庄《诉衷情》：“碧沼红芳烟雨静，倚兰桡，垂玉佩，交带，袅纤腰，鸳梦隔星桥。迢迢，越罗香暗销，坠花翘。”此亦单调，三十三字，九句，六平韵，两仄韵（“佩”、“带”，其他皆平韵）。温庭筠词起七字作三句，间入三仄韵；此词起七字作一句，不间入仄韵。

顾夐《诉衷情》：“永夜抛人何处去，绝来音，香阁掩，眉敛，月将沉。争忍不相寻，怨孤衾，换我心，为你心，始知相忆深。”此词单调，三十七字，九句，六平韵，两仄韵（“掩”、“敛”，其他皆平韵）。

双调者全押平韵，毛文锡、魏承班二词略同。毛文锡《诉衷情》：“桃花流水漾纵横，春昼彩霞明。刘郎去，阮郎行，惆怅恨难平。　愁坐对云屏，算归程，何时携手洞边迎，诉衷情。”此词双调，四十一字，前段五句四平韵；后段四句四平韵。

魏承班《诉衷情》：“春深花簇小楼台，风飘锦绣开。新梦觉，步香阶，山枕映红腮。　鬓乱坠金钗，语檀偎，临行执手重重嘱，几千回。”此亦双调，四十一字，前段五句四平韵，后段四句三平韵。

---

① （宋）晏殊《元献遗文》，文渊阁四库全书本。

② （宋）黄庭坚《山谷词》，文渊阁四库全书本。

③ （宋）辛弃疾《稼轩词》卷四，文渊阁四库全书本。

欧阳修《诉衷情令》:“清晨帘幕卷轻霜,呵手试梅妆。都缘自有离恨,故画作,远山长。　　思往事,惜流光,易成伤。拟歌先敛,欲笑还颦,最断人肠。”此亦双调,四十五字,前段四句三平韵,后段六句三平韵。

(十四)好　事　近

《好事近》又名《钓船笛》、《翠圆枝》。双调,四十五字,前后段各四句,两仄韵。如韩元吉使金,作《好事近》抒写北宋亡国之恨:“凝碧旧池头,一听管弦凄切。多少梨园声在,总不堪华发。　　杏花无处避春愁,也傍野花发。惟有御沟声断,似知人呜咽。”元吉曾将此词寄陆游,陆游有《得韩无咎书寄使敌时宴东都驿中所作小阕》同样抒写亡国之痛:“舞女不记宣和妆,庐儿尽能学边语。书来寄我宴时诗,归鬓知添几缕丝。”并劝韩不要灰心:“有志未须深感慨,筑城会据拂云祠。”拂云祠即唐代的受降城,望韩能在此筑城抗金。

此调共二体,又一体亦为双调,四十五字,前后段各四句,三仄韵。如陆游的《好事近》:“客路苦思归,愁似茧丝千绪。梦里镜湖烟雨,看山无重数。　　尊前消尽少年狂,慵著送春语。花落燕飞庭户,叹年光如许。”此词与韩词四韵字不同,以“绪、雨、数、语、户、许”为韵,共六韵字。

(十五)忆　少　年

《忆少年》又名《陇首山》、《十二时》、《桃花曲》。有二体,一体为双调,四十六字,前段五句两仄韵,后段四句三仄韵。如晁补之《忆少年》:“无穷官柳,无情画舸,无根行客。南山尚相送,只高城人隔。　　罨画园林溪绀碧,算重来,尽成陈迹。刘郎鬓如此,况桃花颜色。”①此词以“客、隔、碧、迹、色”为韵,凡五韵字。

又一体为双调,四十七字,前段五句两仄韵,后段四句三仄韵。如曹组《忆少年》:“年时酒伴,年时去处,年时春色。清明又近也,却天涯为客。　　念(较晁词多此字)过眼、光阴难再得,想前欢,尽成陈迹。登临恨如此,把阑干暗拍。”以“色、客、得、迹、拍”为韵。此词下段换头添一字“念”,作八字句,故全词成四十七字。

(十六)更　漏　子

《更漏子》又名《付金钗》、《翻翠袖》、《独倚楼》。《御定词谱》载此词有八体,不能尽

---

① (宋)晁补之《晁无咎词》,文渊阁四库全书本。

举，略举一二。一体为双调，四十六字，前段六句，两仄韵，两平韵；后段六句，三仄韵，两平韵。如温庭筠《更漏子》："玉炉香，红蜡泪，偏照画堂秋思。眉翠薄，鬓云残，夜长衾枕寒。　梧桐树，三更雨，不道离情正苦。一叶叶，一声声，空阶滴到明。"上阕两仄韵为"泪、思"，两平韵为"残、寒"。下阕三仄韵为"树、雨、苦"，两平韵为"声、明"。

又一体为双调，四十五字，前段六句，两仄韵，两平韵；后段六句，三仄韵，两平韵。如欧阳炯的《更漏子》："玉阑干，金甃井，月照碧梧桐影。独自个，立多时，露华浓湿衣。　一晌，凝情望，待得不成模样。虽叵耐，又寻思，怎生嗔得伊。"《御定词谱》云："此亦温词体，惟换头句减一字，其后结平韵，即押前韵，异。"

（十七）忆　秦　娥

《忆秦娥》，双调，四十六字，前后段各五句，三仄韵，一叠韵。始自李白《忆秦娥》："箫声咽，秦娥梦断秦楼月。秦楼月，年年柳色，灞桥伤别。　乐游原上清秋节，咸阳古道音尘绝。音尘绝，西风残照，汉家陵阙。"自唐迄元，体各不一，其源皆从李词出。因词有"秦娥梦断秦楼月"句，故名《忆秦娥》，又名《秦楼月》。苏轼词有"清光偏照双荷叶"句，又名《双荷叶》。无名氏词有"水天摇荡蓬莱阁"句，又名《蓬莱阁》。至贺铸始易仄韵为平韵，张辑词有"碧云暮合"句，名《碧云深》。宋媛孙道绚词有"花深深"句，名《花深深》。押仄韵者以李白词为正体，其他皆变格。

冯延巳《忆秦娥》云："风淅淅，夜雨连云黑。滴滴，窗外芭蕉灯下客。　除非魂梦到乡国，免被关山隔。忆忆，一句枕前争忘得？"此词双调，仅三十八字。前后段各四句，四仄韵，前后段起句与李白词同，惟第二句各减二字，第三句各减一字，第四、五句减一字，只作七字一句。此为减字之体，仅见冯延巳《阳春集》。

（十八）清　平　乐

《清平乐》又名《清平乐令》、《忆萝月》、《醉东风》。双调，四十六字，凡三体。或前段四句，四仄韵，后段四句，三平韵；或前段四句，四仄韵，后段四句，三仄韵。李白此首《清平乐》则全用仄韵："画堂晨起，来报雪花坠。高卷帘栊看佳瑞，皓色远迷庭砌。　盛气光引炉烟，素影寒生玉佩。应是天仙狂醉，乱把白云揉碎。"晏殊《清平乐》云："红笺小字，说尽平生意。鸿雁在云鱼在水，惆怅此情难寄。　斜阳独倚西楼，遥山恰对帘钩。人面不知何处，绿波依旧东流。"末二句化用唐崔护《题都城南庄》"人面不知何处去，桃花依旧笑春风"，改"桃花"为"绿波"，与陆游《沈园》"伤心桥下春波绿，曾是惊鸿照影来”同意。

（十九）阮 郎 归

《阮郎归》又名《碧桃春》、《醉桃源》、《宴桃源》、《濯缨曲》。凡二体，李煜《阮郎归》云：“东风吹水日衔山，春来长自闲。落花狼籍酒阑珊，笙歌醉梦间。 春睡觉，晚妆残，无人整翠鬟。留连光景惜朱颜，黄昏独倚阑。”此词双调，四十七字，前段四句四平韵，后段五句四平韵。

另一体前段四句三平韵，一重韵；后段五句两平韵，两重韵，如黄庭坚《阮郎归》云：“烹茶留客驻雕鞍，有人愁远山。别郎容易见郎难，月斜窗外山。 归去后，忆前欢，画屏金博山。一杯春露莫留残，与郎扶玉山。”此即李煜词体，唯前后段重押四“山”字韵。

此调名作亦不少，如晏几道《小山词》的《阮郎归》：“天边金掌露成霜，云随雁字长。绿杯红袖趁重阳，人情似故乡。 兰佩紫，菊簪黄，殷勤理旧狂。欲将沉醉换悲凉，清歌莫断肠。”况周颐《蕙风词话》评此词云：“‘绿杯’二句意已厚矣。‘殷勤理旧狂’五字三层意，‘狂’者所谓一肚皮不合时宜，发见于外者也，狂已旧矣，而理之，而殷勤理之，其狂若有甚不得已者。‘欲将沉醉换悲凉’是上句注脚。‘清歌莫断肠’仍含不尽之意。此词沉著厚重，得此结句便觉竟体空灵。小晏神仙中人，重以名父（指晏殊）之贻，贤师友相与沆瀣，其独造处，岂凡夫肉眼所能见及！”

（二十）惜 分 飞

《惜分飞》又名《惜双双》、《惜双双令》、《惜芳菲》。毛滂《惜分飞》云：“泪湿阑干花著露，愁到眉峰碧聚。此恨平分取，更无言语空相觑。 断雨残云无意绪，寂寞朝朝暮暮。今夜山深处，断魂分付潮回去。”此为正体，双调，五十字，前后段各四句，四仄韵。宋周辉《清波杂志》卷九谓毛滂因此词“受知东坡，语尽而意不尽，意尽而情不尽，何酷似少游也”。

又一体为五十二字，前后段第二句各添一字；又一体为五十四字，第三句又各添一字，作六字句；又一体五十六字，两结句又各添二字，作九字句。

（二十一）少 年 游

《少年游》又名《玉腊梅枝》、《小阑干》、《眼儿媚》。晏殊《少年游》：“芙蓉花发去年枝，双燕欲归飞。兰堂风软，金炉香暖，新曲动帘帷。　家人并上千春寿，深意满琼卮。绿鬓朱颜，道家装束，长似少年时。”此为正体，双调五十字，前段五句三平韵，后段五句两平韵。

凡十五体，所不同者，前后段第二句及结句或有添字减字。兹举柳永《少年游》一首：“一生赢得是凄凉，追往事，暗心伤。好天良夜，深屏香被，争忍便相忘。　王孙动是经年去，贪迷恋，有何长。万种千般，把伊情分，颠倒尽猜量。”此词与晏词同，唯前后段第二句各添一字，俱作六字句，共五十二字。

（二十二）醉　花　阴

李清照《醉花阴·九日》：“薄雾浓云愁永昼，瑞脑销金兽。时节又重阳，玉枕纱厨，半夜凉初透。　东篱把酒黄昏后，有暗香盈袖。莫道不消魂，帘卷西风，人似黄花瘦。”①四库全书本《漱玉词》附录云：“易安以重阳《醉花阴》词函致（其夫赵）明诚，明诚叹赏，自愧弗逮，务欲胜之。一切谢客忘食忘寝者三日夜，得五十阕，杂易安作以示友人陆德夫。德夫玩之再三，曰：‘只三句绝佳。’明诚诘之，答曰：‘莫道不消魂，帘卷西风，人似黄花瘦。’正易安作也。”此调只有此体，双调，五十二字，前后段各五句，三仄韵。但各家平仄不尽相同，句法间有小异。

（二十三）浪 淘 沙 令

《浪淘沙令》又名《曲入冥》、《卖花声》、《过龙门》、《炼丹砂》，其正体如李煜《浪淘沙令》云：“帘外雨潺潺，春意阑珊。罗衾不耐五更寒，梦里不知身是客，一晌贪欢。　独自莫凭阑，无限江山，别时容易见时难。流水落花春去也，天上人间。”此词双调，五十四字，前后段各五句，四平韵。此调平韵者以此词为正体，其他减字、添字者皆变体，凡六体。

（二十四）鹧　鸪　天

《鹧鸪天》又名《思越人》、《思佳客》、《剪朝霞》、《骊歌一叠》、《醉梅花》。晏几道《鹧鸪天》云：“彩袖殷勤捧玉钟，当年拚却醉颜红。舞低杨柳楼心月，歌尽桃花扇影风。　从别后，忆相逢。几回魂梦与君同。今宵剩把银釭照，犹恐相逢是梦中。”此

① （宋）李清照《漱玉词》，文渊阁四库全书本。

词仅此一体，双调，五十五字，前段四句三平韵，后段五句三平韵。宋人填此调者，字句韵悉同，平仄略有不同。

此调名作亦很多，秦观《淮海词》的《鹧鸪天》云："枝上流莺和泪闻，新啼痕间旧啼痕。一春鱼鸟无消息，千里关山劳梦魂。　　无一语，对芳尊，安排肠断到黄昏。甫能炙得灯儿了，雨打梨花深闭门。"全词写思妇思念之苦，正如明王世贞所说，"此非深于闺恨者不能也"。①

辛弃疾此调甚多，其《鹧鸪天・鹅湖归病起作》云："枕簟溪堂冷欲秋，断云依水晚来收。红莲相倚浑如醉，白鸟无言定自愁。　　书咄咄，且休休，一丘一壑也风流。不知筋力衰多少，但觉新来懒上楼。"《晋书・殷浩传》云："浩虽被黜放，口无怨言，夷神委命，谈咏不辍。虽家人不见其有流放之戚，但终日书空，作'咄咄怪事'四字而已。"此以殷浩自喻，抒发其被放闲的感慨。陈廷焯《白雨斋词话》云："信笔写去，格调自苍劲，意味自深厚，不必剑拔弩张，洞穿已过七札，斯为绝拔。"

（二十五）南　乡　子

《南乡子》有单调、双调。欧阳炯《南乡子》："画舸停桡，槿花篱外竹横桥。水上游人沙上女，回顾，笑指芭蕉林里住。"此为单调，二十七字，五句，两平韵，三仄韵。

又一体单调，二十八字，五句，两平韵，三仄韵。

又一体单调，三十字，六句，两平韵，三仄韵。

欧阳修《南乡子》："翠密红繁，水国凉生未是寒。雨打荷花珠不定，轻翻，冷泼鸳鸯锦翅斑。　　尽日凭阑，弄蕊拈花子细看。偷得袅蹄新铸样，无端，藏在红房粉艳间。"此为双调，五十四字，前后段各五句，四平韵。

又一体五十六字，前后段各五句，四平韵。

又一体五十八字，前后段各六句，四平韵。

加上平仄之异，凡九体。

（二十六）木 兰 花 慢

柳永《木兰花慢》："坼桐花烂漫，乍疏雨、洗清明。正艳杏烧林，缃桃绣野，芳景如屏。倾城，尽寻胜赏，骤雕鞍绀幰出郊垧。风暖繁弦脆管，万家竞奏新声。　　盈盈，

① （明）王世贞《弇州四部稿》卷一五二《艺苑卮言》附录一，文渊阁四库全书本。

斗草踏青，人艳冶、递逢迎。向路旁、往往遗簪坠珥，珠翠纵横。欢情，对佳丽地，任金罍罄竭玉山倾。拌却明朝永日，画堂一枕春酲。”此词双调一百零一字，前段十句五平韵，后段十句七平韵。此调押短韵者，《词律》以柳词为正体，共有十二体，其他句读小异者皆变体。辛弃疾的《木兰花慢·滁州送范倅》最为著名：“老来情味减，对别酒，怯流年。况屈指中秋，十分好月，不照人圆。无情水、都不管，共西风、只管送归船。秋晚莼鲈江上，夜深儿女灯前。　　征衫便好去朝天，玉殿正思贤。想夜半承明，留教视草，却遣筹边。长安故人问我，道愁肠、殢酒只依然。目断秋霄落雁，醉来时响空弦。”

（二十七）临　江　仙

《临江仙》又名《谢新恩》、《雁后归》、《画屏春》、《庭院深深》、《想娉婷》、《采莲回》、《鸳鸯梦》、《瑞鹤仙令》。双调，或五十四字，前后段各四句，三平韵；或五十六字，前后段各五句，三平韵；或五十八字，前后段各五句，三平韵；或五十九字，前后段各五句，三平韵；或六十字，前后段各六句，三平韵；或六十二字，前后段各五句，三平韵。字数相同者，往往平仄、押韵不同，共十一体。

此调名作很多，欧阳修《临江仙》云：“柳外轻雷池上雨，雨声滴碎荷声。小楼西角断虹明，阑干倚处，待得月华生。　　燕子飞来窥画栋，玉钩垂下帘旌。凉波不动簟纹平，水精双枕，傍有堕钗横。”钱愐《钱氏私志》载此词背景，谓钱惟演“一日宴于后圃，客集而欧与妓俱不至。移时方来，在坐相视以目。公责妓云：‘末至何也？’妓云：‘中暑，往凉堂睡着。觉而失金钗，犹未见。公曰：‘若得欧阳推官一词，当为赏汝。’欧即席云（所引即此词）坐皆称善，遂命妓满酌赏欧，而令公库偿其失钗。”为什么会“坐皆称善”呢？就因为此词所写时令、景色、人物、故事皆前所未有，富有新意。《野客丛书》卷二四称“此词甚脍炙人口”。《草堂诗余》正集卷二沈际飞评云：“玩末句，风韵直当凌厉秦、黄，一金钗何足以偿之。”《词综偶评·宋词》：“不假雕饰，自成绝唱。”

苏轼《临江仙》云：“夜饮东坡醒复醉，归来仿佛三更。家童鼻息已雷鸣，敲门都不应，倚杖听江声。　　长恨此身非我有，何时忘却营营？夜阑风静縠纹平，小舟从此逝，江海寄余生。”叶梦得《避暑录话》卷上谓苏轼“与数客饮江上，夜归，江面际天，风露浩然。有当其意，乃作歌辞，所谓‘夜阑风静縠纹平，小舟从此逝，江海寄余生’者。与客大歌数过而散。翌日，喧，传子瞻夜作此辞，挂冠服江边，拏舟长啸去矣。郡守徐君猷闻之，惊且惧，以为州失罪人，急命驾往谒，则子瞻鼻鼾如雷，犹未兴也。”

晏几道《临江仙》云：“梦后楼台高锁，酒醒帘幕低垂。去年春恨却来时，落花人独立，微雨燕双飞。　　记得小苹（所爱之伎）初见，两重心字罗衣。琵琶弦上说相思，当时明月在，曾照彩云归。”夏敬观《小山词跋》云：“晏氏父子嗣响南唐二主，才力相敌，盖不特辞胜，尤有过人之情。叔原以贵人暮子，落拓一生，华屋山邱，身亲经历，哀丝豪竹，寓其微痛纤悲，宜其造诣又过于父。”

陈与义《临江仙》(夜登小阁，忆洛中旧游)云：“忆昔午桥桥上饮，坐中多是豪英。长沟流月去无声，杏花疏影里，吹笛到天明。　　二十余年如一梦，此身虽在堪惊。闲登小阁看新晴，古今多少事，渔唱起三更。”此词前人评价极高，《苕溪渔隐丛话》后集卷三四云：“此数语(指上阕)奇丽。《简斋集》后载数词，惟此词为优。”张炎《词源》卷下云：“陈简斋‘杏花疏影里，吹笛到天明’之句，真是自然而然。”

(二十八) 蝶　恋　花

《蝶恋花》又名《鹊踏枝》、《黄金楼》、《卷珠帘》、《明月生南浦》、《细雨吹池沼》、《凤栖梧》、《一箩金》、《鱼水同欢》、《转调蝶恋花》、《望长安》、《桃源行》、《江如练》、《鱼水同欢》。

冯延巳《蝶恋花》云：“六曲阑干偎碧树，杨柳风轻，展尽黄金缕。谁把钿筝移玉柱，穿帘海燕双飞去。　　满眼游丝兼落絮，红杏开时，一霎清明雨。浓睡觉来莺乱语，惊残好梦无寻处。”此词双调，六十字，前后段各五句，四仄韵。此为正体。

此调名作亦很多，欧阳修《蝶恋花》：“庭院深深深几许，杨柳堆烟，帘幕无重数。玉勒雕鞍游冶处，楼高不见章台路。　　雨横风狂三月暮，门掩黄昏，无计留春住。泪眼问花花不语，乱红飞过秋千去。”毛先舒《诗辩坻》评此词云：“人愈伤心，花愈恼人，语愈浅而意愈入，又绝无刻画费力之迹。”

柳永《蝶恋花》云：“独倚危楼风细细，望极离愁，黯黯生天际。草色山光残照里，无人会得凭栏意。　　也拟疏狂图一醉，对酒当歌，强乐还无味。衣带渐宽终不悔，为伊消得人憔悴。”贺裳云“小词以含蓄为佳，亦有作决绝语而妙者。如韦庄‘谁家年少，足风流，妾拟将身嫁与，一生休。纵被无情弃，不能羞’之类是也。牛峤‘须作一生拚，尽君今日欢’，抑亦其次。柳耆卿‘衣带渐宽终不悔，为伊消得人憔悴’，亦即韦意，而气加婉矣。”①

(二十九) 苏　幕　遮

《苏幕遮》又名《鬓云松令》。范仲淹《苏幕遮》云：“碧云天，黄叶地，秋色连波，波上含烟翠。山映斜阳天接水，芳草无情，更在斜阳外。　　黯乡魂，追旅思，夜夜除

---

① (清)贺裳《皱水轩词筌》，词话丛编本。

非，好梦留人睡。明月楼高休独倚，酒入愁肠，化作相思泪。”这是一首名词，前阕写秋景，后阕抒去国、相思之情，一气呵成。《草堂诗余》正集卷二沈际飞评云：“‘芳草更在斜阳外’、‘行人更在春山外’（欧阳修《踏莎行》句），两句不厌百回读。”又云：“人但言睡不得尔，‘除非，好梦留人’，反言愈切。”《词综偶评·宋词》：“铁石心肠人，亦作此消魂语。”冯金伯引《词苑》云：“公之正气塞天地，而情语入妙至此。”①《蓼园词评》引沈际飞曰：“文正一生并非怀土之士，所为乡魂旅思以及愁肠思泪等语，似沾沾作儿女想，何也？观前阕可以想其寄托。开首四句，不过借秋色苍茫，以隐抒其忧国之意。‘山映斜阳’三句，隐隐见世道不甚清明，而小人更为得意之象。‘芳草’喻小人，唐人已多用之也。第二阕，因心之忧愁，不自聊赖，始动其乡魂旅思。而梦不安枕，酒皆化泪矣，其实忧愁非为思家也。文正当宋仁宗之时，扬历中外，身肩一国之安危。虽其时不无小人，究系隆盛之日。而文正乃忧愁若此，此其所以‘先天下之忧而忧’矣。”《左庵词话》云：“希文，宋一代名臣，词笔婉丽乃尔。比之宋广平赋梅花，才人何所不可。不似世之头巾气重，无与风雅也。”

此词双调，六十二字，前后段各七句，四仄韵。此调只有此体，宋、元人俱依此填此词。结句不唯定格如此，声响亦不得不然。

（三十）渔　家　傲

《渔家傲》又名《荆溪水》、《游仙咏》、《吴门柳》。此词双调，凡四体，一为六十二字，前后段各五句，五仄韵；一为六十二字，前后段各五句，四仄韵，一叠韵；一为六十二字，前后段各五句，两平韵，三叶韵；一为六十六字，前后段各六句，五仄韵。

范仲淹《渔家傲·秋思》云：“塞下秋来风景异，衡阳雁去无留意。四面边声连角起，千嶂里，长烟落日孤城闭。浊酒一杯家万里，燕然未勒归无计。羌管悠悠霜满地，人不寐，将军白发征夫泪。”以词写边塞风光，这是范仲淹扩大词的题材的重要表现。《东轩笔录》卷一一云：“范文正公守边日，作《渔家傲》乐歌数阕，皆以‘塞下秋来’为首句，颇述边镇之劳苦。欧阳公曾呼为穷塞主之词。及王尚书素守平凉，文忠亦作《渔家傲》一词以送之，其断章曰：‘战胜归来飞捷奏，倾贺酒。’顾谓王曰：‘此真元帅之事也。’”瞿佑云：“予久羁关外，每诵此词，风景宛然在目，未尝不为之慨叹也。然句语虽工，而意殊衰飒，以总帅而所言若此，宜乎士气之不振，所以卒无成功也。”②先著、程

① （清）冯金伯《词苑萃编》卷四，词话丛编本。

② （明）瞿佑《归田诗话》卷下，知不足斋丛书本。

洪云:“一幅绝塞图已包括于‘长烟落日’十字中。唐人塞下诗最工最多,不意词中复有此奇境。”①《词苑萃编》卷四引《古今词话》称其“词旨苍凉,多道边镇之苦。欧阳永叔每呼为穷塞主,诗非穷不工,乃于词亦云。”

(三十一) 定 风 波

《定风波》又名《定风流》、《定风波令》、《定风波慢》、《醉琼枝》。双调,六十字,前段五句,三平韵,两仄韵,后段五句,两平韵,两仄韵;六十二字,前段五句,三平韵,两仄韵,后段六句,四仄韵,两平韵;六十三字,前段五句,三平韵,两仄韵,后段六句,四仄韵,两平韵;九十九字,如张翥《定风波慢》,前段十一句六仄韵,后段十一句七仄韵;一百零五字,如柳永《定风波》,前段九句四仄韵,后段十一句六仄韵。加上平仄、用韵的不同,凡八体。

苏轼《定风波》词叙云:“三月七日沙湖道中遇雨,雨具先去,同行皆狼狈,余独不觉。已而遂晴,故作此词。”词云:“莫听穿林打叶声,何妨吟啸且徐行。竹杖芒鞋轻胜马,谁怕?一蓑烟雨任平生。 料峭春风吹酒醒,微冷,山头斜照却相迎。回首向来萧瑟处,归去,也无风雨也无晴。”面对“穿林打叶”的“风雨”,苏轼一面“吟啸”,一面“徐行”,从容不迫,无所畏惧。“飘风不终朝,骤雨不终日”,在苏轼看来,“风雨”终将过去,“斜照”必然相迎。郑文焯评此词云:“此足征是翁坦荡之怀,任天而动,琢句亦瘦逸,能道眼前景,以曲笔直写胸臆,倚声能事尽之矣。”②

(三十二) 定 风 波 慢

《定风波慢》,双调,凡四体。柳永《定风波慢》云:“自春来,惨绿愁红,芳心是事可可。日上花梢,莺穿柳带,犹压香衾卧。暖酥销,腻云亸。终日厌厌倦梳裹。无那,恨薄情一去,音书无个。 早知恁般么,悔当初,不把雕鞍锁。向鸡窗,只与蛮笺象管,拘束教吟和。镇相随,莫抛躲。针线闲拈伴伊坐,和我。免使少年、光阴虚过。”此调创自此词,一百字,前段十一句,六仄韵,后段十一句,七仄韵。全词用了大量的口头俗语,开辟了俗语为词的新途径,故不为士大夫所认可。张舜民《画墁录》载:“柳三变(永)既以调忤仁庙,吏部不放改官。三变不能堪,诣政府。晏公(殊)曰:‘贤俊作曲

① (清)先著、程洪《词洁辑评》卷二,词话丛编本。

② (清)郑文焯《大鹤山人词话》,词话丛编本。

子么?'三变曰:'只如相公,亦作曲子。'公曰:'殊虽作曲子,不曾道'绿线慵拈(或作"针线闲拈")伴伊坐。'柳遂退。"

又一体九十九字,前段十一句,六仄韵,后段十一句,七仄韵,如张翥的《定风波慢》(恨行云,特地高寒);或一百一字,前段十一句,六仄韵,后段十一句,七仄韵,如《梅苑》载无名氏的《定风波慢》(漏新春,消息前郎);或一百五字,前段九句,四仄韵,后段十一句,六仄韵,如柳永《定风波慢》(伫立长亭)。

(三十三) 青　玉　案

《青玉案》又名《西湖路》、《横塘路》。双调,六十五字,前后段各六句,五仄韵;六十六字,前后段各六句,四仄韵;六十七字,前后段各六句,四仄韵;六十八字,前后段各六句,四仄韵;六十九字,前后段各六句,四仄韵。凡十三体。

此调名作甚多,苏轼《青玉案》云:"三年枕上吴中路,遣黄耳,随君去。若到松江呼小渡,莫惊鸥鹭,四桥尽是,老子经行处。　辋川图上看春暮,常记高人右丞(王维)句。作个归期天已许,春山犹是,小蛮针线,曾湿西湖雨。"此调以苏词为正体。

贺铸《青玉案》云:"凌波不过横塘路,但目送芳尘去。锦瑟年华谁与度,月楼花院,绮窗朱户,惟有春知处。　碧云冉冉蘅皋暮,彩笔空题断肠句。试问闲愁知几许,一川烟草,满城风絮,梅子黄时雨。"贺铸因末句被称为"贺梅子"。吴曾《能改斋漫录》卷一六云:"贺方回为《青玉案》词,山谷尤爱之,故作小诗以纪其事。"所谓"山谷尤爱之"指黄庭坚《寄贺方回》:"少游醉卧古藤下,谁与愁眉唱一杯。解作江南断肠句,只今惟有贺方回。"

辛弃疾《青玉案・元夕》云:"东风夜放花千树,更吹落,星如雨。宝马雕车香满路,凤箫声动,玉壶光转,一夜鱼龙舞。　蛾儿雪柳黄金缕,笑语盈盈暗香去。众里寻他千百度,蓦然回首,那人却在,灯火阑珊处。"《艺蘅馆词选》丙卷载梁启超评云:"自怜幽独,伤心人别有怀抱。"俞陛云《唐五代两宋词选释》评云:"《武林旧书》纪临安灯市之盛,火树银花,自宵达旦。此词自起笔至'笑语'句,皆纪元夕之游观。惟结末三句别有会心。其回首欲见之人,岂避喧就寂耶?或人约黄昏,有城隅之俟耶?含意未申,戛然而止,盖待人寻味也。"

(三十四) 江　城　子

《江城子》又名《江神子》、《村意远》、《水晶帘》。有单调,三十五字,七句,五平韵;

三十六字，七句，五平韵；三十七字，七句，五平韵。有双调，七十字，前后段各七句，五平韵。加之平仄、用韵的不同，凡五体。下面单调、双调各举一首。

单调以牛峤《江城子》为例："鵁鶄飞起郡城东，碧江空，半滩风，越王宫殿，苹叶藕花中。帘卷水楼鱼浪起，千片雪，雨濛濛。"

单调加一叠，遂成双调。如苏轼《江城子・乙卯正月二十日夜记梦》为例："十年生死两茫茫，不思量，自难忘。千里孤坟，无处话凄凉。纵使相逢应不识，尘满面，鬓如霜。　　夜来幽梦忽还乡，小轩窗，正梳妆。相顾无言，惟有泪千行。料得年年肠断处，明月夜，短松冈。"这是苏轼为纪念前妻王弗而作。据苏轼《亡妻王氏墓志铭》载，宋仁宗至和元年(1054)，十九岁的苏轼同青神(今四川青神)乡贡进士王方之女、十六岁的王弗结婚。王弗也有文化，苏轼读书，她就陪着"终日不去"；苏轼偶有遗忘，她往往能从旁提醒；苏轼问她其他书，她也"略皆知之"。苏轼初仕，任凤翔签判时，她经常以苏洵的话告诫苏轼："子去亲远，不可以不慎。"她经常劝苏轼不要同那些完全根据苏轼的意思说话的人交往，认为与人交往快的人，往往背弃朋友也很快。她这些话是常常得到印证的。可惜这样一位好内助，同苏轼结婚才十一年，年仅二十七岁就病逝了。苏轼对王氏之死是很悲痛的，十年后他写了这首著名的《江城子》来悼念王弗，感情真挚动人。词的末句通过设想亡妻因思念自己而肠断，抒发自己对亡妻的怀念，一往情深。

(三十五) 祝英台近

《祝英台近》又名《祝英台令》、《宝钗分》、《月底修箫谱》、《燕莺语》、《寒食词》。双调，七十七字，前段八句，四仄韵，后段八句，五仄韵。因平仄、押韵小异，分为八体。兹举辛弃疾《祝英台近》一首为例："宝钗分，桃叶渡，烟柳暗南浦。陌上层楼，十日九风雨。断肠点点飞红，都无人管，倩谁唤，流莺声住。　　鬓边觑，试把花卜归期，才簪又重数。罗帐灯昏，哽咽梦中语。是他春带愁来，春归何处，却不解带将愁去。"辛词本以豪放为特征，此词却以婉约见长。《诗人玉屑》卷二一引《中兴词话》云："'宝钗分，桃叶渡'，此辛稼轩词也，风流妩媚，富于才情，若不类其为人矣。"张炎《词源》云："辛稼轩《祝英台近》……皆景中带情，而存骚雅。"清沈谦《填词杂说》云："稼轩词以激扬奋厉为工，至'宝钗分，桃叶渡'一曲，昵狎温柔，魂销意尽，才人伎俩，真不可测。"

(三十六) 洞仙歌

《洞仙歌》又名《洞仙歌令》、《羽仙歌》、《洞仙词》、《洞中仙》、《洞仙歌慢》，凡四十体，难以尽举，此举苏轼《洞仙歌》为例："冰肌玉骨，自清凉无汗。水殿风来暗香满，绣帘开，一点明月窥人，人未寝，欹枕钗横鬓乱。　起来携素手，庭户无声，时见疏星渡河汉。试问夜如何，夜已三更，金波淡，玉绳低转。但屈指西风几时来，又不道、流年暗中偷换。"宋人填《洞仙歌》，句读韵脚互有异同，但以苏词此体最多。此词双调，八十三字，前段六句，三仄韵（汗、满、乱），后段七句，三仄韵（汉、转、换）。这是一首咏史词，写后蜀主孟昶同花蕊夫人的爱情故事。上阕写花蕊夫人，寥寥数语，就为我们刻画出这位贵妇人的形象；下阕写她和孟昶"夜纳凉摩诃池上"，他们漫步在寂静的庭户中，只见疏星闪烁，银河低垂，月色淡明，玉绳（星名）低转，表明"流年暗中偷换"，产生了一种时光易逝的淡淡哀愁。全词描写花蕊夫人形象和摩诃池夜景，均历历如画，使人如临其境，如见其人。郑文焯《大鹤山人词话》云："坡老改添此词数字，诚觉气象万千，其声亦如空山鸣泉，琴筑竞奏。"沈祥龙云："词韶丽处，不在涂脂抹粉也。诵东坡'冰肌玉骨，自清凉无汗，水殿风来暗香满'句，自觉口吻俱香。悲慨处不在叹逝伤离也，诵耆卿'渐霜风凄紧，关河冷落，残照当楼'句，自觉神魂欲断。盖皆在神不在迹也。"①

再举一首最长的，如晁补之的《洞仙歌慢·留春》："花恨月恼，更夏牖凉风，冬轩雪皎。闲事不关心。算四时皆好。从来又说，春台登览，人意多同，常是惜，春过了。须痛饮，莫放欢情草草。　年少，尚忆瑶阶，得隽寻芳，骖驔东坡，适见垂鞭，酕醄南陌，又逢低帽。莺花荡眼，功名满意，无限嬉游。荣华事、如梦杳。伤富贵浮云，曾萦怀抱，为春醉倒。愿花更好，春休老，开口笑，占醉乡、莫教人到。"此为双调，一百二十四字，前段十一句，五仄韵，后段十八句，九仄韵。此《洞仙歌慢》词与今存同调词截然不同。

（三十七）满　江　红

《满江红》又名《伤春令》。此调有仄韵、平韵两体。宋人填仄韵者最多，其体不一，仄韵以柳永《满江红》为正体："暮雨初收，长川静，征帆夜落。临岛屿，蓼烟疏淡，苇风萧索。几许渔人横短艇，尽将镫火归村落。遣行客，当此念回程，伤漂泊。
桐江好，烟漠漠，波似染，山如削。绕严陵滩畔，鹭飞鱼跃。游宦区区成底事，平生况有云泉约。归去来，一曲仲宣吟，从军乐。"此词双调，九十三字，前段八句，四仄韵；后段十句，五仄韵。

平韵如姜夔《满江红》，前有姜夔长篇自序云："《满江红》旧调用仄韵，多不协律。

① （清）沈祥龙《论词随笔》，词话丛编本。

如末句云'无心扑'三字，歌者将'心'字融入去声，方谐音律。予欲以平韵为之，久不能成。因泛巢湖，闻远岸箫鼓声，问之舟师，云居人为此湖神姥寿也。予因祝曰：'得一席风径至居巢，当以平韵《满江红》为迎送神曲。'言讫，风与笔俱驶，顷刻而成。末句云'闻佩环'则协律矣。书以绿笺，沉于白浪，辛亥正月晦也。是岁六月复过祠下，因刻之柱间。有客来自居巢云：'土人祠姥辄能歌此词。'按曹操至濡须口，孙权遗操书曰：'春水方生，公宜速去。'操曰：'孙权不欺孤。'乃撤军还濡须口，与东关相近，江湖水之所出入。予意春水方生，必有司之者，故归其功于姥云。"姜词云："仙姥来时，正一望、千顷翠澜。旌旗与、乱云俱下，依约前山。命驾群龙金作轭，相从诸娣玉为冠。向夜深、风定悄无人，闻佩环。　神奇处，君试看。奠淮右，阻江南。遣六丁雷电，别守东关。应笑英雄无好手，一篙春水走曹瞒。又怎知、人在小江楼，帘影间。"此词双调，九十三字，前段八句，四平韵，后段十句，五平韵。此调押平声韵者只此一体，句读与仄韵词同。

此外还有八十九字者，前段七句，四仄韵，后段十句，五仄韵，如吕渭老的《满江红》(晚浴新凉)；有九十一字者，前段八句，四仄韵，后段十句，五仄韵，如吕渭老的《满江红》(燕拂危樯)；有九十二字者，前段八句，五仄韵，后段八句，七仄韵，如王之道《满江红》(竹马来迎)；有九十四字者，前段八句，四仄韵，后段十句，五仄韵，如苏轼的《满江红》(东武城南)；有九十七字者，前段八句，五仄韵，后段十句，六仄韵，如柳永《满江红》(万恨千愁)：凡十四体。

而最著名的是岳飞的《满江红》："怒发冲冠，凭阑处、潇潇雨歇。抬望眼、仰天长啸，壮怀激烈。三十功名尘与土，八千里路云和月。莫、等闲白了少年头，空悲切。

靖康耻，犹未雪。臣子恨，何时灭。驾长车踏破、贺兰山缺。壮志肯忘飞食肉，笑谈欲洒盈腔血。待、从头收拾旧山河，朝天阙。"①徐釚云："夏侯桥沈润卿掘地，得宋高宗赐岳侯手敕石刻，文徵明待诏题《满江红》词云：'拂拭残碑，敕飞字，依稀堪读。慨当初，倚飞何重，后来何酷。岂是功成身合死，可怜事去言难赎。最无端堪恨又堪悲，风波狱。　岂不念、封疆蹙。岂不念，徽(宗)钦(宗)辱。念徽钦既返，此身何属？千载休谈南渡错，当时自怕中原复。笑区区一(秦)桧亦何能，逢其欲。'激昂感慨，自具论古只眼。后宋改谥岳忠武，文云：'李将军口不出辞，闻者流涕；蔺相如身虽已死，凛然犹生。'又云：'孔明志兴汉室，(郭)子仪光复唐都，不嫌今古同辞，将与河山并久，唯岳侯为能，不愧此谥。'"②"当时自怕中原复"，"区区一桧亦何能"，深刻揭露了杀岳

① (宋)岳飞《岳武穆遗文》，文渊阁四库全书本。

② (清)徐釚《词苑丛谈》卷八，文渊阁四库全书本。

飞者主要是宋高宗而非秦桧。

(三十八)凤凰台上忆吹箫

《凤凰台上忆吹箫》又名《忆吹箫》,双调,有九十五字者,前段十句,四平韵,后段十一句,五平韵,如李清照的《凤凰台上忆吹箫》:“香冷金猊,被翻红浪,起来慵自梳头。任宝奁尘满,日上帘钩。生怕离怀别苦,多少事、欲说还休。新来瘦,非干病酒,不是悲秋。休休,这回去也,千万遍《阳关》,也则难留。念武陵人远,烟锁秦楼。惟有楼前流水,应念我、终日凝眸。凝眸处,从今又添,一段新愁。”这是一首著名的离别词,历代称美者甚多。《草堂诗余隽》卷二李攀龙评云:“非病酒,不悲秋,都为苦别瘦。水无情于人,人却有情于水。”又云:“写出一种临别心神,而新瘦新愁,真如秦女楼头,声声有和鸣之奏。”沈际飞本《草堂诗余》正集卷三评云:“懒说出,妙。瘦为甚的,尤妙。‘千万遍’,痛甚。转转折折,忤合万状。清风朗月,陡化为楚雨巫云;阿阁洞房,并变成离亭别墅,至文也。”陈廷焯《云韶集》卷一〇云:“此种笔墨,不减耆卿(柳永)、叔原(晏几道),而清俊疏朗过之。‘新来瘦’三语,婉转曲折,煞是妙绝。笔致绝佳,余韵尤胜。”

此调还有九十六字者,前段十句,四平韵,后段九句,四平韵句,如吴元可《忆吹箫》(更不成愁);有九十七字,前段十句,四平韵,后段九句,四平韵,如晁补之《忆吹箫》(千里相思)。加上字数、平仄、押韵的不同,共六体。

(三十九)水调歌头

《水调歌头》又名《元会曲》、《凯歌》、《台城游》、《花犯念奴》、《江南好》(二十七字的《望江南》亦叫《江南好》)。双调,九十五字,前段九句,四平韵,两仄韵,后段十句,四平韵,两仄韵。此调以苏轼的《水调歌头》(丙辰中秋,欢饮达旦,大醉,作此篇,兼怀子由)最有名:“明月几时有?把酒问青天。不知天上宫阙,今夕是何年?我欲乘风归去,又恐琼楼玉宇,高处不胜寒。起舞弄清影,何似在人间。　　转朱阁,低绮户,照无眠。不应有恨,何事长向别时圆?人有悲欢离合,月有阴晴圆缺,此事古难全。但愿人长久,千里共婵娟!”此词作于熙宁九年(1076)。这时苏轼因为与王安石政见不合,离开朝廷,离别弟弟,已经整整五年。词的上阕表现了作者的忠君思想,下阕反映了兄弟的离合之情。这首词表明,他是身在地方,却时时心在朝廷,关心着“天上宫阙”的情况。《坡仙集外纪》载,神宗读到“琼楼玉宇”二句感叹道:“苏轼终是爱君。”他很想“乘风归去”,但又怕朝廷难处(“高处不胜寒”),因此还不如就在地方上好(“何似在人间”)。苏轼的担心并非过虑，就在苏轼知密州这一年，王安石因旧党的围攻和新党内部的相互倾轧而第一次罢相；写这首词后不到两个月，王安石又第二次罢相。吕惠卿是王安石一手提拔起来的，但他竟把王安石给他的私人信件也作为排斥打击王安石的工具，由此可见当时朝廷斗争的激烈。苏轼这首词充满了理想同现实的矛盾。他本想“乘风归去”，却宦游在“寂寞山城”；本想经常同弟弟“寒灯相对”，却长期不得一见。人生不如意的事太多了，苏轼只好无可奈何地自我安慰道：“人有悲欢离合，月有阴晴圆缺，此事古难全。”这首充满哲理，寄慨万端的词，充分反映了作者长期郁结的有志难酬的苦闷。先著、程洪《词洁辑评》卷三极为推崇此词：“凡兴象高，即不为字面碍。此词前半，自是天仙化人之笔。惟后‘悲欢离合’、‘阴晴圆缺’等字，苛求者未免指此为累。然再三读去，抟挖运动，何损其佳？少陵《咏怀古迹》诗云：‘支离东北风尘际，漂泊西南天地间。’未尝以天地、西南、东北等字窒塞，有伤是诗之妙。诗家最上一乘，固有以神行者矣，于词何独不然？题为中秋对月怀子由，宜其怀抱俯仰，浩落如是。录坡公词若并汰此作，是无眉目矣。亦恐词家疆宇狭隘，后来用者，惟堕入纤秾一队，不可以救药也。后村二调亦极力能出脱者，取为此公嗣响，可以不孤。”

此词还有九十四字者，前后段各九句，四平韵，如傅公谋的《水调歌头》(草草三间屋)；有九十六字者，前段九句，四平韵，后段十句，四平韵，如刘因的《水调歌头》(一诺与金重)；有九十七字者，前后段各十句，四平韵，如王之道的《水调歌头》(斜阳明薄暮)。加上字数、平仄、押韵之异，凡八体。

(四十)满　庭　芳

《满庭芳》又名《满庭霜》、《满庭花》、《转调满庭芳》、《潇湘夜雨》、《话桐乡》、《江南好》、《锁阳台》。此调有平韵、仄韵两体。仄韵如李清照的《转调满庭芳》：“芳草池塘，绿阴庭院，晚晴寒透窗纱。谁开金锁，管是客来吵。寂寞樽前席上，春归去、海角天涯。能留否、酴醾落尽，犹赖有残葩。　　当年曾胜赏，生香熏袖，活火分茶。尽如龙骄马，流水轻车。不怕风狂雨骤，恰才称煮酒看花。如今也不成怀抱，得似旧时那。”平韵如晏几道的《满庭芳》：“南苑吹花，西楼题叶，故园欢事重重。凭阑秋思。闲记旧相逢。几处歌云梦雨，可怜便、流水西东。别来久，浅情未有，锦字系征鸿。　　年光还少味，开残槛菊，落尽溪桐。漫留得，尊前淡月西风。此恨谁堪共说，清愁付、绿酒杯中。佳期在，归时待把，香袖看啼红。”此调以此词为正体，双调，九十五字，前后段各十句，四平韵。

此调以秦观《满庭芳》最负盛名：“山抹微云，天粘衰草，画角声断谯门。暂停征棹，聊共引离尊。多少蓬莱旧事，空回首、烟霭纷纷。斜阳外，寒鸦数点，流水绕孤村。

消魂当此际，香囊暗解，罗带轻分。谩、赢得青楼薄幸名存。此去何时见也。襟袖上、空染啼痕。伤情处，高城望断，灯火已黄昏。”《词综发凡》云：“‘山抹微云’秦学士，‘露华倒影’柳屯田，‘晓风残月’柳三变，‘滴粉搓酥’左与言。一句之工，形诸口号。当日风尚所存，甄藻自尔不爽。”叶梦得《避暑录话》卷下云：“秦观少游亦善为乐府，语工而入律，知乐者谓之作家歌。元丰间盛行于淮楚，‘寒鸦万点，流水绕孤村’，本隋炀帝诗也，少游取以为《满庭芳》辞，而首言‘山抹微云，天粘衰草’，尤为当时所传。苏子瞻于四学士中最善少游，故他文未尝不极口称善，岂特乐府，然犹以气格为病，故常戏云：‘山抹微云秦学士，露花倒影柳屯田’。‘露花倒影’，柳永《破阵子》语也。”

此外还有九十三字，前段十句，四平韵，后段十一句，五平韵，如黄公度《满庭芳》（一径义分）；有九十六字，前后段各十句，四平韵，如程垓《满庭芳》（南月惊乌）。加上字数、平仄、用韵的不同，共七体。

（四十一）汉宫春

《汉宫春》又名《汉宫春慢》、《庆千秋》。此调有平韵、仄韵两体。平韵如晁冲之《汉宫春》：“黯黯离怀，向东门系马，南浦移舟。熏风乱飞燕子，时下轻鸥。无情渭水，问谁教、日日东流。常是送、行人去后，烟波一向离愁。　　回首游旧如梦，记踏青殢饮，拾翠狂游。无端彩云易散，覆水难收。风流未老，拌千金、重入扬州。应又似、当年载酒，依前名占青楼。”此词双调，九十六字，前后段各九句，四平韵。此为正体。

仄韵如康与之《汉宫春》：“云海沉沉，峭寒收建章，雪残鳷鹊。华镫照夜，万井禁城行乐。春随鬓影，映参差、柳丝梅萼。丹禁杳、鳌峰对耸，三山上通寥廓。　　春衫绣罗香薄，步金莲影下，三千绰约。冰轮桂满，皓色冷侵楼阁。霓裳帝乐，奏升平、天风吹落。留凤辇。通宵宴赏，莫放漏声闲却。”此亦双调，全押仄韵，九十六字，前段九句，四仄韵，后段九句，五仄韵。

此外还有九十四字，前后段各九句，四平韵，如彭元逊《汉宫春》（十日春风）；九十七字，前后段各九句，四平韵，如《花草粹编》所载无名氏“玉减香消”词。

（四十二）烛影摇红

《烛影摇红》又名《忆故人》、《归去曲》、《王珥坠》、《秋色横空》。双调，有四十八字者，前段四句，两仄韵，后段五句，三仄韵，如毛滂《烛影摇红》（老景萧条）；有五十字者，前段五句，两仄韵，后段五句，三仄韵，如王诜此调即以"烛影摇红"起。《能改斋漫录》卷一七云："王都尉(诜)有《忆故人》词云：'烛影摇红，向夜阑，乍酒醒，心情懒。尊前谁为唱《阳关》，离恨天涯远。　　无奈云沉雨散，凭栏杆，东风泪眼。海棠开后，燕子来时，黄昏庭院。'徽宗喜其词意，犹以不丰容宛转为恨，遂令大晟府别撰腔。周美成增损其词，而以首句为名，谓之《烛影摇红》。"

周邦彦《烛影摇红》为九十六字，前后段各九句，五仄韵："香脸轻匀，黛眉巧画宫妆浅。风流天付与精神，全在娇波转。早是萦心可惯？那更堪、频频顾盼，几回得见。见了还休，争如不见。　　烛影摇红，夜阑饮散春宵短。当时谁解唱阳关，离恨天涯远。无奈云收雨散，凭阑干、东风泪眼。海棠开后，燕子来时，黄昏庭院。"《后村先生大全集》卷一七六《诗话》云："嘉定更化，收召故老，一名公拜参与(参与政事)，虽好士而力不能援，谓客曰：'执贽而来者，吾皆倒屣，未尝敢失一士，外议如何？'客素滑稽，答曰：'公大用，外间盛唱《烛影摇红》之词。'参与问何故，客举卒章曰：'几回见了，见了还休，争如不见。'宾主相视一笑。"

(四十三) 长 亭 怨 慢

《长亭怨慢》又名《长亭怨》，姜夔自度曲，双调，九十七字，前后段各九句，五仄韵。此调自以姜词为正体，周密、王沂孙等俱照此填词，或句法小异，张炎有添字减字，凡四体。姜夔《长亭怨慢》云："渐吹尽、枝头香絮。是处人家，绿深门户，远浦萦回，暮帆零乱向何处？阅人多矣，谁得似、长亭树？树若有情时，不曾得、青青如许。　　日暮，望高城不见，只见乱山无数。韦郎去也，怎忘得、玉环分付？第一是、早早归来，怕红萼、无人为主。算只有并刀，难剪离愁千缕。"历代对此词评价甚高，《草堂诗余》别集卷三引沈际飞评云："人言情，我言无情，立意壁绝。惨淡。"《词综偶评·宋词》分析此词结构云："("是处人家"四句)先言别时之景。("阅人多矣，谁得似、长亭树？树若有情时，不曾得、青青如许")借树以言别时之情。阅人既多，安得尚有情耶？一笑。'此'字借叶。("日暮，望高城不见，只见乱山无数")别后。何记室诗：'日夕望高城，缈缈青云外。'①("韦郎去也"四句)望其早归。韦皋与玉箫别，留玉指环，约七年再会，以其地在江夏，故用之，后遂沿为通用语。("算只有并刀"二句)总收。"《词则·大雅集》卷三云："哀怨无端，无中生有，海枯石烂之情，缠绵沉著。"《白雨斋词话》卷八云："白石诸词，惟此数语最沉痛迫烈。"《唐五代两宋词选释》俞陛云评云："词颇有桓

① (梁)何逊《何水部集》中的《日夕望江山赠鱼司马》，文渊阁四库全书本"缈缈"作"耿耿"。

司马江潭之感。虽似怨别之辞，而实则乱愁无次，触绪纷来。凡怀人恋阙，抚今追昔，悉寓其中。”

（四十四）八声甘州

《八声甘州》又名《甘州》、《萧萧雨》、《宴瑶池》。此调以柳永《八声甘州》为正体，双调，九十七字，前后段各九句，四平韵。其他还有九十五字的，前段八句，四平韵，后段九句，四平韵，如刘过的《八声甘州》（问紫岩去后汉公卿）；有九十六字的，前后段各九句，四平韵，如郑子玉的《八声甘州》（渐莺声近也探年芳）；有九十八字的，前段九句，五平韵，后段九句，四平韵，如姚云文的《八声甘州》（卷丝丝雨织半晴天）。

柳词云：“对萧萧暮雨洒江天，一番洗清秋。渐霜风凄紧，关河冷落，残照当楼。是处红衰绿减，苒苒物华休。惟有长江水，无语东流。　　不忍登高临远，望故乡渺渺，归思难收。叹年来踪迹，何事苦淹留。想佳人、妆楼长望，误几回、天际识归舟。争知我、倚阑干处，正恁凝愁。”宋赵德麟《侯鲭录》卷七引东坡语云：“世言柳耆卿曲俗，非也，如《八声甘州》：‘霜风凄紧，关河冷落，残照当楼’，此语于诗句不减唐人高处。”王国维《人间词话删稿》云：“长调自以周、柳、苏、辛为最工……若屯田之《八声甘州》，东坡之《水调歌头》，则伫兴之作，格高千古，不能以常调论也。”《唐五代两宋词选释》俞陛云评云：“起二句有俊爽之致。‘霜风’、‘残照’三句音节悲抗，如江天闻笛，古戍吹笳，东坡极称之，谓唐人佳处，不过如此。以其有提笔四顾之概，类太白之‘牛渚望月’，少陵之‘夔府清秋’也。其下二句顺笔写之，至结句江水东流，复能振起。后半首分三叠写法，先言己之欲归不得，何事淹留，次言闺人念远，误识归舟，与温飞卿之‘过尽千帆皆不是，斜晖脉脉水悠悠’，皆善写闺人心事。结句言知君忆我，我亦忆君。前半首之‘霜风’、‘残照’，皆在凝眸怅望中也。”

（四十五）声声慢

《声声慢》又名《胜胜慢》、《人在楼上》、《寒松叹》。此词双调，九十七字，前段九句，五仄韵，后段八句，五仄韵。如李清照《声声慢》云：“寻寻觅觅，冷冷清清，凄凄惨惨戚戚。乍暖还寒时候，正难将息。三杯两盏淡酒，怎敌他、晚来风急。雁过也，正伤心，却是旧时相识。　　满地黄花堆积，憔悴损，如今有谁堪摘。守着窗儿，独自怎生得黑。梧桐更兼细雨，到黄昏、点点滴滴。这次第，怎一个、愁字了得。”这是李清照的名作，王闿运《湘绮楼全集·湘绮楼词抄》评云："亦是女郎语。诸家赏其七叠，亦以初见，故新。"张德瀛云："李易安《声声慢》词起云：'寻寻觅觅，冷冷清清，凄凄惨惨戚戚'句法奇创。乔梦符《天净沙》曾仿其体。"①亦有九十六字的，前段九句，四平韵，后段八句，四平韵，如石孝友的《声声慢》(花前月下)；有九十八字的，前段十句，四平韵，后段九句，四平韵，如周密的《声声慢》(妆额黄轻)。加上平仄、押韵的不同，共十四体。

(四十六) 扬　州　慢

《扬州慢》为姜夔自度曲，双调，九十八字，前段十句，四平韵，后段九句，四平韵。词前有小序："淳熙丙申至日，余过维扬，夜雪初霁，荠麦弥望。入其城则四顾萧条，寒水自碧。暮色渐起，戍角悲吟。予怀怆然，感慨今昔。因自度此曲，千岩老人以为有黍离之悲也。"词云："淮左名都，竹西佳处，解鞍少住初程。过春风十里，尽荠麦青青。自胡马窥江去后，废池乔木，犹厌言兵。渐黄昏，清角吹寒，都在空城。　　杜郎俊赏，算而今、重到须惊。纵豆蔻词工，青楼梦好，难赋深情。二十四桥仍在，波心荡、冷月无声。念桥边红药，年年知为谁生。"小序与词的内容大体一致，都是写战后扬州的荒凉，抒发"黍离之悲"。上阕写扬州已物是人非，前五句写景物依旧，在扬州竹西亭"少住"，所见仍是"荠麦青青"。后六句写胡马窥江之后，所见都是"废池乔木"，成了"空城"。下阕前半以唐代杜牧笔下的扬州繁华来反衬今日的凄凉，再也见不到杜牧《赠别》中所见的"娉娉袅袅十三余，豆蔻梢头二月初。春风十里扬州路，卷上珠帘总不如"；《寄扬州韩绰判官》中所见的"二十四桥明月夜，玉人何处教吹箫"的景象了。设想杜牧见到今日景象，也会吃惊，也"难赋深情"。后半以写景结，"二十四桥仍在"，但"空城"中有谁欣赏呢："桥边红药，年年知为谁生？"清人陈廷焯《白雨斋词话》卷二云："写兵燹后情景逼真。'犹厌言兵'四字，包括无限伤乱语，他人累千百言亦无此韵味。"姜夔生前就盛负词名，黄昇《花庵词选》认为他"不减清真，其高处有美成所不能及"，张炎对他更是赞不绝口。姜夔词对后世影响很大，朱彝尊《词综序》云："宗之者张辑、卢祖皋、史达祖、吴文英、蒋捷、王沂孙、张炎、周密、陈允平、张翥、杨基，皆具夔之一体。"清代浙西派领袖朱彝尊、厉鹗等人对他尤为推崇，以至在很长一段时期内，言长短句者家白石而户玉田。

---

① (清)张德瀛《词征》卷五，词话丛编本。

（四十七）念　奴　娇

《念奴娇》又名《大江东去》、《酹江月》、《赤壁词》、《壶中天》、《壶中天慢》、《大江西上曲》、《太平欢》、《寿南枝》、《古梅曲》、《湘月》、《淮甸春》、《白雪词》、《百字令》、《百字谣》、《无俗念》、《千秋岁》、《庆长春》、《杏花天》。其中以苏轼《念奴娇·赤壁怀古》最为有名，不少异名词牌都本于此词，双调，一百字，前段十句，四仄韵，后段十句，四仄韵。词云："大江东去，浪淘尽、千古风流人物。故垒西边，人道是、三国周郎赤壁。乱石穿空，惊涛拍岸，卷起千堆雪。江山如画，一时多少豪杰。　遥想公瑾当年，小乔初嫁了，雄姿英发。羽扇纶巾，谈笑处、樯橹灰飞烟灭。故国神游，多情应笑我，早生华发。人间如寄，一尊还酹江月。"赤壁之战的赤壁，本来在湖北蒲圻县西北，长江南岸。黄州稍西的山脚突入江中，石色如丹，名赤鼻矶，后人误认为这里就是赤壁之战的赤壁："故垒西边，人道是、三国周郎赤壁。""人道是"三字表明，苏轼知道这里不是赤壁之战的赤壁。但苏轼不是写史，他只不过是借赤壁抒发感慨。因此，他将错就错，在词中谈及赤壁之战的英雄人物。这是一篇气壮山河的作品，词的上阕主要是写赤壁，引出怀古；下阕主要写怀古，归到伤今。作者面对滚滚东流的长江，慨叹"千古风流人物"一去不返，起笔突兀，雄视千古。接着以寥寥数笔，为我们勾画出了传说中的古战场的雄奇景色："乱石崩云，惊涛裂岸，卷起千堆雪。"读起来，如临绝壁，如闻涛声，如见雪浪。面对壮丽的河山，作者发出了"江山如画"的由衷赞美。正是在这里，当年鏖兵赤壁，群英聚会，一时集中了"多少豪杰"！特别是其中的周瑜，年少英俊，雄姿勃勃，议论风生（"英发"），手挥羽扇，头戴纶巾，面对强敌，潇洒自得，从容不迫，"谈笑间"，就使"舳舻千里，旌旗蔽空"的曹军"灰飞烟灭"。通篇充满了作者的美妙理想同可悲现实的矛盾。作者本希望像"千古风流人物"和三国时的"多少豪杰"那样建立功名，特别是希望像"公瑾当年"那样少年得志，功成名就。但是，可悲的现实却是"早生华发"，一事无成，反落得贬官黄州。于是，他不禁发出了"人间如梦"的哀叹。全词状景写人，怀古伤今，慷慨激昂，苍凉悲壮，气势磅礴，一泻千里，最足以代表苏轼豪放词的特色，被人誉为"千古绝唱"。

（四十八）桂　枝　香

《桂枝香》又名《疏帘淡月》。王安石《桂枝香》云："登临送目，正故国晚秋，天气初肃。千里澄江似练，翠峰如簇。征帆去棹残阳里，背西风、酒旗斜矗。彩舟云淡，星河鹭起，画图难足。　　念自（一作‘往’）昔、豪华竞逐。叹门外楼头，悲恨相续。千古凭高，对此漫嗟荣辱。六朝旧事如流水，但寒烟、衰草凝绿。至今商女，时时犹唱，《后庭》遗曲。”此词双调，一百一字，前后段各十句，五仄韵。此调以此词为正体，其他句读小异，或有减字，皆变格。有双调九十八字，前后段各十句，四平韵者，如王梦应《桂枝香》（浅帻分秋）；有双调九十九字，前后段各十句，四平韵者，如葛立方《桂枝香》（气应三阳）。

（四十九）水　龙　吟

《水龙吟》又名《龙吟曲》、《丰年瑞》、《鼓笛慢》、《小楼连苑》、《庄椿岁》。《词律》卷一六云：“此调句读最为参差，今分立二谱：起句七字。第二句六字者，以苏轼词（苏轼《水龙吟》“霜寒烟冷蒹葭老”）为正格；起句六字，第二句七字者，以秦观词（“小楼连苑横空”）为正格，其余添字、减字、句读、押韵不同者，各以类列。此调之源流正变尽于此矣。”《御定词谱》列二十五体。

苏轼名作《水龙吟・次韵章质夫杨花词》是苏轼咏物词的代表作。章质夫，福建浦城人，曾与苏轼同官京师。朱弁《曲洧旧闻》卷五称他的原词“命意用事，清新可喜”，如写柳絮欲坠不坠之态说：“傍珠帘散漫，垂垂欲下，依前被，风扶起。”从这里“便觉质夫词有织绣工夫”。而苏轼和词却“如毛嫱、西施，净洗却面，与天下妇人斗好”。也就是说，苏轼和词以本色美见长：“似花还似非花，也无人惜从教坠。抛家傍路，思量却是，无情有思。萦损柔肠，困酣娇眼，欲开还闭。梦随风万里，寻郎去处，又还被莺呼起。　　不恨此花飞尽，恨西园，落红难缀。晓来雨过，遗踪何在？一池萍碎。春色三分，二分尘土，一分流水，细看来，不是杨花，点点是离人泪。”落花是有人同情的，而柳絮似花却又非花，所以无人怜惜，任它飘来坠去。韩愈《晚春》诗说杨花是没有“才思”的：“杨花榆荚无才思，惟解漫天作雪飞。”苏轼反用其意，说杨花离开枝头（“抛家”），流落路旁（“傍路”），看似“无情”，却有情意（“有思”）。为什么说他有情意呢？你看那柔软的柳枝，正像那被愁思萦绕坏了的柔肠；那嫩绿的柳叶，正像美人困极时欲开还闭的娇眼；那随风飘荡的柳絮，正像那梦中万里寻夫的思妇。令人生恨的不仅是柳絮飞尽，而且是万花纷谢，难以收拾，到处是残春景象。加之一夜风雨，早晨寻找杨花遗踪，化作了一池浮萍，多数已委身尘土，少数身逐流水。这哪里是什么杨花，简直是斑斑点点的离别之人的眼泪！全词构思巧妙，一气呵成；以人拟物，刻画细腻；语言清新纡徐，情调幽怨缠绵。以“似花还似非花”开头，起笔突兀，引人入胜；以“点点是离人泪”结尾，画龙点睛，余味无穷。张炎《词源》说：“东坡次章质夫杨花《水龙吟》韵，机锋相摩，起句便合让东坡出一头地。后片愈出愈奇，真是压倒古今！”

辛弃疾的《水龙吟·旅次登楼作》云：“楚天千里清秋，水随天去秋无际。遥岑远目，献愁供恨，玉簪螺髻。落日楼头，断鸿声里，江南游子。把吴钩看了，阑干拍遍，无人会，登临意。　　休说鲈鱼堪脍，尽西风，季鹰归未。求田问舍，怕应羞见，刘郎才气。可惜流年，忧愁风雨，树犹如此。倩何人唤取、红巾翠袖，揾英雄泪。”《唐五代两宋词选释》俞陛云评云：“前四句写登临所见，起笔便有浩荡之气。‘落日’句以下，由登楼说到旅怀，而仍不说尽，仅以吴钩独看，略露其不平之气。下阕写旅怀，即使归去奇狮卜筑，而生平未成一事，亦羞见刘郎。‘流年’二句以单句旋折，弥见激昂。结句言英雄之泪，未要人怜，倘揾以红巾，或可破颜一笑，极言其潦倒，仍不灭其壮怀也。”蔡嵩云评此词云：“本非难调，亦无难句，惟前后遍中四字组成六排句，太整太板，不易讨好。词中遇此等句法，须于整中寓散，板中求活。换言之，即各句下字时，须将实字虚字动字静字，分别错综组织以尽其变……细玩东坡‘似花还似非花’，稼轩‘楚天千里清秋’一首，于此前后六排句，手法何等灵变。又此调二二组成之四字句太多，故讲究作法者，末尾四字句，多用一三句法，亦无非取其变化之意。词之句法，故不嫌变化多方也。如东坡之‘是离人泪’，稼轩之‘揾英雄泪’，即其一例。”①

（五十）齐　天　乐

《齐天乐》又名《齐天乐慢》、《台城路》、《五福降中天》、《五福丽中天》、《如此江山》。《御定词谱》以周邦彦《齐天乐》为正体：“绿芜雕尽台城路，殊乡又逢秋晚。暮雨生寒，鸣蛩劝织，深阁时闻裁翦。云窗静掩，叹重拂罗裀，顿疏花簟，尚有练囊，露萤清夜照书卷。荆江留滞最久，故人相望处，离思何限。渭水西风，长安乱叶，空忆诗情宛转。凭高望远，正玉液新篘，蟹螯初荐，醉倒山翁，但愁斜照敛。”此词双调，一百二字，前段十句，五仄韵，后段十一句，五仄韵。

姜夔《齐天乐》云：“庾郎先自吟《愁赋》，凄凄更闻私语。露湿铜铺，苔侵石井，都是曾听伊处，哀音似诉。正思妇无眠，起寻机杼。曲曲屏山，夜凉独自甚情绪。
西窗又吹暗雨，为谁频断续。相和砧杵，候馆吟秋，离宫吊月，别有伤心无数。豳诗漫兴。笑篱落呼灯，世间儿女。写入琴丝，一声声更苦。”此为又一体，双调，一百零二字，前段十句，六仄韵，后段十一句，六仄韵。

---

① （清）蔡嵩云《柯亭词论》，词话丛编本。

（五十一）雨 霖 铃

《雨霖铃》又名《雨霖淋》、《雨霖铃慢》。柳永《雨霖铃》云："寒蝉凄切，对长亭晚，骤雨初歇。都门帐饮无绪，方留恋处，兰舟催发。执手相看泪眼，竟无语凝咽。念去去、千里烟波，暮霭沉沉楚天阔。　多情自古伤离别，更那堪、冷落清秋节。今宵酒醒何处？杨柳岸晓风残月。此去经年，应是良辰好景虚设。便纵有、千种风情，更与何人说。"此调以此词为正体，双调，一百三字，前段十句，五仄韵，后段九句，五仄韵。《古今词论》云："'晓风残月'，'大江东去'，体制虽殊，读之皆若身历其境，惝恍迷离，不能自主。文之至也。"《皱水轩词筌》云："柳屯田'今宵酒醒何处，杨柳岸，晓风残月'，自是古今俊句。或讥为梢公登溷诗，此轻薄儿语，不足听也。"《蓼园词评》云："送别词，清和朗畅，语不求奇，而意致绵密，自尔稳惬。"《艺概》卷四云："词有点有染。柳耆卿《雨霖铃》云：'多情自古伤离别……'上二句点出离别冷落，'今宵'二句，乃就上二句意染之。点染之间，不得有他语相隔，隔则警句亦成死灰矣。"俞陛云《唐五代两宋词选释》评云："首三句虚写送别时之秋景，后乃言留君不住，别泪沾巾，目送兰舟向楚水湘云而去，举别时情事，次第写之。后半起句用提空之笔，言南浦、阳关，为自古伤心之事，况凉秋远役，遥想酒醒梦回，扁舟摇漾，当在垂杨岸侧、晓风残月之中。客情之凄其，风景之清幽，怀人之绵邈，皆在'杨柳岸'七字之中，宜二八女郎红牙按拍，都唱屯田也。此七字已探骊得珠。后四句乃叙别后之情，以完篇幅。后阕以'自古伤离别'、'更与何人说'二语作起结，提得起，勒得住，能手无弱笔也。"

（五十二）喜 迁 莺

《喜迁莺》又名《喜迁莺令》、《鹤冲天》、《万年枝》、《春光好》、《燕归来》、《早梅芳》、《烘春桃李》。此调有小令、长调两体。小令起于唐人，如韦庄《喜迁莺》即小令："街鼓动，禁城开，天上探人回。凤衔金榜出云来。平地一声雷。　莺已迁，龙已化，一夜满城车马。家家楼上簇神仙，争看鹤冲天。"此词双调，四十七字，前段五句，四平韵，后段五句，两仄韵，两平韵。

长调起于宋人，以康与之《喜迁莺》为正体，双调，一百三字，前后段各十一句，五仄韵："秋寒初劲，看云路雁来，碧天如镜。湘浦烟深，衡阳沙绕，风外几行斜阵。回首塞门何处，故国关河重省。汉使老，认上林欲下，徘徊清影。　江南烟水暝，声过小楼，烛暗金猊冷。送目鸣琴，裁诗挑锦，此恨此情无尽。梦想洞庭飞下，散入云涛千顷。过尽也，奈杜陵人远，玉关无信。”《草堂诗余》续集卷下沈际飞称其“圆润”。

（五十三）永 遇 乐

《永遇乐》又名《消息》，皆双调，一百四字。前后段各十一句，四仄韵，因平仄、押韵之异，共七体。此词名作甚多，如苏轼的《永遇乐》（明月如霜），李清照的《永遇乐·元宵》（落日镕金），辛弃疾的《永遇乐·京口北固亭怀古》（千古江山）等等。此举刘辰翁的《永遇乐》，前有小序云：“予自乙亥上元诵李易安《永遇乐》，为之涕下。今三年矣，每闻此词，辄不自堪，遂依其声，又托之易安自喻。虽辞情不及，而悲苦过之。”词云：“璧月初晴，黛云远澹，春事谁主？禁苑娇寒，湖堤倦暖，前度遽如许。香尘暗陌，华灯明昼，长是懒携手去。谁知道、断烟禁夜，满城似愁风雨。 宣和旧日，临安南渡，芳景犹自如故。缃帙流离，风鬟三五，能赋词最苦。江南无路，鄜州今夜，此苦又谁知否？空相对、残缸无寐，满村社鼓。”德祐元年即1275年，南宋灭亡前夕，与李清照所处时代颇为相似。他的又一首《永遇乐》，写于宋亡之后，悲苦又过前词。序云：“予方痛海上元夕之事，邓中甫适和易安词至，遂以其事吊之。”词云：“灯舫华星，崖山矸口，官军围处。璧月辉圆，银花焰短，春事遽如许。麟洲清浅，鳌山流播，愁似汨罗夜雨。还知道、良辰美景，当时邺下仙侣。 而今无奈，元正元夕，把似月朝十五。小庙看灯，团街转鼓，总似添恻楚。传柑袖冷，吹藜漏尽，又见岁来岁去。空犹记、弓弯一勾，似虞兮语。”末以项羽《垓下》歌（“虞兮虞兮奈若何”）结，尤觉悲凉。

（五十四）西 河

《西河》又名《西河慢》、《西湖》。周邦彦《西河》云：“佳丽地，南朝盛事谁记？山围故国绕清江，髻鬟对起。怒涛寂寞打孤城，风樯遥度天际。 断崖树，犹倒倚，莫愁艇子曾系。空余旧迹郁苍苍，雾沉半垒。夜深月过女墙来，伤心东望淮水。 酒旗戏鼓甚处市，想依稀王谢邻里。燕子不知何世，入寻常、巷陌人家，相对如说兴亡，斜阳里。”此词三段，一百零五字：前段六句，四仄韵；中段七句，四仄韵；后段六句，四仄韵。此调以此词为正体，辛弃疾的“西江水，道是西江人泪”，陈允平的“形胜地，西陵往事重记”，刘一止的“山驿晚，行人乍停征辔”，或句读参差，或押一韵，皆为变体，凡六体。

（五十五）解　连　环

《解连环》又名《望梅》、《杏梁燕》。此调始于柳永的《解连环》，周邦彦《解连环》与柳词同。周词云："怨怀无托，嗟情人断绝，信音辽邈，纵妙手、能解连环，似风散雨收，雾轻云薄。燕子楼空，暗尘锁，一床弦索。想移根换叶，尽是旧时，手种红药。　　汀洲渐生杜若，料舟依岸曲，人在天角。漫记得、当日音书，把闲语闲言，待总烧却。水驿春回，望寄我、江南梅萼。拚今生、对花对酒，为伊泪落。"此词双调，一百六字，前段十一句，五仄韵，后段十句，五仄韵，宋元词俱如此。以平仄、用韵略有差异，凡三体。

张炎《解连环》(孤雁)亦很著名："楚江空晚，怅离群万里，恍然惊散。自顾影，欲下寒塘，正沙净草枯，水平天远。写不成书，只寄得、相思一点。料因循误了，残毡拥雪，故人心眼。　　叹谁怜旅愁荏苒，谩长门夜悄，锦筝弹怨。想伴侣、犹宿芦花，也曾念春前，去程应转。暮雨相呼，怕蓦地、玉关重见。未羞他、双燕归来，画帘半卷。"张炎以此有"张孤雁"的美誉。周密评此词云："'欲下寒塘，正沙净草枯，水平天远。写不成书，只寄得、相思一点。'如此等语，虽丹青难画矣。"①《莲子居词话》卷一云："咏物虽小题，然极难作，贵有不粘不脱之妙，此体南宋诸老尤擅长……《孤雁》云：'写不成书，只寄得、相思一点。'数语刻画精巧，运用生动，所谓空前绝后矣。"俞陛云《唐五代两宋词选释》评云："《孤雁》与《春水》词皆玉田少年擅名之作，晚年无此精湛矣。孔行素称玉田以此词得名，人以'张孤雁'称之。'写不成书'二句，写'孤'字入妙。即怀人之作，亦极缠绵幽渺之思，况咏孤雁。人雁双关，允推绝唱。下阕'伴侣'以下数语，替孤雁着想，沙岸芦花，念其故侣，空际传情，不让唐人'暮雨相呼疾，寒塘欲下迟'之句，借喻人事，亦停云之谊、故剑之思也。结句以双燕相形，别饶风致，且自喻贞操也。"

（五十六）望　海　潮

柳永《望海潮》云："东南形胜，江湖(一作'淏')都会，钱塘自古繁华。烟柳画桥，风帘翠幕，参差十万人家。云树绕堤沙，怒涛卷霜雪，天堑无涯。市列珠玑，户盈罗绮，竞豪奢。　　重湖叠巘清佳，有三秋桂子，十里荷花。羌管弄晴，菱歌泛夜，嬉嬉钓叟莲娃。千骑拥高牙，乘醉听箫鼓，吟赏烟霞。异日图将好景，归去凤池夸。"此词

---

① (宋)周密《绝妙好词》，中华书局1957年版。

双调，一百七字，前段十一句，五平韵，后段十一句，六平韵。此调以此词为正体，后人多照此填词。若句读小异，或押短韵，皆变体。关于此词背景，《鹤林玉露》丙编卷一云："孙何帅钱塘，柳耆卿作《望海潮》词赠之云……此词流播，金主亮闻歌，欣然有慕'三秋桂子、十里荷花'，遂起投鞭渡江之志。近时吴处厚诗云：'谁把杭州曲子讴？荷花十里桂三秋。那知草木无情物，牵动长江万里愁。'余谓此词虽牵动长江之愁，然卒为金主送死之媒，未足恨也。至于荷艳桂香，妆点湖山之清丽，使士夫流连于歌舞嬉游之乐，遂忘中原，是则深可恨耳。因和其诗云：'杀胡快剑是清讴，牛渚依然一片秋。却恨荷花留玉辇，竟忘烟柳汴宫愁。'盖靖康之乱，有题诗于旧京宫墙云：'依依烟柳拂宫墙，宫殿无人春昼长。'"

秦观《望海潮》也很有名："梅英疏淡，冰澌溶泄，东风暗换年华。金谷俊游，铜驼巷陌，新晴细履平沙。长记误随车，正絮翻蝶舞，芳思交加。柳下桃蹊，乱分春色到人家。　　西园夜饮鸣笳，有华镫碍月，飞盖妨花。兰苑未空，行人渐老，重来事事堪嗟。烟暝酒旗斜，但倚楼极目，时见栖鸦。无奈归心，暗随流水到天涯。"此词与柳词同，惟后结略异。"东风暗换年华"一语贯穿全篇，周济《宋四家词选眉批》云："两两相形，以整见动。以两'到'字作眼，点出'换'字精神。"

（五十七）疏　　影

《疏影》又名《绿意》、《解佩环》。一百一十字，前段十句，五仄韵。后段十句，四仄韵。姜夔《疏影》云："苔枝缀玉，有翠禽小小，枝上同宿。客里相逢，篱角黄昏，无言自倚修竹。昭君不惯龙沙远，但暗忆、江南江北。想佩环、月夜归来，化作此花幽独。

犹记深宫旧事，那人正睡里，飞近蛾绿。莫似东风，不管盈盈，早与安排金屋。还教一片随波去，又却怨、玉龙哀曲。等恁时、重觅幽香，已入小窗横幅。"此为姜夔自度曲，此调以此词为正体，其他押韵不同，句读互异者，皆变格。《草堂诗余》正集卷四沈际飞评云："《疏影》云'苔枝缀玉，有翠禽小小，枝上同宿'，皆清空中出意趣，无笔力者难为。"

（五十八）暗　　香

姜夔《暗香》云："旧时月色，算几番照我，梅边吹笛。唤起玉人，不管清寒与攀摘。何逊而今渐老，都忘却、春风词笔。但怪得、竹外疏花，香冷入瑶席。　　江国，正寂寂，叹寄与路遥，夜雪初积。翠尊易泣，红萼无言耿相忆。长记曾携手处，千树压、西湖寒碧。又片片、吹尽也，几时见得。”此词双调，九十七字同，前段九句，五仄韵，后段十句，七仄韵。为姜夔咏梅花的自度曲。

张炎《红情》自序云：“‘疏影暗香’，姜白石为梅著语，因易之曰‘红情绿意’，以荷花荷叶咏之。”词云：“无边香色，记涉江自采，锦机云密。翦翦红衣，学舞波心旧曾识。一见依然似语，流水远、几回空忆。看亭亭、倒影窥妆，玉润露痕湿。　闲立，翠屏侧。爱向人弄芳。背酣斜日。料应太液，三十六宫土花碧。清兴后、风更爽，无数满、汀洲如昔。泛片叶、烟浪里，卧横紫笛。”①此词双调，九十七字，前段九句，五仄韵，后段十句，七仄韵，与姜夔词同。

（五十九）贺　新　郎

《贺新郎》，苏轼词有“乳燕飞华屋”句，名《乳燕飞》；有“晚凉新浴”句，名《贺新凉》；有“风敲竹”句，名《风敲竹》。叶梦得词有“唱金缕”句，名《金缕歌》，又名《金缕曲》，又名《金缕词》。张辑词有“把貂裘换酒长安市”句，名《貂裘换酒》。此调始自苏轼《贺新郎》：“乳燕飞华屋，悄无人、槐阴转午，晚凉新浴。手弄生绡白团扇，扇手一时似玉。渐困倚、孤眠清熟。帘外谁来推绣户，枉教人、梦断瑶台曲。又却是、风敲竹。

石榴半吐红巾蹙，待浮花浪蕊都尽，伴君幽独。秾艳一枝细看取，芳意千重似束。又恐被、秋风惊绿。若待得君来向此，花前对酒不忍触。共粉泪，两簌簌。”此词双调，一百一十五字，前后段各十句，六仄韵。此词特点是先分写人和物，再合写其共同处境。前阕写盛夏（“乳燕飞华屋”）午后（“槐阴转午”），寂悄无人，只有一位“新浴”美人，摇着白色生丝织成的团扇，渐感困倦，倚枕侧卧，独自很香甜地睡着了。突然间不知谁来敲门，打断了她仙游的美梦。醒来一看，什么人也没有，原来是“风敲竹”的声音。这是一幅动态的（“新浴”、“孤眠”、“梦断”）美人图。下阕前半是石榴独芳图，石榴花真是多情，她在“浮花浪蕊都尽”即万花均谢的时节，以她那好像折皱了的红巾一样的花朵和紧紧束在一起的千重芳心来“伴君幽独”。“半吐红巾蹙”，“芳心千重似束”，简直把石榴花写活了。最后是一幅美人、石榴的合图，以秋风起，榴花凋谢而只剩绿叶，喻美人怕年华易逝而容颜渐老。她们同病相怜，美人来到石榴花前饮酒却无心饮酒，只有美人的盈盈粉泪和石榴的片片落花一起簌簌坠地而已。胡仔《苕溪渔隐丛话》后集卷三九认为：“东坡此词，冠绝古今，托意高远。”说这首词“冠绝古今”或许有些过誉，说它“托意高远”却是事实。这首词写于何时，难以确考。《宋六十名家词》

① （宋）张炎《山中白云词》卷六，文渊阁四库全书本。

说作于苏轼"倅杭日",那就是写于熙宁年间任杭州通判时。《古今词话》说作于"苏子瞻守钱塘"时,那就是作于元祐年间任杭州知州时。前一次是因为受新党的排挤而出任杭州通判,后一次是因受旧党的排挤而出任杭州知州。而无论哪一次,苏轼的处境可说都与美人、石榴的处境相似,他是在借物抒愤,抒发他那被西风摧残而怀才不遇的苦闷。黄氏《蓼园词评・贺新郎(乳燕飞华屋)》评云:"前一阕,是写所居之幽僻。次阕,又借榴花,以比此心蕴结,未获达于朝廷,又恐其年已老也。末四句,是花是人,婉曲缠绵,耐人寻味不尽。"又引沈际飞曰:"本咏夏景,至换头,单说榴花。高手作文,语意到处即为之,不当限以绳墨。"

辛弃疾的《贺新郎・别茂嘉十二弟》也很有名:"绿树听鹈鴂,更那堪、鹧鸪声住,杜鹃声切。啼到春归无寻处,苦恨芳菲都歇。算未抵、人间离别。马上琵琶关塞黑,更长门、翠辇辞金阙。看燕燕、送归妾。　　将军百战身名烈,向河梁、回头万里,故人长绝。易水萧萧西风冷,满座衣冠似雪。正壮士、悲歌未彻。啼鸟还知如许恨,料不啼清泪长啼血。谁共我、醉明月。"陈模《怀古录》卷中云:"此词尽集许多怨事,全与李太白《拟恨赋》手段相似。"《宋四家词选》周济评云:"(上片)北都旧恨。(下片)南渡新恨。"《白雨斋词话》卷一云:"稼轩词,自以《贺新郎》(别茂嘉十二弟)一篇为冠,沉郁苍凉,跳跃动荡,古今无此笔力。"《人间词话删稿》云:"稼轩《贺新郎》词送茂嘉十二弟,章法绝妙。且语语有境界,此能品而几于神者。然非有意为之,故后人不能学也。"俞陛云《唐五代两宋词选释》评云:"首三句既言鹈鴂,又言杜鹃。按鹈鴂与杜鹃实两种,见《离骚补注》。上阕叙送别,春归可伤,而别离尤苦,乃透进一层写法。观'关塞'、'金阙'句,盖其弟奉使北庭。下阕因送弟,联想及当年上将专征,出师未捷,声情悲壮,但不知所指何人。谢枋得云:'(稼轩)精忠大义,不在张忠献(浚)、岳武穆(飞)下。'南宋初长驱北伐者,以武穆为最烈,'将军百战'六句,殆为岳家军而发,有袍泽同仇之感耶?'啼鸟'二句回应起笔,词极沉痛。歇拍二句归到送弟,章法完密。"

(六十) 摸　鱼　儿

《摸鱼儿》又名《买陂塘》、《迈陂塘》、《陂塘柳》、《山鬼谣》、《双蕖怨》。此词以晁补之《摸鱼儿》(买陂塘、旋栽杨柳)、辛弃疾《摸鱼儿》(更能消、几番风雨)、张炎《摸鱼儿》(爱吾庐、傍湖千顷)三词为正体,因字数、平仄、押韵之别,实分九体。其中以辛弃疾《摸鱼儿》最有名:"更能消、几番风雨,匆匆春又归去。惜春长怕花开早,何况落红无数。春且住,见说道、天涯芳草无归路。怨春不语,算只有殷勤,画檐蛛网,尽日惹飞絮。　　长门事,准拟佳期又误。蛾眉曾有人妒,千金纵买相如赋,脉脉此情谁诉。

君莫舞，君不见、玉环飞燕皆尘土。闲愁最苦，休去倚危阑，斜阳正在，烟柳断肠处。”双调，一百一十六字，前段十句，七仄韵，后段十一句，七仄韵。这是一首惜春词，张侃《跋拣词》云：“康伯可《曲游春》词头句云：‘脸薄难藏泪，恨柳风不与，吹断行色。’惜别之意已尽。辛幼安《摸鱼儿》词头句云：‘更能消几番风雨，匆匆春又归去。’惜春之意亦尽。二公才调绝人，不被腔律拘缚。至‘但掩袖，转面啼红，无言应得’与‘闲愁最苦，休去倚危栏，斜阳正在，烟柳断肠处’，其惜别惜春之意愈无穷。”①《鹤林玉露》甲编卷一云：“词意殊怨。‘斜阳’、‘烟柳’之句，其与‘未须愁日暮，天际乍轻阴’者异矣。使在汉唐时，宁不贾种豆种桃之祸哉！愚闻寿皇见此词，颇不悦。然终不加罪，可谓至德也已。”刘熙载《艺概》卷四云：“无咎词堂庑颇大，人知辛稼轩《摸鱼儿》‘更能消、几番风雨’一阕，为后来名家所竞效。其实辛词所本，即无咎《摸鱼儿》‘买陂塘、旋栽杨柳’之波澜也。”《白雨斋词话》卷一云：“稼轩‘更能消几番风雨’一章，词意殊怨。然姿态飞动，极沉郁顿挫之致。起处‘更能消’三字，是从千回万转后倒折出来，真是有力如虎。”卷三又称其“为古今杰作”。梁启超评云：“回肠荡气，至于此极。前无古人，后无来者。”②俞陛云《唐五代两宋词选释》评云：“幼安自负天下才，今薄宦流转，乃借晚春以寄慨。上阕笔势动荡，留春不住，深惜其归，但芳草天涯，春去苦无归处，见英雄无用武之地。蛛网罥花，隐寓同官多情，为置酒少留之意。当其在理宗朝曾拥节钺，后之奉身而退，殆有谗扼之者，故上阕写不平之气。下阕‘蛾眉曾有人妒’更明言之：玉环飞燕，皆归尘土，则妒人者果何益耶？结句斜阳肠断，无限牢愁，即以词句论，亦绝妙之语。”

（六十一）兰　陵　王

秦观《兰陵王》（雨初歇）三段一百三十一字同，前段十句，六仄韵；中段八句，五仄韵；后段九句，六仄韵。《御定词谱》卷三七云：“此调始于此词，应以此词为定格。但后段结句作七字句，宋人无如此填者，故以周词作谱。”周邦彦《兰陵王》云：“柳阴直，烟里丝丝弄碧。隋堤上，曾见几番，拂水飘绵送行色。登临望故国，谁惜，京华倦客。长亭路，年去岁来，应折柔条过千尺。　闲寻旧踪迹，又酒趁哀弦，镫照离席。梨花榆火催寒食，愁一箭风快，半篙波暖，回首迢递便数驿，望人在天北。　凄恻，恨堆积。渐别浦萦回，津堠岑寂，斜阳冉冉春无极。念月榭携手，露桥吹笛，沉思前事，似

① （宋）张侃《张氏拙轩集》卷五，四库全书本。

② 梁令娴《艺衡馆词选》，广东人民出版社1981年版。

梦里,泪暗滴。”此调以此词为正体,宋、元人俱如此填。三段,一百三十字(较秦观词少一字),前段十句,七仄韵;中段八句,五仄韵;后段十句,六仄韵。谭献云:“已是磨杵成针手段,用笔欲落不落。此类喷醒,非玉田所知。‘斜阳’七字,微吟千百遍,当入三昧,出三昧。”①

(六十二)六　丑

周邦彦《六丑》云:“正单衣试酒,怅客里、光阴虚掷。愿春暂留,春归如过翼,一去无迹。为问家何在,夜来风雨,葬楚宫倾国。钗钿堕处遗香泽,乱点桃蹊,轻翻柳陌。多情更谁追惜,但蜂媒蝶使,时叩窗槅。　　东园岑寂,渐朦胧暗碧。静绕珍丛底,成叹息。长条故惹行客,似牵衣待话,别情无极。残英小、强簪巾帻。终不似、一朵钗头颤袅,向人欹侧。漂流处、莫趁潮汐。恐断鸿、尚有相思字,何由见得。”此调以此词为正体,双调,一百四十字,前段十四句,八仄韵;后段十三句,九仄韵。他词句读不同,皆变体。周济《宋四家词选眉批》云:“(‘愿春暂留’三句)十三字千回百折,千锤百炼,以下如鹏羽自逝。”又云:“不说人惜花,却说花恋人,不从无花惜春,却从有花惜春,不惜已簪之残英,偏惜欲去之断红。”

(六十三)六州歌头

贺铸《六州歌头》云:“少年侠气,交结五都雄。肝胆洞,毛发耸,立谈中,死生同,一诺千金重。推翘勇,矜豪纵,轻盖拥,联飞鞚,斗城东。轰饮酒垆。春色浮寒瓮,吸海垂虹。间呼鹰嗾犬,白羽摘雕弓。狡穴俄空,乐匆匆。　　似黄粱梦,辞丹凤。明月共,漾孤篷。官冗从,怀倥偬,落尘笼,簿书丛。鹖弁如云众。供麁用,忽奇功。笳鼓动,渔阳弄,思悲翁。不请长缨,系取天骄众。剑吼西风,恨登山临水,手寄七弦桐,目逆归鸿。”此调平仄互叶,当以此词为定体。双调,一百四十三字,前段十九句,八平韵,八叶韵;后段二十句,八平韵,十叶韵。

(六十四)戚　氏

《戚氏》又名《梦游仙》。此调作者甚少,可平可仄。柳永《戚氏》(晚秋天,一霎微

---

① (清)谭献《复堂词话·评周邦彦词》,词话丛编本。

雨洒庭轩),三段,二百十二字,前段十五句,九平韵;中段十二句,六平韵;后段十六句,六平韵,两叶韵。苏轼《戚氏》云:"玉龟山,东皇灵姥统群仙。绛阙岧峣,翠房深回,倚霏烟。幽闲,志萧然。金城千里锁婵娟。当时穆满(周穆王)巡狩,翠华曾到海西边。风露明霁,鲛波极目,势浮舆盖方圆。正迢迢丽日,元圃清寂,琼草芊绵。
争解绣勒香鞯,鸾辂驻跸,八马戏芝田。瑶池近、画楼隐隐,翠鸟翩翩。肆华筵,间作脆管鸣弦,宛若帝所钧天。稚颜皓齿,绿发方瞳,圆极恬淡高妍。　　尽倒琼壶酒,献金鼎药,固大椿年(长寿年)。缥缈飞琼妙舞,命双成奏曲醉留连。云璈韵响泻寒泉,浩歌畅饮,斜月低河汉。渐绮霞、云际红深浅。动归思、回首尘寰。烂漫游、玉辇东还。杏花风、数里响鸣鞭。望长安路,依稀柳色,翠点春妍。"此词咏穆天子的神话故事,作于元祐末苏轼知定州时。关于此词背景,李之仪《跋戚氏》云:"中山控北敌,为天下重镇,异时选寄,皆一时人物。然轻裘缓带,折冲樽俎,韩忠献、宋景文公而已。元祐末,东坡老人自礼部尚书,以端明殿学士加翰林院侍读学士,为定州安抚使。开府延辟,多取其气类,故之仪以门生从辟,而蜀人孙子发实相与俱。于是海陵滕兴公、温陵曾仲锡为定倅,五人者每辨色会于公厅,领所事竟,按前所约之地,穷日力,尽欢而罢。或夜,则以晚角动为期。方从容醉笑间,多令官妓随意歌于坐侧,各因其谱,即席赋咏。一日,歌者辄于老人之侧作《戚氏》,意将索老人之才于仓卒,以验天下之所向慕者。老人笑而颔之,邂逅方论穆天子事,颇谪其虚诞,遂资以应之。随声随写,歌竟篇就,才点定五六字尔。坐中随声击节,终席不间他辞,亦不容别进一语。临分曰:'足以为中山一时盛事,前固莫与比,而后来者未必能继也。'方图刻石以表之,而谪去,宾客皆分散。"元好问云:"《玉龟山》一篇,予谓非东坡不能作。"①

(六十五)莺　啼　序

《莺啼序》又名《丰乐楼》。《御定词谱》云:"字数最长者惟此调,舛错不合者亦惟此调。又因作者甚寡,故难于考正。今细加拟议,但据所传数篇折衷酌定,庶有所遵守。"吴文英《莺啼序》云:"残寒正欺病酒,掩沉香绣户,燕来晚、飞入西城,似说春事迟暮。画船载,清明过却,晴烟冉冉吴宫树。念羁情游荡,随风化为轻絮。　　十载西湖,傍柳系马,趁娇尘软雾。遡红渐、招入仙溪,锦儿偷寄幽素。倚银屏、春宽梦窄,断红湿、歌纨金缕。暝堤空、轻把斜阳,总还鸥鹭。　　幽兰旋老,杜若还生,水乡尚寄旅。别后访、六桥无信,事往花萎,瘗玉埋香,几番风雨。长波妒盼,遥山羞黛,渔镫分

① (清)张金吾《金文最》卷四二《东坡乐府集选序》,中华书局1990年版。

影春江宿。记当时、短楫桃根渡，青楼仿佛，临分败壁题诗，泪墨惨淡尘土。　危亭望极，草色天涯，叹鬓侵半苎。暗点检、离痕欢唾，尚染鲛绡，亸凤迷归，破鸾慵舞。殷勤待写，书中长恨，蓝霞辽海沉过雁，漫相思、弹入哀筝柱。伤心千里江南，怨曲重招，断魂在否?”此调字数最多，以此词为正体。吴文英三首皆然，四段，二百四十字。第一段八句，四仄韵；第二段十句，四仄韵；第三段十四句，四仄韵；第四段十四句，五仄韵。据传吴文英在苏州有一妓，后遣去；在杭州有一妓，后亡殁，“别后访、六桥无信，事往花萎，瘗玉埋香，几番风雨”；“伤心千里江南，怨曲重招，断魂在否”，即咏此事。陈廷焯《白雨斋词话》称此词“全篇精粹，空绝千古”。

第八章　散 曲 分 体

第一节　曲 体 概 述

（一）曲之源起及南、北曲之别

诗、词、曲是中国诗歌发展的三个阶段或三种形态。诗、词、曲最初都是配乐的，是与音乐紧密结合的。

《尚书·舜典》云："诗言志，歌永言，声依永，律和声。八音克谐，无相夺伦，神人以和。"作为诗体之一的乐府更是用以歌唱的，任昉《文章缘起》云："乐府，古诗也。"一般认为乐府为汉武帝所立，明陈懋仁注《文章缘起》说："乐府之立，不起于武帝……秦始皇坑（儒）焚（书）后，亦使博士为《仙真人诗》。及行所游天下，令乐人歌弦之，似亦乐府。"

词产生于隋之燕乐，唐代导其流，五代扬其波，至宋代而大盛。宋人王灼《碧鸡漫志》卷一《歌曲所起》云："或问歌曲所起，曰天地始著，人生焉。人莫不有心，此歌曲所以起也……盖隋以来，今之所谓曲子者（此指词）渐兴，至唐稍盛，今则繁声淫奏殆不可数。古歌变为古乐府，古乐府变今曲子，其本一也。"张表臣《珊瑚钩诗话》卷三云："声音杂比，高下短长谓之曲。"

词为诗之余，曲又为词之余。《三百篇》实为诗之滥觞，一变而为乐府，再变而为词，三变而为曲。当为乐府之时，《三百篇》之音已不传；当为词之时，虽亦称为乐府，而古乐府之音亦不传；曲盛行于元时，词之音亦已不传。操觚之士，但填文辞，而由梨园歌师习传其唱腔。在元代，"元曲"取得了类似"唐诗"、"宋词"的地位，是当时最流行的诗体。吴讷《文章辨体序说·近代词曲》云："按《歌曲源流》云：'自古音乐废后，郑卫靡漫之声杂然并出。至唐开元、天宝中，熏染成俗，于时才士始依乐工按拍之声，被之以辞，其句之长短，各随曲而度。于是古昔声依永之理愈失矣。'又按致堂胡先生（寅）曰：'近世歌曲，以曲尽人情而得名。故文章豪放之士，鲜不寓意于此……窃尝思之，凡文辞之有韵者皆可歌也。第时有升降，故言有雅俗，调有古今尔。昔在童稚时，获侍先生长者，见其酒酣兴发，多依腔填词以歌之。歌毕顾谓幼稚者曰：此宋代慢词也，当时大儒皆所不废。今间见《草堂诗余》，自元世套数诸曲盛行，斯音日微矣。'"王世贞《艺苑卮言》论北曲的形成云："曲者，词之变，自金元入主中原，所用胡乐，嘈杂凄紧，缓急之间，词不能按，乃更为新声以媚之。而诸君如贯酸斋（云石）、马东篱（致远）、王实甫、关汉卿、张可久、乔梦符、郑德辉、宫大用、白仁甫（朴）辈，咸富有才情，兼喜声律，以故遂擅一代之长。"①故曲又名乐府、新乐府、今乐府、北乐府，这就是诗、词、曲演变的大体过程。但词、曲常常混称，现在所谓词，唐代叫曲，唐崔令钦《教坊记》所录曲名即为词名；现在所谓曲，元、明又叫词，周德清《中原音韵》所谓曲都是指词，明人徐渭《南词叙录》所说的南词也是指曲。因此，在论词、曲异同时，首先应确定前人所说的词、曲是否指宋词之词与元曲之曲。

南、北曲形成于宋、元之际，王国维《宋元戏曲考・宋之滑稽戏》说："宋、元之际，始有南曲、北曲之分。"又《南戏之渊源及时代》说："南戏之渊源于宋，殆无可疑。至何时进步至此，则无可考。吾辈所知，但元季既有此种南戏耳。然其渊源所自，或反古于元杂剧。"王世贞《艺苑卮言》又论南曲的形成云："但大江以北渐染北语，时时采入，而沈约四声遂阙其一。东南之士未尽顾曲之周郎（瑜）；逢掖之间，又稀辨挝之王应②。稍稍复变新体，号为南曲，高拭则成，遂掩前后。"

曲有南、北曲之别，一是所用乐器不同，北曲以弦索（一种类似琵琶而略小的乐器）伴奏，南曲以箫管伴奏，以鼓板定其节拍。沈德符云："老乐工云：'凡学唱从弦索入者，遇清唱则字窒而喉劣。'此亦至言。今学南曲者亦然，初按板时即以箫管为辅，则其正音反为所遏。久而习成，遂如蛩駏相倚，不可暂撇。若单喉独唱，非音律长短而不谐，则腔调务持而走板，盖由初入门时不能尽其才也。曾见一二大家歌姬辈，甫启朱唇即有箫管夹其左右，好腔妙啭反被拖带不能施展，此乃以邯郸细步行荆榛泞泥中，欲如古所云高不揭，低不咽，难矣。若吾辈知音者，稍待学唱将成，即取其中一二人教以箫管，既谙疾徐之节，且助传换之劳，宛转高低无不如意矣。今有以吹、唱两师并教者尤舛。"又引南教坊顿仁云："南曲箫、管，谓之唱调，不入弦索，不可入谱"；"弦索九宫""皆有定制；若南九宫，无定则可依。"沈德符称"此说真不易之论，今吴下皆以三弦合南曲，而又以箫、管叶之，此唐人所云'锦袄上着蓑衣'，金粟道人《小像诗》所云'儒衣、僧帽、道人鞋'也。箫、管可入北词，而弦索不入南词，盖南曲不仗弦索为节奏

① （明）王世贞《弇州四部稿》卷一五三，文渊阁四库全书本。

② 指孔融荐祢衡于曹操，衡善击鼓，乃召为鼓史。

也。况北词中亦有不叶弦索者，如郑德辉、王实甫间亦不免，今人一例通用，遂入笑海。”①

二是风格不同，《艺苑卮言》附录一论南、北曲之别云：“大抵北主劲切雄丽，南主清峭柔远。虽本才情，务谐俚俗，譬之同一师承，而顿渐分教，俱为国臣，而文武异科。今谈曲者往往合而举之，良可笑也。凡曲北字多而调促，促处见筋；南字少而调缓，缓处见眼。北则辞情多而声情少，南则辞情少而声情多。北力在弦，南力在板。北宜和歌，南宜独奏。北气易粗，南气易弱。此吾论曲三昧。”魏良辅《曲律》论南、北曲之别云：“北曲以遒劲为主，而南曲以宛转为主，各有不同。至于北曲之弦索，南曲之鼓板，犹方圆之必资于规矩，其归重一也。故唱北曲而精于《呆骨架》，《村里迓鼓》、《胡十拍》，南曲而精于《二郎神》、《香遍满》、《集贤宾》、《莺啼序》，如打破两重禅关，余皆迎刃而解矣。”又云：“北曲与南曲大相悬绝，有磨调、弦索调之分。北曲字多而调促，促处见筋，故词情多而声情少。南曲字少而调缓，缓处见眼，故词情少而声情多。北力在弦索，宜和歌，故气易粗。南力在磨调，宜独奏，故气易弱。近有弦索唱作磨调，又有南曲配入弦索，诚为方底圆盖，亦以坐中无周郎耳。”②清魏际瑞论南、北曲之异同云：“南曲如抽丝，北曲如轮枪；南曲如南风，北曲如北风；南曲如酒，北曲如水；南曲如六朝，北曲如汉魏；南曲自然者，如美人淡妆素服，文士羽扇纶巾；北曲自然者，如老僧世情物价，老农晴雨桑麻；南曲情联，北曲势断；南曲圆滑，北曲劲涩；南曲柳颤花摇，北曲水落石出；南曲如珠落玉盘，北曲如金戈铁马。若贵坚重，贱轻浮，尚精紧，卑流荡，喜干净，厌烦碎，爱老成，黜柔弱，取大方，弃鄙巧，求蕴藉，忌粗率，则南北所同也。北曲步步拆高，南曲层层转落；北曲枯折见媚，南曲宛转归正；北曲似粗而深厚，南曲似柔而筋节；北曲似生似呆，南曲贵温贵雅。北白或过文，或眼目，或案断，南白有穿插，有挑拨，有埋伏；北白冗则极冗，简则极简，南白停匀而已。作诗，题难于诗；作曲，白难于曲。”③

曲有散曲、杂剧、传奇之别。杂剧、传奇是戏剧，是带有科白、曲调（曲）的歌剧（详下章），散曲是金元时代的新兴歌曲，是当时流行的民间小调，叫清唱，没有科白，只有曲调，接近于词，是诗之一体，与杂剧、传奇属不同体裁。魏良辅《曲律》云：“清唱，俗语谓之冷板凳，不比戏场借锣鼓之势。全要闲雅整肃，清俊温润。其有专于摩拟腔调而不顾板眼，又有专主板眼而不审腔调，二者病则一般。惟腔与板两工者，乃为上乘。

① （明）沈德符《顾曲杂言》，文渊阁四库全书本。

② 《中国古典戏曲论著集成》本，中国戏剧出版社 1959 年版。

③ （清）魏际瑞《伯子论文》，道光十三年昭代丛书本。

至如面上发红，喉间筋露，摇头摆足，起立不常，此自关人器品，虽无与于曲之工拙，然能成此，方为尽善。”

（二）词、曲之别

曲有小令、套数之别。词从字数多少上分为小令、中调、长调三类，或从音乐上分为令、引、近、慢。这两种分法本来不同，后人不察，往往混为一谈，认为令即小令，引、近即中调，慢即长调。曲与词的分体分类不同，分为小令与套数。小令指散曲中与套数相对的单调（一个曲牌），又叫单曲、只曲。套数又叫散套，是联用同一宫调的多个曲调（曲牌）组成的一套散曲。杂剧、传奇都是套数，没有小令；散曲有小令也有套数。词也有小令，但词与曲的小令不尽相同。词之小令是指调短字少之词，并非词之一体；曲之小令是指与套数相对而言的只曲、单曲，是与套数并列的曲之一体。词之小令是分阕（片、遍、段）的，散曲的小令不分阕，都是单调。有三分之一的曲牌名就是词牌名，句式结构也大体相同，甚至完全相同，只是不分阕，或截词的小令的上下阕之一，或合其上下阕为一而成曲牌。陆游词《风入松》即分为上、下两阕，上、下阕结构全同：

十年裘马锦江滨，酒隐红尘。万金选胜莺花海，倚疏狂驱使青春。吹笛鱼龙尽出，题诗风月俱新。　　自怜华发满纱巾，犹是官身。凤楼常记当年语，问浮名何似身亲。欲寄吴笺说与，这回真个闲人。

周德清《中原音韵》卷下收马致远《风入松》曲，与陆词结构就不同：

眼前红日又西斜，疾似下坡车。晓来清镜添白雪，上床和鞋履相别。莫笑鸠巢计拙，葫芦提一恁妆呆。

散曲虽为词之余，虽同为诗之一体，但与词有同更有异。就音乐言，二者皆须按谱填词；就体裁言，二者都是长短句。因此，曲与词在本质上没有什么不同，的确是词曲同体。但“曲者，词之变”，那么曲比之词，究竟有哪些变化，有哪些不同呢？

第一，就体裁论，曲调比词调更为自由，篇无定句，句无定字。词的字数是固定的，而曲的字数不固定，可加衬字；有些曲甚至可以增句，连句数也不固定。

第二，曲体同其他文体一样，不仅指体裁，也兼指风格。就风格论，词有雅词、俗词之分，曲也有雅曲、俗曲之分。但曲比词更俗，曲属俗文学，唱曲与说书、杂剧一样，是金、元时期通俗文学之一，语言多为当时的白话文。明朱权从风格方面论及多种曲体："丹丘体：豪放不羁。宗匠体：词林老作之词。黄冠体：神游广漠，寄情太虚，有飡霞服日之思，名曰'道情'。承安体：华观伟丽，过于佚乐。承安，金章宗正朔。盛元体：快然有雍熙之治，字句皆无忌惮，又曰'不讳体'。江东体：端谨严密。西江体：文彩焕然，风流儒雅。东吴体：清丽华巧，浮而且艳。淮南体：气劲趣高。玉堂体：公平正大。草堂体：志在泉石。楚江体：屈抑不伸，摅衷诉志。香奁体：裙裾脂粉。骚人体：嘲讥戏谑。俳优体：诡喻婬虐，即'婬词'。"①

第三，就音韵论，词韵大体依据诗韵，有平上去入四声。曲则另立韵部，没有入声，入声分别归入平上去三声中。一般以周德清《中原音韵》为准。周德清字挺斋，高安（今属江西）人，元代戏曲家，善音律，兼长南北曲，因不满世之泥古非今，不达时变者众，呼吸之间，动引《广韵》为证，乃据当时北曲用韵的实际情况，于泰定元年（1324）撰《中原音韵》，前为北音韵谱，共分十九韵，一东钟，二江阳，三支思，四齐微，五鱼模，六皆来，七真文，八寒山，九桓欢，十先天，十一萧豪，十二歌戈，十三家麻，十四车遮，十五庚青，十六尤侯，十七侵寻，十八盐咸，十九廉纤，全据北曲而作，开音韵学之一派，成为后世散曲、戏曲（包括杂剧、南戏）创作用韵的准绳，影响颇大。《四库全书》所收《御定曲谱》根据其后情况略有变化，卷一至卷四为北曲，含黄钟宫（二十四调）、正宫（二十五调）、大石调（二十一调）、小石调（五调）、仙吕宫（四十一调）、中吕宫（三十二调）、南吕宫（二十一调）、双调（一百调）、越调（三十五调）、商调（十六调）、商角调（六调）、般涉调（八调）。卷五至卷一二为南曲，含仙吕宫（引子十六、过曲七十八、慢词六、近词四）、羽调（近词十、仙吕羽调尾声总论）、正宫（引子十二、过曲五十九、慢词二、近词二、尾声总论）、大石调（引子五、过曲九、慢词三、近词一、尾声总论）、中吕宫（引子十二、过曲六十六、慢词五、近词七、尾声总论）、般涉调（慢词一）、南吕宫（引子二十五、过曲九十四、慢词三、近词四、尾声总论）、黄钟宫（引子十一、过曲四十五、尾声总论）、越调（引子七、过曲五十七、慢词一、近词四、尾声总论）、商调（引子十、过曲五十二、慢词五、近词一、尾声总论）、小石凋、双调（引子二十四、过曲十二、慢词二、近词三）、仙吕入双调（过曲一百二、双调仙入双尾声总论）。末附失宫犯调（引子八，过曲四十二）。《四库全书·御定曲谱》提要云："是编详列宫调，首卷载诸家论说及九宫谱定论，一卷至四卷为北曲，五卷至十二卷为南曲，而以失宫犯调诸曲附于末卷。谱中分注孰为句，孰为韵，又每字并注四声于旁，其入声字或宜作平、作上、作去者亦皆

---

① （明）朱权《太和正音谱》卷上，《中国古典戏曲论著集成》本。

详注，一展卷而可得收声归韵之法，其所采辞章并于诸家传奇中择其语意雅驯者，而于旧谱讹字间附考订于后。乐贵人声，是编固审音考律之一端也。”但此书太繁，元周德清《中原音韵》卷下收小令四十首，套数仅收有一首，数量适中，又是元人所撰，故下据此书举例，凡未专门注明出处者，皆见此书。周德清多有评语，并录之，间附以己意。一般未署作者，明徐伯龄《蟫精隽》卷七所题为“挺斋（周德清）妙选”，作者未必就是选者。能查到作者的，皆分别标明。下面先举小令，再举套数。

第二节 主要曲牌举例

唐及北宋词，只有词牌，很少有词题，更少有词序以阐明词旨及其背景。词题和词序虽在北宋已有，但在南宋才多起来，姜夔词有大量词序，本身就是优美的散文。散曲除曲牌、曲题（少数也有序）外，还有表示调高的宫调。为示区别，下面以【】代表宫调，以〖〗代表曲牌，以《》代表曲题。

（一）寄生草

【仙吕】〖寄生草〗《饮》：“长醉后，方何碍。不醉时，有甚思。糟腌两个功名字，醅渰千古兴亡事，曲埋万丈虹蜺志。不达时皆笑屈原非，但知音尽说陶潜是。”评曰：“命意造语下字俱好，最是‘陶’字属阳协音，若以‘渊明’字，则‘渊’字唱作‘元’字，盖‘渊’字属阴。‘有甚’二字上去声，‘尽说’二字去上声，更妙。‘虹蜺志’、‘陶潜’是务头也。”所谓“务头”，是指曲中最紧要或最精彩动听的语句，或指曲中平、上、去三声联串之处。王骥德认为务头是“调中最紧要句字，凡曲遇揭起其音，而宛转其调，如俗之所谓‘做腔’处，每调或一句，或二三句，每句或一字，或二三字，即是‘务头’”。①

（二）醉中天

【仙吕】〖醉中天〗：“疑是杨妃在，怎脱马嵬灾。曾与明皇捧砚来。美脸风流杀，叵耐挥毫李白，觑着娇态，洒松烟点破桃腮。”评曰：“体咏最难，音律调畅。‘捧砚’、‘点破’，俱是上去声妙。第四句末句是务头。”

① （明）王骥德《曲律·论务头》，中国戏剧出版社1959年版。

(三)醉 扶 归

【仙吕】〖醉扶归〗《秃指甲》:“十指如枯笋,和袖捧金樽。掐杀银筝字不真,揉痒天生钝,纵有相思泪痕,索把拳头揾。”评曰:“‘笋’字若得去声字,‘好’字,‘不二’字去上声,便不及前词音律,余无玼。第四句末句是务头。”

(四)雁 儿

【仙吕】〖雁儿〗:“你有出世超凡神仙分,一抹绦,九阳巾,君做个真人。”评曰:“此调极罕,伯牙琴也。妙在‘君’字属阴。”

(五)一 半 儿

【仙吕】〖一半儿〗《春妆》(陈克明):“自将杨柳品题人,笑捻花枝比较春,输与海棠三四分。再偷匀,一半儿胭脂。一半儿粉。”评曰:“一样八首,临川陈克明所作俊词也。此调作者虽众,音律独先。”王世贞《艺苑卮言》附录一亦称之为“情中冶语”。

(六)金 盏 儿

【仙吕】〖金盏儿〗《岳阳楼》:“据胡床,对潇湘,黄鹤送酒仙人唱,主人无量醉何妨。若卷帘邀皓月,胜开宴出红妆。但一樽留墨客,是两处梦黄粮。”评曰:“此是岳阳楼头折中词也。妙在七字‘黄鹤送酒仙人唱’,俊语也。况‘酒’字上声,以转其音。务头在其上也。有不识文义,以‘送’为赍送之义,言黄鹤岂能送酒乎,改为‘对舞’,殊不知黄鹤事,仙人用榴皮画鹤一只以报酒家,客饮,抚掌则所画黄鹤舞以送酒。初无双鹤,岂能对舞?且失饮酒之意。‘送’者如‘吴姬压酒’之谓。甚矣,俗士不可医也。”

(七)迎 仙 客

【中吕】〖迎仙客〗《登楼》:“雕檐红日低,画栋彩云飞,十二玉阑天外倚。望中原,思故国,感慨伤悲,一片乡心碎。”评曰:“妙在‘倚’字,上声起音,一篇之中,唱此一字,况务头在其上。‘原’、‘思’字属阴,‘感慨’上去,尤妙。〖迎仙客〗累百,无此调也。美哉，德辉之才，名不虚传。”

（八）朝　天　子

【中吕】〖朝天子〗《庐山》：“早霞，晚霞，妆点庐山画。仙翁何处炼丹砂？一缕白云下。客去斋余，人来茶罢。叹浮生，指落花，楚家，汉家，做了渔樵话。”

（九）红　绣　鞋

【中吕】〖红绣鞋〗《隐士》：“叹孔子尝闻俎豆，羡严陵不事王侯。百尺云帆洞庭秋，醉呼元亮酒，懒上仲宣楼，功名不挂口。”评曰：“二词对偶、音律、语句、平仄俱好。前词务头在‘人’字后，后词妙在‘口’字，上声。务头在其上。知音杰作也。”

（十）普　天　乐

【中吕】〖普天乐〗《别友》：“浙江秋，吴山夜，愁随潮去，恨与山叠。鸿雁来，芙蓉谢，冷雨青灯读书舍，怕离别又早离别。今宵醉也，明朝去也，留恋些些。”评曰：“妙在‘芙’字属阳，取务头、造语、音律、对偶、平仄皆好。看他用‘叠’字与‘别’字，俱是入声作平声字，下得妥贴，可敬。‘冷雨’二字，去上为上，平上、上上、上去次之，去去属下着。‘读书舍’方是别友也。又第八句是务头。‘也’字上声，妙！”

（十一）喜　春　来

【中吕】〖喜春来〗《春思》：“闲花酝酿蜂儿蜜，细雨调和燕子泥。绿窗蝶梦觉来迟，谁唤起，帘外晓莺啼。”评曰：“‘调’字‘迟’字俱属阳，妙！‘蜜’字去声，好！切不可上声，但要‘唤’字去声。‘起’字，平、上皆可。”《御定词谱》作周德清曲。

（十二）满　庭　芳

【中吕】〖满庭芳〗《春晚》：“知音到此，舞雩点也，修禊羲之。海棠春已无多事，雨洗胭脂。谁感慨兰亭古纸，自沉吟桃扇新词。急管催银字，哀弦玉指，忙过了赏花时。”评曰：“此一词但取其平仄，庶几。若‘此’字是平声，属第二着。喜‘羲’字属阴，妙。可惜第四第五句，上下失粘。妙在‘纸’字上声起音，‘扇’字去声取务头。若是‘纸’字平声，属第二着；‘扇’字上声，止可作《折桂令》中一对。多了‘急管’二字，不成调，得一意结之方好。吁！今之乐府难而又难，为格之词不多见也。”

（十三）十二月尧民歌

【中吕】〖十二月尧民歌〗《别情》：“自别后遥山隐隐，更那堪远水粼粼。见杨柳飞绵滚滚，对桃花醉脸醺醺。透内阁香风阵阵，掩重门暮雨纷纷。怕黄昏不觉又黄昏，不销魂怎地不销魂。新啼痕压旧啼痕，断肠人忆断肠人。今春，香肌瘦几分？缕带宽三寸。”评曰：“对偶、音律、平仄、语句皆妙。务头在后词起句。”“遥山隐隐”、“远水粼粼”、“飞绵滚滚”写景，“醉脸醺醺”、“香风阵阵”写人，而“掩重门”以下集中抒写别情，特别是“新啼痕压旧啼痕，断肠人忆断肠人”数句。

（十四）四　边　净

【中吕】〖四边净〗《西厢》：“今宵欢庆，软弱莺莺可曾惯经，款款轻轻，灯下交鸳颈。端详着可憎，好杀无干净。”评曰：“务头在第二句及尾。‘可曾’，俊语也。”

（十五）醉　高　歌

【中吕】〖醉高歌〗《感怀》：“十年燕市歌声，几点吴霜鬓影。西风吹老鲈鱼兴，晚节桑榆暮景。”评曰：“妙在‘点’、‘节’二字，上声起音。务头在第二句及尾。”杨慎《升庵集》卷六一作姚燧（牧庵）词：“姚牧庵《醉高歌》词云：‘十年燕月歌声……’又：‘荣枯枕上三更，傀儡场中四并。人生幻化如泡影，几个临危自省？’”并评云：“牧庵一代文章巨公，此词高古，不减东坡、稼轩也。”明陈耀文《花草粹编》卷六，《御选历代诗余》卷一一九，《御定词谱》卷八皆题姚燧作。

（十六）四　瑰　玉

【南吕】〖四瑰玉〗：“买笑金，缠头锦，得遇知音可人心。怕逢狂客天生沁，纽死鹤，劈碎琴，不害碜。”评曰：“‘缠’字属阳，妙！对偶、音调俱好，词也可宗。务头在第二句及尾。”

(十七)骂玉郎 感皇恩 采茶歌

【南吕】〖骂玉郎〗〖感皇恩〗〖采茶歌〗《得书》:

“长江有尽思无尽,空目断楚天云。人来得纸真实信,亲手开,在意读,从头认。

织锦回文,带草连真。意诚实,心想念,话慇懃。佳期未准,愁黛长颦。怨青春,捱白昼,怕黄昏。

叙寒温,问缘因,断肠人忆断肠人。锦字香粘新泪粉,彩笺红渍旧啼痕。”

评曰:“音律、对偶、平仄俱好,妙在‘长’字属阳,‘纸’字上声起音,务头在上。及〖感皇恩〗起句至‘断肠’句,上。”

(十八)醉太平

【正宫】〖醉太平〗《感怀》:“人皆嫌命窘,谁不见钱亲。水晶丸入面糊盆,才粘拈便衮。文章糊了盛钱囤,门庭改做迷魂阵,清廉贬入睡馄饨。葫芦提倒稳。”评曰:“‘窘’字若平,属第二着。平仄好,务头在三对,末句收之。”

(十九)塞鸿秋

【正宫】〖塞鸿秋〗《春怨》:“腕冰消松却黄金钏,粉脂残淡了芙蓉面。紫霜毫蘸湿端溪砚,断肠词写在桃花扇。风轻柳絮天,月冷梨花院,恨鸳鸯不锁黄金殿。”评曰:“音律浏亮,贵在‘却’、‘湿’二字,上声,音从上转,取务头也。韵脚若用上声,属下着,切不可以传奇中全句比之。若得‘天’字属阳,更妙。‘在’字上声,尤佳。”

(二十)山坡羊

【商调】〖山坡羊〗《春睡》:“云松螺髻,香温鸳鸯被,掩春闺一觉伤春睡。柳花飞,小琼姬,一片声雪下呈祥瑞,把团圆梦儿生唤起。谁?不做美,呸!却是你。”评曰:“意度、平仄俱好,止欠对耳。务头在第七句至尾。”

（二十一）梧　叶　儿

【商调】〖梧叶儿〗《别情》："别离易，相见难，何处锁雕鞍？春将去，人未还，这其间，殃及杀愁眉泪眼。"评曰："如此方是乐府，音如破竹，语尽意尽，冠绝诸词。妙在'这其间'三字承上接下，了无瑕玼。'殃及杀'三字，俊哉语也。有言六句俱对，非调也。殊不知第六句止用三字，歌至此，音促急，欲过声以听末句，不可加也。兼三字是务头，字有显对展才之调。'眼'字上声，尤妙，平声属第二着。"

（二十二）天　净　沙

【越调】〖天净沙〗《秋思》："枯藤老树昏鸦，小桥流水人家。古道西风瘦马，夕阳西下，断肠人在天涯。"评曰："前三对。更'瘦'、'马'二字去上，极妙。《秋思》之祖也。"王世贞《艺苑卮言》附录一称之为"景中雅语"，《御定词谱》卷一、《词综》卷三〇题马致远作。

（二十三）小　桃　红

【越调】〖小桃红〗《情》："断肠人寄断肠词，词写心间事，事到头来不由自。自寻思，思量往日真诚志。志诚是有，有情谁似？似俺那人儿。"评曰："顶真（指词、词，事、事，自、自，思、思，志、志，有、有，似、似）妙，且音律谐和。"

（二十四）凭　阑　人

【越调】〖凭阑人〗《章台行》："花阵赢轮随镘生，桃扇炎凉逐世情。双郎空藏瓶，小卿一块冰。"评曰："阵有赢输，扇有炎凉，俊语也。妙在'小'字上声，务头在上。'镘'、'世'二字去声，皆妙。"

（二十五）寨　儿　令

【越调】〖寨儿令〗《渔夫》："烟艇闲，雨簑干，渔翁醉醒江上还。啼鸟关关，流水潺潺，乐似富春山。数声柔橹江湾，一钩香饵波寒。回头观兔魄，失忆放鱼竿。看，流下蓼花滩。”评曰:“紧要在‘兔魄’二字,去上取音,且‘看’字属阴,妙!‘还’字平声,好!若上声,纽,属下下着。”

(二十六)沉醉东风

【双调】〖沉醉东风〗《渔夫》:“黄芦岸白苹渡口,绿杨堤红蓼滩头。虽无刎颈交,却有忘机友。点秋江白鹭沙鸥,傲杀人间万户侯,不识字烟波钓叟。”评曰:“妙在‘杨’字属阳,以起其音,取务头。‘杀’字上声,以转其音。至下‘户’字去声,以承其音。紧在此一句,承上接下。末句收之,‘刎颈’二字若得上去声尤妙。‘万’字若得上声,更好。”王世贞《艺苑卮言》附录一称之为“意中爽语”。

(二十七)落梅风

【双调】〖落梅风〗《切(通截)鲙》:“金刀利,锦鲤肥,更那堪玉葱(手指)纤细。若得醋来风韵美,试尝着这生滋味。”评曰:“第三句承上二句,第四句承上三句生,末句,紧要。‘美’字上声为妙,以起其音,切不可平声。‘锦鲤’二字若得上去声,尤妙。”

(二十八)拨不断

【双调】〖拨不断〗《隐居》:“利名竭,是非绝,红尘不向门前惹,绿树偏宜屋角遮。青山正补墙头缺,竹篱茅舍。”评曰:“务头在三对,急以尾收之。”

(二十九)水仙子

【双调】〖水仙子〗《夜雨》:“一声梧叶一声秋,一点芭蕉一点愁。三更归梦三更后,落灯花,棋未收。叹新丰逆旅淹留。枕上十年事,江南二老忧,都在心头。”评曰:“赋者甚多,但第二句第五字、第六字及‘棋未’二字。并‘二老’二字,但得上去为上,平去次之,平上,下下着。惜哉,此词语好而平仄不称也。”

(三十)庆东原

【双调】〖庆东原〗《奇遇》:“参旗动,斗柄挪,为多情揽下风流祸。眉攒翠蛾,裙拖绛罗，袜冷凌波。耽惊怕万千般，得受用些儿个。”评曰：“‘冷’字上声，妙！务头在上，转，急以对收。‘斗柄’字上去，妙！《落梅风》得此起二句平仄，尤妙。”

（三十一）雁儿落　德胜令

【双调】〖雁儿落〗〖德胜令〗《指甲摘》：

“宜将斗草寻，宜把花枝浸。宜将绣线匀，宜把金针纴。

宜操七弦琴，宜结两同心。宜托腮边玉，宜圈鞋上金。难禁，得一掐通身沁；知音，治相思十个针。”

评曰：“俊词也，平仄、对偶、音律皆妙，务头在《德胜令》起句，头字要属阳，及在中一对后，必要扇面对方好。”王世贞《艺苑卮言》附录一称其“艳爽之极，又出《玉关》上矣，非《舜耕》、《咏睡鞋》可比”。《词谱》、《中原音韵》皆谓〖德胜令〗又名〖平沙落雁〗。

（三十二）殿　前　欢

【双调】〖殿前欢〗《醉归来》：“醉归来，入门下马笑盈腮。笙歌接至珠帘外，夜宴重开。十年前一秀才，黄齑菜。打熬做文章伯，江湖气慨，风月情怀。”评曰：“妙在‘马’字上声，‘笑’字去声，‘一’字上声，‘秀’字去声，歌至‘才’字，音促，‘黄’字急接，且要阳字，好！‘气慨’二字若得去上尤妙。三对者非也，自有三对之调。‘伯’字若得去声尤妙。”

（三十三）庆　宣　和

【双调】〖庆宣和〗《五柳庄》：“五柳庄前陶令宅，大似彭泽。无限黄花有谁戴？去来去来。”评曰：“妙在‘彭’字属阳。仅二十二字，愈字少，愈难作，五字绝句法也。佳词，与《雁儿》同意。”

（三十四）卖　花　声

【双调】〖卖花声〗《香茶》：“细研片脑梅花粉，新剥珍珠豆蔻仁，依方修合凤团春。醉魂清爽，舌尖香嫩，这孩儿那些风韵。”评曰：“俊词也，务头在对起及尾。”

（三十五）清　江　引

【双调】〖清江引〗《九日》："萧萧五株门外柳，屈指重阳又。霜清紫蟹肥，露冷黄花瘦，白衣不来琴当酒。"评曰："'柳'、'酒'二字上声，极是，切不可作平声。曾有人用'拍拍满怀都是春'，语固俊矣，然歌为'都是蠢'，甚遭讥诮。若用之于〖搅筝琶〗，以四字承之，有何不可？第三句切不可作仄仄平平，属下着。"

（三十六）折　桂　令

【双调】〖折桂令〗《金山寺》："长江浩浩西来，水面云山，山上楼台。山水相连，楼台上下，天地安排。诗句就云山失色，酒杯宽天地忘怀。醉眼睁开，回首蓬莱，一半云遮，一半烟埋。"评曰："此词称赏者众，妙在'色'字上声以起其意，平声便属第二着。平声若是阳字，仅可；若是阴字，愈无用矣。歌者每歌'天地安排'为'天巧安排'，'失色'字为'用色'，取其便于音而好唱也，改此平仄，极是。然前引'云山'、'天地'，后说'云山失色'、'天地忘怀'，若此则损其意，失其对矣。'安排'上'天地'二字若得去上为上，上去次之，余无用矣。盖务头在上，'失色'字若得去上为上，余者风斯下矣。若全句是平平上上，歌者不能改矣。呜呼，前辈尚有此失，后学可不究乎？"

（三十七）

套数篇幅太长，仅以马致远〖双调〗《秋思》为例：

〖夜行船〗："百岁光阴如梦蝶，重回首，往事堪嗟。昨日春来，今朝花谢，急罚盏，夜阑灯灭。"

〖乔木查〗："秦宫汉阙，都做了衰草牛羊野。不恁渔樵无话说，纵荒坟，横断碑，不辨龙蛇。"

〖庆宣和〗："投至狐踪与兔穴，多少豪杰。鼎足三分半腰折，魏耶晋耶？"

〖落梅风〗："天教富，不待奢，无多时好天良夜。看钱奴硬将心似铁，空辜负锦堂风月。"

〖风入松〗："眼前红日又西斜，疾似下坡车。晓来清镜添白雪，上床和鞋履相别。莫笑鸠巢计拙，葫芦提一恁妆呆。"

〖拨不断〗："利名竭，是非绝，红尘不向门前惹，绿树偏宜屋角遮。青山正补墙头缺，竹篱茅舍。”

〖离亭宴歇〗(指双鸳鸯煞尾声)：“蛩吟一觉才宁贴，鸡鸣万事无休歇。争名利何年是彻？密匝匝蚁排兵，乱纷纷蜂酿蜜，闹穰穰蝇争血。裴公绿野堂，陶令白莲社。爱秋来那些，和露摘黄花，带霜烹紫蟹，煮酒烧红叶。人生有限杯，几个登高节。嘱付俺顽童记者：便北海探吾来，道东篱醉了也。”

《中原音韵》卷下评曰：“此词乃东篱马致远先生所作也。此方是乐府，不重韵，无衬字，韵险语俊。谚曰百中无一，余曰万中无一，看他用‘蝶’、‘穴’、‘杰’、‘别’、‘竭’、‘绝’字，是入声作平声；‘阙’、‘说’、‘铁’、‘雪’、‘拙’、‘缺’、‘贴’、‘歇’、‘彻’、‘血’、‘节’字，是入声作上声；‘灭’、‘月’、‘叶’，是入声作去声：无一字不妥，后辈学法。”

《御定曲谱》卷首云：“套数之曲，元人谓之乐府，起止开阖自有机局，须先定下间架，立下主意，排下曲调，然后遣句，然后成章。切忌凑泊苟且，欲如常山之蛇，首尾相应；又如鲛人之绡，不著一丝纰颣，务求意新、语俊、字响、调圆，有规有矩，有声有色，所谓动吾天机，不知所以然而然，方为神品。”马致远的《秋思》就符合这些要求。

第九章　戏 剧 分 类

元代是我国散曲、戏剧创作的黄金时代。戏剧有科介(表情、动作)、说白和歌唱，是在戏台上表演故事的歌剧。

第一节　戏剧资料概述

戏剧和散曲、小说一样，多为古代文人所不取。《四库全书总目·词曲类总序》称“厥品颇卑，作者弗贵”，除“录品题论断之词及《中原音韵》外，而曲文则不录焉”。因此，有关散曲、戏剧的资料大量散失。但也有一些有识之士颇为重视，如明息机子论元曲重要性云：“一代之兴，必有鸣乎其间者。汉以文，唐以诗，宋以理学，元以词曲。其鸣有大小，其发于灵窍一也……夫理学之所不能喻，诗文之所不能训且戒者，词曲不有独收其功者乎？焉得小之？刻之以传奇可也。”①因此也保存下来一些散曲、戏剧的资料，今人尤为重视，作了大量的收集整理工作。这些资料多散曲、戏剧合论，故这里也大体按时间先后顺序作一个综合介绍。

明无名氏编的《盛世新声》十二集，汇集了当时的演唱作品，依宫调编排，收元明散曲和戏剧曲文共四百余套，小令五百余首。明人刘楫《词林摘艳序》云：“顷年梨园中搜集自元以及我朝，凡词人骚客所作，长篇短章，并传奇中奇特者，宫分调析，萃为一书，名曰《盛世新声》。”②

《词林摘艳》十集，明人张禄辑。此书是为补正《盛世新声》而作，包括小令、散套、杂剧等。北京图书馆藏有明嘉靖刊本，1955 年文学古籍刊行社曾影印出版。

《南北宫词纪》，明陈所闻编。《南宫词记》收元人二家，主要收明人作品，共七十四家，是南曲套数、小令中刊行最早的一种，刊于万历三十三年(1605)。《北宫词记》

① (明)息机子《古今杂剧选》卷首《自序》，脉望馆校本。

② (明)张禄《词林摘艳》卷首，嘉靖四年(1525)刊本。

则兼收元、明人作品，收元人一百二十六家，明人八十家，有万历三十二年刻本。《南北宫词纪》是研究元、明散曲的重要选本。

元杂剧究竟有多少，因文献无徵，不能确知其数。元至顺初钟嗣成撰《录鬼簿》，所录杂剧凡四百五十余本；明洪武中朱权撰《太和正音谱》，其《群英杂剧目》录五百三十余本，又《古今无名氏杂剧目》录一百一十本，共得六百四十余本，超出《录鬼簿》近二百种。明初去元未远，当时人所见元人戏曲尚多，收藏之富，当首推内府。明李开先《张小山小令后序》称"洪武初年新王之国，必以词曲一千七百本赐之"，①可知内府所藏词曲之富。私家藏曲，李开先所藏千余种，殆埒内府。晁瑮与其子晁东吴撰《宝文堂书目》，其《乐府类》录书凡三百五十余种，十之八皆北曲。何良俊《四友斋丛说》卷三七称"余所藏杂剧本几三百种"。万历间以藏曲著名者首推临川汤显祖，自言箧中收藏多世不常有，已至千种。今北京图书馆藏有明抄本《古今杂剧》二百四十二种。

明人黄正位编有《阳春奏》，其《新刻阳春奏凡例》云："是编也，俱选金元名家，镌之梨枣……矧世远年湮烟火灰烬之余，所存无几，兹特取情思深远，词语精工，洎有关风教、神仙拯脱者。如《萧淑兰情寄菩萨蛮》、《玉清庵错送鸳鸯被》，率皆淫奔可厌，故不入录。"为什么取名《阳春奏》呢？于若瀛《黄正位阳春奏序》云："以杂剧之名为未雅也，而显之曰《阳春奏》。阳春白雪，和者素寡。黄叔以是命名，岂不为元时诸君子吐气乎！"台湾"中央图书馆"藏有明万历黄氏尊生馆刊本，今存三卷：《陶学士醉写风光好》一卷，元戴善夫撰；《宋太祖龙虎风云会》一卷，明罗本撰；《西华山陈抟高卧》一卷，元马致远撰。

明人王骥德编有《古杂剧》。王骥德（？—1623）字伯良、伯骥，号方诸生、秦楼外史，会稽（今浙江绍兴）人，明代戏曲家。著有《方诸馆集》、《方诸馆乐府》及传奇、戏剧多种。其《曲律》四卷是最早的关于南北曲的曲论著作，详论作曲各法，包括曲源、南北曲、调名、宫调、平仄等各个门类，议论见解精湛。其《自序》云："曲何以言律也？以律谱音，六乐之成文不乱；以律绳曲，七均之从调不奸。"论南、北曲之别及撰著此书原因云："自北词变为南曲，易忼慨为风流，更雄劲为柔曼，所谓地气由北而南，亦云人声由健而顺。"而北曲"元周高安氏有《中原音韵》之创，明涵虚子有《太和词谱》之编，北士恃为指南，北词禀为令甲，厥功伟矣。至于南曲，鹅湖之陈久废，刁斗之设不闲，采笔如林，尽是呜呜之调；红牙迭响，只为靡靡之音。俾太古之典型，斩于一旦；旧法之澌灭，怅在千秋"。于是他在晚年才"左持药椀，右驱管城"，撰成此书。他认为"创法贵严，沿流多窳"，"画一非苛，深文犹晚"，于是概括出较为严格的曲律。冯梦龙《曲律

① 《李开先集·闲居集》之六，中华书局 1959 年版。

序》亦谓“凡物以少整，以多乱”，“近代之最乱者诗文是已”，“独词曲一途窜足者少”；“而数十年来此风忽炽”，“传奇不奇，散套成套”，“格嘉创新，不思乖体”，称王骥德《曲律》“法尤密，论尤苛”，“天下始知度曲之难”。陈与郊《王骥德古杂剧序》云：“元之曲类多散逸，而世不尽见，国初犹及以北曲名家者。而百年来率尚南之传奇，业已视为刍狗，即有其传之者，而浸假废阁，终无传也。夫元之曲以摹绘神理，殚极才情，足抉宇壤之秘……是编也，即未竟大全，顾典刑具在，庶几吾孔氏存饩羊意耳。”

《孤本元明杂剧》，明赵元度搜集，无名氏编。元度名琦美，自号清常道人，江苏常熟人，著有《脉望馆书目》。原书七十二册，二百六十九种，含明刻六种，其他皆为明钞本，其中有一百四十四种为未见之书。涵芬楼以聚珍版排印，1957 年中国戏剧出版社据商务印书馆原纸型重印出版。中国戏剧出版社 1958 年又据南京图书馆影印本重印了另一种《元明杂剧》，此书收杂剧二十七种，有十六种见于《元曲选》，其他多稀见之本。

《六十种曲》，又名《汲古阁六十种曲》，明毛晋编。共选六十个剧本，除《西厢记》为元杂剧外，其余皆为明传奇。每套前都有一篇弁言，今已不全。有明汲古阁初印本、1935 年开明书局本、1955 年文学古籍刊行社重印开明本。

《元曲选》，臧懋循编。懋循字晋叔，明长兴（今属浙江）人，万历进士，官南国子监博士。博闻强记，辑有《古诗所》、《唐诗所》、《元曲选》，著有《负苞堂集》。其《元曲选》自序云：“世称宋词元曲。夫词在唐，李白、李后主皆已优为之，何必称宋？惟曲自元始有……予家藏杂剧多秘本。顷过黄，从刘延伯借得二百五十种，云录之‘御戏监’，与今坊本不同。因为参伍校订，摘其佳者若干，以甲乙厘成十集，藏之名山而传之通邑大都，必有赏音如元朗氏者。若曰妄加笔削，自附元人功臣，则吾岂敢！”①全书十集，每集十卷，每卷一剧，共百卷，收一百种剧本，占现存元代剧本的三分之一。由于编者精通戏曲，他对所选剧本作了大量的订正，成为十分流行的选本，一般元杂剧研究者也多以此书为依据。因此，后人对此书评价颇高，王骥德《曲律》卷四云：“近吴兴臧博士晋叔，校刻元剧，上下部共百种，自有杂剧以来，选刻之富，无逾于此。”王国维《元曲选跋》云：“元人杂剧罕见别本，《元人杂剧选》久不可见……此百种岿然独存。呜呼，晋叔之功大矣！”北京图书馆藏有明万历刻本，台湾“中央图书馆”藏有明万历四十三年吴兴臧氏雕虫馆刊本。丛书本有四部备要本，1955 年文学古籍刊行社曾据世界书局纸版重印出版。由于后来发现了不少元杂剧的刻本和钞本，如元刻《古今杂剧》、明刻《古名家杂剧》、《元明杂剧》等，故隋树森把《元曲选》未收的元人杂剧六十二

① （清）黄宗羲《明文海》卷二二二，文渊阁四库全书本。

种加以校订断句，编成《元曲选外编》，1958 年由中华书局出版，1961 年重印。

《盛明杂剧》三十卷，明末沈泰编。分初集、二集，每集收剧本三十种，包括从明初到明末的剧本。北京图书馆藏有明崇祯刻本，诵芬室于 1918 年曾翻刻初集，1925 年又翻刻二集，1958 年中国戏剧出版社据诵芬室本影印出版。

《杂剧三集》三十四卷，又名《杂剧新编》，清邹式金编，所收为明末清初的剧本三十四种，是继《盛明杂剧》初集、二集而编，故以《三集》命名。北京图书馆有清顺治刻本。1941 年诵芬室有翻刻本，1958 年中国戏剧出版社据诵芬室本影印出版。

《古本戏剧丛刊》，今人郑振铎主编。商务印书馆于 1954 年 2 月影印出版了初集。初集收集了元、明两代戏文和传奇一百种，既有名剧，也有一些罕见的戏文和传奇。二集收明代传奇一百种，多数为明末作品，商务印书馆于 1955 年 7 月影印出版。三集收明末清初十几位著名戏剧作家的作品，多数为钞本，商务印书馆于 1957 年 2 月影印出版。四集收集了元刊本《元杂剧三十种》，1958 年出版。这套书为戏剧研究者提供了非常丰富的原始资料。

《元人杂剧选》，今人顾肇仓选注，为人民文学出版社《中国古典文学读本丛书》之一。所选剧本能反映元杂剧各方面的内容，如选有反映人间悲剧的《窦娥冤》，反映历史题材的《汉宫秋》，歌颂英雄人物的《李逵负荆》，反映人情世态的《秋胡戏妻》等。此书初版于 1956 年，1978 年第五次印刷，是印刷量较大的选本。

《明人杂剧选》，今人周贻白选注。现存明人杂剧约一百五六十种，编者从中选了三十种，大体能代表明代杂剧的面貌和特征。

《明清传奇选》，今人赵景深、胡忌选注，1957 年中国青年出版社出版。明、清传奇继承了南宋以来南戏的优良传统，汲收了元杂剧的优点，成为我国古典戏曲的主要形式。本书选注了明、清传奇中的十五个剧本中的十八出经过舞台演出考验的传奇，每出戏都附有作家小传、剧情概要、题解和注释，是一部普及性戏剧选本。

第二节 戏剧的萌芽、形成和发展

中国古典戏剧和古希腊戏剧、印度梵剧被称为世界三大古老戏剧，但古希腊戏剧、印度梵剧早已湮灭失传，而中国戏剧却产生很早而成熟较晚，至今繁荣昌盛。

关于中国戏剧的起源，历来众说纷纭。或谓起源于古代宗教仪式的傩舞，如《诗经·卫风·竹竿》云："巧笑之瑳，佩玉之傩。"前句谓其粲然而笑，露出白牙；后句谓其佩着美玉，舞蹈游戏（傩）。《后汉书·礼仪志中》所载大傩逐疫仪式："先腊一日，大傩，谓之逐疫。其仪：选中黄门子弟年十岁以上，十二以下，百二十人为侲子，皆赤帻皂制，执大簸。方相氏黄金四目，蒙熊皮，玄衣朱裳，执戈扬盾。十二兽有衣毛角，中黄门行之，冗从仆射将之，以逐恶鬼于禁中。”此“大傩”不仅指傩舞，还指傩戏，一种祀神的戏剧仪式。至今存在于四川、贵州、安徽、湖北的一些地区，人们戴着柳木面具，驱除瘟疫。

或谓起于傀儡、木偶戏。《列子》卷五载，周穆王西巡狩，越昆仑，有工巧之人名偃师，穆王问他“有何能”，偃师曰：“臣之所造能倡者。”“穆王惊视之，趣步俯仰信人也，巧夫锁其颐则歌合律，捧其手则舞应节，千变万化，惟意所适，王以为实人也。与盛姬内御并观之。技将终，倡者瞬其目而招王之左右侍妾。王大怒，立欲诛偃师。偃师大慑，立剖散倡者以示王，皆傅会革木胶漆白黑丹青之所为。王谛料之，内则肝胆心肺脾肾肠胃，外则筋骨支节皮毛齿发，皆假物也，而无不毕具者。合会复如初，见王试废其心则口不能言，废其肝则目不能视，废其肾则足不能步，穆王始悦而叹曰：‘人之巧乃可与造化者同功乎？’诏贰车载之以归。”这大概是中国最早的木偶戏。《列子》虽为伪书，但《汉书·艺文志》曾引这段记载，故说明即使不是先秦，至少汉代已有如此精巧的木偶戏了。

或谓起于俳优。宋高承《事物纪原》卷九云：“俳优，《列女传》曰：夏桀既弃礼义，求倡优侏儒，而为奇伟之戏，则优戏已见于夏后之末世。晋献公时有优施，鲁定公会齐侯于夹谷，齐宫中之乐有俳优戏于前，此盖优戏之始也。”《史记》卷一二六《滑稽列传》载，楚之乐人优孟，穿上楚相孙叔敖的衣冠，“抵掌谈语，岁余，像孙叔敖，楚王左右不能别也。庄王置酒，优孟前为寿，庄王大惊，以为孙叔敖复生也”。明胡应麟云“优伶戏文自优孟抵掌孙叔实始滥觞”。①而远古的巫觋装神扮鬼更早于优孟衣冠，是表演艺术的起源。

或谓起于影戏。《事物纪原》卷九云：“影戏，故老相承言：影戏之原出于汉武帝李夫人之亡。齐人少翁言能致其魂。上念夫人无已，乃使致之。少翁夜为方帷，张灯烛，帝坐它帐，自帷中望见之，仿佛夫人像也。盖不得就视之。由是世间有影戏，历代无所见。宋朝仁宗时市人有能谈三国事者，或采其说，加缘饰，作影人，始为魏、吴、蜀三分战争之像。”汉武帝、李夫人事见《史记》卷一二《孝武本纪》。

作为溯源，虽然先秦、两汉已有戏剧之萌芽，但“戏剧”二字却出现较晚，始见于唐杜牧诗《西江怀古》：“上吞巴蜀控潇湘，怒似连山静镜光。魏帝缝囊真戏剧，苻坚投棰更荒唐。千秋钓舸歌明月，万里沙鸥弄夕阳。范蠡清尘何寂寞，好风唯属往来商。”清李调元《雨村词话》卷一云：“唐杜牧《西江怀古》诗曰：‘魏帝缝囊真戏剧。’剧即戏也，

---

① （明）胡应麟《少室山房笔丛》卷二五，文渊阁四库全书本。

'戏剧'二字入诗，始此。"《旧唐书》卷一八下《宣宗本纪》，谓其"群居游处，未尝有言，文宗、武宗幸十六宅宴集，强诱其言以为戏剧"。又卷一三〇《顾况传》谓其"有文集二十卷，其《赠柳宜城》辞句率多戏剧，文体皆此类也"。吴缜《新唐书纠谬》卷一《代宗母吴皇后传》有"静寻其言，有同戏剧"语。但以上这些"戏剧"，多指儿戏、玩笑话，作为文体亦指诗文风格，不一定是指文章体裁的戏剧。

杂剧虽盛于元代，但"杂剧"一词最早见于唐代，唐李德裕《第二状奉宣令更商量奏来者》云："臣德裕到镇后，差官于蛮经历州县一一勘寻，皆得来名，具在案牍。蛮共掠九千人，成都郭下，成都、华阳两县只有八千人，其中一人是子女锦锦，杂剧丈夫两人，医眼太秦僧一人，余并是寻常百姓，并非工巧，其八千九百余人皆是黎、雅州百姓。"①这里的"杂剧丈夫两人"是泛指歌舞杂技等艺人，与作为戏剧的杂剧的含义不同。但作为戏剧的杂剧至迟宋代已出现，宋孟元老云："构肆乐人自过七夕，便般《目连经救母》杂剧，直至十五日(即中元节)止，观者增倍。中元前一日即卖练叶享祀，时铺衬卓面又卖麻谷窠鬼，亦是系在卓子脚上，乃告祖先秋成之意。"②

张庚、郭汉城主编的《中国戏曲通史》说，南宋杂剧只在一些文人笔记里有零星片断的材料，所记全是宫廷中的演出，没有一条是瓦舍中的演出。而周南的《刘先生传》却为我们提供了一条南宋市井演出杂剧的生动材料：

> 市南有不逞者三人，女伴二人，莫知其为弟兄妻姒也。以戏谑丐钱，市人曰是杂剧者，又曰伶之类也。每会聚之冲、阛阓之市、官府听讼之旁、迎神之所，画地为场，资旁观者笑之，自一钱以上皆取焉。然独不能凿空，其所仿效者、讥切者、语言之乖异者、巾帻之诡异者、步趋之伛偻者、兀者、跛者，其所为戏之所，人识而众笑之。③

这里为我们提供了相当丰富的南宋杂剧史料：演员共五人，三男二女，这与《都城纪胜·瓦舍众伎》所载相同："杂剧中，末泥为长，每四人或五人为一场。"演出场所皆为市人会聚之地，画地为场；演出带有娱乐性("资旁观者笑")、营业性("自一钱以上皆取")，这与今天民间艺人的街头演出很相似。演出内容不是凿空的编造，而是人所共知的，都觉得好笑的。刘先生就是这群戏子的演出对象，刘原为儒生，后遇道人教

---

① (唐)李德裕《会昌一品集》卷一三，文渊阁四库全书本。

② (宋)孟元老《东京梦华录》卷八《中元节》，文渊阁四库全书本。

③ (宋)周南《山房集》卷四，文渊阁四库全书本。

他养生术，于是尽弃儒学，靠卖药为生，人称刘道人。“年已六七十岁，肩高于顶，颐隐于脐，貌特异而独不出声，每过市，无不为之绝倒。”戏子中一少年特别善于模仿刘道人，每次演出开场都要学刘吆喝卖药声。刘每天出门卖药，后面都跟着一大群恶少年看稀奇。一天下小雨，戏子们在街上饮酒，乘醉戏侮刘。这位独不出声的刘道人突然出声了，他对戏子说：“若可谓不自怜矣。尔以工于效我，顾从而得衣食其妻子。今不嘿自思，我顾有恩于若，而又困苦之，不知微我能使观者若此众乎？”又回顾其观者说：“里父兄何笑我为？且其效我二年矣，众见之亦厌矣，必又择其可笑者而效之，计非吾里中人。人不见彼不学，则吾忧某人者必代我矣。且效我，我无妻子，日困苦于市，饿穷一身。尔辈吾家，此声一出，则谁鬻卖耶？”听到这位独不出声的人突然出声，众少年皆“骇然而散，退而相与聚言曰：‘是言有理。’”文章到此，戛然而止。全文生动描述了刘先生这位异人的形象及伶人、市人群像。文学史家大都在笔记中去发掘宋代的小说、戏剧资料，其实，宋人文集中的传、记、杂说，也有不少这方面的资料。这篇《刘先生传》，既可作小说读，又为我们活灵活现地描绘出了南宋街头杂剧的演出场面。

戏剧成熟于元。王骥德《曲律》卷三云：“古之优人第以谐谑滑稽供人主喜笑，未有并曲与白而歌舞登场如今之戏子者；又皆优人自造科套，非如今日习现成本子，俟主人拣择，而日日此伎俩也。如优孟、优旃、后唐庄宗，以迨宋之靖康、绍兴，史籍所记，不过《葬马》、《漆城》、《李天下》、《公冶长》、《二圣环》等谐语而已。即金章宗时，董解元所为《西厢记》，亦第是一人倚弦索以唱，而间以说白。至元而始有剧戏，如今之所搬演者是。此窍由天地开辟以来，不知越几百千万年，俟夷狄主中华，而于是诸词人一时林立，始称作者之圣，呜呼异哉！”金元时期还形成了戏剧作家群，他们往往自称“浪子班头”。

戏剧有金院本、元杂剧、南戏、明清传奇之别。徐大椿《乐府传声·源流》云：“北曲之始，金之董解元《西厢记》，元之马致远《岳阳楼》之类。南曲之始，如元人高则诚《琵琶记》，施君美《拜月亭》之类。”①金院本是宋杂剧在宋、金南北分治之后，保留在北方并得到发展的舞台艺术，它为元杂剧的形成奠定了基础。元杂剧是形成于宋末，盛行于元大德年间的戏剧。南戏是宋、元时南方以温州、永嘉为中心的戏曲。明清传奇承继了南戏体制，形式更加完备。其剧本一般为三十出左右，一出戏中不再限于一个宫调；曲牌的多少取决于剧情的需要。所有登场的角色都可以演唱。为吸引观众，特别重视结构紧凑和插科打诨。传奇的音乐较南戏有所发展，采取曲牌联套的形式，语言颇为典雅，谨严有余而生动不足，适于案头阅读，而搬到舞台上演唱，不见得人人

① （清）徐大椿《乐府传声》，《中国古典戏曲论著集成》本。

都能理解,形成了明清文人剧和宫廷戏。

元夏庭芝《青楼集志》首论杂剧、院本之源:"唐时有传奇,皆文人所编,犹野史也,但资笑耳。宋之戏文,乃有唱念,有诨。金则院本、杂剧合而为一。至我朝乃分院本、杂剧而为二。"次论院本之脚色:"院本始作凡五人:一曰副净,古谓参军;一曰副末,古谓之苍鹘,以末可扑净,如鹘能击禽鸟也;一曰引戏;一曰末泥;一曰孤。又谓之五花□弄。或曰宋徽宗见□国来朝,衣装鞋履巾裹,傅粉墨,举动如此,使优人效之以为戏,因名曰□弄。国初教坊色长魏、武、刘三人,魏长于念诵,武长于筋斗,刘长于科泛,至今行之。又有焰段,类院本而差简,盖取其如火焰之易明灭也。杂剧则有旦、末。旦本妇人为之,名妆旦色。末本男子为之,名末泥。其余供观者,悉为之外脚,有驾头、闺怨、鸨儿、花旦、披秉、破衫儿、绿林、公吏、神仙道化、家长里短之谓。"再述演出场所勾栏:"内而京师,外而郡邑,皆有所谓构栏者,辟优萃而隶乐,观者挥金与之。"末述杂剧内容比院本丰富:"院本不过谑浪调笑,杂剧则不然,君臣如《伊尹扶汤》、《比干剖腹》,母子如《伯瑜泣杖》、《剪发待宾》,夫妇如《杀狗劝夫》、《磨刀谏妇》,兄弟如《田真泣树》、《赵礼让肥》,朋友如《管鲍分金》、《范张鸡黍》,皆可以厚人伦,美风化,又非唐之传奇、宋之戏文、金之院本所可同日语也。"①明卓人月《盛明杂剧二集序》认为,杂剧盛于元而南曲盛于明,但明亦有杂剧:"楚骚、汉赋、晋字、唐诗、宋词、元曲,皆言其一时独绝也。然则我明之可以超轶往代者庶几其南曲乎……元剧短者多而长者少,明剧短者少而长者多。且元历不满百,而国朝十(千)年无疆,作者云兴未艾,是则腥膻之文彩固不足以敌盛世之才华。乃若篇章字句之间,节奏风神之际,元明各骋其能,南北两极其致,则有非世代所则限者。"②

明王骥德《曲律·论部色》论戏剧角色颇详:"杂剧者,杂戏也。院本者,行院之本也。又按:元杂剧中,名色不同,末则有正末、副末、冲末(即副末)、砌末、小末,旦则有正旦、副旦、贴旦(即副旦)、茶旦、外旦、小旦、旦儿(即小旦)。卜旦,亦曰卜儿(即老旦)。又有外,有孤(装官者),有细酸(亦装生者),有孛老(即老杂)。小厮曰'徕',从人曰'祗从',杂脚曰'杂当',装贼曰'邦老'。凡厮役,皆曰'张千',有二人,则曰'李万'。凡婢皆曰'梅香',酒保皆曰'店小二'。"

清毛奇龄《西河词话》卷二论戏剧演变,认为金代有一种既歌且舞,类似杂剧连厢:"古歌舞不相合,歌者不舞,舞者不歌,即舞曲中词亦不必与舞者搬演照应。自唐人作《柘枝词》、《莲花旋歌》,则舞者所执与歌者所措词稍稍相应,然无事实也(指不演

---

① (元)夏庭芝《青楼集》,《中国古典戏曲论著集成》本。

② 《中华大典·文学典·文学理论分典》第二册,凤凰出版社2005年版,第836页。

故事)。宋时有安定郡王赵令畤者始作商调鼓子词谱《西厢传奇》,则纯以事实谱词曲间,然犹无演白也(无表演对白)。至金章宗朝董解元,不知何人,实作《西厢搊弹词》,则有白有曲,专以一人搊弹,并念唱之。嗣后金作清乐,仿辽时大乐之制,有所谓连厢词者,则带唱带演,以司唱一人,琵琶一人,笙一人,笛一人,列坐唱词。而复以男名末泥、女名旦儿者并杂色人等入勾栏扮演,随唱词作举止,如'参了菩萨'则末泥祗揖,'只将花笑捻'则旦儿捻花,类北人,至今谓之连厢,曰打连厢、唱连厢,又曰连厢搬演,大抵连四厢舞人而演其曲,故云。然犹舞者不唱,唱者不舞,与古人舞法无以异也。至元人造曲,则歌者舞者合作一人,使勾栏舞者自司歌唱,而第设笙、笛、琵琶以和其曲。每入场以四折为度,谓之杂剧。其有连数杂剧而通谱一事,或一剧,或二剧,或三四五剧,名为院本《西厢》者,合五剧而谱一事者也。然其时司唱犹属一人,仿连厢之法,不能遽变往。先司马从宁庶人处得连厢词,例谓司唱一人,代勾栏舞人执唱,其曰代唱,即已逗勾栏舞人自唱之意。但唱者只二人,末泥主男唱,旦儿主女唱,他若杂色入场,第有白无唱,谓之宾白。宾与主对,以说白在宾,而唱者自有主也。至元末明初改北曲为南曲,则杂色人皆唱,不分宾主矣。少时观《西厢记》,见每一剧末必有络丝娘煞尾一曲,于扮演人下场后复唱且复念正名四句,此是谁唱谁念?至末剧扮演人唱《清江引》曲,齐下场后复有随煞一曲,正名四句,总目四句,俱不能解唱者念者之人。及得连厢词例,则司唱者在坐间,不在场上,故虽变杂剧,犹存坐间代唱之意。此种移踪换迹以渐转变,虽词曲小数,然亦考古家所当识者。故先教谕曰:世人不读书,虽念词曲亦不可,况其他也。"

第三节 金院本及董解元《西厢记》

何谓金院本?明人沈德符《顾曲杂言·杂剧院本》云:"金章宗时,董解元《西厢》尚是院本模范,在元末已无人能按谱唱演者,况后世乎?"王国维《宋元戏曲史·金院本名目》:"两宋戏剧均谓之杂剧,至金而始有院本之名。院本者,《太和正音谱》云:'行院之本也。'……行院者,大抵金元人谓倡伎所居,其所演唱之本,即谓之院本云尔。"可见院本就是倡伎所居的行院的演唱本,所唱歌曲即为诸宫调。沈德符称董解元《西厢记》诸宫调为"院本"。陶宗仪云:"唐有传奇,宋有戏曲、唱诨、词说,金有院本、杂剧诸公调。院本、杂剧其实一也。国朝,院本、杂剧始厘而二之。"①

① (元)陶宗仪《南村辍耕录》卷二五,中华书局1980年版。

董解元自称其《西厢记》为诸宫调，并颇为自负，其《西厢记》卷一【般涉调】〖太平赚〗说："比前贤乐府不中听，在诸宫调里却着数。一个个旖旎风流济楚，不比其余。"〖柘枝令〗说："也不是崔韬逢雌虎，也不是郑子遇妖狐，也不是井底引银瓶，也不是双女夺夫。也不是离魂倩女，也不是谒浆（讨水喝的）崔护，也不是双渐豫章城，也不是柳毅传书。"①除"井底引银瓶"指白居易《新乐府》诗外，所说多为唐宋传奇故事。他虽自谦比不上"前贤乐府"，但也不同于唐宋传奇故事，与当时流行的"诸宫调"是可比的。这里他明确肯定其《西厢记》属诸宫调。诸宫调是指把不同宫调的曲子组织在一起来共同演唱故事的文体，是一种有说有唱，以唱为主的说唱文学，是话本（以说为主）与散曲（以唱为主）的结合，由韵、散两种文体交织而成。

金代院本《西厢记》的作者董解元，其名（有人说名良或琅）、字、号、生卒年、事迹皆不详。解元在明、清时是对乡试第一名的专称，但在金、元时只是对读书人的敬称。钟嗣成把他列为"前辈已死名公，有乐府行于世者"，并注"金章宗（1190—1208在位）时人，以其创始，故列诸首"。②《太和正音谱》谓其"仕于金"，但别无旁证。董解元《西厢记》卷一《引辞》自谓"秦楼榭馆鸳鸯幄，风流稍是有声价。教惺惺浪儿每都伏咱。不曾胡来，俏倬是生涯。携一壶儿酒，戴一枝儿花。醉时歌，狂时舞，醒时罢。每日价疏散不曾着家。放二四（放纵）不拘束，尽人团剥（指摘）。""四季相续，光阴暗把流年度。休慕古，人生百岁如朝露！莫区区，好天良夜且追游，清风明月休辜负！但落魄，一笑人间今古，圣朝难过。俺平生情性好疏狂，疏狂的情性难拘束。"《断送（附送，外加）引辞》又谓"一回家想么，诗魔多爱选多情曲。"看来他是一位放浪不羁的不得志的下层文人。

关于《西厢记》的主旨，董解元自称"曲儿甜，腔儿雅，裁剪就雪月风花，唱一本儿倚翠偷期话"。可见他是要写一部"曲儿甜，腔儿雅"，"雪月风花"，"倚翠偷期"的言情作品。董解元所写故事本于唐代元稹《莺莺传》，张生对崔莺莺始乱终弃，"后岁余，崔已委身于人，张亦有所娶。适经其所居，乃因其夫言于崔，求以外兄见。夫语之，而崔终不为出。张怨念之，诚动于颜色。崔知之，潜赋一章，词曰：'自从消瘦减容光，万转千回懒下床。不为傍人羞不起，为郎憔悴却羞郎。'竟不之见。后数日，张生将行，又赋一章以谢绝之曰：'弃置今何道，当时且自亲。还将旧来意，怜取眼前人。'自是绝不复知矣，时人多许张为善补过者矣。"③可见崔对张怨恨之深，而元稹竟把张这种始乱

① （金）董解元《西厢记》，人民文学出版社1962年版。
② （元）钟嗣成《录鬼簿》，中州古籍出版社1991年版。
③ （唐）元稹《元氏长庆集》补遗卷六。

终弃的行为称为“善补过者”。宋人对此多不以为然，毛滂《调笑令·莺莺》斥之为“薄情年少”，赵德麟《侯鲭录》卷五《商调·蝶恋花·鼓子词》云：“密意浓欢方有便，不奈浮名，旋遣轻分散。最恨才多情太浅，等闲不念离人怨”；“弃掷前欢俱未忍，岂料盟言，陡顿无凭准。地久天长终有尽，绵绵不似无穷恨。”并载其友何东白之语曰：“张之与崔，既不能以理定其情，又不能合之于义。始相遇也，如是之笃；终相失也，如是之遽。”《董西厢》改变了元稹《莺莺传》的情节，以崔、张出走而获得“美满团圆”代替了始乱终弃的凄凉结局。张生在《莺莺传》里是一个无行文人，而在董《西厢》中则成了忠于爱情的人物；莺莺在《莺莺传》里是一个逆来顺受的弱者，而在董《西厢》中则成了以封建礼教为小行小节的叛逆女生；红娘在《莺莺传》里性格并不鲜明，而在董《西厢》里则成了足智多谋的可爱人物；崔母在《莺莺传》里无足轻重，而在董《西厢》里则成了封建礼教的代表；法聪、郑恒为《莺莺传》所无，而在董《西厢》里，前者成了“路见不平，拔刀相助”的侠士，后者则成了丑恶的衙内。总之，《莺莺传》所反映的是元稹以功名为重的观念；董解元是金代的下层文人，其《西厢记》所反映的则是普通百姓对爱情的看法。

董解元《西厢记》的文体实为弹词，故又叫《西厢搊弹词》，有白有曲，专以一人搊弹，并念唱之。弹词起于唐，宋朱翌《猗觉寮杂记》卷下云：“弹曲始于唐懿宗时，《曹确传》云：优人李可及能新声，自度曲，号为拍弹。优伶打诨，亦起于唐。李栖筠为御史大夫，故事，曲江赐宴，教坊倡诨杂侍。栖筠以任风宪，不往，台遂以为法。”五代王仁裕《开元天宝遗事》也有搊弹体。

为示区别，下面以【】代表宫调，以〖〗代表曲牌，以楷体字代表唱词，以宋体字代表说白，以董解元《西厢记》卷一为例，看看诸宫调这种体裁：

【仙吕调】〖醉落魄〗通衢四达，景物最堪图画。芃葱瑞霭迷鸳瓦，接屋连甍，五七万人家。六街三市通车马，风流人物类京华。张生未及游州学，策马携仆，寻得个店儿下。

有宋玉十分美貌，怀子建七步才能，如潘岳掷果之容，似封骘心刚独正。时间尚在白衣，目下风云未遂。张生寻得一座清幽店舍下了。住经数日，心中似有闷倦。

【黄钟调】〖侍香金童〗清河君瑞，邸店权时住，又没个亲知为伴侣，欲待散心没处去。正疑惑之际，二哥（店小二）推户。张生急问，道：“都知（对店小二的尊称）听说：不问贤家别事故，闻说贵州天下没，有甚希奇景物？你须知处。”

〖尾〗二哥不合尽说与，开口道不彀十句，把张君瑞送得来腌受苦（受苦到极点)。

被几句杂说闲言，送一段风流烦恼。道甚的来？道甚的来？道："蒲州东十余里，有寺曰'普救'，自(武)则天崇浮屠教，出内府财敕建，僧蓝无丽于此。请先生一观。"

这里的【仙吕调】、【黄钟调】是宫调，代表调高，这段是两个宫调，各一曲牌；〖醉落魄〗、〖侍香金童〗是曲牌，代表曲调；〖尾〗是尾声，是套曲的末段，代表这一套曲的终结，一般由三句组成，但也有不限于三句的，如卷三【越调】的〖尾〗就多达九句，也可看成三个三句："马颔系朱缨，栲栳来大一团火。肩上钢刀门扇来阔。人似金刚，马似骆驼，孙飞虎唬得来肩磨。魂魄离壳，自摧挫，管只为这一顿馒头送了我。"〖醉落魄〗写张生初至蒲州所见繁华景象，接着一段说白以宋玉、曹植、潘岳及唐代孝廉封骘形容其才貌双全，品行端庄；下一段说白引出《董西厢》的主要活动场所普救寺。金院本诸宫调大体就是这种形式。下面两宫调写张生游普救寺初遇崔莺莺：

【商调】〖玉抱肚〗普天下佛寺无过普救，有三檐经阁，七层宝塔，百尺钟楼。正堂里幡盖悬在画栋，回廊下帘幕金钩。一片地是琉璃瓦，瑞烟浮，千梁万斗。宝阶数尺是琉璃甃。重檐相对，一谜地(一概)是宝妆就。佛前的供床金间玉，香烟袅袅喷瑞兽。中心的悬壁，周回的画像，是吴生(吴道子)亲手。金刚揭帝骨相雄，善神菩萨相移走。张生觑了，失声的道："果然好！"频频地稽首。欲待问是何年建，见梁文上明写着"垂拱二年(686)修"。

〖尾〗都知说得果无谬，若非今日随喜后，着丹青画出来不通道有。

此寺盖造真是富贵：捣椒泥红壁，雕花间玉梁；沉檀金四柱，玳瑁压阶砙。松桧交加，花竹间列，观此异景奢华，果是人间天上。若非国力，怎生盖得！

【双调】〖文如锦〗景清幽，看罢绝尽尘俗意。普救光阴(景象)，出尘离世。明晃晃辉金碧，修完济楚，栽接奇异，有长松矮柏，名葩异卉。时潺潺流水，凑着千竿翠竹，几块湖石。瑞烟微，浮屠千丈，高接云霓。行者(带发修行的人)道："先生本待观景致，把似(倒不如)这里闲行，随喜塔位。"转过回廊，见个竹帘儿挂起。到经藏北，法堂西，厨房南面，钟楼东里，向松亭那畔，花溪这壁，粉墙掩映，几间寮舍，半亚(半开)朱扉。正惊疑，张生觑了，魂不逐体。

〖尾〗瞥然一见如风(通疯)的，有甚心情更待随喜，立挣(发症、发呆)了浑身森地(森森地如麻木状)。

当时张生却是见甚的来？见甚的来？与那五百年前疾憎的冤家，正打个照面儿。一天烦恼，当初指引为都知；满腹离愁，到此发迷因行者。一场旖旎风流事，今日相逢在此中。

这里的【商调】、【双调】是宫调名，〖玉抱肚〗、〖文如锦〗是曲牌名，各带一尾声。【商调】〖玉抱肚〗包括〖尾〗及说白都极写普救寺的壮丽；【双调】〖文如锦〗继写普救寺的清幽，其“正惊疑，张生觑了，魂不逐体”，“瞥然一见如风的，有甚心情更待随喜，立挣了浑身森地”，“与那五百年前疾憎的冤家，正打个照面儿”诸句，均暗指初遇莺莺。这都是烘托性的虚写，接下的两宫调则较具体地描写莺莺之美：

【仙吕调】〖点绛唇缠〗楼阁参差，瑞云缥缈香风暖。法堂前殿，数处都行遍。花木阴阴，偶过垂杨院。香风散，半开朱户，瞥见如花面。

〖风吹荷叶〗生得于中堪羡，露着庞儿一半，宫样眉儿山势远。十分可喜，二停似菩萨，多半是神仙。

〖醉奚婆〗尽人顾盼，手把花枝捻。琼酥皓腕，微露黄金钏。

〖尾〗这一双鹘鸰眼，须看了可憎底千万，兀底般媚脸儿不曾见。

手捻粉香春睡起，倚门立地怨东风。髻绾双鬟，钗簪金凤。眉弯远山不翠，眼横秋水无光。体若凝酥，腰如弱柳。指犹春笋纤长，脚似金莲稳小。正传道：“张生二十三岁，未尝近于女色。其心虽正，见此女子，颇动其情。”

【中吕调】〖香风合缠令〗转过荼蘼架，正相逢着宿世那冤家。一时间见了他，十分地慕想他。不道措大连心要退身，却把个门儿亚。唤别人不见吵！不见吵！朱樱一点衬腮霞，斜分着个庞儿鬓似鸦。那多情媚脸儿，那鹘鸰渌老儿，难道不清雅？见人不住偷睛抹，被你风魔了人也嗏！风魔了人也嗏！

〖墙头花〗也没首饰铅华，自然没包弹，淡净的衣服儿扮得如法。天生更一段儿红白，便周昉的丹青怎画？手托着腮儿，见人羞又怕。觑举止行处，管未出嫁。不知他姓甚名谁，怎得个人来问咱？不曾旧相识，不曾共说话；何须更买卦，已见十分掉不下。兀的般标格精神，管相思人去也妈妈！

〖尾〗你道是可憎么？被你直羞落庭前无数花。

门前纵有闲桃李，羞对桃源洞里人。佳人见生，羞婉而入。

“如花面”，“宫样眉儿山势远”，“眉弯远山不翠，眼横秋水无光”，“体若凝酥，腰如弱柳。指犹春笋纤长，脚似金莲稳小”，“朱樱一点衬腮霞，斜分着个庞儿鬓似鸦”，“手托着腮儿，见人羞又怕”，这位绝世美女已如在目前。这里的前一【仙吕调】含〖点绛唇缠〗、〖风吹荷叶〗、〖醉奚婆〗三个曲牌，后一【中吕调】含〖香风合缠令〗、〖墙头花〗两个曲牌，与前面含一个曲牌者不同，并有含三个曲牌以上的。诸宫调是说唱文学，只有说和唱，没有提示表情、动作的科介，但这里的"佳人见生，羞婉而入"及同卷的"(张)生怏怏归于寝舍，通宵无寐"已属表情、动作，因此说金院本已具有戏剧性质。类似的提示表情、动作的科介在董《西厢》中还很多，如卷四的"红娘归"，"生横琴于膝"，"莺潜出户，与红俱行"，都是动作，与戏剧中的科介无异。

张生初见莺莺后，设法在临近莺莺的西厢住下，口占二十字小诗一绝："月色溶溶夜，花阴寂寂春，如何临皓魄，不见月中人?"诗罢，绕庭徐步。听得哑地门开，袭袭香至，遂"仔细把莺莺偷看"，这属说白性质。

【仙吕调】〖整花冠〗整整齐齐忒稔色，姿姿媚媚红白。小颗颗的朱唇，翠弯弯的眉黛。滴滴春娇可人意，慢腾腾地行出门来。舒玉纤纤的春笋，把颤巍巍的花摘。低矮矮的冠儿偏宜戴，笑吟吟地喜满香腮。解舞的腰肢，瘦岩岩的一搦。簌簌的裙儿前刀儿短。被你风韵韵煞人也猜(也猜，叹词)！穿对儿曲弯弯的半折来大弓鞋。

〖尾〗遮遮掩掩衫儿窄，那些袅袅婷婷体态，觑着剔团圆(明而圆)的明月伽伽地(深深地)拜。

莺莺也十分孤寂，闻张生诗，亦口占一绝，以吐心曲："兰闺久寂寞，无事度芳春。料得行吟者，应怜长叹人。"张生闻莺莺长叹，答和他的新诗，就"手撩着衣袂，大踏步走至跟前"。结果"不防更被别人见，高声喝道：'怎敢戏弄人家宅眷！'"喝止张生的就是红娘，这是张生二见莺莺。

张生第三次见到莺莺是在相国夫人为亡夫做清醮时，身着孝服，不施粉黛的莺莺尤为美丽："右壁个佳人举止轻盈，脸儿说不得的抢，把盖头儿揭起，不甚梳妆，自然异常。松松云南省鬓偏，弯弯眉黛长，首饰又没，着一套儿白衣裳，直许多韵相!"尤为精彩的是以烘托夸张的手法，先写和尚为莺莺之美而疯狂：

【越调】〖雪里梅〗诸僧与看人惊晃，瞥见一齐都望。住了念经，罢了随喜，忘了上香。选甚士农工商，一地里闹闹攘攘。折莫(不论)老的、小的，俏的、村的，满坛里热荒。老和尚也眼狂心痒，小和尚每挼头(两手摸头)缩项。立挣了法堂，九伯(痴呆)了法宝，软瘫了智广。

〖尾〗添香侍者似风狂，执磬的头陀呆了半晌，作法的阇黎神魂荡扬。不顾那本师和尚，聒(喧哗)起那法堂。怎遮当！贪看莺莺，闹了道场。

禅僧既见，十年苦行此时休；行者先忧，二月桃花今夜破。余者尚然，张生何似？

次写张生为之疯狂：

【大石调】〖吴音子〗张生心迷，着色事破了八关戒(八条禁戒)。佛名也不执，旧时敦厚性都改，抖狂，摆弄九伯，作怪！作怪！骋无赖，傍人劝他又谁偢保(瞅睬)。大师遥见，坐地不定害涩奈(羞涩。奈，助词)，觑着莺莺，眼去眉来。被那女孩儿，不保，不保！

〖尾〗短命冤家薄情煞，兀的不枉教人害，少负你前生眼儿债。

上面我们仅就卷一举了数套，主要是为了说明金院本诸宫调的宫调、曲牌和说白形式。董《西厢》的故事情节引人入胜，人物性格、景物描写鲜明生动，在艺术上取得了很高的成就，对后世影响颇大。著名的元杂剧王实甫的《西厢记》，实际上就是对《董西厢》承续和发展。

第四节　元　杂　剧

(一) 元杂剧及王实甫的《西厢记》

元杂剧是形成于宋末，盛行于元大德年间的戏剧。明胡应麟《少室山房笔丛》卷二五云：“今世俗搬演戏文，盖元人杂剧之变。而元人杂剧之类戏文者，又金人词说之变也。杂剧自唐、宋、金、元迄明皆有之，独戏文《西厢》作祖。《西厢》出金董解元，然实弦唱小说之类。至元王、关所撰乃可登场搬演，高氏一变而为南曲。承平日久，作者迭兴，古昔所谓杂剧院本，几于尽废，仅教坊中存什二三耳。诸野史稗官纪载率不能详，荐绅先生置而弗论。”

杂剧是具有声腔系统(曲牌)、科(表演动作)白(说白对话)的戏剧。如前所述，“杂剧”一词最早见于唐代，但还不属于戏剧。到了宋代，“杂剧”逐渐成为一种表演形式的戏剧，具有对白、歌舞、音乐、调笑、杂技等形式。由于宋代城市商品经济的繁盛，市民阶层对于文化生活的需求，首都东京(今河南开封)出现了集中演出各种伎艺的瓦肆、勾栏，为戏剧向综合艺术发展提供了条件。杂剧既在宫廷中演出，也在民间瓦肆、街头演出，如前举《刘先生传》所反映的就是街头演出。祝允明论杂剧云："生、净、丑、末等名，有谓反其事而称，又或托之唐庄宗，皆谬也。此本金、元阛阓谈吐，所谓'鹘伶声嗽'，今所谓'市语'也。生即男子，旦曰'装旦色'，净曰'净儿'，末曰'末尼'，孤乃官人：即其土音，何义理之有？"①

元代不仅统一了中原，而且建立了横跨欧亚的大帝国，以大都（今北京）为首都，集中了大量财富。元代早期废除了科举，极度鄙视文人，文人位居"娼之下，丐（乞丐）之上"。宋末遗老谢枋得、郑所南（思肖）的文集中都有十儒九丐之说。谢枋得《送方伯载归三山序》说："大元制典，人有十等：一官二吏，先之者贵之也，贵之者谓有益于国也。七匠八娼，九儒十丐，后之者贱之也，贱之者谓无益于国也。嗟乎卑哉，介乎娼之下，丐之上者，今之儒也。"郑所南在他所著的《铁函心史》卷下《鞭法》的记载中说："一官二吏，三僧四道，五医六工，七猎八民，九儒十丐。"文人因备受鄙视而绝意仕进者，常与杂剧艺人共同进行创作，从而使元杂剧在以大都为中心的北方地区繁盛起来。元大德年间（1297—1307），元杂剧发展至鼎盛时期，名家辈出，名作如林。出现了关汉卿的《窦娥冤》、《救风尘》、《拜月亭》、《单刀会》，王实甫的《西厢记》，马致远的《汉宫秋》，纪君祥的《赵氏孤儿》等不朽作品。著名演员有珠帘秀、天然秀、侯要俏、黄子醋等，盛极一时。元代末年，政治黑暗，经济衰微，北方重灾，更由于科举恢复，文人转趋仕途，以及南方传奇兴起等原因，元杂剧又渐趋衰落。

杂剧的体裁是一本四折，折相当于一场；一折之中，场景可有变换；四折之外又可加一、二个楔子；楔子的篇幅短小，通常放在第一折前，起类似今序幕的作用；或放在两折之间，作为剧情的过渡，是四折戏的重要补充。个别杂剧有五折的，如《赵氏孤儿》；一般是一本为一剧，但王实甫的《西厢记》却为五本。

王实甫，名得信，元大都（今北京市）人，生平事迹无考，与关汉卿大略同时。为便于比较金院本（以董解元《西厢记》为代表）和元杂剧的异同，故从王实甫及其《西厢记》讲起。

诸本《录鬼簿》都把王实甫列入"前辈已死名公才人"，可能他是由金入元的剧作家。据元周德清《中原音韵序》，可知王实甫于泰定元年（1324）前已去世。明贾仲明《录鬼簿续编》，有〖凌波仙〗词吊王实甫："风月营，密匝匝列旌旗；莺花寨，明飐飐排剑戟；翠红乡，雄赳赳施谋智。作词章，风韵美，士林中等辈伏低。新杂剧，旧传奇，《西厢记》天下夺魁。""风月营"、"莺花寨"、"翠红乡"，均指元代官妓聚居的教坊、行院或上演杂剧的勾栏，可见王实甫非常熟悉官妓生活。"《西厢记》天下夺魁"，可见此剧在

① （明）祝允明《猥谈》，续说郛本。

元、明之际已影响很大。明陈所闻《北宫词纪》收有王实甫的【商调】〖集贤宾〗《退隐》套曲，有“百年期六分甘到手，数支干周遍又从头”句，可见为六十岁时作。其〖后庭花〗云：“住一间蔽风霜茅草丘，穿一领卧苔莎粗布裘，捏几首写怀抱歪诗句，吃几杯放心胸村醪酒，这潇洒傲王侯。且喜的身住中寿，有微资堪赡赒，有亭园堪纵游。保天和自养修，放形骸任自由。把尘缘一笔勾，再休题名利友。”他住的是茅草屋，穿的是粗布裘，过的是写歪诗，饮村酒，“潇洒傲王侯”，“放形骸任自由”的生活，虽不富裕，但也不贫困，还“有微资堪赡赒，有亭园堪纵游”。

王实甫著有杂剧十四种，现存《西厢记》、《丽春堂》、《破窑记》三种。《破窑记》写刘月娥和吕蒙正悲欢离合的故事，未必是王实甫所作。另有《贩茶船》、《芙蓉亭》二种，各有曲文一折流传。《西厢记》的版本很多，明代就不下二十六种，各本差异很大。把董《西厢》与王《西厢》相比较，有以下异同：

第一，二者题材的资料来源相同，都来源于唐代元稹的《莺莺传》，宋毛滂《调笑令·莺莺》，赵德麟《侯鲭录》卷五《商调·蝶恋花·鼓子词》。王《西厢》的资料来源自然还要加上《董西厢》。

第二，主旨相近，都一改元稹《莺莺传》的始乱终弃，而歌颂张、崔坚持婚姻自主。但二者形式差异较大，分别代表了金院本与元杂剧的不同特点。《董西厢》分为八卷，《王西厢》则分为《张君瑞闹道场》、《崔莺莺夜听琴》、《张君瑞害相思》、《草桥店梦莺莺》、《张君瑞团圆》五本（王实甫所作只有四本，每本各四折，共十六折。《草桥店梦莺莺》乃关汉卿所续，详见《曲藻》及《南濠诗话》）。下面与介绍《董西厢》时一样，以【】代表宫调，以〖〗代表曲牌，以〔〕代表科白，以楷体字代表唱词，以宋体字代表说白。

董《西厢》没有楔子，王《西厢》各本前都有楔子。第一本的楔子是：

〔外扮老夫人上，开（开场）〕老身姓郑，夫主姓崔，官拜前朝相国，不幸因病告殂。只生得个小姐，小字莺莺，年一十九岁，针指女工，诗词书算，无不能者。老相公在日，曾许下老身之侄，乃郑尚书之长子郑恒为妻。因俺孩儿父丧未满，未得成合。又有个小妮子，是自幼伏侍孩儿的，唤做红娘。一个小厮儿，唤做欢郎。先夫弃世之后，老身与女孩儿扶柩至博陵（今河北定县）安葬；因路途有阻，不能得去。来到河中府（今山西永济县），将这灵柩寄在普救寺内。这寺是先夫相国修造的，是（武）则天娘娘香火院，况兼法本长老又是俺相公剃度的和尚，因此俺就这西厢下一座宅子安下。一壁（面）写书附京师去，唤郑恒来相扶回博陵去。我想先夫在日，食前方丈，从者数百，今日至亲则这三四口儿，好生伤感人也呵！

【仙吕】〖赏花时〗夫主京师禄命终，子母孤孀途路穷；因此上旅榇在梵王宫。

盼不到博陵旧冢，血泪洒杜鹃红。

今日暮春天气，好生困人，不免唤红娘出来分付他。红娘何在？〔旦倈（小厮曰倈）扮红（红娘）见科（规范动作。身之所行皆谓之科）〕〔夫人云〕你看佛殿上没人烧香呵，和小姐散心耍一回去来。〔红云〕谨依严命。〔夫人下〕〔红云〕小姐有请。〔正旦（端庄正派的女主角）扮莺莺上〕〔红云〕夫人着俺和姐姐佛殿上闲耍一回去来。〔旦唱〕

〖幺篇（即下阕）〗可正是人值残春蒲郡东，门掩重关萧寺中。花落水流红，闲愁万种，无语怨东风。

〔并下〕

这一楔子对全剧的主要出场、未出场人物（郑夫人、崔相国、莺莺、郑恒、丫头红娘、小厮欢郎），故事发生的地点（河中府普救寺，暂寄崔相国灵柩之地），故事背景（送夫灵柩还博陵安葬），人物心情（老夫人感到“暮春天气，好生困人”；莺莺却“闲愁万种，无语怨东风”）埋下了伏笔。

董《西厢》没有题目、正名，王《西厢》却每本都有，置于各本之末。第一本“题目：老夫人闲春院，崔莺莺烧夜香。正名：小红娘传好事　张君瑞闹道场”；第二本“题目：张君瑞破贼计，莽和尚生杀心。正名：小红娘昼请客，崔莺莺夜听琴”；第三本“题目：老夫人命医士，崔莺莺寄情诗。正名：小红娘问汤药，张君瑞害相思”；第四本“题目：小红娘成好事，老夫人问私情。正名：短长亭斟别酒，草桥店梦莺莺”；第五本“题目：小琴童传捷报，崔莺莺寄汗衫。正名：郑伯常干舍命，张君瑞庆团圆。”每本正名的最后一句就是该本的标题。

为进一步说明元杂剧的体裁，下面具体来看看第四本《草桥店梦莺莺》第二折《拷红》与第三折《长亭送别》。

《拷红》全折为：

〔夫人引倈上云〕这几日窃见莺莺语言恍惚，神思加倍，腰肢体态，比向日不同；莫不做下来了么？[倈云]前日晚夕，奶奶睡了，我见姐姐和红娘烧香，半晌不回来，我家去睡了。〔夫人云〕这桩事都在红娘身上，唤红娘来！〔倈唤红科〕〔红云〕哥哥唤我怎么？〔倈云〕奶奶知道你和姐姐去花园里去，如今要打你哩。〔红云〕呀！小姐，你带累我也！小哥哥，你先去，我便来也。〔红唤旦科〕姐姐，事发了也，老夫人唤我哩，却怎了？〔旦云〕好姐姐，遮盖咱！〔红云〕娘呵，你做的隐秀（隐秘）者，我道你做下来也。〔旦念〕月圆便有阴云蔽，花发须教急雨催。〔红唱〕

【越调】〖斗鹌鹑〗则着你夜去明来，倒有个天长地久；不争你握雨携云，常使我提心在口。你则合带月披星，谁着你停眠整宿？老夫人心数多，情性㑇（厉害）；使不着我巧语花言，将没做有。

〖紫花儿序〗老夫人猜那穷酸做了新婿，小姐做了娇妻，这小贱人做了牵头。俺小姐这些时春山低翠，秋水凝眸，别样的都休，试把你裙带儿拴，纽门儿扣，比着你旧时肥瘦，出落得精神，别样的风流。

〔旦云〕红娘，你到那里小心回话者！〔红云〕我到夫人处，必问："这小贱人，

〖金蕉叶〗我着你但去处行监坐守，谁着你迤逗的胡行乱走？"若问着此一节呵如何诉休？你便索与他个"知情"的犯由。

姐姐，你受责理当，我图甚么来？

〖调笑令〗你绣帏里效绸缪，倒凤颠鸾百事有。我在窗儿外几曾轻咳嗽，立苍苔将绣鞋儿冰透。今日个嫩皮肤倒将粗棍抽，姐姐呵，俺这通殷勤的着甚来由？

姐姐在这里等着，我过去。说过呵，休欢喜，说不过，休烦恼。〔红见夫人科〕〔夫人云〕小贱人，为甚么不跪下！你知罪么？〔红跪云〕红娘不知罪。〔夫人云〕你故自口强哩。若实说呵，饶你；若不实说呵，我直打死你这个贱人！谁着你和小姐花园里去来？〔红云〕不曾去，谁见来？〔夫人云〕欢郎见你去来，尚故自推哩。〔打科〕〔红云〕夫人休闪了手，且息怒停嗔，听红娘说。

〖鬼三台〗夜坐时停了针绣，共姐姐闲穷究，说张生哥哥病久。咱两个背着夫人，向书房问候。

〔夫人云〕问候呵，他说甚么？〔红云〕他说来，

道"老夫人事已休，将恩变为仇，着小生半途喜变做忧"。他道："红娘你且先行，教小姐权时落后。"

〔夫人云〕他是个女孩儿家，着他落后怎么！〔红唱〕

〖秃厮儿〗我则道神针法灸，谁承望燕侣莺俦。他两个经今月余则是一处宿，何须你一一问缘由？

〖圣药王〗他每不识忧，不识愁，一双心意两下投。夫人得好休，便好休，这其间何必苦追求？常言道"女大不中留"。

〔夫人云〕这端事都是你个贱人。〔红云〕非是张生、小姐、红娘之罪，乃夫人之过也。〔夫人云〕这贱人倒指下我来，怎么是我之过？〔红云〕信者人之根本，"人而无信，不知其可也。大车无輗，小车无軏，其何以行之哉？"当日军围普救，夫人所许退军者，以女妻之。张生非慕小姐颜色，岂肯区区建退军之策？兵退身安，夫人悔却前言，岂得不为失信乎？既然不肯成就其事，只合酬之以金帛，令张生舍此而

去。却不当留请张生于书院，使怨女旷夫，各相早晚窥视，所以夫人有此一端。目下老夫人若不息其事，一来辱没相国家谱；二来张生日后名重天下，施恩于人，忍令反受其辱哉？使至官司，老夫人亦得治家不严之罪。官司若推其详，亦知老夫人背义而忘恩，岂得为贤哉？红娘不敢自专，乞望夫人台鉴：莫若恕其小过，成就大事，撋（迁就）之以去其污，岂不为长便乎？

〖麻郎儿〗秀才是文章魁首，姐姐是仕女班头；一个通彻三教九流，一个晓尽描鸾刺绣。

〖幺篇〗世有、便休、罢手，大恩人怎做敌头？起白马将军故友，斩飞虎叛贼草寇。

〖络丝娘〗不争和张解元参辰卯酉（做对头），便是与崔相国出乖弄丑，到底干连着自己骨肉，夫人索穷究。

〔夫人云〕这小贱人也道得是。我不合养了这个不肖之女。待经官呵，玷辱家门。罢罢！俺家无犯法之男，再婚之女，与了这厮罢。红娘唤那贱人来！〔红见旦云〕且喜姐姐，那棍子则是滴溜溜在我身上，吃我直说过了。我也怕不得许多，夫人如今唤你来，待成合亲事。〔旦云〕羞人答答的，怎么见夫人？〔红云〕娘根前有甚么羞？

〖小桃红〗当日个月明才上柳梢头，却早人约黄昏后。羞得我脑背后将牙儿衬着衫儿袖。猛凝眸，看时节则见鞋底尖儿瘦。一个恣情的不休，一个哑声儿厮耨（相昵）。呸！那其间可怎生不害半星儿羞？

〔旦见夫人科〕〔夫人云〕莺莺，我怎生抬举你来，今日做这等的勾当；则是我的孽障，待怨谁的是！我待经官来，辱没了你父亲，这等不是俺相国人家的勾当。罢罢罢！谁似俺养女的不长进！红娘，书房里唤将那禽兽来！[红唤末科][末云]小娘子唤小生做甚么？〔红云〕你的事发了也，如今夫人唤你来，将小姐配与你哩。小姐先招了也，你过去。〔末云〕小生惶恐，如何见老夫人？当初谁在老夫人行说来？〔红云〕休佯小心，过去便了。

〖幺篇〗既然泄漏怎干休？是我相投首（自首）。俺家里陪酒陪茶倒撋就。你休愁，何须约定通媒媾？我弃了部署不收，你原来“苗而不秀”。呸！你是个银样镴枪头。

〔末见夫人科〕〔夫人云〕好秀才呵，岂不闻“非先王之德行不敢行”。我待送你去官司里去来，恐辱没俺家谱。我如今将莺莺与你为妻，则是俺三辈儿不招白衣女婿，你明日便上朝取应（应考）去。我与你养着媳妇，得官呵，来见我；驳落（落榜）呵，休来见我。〔红云〕张生早则喜也。

〖东原乐〗相思事，一笔勾，早则展放从前眉儿皱，美爱幽欢恰动头。既能够，张生，你觑兀的般可喜娘庞儿也要人消受。

〔夫人云〕明日收拾行装，安排果酒，请长老一同送张生到十里长亭去。〔旦念〕寄语西河堤畔柳，安排青眼送行人。〔同夫人下〕〔红唱〕

〖收尾〗来时节画堂箫鼓鸣春昼，列着一对儿鸾交凤友。那其间才受你说媒红，方吃你谢亲酒。

〔并下〕

此折开头老夫人所说的“这几日窃见莺莺语言恍惚，神思加倍，腰肢体态，比向日不同”是拷红之因；让小厮欢郎叫红娘，红娘知道“事发了”，因此已有思想准备，为此折写红娘的反守为攻作好了铺垫。其次，此折为旦本戏，唱词都为红娘唱。【越调】表示宫调，一折只有一个宫调，此折的曲牌皆属越调；〖〗表示曲牌，一折里同一宫调下包括若干曲牌，此折就有〖斗鹌鹑〗、〖紫花儿序〗、〖金蕉叶〗、〖调笑令〗、〖鬼三台〗、〖秃厮儿〗、〖圣药王〗、〖麻郎儿〗、〖络丝娘〗、〖么篇〗、〖小桃红〗、〖东原乐〗、〖收尾〗共十三个曲牌。第三，《董西厢》没有楔子，《王西厢》各本前都有楔子，下面即将论述的关汉卿的《窦娥冤》只是全剧前有楔子。

在故事情节上，此折具有层层推进的特点。首先写崔、张私下结合被老夫人识破，要找红娘来拷问时，莺莺要红娘“遮盖”，红娘表示很难遮盖：“只着你夜去明来，倒有个天长地久，不争你握雨携云，常使我提心在口。你只合带月披星，谁着你停眠整宿？老夫人心数多，情性㑇，使不着我巧语花言，将没做有。”而且也无法遮盖，人逢喜事精神爽，莺莺完全变了一个样：“小姐这些时春山低翠，秋水凝眸……出落得精神，别样的风流”，与老夫人感觉到的“莺莺语言恍惚，神思加倍，腰肢体态，比向日不同”形成呼应。这里表现了莺莺、红娘对追查的不同态度：莺莺要遮盖，红娘要直说，因为“老夫人心数多”，不可能“巧语花言，将没做有”；也表现了两人的不同性格，莺莺怕事，红娘不怕，心直快口，已决心全盘托出。

次写红娘全盘托出老夫人最怕的事。老夫人气势汹汹地问罪：“小贱人，为什么不跪下，你知罪么？”红娘竟以“不知罪”顶撞；转告张生对老夫人赖婚的不满，“将恩变为仇”，“喜变做忧”；说出老夫人最怕的事，他们已同居月余：“他两个经今月余则是一处宿，何须你一一问缘由。他每不识忧，不识愁，一双心意两相投。夫人得好休，便好休，这其间何必苦追求？常言道：‘女大不中留。’”

再写红娘转守为攻，认为罪不在张生、小姐、红娘，“乃夫人之过”：一是失信：“信者人之根本”，“人而无信，不知其可也……当日军围普救，夫人所许退军者，以女妻之。张生非慕小姐颜色，岂肯区区建退军之策？兵退身安，夫人悔却前言，岂得不为失信乎？”二是既不许婚，就不该留张生在此读书：“既然不肯成其事，只合酬之以金帛，令张生舍此而去。却不当留请张生于书院，使怨女旷夫，各相早晚窥视。”三是张生、莺莺是天生一对，完全相配：“秀才是文章魁首，姐姐是仕女班头；一个通彻三教九流，一个晓尽描鸾刺绣。”四又晓以利害，为老夫人出谋划策：“老夫人若不息其事，一来辱没相国家谱（这是老夫人最怕的事）……使至官司，夫人亦得治家不严之罪。官司若推其详，亦知老夫人背义忘恩，岂得为贤哉？”主张“莫若恕其小过，成就大事，撋（迁就）之以去其污，岂不为长便乎？”和则两利，闹则两伤：“不争和张解元参辰卯酉（做对头），便是与崔相国出乖弄丑。到底干连（牵连）着自己骨肉，夫人索穷究。”连老夫人也感到“这小贱人也道得是”，“俺家无犯法之男，再婚之女，与了这厮罢”。后面的两个余波也很有趣：莺莺说“羞人答答的怎么见母亲”，红娘嘲笑她“当日个月明才上柳梢头，却早人约黄昏后……那其间可怎生不害半星儿羞？”张生也说“小生惶恐，如何去见老夫人”，红娘嘲笑他是“你原来‘苗而不秀’，呸！你是个银样镴枪头（中看不中用）”。红娘对莺莺、张生的善意嘲笑，使红娘的形象更加丰满，把一个婢女写得如此善良聪慧、风趣可爱，机智勇敢、先发制人，直攻老夫人要害，是中国文学史上仅见的，也是数百年来《拷红》一折为各个剧种移植，长演不衰的原因。

如果说第二折《拷红》以风趣胜，那么第三折《长亭送别》就以抒情胜。此折也是旦本戏，莺莺的唱词具有浓厚的抒情色彩。抒情有直接抒情、间接抒情两种，“碧云天，黄花地，西风紧，北雁南飞。晓来谁染霜林醉？总是离人泪”；“下西风黄叶纷飞，染寒烟衰草萋迷”；“青山隔送行，疏林不做美，淡烟暮霭相遮蔽。夕阳古道无人语，禾黍秋风听马嘶”；“四围山色中，一鞭残照里”；“泪随流水急，愁逐野云飞”等等，都是此折融情于景、借景抒情的文字华美的佳句。

或恨相见太晚，离别太快：“恨相见得迟，怨归去得疾。柳丝长玉骢难系，恨不倩疏林挂住斜晖。马儿迍迍的行（指张生），车儿快快的随（自指），却告了相思回避，破题儿又早别离（相思才了，离别又起）。听得道一声去也，松了金钏；遥望见十里长亭，减了玉肌。此恨谁知？”

或以无心打扮烘托心中之苦：“见安排着车儿、马儿，不由人熬熬煎煎的气；有甚么心情花儿、靥儿，打扮得娇娇滴滴的媚；准备着被儿、枕儿，则索昏昏沉沉的睡；从今后衫儿、袖儿，都揾做重重叠叠的泪。兀的不闷杀人也么哥！兀的不闷杀人也么哥！久已后书儿、信儿，索与我凄凄惶惶的寄。”

或通过莺莺所见写张生离别之苦以抒自己之苦：“酒席上斜签着坐的，蹙愁眉死临侵地（羸疲状）。我见他阁泪汪汪不敢垂，恐怕人知；猛然见了把头低，长吁气，推整素罗衣。”

或直抒胸臆，离别比相思更苦十倍：“虽然久后成佳配，奈时间怎不悲啼。意似痴，心如醉，昨宵今日，清减了小腰围”；“合欢未已，离愁相继。想着俺前暮私情，昨夜成亲，今日别离。我谂知这几日相思滋味，却原来比别离情更增十倍。”

或恨不能与张太亲近：“供食太急，须臾对面，顷刻别离。若不是酒席间子母每当回避，有心待与他举案齐眉。虽然是厮守得一时半刻，也合着俺夫妻每共桌而食。眼底空留意，寻思起就里，险化做望夫石。”

或恨“蜗角虚名，蝇头微利”拆散了他们，深感酒食无味：“将来的酒共食，尝着似土和泥。假若便是土和泥，也有些土气息，泥滋味”；“暖溶溶玉醅，白泠泠似水，多半是相思泪。眼面前茶饭怕不待要吃，恨塞满愁肠胃。‘蜗角虚名，蝇头微利’，折鸳鸯在两下里。一个这壁，一个那壁，一递一声长吁气。”

莺莺的最后一段唱词尤为感人：或“未登程先问归期”：“淋漓襟袖啼红泪，比司马青衫更湿。伯劳东去燕西飞，未登程先问归期。虽然眼底人千里，且尽生前酒一杯。未饮心先醉，眼中流血，心内成灰。”

或要张生注意身体：“到京师服水土，趁程途节饮食，顺时自保揣身体。荒村雨露宜眠早，野店风霜要起迟！鞍马秋风里，最难调护，最要扶持。”嘱咐得越琐细，越情真。

或写自己有愁无处诉：“这忧愁诉与谁？相思只自知，老天不管人憔悴。泪添九曲黄河溢，恨压三峰华岳低。到晚来闷把西楼倚，见了些夕阳古道，衰柳长堤。”

通过“昨宵”、“今夜”的对比，更是苦不堪言：“笑吟吟一处来，哭啼啼独自归。归家若到罗帏里，昨宵个绣衾香暖留春住，今夜个翠被生寒有梦知。留恋你别无意，见据鞍上马，阁不住泪眼愁眉。”

莺莺最担心的是张生去而不返：“年少呵轻远别，情薄呵易弃掷。全不想腿儿相挨，脸儿相偎，手儿相携。你与俺崔相国做女婿，妻荣夫贵，但得一个并头莲，煞强如状元及第。”张生却对“状元及第”颇有信心：“小生这一去白夺一个状元，正是‘青霄有路终须到，金榜无名誓不归’。”这正是莺莺最担心的，故莺莺要他“得官不得官，疾便回来”：“君行别无所谓，口占一绝，为君送行：‘弃掷今何在，当时且自亲。还将旧来意，怜取眼前人。’”张生也自表心迹：“小姐之意差矣，张珙更敢怜谁？谨赓一绝，以剖寸心：‘人生长远别，孰与最关亲？不遇知音者(指莺莺)，谁怜长叹人(自指)？’”张生离去时问莺莺有何“嘱咐”，更激起她直述衷情：“你休忧‘文齐福不齐’(文章虽好而未考上)，我则怕你‘停妻再娶妻’。休要‘一春鱼雁无消息’，我这里青鸾有信频须寄，你却休‘金榜无名誓不归’。此一节君须记，若见了那异乡花草，再休似此处栖迟。”

此折用了很多古典诗词，是《王西厢》中最为典雅的一折，张生的钟情，莺莺的深情，充满了诗情画意。“碧云天，黄花地”化用范仲淹《苏幕遮》词；“阁泪汪汪不敢垂”用宋妓《鹧鸪天》词成句；“我这里青鸾有信须频寄”化用李商隐《无题》的“蓬山此去无多路，青鸟殷勤为探看”；“蜗角虚名，蝇头微利”，语出《庄子》，也是苏轼《满庭芳》词成句；“知他今宵宿在那里”，显然是化用柳永《雨霖霖》“今宵酒醒何处”的名句；“比司马青衫更湿”，化用白居易《琵琶行》的“江州司马青衫湿”；“遍人间烦恼填胸臆，量这些大小车儿如何载得起”，化用李清照《武陵春・春晚》“只恐双溪舴艋舟，载不动许多愁”。此折还广泛运用中国古典诗词的修辞手法，或用排比，如〖叨叨令〗整曲（“见安排着车儿、马儿，不由人熬熬煎煎的气”）；或用夸张，如“泪添九曲黄河溢，恨压三峰华岳低”；或用对比，如“昨宵个绣衾香暖留春住，今夜个翠被生寒有梦知”。

《拷红》以戏剧冲突激烈，故事情节风趣胜；《长亭送别》故事情节则很简单，完全以文彩优美的抒情胜。历代评论对此评价甚高，明何良俊《曲论》云：“王实甫才情富丽，真辞家之雄；但《西厢》首尾五卷，曲二十一套，始终不出一‘情’字。”又引他人语云：“近代人杂剧以王实甫之《西厢记》，戏文以高则诚之《琵琶记》为绝唱。”①王世贞《曲藻》云：“北曲故当以《西厢》压卷。”②魏良辅《曲律・杂论》第三九下称之为“神品，必法与词两擅其极，惟实甫《西厢》可当之耳。”又云：“《西厢》之妙，正在于草桥一梦（即第四折），似假疑真，乍离乍合，情尽而意无穷。”③张琦《衡曲麈谭》云：“今丽曲之最胜者，以王实甫《西厢》压卷。”④李贽《焚书・杂说》：“《拜月》、《西厢》，化工也；《琵琶》，画工也。”⑤金圣叹《〈西厢记〉读法一》云：“《西厢记》不同小可，乃是天地妙文。”清人李渔《闲情偶寄》卷一云：“能于浅处见才，方是文章作手。施耐庵之《水浒》、王实甫之《西厢》，世人尽作戏文、小说看，金圣叹特标其名曰‘五才子书’、‘六才子书’者，其意何居？盖愤天下之小视其道，不知为古今来绝大文章，故作此等惊人语以标其目。”又卷二云：“填词除杂剧不论，只论全本，其文字之佳，音律之妙，未有过于北《西厢》者。”⑥但也有不以为然者，今人吴梅《中国戏曲概论・元人杂剧》云：“王实甫作《西厢》，以研炼浓丽为能，此是词中异军，非曲家出色当行之作。”⑦他认为本色当行之作应推关汉卿的《窦娥冤》，下面即论此剧。

---

①　(明)何良俊《曲论》，《中国古典戏曲论著集成》本。

②　(明)王世贞《弇州山人四部稿》卷一五二。

③④⑥　《中国古典戏曲论著集成》本。

⑤　(明)李贽《焚书》，中华书局 1975 年版。

⑦　吴梅《中国戏曲概论》，中国人民大学出版社 2004 年版。

（二）关汉卿及其《窦娥冤》

关汉卿（约 1214—约 1300），号已斋叟，金末元初大都（今北京市）人，元杂剧的代表作家，与郑光祖、白朴、马致远一同被称为“元曲四大家”，是当时杂剧界的领袖人物。关汉卿金末以解元贡于乡，后为太医院尹。南宋灭亡后，他到过杭州，有套曲【南吕】〖一枝花〗《杭州景》中的“大元朝新附国，亡宋家旧华夷”句可证。还曾到过扬州，有【南吕】〖一枝花〗《赠朱帘秀》中的“十里扬州风物妍，出落着神仙”句可证。他与当时的许多戏曲作家、杂剧演员关系密切，和杂剧作家杨显之、梁进之、费君祥，散曲作家王和卿以及著名女演员珠帘秀等均有交往。从他的套数《不伏老》可知其为人：

【南吕】〖一枝花〗攀出墙朵朵花，折临路枝枝柳。花攀红蕊嫩，柳折翠条柔，浪子风流。凭着我折柳攀花手，直煞得花残柳败休。半生来折柳攀花，一世里眠花卧柳。

〖梁州〗我是个普天下郎君领袖，盖世界浪子班头。愿朱颜不改常依旧，花中消遣，酒内忘忧。分茶攧竹，打马藏阄，通五音六律滑熟，甚闲愁到我心头？伴的是银筝女，银台前、理银筝、笑倚银屏；伴的是玉天仙，携玉手、并玉肩、同登玉楼；伴的是金钗客，歌金缕、捧金樽、满泛金瓯。你道我老也，暂休。占排场风月功名首，更玲珑又剔透，我是个锦阵花营都帅头，曾玩府游州。

〖隔尾〗子弟每是个茅草岗、沙土窝、初生的兔羔子，乍向围场上走；我是个经笼罩，受索网、苍翎毛老野鸡，蹅（踩）踏得阵马儿熟。经了些窝弓冷箭蜡枪头，不曾落人后，恰不道人到中年万事休，我怎肯虚度了春秋。

〖尾〗我是个蒸不烂、煮不熟、槌不匾、炒不爆、响当当一粒铜豌豆；恁子弟每谁教你钻入他锄不断、斫不下、解不开、顿不脱、慢腾腾千层锦套头。我玩的是梁园月，饮的是东京酒，赏的是洛阳花，攀的是章台柳。我也会围棋、会蹴鞠、会打围、会插科、会歌舞、会吹弹、会咽作、会吟诗、会双陆。你便是落了我牙，歪了我嘴，瘸了我腿，折了我手，天赐与我这几般儿歹症候，尚兀自不肯休。则除是阎王亲自唤，神鬼自来勾，三魂归地府，七魄丧冥幽，天哪，那其间才不向烟花路儿上走！①

---

① 隋树森编《全元散曲》第一册，中华书局 1964 年版。

从这段自述可知：第一，他是一位多才多艺的读书人，“通五音六律滑熟”，“我也会吟诗，会篆籀，会弹丝，会品竹。我也会唱鹧鸪，舞垂手，会打围，会蹴鞠，会围棋，会双陆”。第二，他不屑仕进，生活于底层，混迹于歌舞场中，自称是“普天下郎君领袖，盖世界浪子班头”；他也不肯“虚度了春秋”，但他的春秋是在“玩府游州”，“花中消遣，酒内忘忧”中度过的。第三，他坚持自己选定的生活道路，决不放弃：“我是个蒸不烂、煮不熟、槌不匾、炒不爆、响当当一粒铜豌豆……你便是落了我牙，歪了我嘴，瘸了我腿，折了我手，天赐与我这几般儿歹症候，尚兀自不肯休。”

元、明人有关关汉卿的记载也有助于我们对他的了解，熊自得《析津志》称他“生而倜傥，博学能文，滑稽多智，蕴藉风流，为一时之冠”；①朱经《青楼集序》云：“我皇元初并海宇，而金之遗民若杜散人（杜善夫）、白兰谷（白朴）、关已斋（关汉卿）辈，皆不屑仕进，乃嘲弄风月，流连光景。”②臧晋叔《元曲选序》称他“躬践排场，面敷粉墨。以为我家生活，偶倡优而不辞”。③明贾仲明称他“驱梨园领袖，总编修师首，捻杂剧班头”，④也说明他多才多艺，既能编剧，又能登台演出。

关汉卿创作杂剧六十余种，今存十八种（其中一些尚有争议）；套曲十余套，小令五十余首。其作品题材广泛，结构完整，情节生动，人物性格鲜明，语言本色而精练，揭露了封建统治的黑暗腐败，表现了古代人民特别是妇女的苦难和反抗，对元杂剧和后来戏曲的发展有很大影响。他的作品以《窦娥冤》、《救风尘》、《望江亭》、《单刀会》等最为著名。他的《感天动地窦娥冤》被称为中国十大悲剧之一，写山阴书生窦天章因无力偿还蔡婆的高利贷，把七岁的女儿窦娥送给蔡婆作童养媳。窦娥婚后丈夫去世，婆媳相依为命。蔡婆外出讨债，遇到流氓张驴儿父子。张驴儿企图霸占窦娥，窦娥不从，便想毒死蔡婆以要挟窦娥，不料误毒其父。张驴儿遂诬告是窦娥所为，官府严刑逼讯婆媳二人，窦娥为救蔡婆自认杀人，被判斩刑。在临刑之时窦娥指天为誓，死后将血溅白绫、六月降雪、大旱三年，以明己冤，后来果然都应验了。窦天章考取进士，官至肃政廉访使，到山阴考察吏治。窦娥的冤魂向父亲诉冤，窦天章重审此案，查明事实，为窦娥昭雪了冤案。这个故事源于《列女传》中的《东海孝妇》。但关汉卿的重点不是歌颂为东海孝妇平反冤狱的于公，而是揭露当时社会极端黑暗，成功塑造了

---

① 析津，治宛平，即今北京西南。《析津志》是最早记述今北京地区的一部专门志书。原书久佚，今有《析津志辑佚》，北京古籍出版社 1983 年版。

② （元）夏庭芝《青楼集》卷首，《中国古典戏曲论著集成》本。

③ （明）臧晋叔编：《元曲选》卷首，中华书局 1958 年版。

④ 《录鬼簿续编》，北京大学出版社影印本。2003 年第 3 期《典籍与文化》姚玉光文认为此书作者非贾仲明。

窦娥这一善良、坚强而最终走向反抗的悲剧主人公形象。

《窦娥冤》全剧为四折一楔子，限于篇幅，不可能都作解说。为了说明元杂剧的体裁，我们来看看第三折。此折写窦娥被押赴刑场杀害的悲惨情景，是悲剧气氛最浓的一折：

〔外扮监斩官上，云〕下官监斩官是也。今日处决犯人，着做公的把住巷口，休放往来人闲走。〔净扮公人，鼓三通，锣三下科，刽子磨旗、提刀、押正旦带枷上，刽子云〕行动些，行动些，监斩官去法场上多时了。〔正旦唱〕

【正宫】〖端正好〗没来由犯王法，不提防遭刑宪，叫声屈动地惊天。顷刻间游魂先赴森罗殿，怎不将天地也生埋怨。

〖滚绣球〗有日月朝暮悬，有鬼神掌着生死权。天地也，只合把清浊分辨，可怎生糊突了盗跖、颜渊？为善的受贫穷更命短，造恶的享富贵又寿延。天地也！做得个怕硬欺软，却原来也这般顺水推船！地也，你不分好歹何为地！天也，你错勘贤愚枉做天！哎，只落得两泪涟涟。

〔刽子云〕快行动些，误了时辰也。〔正旦唱〕

〖倘秀才〗则被这枷纽的我左侧右偏，人拥的我前合后偃。我窦娥向哥哥行有句言。〔刽子云〕你有甚么话说？〔正旦唱〕

前街里去心怀恨，后街里去死无冤，休推辞路远。

〔刽子云〕你如今到法场上面，有什么亲眷要见的，可教他过来，见你一面也好。〔正旦唱〕

〖叨叨令〗可怜我孤身只影无亲眷，则落的吞声忍气空嗟怨。

〔刽子云〕难道你爷娘家也没的？〔正旦云〕止有个爹爹，十三年前上朝取应去了，至今杳无音信。〔唱〕

早已是十年多不睹爹爹面。

〔刽子云〕你适才要我往后街里去，是甚么主意？〔正旦唱〕

怕则怕前街里被我婆婆见。

〔刽子云〕你的性命也顾不得，怕他见怎的？〔正旦云〕俺婆婆若见我披枷带锁赴法场餐刀去呵。〔唱〕

枉将他气杀也么哥，枉将他气杀也么哥。告哥哥，临危好与人行方便。

〔卜儿哭上科，云〕天那，兀的不是我媳妇儿！〔刽子云〕婆子靠后。〔正旦云〕既是俺婆婆来了，叫他来，待我嘱咐他几句话咱。〔刽子云〕那婆子，近前来，你媳妇要嘱咐你话哩。〔卜儿云〕孩儿，痛杀我也。〔正旦云〕婆婆，那张驴儿把毒药放在羊肚儿汤里，实指望药死了你，要霸占我为妻。不想婆婆让与他老子吃，倒把他老子药死了。我怕连累婆婆，屈招了药死公公，今日赴法场典刑。婆婆，此后遇着冬时年节，月一十五，有瀽不了的浆水饭，瀽半碗儿与我吃；烧不了的纸钱，与窦娥烧一陌儿。则是看你死的孩儿面上。〔唱〕

〖快活三〗念窦娥葫芦提当罪愆，念窦娥身首不完全，念窦娥从前已往干家缘，婆婆也，你只看窦娥少爷无娘面。

〖鲍老儿〗念窦娥伏侍婆婆这几年，遇时节将碗凉浆奠；你去那受刑法尸骸上烈些纸钱，只当把你亡化的孩儿荐。

〔卜儿哭科，云〕孩儿放心，这个老身都记得。天那，兀的不痛杀我也。〔正旦唱〕

婆婆也，再也不要啼啼哭哭，烦烦恼恼，怨气冲天。这都是我做窦娥的没时没运，不明不暗，负屈衔冤。

〔刽子做喝科，云〕兀那婆子靠后，时辰到了也。〔正旦跪科〕〔刽子开枷科〕〔正旦云〕窦娥告监斩大人，有一事肯依窦娥，便死而无怨。〔监斩官云〕你有什么事？你说。〔正旦云〕要一领净席，等我窦娥站立，又要丈二白练，挂在旗枪上。若是我窦娥委实冤枉，刀过处头落，一腔热血休半点儿沾在地下，都飞在白练上者。〔监斩官云〕这个就依你，打什么不紧。〔刽子做取席，站科，又取白练挂旗上科〕〔正旦唱〕

〖耍孩儿〗不是我窦娥罚下这等无头愿，委实的冤情不浅。若没些儿灵圣与世人传，也不见得湛湛青天。我不要半星热血红尘洒，都只在八尺旗枪素练悬。等他四下里皆瞧见，这就是咱苌弘化碧，望帝啼鹃。

〔刽子云〕你还有甚的说话，此时不对监斩大人说，几时说那？〔正旦再跪科，云〕大人，如今是三伏天道，若窦娥委实冤枉，身死之后，天降三尺瑞雪，遮掩了窦娥尸首。〔监斩官云〕这等三伏天道，你便有冲天的怨气，也召不得一片雪来，可不胡说！〔正旦唱〕

〖二煞〗你道是暑气暄，不是那下雪天；岂不闻飞霜六月因邹衍？若果有一腔怨气喷如火，定要感的六出冰花滚似绵，免着我尸骸现；要什么素车白马，断送出古陌荒阡？

〔正旦再跪科，云〕大人，我窦娥死的委实冤枉，从今以后，着这楚州亢旱三年。〔监斩官云〕打嘴！那有这等说话！〔正旦唱〕

〖一煞〗你道是天公不可期，人心不可怜，不知皇天也肯从人愿。做甚么三年不见甘霖降，也只为东海曾经孝妇冤。如今轮到你山阳县，这都是官吏每无心正法，使百姓有口难言。

〔刽子做磨旗科，云〕怎么这一会儿天色阴了也？〔内做风科，刽子云〕好冷风也！〔正旦唱〕

〖煞尾〗浮云为我阴，悲风为我旋，三桩儿誓愿明提遍。

〔做哭科，云〕婆婆也，直等待雪飞六月，亢旱三年呵。〔唱〕

那其间才把你个屈死的冤魂这窦娥显。

〔刽子做开刀，正旦倒科〕〔监斩官惊云〕呀，真个下雪了，有这等异事！〔刽子云〕我也道平日杀人，满地都是鲜血，这个窦娥的血，都飞在那丈二白练上，并无半点落地，委实奇怪。〔监斩官云〕这死罪必有冤枉，早两桩儿应验了，不知亢旱三年的说话，准也不准？且看后来如何。左右，也不必等待雪晴，便与我抬他尸首，还了那蔡婆婆去罢。〔众应科，抬尸下〕①

第一，〔　〕表示动作和说白，开头的"〔外扮监斩官上，云〕，〔净扮公人，鼓三通，锣三下科，刽子磨旗、提刀、押正旦带枷上，刽子云〕"都是说明动作；"下官监斩官是也。今日处决犯人，着做公的把住巷口，休放往来人闲走"，"行动些，行动些，监斩官去法场上多时了"都是说白；外、净都是元杂剧中的角色名。其后相同。

第二，〔正旦唱〕表明这是正旦戏，〔正旦唱〕以下的【正宫】表示宫调，一折只有一个宫调，此折的曲牌皆属正宫；〖　〗表示曲牌，一折里同一宫调下包括若干曲牌，此折就有〖端正好〗、〖滚绣球〗、〖倘秀才〗、〖叨叨令〗、〖快活三〗、〖鲍老儿〗、〖耍孩儿〗、〖二煞〗、〖一煞〗、〖煞尾〗共十个曲牌。

第三，此剧前有楔子，折与折间没有楔子。第四折结尾处为"题目，秉鉴持衡廉访法。正名，感天动地窦娥冤"，此剧即以《感天动地窦娥冤》为题，简称《窦娥冤》。

此剧为旦本戏，所有曲子都是〔正旦唱〕，正是这些唱词和窦娥的说白集中表现了主题。一是窦娥对天地鬼神的埋怨，实际是对当时社会的控诉，没"犯王法"，却"遭刑宪"，"怎不将天地也生埋怨"。怨天地鬼神"掌着生死权"，却清浊不分，善恶不辨，"不分好歹"，"为善的受贫穷更命短，造恶的享富贵又寿延"。二是向刽子手要求赴刑场不走前街走后街，集中表现了窦娥的善良，因为她"怕前街里被我婆婆见"，"枉将他气杀"；结果还是碰着了婆婆，才向婆婆说出了含冤承认贪官要她承认的药死公公的罪行的实情："那张驴儿把毒药放在羊肚儿汤里，实指望药死了你，要霸占我为妻。不想婆婆让与他老子吃，倒把他老子药死了。我怕连累婆婆，屈招了药死公公。"婆婆为窦

① (明)臧晋叔编《元曲选》，中华书局1958年版。

娥枉死伤心，她反劝婆婆“再也不要啼啼哭哭，烦烦恼恼，怨气冲天。这都是我做窦娥的没时没运，不明不暗，负屈衔冤”。三是为证明自己确实是冤死，她向监斩官表明了三桩誓愿：“血飞白练”，以向世人显示她的清白无辜；“六月飞雪”，想通过违反常规的自然现象来证明社会的黑暗；三年大旱，把矛头更直接对准昏聩的官府，“这都是官吏们无心正法，使百姓有口难言”。结果一一应验，立即天阴风冷，“真个下雪了”，“窦娥的血，都飞在那丈二白练上，并无半点落地”，连监斩官都感到“这死罪必有冤枉”。六月飞雪，血不沾地，都是超现实的情节，这种丰富的想象和大胆的夸张，正表现了作者伸张正义、惩治邪恶，爱憎鲜明的感情。全剧语言通俗自然，浅显深邃，朴实生动，不事雕琢而雄浑刚健，颇能突显窦娥的性格，与王《西厢》的语言风格迥异。

第五节　南　　戏

南戏是北宋末年至明初（12 世纪至 14 世纪）二百年间流行于中国东南沿海的戏剧，为区别同时代的金院本、元杂剧、明清传奇，后人称之为南戏。南戏使中国的古代戏曲得以与古希腊戏剧和古印度戏剧并列为世界三大古代戏剧体系。

南戏有一个发展过程，它的产生实早于杂剧，最早出现在北宋末、南宋初的温州民间。随着北宋灭亡和宋政权的南渡，政治、经济、文化、艺术中心随之南移，作家、艺人有的被掠北去，更多的南移至行都临安（今浙江杭州）等地。南戏曾风靡一时，后渐趋衰落，但仍流行于民间。元末明初，南戏得到迅速发展，渐渐演变成明清传奇。王国维《宋元戏曲史》第十四章认为：“今本《琵琶记》，其初亦当名《赵真女》或《蔡伯喈》；而《琵琶》之名，乃由后人追改，则不徒用其事，且袭其名矣。然则今日所传最古之南戏，其故事关目，皆有所由来，视元杂剧对古剧之关系，更为亲密也。南戏始于何时，未有定说……以余所考，则南戏当出于南宋之戏文，与宋杂剧无涉，唯其与温州相关系，则不可诬也。”

南戏有多种称谓，南方称为戏文、温州杂剧、永嘉杂剧、温浙戏文、鹘伶声嗽等，明清亦称为传奇，这是一种重要的戏曲声腔系统，为以后的海盐腔、余姚腔、昆山腔、弋阳腔等四大声腔的兴起和发展奠定了基础，在中国戏曲艺术发展史上具有重要意义。祝允明《猥谈》云：“南戏出于宣和之后，南渡之际，谓之‘温州杂剧’。余见旧牒，其时有赵闳夫榜禁，颇述名目，如《赵贞女蔡二郎》等，亦不甚多……今遍满四方，辗转改易，又不如旧，盖已略无音律、腔调。愚人蠢工，徇意更变，妄名余姚腔、海盐腔、弋阳腔、昆山腔之类，变易喉舌，趁逐抑扬，杜撰百端，真胡说也。若以被之管弦，必至失笑。”

南戏是以宾白和曲牌联套相结合，以歌舞故事为主体的戏剧。已知宋元南戏剧目有二百多个，但流传下来的不到十分之一，现存最早、保存最完整的南戏剧本是《永乐大典》第 13991 卷所载全本《张协状元》，被誉为“中国第一戏”和“戏曲活化石”。此剧为南宋温州九山书会才人编撰，写贫女勤劳善良，张协名利熏心，忘恩负义，心狠手毒：书生张协赴考遇盗，得贫女相救，结为夫妇。张协中状元后，既拒绝枢密使王德用的招赘，又不认寻夫至京的贫女，竟在赴任途中剑劈贫女。后贫女为王德用收为义女，终于团圆。全剧人物形象鲜明，结构严密，情节紧凑，曲文浅近，具有浓郁的民间戏剧气息，颇能代表早期南戏的特色。它完整地保存了南戏戏文的面貌，未经后人妄改，提供了南戏戏文的音乐形式，保留下许多古剧曲牌，提供了早期戏曲的表演形式，有助于了解早期南戏的剧本创作、结构安排、曲调组织、表现手段、角色分工等。《荆钗记》、《白兔记》、《拜月记》、《杀狗记》和《琵琶记》则是南戏最有代表性的作品。这里不能尽举，仅举《荆钗记》、《琵琶记》的部分内容以说明其体裁。

（一）《荆　钗　记》

《荆钗记》，一般认为是柯丹邱（生卒年事迹皆不详）所作（一说是明太祖第十七子宁王朱权），全剧四十八出，现今流传者多为明人改本，以《六十种曲》本较为流行。《荆钗记》写宋代文人王十朋（实只是借其名，内容与王十朋事迹不符）与妻子钱玉莲“贫相守，富相连，心不变”的婚姻故事，情节曲折：王十朋幼年丧父，家道清贫，与母亲相依为命。钱玉莲之父见王聪明好学，为人正派，就将她许配给王十朋。十朋母亲因家贫，只以荆钗为聘礼。玉莲继母嫌贫爱富，欲将玉莲嫁给当地富豪孙汝权。玉莲仍坚持嫁给王十朋。婚后半载，王十朋便告别母亲与妻子上京应试，得中状元，授江西饶州佥判。丞相万俟见十朋才貌双全，欲招他为婿，十朋不从。万俟恼羞成怒，将十朋改调广东潮阳任佥判，并不准他回家探亲。十朋离京赴任前托人带回一封家书，不料信被孙汝权骗走，加以篡改，诈称十朋已入赘相府，让玉莲另嫁他人。玉莲继母又逼玉莲嫁给孙汝权。玉莲誓死不从，投江殉节。幸被新任福建安抚钱载和救起，收为义女，带至任所。钱载和来到福建上任后，即差人去饶州寻找王十朋。差人打听到新任饶州太守也姓王，到任不久便病故，回来告知玉莲。玉莲误以丈夫已死，悲痛欲绝。十朋听说玉莲已投江而亡，也十分悲恸。五年后，王十朋调任吉安太守，而钱载和也由福建安抚升任两广巡抚，赴任途中路过吉安，王十朋前去码头拜谒。当钱载和知道了王十朋就是玉莲的丈夫后，就在船上设宴，使十朋与玉莲得以团圆。全剧塑造了一对忠于爱情，坚贞不屈，富贵不能淫，威武不能屈的义夫节妇形象。

《荆钗记》第一出《家门》末所唱【临江仙】是对此戏的评价："一段新奇真故事，须教两极驰名。三千今古腹中存，开言惊四座，打动五灵神。六府齐才并七步，八方豪气凌云，歌声遏住九霄云。"读完全剧，可知这并非是自吹自擂之词，接着介绍剧情："【沁园春】才子王生，佳人钱氏，贤孝温良；以荆钗为聘，配为夫妇。春闱催试，拆散鸾凰。独步蟾宫，高攀仙桂，一举鳌头姓氏香。因参相，不从招赘，改调潮阳。修书远报萱堂，中道奸谋变祸殃。岳母生嗔，逼凌改嫁，山妻守节，潜地去投江。幸神道匡扶，使舟人捞救，同赴瓜期往异乡。吉安会，义夫节妇，千古永传扬。"末以四句诗再次概括全剧内容，并以末句点题："王状元不就东床婿，万俟相改调潮阳地。孙汝权套写假书归，钱玉莲守节荆钗记。"

第十九出《参相》写丞相万俟逼婚，"王状元不就东床婿"。丞相对王说："我有一女，小字多娇，欲招你为婿，只今就要成亲。你心下如何？"王回答说："深蒙不弃微贱，感德多矣。奈小生已有寒荆在家，不敢奉命。"丞相说："你是读书之人，何故见疑。自古道：'富易交，贵易妻。'此乃人情也。"王回答说："丞相岂不闻宋弘有云：'糟糠之妻不下堂，贫贱之交不可忘。'小生不敢违例。"他不顾丞相的威胁："朝纲选法咱把掌，使不得祸到临头烧好香。不轻放，定改除远方，休想还乡。"仍反复表示"平生颇读书几行，岂敢紊乱三纲并五常"；"微名忝登龙虎榜，肯做弃旧怜新薄幸郎"；"有妻焉敢赘高堂"。此出表现了两种婚姻观，一是丞相'富易交，贵易妻'的观点，一是王不"肯做弃旧怜新薄幸郎"的观点。

第二十四出《大逼》则写"钱玉莲守节荆钗记"。在王自京城寄回的书信被孙汝权偷换后，钱玉莲继母又反复逼玉莲与孙结婚，玉莲坚决不从，坚信丈夫不会再娶："书中句都是虚，没来由认真闲气蛊。他曾读圣贤书，如何损名誉？""富与贵，人所欲。论人伦焉敢把名污？""他为官理民庶，必然守法度，岂肯停妻再娶？""空自说要改嫁奴，宁可剪下发做尼姑！"即使遭到毒打，也要宁死不屈："打死了奴，做个节孝妇。若要奴再招夫，直待石烂与江枯！"其后母说："贱人，石头怎得烂？江水怎得枯？你敢说三个不嫁么？"玉莲答道："不嫁，不嫁，只是不嫁！"后母说："好回得停当！我要你嫁孙家，一片好心，你到反为不美。罢！罢！自从今日，脱下衣服首饰还我，与你三条门路：刀上死也得；水里死也得；绳上死也得，只凭你。肯嫁孙家，进我门来；不肯嫁，好好走出去。"玉莲说："千休万休，不如死休。倘若落在他圈套，不如将身丧溺江中，免得被他凌辱，以表贞洁。心痛苦，难分诉。丈夫！一从往帝都，终朝望你谐夫妇。谁想今朝，拆散中途。我母亲信谗言，将奴误。娘呵！你一心贪恋，贪恋他豪富，把礼义纲常全然不顾。母亲，你今日听信假书，逼奴改嫁，此事决然不可！"最后是以死明志："罢！罢！贤愚寿夭天之数，拚死黄泉，丈夫！不把你清名辱污。"

在艺术上,《荆钗记》最大特色是矛盾冲突此起彼伏,情节曲折跌宕,特别适宜于舞台演出;结构精巧,利用荆钗贯穿全剧;作者驾驭语言的能力较强,唱词优美。因此被很多剧种,如越剧、潮剧等演出,经久不衰。

(二)《琵琶记》

《琵琶记》的作者高明字则诚,①号莱根道人,也称车嘉先生,今浙江瑞安人。他的生年约在1305年前后,卒年则有元末和明初两种说法。高明出身书香门第,成长于南戏发源地温州瑞安县。他中过进士,元朝时任过录事、推官等职,对官场的黑暗和腐朽有所认识。晚年隐居宁波,潜心戏曲创作,是元末明初著名的戏曲家。

高明的《琵琶记》被后人誉为"词意高古,音韵精绝"的"曲祖"(明魏良辅《曲律》),写蔡邕与赵五娘悲欢离合的爱情故事。蔡邕(132—192)字伯喈,实有其人,是东汉著名的文学家、书法家。汉灵帝时召拜郎中,校书东观,迁议郎。曾因弹劾宦官,流放朔方。汉献帝时,董卓强迫他为侍御史,官左中郎将。董卓被诛后,为王允所捕,死于狱中,是一位颇有历史贡献的悲剧人物。

但《琵琶记》的蔡伯喈不是历史人物,而是戏剧人物,内容多为虚构。赵五娘则纯为虚构人物。蔡邕这样一个有文才的值得人同情的人物,到了后代,却在民间戏曲里面成了"坏人"。南戏《蔡二郎赵贞女》把他写成"弃亲背妇,为暴雷震死"的人。高明在《琵琶记》里为其"弃亲背妇"作了翻案,把他写成一位令人同情的人物,他不肯赴选,父亲不从;要辞婚,牛相不从;要辞官,皇帝不从。

《琵琶记》的故事情节是蔡伯喈赴京考试后,其妻赵五娘照顾公婆,灾荒之年她把自己的首饰和值钱的衣物拿去典当换来粮食,张太公送来一点粮食都给公婆充饥,自己却背地里吃糟糠。公婆死后,赵五娘以罗裙包土,修筑坟茔。而其夫蔡伯喈中状元后,却屈服于牛宰相的淫威,入赘相府,不敢回家看望父母和妻子。赵五娘身背琵琶(故以《琵琶记》名此剧),上京寻夫,牛小姐是一位知书达理的人,最终二人只好共侍一夫。第一出也是《开场》由副末介绍剧情:

【水调歌头】〔副末上〕秋灯明翠幕,夜案览芸编。今来古往,其间故事几多般。少甚佳人才子,也有神仙幽怪,琐碎不堪观。正是不关风化体,纵好也徒然。论传奇,乐人易,动人难。知音君子,这般另作眼儿看。休论插科打诨,也不寻宫

---

① 《六十种曲》本。

数调，只看子孝共妻贤。正是：骅骝方独步，万马敢争先。

〔问内科〕且问后房子弟，今日敷衍谁家故事？那本传奇？〔内应科〕《三不从琵琶记》。〔末〕原来是这本传奇。待小子略道几句家门，便见戏文大意。

【沁园春】赵女姿容，蔡邕文业，两月夫妻。奈朝廷黄榜，遍招贤士；高堂严命，强赴春闱。一举鳌头，再婚牛氏，利绾名牵竟不归。饥荒岁，双亲俱丧，此际实堪悲。堪悲赵女支持，剪下香云送舅姑。把麻裙包土，筑成坟墓；琵琶写怨，径往京畿。孝矣伯喈，贤哉牛氏，书馆相逢最惨凄。重庐墓，一夫二妇，旌表门闾。极富极贵牛丞相，施仁施义张广才。有贞有烈赵贞女，全忠全孝蔡伯喈。

【水调歌头】很重要，表现了作者的戏剧观。"论传奇，乐人易，动人难"，为什么"动人难"呢？因为"不关风化体，纵好也徒然"，他要观众对此剧"另作眼儿看。休论插科打诨，也不寻宫数调，只看子孝共妻贤"。他自称"骅骝方独步，万马敢争先"，这是颇为自豪的。【沁园春】则介绍此剧剧情，一面写蔡"一举鳌头，再婚牛氏，利绾名牵竟不归"，一面写"饥荒岁，双亲俱丧，此际实堪悲"，而牛小姐也很贤惠，以大团圆结："重庐墓，一夫二妇，旌表门闾"。

第二十九出《乞丐寻夫》写赵五娘在安葬公婆后，弹着琵琶乞讨，入京寻夫，这是全剧悲剧色彩最浓的一出。

【胡捣练】〔旦上〕辞别去，到荒丘，只愁出路煞生受。画取真容聊藉手，逢人将此免哀求。

鬼神之道，虽则难明；感应之理，未尝不信。奴家昨日，独自在山筑坟，正睡间，忽梦一神人，自称当山土地，带领阴兵，与奴家助力；却又嘱付，教奴家改换衣装，径往长安寻取丈夫。待觉来，果然坟台并已完备，这的分明是神道护持。正是宁可信其有，不可信其无。今二亲既已葬了，只得改换衣装，扮作道姑，将琵琶做行头，沿街上弹几个行孝的曲儿，抄化（化缘）将去。只是一件，我几年间和公婆厮守，如何舍得一旦撇了他？奴家自幼薄晓得些丹青，何似想象画取公婆真容，背着一路去，也似相亲傍的一般。但遇小祥忌辰，展开与他烧些香纸，奠些酒饭，也是奴家一点孝心。不免就此画描真容则个。〔描画介〕

【三仙桥】一从他每（们）死后，要相逢不能够。除非梦里暂时略聚首。苦要描，描不就，暗想象，教我未描先泪流。描不出他苦心头；描不出他饥症候；描不出他望孩儿的睁睁两眸。只画得他发飕飕，和那衣衫敝垢。休休，若画做好容颜，须不是赵五娘的姑舅。

【前腔】我待要画他个庞儿带厚,他可又饥荒消瘦。我待要画他个庞儿展舒,他自来长恁面皱。若画出来,真是丑,那更我心忧,也做不出他欢容笑口。不是我不会画着那好的,我从嫁来他家,只见他两月稍优游,其余都是愁。那两月稍优游,我又忘了。这三四年间,我只记他形衰貌朽。这真容啊,便做他孩儿收,也认不得是当初父母。休休,纵认不得是蔡伯喈当初爹娘,须认得是赵五娘近日来的姑舅。真容既已描就了,就在这里烧些香纸,奠些酒饭,拜别了公婆出去。〔拜辞介〕

【前腔】公公,婆婆,非是奴寻夫远游,只怕我公婆绝后。奴见夫便回,此行安敢久。苦!路途中,奴怎走?望公婆相保佑。我出外州。天那,他几自没人看守,如何来相保佑?这坟啊,只怕奴去后,冷清清有谁来祭扫?纵使遇春秋,一陌纸钱怎有?休休,你生是受冻馁的公婆,死做个绝祭祀的姑舅。奴家既辞了坟墓,只得背了真容,便索去辞张太公。呀,如何恰好张太公来也。〔末上〕衰柳寒蝉不可闻,金风败叶正纷纷。长安古道休回首,西出阳关无故人。〔旦〕奴家适间拜辞了坟茔,正要到宅上来告别。〔末〕呀,五娘子,你几时去?〔旦〕太公,奴家今日就行了。〔末〕你背的是什么画?〔旦〕是奴公婆的真容,待将路上去,借手乞告些盘缠,早晚与他烧香化纸。〔末〕是谁画的?〔旦〕是奴家将就描摹的。〔末〕五娘子,你孝心所感,一定逼真,借我看一看。咳,画得像,画得像。〔作悲介〕老员外,老安人,〔鹧鸪天〕死别多应梦里逢,谩劳孝妇写遗踪。可怜不得图家庆,辜负丹青泣画工。衣破损,鬓蓬松,千愁万恨在眉峰。只怕蔡郎不识年来面,赵女空描别后客。五娘子,我听得你要远行,将几贯钱与你路上少助些盘缠。〔旦〕多多定害公公了,奴家又有不识进退之恳:奴家去后,公婆坟茔,早晚望太公可怜见,看这两个老的在日之面,与奴家看管则个。〔末〕这个不妨。你但放心前去,老夫少不得如此。〔拜辞介〕

【忆多娇】〔旦〕公公,他魂渺漠,我没倚托。程途万里,教我怀夜壑。此去孤坟,望公公看着。〔合〕举目萧索,满眼盈盈泪落。

【前腔】〔末〕五娘子,我承委托,当领略。这孤坟我自看守,决不爽约。但愿你途中身安乐。〔合前〕

【斗黑麻】〔旦〕奴深谢公公,便相允诺。从来的深恩,怎敢忘却!只怕途路远,体怯弱;病染灾缠,衰力倦脚。〔合〕孤坟寂寞,路途滋味恶。两处堪悲,万愁怎摸?

【前腔】〔末〕伊夫婿多应是,贵官显爵。伊家去,须当审个好恶。五娘子,只怕你这般乔打扮,他怎知觉?一贵一贫,怕他将错就错。〔合前。旦〕公公,奴家拜别去也。〔末〕五娘子且慢着，老夫还有几句言语嘱付你。〔旦〕望公公指教。〔末〕五娘子，你少长闺门，岂识路途？当初蔡郎未别时节，你青春正媚；你如今又遭这饥荒贫苦，貌怯身单。正是桃花岁岁皆相似，人面年年自不同。蔡郎临别之时，可不道来。〔旦〕公公他道甚的？〔末〕他道是若有寸进，即便回来。如今年荒亲死，一竟不回。你知他心腹事如何？正是画虎画皮难画骨，知人知面不知心。唉，蔡郎原是读书人，一举成名天下闻。久留不知因个甚？年荒亲死不回门。五娘子，你去京城须仔细，逢人下气问虚真。若见蔡郎谩说千般苦，只把琵琶语句诉原因。未可便说他妻子；未可便说丧双亲；未可便说裙包土；未可便说剪香云。若得蔡郎思故旧，可怜张老一亲邻。我今年已七十岁，比你公公少一旬，你去时犹有张老来相送，你回时不知张老死和存。我送你去啊，正是流泪眼观流泪眼，断肠人送断肠人。〔哭介。旦〕谢得公公训诲，奴家铭心镂骨，不敢有忘，如今只得告别去也。〔末〕五娘子，早去早回。

为寻夫婿别孤坟，只怕儿夫不认真。
惟有感恩并积恨，万年千载不成尘。

这一出讲了以下几层意思，一是赵五娘决心“扮作道姑，将琵琶做行头，沿街上弹几个行孝的曲儿，抄化（化缘）将去”。二是“画取公婆真容，背着一路去”，有如在家“亲傍”的一般，遇忌辰也要祭拜。三是难画，“描不出他苦心头；描不出他饥症候；描不出他望孩儿的睁睁两眸”。三是担心“只怕奴去后，冷清清有谁来祭扫？纵使遇春秋，一陌纸钱怎有”？四是只好托年已七十的张太公照管公婆坟茔，“奴家去后，公婆坟茔，早晚望太公可怜见，看这两个老的在日之面，与奴家看管则个。”张太公称其“画得像，画得像”：“衣破损，鬓鬔松，千愁万恨在眉峰。只怕蔡郎不识年来面，赵女空描别后客。”张太公十分善良，一面赠以“盘缠”，一面表示“这孤坟我自看守，决不爽约”，又对她此去结果深表担心：“他道是若有寸进，即便回来。如今年荒亲死，一竟不回。你知他心腹事如何？正是画虎画皮难画骨，知人知面不知心。”并对赵五娘作详尽嘱咐：“若见蔡郎谩说千般苦，只把琵琶语句诉原因。未可便说他妻子；未可便说丧双亲；未可便说裙包土；未可便说剪香云（指赵五娘剪下头发，卖几贯钞，为公婆送终之用）。”嘱咐越琐细，越说明张太公对赵五娘的担心和关切。最后几句临别之语尤为催人泪下：“若得蔡郎思故旧，可怜张老一亲邻。我今年已七十岁，比你公公少一旬，你去时犹有张老来相送，你回时不知张老死和存。我送你去啊，正是流泪眼观流泪眼，断肠人送断肠人。”

《琵琶记》对《蔡二郎赵贞女》的创作主旨、故事情节、人物形象都作了改变，蔡伯喈由三不孝（生不能养，死不能葬，葬不能祭）变成了三不从（辞试不从，辞婚不从，辞官不从），由原来不忠不孝的被谴责对象变成了全忠全孝的正面典型。就主旨说，《琵琶记》本为宣扬封建礼教而作，所谓“不关风化体，纵好也徒然”，但实际上它却暴露了封建礼教的矛盾。就结构说，从蔡伯喈离家赴试起，剧情就沿两条线索展开：一条是蔡伯喈高中、为官、招亲，在牛府尽享荣华富贵；一条是赵五娘在家苦守、服侍公婆、卖发葬亲，处境悲惨。人世间的奢华与凄凉相互对照，交错发展，剧情起伏，冷热交织，具有悲喜剧的双重效果。就人物刻画说，蔡伯喈是一位矛盾人物，他既想尽忠尽孝而不能，他性格软弱，思想矛盾，心理复杂，精神痛苦。赵五娘则与之相反，吃苦耐劳，温顺善良，坚韧不拔，勇于牺牲，与蔡伯喈适成鲜明对比。就语言艺术说，其曲、白富于文采而又接近口语，能真切地表现不同人物的不同性格。

施闰章云：“元末永嘉高明，字则诚，登至正四年进士，历庆元路推官，以文行名。方国珍据庆元，避地于鄞县栎社，用词曲自娱。因刘后村有‘死后是非谁管得，满村听唱蔡中郎’之句，乃编《琵琶记》，以雪伯喈之耻。按今《琵琶》仍是痛诋伯喈，舛悖不伦，不审何云雪耻？”①说“《琵琶》仍是痛诋伯喈”与事实不符，《琵琶记》不是“痛诋伯喈”，而是对蔡充满同情并为之辩护。

《琵琶记》被称为“南戏之祖”，代表了南戏创作的最高成就，是具有世界影响力的古典戏剧作品，先后有英文、法文、德文和拉丁文多种选译和介绍。

第六节　明清传奇

（一）南戏与明清传奇

传奇有多种含义，一指唐、宋文言小说，以其情节多奇特神异故名传奇。如《南柯太守传》、《长恨歌传》、《李娃传》、《绿珠传》。唐裴铏有《传奇》。

二指以用对语说时景的杂记，陈师道《后山诗话》去：“范文正公（仲淹）为《岳阳楼记》，用对语说时景，世以为奇。尹师鲁读之曰：‘传奇体尔。’传奇，唐裴铏所著小说也。”欧阳修也有类似意见，方苞云：“范文正公《岳阳楼记》，欧公病其词气近小说家，与尹师鲁所议不约而同。”陈振孙《直斋书录解题·传奇》不同意这种看法：“文体随时，要之理胜为贵，文正岂可与《传奇》同日语哉！盖一时戏笑之谈耳。”与其说范仲淹

---

①　（清）施闰章《蠖斋诗话·琵琶记》，清诗话本。

的《岳阳楼记》似传奇小说，还不如说曾巩的《秃秃记》，苏轼的《子姑神记》、《天篆记》，晁补之的《睡乡记》更像传奇小说。刘埙《隐居通议》卷一四云："公之文源流经术，议论正大，然《秃秃记》则实自《史》、《汉》中来也。此记笔力高妙，文有法度，而世之知者盖鲜，予独喜之不厌。"

三指明清戏剧，胡应麟反对称戏剧为传奇："传奇之名，不知起自何代。陶宗仪谓唐为传奇，宋为戏诨，元为杂剧，非也。唐所谓《传奇》，自是小说书名，裴铏所撰，中如《蓝桥》等记，诗词家至今用之，然什九诞妄，寓言也。裴，晚唐人，高骈幕客，以骈好神仙，故撰此以惑之。其书颇事藻绘，而体气俳弱，盖晚唐文类尔。然中绝无歌曲、乐府，若今所谓戏剧者，何得以传奇为唐名？或以中事迹相类，后人取为戏剧张本，因展转为此称，不可知。范文正记岳阳楼，宋人讥曰'传奇体'，则固以为文也。"①反对归反对，但约定俗成，宋以后传奇渐指戏剧，陶宗仪谓"稗官废而传奇作，传奇作而戏曲继。金季国初乐府犹宋词之流，传奇犹宋戏曲之变，世传谓之杂剧。金章宗时董解元所编《西厢记》，世代未远，尚罕有人能解之者，况今杂剧中曲调之冗乎？因取诸曲名分调类编，以备后来好事稽古者之一览云"。②明以后甚至成为文章之事，已不是元曲之曲，清人梁廷枏《曲说》卷五云："元人院本至今传者不过寥寥数种，其实杂剧为多。明以后则传奇盛行，下笔动至数十折，一人多至数本，十数本，数十本。其始，大旨亦不过归于劝善惩恶而已，及其末流，淫侈竞尚。盖自明中叶以后，作者按谱填字，各逞新词，此道遂变为文章之事，不复知为律吕之旧矣。推此以论，则虽谓今曲盛，而元曲之声韵废，亦无不可也。"③

杂剧除《王西厢》分为五本二十折外，多数是一本四折；传奇则分为出（一场），一本传奇可多达数十出。除《王西厢》都有题目外，多数杂剧都是最后一折标出题目；而传奇的题目设在第一出的最后，作为副末开场以后的下场诗。杂剧各套一般只用北曲，传奇则南、北曲合套，南曲、北曲交替使用或混合使用，在一套曲子里既有北曲，也有南曲。每出之末都有出目。

南戏始于宋，徐渭《南词叙录》云："南戏始于宋光宗朝，永嘉人所作《赵贞女》、《王魁》二种实首之，故刘后村有'死后是非谁管得，满村听唱蔡中郎'之句。或云：'宣和间已滥觞，其盛行则自南渡，号曰永嘉杂剧，又曰鹘伶声嗽。其曲，则宋人词而益以里巷歌谣，不叶宫调，故士夫罕有留意者。元初，北方杂剧流入南徼，一时靡然向风，宋

① （明）胡应麟《少室山房笔丛》卷二五《庄岳委谈》（下），文渊阁四库全书本。

② （元）陶宗仪《南村辍耕录》卷二七《杂剧曲名》，中华书局1980年版。

③ 《中国古典戏曲论著集成》本。

词遂绝，而南戏亦衰。顺帝朝，忽又亲南而疏北，作者猬兴，语多鄙下，不若北之有名人题咏也。永嘉高经历明，避乱四明之栎社，惜伯喈之被谤，乃作《琵琶记》雪之，用清丽之词，一洗作者之陋，于是村坊小伎，进与古法部相参，卓乎不可及已。"①胡应麟《少室山房笔丛》卷二五《庄岳委谈》（下）亦有"传奇始自永嘉人作之。今王魁本不传而传《琵琶》，《琵琶》亦永嘉人作，遂为今南曲首"之说。

明臧懋循《元曲选后集序》对杂剧、南戏的异同和得失有详尽论述，先总论曲难于词："今南曲盛行于世，无不人人自谓作者，而不知其去元人远也。元以曲取士，设十有二科，而关汉卿辈争挟长技自见，至躬践排场，面傅粉墨，以为我家生活，偶倡优而不辞者，或西晋竹林诸贤托杯酒自放之意，予不敢知。所论诗变而词，词变而曲，其源本出于一，而变益下，工益难，何也？"接着具体论述曲难于词有三："词本诗，而亦取材于诗，大都妙在夺胎而止矣。曲本词，而不尽取材焉，如六经语、子史语、二藏语、稗官野乘语，无所不供其采掇，而要归于断章取义，雅俗兼收，串合无痕，乃悦人耳。此则情词稳称之难。宇内贵贱妍媸，幽明离合之故，奚啻千百其状？而填词者，必须人习其方言，事肖其本色，境无旁溢，语无外假。此则关目紧凑之难。北曲有十七宫调，而南止九宫，已少其半。至于一曲中，有突增几十句者；一句中，有衬贴数十字者，尤南所绝无，而北多以此见才。自非精审于字之阴阳、韵之平仄，鲜不劣调。而况以吴侬强效伧父喉吻。焉得不至河汉。此则音律谐叶之难。"其论名家、行家尤为精彩："总之，曲有名家，有行家。名家者，出入乐府，文彩烂然。在淹通闳博之士皆优为之。行家者，随所妆演，无不摹拟曲尽，宛若身当其处，而几忘其事之乌有，能使人快者掀髯，愤者扼腕，悲者掩泣，羡者色飞，是惟优孟衣冠然后可与于此。故称曲上乘，首曰当行。不然，元何必以十二科限天下士，而天下士亦何必各占一科以应之？岂非兼才之难得，而行家之不易工哉！"他批评剧作有三失（"其失也靡"、"其失也鄙"、"其失也疏"），及其编《元曲选》之因："虽穷极才情，而面目愈离。按拍者既无绕梁遏云之奇，顾曲者复无辍味忘倦之好，此乃元人所唾弃，而俗人畜（蓄）之者也。予故选杂剧百种，以尽元曲之妙，且使今之为南者，知有所取则云尔。"②

明以后传奇专指在南戏基础上发展起来的长篇戏剧，是宋、元南戏的进一步发展。昆腔、弋阳腔、青阳腔都以演唱传奇为主，如《桃花扇》、《牡丹亭》、《长生殿》等。一个传奇剧本，大都只有三十出左右，常分为上、下两部分；传奇作者还特别注意剧本的结构紧凑和科诨穿插；其音乐也多采取曲牌联套的形式而比南戏有所发展，一折戏

---

① （明）徐渭《南词叙录》，诵芬室丛刊三编本。

② （清）黄宗羲《明文海》卷二二二，文渊阁四库全书本。

中不再限于一个宫调；曲牌的多少，也取决于剧情的需要；所有登场的角色都可以演唱。但传奇在语言运用上典雅有余，当行不足；谨严有余，生动不足。剧中许多曲词，作为书面语言的确情文并茂，但搬到舞台上演唱，就不一定入耳就能消化，体现了明清文人剧作的共同特征。清包世臣《书〈桃花扇〉传奇后》："传奇体裁晚出，然其流出于乐……近世传奇以《桃花扇》为最，浅者谓为佳人才子之章句，而赏其文辞清丽，结构奇纵；深者则谓其指在明季兴亡，侯（方域）、李（香君）乃是点染，颠倒主宾，以眩耳目。"①

下面明、清各举一种以见明清传奇的体裁。

（二）汤显祖及其《牡丹亭》

汤显祖（1550—1616），字义仍，号若士，祖籍江西临川人，后迁居汤家山（今属抚州市）。出身书香之家，从小聪明好学，十四岁补县诸生，二十一岁中举人。他为人耿直，不肯依附权贵，三十四岁才中进士，开始充满荆棘的仕途生涯，先后在北京任礼部观政（见习），次年以七品官到南京任太常寺博士（此为闲职）七年。但南京是文人荟萃之地，汤显祖在此，研究学问，与文人墨客多有唱和。他从小受王阳明学派的影响，反对程朱理学，肯定人欲，追求个性自由，结交异端思想家李贽等人。在文学思想上，与公安派反复古思潮相呼应，明确提出文学创作首先要"立意"，应把思想内容放在首位。万历十九年（1591），汤显祖在南京礼部祠祭司主事任上，上《论辅臣科臣疏》，严词弹劾首辅申时行和科臣杨文举等。疏文一出，神宗大怒，把他贬逐到雷州半岛的徐闻县任典史。一年后遇赦，内迁浙江遂昌知县。年不足五十即弃官回家。明代中期，随着资本主义的萌芽，在哲学上，出现了王艮、何心隐、罗汝芳、李贽等离经叛道的思想家。他们的观点虽不尽相同，但都痛斥口谈道德而心存富贵的伪君子，并以"非圣无法"自命，在思想文化上有很大的影响。汤显祖早年从罗汝芳学，后又与激进的禅宗大师紫柏、激进的思想家李贽为友，对李贽的《焚书》十分倾慕。他在政治上、思想上、文学上都富有反抗性和斗争性，锋芒毕露，不肯同流合污。他虽创作诗文，但主要文学成就在传奇上，是继关汉卿之后最重要的戏剧作家。他的戏剧创作现存主要有《紫钗记》、《牡丹亭》、《邯郸记》、《南柯记》，即所谓"临川四梦"。

"临川四梦"中以《牡丹亭》影响最大，写贫寒书生柳梦梅梦见在一座花园的梅树下立着一位美人，说同他有姻缘之分。南安太守杜宝之女名丽娘，才貌端妍，读《诗

---

① （清）包世臣《安吴四种·艺舟双楫·论文二》，光绪十四年本。

经·关雎》而伤春,游花园回来后在睡梦中见一书生持半枝垂柳前来求爱,两人在牡丹亭畔幽会。杜丽娘从此愁闷消瘦,一病不起。她在弥留之际要求母亲把她葬在花园的梅树下,嘱咐丫环春香将其自画像藏在太湖石底。三年后,柳梦梅赴京应试,在太湖石下拾得杜丽娘画像,发现杜丽娘就是他梦见的佳人。杜丽娘魂游后园,和柳梦梅再度幽会。柳梦梅掘墓开棺,杜丽娘起死回生,两人结为夫妻,前往临安。杜丽娘的老师陈最良看到杜丽娘的坟墓被发掘,就告发柳梦梅盗墓。柳梦梅在临安应试后,受杜丽娘之托,送家信传报还魂喜讯,结果被囚禁。发榜后,柳梦梅由阶下囚一变而为状元,杜丽娘和柳梦梅二人终成眷属。

《牡丹亭》是汤显祖主要依据话本《杜丽娘慕色还魂》加工改编而成的爱情剧,通过杜丽娘和柳梦梅生死不渝的爱情,歌颂了男女青年在追求自由的爱情生活上的不屈不挠的斗争,表达了挣脱封建牢笼和宋明理学枷锁,追求个性解放的愿望,用形象化的手法肯定了爱欲的客观性与合理性,并对不合理的宋明理学进行了强烈批判,突出了情与礼的冲突。剧中的青年男女为了爱情,出生入死,具有浓厚的浪漫主义色彩,成功塑造了杜丽娘坚定执著地追求爱情的形象。全剧共五十五出,不能一一介绍。这里举第一出《标目》和第十出《惊梦》,以说明明代传奇的形式。第一出《标目》首以【蝶恋花】点明全剧主旨:

【蝶恋花】〔末上〕忙处抛人闲处住。百计思量,没个为欢处。白日消磨肠断句,世间只有情难诉。 玉茗堂前朝复暮,红烛迎人,俊得江山助。但是相思莫相负,牡丹亭上三生路。

"世间只有情难诉",就是全剧主旨,写礼教难以完全束缚爱情。次以【汉宫春】简介全剧剧情:

【汉宫春】杜宝黄堂,生丽娘小姐,爱踏春阳。感梦书生折柳,竟为情伤。写真留记,葬梅花道院凄凉。三年上,有梦梅柳子,于此赴高唐。果尔回生定配。赴临安取试,寇起淮扬。正把杜公围困,小姐惊惶。教柳郎行探,反遭疑激恼平章。风流况,施行正苦,报中状元郎。

末以八言四句诗标目:"杜丽娘梦写丹青记。陈教授说下梨花枪。柳秀才偷载回生女。杜平章刁打状元郎。"

第十出《惊梦》全文如下:

【绕池游】〔旦上〕梦回莺啭，乱煞年光遍。人立小庭深院。〔贴〕炷尽沉烟，抛残绣线，恁今春关情似去年？

〔乌夜啼〕〔旦〕晓来望断梅关，宿妆残。〔贴〕你侧着宜春髻子恰凭阑。〔旦〕剪不断，理还乱，闷无端。〔贴〕已分付催花莺燕借春看。〔旦〕春香，可曾叫人扫除花径？〔贴〕分付了。〔旦〕取镜台衣服来。〔贴取镜台衣服上〕云髻罢梳还对镜，罗衣欲换更添香。镜台衣服在此。

【步步娇】〔旦〕袅晴丝吹来闲庭院，摇漾春如线。停半晌，整花钿。没揣菱花，偷人半面，迤逗的彩云偏。〔行介〕步香闺怎便把全身现！〔贴〕今日穿插的好。

【醉扶归】〔旦〕你道翠生生出落的裙衫儿茜，艳晶晶花簪八宝填，可知我常一生儿爱好是天然。恰三春好处无人见。不提防沉鱼落雁鸟惊喧，则怕的羞花闭月花愁颤。

〔贴〕早茶时了，请行。〔行介〕你看："画廊金粉半零星，池馆苍苔一片青。踏草怕泥新绣袜，惜花疼煞小金铃。"〔旦〕不到园林，怎知春色如许！

【皂罗袍】原来姹紫嫣红开遍，似这般都付与断井颓垣。良辰美景奈何天，赏心乐事谁家院！恁般景致，我老爷和奶奶再不提起。〔合〕朝飞暮卷，云霞翠轩；雨丝风片，烟波画船。锦屏人忒看的这韶光贱！

〔贴〕是花都放了，那牡丹还早。

【好姐姐】〔旦〕遍青山啼红了杜鹃，荼蘼外烟丝醉软。春香啊，牡丹虽好，他春归怎占的先！〔贴〕成对儿莺燕啊。〔合〕闲凝眄，生生燕语明如翦，呖呖莺歌溜的圆。

〔旦〕去罢。〔贴〕这园子委是观之不足也。〔旦〕提他怎的！〔行介〕

【隔尾】观之不足由他缱，便赏遍了十二亭台是枉然。到不如兴尽回家闲过遣。

〔作到介〕〔贴〕开我西阁门，展我东阁床。瓶插映山紫，炉添沉水香。小姐，你歇息片时，俺瞧老夫人去也。〔下〕

〔旦叹介〕默地游春转，小试宜春面。春啊，得和你两留连，春去如何遣？咳，恁般天气，好困人也。春香那里？〔作左右瞧介〕〔又低首沉吟介〕天呵，春色恼人，信有之乎！常观诗词乐府，古之女子，因春感情，遇秋成恨，诚不谬矣。吾今年已二八，未逢折桂之夫；忽慕春情，怎得蟾宫之客？昔日韩夫人得遇于郎，张生偶逢崔氏，曾有《题红记》、《崔徽传》二书。此佳人才子，前以密约偷期，后皆得成秦晋。〔长叹介〕吾生于宦族，长在名门。年已及笄，不得早成佳配，诚为虚度青春，光阴如过隙耳。〔泪介〕可惜妾身颜色如花，岂料命如一叶乎！

【山坡羊】没乱里春情难遣，蓦地里怀人幽怨。则为俺生小婵娟，拣名门一例、一例里神仙眷。甚良缘，把青春抛的远！俺的睡情谁见？则索因循腼腆。想幽梦谁边，和春光暗流传？迁延，这衷怀那处言！淹煎，泼残生，除问天！

身子困乏了，且自隐几而眠。〔睡介〕〔梦生介〕〔生持柳枝上〕莺逢日暖歌声滑，人遇风情笑口开。一径落花随水入，今朝阮肇到天台。小生顺路儿跟着杜小姐回来，怎生不见？〔回看介〕呀，小姐，小姐！〔旦作惊起介〕〔相见介〕〔生〕小生那一处不寻访小姐来，却在这里！〔旦作斜视不语介〕〔生〕恰好花园内，折取垂柳半枝。姐姐，你既淹通书史，可作诗以赏此柳枝乎？〔旦作惊喜，欲言又止介〕〔背想〕这生素昧平生，何因到此？〔生笑介〕小姐，咱爱杀你哩！

【山桃红】则为你如花美眷，似水流年，是答儿闲寻遍。在幽闺自怜。小姐，和你那答儿讲话去。

〔旦作含笑不行〕〔生作牵衣介〕〔旦低问〕那边去？〔生〕转过这芍药栏前，紧靠着湖山石边。〔旦低问〕秀才，去怎的？〔生低答〕和你把领扣松，衣带宽，袖梢儿揾着牙儿苫也，则待你忍耐温存一晌眠。〔旦作羞〕〔生前抱〕〔旦推介〕〔合〕是那处曾相见，相看俨然，早难道这好处相逢无一言？〔生强抱旦下〕〔末扮花神束发冠，红衣插花上〕催花御史惜花天，检点春工又一年。蘸客伤心红雨下，勾人悬梦采云边。吾乃掌管南安府后花园花神是也。因杜知府小姐丽娘，与柳梦梅秀才，后日有姻缘之分。杜小姐游春感伤，致使柳秀才入梦。咱花神专掌惜玉怜香，竟来保护他，要他云雨十分欢幸也。

【鲍老催】〔末〕单则是混阳蒸变，看他似虫儿般蠢动把风情扇。一般儿娇凝翠绽魂儿颤。这是景上缘，想内成，因中见。呀，淫邪展污了花台殿。咱待拈片落花儿惊醒他。〔向鬼门丢花介〕他梦酣春透了怎留连？拈花闪碎的红如片。秀才才到的半梦儿；梦毕之时，好送杜小姐仍归香阁。吾神去也。〔下〕

【山桃红】〔生、旦携手上〕〔生〕这一霎天留人便，草借花眠。小姐可好？〔旦低头介〕〔生〕则把云鬓点，红松翠偏。小姐休忘了啊，见了你紧相偎，慢厮连，恨不得肉儿般团成片也，逗的个日下胭脂雨上鲜。〔旦〕秀才，你可去啊？〔合〕是那处曾相见，相看俨然，早难道这好处相逢无一言？〔生〕姐姐，你身子乏了，将息，将息。〔送旦依前作睡介〕〔轻拍旦介〕姐姐，俺去了。〔作回顾介〕姐姐，你可十分将息，我再来瞧你那。行来春色三分雨，睡去巫山一片云。〔下〕〔旦作惊醒，低叫介〕秀才，秀才，你去了也？〔又作痴睡介〕〔老旦上〕夫婿坐黄堂，娇娃立绣窗。怪他裙衩上，花鸟绣双双。孩儿，孩儿，你为甚瞌睡在此？〔旦作醒，叫秀才介〕咳也。〔老旦〕孩儿怎的来？〔旦作惊起介〕奶奶到此！〔老旦〕我儿，何不做些针指，或观玩书史，舒展情怀？因何昼寝于此？〔旦〕孩儿适在花园中闲玩，忽值春暄恼人，故此回房。无可消遣，不觉困倦少息。有失迎接，望母亲恕儿之罪。〔老旦〕孩儿，这后花园中冷静，少去闲行。〔旦〕领母亲严命。〔老旦〕孩儿，学堂看书去。〔旦〕先生不在，且自消停。〔老旦叹介〕女孩儿长成，自有许多情态，且自由他。正是：宛转随儿女，辛勤做老娘。〔下〕〔旦长叹介〕〔看老旦下介〕哎也，天那，今日杜丽娘有些侥幸也。偶到后花园中，百花开遍，睹景伤情。没兴而回，昼眠香阁。忽见一生，年可弱冠，丰姿俊妍。于园中折得柳丝一枝，笑对奴家说："姐姐既淹通书史，何不将柳枝题赏一篇？"那时待要应他一声，心中自忖，素昧平生，不知名姓，何得轻与交言。正如此想间，只见那生向前说了几句伤心话儿，将奴搂抱去牡丹亭畔，芍药阑边，共成云雨之欢。两情和合，真个是千般爱惜，万种温存。欢毕之时，又送我睡眠，几声"将息"。正待自送那生出门，忽值母亲来到，唤醒将来。我一身冷汗，乃是南柯一梦。忙身参礼母亲，又被母亲絮了许多闲话。奴家口虽无言答应，心内思想梦中之事，何曾放怀。行坐不宁，自觉如有所失。娘呵，你教我学堂看书去，知他看那一种书消闷也。〔作掩泪介〕

【绵搭絮】雨香云片，才到梦儿边。无奈高堂，唤醒纱窗睡不便。泼新鲜冷汗粘煎，闪的俺心悠步亸，意软鬟偏。不争多费尽神情，坐起谁忺，则待去眠。〔贴上〕晚妆销粉印，春润费香篝。小姐，熏了被窝睡罢。

【尾声】〔旦〕困春心游赏倦，也不索香熏绣被眠。天呵，有心情那梦儿还去不远。春望逍遥出画堂（张说），间梅遮柳不胜芳（罗隐）。可知刘阮逢人处（许浑），回首东风一断肠（韦庄）。

《牡丹亭》以抒情胜，《惊梦》一折尤为突出。此折的故事情节离奇跌宕，曲折多变。可分为三层，首写杜丽娘思春；次写梦与柳幽会、苟合，妙在以花神叙述掩盖，代替具体的情色描写："吾乃掌管南安府后花园花神是也。因杜知府小姐丽娘，与柳梦梅秀才，后日有姻缘之分。杜小姐游春感伤，致使柳秀才入梦。咱花神专掌惜玉怜香，竟来保护他，要他云雨十分欢幸也。单则是混阳蒸变，看他似虫儿般蠢动把风情扇。一般儿娇凝翠绽魂儿颤。这是景上缘，想内成，因中见。呀，淫邪展污了花台殿。咱待拈片落花儿惊醒他。他梦酣春透了怎留连？拈花闪碎的红如片。秀才才到的半梦儿；梦毕之时，好送杜小姐仍归香阁。吾神去也。”其中以“要他云雨十分欢幸”，“淫邪展污了花台殿”，就把“共成云雨之欢”带过了。从头到尾并无色情描写，而读者无不为之移情。两处用“是那处曾相见，相看俨然，早难道这好处相逢无一言”点是梦而非现实，这就叫艳而不淫。最后一层写梦醒后，通过老夫人之口写她“怪他裙衩上，花鸟绣双双”，可见女大思春是难免的，老夫人对她有婉转的规诫：“这后花园中冷静，少去闲行”；有宽容的体谅：“女孩儿长成，自有许多情态，且自由他”。而以杜丽娘回味梦中幽会的甜蜜作结：“将奴搂抱去牡丹亭畔，芍药阑边，共成云雨之欢。两情和合，真个是千般爱惜，万种温存”；“正待自送那生出门，忽值母亲来到，唤醒将来。我一身冷汗，乃是南柯一梦”；“母亲絮了许多闲话……心内思想梦中之事，何曾放怀。行坐不宁，自觉如有所失”；“困春心游赏倦，也不索香熏绣被眠。天呵，有心情那梦儿还去不远。”情之所钟，莫深于男女，而女子之情更胜于男。汤显祖《牡丹亭题词》云：“情不知所起，一往而深。”杜丽娘与柳梦梅对自由爱情生活的追求，显示了要求个性解放的思想倾向。

此折着重刻画杜丽娘的内心世界，发掘其幽微细密的情感，富有鲜明的个性特征；又以景物描写胜，全折有很多浓丽华艳、意境深远的写景名句，脍炙人口。如“可知我常一生儿爱好是天然，恰三春好处无人见。不提防沉鱼落雁鸟惊喧，则怕的羞花闭月花愁颤”；“原来姹紫嫣红开遍，似这般都付与断井颓垣。良辰美景奈何天，赏心乐事谁家院”；“朝飞暮卷，云霞翠轩；雨丝风片，烟波画船”；“遍青山啼红了杜鹃，荼蘼外烟丝醉软”之类。

沈德符《顾曲杂言》说：“《牡丹亭梦》一出，家传户诵，几令《西厢》减价。”此剧在封建礼教制度森严的古代中国一经上演，就受到民众的普遍欢迎，传说当时有少女为之“忿惋而死”，杭州有女伶演到《寻梦》一出时，感情激动，猝死于台上。《牡丹亭》还被改编成各种戏曲，传唱数百年之久。在苏、杭一带，昆曲流行，而《牡丹亭》一直是昆曲的保留剧目。今人白崇禧之子白先勇既把《牡丹亭》改写为小说，又新编有昆曲《牡丹亭》。

从所引两折可见，明传奇的人物与元杂剧相近，主要由旦（杜丽娘）、贴（春香）、生（柳梦梅）、末（花神）、老旦（杜丽娘母）组成。以科介写人物动作也与元杂剧相似，如〔末上〕、〔旦上〕、〔贴上〕、〔贴取镜台衣服上〕、〔行介〕、〔下〕、〔旦叹介〕、〔长叹介〕、〔泪介〕、〔梦生介〕、〔生持柳枝上〕、〔回看介〕、〔旦作惊起介〕、〔相见介〕、〔旦作惊喜，欲言又止介〕、〔背想〕、〔生笑介〕、〔旦作含笑不行〕、〔生作牵衣介〕、〔旦低问〕〔旦作羞〕、〔生前抱〕、〔旦推介〕、〔生强抱旦下〕、〔末扮花神束发冠，红衣插花上〕、〔向鬼门丢花介〕、〔下〕、〔生、旦携手上〕、〔轻拍旦介〕、〔作回顾介〕、〔旦作惊醒，低叫介〕、〔又作痴睡介〕、〔老旦上〕、〔旦作醒，叫秀才介〕、〔旦作惊起介〕、〔作掩泪介〕之类。

但明传奇与元杂剧又有较大区别，它们是中国戏剧史上两种不同的戏剧体裁。明吕天成《曲品》卷上云："金元创名杂剧，国初演作传奇。杂剧北音，传奇南调。杂剧折惟四，唱唯一人；传奇折数多 ，唱必匀派。杂剧但摭一事颠末，其境促；传奇备述一人始终，其味长。无杂剧则孰开传奇之门，非传奇则未畅杂剧之趣也。"①具体说，第一，从音乐上看，元代杂剧全用豪迈雄壮的北曲，故又称北曲杂剧；因形成于北方，受北方语言的影响，故曲韵只有平、上、去三声，无入声韵。传奇多用婉转柔媚的南曲，故又称为南戏，并吸收北曲长处，创造了"南北合套"的方法。杂剧每折限用一个宫调，一韵到底；传奇每出不限用一个宫调，可以换韵。第二，从角色看，杂剧的主角是末、旦，传奇的主角是生、旦。传奇虽和杂剧一样，有唱、科、白，但杂剧由一个角色唱到底，传奇则各种角色都可以唱，可以独唱、对唱、轮唱和合唱。传奇中不称"科"而称"介"；主要人物上场时先唱引子，继以一段开场白，每出都有下场诗。第三，从结构上看，元杂剧一般是四折一楔子，不标折目；传奇不称"折"而称"出"，并加出目。出数不定，有多达四五十出者。传奇没有楔子，第一出是"开场"，开场用的是词牌而不是曲牌，由副末说明主旨，介绍剧情。从第二出起才是正戏。总之，传奇与杂剧相比，规模更宏大，曲调更丰富，角色分工更细致，形式更自由活泼。

（三）洪昇及其《长生殿》

清代康熙年间，出现了洪昇的《长生殿》和孔尚任的《桃花扇》，代表了清代戏曲的最高成就，当时就有"南洪北孔"之誉。这里仅以洪昇的《长生殿》②为例来说明清代传奇的文体特点。

洪昇（1645—1704）字昉思，号稗畦，又号稗村，钱塘（今浙江杭州）人。他生于明末，出身于世代官宦而日渐衰落的缙绅之家，有良好的家庭教育，受业于明代遗民。

① （明）吕天成《曲品》，《中国古典戏曲论著集成》本。

② （清）洪昇《长生殿》，人民文学出版社1958年版。

青年时期就学于北京国子监，与王士禛、朱彝尊、赵执信等交往密切，联吟唱和，诗名大振。但一生坎坷，旅食京华十余年却功名不遂。康熙二十七年(1688)，洪昇《长生殿》脱稿，自此在京盛演。次年，值佟皇后丧期，被人告发。当时观剧的士大夫和国子监生被革职、除名者多达五十余人，洪昇亦被革除国子监学籍，断送功名，举家南归。晚年他在吴越山水间过着放浪诗酒的潦倒生活，后因夜醉上船落水而亡。著有诗集，今存《稗畦集》、《稗畦续集》、《啸月楼集》。洪昇的主要成就在戏曲方面，现有名目可考者达十二种，存世者则只有传奇《长生殿》和杂剧《四婵娟》。

《长生殿》从初稿到最后定稿，前后花了十年时间，是作者一生最高的文学成就。初稿名《沉香亭》，是有感于李白之遇而作；后删去有关李白的情节，加入李泌辅助肃宗中兴的内容，更名为《舞霓裳》；最后他根据《长恨歌》、《梧桐雨》等，修改成专写唐玄宗与杨贵妃"钗盒情缘"的鸿篇巨制，定名为《长生殿》。他在《长生殿例言》中说："后又念情之所钟，在帝王家罕有，马嵬之变，已违夙誓，而唐人有玉妃归蓬莱仙院，明皇游月宫之说，因合用之，专写钗盒情缘，以《长生殿》题名。"

《长生殿》描写的是人们所津津乐道的唐明皇与杨贵妃的爱情故事。自唐代白居易《长恨歌》和陈鸿《长恨歌传》首先将李、杨真人真事写进诗歌和小说之后，宋、元、明、清各代有不少文人反复采用这一题材进行诗歌、小说、戏曲创作。宋人乐史的小说《太真外传》，元代白朴的杂剧《梧桐雨》，明代吴世美的传奇《惊鸿记》，都写这一故事。洪昇正是在前人的基础上，以其杰出的艺术才华，取舍剪裁，再现了这一宏阔的历史画面，以"乐极哀来，垂戒来世"。

《长生殿》的故事情节基本沿袭陈鸿的《长恨歌传》、白居易的《长恨歌》，以安史之乱为背景，以唐明皇与杨贵妃的爱情故事为主线，写帝、妃爱情带来的政治祸乱及给百姓带来的苦难。前半部是现实主义的描写，后半部是浪漫主义的虚构，写唐明皇与杨贵妃人间天上的刻骨相思。这一虚构也出自唐代传说：贵妃未被缢死于马嵬坡，而被日本人偷渡到日本。①

洪昇《长生殿》全剧长达五十出，这里仅举第一出《传概》和第二十五出《埋玉》，以说明清传奇的文体特点。第一出《传概》全文如下：

【南吕引子·满江红】〔末上〕今古情场，问谁个真心到底？但果有精诚不散，终成连理。万里何愁南共北，两心那论生和死。笑人间儿女怅缘悭，无情

① 参见本书第六章第四节"(三)七言古诗和七言歌行"对《长恨歌》的解说。

耳。 感金石，回天地。昭白日，垂青史。看臣忠子孝，总由情至。先圣不曾删郑、卫，吾侪取义翻宫、征。借《太真外传》谱新词，情而已。

【中吕慢词·沁园春】天宝明皇，玉环妃子，宿缘正当。自华清赐浴，初承恩泽。长生乞巧，永订盟香。妙舞新成，清歌未了，鼙鼓喧阗起范阳。马嵬驿、六军不发，断送红妆。 西川巡幸堪伤，奈地下人间两渺茫。幸游魂悔罪，已登仙籍；回銮改葬，只剩香囊。证合天孙，情传羽客，钿盒、金钗重寄将。月宫会、霓裳遗事，流播词场。

唐明皇欢好霓裳宴，杨贵妃魂断渔阳变。

鸿都客引会广寒宫，织女星盟证长生殿。

这是借末语首先点明主旨，概述全剧结构和内容，是歌颂唐明皇与杨贵妃“感金石，回天地，昭白日，垂青史”的生死不渝的爱情，鞭挞“今古情场，问谁个真心到底”，明确表示“天宝明皇，玉环妃子，宿缘正当”。

第二十五出《埋玉》写马嵬坡之变，首写杀杨国忠：

【南吕过曲·金钱花】(末扮陈元礼引军士上)拥旄仗钺前驱，前驱；羽林拥卫銮舆，銮舆。匆匆避贼就征途。人跋涉，路崎岖。知何日，到成都。

下官右龙武将军陈元礼是也。因禄山造反，破了潼关。圣上避兵幸蜀，命俺统领禁军扈驾。行了一程，早到马嵬驿了。(内鼓噪介)(末)众军为何呐喊?(内)禄山造反，圣驾播迁，都是杨国忠弄权，激成变乱。若不斩此贼臣，我等死不扈驾。(末)众军不必鼓噪，暂且安营。待我奏过圣上，自有定夺。(内应介)(末引军重唱“人跋涉”四句下)(生同旦骑马，引老旦、贴、丑行上)

【中吕过曲·粉孩儿】匆匆的弃宫闱珠泪洒，叹清清冷冷半张銮驾，望成都直在天一涯。渐行来渐远京华，五六搭剩水残山，两三间空舍崩瓦。

(丑)来此已是马嵬驿了，请万岁爷暂住銮驾。(生、旦下马，作进坐介)(生)寡人不道，误宠逆臣，致此播迁，悔之无及。妃子，只是累你劳顿，如之奈何！(旦)臣妾自应随驾，焉敢辞劳。只愿早早破贼，大驾还都便好。(内又喊介)杨国忠专权误国，今又交通吐蕃，我等誓不与此贼俱生。要杀杨国忠的，快随我等前去！(杂扮四军提刀赶副净上，绕场奔介)(军作杀副净，呐喊下)(生惊介)高力士，外面为何喧嚷？快宣陈元礼进来。(丑)领旨。(宣介)(末上见介)臣陈元礼见驾。(生)众军为何呐喊？(末)臣启陛下：杨国忠专权召乱，又与吐蕃私通。激怒六军，竟将国忠杀死了。(生作惊介)呀，有这等事。(旦作背掩泪介)(生沉吟介)这也罢了，传旨起驾。(末出传旨介)圣旨道来，赦汝等擅杀之罪。作速起行。

这里写出了六军哗变，非杀杨国忠不可；明皇后悔，“误宠逆臣，致此播迁”；明皇对陈元礼擅杀杨国忠的不同反应：先是“惊”，沉吟之后，只好作罢，“赦汝等擅杀之罪”；贵妃则是“掩泪”，因为毕竟有兄妹之情，写得很细致，很有分寸，均符合各自的身份。次写迫杀贵妃：

(内又喊介)国忠虽诛，贵妃尚在。不杀贵妃，誓不扈驾。(末见生介)众军道，国忠虽诛，贵妃尚在，不肯起行。望陛下割恩正法。(生作大惊介)哎呀，这话如何说起！(旦慌牵生衣介)(生)将军，

【红芍药】国忠纵有罪当加，现如今已被劫杀。妃子在深宫自随驾，有何干六军疑讶。(末)圣谕极明，只是军心已变，如之奈何！(生)卿家，作远晓谕他，恁狂言没些高下。(内又喊介)(末)陛下呵，听军中恁地喧哗，教微臣怎生弹压！

(旦哭介)陛下啊！

【耍孩儿】事出非常堪惊诧。已痛兄遭戮，奈臣妾又受波查。是前生事已定，薄命应折罚。望吾皇急切抛奴罢，只一句伤心话……

(生)妃子且自消停。(内又喊介)不杀贵妃，死不扈驾。(末)臣启陛下：贵妃虽则无罪，国忠实其亲兄，今在陛下左右，军心不安。若军心安，则陛下安矣。愿乞三思。

(生沉吟介)【会河阳】无语沉吟，意如乱麻。(旦牵生衣哭介)痛生生怎地舍官家！(合)可怜一对鸳鸯，风吹浪打，直恁的遭强霸！(内又喊介)(旦哭介)众军逼得我心惊唬，(生作呆想，忽抱旦哭介)贵妃，好教我难禁架！

(众军呐喊上，绕场、围驿下)(丑)万岁爷，外厢军士已把驿亭围了。若再迟延，恐有他变，怎么处？(生)陈元礼，你快去安抚三军，朕自有道理！(末)领旨。(下)(生、旦抱哭介)

(旦)【缕缕金】魂飞颤，泪交加。(生)堂堂天子贵，不及莫愁家。(合哭介)难道把恩和义，霎时抛下！(旦跪介)臣妾受皇上深恩，杀身难报。今事势危急，望赐自尽，以定军心。陛下得安稳至蜀，妾虽死犹生也。算将来无计解军哗，残生

愿甘罢，残生愿甘罢！

(哭倒生怀介)(生)妃子说那里话！你若捐生，朕虽有九重之尊，四海之富，要他则甚！宁可国破家亡，决不肯抛舍你也！

【摊破地锦花】任灌哗，我一谜妆聋哑，总是朕差。现放着一朵娇花，怎忍见风雨摧残，断送天涯。若是再禁加，拼代你陨黄沙。

(旦)陛下虽则恩深，但事已至此，无路求生。若再留恋，倘玉石俱焚，益增妾罪。望陛下舍妾之身，以保宗社。(丑作掩泪，跪介)娘娘既慷慨捐生，望万岁爷以社稷为重，勉强割恩罢。(内又喊介)(生顿足哭介)罢罢，妃子既执意如此，朕也做不得主了。高力士，只得但、但凭娘娘罢！(作硬咽、掩面哭下)(旦朝上拜介)万岁！(作哭倒介)(丑向内介)众军听着，万岁爷已有旨，赐杨娘娘自尽了。(众内呼介)万岁，万岁，万万岁！(丑扶旦起介)娘娘，请到后边去。(扶旦行介)

【哭相思】(旦哭介)百年离别在须臾，一代红颜为君尽！(转作到介)(丑)这里有座佛堂在此。(旦作进介)且住，待我礼拜佛爷。(拜介)佛爷，佛爷！念杨玉环啊，

【越恁好】罪孽深重，罪孽深重，望我佛度脱咱。(丑拜介)愿娘娘好处生天。(旦起哭介)(丑跪哭介)娘娘，有甚话儿，分付奴婢几句。(旦)高力士，圣上春秋已高，我死之后，只有你是旧人，能体圣意，须索小心奉侍。再为我转奏圣上，今后休要念我了。(丑哭应介)奴婢晓得。(旦)高力士，我还有一言。(作除钗、出盒介)这金钗一对，钿盒一枚，是圣上定情所赐。你可将来与我殉葬，万万不可遗忘。(丑接钗盒介)奴婢晓得。(旦哭介)断肠痛杀，说不尽恨如麻。(末领军拥上)杨妃既奉旨赐死，何得停留，稽迟圣驾。(军呐喊介)(丑向前拦介)众军士不得近前，杨娘娘即刻归天了。(旦)唉，陈元礼，陈元礼，你兵威不向逆寇加，逼奴自杀。(军又喊介)(丑)不好了，军士每拥进来了。(旦看介)唉，罢、罢，这一株梨树，是我杨玉环结果之处了。(作腰间解出白练，拜介)臣妾杨玉环，叩谢圣恩。从今再不得相见了。(丑泣介)(旦作哭缢介)我那圣上啊，我一命儿便死在黄泉下，一灵儿只傍着黄旗下。

这可说是各有各的道理：明皇是“大惊”道：“妃子在深宫自随驾，有何干六军疑讶”；他宁可失去江山也要保全贵妃：“你若捐生，朕虽有九重之尊，四海之富，要他则甚！宁可国破家亡，决不肯抛舍你。”以陈元礼为代表的六军则认为“贵妃虽则无罪，

国忠实其亲兄，今在陛下左右，军心不安”，故明皇不得不赐贵妃死。最后写明皇见到贵妃缢死于白练后的情况：

(做缢死下)(末)杨妃已死，众军远退。(众应同下)(丑哭介)我那娘娘啊！(下)(生上)六军不发无奈何，宛转蛾眉马前死。(丑持白练上，见生介)启万岁爷，杨娘娘归天了。(生作呆不应介)(丑又启介)杨娘娘归天了。自缢的白练在此。(生看大哭介)哎哟，妃子，妃子，兀的不痛杀寡人也！(倒介)(丑扶介)

【红绣鞋】(生哭介)当年貌比桃花，桃花；(丑)今朝命绝梨花，梨花。(出钗盒介)这金钗、钿盒，是娘娘分付殉葬的。(生看钗盒哭介)这钗和盒，是祸根芽。长生殿，恁欢洽；马嵬驿，恁收煞！(丑)仓卒之间，怎生整备棺椁？(生)也罢，权将锦褥包裹，须要埋好记明，以待日后改葬。这钗盒就系娘娘衣上罢。(丑)领旨。(下)

【尾声】(生哭介)温香艳玉须臾化，今世今生怎见他！(末上跪介)请陛下起驾。(生顿足恨介)咳，我便不去西川也值甚么！(内呐喊、掌号，众军上)

【仙吕入双调过曲·朝元令】(丑暗上，引生上马行介)(合)长空雾黏，旌旆寒风飐。长征路淹，队仗黄尘染。谁料君臣，共尝危险。恨贼寇横兴逆焰，烽火相兼，何时得将豺虎歼。遥望蜀山尖，回将凤阙瞻。浮云数点，咫尺把长安遮掩，长安遮掩。

翠华西拂蜀云飞(章褐)，天地尘昏九鼎危(吴融)。

蝉鬓不随銮驾起(高骈)，空惊鸳鸯忽相随(钱起)。

明皇见白练、金钗、钿盒，不禁大哭，吩咐“权将锦褥包裹，须要埋好记明，以待日后改葬。这钗盒就系娘娘衣上罢。”但后来自蜀“回驾马嵬，将妃子改葬。谁知玉骨全无，只剩香囊一个”，金钗、钿盒哪里去了呢？这可能就是贵妃东渡蓬莱传说的起因吧。

从所引的这一出及其他各出可知，第一，清传奇的角色与元杂剧、明传奇相近，主要是由生(生扮唐明皇)、旦(旦扮杨贵妃)、净(净扮安禄山)、末(末扮陈元礼)、丑(丑扮高力士)等组成。但较元杂剧更复杂，还有老旦(老旦扮永新)、贴旦(贴旦扮念奴)、副净(副净扮杨国忠)、外(外扮老田夫上)等多种角色名目。第二，其曲牌也与元杂剧、明传奇相近，都是由套数和只曲组成，一套含若干只曲，第一出《传概》由【南吕引子】套〖满江红〗，【中吕慢词】套〖沁园春〗组成。第二十五出《埋玉》由【南吕过曲】套

〖金钱花〗,【中吕过曲】套〖粉孩儿〗、〖红芍药〗、〖耍孩儿〗、〖会河阳〗、〖缕缕金〗、〖摊破地锦花〗、〖哭相思〗、〖越恁好〗、〖红绣鞋〗、〖尾声〗,【仙吕入双调过曲】套〖朝元令〗组成。第三,清传奇的科白与元杂剧、明传奇也相近,如〔末上〕,〔生扮唐明皇引二内侍上〕,〔丑扮高力士,二宫女执扇引,旦扮杨贵妃上〕,〔到介,丑进见生跪介〕,〔旦进,拜介〕,〔内奏乐。旦送生酒,宫女送旦酒。生正坐,旦傍坐介〕,〔宫女与生、旦更衣,暗下,生、旦坐介〕,〔内作乐。生携旦前立,众退后,齐立介〕,〔北应介,内侍、宫女各执灯引生、旦行介〕,〔付旦介,旦接钗、盒,谢介〕之类。

《长生殿》全剧五十出,场面宏大,结构严密,情节曲折。五十出实为三大部分,首写"华清赐浴,初承恩泽。长生乞巧,永订盟香";次写安史之乱,明皇西幸,六军不发,断送红颜;末写唐明皇与杨贵妃人间天上的刻骨相思,最后以天上《重圆》的喜剧结束:"情一片,幻出人天姻眷。但使有情终不变,定能偿夙愿。"全剧以李隆基和杨玉环的爱情故事为主("占了情场,弛了朝纲"),以朝政大事为辅,互相穿插,彼此关联,紧密结合,定情之物金钗、钿盒,时隐时现贯穿全剧,使全剧相互照应,关目衔接,结构绵密,颇具匠心。

在人物塑造上,唐明皇是帝王中的"情种",他对杨贵妃感情有过不忠,如曾召幸过梅妃和杨贵妃的姐姐,甚至将贵妃谪出宫中,但最终在长生殿密赠钗盒,在乞巧之夜对贵妃发誓:"愿世世生生,共为夫妇,永不相离。"后在马嵬之变中,迫于六军压力,赐贵妃死,但其内心深处是深感愧疚的:"空做一朝天子,竟成千古忍人。"对杨贵妃的刻画尤为生动和丰富,最令人感动的是贵妃的深明大义:她既"痛生生怎地舍官家",又怨"堂堂天子贵,不及莫愁家",怨陈元礼"你兵威不向逆寇加,逼奴自杀";更可贵的是她宁愿以死救明皇:"事势危急,望赐自尽,以定军心。陛下得安稳至蜀,妾虽死犹生也";"望陛下舍妾之身,以保宗社",愿"一代红颜为君尽";临死也不忘明皇:"圣上春秋已高,我死之后,只有你是旧人,能体圣意,须索小心奉侍";她不忘旧情:"金钗一对,钿盒一枚,是圣上定情所赐。你可将来与我殉葬,万万不可遗忘"。作者"义取崇雅",故意回避杨贵妃曾嫁寿王及与安禄山私通等"秽迹",着重描写他们人间天上的刻骨相思,坚守前盟的深情,以致感动天地鬼神,让他们在月宫永久团圆。

《长生殿》的曲文比元杂剧、明传奇更加典雅,多化用唐诗名句。全剧清丽舒徐,语言流畅,文采斐然,借景抒情,融情入景,具有浓厚的抒情色彩。善于形象地描述人物的内心世界及心理活动,不同人物有不同的曲辞及个性化的科白。除第一折外,每折末皆以集句诗结尾,或分唱、或合唱,如第二折《定情》:"〔生〕胧明春月照花枝(元稹)。〔旦〕始是新承恩泽时(白居易)。〔生〕长倚玉人心自醉(雍陶),〔合〕年年岁岁乐于斯(赵彦昭)。”第四出《春睡》:“〔生〕倚槛繁花带露开(罗虬),〔旦〕相将游戏绕池台(孟浩然)。〔生〕新歌一曲令人艳(万楚),〔合〕只待相如奉诏来(李商隐)。”或以一人唱集句诗作结,如第三出《贿权》:“专权意气本豪雄(卢照邻),万态千端一瞬中(吴融)。多积黄金买刑戮(李咸用),不妨私荐也成公(杜荀鹤)。”第十出《疑谶》:“马蹄空踏几年尘(胡宿),长是豪家据要津(司空图)。卑散自应霄汉隔(王建)不知忧国是何人?(吕温)”

第十章　小 说 分 类

第一节　小 说 概 述

小说是文学的一种基本样式，是以刻画人物为中心，通过完整的故事情节和具体的环境描写来反映社会生活的一种文学体裁。

中国小说之名起源甚早。《庄子·外物》云："饰小说以干县令，其于大达亦远矣。"成玄英疏云："干，求也；县，高也。夫修饰小行，矜持言说，以求高名令问者，必不能大通于至道(即所谓"大达")。"鲁迅《中国小说史略》认为《庄子》所说的小说指"琐屑之言，非道术之所在，与后来小说固不同"。①

东汉桓谭(前 23—50)《新论》亦云："小说家合丛残小语，近取譬论，以作短书，治身理家，有可观之辞。"②班固(32—92)《汉书》卷三〇《艺文志》据刘向、刘歆《七略》，把小说家作为九流十家之一："光禄大夫刘向校经传、诸子、诗赋，步兵校尉任宏校兵书，太史令尹咸校数术，侍医李柱国校方技，每一书已，向辄条其篇目，撮其指意，录而奏之。会向卒，哀帝复使向子侍中奉车都尉歆卒父业。歆于是总群书而奏其《七略》，故有《辑略》，有《六艺略》，有《诸子略》，有《诗赋略》，有《兵书略》，有《术数略》，有《方技略》，今删其要以备篇籍……右小说十五家，千三百八十篇。小说家者流，盖出于稗官，街谈巷语，道听途说者之所造也。孔子曰：'虽小道必有可观者焉。致远恐泥，是以君子弗为也。'然亦弗灭也，闾里小知者之所及，亦使缀而不忘。如或一言可采，此亦刍荛狂夫之议也。"这里把写作小说的人称作"小说家"；内容是"近取譬论"，即取譬喻作论；形式是"短"，是"丛残小语"，但有"可观之辞"；因为取譬作论，故有利于"治身理家"，充分肯定了小说的作用。小说的作者是"稗官"，是"闾里小知者"；内容是"街谈巷语，道听途说"；对它的态度应是"君子弗为"，"然亦弗灭"，只要"一言可用"，也可

---

① 《鲁迅全集》第九卷，人民文学出版社 1998 年版。

② (明)陶宗仪《说郛》卷三三上引，文渊阁四库全书本。

作为“刍荛狂夫之议”。何为“稗官”？历来众说纷纭，或谓稗官指小官，虽为“天子之士”，“指四百石以下吏”；或谓稗的本义即野生的稗草，稗官是散居乡野之官，类似后之乡长、里长，其职在采录而非创作，是官而不是小说家。①可见汉人所说的小说家还不完全是后世所说的小说家。

关于小说的社会价值和艺术价值，宋人罗烨有很好的概括：“言其上世之贤者可为师，排其近世之愚者可为戒。言非无根，听之有益。”又说：“说国贼怀奸从佞，遣愚夫等辈生嗔；说忠臣负屈衔冤，铁心肠也须下泪；讲鬼怪，令羽士心寒胆惊；论闺怨，遣佳人绿窗红愁；说人头厮挺，令羽士快心；言两阵对圆，使雄夫壮志。”②明胡应麟《少室山房笔丛》卷二五对小说的评价比罗烨低得多，虽也称美《水浒传》的“抑扬映带，回护咏叹之工”，但认为它远不如戏剧《琵琶记》：“今世传街谈巷语有所谓演义者，盖尤在传奇、杂剧下。然元人武林施某所编《水浒传》特为盛行，世率以其凿空无据，要不尽尔也。余偶阅一小说序，称施某尝入市肆，细阅故书，于敝楮中得宋张叔夜禽贼招语一通，备悉其一百八人所由起因，润饰成此编。其门人罗某亦效之，为《三国志》，绝浅陋可嗤也。”又云：“《水浒》，余尝戏以拟《琵琶》，谓皆不事文饰，而曲尽人情耳。然《琵琶》自本色外，‘长空万里’等篇，即词人中不妨翘举，而《水浒》所撰语，稍涉声偶者辄呕哕不足观，信其伎俩易尽，第述情叙事，针工密致，亦滑稽之雄也。”又云：“今世人耽嗜《水浒传》，至搢绅文士亦间有好之者，第此书中间用意非仓卒可窥，世但知其形容曲尽而已。至其排比一百八人，分量重轻，纤毫不爽，而中间抑扬映带，回护咏叹之工，真有超出语言之外者。余每惜斯人以如是心用于至下之技，然自是其偏长，政（正）使读书执笔未必成章也。”

中国古代小说经历了古代神话传说、六朝志怪志人小说、唐代传奇、宋元话本、明清章回小说等若干发展阶段，也可称它们为中国古代小说诸体，下面将分别论述。

第二节　古代神话传说

神话传说实际包括神话与传说两个部分。神话是人类最早的、幻想性的、流传于口头的散文作品，是人类童年时期的产物，是文学的先河，是民间文学的源头之一。神话往往叙述人类原始时期，即人类发展初期具有幻想性的“故事”，承传者对这些“故事”往往信以为真。我国古籍中记述神话较多的有《山海经》、《楚辞》等，在《国

① 陈广宏《小说家出于稗官新考》，《中国典籍与文化论丛》2010年第十二辑。

② （宋）罗烨《醉翁谈录・小说引子》，1941年日本影印本。

语》、《左传》及《论衡》等书中也保存有片段材料。传说则是最早的口头叙事文学之一，是由神话演变而来但又具有一定历史性的故事，如民间流行最广的传说八仙过海、七仙女下凡、白蛇传之类的故事。神话具有明显的非理性的神异色彩，而传说则包含着人间的行为原则。

中国古代的神话传说非常丰富，自从盘古开天地，三皇五帝到而今，这些关于中国远古历史的叙说，多属神话传说，不可作为信史看。盘古是开天辟地的人，他生于天地混沌之中，日长一丈，天也日高一丈，地也日厚一丈，经一万八千岁，天极高，地极低，所有的日月星辰、风云山川、金石草木，据说都是在他死后，由其身体的各部分变成的。梁任昉《述异记》卷上云："昔盘古氏之死也，头为四岳，目为日月，脂膏为江海，毛发为草木。秦汉间俗说盘古氏头为东岳，腹为中岳，左臂为南岳，右臂为北岳，足为西岳。先儒说盘古氏泣为江河，气为风，声为雷，目瞳为电。古说盘古氏喜为晴，怒为阴。吴楚间说盘古氏夫妻，阴阳之始也。今南海有盘古氏墓，亘三百余里，俗云后人追葬盘古之魂也。桂林有盘古氏庙。"宋胡宏《皇王大纪》卷一云："盘古氏生于大荒，莫知其始。仰观天倪，俯察地轴，明天地之道，达阴阳之变，为三才首君，于是宇宙光辉而混茫开矣。"清马骕《绎史》卷一："五运历年记元气蒙鸿，萌芽兹始。遂分天地，肇立乾坤。启阴感阳，分布元气，乃孕中和，是为人也。首生盘古，垂死化身，气成风云，声为雷霆，左眼为日，右眼为月，四肢五体为四极五岳，血液为江河，筋脉为地里，肌肉为田土，发髭为星辰，皮毛为草木，齿骨为金石，精髓为珠玉，汗流为雨泽，身之诸虫，因风所感，化为黎甿（民）。"

三皇是传说中的远古部落领袖，说法不一。《世本》说指伏羲、神农、黄帝，《史记·秦始皇本纪》说指天皇、地皇、泰皇，同书《三皇纪》又说指伏羲、女娲、神农。《白虎通义》说指伏羲、神农、祝融，又说指伏羲、神农、燧人氏。《艺文类聚·春秋纬》说指天皇、地皇、人皇。

五帝的说法更是五花八门。《易·系辞》说指伏羲、神农、黄帝、尧、舜，《史记·五帝纪》说指黄帝、颛顼、帝喾、尧、舜，《帝王世纪》说指少昊、颛顼、高辛、尧、舜，《周礼·春官·小宗伯》注，又说是指太昊、炎帝、黄帝、少昊、颛顼，纬书甚至说指东方苍帝、南方赤帝、中央黄帝、西方白帝、北方黑帝。

古代神话颇能体现古人的精神追求。如晋郭璞注《山海经》卷三所载精卫填海：

> 发鸠之山，其上多柘木，有鸟焉，其状如乌。文首（头有花纹），白喙（嘴白），赤足，名曰精卫。其鸣自詨（叫声是自己呼叫自己），是炎帝（神农）之少女，名曰女娃。女娃游于东海，溺而不返，故为精卫。常衔西山之木石，以堙（填）于东海。

由于古代沿海之人常为海水淹死，因此幻想出神农之女精卫衔西山木石填海的神话。这一壮举成为后代诗人的咏吟对象，成为后人学习的榜样。阮籍《咏怀》云："精卫衔木石，谁能测幽微！"①王叡《公无渡河》云："愿持精卫衔石心，穷取河源塞泉脉。"②或为其宏志难以实现而深感惋惜，岑参《精卫》诗云："负剑出北门，乘桴适东溟。一鸟海上飞，云是帝女灵。玉颜溺水死，精卫空为名。怨积徒有志，力微竟不成。西山木石尽，巨壑何时平！"③其志虽未实现，但仍值得人尊敬，韩愈《学诸进士作精卫衔石填海》云："鸟有偿冤者，终年抱寸诚。口衔山石细，心望海波平。渺渺功难见，区区命已轻。人皆讥造次，我独赏专精。岂计休无日，惟应尽此生。"④

水与旱是古人面临的两大自然灾害，如果说精卫填海是为征服水，夸父追日则是为征服天旱。《山海经》卷八载：

> 夸父与日逐走，入日（日将落山）。渴，欲得饮，饮于（黄）河、渭（水）；河、渭不足，北饮大泽（传说在雁门山北，纵横千里）。未至，道渴而死。弃其杖，化为邓林（传说在大别山附近）。

夸父追日是令人尊敬的，但要征服自然谈何容易，正如唐皎然《五言效古》诗所说："日出天地正，煌煌辟晨曦。六龙驱群动，古今无尽时。夸父亦何愚，兢走先自疲。饮干咸池水，折尽长桑枝。渴死化爝火，嗟嗟徒尔为。空留邓林在，折尽令人嗤。"⑤

《列子》卷五《汤问》载：

> 太形、王屋二山，方七百里，高万仞，本在冀州之南，河阳之北。北山愚公者年且九十，面山而居，惩山北之塞，出入之迂也，聚室而谋曰："吾与汝毕力平险，指通豫南，达于汉阴，可乎？"杂然相许。其妻献疑曰："以君之力曾不能损魁父之邱，如太形、王屋何！且焉置土石？"杂曰："投诸渤海之尾，隐土之北。"遂率子孙荷担者三夫，即石垦壤，箕畚运于渤海之尾。邻人京城氏之孀妻有遗男，始龀，跳往助之。寒暑易节，始一反焉。河曲智叟笑而止之曰："甚矣，汝之不惠！以残年余力，曾不能毁山之一毛，其如土石何！"北山愚公长息曰："汝心之固，固不可彻，

① 《文选》卷三一，文渊阁四库全书本。

② 《御定全唐诗》卷一九，文渊阁四库全书本。

③ 《御定全唐诗》卷一九八，文渊阁四库全书本。

④ 《御定全唐诗》卷三四三，文渊阁四库全书本。

⑤ （唐）皎然：《杼山集》卷六，文渊阁四库全书本。

曾不若孀妻弱子。虽我之死，有子存焉；子又生孙，孙又生子；子又有子，子又有孙；子子孙孙，无穷匮也。而山不加增，何苦而不平？”河曲智叟亡以应。操蛇之神闻之惧其不已也，告之于帝。帝感其诚，命夸娥氏二子负二山，一厝朔东，一厝雍南。自此，冀之南、汉之阴无陇断焉。

从表面看，愚公移山的宏伟理想似乎是实现了，“冀之南、汉之阴，无垄断焉”。但是，它不是靠现实的力量、人的力量，即愚公及其子孙的力量来实现的，而是靠幻想的力量、神的力量，即夸娥氏二子的力量来实现的。并且这两座山也没有按愚公原来的愿望“投诸渤海之尾，隐土之北”，彻底铲平了；而是“一厝朔东，一厝雍南”，仍然屹立着，只不过移了一下位置而已。愚公不再“面山而居”了，但别的什么公却因此要“面山而居”。严格说来，愚公是在以邻为壑，“嫁祸于人”。幻想是弱者的自我安慰。愚公最后借助于幻想中的神来实现移山，正表明愚公对这两座有碍于他的大山无能为力：愚公空有移山志，太行依旧耸神州。愚公的理想之所以终成泡影，就是因为他的理想是建立在“子子孙孙无穷匮也，而山不加增”这样一个错误观念的基础上的。任何事物都有始有终，人类也在所难免。如果仅就愚公及其子孙讲，那就更谈不上什么“无穷匮也”了。断言“山不加增”也是形而上学的观点。自然界的变化较之人类社会的变化固然不太显著，从我们短促的人生来看，似乎未变。但是，变是绝对的，不变是相对的。沧海都能变成桑田，怎能说“山不加增”呢？因此，不仅“方七百里高万仞”的太形(行)、王屋二山很难铲平，即使铲平了，也难免产生新的更高更大的两座甚至三座大山。

神话传说是我国古代文化宝贵的精神财富，它有人物，有情节，有主题，已经具备了后世小说的基本要素，为后代的文学创作提供了丰富的题材；它所具有的曲折的故事性和丰富的想象力，对后代作家的艺术构思及浪漫主义创作方法都具有重大影响，对后世的小说创作影响尤大，故在我国文学史上有着很重要的地位。

第三节　六朝志怪志人小说

所谓“六朝”，是指三国以来的魏、晋及南北朝的宋、齐、梁、陈，是中国长期处于分裂状态，政治局势动荡不安，分分合合，百姓生活困窘的时代。汉武帝表面上“罢黜百家，独尊儒术”的局面被打破，佛教、道教、玄学兴起，佛教徒宣传佛法，道教徒弘扬道教，把心灵寄托于宗教信仰之中，冀求以鬼神之力祈福解祸。士大夫则大谈《周易》、《老子》和《庄子》，产生了魏晋玄学，这是道家和儒家融合而成的文化思潮。

六朝谈玄说怪，于是志怪、志人小说兴起。志怪、志人小说通过光怪陆离，想象奇特曲折的故事情节，表达作者对统治者、对现实生活的不满，成为一种新的小说形态。旧题魏文帝的《列异传》，旧题晋张华的《博物志》，晋干宝的《搜神记》，刘宋东阳无疑的《齐谐记》，刘义庆的《幽明录》，南齐王琰的《冥祥记》，梁任昉《述异记》，吴均的《续齐谐记》，都记载了不少这类小说。后世许多为人熟知、流传广泛的故事，都是从这里取材的，为后世各体文学所取用。这类小说可分为志怪（异）和志人两种。

六朝志怪小说以记叙神异鬼怪故事为主要内容，与当时社会的宗教迷信和玄学风气以及佛教的传播密切相关。如旧题晋张华《博物志》卷一〇所载牛郎织女事：

> 旧说云：天河与海通，近世有人居海滨者，年年八月有浮槎去来不失期。人有奇志，立飞阁于槎上，多赍粮，乘槎而去。十余日中犹观星月日辰，自后茫茫忽忽，亦不觉昼夜。去十余日，奄至一处，有城郭状，屋舍甚严，遥望宫中多织妇。见一丈夫牵牛渚次饮之。牵牛人乃惊问曰："何由至此?"此人具说来意，并问此是何处。答曰："君还，至蜀郡访严君平则知之。"竟不上岸，因还如期。后至蜀，问（严）君平。曰："某年月日有客星犯牵牛宿。"计年月，正是此人到天河时也。

牛郎、织女作为星名或神话传说都起源很早，并成为历代文人的创作题材。《诗·大东》云："跂（隅貌）彼织女，终日七襄（驾）。虽则七襄，不成报章（不能反报成文）"；"睆彼牵牛，不以服箱（谓牵牛不可用于牝服之箱）。"《文选》各卷所收《古诗十九首》云："迢迢牵牛星，皎皎河汉女。纤纤擢素手，札札弄机杼。终日不成章，泣涕零如雨。河汉清且浅，相去复几许。盈盈一水间，脉脉不得语。"班固《西都赋》云："左牵牛而右织女，似云汉之无涯。"张衡《西京赋》云："豫章珍馆，揭焉中峙。牵牛立其左，织女处其右。日月于是乎出入。"曹丕《燕歌行》云："明月皎皎照我床，星汉西流夜未央。牵牛织女遥相望，尔独何辜限河梁。"

浮（乘）槎也成为历代文人的写作题材，刘禹锡《浪淘沙》云："九曲黄河万里沙，浪淘风簸自天涯。如今直上银河去，同到牵牛织女家。"《文苑英华》卷三二宋之问《明河篇》云："明河（银河）可望不可亲，愿得乘槎一问津。更将织女支机石，还访成都卖卜人（指严君平）。"骆宾王《骆丞集》卷二有五言排律《浮查（槎）》诗，诗长不录。杜甫《秋兴八首》云："夔府孤城落日斜，每依北斗望京华。听猿实下三声泪，奉使虚随八月槎。"宋人诗以此为题材者也很多，《西昆酬唱集》载杨亿《赤日》云："赤日亭亭昼正赊，长风万里忆星槎"；又《七夕》云："清浅银河瞑霭收，汉宫还起曝衣楼。共瞻月树怜飞鹊，谁泛星槎见饮牛。弄杼暂应停素手，穿针空待觊明眸。忽忽一夕填桥苦，不似人间有造舟"；又《小园秋夕》云："心摇云阙传疏漏，目断星津过迴槎"；钱惟演《戊申年七夕五绝》云："乌鹊飞来接断云，只贪清浅度星津。不知一夜支机石，却属乘槎上汉人。"苏轼《黄河》云："灵槎果有仙家事，试问青天路短长"；又《次韵正辅同游白水山》云："岂知乘槎天女侧，独倚云机看织纱"。

志人小说则以真人真事为描写对象，以"丛残小语"为主要形式，言约旨丰，语言简练生动，并善于运用典型细节，烘托刻画人物的性格特征，对后世文学有很大影响，多成为后代小说、戏剧的创作素材。如刘义庆的《世说新语》主要记载汉末至东晋一些士大夫的言行轶事，卷上之《言语》载："祢衡被魏武（曹操）谪为鼓吏，正月半试鼓，衡扬枹为《渔阳掺檛》，渊渊有金石声，四坐为之改容。"此即为祢衡击鼓骂曹操所本。祢衡字正平，逸才飘举，少与孔融善。孔融数向曹操称其才，操倾心欲见，衡称疾不肯往，操甚忿，以其才名不杀，欲辱之，乃令录为鼓吏。传衡击鼓，鼓声甚悲，音节殊妙，坐客莫不慷慨。吏斥其不易服，衡遂在操前脱衣，裸身而立，后复着裈，击鼓而去，无怍色。操笑谓四坐曰："本欲辱衡，衡反辱孤。"[①]《三国演义》第二十三回《弥正平裸衣骂贼》，京剧《击鼓骂曹》，皆缘于此，可见其影响之深。

又如葛洪辑《西京杂记》卷二所载王昭君事：

> 元帝后宫既多，不得常见。乃使画工图形，按图召幸之。诸宫人皆赂画工，多者十万，少者亦不减五万，独王嫱不肯，遂不得见。后匈奴入朝求美人为阏氏，于是上案图以昭君行。及去召见，貌为后宫第一，善应对，举止闲雅，帝悔之。而名籍已定，帝重信于外国，故不复更人。乃穷案其事，画工皆弃市，籍其家资皆巨万。画工有杜陵毛延寿，为人形丑好老少必得其真。安陵陈敞，新丰刘白、龚宽并工为牛马飞鸟众势，人形好丑不逮延寿。下杜（城名，今陕西西安杜陵下，故名）阳望亦善画，尤善布色，樊育亦善布色，同日弃市，京师画工于是差稀。[②]

历代咏此事者尤多，明冯惟讷《古诗纪》卷四〇就载有石崇的《王明君辞》，鲍照的《王昭君》诗，沈约的《昭君辞》，何逊的《昭君怨》，施荣泰的《王昭君》，王淑英妻刘氏的《昭君怨》，徐悱妻刘氏（刘孝绰之妹）的《昭君叹二首》，陈后主的《昭君怨》，陈昭的《昭君词》，庾信的《昭君辞应诏》、《王昭君》，何妥的《昭君词》，薛道衡的《昭君辞》。唐胡曾《咏史诗》卷下的《青冢》、《汉宫》亦皆咏王昭君："玉貌元期汉帝招，谁知西嫁怨天骄。至今青冢愁云起，疑是佳人恨未销"；"明妃远嫁泣西风，玉筯双垂出汉宫。何事

---

① 《后汉书》卷一一〇下，文渊阁四库全书本。

② 四库全书本。

将军封万户，却令红粉为和戎。”在咏王昭君诗中，以宋王安石的《明妃曲二首》最为有名，最善翻案：“意态由来画不成，当时枉杀毛延寿……君不见咫尺长门闭阿娇，人生失意无南北。”王诗在当时影响很大，和作甚多，如欧阳修的《明妃曲和王介甫作》，曾巩的《明妃曲二首》，司马光的《和王介甫明妃曲》等。历代有关王昭君的诗词歌赋之多，尤能说明志人小说影响之大。

不难看出，志怪志人小说已比古代神话传说有了长足的发展，尤其是志人小说，已从神话传说回到了现实，出现了真实的历史人物，对人物的描写刻画也更加细腻生动，可读性更强。正如鲁迅在《中国小说史略》中所说：“记人间事者已甚古，列御寇、韩非皆有录载，惟其所以录载者，列在用以喻道，韩在储以论政。若为赏心而作，则实萌芽于魏而盛大于晋。虽不免追随俗尚，或供揣摩，然要为远实用而近娱乐矣。”①志人小说虽仍有记录史实、供人学习的考虑，但“远实用而近娱乐”是其主要特点，这是后世小说的重要特征之一。《世说新语》是志人小说的代表作。以后各代皆有，清代尤多，蒲松龄的《聊斋志异》、纪昀的《阅微草堂笔记》更是志怪志人小说的集大成者。

第四节　唐代传奇

以“传奇”为小说作品之名始于元稹，他的名作《莺莺传》原名《传奇》，《莺莺传》是宋人将此篇收入《太平广记》时改的，后来裴铏所著小说集也叫《传奇》。传奇是传述奇闻异事的意思，唐传奇是在古代神话传说、魏晋南北朝志怪和志人小说以及史传文学基础上发展起来的文言短篇小说，其特点是以史传笔法写奇闻异事，标志着中国古代小说创作进入了一个新的发展阶段。唐代传奇奇奇怪怪，曲曲折折，虚虚实实，在故事情节、人物塑造等方面都能融叙事言情于一体，富有可读性。

唐人虽有看不起小说的一面，如刘知幾《史通·补注》批评刘孝标注《世说》云：“留情于委巷小说，锐思于流俗短书，可谓劳而无功，费而无当者矣。”但他已开始肯定小说，同书《杂述》说：“偏记小说，自成一家，而能与正史参行，其所由来尚矣……街谈巷议，时有可观，小说卮言，犹贤于已。故好事君子无所弃诸。”认为“能与正史参行”，这是很高的评价。

初、盛唐，传奇的数量还不多，现存有王度的《古镜记》、无名氏的《补江总白猿传》、张鷟的《游仙窟》，内容近于志怪，不够成熟。中唐是唐传奇的鼎盛时期，名家很多，名作如林，如陈玄祐的《离魂记》，沈既济的《任氏传》，李朝威的《柳毅传》，

---

① 《鲁迅全集》第九卷，人民文学出版社 1998 年版。

元稹的《莺莺传》，陈鸿的《长恨歌传》，白行简的《李娃传》，蒋防的《霍小玉传》等。尤为可贵的是唐宋八大家的韩愈撰有《毛颖传》、柳宗元撰有《河间妇传》、《蝜蝂传》。

《毛颖传》实写笔："颖为人强记而便敏，自结绳之代以及秦事，无不纂录，阴阳、卜筮、占相、医方、族氏、山经、地志、字书图画、九流百家、天人之书及至浮屠、老子、外国之说，皆所详悉。又通于当代之务，官府簿书、市井货钱注记，惟上所使。自秦皇帝及太子扶苏、胡亥、丞相李斯、中车府令(赵)高，下及国人，无不爱重。又善随人意，正直邪曲巧拙，一随其人。"柳宗元对此传十分推崇，其《与杨诲之书》云："足下所持韩生《毛颖传》来，仆甚奇其书，恐世人非之，今作数百言，知前圣不必罪俳也。"所谓"今作数百言"，指他的《读韩愈所著毛颖传后题》，针对时人的非且笑，认为此传"若捕龙蛇，搏虎豹，急与之角，而力不敢暇，信韩子之怪于文也"，并引《诗经》"善戏谑兮，不为虐兮"及司马迁《史记·滑稽列传》为之辩护，认为"有益于世"。唐李肇《唐国史补》卷下称《枕中记》、《毛颖传》有良史才："沈既济撰《枕中记》，庄生寓言之类。韩愈撰《毛颖传》其文尤高，不下史迁，二篇真良史才也。"这都表明唐人对传奇小说特别重视。

晚唐传奇数量不少，并出现了专集，如牛僧孺的《玄怪录》、皇甫枚的《三水小牍》、裴铏的《传奇》等，但内容较为单薄，艺术上也较粗俗。唯有豪侠题材的作品如题为杜光庭的《虬髯客传》成就较高。

唐传奇名作甚多，为说明唐传奇的文体特点，兹举白行简《李娃传》全文以见唐传奇之一斑。白行简(776—826)，字知退，祖籍太原(今属山西)，后迁下邽(今陕西渭南)。他是白居易的弟弟。贞元末登进士第，授秘书省校书郎。元和中卢坦镇东蜀，辟为掌书记。府罢，归浔阳。白居易贬江州司马，从兄之郡。居易入朝为尚书郎，行简亦授左拾遗，累迁司门员外郎、主客郎中。宝历二年冬病卒。著有《白行简集》二十卷(一作十卷)，久佚，传奇《李娃传》为其代表作。

《李娃传》又名《汧国夫人传》，①长达三千五百余字，行文之长与情节的曲折都与此前古代神话传说、魏晋南北朝志怪志人小说迥然不同。首写李娃和荥阳公子偶然相见而相慕：

汧国夫人李娃，长安之倡女也。节行瑰奇，有足称者，故监察御史白行简为传述。天宝中，有常州刺史荥阳公者，略其名字不书。时望甚重，家徒甚殷。知

① (宋)李昉《太平广记》卷四八四，文渊阁四库全书本。

命之年有一子始弱冠矣，隽朗有词藻，迥然不群，深为时辈推伏。其父爱而器之曰："此吾家千里驹也。"应乡赋(乡贡)秀才举，将行，乃盛其服玩车马之饰，计其京师薪储之费，谓之曰："吾观尔之才当一战而霸。今备二载之用，且丰尔之给，将为其志也。"生亦自负，视上第如指掌。自毗陵发，月余抵长安，居于布政里。尝游东市还，自平康(坊名，妓女聚居处)东门入，将访友于西南。至鸣珂曲，见一宅，门庭不甚广，而室宇严邃。阖一扉，有娃方凭一双鬟青衣立，妖姿要妙，绝代未有，生忽见之，不觉停骖久之，徘徊不能去。乃诈坠鞭于地，候其从者敕(令)取之。累眄于娃，娃回眸凝睇，情甚相慕。竟不敢措辞而去。

这段交代了二人的情况，女的为"妖姿要妙"，"绝代未有"的长安倡女李娃；男的是"时望甚重，家徒甚殷"，"隽朗有词藻"，被荥阳公视为"吾家千里驹"的荥阳公子。次写荥阳公子专访李娃并与李娃结合：

生自尔意若有失，乃密征其友游长安之熟者以讯之。友曰："此侠邪女李氏宅也。"曰："娃可求乎？"对曰："李氏颇赡(富有)，前与通之者多贵戚豪族，所得甚广，非累百万不能动其志也。"生曰："苟患其不谐，虽百万何惜！"他日乃洁其衣服，盛宾从而往。扣其门，俄有侍儿启扃。生曰："此谁之第耶？"侍儿不答驰走，大呼曰："前时遗策郎也。"娃大悦曰："尔姑止之，吾当整妆易服而出。"生闻之私喜，乃引至萧墙(照壁)间，见一姥垂白(半白)上偻(驼背)，即娃母也。生跪拜前致词曰："闻兹地有隙院(空院)，愿税(租)以居，信乎？"姥曰："惧其浅陋湫隘，不足以辱长者所处，安敢言直(值，价钱)耶？"延生于迟宾(接待宾客)之馆。馆宇甚丽。与生偶坐，因曰："某有女娇小，技艺薄劣，欣见宾客，愿将见之。"乃命娃出。明眸皓腕，举步艳冶，生遽惊起，莫敢仰视。与之拜毕，叙寒燠，触类妍媚，目所未睹。复坐，烹茶斟酒，器用甚洁。久之日暮，鼓声四动，姥访其居远近，生绐之曰："在延平门外数里。"冀其远而见留也。姥曰："鼓已发矣，当速归，无犯禁。"生曰："幸接欢笑，不知日之云夕。道里辽阔，城内又无亲戚，将若之何？"娃曰："不见责僻陋，方将居之，宿何害焉。"生数目姥，姥曰唯唯，生乃召其家僮，持双缣，请以备一宵之馔。娃笑而止之曰："宾主之仪，且不然也。今夕之费，愿以贫窭之家，随其粗粝以进之，其余以俟他辰。"固辞，终不许。俄徙坐西堂，帏幕帘榻，焕然夺目，妆奁衾枕，亦皆侈丽。乃张烛进馔，品味甚盛。彻馔，姥起，生娃谈话方切，诙谐调笑，无所不至。生曰："前偶过卿门，遇卿适在屏间。厥后心常勤念，虽寝与食，未尝或舍。"娃答曰："我心亦如之。"生曰："今之来，非直求居而已，愿偿平生之志。但未知命也若何?"言未终,姥至,询其故,具以告。姥笑曰:"男女之际,大欲存焉。情苟相得,虽父母命不能制也。女子固陋,曷足以荐君子之枕席。"生遂下阶,拜而谢之曰:"愿以己为厮养(仆人)。"姥遂目之为郎,饮酣而散。及旦,尽徙其囊橐,因家于李之第,自是生屏迹戢身(屏、戢,皆隐藏意),不复与亲知相闻,日会倡优侪类,狎戏游宴,囊中尽空,乃鬻骏乘及其家僮。岁余,资财仆马荡然。迩来,姥意渐怠,娃情弥笃。

从侍儿见之"驰走大呼""前时遗策郎",李娃决定"整妆易服"出迎,说明李娃对公子的爱慕绝不亚于公子对李娃的爱慕。鸨母(姥)当然深知其来意,却欲擒先逐:"鼓已发矣,当远归,无犯禁。"公子果被擒:"生乃召其家僮,持双缣,请以备一宵之馔";"尽徙其囊橐,因家于李之第"。下写公子"囊中尽空"后,虽"娃情弥笃",但"姥意渐怠",不得不按鸨母之意,设计逐之:

他日,娃谓生曰:"与郎相知一年,尚无孕嗣。常闻竹林神者,报应如响,将致荐酹求之,可乎?"生不知其计,大喜,乃质衣于肆,以备牢礼(祭祀用的牲酒),与娃同谒祠宇而祷祝焉。信宿(再宿)而返,策驴而后,至里北门,娃谓生曰:"此东转小曲中,某之姨宅也,将憩而觐之,可乎?"生如其言,前行不逾百步,果见一车门,窥其际,甚弘敞。其青衣自车后止之曰:"至矣。"生下驴,适有一人出访曰:"谁?"曰:"李娃也。"乃入告。俄有一妪至,年可四十余,与生相迎曰:"吾甥来否?"娃下车,妪迎访之曰:"何久疏绝?"相视而笑,娃引生拜之。既见,遂偕入西戟门偏院,中有山亭,竹树葱蒨,池榭幽绝,生谓娃曰:"此姨之私第耶?"笑而不答,以他语对。俄献茶果,甚珍奇。食顷,有一人控大宛(骑骏马)汗流驰至曰:"姥遇暴疾颇甚,殆不识人,宜速归。"娃谓姨曰:"方寸乱矣,某骑而前去,当令返乘,便与郎偕来。"生拟随之,其姨与侍儿偶语,以手挥之,令生止于户外曰:"姥且殁矣,当与某议丧事,以济其急。奈何遽相随而去。"乃止。共计其凶仪斋祭之用。日晚,乘不至,姨言曰:"无复命,何也? 郎骤往觇之,某当继至。"生遂往,至旧宅,门扃钥甚密,以泥缄之。生大骇,诘其邻人。邻人曰:"李本税此而居,约已周矣,第主自收。姥徙居,而且再宿矣。"征(讯问)徙何处,曰:"不详其所。"生将驰赴宣阳以诘其姨,日已晚矣,计程不能达。乃弛其装服,质馔而食,赁榻而寝。生恚怒方甚,自昏达旦,目不交睫。质明,乃策蹇而去。既至,连扣其扉,食顷无人应。生大呼数四,有宦者徐出,生遽访之:"姨氏在乎?"曰:"无之。"生曰:"昨暮在此,何故匿之?"访其谁氏之第,曰:"此崔尚书第,昨者有一人税此院,云迟中表之远至者，未暮去矣。”

这段有不少话暗示是他们设的圈套，但都未点明，直至公子在鸨、姨处都找不到人，并且不是鸨、姨之家时，才知是圈套。下写公子生活无着，只好以唱挽歌谋生：

生惶惑发狂，罔知所措，因返访布政旧邸，邸主哀而进膳。生怨懑，绝食三日，遘疾甚笃，旬余愈甚。邸主惧其不起，徙之于凶肆（办理殡葬的店家）之中。绵缀移时，合肆之人共伤叹而互饲之。后稍愈，杖而能起，由是凶肆日假之，令执繐帷，获其直以自给。累月渐复壮，每听其哀歌，自叹不及逝者。辄呜咽流涕不能自止。归则效之，生，聪敏者也，无何，曲尽其妙。虽长安无有伦比。初，二肆之佣凶器者互争胜负，其东肆车舆皆奇丽，殆不敌，唯哀挽劣焉。其东肆长知生妙绝，乃醵钱二万索顾焉。其党耆旧共较其所能者同，阴教生新声，而相赞和。累旬，人莫知之。其二肆长相谓曰："我欲各阅所佣之器于天门街，以较优劣，不胜者罚直五万，以备酒馔之用，可乎？"二肆许诺，乃邀立符契，署以保证，然后阅之。士女大和会，聚至数万，于是里胥告于贼曹，贼曹闻于京尹，四方之士尽赴趋焉，巷无居人。自旦阅之，及亭午，历举辇舆威仪之具，西肆皆不胜，师有惭色。乃置层榻于南隅，有长髯者拥铎而进，翊卫数人。于是奋髯扬眉，扼腕顿颡而登，乃歌《白马》之词（送葬之词），恃其夙胜，顾眄左右，旁若无人。齐声赞扬之，自以为独步一时，不可得而屈也。有顷，东肆长于北隅上设连榻，有乌巾少年，左右五六人，秉翣（出殡时所用的棺饰）而至，即生也。整衣服，俯仰甚徐，申喉发调，容若不胜，乃歌《薤露》（挽歌）之章，举声清越，响振林木，曲度未终，闻歔欷掩泣。西肆长为众所诮，益惭耻，密置所输之直于前，乃潜遁焉。四座愕眙，莫之测也。

下写公子为其父痛打至将死，并“弃之而去”：

先是，天子方下诏，俾外方之牧岁一至阙下，谓之入计。时也适遇生之父在京师，与同列者易服章窃往观焉。有老竖即生乳母婿也，见生之举措辞气，将认之而未敢。乃泫然流涕。生父惊而诘之，因告曰："歌者之貌，酷似郎之亡子。"父曰："吾子以多财为盗所害，奚至是耶？"言讫亦泣。及归，竖间驰往访于同党曰："向歌者谁，若斯之妙欤？"皆曰某氏之子，征其名，且易之矣。竖凛然大惊，徐往，迫而察之。生见竖色动。回翔(回转身)将匿于众中。竖遂持其袂曰:“岂非某乎?”相持而泣,遂载以归。至其室,父责曰:“志行若此,污辱吾门,何施面目复相见也?”乃徒行出,至曲江西杏园东,去其衣服,以马鞭鞭之数百。生不胜其苦而毙,父弃之而去。

下写公子为同唱挽歌者救活,最后仍“弃于道周”,公子只好“以乞食为事”:

其师命相狎昵者阴随之,归告同党,共加伤叹,令二人赍苇席瘗焉,至则心下微温,举之良久,气稍通。因共荷而归,以苇筒灌勺饮,经宿乃活。月余,手足不能自举,其楚挞之处皆溃烂秽甚,同辈患之,一夕弃于道周。行路咸伤之,往往投其余食,得以充肠,十旬方杖策而起,被布裘,裘有百结,缆缕如悬鹑。持一破瓯巡于闾里,以乞食为事。自秋徂冬,夜入于粪壤窟室,昼则周游廛肆。

最感人的一段是写他为李娃所救:

一旦大雪,生为冻馁所驱,冒雪而出,乞食之声甚苦,闻见者莫不凄恻。时雪方甚,人家外户多不发(多不开门)。至安邑东门,循理垣北转第七八,有一门独启左扉,即娃之第也。生不知之,遂连声疾呼饥冻之甚,音响凄切,所不忍听。娃自阁中闻之,谓侍儿曰:“此必生也,我辨其音矣。”连步而出,见生枯瘠疥疠,殆非人状。娃意感焉,乃谓曰:“岂非某郎也?”生愤懑绝倒,口不能言,颔颐而已。娃前抱其颈,以绣襦拥而归于西厢,失声长恸曰:“令子一朝及此,我之罪也。”绝而复苏,姥大骇,奔至曰:“何也?”娃曰某郎,姥遽曰:“当逐之,奈何令至此?”娃敛容却睇曰:“不然,此良家子也。当昔驱高车,持金装,至某之室,不逾期而荡尽。且互设诡计,舍而逐之,殆非人。令其失志,不得齿于人伦。父子之道,天性也,使其情绝,杀而弃之。又困踬若此,天下之人尽知为某也。生亲戚满朝,一旦当权者熟察其本末,祸将及矣。况欺天负人,鬼神不佑,无自贻其殃也。某为姥子,殆今有二十岁矣,计其资不啻直千金。今姥年六十余,愿计二十年衣食之用以赎身,当与此子别卜所诣(找住所)。所诣非遥,晨昏得以温清(问安),某愿足矣。”姥度其志不可夺,因许之。给姥之余,有百金。北隅因五家税一隙院,乃与生沐浴,易其衣服,为汤粥通其肠,次以酥乳润其脏。旬余,方荐水陆之馔(才进山珍海味)。头巾履袜,皆取珍异者衣之。未数月,肌肤稍腴,卒岁,平愈如初。异时,娃谓生曰:“体已康矣,志已壮矣,渊思寂虑,默想曩昔之艺业,可温习乎?”生思之曰:“十得二三耳。”娃命车出游,生骑而从,至旗亭南偏门鬻坟典之肆,令生拣而市之,计费百金,尽载以归。因令生斥弃百虑以志学,俾夜作昼,孜孜矻矻(勤奋不怠)。娃常偶坐,宵分乃寐。伺其疲倦,即谕之缀诗赋。二岁而业大就,海内文籍莫不该览。生谓娃曰:“可策名试艺矣。”娃曰:“未也,且令精熟,以俟百战。”更一年曰:“可行矣。”于是遂一上登甲科,声振礼闱,虽前辈见其文,罔不敛衽敬羡,愿友之而不可得。娃曰:“未也,今秀士苟获擢一科第,则自谓可以取中朝之显职,擅天下之美名。子行秽迹鄙,不侔于他士,当砻淬利器,以求再捷,方可以连衡多士,争霸群英。”生由是益自勤苦,声价弥甚。其年遇大比,诏征四方之隽,生应直言极谏科,策名第一,授成都府参军。三事以降(三公以下),皆其友也。将之官,娃谓生曰:“今之复子本躯,某不相负也。愿以残年,归养老姥。君当结媛鼎族(豪门贵族),以奉蒸尝(祖宗祭祀),中外婚媾,无自黩也。勉思自爱,某从此去矣。”生泣曰:“子若弃我,当自刭以就死。”娃固辞不从,生勤请弥恳,娃曰:“送子涉江,至于剑门,当令我回。”生许诺。

此段写出了李娃的义女形象,闻声知其为公子,用计弃之,是迫于鸨之压力;不嫌其秽,抱其颈,以绣襦拥而归,可见她对公子的爱慕是真实的;“令子一朝及此,我之罪也”,可见弃生非其本意,自知“有罪”,是她的真实想法;对鸨的“当逐”论,她先晓以理,她们的做法“非人”所为;再晓以利害,“生亲戚满朝,一旦当权者熟察其本末,祸将及矣。况欺天负人,鬼神不佑,无自贻其殃也。”再提出切实解决办法,以二十年所得赎身,并答应对鸨养其终身;再治生之病,导生之志,重新准备应考,“弃百虑以志学”;她有见识,当公子认为可应考时,她阻止,因为他已经不起应试失败的打击,故要他“且令精熟,以俟百战”;当生登甲科后,她仍以“子行秽迹鄙,不侔于他士”,要他“砻淬利器,以求再捷”,结果“生应直言极谏科,策名第一,授成都府参军”,这时她却以不再对不起他(不相负)告辞,“愿以残年,归养老姥……某从此去矣”,表现了她的义女形象。末以大团圆结:

月余至剑门,未及发而除书至,生父由常州诏入,拜成都尹兼剑南采访使。浃辰父到,生因投刺谒于邮亭。父不敢认,见其祖、父官讳,方大惊,命登阶,抚背恸哭,移时曰:“吾与尔父子如初。”因诘其由,具陈其本末。大奇之,诘娃安在,曰:“送某至此,当令复还。”父曰不可,翌日,命驾与生先之成都,留娃于剑门,筑别馆以处之。明日命媒氏通二姓之好,备六礼以迎之,遂如秦晋之偶。娃既备礼，岁时伏腊，妇道甚修，治家严整，极为亲所眷。向后数岁，生父母偕殁，持孝甚至。有灵芝产于倚庐，一穗三秀。本道上闻，又有白燕数十巢其层甍。天子异之，宠锡加等。终制，累迁清显之任。十年间至数郡，娃封汧国夫人。有四子，皆为大官，其卑者犹为太原尹。弟兄姻媾皆甲门，内外隆盛，莫之与京。

最后以作者的感慨点明主旨，这正是史书论赞的写法，并交代写作缘起：

嗟乎，倡荡之姬，节行如是，虽古先烈女，不能逾也，焉得不为之叹息哉！予伯祖尝牧晋州，转户部，为水陆运使，三任皆与生为代，故暗详其事。贞元中，予与陇西公佐话妇人操烈之品格，因遂述汧国之事。公佐拊掌竦听，命予为传。乃握管濡翰，疏而存之。时乙亥岁秋八月，太原白行简云。

整篇小说通过荥阳公子与李娃悲欢离合的故事，歌颂了他们的真挚感情。最能代表李娃真实感情的不是她配合鸨母抛弃荥阳公子，这是为其职业所限，不得不如此；而是她对已沦落到靠乞讨为生的荥阳公子的救助，不仅“复子本躯”，而且鼓励他“弃百虑以志学”。无前者，她就不是长安倡女；无后者，她就不是“节行瑰奇”的义女。作者深刻地揭示了李娃思想性格的复杂性，她的本质是心地善良的，封建社会毁灭了她，并驱使她去毁灭别人。李娃的精神境界是在重遇荥阳公子后才得到体现的，她拒绝再弃公子，并帮助他重新站起来。

《李娃传》摆脱了六朝小说粗陈梗概的写法，对人物的刻画和生活细节的描写都很细致很具体，李娃、荥阳公子甚至鸨母的性格都十分鲜明。前写公子爱慕李娃，“竟不敢措辞而去”；后写公子再来，侍儿竟驰走大呼曰“前时遗策郎也”。这一细节描写代表了李娃对公子的爱慕。计逐公子一段尤细，初读李娃要同公子一起去向竹林神求子，还以为是真的。但写李娃与姨的“相视而笑”，生问李娃“此姨之私第耶?”李娃“笑而不答，以他语对”；李娃以鸨暴病返，“生拟随之，其姨与侍儿偶语”，并止之，这些细节描写都在暗示这是她们共同设计的圈套。但也有粗疏处，如前说“给姥之余，有百金”，后又说为生买书“计费百金”，显然有矛盾。

鲁迅《中国小说史略》指出，传奇与志怪相比，“而尤显者乃在是时则始有意为小说”。①正因为如此，唐传奇中出现了较六朝志怪更为宏大的篇制，更为复杂的故事情节，内容更偏于反映人情世态。因此，可以说唐传奇标帜着中国古典小说进入了成熟

① 《鲁迅全集》第九卷，人民文学出版社 1998 年版。

阶段。

第五节 宋元话本

题为绿天馆主人(人多谓系冯梦龙)所撰的《古今小说序》云:"史统散而小说兴。始乎周季,盛于唐,而寖淫于宋……大抵唐人选言,入于文心;宋人通俗,谐于里耳。天下之文心少而里耳多,则小说之资于选言者少,而资于通俗者多。"①

宋代是中国通俗小说开始兴盛,文言小说开始衰落的时代。但宋代通俗小说流传下来的较少,就现存作品看,文言小说仍占多数。

宋元话本是通俗小说,原是"说话"艺人"说话"的底本,是适应市民阶层的兴起而兴盛的。孟元老《东京梦华录》所记北宋京城开封,周密《武林旧事》所记南宋京城杭州,都生动反映了当时都城的繁华景象,歌楼舞榭,盛极一时,而说话、讲史最受人欢迎。

宋代话本有不同的称谓,小说家的话本称小说。据罗烨《醉翁谈录·小说开辟》载,小说家话本分为灵怪、烟粉、传奇、讲经、公案等八类,有《红蜘蛛》、《卓文君》等一百多种话本篇目,其中为宋元话本的有三四十种之多。讲史家的话本称平话,传世不多。《大宋宣和遗事》的作者、成书时间皆不详,内容实出宋人记载,历叙前代荒淫无道之君,直至宋徽宗宠爱名妓李师师,信任道士林灵素;王安石变法、蔡京专权,宋江、方腊起事,而宋江故事成为以后《水浒传》的雏形;金人入侵,汴京沦陷,徽、钦二宗被掳,康王即位临安,是为高宗。从全书内容看,当为南宋说书人所撰,但书中谓宋代建都有"一汴二杭三闽四广"语,或为宋亡后说书人所加。

无名氏《李师师外传》当作于宋徽宗死后,因结尾有"道君奢侈无度,卒有北辕之祸"之语。这篇小说讥刺亡国之君宋徽宗,歌颂妓女李师师,语言雅洁,描写细腻,是宋代话本的名作,以后《水浒传》的有关部分即据此敷衍而成。关于李师师和宋徽宗、周邦彦间的三角关系,宋人笔记如张端义的《贵耳集》、周密的《浩然斋雅谈》等多有记载,并坐实周邦彦的许多词皆为李师师而作,均属小说家言,不可信。罗忼烈考证甚详,其结论为:"北宋只有一个李师师,她大约生于宋仁宗嘉祐七年(1062)。准此推算,她比周邦彦小六岁,比赵佶(宋徽宗)大二十岁。她在熙宁末及见张先,在元丰时曾与晏几道、秦观、周邦彦交游,在元祐时曾与晁冲之交游,崇宁、大观时雄踞瓦肆歌坛,政和后赵佶曾听她歌唱,靖康时被抄家放逐,终年在南宋初,寿在六十五岁以上。

① 转引自《中华大典·文学典·文学理论分典·二》第九八七页,凤凰出版社2005年版。

由于年龄悬殊，赵佶不可能‘幸’她，周邦彦和赵佶不可能因她而打破醋坛。”①

除《宣和遗事》、《李师师外传》外，还有《新编五代史平话》，历叙梁、唐、晋、汉、周故事，其雏形可能比《大宋宣和遗事》还早，因据《东京梦华录》载，北宋时汴京有专讲《五代史》的艺人尹常实。书中避宋仁宗赵祯名讳，都留下了北宋成书的痕迹。但避讳不严，当为其后有所增损。

讲经话本有《大唐三藏取经诗话》（因每章有诗，故称诗话），又名《大唐三藏法师取经记》，叙述唐僧玄奘西天取经的故事，即后世《西游记》的雏形。中心人物是猴行者，但还没有猪八戒、沙和尚。研究古汉语的学者，从其有些语言与敦煌变文接近，认为是北宋作品，甚至是晚唐五代时作品。此外，还有《经刚感应事迹》、《五戒禅师私红莲记》、《花灯轿莲女成佛记》等。

公案话本《错斩崔宁》即《醒世恒言》中的《十五贯戏言成巧对》，自注“宋本作《错斩崔宁》”，写宋高宗时临安刘贵向岳丈借得十五贯钱，准备回家经商，却向其妻陈二姐戏言，称已把她典卖，得钱十五贯。其妻信以为真，趁刘熟睡，逃到邻家借宿。一窃贼入刘家杀了刘贵，窃走十五贯钱。陈二姐回家途中，偶遇崔宁，结果双双被当作窃钱杀人者，屈打成招。这段公案通过崔宁与陈二姐含冤被杀的故事，抨击了封建官吏草菅人命的罪行。这篇传奇对后世影响颇大，清代朱素臣的剧本《双熊记》，昆曲《十五贯》皆取材于此。

反映婚恋生活的话本有《闹樊楼多情周胜仙》、《碾玉观音》等。《闹樊楼多情周胜仙》，写宋徽宗时东京金明池畔樊楼开酒店的范二郎与商人女儿周胜仙一见钟情，均相思成疾，周死后复活，见范二郎，范以为是鬼，将其打死。范入狱，周不但不恨范，还与之梦中相会。《京本通俗小说》中收的《碾玉观音》即《警世通言》中的《崔待诏生死冤家》，题下注：“宋人小说，题作《碾玉观音》。”写碾玉待诏崔宁与裱褙铺女儿秀秀生死不渝的爱情。这类小说与唐传奇中的士妓之恋、人鬼之恋不同，而是写普通市民的生死恋，反映了宋代的市井生活。

话本都较长，《碾玉观音》就长达七千多字，为说明话本特点，此举其全文。《碾玉观音》首引大量春归诗词作这篇说话的引子：

“山色晴岚景物佳，暖烘回雁起平沙。东郊渐觉花供眼，南陌依稀草吐芽。堤上柳，未藏鸦，寻芳趁步到山家。陇头几树红梅落，红杏枝头未着花。”这首《鹧鸪天》说孟春景致，原来又不如《仲春词》做得好：“每日青楼醉梦中，不知城

① 罗忼烈：《两小山斋论文集·谈李师师》，中华书局1982年版。

外又春浓。杏花初落疏疏雨，杨柳轻摇淡淡风。　　浮画舫，跃青骢，小桥门外绿阴笼。行人不入神仙地，人在珠帘第几重？”这首词说仲春景致，原来又不如黄夫人做着《季春词》又好：“先自春光似酒浓，时听燕语透帘栊。小桥杨柳飘香絮，山寺绯桃散落红。　　莺渐老，蝶西东，春归难觅恨无穷。侵阶草色迷朝雨，满地梨花逐晓风。”这三首词，都不如王荆公看见花瓣儿片片风吹下地来，原来这春归去，是东风断送的。有诗道：“春日春风有时好，春日春风有时恶。不得春风花不开，花开又被风吹落。”苏东坡道，不是东风断送春归去，是春雨断送春归去。有诗道：“雨前初见花间蕊，雨后全无叶底花。蜂蝶纷纷过墙去，却疑春色在邻家。”秦少游道，也不干风事，也不干雨事，是柳絮飘将春色去。有诗道：“三月柳花轻复散，飘飏澹荡送春归。此花本是无情物，一向东飞一向西。”邵尧夫道，也不干柳絮事，是蝴蝶采将春色去。有诗道：“花正开时当三月，蝴蝶飞来忙劫劫。采将春色向天涯，行人路上添凄切。”曾两府道，也不干蝴蝶事，是黄莺啼得春归去。有诗道：“花正开时艳正浓，春宵何事恼芳丛？黄鹂啼得春归去，无限园林转首空。”朱希真道，也不干黄莺事，是杜鹃啼得春归去。有诗道：“杜鹃叫得春归去，吻边啼血尚犹存。庭院日长空悄悄，教人生怕到黄昏！”苏小小道，都不干这几件事，是燕子衔将春色去。有《蝶恋花》词为证：“妾本钱塘江上住，花开花落，不管流年度。燕子衔将春色去，纱窗几阵黄梅雨。　　斜插犀梳云半吐，檀板轻敲，唱彻《黄金缕》。歌罢彩云无觅处，梦回明月生南浦。”王岩叟道，也不干风事，也不干雨事，也不干柳絮事，也不干蝴蝶事，也不干黄莺事，也不干杜鹃事，也不干燕子事。是九十日春光已过，春归去。曾有诗道：“怨风怨雨两俱非，风雨不来春亦归。腮边红褪青梅小，口角黄消乳燕飞。蜀魄健啼花影去，吴蚕强食柘桑稀。直恼春归无觅处，江湖辜负一蓑衣！”

这些咏诵春归的诗词，有的无作者，如“山色晴岚景物佳”一首；有的未标作者，实有作者，如所引“每日青楼醉梦中”一首，即为张孝祥词，与今本《于湖词》所载仅文字略有不同。有的虽标明作者，如“先自春光似酒浓”标明黄夫人作，但不详黄夫人为谁，也不见于今存各种词集；“花正开时艳正浓”一首，标为曾两府诗，也不知曾两府为谁，也不见于今存各种诗集。有的作者标得很明确，如“三月柳花轻复散”标为秦观诗，“花正开时当三月”标为邵雍诗，“杜鹃叫得春归去”标为朱希真诗，秦集、邵集、朱集俱存世，都没有这些诗，也不见于今存各种诗集、词集。“怨风怨雨两俱非”一首标王岩叟作，但各书或作吕洞宾，或作白玉蟾，或作莎衣丐者，而无作王岩叟者。“妾本钱塘江上住”词，据各书所载，前阕为司马槱梦中所闻苏小小词，后阕为秦觏所补，作

《黄金缕·足司马才仲梦中苏小小词》。或误标作者,如"春日春风有时好"一首,明言是王安石诗,但王集中亦无此诗,而其中"不得春风花不开,及至花开又吹落"两句文字相近,宋释普济《五灯会元》卷六作凤翔府青峰传楚禅师之诗;又如"雨前初见花间蕊"一首,明言是苏东坡诗,苏集无此诗,而各书皆作唐王驾诗。可见话本毕竟是小说家言,不可尽信;而说书人的知识面很广,虽多信口胡诌,但这些诗词不可能都是说书人所撰,他必有所本,只是今天已很难查到原作者罢了。

接着说书人提出"说话的,因甚说这春归词"的问题,说是因为"绍兴年间,行在有个关西延州延安府人,本身是三镇节度使咸安郡王,当时怕春归去,将带着许多钧眷(对官员家眷的尊称)游春"。说是因为"怕春归去"而"游春",故"说这春归词"。这其实只是表面原因,更重要的原因是为了烘托全篇气氛,璩秀秀与崔宁的爱情正如春天一样,好景不长:"红杏枝头未着花","杏花初落疏疏雨","山寺绯桃散落红","春归难觅恨无穷。侵阶草色迷朝雨,满地梨花逐晓风","春日春风有时恶。不得春风花不开,花开又被风吹落","雨前初见花间蕊,雨后全无叶底花","此花本是无情物","黄鹂啼得春归去,无限园林转首空","杜鹃叫得春归去,吻边啼血尚犹存","燕子衔将春色去","歌罢彩云无觅处","直恼春归无觅处",这不都是璩、崔爱情的写照吗?因此这些看似无关的春归词,其实起到了点明全篇主旨的作用。下面才转入正文,首写璩秀秀长于刺绣,被咸安郡王买入府中:

> (郡王春游)至晚回家,来到钱塘门里车桥前面,钧眷轿子过了,后面是郡王轿子到来。只听得桥下裱褙铺里一个人叫道:"我儿出来看郡王!"当时郡王在轿里看见,叫帮总虞候道:"我从前要寻这个人,今日却在这里。只在你身上,明日要这个人入府中来。"当时虞候声诺,来寻这个看郡王的人,是甚色目人。正是:"尘随车马何年尽?情系人心早晚休。"只见车桥下一个人家,门前出着一面招牌,写着"璩家装裱古今书画"。铺里一个老儿,引着一个女儿,生得如何?"云鬓轻笼蝉翼,蛾眉淡拂春山,朱唇缀一颗樱桃,皓齿排两行碎玉。莲步半折小弓弓(形容脚小),莺啭一声娇滴滴。"便是出来看郡王轿子的人。虞候即时来他家对门一个茶坊里坐定,婆婆把茶点来。虞候道:"启请婆婆,过对门裱褙铺里请璩大夫(本为官名,这里是对璩的尊称)来说话。"婆婆便去请到来,两个相揖了就坐。璩待诏问:"府干有何见谕?"虞候道:"无甚事,闲问则个(语气助词)。适来叫出来看郡王轿子的人是令爱么?"待诏道:"正是拙女,止有三口。"虞候又问:"小娘子贵庚?"待诏应道:"一十八岁。"再问:"小娘子如今要嫁人,却是趋奉官员?"待诏道:"老拙家寒,那讨钱来嫁人?将来也只是献与官员府第。"虞候道:"小娘子

有甚本事?"待诏说出女孩儿一件本事来,有词寄《眼儿媚》为证:"深闺小院日初长,娇女绮罗裳。不做东君造化,金针刺绣群芳。 斜枝嫩叶包开蕊,唯只欠馨香。曾向园林深处,引教蝶乱蜂狂。"原来这女儿会绣作。虞候道:"适来郡王在轿里,看见令爱身上系着一条绣裹肚。府中正要寻一个绣作的人,老丈何不献与郡王?"璩公归去,与婆婆说了。到明日写一纸献状,献来府中。郡王给与身价,因此取名秀秀养娘(婢女)。

这一段具体介绍了璩秀秀,年仅十八,其家是开裱褙铺的,一家三口,家境贫寒,无钱嫁人,"将来也只是献与官员府第"。以"生得如何"领起,具体描写她的翼(发鬓)、眉、唇、齿、脚、声;以"有甚本事"领起,介绍她长于刺绣。"金针刺绣群芳样",绣得来"引教蝶乱蜂狂",而这正是引起郡王注意她的原因:"适来郡王在轿里,看见令爱身上系着一条绣裹肚。府中正要寻一个绣作的人。"次写崔宁长于碾(磨)玉:

不则一日,朝廷赐下一领团花绣战袍,当时秀秀依样绣出一件来。郡王看了,欢喜道:"主上赐与我团花战袍,却寻甚么奇巧的物事献与官家(皇帝)?"去府库里寻出一块透明的羊脂美玉来,即时叫将门下碾玉待诏道:"这块玉堪做甚么?"内中一个道:"好做一副劝杯(劝酒用的大酒杯)。"郡王道:"可惜恁般一块玉,如何将来只做得一副劝杯?"又一个道:"这块玉上尖下圆,好做一个摩侯罗儿(形似小孩的玩偶)。"郡王道:"摩侯罗儿,只是七月七日乞巧使得,寻常间又无用处。"数中一个后生,年纪二十五岁,姓崔,名宁,趋事郡王数年,是升州建康府人。当时叉手向前,对着郡王道:"告恩王,这块玉上尖下圆,甚是不好,只好碾一个南海观音。"郡王道:"好,正合我意!"就叫崔宁下手。不过两个月,碾成了这个玉观音。郡王即时写表进上御前,龙颜大喜。崔宁就本府增添请给(俸金),遭遇郡王(受到郡王赏识)。

王府中仅碾玉的就有数人,其中崔宁年二十五,因把上尖下圆的羊脂美玉磨成玉观音献给皇帝,"龙颜大喜",受到郡王赏识。下写崔宁与秀秀私奔:

不则一日,时遇春天,崔待诏游春回来,入得钱塘门,在一个酒肆,与三四个相知方才吃得数杯,则听得街上闹吵吵,连忙推开楼窗看时,见乱烘烘道:"井亭桥有遗漏(指失火)!"吃不得这酒成,慌忙下酒楼看时,只见:初如萤火,次若灯光,千条蜡烛焰难当,万座糁盆(除夕祭祖所用之盆,用后即焚)敌不住。六丁神

(火神)推倒宝天炉,八力士放起焚山火。骊山会上,料应褒姒逞娇容;赤壁矶头,想是周郎施妙策。五通神(亦火神)牵住火葫芦,宋无忌(亦火神)赶番赤骡子。又不曾泻烛浇油,直恁的烟飞火猛。崔待诏望见了,急忙道:"在我本府前不远。"奔到府中看时,已搬挈得罄尽,静悄悄地无一个人。崔待诏既不见人,且循着左手廊下入去,火光照得如同白日。去那左廊下,一个妇女,摇摇摆摆,从府堂里出来,自言自语,与崔宁打个胸厮撞(撞个满怀)。崔宁认得是秀秀养娘,倒退两步,低身唱个喏。原来郡王当日,尝对崔宁许道:"待秀秀满日,把来嫁与你。"这些众人,都撺掇道:"好对夫妻!"崔宁拜谢了不则一番。崔宁是个单身,却也痴心;秀秀见恁地个后生,却也指望。当日有这遗漏,秀秀手中提着一帕子金珠富贵(贵重物品),从左廊下出来,撞见崔宁,便道:"崔大夫,我出来得迟了。府中养娘各自四散,管顾不得,你如今没奈何,只得将我去躲避则个。"当下崔宁和秀秀出府门,沿着河,走到石灰桥。秀秀道:"崔大夫,我脚疼了走不得。"崔宁指着前面道:"更行几步,那里便是崔宁住处,小娘子到家中歇脚,却也不妨。"到得家中坐定,秀秀道:"我肚里饥,崔大夫与我买些点心来吃。我受了些惊,得杯酒吃更好。"当时崔宁买将酒来,三杯两盏,正是:"三杯竹叶(酒名,即竹叶青)穿心过,两朵桃花上脸来。"道不得个"春为花博士,酒是色媒人"。秀秀道:"你记得当时在月台上赏月,把我许你,你兀自拜谢,你记得也不记得?"崔宁叉着手,只应得"喏"。秀秀道:"当日众人都替你喝采:'好对夫妻!'你怎地到忘了?"崔宁又则应得"喏"。秀秀道:"比似只管等待,何不今夜我和你先做夫妻?不知你意下何如?"崔宁道:"岂敢。"秀秀道:"你知道不敢,我叫将起来,教坏(毁)了你,你却如何将我到家中?我明日府里去说。"崔宁道:"告小娘子,要和崔宁做夫妻不妨,只一件,这里住不得了,要好,趁这个遗漏人乱时,今夜就走开去,方才使得。"秀秀道:"我既和你做夫妻,凭你行。"当夜做了夫妻。四更已后,各带着随身金银物件出门。离不得饥餐渴饮,夜住晓行,迤逦来到衢州。崔宁道:"这里是五路总头(会合处),是打那条路去好?不若取信州路上去,我是碾玉作,信州有几个相识,怕那里安得身。"即时取路到信州。住了几日,崔宁道:"信州常有客人到行在往来,若说道我等在此,郡王必然使人来追捉,不当稳便。不若离了信州,再往别处去。"两个又起身上路,径取潭州,不则一日,到了潭州。却是走得远了,就潭州市里讨间房屋,出面招牌,写着"行在崔待诏碾玉生活"。崔宁便对秀秀道:"这里离行在有二千余里了,料得无事,你我安心,好做长久夫妻。"潭州也有几个寄居官员,见崔宁是行在待诏,日逐(每天)也有生活得做。崔宁密使人打探行在本府中事。有曾到都下的,得知府中当夜失火,不见了一个养娘,出赏钱寻了几日,不知下落。也不知道崔宁将他走了，见在潭州住。时光似箭，日月如梭，也有一年之上。忽一日方早开门，见两个着皂衫的，一似虞候、府干打扮，入来铺里坐地，问道："本官听得说有个行在崔待诏，教请过来做生活。"崔宁分付了家中，随这两个人到湘潭县路上来。便将崔宁到宅里相见官人，承揽了玉作生活，回路归家。正行间，只见一个汉子头上带个竹丝笠儿，穿着一领白段子两上领布衫，青白行缠（青白相间的裹褪）札着裤子口，着一双多耳麻鞋，挑着一个高肩担儿，正面来，把崔宁看了一看，崔宁却不见这汉面貌，这个人却见崔宁，从后大踏步尾着崔宁来。正是："谁家稚子鸣榔板，惊起鸳鸯两处飞。"这汉子毕竟是何人？且听下回分解。

此段对井亭桥失火的描写（"初如萤火"至"烟飞火猛"一段），为此前小说所少见，而为以后的章回体小说所常见，可见话本实乃传奇体小说到章回体小说的过渡。崔宁赶回府中，府中人已逃光，而与秀秀撞个满怀。郡王早已许诺他们的婚事，加上他们早已情投意合，故当夜就做了夫妻，并只好逃离行在，到了二千余里外的潭州，在那里开起了行在崔待诏碾玉铺。但好景不长，结果被人发现和告发，"惊起鸳鸯两处飞"。

《碾玉观音》分为上、下两卷，以上为上卷内容，并以"这汉子毕竟是何人？且听下回分解"结，这也是章回体小说每回结尾处惯用的方法。如果说上卷是写崔宁、秀秀相爱，那么下卷即写秀秀被迫害至死后，仍对崔宁生死不离。首写崔宁、秀秀在潭州被郡王府排军郭立发现、告发，并被抓回王府：

"竹引牵牛花满街，疏篱茅舍月光筛。琉璃盏内茅柴酒，白玉盘中簇豆梅。

休懊恼，且开怀，平生赢得笑颜开。三千里地无知己，十万军中挂印来。"这只《鹧鸪天》词是关西秦州雄武军刘两府（锜）所作。从顺昌大战之后，闲在家中，寄居湖南潭州湘潭县。他是个不爱财的名将，家道贫寒，时常到村店中吃酒。店中人不识刘两府，喧呼啰唣。刘两府道："百万番人，只如等闲，如今却被他们诬罔！"做了这只《鹧鸪天》，流传直到都下。当时殿前太尉是杨和王（沂中，又名存中）见了这词，好伤感，"原来刘两府直恁孤寒！"教提辖官差人送一项钱与这刘两府。今日崔宁的东人（东家）郡王，听得说刘两府恁地孤寒，也差人送一项钱与他，却经由潭州路过。见崔宁从湘潭路上来，一路尾着崔宁到家，正见秀秀坐在柜身子里，便撞破他们道："崔大夫，多时不见，你却在这里。秀秀养娘他如何也在这里？郡王教我下书来潭州，今日遇着你们。原来秀秀养娘嫁了你，也好。"当时吓杀崔宁夫妻两个，被他看破。那人是谁？却是郡王府中一个排军，从小伏侍郡王，见他朴实，差他送钱与刘两府。这人姓郭名立，叫做郭排军。当下夫妻请住郭排军，安排酒来请他，分付道："你到府中千万莫说与郡王知道！"郭排军道："郡王怎知得你两个在这里。我没事，却说甚么。"当下酬谢了出门，回到府中，参见郡王，纳了回书，看着郡王道："郭立前日下书回，打潭州过，却见两个人在那里住。"郡王问："是谁？"郭立道："见秀秀养娘并崔待诏两个，请郭立吃了酒食，教休来府中说知。"郡王听说便道："叵耐这两个做出这事来，却如何直走到那里？"郭立道："也不知他仔细，只见他在那里住地，依旧挂招牌做生活。"郡王教干办去分付临安府，即时差一个缉捕使臣，带着做公的（公差），备了盘缠，径来湖南潭州府，下了公文，同来寻崔宁和秀秀。却似皂雕追紫燕，猛虎啖羊羔，不两月，捉将两个来，解到府中。

次写崔、璩被惩处，崔被发落到金陵：

报与郡王得知，即时升厅。原来郡王杀番人时，左手使一口刀，叫做"小青"；右手使一口刀，叫做"大青"。这两口刀不知剁了多少番人。那两口刀，鞘内藏着，挂在壁上。郡王升厅，众人声喏，即将这两个人押来跪下。郡王好生焦躁，左手去壁牙上取下"小青"，右手一掣，掣刀在手，睁起杀番人的眼儿，咬得牙齿剥剥地响。当时吓杀夫人，在屏风背后道："郡王，这里是帝辇之下，不比边庭上面，若有罪过，只消解去临安府施行，如何胡乱凯（砍）得人？"郡王听说道："叵耐这两个畜生逃走，今日捉将来，我恼了，如何不凯？既然夫人来劝，且捉秀秀入府后花园去，把崔宁解去临安府断治。"当下喝赐钱酒，赏犒捉事人。解这崔宁到临安府，一一从头供说："自从当夜遗漏，来到府中，都搬尽了。只见秀秀养娘从廊下出来，揪住崔宁道：'你如何安手在我怀中？若不依我口，教坏了你！'要共崔宁逃走。崔宁不得已，只得与他同走。只此是实。"临安府把文案呈上郡王，郡王是个刚直的人，便道："既然恁地，宽了崔宁，且与从轻断治。崔宁不合在逃，罪杖发遣建康府居住。"当下差人押送。

这段既写出了郡王的凶暴，又写出了郡王夫人的冷静。帝辇之下，如何能乱杀人。对崔的惩处交代很详细，对秀秀的处理却以"捉秀秀入府后花园去"一笔带过，为后文埋下伏笔：

方出北关门，到鹅项头，见一顶轿儿，两个人抬着，从后面叫："崔待诏，且不得去!”崔宁认得像是秀秀的声音,赶将来又不知恁地,心下好生疑惑。伤弓之鸟,不敢揽事,且低着头只顾走。只见后面赶将上来,歇了轿子,一个妇人走出来,不是别人,便是秀秀,道:“崔待诏,你如今去建康府,我却如何?”崔宁道:“却是怎地好?”秀秀道:“自从解你去临安府断罪,把我捉入后花园,打了三十竹篦,遂便赶我出来。我知道你建康府去,赶将来同你去。”崔宁道:“恁地却好。”讨了船,直到建康府,押发人自回。若是押发人是个学舌的,就有一场是非出来。因晓得郡王性如烈火,惹着他不是轻放手的;他又不是王府中人,去管这闲事怎地?况且崔宁一路买酒买食,奉承得他好,回去时就隐恶而扬善了。再说崔宁两口在建康居住,既是问断了,如今也不怕有人撞见,依旧开个碾玉作铺。浑家(妻子)道:“我两口却在这里住得好,只是我家爹妈自从我和你逃去潭州,两个老的吃了些苦。当日捉我入府时,两个去寻死觅活,今日也好教人去行在取我爹妈来这里同住。”崔宁道:“最好。”便教人来行在取他丈人丈母,写了他地理脚色与来人。到临安府寻见他住处,问他邻舍,指道:“这一家便是。”来人去门首看时,只见两扇门关着,一把锁锁着,一条竹竿封着。问邻舍:“他老夫妻那里去了?”邻舍道:“莫说!他有个花枝也似女儿,献在一个奢遮(阔绰)去处。这个女儿不受福德,却跟一个碾玉的待诏逃走了。前日从湖南潭州捉将回来,送在临安府吃官司,那女儿吃郡王捉进后花园里去。老夫妻见女儿捉去,就当下寻死觅活,至今不知下落,只恁地关着门在这里。”来人见说,再回建康府来,兀自未到家。且说崔宁正在家中坐,只见外面有人道:“你寻崔待诏住处?这里便是。”崔宁叫出浑家来看时,不是别人,认得是璩父、璩婆,都相见了,喜欢的做一处。那去取老儿的人,隔一日才到,说如此这般,寻不见,却空走了这遭,两个老的且自来到这里了。两个老人道:“却生受你,我不知你们在建康住,教我寻来寻去,直到这里。”其时四口同住,不在话下。

此段妙在把善意的谎言写得像真的一般,使你不得不信。秀秀只是“打了三十竹篦,遂便赶我出来”;璩父、璩婆,“见女儿捉去,就当下寻死觅活,至今不知下落”;如今“四口同住”,“四口相聚”,“依旧开个碾玉作铺”,谁能料到这四口中有三口已是死鬼?但说书人仍不肯直写下去,竟写崔宁再次风光:因玉观音受损,宣崔宁见驾,被命修复,受到皇帝赏识,令只在行在居住:

且说朝廷官里,一日到偏殿看玩宝器,拿起这玉观音来看。这个观音身上,当时有一个玉铃儿,失手脱下。即时问近侍官员:“却如何修理得?”官员将玉观音反复看了，道："好个玉观音！怎地脱落了铃儿？"看到底下，下面碾着三字："崔宁造"。"恁地容易，既是有人造，只消得宣这个人来，教他修整。"敕下郡王府，宣取碾玉匠崔宁。郡王回奏："崔宁有罪，在建康府居住。"即时使人去建康，取得崔宁到行在歇泊了，当时宣崔宁见驾，将这玉观音教他领去，用心整理。崔宁谢了恩，寻一块一般的玉，碾一个铃儿接住了，御前交纳。破分（破格）请给养了崔宁，令只在行在居住。崔宁道："我今日遭际御前（受到皇帝赏识），争得气，再来清湖河下寻间屋儿开个碾玉铺，须不怕你们撞见！"

但同样好景不长，崔宁再次风光，很快又被郭排军破坏：

可煞事有斗巧，方才开得铺三两日，一个汉子从外面过来，就是那郭排军。见了崔待诏，便道："崔大夫恭喜了！你却在这里住？"抬起头来，看柜身里却立着崔待诏的浑家。郭排军吃了一惊，拽开脚步就走。浑家说与丈夫道："你与我叫住那排军！我相问则个。"正是："平生不作皱眉事，世上应无切齿人。"崔待诏即时赶上扯住，只见郭排军把头只管侧来侧去，口里喃喃地道："作怪，作怪！"没奈何，只得与崔宁回来，家中坐地。浑家与他相见了，便问："郭排军，前者我好意留你吃酒，你却归来说与郡王，坏了我两个的好事。今日遭际御前，却不怕你去说。"郭排军吃他相问得无言可答，只道得一声"得罪！"相别了，便来到府里，对着郡王道："有鬼！"郡王道："这汉则甚？"郭立道："告恩王，有鬼！"郡王问道："有甚鬼？"郭立道："方才打清湖河下过，见崔宁开个碾玉铺，却见柜身里一个妇女，便是秀秀养娘。"郡王焦躁道："又来胡说！秀秀被我打杀了，埋在后花园，你须也看见，如何又在那里？却不是取笑我？"郭立道："告恩王，怎敢取笑！方才叫住郭立，相问了一回。怕恩王不信，勒（立）下军令状了去。"郡王道："真个在时，你勒军令状来！"那汉也是合苦，真个写一纸军令状来。郡王收了，叫两个当直的轿番，抬一顶轿子，教："取这妮子来。若真个在，把来凯取一刀；若不在，郭立，你须替他凯取一刀！"郭立同两个轿番来取秀秀。正是："麦穗两岐，农人难辨。"郭立是关西人，朴直，却不知军令状如何胡乱勒得！三个一径来到崔宁家里，那秀秀兀自在柜身里坐地，见那郭排军来得恁地慌忙，却不知他勒了军令状来取你。郭排军道："小娘子，郡王钧旨，教来取你则个。"秀秀道："既如此，你们少等，待我梳洗了同去。"即时入去梳洗，换了衣服出来，上了轿，分付了丈夫。两个轿番便抬着，径到府前。郭立先入去，郡王正在厅上等待。郭立唱了喏，道："已取到秀秀养娘。"郡王道："着他入来！"郭立出来道："小娘子，郡王教你进来。"掀起帘子看一看，便是一桶水倾在身上，开着口，则合不得，就轿子里不见了秀秀养娘。问那两个轿番，道："我不知，则见他上轿，抬到这里，又不曾转动。"那汉叫将入来道："告恩王，恁地真个有鬼！"郡王道："却不叵耐（可恶）！"教人："捉这汉，等我取过军令状来，如今凯了一刀。先去取下'小青'来。"那汉从来伏侍郡王，身上也有十数次官了，盖缘是粗人，只教他做排军。这汉慌了道："见有两个轿番见证，乞叫来问。"即时叫将轿番来道："见他上轿，抬到这里，却不见了。"说得一般，想必真个有鬼，只消得叫将崔宁来问。便使人叫崔宁来到府中。崔宁从头至尾说了一遍，郡王道："恁地又不干崔宁事，且放他去。"崔宁拜辞去了。郡王焦躁，把郭立打了五十背花棒。崔宁听得说浑家是鬼，到家中问丈人丈母。两个面面厮觑，走出门，看着清湖河里，扑通地都跳下水去了。当下叫救人，打捞，便不见了尸首。原来当时打杀秀秀时，两个老的听得说，便跳在河里，已自死了，这两个也是鬼。崔宁到家中，没情没绪，走进房中，只见浑家坐在床上。崔宁道："告姐姐，饶我性命！"秀秀道："我因为你，吃郡王打死了，埋在后花园里。却恨郭排军多口，今日已报了冤仇，郡王已将他打了五十背花棒。如今都知道我是鬼，容身不得了。"道罢起身，双手揪住崔宁，叫得一声，匹然倒地。邻舍都来看时，只见：两部脉尽总皆沉，一命已归黄壤下。崔宁也被扯去，和父母四个，一块儿做鬼去了。后人评论得好：咸安王捺不下烈火性，郭排军禁不住闲磕牙。璩秀娘舍不得生眷属，崔待诏撇不脱鬼冤家。

最后一段才交代出秀秀及其父母早已死去，真相败露，秀秀"容身不得"，又"舍不得生眷属"，"也被扯去，和父母四个，一块儿做鬼去了"。中国的多数小说、戏剧都以大团圆结局，《碾玉观音》却以悲剧结束，这也是它高于其他小说之处。

《碾玉观音》的故事情节曲折离奇，富有传奇色彩。上篇写实，崔宁与秀秀相爱，结为夫妻，远走他乡；下卷却有虚有实，但以虚为主，写秀秀鬼魂与崔宁重聚，而死后的婚姻爱情也被毁灭。秀秀仅因与崔宁私奔而被活活打死，父母也跳河自杀，深刻揭露了封建统治的残酷。这篇小说最突出的特点就是巧于布局，步步推进，引人入胜。首写私奔，次写秀秀被害而崔宁不知，过着人与鬼的夫妻生活，主人公秀秀的真实命运一直到文末才点明。

《碾玉观音》的人物刻画也十分丰满，特别是对秀秀的刻画，她年轻貌美，心灵手巧，所绣之花"引教蝶乱蜂狂"；敢于大胆向崔宁表白爱情，并主动与之私奔，对崔宁的爱，可谓生死不渝。她热情大胆，无视礼法。她敢爱也敢恨，"恨郭排军多口，今日已报了冤仇，郡王已将他打了五十背花棒"。与秀秀相比，崔宁表现得憨厚怯懦，胆小怕事，畏首畏尾，对统治者唯命是从。咸安郡王则凶残狠毒，奢侈淫逸，集权力于一身，他看上谁，就要得到谁，秀秀、崔宁皆因各有一技，被他弄至王府。他对皇上百般殷勤，对下属百般欺凌，动辄杀人。秀秀与崔宁的婚姻是他亲口许诺的，只因私奔，秀秀被他杀害，崔宁被赶出京城，甚至对秀秀冤魂也不放过。郭立是助纣为虐的爪牙，为讨好主子，他当面向秀秀表示不会说出他们在潭州的事，回京却立即向郡王告密，立了军令状来捉秀秀，但换得的是险些被杀，挨了“五十背花棒”，这是对这条走狗的无情讽刺。

宋元话本《碾玉观音》的出现是小说史上的一大变革，前已言及，它的一些写法已开章回小说的先河，它是志怪、传奇之外的白话小说代表作。我国古代小说从语言上看分为文言小说和白话小说。古代的神话传说，六朝的志怪志人小说，唐代的传奇小说是文言小说，清代蒲松龄的《聊斋志异》更是集文言小说之大成。白话小说则是从民间“说话”艺术中产生的，以民间口头语言为主，从宋元话本发展成为明清拟话本，从话本发展成为明清章回小说。话本与章回小说有不少相似之处，往往由题目、篇首（以一首诗，或一首词，或一诗一词开头，以此点明主题，概括大意）、入话（对篇首的诗词加以解释）、正话（故事本身，它是话本的主要部分）、篇尾（缀以诗词，直接由作者出面总括全文大旨）等五个部分组成。《碾玉观音》这五个部分都较齐全，结尾处的“后人评论得好：咸安王捺不下烈火性，郭排军禁不住闲磕牙。璩秀娘舍不得生眷属，崔待诏撇不脱鬼冤家”，就是对全文的概括和总结。

就像宋诗质量远不如唐诗，而数量却远远超过唐诗一样，宋代小说也不如唐代小说耐读，但宋人对小说的贡献却远远超过唐人。宋人对前代小说进行了广泛的搜集整理。宋初李昉等编的《太平广记》搜集最广，李昉《进〈太平广记〉表》云：“其书五百卷，并目录十卷，共五百十卷。”①陈振孙《直斋书录解题》卷一一云：“《太平广记》五百卷。太平兴国二年诏学士李昉、扈蒙等修《御览》，又取野史、传记、故事、小说撰集，明年书成，名《太平广记》。”《四库全书总目》卷一四二云《太平广记》：“采书三百四十五种，古来轶闻琐事、僻笈遗文咸在焉，卷帙轻者往往全部收入，盖小说家之渊海也……其书虽多谈神怪，而采摭繁富，名物典故错出其间，词章家恒所采用，考证家亦多所取资。又唐以前书世所不传者，断简残编，尚间存其什一，尤足贵也。”其后宋代辑录小说为总集者颇多，如张君房的《丽情集》（已佚）、徐铉的《稽神录》、吴淑的《江淮异人传》、钱易的《洞微志》、毕仲询的《幕府燕闲录》、张师正的《括异志》、郭象的《睽车志》、朱胜非的《绀珠集》、刘斧的《青琐高议》、皇都风月主人的《绿窗新话》等。

---

① （宋）李昉《太平广记》卷首，文渊阁四库全书本。

而洪迈的《夷坚志》则几乎可与《太平广记》媲美，篇帙浩繁，记载神仙怪异、当时人物轶事及社会习俗，内容博杂，多荒诞不经之语，故宋周密批评洪迈“贪多务得，不免妄诞，此皆好奇之过也”。①但此书对后来的话本和文言小说都有较大影响。洪迈于绍兴十二年(1142)开始撰著《夷坚志》，直至绍熙五年(1194)《夷坚志》完成，前后花了半个世纪。其《夷坚乙志序》云：“《夷坚》初志成，士大夫或传之，今镂板于闽，于蜀，于婺，于临安，盖家有其书。人以予好奇尚异也，每得一说，或千里寄声，于是五年间又得卷帙多寡与前编等，乃以《乙志》名之。凡甲、乙二书，合为六百事，天下之怪怪奇奇尽萃于是矣。夫《齐谐》之志怪，庄周之谈天，虚无幻茫，不可致诘。逮干宝之《搜神》，奇章公之《玄怪》，谷神子之《博异》，《河东》之记，《宣室》之志，《稽神》之录，皆不能无寓言于其间。若予是书，远不过一甲子，耳目相接，皆表表有据依者。谓予不信，其往见乌有先生而问之。”可见此书在当时影响之大。完成全书后，洪迈又撰《夷坚支甲序》为其“荒忽眇绵”辩护说：“《夷坚》之书成，其志十，其卷二百，其事二千七百有九。盖始末凡五十二年，自甲至戊，几占四纪，自己至癸，才五岁而已。其迟远不侔如是。虽人之告我疏数不可齐，然亦似有数存乎其间。或疑所登载颇有与昔人传记相似处，殆好事者饰说剽掠，借为谈助。是不然，古往今来，无无极，无无尽，荒忽眇绵，有万不同，锱析铢分，不容一致。蒙庄之语云：‘恶乎然？然于然。恶乎不然？不然于不然。’又曰：‘是不是，然不然。是若果是也，则是之异乎不是也，亦无辩；然若果然也，则然之异乎不然也，亦无辩。’能明斯旨，则可读吾书矣。”②

其次，宋代的单篇传奇更多，乐史的《绿珠传》、《杨太真外传》，张实的《流红记》、秦醇的《赵飞燕别传》、《谭意歌传》，柳师尹的《王幼玉记》、无名氏的《王谢传》、《李师师外传》、《隋炀帝海山记》、《迷楼记》等，或揭露封建帝王骄奢昏庸、腐败淫逸，招致亡国，或歌颂出身低贱的女子才貌双全，忠于爱情，虽艺术上创新不多，但数量十分可观。

这里顺便说说“按鉴”演义，即按《资治通鉴》演义历史，起于宋，流行于元、明、清。吴自牧《梦粱录》卷二〇《小说讲经史》云：“讲史书者谓讲说《通鉴》，汉、唐历代史书文传、兴废争战之事，有戴书生、周进士、张小娘子、宋小娘子、丘机山、徐宣教，又有王六大夫，元系御前供话，为幕士请给，讲诸史俱通。于咸淳年间，敷衍《复华篇》及《中兴名将传》，听者纷纷，盖讲得字真不俗，记问渊源甚广耳。但最畏小说人，盖小说者能讲一朝一代故事，顷刻间捏合。”元末明初罗贯中的《三国志演义》就是按《三国志》故

① (宋)周密《癸辛杂识·自序》卷首，文渊阁四库全书本。

② (宋)洪迈《夷坚志》，中华书局 1981 年校点本。

事“演义”的。明嘉靖二十七年(1548)建阳叶逢春刊本《三国志史传》第一次直接以“按鉴”名书,其目录题为“新刊按鉴汉谱三国志传绘像足本大全目录”,元锋子序云:“传者何?易其辞以期遍悟。而像者何?状其迹以期尽观也。”“易其辞”指改用通俗语言,“状其迹”即指绘像,目的都是为了普及(遍悟、尽观)。此后产生了大量以“按鉴”标题的历史演义,据熊大木《序武穆王演义》,①他编撰《大宋中兴通俗演义》,是因为杨涌泉以《精忠录》托其改写为演义:“敢劳代吾演出辞话,庶使愚夫愚妇亦识其意思之一二。”于是乃“以王(岳飞)传本传、行状之实迹,按《通鉴纲目》而取义”,以浅近的语言铺叙故事,撰成《大宋中兴通俗演义》。明人余邵鱼《题全像列国志传引》云:“《列国传》起自武王伐纣,迄于秦并六国,编年取法麟经(《春秋》),记事一据实录,凡英君良将,七雄五霸,平生履历,莫不谨按五经并《左传》、《十七史纲目》、《通鉴》、《战国策》、《吴越春秋》等书而逐类分纪。且又惧齐民不能悉达经传微辞奥旨,复又改为演义,以便观览。”②

第六节 明清章回小说

章回小说是由宋元话本发展而来的长篇小说,从章回小说中经常出现的“话说”和“看官”字样,就可看出它和话本之间的渊源关系。章回小说多数曾在民间长期流传,经说书艺人补充,最后由作家加工改写而成,变成了案头书,供读者阅览,故事情节更复杂,描写也更细腻,内容和说书人所讲已大不相同,只是在体裁上还留下一些痕迹而已。

章回小说是我国古典小说的主要形式。从内容题材看,有历史小说(如《三国演义》)、武侠小说(如《水浒传》)、神魔小说(如《西游记》、《封神演义》)、言情小说(如《金瓶梅》、《红楼梦》)等不同。其特点是以回标目,回目往往采用工整的对偶句。因说话人不能一次把一个长篇故事讲完,只好分回讲述,每回都段落整齐,首尾完整。这种以“回”标目的小说,是明代才开始出现的,以上所举《三国演义》等都是明、清小说。很多章回小说或讥政治的黑暗,或痛社会之混浊,或伤道德伦理之败坏,具有强烈的批判精神,陈忱在《水浒后传论略》中说:“《水浒》,愤书也。宋鼎既迁,高贤遗老,实切于中,假宋江之纵横,而成此书,盖多寓言也。愤大臣之覆餗,而许宋江之忠;愤群工之阴狡,而许宋江之义;愤世风之贪,而许宋江之疏财;愤人情之悍,而许宋江之谦和;

---

① 《明清善本小说丛刊初编》第十四辑,台湾天一出版社1985年版。

② (明)冯梦龙《东周列国志》卷首,人民文学出版社1955年版。

愤强邻之启疆，而许宋江之征辽。”①可见《水浒传》虽为小说，实为有感而发。

多数章回小说都有贯穿始终的故事情节，如《三国演义》写魏、蜀、吴间的战争，《水浒传》写梁山泊英雄造反，《红楼梦》写贾宝玉、林黛玉的爱情，但也有一些章回小说虽有串联，实为短篇小说所组成，如《儒林外史》，全书故事情节没有一个主干，而是由反科举制度和反封建礼教的一串故事组成。

一部章回小说动辄数十甚至上百回，字数往往多达数十万甚至上百万。代表中国章回小说最高成就的是曹雪芹的《红楼梦》，虽有历史的影子，但基本上是作者的创作，具体故事情节和细节描写多为虚构。这里以其第七十八回为例，说明章回体小说的文体特点。

《红楼梦》的第七十回至七十八回，写贾宝玉身边的侍女晴雯遭到王善保家的诬陷，被王夫人赶出大观园，凄惨地病死在她表兄家里。宝玉闻讯，悲不自胜。因小丫鬟信口胡诌说晴雯死后作了专管芙蓉花的花神，宝玉就写了一篇十分感人的祭文《芙蓉诔(诔，哀祭文之一体)》来哀悼她。芙蓉是荷花的别称，往往用以代表冰清玉洁的美女。芙蓉城是古代传说中的仙境，欧阳修《六一诗话》说：“(石)曼卿卒后，其故人有见之者云，恍惚如梦中言：‘我今为鬼仙也，所主芙蓉城。’”曹雪芹的友人敦敏在《懋斋诗钞·吊宅三卜孝廉》也曾用过这一典故：“大暮安可醒，一痛成千古。岂真记玉楼，果为芙蓉主?”《红楼梦》第七十八回回目为《老学士闲征姽婳词，痴公子杜撰芙蓉诔》，首写晴雯被逐之因：

话说两个尼姑领了芳官等去后，王夫人便往贾母处来省晨，见贾母喜欢，便趁便回道：“宝玉屋里有个晴雯，那个丫头也大了，而且一年之间病不离身，我常见他比别人分外淘气，也懒。前日又病倒了十几天，叫大夫瞧，说是女儿痨，所以我就赶着叫他下去了。若养好了也不用叫他进来，就赏他家配人去也罢了。再那几个学戏的女孩子，我也作主放出去了。一则他们都会戏，口里没轻没重，只会混说。女孩儿们听了如何使得？二则他们既唱了会子戏，白放了他们也是应该的。况丫头们也太多，若说不够使，再挑上几个来也是一样。”

贾母听了，点头道：“这倒是正理，我也正想着如此呢。但晴雯那丫头，我看他甚好，怎么就这样起来？我的意思，这些丫头的模样爽利，言谈针线多不及他，将来只他还可以给宝玉使唤得。谁知变了。”王夫人笑道：“老太太挑中的人原不错。只怕他命里没造化，所以得了这个病。俗语又说，女大十八变。况且有本事

① 曾祖荫等《中国历代小说序跋选注》，长江文艺出版社 1982 年版。

的人，未免就有些调歪。老太太还有什么不曾经验过的。三年前我也就留心这件事。先只取中了他，我便留心。冷眼看去，他色色虽比人强，只是不大沉重（稳重）。若说沉重知大礼，莫若袭人第一。虽说贤妻美妾，然也要性情和顺，举止沉重的更好些。就是袭人模样虽比晴雯略次一等，然放在房里，也算得一二等的了。况且行事大方，心地老实，这几年来，从未逢迎着宝玉淘气。凡宝玉十分胡闹的事，他只有死劝的。因此品择了二年，一点不错了，我就悄悄的把他丫头的月分钱止住，我的月分银子里批出二两银子来给他。不过使他自己知道越发小心学好之意。且不明说者，一则宝玉年纪尚小，老爷知道了又恐说耽误了书。二则宝玉再自为已是跟前的人，不敢劝他说他，反倒纵性起来。所以直到今日才回明老太太。"贾母听了，笑道："原来这样，如此更好了。袭人本来从小儿不言不语，我只说他是没嘴的葫芦。既是你深知，岂有大错误的。而且你这不明说与宝玉的主意更好。且大家别提这事，只是心里知道罢了。我深知宝玉将来也是个不听妻妾劝的。我也解不过来，也从未见过这样的孩子。别的淘气都是应该的，只他这种和丫头们好却是难懂。我为此也耽心，每每的冷眼查看他。只和丫头们闹，必是人大心大，知道男女的事了，所以爱亲近他们。既细细查试，究竟不是为此。岂不奇怪。想必原是个丫头错投了胎不成？"说着，大家笑了。王夫人又回今日贾政如何夸奖，又如何带他们逛去，贾母听了，更加喜悦。

这一段写晴雯被逐之因。晴雯原是贾母房中的丫环，给贾母的印象很好，其他"丫头的模样爽利，言谈针线多不及他"，故"给宝玉使唤"。但在第七十四回中，王善保家告了晴雯的黑状，说"宝玉屋里的晴雯，那丫头仗着他生的模样儿比别人标致些，又生了一张巧嘴，天天打扮的象个西施的样子，在人跟前能说惯道，掐尖要强。一句话不投机，她就立起两个骚眼睛来骂人"，因此查抄大观园后，就先斩后奏，把她赶了出去，这时才回贾母，并说拟以"行事大方，心地老实"的袭人代替"色色虽比人强，只是不大沉重"的晴雯。贾母也认可了此事。接着写宝钗离园之因：

一时，只见迎春妆扮了前来告辞过去。凤姐也来省晨，伺候过早饭，又说笑了一回。贾母歇晌后，王夫人便唤了凤姐，问他丸药可曾配来。凤姐儿道："还不曾呢，如今还是吃汤药。太太只管放心，我已大好了。"

王夫人见他精神复初，也就信了。因告诉撵逐晴雯等事，又说："怎么宝丫头私自回家睡了，你们都不知道？我前儿顺路都查了一查。谁知兰小子这一个新进来的奶子也十分的妖乔，我也不喜欢他。我也说与你嫂子了，好不好叫他各自去罢。况且兰小子也大了，用不着奶子了。我因问你大嫂子，宝丫头出去，难道你也不知道不成？他说是告诉了他的，不过住两三日，等你姨妈好了就进来。姨妈究竟没甚大病，不过还是咳嗽腰疼，年年是如此的。他这去必有原故，敢是有人得罪了他不成？那孩子心重，亲戚们住一场，别得罪了人，反不好了。”凤姐笑道：“谁可好好的得罪着他？况且他天天在园里，左不过是他们姊妹那一群人。”王夫人道：“别是宝玉有嘴无心，傻子似的从没个忌讳，高兴了信嘴胡说也是有的。”凤姐笑道：“这可是太太过于操心了。若说他出去干正经事说正经话去，却像个傻子；若只叫进来在这些姊妹跟前，以至于大小的丫头们跟前，他最有尽让，又恐怕得罪了人，那是再不得有人恼他的。我想薛妹妹此去，想必为着前时搜检众丫头的东西的原故。他自然为信不及园里的人才搜检。他又是亲戚，现也有丫头、老婆在内，我们又不好去搜检，恐我们疑他，所以多了这个心，自己回避了，也是应该避嫌疑的。”

王夫人听了这话不错，自己遂低头想了一想，便命人请了宝钗来分晰前日的事，以解他疑心，又仍命他进来照旧居住。宝钗陪笑道：“我原要早出去的，只是姨娘有许多的大事，所以不便来说。可巧前日妈又不好了，家里两个靠得的女人也病着，我所以趁便出去了。姨娘今日既已知道了，我正好明讲出情理来，就从今日辞了，好搬东西的。”王夫人、凤姐都笑着：“你太固执了。正经再搬进来为是，休为没要紧的事反疏远了亲戚。”宝钗笑道：“这话说的太不解了，并没为什么事我出去。我为的是妈近来神思比先大减，而且夜间晚上没有得靠的人，通共只我一个。二则如今我哥哥眼看要娶嫂子，多少针线活计并家里一切动用的器皿，尚有未齐备的，我也须得帮着妈去料理料理。姨妈和凤姐姐都知道我们家的事，不是我撒谎。三则自我在园里，东南上小角门子就常开着，原是为我走的，保不住出入的人就图省路也从那里走，又没人盘查。设若从那里生出一件事来，岂不两碍脸面？而且我进园里来住原不是什么大事，因前几年年纪皆小，且家里没事，有在外头的，不如进来姊妹相共，或作针线，或玩笑，皆比在外头闷坐着好。如今彼此都大了，也彼此皆有事。况姨娘这边历年皆遇不遂心的事故，那园子也太大，一时照顾不到，皆有关系。惟有少几个人，就可以少操些心。所以今日不但我执意辞去，之外还要劝姨娘如今该减些的就减些，也不为失了大家的体统。据我看，园里这一项费用也竟可以免的。所以说不得当日的话。姨娘深知我家的，难道我们当日也是这样冷落不成？”凤姐听了这篇话，便向王夫人笑道：“这话竟是，不必强了。”王夫人点头道：“我也无可回答，只好随你便罢了。”

宝钗从大观园搬回家住，显然因为抄园的事，王夫人很清楚："他这去必有原故"；王熙凤更明白："我想薛妹妹此去，想必为着前时搜检众丫头的东西的原故。"林黛玉是一位聪明敏感，心直口快，语言尖刻的人；薛宝钗同样聪明敏锐，却城府甚深，工于心计，处事沉稳，她把离园原因遮盖得严严实实，说得冠冕堂皇，一是"我原要早出去的"，间接否认与搜园有关。二是"妈又不好了"，"妈近来神思比先大减"，并乘机完全堵死再般回园的可能性："既已知道（我搬出去）了，我正好明讲出情理来，就从今日辞了，好搬东西的。"三是"哥哥眼看要娶嫂子"，"须得帮着妈去料理料理"。四是东南上小角门完全是为自己进出园子而开，"设若从那里生出一件事来，岂不两碍脸面"。五是"前几年年纪皆小，且家里没事"，"如今彼此都大了，也彼此皆有事"。六是贾府"历年皆遇不遂心的事故，那园子也太大，一时照顾不到，皆有关系。惟有少几个人，就可以少操些心"。七是进忠言："今日不但我执意辞去"，"还要劝姨娘如今该减些的就减些"，"据我看，园里这一项费用也竟可以免的"。真可谓头头是道，诚挚感人，使大小王夫人皆"无可回答"。这一段看似与贾宝玉祭晴雯无关，实际上是进一步突出晴雯被逐与宝钗离园一样，都由查抄大观园引起。而宝玉撰《芙蓉诔》，则是由小丫头胡诌晴雯成了芙蓉神引起的：

说话之间，只见宝玉等已回来，因说他父亲还未散，恐天黑了，所以先叫我们回来了。王夫人忙问："今日可有丢了丑？"宝玉笑道："不但不丢丑，倒拐了许多东西来。"接着，就有老婆子们从二门上小厮手内接了东西来。王夫人一看时，只见扇子三把，扇坠三个，笔墨共六匣，香珠三串，玉绦环三个。宝玉说道："这是梅翰林送的，那是杨侍郎送的，这是李员外送的，每人一分。"说着，又向怀中取出一个旃檀香小护身佛来，说："这是庆国公单给我的。"王夫人又问在席何人，作何诗词等。语毕，只将宝玉一分令人拿着，同宝玉、兰、环前来见过贾母。贾母看了，喜欢不尽，不免又问些话。无奈宝玉一心记着晴雯，答应完了话时，便说骑马颠了，骨头疼。贾母便说："快回房去换了衣服，疏散疏散就好了，不许睡倒。"宝玉听了，便忙入园来。

当下麝月、秋纹已带了两个丫头来等候，见宝玉辞了贾母出来，秋纹便将笔墨拿起来，一同随宝玉进园来。宝玉满口里说好热，一壁走，一壁便摘冠解带，将外面的大衣服都脱下来麝月拿着，只穿着一件松花绫子夹袄，袄内露出血点般大红裤子来。秋纹见这条红裤是晴雯手内针线，因叹道："这条裤子以后收了罢，真是物件在，人去了。"麝月忙也笑道："这是晴雯的针线。"又叹道："真真物在人亡了！"秋纹将麝月拉了一把，笑道："这裤子配着松花色袄儿，石青靴子，越显出这靛青的头，雪白的脸来了。”

宝玉在前只装听不见，又走了两步，便止步道：“我要走一走，这怎么好？”麝月道：“大白日里，还怕什么？还怕丢了你不成！”因命两个小丫头跟着，“我们送了这些东西去再来。”宝玉道：“好姐姐，等一等我再去。”麝月道：“我们去了就来。两个人手里都有东西，倒向摆执事的，一个捧着文房四宝，一个捧着冠袍带履，成个什么样子。”

宝玉听了，正中心怀，便让他两个去了。他便带了两个小丫头到一石后，也不怎么样，只问他二人道：“自我去了，你袭人姐姐打发人瞧晴雯姐姐去了不曾？”这一个答道：“打发宋妈妈瞧去了。”宝玉道：“回来说什么？”小丫头道：“回来说晴雯姐姐直着脖子叫了一夜，今日早起就闭了眼，住了口，世事不知，也出不得一声儿，只有倒气的分儿了。”宝玉忙道：“一夜叫的是谁？”小丫头子说：“一夜叫的是娘。”宝玉拭泪道：“还叫谁？”小丫头子道：“没有听见叫别人了。”宝玉道：“你糊涂，想必没有听真。”

旁边那一个小丫头最伶俐，听宝玉如此说，便上来说：“真个他糊涂。”又向宝玉道：“不但我听得真切，我还亲自偷着看去的。”宝玉听说，忙问：“你怎么又亲自看去？”小丫头道：“我因想晴雯姐姐素日与别人不同，待我们极好。如今他虽受了委屈出去，我们不能别的法子救他，只亲去瞧瞧，也不枉素日疼我们一场。就是人知道了回了太太，打我们一顿，也是愿受的。所以我拚着挨一顿打，偷着下去瞧了一瞧。谁知他平生为人聪明，至死不变。他因想着那起俗人不可说话，所以只闭眼养神，见我去了便睁开眼，拉我的手问：‘宝玉那去了？’我告诉他实情。他叹了一口气说：‘不能见了。’我就说：‘姐姐何不等一等他回来见一面，岂不两完心愿？’他就笑道：‘你们还不知道。我不是死，如今天上少了一位花神，玉皇敕命我去司主。我如今在未正二刻到任司花，宝玉须待未正三刻才到家，只少得一刻的工夫，不能见面。世上凡该死之人阎王勾取了过去，是差些小鬼来捉人魂魄。若要迟延一时半刻，不过烧些纸钱浇些浆饭，那鬼只顾抢钱去了，该死的人就可多待些个工夫。我这如今是有天上的神仙来召请，岂可捱得时刻！’我听了这话，竟不大信，及进来到房里留神看时辰表时，果然是未正二刻他咽了气，正三刻上就有人来叫我们，说你来了。这时候倒都对合。”宝玉忙道：“你不识字看书，所以不知道。这原是有的，不但花有个神，一样花有一位神之外，还有总花神。但他不知是作总花神去了，还是单管一样花的神？”这丫头听了，一时诌不出来。恰好这是八月时节，园中池上芙蓉正开。这丫头便见景生情，忙答道：“我也曾问他是管什么花的神，告诉我们，日后也好供养的。他说：‘天机不可泄漏。你既这样虔诚,我只告诉你,你只可告诉宝玉一人。除他之外,若泄了天机,五雷就来轰顶的。’他就告诉我说,他就是专管这芙蓉花的”。

宝玉听了这话,不但不为怪,亦且去悲而生喜,乃指芙蓉笑道:“此花也须得这样一个人去司掌。我就料定他那样的人必有一番事业做的。”虽然超出苦海,从此不能相见,也免不得伤感思念。因又想:虽然临终未见,如今且去灵前一拜,也算尽这五六年的情意。想毕忙至房中,又另穿戴了,只说去看黛玉,遂一人出园来,往前次之处去,意为停柩在内。谁知他哥嫂见他一咽气便回了进去,希图早些得几两发送例银。王夫人闻知,便命赏了十两烧埋银子。又命:“即刻送到外头焚化了罢。女儿痨死的,断不可留!”他哥嫂听了这话,一面得银,一面就雇了人来入殓,抬往城外化人场上去了。剩的衣履簪环,约有三四百金之数,他兄嫂自收了为后日之计。二人将门锁上,一同送殡去未回。

宝玉走来扑了个空。宝玉自立了半天,别无法儿,只得复身进入园中。待回至房中,甚觉无味,因乃顺路来找黛玉。偏黛玉不在房中,问其何往,丫鬟们回说:“往宝姑娘那里去了。”宝玉又至蘅芜苑中,只见寂静无人,房内搬的空空落落的,不觉吃一大惊。忽见个老婆子走来,宝玉忙问这是什么原故。老婆子道:“宝姑娘出去了。这里交我们看着,还没有搬清楚。我们帮着送了些东西去,这也就完了。你老人家请出去罢,让我们扫扫灰尘也好,从此你老人家省跑这一处的腿子了。”宝玉听了,怔了半天,因看着那院中的香藤异蔓,仍是翠翠青青,忽比昨日好似改作凄凉了一般,更又添了伤感。默默出来,又见门外的一条翠樾埭上也半日无人来往,不似当日各处房中丫鬟不约而来者络绎不绝。又俯身看那埭下之水,仍是溶溶脉脉的流将过去。心下因想:天地间竟有这样无情的事!悲感一番,忽又想到去了司棋、入画、芳官等五个,死了晴雯,今又去了宝钗等一处,迎春虽尚未去,然连日也不见回来,且接连有媒人来求亲,大约园中之人不久都要散的了。纵生烦恼,也无济于事。不如还是找黛玉去相伴一日,回来还是和袭人厮混,只这两三个人,只怕还是同死同归的。想毕,仍往潇湘馆来,偏黛玉尚未回来。宝玉想亦当出去候送才是,无奈不忍悲感,还是不去的是,遂又垂头丧气的回来。

这里写宝玉随父去庆国公家作客,所作诗“不但不丢丑,倒拐了许多东西来”,“拐”字用得妙,活现出宝玉的得意,也是为他的《芙蓉诔》写得那样感人所作的一层铺垫。这时宝玉还不知道晴雯已死,宝钗已去,而他一直惦念着被逐出园的晴雯。不懂事的小丫头看见宝玉穿的晴雯织的红裤,都叹“真是物件在,人去了”,“真真物在人亡了!”秋纹赶快转移话题,宝玉毫未察觉,急着要去看晴雯,借口“我要走一走”,支走丫头。他先问“打发人瞧晴雯姐姐去了不曾”,回答说晴雯“直着脖子叫了一夜,今日早起就闭了眼”;接着问“一夜叫的是谁”,“还叫谁”,一位伶俐的丫头就揣测宝玉想听的胡诌起来,晴雯问“宝玉那去了”,又叹了一口气说“不能见了”,并说:“我不是死,如今天上少了一位花神,玉皇敕命我去司主”,是去“专管这芙蓉花的”。痴情的宝玉对这些胡诌都信以为真,还转悲为喜,指芙蓉笑道:“此花也须得这样一个人去司掌。我就料定他那样的人必有一番事业做的。”在宝玉看来,司花也算“一番事业”! 他决定去灵前一拜,结果扑了空;去找黛玉,黛玉也不在;去蘅芜苑找宝钗,“房内搬的空空落落的”;只有“那院中的香藤异蔓,仍是翠翠青青”;过去丫鬟“络绎不绝”,翠樾埭上“也半日无人来往”,只有“那埭下之水,仍是溶溶脉脉的流将过去”。真是物是人非,“天地间竟有这样无情的事!”这一大段极写大观园之冷落,具有强烈的抒情色彩。如果说这一段主要还是为《芙蓉诔》为什么抒情浓烈作铺垫,那么下一段则主要是为《芙蓉诔》为什么写得词彩斐然作铺垫:

正在不知所以之际,忽见王夫人的丫头进来找他说:“老爷回来了,找你呢,又得了好题目来了。快走,快走。”宝玉听了,只得跟了出来。到王夫人房中,他父亲已出去了。王夫人命人送宝玉至书房中。

彼时贾政正与众幕友们谈论寻秋之胜。快散时忽然谈及一事,最是千古佳谈,“风流隽逸,忠义慷慨”八字皆备,倒是个好题目,大家要作一首挽词。众幕宾听了,都忙请教系何等妙事。贾政乃道:“当日曾有一位王封曰恒王,出镇青州。这恒王最喜女色,且公余好武,因选了许多美女,日习武事。每公余辄开宴连日,令众美女习战斗功拔之事。其姬中有姓林行四者,姿色既冠,且武艺更精,皆呼为林四娘。恒王最得意,遂超拔林四娘统辖诸姬,又呼为姽婳将军。”众清客都称:“妙极神奇。竟以姽婳下加将军二字,反更觉妩媚风流,真绝世奇文也。想这恒王也是千古第一风流人物了。”贾政笑道:“这话自然是如此,但更有可奇可叹之事。”众清客都愕然惊问道:“不知底下有何奇事?”贾政道:“谁知次年便有黄巾、赤眉一干流贼余党复又乌合,抢掠山左一带。恒王意为犬羊之恶,不足大举,因轻骑前剿。不意贼众颇有诡谲智术,两战不胜,恒王遂为众贼所戮。于是青州城内文武官员,各各皆谓王尚不胜,你我何为! 遂将有献城之举。林四娘得闻凶报,遂集聚众女将,发令说道:‘你我皆向蒙王恩,戴天履地,不能报其万一。今王既殒身国事,我意亦当殒身于王。尔等有愿随者,即时同我前往,有不愿者,亦早各散。’众女将听他这样,都一齐说愿意。于是林四娘带领众人连夜出城,直杀至贼营里头。众贼不防,也被斩戮了几员首贼。然后大家见是不过几个女人,料不能济事,遂回戈倒兵,奋力一阵,把林四娘等一个不曾留下,倒作成了这林四娘的一片忠义之志。后来报至中都,自天子以至百官,无不惊骇道奇。其后,朝中自然又有人去剿灭,天兵一到,化为乌有,不必深论。只就林四娘一节,众位听了,可羡不可羡呢?"众幕友都叹道:"实在可羡可奇,实是个妙题,原该大家挽一挽才是。"

说着,早有人取了笔砚,按贾政口中之言稍加改易了几个字,便成了一篇短序,递与贾政看了。贾政道:"不过如此。他们那里已有原序。昨日因又奉恩旨,着察核前代以来应加褒奖而遗落未经请奏各项人等,无论僧尼乞丐与女妇人等,有一事可嘉,即行汇送履历至礼部备请恩奖。所以他这原序也送往礼部去了。大家听见这新闻,所以都要作一首《姽婳词》,以志其忠义。"众人听了,都又笑道:"这原该如此。只是更可羡者,本朝皆系千古未有之旷典隆恩,实历代所不及处,可谓'圣朝无阙事',唐朝人预先竟说了,竟应在本朝。如今年代方不虚此一句。"贾政点头道:"正是。"

说话间,贾环叔侄亦到。贾政命他们看了题目。他两个虽能诗,较腹中之虚实虽也去宝玉不远,但第一件他两个终是别路,若论举业一道,似高过宝玉,若论杂学,则远不能及;第二件他二人才思滞钝,不及宝玉空灵涓逸,每作诗亦如八股之法,未免拘板庸涩。那宝玉虽不算是个读书人,然亏他天性聪敏,且素喜好些杂书,他自以为古人中也有杜撰的,也有误失之处,拘较不得许多。若只管怕前怕后起来,纵堆砌成一篇,也觉得甚无趣味。因心里怀着这个念头,每见一题,不拘难易,他便毫无费力之处,就如世上的流嘴滑舌之人,无风作有,信着伶口俐舌,长篇大论,胡扳乱扯,敷衍出一篇话来。虽无稽考,却都说得四座春风。虽有正言厉语之人,亦不得压倒这一种风流去。近日贾政年迈,名利大灰,然起初天性也是个诗酒放诞之人,因在子侄辈中,少不得规以正路。近见宝玉虽不读书,竟颇能解此,细评起来,也还不算十分玷辱了祖宗。就思及祖宗们,各各亦皆如此,虽有深精举业的,也不曾发迹过一个,看来此亦贾门之数。况母亲溺爱,遂也不强以举业逼他了。所以近日是这等待他。又要环、兰二人举业之余,怎得亦同宝玉才好,所以每欲作诗,必将三人一齐唤来对作。

闲言少述。且说贾政又命他三人各吊一首,谁先成者赏,佳者额外加赏。贾环、贾兰二人近日当着多人皆作过几首了,胆量逾壮,今看了题,遂自去思索。一时,贾兰先有了。贾环生恐落后也就有了。二人皆已录出,宝玉尚出神。贾政与众人且看他二人的二首。贾兰的是一首七言绝,写道是:

姽婳将军林四娘，玉为肌骨铁为肠，捐躯自报恒王后，此日青州土亦香。

众幕宾看了，便皆大赞："小哥儿十三岁的人就如此，可知家学渊源，真不诬矣。"贾政笑道："稚子口角，也还难为他。"又看贾环的，是首五言律，写道是：

红粉不知愁，将军意未休。掩啼离绣幕，抱恨出青州。自谓酬王德，讵能复寇仇。谁题忠义墓，千古独风流。

众人道："更佳。倒是大几岁年纪，立意又自不同。"贾政道："还不甚大错，终不恳切。"众人道："这就罢了。三爷才大不多两岁，在未冠之时如此，用了工夫，再过几年，怕不是大阮小阮了。"贾政道："过奖了，只是不肯读书过失。"因又问宝玉怎样。众人道："二爷细心镂刻，定又是风流悲感，不同此等的了。"

宝玉笑道："这个题目似不称近体，须得古体，或歌或行，长篇一首，方能恳切。"众人听了，都立身点头拍手道："我说他立意不同！每一题到手必先度其体格宜与不宜，这便是老手妙法。就如裁衣一般，未下剪时，须度其身量。这题目名曰《姽婳词》，且既有了序，此必是长篇歌行方合体的。或拟白乐天《长恨歌》，或拟咏古词，半叙半咏，流利飘逸，始能近妙。"

贾政听说，也合了主意，遂自提笔向纸上要写。又向宝玉笑道："如此，你念我写。不好了，我捶你那肉。谁许你先大言不惭了！"宝玉只得念了一句，道是："恒王好武兼好色"，贾政写了看时，摇头道："粗鄙。"一幕宾道："要这样方古，究竟不粗。且看他底下的。"贾政道："姑存之。"宝玉又道："遂教美女习骑射。秾歌艳舞不成欢，列阵挽戈为自得。"贾政写出，众人都道："只这第三句便古朴老健，极妙。这四句平叙出，也最得体。"贾政道："休谬加奖誉，且看转的如何。"宝玉念道："眼前不见尘沙起，将军俏影红灯里。"众人听了这两句，便都叫："妙！好个'不见尘沙起'，又承了一句'俏影红灯里'，用字用句，皆入神化了。"宝玉道："叱咤时闻口舌香，霜矛雪剑娇难举。"众人听了，便拍手笑道："益发画出来了。当日敢是宝公也在座，见其娇且闻其香否？不然，何体贴至此。"宝玉笑道："闺阁习武，任其勇悍，怎似男人？不待问而可知娇怯之形的了。"贾政道："还不快续，这又有你说嘴的了。"宝玉只得又想了一想，念道"丁香结子芙蓉绦"，众人都道："转绦萧韵更妙，这才流利飘荡。而且这一句也绮靡秀媚的妙。"贾政写了，看道："这一句不好。已写过'口舌香'，'娇难举'，何必又如此？这是力量不加，故又用这些堆砌货来搪塞。"宝玉笑道："长歌也须得要些词藻点缀点缀，不然便觉萧索。"

贾政道："你只顾用这些，但这一句底下如何能转至武事？若再多说两句，岂不蛇足了？"宝玉道："如此，底下一句转煞住，想亦可矣。"贾政冷笑道："你有多大本领？上头说了一句大开门的散话，如今又要一句连转带煞，岂不心有余而力不足些？"宝玉听了，垂头想了一想，说了一句道："不系明珠系宝刀。"忙问："这一句可还使得？"众人拍案叫绝。贾政写了，看着笑道："且放着，再续。"宝玉道："若使得，我便要一气下去了。若使不得，索性涂了，我再想别的意思出来，再另措词。"贾政听了，便喝道："多话！不好了再作，便作十篇百篇，还怕辛苦了不成！"宝玉听说，只得想了一会，便念道："战罢夜阑心力怯，脂痕粉渍污鲛绡。"贾政道："又一段。底下怎样呢？"宝玉道："明年流寇走山东，强吞虎豹势如蜂。"众人道："好个'走'字，便见得高低了。且通句转的也不板。"宝玉又念道：

王率天兵思剿灭，一战再战不成功。腥风吹折陇头麦，日照旌旗虎帐空。青山寂寂水澌澌，正是恒王战死时。雨淋白骨血染草，月冷黄沙鬼守尸。

众人都道："妙极，妙极！布置，叙事，词藻，无不尽美。且看如何至四娘，必另有妙转奇句。"宝玉又念道：

纷纷将士只保身，青州眼见皆灰尘，不期忠义明闺阁，愤起恒王得意人。

众人都道："铺叙得委婉。"贾政道："太多了，底下只怕累赘呢。"宝玉乃又念道：

恒王得意数谁行，姽婳将军林四娘，号令秦姬驱赵女，艳李秾桃临战场。绣鞍有泪春愁重，铁甲无声夜气凉。胜负自然难预定，誓盟生死报前王。贼势猖獗不可敌，柳折花残实可伤，魂依城郭家乡近，马践胭脂骨髓香。星驰时报入京师，谁家儿女不伤悲！天子惊慌恨失守，此时文武皆垂首。何事文武立朝纲，不及闺中林四娘！我为四娘长太息，歌成余意尚彷徨。

念毕，众人都大赞不止，又都从头看了一遍。贾政笑道："虽然说了几句，到底不大恳切。"因说："去罢。"三人如得了赦的一般，一齐出来，各自回房。

贾兰、贾环的诗只是吹捧林四娘，而贾宝玉的《姽婳词》却在歌颂林四娘的同时，也批判了"天子"和满朝"文武"的无能，表现了贾宝玉大胆的叛逆精神。全诗长达四十六句，写出了姽婳将军林四娘的主要事迹。前十二句，点出林四娘是"不系明珠系宝刀"

的姽婳将军。首句恒王“好色”，伏下他日后的兵败身死。恒王厌腻了“秾歌艳舞”，喜欢美女们列队弄枪，才会有俊俏的将军林四娘，赞美她所带女兵“不系明珠系宝刀”。次十句写恒王兵败战死，“日照旌旗虎帐(恒王之帐)空”。继十六句是全诗重点，以浓墨铺叙林四娘“艳李秾桃临战场”，“铁甲无声夜气凉”；结果“柳折花残”：“魂依城郭家乡近，马践胭脂骨髓香。”最末八句，锋芒直指“天子”和满朝“文武”的惊恐无能：“天子惊慌恨失守，此时文武皆垂首。”责问“何事文武立朝纲，不及闺中林四娘”，直斥朝廷的昏庸无能。全诗层次分明，各段转承自然，换韵错落有致，主旨鲜明，用语锋锐，是贾宝玉叛逆思想的集中表现。《姽婳词》对林四娘的歌颂为《芙蓉女儿诔》讴歌晴雯作好了铺垫。

这里通过贾政、门客、宝玉等的评诗，集中表现了宝玉与众门客完全不同的文艺思想。宝玉认为作诗可以“杜撰”，不可太拘束，每见一题，就“长篇大论，胡板乱扯，敷衍出一篇话来。虽无稽考，却都说得四座春风”；认为作诗先要审题，贾兰、贾环诗或为七绝，或为五律，认为挽林四娘“这个题目似不称近体，须得古体，或歌或行，长篇一首，方能恳切。”

这一段表明贾政是一位假道学，他“起初天性也是个诗酒放诞之人，因在子侄辈中，少不得规以正路”；近见宝玉虽不读书，竟颇能作诗，“不算十分玷辱了祖宗”，加之贾母“溺爱，遂也不强以举业逼他”。

这一段还无情嘲笑了这帮门客的丑恶嘴脸，他们以吹捧宝玉等来换取贾政的欢心。他们吹捧贾兰的诗“十三岁的人就如此，可知家学渊源，真不诬矣”。吹捧贾环的诗“更佳，倒是大几岁年纪，立意又自不同”；甚至以晋代大诗人阮籍、阮咸比之，“在未冠之时如此”，“再过几年，怕不是大阮小阮了”。对宝玉的吹捧更是连篇累牍，或称其论审题“是老手妙法”；对宝玉诗首句“恒王好武兼好色”，贾政认为“粗鄙”，门客说“要这样方古”，“第三句便古朴老健，极妙。这四句平叙出，也最得体”；“妙！好个‘不见尘沙起’，又承了一句‘俏影红灯里’，用字用句，皆入神化了”；对其“叱咤时闻口舌香，霜矛雪剑娇难举”两句，“众人听了，便拍手笑道：‘益发画出来了。’当日敢是宝公也在座，见其娇且闻其香否？不然，何体贴至此”；对其“丁香结子芙蓉绦，不系明珠系宝刀”二句，众人更“拍案叫绝”；对其“明年流寇走山东，强吞虎豹势如蜂”二句，众人道：“好个‘走’字，便见得高低了。且通句转的也不板”；对以下诗句，更称“妙极，妙极！布置，叙事，词藻，无不尽美”，“铺叙得委婉”，“众人都大赞不止”。何为帮闲文人？这就是帮闲文人。鲁迅《帮忙文学与帮闲文学》说：“那些会念书、会下棋、会画画的人，陪主人念念书，下下棋，画几笔画，这叫做帮闲。”①他们是通过吹捧官僚、富豪，陪他

① 《鲁迅全集》第七卷，人民文学出版社 1998 年版。

们消遣娱乐，凑趣讨好以混饭吃的食客。

但宝玉这时的心思实不在此，而是在撰悼念晴雯的《芙蓉诔》。诔是哀祭文的一种，宝玉对诔词的设想又是一篇诗论，他认为诔要“另出己见，自放手眼，亦不可蹈袭前人的套头”，须“一字一咽，一句一啼，宁使文不足，悲有余，万不可尚文藻而反失悲戚”，批评“今人全惑于功名二字，尚古之风一洗皆尽”，决心要效《楚辞》之法：

众人皆无别话，不过至晚安歇而已。独有宝玉一心凄楚，回至园中，猛然见池上芙蓉，想起小丫鬟说晴雯作了芙蓉之神，不觉又喜欢起来，乃看着芙蓉，嗟叹了一会。忽又想起死后并未到灵前一祭，如今何不在芙蓉前一祭，岂不尽了礼，比俗人去灵前祭吊又更觉别致。想毕，便欲行礼。忽又止住道：“虽如此，亦不可太草率，也须得衣冠整齐，奠仪周备，方为诚敬。”想了一想：如今若学那世俗之奠礼，断然不可，竟也还别开生面，另立排场，风流奇异，于世无涉，方不负我二人之为人。况且古人有云，潢污行潦，苹蘩蕴藻之贱，可以羞王公，荐鬼神。原不在物之贵贱，全在心之诚敬而已。此其一也。二则诔文挽词也须另出己见，自放手眼，亦不可蹈袭前人的套头，填写几字搪塞耳目之文，亦必须洒泪泣血，一字一咽，一句一啼，宁使文不足悲有余，万不可尚文藻而反失悲戚。况且古人多有微词，非自我今作俑也。奈今人全惑于功名二字，尚古之风一洗皆尽，恐不合时宜，于功名有碍之故。我又不希罕那功名，不为世人观阅称赞，何必不远师楚人之《大言》、《招魂》、《离骚》、《九辩》、《枯树》、《问难》、《秋水》、《大人先生传》等法，或杂参单句，或偶成短联，或用实典，或设譬寓，随意所之，信笔而去，喜则以文为戏，悲则以言志痛，辞达意尽为止，何必若世俗之拘拘于方寸之间哉！宝玉本是个不读书之人，再心中有了这篇歪意，怎得有好诗文作出来。他自己却任意篡著，并不为人知慕，所以大肆妄诞，竟杜撰成一篇长文，用晴雯素日所喜之冰鲛縠一幅，楷字写成，名曰《芙蓉女儿诔》，前序后歌。又备了四样晴雯所喜之物，于是夜月下，命那小丫头捧至芙蓉花前。先行礼毕，将那诔文即挂于芙蓉枝上，乃泣涕念曰。

以下是诔词。这篇诔词具有强烈的抒情色彩，分三部分，前为序；中为骈散相间、以骈为主的诔词；末为骚体歌词。

维太平不易之元，蓉桂竞芳之月，无可奈何之日，怡红院浊玉，谨以群花之蕊，冰鲛之縠，沁芳之泉，枫露之茗，四者虽微，聊以达诚申信，乃致祭于白帝宫中抚司秋艳芙蓉女儿之前曰：

此为序，以交代年、月、日起是诔词的一般格式。维，语助词；“蓉桂竞芳之月”指阴历八月，“太平不易之元”，“无可奈何之日”，都是作者杜撰的纪年和日子，而后者（无可奈何）正是对前者（太平）的讽刺；祭主不是宝玉而是“浊玉”，祭品更特别：“冰鲛之縠”，传说鲛人如鱼，居南海中，滴泪成珠，善织，所织之縠（有皱纹的纱绡），明洁如冰，令人凉爽。花蕊、鲛縠、芳泉、露茗这样的祭品的确都不贵重，“全在心之诚敬”。白帝，按五行之说，秋天属金，其味为辛，其色为白，司时之神就叫白帝，故下文有“金天属节，白帝司时”等语。下为骈散相间、以骈为主的诔词。比《姽婳词》难读，故略加括注和串讲：

窃思女儿自临浊世，迄今凡十有六载。其先之乡籍姓氏，湮沦而莫能考者久矣。而玉得于衾枕栉沐之间，栖息宴游之夕，亲昵狎亵，相与共处者，仅五年八月有畸。忆女儿曩（从前）生之昔，其为质则金玉不足喻其贵，其为性则冰雪不足喻其洁，其为神则星日不足喻其精，其为貌则花月不足喻其色。姊妹悉慕媖娴（美好文雅），妪媪咸仰惠德。孰料鸠鸩恶其高，鹰鸷翻遭罦罬（网罗）；薋葹（恶草，喻邪佞之人）妒其臭（香味），茝兰（芳草，喻君子）竟被芟鉏（割锄）！花原自怯，岂奈狂飙；柳本多愁，何禁骤雨？偶遭蛊虿（害人的毒虫）之谗，遂抱膏肓之疚。故尔樱唇红褪，韵吐呻吟；杏脸香枯，色陈颇颔（面黄色）。诼谣（造谣中伤）謑诟（嘲讽辱骂），出自屏帏；荆棘蓬榛，蔓延户牖。岂招尤（怨恨）则替（废），实攘诟（蒙受耻辱）而终。既忳幽沉于不尽，复含罔屈于无穷。高标见嫉，闺帏恨比长沙（贾谊）；直烈遭危，巾帼惨于羽野①。自蓄辛酸，谁怜夭折！仙云既散，芳趾难寻。洲迷聚窟，何来却死之香？海失灵槎，不获回生之药。眉黛烟青，昨犹我画；指环玉冷，今倩谁温？鼎炉之剩药犹存，襟泪之余痕尚渍。镜分鸾别，愁开麝月之奁；梳化龙飞，哀折檀云之齿。委金钿于草莽，拾翠盒于尘埃。楼空鳷鹊，徒悬七夕之针；带断鸳鸯，谁续五丝之缕？况乃金天属节，白帝司时，孤衾有梦，空室无人。桐阶月暗，芳魂与倩影同销；蓉帐香残，娇喘共细言皆绝。连天衰草，岂独蒹葭？匝地悲声，无非蟋蟀。露苔晚砌，穿帘不度寒砧；雨荔秋垣，隔院希闻怨笛。芳名未泯，檐前鹦鹉犹呼；艳质将亡，槛外海棠预老。捉迷屏后，莲瓣无声；斗草庭前，兰芳枉待。抛残绣线，银笺彩缕谁裁？折断冰丝，金斗御香未熨。昨承严命，既

① 鲧刚直自命，被舜杀于羽山。《离骚》云：“鲧婞直以亡身兮，终然夭乎羽之野。”

趋车而远涉芳园；今犯慈威，复拄杖而近抛孤柩。及闻槥棺（小棺材）被燹（烧），惭违共穴之盟；石椁成灾，愧迨同灰之诮。尔乃西风古寺，淹滞青磷；落日荒丘，零星白骨。楸榆飒飒，蓬艾萧萧。隔雾圹以啼猿，绕烟塍而泣鬼。自惟红绡帐里，公子情深；始信黄土垄中，女儿命薄！汝南泪血，斑斑洒向西风[①]；梓泽余衷，默默诉凭冷月[②]。呜呼！固鬼蜮之为灾，岂神灵而亦妒。箝诐奴之口，讨岂从宽？悍妇之心，忿犹未释！在君之尘缘虽浅，然玉之鄙意岂终？因蓄惓惓之思，不禁谆谆之问。始知上帝垂旌，花宫待诏，生侪兰蕙，死辖芙蓉。听小婢之言，似涉无稽；以浊玉之思，则深为有据。何也？昔叶法善摄魂以撰碑[③]，李长吉被诏而为记[④]，事虽殊，其理则一也。故相物以配才，苟非其人，恶（何）乃滥乎其位？始信上帝委托权衡，可谓至洽至协，庶不负其所秉赋也。因希其不昧之灵，或陟降于兹；特不揣鄙俗之词，有污慧听。

这里首叙晴雯身世，连她的“乡籍姓氏”皆“莫能考”，现年十六岁，而跟随宝玉已“五年八月有畸”，可见她初随宝玉时只有十岁。“自临浊世”的“浊世”二字，就是她命运悲惨的根源。其次，称美晴雯的质、性、神、貌，显然模仿杜牧《李长吉歌诗叙》：“云烟绵联，不足为其态也；水之迢迢，不足为其情也；春之盎盎，不足为其和也；秋之明洁，不足为其格也”的句式。第三，写晴雯被摧残至死，自己却无力救她。以鸠鸩、资葹、狂飙、骤雨、蛊虿喻残害她的人，以鹰鸷喻晴雯仍桀骜不驯，以茝兰、花、柳喻其芳气袭人，体弱多病，经不住邪恶势力的迫害。结果是“樱唇红褪”，“杏脸香枯”。尤为可恨的是这些造谣中伤，嘲讽辱骂（奚诟）往往来自内部（“出自屏帏”），招怨恨而废逐出园，蒙耻辱而含冤以死。幽郁深藏，冤屈无穷，几乎与自杀的贾谊，被杀的鲧一样，

---

① 这里宝玉以南朝宋汝南王自比，以汝南王爱妾刘碧玉比晴雯。《乐府诗集》卷四一《碧玉歌》引《乐苑》云：“《碧玉歌》者，宋汝南王所作也。碧玉，汝南王妾名，以宠爱之甚，所以歌之。”梁元帝《采莲赋》：“碧玉小家女，来嫁汝南王。”汝南、碧玉与石崇、绿珠同时并用，始于唐代王维《洛阳女儿行》：“狂夫富贵在青春，意气骄奢剧季伦。自怜碧玉亲教舞，不惜珊瑚持与人。”

② 梓泽，石崇金谷园的别名。这里用石崇、绿珠事。《晋书·石崇传》载，石崇有妓名绿珠，美而艳，善吹笛。孙秀使人求之，为崇所拒。秀怒捕崇，崇对绿珠说：“我今为尔得罪！”绿珠泣曰：“当效死于君前。”因自投于楼下而死。作者同时人明义《题红楼梦》云：“馔玉炊金未几春，王孙瘦损骨嶙峋。青娥红粉归何处？惭愧当年石季伦（即石崇）！”

③ 叶法善，唐代术士。传说叶法善把著名的书法家李邕的灵魂摄去，为他的祖父叶有道撰述并书写《追魂碑》，见《浙江通志》卷二五八。

④ 李商隐《李长吉小传》说：“长吉将死时，忽昼见一绯衣人，驾赤虬，持一版书，若太古篆或霹雳石文者，云：当召长吉。长吉了不能读，欻下榻，叩头言阿□老且病，贺不愿去。绯衣人笑曰：帝成白玉楼，立召君为记。”

而自己却无法救她。第四，抒发了自己对晴雯的思念。睹物思人，看到她的遗物（眉黛、指环、剩药、襟泪、鸾镜、麝奁、檀梳、金钿、翠盒、七夕之针、五丝之缕），尤为痛苦不堪："孤衾有梦，空室无人。桐阶月暗，芳魂与倩影同销；蓉帐香残，娇喘共细言皆绝。"见到的只有连天的衰草，蟋蟀的悲鸣，只有鹦鹉还记得晴雯的芳名："芳名未泯，檐前鹦鹉犹呼。"这是化用宋人蔡确的《鹦鹉诗》。蔡谪新州，侍儿琵琶随行，养一鹦鹉，蔡每呼琵琶，即扣一响板，鹦鹉就传呼琵琶。琵琶卒，蔡误触响板，鹦鹉仍然传呼，蔡为诗云："鹦鹉言犹在，琵琶事已非。伤心瘴江水，同渡不同归。"脂砚斋认为这一典故用得"极恰"。平日他们捉迷藏、斗草、补裘、撕扇等快乐生活已一去不返了。第五，抒发了惭愧之情。"昨承严命"外出，未能与她告别；今天带病（拄杖）来抚孤柩，而棺已被焚。自己曾发誓将来要和大观园里的姊妹们一同化为灰烟，现在却"惭违共穴之盟"，"愧迨同灰之诮"，让晴雯单独地处于荒丘、蓬艾之中，自己只能"隔雾圹以啼猿，绕烟塍而泣鬼。自惟红绡帐里，公子情深；始信黄土垄中，女儿命薄！"最后概括全篇主旨，抒发对诐奴、悍妇（指谗害晴雯至死的王善保之类的奴才）的愤怒之情，歌颂晴雯生如兰蕙，"死辖芙蓉"，"上帝委托权衡，可谓至洽至协，庶不负其所秉赋也"。晴雯是宝玉"心上第一个人"，她那"撕扇子作千金一笑"的铮铮硬骨获得了贾宝玉由衷的尊敬。她的被斥和冤死，对宝玉来说"是一件大事"，这是细心的袭人对宝玉长期观察的独特论断，也符合宝玉的实际，故最后宝玉以《离骚》上下求索的精神为晴雯招魂作结，"乃歌而招之曰"：

> 天何如是之苍苍兮，乘玉虬以游乎穹窿耶？地何如是之茫茫兮，驾瑶象以降乎泉壤耶？望伞盖之陆离兮，抑箕尾之光耶？列羽葆而为前导兮，卫危虚于傍耶？驱丰隆以为比从兮，望舒月以离耶？听车轨而伊轧兮，御鸾鹥以征耶？问馥郁而薆然兮，纫蘅杜以为纕耶？炫裙裾之烁烁兮，镂明月以为珰耶？籍葳蕤（茂盛貌）而成坛畤兮，檠莲焰以烛兰膏耶？文瓟瓠以为觯斝兮，漉醽醁以浮桂醑耶？瞻云气而凝盼兮，仿佛有所觇耶？俯窈窕而属耳兮，恍惚有所闻耶？

晴雯死后既然成了天上主管芙蓉的花神，因此宝玉认为她的灵魂正神游于太空。天空苍蓝，是她驾着龙（玉虬）在天空（穹窿）遨游；大地茫茫，是她乘着美玉和象牙制成的车子降临九泉之下。伞盖光怪陆离，是箕星和尾星的光芒；华盖（羽葆）在前开路，是危星和虚星护卫在她两旁。雷神（丰隆）作她的侍从，月神（望舒）在为她送行。车轴咿咿呀呀作响，是她驾驭着鸾凤出游。闻到扑鼻的香气（馥郁而薆然），是她把香草串联起来佩戴。她的衣裙光彩夺目，并把明月镂成了耳坠（珰）。她借繁茂的花叶作祭坛(坛畤),灯台(檠)上点亮了兰花膏油的焰火。她在葫芦(瓟瓠)上雕刻花纹,作为酒器(斝),过滤(漉)美酒(醽醁),畅饮桂浆(桂醑)。她凝望着天上的烟云,仿佛有所察(觇);俯首侧耳倾听,恍惚有所闻:

期汗漫而无夭阏兮,忍捐弃余于尘埃耶?倩风廉之为余驱车兮,冀联辔而携归耶?余中心为之慨然兮,徒噭噭而何为耶?卿偃然而长寝兮,岂天运之变于斯耶?既窀穸且安稳兮,反其真而复奚化耶?余犹桎梏而悬附兮,①灵格余以嗟来耶?

接着他希望能与晴雯同去,希望她能解脱自己的痛苦:你在茫茫无际(混茫),毫无阻拦的(无夭)天空遨游,怎忍心把我抛弃在这尘世上?请风神(倩风廉)为我赶车吧,我希望(冀)能同你一起乘车而去。我心中感慨万端,枉自哀叹(徒噭噭)悲号而有什么用呢?你静静地(卿偃然)长眠不醒了,难道天道变幻就该这样吗?你的墓穴(窀穸)如此安稳啊!你死后(反其真,返还原本,指死去)又何必要化仙而去!我至今还身受桎梏,成为这世上的累赘(悬附),你的神灵能有所感应(灵格)而到我这里来吗?但这是不可能的,宝玉只能通过祭祀来寄托自己的哀思:

若夫鸿蒙而居,寂静以处,虽临于兹,余亦莫睹。搴烟萝而为步幛,列枪蒲而森行伍。警柳眼之贪眠,释莲心之味苦。素女约于桂岩,宓妃迎于兰渚。弄玉吹笙,寒簧击敔。征嵩岳之妃,启骊山之姥。龟呈洛浦之灵,兽作咸池之舞。潜赤水兮龙吟,集珠林兮凤翥。爰格爰诚(爰,助词),匪簠匪筥。发轫乎霞城,返旌乎玄圃。既显微而若通,复氤氲而倏阻。离合兮烟云,空蒙兮雾雨。尘霾敛兮星高,溪山丽兮月午。何心意之忡忡,若寤寐之栩栩?余乃欷歔怅望,泣涕彷徨。人语兮寂历,天籁兮篔筜。鸟惊散而飞,鱼唼喋以响。志哀兮是祷,成礼兮期祥。呜呼哀哉!尚飨!

因为你住在混沌(鸿蒙)之中,处于寂静之境,即使降临到这里,我也看不见你的踪影。我只有取(搴)烟萝作为帘幕屏障,让菖蒲像仪仗一样排列两旁。还要柳叶不要贪睡,莲心不能太苦。素女(善弹瑟的神女)约你到长满桂树的山岩,宓妃(即洛神,传说是伏羲氏之女)迎你到开遍兰花的洲边。弄玉(秦穆公之女)为你吹笙,寒簧(仙

① 《庄子·大宗师》:"彼以生为悬疣附赘,以死为决疣溃痈。"

女名）为你敲打乐器（敔），把嵩岳灵妃、骊山老母都请来，神龟献图，百兽起舞，龙为你吟唱（潜赤水兮龙吟），凤为你翱翔（集珠林兮凤翥）。以诚感动神灵（格诚），何必用祭器装潢（匪簠匪筥）。你从霞城乘车而来，然后返回昆仑山上的玄圃。好像我们可以交往了，忽然被烟云（氤氲）所阻。人生离合像烟像雾又像雨，尘埃阴霾已消散，明星高悬，溪山美丽，月到中天，为什么我这样忧愁，因为这只是在梦中暂时展现。于是我欷歔叹息，怅然四望，泪流满面，彷徨留连。人声寂寂，只有竹（篔筜）叶作响，鸟受惊而飞，只有鱼儿在相喘以沫（唼喋）。我只能志哀祈祷，举行祭奠的仪式，期望你吉祥。

章回体小说都以留下悬念作结，此回也一样：

> 读毕，遂焚帛奠茗，犹依依不舍。小鬟催至再四，方才回身。忽听山石之后有一人笑道："且请留步。"二人听了，不免一惊。那小鬟回头一看，却是个人影从芙蓉花中走出来，他便大叫："不好，有鬼。晴雯真来显魂了！"唬得宝玉也忙看时，且听下回分解。

从下回开头可知，"从芙蓉花中走出来"的不是别人，正是黛玉。

中国的章回体小说多种多样，《红楼梦》多达一百二十回，之所以单选此回来说明其文体特点，主要因为本书是研究中国古代文体的，而此回展示并论及了贾兰的七言绝，贾环的五言律以及长篇歌行《姽婳词》、《芙蓉女儿诔》等多种文体，通过诸人之口特别是宝玉、黛玉的精彩点评，可了解曹雪芹的文体观和文艺思思。曹雪芹借宝玉之口说："我又不希罕那功名，不为世人观阅称赞，何必不远师楚人之《大言》、《招魂》、《离骚》、《九辩》、《枯树》、《问难》、《秋水》、《大人先生传》等法，或杂参单句，或偶成短联，或用实典，或设譬寓，随意所之，信笔而去，喜则以文为戏，悲则以言志痛，辞达意尽为止。"但诔文却大量用《离骚》词语，如"孰料鸠鸩恶其高，鹰鸷翻遭罦罬"实用《离骚》的"鸷鸟之不群兮"，"吾令鸩为媒兮，鸩告余以不好。雄鸠之鸣逝兮，余犹恶其佻巧"；"色陈顑颔"用《离骚》的"长顑颔亦何伤"；"岂招尤则替"用《离骚》的"謇朝谇而夕替"；"直烈遭危，巾帼惨于羽野"用《离骚》的"鲧婞直以亡身兮，终然殀乎羽之野"等等，不胜枚举。对《庄子》、司马迁《史记》、刘向《列仙传》中的语言和典故也往往信手拈来，为其所用。至于整回的精心构思和刻意布局，人物形象的精雕细琢，特别是对那群门客的丑恶嘴脸的生动刻画，抒情色彩的浓厚，对宝玉喜怒哀乐的描绘，都体现了作者极高的艺术功力。

【体格(风格)】

第十一章　文体风格的分类

中国古代的各种术语常常一语多义，往往混用，文体学术语也一样，如《晋书》卷四五《和峤传》云："峤少有风格，慕舅夏侯玄之为人，厚自崇重，有盛名于世。"这当然不是指诗文风格。体格也非尽指诗文风格，但指诗文风格者也不少，如释皎然《诗式·辨体有一十九字》云："逸：体格简放曰逸。""简放"、"逸"的"体格"，显指诗歌风格。唐李嘉佑《访韩司空不遇》云："图画风流似（顾）长康，文词体格效陈王（曹植）。"[①]"文词体格"更是不言自明，指文词风格。胡仔《苕溪渔隐丛话》后集卷三〇："苕溪渔隐曰：东坡作《惠州白鹤新居上梁文》，叙幽居之趣，盖以文为戏，自此老启之也。其后叶少蕴（梦得）作《石林谷草堂上梁文》，孙仲益（觌）作《西徐上梁文》，皆效其体格。"这里的"体格"也显指文风。明唐元竑《杜诗攟》卷一云："公诗体格变化不一，此数诗中危苦入情处，颇类沈千运。但千运孤洁削薄，公汪洋自恣，家数不同耳。""危苦入情"、"孤洁削薄"、"汪洋自恣"也指风格。本书所论体格即指风格。

严羽《沧浪诗话·诗体》所论风格分体详前，明人费经虞也说过类似的话："诗体有时代不同，如汉、魏不同于齐、梁，初、盛不同于中、晚唐，不同于宋，此时代不同也。有宗派不同，如梁、陈好为宫体，晚唐好为西昆，江西流涪翁之派，宋初喜《才调》之诗，此宗派不同也。有家数不同，如曹、刘备质文之体，靖节为冲淡之宗，太白漂逸，少陵沉雄，子瞻灵隽，此家数不同也。诗之不同如人之面，学者能辨别其体调，始能追步前人。"[②]这里以严羽所论为主，兼及其他人所论，对各种文体风格的分体进行论述。需要特别指出的是，前人从不同角度出发的文体风格分体，多是就某一时代、某一人、某一体作品的主要特色而言的。为了全面把握各体特征和形成的背景，我们均就涉及该体格（风格）的时代、作家、作品等作比较全面的探讨，以期在特定的文学史大背景下把握各种文本的体格特征。另外，以风格而论的分体不是绝对的，有些以风格而论

---

① 《御定全唐诗》卷二〇七，文渊阁四库全书本。

② （明）费经虞《雅伦》，上海古籍出版社 1995 年影印本。

的分体也涉及题材，如宫体、香奁体、台阁体等；有些也涉及体裁，如风、雅、颂体，骚体、七体、九体等，只是主要以风格论而已。

第一节　以时而论的风格分体

（一）建　安　体

建安为东汉末年年号。建安体指建安年间(196—220)的诗体，具体指三曹、邺中七子之诗体。其作品内容或反映社会动荡，或抒发渴望国家统一的感情，情辞慷慨，格律刚健遒劲，后人称之为“建安风骨”。但有些作品表现出消极求仙的颓废思想。胡仔《苕溪渔隐丛话》前集卷一引《诗眼》云：“建安诗辩而不华，质而不俚，风调高雅，格律遒壮。其言直致而少对偶，指事情而绮丽，得风、雅、骚人之气骨。最为近古者也。”这段话基本能概括建安体的特点。

北齐邢邵《广平王碑文》云：“方见建安之体，复闻正始(240—249)之音。”[①]这或许是建安体一词的最早出处。刘勰《文心雕龙·明诗》认为：“暨建安之初，五言腾踊，文帝(曹丕)、陈思(曹植)，纵辔以骋节；王、徐、应、刘，望路而争驱，并怜风月，狎池苑，述恩荣，叙酣宴，慷慨以任气，磊落以使才。造怀指事，不求纤密之巧；驱辞逐貌，唯取昭晰之能：此其所同也。”王维《别綦母潜》云：“盛得江左风，弥工建安体。”严羽《沧浪诗话·诗体》云：“以时而论，则有建安体。汉末年号，曹子建父子及邺中七子之诗。”又《诗评》云：“黄初之后，惟阮籍《咏怀》之作极为高古，有建安风骨。晋人舍陶渊明、阮籍嗣宗外，惟左太冲高出一时，陆士衡独在诸公之下。”清冯班《钝吟杂录》卷五《严氏纠谬》不同意列邺中七子为建安体代表：“按一代文章，惟须举其宗匠为后人慕效者足矣，泛及则为赘也。子建、公幹，文章之圣；仲宣、休琏，多有名作。仲宣《七哀》、《从军》，休琏《百一》，皆后人之师也。若元瑜，孔璋，书记翩翩，不以词赋为称，子建有孔璋不闲词赋之言。建安诗体，似不在此人，不当兼言七子也。又五言虽始于汉武之代，盛于建安，故古来论者止言建安风格。”其实严羽所说的建安体正是指“建安风格”。

建安虽仍属东汉，但已是曹氏父子当权的年代。三曹是建安风格的集中代表。

曹操(155—220)字孟德，小名阿瞒，谯(今安徽亳州)人。东汉末靠镇压黄巾军起家，后渐次削平吕布、袁绍，统一中国北方。建安十三年为丞相，率兵南伐东吴，败于

---

① (唐)欧阳询《艺文类聚》卷四五，文渊阁四库全书本。

赤壁。后封魏王，曹丕称帝，追尊为武帝，是三国时魏国的实际建立者，事见《三国志》卷一。著有《魏武帝集》。他精通兵法，还著有《孙子略解》、《兵书节要》。又能诗能文，其文清峻通脱，简约严明；其诗慷慨激昂，苍凉悲壮，均抒发了他渴望统一天下的抱负，反映了东汉末年的民间疾苦。明张溥《魏武帝集题词》云："间读本集，《苦寒》、《猛虎》、《短歌》、《对酒》，乐府称绝。又助以子桓、子建，帝王之家，文章瑰玮，前有曹魏，后有萧梁，然曹氏称最矣。孟德御军三十余年，手不释书，兼草书亚崔、张，音乐比桓、蔡，围棋埒王、郭，复好养性，解方药，周公所谓多材多艺，孟德诚有之……《述志》一令，似乎欺人，未尝不抽序心腹，慨当以慷也。"①以慷慨悲凉的"乐府称绝"的曹操，颇能代表建安体的特点。其《苦寒行》云："北上太行山，艰哉何巍巍，羊肠阪诘屈，车轮为之摧。树木何萧瑟，北风声正悲。熊罴对我蹲，虎豹夹路啼。溪谷少人民，雪落何霏霏。延颈长叹息，远行多所怀。我心何怫郁，思欲一东归。水深桥梁绝，中道正徘徊。迷惑失故路，薄暮无宿栖。"②

曹丕(187—226)字子桓，曹操次子。父死，他袭位为魏王，不久代汉自立为帝，都洛阳，国号魏，是三国时魏国的建立者，事见《三国志》卷二。他爱好文学，著有《魏文帝集》，在文论和创作上都颇有建树。其《典论·论文》是我国文学批评史上的名作。其诗感情真挚，语言通俗，描写细腻。所作《燕歌行》是最早的文人七言诗的代表作。陈寿《三国志·魏文帝纪》评云："文帝天资文藻，下笔成章，博闻强识，才艺兼该。若加之旷大之度，励以公平之诚，励志存道，克广德心，则古之贤主，何远之有哉!"对其为人为君虽不无微词，但对其文学成就却给予了充分肯定。宋叶適《习学记言》卷二七对建安体却略有微词："二曹(丕、植)为建安、黄初体，自此不得复见前世之风雅，而后人以为高风绝尘，所未喻也。"③清人吴淇认为曹丕实兼建安、黄初二体："诗家分体以年代者，文帝兼属建安、黄初二体，岂文帝为太子与为天子之时，有两样文字哉？盖建安当群雄蔚起之时，门户各立，论者概以建安目之。盖其体错杂，文帝之体总括于中。"④

曹植详后。

建安时代既是三曹父子驰骋的时代，也是王、徐、应、刘争驱的时代。王粲《七哀诗》写战乱惨相云："西京乱无象，豺虎方遘患。复弃中国去，远身适荆蛮。亲戚对我悲，朋友相追攀。出门无所见，白骨蔽平原。路有饥妇人，抱子弃草间。顾闻号泣声，

① (明)张溥《汉魏六朝百三家集》卷二三，文渊阁四库全书本。

② 《汉魏六朝百三家集·魏武帝集》，文渊阁四库全书本。

③ (宋)叶適《习学记言》，中华书局 1977 年版。

④ (清)吴淇《六朝选诗定论》卷五，广陵书社 2009 年版。

挥涕独不还。未知身死处,何能两相完。驱马弃之去,不忍听此言。南登霸陵岸,回首望长安。悟彼下泉人,喟然伤心肝。"①徐幹《室思》五首第三首云:"浮云何洋洋(自得貌),愿因通我词。飘飖不可寄,徙倚徒相思。人离皆复会,君独无返期。自君之出矣,明镜不复治。思君如流水,何有穷已时?"②应玚《侍五官中郎将建章台集诗》是为五官中郎将曹丕作,前半以雁自喻,极写自己的不得志,富有文采:"朝雁鸣云中,音响一何哀。问子游何乡,戢翼正徘徊。言我寒门来,将就衡阳栖。往春翔北土,今冬客南淮。远行蒙霜雪,毛羽日摧颓。常恐伤肌骨,身陨沈黄泥。简(大)珠堕沙石,何能中自谐。欲因云雨会,濯翼陵高梯。良遇不可值,伸眉路何阶?③"后面是对"公子(曹丕)敬爱客"的感谢,颂德之诗多难卒读,此诗也是如此。刘桢卓荦而有气,其自述生平的"贫居晏里闬"诗,颇为自负:"既览古今事,颇识治乱情。"④上引诸诗,均不同程度体现出建安体诗歌情辞慷慨,格律遒劲,质而不俚,风调高雅的特点。

(二)黄 初 体

黄初是魏文帝曹丕的年号(220—226),严羽《沧浪诗话·诗体》云:"魏年号,与建安相接,其体一也。"宋叶適《习学记言》卷二七云:"六子二曹为建安、黄初体。"既然如此,加之建安诗人至黄初时多已去世,那就确如冯班《钝吟杂录》卷五《严氏纠谬》所言,不必言黄初体:"至黄初之年,诸子凋谢不存,止有子建兄弟,不必更赘言又有黄初体也。"《四库全书总目》卷一九五《诗文评类一》云:"文章莫盛于两汉,浑浑灏灏,文成法立,无格律之可拘。建安、黄初,体裁渐备,故论文之说出焉,《典论》其首也。"这里也是把建安、黄初并列。但黄初虽与建安同体,而黄初毕竟是单独年号,故称黄初体也无不可,如元仇远《答陈宗道见寄》云:"敢谓义熙(东晋安帝年号)余,及见黄初体。"⑤黄初年间诸子多亡,曹植后有专论,此不复论。

(三)正 始 体

严羽《沧浪诗话·诗体》:"正始体,魏年号,嵇、阮诸公之诗。"正始是魏齐王曹芳

---

① (唐)李善《文选注》卷二三,文渊阁四库全书本。
② (清)容舒《玉台新咏考异》卷一,文渊阁四库全书本。
③ (唐)李善《文选注》卷二〇,文渊阁四库全书本。
④ (唐)李善《文选注》卷三〇,文渊阁四库全书本。
⑤ (元)仇远《金渊集》卷一,文渊阁四库全书本。

的年号(240—249)，是魏晋玄学开始流行的时代，五言古诗亦盛玄风，多表现老庄思想。正始体的主要特征是崇尚老庄，作家有两派：一派以何晏、王弼为代表，抒发道家志趣，开两晋“玄言诗”之先河，世称“王何”；一派以嵇康、阮籍为代表，上承建安风骨，透露着不满现实的锋芒，世称“嵇阮”。王、何一派与建安文学传统已经脱节，而嵇、阮一派则继承建安风骨，表现了时代的特色。刘勰《文心雕龙·明诗》云：“正始明道，诗杂仙心；何晏之徒，率多浮浅。唯嵇志清峻，阮旨遥深，故能标焉。若乃应璩《百一》，独立不惧，辞谲义贞，亦魏之遗直也。”这是对正始体的较为准确的评价。

何晏(？—249)字平叔，南阳宛(今河南南阳)人。娶魏公主，官至尚书。与夏侯玄、王弼等一起倡导玄学，是正始名士的代表，开一代清谈之风，对晋代玄言诗创作产生了重要影响。《名士传》曰：“是时曹爽辅政，识者虑有危机。晏有重名，与魏姻戚，内虽怀忧而无复退也，著五言诗以言志曰：‘鸿鹄比翼游，群飞戏太清。常畏大网罗，忧祸一旦并。岂若集五湖，从流唼(食)浮萍。永宁旷中怀，何为怵惕惊？’”①此诗虽涉玄思(“永宁旷中怀”)，但抒发了忧谗畏祸，隐退维谷的思想，可惜仍未能避祸，最后因附曹爽，为司马懿所杀。

正始文学的代表作家为嵇康、阮籍。

嵇康(224—263)字叔夜，谯国铚县(现安徽宿州境内)人。与魏室通婚，官拜中散大夫，世称嵇中散，为“竹林七贤”之一。嵇康家世儒学，少有俊才，博洽多闻。崇尚老庄，以玄学解释自然、社会、心理现象，恬静寡欲，喜愠不形于色。好采药服丹，讲求养生之道，尝著《养生论》。又旷放不拘，高亮任性，非汤武而薄周孔。山涛为曹郎，举康自代，康遂与之绝交。钟会宾从如云，往见康，康不为礼，为会所深恨，后为其所谗，被司马昭杀害。康临刑自若，援琴而歌，叹雅音因其死而绝。嵇康以“非汤、武而薄周、孔”闻名，似乎反礼教，但正如鲁迅《魏晋风度及文章与药及酒之关系》所说：“嵇(康)、阮(籍)的罪名，一向说他们毁坏礼教。但据我个人的意见，这判断是错误的。魏晋时代，崇奉礼教者看来似乎不错，而实在是毁坏礼教，不信礼教的。表面上毁坏礼教者，实则倒是承认礼教，太相信礼教。”嵇康是因为“太相信礼教”才反对伪礼教。其诗长于四言，风格清峻，以《幽愤诗》为最有名，或抒发现实感受，或向慕神仙长生，或感慨人生忧患，如“耻佞直言，与祸相逢。变故万端，俾吉作凶。思牵黄犬，其计莫穷”②之类。曹操是学习《诗经》四言诗的名家，嵇康继承曹操，虽不如曹操诗那样刚健雄浑，但自铸新词，意境语言，清新秀美。其《述志诗》正好表现了所谓“嵇志清峻”：他本想

① (清)杭世骏《三国志补注》卷四引，文渊阁四库全书本。

② (晋)嵇康《嵇中散集》卷一，文渊阁四库全书本。

象“潜龙育神躯，濯鳞戏兰池。延颈慕大庭，寝足俟皇羲”；但现实却是“庆云未垂景，盘桓朝阳陂。悠悠非我匹，畴肯应俗宜。殊类难遍周，鄙议纷流离。轗轲丁悔吝，雅志不得施。”于是他决心“逝将离群侣，杖策追洪崖。焦鹏振六翮，罗者安所羁？浮游太清中，更求新相知。比翼翔云汉。饮露湌琼枝。多念世间人，夙驾咸驱驰。冲静得自然，荣华安足为！”但因他与魏宗室通婚，最后仍为“罗者”所害。

阮籍(210—263)字嗣宗，其父为建安七子之一的阮瑀。阮籍才藻艳逸，属竹林七贤之一，与嵇康齐名。为人倜傥放荡，不拘礼教，常以白眼待礼俗之士。以世多故，常借醉酒以全生远祸。闻步兵校尉有缺，厨多美酒，遂求为校尉，世称阮步兵，其集名《阮步兵集》。曾登广武观楚汉战场，叹“时无英雄，使竖子成名”。①常独驾出游，车迹所穷，恸哭而返。阮籍的诗文赋都有较高成就。其文以《达庄论》和《大人先生传》为最有名，虽以论、传名篇，但实际上却像赋。《达庄论》写缙绅和先生的论难，缙绅矫揉造作，动遵礼法，先生却以其本来面目对人：“抚琴容与，慨然而叹，俯而微笑，仰而流眄，嘘噏精神，言其所见。”②《大人先生传》写君子与大人先生的论难，君子是“惟法是修，惟礼是克”，大人先生指责其“假廉以成贪，内险而外仁”。两文都表现了他对黑暗现实的不满。其诗以五言《咏怀诗》八十二首为最有名，是“遥深”之旨的集中表现，含蓄蕴藉，自然飘逸，表现出苦闷彷徨的忧时之情，如第三首的“人情有感慨，荡漾焉能排。挥涕怀哀伤，辛酸谁语哉”。第十五首首写少有壮志：“昔年十四五，志尚好诗书。被褐怀珠玉，颜(回)闵(子骞)相与期。”但开轩见丘墓后，这一想法就改变了，生为桀纣，死为白骨，生为尧舜，亦死为白骨：“开轩临四野，登高望所思。丘墓蔽山冈，万代同一时。千秋万岁后，荣名安所之？乃悟羡门子，噭噭今自嗤。”羡门子，古代传说中的神仙。最后两句是说，明白了志向不同，殂殁则一的道理后，才懂得羡门子何以要修仙，才深知自己的可笑。第六十七首咏名利之害：“高名令志惑，重利使心忧。亲昵怀反侧，骨肉还相仇。”李善云：“嗣宗身仕乱朝，常恐罹谤遇祸，因兹发咏，故每有忧生之嗟。虽志在刺讥，而文多隐避。百代之下，难以情测也。”③含蓄蕴藉，自然飘逸，忧谗畏讥，语多隐避，这就是阮嗣宗体的特点。正始体即指这种忧谗畏讥、不满世俗的四言、五言诗体。

应璩(190—252)字休琏。汝南(今属河南)人，博学好属文，长于书记。魏文帝、魏明帝时，历官散骑常侍。曹芳即位，迁侍中、大将军长史。当时大将军曹爽擅权，应

---

① 《晋书·阮籍传》，文渊阁四库全书本。

② (明)张溥《汉魏六朝百三家集·魏阮籍集》，文渊阁四库全书本。

③ (元)刘履《风雅翼》卷三引，文渊阁四库全书本。

璩曾作《百一诗》讽劝，前四句写君子慎其初："下流不可处，君子慎厥初。名高不宿著，易用受侵诬。"中间写自己三入承明，实被虚誉："前者隳官去，有人适我闾。田家无所有，酌醴焚枯鱼。问我何功德，三入承明庐。所以占此土，是谓仁智居。文章不经国，筐箧无尺书。用等称才学，往往见叹誉。"末四句以"贱子实空虚"结："避席跪自陈，贱子实空虚。宋人遇周客，惭愧靡所如。"[①]此诗为什么以《百一》名篇，说法不一，或谓原有百零一篇（今仅存三篇，其一已残）；或谓以一百字为篇，"下流不可处"一篇确为一百字；或谓君子百虑必有一失之义。据《百一诗序》云："时谓曹爽曰：'公今闻周公巍巍之称，安知百虑有一失乎？'"[②]百一之名，盖兴于此。此说似是，曹爽当权多违法度，应璩撰此诗以讽。此诗对后世有一定影响，宋伯仁《简张寄翁秀才》云："徽外琴声局外棋，此心能得几人知？纵横漫说三千字，陶写须吟《百一诗》。"[③]应璩原有集十卷，已散佚。明代张溥辑其诗、文共十余篇，收入《汉魏六朝百三家集》中。

（四）太　康　体

太康为晋武帝司马炎年号（280—289）。"太康体"之名，始见严羽《沧浪诗话·诗体》："太康体，晋年号，左思、潘岳、三张、二陆诸公之诗。"太康前后是西晋文学比较繁荣的时期，有不少传世之作。他们的诗歌比较注重艺术形式的追求，讲究辞藻华美和对偶工整；有时因过分追求形式而失于雕琢，流于拙滞，成为这一时期诗人总的风格。这一时期名家甚多，刘勰《文心雕龙·明诗》云："晋世群才，稍入轻绮。张（张载、张协、张亢）、潘（潘岳、潘尼）、左（左思）、陆（陆机、陆云），比肩诗衢，采缛于正始，力柔于建安。或析文以为妙，或流靡以自妍，此其大略也。"梁钟嵘《诗品序》云："太康中，三张、二陆、两潘、一左，勃尔复兴，踵武前王，风流未沫，亦文章之中兴也。"

张载（生卒年不详），字孟阳，安平（今属河北）人。官至中书侍郎，领著作。后因世乱，称病告归。与弟张协、张亢均以文学知名，时称"三张"。明人张溥云："三张者，孟阳载、景阳协、季阳亢也。季阳才藻不敌二昆，文不甚显；孟阳《蒙汜》，司隶（司隶校尉傅玄）延誉；景阳《七命》，举世称工……景阳文稍让兄，而诗独劲出。盖二张齐驱，诗文之间互有长短。"[④]三张中以张协诗成就最高，钟嵘《诗品》卷上云："晋黄门郎张

① （明）张溥《汉魏六朝百三家集·魏应璩集》，文渊阁四库全书本。

② （宋）王楙《野客丛书》卷二七引，文渊阁四库全书本。

③ （宋）陈思《两宋名贤小集》卷三四七，文渊阁四库全书本。

④ （明）张溥《汉魏六朝百三家集·晋张载张协集题词》，文渊阁四库全书本。

协诗，其源出于王粲，文体华净少病累，又巧构形似之言，雄于潘岳，靡于太冲。风流调达，实旷代之高手，词彩葱茜，音韵铿锵，使人味之，亹亹不倦。”“文体华净”是张载特别是张协诗的特点。

潘岳（247—300）字安仁，祖籍荥阳中牟（今河南郑州、开封间），后移居今河南巩县。曾任河南令、著作郎、给事黄门侍郎等职。谄事权贵贾谧，每候谧出，往往望尘而拜。后为赵王司马伦及孙秀所杀。事见《晋书》卷五五。潘岳是太康文学时期的重要作家，长于诗赋，讲究艺术形式的华美和语言的雕琢，辞藻华丽，对偶整齐，与陆机齐名，并称“潘陆”。他为悼念妻子所作的《哀永逝文》和《悼亡诗》，前者有“昔同途兮今异世，忆旧欢兮增新悲”；①后者有“望庐思其人，入室想所历。帏屏无仿佛，翰墨有余迹。流芳未及歇，遗挂犹在壁……寝息何时忘，沉忧日盈积”，②委曲缠绵，哀恻深婉，真挚感人，为人所称。李充《翰林论》云：“潘安仁之为文也，犹翔禽之羽毛，衣被之绡縠。”③《文心雕龙·诔碑》云：“潘岳构意，专师孝山，巧于序悲，易入新切，所以隔代相望，能征厥声者也。”又《指瑕》云：“潘岳为才，善于哀文，然悲内兄，则云‘感口泽’；伤弱子，则云‘心如疑’。《礼》文在尊极，而施之下流，辞虽足哀，义斯替（废）矣。”又《才略》云：“潘岳敏给，辞自和畅，钟美于《西征》，贾余于哀诔，非自外也。”但潘岳为人不足取，元好问《论诗三十首》讥其文行不一云：“心画心声总失真，文章仍复见为人？高情千古《闲居赋》，争信安仁拜路尘。”④

左思（约250—305）字太冲，齐国临淄（今山东淄博东北）人。尝官秘书丞。出身寒微，貌不扬而又口吃，但勤奋好学，辞藻壮丽，不好交游，而以闲居著述为事。作《三都赋》，构思十年，既成，“豪贵之家，竞相传写，洛阳为之纸贵”。⑤其诗语言淳朴，《咏史》八首，托古讽今，中有“郁郁涧底松，离离山上苗。以彼径寸茎，荫此百尺条。世胄蹑高位，英俊沉下僚。地势使之然，由来非一朝”语，⑥对门阀制度深表不满。钟嵘《诗品》卷上评其诗云：“文典以怨，颇为精切，得讽谕之致。”典雅精切，逸气冲天，是左思诗的特点。

陆机（261—303）字士衡，吴郡华亭（今上海松江西）人。祖逊，父抗，皆为吴国名臣。机少有异才，伏膺儒雅。抗卒，领父兵为牙门将。年二十而吴灭，退居旧里，闭门

---

① （唐）李善《文选注》卷五七，文渊阁四库全书本。

② （唐）李善《文选注》卷二三，文渊阁四库全书本。

③ 《太平御览》卷五九九引，文渊阁四库全书本。

④ （金）元好问《遗山集》卷一一，文渊阁四库全书本。

⑤ 《晋书·左思传》，文渊阁四库全书本。

⑥ （唐）李善《文选注》卷二一，文渊阁四库全书本。

读书十年。著《辨亡论》二篇，总结吴亡教训。太康末，与弟陆云入洛，见张华。华素重其名，谓伐吴之役，利得二俊，时称"二陆"。曾官平原内史，世称陆平原。后为成都王司马颖所杀。事见《晋书》卷五四。著有《陆士衡集》。其《文赋》是我国古代文论的名篇，论及文学修养、文学创作、美学标准等一系列文学理论问题。其诗文在入洛之前，多抒发家国破亡之恨；入洛以后，多抒发人生离合之慨。诗多拟古之作，喜藻绘徘偶，开宋齐诗风，为近体诗的萌芽。亦善骈文，辞藻宏丽，其《辨亡论》、《豪士赋》、《五等论》、《吊魏武帝文》均颇有名。张华曾对陆机说："人之为文，常恨才少，而子更患其多"；葛洪称其文"犹玄圃之积玉"，"五河之吐流"，"其弘丽妍赡，英锐漂逸，亦一代之绝"（均见《晋书》本传）。钟嵘《诗品》卷上云："古诗，其体源出于国风，陆机所拟十四首，文温以丽，意悲而远，惊心动魄，可谓几乎一字千金。其外'去者日已疏'四十五首，虽多哀怨，颇为总杂。旧疑是建安中曹、王所制。'客从远方来'、'橘柚垂华实'，亦为惊绝矣。人代冥灭，而清音独远，悲夫！"又云："晋平原相陆机诗，其源出于陈思，才高辞赡，举体华美。气少于公干，文劣于仲宣（王粲），尚规矩不贵绮错，有伤直致之奇。然其咀嚼英华，厌饫膏泽，文章之渊泉也。张公（华）叹其大才，信矣。"明人林俊《白斋诗集序》云："评者谓陆机体裁出陈思、王仲宣，实出李陵。"①文温意悲、词丽思远是陆机体的特点。

（五）元　嘉　体

元嘉为南朝刘宋年号（424—453）。《沧浪诗话·诗体》云："元嘉体，宋年号，颜（延之）、鲍（照）、谢（灵运）诸公之诗。"元嘉体的代表作家即颜延之、鲍照、谢灵运，他们三人在注重描绘山川景物，讲究辞藻华丽和对仗工整方面有相似之处，但又各有特点。谢灵运详后，这里先论颜、鲍。

颜延之（384—456）字延年，琅邪临沂（今属山东）人。官至紫金光禄大夫，世称颜光禄。少家贫，所居家室甚陋。好读书，无所不览，文章华美，冠绝当时。与谢灵运齐名，世称颜谢。诗好藻绘，喜用典故。钟嵘《诗品》卷中云："宋光禄大夫颜延之诗，其源出于陆机，尚巧似，体裁绮密，情喻渊深。动无虚散，一句一字，皆致意焉。又喜用古事，弥见拘束。虽乖秀逸，是经纶文雅才。雅才减若人，则蹈于困踬矣。汤惠休曰：'谢诗如芙蓉出水，颜如错彩镂金。'颜终身病之。"入仕后，每侵权要，出为始安太守，

---

① （明）林俊《见素集》卷五，文渊阁四库全书本。

途中为《祭屈原文》,有"兰熏而摧,玉贞则折。物忌坚芳,人讳明洁"语;[①]后为永嘉太守,又作《五君咏》以述竹林七贤,皆借他人酒杯以抒自己胸中块垒之词。《南史・颜延之传》云:"咏嵇康曰:'鸾翮有时铩,龙性谁能驯。'咏阮籍曰:'物故可不论,途穷能无恸?'咏阮咸曰:'屡荐不入官。一麾乃出守。'咏刘伶曰:'韬精日沉饮,谁知非荒宴。'此四句盖自序也。"何焯《义门读书记》卷四六评其《五君咏》云:"五篇简炼遒紧,后人多方摹儗,终不能及。"

鲍照(约414—466)字明远,祖籍或说东海(今山东郯城一带),或说上党(今属山西)。元嘉中谒临川王刘义庆,献诗言志,为刘赏识,任为临川国侍郎、郎中令等。为《河清颂》,其文甚工,颇为后人所称。世祖以照为中书舍人,临海王刘子顼任照为前军参军,掌书记之任。临海王败,照为乱兵所杀。鲍照死后,其诗文散逸,今传鲍照集皆后人所辑,书名各异,卷数不同,但所收诗文大同小异。1958年古典文学出版社出版的钱仲联《鲍参军集集注》,是较详尽的注本。

鲍照一生不得志,但其辞赋、骈文、诗歌都有较高的艺术成就,或抒发身世之慨,或揭露现实黑暗,辞藻华丽、行文俊健,感情炽烈,同颜延之、谢灵运一起被称为"元嘉三大家"。尤长于乐府和七言歌行,以《拟行路难》十八首为最有名。其第六首云:"对案不能食,拔剑击柱长叹息。丈夫生世能几时,安能蹀躞垂羽翼。弃檄罢官去,还家自休息。朝出与亲辞,暮还在亲侧。弄儿床前戏,看妇机中织。自古圣贤尽贫贱,何况我辈孤且直。"[②]充分表现出他的愤世嫉俗之情。辞赋以《芜城赋》最有名,是鲍照登广陵故城而感叹兴衰变化的吊古之作。前半写广陵昔日的繁华:"廛开扑地,歌吹沸天";后半写其已成废墟:"孤蓬自振,惊沙尘飞。灌莽杳而无际,丛薄纷其相依。通池既已夷,峻隅亦已颓。直视千里外,唯见起黄埃。"前后对比鲜明,生动形象,写出了战乱给广陵带来的巨大破坏。钟嵘《诗品》卷中云:"宋参军鲍照诗,其源出于二张,善制形状,写物之词得景阳之诡诡,含茂先之靡嫚。骨节强于谢混,驱迈疾于颜延(之)。总四家而擅美,跨两代而孤出。嗟其才秀人微,故取湮当代。然贵尚巧似,不避危仄,颇伤清雅之调,故言险俗者多以附照。"《南齐书》卷五二《文学》云:"发唱惊挺,操调险急,雕藻淫艳,倾炫心魂,亦犹五色之有红紫,八音之有郑卫,斯鲍照之遗烈也。"

(六) 南北朝体

南北朝体指南朝的宋(420—479)、齐(479—502)、梁(502—557)、陈(557—589)

---

① (明)梅鼎祚《宋文纪》卷一一,文渊阁四库全书本。

② (南朝宋)鲍照《鲍明远集》卷八,文渊阁四库全书本。

和北朝的北魏(386—534)、东魏(534—550)、西魏(535—556)、北齐(550—577)、北周(557—581)的诗体。《沧浪诗话·诗体》云:“南北朝体,通魏周而言之,与齐梁体一也。”北朝诗与南朝诗虽有不同,但北朝诗受南朝诗影响,具有总体的时代特征,皆以讲究诗律、声病为体,故云南北朝体即齐梁体(见下)。

(七)永　明　体

永明为齐武帝年号(483—493)。《沧浪诗话·诗体》云:“永明体:齐年号,齐诸公之诗。”“齐诸公”包括哪些人呢?《南史·陆厥传》云:“厥字韩卿,少有风概,好属文,齐永明九年诏百官举士,同郡司徒左西曹掾顾暠之表荐厥。州举秀才,时盛为文章,吴兴沈约、陈郡谢朓、琅邪王融,以气类相推毂。汝南周颙善识声韵,约等文皆用宫商,将平、上、去、入四声以此制韵,有平头、上尾、蜂腰、鹤膝。五字之中音韵悉异,两句之内角征不同,不可增减,世呼为永明体。”可见“齐诸公”包括沈约、谢朓、王融、周颙等。明彭大翼《山堂肆考》卷一二六《文用宫体》云:“永明末,盛为文章。吴兴沈休文、陈郡谢玄晖、琅琊王元长以气类相推毂,汝南周彦伦善识声,为文皆用宫商,以平、上、去、入为四声,以此制韵,不可增减,号永明体。”可见永明体是以讲究四声、避免八病、强调声韵格律为主要特征。南朝齐竟陵王萧子良门下的八位文学家即所谓“竟陵八友”萧衍、沈约、谢朓、王融、萧琛、范云、任昉、陆倕,都是永明体诗歌的作家,其代表人物则为沈约、谢朓、王融。从齐永明至梁、陈一百余年间,吴均、何逊、阴铿、徐陵、庾信等先后有数十人对这种新体诗进行过有益的尝试,从而为唐代格律诗的产生和发展奠定了基础。

沈约(441—513)字休文,吴兴武康(今浙江德清武康镇)人。年十三遭家难,流寓孤贫,笃志好学,手不释卷,博通群籍。善属文,年二十即有撰述之意。他一生跨宋、齐、梁三代,以助梁武帝登位,为尚书仆射,封建昌县侯。后官至尚书令,卒谥隐,世称沈隐侯。著有《沈休文集》,《宋书》卷一百、《梁书》卷三、《南史》卷五七有传。

沈约生于乱世的破落家庭,想以自己的文史之才致身高位,难免寄人篱下,投靠权门,政治上只能“唯唯而已”。①他精通典章制度、声韵之学,在史学、文学上都有突出贡献。在史学上著有《晋书》一百一十卷、《宋书》一百卷、《齐纪》二十卷,今仅存《宋书》。在文学上他与周颙等创四声八病之说,要求区别四声,避免八病,对近体律诗的形成有重要贡献。其诗注重声律,浮靡雕饰,与谢朓等人之作号称永明体。钟嵘《诗品

---

① 《梁书·沈约传》,文渊阁四库全书本。

序》云："王元长(融)倡其首，谢朓、沈约扬其波。"唐封演《封氏闻见记》卷二云："永明中，沈约文辞精拔，盛解音律，遂撰《四声谱》、《文章八病》，有平头、上尾、蜂腰、鹤膝，以为自灵均以来，此秘未睹。时王融、刘绘、范云之徒皆称才子，慕而扇之，由是远近文学，转相祖述，而声韵之道大行。"沈约的五言诗在当时负有盛名，对仗工整，音韵和谐，写景如画，"长于清怨"。钟嵘《诗品》卷中云："休文众制，五言最优。详其文体，察其余论，固知宪章鲍明远也。所以不闲于经纶，而长于清怨。"宋庞元英评其《修竹弹甘蔗文》云："观自昔文集，未尝有类此制者，虽曰新奇，盖亦有所寄托也。"①可见其文亦颇有特色。

谢朓(464—499)字玄晖，陈郡阳夏(今河南太康)人。出身世家大族，为谢安族裔，母亲为宋文帝之女长城公主。初任豫章王萧嶷的太尉行参军，后在随王萧子隆、竟陵王萧子良幕下任功曹、文学等职，颇得赏识，为"竟陵八友"之一。建武二年(495)，出任宣城太守，故世称谢宣城。后被诬陷，下狱死，年仅三十六。著有《谢朓集》。谢朓是南朝齐著名文学家，与谢灵运对举，称小谢(一说小谢指谢惠连)。少好学，有美名，文章清丽，敬皇后迁祔山陵，朓撰哀策文，齐世莫有能及者。又善草录，长五言诗，沈约常云："二百年来无此诗也。"②其山水诗的成就很高，一扫玄言余习，观察细微，描写逼真，风格清俊秀丽，意境新颖，富有情致，善于熔裁，多有警句，如"余霞散成绮，澄江静如练"(《晚登三山还望京邑》)"，"天际识归舟，云中辩江树"(《之宣城郡出新林浦向板桥》)，"鱼戏新荷动，鸟散余花落"(《游东田》)等，皆脍炙人口。

王融(467—493)字元长，琅邪临沂(今属山东)人。南朝齐文学家。祖王僧达，从叔王俭，皆居高位。少时曾上书齐武帝求自试，官中书郎。与竟陵王萧子良相友善，情分殊常，以为宁朔将军军主。后下狱赐死，年仅二十七。《南齐书》卷四七本传赞哀其不幸云："元长颖脱，拊翼将飞。时来运往，身没志违。"融少而颖慧，博涉群书，文辞辩捷，尤善仓卒属缀，有所造作，援笔可待。为《曲水诗序》，文藻富丽。融以主客接北使房景高、宋弁。宋弁见融年少，问其年。融曰："五十之年，久逾其半。"房景高云："在北闻主客此制(指《曲水诗序》)胜于颜延年，实愿一见。"融示之，后日宋弁谓融曰："昔观相如《封禅》以知汉武之德，今览王生《诗序》，用见齐王之盛。"③可见他在当时的影响。

周颙(生卒年不详)字彦伦，汝南安城(今河南汝南东南)人。周顗七世孙。为宋益州主簿，宋明帝颇好言理，以颙有辞义，引入殿内，亲近宿直。齐高帝建元中为始兴

---

① (宋)庞元英《文昌杂录》卷六，文渊阁四库全书本。

② 《南齐书·谢朓传》，文渊阁四库全书本。

③ 《南齐书·王融传》，文渊阁四库全书本。

王前军咨议，为国子博士兼著作，后卒于官。著有文集二十卷。周颙音辞辩丽，出言不穷，宫商朱紫，发口成句。善尺牍，工隶书。每会宾友会，虚席晤语，辞韵如流，听者忘倦。太学诸生慕其风，争事华辩。又泛涉百家，善《老》、《易》，与张融相遇，辄相玄言，弥日不解。长于佛理，著《三宗论》，西凉州智林道人称其“是真实行道第一功德”。①于钟山筑隐舍，休沐则居之，清贫寡欲，终日蔬食。《南齐书》本传赞其“彦伦辞辩，苦节清韵。”

（八）齐　梁　体

永明亦齐之年号。齐梁体指南朝齐（479—502）、梁（502—557）两代的诗体，实含永明体。宋严羽《沧浪诗话·诗体》云：“齐梁体，通两朝而言之。”姚范云：“称永明体者，以其拘于声病也；称齐梁体者，以绮艳及咏物之纤丽也。”②

齐梁文人热衷于诗歌创作，钟嵘在《诗品序》中云：“今之士俗，斯风炽矣。才能胜衣，甫就小学，必甘心而驰骛焉。于是庸音杂体，人各为容。至使膏腴子弟，耻文不逮，终朝点缀，分夜呻吟。”齐梁体既指诗体，当时正以讲求声病为体，诗律益严，清人李锳《诗法易简录》卷三《齐梁体》“齐梁体为唐诗所自出，乃由古入律之间。既异古调，又未成律，故别为一体。”③又指骈体，《四库全书总目》卷一八九《四六法海》提要云：“秦、汉以来，自李斯《谏逐客书》，始点缀华词；自邹阳《狱中上梁王书》，始迭陈故事，是骈体之渐萌也。《符命》之作，则《封禅书》；典引问对之文，则《答宾戏》、《客难》，骎骎乎偶句渐多。沿及晋宋，格律遂成，流迨齐梁，体裁大判，由质实而趋丽藻，莫知其然而然，然实皆源出古文。”

就诗歌言，齐梁体既指诗风，即陈子昂所谓“彩丽竞繁，而兴寄都绝”；④又指格律，即所谓齐梁格。梁人萧子显《南齐书·文学传论》云：“今之文章。作者虽众，总而为论，略有三体：一则启心闲绎，托辞华旷，虽存巧绮，终致迂回。宜登公宴，未为准的，而疏慢阐缓，膏肓之病，典正可采，酷不入情。此体之源，出灵运而成也。次则缉事比类，非对不发，博物可嘉，职成拘制，或全借古语，用申今情。崎岖牵引，直为偶说。唯睹事例，顿失精采，此则傅咸五经，应璩指事，虽不全似，可以类从。次则发唱

① 《南齐书·周颙传》，文渊阁四库全书本。

② （清）姚范《援鹑堂笔记》卷二四，道光十六年刊本。

③ （清）李锳《诗法易简录》，民国六年铅印本。

④ （唐）陈子昂《陈拾遗集》卷一《与东方左史虬修竹篇》，文渊阁四库全书本。

惊挺，操调险急，雕藻淫艳，倾炫心魂，亦犹五色之有红紫，八音之有郑、卫，斯鲍照之遗烈也。三体之外，请试妄谈，若夫委自天机，参之史传，应思悱来，勿先构聚，言尚易了，文憎过意，吐石含金，滋润婉切，杂以风谣，轻唇利吻，不雅不俗，独申胸怀。轮扁斲轮，言之未尽，文人谈士，罕或兼工。非唯识有不周，道实相妨。谈家所习，理胜其辞。就此求文，终然翳夺，故兼之者鲜矣。"齐梁诗文或巧绮迂回，疏慢阐缓；或缉事比类，直为偶说；或雕藻淫艳，倾炫心魂；或吐石含金，滋润婉切。这段话颇能概括齐梁诗文风格。李谔《上隋高祖革文华书》论齐梁体之弊云："江左齐梁，其弊弥甚。贵贱贤愚，唯务吟咏。遂复遗理存异，寻虚逐微。竞一韵之奇，争一字之巧，连篇累牍，不出月露之形。积案盈箱，唯是风云之状。世俗以此相高，朝廷据兹取士。禄利之路既开，爱向之情愈笃。"①冯班《钝吟杂录》卷五《严氏纠谬》则认为，齐梁体不限于齐梁，还包括陈、隋、唐初："永明之代，王元长、沈休文、谢朓三公，皆有盛名于一时，始创声病之论，以为前人未知。一时文体骤变，文字皆避八病，一简之内音韵不同，二韵之间轻重悉异。其文二句一联，四句一绝，声韵相避，文字不可增减。自永明至唐初皆齐梁体也。至沈佺期、宋之问变为新体，声律益严，谓之律诗。陈子昂学阮公为古诗，后代文人始为古体诗。唐诗有古律二体，始变齐梁之格矣。今叙永明体，但云齐诸公之诗，不云自齐至唐初，不云沈、谢，知其胸中愦愦也。齐时如江文通诗，不用声病，梁武不知平上去入，其诗仍是太康、元嘉旧体，若直言齐、梁诸公则混然矣。齐代短祚，王元长、谢玄晖皆殁于当代，不终天年。沈休文、何仲言、吴叔庠、刘孝绰皆一时名人，并入梁朝。故声病之格，通言齐梁。若以诗体言，则直至唐初皆齐梁体也。白太傅尚有格诗，李义山、温飞卿皆有齐梁格诗，但律诗已盛，齐梁体遂微。后人不知，或以为古诗。若明辨诗体，当云齐梁体创于沈谢，南北相仍，以至唐景云、龙纪始变为律体。如此方明，此非沧浪所知。"

需要特别指出的是，齐梁时期咏物诗有了较大的发展，如丘巨源的《咏七宝扇》、王融的《咏琵琶》、《咏幔》，沈约的《咏笙》、《咏帐》等等。并往往借咏物以吟咏女性，如王融《咏琵琶》的"丝中传意绪，花里寄春情"；②沈约《咏篪》的"殷勤寄玉指，含情举复垂"，"曲中有生意，丹诚君讵知"等。③谢朓《咏落梅》："新叶初冉冉，初蕊新菲菲。逢君后园燕，相随巧笑归。亲劳君玉指，摘以赠南威。用持插云髻，翡翠比光辉。日暮

---

① 《文苑英华》卷六七九，文渊阁四库全书本。

② （陈）徐陵《玉台新咏》卷四，文渊阁四库全书本。

③ （明）张溥《汉魏六朝百三家集·梁沈约集》，文渊阁四库全书本。

长零落，君恩不可追。”①除首二句咏梅外，其余八句都为咏美人。《玉台新咏》卷一〇所载梁武帝的《咏烛》“昔闻兰蕙月，独是桃李年。春心傥未写，为君照情筵”；《咏笔》“柯亭有奇竹，含情复抑扬。妙声发玉指，龙音响凤皇”；《咏笛》“腕弱复低举，身轻由回纵。可谓写自欢，方与心期共”，其重点已不在物，而是在咏女性。

据唐欧阳询《艺文类聚》卷五六载，离合诗、回文诗、建除诗、谜字诗、地名诗、数名诗、卦名诗、药名诗、姓名诗、相名诗、鸟名诗、兽名诗、歌曲名诗等各种游戏之作，多盛行于此时，虽为戏谑，但可锻炼诗人的才力，显现诗人情性，也是诗歌繁荣的表现。

（九）唐　　体

唐体是就整个唐代(618—907)诗文风格而言的。《宋史·杨察传》：察“判礼部贡院，时上封者请……变文格，使为放轶，以袭唐体。察以谓……文无今昔，惟以体要为宗。若肆其澶漫，亦非唐氏科选之法。前议遂寝。”刘克庄《自昔》云：“自昔英豪忌苟同，此身易尽学难穷。习为联绝真唐体，讲到玄虚有晋风。”明胡震亨论唐诗风格演变云：“唐七言律，自杜审言、沈佺期首创工密，至崔颢、李白时出古意，一变也；高(适)、岑(参)、王(维)、李(白)，风格大备，又一变也；杜陵(甫)雄深浩荡，超忽纵横，又一变也；钱(起)、刘(长卿)稍加流畅，降为中唐，又一变也；大历十才子，中唐体备，又一变也；乐天(白居易)才具泛澜，梦得(刘禹锡)骨力豪劲，在中晚间自为一格，又一变也；张籍、王建略去葩藻，求取情实，渐入晚唐，又一变也；嗣后温(庭筠)、李(商隐)之竞事组织，薛能之过为芟刊，杜牧、刘沧之时作拗峭，韦庄、罗隐之务趋条畅，皮日休、陆龟蒙之填塞古事，郑都官(谷)、杜荀鹤之不避俚俗，变又难可悉纪。律体愈趋愈下，而唐祚亦告讫矣。”②

（十）唐　初　体

严羽《沧浪诗话·诗体》：“唐初体：唐初犹袭陈、隋之体。”明胡震亨云：“唐初体沿六朝，陈子昂始尽革之，复汉、魏旧。”③唐代文学有所谓初唐、盛唐、中唐、晚唐之分。初唐一般指自唐王朝建立到唐玄宗开元年间以前，此时仍受齐梁文学影响，但已有一

---

① (齐)谢朓《谢宣城集》卷五，文渊阁四库全书本。

② (明)胡震亨《唐音癸签》卷一〇，文渊阁四库全书本。

③ (明)胡震亨《唐音癸签》卷三，文渊阁四库全书本。

些新的风气，对古体向律诗的转变多有开创之功。胡震亨引《诗薮》云“初唐体质浓厚，格调整齐，时有近拙近板处；盛唐气象浑成，神韵轩举，时有太实太繁处；中唐淘洗清空，写送浏亮，七言律至是殆于无指摘，而体格渐卑，气韵日薄，衰态未免毕露。”① 颇能道出初、盛、中唐诗歌之别。

唐初比较重要的作家有“文章四友”（李峤、苏味道、崔融、杜审言）、初唐四杰（王勃、杨炯、卢照邻、骆宾王），此外还有虞世南、上官仪、王绩、陈子昂、贺知章、张说、沈佺期、张九龄、李邕等。初唐四杰、陈子昂详后，其他略举数人。

虞世南（558—638）字伯施，越州余姚（今浙江慈溪）人。由南朝陈入隋，复由隋入唐，官至秘书监。善文辞，工书法，在陈朝即以“文章婉缛”知名，“（徐）陵自以类己”。②隋炀帝时作《应诏嘲司花女诗》，入唐后亦多应诏侍宴之作，其《咏蝉》的“居高声自远，非是藉秋风”，③寓意君子应像蝉一样居高而声远，从而不必凭借、受制于他物，清丽中透着刚健，颇有韵味。

王绩（约590—644）字无功，绛州龙门（今属山西）人。尝居东皋，号东皋子。大儒王通之弟。仕隋为秘书省正字，唐初待诏门下省，后弃官还乡，纵酒自适。慕嵇康、阮籍、陶潜，对周孔礼教深致不满。故其诗比虞世南的宫体诗更有味，也有更高的艺术成就。其《过酒家》诗云：“此日长昏饮，非关养性灵。眼看人尽醉，何忍独为醒。”④这就是他纵酒自适的原因。他的《野望》诗几乎尽脱齐梁浮艳诗风：“东皋薄暮望，徙倚欲何依。树树皆秋色，山山唯落浑。牧人驱犊返，猎马带禽归。相顾无相识，长歌怀采薇。”

李峤（约645—约714）字巨山，赵州赞皇（今属河北）人。自幼能文辞，十五通五经，二十擢上第。历仕高宗、武后、中宗三朝，官至中书令。玄宗即位，贬为滁州、庐州别驾。著有《李峤集》三十卷，与苏味道一起并称“苏李”。李峤富才思，诗多咏物之作，大部分为五言近体，所作多为人传诵；镕铸故实，谐以声律，对唐代律诗和歌行的发展有一定的作用与影响。其《风》诗云：“解落三秋（九月）叶，能开二月花。过江千尺浪，入竹万竿斜。”⑤以工致贴切见长。宋丁谓贬海南，曾仿李峤咏物诗作《青衿集》。胡震亨云：“汉称苏、李，唐亦曰苏、李。以今论之，巨山五言，概多典丽，将味道难为。”⑥

---

① （明）胡震亨《唐音癸签》卷十，文渊阁四库全书本。
② 《新唐书》卷一〇二，文渊阁四库全书本。
③ 《御定全唐诗》卷三六，文渊阁四库全书本。
④ （唐）王绩《东皋子集》卷中，文渊阁四库全书本。
⑤ 《御定全唐诗》卷六一，文渊阁四库全书本。
⑥ （明）胡震亨《唐音癸签》卷五，文渊阁四库全书本。

（十一）盛　唐　体

《沧浪诗话・诗体》云："盛唐体：景云（710—712）以后，开元、天宝（713—756）诸公之诗。"盛唐一般指玄宗开元至代宗大历年间，这是唐代文学特别是唐诗的全盛时期，最能代表唐诗成就的王维、孟浩然、李白、杜甫、高適、岑参，都出现在这一时期。其他如崔颢、储光羲、王昌龄、元结，也是当时的著名诗人。胡应麟云："甚矣，诗之盛于唐也！其体则三、四、五言，六、七杂言，乐府、歌行，近体、绝句，靡弗备矣。其格，则高卑、远近、浓淡、浅深、巨细、精粗、巧拙、强弱，靡弗具矣。其调，则飘逸、浑雄、沉深、博大、绮丽、幽闲、新奇、猥琐，靡弗诣矣。其人，则帝王、将相、朝士、布衣、童子、妇人、缁流、羽客，靡弗预矣。"①这正是对唐诗繁荣的准确概括。而盛唐又是唐诗空前繁荣的时期，不仅古近体兼备，音节优美，而且内容和形式都达到了高度统一，所谓风骨和兴象兼具，气象浑厚，神韵轩举，言有尽而意无穷。盛唐诗人胸襟开阔，乐观向上；诗的流派众多，诗体丰繁；杰出诗人纷涌，风格各异，如李白的飘逸，杜甫的沉郁，孟浩然的清雅，王维的精致，储光羲的真率，王昌龄的疏越，高適、岑参的悲壮，李颀、常建的超凡。王、孟、李、杜、高、岑，后面将专论其诗体，这里简述崔颢、储光羲、王昌龄、元结诸人。

崔颢（约 704—754），汴州（治今河南开封）人。开元进士，官司勋员外郎。早年诗流于浮艳，多陷轻薄；后历边塞，诗风变得雄浑奔放，风骨凛然。如其《古游侠呈军中诸将》："少年负胆气，好勇复知机。杖剑出门去，孤城逢合围。杀人辽水上，走马渔阳归，错落金锁甲，蒙茸貂鼠衣。还家且行猎，弓矢速如飞。地迥鹰犬疾，草深狐兔肥。腰间带两绶，转眄生光辉。"②雄劲而有气魄。其《黄鹤楼》尤为著名："昔人已乘黄鹤去，此地空余黄鹤楼。黄鹤一去不复返，白云千载空悠悠，晴川历历汉阳树，芳草萋萋鹦鹉洲。日暮乡关何处是，烟波江上使人愁。"③据传李白亦为之搁笔："眼前有景道不得，崔颢题诗在上头。"④《沧浪诗话・诗评》云："唐人七言律诗，当以崔颢《黄鹤楼》为第一。"其《长干曲四首》其一云："君家何处住？妾住在横塘。停船暂借问，或恐是同乡。"其二云："家临九江水，来去九江侧。同是长干人，生小不相识。"⑤也是脍

---

① （明）胡应麟《诗薮外编》卷三，上海古籍出版社 1979 年版，文渊阁四库全书本。

② （唐）殷璠《河岳英灵集》卷中。

③④ 《竹庄诗话》卷一二，文渊阁四库全书本。

⑤ （宋）洪迈《万首唐人绝句》卷一五。

炙人口的诗篇。

储光羲(约706—约762),兖州(今属山东)人。开元十四年(726)严迪榜进士。尝为监察御史,值安禄山陷长安,受其官,贼平后贬死岭南。事见元辛文房《唐才子传》卷一,辛称其"工诗,格高调逸,趣远情深,削尽常言,挟风雅之道,养浩然之气。览者犹聆韶濩音,先洗桑濮耳,庶几乎赏音。"胡应麟云:"储光羲闲婉真至,农家者流,往往出王、孟上。"①储光羲以田园诗闻名,仅以《田家即事》名篇的就有三首,其一云:"蒲叶日已长,杏花日已滋。老农要看此,贵不违天时。迎晨起饭牛,双驾耕东菑。蚯蚓土中出,田乌随我飞。群合乱啄噪,嗷嗷如道饥。我心多恻隐,顾此两伤悲。拨食与田乌,日暮空筐归。亲戚更相诮,我心终不移。"②前六句写晨起春耕,后写"拨食与田乌"的菩萨心肠。《唐诗归》引钟惺评云:"从来慈性热肠人,解衣推食,身受饥寒,胸中定有一段快活,胜于温饱处。"又引周珽评云:"移此治理国家,何时务之失宜,民物之乖爱也?"苏辙喜储诗,每以储比人,其《题韩驹秀才诗卷》云:"唐朝文士例能诗,李杜高深独到稀。我读君诗笑无语,恍然重见储光羲。"

王昌龄(约694—约756)字少伯,京兆长安(今陕西西安)人。盛唐著名诗人。开元十五年(727)进士,授汜水尉。十九年应博学宏词科,授秘书省校书郎。后获罪谪岭南。二十七年遇赦北归,天宝元年又谪江陵丞,后贬龙标尉。肃宗即位遇赦,后被濠州刺史闾丘晓杀害。《旧唐书》卷一九〇下、《新唐书》卷二〇三有传。昌龄工诗,绪密而思清,时称"诗家夫子"。明胡震亨《唐音癸签》卷五云:"少伯天才流丽,音唱疏越,七言绝句几与太白比肩,当时乐府采录,无出其右。五言古诗,与储光羲不相下。"其《出塞》云:"秦时明月汉时关,万里长征人未还。但使龙城飞将在,不教胡马渡阴山。"③被人称为唐人绝句压卷之作。其《闺怨》亦为唐绝句名篇:"闺中少妇不知愁,春日凝妆上翠楼。忽见陌头杨柳色,悔教夫婿觅封侯。""不知"、"忽见"、"悔教",一句一折,波澜起伏,情真意挚。

元结(719—772)字次山,自号元子、漫叟。汝州鲁山(今属河南)人。少时豪放不羁,年十七始折节向学。天宝十二载(753)举进士,擢上第,复举制科。会天下乱,浮沉闾里。以国子司业苏源明荐,召诣京师,上《时议》三篇,得肃宗赏识,擢右金吾兵曹参军,摄监察御史,为山南西道节度参谋。史思明乱,以讨贼功迁监察御史里行。出佐荆南节度使吕諲、山南东道来瑱。代宗立,辞归樊山。后为道州刺使,世称元道州。

---

① (明)胡应麟《诗薮·内篇·古体中》,上海古籍出版社1979年版。

② 《储光羲诗集》卷二,文渊阁四库全书本。

③ (唐)韦縠《才调集》卷九,文渊阁四库全书本。

迁容州刺使，进容管经略使。奉召还京，卒，赠礼部侍郎。《新唐书》卷一四三有传。元结是盛唐著名文学家，在文论方面，他反对“拘于声病，崇尚形似”(《箧中集序》)，主张文学应“救时救俗”(《文编序》)，“道达情性”(《刘侍御月夜宴会诗序》)，“上感于上，下化于下”(《系乐府序》)，“极帝王理乱之道，系古人规讽之风”。(《二风诗论》)他所编的《箧中集》集中体现了他的这一诗歌主张。所作的《悯农诗》、《春陵行》、《贼退示官吏》表现了他对民间疾苦的关心，所谓“道州忧黎元，词气浩纵横”。①其散文实为韩、柳古文革新的先驱，如《处规》、《出规》、《丐论》、《恶圆》、《恶曲》，都短小精悍，笔锋犀利，表现出愤世嫉邪、忧天悯人的精神。李商隐《容州经略使元结文集后序》称“其文危苦激切，悲忧酸伤”。②归来子云：“结性耿介，有忧道悯俗之意。天宝之乱，或仕或隐，自谓与世聱牙，故其见于文字者，亦冲淡而隐约，譬古钟磬不谐于俚耳。而词义微眇，玩之修然，若有尘外之趣云。”③

（十二）元　和　体

《沧浪诗话》云：“元和体，元、白诸公。”元和为唐宪宗年号(806—820)。

广义的元和体指元和年间的诗风，李肇云：“元和以后，为文笔则学奇诡于韩愈，学苦涩于樊宗师；歌行则学流荡于张籍；诗章则学矫激于孟郊，学浅切于白居易，学淫靡于元稹，俱名为元和体。”④从作家上看，包括韩愈、樊宗师、张籍、孟郊、白居易、元稹等六人；从风格上看，包含了“奇诡”、“苦涩”、“流荡”、“矫激”、“浅切”、“淫靡”等六种类型。这是广义的元和体。

狭义的元和体则是指元稹、白居易诗中次韵相酬的长篇排律和包括艳体在内的流连光景的中短篇杂体诗。元稹《上令狐相公诗启》云：“稹自御史府谪官，于今十余年矣，闲诞无事，遂专力于诗章。日益月滋，有诗向千余首。其间感物寓意，可备蒙瞽之讽者有之，词直气粗，罪尤是惧，固不敢陈露于人。唯杯酒光景间，屡为小碎篇章，以自吟畅。然以为律体卑下，格力不扬，苟无姿态，则陷流俗。常欲得思深语近，韵律调新，属对无差，而风情宛然，而病未能也。江湖间多新进小生，不知天下文有宗主，妄相仿效，而又从而失之，遂至于支离褊浅之词，皆自谓为‘元和诗体’。稹与同门生

① 杜甫《同元使君春陵行》，(宋)郭知达《九家集注杜诗》卷一一，文渊阁四库全书本。

② (唐)李商隐《李义山文集笺注》卷九，文渊阁四库全书本。

③ 《御定全唐诗录》卷一八引，文渊阁四库全书本。

④ (唐)李肇《唐国史补》卷下，文渊阁四库全书本。

白居易友善，居易雅能为诗，就中爱驱驾文字，穷极声韵，或为千言，或为五百言律诗，以相投寄。小生自审不能有以过之，往往戏排旧韵，别创新词，名为次韵相酬，盖欲以难相挑耳。江湖间为诗者，复相仿效，力或不足，则至于颠倒语言，重复首尾，韵同意等，不异前篇，亦自谓为'元和诗体'。"其《白氏长庆集序》亦云："予始与乐天同校秘书之名，多以诗章相赠答。会予谴掾江陵，乐天犹在翰林，寄予百韵律诗及杂体，前后数十章。是后各佐江、通，复相酬寄。巴、蜀、江、楚间洎长安中少年递相仿效，竞作新词，自谓为元和诗。"可见元和体专指元、白的"百韵律诗及杂体"及时人的模仿之作。白居易《余思未尽加为六韵重寄微之》："制从长庆辞高古，诗到元和体变新。"上句自注："微之长庆初知制诰，文格高古，始变俗体，继者效之也。"下句自注："众称元、白为千字律诗，或号元和格。"①白的《代书诗》、《东南行一百韵》、《和梦游春诗一百韵》，元的《酬乐天东南行诗一百韵》、《梦游春七十韵》等皆为"千字律诗"。

在名目繁多的唐代诗体中，"元和体"是唯一由作者自己概括并为后人所认可的，体现出作者开创新体的自觉性。顾陶《唐诗类选后序》云："若元相国稹、白尚书居易，擅名一时，天下称为元、白，学者翕翕，号'元和诗'。"②杜牧《李府君墓志铭》引李语云："元和以来，有元、白诗者，纤艳不逞，非庄士雅人多为其所破坏。流于民间，疏于屏壁，子父女母，交口教授，淫言媟语，冬寒夏热，入人肌骨，不可除去。吾无位，不得用法以治之。"③张洎《张司业诗集序》云："元和中，公及元丞相、白乐天、孟东野歌词，天下宗匠，谓之'元和体'。律诗贞元已前，作者间出，大抵互相祖尚，拘于常态，迨公一变，而后章句之妙，冠于流品矣。"④《旧唐书·元稹传》说，元稹"与太原白居易友善。工为诗，善状咏风态物色。当时言诗者，称元、白焉。自衣冠士子，至闾阎下俚，悉传讽之，号为元和体"。

（十三）长　庆　体

长庆为唐穆宗年号(821—824)。长庆体即元白体，因白居易《白氏长庆集》、元稹《元氏长庆集》而得名。元稹《白氏长庆集序》论白居易诗影响云："二十年间，禁省观寺邮候墙壁之上无不书，王公妾妇牛童马走之口无不道。至于缮写模勒，衒卖于市

---

① (唐)白居易《白氏长庆集》卷二三，文渊阁四库全书本。

② 《文苑英华》卷七一四。

③ (唐)杜牧《樊川文集》卷六，文渊阁四库全书本。

④ (明)钱穀《吴都文粹续集》卷五五，文渊阁四库全书本。

井，或持之以交酒茗者，处处皆是。其甚者有至于盗窃名姓，苟求自售，杂乱间厕，无可奈何。予于平水市中，见村校诸童竞习诗，召而问之，皆对曰：'先生教我乐天、微之诗。'固亦不知予之为微之也。又云'鸡林贾人求市颇切'，自云'本国宰相每以百金换一篇，其甚伪者，宰相辄能辩别之'。自篇章以来未有如是流传之广者。长庆四年，乐天自杭州刺史以右庶子诏还，予时刺会稽，因得尽征其文，手自排缵，成五十卷，凡二千一百九十一首。前辈多以前集中集为名，予以为陛下明年秋当改元长庆讫，于是因号曰《白氏长庆集》。"

长庆体之称始于宋人，是对白居易、元稹诗的泛称。宋释智圆《读白乐天集》有云"龌龊无识徒，鄙之元白体……须知百世下，自有知音者。所以《长庆集》，于今满朝野。"范祖禹《朝议大夫致仕程公(弼)墓志铭》："喜为歌诗，效长庆体，慕白乐天之为人。"①刘克庄《后村诗话》卷九评杜甫《观公孙大娘弟子舞剑器行》诗曰："余谓此篇与《琵琶行》，一如壮士轩昂赴敌场，一如儿女恩怨相尔汝②。杜有建安、黄初气骨，白未脱长庆体尔。"③戴复古《望江南》："诗律变成长庆体，歌词绰有稼轩风。"④可见宋人所说的"长庆体"，实际就是"元白体"。

长庆体是指元、白的浅切诗风，包括其各体诗在内。《瀛奎律髓汇评》载纪昀评白居易七律《余杭形胜》云："此所谓长庆体也，学之易入浅滑。"纪昀又评李商隐歌行《偶成转韵七十二句赠四同舍》诗云："直作长庆体，接落平钝处，未脱元、白习径。中间沉郁顿挫处，则元、白不能为也。"《四库全书总目》卷一百六十《石湖诗集》提要称范成大的五古《西江有单鹄行》、《河豚叹》"杂长庆之体"。这些都说明长庆体是泛指白居易、元稹各种诗体的浅切风格。清以后，则多指以《长恨歌》、《琵琶行》、《连昌宫词》为代表的那种叙事宛转，语言摇曳多姿，转韵平仄相间的七言长篇歌行，这些诗多作于元和年间，而不是长庆年间，因此长庆体虽因时代而得名，而实则是就其浅切的诗风而言的。

长庆体不仅指诗体，还指制词的"文格高古"。前述白居易《余思未尽加为六韵重寄微之》云："制从长庆辞高古，诗到元和体变新。"作者在前句注云："微之长庆初知制诰，文格高古，始变俗体，继者效之也。"后句则注云："众称元、白为千字律诗，或号元和格。"白氏在《元公(稹)墓志铭并序》中亦云："制诰，王言也。近代相沿，多失于巧

---

① (宋)范祖禹《范太史集》卷三八，文渊阁四库全书本。

② 韩愈《听颖师弹琴》："昵昵儿女语，恩怨相尔汝。划然变轩昂，勇士赴敌场。"见(宋)魏仲举编《五百家注昌黎文集》卷五。

③ (宋)刘克庄《后村诗话》卷九，文渊阁四库全书本。

④ (宋)戴复古《石屏诗集》卷六，文渊阁四库全书本。

俗。自公下笔,俗一变至于雅,三变至于典谟,时谓得人。"可见在白居易笔下,与"元和"年号相对应的是诗歌,与"长庆"年号相对应的则是"文格高古"的制诰。

(十四) 大　历　体

大历体指大历至贞元年间诗人的共同风格。严羽《沧浪诗话·诗体》:"大历体:大历十才子之诗。"《新唐书·卢纶传》云:"纶与吉中孚、韩翃、钱起、司空曙、苗发、崔峒、耿湋、夏侯审、李端皆能诗齐名,号大历十才子。"(他书所载,其名或不尽同)这群诗人的青少年时期见过开元盛世、安史之乱,失去了盛唐诗人的昂扬精神,而多孤独寂寞的冷落心境,作品由雄浑转向淡远宁静,体现出中唐诗风。

在大历十才子中,以钱起成就最为突出。钱起(约 713—约 780)字仲文,吴兴(今浙江湖州)人。天宝十载(751)进士,校书秘省。后迁蓝田尉,广德初擢尚书省司勋员外郎、司封郎中,终考功郎中。其诗精工细密,迂回曲折,含蓄蕴藉,冲淡清丽,如《中书遇雨》的"云衔七曜起,雨拂九门来";①《陪南省诸公宴殿中李监宅》的"晚钟过竹静,醉客出花迟";《罢官后酬元校书见赠》的"秋堂入闲夜,云月思离居";《穷秋对雨》的"生事萍无定,愁心云不开";《省试湘灵鼓瑟》的"曲终人不见,江上数峰青"等等。《四库全书·钱仲文集》提要称其"温秀蕴藉,不失风人之旨。前辈典型,犹有存焉。"又云:"大历以还,诗风初变,开、宝浑厚之气渐远渐漓,风调相高,稍趋浮响,升降之际,十子实为之职志。"

司空曙(约 720—约 790)字文初(一作文明),广平(今河北鸡泽)人。磊落有奇才,性耿介,不干权要。家无担石,处之晏如。韦皋节度剑南,辟致幕府。授洛阳主簿,迁长林县丞。累官左拾遗。终水部郎中。著有《司空文明诗集》。其诗多为行旅赠别之作,胡震亨《唐音癸签》卷七称其诗"婉雅闲淡,语近性情"。如《云阳馆与韩绅宿别》抒发别恨:"故人江海别,几度隔山川。乍见翻疑梦,相悲各问年。孤灯寒照雨,湿竹暗浮烟。更有明朝恨,离杯惜共传。"《江村即事》写其孤寂:"钓罢归来不系船,江村月落正堪眠。纵然一夜风吹去,只在芦花浅水边。"②均富抒情色彩。

卢纶(约 737—约 799)字允言,河中蒲(今山西永济)人。天宝末举进士,遇乱不第;代宗朝又应举,屡试不第。大历六年,宰相元载举荐,授阌乡尉;后由王缙荐为集贤学士,秘书省校书郎,升监察御史。出为陕府户曹、河南密县令。元载、王缙获罪,

① (唐)钱起《钱仲文集》卷七,文渊阁四库全书本。
② 均见《御定全唐诗》卷二九二,文渊阁四库全书本。

受牵连。德宗朝复为昭应令，又任河中浑瑊元帅府判官，官至检校户部郎中。著有《卢户部诗集》。卢纶的诗，早年所作《晚次鄂州》即为人称道："云开远见汉阳城，犹是孤帆一日程。估客昼眠知浪静，舟人夜语觉潮生。三湘愁鬓逢秋色，万里归心对月明。旧业已随征战尽，更堪江上鼓鼙声。"①晚年《塞下曲》更是诗歌史上的千古名作，其一云："鹫翎金仆姑，燕尾绣蝥弧。独立扬新令，千营共一呼"；其二云："林暗草惊风，将军夜引弓。平明寻白羽，没在石棱中"；其三云："月黑雁飞高，单于夜遁逃。欲将轻骑逐，大雪满弓刀"；其四云："野幕敞琼筵，羌戎贺劳旋。醉和金甲舞，雷鼓动山川。"②慷慨雄壮，对改变当时的诗风影响颇大。

（十五）晚　唐　体

《沧浪诗话·诗体》所说的"晚唐体"，是指晚唐贾岛、姚合的诗体。贾岛详后。

姚合（775—约 854），陕州陕石（今河南陕县南）人。元和中进士及第，调武功尉，善诗，世号姚武功。迁监察御史，累转给事中。历陕虢观察使，终秘书监。《新唐书》卷一二五有传。姚合体亦称武功体，《四库全书总目·姚少监诗集》提要："（姚）合，宰相崇之曾孙也。登元和十一年进士第，调武功主簿……诗家皆谓之姚武功。其诗派亦称武功体。以其早作武功县诗三十首为世传诵，故相习而不能改也。合选《极元集》，去取至为精审，自称所录为诗家射雕手，论者以为不诬。其自作则刻意苦吟，冥搜物象，务求古人体貌所未到。张为作《主客图》，以李益为清奇雅正主，以合为入室。然合诗格与益不相类，不知为何以云然。其集在北宋不甚显，至南宋永嘉四灵始奉以为宗。其末流写景于琐屑，寄情于偏僻，遂为论者所排。然由摹仿者滞于一家，趋而愈下，要不必追咎作始，遽惩羹而吹齑也。"

北宋初及南宋学贾岛、姚合诗者亦称晚唐体。宋初诗人如九僧、魏野、潘阆、林逋，他们走晚唐贾岛、姚合的路子。林逋（968—1028）字君复，杭州钱塘（今浙江杭州）人。少孤力学，生性恬淡，不求仕进。初游江淮间，后归隐杭州，结庐于西湖之孤山，相传二十年足不入市，以布衣终其生。天圣六年卒，仁宗赐谥号和靖先生。欧阳修《归田录》卷二云："逋工笔划，善为诗，如'草泥行郭索，云木叫钩辀'，颇为士大夫所称。又《梅花诗》云'疏影横斜水清浅，暗香浮动月黄昏'，评诗者谓'前世咏梅者多矣，未有此句也'。又其临终为句云：'茂陵他日求遗稿，犹喜曾无《封禅书》。'尤为人称

① 《湖广通志》卷八八，文渊阁四库全书本。

② （宋）洪迈《万首唐人绝句》卷一三，文渊阁四库全书本。

诵。自逋之卒，湖山寂寥，未有继者。”

与晚唐体诗人身份迥异的是寇准，他曾官至宰相，又与上述晚唐诗人多有交往，成为晚唐体的盟主。宋初的晚唐体对当时及后世都颇有影响，南宋江湖诗派、永嘉四灵皆学晚唐。方回《送罗寿可诗序》：“诗学晚唐不自四灵始。宋铲五代旧习，诗有白体、昆体、晚唐体……晚唐体则九僧最逼真。寇莱公、鲁三交、林和靖、魏仲先父子、潘逍遥、赵清献之父，凡数十家。”①

《诗源辩体》后集《纂要》卷一云：“宋初谭用之、胡宿、林逋及九僧之徒，五七言律绝尚多唐调。”南宋中叶以后的永嘉四灵、江湖派亦学晚唐。方回云：“宋诗有数体：有九僧体，即晚唐体也。”②严羽《沧浪诗话·诗辨》：“近世赵紫芝、翁灵舒辈，独喜贾岛、姚合之诗，稍稍复就清苦之风，江湖诗人多效其体。一时自谓之唐宗。”晚唐体诗人多长于五律而少古体，诗风凄清幽咽，但境界狭窄；其四六文以流丽稳帖为宗，体格卑弱，好博务新，转伤繁冗。总之，整个宋代都在学唐，各个流派、各个作家所学不同，成就各异，以学晚唐贾岛、姚合始，也以学晚唐贾岛、姚合终，而其成就都远逊于北宋中后期和南宋前期的学杜诗者。

（十六）本　朝　体

严羽是宋人，他所谓的“本朝体”即指宋代诗体，其下自注说：“通前后而言之。”所谓“通前后而言之”，是指包括宋诗发展的各个阶段。

严羽《沧浪诗话·诗辨》概括宋代诗风的演变说：“国初之诗尚沿袭唐人：王黄州学白乐天，杨文公、刘中山学李商隐，盛文肃学韦苏州，欧阳公学韩退之古诗，梅圣俞学唐人平淡处。至东坡、山谷始自出己意以为诗，唐人之风变矣。山谷用工尤为深刻，其后法席盛行，海内称为江西宗派。近世赵紫芝、翁灵舒辈，独喜贾岛、姚合之诗，稍稍复就清苦之风，江湖诗人多效其体。一时自谓之唐宗，不知止入声闻、辟支之果，岂盛唐诸公大乘正法眼者哉！”这里，严羽把北、南宋诗歌发展明显分为三个阶段：欧、梅以前约一百年，多“沿袭唐人”，尚未完全形成有别于唐诗的宋诗特色；苏、黄至赵、翁以前，即北宋中叶到南宋中叶，是以苏、黄为代表的“元祐体”和以“山谷为之宗”的“江西宗派”体的天下，“唐人之风变矣”，而宋诗“气象”完全成熟；“近世”即南宋后期，以永嘉四灵、江湖派为代表，他们因不满江西诗派而欲以贾岛、姚合矫之，虽“自谓之

---

① （元）方回《桐江续集》卷三二，文渊阁四库全书本。

② （元）方回《瀛奎律髓》卷一，文渊阁四库全书本。

唐宗”，但仍“时有宋气”。

“本朝体”就“本朝”而言，是指整个宋诗；就“体”而言，主要是指与“唐人格调”不同的宋人“格调”，宋诗“气象”。因此，“本朝体”并不是宋诗前后各个发展阶段的简单总和，而是指各个阶段共同具有的程度不同的宋气。《四库全书总目》卷一百六十五《云泉诗》提要言之更详：“宋承五代之后，其诗数变。一变而西昆，再变而元祐，三变而江西，江西一派由北宋以逮南宋，其行最久，久而弊生，于是永嘉一派以晚唐体矫之，而四灵出焉。然四灵名为晚唐，其所宗实止姚合一家，所谓武功体者是也。其法以新切为宗，而写景细琐，边幅太狭，遂为宋末江湖之滥觞。”

诗歌体裁发展至宋朝，已无可再变，四言、五言、七言、杂言，古体、近体、律诗、绝句皆已齐备。牟巘《厉瑞甫唐宋百衲集序》云：“《诗·雅》四言，汉以来遂为五、七言，唐开元之际，又始俪偶为律诗，论者谓诗之道至是略尽，殆不可复变。”①宋诗的变化主要是诗风、体貌的变化。宋朝特殊诗风的开始形成是在仁宗朝，梅圣俞、苏舜钦、欧阳修等人已从昆体中摆脱出来，开始形成宋诗的特有气象：“开宋诗一代之面目者，始于梅尧臣、苏舜钦二人……自梅、苏变尽昆体，独创生新，必辞尽于言，言尽于意，发挥铺写，曲折层累以赴之，竭尽乃止。”②欧阳修也如此，“始矫昆体，专以气格为主，故其诗多平易疏畅。律诗意所到处，虽语有不伦，亦不复问。而学之者往往遂失于快直，倾囷倒廪，无复余地。”③梅尧臣、苏舜钦、欧阳修三人诗风不同：梅诗思深远，风格平淡；苏诗笔力豪俊，超迈横绝；欧以文为诗，矫健舒畅。宋诗的长处和短处，在梅、苏、欧这里都已开始显露出来，但还未完全形成宋诗风貌。北宋古文革新是欧阳修完成的，北宋诗歌革新则是北宋中后期的王安石、苏轼、黄庭坚、陈师道完成的。他们的诗歌被严羽称为“荆公体”、“东坡体”、“山谷体”、“后山体”（详后）。荆公体还有唐诗风貌，而东坡体、山谷体、后山体已完全形成宋诗风貌。

（十七）太　学　体

太学体是指宋仁宗庆历年间（1041—1048）以石介为代表的文风，石介（1005—1045）在庆历二年（1042）为国子监直讲，他是反西昆体的急先锋，尝著《怪说》力排杨亿。他以师道自任，其文以怪诞为高，四方来学者数千人，习其文者甚众。

---

① （元）牟巘《牟氏陵阳集》卷一二，文渊阁四库全书本。

② （清）叶燮《原诗》外篇下，上海古籍出版社《清诗话》1983年版。

③ （清）何文焕《历代诗话·石林诗话》，中华书局1981年版。

张方平在欧阳修之前，于庆历六年二月所上《贡院请诫励天下举人文章奏》中，猛烈批评以石介为代表的太学体："至太学之建，直讲石介课诸生，试所业，因其好尚，而遂成风。以怪诞诋讪为高，以流荡猥烦为赡。逾越规矩，或误后学。朝廷恶其然也，故下诏书，丁宁诫励，而学者乐于放逸，罕能自还。"①"以怪诞诋讪为高，以流荡猥烦为赡"，就是太学体的特点。

自庆历六年至嘉祐二年（1046—1057）已逾十年，但"学者乐于放逸，罕能自还"，直至嘉祐二年欧阳修知贡举，才给太学体以致命打击。为了纠正古文革新中的上述不良倾向，欧阳修在嘉祐二年知贡举时采取了两条有力措施：一方面把"长于草野，不学时文，词语甚朴，无所藻饰"的苏轼兄弟置之高等，②另一方面就是对凡为险怪奇涩之文者皆黜，飞声场屋的刘几亦落选。苏轼在进士及第后作的《谢欧阳内翰书》中说：

> 轼窃以天下之事，难于改为。自昔五代之余，文教衰落，风俗靡靡，日以涂地。圣上慨然太息，思有以澄其源，疏其流，明诏天下，晓谕厥旨。于是招来雄俊魁伟敦厚质朴之士，罢去浮巧轻媚丛错彩绣之文，将以追两汉之余，而渐复三代之故。士大夫不深明天子之心，用意过当，求深者或至于迂，务奇者怪僻而不可读，余风未殄，新弊复作。大者镂之金石，以传久远；小者转相摹写，号称古文。纷纷肆行，莫之或禁。

苏轼这段话很重要。所谓"风俗靡靡，日以涂地"，"浮巧轻媚丛错彩绣之文"指西昆体；所谓"圣上慨然太息"，"明诏天下"，即张方平所说的"朝廷恶其然也，故下诏书，丁宁诫励"；或如欧阳修在《与荆南乐秀才书》中所说的"天圣中天子下诏书敕学者去浮华"。仁宗下诏之后，就好的方面讲，诚如欧阳修所说，昆体之风"渐息"；就不好的一面看，又如苏轼所言："余风未殄，新弊复作"。"余风"指西昆体之风，"新弊"就是"求深"、"务奇"、"怪僻"，"转相摹写"的所谓"古文"。欧阳修这次所打击的正是"号称古文"的"新弊"。韩琦《太子太师欧阳公墓志铭》云："嘉祐初权知贡举。时举者务为险怪之语，号太学体。公一切黜去，取其平淡造理者即预奏名。初虽怨讟纷纭，而文格终以复故者，公之力也。"③《宋史·欧阳修传》云："知嘉祐二年贡举。时士子尚为险怪奇涩之文，号太学体。修痛排抑之，凡如是者辄黜。毕事，向之嚣薄者伺修出，聚

① （宋）张方平《乐全集》卷二〇，文渊阁四库全书本。

② 《东坡全集》卷七五，文渊阁四库全书本。

③ （宋）韩琦《安阳集》卷五〇，文渊阁四库全书本。

噪于马首，街逻不能制。然场屋之习从是遂变。”

“文格终以复故”，“场屋之习从是遂变”，最典型的例子就是刘幾（1030—1065）文风的改变。刘幾在太学，屡试为第一人，文风险怪，学者争效之。嘉祐二年应试，为欧阳修所黜。四年，改名刘晖再试，文格迥变，欧阳修称赏之，仁宗擢为第一。杨杰《故刘之道（幾）状元墓志铭》云：“先是，皇祐、至和间，场屋文章以搜奇抉怪，雕镂相尚，庐陵欧阳公深所疾之。及嘉祐二年知贡举，则力革其弊，时之道（即刘几）亦尝被黜。至是（指嘉祐四年）欧阳公预殿廷考校官，得程文一篇，更相激赏，以奏天子。天子称善，乃启其封，即之道之所为也。由是场屋传诵，辞格一变。议者既推欧阳公有力于斯文，而又服之道能精敏于变也。”①刘幾、刘晖为同一人，两次参加进士考试，仅隔一年，文风迥然不同，颇能说明欧阳修知嘉祐二年贡举，严厉打击太学体，对推动北宋诗文革新的作用。

（十八）元　祐　体

元祐（1086—1094）是宋哲宗的第一个年号。《沧浪诗话·诗体》云：“元祐体：苏（轼）、黄（庭坚）、陈（师道）诸公。”东坡体、山谷体、后山体下面都将分别论述，这里只作一些总体说明。

苏轼、黄庭坚二人的诗论、诗风都颇不同，陈师道云：“苏子瞻以新，黄鲁直以奇”；②吴可云：“东坡豪，山谷奇”；③朱熹云：“苏才豪，然一滚说尽无余意；黄费安排”；④潘德舆云：“苏豪宕纵横，而伤于平易；黄劲直沉着，而苦于生涩”；⑤赵翼云：“东坡随物赋形，信笔挥洒，不拘一格，故虽澜翻无穷，而不见有矜心作意之处；山谷则专以拗峭避俗，不肯作一寻常语，而无从容游泳之趣。且坡使事处，随其意之所之，自有书卷供其驱驾，故无捃摭痕迹；山谷则书卷比坡更多数倍，几于无一字无来历……故往往意为词累，而性情反为所掩。”⑥把苏、黄之别讲得最简明而又最形象的，应算宋人林光朝，他在《读韩柳苏黄集》中说：“苏、黄之别，犹丈夫、女子之应接：丈夫见宾

① （宋）杨杰《无为集》卷一三，文渊阁四库全书本。

② （宋）陈师道《后山诗话》，文渊阁四库全书本。

③ （宋）吴可《藏海诗话》，文渊阁四库全书本。

④ （宋）黎靖德《朱子语类》卷一四〇，文渊阁四库全书本。

⑤ （清）潘德舆《养一斋诗话》卷二，《清诗话续编》本。

⑥ （清）赵翼《瓯北诗话》卷一一，《清诗话续编》本。

客，信步出将去；如女子，则非涂泽不可。"①总之，宋之苏、黄正如唐之李、杜，代表了两种类型的诗风。李白、苏轼皆天才，其诗多出自顿悟，冲口而出，字字珠玑；杜甫、黄庭坚诗出自渐修，皆勤苦锻炼而成，经得住反复敲打。明宋濂《答章秀才论诗书》说："元祐之间，苏、黄挺出，号曰共师李、杜，而竟以己意相高，而诸作又废矣。自此以后，诗人迭起，或波澜富而句律疏，或锻炼精而情性远，大抵不出于二家。"②

有人说东坡诗最足以代表宋诗风貌，也有人说山谷诗最足以代表宋诗特色。实际上苏、黄都不足以单独代表宋诗，只有包括"苏、黄、陈诸公"的"元祐体"，才能代表宋诗的复杂风貌。如果只推崇苏轼，以为苏轼最能代表宋诗特色，那么，诗风与黄庭坚相近的一大群作家，苏显然也不能完全代表。吴之振等的《宋诗钞》就有这种倾向。如果只推崇黄庭坚，正如潘德舆《养一斋诗话》卷二所说："山谷在北宋自成一家，褒贬皆所不免。至江西诸子尊为诗派初祖，则将独据坛坫，为一代之主持，宜乎人滋不服，而其诗遂为集矢之地也。"而包括"苏、黄、陈诸公"的"元祐体"则能代表"大抵不出于二家"的各家诗风，说它最能代表宋诗，既不至引起两种类型的"人滋不服"，也更符合宋诗的历史真实，反映宋诗艺术风格的多样性。

严羽在"后山体"下自注说："后山本学杜，其语似之者但数篇，他或似而不全，又其他则本其自体耳。"后山不满黄的"过于出奇"，其诗风与黄不尽相同，因此，严羽提出"后山体"，强调他"本其自体"。但"后山本学杜"，黄庭坚也学杜；陈师道《答秦观书》还自谓"一见黄豫章，尽焚其稿而学焉"。③因此，后人多以黄、陈同体而把苏、黄、陈三体并为苏、黄二体，也不无道理。

"元祐体"既指苏、黄、陈三体或苏、黄二体，而三人在元祐年间中的诗歌创作，在他们一生的创作中都不占重要地位，因此，"元祐体"就不应仅仅理解为"苏、黄、陈"在元祐年间的诗体，而应理解为元祐年间聚于京城的"苏、黄、陈诸公"的诗体，也就是说应包括他们一生的主要创作活动时间。洪咨夔《豫章外集诗注序》说："我朝列圣以人文陶天下，学问议论文章之士莫盛于熙（宁）、（元）丰、元（祐）、绍（圣）间。"④魏了翁《黄太史文集序》也有"苏氏以正学直道周旋于熙、丰、祐、圣间"的提法。⑤ "元祐体"即指以"熙、丰、元、绍"为其主要创作活动时间，而于元祐年间同聚京师的"苏、黄、陈诸公"的诗体。

---

① （宋）林光朝《艾轩集》卷五，文渊阁四库全书本。

② （明）宋濂《文宪集》卷二八，文渊阁四库全书本。

③ （宋）陈师道《后山集》卷九，文渊阁四库全书本。

④ （宋）洪咨夔《平斋集》卷二九，文渊阁四库全书本。

⑤ （宋）魏了翁《鹤山集》卷五三，文渊阁四库全书本。

“诸公”二字也很重要，即不限于“苏、黄、陈”，也就是不限于“以人而论”的“东坡体、山谷体、后山体”。“元祐体”既是“以时而论”的诗体，就应包括与他们大体同时的“诸公”；既应包括苏、黄、陈的门生故友，也应包括政治立场与他们不尽相同，甚至敌对的诗人，如王安石。因为他们既活动于同时，其诗风就不能不有共同的时代特征。元祐二年六月，苏轼、苏辙、黄庭坚、李端叔、晁无咎、张文潜、秦少游等“凡十六人”欢聚于京城王诜西园，李伯时绘《西园雅集图》，“人物秀发，各肖其形，自有林下风味，无一点尘埃气”。①衣若芬女士谓此图此记不可靠，②即使如此，此图此记所载人物于元祐年间经常雅集于京城却系事实。这实际上也是一幅“元祐体”诗人雅集图，而缺席者还很多，不但与苏轼政见相左的诗人未参加，连陈师道、李廌、参寥子、毛滂等故友门生也未躬逢盛会。研究“元祐体”，以上诸人都应在视野之内。

严羽所说的本朝体、元祐体、江西宗派体（详下），三者既有区别，也有联系。“本朝体”是就整个宋代诗风说的，“元祐体”是就活动于“熙、丰、元、绍”而于元祐年间雅集京城的一大群作家的诗风说的。“本朝体”的外延大于“元祐体”，包含了元祐以后流行于南北宋之际的以“山谷为之宗”的“江西宗派体”，是就整个宋代而言的。

（十九）江西宗派体

《沧浪诗话·诗体》云：“江西宗派体：山谷为之宗。”北宋后期、南宋初期，黄庭坚在诗坛上影响很大。虽然他的创作成就比不上苏轼，但是他的诗歌更加突出地体现了宋诗的艺术特征。他在诗歌艺术技巧上总结出一套完整的方法，并传授给后学，所以追随和仿效黄庭坚的诗人颇多。如陈师道与苏轼交谊最深，但作诗却以黄庭坚为学习典范。因此，一个以黄庭坚为中心的诗歌流派逐渐形成。徽宗时吕本中作《江西诗社宗派图》，列陈师道等二十五人，认为这些诗人都是与黄庭坚一脉相承的。吕氏此图早已失传，现存最早的记载见于南宋胡仔《苕溪渔隐丛话》前集卷四八。吕氏图所列二十五人是：陈师道、潘大临、谢逸、洪刍、饶节、僧祖可、徐俯、洪朋、林敏修、洪炎、汪革、李錞、韩驹、李彭、晁冲之、江端本、杨符、谢薖、夏倪、林敏功、潘大观、何觊、王直方、僧善权、高荷。稍后的《云麓漫钞》等书记载的名单与此稍有出入。这些诗人并不都是江西人，之所以称为江西诗派，是因为黄庭坚是江西人，而这些诗人都深受

① 米芾《西园雅集图记》，见（明）贺复徵《文章辨体汇选》卷五八四。

② 《一桩历史公案：西园雅集》，《赤壁漫游与西园雅集》，线装书社2001年版，第49页。

其影响，诗风相似。杨万里《江西宗派诗序》说："江西宗派诗者，诗江西也，人非皆江西也。人非皆江西，而诗曰江西者何？系之也。系之者何？以味不以形也。"二十五人中，除陈师道外，诗歌成就都不甚高。此外，被后人归入江西诗派的还有吕本中、曾幾、陈与义等人。他们多数学杜甫，宋末方回又把杜甫和黄庭坚、陈师道、陈与义尊为江西诗派的"一祖三宗"，本书对他们都有专论。故这里只举"江西宗派体"的其他成员，由于人数众多，也只能举其重要者。

谢逸（?—1113）字无逸，学者尊称为溪堂先生，江西临川（今属江西）人。屡举不第，以布衣终其身。著有《溪堂集》二十卷、诗集一卷、补遗二卷、词集一卷（《直斋书录解题》卷一七、二〇、二一），已佚。四库馆臣辑有《溪堂集》十卷。事迹见《弘治抚州府志》卷二一、《宋史翼》卷二六。工诗词，为江西诗派中人。吕本中《谢幼盘文集跋》将他与从弟谢薖比作南朝诗人"二谢"（谢灵运、谢惠连）。《四库全书总目》卷一五五评谢逸诗云："今观其诗，虽稍近寒瘦，然风格隽拔，时露清新，上方黄、陈则不足，下比江湖诗派则沨沨乎雅音矣。"曾作咏蝴蝶诗三百首，状物生动，造语俊逸，时人戏呼为"谢蝴蝶"。其诗佳句如《怀汪信民村居》的"苔干石骨瘦，水落溪毛凋"，①《豫章别李元中宣德》的"老凤垂头噤不语，枯木槎枒噪春鸟"，《寄饶葆光》的"相知四海孰青眼，高卧一庵今白头"，均清新峭拔，为人称道。谢逸词在北宋也自成家数，专工小令，擅写闺情、风景，大体沿晏殊、张先诸家词人创作路子，出语清淡，意境玲珑，轻倩可人。清人冯煦《蒿庵论词》称其词"温雅有致，蕴藉甚深"。

饶节（1065—1129）字德操，抚州临川（今江西抚州）。少业儒，事科举，连年不第。后入京师，尝为曾布客，与曾布论新法不合，遂去之，落发为僧，法名如璧，又自号倚松老人。先后住杭州灵隐寺、襄阳天宁寺、邓州香严寺。饶节诗风萧散，陆游称为当时诗僧第一。元方回《瀛奎律髓汇评》卷四七称其《次韵答吕居仁》诗"向来相许济时功，大似频婆饷远空。我已定交木上座，君犹求旧管城公。文章不疗百年老，世事能磨双颊红"，以为胜过原作。张邦基《墨庄漫录》卷六亦谓其绝句《偶成》"松下柴门闭绿苔，只有蝴蝶双飞来。蜜蜂两股大如茧，应是前山花已开"，清婉有致，不愧唐人。著有《倚松老人集》三卷，事迹见《嘉泰普灯录》卷一二、《光绪江西通志》卷一七九。

徐俯（1075—1141）字师川，洪州分宁（今江西修水）人，徐禧子、黄庭坚外甥。以其父死于西夏战事，元丰末，授通直郎，累迁至司门郎。靖康中，金人扶张邦昌称帝，遂致仕。建炎间，起为右谏议大夫。绍兴二年，赐进士出身，兼侍读。三年，迁翰林学

---

① （宋）谢逸《溪堂集》卷二，文渊阁四库全书本。

士，擢端明殿学士、签书枢密院事。四年，权参知政事，以论事与赵鼎不合，提举洞霄宫。九年知信州。十年卒。事迹见《宋史》卷三七二本传。徐俯早年以诗名，十三岁时作《红梅》诗受苏轼赞赏，又得黄庭坚指导，诗思大进。与韩驹、三洪、吕本中等人交游唱和。晚年欲摆脱江西诗派风格的羁绊，不求雕琢而务造平淡，对苦咏诗风颇有微辞，以为"切不可闭门合目，作镌空妄实之想"，①在北宋末诗人中为独树一帜。其诗歌佳句迭见，如《春日游湖上》的"春雨断桥人不渡，小舟撑出柳阴来"，《花信风》的"一百五日寒食雨，二十四番花信风"，②甚为后人所赏，为南宋诸诗人所摹仿，甚至传入金国。其他如《题颜鲁公画像》、《滕王阁》、《双庙》、《陪李泰发登洪州南楼》，也多为人称诵。又擅长作词，王灼《碧鸡漫志》卷二谓其"词佳处如其诗"。如《鹧鸪天》词之"鲈鱼恰似镜中悬"，化用唐诗名句入词，而又兴寄典雅；《卜算子》词有"柳外重重迭迭山，遮不断，愁来路"句，③不蹈袭前人，思致高迥。著有《东湖集》三卷，已佚，仅存《两宋名贤小集》所收《东湖居士集》一卷。

谢薖(1074—1116)字幼槃，号竹友居士。临川(今江西抚州)人，谢逸从弟。举进士不第，终生不仕。薖长于诗文，与谢逸齐名，时称"二谢"。又与饶节、洪刍、李彭、王直方、汪革等人多有酬唱。其诗多写其隐居情趣，风格清逸流动，新生奇崛。吕本中《题竹友集》称"无逸诗似康乐，幼槃诗似元晖"。④其古体诗如《颜鲁公祠堂》、《十八学士写真图》，近体诗如《次韵董彦远送珍上座还漳江》、《喜晴》、《寄董彦远自仙岩归》，皆清逸可喜。清王士禛《谢幼槃文集又跋》认为"非苏、黄门庭中人不能道"。⑤存词不多，但"语意清丽，颇有锻炼之工"。著有《竹友集》、《竹友词》。《江西通志》卷八〇有传。

韩驹(1080—1135)字子苍，学者称陵阳先生。陵阳仙井监(今四川井研)人。早年从苏轼学，政和中，以献赋召试舍人院，赐进士出身，除秘书省正字。旋坐元祐蜀党之累，贬监华州蒲城县市易务，徙知洪州分宁县。召为著作郎，校正御前文籍，郊祀乐曲多由其所作。宣和五年，为秘书少监。六年，升中书舍人兼修国史，权直学士院，未几罢职奉祠。绍兴元年，知江州。五年，卒于抚州，年五十六。事迹见《宋史》卷四四五本传。著有《陵阳集》五十卷，今仅存四卷本《陵阳集》。韩驹工诗文，苏辙《题韩驹秀才诗卷》称其诗类唐代诗人储光羲，刘克庄《韩子苍》云："子苍蜀人，学出苏氏，与豫

---

① (宋)曾敏行《独醒杂志》卷四，文渊阁四库全书本。
② (清)厉鹗《宋诗纪事》卷三三，文渊阁四库全书本。
③ 以上(宋)曾慥《乐府雅词》卷中，文渊阁四库全书本。
④ (宋)谢薖《谢幼槃文集跋》，《谢幼槃文集》卷首，中华书局1985年版。
⑤ (清)王士禛《居易录》卷一一，文渊阁四库全书本。

章(黄庭坚)不相接。吕公(本中)强之入派,子苍殊不乐。其诗有磨淬剪截之功,终身改窜不已。有已写寄人数年而追取更易一两字者,故所作少而善。”①其诗字字锤炼,风格遒劲,如《和李上舍冬日书事》、《夜泊宁陵》、《十绝为亚卿作》、《题李伯时画昭君图》、《题王内翰家李伯时画太一姑射图二首》、《题采菊图》、《次韵李希声馆中上元直宿》等篇,均为时人所称诵。又长于词,王灼《碧鸡漫志》卷二称“其词佳处如其诗”。

吕本中(1084—1145)字居仁,号紫微,学者又称东莱先生。寿州(今安徽寿县)人,吕公著曾孙。元符中,为济阴主簿、秦州士曹掾,辟大名府帅司干官。宣和六年(1124),除枢密院编修官。靖康初,迁职方员外郎,直秘阁,主管崇道观。绍兴六年(1136),特赐进士出身,擢起居舍人兼权中书舍人。八年,迁中书舍人,兼侍讲,兼权直学士院。屡上疏论恢复大计,因忤秦桧,提举太平观。事迹见《宋史》卷三七六本传。著有《东莱集》二十卷、《外集》二卷,又著有《紫微诗话》一卷、《东莱吕紫微杂说》一卷、《师友杂志》一卷、《童蒙诗训》三卷,均存。吕本中是江西诗派的重要作家,陆游《东莱诗集序》认为吕本中诗文“汪洋闳肆,兼备众体,间出新意,愈奇而愈浑厚,震耀耳目,而不失高古,一时学士宗焉”。②所作《江西诗社宗派图》,标志诗歌创作宗派意识的形成。在诗歌创作理论上,吕本中《夏均父集序》提出了“活法”说:“所谓活法者,规矩备具,而能出于规矩之外,变化不测,而亦不背于规矩。”③其《童蒙诗训》认为“作诗须熟看老杜、苏、黄,亦先见体式,然后遍考他诗,自然功夫度越过人”。④

李彭(生卒年不详)字商老,以家有日涉园,故又称日涉翁。建昌(今江西永修)人。李常从孙。家贫,隐居不仕,与苏轼、黄庭坚、张耒、韩驹、谢逸等人交往唱和。工书法,有六朝钟、王风范。又长于诗,诗风与谢逸、洪朋诸人相近,吕本中称其诗文“富赡宏博,非后生容易可到”;⑤刘克庄《江西诗派小序》亦谓其“博览强记,然诗体拘狭少变化”。其诗多咏吟其隐居生活及与友人唱和,多长篇古体,如《送人游吴》、《元夕高卧》、《九日奉呈元亮兄》、《寄刘壮舆》等篇往往为人称道。近体诗如《观画山水》、《游云居》、《江梅》、《即事》等篇,《四库全书总书目》卷一五五称其“锤炼精研,时多警策,颇见磨淬之功”。著有《日涉园集》十卷,已佚,四库馆臣有辑本,重编为十卷。事迹见《宋史翼》卷二六、《江西诗社宗派图录》。

晁冲之(1072—?)字叔用,一字用道,世人又称为具茨先生。济州钜野(今山东巨

---

① (宋)刘克庄《后村集》卷二四,文渊阁四库全书本。

② (宋)陆游《渭南文集》卷一四,文渊阁四库全书本。

③ (宋)刘克庄《后村集》卷二四《江西诗派小序》引,文渊阁四库全书本。

④ 郭绍虞《宋诗话辑佚》本《童蒙诗训》。

⑤ (宋)吕本中《紫微诗话》,文渊阁四库全书本。

野)人。晁说之、补之从弟。晁氏以文学世其家,中科第者代有其人,独晁冲之不第。绍圣间,党锢事起,晁说之、补之俱罹党籍,冲之隐居具茨山下,得免于祸。事迹见俞汝砺《晁具茨先生诗集序》、《宋诗纪事》卷三三。著有《具茨集》。冲之工诗,早年受知于陈师道,刘克庄《江西诗派小序》称其诗"意度沉阔,气力宽余,一洗诗人穷饿酸辛之态";经靖康乱离后,发为诗歌"悲哀警策","激烈慷慨",南宋诗人唯陆游"可以继之"。清翁方刚《石洲诗话》卷四称其《送一上人还滁州琅琊山》诗气韵高古,胜过晁补之。《瀛奎律髓汇评》卷二〇载纪昀称其《感梅忆王立之》诗,"似平易而极深稳,斯为老笔",学杜甫而成;《梅》诗,颇有陈师道遗韵。亦擅长作词,其《传言玉女》(一夜东风)、《上林春慢》(帽落宫花)皆颇受称道。

王直方(1069—1109)字立之,号归叟。汴京(今河南开封)人。娶宗室女,以假承奉郎监怀州酒税,易冀州籴官,仅数月,投劾归,不复出仕。居汴京十五年,晚年中风,大观三年卒,年四十一。直方喜与文人游,苏轼、黄庭坚、陈师道等常聚会于其家。能诗,《瀛奎律髓汇评》卷五纪昀评,谓其《上巳游金明池》"句外自有远神";方回称其《淮安园》诗格律严整(《瀛奎律髓汇评》卷三五)。又喜论诗,著有《归叟诗话》六卷,记述当时文士评述诗文之论,为宋代文学批评的重要著作,已佚,郭绍虞《宋诗话辑佚》共辑得三百余则。另著有《归叟集》,亦已佚。事迹见晁说之《王立之墓志铭》。

吕本中《江西诗社宗派图序》特别推崇黄庭坚、陈师道,以他们为江西诗派宗祖,但黄从未以一派宗祖自居,也未以"苏、黄"并称自居。仅在黄庭坚生前,苏轼就曾多次"效黄庭坚体",更有不少人专学"山谷体",但当时并未出现以"山谷为之宗"的"江西派"。第一个提出"江西派"的就是吕本中,周紫芝《竹坡诗话》云:"吕舍人作《江西宗派图》,自是云门、临济(佛教两派)始分矣。"当时不以为然者也大有人在,赵彦卫《云麓漫钞》卷一四云:"议者以谓陈无己为诗高古,使其不死,未必甘为宗派。若徐师川则固尝不平曰:'吾乃居行间乎?'韩子苍云:'我自学古人。'均父又以在下为耻。不知居仁当时果以优劣诠次,而姑记姓名?而纷纷如此,以是知执太史之笔者,戛戛乎难哉!"《直斋书录解题》卷一五云:"诗派之说本出于吕居仁,前辈多有异论,观者当自得之。"

以上是《沧浪诗话》"以时而论"所列诸体,他书"以时而论"之体而严羽未提及者,补述如下。

(二十)南　渡　体

南渡体指南宋初年的诗体。刘克庄《前辈》诗有这一提法:"前辈日以远,斯文吁可悲。古人皆尚友,近世例无师。晚节初寮(王安中)集,中年务观(陆游)诗。虽云南渡体，俗子未容窥。”这是南渡体的最早提法。

“初寮”指王安中(1076—1134)。安中字履道，号初寮，中山曲阳(今属河北)人。元符三年(1100)进士。政和间，自秘书少监擢为中书舍人，除御史中丞。以上疏弹劾蔡京，迁翰林学士，又迁翰林学士承旨。宣和元年，拜尚书右丞，徙左丞，以谄事宦官获进。金人归还燕地，授庆远军节度使、河北河东燕山府路宣抚使、知燕山府。辽国降将郭药师同知府事，专擅行事，安中不能制。召还，除大名府尹兼北京留守司公事。言者论劾其贻误国事，贬单州团练副使，象州安置。高宗继位，徙道州，任便居住。绍兴初，复左中大夫。绍兴四年卒，年五十九。事迹见《宋史》卷三五二本传。著有《初寮集》四十卷、《后集》十卷，《内外制》二十六卷，已佚，清四库馆臣辑有《初寮集》八卷。其词存《初寮词》一卷。

王安中以文词擅名，少年时代尝从苏轼学，故其诗文有英特之气，李邴《初寮集序略》称他“天才英迈，笔力有余，于文于诗，皆瑰奇高妙，无所不能”；①周紫芝《初寮集序》亦称其文健而深，至于制诏浑厚，足以风动四方。王安中的文章丰润华赡，尤长于四六体的诏诰，如现存《宣德门成赏功制》、《除知燕山府制》、《贺熙河奏捷表》诸文，都以用典贴切、对仗工稳著称。前期诗多为应制唱酬之作，缺少新意，但词藻华丽，如《立春》、《端午节帖子》等诗凡百韵，宋徽宗命大书于殿屏，以副本赏赐侍臣。后谪岭南，阅历时变，意随境更，诗风亦近于苏轼晚年之作。如其《次秦夷行观老杜画像韵》的“声名乾坤破，生事岁月促”，《初到象州》的“后人谁促渔阳战，旧守犹迁象郡来”，②都颇有杜甫诗意。擅长作词，王灼《碧鸡漫志》卷二谓其“善作一种俊语，其失在轻浮”。如其《小重山》的“椽烛垂珠清漏长，酒黏衫袖湿有余”，《小桃花》的“翠雾萦纡消篆印，筝声恰度秋鸿阵”，③都是脍炙人口的“俊语”。

“务观”指陆游(1125—1210)。陆游字务观，号放翁，越州山阴(今浙江绍兴)，陆佃孙、陆宰子。始生两岁，随父避金军南逃，历尽丧乱之苦。绍兴十三年(1143)，进士试落第。二十三年，参加锁厅试为第一。次年，参加礼部试，列秦桧孙秦埙之前，由此触怒秦桧，被黜落。二十八年，以恩荫为福州宁德主簿，调福州决曹。三十年，擢敕令所删定官，迁大理司直兼宗正簿，罢归山阴。孝宗继位，调枢密院编修官，赐进士出身，兼编类圣政所检讨官。出为镇江府通判，力赞张浚北伐。后宋军于符离溃师，张浚被挤去职，陆游亦改任隆兴府通判。乾道二年(1166)，又以“交结台谏，鼓唱是非，力说张浚用兵”罪名免职。五年，起为夔州通判。八年三月，王炎宣抚川陕，辟为权宣

① (宋)王安中《初寮集》卷首，文渊阁四库全书本。

② (清)厉鹗《宋诗纪事》卷三七，文渊阁四库全书本。

③ 均见《初寮词》。

抚司干办公事兼检法官。在此期间他身着戎装，驱驰于汉中一带，开始了“铁马秋风大散关”的战斗生涯。同年十月，王炎奉调回临安，陆游改成都府路安抚司参议官。九年，权通判蜀州，摄知嘉州。淳熙元年(1174)春，复返蜀州任，摄知荣州。二年，范成大帅蜀，辟游为成都府路安抚司参议官。三年，权知嘉州，未赴任，言者论其“不拘礼法，恃酒颓放”，遂自号“放翁”。五年，提举福建、江西常平。以擅发义仓米赈灾，给事中赵汝愚劾之，闲居六年。十二年，起知严州，除军器少监。绍熙元年(1190)，迁礼部郎中兼实录院检讨官。嘉泰二年(1202)，权同修国史、实录院同修撰，兼秘书监。三年，书成，升宝章阁待制，致仕。后应韩侂胄之请，撰写《南园》、《阅古泉记》。嘉定二年除夕卒，年八十五。著有诗集《剑南诗稿》、《渭南文集》、《放翁词》，1976 年中华书局出版有《陆游集》。事迹见《宋史》卷三九五本传。

陆游是宋代著名爱国主义诗人，他生活的时代正是江西诗派盛行之时，他经历了一个从学习江西诗派到摆脱江西诗派影响的创作历程，中年以后，对江西诗派诗论多有批评。其《读近人诗》认为“琢雕自是文章病，奇险尤伤气骨多”，①《答郑虞任检法见赠》云：“区区圆美非绝伦，弹丸之评方误人。”陆游的文学创作以诗歌成就最大，今存诗九千三百余首。他的诗歌创作经历了三次较大变化。在入蜀以前，他宗杜甫，受江西诗派影响较大，虽穷极工巧而仍归雅正。这一期间诗作很多，但后来多被删削，今存者仅二百余首。入蜀以后，尤其是在汉中抗金前线时期，其诗更增闳肆，自出机杼，尽其才而后止，完全奠定了他在诗歌史上自成一家的地位。晚年闲居山阴，诗风渐造平淡，其《文章》所言“文章本天成，妙手偶得之，粹然无疵瑕，岂复须人为”，颇能代表他后期的诗论和诗风。陆游诗歌最突出的特点是充满爱国忧民的激情，收复中原是他一生反复咏吟的主题。他还有大量描写山水风光、赠酬友人、抒写情怀的诗篇，无论写景咏物，议论感怀，都清新灵动，富于生活情趣。其诗各体兼备，古体、近体、五言、七言，俱各擅长。清赵翼《瓯北诗话》卷六谓“放翁以律诗见长，名章俊句，层见迭出，令人应接不暇。使事必切，属对必工；无意不搜，而不落纤巧；无语不新，而不事涂泽，实古来诗家所未见也”，“其古体诗，才气豪健，议论开辟，引用书卷，皆驱使出之，而非徒以数典为能事。意在笔先，力透纸背，有丽语而无险语，有艳词而无淫词，看似华藻，实则雅洁，看似奔放，实则谨严”。陆游诗数量巨大，虽有很多脍炙人口的佳句，但也难免有用笔率意，疏于锤炼，句式重复之嫌。陆游也长于词，刘克庄《后村诗话》续集卷四称其词“激昂感慨者，稼轩不能过；飘逸高妙者，与陈简斋、朱希真相颉颃；流丽绵密者，欲出晏叔原、贺方回之上”，呈现出多样化的风格。如其《诉衷情》(当年万里觅封侯)

① (宋)陆游《剑南诗稿校注》卷七八，上海古籍出版社 1985 年版。

回忆当年从军的往事，叹息年已老而功业未就，抒发满腔悲愤，风格苍凉而又豪放。其余如《水调歌头·多景楼》“不见襄阳登览，磨灭游人无数，遗恨黯难收”，《沁园春·三荣横溪阁小宴》“许国虽坚，朝天无路，万里凄凉谁寄音”，《夜游宫·记梦寄师伯浑》“自许封侯在万里，有谁知，鬓虽残，心未死”，无不寄托着词人报国无门的愤懑之情，词风近似于苏轼的清旷超迈，辛弃疾的沉郁苍凉。而《钗头凤》(红酥手)为怀念故妻之作，哀怨惆怅，尤其是词末的三叠字“错错错”、“莫莫莫”，更为后世词评家所称赏。他还有一些寓意高远的作品，如著名的《卜算子·咏梅》，①以梅花的孤高自洁，譬喻自己不慕荣利与至死不渝的情怀。陆游亦以文名于当时，陆子遹称其文取则于韩愈、曾巩，“禀赋宏大，造诣深远，故落笔成文，则卓然自为一家，人莫测其涯涘”。②如其《烟艇记》、《书巢记》、《居室记》，记述与乡民生活情状，清新隽永，富有情韵；《韩镇堂记》、《铜壶阁记》、《书渭桥事》、《傅给事外制集序》，抒发自己的爱国情怀；而《上辛给事书》、《澹斋居士诗序》，则阐述他对文学的独到见解。

南北宋之际和南宋前期的诗坛远不止刘克庄《前辈》诗所举的王安中和陆游，陈与义与所谓“中兴四大诗人”(尤袤、杨万里、范成大、陆游)中的其他三位尤袤、杨万里、范成大都是南渡体的代表作家。陈与义、杨万里后将专论，这里说说范成大和尤袤。

范成大(1126—1193)字致能，一作至能，号石湖居士，吴县(今江苏苏州)人。少时遍读经史，能文词。绍兴二十四年(1154)进士。历官徽州司户参军、监行在太平惠民和剂局、枢密院编修官、秘书省正字、校书郎，迁著作佐郎、吏部员外郎，知处州，召为礼部员外郎兼崇政殿说书，擢起居舍人兼侍讲，迁起居郎，除中书舍人。知静江府兼广西经略安抚使。淳熙元年(1174)，除四川制置使兼知成都府。四年，召权礼部尚书。五年正月兼直学士院，四月参知政事。六年知明州兼沿海制置使。七年改知建康府兼行宫留守。九年，因病奉祠，归居石湖。绍熙三年(1192)，起知太平州，旋归营范村。四年卒，年六十八。事迹见周必大《周文忠公集》卷六一《资政殿大学士赠银青光禄大夫范公成大神道碑》、《宋史》卷三八六本传。著有《石湖集》、《石湖词》、《揽辔录》、《骖鸾录》、《吴船录》、《桂海虞衡志》、《梅谱》、《菊谱》等传世。

范成大一生仕途通达，杨万里《石湖诗集原序》称其以文学受知孝宗，“训语具西汉之尔雅，赋篇有杜牧之刻深，骚词得楚人之幽婉；序山水则柳子厚，传任侠则太史迁”。③尤以诗著名，其诗关注国事民生，多表现于写景、叙事、咏史、怀古等各种题材

① 以上所引陆游词均见《放翁词》，文渊阁四库全书本。

② 《渭南文集》附《刊渭南文集跋》，中华书局1976年版。

③ (宋)范成大《石湖诗集》卷首，文渊阁四库全书本。

之中，感事伤怀，富于爱国激情。其悯农之作，如《催租行》、《后催租行》、《黄罴岭》、《劳畬耕》写农民的贫困处境，《荆渚堤上》、《潺陵》写农村遭灾的惨状，《夔州竹枝歌》描写贫富不公的社会现象，《入分宜》、《铧觜》、《麻线堆》表达的民本思想，反映的生活面都较为宽广，体现出作者对农民生活的关切。晚年退隐石湖，所作《四时田园杂兴》诗六十首，对田园景物、乡村风俗，以及农民困苦生活的描述，犹如风俗画卷，成就最高，被誉为“田园诗人”。其诗源自张籍、王建和晚唐体，也受江西诗派影响，故风格多样，杨万里《石湖诗集原序》称其“清新妩丽，奄有鲍、谢；奔逸俊伟，穷追太白”；《四库全书总目》卷一六〇称其“自官新安掾以后，骨力乃以渐而遒，盖追溯苏、黄遗法，而约以婉峭，自为一家”。亦工词，词风多清逸婉峭，陈廷焯《白雨斋词话》云：“石湖词音节最婉转，读稼轩词后读石湖词，令人心平气和。”

尤袤(1127—1194)字延之，号遂初，又号梁溪，无锡(今属江苏)人。绍兴十八年(1148)进士，历官泰兴令、江阴军教授、大宗正丞、秘书丞兼实录院检讨，迁著作郎、知台州，提举淮南东路常平，改江南东路提举，江南西路转运判官，迁转运使兼知隆兴府，召为吏部员外郎兼太子侍讲，除右司郎中，枢密检正兼左谕德，权礼部侍郎、中书舍人兼直学士院。因论姜特立，奉祠归里。绍熙元年，起知婺州，改太平州，召除给事中，兼侍讲。四年，除礼部尚书兼侍读。卒年六十八。事迹见《宋史》卷三八九本传，著有《梁溪集》五十卷，久佚，今存《梁溪遗稿》二卷，另有《遂初堂书目》一卷存世。尤袤博极群书，记忆尤强，时人呼为“尤书橱”。其诗平淡，有晚唐诗风。

有人说，在绍兴和议的近二十年间，歌功颂德的诗文泛滥成灾，创作了汗牛充栋的谄诗谀文，文坛呈现出一派弥望皆黄茅白苇之势。这实际是对“南渡体”的全面否定，恐怕只看到了南渡文坛的一个方面。国家不幸诗人幸，当时的歌功颂德、谄诗谀文固然不少，但在整个绍兴议和过程中反对和议，在议和达成后仍力主抗金、防金以及反对秦桧专权的诗文也很多。陆游《傅给事外制集序》云：“国家自崇宁来，大臣专权，政事号令不合天下心，卒以致乱。然积治已久，文风不衰，故人材彬彬，进士高第及以文辞进于朝者，亦多称得人，祖宗之泽犹在。党籍诸家为时论所贬者，其文又自为一体，精深雅健，追还唐元和之盛。及高皇帝中兴，虽披荆棘，立朝廷，中朝人物，悉会于行在。虽中原未平，而诏令有承平风，识者知社稷方永、太平未艾也。”①又《陈长翁(陈造)文集序》云：“我宋更靖康祸变之后，高皇帝受命中兴，虽艰难颠沛，文章独不少衰。得志者司诏令，垂金石，流落不偶者，娱忧纾愤，发为诗骚，视中原盛时，皆略可无愧，可谓盛矣。”因此，这一时期，出现了大量爱国文学名家，如赵鼎、李光、胡铨、岳

① (宋)陆游《渭南文集》卷一五，文渊阁四库全书本。

飞、李清照、辛弃疾等等。其他如王庶“素刚毅，有大节。方廷争和议时，视秦桧无如也”。①《宋史》卷三七二《王庶传》亦云：“当是时，秦桧再相，以和戎为事……庶力诋和议，乞诛金使，其言甚切”；如张纲，“秦桧当轴二十年，士大夫不登其门者几人？唯公七任宫祠，退藏密深，未尝以一毫干之”；②如高登，考试潮州，以试题策问忤秦桧；后又拒绝为秦桧父建祠；③如黄龟年，《宋史》卷三八一《黄龟年传》云“劾桧专主和议，沮止恢复，植党专权，渐不可长”，章三上，桧褫其职；如綦崇礼，廉俭寡欲，独覃心辞章，洞晓音律，酒酣气振，长歌慷慨，议论风生。《宋史》卷三七八《綦崇礼传》云：“秦桧罢政，崇礼草词，显著其恶无所隐，桧深憾之。”即使那些连篇累牍地作谀诗谀文者，如周紫芝之流，在艺术上也不是毫无可取之处。《四库全书总目》卷一五八《太仓稊米集》提要，一面斥责周紫芝为“老而无耻，贻玷汗青”；一面也肯定“其诗在南宋之初特为杰出，无豫章（黄庭坚）生硬之弊，亦无江湖末派酸馅之习……略其人品，取其词采可矣”。这才是比较全面客观的评价。周紫芝也不无刺秦之作，《宋史翼》卷二七《周紫芝传》云：“（周）尝和御制诗‘已通灌玉亲祠事，更有何人敢造猷’，秦桧怒其讽己。”总之，宋代文学并未因北宋灭亡而中断，“虽云南渡体，俗子未容窥”，靖康之难激起了南渡诗人的爱国激情，使他们从江西诗派的在书本里讨生活转而面向现实，留下了大量关注国事民生，富于爱国激情的诗篇。

（二十一）台　阁　体

台阁体是明代永乐至成化（1403—1487）年间形成的诗文风格。台阁主要指当时的内阁与翰林院，又称为“馆阁”。台阁体是指以当时馆阁文臣杨士奇、杨荣、杨溥（三杨）等为代表的一种文学创作风格。他们先后都官至大学士，体现了明初上层官僚的精神面貌和审美情趣。他们以诗歌创作为主，其诗多为应制、题赠、酬应而作，题材常是颂圣德，歌太平，内容贫乏，追求雍容典雅，比宋初的西昆体还不如。他们宣扬程朱理学，有浓厚的道学气；粉饰太平，正如钱谦益《列朝诗集小传》所说的有“太平宰相风度”，既缺乏自我情感的抒发，也缺乏对民间疾苦的关怀，更缺乏对艺术创造的追求。而明人陈懿典《碧山学士集叙》却对台阁体称颂毕至：“馆阁之体与当世作者异，文宗典谟，诗师雅颂。即负异才博学者，不敢稍踰，而以典重和平为范。乃世之妄作者或

① （宋）朱熹《跋王枢密赠祁居之诗》，《晦庵集》卷八一。
② （宋）张纲《华阳集》卷四〇附录《张公行状》，四库全书本。
③ （宋）刘克庄《后村诗话》后集卷一，文渊阁四库全书本。

嗤馆阁体为平平无奇，不知论经济以均平为极治，论文章以平正为至文。盖平之中已包举世所称为奇者，浑然出之，非其不能奇也。试取典、谟、雅、颂读之，典、谟之中《盘》、《诰》、《左》、《国》之妙，无不具，如必仿《盘》、《诰》、《左》、《国》，则失典、谟矣；雅、颂之中，《国风》、《骚》、《选》之态无不藏，如必步《国风》、《骚》、《选》，则失雅、颂矣。然则馆阁之体，正如钧天之响，八音具备，而主以后夔之六律。时王闻之，或惟恐卧，而其感召，谐神人，和上下，仪凤舞兽，天地欣合，岂与夫繁弦促节，清商哀角，惨淡迸裂而后为快哉？近世七子之流，擅伯自雄，举世群然从之，而独馆阁诸先辈不为披靡。令天下得睹大雅之遗意，列圣之注意词林，其效居然可睹矣。"①

后期的台阁体也发生了一些变化，徐有贞、王鏊的诗歌所表现的人生感受要比"三杨"复杂一些。在成化、弘治年间，以台阁大臣的身份主持诗坛的李东阳，虽说未脱台阁体，但他强调宗法杜甫，比较重视诗歌语言的艺术，其《怀麓堂诗话》较细致地分析了诗歌的声律、音调、结构、用字，对诗歌的抒情功能有一定的认识。他认为"宋诗深，却去唐远；元诗浅，去唐却近。顾元不可为法，所谓取法乎中，仅得其下耳。极元之选，惟刘静修、虞伯生二人皆能名家，莫可轩轾。世恒为刘左袒，虽陆静逸鼎仪亦然。予独谓高牙大纛，堂堂正正，攻坚而折锐，则刘有一日之长；若藏锋敛锷，出奇制胜，如珠之走盘，马之行空，始若不见其妙，而探之愈深，引之愈长，则于虞有取焉。然此非为道学名节论，乃为诗论也。"表现了对宋诗、宋道学的不满。

（二十二）同　光　体

同光包括清代"同治"、"光绪"两个年号。"同光体"是近代诗派之一，郑孝胥、陈三立、陈衍是其代表人物。光绪九年(1883)至十二年间，郑孝胥、陈衍开始标榜此诗派之名，说是指"同、光以来诗人不墨守盛唐者"。他们主张学宋，也学中唐的韩愈、孟郊、柳宗元，而不是盛唐的李白、杜甫。同光体诗又分闽派、赣派、浙派三大支。三派都学宋，但宗尚不尽相同。闽派陈衍《石遗室诗话》谓"宋人皆推本唐人诗法"，他则重点学宋，学杨万里；郑孝胥学孟郊、柳宗元、王安石、陈与义、姜夔；陈宝琛学王安石；沈瑜庆学苏轼。赣派代表陈三立学韩愈、黄庭坚，学江西诗派。浙派代表沈曾植学谢灵运、韩愈、孟郊。

同光体主要学宋诗，之所以能在清末流行，是因为清代神韵、性灵、格调等诗派，在道光以后，已极敝思变。陈衍所著《石遗室诗话》，所选《近代诗钞》影响尤大，故同

① 转引自《中华大典·文学典·文学理论分典》，凤凰出版社 2005 年版，第 625 页。

光体风靡一时。林庚白《今诗选自序》说:“民国诗滥觞所谓‘同光体’,变本加厉,自清之达官遗老扇其风,民国之为诗者资以标榜,展转相沿,父诏其子,师勖其弟,莫不以清末老辈为目虾,而自为其水母。门户既然,于是此百数十人之私言,浅者盗以为一国之公言,负之而趋。其尤不肖者,且沾沾自喜,以为得古人之真,其实不惟不善学古人,其视清之江□、郑珍、范当世、郑孝胥、陈三立,虽囿于古人之樊篱,犹能屹然自成一家之诗,盖又下焉。”①

第二节　以人而论的风格分体

严羽《沧浪诗话·诗体》云:“以人而论,则有苏李体、曹刘体、陶体、谢体、徐庾体、沈宋体、陈拾遗体、王杨卢骆体、张曲江体、少陵体、太白体、高达夫体、孟浩然体、岑嘉州体、王右丞体、韦苏州体、韩昌黎体、柳子厚体、韦柳体、李长吉体、李商隐体、卢仝体、白乐天体、元白体、杜牧体、张籍王建体、贾浪仙体、孟东野体、杜荀鹤体、东坡体、山谷体、后山体、王荆公体、邵康节体、陈简斋体、杨诚斋体。”严羽所论并未概括无余,我们还补充了迁固体、吴均体、江鲍体、阴何体、何水部体、庾信体、卢思道体、薛道衡体、上官体、吴富体、徐涩体、韩柳体、韦柳体、李长吉体、温庭筠体、温李体、三十六体、九僧体、张庭坚体、吴蔡体、梅村体等。

(一) 迁　固　体

需要指出的是,在“以人而论”的风格分体中,迁固体主要还是从体裁角度着眼的分体。

迁固体,指司马迁《史记》、班固《汉书》之纪传体史书的体裁,司马迁的《史记》开创了多种史体,以“本纪”记皇帝事迹兼记国家大事,具有编年体史书的性质;以“世家”记王侯封国和特殊人物;以“表”编系年代、世系及人物;以“书”或“志”记载典章制度;而其主体为“列传”,记载各种人物、民族及外国情况。这是以人物传记为中心的史书,以后各朝为前代修史都用纪传体,成为“正史”的体裁。唐李延寿《北史·李彪传》:“崔浩、高允著述《国书编年序录》为春秋体(即编年体),遗落时事。彪与秘书令高佑始奏,从迁固体,创为纪、传、表、志之目焉。”刘知幾《史通》内篇皆论史家体例,即分别论述司马迁所开创的本纪、世家、列传、表历、书志、论赞等体。《玉海》卷四七云:

---

① 林庚白《丽白楼文乘》,(台北)文海出版社 1991 年版。

"绍兴二十八年二月乙巳，郑樵召对，授迪功郎。其所著《通志》，令有司给扎写进。《通志》二百卷，樵以历代史册及采他书，上自三皇，下迄隋代，通为一书，仿迁固体，为本纪、列传，而改表为谱，改志为略。"

(二) 苏　李　体

苏李体指以西汉苏武《古诗四首》、李陵《与苏武诗三首》为代表的五言诗。但前人对这些诗是否为苏、李所作颇多怀疑。刘勰《文心雕龙》第六《明诗》认为，汉初的"朝章国采，亦云周备。而辞人遗翰，莫见五言，所以李陵、班婕妤见疑于后代也。"苏轼《题文选》云："舟中读《文选》，恨其编次无法，去取失当……如李陵、苏武五言，皆伪而不能辨。"其《题蔡琰传》亦云："刘子玄辨《文选》所载李陵《与苏武书》非西汉文，盖齐、梁间文士拟作者也。予因悟陵与武赠答五言，亦后人所拟。"但历代也不少人仍认为五言诗起于苏、李，梁任昉《文章缘起》云："五言诗，汉骑都尉李陵与苏武诗。"宋高承《事物纪原》卷四云："五言，李翰《蒙求》曰：李陵初，诗始变其体，作五言格也。"苏李体风格质朴，往往表现深厚的感情与内容，与同被萧统收入《文选》中的《古诗》十九首韵味相近。

(三) 曹　刘　体

曹刘体指曹植、刘桢的五言诗体。严羽《沧浪诗话·诗体》云："曹刘体，子建、公幹也。"

曹植(192—232)字子建，曹操幼子，封陈王、谥思，世称陈思王。曹丕称帝后，倍受猜疑。曹氏兄弟的矛盾，史书笔记多有记载，曹植令其作七步诗，几乎家喻户晓。最后郁郁以死，事见《三国志》卷一九。著有《曹子建集》。

在三曹中，曹植的文学成就尤高。他自幼聪颖，雅好学问，慷慨悲歌，多所著述。其诗多为五言，前期诗反映出时代动乱，抒发个人壮志；后期诗由于政治处境恶劣，多抒发其郁闷之情。其诗词采华丽，语言简练而托兴深远，耐人寻味。钟嵘《诗品》卷上云："魏陈思王植诗，其源出于《国风》，骨气奇高，词采华茂；情兼雅怨，体被文质。粲溢今古，卓尔不群。嗟乎，陈思之于文章也，譬人伦之有周孔，鳞羽之有龙凤，音乐之有琴笙，女工之有黼黻。俾尔怀铅吮墨者，抱篇章而景慕，映余晖以自烛。""骨气奇高"，颇足以代表建安体的特征。曹植的《赠白马王彪》感情尤为复杂，或忧谗畏祸："鸱枭鸣衡轭，豺狼当路衢。苍蝇间白黑，谗巧令亲疏。欲还绝无蹊，揽辔止踟蹰。"或抒发任城王曹彪被曹丕毒死后自己的孤独:"归鸟赴乔林,翩翩厉羽翼。孤兽走索群,衔草不遑食。感物伤我怀,抚心长太息。"深感人生无常:"人生处一世,去若朝露晞。年在桑榆间,影响不能追。自顾非金石,咄唶令心悲。"

刘桢(? —217)字公幹,汉末东平人。建安七子之一。曹操任为丞相椽属。《三国志・魏志・王粲传》引《先贤行状》曰:刘桢"清玄体道,六行修备,聪识洽闻,操翰成章,轻官忽禄,不眈世荣。"长于五言诗,曹丕《又与吴质书》称其"有逸气,但未遒耳"。①《文心雕龙・定势》评其文论主张云:"刘桢云:'文之体指实强弱,使其辞已尽而势有余,天下一人耳,不可得也。'公幹所谈颇亦兼气,然文之任势,势有刚柔,不必壮言慷慨乃称势也。"又《体性》云:"公幹气褊,故言壮而情骇。"又《隐秀》云:"公幹之《青松》,格刚才劲,而并长于讽谕。"

骨多奇高,词采华茂,言壮情骇,格刚才劲,这就是曹刘体的特点。后人效曹刘体,以曹刘自喻、喻人者颇多,唐释皎然《杼山集》卷三有《五言奉和陆使君长源水堂纳凉,效曹刘体》,又有《奉送袁高使君诏征赴行在效曹刘体》诗;明郑善夫《少谷集》卷六《答曹仲礼见赠》有"未暇曹刘体,逍遥了岁年"句;清吴绮《林蕙堂全集》卷四《陶憎庵诗序》称"笔底尽烟云之致,篇中悉川岳之奇,莫不格压曹刘,体高屈宋"。

(四) 陶　　体

陶体指晋陶渊明诗体。《沧浪诗话・诗体》:"陶体,渊明也。"

陶潜(365—427)字渊明,又字元亮,当阳柴桑(今江西九江西南)人,大司马陶侃曾孙。他少怀高尚,博学善为文,颖脱不羁,任真自得,为乡里所重。早年"猛志济四海",曾怀济世之志。以亲老家贫,曾为江州祭酒,不堪吏职,不久自归。州召为主簿,不就。复为镇军、建威参军,谓亲朋曰:"聊欲弦歌,以为三径之资,可乎?"执事者闻,以为彭泽令。因"有志不获酬",又从来不喜事俸上官,郡遣督邮至县,"不能为五斗米折腰,拳拳事乡里小儿",遂弃官归隐,从此过着"躬耕自资"的生活,并赋《归去来》以见志:"富贵非吾愿,帝乡不可期。怀良晨以孤往,或植杖而耘耔。登东皋以舒啸,临清流而赋诗。聊乘化而归尽,乐乎天命复奚疑。"又作《五柳先生传》以自况,称"闲静少言,不慕荣利。好读书,不求甚解,每有会意,欣然忘食。性嗜酒,而家贫不能恒(常)得……环堵萧然,不蔽风日,短褐穿结,箪瓢屡空,晏如也。常著文章自娱,颇示

---

① (明)张溥辑《汉魏六朝百三家集・魏文帝集》,文渊阁四库全书本。

己志，忘怀得失，以此自终。”①《晋书》卷九四、《宋书》卷九三、《南史》卷七五皆有传。著有《陶渊明集》，存诗一百二十六首，文十二篇。诗有四言诗九首，其他皆为五言。

陶渊明的诗颇有个性，自然质朴，接近口语，颇富抒情色彩，形成了独特的艺术风格。钟嵘《诗品》卷中云：“文体省净，殆无长语。笃意真古，辞兴婉惬。每观其文，想其人德，世叹其质直。至如‘欢言酌春酒’，‘日暮天无云’，风华清靡，岂直为田家语耶？古今隐逸诗人之宗也。”萧统《陶渊明集序》云：“其文章不群，词采精拔，跌荡昭彰，独超众类，抑扬爽朗，莫与之京。横素波而长流，干青云而直上，语时事则指而可想，论怀抱则旷而且真。加以贞志不休，安道苦节，不以躬耕为耻，不以无财为病。自非大贤笃志，与道污隆，孰能如此乎？”②

唐人推重陶诗，主要在创作上仿效，王维、孟浩然、李白、杜甫、储光羲、韦应物、柳宗元、白居易的部分创作都在学陶。宋人学陶者更多，苏轼甚至尽和陶诗，对陶诗的评论也比唐人深刻得多。苏轼最欣赏陶诗的感情真挚，毫无虚饰。苏轼《和(陶)饮酒二十首》云：“道丧士失己，出语辄不情。江左风流人，醉中亦求名。渊明独清真，谈笑得此生。身如受风竹，掩冉众叶惊。俯仰各有态，得酒诗自成。”又云：“有士常痛饮，饥寒见真情。”温汝能《和陶合笺》卷三评“得酒诗自成”云：“得酒诗成，古今豪旷者多解此趣，但不如渊明之解脱，不为物累，尤得其真耳。末六句冲淡自然，酷似陶作，非公诗固不能为渊明写出真面目也。”苏轼推崇陶潜诗，除了因为陶诗情真外，还因为陶诗余味无穷，“质而实绮，癯而实腴”，即表面质朴而实际绮丽，表面清瘦而实际丰腴。他在《评韩柳诗》中说：“所贵于枯淡者，谓其外枯而中膏，似淡而实美，渊明、子厚之流是也。若中边皆枯，亦何足道！”③苏辙《子瞻和陶渊明诗集引》引苏轼语云：“吾于诗人，无所甚好，独好渊明之诗。渊明作诗不多，然其诗质而实绮，癯而实腴，自曹、刘、鲍、谢、李、杜诸人，皆莫及也。”④南宋朱熹对陶诗也有不少中肯的评价：“陶渊明诗，人皆说是平淡。据某看，他自豪放，但豪放得来不觉耳。其露本相者，是《咏荆轲》一篇，平淡底人，如何说得这样言语出来”；⑤“渊明诗所以为高，正在不待安排，胸中自然流出。”⑥明清人和陶评陶者也不少，此不一一细说。

---

① 以上均见《晋书·陶潜传》，文渊阁四库全书本。

② 《陶渊明集》卷首，文渊阁四库全书本。

③ (宋)胡仔《渔隐丛话前集》卷一九，文渊阁四库全书本。

④ (宋)苏辙《栾城后集》卷二十一，文渊阁四库全书本。

⑤ (宋)黎靖德《朱子语类》一四〇，文渊阁四库全书本。

⑥ (明)顾炎武《日知录》卷二一引朱熹《答谢成之书》，文渊阁四库全书本。

（五）谢　体

谢体指谢灵运诗体。《沧浪诗话·诗体》："谢体，灵运也。"

谢灵运（385—433），小名客儿，故又称谢客。祖父为谢玄，出身世族，有深厚的文化修养，工诗文，善书画，通史学，精佛老。东晋崇尚清谈，多玄言诗，《文心雕龙·时序》云："诗必柱下之指归，赋乃漆园之义疏。"谢诗却善于刻画山水景物，多描写永嘉、会稽、庐山等地的山水名胜，工于铸词，模山范水，深含玄理，寓理于情，寓情于景，清新隽永，开诗歌史上的山水诗派，完成了玄言诗到山水诗的转变。汤惠休称"谢诗如芙蕖出水"，①鲍照称"谢五言如初发芙蓉，自然可爱"，②黄子云称其"于汉魏之外，另辟蹊径，舒情缀景，畅达理旨"，③对其艺术成就和在诗歌史上的地位都作了较高评价。谢诗对后世产生很大影响，他身后不久，仿其诗者很多，形成所谓"谢灵运体"。《南史》卷四三云："武陵昭王晔字宣昭。高帝第五子也……与诸王共作短句诗，学谢灵运体，以呈高帝。帝报曰：'见汝二十字，诸儿作中最为优者。但康乐放荡，作体不辩有首尾。安仁、士衡深可宗尚，颜延之抑其次也。'"唐代的李、杜、王、孟、韦、柳等都从其作品中汲取过营养，欧阳修亦有《将至淮安，马上早行，学谢灵运体六韵》诗。

（六）吴　均　体

吴均（469—520）字叔庠，吴兴故鄣（今浙江安吉）人。家世寒贱，好学有俊才，沈约见均文，颇相称赏。天监初，柳恽召补吴兴主簿，日与赋诗。《南史》卷七二《吴均传》："吴均字叔庠……文体清拔，有古气，好事者或效之，谓为吴均体。"

《玉台新咏》卷八有纪少瑜《拟吴均体应教》诗。许学夷《诗源辨体》卷九云："吴均五言，声渐入律，语渐绮靡，在齐梁间稍称遒迈。"《艺文类聚》卷五九云："梁吴均《战城南》诗曰：'蹀躞青骊马，往救城南畿。五历鱼丽阵，三入九重围。为君意已重，无功终不归，'又诗曰：'前有浊樽酒，忧思乱纷纷。小来重意气，学剑不学文。忽值胡关静，匈奴遂两分。天山已半出，龙城无片云。汉世平如此，何用李将军。'又诗曰：'陌上何諠諠，匈奴围塞垣。黑云藏赵树，黄尘埋陇根。天子羽书劳，将军在玉门。'又诗曰：

① （梁）钟嵘《诗品》卷中引，文渊阁四库全书本。

② 《南史·颜延之传》引，文渊阁四库全书本。

③ （清）黄子云《野鸿诗的》，《清诗话》本。

‘杂虏寇铜鞮，征役去三齐。扶山剪疏勒，傍海扫沉黎。剑光挥夜电，马汗昼成泥。何当见天子，画地取关西。’”冯班《钝吟杂录》卷五《严氏纠谬》称其“灼然自名一体”，为“边塞之文所祖”，即指他这类诗篇。

（七）江　鲍　体

江鲍体指江淹、鲍照诗体。鲍照，见前“元嘉体”部分。

江淹（444—505）字文通，济阳考城（今河南兰考东）人。六岁能诗。十三岁丧父，家贫，靠采薪养母。成年后，先后在宋始安王刘子真、新安王刘子鸾、建平王刘景素幕府任职。但因他“倜傥不俗，或为世士所嫉”，[①]曾被诬受贿入狱。宋明帝死后，刘景素密谋叛乱，江淹曾多次谏劝，景素不纳，元徽二年（474）被贬为建安吴兴县（今福建浦城）令，在仕途上很不得志。江淹的文学成就主要表现在辞赋方面，他是南朝辞赋大家，与鲍照并称，其《恨赋》、《别赋》与鲍照的《芜城赋》、《舞鹤赋》均是南朝辞赋的代表作。他还是南朝骈文中最有成就的作家之一。其诗歌成就虽不及其辞赋和骈文，但也不乏优秀之作，意趣深远，在齐梁诸家中颇为突出。

杜甫《赠毕四曜》云：“流传江鲍体，相顾免无儿。”[②]清汤右曾《己亥五月足疾杜门》云：“平生江鲍体，繁丽自天禀。”[③]“繁丽”是江淹、鲍照诗的共同特征。查慎行《闻副相揆公正月初六讣音，小诗寄哀》：“所伤江鲍体，无子孰流传。”[④]

（八）阴　何　体

阴何体指阴铿、何逊的诗体。明曹安《谰言长语》、元李昱《草阁诗集》卷二的《宵行效阴何体》诗，元无名氏《氏族大全》卷一二谓阴铿诗“与何逊齐名，号阴何体”，元刘永之有《黄士一为余作墨梅效阴何体》诗。[⑤]明宋公传《元诗体要》卷八《阴何体》云：“梁阴铿子坚与何逊仲言以能诗齐名，其诗清深秾丽，号阴何体”；明彭大翼《山堂肆考》卷一〇三谓阴铿“与何逊齐名，有《阴何诗集》行于世，号阴何体”。

阴铿（生卒年不详）字子坚，南朝陈时武威（今属甘肃）人。幼聪颖，五岁能诵诗

---

① （梁）江淹《江文通集》卷三《自序传》，文渊阁四库全书本。

② （清）仇兆鳌《杜诗详注》卷六，文渊阁四库全书本。

③ （清）汤右曾《怀清堂集》卷一八，文渊阁四库全书本。

④ （清）查慎行《敬业堂诗集》卷四六，文渊阁四库全书本。

⑤ （明）曹学佺编《石仓历代诗选》卷二六七，文渊阁四库全书本。

赋，日千言。及长，博涉史传，尤善五言诗，为当时所重。南朝梁时官东王法曹参军。侯景之乱，为贼所擒，获救乃免。陈时官至晋陵太守、员外散骑常侍。《陈书》卷三四、《南史》卷六四有传。阴铿与何逊齐名，气韵相近，并称“阴何”，杜甫《解闷十二首》有“颇学阴何苦用心”之句，又《与李十二白同寻范十隐居》以之喻李白：“李侯有佳句，往往似阴铿”。其诗神采融彻，辞精意切，风格流丽，陈祚明《采菽堂古诗选》卷二九云：“阴子坚诗，声调既亮，无齐、梁晦涩之习，而琢句抽思，务极新隽，寻常景物，亦必摇曳出之，务使穷态极妍，不肯直率……太白仰钻，少陵推许，榛途之辟，此功不小也。”

何逊，见下“何水部体”。

（九）何水部体

何水部体指何逊诗体。

何逊（？—约518）字仲言，南朝梁东海郯（今山东郯城）人，何承天曾孙。八岁能赋诗，弱冠州举秀才，范云见其对策，大称赏，因结忘年之交。谓所亲曰：“顷观文人，质则过儒，丽则伤俗，其能含清浊，中今古，见之何生矣。”沈约尝谓逊曰：“吾每读卿诗，一日三复，犹不能已。”①可见他颇为名流所称。梁天监中兼尚书水部郎，故世称何水部。

何逊文与刘孝绰并见重，故又称“何刘”。其诗意境幽微，语言流丽，状景写物，神采焕发，形成一种特殊的诗风，称何水部体。宋李彭有《晓发章水道中有怀伯固驹甫师川养直效何水部体》诗。②宋黄伯思《东观余论》卷上《跋何水曹集后》极推崇其诗：“集中若‘团团月隐洲’，‘轻燕逐风花’，‘远岸平沙合，连山远雾浮’，‘岸花临水发，江燕绕樯飞’，‘游鱼上急濑’，‘薄云岩际宿’等语，子美皆采为己句，但小异耳。故曰‘能诗何水曹’，信非虚赏。古人论诗，但爱逊‘露滋寒塘草，月映清淮流’及‘夜雨滴空阶，晓灯暗离室’为佳，殊不知逊秀句若此者殊多。如《九日侍宴》诗云：‘疏树翻高叶，寒流聚细纹。日斜迢递宇，风起嵯峨云。’《答高博士》云：‘幽蝶弄晚花，清池映疏竹。’《还度五洲》云：‘萧散烟霞晚，凄清江汉秋。’《答庾郎》云：‘蛱蝶萦空戏。’《日暮望江》云：‘水影漾长桥。’《赠崔录事》云：‘河流绕岸清，川平看鸟远。’《送行》云：‘江暗雨欲来，浪白风初起。’庾子山辈有所不逮。其警语尚多，如《早梅》云：‘枝横却月观，花绕凌风台。’《铜爵妓》云：‘曲中相顾起，日暮松柏声。’句殊雄古，而颜黄门谓其‘每病辛

---

① 以上见《梁书·何逊传》，文渊阁四库全书本。

② （宋）李彭《日涉园集》卷一，文渊阁四库全书本。

苦，饶贫寒气'，无乃太贬乎？阴铿风格流丽，与孝穆、子山相长雄，乃沈、宋近体之椎轮也。"其《咏早梅》①云："兔园标物序，惊时最是梅。衔霜当路发，映雪拟寒开。枝横却月观，花绕凌风台。朝洒长门泣，夕驻临邛杯。应知早飘落，故逐上春来。"最为后世称赏。杜甫《和裴迪登蜀州东亭》云："东阁官梅动诗兴，还如何逊在扬州。"

（十）徐　庾　体

徐庾体指以庾肩吾、庾信父子，徐摛、徐陵父子为代表的诗体。严羽《沧浪诗话·诗体》云："徐庾体，徐陵、庾信也。"元稹《唐故工部员外郎杜君墓系铭》称"徐、庾之流丽"，是就其诗而言的；就骈文而论，则专指徐陵和庾信两人，他们比沈约、任昉等更讲究用典，更加丽逸，但由于过分拘泥于典故，有时个别文句欠通脱，影响了文章的流畅。

徐陵（507—583）字孝穆，东海郯（今山东郯城）人。南朝梁、陈时历官中书监、左光禄大夫、太子少傅。《梁书》有传，著有《徐孝穆集》。当时的诏策诰命多出其手。诗文皆轻靡绮艳，与庾信齐名，世称"徐庾"，是当时宫体诗的代表人物。所作以奏议为多，其文学成就不及庾信。

庾信（513—581）字子山，南阳新野（今属河南）人。幼而俊悟，聪敏绝伦，博览群书，尤善《春秋左氏传》。初仕梁，后出使西魏，会西魏灭梁，被留，历仕西魏、北周，官至骠骑大将军、开府仪同三司，世称庾开府。《周书》卷四一、《北史》卷八三有传，著有《庾开府集》。他与其父庾肩吾、徐陵都是梁时著名的宫体诗人，以轻靡浮艳，专事雕琢为特征，时称徐庾体。后进竞相模仿，每有一文，都下莫不传诵。前期之作，因战乱几乎荡然无存，北周滕王逌《庾子山集注序》云："昔在扬州，有集十四卷。值太清罹乱，百不一存。及至江陵，又有三卷，即重遭军火，一字无遗。"②后辑得四十篇左右，以《春赋》、《荡子赋》较为有名。诗多留连光景之作，其《燕歌行》是比较好的一篇边塞诗。庾信晚年因经战乱，所作内容、风格都有变化，感时伤世，苍凉萧瑟，对当时的社会现实有所反映，以《哀江南赋》、《拟咏怀》二十七首为最有名。《哀江南赋》是一篇自传体的抒情赋，主要抒发家国破亡之感："冤霜夏零，愤泉秋沸。城崩杞妇之哭，竹染湘妃之泪……逢赴洛之陆机，见离家之王粲。莫不闻陇水而掩泣，向关山而长叹。"

---

① （梁）何逊《何水部集》，文渊阁四库全书本。

② （清）倪璠注《庾子山集》附，文渊阁四库全书本。

（十一）庾 信 体

《北史》卷五八《周室诸王传》："赵僭王招字豆卢突，幼聪颖，博涉群书，好属文，学庾信体，词多轻艳。"《隋书》卷五八《柳䛒传》："转晋王咨议参军。招引才学之士诸葛颍、虞世南、王胄、朱玚等百余人以充学士，而䛒为之冠。王以师友处之，每有文什，必令其润色，然后示人。尝朝京师，还作《归藩赋》，命䛒为序，词甚典丽。初王属文为庾信体，及见䛒已后，文体遂变。"

庾信体又简称庾体或小庾体，唐长孙正隐、崔知贤、陈嘉言、韩仲宣、高瑾，皆有效小庾体诗，长孙正隐《上元夜效小庾体同用春字并序》云："九谷帝畿，三川奥域。交风均露，上分朱鸟之躔；浙洛背河，下镇苍龙之阙。多近臣之第宅，即瞰铜街；有贵戚之楼台，自连金穴。美人竞出，锦障如霞；公子交驰，琱鞍似月。同游洛浦，疑寻税马之津；争渡河桥，似向牵牛之渚。实昌年之乐事，令节之佳游者焉。而戒晓严钟，俄喧绮陌；分空落宿，已半朱城。盖陈良夜之欢，共发乘春之藻。仍为庾体，四韵成章，同以春为韵。"①

（十二）卢 思 道 体

张溥《汉魏六朝百三家集》卷一一五《卢思道集题词》云："子行（卢思道）诗兼工七言，唐玄宗自蜀回，登勤政楼。歌曰：'庭前琪树已堪攀，塞北征人去未还。'即卢蓟北歌词也。唐风近隋，卢、薛诸体，世尤宗尚，含蓄意寡，而音响无滞，自以为昆吾莫邪尔。"其中，"卢、薛诸体"之卢指卢思道（体），薛指薛道衡（体）。

卢思道（535—586）字子行，范阳（今河北涿州）人。仕北齐为给事黄门侍郎，待诏文林馆。北周武帝平齐，授仪同三司。隋初官至散骑侍郎。为人聪明俊辩，通脱不羁，才学兼备。然不持操行，好轻侮人。其作品原集三十卷，已佚。今传《卢思道集》一卷。事迹见《北齐书》、《全上古三代秦汉三国六朝文》、《北史》本传。

《卢思道集题词》又云："卢子行自齐入周，作《听蝉诗》；迁武阳太守，作《孤鸿赋》；沦滞官途，作《劳生论》。忧愁所寄，并为时称。然谈世变，刺炎凉，论乃独出矣。"其《听蝉鸣篇》以蝉声的哀嘶喻游子的悲鸣，②抒发了"暂听别人心即断，才闻客子泪先

① 《御定全唐诗》卷七二，文渊阁四库全书本。

② 本段所引卢思道作品均见（明）张溥《汉魏六朝百三家集·卢思道集》，文渊阁四库全书本。

垂”的乡思，讥讽长安权贵们“富贵功名本多豫，繁华轻薄尽无忧”的生活，词意清切，为时人所重，为庾信所赏。卢思道的诗歌对初唐歌行有很大影响。后迁武阳太守，非其所好，为《孤鸿赋》以寄其情，又著《劳生论》指斥时政。其诗多宴游酬赠之作，而《从军行》为七言歌行体，写征人思妇的相互思念，讽刺武将邀功求赏，是一首比较好的边塞诗，清丽流畅：“庭中奇树已堪攀，塞外征人殊未返，白雪初下天山外，浮云直上五原间。关山万里不可越，谁能坐对芳菲月？流水本自断人肠，坚冰归来伤马骨。”他期望要和平不要战争，要安定不要动乱，这就是《从军行》的主旨。故有人称《从军行》为反战诗。陈祚明《采菽堂古诗选》卷三五云：“卢子行诗如秋山晴涧，石子离离，树影清流，游鱼白漾，非惟毛发可鉴，使人心骨俱清。”卢思道的文章以《劳生论》为最著名，揭露了北齐、北周官场中趋炎附势的衣冠士族的丑态，颇为生动传神：“不耻不仁，不畏不义，靡愧友朋，莫惭妻子。外呈厚貌，内蕴百心，由是则纡青佩紫，牧州典郡，冠帻劫人，厚自封殖。妍歌妙舞，列鼎撞钟，耳倦丝桐，口饫珍旨。虽素论以为非，而时宰之不责。”今人钱钟书誉之为北朝文压卷之作。

（十三）薛道衡体

薛道衡（540—609）字玄卿。河东汾阴（今山西万荣）人。历仕北齐、北周，入隋官至司隶大夫。后为炀帝所杀。少孤好学，十三岁时，读《春秋左氏传》，有感于子产相郑之功，作《国侨赞》一篇，词藻华美，时人称为奇才，由此颇富文名。北齐武平年间即有诗名，和卢思道齐名。北周时，自以为不受重用，弃官归乡里。后为州主簿、司禄上士。隋文帝开皇八年（588），被任命为淮南道行台吏部郎，随晋王杨广、宰相高颎出兵伐陈，专掌文翰。除吏部侍郎。后贬官江陵。最后为炀帝所杀。事见《隋书》本传，著有《薛司隶集》。

在隋代诗人中，薛道衡的艺术成就最高。其诗虽未摆脱六朝余风，有些作品却刚健清新，如其边塞诗《从军行》。代表作《昔昔盐》描写思妇的孤独寂寞，其中“暗牖悬蛛网，空梁落燕泥”一联，最为脍炙人口。小诗《人日思归》含思委婉，也很著名：“入春才七日，离家已二年。人归落雁后，思发在花前。”①首句点人日（正月初七），次句写思归之因，三句写迟归，雁早归而自己未归，四句点思归之切，刚过初七，花未发而归家之思已发，充分抒发了游子思乡之情。

① 本段所引薛道衡作品均见（明）张溥《汉魏六朝百三家集·薛道衡集》，文渊阁四库全书本。

（十四）上　官　体

上官体指唐高宗龙朔年间（661—663）以上官仪为代表的宫廷诗体，以奉和、应制、咏物为主要题材，内容空泛，重视形式技巧，追求声辞华美。

上官仪（约608—664）字游韶，祖籍陕县（今河南三门峡市），生于江都（今江苏省仪征市）。唐太宗贞观元年（627），上官仪被时任扬州大都督府长史的杨仁恭看重，举荐赴京师长安参加科考中进士，诏授弘文馆直学士，累迁秘书郎。唐太宗自制《大唐三藏圣教序》，命上官仪于廷上宣读。唐高宗即位后，为太子中舍人。显庆四年（659）任都讲令侍讲，龙朔元年（661）任中书侍郎，二年任宰相。上官仪刚直肯谏，主张废皇后武则天。武则天专权后，其宠臣许敬宗秉其意，奏上官仪与已废太子李忠谋反，武则天以此为由，将上官仪及其子上官庭芝同时处死。中宗李显即位时，才得以平冤，以国礼改葬。

《旧唐书》卷八〇《上官仪传》称其："本以词彩自达，工于五言诗，好以绮错婉媚为本。仪既贵显，故当时多有效其体者，时人谓为上官体。"上官仪长于南方寺院中，受南朝文化的熏陶和宫体诗影响，文并绮艳；擅五言，内容多为应制奉命之作，歌功颂德，粉饰太平；但格律工整，形式上追求程序化，词藻华丽，绮错婉媚。因其位显，时人多仿效，世称"上官体"。他又归纳六朝以后诗歌的对偶方法，提出"六对"、"八对"之说，代表了当时宫廷诗人的形式主义倾向，对律诗的定型有一定促进作用，是齐、梁以来新体诗过度到沈、宋律诗的一座桥梁。

（十五）沈　宋　体

沈宋体指唐沈佺期、宋之问的诗体。严羽《沧浪诗话·诗体》云："沈宋体：佺期、之问也。"

沈佺期（约656—713）字云卿，相州内黄（今属河南）人。及进士第，由协律郎累迁中书舍人、太子少詹事。开元初卒。善属文，尤长七言之作，与宋之问齐名，时称"沈宋"。

宋之问（约656—712）字延清，一名少连，汾州（治今山西汾阳）人。伟貌雄辩，甫冠，武后召与杨炯分直习艺馆。累转尚方监丞、左奉宸内供奉。武后游洛南龙门，诏从臣赋诗。左史东方虬诗先成，后赐锦袍；之问俄顷献，后览之嗟赏，更夺袍以赐。媚附张易之，易之所赋诸篇，尽之问所为。后又谄事太平公主，故见用。及安乐公主权盛，复往结，故太平深疾之。下迁越州长史，穷历剡之溪山，置酒赋诗，流布京师，人人传讽。睿宗立，以狯险盈恶流放钦州，后赐死。

《新唐书》卷二〇二《宋之问传》云："魏建安后讫江左，诗律屡变。至沈约、庾信以音韵相婉附，属对精密。及之问、沈佺期又加靡丽，回忌声病，约句准篇，如锦绣成，文学者宗之，号为沈宋。语曰：'苏、李（苏武、李陵）居前，沈、宋比肩。'"

元稹《唐故工部员外郎杜君墓系铭序》云："沈、宋之流，研练精切，稳顺声势，谓之为律诗。由是而后，文体之变极焉。"沈宋体的主要贡献，在于使唐代律诗的体制得以定型。唐初以来，诗歌声律化及讲究骈偶的趋势日益发展。沈佺期、宋之问等人更是在沈约、谢朓等人创制的永明体基础上，从原来的讲求四声发展到只辨平仄，从消极的"八病"之说中探寻出积极的平仄规律，由原来只讲求一句一联的音节协调发展到全篇平仄的粘对，从而形成在平仄上有严格规则可循的完整的律体诗，不仅使五律的体制得以定型，而且使七律的体制趋于规范，并通过其创作实践，使得这些规范逐渐为人所接受。

（十六）陈拾遗体

陈拾遗体指陈子昂诗体。《沧浪诗话·诗体》云："陈拾遗体：陈子昂也。"

陈子昂（约659—700，一作661—702）字伯玉，梓州射洪（今属四川）人。家世富豪，岁饥，多出粟赈乡里。年十八尚未知书，任侠使气，弋博自如。后入乡校，感悟发奋，痛自修饰，博览群书。文明元年（684）登进士第。高宗崩，上书言山陵事，武后奇其才，召见金銮殿，对答慷慨，擢麟台正字。后又多次召对，论朝政利害，力主措刑、知贤、去疑、招谏、劝赏、息兵、安宗子。迁右卫胄曹参军、右拾遗，世称陈拾遗。圣历初，以父老辞官归侍，被县令段贵所害，年仅四十三。

陈子昂力主革新六朝诗文风气，他在《与东方左史虬修竹篇并书》中说："文章道弊五百年矣，汉魏风骨，晋宋莫传，然而文献有可征者。仆尝暇时观齐梁时诗，采丽竞繁，而兴寄都绝，每以永叹。思古人，常恐逶迤颓靡，风雅不作，以耿耿也。昨于解三处见明公《咏孤桐篇》，骨气端翔，音情顿挫，光英朗练，有金石声。遂用洗心饰视，发挥幽郁，不图正始之音，复睹于兹，可使建安作者，相视而笑。"可见他反对"采丽竞繁，而兴寄都绝"的齐梁诗风，提倡"汉魏风骨"和建安、正始的诗风。其文言之有物，平实流畅，"以风雅革浮侈"，[1]开古文革新之先河。韩愈《荐士》所谓"国初盛文章，子昂独高蹈"即指此。其诗善于托物寄兴，质朴无华，不假雕饰而遒劲刚健。其《感遇》诗三十八首，[2]慨叹身世，指斥时政，净洗六朝宫体艳丽之风。《新唐书》卷一〇七本传云：

---

① 《文苑英华》卷七〇四梁肃《补阙李君前集序》，文渊阁四库全书本。

② 本段所引陈子昂诗见《陈拾遗集》卷一、卷二、附录，文渊阁四库全书本。

“唐兴，文章承徐、庾余风，天下祖尚，子昂始变雅正。初，为《感遇诗》三十八章，王适曰：‘是必为海内文宗。’乃请交。子昂所论著，当世以为法。”其《登幽州台歌》“前不见古人，后不见来者。念天地之悠悠，独怆然而泣下”，短短二十二字，俯视古今，苍凉悲壮，寄慨遥深，堪称绝唱。其他如《咏怀》、《蓟州览古》或自抒感慨，或托古讽今，与齐梁靡丽之风迥异其趣。明人高棅《唐诗品汇叙目》称其“继往开来，中流砥柱，上遏贞观之微波，下决开元之正派”；明胡震亨《唐音癸签》卷九云：“唐初承袭梁隋，陈子昂独开古雅之源……高適、岑参、王昌龄、李颀、孟云卿本子昂之古雅而加以气骨者也。”都指出了他对变唐初诗风，开盛唐诗风的重要作用，代表了初唐诗歌的最高成就。

（十七）吴　富　体

吴富体指唐人吴少微、富嘉谟的文体。

《新唐书》卷二〇二《尹元凯传》：“尹元凯，瀛州乐寿人，由慈州司仓参军坐事免，栖迟不出者三十年。与张说、卢藏用厚，诏起为右补阙。时又有富嘉谟、吴少微，皆知名。嘉谟武功人，举进士，长安中累转晋阳尉。少微新安人，亦尉晋阳，尤相友善。有魏谷倚者为太原主簿，并负文辞，时称北京三杰，天下文章尚徐、庾，浮俚不竞。独嘉谟、少微本经术，雅厚雄迈，人争慕之，号吴富体。”

吴少微（？—706），唐文学家，季札的后代。诗文雄迈高丽。武周长安中（701—704）累授晋阳尉。中宗神龙初，由吏部侍郎韦嗣立称荐，升任右台监察御史。与富嘉谟特相友善，神龙二年（706）三月，嘉谟去世，病中少微闻讯大恸，赋诗哀悼，不久亦卒。吴少微与富嘉谟、魏谷倚，皆以文词著称，誉为“北京三杰”。所作《崇福寺钟铭》，尤为时人所推重。《新唐书·艺文志》著录有集十卷，已散佚。《全唐文》收录其《为并州长史张仁亶进九鼎铭表》等六篇文。《全唐诗》收录其《哭富嘉谟》、《长门怨》、《古意》等诗六首。

富嘉谟（？—706），武功（今属陕西）人。字号不详。举进士后，于武后长安中转晋阳尉，与吴少微同官友善。唐中宗时预修《三教珠英》。韦嗣立荐为左台监察御史，不久病逝。《新唐书·艺文志》著录《富嘉谟集》十卷，已佚。《全唐文》存其文四篇，《全唐诗》存其诗一首。

初唐时吴少微、富嘉谟的散文在当时被称为“吴富体”，流行于武则天时期，主要指二人的碑颂文，其特点是以经典为本，词调高雅，改变了徐、庾气调低劣的文风，与陈子昂的散文一样，是唐代古文运动中最早出现的新的散文文体，也是唐代古文运动的重要渊源，对后世产生了很大的影响。如果说陈子昂是唐代文学复古的最早提倡者，那么，富嘉谟、吴少微则是唐代文学复古的最早实践者。他们用新式散文取代骈文的大胆尝试，走出了唐代古文运动最为重要的一步。

（十八）王杨卢骆体

杜甫《戏为六绝句》："杨王卢骆当时体，轻薄为文哂未休。尔曹身与名俱灭，不废江河万古流。"这大概是"王杨卢骆体"的最早提法。《沧浪诗话·诗体》云："王杨卢骆体：王勃、杨炯、卢照邻、骆宾王。"他们都是一些天才少年，而仕途多艰且早逝，其主要活动时间为唐高宗、武则天时期，被称为"初唐四杰"。四杰的诗文虽未脱齐梁以来绮丽余习，但已初步扭转文学风气。王勃明确反对当时的"上官体"，"思革其弊"，得到卢照邻等人的支持。他们的诗歌，从宫廷走向人生，题材较为广泛，风格也较清俊。卢、骆的七言歌行趋向辞赋化，气势稍壮；王、杨的五言律绝开始规范化，音调铿锵，骈文也在词采赡富中寓有灵活生动之气。陆时雍《诗镜总论》说"王勃高华，杨炯雄厚，照邻清藻，宾王坦易，子安其最杰乎？调入初唐，时带六朝锦色"。他们是初唐文坛上新旧过渡时期的人物。

王勃（650—约676）字子安，绛州龙门（今山西河津）人，王通之孙。六岁解属文，构思无滞，词情英迈。九岁读颜师古注《汉书》，撰《指瑕》十卷以摘其误。年未冠，应举及第。乾封（666—667）初，诣阙上《宸游东岳颂》，又上《乾元殿颂》。沛王李贤闻其名，召为沛王府修撰。诸王斗鸡，勃戏为《檄英王鸡文》，高宗览之，大怒，不令入府。后补虢州参军。以匿杀官奴曹达罪，当诛，会赦除名。上元二年（675）往交趾省父，道中为《采莲赋》以见意，其辞甚美。途经南昌，撰千古名作《滕王阁序》。渡南海，堕水而卒。勃属文初不精思，援笔成篇，不易一字，与杨炯、卢照邻、骆宾王皆以文章齐名天下。杨炯《王勃集序》称其诗文"壮而不虚，刚而能润，雕而不碎，按而弥坚"。崔融认为"勃文章豪放，非常人所及"。①尤长五律，"兴象婉然，气骨苍然，实首启盛、中（唐）妙境"。②

杨炯（650—约693），华阴（今属陕西）人。幼聪敏博学，善属文。十二岁举神童，授校书郎。坐从父弟参与徐敬业乱，出为梓州司法参军，迁盈川令，卒。他在《王勃集序》中盛赞王勃改变宫体诗风："尝以龙朔初载，文场变体，争构纤微，竞为雕刻。糅之金玉龙凤，乱之朱紫青黄。影带以徇其功，假对以称其美。骨气都尽，刚健不闻。思

① 《新唐书·卢照邻传》，文渊阁四库全书本。

② （明）胡应麟《诗薮》内篇卷四，文渊阁四库全书本。

革其蔽，用光志业。”龙朔为唐高宗年号(661—663)，当时以上官仪为代表的宫体诗风盛行，“争构纤微，竞为雕刻”，“骨气都尽，刚健不闻”。而王勃“思革其蔽，用光志业”，这也是初唐四杰的共同志向。如意元年(692)七月望日，宫中出盂兰盆分送佛寺，武则天御洛南门与百僚观之，炯献《盂兰盆赋》，词甚雅丽。炯长于五言律诗，其边塞诗以气势胜，如《从军行》：“烽火照西京，心中自不平。牙璋辞凤阙，铁骑绕龙城。雪暗凋旗画，风多杂鼓声，宁为百夫长，胜作一书生。”但他也有一些作品未能尽脱轻艳之气。

卢照邻(约635—约689)字昇之，号幽忧子，范阳(今河北涿州)人。为邓王府典签，张鷟《朝野签载》卷六载：“王府书记，一以委之。王有书十二车，照邻总批览，略能记忆。”邓王称之为“吾之相如”。调新都尉。后为风痹所困，自沉颍水而死。卢照邻颇有改变南朝诗风的勇气，其《南阳公集序》云：“圣人方士之行，亦各异时而并宜；讴歌玉帛之书，何必同条而共贯?”《乐府杂诗序》云：“发挥新题，孤飞百代之前；开凿古人，独步九流之上。自我作古，粤在兹乎!”其诗多愁苦之音。其《长安古意》极写官僚贵族的骄奢浮佚，而以感叹作结：“自言歌舞长千载，自谓骄奢凌五公。节物风光不相待，桑田碧海须臾改。昔时金阶白玉堂，即今惟见青松在。寂寂寥寥扬子(雄)居，年年岁岁一床书。独有南山桂花发，飞来飞去袭人裾。”

骆宾王(约640—约684)字观光，婺州义乌(今属浙江)人。七岁能赋诗。初为道王府属官。后闲居齐鲁十余年，赴京对策，中式，授奉礼郎兼东台详正学士。因事被谪，从军西域。又奉使入蜀，与卢照邻颇多唱酬。返京后，历武功主簿、长安主簿等职。武后时，多次上书言事，降除临海丞，不得志，弃官去。为徐敬业撰《讨武曌檄》，武后读至“一抔之土未干，六尺之孤安在”，责曰：“宰相安得失此人!”①连被讨的武后也称美其才。徐败，宾王亡命，不知所终。中宗时，诏求其文，得数百篇。其诗长于七言歌行，《帝京篇》开篇即以气势胜：“山河千里阙，城郭九重门。不睹皇居壮，安知天子尊。”慨叹尊荣不可恃：“古来荣利若浮云，人生倚伏信难分。始见田窦相移夺，俄闻卫霍有功勋。未厌金陵气，先开石椁文。朱门无复张公子，霸陵谁畏李将军。相顾百龄皆有待，居然万化咸应改。桂枝芳气已销亡，柏梁高宴今安在？莫矜一旦擅豪华，自言千载长骄奢。倏忽搏风生羽翼，须臾失浪委泥沙。黄雀徒巢桂，青门遂种瓜。”当时以为绝唱。其五言律亦佳，《在狱咏蝉》尤为沉痛哀怨，寄慨遥深：“西陆蝉声唱，南冠客思侵。那堪玄鬓影，来对白头吟。露重飞难进，风多响易沉。无人信高洁，谁为表予心?”

---

① 《新唐书》卷二〇一，文渊阁四库全书本。

(十九)徐 涩 体

徐涩体,指唐徐伯彦艰涩之文体。

徐彦伯名洪,以字显,兖州瑕丘人。武则天时,擢修文馆学士、工部侍郎,历太子宾客。秉笔累朝,后来翕然摹仿。晚为文稍强涩,然时人不及。《全唐诗录》卷七:"(徐)彦伯为文多变易求新,以凤阁为鶠阁,龙门为虬户,金谷为铣溪。玉山为琼岳。竹马为筱骖。月兔为魄兔,后进效之,谓之徐涩体。"涩体历代皆有,宋代的太学体亦以艰涩为特征。高珩《石隐园藏稿序》云:"时方以钩章棘句,樊(宗师)徐(彦伯)涩体为宗工,公夷然不屑为,而畅经术,明德谊,筹时务,曲折如意,条达醇懿复多风。"①朱彝尊《沈明府不羁集序》:"今海内之士,方以南宋杨、范、陆诸人为师,流入纤缛滑利之习。君独以涩体孤行其间,虽众非之而不顾,可谓有志者也。"②

(二十)张 曲 江 体

张曲江体即张九龄体。《沧浪诗话·诗体》云:"张曲江体:始兴文献公九龄也。"

张九龄(678—740)字子寿,韶州曲江(今广东韶关)人。七岁知属文,十三岁以书干广州刺史王方庆,方庆叹曰:"是必致远。"会张说谪岭南,一见厚遇之,称之为"后出词人之冠也"。擢进士,调校书郎,为左拾遗。玄宗朝迁中书侍郎,拜中书侍郎同中书门下平章事,成为开元盛世最后一位名相。后贬荆州长史,卒年六十八,谥文献。千秋节,王公并献宝鉴,九龄《千秋金鉴录》,以申讽鉴。时玄宗在位久,稍怠于政,故九龄议论必极言得失,所推引皆正人。认为"禄山狼子野心,有逆相,宜即事诛之,以绝后患",③玄宗当时不用其言,后在蜀思其忠,为之泣下。

张九龄虽以直道见黜,但不戚戚怨望,惟文史自娱,多抒发在穷达进退中都要保持操守的情怀,如其《叙怀二首》云:"弱岁读群史,抗迹追古人。被褐有怀玉,佩印从负薪。志合岂兄弟,道行无贱贫。孤根亦何赖,感激此为邻。"其诗温柔敦厚,清新淡雅,善于托物言志,寄兴抒怀,其《感遇》诗云:"草木有本心,何求美人折";"幽林归独卧,滞虑洗孤清。持此谢高鸟,因之传远情";"鱼游乐深池,鸟栖欲高枝。嗟尔蜉蝣羽,

---

① (明)毕自严《石隐园藏稿》卷首,文渊阁四库全书本。

② (清)朱彝尊《曝书亭集》卷三八,文渊阁四库全书本。

③ 以上见《新唐书》卷一二六,文渊阁四库全书本。

藐藐亦何为。”其山水诗多象外之象，言外之意，如《望月怀远》的“海上生明月，天涯共此时。情人怨遥夜，竟夕起相思。灭烛怜光满，披衣觉露滋。不堪盈手赠，还寝梦佳期”；《西江夜行》的“遥夜人何在，澄潭月里行。悠悠天宇旷，切切故乡情”；《使还湘水》的“归舟宛何处，正值楚江平。夕逗烟村宿，朝缘浦树行。于役已弥岁，言旋今惬情。乡郊尚千里，流目夏云生”；《自湘水南行》的“暝色生前浦，清晖发近山。中流淡容与，唯爱鸟飞还”，都表现了他的厌仕思归之情。张九龄这种清淡的写景诗对唐代的山水诗、田园派都产生了深远的影响，明胡震亨《唐音癸签》卷九云：“张子寿首创清淡之派，盛唐继起，孟浩然、王维、储光羲、常建、韦应物本曲江之清淡，而益以风神者也。”释皎然《读张曲江诗》有“飘然飞动姿，邈矣高简情”句，①元方回《瀛奎律髓》卷六称张《南还湘水言怀》“似韦苏州”；称《郡内闲斋》“诗有韦苏州滋味，三四五六俱高爽沉着，而句句婉美也。”韦在张后，不是张九龄诗似韦应物，而是韦应物诗似张九龄，但“高爽沉着而句句婉美”确实是张曲江体的特征。

（二十一）太　白　体

所谓太白体，是指李白气势磅礴与清新淡雅有机结合的诗体。

李白(701—762)字太白，号青莲居士。祖籍陇西成纪(今甘肃静宁西南)，父徙绵州昌明青莲乡(今属四川江油)。他自称“五岁诵六甲，十岁观百家”，②《赠张相镐》亦云：“十五观奇书，作赋凌相如。”既长，州举有道，不应。二十六岁出蜀东游，尝客安陆(今属湖北)、任城(今山东济宁)，与孔巢父等居徂徕山，日沉饮，号竹溪六逸。天宝初，南入会稽，与吴筠游。筠被召，白亦至长安，贺知章见其文，称之为谪仙人。贺荐白于玄宗，召见金銮殿，论当世事，帝亲为调羹，供奉翰林。白醉，使高力士为其脱靴，力士遂摘其诗以激怒杨贵妃。白知不为亲近所容，恳求还山，帝赐金放还。白遂浪游四方，以诗酒自适。天宝三载(744)，在洛阳与杜甫相识，同游河南、山东，探奇访胜，把酒论文。安禄山反，永王李璘辟为僚佐。李璘兵败，白长流夜郎。会赦，还浔阳，投奔从叔当涂令李阳冰。代宗立，以左拾遗召，而白已卒，年六十二。

李白的思想颇为复杂，充满出世与入世的矛盾，既有建功立业的远大抱负，想“申管晏之谈，谋帝王之术，奋其智能，愿为辅弼，使寰宇大定，海县清一”；③又想作剑仙

---

① (唐)释皎然《杼山集》卷七，文渊阁四库全书本。

② 《李太白文集》卷二五《上安州裴长史书》，文渊阁四库全书本。

③ 《李太白文集》卷二五《代寿山答孟少府移文书》，文渊阁四库全书本。

侠客，喜纵横之术，击剑任侠，隐居山林，求仙学道，做超凡脱俗的隐士、神仙。他的诗作反映了这种矛盾心情。其《古风》五十九首，揭露玄宗后期的腐败黑暗，抒发贤能之士没有出路的悲愤；《远别离》则反映了他对权奸当道的忧虑。其《丁都护歌》、《秋浦歌》、《宿五峰山下荀媪家》等，充满了对民间疾苦的同情。《赠张相镐》的"誓欲斩鲸鲵，澄清洛阳水"；《永王东巡歌》的"南风一扫胡尘静，西入长安到日边"，表现了他要为平定安史之乱出力的决心；甚至在流放夜郎回来后，仍"中夜四五叹，常为大国忧"。①其《临路歌》为其理想不能实现而深感悲愤："大鹏飞兮振八裔，中天摧兮力不济。"他虽想为国建功立业，但绝不为此而阿谀权贵，苏轼《李太白碑阴记》称他"戏万乘若僚友，视俦列如草芥。雄节迈伦，高气盖世"。李白经常声称自己"松柏本孤直，难为桃李颜"；②"出则以平交王侯，遁则以俯视巢许"；③"安能摧眉折事权贵，使我不得开心颜"。④李白既有屈原那种关心朝政，热爱祖国的壮志，又有庄周那种蔑视权贵的傲骨。而这两者都是历代中国知识分子的优良传统，后人喜欢李白诗，这是重要原因之一。

李白强烈的反抗精神和豪放不羁的个性，使他成为屈原之后最富浪漫主义精神的诗人。他的诗往往直抒胸臆，倾述理想同现实矛盾的悲哀和愤怒，如《秋浦歌》十五云："白发三千丈，缘愁似个长"；《宣州谢朓楼饯别校书叔云》"弃我去者，昨日之日不可留。乱我心者，今日之日多烦忧"；或借助神话幻想而自由驰骋于天上人间，如《古风》之十九："霓裳曳广带，飘拂升天行。邀我登云台，高揖卫叔卿。恍恍与之去，驾鸿凌紫冥"；或用极度夸张的语言表现自己火一般的激情，如《将进酒》"君不见黄河之水天上来，奔流到海不复回"；《望庐山瀑布水》"飞流直下三千尺，疑是银河挂九天"；《蜀道难》："蜀道之难，难于上青天。"类似诗句，不胜枚举。但李白诗不只有豪放的一面，还有清新自然、明静淡雅的一面，即所谓"清水出芙蓉，天然去雕饰"，⑤如《静夜思》"床前明月光，疑是地上霜。举头望明月，低头思故乡"；《峨眉山月歌》："峨眉山月半轮秋，影入平羌江水流"；《塞下曲》："五月天山雪，无花只有寒。笛中闻杨柳，春色未曾看"之类。除七律外，李白可说诸体皆工，其五绝含蓄有味，七绝精炼明朗，七古和乐府歌行尤为怪伟奇绝，在艺术上取得了辉煌成就。

---

① 《李太白文集》卷九《经乱离后，天恩流夜郎，忆旧游书怀，赠江夏韦太守良宰》，文渊阁四库全书本。

② 《李太白文集》卷一《古风》之十二，文渊阁四库全书本。

③ 《李太白文集》卷二六《冬夜于随州紫阳先生餐霞楼上送烟子元演隐仙城山序》，文渊阁四库全书本。

④ 《李太白文集》卷一二《梦游天姥吟留别》，文渊阁四库全书本。

⑤ 《李太白文集》卷九《赠江夏主守良宰》，文渊阁四库全书本。

(二十二)少 陵 体

所谓少陵体,是指杜甫格律精审,沉郁顿挫,音调铿锵,文字华美的诗体。

杜甫(712—770)字子美,原籍襄阳(今属湖北),后迁居巩县(今河南巩义)。祖父为唐初"文章四友"之一的杜审言。因曾居杜陵,自称杜陵布衣、少陵野老。他自幼好学,知识渊博,文思敏捷,其《奉赠韦左丞二十二韵》云:"读书破万卷,下笔如有神";《壮岁》"七龄思即壮,开口咏凤凰。九岁书大字,有作成一囊。往昔十四五,出游翰墨场。斯文崔魏徒,以我似班扬。"他有多方面的艺术修养,少时观公孙大娘舞剑,听李龟年唱歌,都给他留下了深刻的印象,后来均有诗记其事。二十岁时,他开始漫游。游吴越、齐赵、洛阳、偃师,与李白相遇,并同游齐鲁。天宝五载(三十五岁时)西去长安,一住十年,目的在求官和应试献赋,最后仅得一右卫率府胄曹参军之职。安禄山起兵攻陷长安,玄宗逃往四川,肃宗在灵武即位,授左拾遗,世称杜拾遗。因疏救房管获罪,调华州功曹曹军。后弃官西去秦州、同谷,于乾元二年(759)冬入蜀,时已四十八岁,直至代宗大历三年(768)出蜀,在蜀中生活了将近十年。严武帅蜀,表为参谋、检校工部员外郎,故世称杜工部。其间有不足两年的时间在川北,后在川东逗留了近两年。大历三年正月离蜀到江陵,本想北归洛阳,因河南兵乱,未能如愿,而浪迹公安、岳阳、长沙、衡州,最后死于耒阳。

国家不幸诗人幸。杜甫生逢唐王朝由盛到衰,战乱频仍的年代,一生都是在漂泊流离、艰难困苦中度过的,却给后世留下了大量反映这一时代的光辉诗篇,反映现实生活的深度和广度是历代任何诗人都难以比拟的。杜诗向称"诗史",但他不是写史,而是写诗。他用形象的语言,丰富的感情,真实反映了玄宗、肃宗、代宗三朝的政治、经济、战乱以及民间疾苦,正如浦起龙《读杜心解》卷首所说:"少陵之诗,一人之性情,而三朝之事会寄焉者也。"长篇如《自京赴奉先咏怀五百字》、《北征》,短篇如《同诸公登慈恩寺塔》、《哀江头》,都既是这个时代的写实,也是诗人生活与内心活动的自述。杜甫是有浓厚的忠君思想的,其《自京赴奉先县咏怀五百字》云:"葵藿倾太阳,物性莫能移。"正因为他忠君,才恨君不成君,因此敢于揭露统治者的荒淫腐朽:"君臣留欢娱,乐动殷胶葛。赐浴皆长缨,与宴非短褐。"其《丽人行》揭露杨氏姊妹的骄奢云:"三月三日天气新,长安水边多丽人……箫管哀吟感鬼神,宾从杂还实要津";《兵车行》揭露统治者的穷兵黩武:"边庭流血成海水,武皇开边意未已。君不见汉家山东二百州,千村万落生荆杞";揭露统治者残酷榨取民脂民膏:"县官急索租,租税从何出?"安史之乱前,已经民不聊生,而玄宗自己酿成的安史之乱更陷百姓于死地,故其《北征》云:

"靡靡逾阡陌，人烟眇萧瑟。所遇多被伤，呻吟更流血。"他的名篇如《三吏》、《三别》、《悲陈陶》、《悲青阪》等，都是对战乱所带来的民间疾苦的生动写照。

杜诗除以内容的深广为后人所称许外，它的艺术成就更为后人所倾倒。许多诗人往往长于某种诗体，杜甫却"诸体皆有妙绝者"，[①]无论五七言古风、五七言律体、五七言绝句皆有众多名篇传世。近体诗是当时的新兴诗体，杜甫现存诗一千四百多首，近体诗就占了九百多首，可见他对这种新兴诗体的重视。五律到初唐已比较成熟，而开元、天宝间更加兴盛，杜甫创作了大量的五律，有六百多首。七律成熟稍晚一些，沈佺期、宋之问以及他的祖父杜审言开始创作七律，但为数不多。谢肇淛《小草斋诗话》云："诗中诸体惟七律最难，非当家不能合作。盛唐惟王维、李颀颇臻其妙。然颀仅存七首，王亦只二十余首，而折腰迭字之病时时见之，终非射雕手也。"杜甫对七律作了艰苦的探索和实践，他现存七律共一百五十多首，入蜀前仅二十二首，离蜀后也只有十三首，他的七律主要作于蜀中，约占五分之四。在杜甫之前，诗人一般还只以这种诗体酬答友朋，留连光景，歌颂宫廷生活，而杜甫七律的内容几乎无所不包，沉郁顿挫，感情真挚，格律精审，音调铿锵，文字华美，对这种诗体作了创造性的发展，使之更臻成熟和完美。

杜甫不仅在政治上终生潦倒，始终未能实现他在《奉赠韦左丞丈二十二韵》中所说的"自谓颇挺出，立登要路津。致君尧舜上，再使风俗淳"的宏愿；而且在文学上，除少数知交外，也很少得到同时代人的应有重视。杜甫临死前一年在《南征》诗中沉痛哀叹道："百年歌自苦，未见有知音。"杜甫死后，杜诗的价值才逐渐被人认识。首先给杜诗以高度评价的是樊晃，他在《杜工部集小序》中说："时方用武，斯文将坠，故(杜诗)不为人所知。江左词人所传诵者，皆公之戏题剧论耳，曾不知君有大雅之作，当今一人而已。"[②]此后，特别推崇杜诗的是元稹、白居易。白居易《与元九书》说："杜诗最多，可传者千余篇"；并称赞杜诗"贯穿古今，覼缕格律，尽工尽善"。元稹在《唐故工部员外郎杜君墓系铭》中赞杜甫"上薄风骚，下该沈、宋，言夺苏、李，气吞曹、刘，掩颜、谢之孤高，杂徐、庾之流丽，尽得古今之体势，而兼昔人之所独专"；认为"诗人以来，未有如子美者"。韩愈《调张籍》也称颂"李杜文章在，光焰万丈长"。但是，元、白之后的多数唐人并未完全改变对杜诗的轻视态度，上海古籍出版社集印的《唐人选唐诗》(十种)，只有唐末韦庄《又玄集》选杜诗七首，而且所选还算不上杜甫的"大雅之作"。真正普遍重视杜诗是在宋代以后。

---

① (明)杨慎《升庵集》卷五七《锦城丝管》，文渊阁四库全书本。

② (清)仇兆鳌《杜诗详注》卷二五，文渊阁四库全书本。

（二十三）孟浩然体

孟浩然（689—740），唐襄阳（今属湖北）人。少好节义，喜赈人患难。早年隐居鹿门山，以诗自适。“欲济无舟楫，端居耻圣明”，[①]表现出他早年仍有济世之志。年四十，游京师，应进士试不第。尝于秘省赋诗，有“微云淡河汉，疏雨滴梧桐”句，[②]一座嗟其清绝，搁笔不敢继。为张九龄、王维所称道，维邀入内府，玄宗至，问其诗，浩然自诵，有“不才明主弃”句，帝曰：“卿不求仕，而朕未尝弃卿，奈何诬我？”[③]后自洛游越，张九龄镇荆州，辟为从事。开元初，病疽背卒。

孟诗与王维齐名，世称“王孟”。李白《赠孟浩然》云：“吾爱孟夫子，风流天下闻。红颜弃轩冕，白首卧松云。醉月频中圣，迷花不事君。高山安可仰，徒此揖芳芬。”表现出对孟的无限景仰。胡震亨《唐音癸签》卷五引《吟谱》云：“孟浩然诗祖建安，宗渊明，冲淡中有壮逸之气。”其诗多描写自然风光，清新壮逸，淡雅恬静，开盛唐山水田园诗派先河。

（二十四）高达夫体

严羽《沧浪诗话·诗体》“高达夫体”指高適诗体。

高適（约700—765）字达夫，渤海蓨县（今河北景县）人。曾随父居岭南，后客游梁宋，与王之涣、王昌龄、张旭、李白、杜甫等游。多次赴长安求仕，未果。天宝八载（749），睢阳太守张九皋举有道科及第，授封丘尉。十二载，河西节度使哥舒翰辟为左骁卫兵曹、掌书记。安史乱，拜左拾遗，转监察御史，佐哥舒翰守潼关。玄宗奔蜀，间道赴行在，以侍御史擢谏议大夫。负气敢言，权近侧目。永王叛，除淮南节度使。李辅国恶其才，数毁之，下除太子詹事，留司东都。蜀中乱，出为彭、蜀二州刺史，后任剑南西川节度使。召还，为刑部侍郎，转左散骑常侍，世称高常侍。

所谓高达夫体，正如《唐音癸签》卷五引明徐献忠语所说：“常侍诗气骨琅然，词峰峻上，感赏之情，殆出常表。”高適为人不拘小节，早年隐迹博徒，其《别韦参军》首写其抱负不凡：“二十解书剑，西游长安城。举头望君门，屈指取公卿。”但现实却是：“白璧

---

① 《孟浩然集》卷三《临洞庭》，文渊阁四库全书本。

② （唐）王士源《孟浩然集序》，《孟浩然集》卷首，文渊阁四库全书本。

③ 《新唐书》卷二〇三，文渊阁四库全书本。

皆言赐近臣，布衣不得干明主。归来洛阳无负郭，东过梁宋非吾土。兔苑为农岁不登，雁池垂钓心常苦。”于是他只好“弹棋击筑白日晚，纵酒高歌杨柳春。”①他崇尚节义，语王霸，衮衮不厌。遭时多难，以功名自许。为政宽简，所莅人便之。其诗颇工，尤长乐府、古风，直抒胸臆，富有气骨。他是唐代边塞诗的著名诗人，有《塞上》、《塞下》、《蓟门五首》等，而以《燕歌行》最为脍炙人口。其《燕歌行》极写战争场面的辽阔："摐金伐鼓下榆关，旌旆逶迤碣石间。校尉羽书飞瀚海，单于猎火照狼山。”战争的残酷："山川萧条极边土，胡骑凭陵杂风雨”;“大漠穷秋塞草腓，孤城落日斗兵稀”;“边庭飘飖那可度，绝域苍茫无所有。杀气三时作阵云，寒声一夜传刁斗。相看白刃血纷纷，死节从来岂顾勋。君不见沙场征战苦，至今犹忆李将军。”军中的苦乐不均："战士军前半死生，美人帐下犹歌舞。”征人思妇的离别之苦："铁衣远戍辛勤久，玉箸应啼别离后。少妇城南欲断肠，征人蓟北空回首。”唐殷璠《河岳英灵集》卷上云："適诗多胸臆语，兼有气骨，故朝野通赏其文。至如《燕歌行》等篇，甚有奇句。”清吴乔《围炉诗话》卷二称“达夫此篇纵横出没如雪中龙”。

（二十五）王右丞体

王右丞体指王维诗体。

王维(701—761)字摩诘，太原祁县(今属山西)人。其父迁居于蒲州(今山西永济西)，遂为蒲人。九岁知属辞，开元初擢进士，调太常丞，坐累为济州司仓参军。张九龄执政，擢右拾遗，历监察御史，迁给事中。安禄山攻陷长安，曾受伪职，乱平，降为太子中允。后官至尚书右丞，故世称王右丞。晚居蓝田辋川，亦官亦隐，弹琴赋诗，啸咏终日。上元初卒，年六十一。

王维早年写过一些著名的边塞诗，如“大漠孤烟直，长河落日圆”(《使至塞上》)；②“孰知不向边城苦，纵死犹闻侠骨香”(《少年行》二)；“渭城朝雨浥清尘，客舍青青柳色新。劝君更尽一杯酒，西出阳关无故人”(《送元二使安西》)等等。但其主要作品为田园山水诗，体物精细，描写传神，悠闲自适，富有禅趣，成为唐代田园山水诗的代表人物。如《山居秋暝》“明月松间照，清泉石上流”;《鹿柴》“空山不见人，但闻人语响。返景入深林，复照青苔上”;《鸟鸣涧》“人闲桂花落，夜静春山空。月出惊山鸟，时鸣春涧中”，均静气沁人。王维又通音律，精绘画，以泼墨山水及松石丛竹画为最有名。

① (唐)高適《高常侍集》卷一，文渊阁四库全书本。

② 本节所引王维诗均见(清)赵殿成《王右丞集笺注》，文渊阁四库全书本。

所绘《辋川图》，山谷盘郁，水云飞动，是文人画的开创者："文人之画，自王右丞始。"①

（二十六）岑嘉州体

岑嘉州体指岑参诗体。

岑参（715—770），荆州江陵（今属湖北）人。曾祖文本、祖父长倩、伯父羲，皆以文辞位至宰相。父植为晋州刺史。岑参早孤，刻苦读书。天宝三载（744）进士及第，授右内率府兵曹参军。八载入参安西节度使高仙芝幕府为掌书记。十载回长安，与杜甫、高適、储光羲、薛琚游，同登慈恩寺塔。十三载又充安西北庭节度使判官。安史乱起，东归勤王，为右补阙，频上封章，指斥奸佞。改起居舍人，出为虢州长史、关西节度使判官。入朝为太子中允，虞部、库部郎中。出为嘉州刺史，人称岑嘉州。后客死成都。

岑嘉早年诗多写景、述怀、酬答之作，以清丽见长，如《寻少室张山人，闻与偃师周明府同入都》的"寂寞清溪上，空余丹灶间"，②《缑山西峰草堂作》的"片雨下南涧，孤峰出东原"，《至大梁却寄匡城主人》的"长风吹白茅，野火烧枯桑"之类。中年两次出塞，"往来鞍马烽尘间十余载"，③诗风大变，雄奇瑰丽，感慨悲壮，想象丰富，成为著名的边塞诗人，写下了《走马川行》、《轮台歌》、《白雪歌》等名篇，与高適一起并称"高岑"。晚年诗多伤时悯乱之作，如《西蜀旅舍春叹，寄朝中故人吕狄评事》的"自从兵戈动，遂觉天地窄"。入蜀后，蜀中的险山恶水使其山水诗颇富奇壮特色。

（二十七）韦苏州体

韦苏州体指韦应物诗体。

韦应物（737—约792），京兆万年（今陕西西安）人。尚侠任气，放浪不羁。后折节读书，为性高洁寡欲，所居必焚香扫地而坐，冥心象外。初事玄宗，天宝末，扈从游幸。永泰中任洛阳丞，迁京兆功曹。大历十四年（779）自鄠县令除栎阳令，以疾辞归，寓居长安善福寺精舍。建中二年（781）为滁州刺史，改江州刺史，追赴阙，改左司郎中。贞元初出为苏州刺史。大和中以太仆少卿兼御史中丞，为诸道盐铁转运江淮留

---

① （明）董其昌《画禅室随笔》卷二，文渊阁四库全书本。

② 本节所引岑参诗均见《御定全唐诗》卷一九八至二〇一，文渊阁四库全书本。

③ （元）辛文房《唐才子传》卷二，文渊阁四库全书本。

后。罢居苏州永定寺，屏除人事，未几卒。新旧《唐书》均无传，事迹具《唐才子传》。

韦应物诗题材广泛，而以田园诗为最有名，如《滁州西涧》“独怜幽草涧边生，上有黄鹂深树鸣。春潮带雨晚来急，野渡无人舟自横”，确为千古传诵的名篇。各体皆佳，而以五古见长。白居易《与元九书》云：“近岁韦苏州歌行，才丽之外，颇近兴讽。其五言诗又高雅闲淡，自成一家之体。”《四库全书总目》卷一百四十九《韦苏州集》提要云：“其诗七言不如五言，近体不如古体。五言古体源出于陶而镕化于三谢，故真而不朴，华而不绮，但以为步趋柴桑（陶潜），未为得实。如‘乔木生夏凉，流云吐华月’，陶诗安有是格耶？”

（二十八）孟 东 野 体

孟东野体指孟郊诗体。

孟郊（751—814）字东野，湖州武康（今浙江德清）人。少隐嵩山，屡试不第，年四十六始登第。曾任溧阳尉、河南水陆转运从事，试协律郎。郑余庆镇兴元，奏为参谋、试大理评事，赴任途中暴病而逝。韩愈有《贞曜先生墓志铭》，《旧唐书》卷一六〇、《新唐书》卷一七六有传。

孟郊性格孤介寡合，韩愈一见，甚称其诗。现存诗五百余首，多为短篇五古，叹老嗟卑，思深意远，造语奇险，形成独具一格的风格。孟东野体又叫孟郊体，欧阳修有《刑部看竹效孟郊体》，梅尧臣有《依韵和欧阳永叔秋怀拟孟郊体见寄二首》，谢翱《晞发集》卷七有《效孟郊体七首》，元李孝光《五峰集》卷九有《次欧阳公效孟郊体用绿字韵题庆上人万竿图》，明徐熥《幔亭集》卷二有《长安书怀孟郊体》。苏轼《夜读郊诗》一面批评孟诗语言艰涩：“孤芳擢荒秽，苦语余诗骚……初如食小鱼，所得不偿劳”；一面赞其质朴情真：“诗从肺腑出，出辄愁肺腑。”曾季狸《艇斋诗话》云：“东坡性痛快，故不喜郊之词艰深。要之，孟郊、张籍，一等诗也。唐人诗有古乐府气象者，惟此二人。”

（二十九）张 籍 王 建 体

《沧浪诗话・诗体》云：“张籍王建体：谓乐府之体同也。”“张籍王建体”指二人的乐府诗体。

张籍（约 766—约 830）字文昌，原籍苏州，迁和州乌江（今安徽和县乌江镇）。第进士，为太常寺太祝，十年不调。后迁秘书郎。韩愈荐为国子博士，历水部员外郎、主客郎中、国子司业，世称张水部或张司业。当时名士多与之游，尤为韩愈所推重。韩有《病中赠张十八》："文章自娱戏，金石日击撞。龙文百斛鼎，笔力可独扛。"宰相裴度曾赠马，张赋《谢裴相公寄马诗》，韩愈、白居易、元稹、刘禹锡等皆有和诗，一时推为盛事。大和四年前后卒。《旧唐书》卷一六〇、《新唐书》卷一七六有传。

张籍长于乐府歌行，与王建诗风相近，并称"张王乐府"。白居易《读张籍古乐府》云："尤工乐府诗，举代少其伦。"姚合《赠张籍太祝》云："妙绝江南曲，凄凉怨女词。古风手无敌，新语世人知。"①张洎《张司业诗集序》论其诗云："公为古风最善。自李、杜之后，风雅道丧，继其美者，惟公一人。故白太傅读公集曰：'张公何为者，业文三十春。尤工乐府词，举代少其伦。'……其为当时文士推服也如此。"②周紫芝《竹坡诗话》云："唐人作乐府者甚多，当以张文昌为第一。"名篇有《妾薄命》、《采莲曲》、《贾客乐》、《节妇吟》等，均能继承汉、魏乐府，感情真实，语言质朴自然，委婉含蓄。

王建(约767—约830)字仲初，颍川(今河南许昌)人。大历十年(775)进士，历官昭应县丞。太和中为陕州司马。

王建长于乐府，与张籍相上下。其以田家、蚕妇、织女、水夫为题材的诗篇反映了当时的社会现实，如《当窗织》云："叹息复叹息，园中有枣行人食。贫家女为富家织，翁母隔墙不得力。水寒手涩丝脆断，续来续去心肠烂。草虫促织机下啼，两日催成一匹半。输官上顶有零落，姑未得衣身不着。当窗却羡青楼倡，十指不动衣盈箱。"③尤长宫词，有《宫词》百首，天下传播。如《旧宫人》："先帝旧宫宫女在，乱丝犹挂凤凰钗。霓裳法曲浑抛却，独自花间扫玉阶。"末二句道出了"旧宫人"的兴衰。为宫词者虽多，而王建为之祖，但其间杂有他人之作。胡仔《渔隐丛话》后集卷一四云："予阅王建宫词，选其佳者亦自少得，只世所脍炙者数词而已。其间杂以他人之词。"

(三十) 韩昌黎体

韩昌黎体指韩愈诗体。

韩愈(768—824)字退之，河南河阳(今河南孟州)人。郡望昌黎，世称韩昌黎。晚年官吏部侍郎，又称韩吏部。谥文公，故又称韩文公。韩愈三岁而孤，好读书，日

---

① (唐)姚合《姚少监诗集》卷四，文渊阁四库全书本。

② (唐)张籍《张司业诗集》卷首，四部丛刊本。

③ (唐)王建《王司马集》卷二，文渊阁四库全书本。

数千言。及长，尽通六经百家之学，贞元八年(792)进士及第，但仕途并不顺意，以上疏论宫市，贬山阳令，改江陵法曹参军。元和初权知国子博士，分司东都。改都官员外郎，迁职方员外郎。因华阴柳涧案，降为博士。韩愈因才高数黜，遂作《进学解》以自解嘲。执政览之，奇其才，改比部郎中、史馆修撰。转考功，知制诰，进中书舍人。因人诬谤，改太子右庶子，迁刑部侍郎。宪宗迎佛骨，愈上表反对，贬潮州刺史，撰《祭鳄鱼文》。内移袁州刺史。召回为国子祭酒，转兵部侍郎。镇州乱，诏愈宣抚。归，转吏部侍郎。长庆四年卒，年五十七，赠礼部尚书。新、旧《唐书》皆有传。

韩愈性明锐，不诡随。与人交，始终不稍变。喜奖励后进，后进往往因此而知名，故多自称韩门弟子。《新唐书·韩愈传》云："每言文章自汉司马相如、太史公、刘向、扬雄后，作者不世出。故愈深探本元，卓然树立，成一家言。其《原道》、《原性》、《师说》等数十篇，皆奥衍闳深，与孟轲、扬雄相表里而佐佑六经云。至它文造端置辞，要为不袭蹈前人者。然惟愈为之，沛然若有余，至其徒李翱、李汉、皇甫湜从而效之，遽不及远甚。从愈游者，若孟郊、张籍，亦皆自名于时。"

韩愈在政治史、思想史、文学史上都颇有建树，而其主要成就在文学方面，最突出的贡献是领导了唐代中期的古文革新。魏晋六朝崇尚骈文，讲究对偶、声律、用典、词藻。韩愈之前已有人对此不满，如西魏苏绰，隋李谔，唐代刘知幾、元结等都曾主张改革文风，但影响不大。韩愈提出了系统的理论，写出了大量的优秀作品，才造成较大的声势。他坚持儒家的传统文论主张，强调崇尚古道，文人要讲究道德修养，其《答李翊书》云："根之茂者其实遂，膏之沃者其光晔，仁义之人，其言蔼如也"，"气盛则言之短长与声之高下皆宜。"强调关心现实，不平则鸣，《送孟东野序》云："大凡物不得其平则鸣"，"有不得已者而后言，其歌也有思，其哭也有怀"，"和平之音淡薄，而愁思之声要妙；欢娱之辞难工，而穷苦之言易好。"他主张以道为主，但也主张文道要统一，要讲究辞章，其《题欧阳生哀词后》云："学古道则欲兼通其辞，通其辞者，本志于古道者也。"为通其辞，他力主学先秦两汉的古文，其《答李翊书》自称"非三代两汉之书不敢观，非圣人之志不敢存"。但学古是为了创新，故又强调"唯陈言之务去"(同上)，强调"词必己出"。①

韩愈的文学成就主要在古文方面，他的论说文如《原道》、《原性》、《师说》等，都主旨鲜明，结构严整，富有说服力。其《送穷文》、《进学解》、《杂说》等，以幽默而锋锐的文笔，抒发自己的不幸，嘲笑社会的污浊。其《平淮西碑》以《尚书》笔法，纪述平淮经

① (唐)韩愈《韩昌黎文集》卷三四《南阳樊绍述墓志铭》，文渊阁四库全书本。

过,典雅庄重。而《毛颖传》却写得来类似当时的传奇小说,以拟人化的手法为笔作传,实际是自抒身世之感。其《画记》描写人和物,行文简洁,而又能曲尽其态。其《张中丞传后序》写张巡、许远等平叛功臣,融叙事、议论、抒情于一体,显然受《史记》的影响。其《与孟东野书》写朋友之间的别后相思,如“以吾心之思足下,知足下悬悬于吾也”,语言平淡而情真意挚。

《沧浪诗话》所说的“韩昌黎体”,主要指韩愈诗体,其特点是以赋为诗,以文为诗。他的《南山诗》连用五十多个“或”和“或如”、“又如”,用十四个迭字,铺陈排比,层出不穷,颇似汉司马相如的《子虚》、《上林赋》。他用散文的结构、句法来写诗,使诗散文化,如其《赠张功曹》、《山石》,东方朔《昭昧詹言》就说他用的是“古文手法”和“古文章法”。长处是扩大了诗歌的表现功能,使诗歌更加自然流畅;缺点是在诗中用虚词太多就不像诗,被人讥为“押韵之文耳,虽健美富赡,然终不是诗”。①魏衍《彭城陈先生集记》云:“学诗当以子美为师,有规矩,故可学。退之于诗本无解处,以才高而好尔。渊明不为诗,写其胸中之妙尔。学杜不成,不失为工。无韩之才与陶之妙,而学其诗,终为乐天尔。”②韩诗还好发议论,如《君子法天运》几乎通篇都是议论。他的一些山水诗往往写得来雄伟奇险,如《答张彻》写华山奇险云:“倚岩睨海浪,引袖拂天星。日驾此回辖,金神司所刑。泉绅拖修白,石剑攒高青。”其他如《送惠师》写天台观日,《送灵师》写瞿塘之险,《赠张籍》写黄河之夜,《谒岳阳庙》写衡山之云,都雄奇瑰异,表现出韩诗奇崛的特征。

(三十一) 白 乐 天 体

白乐天体一指白居易的诗风,一指后代学白居易体者的诗风。

白居易(772—846)字乐天,原籍太原(今属山西),后徙下邽(今陕西渭南东北)。与元稹唱酬,世称“元白”。稹卒,又与刘禹锡齐名,世称“刘白”。白居易自幼敏悟过人,始生七月能展书,辨“之”、“无”二字。九岁谙识声律。贞元十六年(800)中进士,十八年中拔萃科,补校书郎。宪宗元和元年(806)制策入乙等,其《策林》七十篇颇能代表他一生的政治主张。调盩厔尉,为集贤校理。入为翰林学士,迁左拾遗,直言敢谏,其“救济人病,裨补时阙”的讽谕诗多作于此时。③以学士兼京兆尹户曹参军还,拜

---

① (宋)释惠洪《冷斋夜话》卷二《馆中夜谈韩退之诗》引沈括语,文渊阁四库全书本。

② (宋)陈师道《后山诗注补笺》卷首,中华书局 1995 年版。

③ (唐)白居易《与元九书》,《白氏长庆集》卷四五,文渊阁四库全书本。

左赞善大夫。宰相嫌其出位论事，贬江州司马，写下了著名的《琵琶行》。徙忠州刺史。穆宗立，入为司门员外郎，以主客郎中知制诰。俄转中书舍人。因其言不见听，请外任，为杭州刺史，疏浚西湖。久之，以太子左庶子分司东都。复为苏州刺史，病免。文宗立，以秘书监召，迁刑部侍郎。除太子宾客，分司东都。拜河南尹，复分司东都。会昌初以刑部尚书致仕。六年卒，年七十五。《旧唐书》卷一六六、《新唐书》卷一一九有传。

白居易的思想杂儒释道而以儒家思想为主，"达则兼济天下，穷则独善其身"的儒家思想为其行事处世的准则。被遇宪宗时，知无不言。后所侍皆幼君，所蕴不能施，遂无意功名，居官辄称病去，晚年闲居香山，与僧人如满和胡杲等年高不仕者结为九老会，潜心佛说，放意诗酒，自号醉吟先生、香山居士。

诗文风格是很难截然分开的。所谓白体，就广义讲指白居易的诗文风格，李昉称他"为文章慕白居易，尤浅近易晓"。①这里所说的白体就不限于诗。就狭义讲，白体主要指白居易的诗歌风格。白居易继承《诗经》和汉魏乐府的现实主义精神，进行乐府革新，以自拟新题写作乐府诗，反映现实，抨击时弊，宣扬自己的政治主张。他很重视诗文的美刺作用，其《与元九书》云："文章合为时而著，歌诗合为事而作"；《读张籍古乐府》云"风雅比兴外，未尝著空文"；《寄唐生》云："唯歌生民病"，"句句必尽规。"为此，其《新乐府序》力主诗歌应"辞质而径"、"言直而切"、"事核而实"、"体顺而肆"。这是白诗的长处。赵翼《瓯北诗话》称其诗"触景生情，因事起意，眼前景，口头语，自沁人心脾，耐人咀嚼"。但矫枉过正，他过分强调诗歌为现实服务，过分强调直切明白，以至他的一些诗几乎成了押韵的谏疏，浅切直露，缺乏艺术性。

白居易在《与元九书》中把自己的诗分为四类："自武德迄元和，因事立题，题为新乐府者共一百五十首，谓之讽谕诗；又或退公独处，或移病闲居，知足保和，吟玩性情者一百首，谓之闲适诗；又有事物牵于外，情理动于内，随感遇而形于叹咏者一百首，谓之感伤诗。又有五言、七言、长句、绝句，自一百韵至两韵者四百余首，谓之杂律诗。"他前期志在兼济，写下了大量的政治讽谕诗；贬官江州以后，鉴于当时社会黑暗，深感自己无能为力，故志在独善，写了大量的感伤诗和闲适诗。白诗中最有价值的部分当然是以《秦中吟》和《新乐府》为代表的讽谕诗，或揭露横征暴敛，如《重赋》、《卖炭翁》；或揭露权贵的淫奢，如《轻肥》、《两朱阁》；或反对穷兵黩武，如《新丰折臂翁》、《西凉伎》；或为不幸妇女的悲惨命运鸣不平，如《井底引银瓶》、《上阳白发人》。但最感人的还是他那些寄托深远的感伤诗，如《长恨歌》、《琵琶行》，精于构思，描写细腻，语言

---

① 《宋史·李昉传》，文渊阁四库全书本。

流畅，抒情气氛浓厚，具有很强的艺术感染力，在当时就家喻户晓。元稹《白氏长庆集序》云："二十年间，禁省、观寺、邮候墙壁之上无不书，王公妾妇、牛童马走之口无不道。至于缮写模勒，衒卖于市井，或持之以交酒茗者，处处皆是。其甚者有至于盗窃名姓，苟求自售，杂乱间厕，无可奈何……自篇章以来未有如是流传之广者。"《唐摭言》卷一五载："白乐天去世，大中皇帝（唐宣宗）以诗吊之曰：'缀玉联珠六十年，谁教冥路作诗仙。浮云不系名居易，造化无为字乐天。童子解吟《长恨》曲，将军能唱《琵琶》篇。文章已满行人耳，一度思卿一怆然。"其诗当时就远播国外，朝鲜商人、日本和尚都曾携带白诗回国。

白体本应指白居易的整个诗文风格，特别是诗歌风格，但后人所说的"白体"、"白乐天体"、"元和体"、"效白体"等，主要指以下四种情况：

一是指他政治上的功成身退，恬于荣利。白居易《九老图诗并序》云："会昌五年三月，胡、吉、刘、郑、卢、张等六贤于东都敝居履道坊，合尚齿之会。其年夏又有二老，年貌绝伦，同归故乡，亦来斯会，续命书姓名、年齿，写其形貌，附于图右，与前七老题为《九老图》。"[①]宋人慕此多效之，司马光撰《洛阳耆英会序》谓"慕于乐天者，以其志趣高逸也"，[②]即指白能急流勇退，以饮酒赋诗念佛为乐。《渑水燕谈录》卷五载此事云："元丰五年，文潞公留守西京，慕唐白乐天'九老会'，于是悉聚洛中士大夫贤而老自逸者于韩公第，置酒相乐，凡十二人。既又命郑奂图形妙觉僧舍，各赋诗一首，时人呼之曰'洛阳耆英会'，而司马为之序。"类似的组织在宋代很多，有苏州九老会、吴兴六老会、司马光洛阳真率会等。

二是指他思想上深信佛老，乐天安命。吕本中《送范十八还江西效白乐天体》云："与君此别重依然，再得相逢又几年？无使人言长似旧，况教人道不如前。穷通轩轾皆由命，贵贱高低总是天。只有修身全属我，少迟留处更加鞭。"[③]穷通由命，富贵在天，只有修身在我。在险恶的政治环境中，文人多以白居易的这种听天安命的思想安慰自己。他们所"效白乐天体"，主要就是效他这一内容的诗歌。苏辙《书白乐天集后》云："乐天少年知读佛书，习禅定，既涉世履忧患，胸中了然，照诸幻之空也。故其还朝为从官，小不合即舍去，分司东洛，优游终老。盖唐世士大夫，达者如乐天寡矣！予方流转风浪，未知所止息，观其遗文，中甚愧之。"宋程俱《自宽吟戏效白乐天体》云："吾生忧患余，年忽及耆指。偏痱未全安，抱病更五禩。进为心已灰，弃置甘如荠。坐

---

① （唐）白居易《白香山诗集》卷四〇，文渊阁四库全书本。

② （宋）司马光《传家集》卷六八，文渊阁四库全书本。

③ （宋）吕本中《东莱诗集》卷一九，文渊阁四库全书本。

狂合投闲，佚老宜知止。向令身安健，不过如是耳。”自己比上不足，比下却有余：“每思古穷人，我幸亦多矣。照邻婴恶疾，羁卧空山里。缠绵竟不堪，抱恨赴颍水。文昌两目盲，无复见天地。简编既长辞，游览永无冀。吾今虽抱病，蹇曳非顿委。时时扶杖行，积步可数里。校之卧床席，欲坐不能起。虽扶不能行，悬绝安可比。”而他自宽的思想基础正是佛老思想：“尝闻天地间，祸福更伏倚……太钧默乘除，万一理如是。安全固自佳，蹇废亦可尔。死生犹寤寐，况此一支体。细思安否间，相去亦无几。如何不释然，万事付疑始。”①蔡戡《效白乐天体自咏二十韵》自咏一生仕途颇顺利，而现在年老多病，应该退隐，也是以佛老思想为武器：“吾闻老氏言，知足乃不辱。力辞会稽组，愿赋祠庭禄。举首谢鹓鸿，甘心友麋鹿……消长自乘除，祸福多倚伏。枚数亲旧间，十九登鬼录。自怜衰病翁，讵知不为福。”②又《自咏效乐天体》亦云：“人生一世间，无异驹过隙。孔跖俱尘埃，彭殇漫欣戚。苟免饥寒忧，况又婚嫁毕。生亦何可恋，死固不足惜。棺椁已素具，坟垄渐加葺。委顺以待时，腊月三十日。”

三是指他平易流畅的诗文风格，特别是恬淡、平易、浅切的诗歌风格。欧阳修《六一诗话》云：“仁宗朝有数达官以诗知名，常慕白乐天体，故其语多得于容易。”此以“语多得于容易”即缺乏锻炼打磨为白体特征。吴处厚《青箱杂记》卷一云：“（李）昉诗务浅切，效白乐天体，晚年与参政李公至为唱和友，而李公诗格亦相类，今世传《二李唱和集》是也。”此即以“诗务浅切”为白体特征。汪藻《柯山张文潜集书后》云：“元祐中，两苏公以文倡天下，从之游者，公与黄鲁直、秦少游、晁无咎，号四学士，而文潜之年为最少。公于诗文兼长，虽当时鲜复公比。两苏公、诸学士既相继以殁，公岿然独存，故诗文传于世者尤多。若其体制敷腴，音节疏亮，则后之学公者皆莫能仿佛。公诗晚更效白乐天体，而世之浅易者往往以此乱真，皆弃而不取。”《宋史》卷四四四《张耒传》称耒“作诗益务平淡，效白居易体”。《四库全书总目》卷一五四评张耒诗亦云：“晚岁诗务平淡，效白居易。”又卷一五九称虞俦“所作韵语，类皆明白显畅，不事藻饰，其真朴之处，颇近居易，而粗率流易之处，亦颇近居易”，亦以“明白显畅，不事藻饰”，“粗率流易”为白体特征。

四是指他与元稹、刘禹锡等的唱和诗。在中国，唱和诗古已有之，大约汉末就有了。但古代的唱和诗，和意而不和韵。洪迈《容斋随笔》卷一六云：“古人酬和诗，必答其来意，非若今人为次韵所局也。观《文选》所编何劭、张华、卢谌、刘琨、二陆、三谢诸人赠答可知已，唐人尤多，不可具载。”和韵诗自唐元稹、白居易始。元稹《酬乐天，余

① （宋）程俱《北山集》卷八，文渊阁四库全书本。

② （宋）蔡戡《定斋集》卷一六，文渊阁四库全书本。

思不尽，加为六韵之作》有“次韵千言曾报答”句，自注：“乐天曾寄予千字律诗数首，予皆次用本韵酬和，后来遂以成风耳。”白居易与刘禹锡也有唱和集，白居易有《刘白唱和集解》：“彭城刘梦得，诗豪者也，其锋森然，少敢当者。予不量力，往往犯之。夫合应者声同，交争者力敌，一往一复，欲罢不能。由是每制一篇，先相视草。视竟则兴作，兴作则文成。一二年来，日寻笔砚，同和赠答，不觉滋多。至太和三年春以前，纸墨所存者凡一百三十八首。其余乘兴扶醉，率然口号者，不在此数。因命小侄龟儿编录，勒成两卷，仍写二本，一付龟儿，一授梦得小儿仑郎。各令收藏，附两家集。予顷以元微之唱和颇多，或在人口，常戏微之云：‘仆与足下二十年来为文友诗敌，幸也，亦不幸也。吟咏情性，播扬名声，其适遗形，其乐忘老，幸也；然江南士女语才子者多云元白，以子之故，使仆不得独步于吴越间，亦不幸也。’今垂老复遇梦得，得非重不幸耶？梦得梦得，文之神妙，莫先于诗。若妙与神，则吾岂敢。如梦得‘雪里高山头白早，海中仙果子生迟’；‘沉舟侧畔千帆过，病树前头万木春’之句之类，真谓神妙，在在处处，应当有灵物护之，岂惟两家子侄秘藏而已？巳酉岁三月五日乐天解。”刘禹锡《汝洛集引》亦云：“太和八年，予自姑苏转临汝。乐天罢三川守，复以宾客分司东都。未几，有诏领冯翊，辞不拜职，授太子少傅分务，以遂其高。时予代居左冯，明年予罢郡，以宾客入洛，日以章句交欢，因而编之，命为《汝洛集》。”

宋张表臣《珊瑚钩诗话》卷一云：“前人作诗未始和韵，自唐白乐天与元微之为二浙观察，往来置邮筒倡和，始依韵，而多至千言，少或百数十言，篇章甚富。”和韵诗有三种形式，刘攽《中山诗话》云：“唐诗赓和，有次韵，先后无易；有依韵，同在一韵；有用韵，用彼韵而不必次。”陆游《跋吕成叔和东坡尖叉韵雪诗》：“古诗有倡有和，有杂拟、追和之类，而无和韵者。唐始有之，而不尽同。有用韵者，谓同用此韵耳；后乃用有依韵者，谓如首倡之韵，然不以次也；最后始有次韵，则一皆如其韵之次。自元、白至皮（日休）、陆（龟蒙），此体乃成，天下靡然从之。”宋代更是唱和次韵成风，仅编辑成集的就有李昉、李至的《二李唱和集》，王禹偁等的《商于唱和集》，杨亿等的《西昆酬唱集》，释契嵩等的《山游唱和诗集》，欧阳修等的《礼部唱和诗》，苏轼兄弟的《岐梁唱和集》，苏轼及其门人的《坡门酬唱集》，孔武仲等的《睦州唱和集》，苏辙与毛维瞻等的《筠阳唱和集》，苏轼与陈师道、赵令畤的《汝阴唱和集》，邓忠臣等的《同文馆唱和诗》，秦观、参寥子等的《会稽唱和诗》，石牧之等的《永嘉唱和诗》，张塈等的《睦州唱和诗集》，叶梦得等与苏过等的《许昌唱和集》，南渡后有洪皓、朱弁、张邵等的《輶轩唱和诗集》，韩无咎与陆游的《京口唱和集》，张栻、朱熹、林用中等的《南岳倡酬集》，李石等的《西湖唱和诗》等等。

（三十二）柳子厚体

柳子厚体指唐柳宗元的诗体。其特色为简劲刻峭，温丽靖深，外枯中膏，似淡实美。苏轼《论柳子厚诗》云："柳子厚诗，在陶渊明下，韦苏州上。退之豪放奇险则过之，而温丽靖深不及也。所贵于枯淡者，谓其外枯而中膏，似淡而实美，渊明、子厚之流是也。"①

柳宗元(773—819)字子厚，祖籍河东(今山西永济)，故世称柳河东。安史之乱时，其父徙家吴兴(今江吴县)。晚年贬死柳州，故又称柳柳州。柳宗元自少精敏绝伦，四岁，母卢氏教以古赋十四篇，皆讽诵之。为文卓伟精致，为时推仰。贞元九年(793)进士及第，又登博学宏词科，授校书郎，调蓝田尉。贞元十九年为监察御史里行。与王叔文善，顺宗即位，擢为礼部员外郎，助叔文改革弊政。宪宗即位，叔文败，柳贬邵州刺史，半道贬永州司马，同日贬为司马者还有刘禹锡等八人，时称"八司马"。永地荒僻，遂自放山水间，一切愤闷寓于诗文。元和十年，徙柳州刺史。时刘禹锡贬播州，以刘亲老，奏乞以柳州与刘，而自往播，刘得改连州。士子不远数千里赴柳州从宗元学，经指授者为文皆有法。十四年卒，年仅四十七。新、旧《唐书》皆有传。

柳宗元少年进取，以为功业可就。既坐废，遂不自振。然其名高一时，韩愈以其文似司马迁，柳人为建罗池庙，韩愈为作碑。柳宗元是唐代著名的思想家、文学家，与韩愈齐名，世称"韩柳"。他不仅力主政治革新，也力主古文革新，提出了较为系统的文学主张，认为应以文明道。其《答韦中立书》云："吾幼且少，为文章，以辞为工。及长，乃知文者以明道，是固不苟为炳炳烺烺，务彩色，夸声音，而以为能也。"他所谓的道就是诗文的褒贬美刺功能，就是"以生人(民)为己任"；"意欲施之事实，以辅时及物为道"。②但他清楚地认识到"言而不文则泥"(同上)，其《杨评事文集后序》云："阙其文彩，固不足以竦动时听，夸示后学。"可见他是主张文道统一，以文济道的。他强调广泛向古人学习，但更强调独创，其《复杜温夫书》云："为文不能自雕斲，引笔行墨，快意累累，意尽便止，亦何所师法。"他的创作态度十分认真，因其重文，故很重视写作技巧。其《答韦中立论师道书》云："抑之欲其奥，扬之欲其明，疏之欲其通，廉之欲其节，激而发之欲其清，固而存之欲其重"；"吾每为文章，未尝敢以轻心掉之，惧其剽而不留也；未尝敢以怠心易之，惧其弛而不严也；未尝敢以昏气出之，惧其昧没而杂也；未尝

---

① (唐)柳宗元《柳河东集》卷三十四，文渊阁四库全书本。

② (唐)柳宗元《柳河东集》卷三一《答吴武陵论〈非国语〉书》，文渊阁四库全书本。

敢以矜气作之，惧其偃蹇而骄也。”

柳宗元的骈文、古文都写得很好，而尤以古文成就为高。他的骚体赋如《闵生赋》、《囚山赋》、《吊屈原文》等都颇能得屈赋精髓，严羽《沧浪诗话·诗评》称“唐人唯柳子厚深得骚学”。《天说》为其哲学论文的代表作，《封建论》则为其政论文的代表作，皆洋洋洒洒，“直与(贾谊)《过秦》抗席”。①他的《黔之驴》、《永某氏之鼠》等是脍炙人口的寓言，造意新奇，语言锋利，善于通过对各种动物的拟人化描写来寄寓某种哲理和政治见解，具有辛辣的讽刺意味。他的《段太尉逸事状》、《童伛寄传》、《梓人传》、《种树郭橐驼传》等都是著名的传记文学作品。刘禹锡《唐故尚书礼部员外郎柳君集纪》称其“雄深雅健，似司马子长”。②他的山水游记尤为后人所称道，特别是《永州八记》，通过景物描写寄托其贬谪时的淡淡哀愁与怨愤，清邃峻拔，韵味无穷。其诗颇类谢灵运、陶潜，语言质朴，内涵深厚，与王维、孟浩然、韦应物共同形成唐代的田园山水诗派。正如杨万里《诚斋诗话》所说：“五言古诗句雅淡而味深长者，陶渊明、柳子厚也。”清末陈衍《石遗室论文集》对柳宗元的文学成就作了很高的评价：“柳之不易及者数端：出笔遣词，无丝毫俗气，一也；结构成自己面目，二也；天资高，识见颇不犹人，三也；根据真，言人所不敢言，四也；记诵优，用字不从抄撮涂抹来，五也。”

(三十三)韩　柳　体

韩柳体指具有韩愈、柳宗元诗文风格特点的作品。《旧五代史》卷六七《李愚传》称李愚“为文尚气格，有韩柳体”。《山西通志》卷一三六称元人靳柱“善属文，有韩柳体。”参见前“韩昌黎体”与“柳子厚体。”

(三十四)韦　柳　体

指韦应物、柳宗元之诗体。严羽《沧浪诗话·诗体》：“韦柳体：苏州与仪曹合言之。”元苏天爵云：“喜作诗，纡余冲淡，得韦柳体。”③韦柳体即指韦、柳的共同诗风，所谓韦诗的“高雅闲淡”，柳诗的“雅淡而味深”。参见前“韦苏州体”与“柳子厚体”。

---

① 林纾《韩柳文研究法》，(台湾)广文书局1964年版。

② (唐)刘禹锡《刘宾客文集》卷一九，文渊阁四库全书本。

③ (元)苏天爵《滋溪文稿》卷二四，文渊阁四库全书本。

（三十五）元微之体（元白体）

元白体指元稹和白居易的诗体。《沧浪诗话·诗体》云："元白体：微之、乐天，其体一也。"白居易见前"白乐天体"。

元稹（779—831）字微之，别字威明，行九，鲜卑族后裔。唐洛阳（今属河南）人。幼孤，母贤而文，亲授以书，九岁工属文，十五擢明经，判入等，补校书郎。元和元年（806）举制科，对策第一，拜左拾遗。多所论谏，执政者恶之，出为河南尉。以母丧解，服除，为监察御史。俄分司东都，贬江陵士曹参军，徙通州司马，改虢州长史。元和末召为膳部员外郎。穆宗即位，擢祠部郎中、知制诰。俄迁中书舍人、翰林承旨学士。为工部侍郎，进同中书门平章事，出为同州刺史，徙浙东观察使。大和三年（829），入为尚书左丞。元稹早年直言敢谏，欲以峭直立名。后废斥十年，通道不坚，乃丧所守，附宦官以进。稹长于诗，穆宗在东宫，妃嫔近习皆诵之。稹谪江陵，与监军崔潭峻善。长庆初，崔被亲信，以稹歌词数十首上奏，帝大悦。其后虽官位日隆而为时论所薄，在相位三月而罢。拜武昌军节度使，卒，年五十三。《旧唐书》卷一六六、《新唐书》卷一七四有传。

元稹的古文成就很突出，《旧唐书·元稹传》云："元之制策，白之奏议，极文章之阃奥，尽治乱之根荄。"所作《莺莺传》更是唐传奇名篇。元稹诗长于乐府，他在《乐府古题序》中说："自风雅至于乐流，莫非讽兴当时之事，以贻后代之人。沿袭古题，唱和重复，于文或有短长，于义咸为赘剩。尚不如寓意古题，刺美见事，犹有诗人引古之义焉……近代唯诗人《悲陈陶》、《哀江头》、《兵车行》、《丽人行》等，凡所歌行，率皆即事名篇，无复倚傍。"这是他的一篇重要诗论，对推动当时的新乐府革新，起了一定作用。所作乐府诗，反映了当时官吏的贪暴、皇室的荒淫、百姓的苦难，表现出他愤世嫉邪的精神，其《田家词》、《上阳白发人》、《缚戎人》都是这样的名篇。这类诗被称为"元微之体"，如乾隆《御制诗》三集卷三三就有《古筑城曲效元微之体，亦反其意也，兼用其韵》诗。其艳体诗如《莺莺诗》、《会真诗》、《梦游春》亦较有名。他的悼亡诗《遣悲怀》尤为感人，如"昔日戏言身后事，今朝都到眼前来。衣裳已施行看尽，针线犹存未忍开。尚想旧情怜婢仆，也曾因梦送钱财。诚知此恨人人有，贫贱夫妻事事哀"，堪称绝唱。

当然，也有不以元、白诗为然者。杜牧《李府君墓志铭》引李戡语："元和以来，有元、白诗者，纤艳不逞，非庄士雅人，多为其所破坏。流于民间，疏于屏壁，子父女母，交口教授，淫言媟语，冬寒夏热，入人肌骨，不可除去。吾无位，不得用法以治之。"计有功云："元白之心，本乎立教，乃寓意于乐府雍容婉转之词，谓之讽谕，谓之闲适。既持是取大名，时士翕然从之，师其词，失其旨，凡言之浮靡艳丽者，谓之元白体。二子规规攘臂解辩，而习俗既深，牢不可破，非二子之心也，所以发源者非也可不戒哉。”①但也可见元白体在当时的巨大影响。

（三十六）贾浪仙体

贾岛（779—843）字浪仙，初为浮屠，名无本。自号碣石山人、苦吟客。范阳（今北京）人。元和元年（806）冬至长安谒张籍，次年春来东都谒韩愈。时洛阳禁僧午后外出，岛为诗自伤，韩愈怜之，因教其为文，遂去浮屠，举进士，但屡举不中。当其苦吟，每逢公卿贵人，皆不之觉。一日见京兆尹，跨驴不避，呼诘之，久乃得释。文宗时坐谤，贬长江主簿。会昌初以普州司仓参军迁司户，未授命而卒。《新唐书》卷一七六有传。

贾岛作诗以苦吟著称，自称“两句三年得，一吟双泪流。知音如不赏，归卧故山秋”。②其“僧敲月下门”句，斟酌当用“推”还是用“敲”，遂使“推敲”成为“斟酌”的代用语，后世一直传为佳话。其诗题材较窄，诗境奇僻，多写荒凉冷落之景，抒发穷苦忧愁之情，苏轼《祭柳子玉文》曾以“郊寒岛瘦”概括孟郊、贾岛二人的诗风。其诗又与姚合齐名，世称“贾姚”，对晚唐、五代影响较大，江湖派、永嘉四灵皆效其体。四灵之一的赵师秀曾合编二人诗为《二妙集》。

（三十七）李长吉体

李长吉体指李贺诗体。

李贺（790—816）字长吉，唐宗室郑王后裔，福昌昌谷（今河南宜阳）人，世称李昌谷。七岁能赋诗。年十八到东都，以诗谒韩愈，其《雁门太守行》“黑云压城城欲摧，甲光向日金鳞开”，深为韩所赏。年二十一参加府试，并拟参加来年礼部考试，但有人以其父名晋，应避讳，不当举进士。韩愈作《辩讳》为之辩护，仍未能登第。元和六年（811）为奉礼郎，八年即以病辞官。九年到潞州投靠韩愈门人张彻。十一年返昌谷，不久病卒，年仅二十七。《旧唐书》卷一三七、《新唐书》卷二〇三有传。著有《李长吉集》。

---

① （宋）计有功：《唐诗纪事》卷四一，文渊阁四库全书本。

② （宋）范晞文《对床夜语》卷二，文渊阁四库全书本。

李贺为人纤瘦体弱，每旦日出，骑弱马，有所得，书投囊中，从未先立题而后为诗。及暮归，足成之。母使婢探其囊，见所书多，怒曰："是儿要呕出心乃已耳。"①其诗长于乐府，马端临《文献通考》卷二四二引《朱子语录》曰："李贺诗巧，然较怪，不如太白自在。"又引刘克庄曰："乐府惟李贺最工，张籍、王建辈皆出其下。"李贺从事诗歌创作虽仅十多年，但内容丰富，或不满藩镇割据，如《猛虎行》、《雁门太守行》；或同情百姓苦难，如《公无出门》、《采玉歌》；或感叹人生无常，抒发个人悲愤，如《天上谣》、《浩歌》、《致酒行》；而其《李凭箜篌引》、《听颖师弹琴歌》，描写音乐的动听，都是为人传诵的名篇。

李贺的诗风格奇特，崇尚诡异，浮想联翩，境界寂寥，常写神鬼、死亡、黑夜、寒冷，读之使人不寒而栗，往往熔瑰奇浓艳、清幽峭丽于一炉，被称为李长吉体。杜牧《李贺集序》云："云烟绵联，不足为其态也；水之迢迢，不足为其情也；春之盎盎，不足为其和也；秋之明洁，不足为其格也；风樯阵马，不足为其勇也；瓦棺篆鼎，不足为其古也；时花美女，不足为其色也；荒国（一作园）陊殿，梗莽邱垄，不足为其怨恨悲愁也；鲸呿鳌掷，牛鬼蛇神，不足为其虚荒诞幻也。盖骚之苗裔，理虽不及，辞或过之。"严羽《沧浪诗话》云："太白天仙之词，长吉鬼仙之词。"后世多效其诗体，欧阳修有《春寒效李长吉体》，王质有《和游子明效李长吉体》二首，范浚有《春融融效李长吉体》、《三月二十六日夜同端臣端杲侄观异书效李长吉体》、《四月十六日同弟侄效李长吉体分韵得首字》、杨慎有《红蕖引用李长吉体》，这些诗同样具有想象奇特、词采艳丽的特点。

（三十八）卢　仝　体

卢仝（796—835），自号玉川子，唐范阳（今河北涿州）人。初隐少室山，后卜居洛城，家甚贫，惟破屋数间，终日苦哦。朝廷知其清介之节，凡两备礼征为谏议大夫，不起。时韩愈为河南令，爱其诗，厚礼之。元和间月蚀，仝为《月蚀诗》，讥切元和逆党，韩愈称其工。宋祝穆《古今事文类聚》别集卷六引孙樵《与王霖书》云："玉川子《月蚀诗》，韩吏部《进学解》，莫不拔地倚天，句句欲活，读之如赤手捕长蛇，不施鞚勒，骑生马，急不得暇，莫可捉搦。"甘露之变时，卢仝偶与诸客会食王涯书馆中，因留宿，与王同时遇害。

卢仝性高古介僻，所见不凡，其诗自成一家，语尚奇谲，后人仿效比拟，遂为一格，

① 《新唐书》卷二〇三本传，文渊阁四库全书本。

《沧浪诗话·诗体》称为卢仝体。韩盈《玉川子外集序》云:“其为体峭挺严放,脱略拘维,特立群品之外。”①

(三十九)杜 牧 体

杜牧(803—852)字牧之,京兆万年(今陕西西安)人。所居长安城南有樊川别墅,世称杜樊川。晚年官中书舍人,又称杜紫微。出身世家(杜佑孙),从小博览群籍,其《冬至日寄小侄阿宜诗》云:“家集二百编,上下驰皇王。”对于治乱兴亡、财赋兵甲、地形险易远近、古人之长短得失均颇留心。大和二年(828)第进士,复举贤良方正直言极谏科,解褐为宏文馆校书郎,试左武卫兵曹参军。沈传师表为江西团练府巡官,又为牛僧孺淮南节度府掌书记。入为监察御史,移疾分司东都。开成二年(837)复为宣州团练判官,拜殿中侍御史内供奉。累迁左补阙、史馆修撰,改膳部员外郎。宰相李德裕素奇其才,所言多从。会昌中历黄、池、睦三州刺史,大中二年(848)入为司勋员外郎,常兼史职,改吏部员外郎。四年秋复乞为湖州刺史。逾年,入为考功郎中知制诰,六年迁中书舍人。是年冬卒,年五十。《旧唐书》卷一四七、《新唐书》卷一六六有传。

杜牧刚直有气节,情致豪迈,不为龊龊小事,敢论国家大事,指陈时政尤为直切。文学上为晚唐大家,善属文,精于诗,人称小杜,以与杜甫别。为文主张“以意为主,气为辅,以辞采章句为之兵卫”。②他推崇李、杜、韩、柳之作,其《冬至日寄小侄阿宜诗》云:“近者四君子,与古争强梁”;而不满元、白诗,《献诗启》指责他们“纤艳不逞”、“淫言艳语”。其《阿房宫赋》借古讽今,开以后宋代文赋的先河。其五言古如《感怀》、《雪中书怀》,感慨苍凉,融叙事、抒情、议论于一体。其近体诗如《长安杂题》、《过华清宫》、《赤壁》、《题乌江亭》,立意新颖,情韵华美,于写景叙事中抒发感慨,寄寓情怀。裴延翰《樊川文集序》称其“高骋包罗万象,夐厉旁绍曲摭,洁简浑圆,劲同横贯”,确能概括其诗文风格。《四库全书总目》卷一百五十一提要说:“平心而论,(杜)牧诗冶荡甚于元白,其风骨则实出元白上。其古文纵横奥衍,多切经世之务。《罪言》一篇,宋祁作《新唐书藩镇传论》,实全录之。费衮《梁溪漫志》载欧阳修使子棐读《新唐书》列传,卧而听之,至《藩镇传叙》,叹曰:‘若皆如此传笔力,亦不可及。识曲听真,殆非偶尔。即以散体而论,亦远胜元白。观其集中有读韩杜集诗,又冬至日寄小侄阿宜诗,

---

① (唐)杜牧《樊川文集》卷十,文渊阁四库全书本。

② 《文苑英华》卷六八一,文渊阁四库全书本。

曰'经书刮根本,史书阅兴亡。高摘屈宋艳,浓薰班马香。李杜泛浩浩,韩柳摩苍苍。近者四君子,与古争强梁。'则牧于文章具有本末,宜其薄视长庆体矣。"

(四十) 温庭筠体(温飞卿体)

温庭筠(812—866)原名岐,字飞卿,太原祁县(今属山西)人。少敏悟,工辞章,运思神远,多代人捉笔。时试律赋,押官韵,凡八叉手而八韵成,时号"温八叉"。为人放荡不拘,性倨傲,好讥权贵,为执政者所恶,数举进士不第。大中十三年(859),为隋县尉。徐商镇襄阳,辟为巡官,后贬方城尉。咸通七年,为国子助教,后人称之为"温助教"。一生潦倒,流落而终。《旧唐书》卷一九〇下、《新唐书》卷九一有传。著有《温飞卿集》。

温庭筠诗与李商隐齐名,世称"温李"。又与李商隐、段成式三人皆工骈文,排行皆十六,故并称"三十六体"。其古诗师法李贺,瑰丽之辞充满悲凉之意。尤工近体,辞藻华艳,涵蕴无穷,如《商山早行》的"鸡声茅店月,人迹板桥霜",①《过陈琳墓》的"词客有灵应识我,霸才无主始怜君"之类,尤为脍炙人口,被称为"温庭筠体"。《四库全书总目》卷一六八《铁崖古乐府》云:"元之季年(元末)多效温庭筠体,柔媚旖旎,全类小词。"乾隆《御制诗》四集卷九有《题杨大章花鸟偶效温庭筠体》。又被称为"温飞卿体",宋范浚《香溪集》卷二有《同茂通弟效温飞卿体》诗,《御选明诗》卷九收有李蓘《送远曲效温飞卿体》,《明诗综》卷五三收有吴承恩《富贵曲效温飞卿体》,清查慎行《敬业堂诗集》卷一一四有《春晴曲效温飞卿体》,卷三六有《晓仙谣效温飞卿体》。

温庭筠还精通音律,善鼓琴吹笛,喜作艳词,是第一个大量作艳词的文人,以《菩萨蛮》十首为最有名,是花间词派的鼻祖,对词的发展,特别是对婉约词风的形成颇有影响。

(四十一) 李 商 隐 体

李商隐体指李商隐文思清丽、瑰丽奇古的诗文风格。

李商隐(约 813—约 858)字义山,号玉谿生,怀州河内(今河南沁阳)人。九岁丧父,年十六著《才论》、《圣论》,以古文知名于时。弱冠,以文谒河阳帅令狐楚,楚奇其文,使与诸子游,并亲授以骈体章奏之法,故亦工四六。楚徙天平、宣武,皆表李为巡

① (明)曾益《温飞卿诗集笺注》卷七,文渊阁四库全书本。

官。楚卒，王茂元镇河阳，表李掌书记，以女妻之，得为侍御史。当时牛(僧孺)、李(德裕)党争正炽，王茂元善李德裕，令狐楚父子属牛党，商隐遂被夹击于其间，故仕途多失意。开成二年(837)，擢进士第。又试博学宏词科，已中选，最后却被除名。次年始任秘书省正字，调弘农尉。会昌二年(842)重入秘书省为正字。宣宗即位后，牛党得势，更受压抑，先后任桂管观察使郑亚府判官，京兆尹卢弘正府参军、徐州掌书记、剑南东川节度使判官。大中九年(855)，罢梓州幕，归长安。次年任盐铁推官。十二年，卒于荥阳。新、旧《唐书》皆有传。

严羽《沧浪诗话》:"李商隐体，即西昆体也。"此说实误。西昆体之名始于宋初杨亿所编《西昆酬唱集》，李商隐诗风当时叫三十六体，详后。

李商隐诗现存约六百首，其咏史诗、言情诗的成就最高。他常借咏史来指陈时政，或揭露封建帝王的求仙，如《汉宫》、《题西王母庙》;或讥其好色，如《北齐二首》;或讥其宴乐无度，如《南朝》。有的咏史诗还直接讥刺本朝皇帝，如《马嵬》、《华清宫》、《骊山有感》，都是讥刺唐玄宗的。他也有一些直接面对现实的政治诗，如《有感二首》、《重有感》就是为甘露事变而作，揭露宦官幽禁文宗，屠戮士民的暴行。他的言情诗尤为后人津津乐道，辞藻华丽，声韵和谐，往往寓有身世之慨。他的诗在艺术上形成一种特殊的耐人寻味的风格，情思婉转，用典精工，以隐晦曲折的手法，借故讽今，往往在可解不可解之间，特别耐读。

(四十二) 温 李 体

温李体指温庭筠、李商隐的诗体，内涵与三十六体相近。明张宁《方洲集》卷一三有《三月十五日使还平壤燕浮碧楼，因即命名之意效温李体为短词一章，以纪兴云耳》。

(四十三) 三 十 六 体

三十六体指李商隐、温庭筠、段成式等人的诗体。因为他们三人的排行皆为十六而得名。《旧唐书・李商隐传》云:"商隐能为古文，不喜偶对。从事令狐楚幕，楚能章奏，遂以其道授商隐，自是始为今体(指四六体)章奏……与太原温庭筠、南郡段成式齐名，时号'三十六'。"《新唐书・李商隐传》所载略同:"时温廷筠、段成式，俱用是相夸，号三十六体。"因为宋初西昆体诗人宗李商隐，而又误以李商隐体为西昆体，故又有"昆体三十六"的提法。清人冯武在《西昆酬唱集序》中论述宋代各诗体时，论西昆三十六和西昆体云:"有以李玉溪(商隐)为宗……谓之西昆体。要皆自宋人分之,而唐初(本)无是说焉。元和、大和之代,李义山杰起中原,与太原温庭筠、南郡段成式,皆以格韵清拔、才藻优裕为西昆三十六,以三人俱行十六也。西昆者,取玉山策府之意云尔。"①清冯班《钝吟杂录》卷五《严氏纠谬》驳《沧浪诗话》误西昆体为李义山体云:"李义山在唐与温飞卿、段少卿号三十六体,三人皆行第十六也。于时无西昆之名,按此则沧浪未见。"

(四十四)杜荀鹤体

杜荀鹤(846—约904)字彦之,号九华山人,池州石埭(今安徽石台)人。善为诗,词句切理,为时所许。多次应试不第,其《下第东归道中作》写出了落第者的辛酸:"一回落第一宁亲,多是途中过却春。心火不销双鬓雪,眼泉难濯满衣尘。苦吟风月唯添病,遍识公卿未免贫。马壮金多有官者,荣归却笑读书人。"②其《下第投所知》又云:"落第愁生晓鼓初,地寒才薄欲何如!不辞更写公卿卷,却是难修骨肉书。"不得不再次向公卿投卷,却难以告知骨肉。年四十六始登第,以世乱还归九华山。田頵在宣州甚重之,遂处頵幕府,为宾客。以《无云诗》献梁太祖:"同是乾坤事不同,雨丝飞洒日轮中。若教阴翳都相似,争表梁王造化功。"③太祖大悦,以之为翰林学士,主客员外郎、知制诰。荀鹤恃势侮易缙绅,众怒欲杀之未及,暴疾而卒。

杜荀鹤是晚唐著名的现实主义诗人,提倡诗歌要继承风雅传统,反对浮华,其诗作平易自然,语言通俗,风格清新,朴实明畅,后人称为"杜荀鹤体"。其《山中寡妇》云:"夫因兵死守蓬茅,麻苎衣衫鬓发焦。桑柘废来犹纳税,田园荒后尚征苗。时挑野菜和根煮,旋斫生柴带叶烧。任是深山更深处,也应无计避征徭。"其《乱后逢村叟》云:"经乱衰翁居破村,村中何事不伤魂。因供寨木无桑柘,为著乡兵绝子孙。还似平宁征赋税,未尝州县略安存。至于鸡犬皆星散,日落前山独倚门。""桑柘废"而"尚征苗",因供寨木而已"无桑柘",因征兵而已"绝子孙",二诗皆深刻反映了民间的疾苦。《诗林广记》前集卷九云:"愚谓此诗(《山中寡妇》)备言民生之憔悴,国政之烦苛,可谓曲尽其情矣。采民风者,观之其能动心乎?"其《经贾岛墓》则是借贾岛的酒杯浇自已胸中之块垒:"谪宦自麻衣,衔冤至死时。山根三尺墓,人口数联诗。仙桂终无分,皇

---

① (宋)杨亿《西昆酬唱集》卷首,文渊阁四库全书本。

② (唐)杜荀鹤《唐风集》卷二,文渊阁四库全书本。

③ (宋)计敏夫《唐诗纪事》卷六五,文渊阁四库全书本。

天似有私。暗松风雨夜，空使老猿悲。”

（四十五）九 僧 体

入宋以后，以人名体者首先是九僧体。方回《瀛奎律髓》卷一评晁端友《甘露寺》云：“九僧体，即晚唐体也。”欧阳修《六一诗话》云：“国朝浮图以诗名于世者九人，故时有集号《九僧诗》，今不复传矣。余少时闻人多称其一曰惠崇，余八人者忘其名字也。”司马光《续诗话》云：“欧阳公云《九僧诗集》已亡，元丰元年秋，余游万安山玉泉寺，于进士闵交如舍得之。所谓九诗僧者，剑南希昼，金华保暹，南越文兆，天台行肇，沃州简长，贵城惟凤，淮南惠崇，江南宇昭，峨眉怀古也。”九僧作诗，继承了贾岛、姚合反复推敲的苦吟精神，内容多写山林景色和隐逸生活，题材较为狭窄，内容较为单调，形式上更重五律，时有警句，但往往意境不够完整深透。

九僧诗以释惠崇的成就最高。惠崇（？—1017），淮南（今江苏扬州）人，或作建阳人。天禧元年卒。①事迹见《图画见闻志》、《宋诗纪事》卷九一。《直斋书录解题》卷二〇著录有《惠崇集》十卷，已佚。《全宋诗》卷一二六录其诗十四首。惠崇工诗善画，上承贾岛、姚合，不乏秀句，如“晓风飘磬远，暮雪入廊深”，蔡绦《西清诗话》以为“华实相副”，实为佳句。《说郛》卷三十下云：“楚僧惠崇工诗，于近代释子中为杰出，如‘河分岗势断，春入烧痕青’；‘阴井生秋早，明河转曙迟’；‘香浅冰生井，宵分月上轩’；‘掩门青桧老，出定白髭长’；‘浪经蛟浦阔，山入鬼门寒’，可谓去唐不远。”余萧客《校影宋本九僧诗跋》云：“九僧诗入有唐中叶钱、刘、韦、柳之室，而浸淫辋川、襄阳之间，其视白莲、杼山，有过无不及。”盖屿《读翠微集》云：“圣宋吟哦只九僧，诗成往往比阳春。翠微阁上今朝见，格老辞清又一人。”②

（四十六）邵 康 节 体

邵康节体指邵雍的诗风。邵雍（1011—1077）字尧夫，祖籍范阳（今河北涿州），皇祐初隐居洛阳几三十年。元祐中赐谥康节。

邵雍为宋代理学象数体系开创者，也是理学诗派创始人。其诗作在南宋被严羽《沧浪诗话·诗体》称为“邵康节体”，成为理学诗的代表。他主张作诗不必苦吟，随口

---

① （宋）宋祁《宋景文集》卷一〇《过惠崇旧居》诗注，台北商务印书馆 1986 年版。

② （宋）龚明之《中吴纪闻》卷五，文渊阁四库全书本。

成章，故在治学之余积有大量诗篇，仅文集中即收诗一千五百余首，其《无苦吟》所谓“平生无苦吟，书翰不求深”，①《闲吟》又谓“句会飘然得，诗因偶尔成”，正是其创作情状的写照。其《击壤集自序》云：“《击壤集》，伊川翁自乐之诗也，非唯自乐，又能乐时，与万物之自得也……所作不限声律，不沿爱恶，不立固必，不希名誉，如鉴之应形，如钟之应声，其或经道之余，因闲观时，因静照物，因时起志，因物寓言，因志发咏，因言成诗，因咏成声，因诗成音，是故哀而未尝伤，乐而未尝淫。虽曰吟咏情性，曾何累于性情哉？”他的诗歌几乎全为闲适之作，也有一些诗抒写理趣机锋，颇能在平畅的表达中显示出义理内蕴，如《弄笔吟》的“弄假像真终是假，将勤补拙总输勤”，《代书寄前洛阳簿陆刚叔秘校》的“知行知止为圣者，能屈能伸是丈夫”。魏了翁《跋康节诗》云：“理明义精，则肆笔脱口之余，文从字顺，不烦绳削而合；彼月煅季炼于词章而不知进焉者，特秋虫之吟，朝菌之媚尔。”②其诗风以通俗明畅为特色，语言务求浅近，有的诗甚至如同白话。《朱子语类》卷一三六谓其诗“辞极卑，道理却密”。《四库全书总目》卷一五三亦云“邵子之诗，其源亦出白居易”，“意所欲言，自抒胸臆，原脱然于诗法之外”，就是指他这类言浅意深之诗而言。其流弊是一些诗大谈性理，率尔成章，缺乏文彩，如吟《三皇》、《五帝》诸诗，就被人讥为有韵之语录。③

（四十七）王荆公体

王荆公体指王安石诗的风格，特别是他晚年诗的风格。

王安石（1021—1086）字介甫，抚州临川（今江西抚州）人。少有大志，庆历二年（1042）登进士甲科，官至尚书左仆射、门下侍郎。同中书门下平章事。《名臣碑传琬琰集》下卷一四、《宋史》卷三二七有传，著有《临川文集》。

王安石是欧阳修诗文革新的积极参与者，他的文艺思想有明显的功利主义倾向，论文重事功而轻文辞，在《送董传》中主张“文章合用世”。在他看来，文章就是政教，政教就是文章。他在《上人书》中说：“文章，礼教治政云尔”；在《与祖择之书》（同上）中说“治教政令，圣人之所谓文也。”他还在《上人书》中作了这样一个比喻：“所谓文者，务为有补于世而已；所谓辞者，犹器之有刻镂绘画也。诚使巧且华，不必适用；诚使适用，不必巧且华。要之，以适用为本，以刻镂绘画为之容而已矣。不适用，非所以为器也；不

① 《击壤集》卷一七，文渊阁四库全书本。

② （宋）魏了翁《鹤山集》卷六二，文渊阁四库全书本。

③ （清）吴乔《围炉诗话》卷一。

为之容，其亦若是乎？否也。然容亦未可已也，勿先之，其可也。"这就是说，文似器，是"适用"的，不适用的，就不成其为器；辞是"器之刻镂绘画"，是器之"容"（外表），无"容"也无损于器之用。最后虽补了一句"容亦未可已也"，但全篇主旨是重功用而轻辞章。作为政治家的王安石，从重功用出发，还力图按照自己的主张来统一文化。他在推行新法时，改革了科举考试，罢诗赋而试经义，《乞改科条制札子》要求"除去声病对偶之文，使学者得以专意经义"。后来又献《三经新义》，颁于学官，统一对经书的解释，以"使学者归一"。

王安石的诗、词、文成就都颇高。他是唐宋八大家之一，他的散文成就绝不亚于他的诗歌成就，特别是他的论说文更以逻辑严密，说理深透，笔锋锐利，寄慨遥深为特点。他的《上仁宗皇帝万言书》，洋洋洒洒，体大思精，被称为"秦汉以后第一大文"，可与贾谊《陈政事疏》媲美。他的史论往往能发前人所未发，如不足百字的《读〈孟尝君传〉》之类。他的一些抒情散文，如《伤仲永》伤神童变为常人，寓意深刻，亲切感人。而他的《游褒禅山记》，正如李光地所评："借题写己，深情高致，穷工极妙。"①王安石存词不多，但艺术成就较高，其《桂枝香·金陵怀古》、《千秋岁引》（别馆寒砧）都是脍炙人口的名篇，《艺衡馆词选》认为足以"颉颃清真、稼轩"。

所谓王荆公体主要指王安石的诗风。他存诗一千五百余首，自成一家。退居江宁以前，他的诗主要学习杜甫，写了不少政治诗，把自己的匡俗济世、抗敌图强的政治抱负通过诗歌表达出来，如《发廪》、《兼并》、《省兵》、《读诏书》、《感事》、《河北民》、《酬王詹叔奉使江东访茶法利害见寄》、《入塞》、《西帅》、《阴山画虎图》、《次韵元厚之平戎庆捷》等。这些诗内容丰富，政治热情饱满，缺点是议论较多，语言有些生硬，形象不够鲜明。这期间倒是他的一些怀古咏史的诗篇，含义深刻，富有韵味，如《商鞅》、《贾生》、《韩信》、《范增》、《明妃曲》之类。退居江宁以后的十年，一方面他继续写了不少政治诗，如《歌元丰》、《元丰行》、《后元丰行》等；但更多的是陶冶性情，寄情山水，写了大量的田园山水诗，如《南浦》、《北山》、《江上》、《泊船瓜洲》、《书湖阴先生壁》；并借助佛家学说来解脱自己的精神苦闷，写下了《示宝觉》、《示无著上人》、《拟寒山拾得二首》，诗风为之一变，在对仗、格律上更加精益求精。王安石诗最突出的特点是简古，言简意深，雅丽精绝。陈师道《后山诗话》谓荆公"平生之体数变，暮年诗益工，用意益苦"。叶梦得《石林诗话》卷上云："王荆公晚年诗律尤精严，造语用字，间不容发。"《漫叟诗话》云："荆公定林后诗精深华妙，非少作之比。"②其诗长于用字押韵，洪迈《容斋

---

① 《御选唐宋文醇》卷五八引，文渊阁四库全书本。

② （宋）胡仔《渔隐丛话》前集卷三三引，文渊阁四库全书本。定林指定林寺，在南京钟山南麓，王晚年居此。

续笔》卷八《诗词改字》云:“王荆公绝句云:‘京口瓜洲一水闲,钟山只隔数重山。春风又绿江南岸,明月何时照我还?’吴中士人家藏其草,初云‘又到江南岸’,圈去‘到’字,注曰:‘不好,改为过。’复圈去而改为‘入’,旋改为‘满’,凡如是十许字,始定为‘绿’。”此为其重用字之例。他喜用窄韵险韵以争奇斗巧,苏轼《雪后书北堂壁二首》,押尖、叉二韵,王安石喜其韵险而奇,作次韵诗六首即《读眉山集次韵雪诗五首》,《读眉山集爱其雪诗能用韵复次韵一首》。《侯鲭录》云:“世传王荆公尝诵先生此诗,叹云:‘苏子瞻乃能使事至此!’”①《梁溪漫志》卷六云:“作诗押韵是一奇。荆公、东坡、鲁直押韵最工。”方回《瀛奎律髓》卷二一称其“和险韵,赋难题”。又工于对仗,胡仔《苕溪渔隐丛话》前集卷三五引《雪浪斋日记》云:“荆公诗‘草深留翠碧,花远没黄鹂’,人只知‘翠碧’、‘黄鹂’为精切,不知是四色也。又以‘武丘’对‘文鹢’,‘杀青’对‘生白’,‘苦吟’对‘甘饮’,‘飞琼’对‘弄玉’,世皆不及其工。”更长于用典,其《答曾子固书》云:“某自百家诸子之书,至于《难经》、《素问》、《本草》、诸小说无所不读,农夫女工无所不问,然后于经为能知其大体而无疑。盖后世学者与先王之时异矣,不如是不足以尽圣人故也。”正因为他于书无所不读,故其用典有如探囊取物,顺手拈来,看似寻常语,往往都有所本。严有翼《艺苑雌黄》引江朝宗语云:“前辈为文皆有所本。如介甫《虎图诗》,语极遒健,其间有‘神闲意定始一扫’之句,谓此是平常语,无出处。后读《庄子》……郭象注:‘内足神者,闲而意定。’乃知介甫实用此语也。”②《沧浪诗话·诗体》:“王荆公体:公绝句最高,其得意处高出苏、黄、陈之上,而与唐人尚隔一关。”

(四十八)东　坡　体

苏轼(1036—1101)字子瞻,一字和仲,号东坡居士。眉州眉山(今属四川)人。嘉祐进士,后应制科试,献《进策》、《进论》各二十五篇,系统阐述自己的政治革新主张。他一生因反对王安石变法多次被贬,神宗朝责授黄州(今湖北黄冈)团练副使;哲宗亲政后,以讥刺神宗的罪名贬惠州(今广东惠阳),再贬儋州(今海南儋县)。直至徽宗继位,才遇赦北归,于建中靖国元年卒于常州。事迹具苏辙《亡兄子瞻端明墓志铭》、《宋史》卷三三八本传。

苏轼的思想颇复杂,他深受佛老影响,但其思想主流,仍然是儒家思想,具有儒家辅君治国、经世致用的政治理想。苏轼没有系统写过一部文艺理论专著,但在他的许

① (宋)蔡正孙《诗林广记后集》卷一引,文渊阁四库全书本。
② (宋)胡仔《渔隐丛话》后集卷二五引,文渊阁四库全书本。

多诗文、笔记、书信、序跋中，包含着丰富深刻的文艺思想，构成了完整的文艺思想体系。他十分重视文艺的社会功用。认为文章应“有意而言”，①“有为而作”，“言必中当世之过”。②他不满足于形似，推崇在形似基础上的神似。他通过对王维、吴道子画的比较，对死水、活水，常形、常理的描绘和分析，充分阐述了他的神似理论。他强调真情，要“诗从肺腑出，出辄愁肺腑”；③反对为文造情，无病呻吟，其《南行前集叙》提倡“不能自已而作”；主张诗文应如行云流水，《答谢民师书》云：“常行于所当行，常止于所不可不止，文理自然，姿态横生”；强调要有言外之意，题外之旨，外枯中甘，《书黄子思诗集后》云：“发纤秾于简古，寄至味于淡泊”。他还十分重视文艺自身的特点和规律，对创作过程有完整的论述，强调艺术技巧的重要性，创造性地解释孔子“辞达而已矣”是重视文彩的表现，反对艰涩雕琢，提倡平易自然。他还主张文艺风格的多样性，《答张嘉父书》主张要“著成一家之言”。苏轼的自成体系，充满生气的文艺思想，为北宋乃至整个宋代的文艺理论增添了光辉。

苏轼存文四千余篇，他的散文，代表北宋古文革新的最高成就，标志着从西魏发端，历经唐、宋的古文革新的胜利。他的文章往往信笔书意，自然圆畅，挥洒自如，有意而言，意尽言止，毫无斧凿之痕；思路开阔，文如泉涌，千变万化，姿态横生，没有固定的格式；气势磅礴，雄健奔放，纵横恣肆，一泻千里；状景摹物，无不毕肖，观察缜密，文笔细腻。他兼擅众体，现存赋二十余篇，其《赤壁赋》、《后赤壁赋》以散代骈，句式参差，用典较少，与欧阳修的《秋声赋》同为文赋的代表作。议论文如《进策》、《进论》各二十五篇，以及《东坡志林》中的史论，富有文采，说理透辟，气势雄浑，洋洋洒洒，翻新出奇，雄辩无碍，有孟轲和纵横家的雄辩风格。他写有大量游记，在苏文中最有文学价值。他的游记文精于构思，匠心独运，互不雷同；每寓旷观达识、至理深情，文格颇高；描写、记叙、议论、抒情错综并用，尤以好发议论为特色，如《超然台记》、《凌虚台记》、《思堂记》、《石钟山记》等。所作碑传文甚少，却均堪称碑传文中的杰作，如《方山子传》、《潮州韩文公庙碑》。他的书信、小品是苏文中最具风韵的，不仅数量可观，而且艺术造诣极高，最能体现苏轼开阔放达的胸怀，坦率幽默的个性，如《记承天寺夜游》、《日喻》、《书蒲永升画后》、《答谢民师书》等，都是千古传颂的名篇。

苏词的基本特点是内容丰富，风格多样。苏轼是豪放词派的开派人物，其《南歌子·八月十八日观潮》、《沁园春·赴密州早行马上寄子由》、《江城子·密州出猎》、

---

① （宋）苏轼《东坡全集》卷四六，文渊阁四库全书本。

② （宋）苏轼《东坡全集》卷三四《凫绎先生诗集叙》，文渊阁四库全书本。

③ （宋）苏轼《东坡全集》卷九，文渊阁四库全书本。

《念奴娇·赤壁怀古》等都是豪放词的代表作。苏轼在词史上的贡献还在于他发展了婉约词，扩大了婉约词的题材，提高了婉约词的格调。他的婉约词以清峻明净、造意深远为特色，与传统词的纤艳词风异趣。他成功地创作了一些咏物词，如咏孤鸿的《卜算子》、咏杨花的《水龙吟》、咏石榴的《贺新郎》，均托物言情，意味深长。他多数的言情词，往往不用婉约派词人爱用的香词艳语，而多直抒胸臆，抒写真挚热烈的爱情，大大提高了言情词的格调。如《江城子·记梦》、《蝶恋花》（花褪残红青杏小）、《洞仙歌》（冰肌玉骨）等。他的许多怀古词、赠人词、写景词、记游词也以婉约见长。在徐州时写有《浣溪沙》五首，描写农村生产和生活，刻画黄童、白叟、采桑姑、缫丝娘、卖瓜人等农村人物形象，是词史上最早的农村题材词。刘熙载谓"东坡词颇似老杜诗，以其无意不可入，无事不可言"，①是符合实际的。

严羽所说的东坡体主要是指苏轼诗风，薛季宣有《戏作赠别效东坡体次其韵》，元李昱有《答自便叟薄酒葛效东坡体》，都是效其诗体。苏辙《亡兄子瞻端明墓志铭》说，轼诗"本似李、杜，晚喜陶渊明，追和之者几遍"。从内容看，苏诗具有杜甫诗的现实主义精神。他关心民间疾苦，写了不少政治讽刺诗，如《都厅题壁》、《五禽言》、《鱼蛮子》、《戏子由》、《吴中田妇叹》、《山村五绝》等；他主张抗击辽和西夏，如《郭纶》、《和子由苦寒见寄》、《送子由使契丹》、《祭常山回小猎》、《闻洮西捷报》等，都洋溢着强烈的爱国热情。苏轼一生屡遭贬谪，写有大量抒发个人感慨的诗篇，充分反映出那个时代不得志的知识分子的精神苦闷，以及对现实的不满，如《和子由渑池怀旧》、《初到黄州》、《洗儿戏作》，甚至有"嬉笑怒骂之词，皆可书而诵之"之誉。②他的诗，或写景记游，或谈玄说理，或应酬游戏，或论诗题画，或品评书法，或记梦赋物，或忆人咏史，或拟古追和，几乎无所不包，应有尽有。其诗境界开阔，气势磅礴，感情奔放，想象丰富，长于比喻，新颖诙谐，奇趣横生，如《石鼓歌》、《游径山》、《八月十五日看潮五绝》、《游金山寺》、《百步洪》、《登州海市》等，更接近于李白的浪漫主义风格。苏诗颇受韩愈影响，喜以文为诗，以议论为诗，笔力雄健，纵横驰骋，议论英发，见解独到，耐人寻味。其后期诗歌虽仍时露豪放本色，而更多的诗篇却在学习陶渊明，几乎尽和陶诗，朴素自然、淡而有味。

所谓东坡体，用苏辙《亡兄子瞻端明墓志铭》的话说就是"公诗本似李、杜，晚喜渊明"。苏轼在《书黄子思诗集后》中写道："苏、李之天成，曹、刘之自得，陶、谢之超然，盖亦至矣。而李太白、杜子美以英玮绝世之姿，凌跨百代，古今诗人尽废，然魏、晋以

① （清）刘熙载《艺概·词曲概》，上海古籍出版社1987年版。

② 《宋史·苏轼传》，文渊阁四库全书本。

来高风绝尘亦少衰矣。李、杜之后，诗人继作，虽间有远韵，而才不逮意。独韦应物、柳宗元发纤秾于简古，寄至味于淡泊，非余子所及也。唐末司空图崎岖兵乱之间，而诗文高雅，犹有承平之遗风，其论诗曰：梅止于酸，盐止于咸，饮食不可无盐梅，而其美常在咸酸之外。”这段话颇能代表苏轼的诗歌见解。诗贵韵味，要有弦外之音，言外之意。苏轼很欣赏钟繇、王羲之的书法，称其“萧散简远，妙在笔划之外”（同上）。他认为诗也应该这样，梅的味道只是酸，盐的味道只是咸，“饮食不可无盐梅，而其美常在咸酸之外”。他正是根据这一观点来衡量两汉至隋唐的诗人的。他称颂传说的李陵、苏武诗的“天成”，曹植、刘桢诗的“自得”，陶渊明、谢灵运的“超然”，韦应物、柳宗元的“简古”、“淡泊”，司空图的“高雅”。他特别推崇李白和杜甫，认为他们一出，“古今诗人尽废”。李、杜二人中，他更推崇杜甫，他在《王定国诗集叙》中说：“古今诗人众矣，而杜子美为首。”

苏轼的诗歌创作正是他的论诗见解的体现。他的诗既具有杜诗的现实精神，又具有李诗豪放不羁的浪漫风格，还具有陶潜“质（质朴）而实绮（绮丽），癯（清瘦）而实腴（丰腴）”，①清新淡雅，托意高远的特征。苏辙《追和陶渊明诗引》引苏轼语云：“吾于诗人无所甚好，独好渊明之诗……吾前后和其诗凡一百有九篇，至其得意，自谓不甚愧渊明。”苏轼晚年之所以大量写作和陶诗，除了因为陶潜诗确实写得好以外，还与他在政治上的失意是分不开的。他有感于陶潜的“为人”，有感于陶潜“不肯为五斗米一束带见乡里小儿”，深悔自己不该“半生出仕，以犯世患”，所以，“欲以晚节师范其万一”。

（四十九）山　谷　体

山谷体指黄庭坚诗体。

黄庭坚（1045—1105）字鲁直，号山谷道人，又号涪翁，洪州分宁（今江西修水）人。幼警悟，读书数遍辄成诵，七岁作《牧童》诗，八岁作《送人赴举》诗。治平四年（1067）进士及第，调汝州叶县尉。神宗朝均任地方官，熙宁五年（1072）除北京国子监授教。元丰元年（1078）寄书苏轼并附所作《古风二首》，苏轼称其超轶绝尘，独立万物之表，世久无此作，由此声名始盛。三年知吉州太和县，逾年迁著作佐郎。四年除集贤校理。七年移监德州德平镇。哲宗即位，以秘书省校书郎召，元祐元年除《神宗实录》检讨官、集贤校理。六年，《神宗实录》成，擢起居舍人。八年除秘书丞，兼国史编修官。

---

① （宋）苏轼《东坡全集》卷三一《追和陶渊明诗引（子由作）》引，刘渊阁四库全书本。

哲宗亲政以后连遭贬逐。绍圣元年(1094)出知宣州,改鄂州。二年贬涪州别驾,黔州安置,元符元年(1098)移戎州。徽宗即位,知太平州。崇宁元年(1102)六月至郡,九日而罢。二年以所作《荆南承天院记》除名,羁管宜州。四年卒于贬所,年六十一。《宋史》卷四四四有传。

黄庭坚的文学创作受苏轼影响最大,他与张耒、晁补之、秦观同为苏门四学士。黄庭坚主张文章诗歌应当有其社会作用,其《王定国文集序》认为应"规摹远大,必有为而后作"。①但他又不赞同苏轼那些嬉笑怒骂,敢于讥刺社会的文章,其《答洪驹父书》批评"东坡之文妙天下,其短在好骂,慎勿袭其轨也"。《书王知载〈朐山杂咏〉后》还认为诗歌"非强谏诤于庭,怨愤诟于道,怒邻骂座之为也",因此在诗歌创作上特别追求艺术技巧的探寻,矢志在诗歌创作上独辟门径。他倡导诗学杜甫、文学韩愈,强调诗人应当博学,其《答洪驹父书》认为"老杜作诗,退之作文,无一字无来处,盖后人读书少,故谓韩、杜自作此语耳";同时又提倡融汇古人成句入诗,"虽取古人之陈言入于翰墨,如灵丹一粒,点铁成金"。他认为"诗意无穷,而人之才有限,以有限之才追无穷之意,虽渊明、少陵不得工也",因此他提出"不易其意而造其语,谓之换骨法","窥摹其意而形容之,谓之夺胎法"。这一"脱胎换骨"法,后来成为江西诗派的创作纲领。周裕锴提出"'脱胎法'与'换骨法'是惠洪总结的若干种作诗法中的两种,与黄庭坚无关,不能视为黄氏的诗论"。然金人王若虚《滹南诗话》亦云:"鲁直论诗,有'夺胎换骨,点铁成金'之喻。""脱胎换骨"的"首创权属于黄庭坚,惠洪则是较早记录黄氏此言的人"。②但他也反对过分务奇:"文章好奇,自是一病。学作议论文字,须取苏明允文字观之,并熟看董(仲舒)、贾(谊)诸文。"③

黄庭坚长于辞赋,其《悼往赋》、《休亭赋》、《苏李画枯木道士赋》、《墨竹赋》,均学《楚辞》而得其妙。他的各体文章成就不一,南宋杨万里极为推崇黄庭坚小简,有"本朝唯山谷一人"之誉。④明人何良俊《四友斋丛说》卷二三也认为他的小文甚佳,往往蕴藉有理趣,并举其《赵安时字序》、《杨概字序》、《王定国文集序》、《小山集序》、《忠州复古记》等篇,推为奇作。但黄庭坚的散文有过分求奇求巧的毛病,因此《朱子语类》卷一三九批评他"一向求巧,反累正"。《后山诗话》曾把他的词与秦观词并称"秦七黄九",然黄实不如秦。其词艺术水平参差不齐,早年部分作品接近柳永,多写艳情,甚

① (宋)黄庭坚《山谷集》卷一六,文渊阁四库全书本。

② 周裕锴《惠洪与换骨夺胎法》,莫砺锋《再论"夺胎换骨"说的首创权》,均见《文学遗产》2003年第6期。

③ (宋)陈善《扪虱新话》上集卷一引,山东齐鲁书社1991年版。

④ (宋)陈模《怀古录》卷下,文渊阁四库全书本。

至流于猥亵，但多数词以清新洒脱见长，时有豪迈英特之气。黄庭坚还工书法，兼擅行、草，遒劲清瘦，纵横奇倔，而又不失轨度，为北宋书法四大家之一。

黄庭坚的主要文学成就在诗歌创作，严羽所说的“山谷体”也主要指其诗体。黄庭坚一生非常推崇杜甫，尤其推崇杜甫诗歌忧国忧民的忠义之气，因此在他的诗歌中对当时的社会现实有较多反映，以诗歌表达对民间疾苦的同情，其《流民叹》记述河北连续遭受灾害，百姓流离失所的悲惨情景，对治政者不能采取有效措施提出批评：“祸灾流行固无时，尧汤水旱人不知。桓侯之疾初无证，扁鹊入秦始治病”。他关心国家边备，其《和谢公定河朔漫成八首》云：“虏庭数遣林牙使，羌种来窥雁塞耕。壮士看天思上策，月边鸣笛为谁横。”因此当友人出任边防重任时，他又以激情鼓励友人在边塞建功立业，如《送范德孺知庆州》、《次韵奉答吉邻机宜》诗，都具有这样鲜明的主题。他在《奉和王世弼寄上七兄先生用其韵》中称赞王安石“真儒运斗枢”，在《奉和文潜赠无咎篇末多见及以既见君子云胡不喜为韵》称颂其新学云：“荆公六艺学，妙处端不朽，诸生用其短，颇复凿户牖。”他主张消弭党争，其《次韵子由绩溪病起被召寄王定国》云：“人材包新旧，王度济宽猛。”这种包容豁达的态度都展现出他超迈的政治见识。

但总的说来，上述作品在黄诗中所占比例甚小，他写得最多最好的还是一些写景、咏物、抒怀、酬唱、题画的诗篇。如抒发羁旅行役苦闷的《早行》、《冲雪宿新寨忽忽不乐》，表现洒脱襟怀的《登快阁》，怀念友朋的《寄黄幾复》，怀念故园的《夏日梦伯兄寄江南》，描绘江南胜景的《雨中登岳阳楼望君山》，题杜甫画像的《老杜浣花溪图引》，无不笔酣墨畅，而又意境清远，情意真切，极富韵味。黄庭坚诗在艺术上取径杜、韩，力避滑熟，而以生涩为特色，讲求点铁成金之法，擅长运用典故，其《跋高子勉诗》主张“用一事如军中之令，置一字如关门之键”，这是他诗歌艺术风格的一大特色。像《睡鸭》的“山鸡照影空自爱，孤鸾舞镜不成双”，就是点化徐陵《鸳鸯赋》的诗句；《再次韵四首》的“公有胸中五色线，平生补衮用工深”则是化用杜牧《郡斋独酌》诗的成句，从而造成自己独特的意境，收到了语简意工的效果。黄庭坚诗刻意章法，语言奇警，陈丰《辨疑》称其“洗尽铅华，独标隽旨，凡风云月露与夫近香奁者，洗刷殆尽”。他喜欢用拗律险韵，以此来达到格韵高绝的效果。其近体律诗中竟有近半数属于拗体，如《题落星寺》、《子瞻诗句妙一世乃云效庭坚体盖退之戏效孟郊樊宗师之比以文滑稽耳恐后生不解故次韵道之》等诗，元人孙瑞谓“有押韵险处，妙不可言”，并称“句法提一律，坚城受我降”的诗句，“奇健之气，拂拂意表”。①其诗歌字锻句琢，故多精警之句，

① （元）刘壎《隐居通议》卷八引，文渊阁四库全书本。

如《和甫得竹数本于周翰，喜而作诗和之》的“翩翩佳公子，为致一窗碧”，《寄黄幾复》的“桃李春风一杯酒，江湖夜雨十年灯”，《次韵盖郎中率郭郎中休官》的“桃叶柳花明晓市，荻芽蒲笋上春洲”，《赠陈师道》的“旅床争席方归去，秋水粘天不自多”，都是诗眼灵动，字字传神的名句。

黄庭坚在诗歌创作上追求新奇，成为其诗歌的显著特色。罗大经《鹤林玉露》丙编卷三云：“至于诗，则山谷倡之，自为一家，并不蹈古人町畦。象山云：‘豫章之诗，包含欲无外，搜抉欲无秘，体制通古今，思致极幽眇，贯穿驰骋，工夫精到，虽未极古之源委，而其植立不凡，斯亦宇宙之奇诡也。开辟以来，能自表见于世若此者，如优钵昙华，时一现耳。’杨东山尝谓余云：‘丈夫自有冲天志，莫向如来行处行。’岂惟制行，作文亦然。如欧公之文，山谷之诗，皆所谓‘不向如来行处行’者也。”但过分刻意章法、句法、字法，过分求新务奇也成了黄庭坚诗歌的缺点，宋人张嵲《黄庭坚豫章集序》云：“其古律诗酷学少陵，雄健大过，遂流而入于险怪。要其病在太着意，欲道古今人所未道语尔。”①不过，这些缺失仅仅是黄庭坚诗中的微小瑕疵，他的大量诗歌历来为人所盛赞，具有很大的影响，后人尊奉其为江西诗派“一祖三宗”之一，直至清代仍有不少学习继承其创作手法的诗人。

（五十）后　山　体

后山体指陈师道的诗体。

陈师道（1053—1102），字履常，一字无己，号后山居士，彭城（今江苏徐州）人。年十六，从曾巩受业，巩大器之。熙宁中，王氏经学盛行，师道心非其说，遂绝意进取。元丰中，曾巩典五朝史事，荐其为属，朝廷以白衣难之。元祐初，以苏轼等荐，起为徐州教授，未几除太学博士。言者谓其在官尝越境出见苏轼，改教授颍州，又论其进非科第，罢归。调彭泽令，不赴。元符三年（1100），召为秘书省正字。建中靖国元年卒，年四十九。师道高介有节，好学苦志，深于《诗》、《礼》。为文精深雅奥，又喜作诗，著有《后山先生集》。《宋史》卷四四四有传。

陈师道安贫乐道，学有根柢，是北宋卓有成就的文学家。他的《后山诗话》极力推崇杜甫：“学诗当以子美为师，有规矩，故可学。退之于诗，本无解处，以才高而好尔。渊明不为诗，写其胸中之妙尔。学杜不成，不失为工。无韩之才与陶之妙，而学其诗，终为乐天尔”；“诗欲其好则不能好矣。王介甫以工，苏子瞻以新，黄庭坚以奇。而子

---

① 《永乐大典》卷二二五三七，中华书局1960年影印本。

美之诗，奇常、工易、新陈，莫不好也。"他对北宋文坛诸家特征常有简洁的评价，除以工、新、奇概括王、苏、黄诗外，还说："世语云：苏明允不能诗，欧阳永叔不能赋，曾子固短于韵语，黄鲁直短于散语，苏子瞻词如诗，秦少游诗如词。"他自己显然是同意这一"世语"的。他与苏门诸人关系密切，但对他们多有批评，特别是对苏轼："苏诗始学刘禹锡，故多怨刺，学不可不慎也。晚学太白，至其得意，则似之矣；然失于粗，以其得之易也。"他学诗于黄，但对黄也有微词，谓其"过于出奇"，主张"宁拙毋巧，宁朴毋华，宁粗毋弱，宁僻毋俗"。他特别推崇先秦之文："余以古文为三等，周为上，七国次之，汉为下。周之文雅，七国之文壮伟，其失骋；汉之文华赡，其失缓，东汉而下无取焉"；他评四六云："国初士大夫例能四六，然用散语与故事尔。杨文公笔力豪赡，体亦多变，而不脱唐末与五代之气。又喜用古语，以切对为工，乃进士赋体尔。欧阳少师始以文体为对属，又善叙事，不用故事陈言而文亦高。退之云王特进暮年表奏亦工，但伤巧尔"。

陈师道文学曾巩，并终身服膺，其《观兖文忠公六一堂图书》有"向来一瓣香，敬为曾南丰"之句。宋人魏衍《彭城陈先生集记》称其文"简重典雅，法度谨严"，①《四库全书总目》卷一五四亦谓其文"简严密栗，实不在李翱、孙樵下"。南宋楼昉编《崇古文诀》卷三一，收载其序、记、书启多篇，给予很高的评价，如评其《上林秀州书》云"非特议论好，读其文，气正词严，凛然有自重难进不可回挠之势"；评其《与秦少游书》云"委曲而不失正，严厉而不伤和，深得不恶而严之道"；评其《送参寥序》云"首尾仅二百余字，而抑扬开阖，变态不一，最可贵也"；评其《思亭记》云"节奏相生，血脉相续，无穷之意，见于言外"。

但陈师道的文学成就仍以诗歌创作为最著。其诗学黄庭坚，其《答秦觏书》曾经自述学诗历程，谓初无师法，后来见到黄庭坚诗，尽焚旧稿而从学焉，进而得作诗之法于杜甫。黄庭坚《答王子飞书》也称他"作诗渊源，得老杜句法，今之诗人不能当也"。《沧浪诗话·诗体》云："后山体：后山本学杜，其语似之者但数篇，他或似而不全，又其他则本其自体耳。"陈模亦说《后山集》中似江西者极少，有一些诗"则不特不似山谷，亦非山谷之所能及"，"宛然工部之气象"，②并举其《妾薄命》、《送内》、《别三子》、《忆幼子》等诗，谓其学杜到了惟妙惟肖的地步，直可与杜甫《石壕吏》、《无家别》诸篇相表里。其余如《寄外舅郭大夫》诗对远宦西川之外舅表示承问，方回《瀛奎律髓》卷四二谓"后山学老杜，此其逼真者，枯淡瘦劲，情味深幽"。《示三子》诗叙述自己与久别的

---

① （宋）陈师道《后山集》附录，文渊阁四库全书本。

② （宋）陆模《怀古录》卷上，文渊阁四库全书本。

儿女重逢的喜悦，有“儿女已在眼，眉目略不省。喜极不得语，泪尽方一哂。了知不是梦，忽忽心未稳”之句，酷似杜甫《羌村》诗，谢枋得云“后山祖杜工部之意，著一转语，意味悠长……可与杜工部争衡也”。①

陈师道诗歌的长处是个性鲜明，风骨磊落，意境新颖，简洁峻峭。其《妾薄命》诗以一位侍妾悲悼自己主人的口吻，来悼念老师曾巩，设想巧妙，感情真挚悲痛，元人刘埙《隐居通议》卷八以为“深婉奇健，妙合绳尺，古今之绝唱”。其《怀远》诗怀念远谪海南的苏轼，语至沉痛，“炼意炼格，俱高出时辈”。②陈师道受黄庭坚影响，做诗要“无一字无来历”，这就使他的诗常常表现出以学识为诗，过分注重格律形式，追求学习杜诗形式，字锻句琢，韵高格严的特点。《四库全书总目》卷一五四评论其各体诗时说：“五言古诗出入郊、岛之间，意所孤诣，殆不可攀，而生硬之处，则未脱江西之习”；七言古诗“颇学韩愈，亦间似黄庭坚，而颇伤謇直”；近体诗学杜甫最为切似，“五言律诗佳处往往逼杜甫，而间失之僻涩；七言律诗风骨磊落，而间失之太快太尽；五、七言绝句纯为杜甫《遣兴》之格，未合中声。长短句亦自为别调，不甚当行，大抵词不如诗，诗则绝句不如古诗，古诗不如律诗，律诗则七言不如五言”。陈师道诗由于刻意求工，反而使用意过于曲折，造语过于艰涩，因此损害了诗歌的艺术性。后代的一些诗人对此颇有微词，像王世贞《艺苑卮言》卷四批评其“勤勤有月与同归”，“飞萤元失照”，“文章平日事”，“乾坤著腐儒”等句模仿杜诗，却为“点金成铁者”；李调元《雨村诗话》称“后山诗则味如嚼蜡，读之令人气短”。

陈师道自谓能作词，其《书旧词后》曾自许“他文未能及人，独于词自谓不减秦七、黄九”。但实际上他根本不能与秦观词媲美，王灼《碧鸡漫志》卷二曾经说他“所作数十首，号曰《语业》，妙处如其诗，但用意太深，有时僻涩”，陆游《跋后山居士长短句》也认为“陈无己诗妙天下，以其余作词，宜其工矣，顾乃不然，殆未易晓也”。

（五十一）张庭坚体

张庭坚，字才叔，广安军（今四川广安）人。元祐六年（1091）进士高第，调成都观察推官，为太学《春秋》博士。绍圣时通判汉州，四年入为枢密院编修文字。徽宗召对，除著作佐郎，擢右正言。言论深切，颇忤旨，出判陈州。蔡京欲引为己用，不肯往，京大恨，遂列诸党籍，编管虢州，再徙鼎州、象州。久之，复故官。卒，年五十七。《宋

① （宋）蔡正孙《诗林广记》后集卷六引，文渊阁四库全书本。

② （元）方回《瀛奎律髓汇评》卷四三引许印芳评，文渊阁四库全书本。

史》卷三四六有传。

张庭坚是当时的著名侍从，其经义文颇受后人重视，元程端礼《读书分年日程》卷二《学作文》称之为"张庭坚体"，明无名氏所编《经义模范》收其经义文多达七篇，徐师曾《文体明辨序说・义》云："自唐取士有明经一科，而宋因之，神宗时王安石撰周礼诗书《三经义》颁行试士，厥后安石之义废格不用，张庭坚《经义》二篇岂其遗式欤?"《宋文鉴》卷一一一所收《惟几惟康其弼直》亦为经义文，首谓"所贵乎圣人者，非以其力足以除天下既至之患，而以其虑之深远，察微正始，忧患之所不及。非以其有智与勇足以大有为于世，而以其安静休息，有所不为。非以其无一过失，使天下莫得而议之；以其有过而必改。故于事也无忽，于民也不扰，于群臣也不惮其危言正论以拂于己。夫是以虑无遗策，举世无过事，而天下治安之势得以永保而弗替。此几康弼直，禹之所以为舜戒也。"

（五十二）陈 简 斋 体

陈简斋体指陈与义诗体。

陈与义(1090—1138)字去非，号简斋。洛阳(今属河南)人。政和三年(1113)，登太学上舍甲科，授开德府教授，除辟雍录。宣和四年(1122)，擢太学博士、著作佐郎，绍兴元年(1131)，召赴临安，为起居郎，迁中书舍人，掌内外制，拜礼部侍郎。出知湖州，召为给事中，除翰林学士、知制诰。七年，擢参知政事。著有《简斋集》、《简斋词》。事迹见张嵲《紫微集》卷三五《陈公资政墓志铭》、《宋史》卷四四五本传。

吕本中《江西诗社宗派图》未将陈与义列入宗派，元人方回《瀛奎律髓》卷二六却把他列为江西诗派"一祖三宗"之一。其诗歌以杜甫为师，与江西诗派风格相近，但又有所拓展创新，具有独特风格，故严羽《沧浪诗话・诗体》称"陈简斋体，亦江西之派而小异"。其诗可以靖康战乱为界，前期诗风明快清丽，多表现自己的生活情趣，如《和张规臣水墨梅五绝》："巧画无盐丑不除，此花风韵更清姝。从教变白能为黑，桃李依然是仆奴。"①称赏梅花清椒高洁，以俗艳的桃李为反衬，表现出反尘俗、厌污浊的超拔诗情。其余如《夏日集葆真池上》的"微波喜摇人，小立待其定"，《春日二首》的"朝来庭树有鸣禽，红绿扶春上远林。忽有好诗生眼底，安排句法已难寻"，清新明丽，令同时诗人倾倒，是他前期诗风之代表作。

金军南侵，陈与义经历了与杜甫在"安史之乱"中相似的遭遇，诗风一变而为沉

① (宋)陈与义《简斋集》卷一三，文渊阁四库全书本。

郁。刘克庄《后村诗话》前集卷二谓其“建炎以后，避地湖峤，行路万里，诗益奇壮”，“造次不忘忧爱，以简洁扫繁缛，以雄浑代尖巧，第其品格，故当在诸家之上”。应该说这一评价是比较确切的，忧国伤时成了他后期诗歌的主要内容。如其《伤春》诗云：“庙堂无策可平戎，坐使甘泉照夕峰。初怪上都闻战马，岂知穷海看飞龙。孤臣霜发三千丈，每岁烟花一万重。稍喜长沙向延阁，疲兵敢犯犬羊锋。”①谴责朝廷大臣懦弱误国，对坚决抗金的人士予以歌颂，雄浑沉郁，融裁贴切，历来被公认为学杜甫诗最成功之作。其《邓州西轩书事》十首，纵论时事，批评当政者私心倾侧，不以国事为重，忧深思远，与黄庭坚《病起荆江亭十首》颇为相近，南宋刘辰翁《须溪先生评点简斋诗集》奋笔直书曰“不忍言，不忍言”，可见其感人之深。其余如《道中书事》、《登岳阳楼二首》、《巴丘书事》、《再登岳阳楼感慨赋诗》、《次韵尹潜感怀》等篇，无不沉郁苍凉，深得杜甫诗歌神韵。

陈与义后期诗格律益工，锤炼益精，张嵲《陈公资政墓志铭》称其“体物寓兴，清邃纡徐，高举横厉，上下陶、谢、韦、柳之间”，②这是陈与义诗风格的一大特色。他的一些写景、咏物、题画诗，鲜明生动，清新自然，如《休日早起》的“开门知有雨，老树半身湿”，《道中》的“迢迢傍山路，漠漠满林花”，《渡江》的“摇楫天平渡，迎人树欲来”，《题东家壁》的“高柳光阴动罣絮，嫩凫毛羽欲生花”，《怀天经智老因访之》的“客子光阴诗卷里，杏花消息雨声中”，都写得来意象灵动，细致入微。

陈与义也擅长词。黄昇《中兴以来绝妙词选》卷一以为其“词虽不多，语意超绝，识者谓其可摩坡仙（苏轼）之垒”。《四库全书总目》卷一九八亦云“吐言天拔，不作柳亸莺娇之态，亦无蔬笋之气”。其词大多作于南渡之后，往往寄寓家国兴亡、身世飘零之感。如其《临江仙》（忆昔午桥桥上饮），抚今追昔，寄寓无限苍凉凄切之感，胡仔《苕溪渔隐丛话》后集卷三四以为清婉奇丽，为陈词中最优之作。其《虞美人》词之“吟诗日日待春风，及至桃花开后，却匆匆”，刘熙载《艺概》卷四称为句中之好句。其余如《临江仙》（高咏楚辞酬午日）、《点绛唇》（寒食今年）、《渔家傲》（今日山头云欲举）等篇，也都笔意超迈，清新隽逸，与苏轼抒怀言志之词风格相近。

（五十三）杨 诚 斋 体

诚斋体指杨万里取材自然、新鲜活泼、涉笔成趣的新诗体。

---

① （清）吴之振《宋诗钞》卷四三，文渊阁四库全书本。

② （宋）张嵲《紫微集》卷三五，文渊阁四库全书本。

杨万里(1124—1206)字廷秀,自号诚斋,吉州吉水(今属江西)人。绍兴进士,为赣州司户,调零陵丞。时张浚谪居永州,万里求见。浚勉以正心诚意之学,万里终身服其教,乃以"诚斋"自名书室。孝宗时,召为国子监博士,又知漳州、常州,提举广东常平茶盐。因忤孝宗,出知筠州。光宗召为秘书监,寻出任江东转运,总领淮西、江东,改赣州,乞祠,自是不复出。宁宗时,韩侂胄专权,筑南园,嘱其作记,许以掖垣,他以"官可弃,记不可作"坚拒。著有《诚斋集》。事迹具《宋史》卷四三三。

杨万里有文名,李道传《杨万里谥议》称其文"辩博雄放"、"以气胜",①方逢辰辑有《批点分类诚斋先生文脍》,序称其文"浩气拍天,吞吐溟渤,足以推倒一世之豪杰"。尤以赋和四六知名,其《浯溪赋》、《陶舟赋》、《云巢赋》等,以意新文奇见许于周必大、岳珂。《云庄四六余话》载其《贺虞雍公启》、《贺史丞相启》数篇,称其"语皆奇壮,脱略翰墨畦径"。其散文长于序记,如《江西诗派序》等,大多思理细密,善于表达内心感受与思想观点。词作不多,善于描摹自然动态,如《昭君怨·咏荷上雨》的"却是池荷跳雨,散了真珠还聚",《好事近》(月未到诚斋)的"不是诚斋无月,隔一庭修竹",皆耐人寻味。

杨万里以诗著名,与尤袤、范成大、陆游并称"中兴四大诗人",当时被奉为诗坛宗主。袁说友《和杨诚斋谢惠南海集诗》云"斯文宗主赖公归,不使他杨僭等夷",②姜特立《谢杨诚斋惠长句》云"今日诗坛谁是主,诚斋诗律正施行"。③杨万里诗数量极富,在宋代仅次于陆游,除去所焚少作千余篇外,自三十六岁始至八十岁逝世,共编成《江湖集》、《荆溪集》、《西归集》、《南海集》、《朝天集》、《江西道院集》、《朝天续集》、《江东集》、《退休集》等九部诗集,"一官定一集,流传殆千卷",④达四千余篇。而且"每集必一变"。⑤《沧浪诗话·诗体》云:"杨诚斋体:其初学半山、后山,最后亦学绝句于唐人,已而尽弃诸家之体,而别出机杼。盖其自序如此也。"所谓"自序如此",指杨万里《荆溪集序》:"始学江西诸君子,既又学后山五字律,既又学半山老人七字绝句,晚乃学绝句于唐人"。林希逸《陈子宽诗集序》亦云:"昔诚斋诗先后近四千首,自言其作屡变:一变于绍兴壬午,再变于乾道庚寅,三变于淳熙丁酉。同时尤梁溪(袤)亦以为公诗每变每进。又曰壬午以前有千余篇,皆焚矣,对延之诵数联,曰:'露巢蛛瘤纬,风语燕怀春','坐忘日月三杯酒,卧护江湖一叶舟'。梁溪惜其焚

① (宋)杨万里《诚斋集》附录,文渊阁四库全书本。

② (宋)袁说友《东塘集》卷五,文渊阁四库全书本。

③ (宋)姜特立《梅山续稿》卷一,文渊阁四库全书本。

④ (宋)楼钥《攻媿集》卷二《送杨廷秀秘监赴江东漕》,文渊阁四库全书本。

⑤ (元)方回《瀛奎律髓》卷一,文渊阁四库全书本。

之，公曰：‘无足惜也。’然观公见行诸集，此等句既变以后未尝无之，岂变其可变者，其不可变者终在耶？”①

杨万里努力摆脱宗派束缚，其《下横山滩头望金华山》明确指出“闭门觅句非诗法，只是征行自有诗”，将创作思维由书卷投向大自然，山水风月、花草树木、春色秋光、雨雪雷电乃至鸟兽虫鱼等，无不尽力网罗，刻画入微，其《荆溪集序》自谓“万象毕来，献予诗材”，“涣然未觉作诗之难也”。他论诗已开始推崇晚唐，其《读笠泽丛书》云：“笠泽诗名千载香，一回一读断人肠。晚唐异味同谁赏，近日诗人轻晚唐。”晚年所作，涣然自得，自立新体，吟咏极丰，故其《朝天集序》谓“游居寝食，非诗无与归”。他进一步发扬吕本中的“活法”说，以“死蛇解弄活泼泼”的艺术手法去把握瞬息万变的自然动态，②用生动活泼、幽默诙谐的语言加以表现，从而形成一种取材自然、新鲜活泼、涉笔成趣的新诗体，严羽称之为“诚斋体”，对后世影响极大。

杨万里也有一些关心国事民生的作品，但深广不如陆游、范成大。如其《初入淮河四绝句》、《过扬子江》、《故少师张魏公挽词》、《题盱眙军东南第一山》、《读罪己诏》、《题淮阴庙》等，属辞比事，婉而多讽，而《视旱遇雨》、《农家叹》、《悯农》、《竹枝歌》等则情感真切。宋金元人多赞其诗，如周必大《跋杨廷秀石人峰长篇》称其“大篇短章，七步而成，一字不改，皆扫千军、倒三峡、穿天心、透月窟之语。至于状物姿态，写人情意，则铺叙纤悉，曲尽其妙”，李屏山称“活泼刺底，人难及也”。③而明、清人则多斥其琐屑，如李攀龙《怀麓堂诗话》称其“细碎”，朱彝尊《叶李二使君合刻诗序》讥其“叫嚣以为奇，俚鄙以为正”，④王世贞《带经堂诗话》卷一〇谓其“佻巧取媚”。

杨万里论诗，在当时也很有影响。陆游《谢王子林判院惠诗编》云：“文章有定价，议论有至公。我不如诚斋，此评天下同。”其论诗观点主要见于其《诗论》、《诚斋诗话》及所作序跋中。他强调诗是“矫天下之具”，“矫其不善者以复于道”，重视诗歌的“味外之味”与“活法”，对江西诗派诗论有所改造和发展，对前代及同时作家多有批评。其《跋徐恭仲省干近诗》云：“传宗传派我替羞，作家各自一风流。”不主一家，力倡艺术风格的多样化。

---

① （宋）林希逸《竹溪鬳斋十一稿续集》卷一二，文渊阁四库全书本。

② 葛天民《寄杨诚斋》，（宋）陈起《江湖小集》卷六七，文渊阁四库全书本。

③ （元）刘祁《归潜志》卷八，文渊阁四库全书本。

④ （清）朱彝尊《曝书亭集》卷三八，文渊阁四库全书本。

（五十四）吴 蔡 体

吴蔡体指金人吴激、蔡松年的词风。

吴激（1090—1142）字彦高，自号东山散人，建州（今福建建瓯）人。金代作家、书画家。北宋宰相吴栻之子，书画家米芾之婿，善诗文书画。蔡松年（1107—1159）字伯坚，因家乡别墅有萧闲堂，故自号萧闲老人。真定（今河北正定）人。金代文学家。宋宣和末从父守燕山，宋军败绩随父降金，天会年间授真定府判官。完颜宗弼攻宋，与岳飞等交战时，蔡松年曾为宗弼兼总军中六部事，仕至右丞相，封卫国公，卒谥文简。

《金史》卷一二五《蔡松年传》称蔡松年："文词清丽，尤工乐府，与吴激齐名，时号吴蔡体。"《池北偶谈》卷六云："激字彦高，入金，为翰林学士。以诗、乐府知名，与蔡松年齐名，号吴蔡体。"吴、蔡是由宋入金的文人，主要以词著名，作品多忆国怀乡之思。吴词情调悲凉，风格清婉；蔡词则格调豪放。金初词坛由吴激、蔡松年独领风骚，吴、蔡的创作赋予金词伉爽清疏的特质，形成了不同于两宋的清旷俊逸、萧散疏放的风格，弥补了南宋词"文弱"之不足。

（五十五）梅 村 体

梅村体指明末清初吴伟业的诗体，主要指吴伟业极富个性的七言歌行体诗歌。

吴伟业（1609－1672）字骏公，号梅村，江苏太仓人。崇祯进士，官至少詹事，明亡后家居，清顺治十年（1653）被迫出仕，任秘书院侍讲，迁国子监祭酒，丁嗣母忧南还，卒于家。

吴伟业生不逢时，命运多舛，仕明而明亡，不愿仕清而被迫仕清，为世讥贬，深感愧疚，因此感慨兴亡和悲叹失节成了他诗歌的主要内容。他的诗歌，以明末清初的历史现实为题材，表现了江山易主、物是人非的社会变故，抒发了动荡岁月的人生感慨。其《自叹》、《过吴江有感》、《过淮阴有感》、组诗《遣闷》等，都表现了他自怨自艾、悲痛万分的后悔之情："误尽平生是一官，弃家容易变名难"，①"我本淮王旧鸡犬，不随仙去落人间"。②其《怀古兼吊侯朝宗》诗说："河洛烽烟万里昏，百年心事向夷门。气倾市侠收奇用，策动宫娥报旧恩。多见摄衣称上客，几人刎颈送王孙。死生总负侯嬴

① 《自叹》，（清）吴伟业《梅村集》卷一二，文渊阁四库全书本。

② 《过淮阴有感》，同上。

诺，欲滴椒浆泪满樽。”自注说：“朝宗，归德人，贻书约终隐不出。余为世所逼，有负夙诺。”他在《贺新郎·病中有感》中也说：“故人慷慨多奇节。为当年沉吟不断，草间偷活”，“脱屣妻孥非易事，竟一钱不值何须说。”他这种后悔不及的心情是真实的，感人的。

在清初诗坛上，吴伟业与钱谦益并称，其《梅村集》有程穆衡、靳荣藩、吴翌凤等人分别为之笺注，在清代诗人中罕有其比。乾隆《御题梅村集》云：“梅村一卷足风流，往复披寻未肯休。秋水精神香雪句，西昆幽思杜陵愁。裁成蜀锦应惭丽，细比春蚕好更抽。寒夜短檠相对处，几多诗兴为君收。”①《四库全书总目》卷一百七十三《梅村集》提要说：“其少作大抵才华艳发，吐纳风流，有藻思绮合，清丽芊眠之致。及乎遭逢丧乱，阅历兴亡，激楚苍凉，风骨弥为遒上。暮年萧瑟，论者以庾信方之。其中歌行一体尤所擅长，格律本乎四杰，而情韵为深；叙述类乎香山，而风华为胜。韵协宫商，感均顽艳，一时尤称绝调。其流播词林，仰邀睿赏，非偶然也。至于以其余技，度曲倚声，亦复接迹屯田（柳永），嗣音淮海（秦观）。”

吴伟业以唐诗为宗，诸体皆佳，七言歌行，尤所擅长。其《圆圆曲》是梅村体的代表作，也是脍炙人口的长篇歌行。陈圆圆为明末苏州名妓，幼从养母陈氏姓。她花容月貌，能歌善舞，色艺冠时，名噪江南：“家本姑苏浣花里，圆圆小字娇罗绮。梦向夫差苑里游，宫娥拥入君王起。前身合是采莲人，门前一片横塘水。”后国丈田畹选美，夺走了陈圆圆：“横塘双桨去如飞，何处豪家强载归。此际岂知非薄命，此时唯有泪沾衣。”后在田府侍宴时，被手握重兵、镇守山海关的吴三桂看中，强索陈圆圆为妾：“座客飞觞红日暮，一曲哀弦向谁诉？白皙通侯最少年，拣取花枝屡回顾。早携娇鸟出樊笼，待得银河几时渡？”李自成攻破京城，刘宗敏抢掠吴三桂家，又强占了陈圆圆：“遍索绿珠围内第，强呼绛树出雕栏”。吴三桂闻讯，拍案而起，本打算归顺李自成的吴三桂反而迎清军入关，历史为之改写，吴也全家遇害：“恸哭六军俱缟素，冲冠一怒为红颜”；“尝闻倾国与倾城，翻使周郎受重名。妻子岂应关大计，英雄无奈是多情。全家白骨成灰土，一代红妆照汗青。君不见，馆娃初起鸳鸯宿，越女如花看不足。香径尘生鸟自啼，屧廊人去苔空绿。换羽移宫万里愁，珠歌翠舞古梁州。为君别唱吴宫曲，汉水东南日夜流！”这里既有对吴三桂迎清军入关的惋惜，也含有自己被迫仕清的悔恨。全诗百感交加，烟水迷离，极富艺术魅力。全诗规模宏大，运用铺叙、追叙、插叙、夹叙及描写、议论、比喻等不同手法，化用历史典故与前人诗句，把纷繁的历史事件写得波澜壮阔，动人心魄。加之数句一转韵，读起来

① （清）吴伟业《梅村集》卷首，文渊阁四库全书本。

跳荡活泼，婉转流丽，精警隽永，确实堪与白居易《长恨歌》、《琵琶行》和元稹的《连昌宫词》媲美，是元、白之后七言歌行的又一个高峰，在继承发展“元白体”的基础上又有所创新，而被称为“梅村体”。《吴梅村全集》卷第二附袁枚评云：“公集以此体为第一”；赵翼《瓯北诗话》卷九评吴伟业诗云：“以唐人格调，写目前近事，宗派既正，词藻又丰，不得不为近代中之大家。”

第三节　以书名或篇名等而论的风格分体

不同的总集有不同风格。严羽《沧浪诗话・诗体》云：“又有所谓选体（《选》诗时代不同，体制随异，今人例谓五言古诗为选体，非也）、柏梁体（汉武帝与群臣共赋七言，每句用韵，后人谓此体为柏梁体）、玉台体（《玉台集》乃徐陵所序，汉魏六朝之诗皆有之，或者但谓纤艳者为玉台体，其实则不然）、西昆体（即李商隐体，然兼温庭筠及本朝杨、刘诸公而名之也）、香奁体（韩偓之诗皆裾裙脂粉之语，有《香奁集》）、宫体（梁简文伤于轻靡，时号宫体）。其他体制尚或不一，然大概不出此耳。”这里所说的“体”都是指风格。以上严羽所举都是以总集、选集等书名名体的，与此相仿，还有以篇名、图书分类名或某书分类名作文体名者，分论如下。

（一）经体、子体、史体

中国古代把图书分为经、史、子、集四部，各部各有其体。牛希济《文章论》云：“崇仁义而敦教化者，经体之制也；假彼问对，立意自出者，子体之制也；属词比事，存于褒贬者，史体之制也。”①苏洵《史论》论经、史异同，认为其同有二：其义（写作目的）同：“史与经皆忧小人而作”；其用（具体要求）同：“事以实之，词以章之，道以通之，法以检之。”其别有三：经、史都离不开事、词、道、法，但侧重点各有不同，“经以道、法胜，史以事、词胜”；经靠史证实褒贬，史靠经斟酌轻重，二者作用不同而又相互为用；经为“适于教”的需要，或“隐讳而不书”，故经非实录；史是“实录”，其中有后世可效法者，有不可效法者，故史非“常法”。儒家的传统观点是把经奉为文章的最高典范，苏洵却经、史并重，认为二者体不相沿而用实相资，“经不得史无以证其褒贬，史不得经无以酌其轻重”。②

---

① （宋）李昉等《文苑英华》卷七四二，文渊阁四库全书本。

② （宋）苏洵《嘉祐集》卷九，文渊阁四库全书本。

（二）风、雅、颂、赋、比、兴体

以书中体类作文体名者，以《诗经》为最典型。《诗经》分为风、雅、颂三部分，又有赋、比、兴之说，因此有风体、雅体、颂体、赋体、比体、兴体之称。风、雅、颂是《诗经》的诗体分类。诗有六义，《周礼·春官》谓“太师教六诗：曰风，曰赋，曰比，曰兴，曰雅，曰颂”。《诗大序》云：“故诗有六义焉：一曰风，二曰赋，三曰比，四曰兴，五曰雅，六曰颂。”①这六义既涉及《诗经》的内容，又涉及艺术表现形式；既涉及诗体分类（风、雅、颂），又涉及诗的修辞（赋、比、兴。也有以赋、比、兴为诗体分类的）。

康熙《咏诗六义》最为简明，咏兴云“举物用引辞，美刺适所托。音响中宫商，性情惬淡泊。”咏赋云：“敷事贵直陈，斯乃言志本。嗟哉相如流，尚藻失之远。”咏比云：“取彼以比此，体物堪谐性。蔽之思无邪，要曰止于正。”咏风云：“必有《关雎》意，方可行周官。二南冠风首，化源于是观。”咏雅云：“体虽别小大，义各具正变。忠厚恻怛心，同归殊途见。”咏颂云：“和平涵二雅，广大盖国风。所以吴季札，三叹盛德同。”②这大体概括了风、雅、颂、赋、比、兴的不同特点。

何谓风？风是各地民谣的选集，故分十五国风，既表现了《诗经》的地域性，又表现了《诗经》的民歌性质。《诗大序》云：“上以风化（教化）下，下以风刺（讽谏）上。主文而谲谏，言之者无罪，闻之者足以戒，故曰风。”风是统治者用来教化百姓的，也是百姓用来讽谏统治者的。“主文”是使合于宫商相应之文，可播之于乐；“谲谏”是指不直言君主之过失，隐约其词，使其自悟，以达到言者无罪，闻者足戒的目的。

风分十五国风，有正风、变风之别，朱熹《诗经集传》卷一《国风序》云：“国者诸侯所封之域，而风者民俗歌谣之诗也。谓之风者，以其被上之化以有言，而其言又足以感人，如物因风之动以有声，而其声又足以动物也。是以诸侯采之以贡于天子，天子受之而列于乐官，于以考其俗尚之美恶，而知其政治之得失焉。旧说二南为正风，所以用之闺门、乡党、邦国而化天下也；十三国为变风，亦领在乐官，以时存肄，备观省而垂鉴戒耳。”③朱熹强调风为民俗歌谣之诗，这是符合实际的。有人以时间分正风、变风，认为周初之诗为正风，以周夷王至陈灵公时的诗为变风，以《周南》、《召南》为正风，以其他十三国之诗为变风，似太绝对。《诗大序》云：“至于王道衰，礼义废，政教

---

① 《毛诗注疏》卷一，文渊阁四库全书本。

② 《御制诗四集》卷一五，文渊阁四库全书本。

③ （明）胡广《诗传大全》卷一引，文渊阁四库全书本。

失，国异政，家殊俗，而变风、变雅作矣。国史明乎得失之迹，伤人伦之变，哀刑政之苛，吟咏性情以风其上，达于事变而怀其旧俗者也。故变风发乎情，止乎礼义。发乎情，民之性也；止乎礼义，先王之泽也。”故有人主张以诗所反映的政教得失分正、变，周初之政也有失，故也有变风；周衰之后也有得，故也有正风。明李先芳《读诗私记》卷一云：“风有风体，凡出自闺门及民情好恶者是也。《周》、《召》二南所载不出乎闺壸里巷之事，词虽尔雅，不得谓之雅而谓之风。《黍离》以下虽多忧国悯时之词，亦系民情好恶，不出于朝廷，亦不得谓之雅而谓之风，非王本无风，降而为国风也。雅有雅体，歌于宗庙朝廷者是也。诸侯亦有宗庙朝廷，风既不伦，雅颂又非其分，将无诗乎？窃疑鲁既有颂，焉知无雅，又焉知列国之无雅颂乎？其诸侯有风而无雅颂者，以天子巡狩，国史陈风，而采之。故列国有风无雅颂者，未必无也。以多溢美之词，为尊者自避，故不敢闻于天子也。不然鲁何以有颂之名？”

风体又称国风体或风体。朱熹《酒市》诗：“丽藻摛云锦，新章写陟厘。诗传国风体，兴发酒家旗。”元朱倬《诗经疑问》卷二《王风》：“《黍离》十篇，尽风体也。不列于雅，岂无谓欤？”明季本《诗说解颐・正释》卷二九《有駜》：“此与《駉》为一类，亦风体也。”毛奇龄《征士包二先生传》云：“呜呼，先生曾为诗定交，效国风体诗曰《香草》，曰《桑扈》，曰《松与柏伍》，各四章，一自勖(自勉)，一励友也。”①

何谓雅？雅指周代王畿内的音乐，政有大小，故雅分为大雅与小雅。或谓大雅为西周前期贵族宴集的乐歌，小雅指西周后期及东周前期贵族宴集的乐歌。《诗大序》云：“一国之事，系一人之本，谓之风；言天下之事，形四方之风，谓之雅。雅者，正也，言王政之所由废兴也。政有小大。故有小雅焉，有大雅焉。”宋严粲《诗缉》卷一《周南国风》云：“优柔委曲，意在言外者，风之体也；明白正大，直言其事者，雅之体也。”宋辅广《童子问》卷首云：“大雅、小雅则亦如今之宫调、商调也，作歌曲者亦按其腔调而作尔，大雅、小雅亦古之作乐体格，按大雅体格作大雅，按小雅体格作小雅。”元朱倬《诗经疑问》卷七云：“风有风体，雅有雅体，词各不同，体制亦异。”又云：“风有风体，雅有雅体，此诸诗之或为雅或为风，盖以体制论，不以其人论也。”明朱朝瑛《读诗略记》卷二云：“焦弱侯(竑)云：风之与雅，体制不同，其声风即《二南》亦系之风，其声雅即《正月》亦系之雅。”

或合称风、雅二体为风雅体。《旧唐书》卷一九〇中《阎朝隐传》：“阎朝隐，赵州栾城人也。少与兄镜几、弟仙舟俱知名。朝隐文章虽无风雅之体，善构奇甚，为时人所赏。”宋晁说之《晁氏客语》：“孙莘老云：杜甫如‘日长唯鸟雀，春暖独柴荆。’言乱离有

① (清)毛奇龄《西河集》卷七九，文渊阁四库全书本。

深意也，得风雅体。”宋林駉《古今源流至论》前集卷二：“屈原之作《离骚》，辞古意烈，有风雅体。”

何谓颂？颂是用于宗庙祭祀的音乐。《诗大序》云：“颂者美盛德之形容，以其成功告于神明者也。”元朱倬《诗经疑问》卷二云：“《駉》篇非颂体也，不系于风，犹有说欤。”明季本《诗说解颐·正释》卷一六《南山有台》：“经旨曰：此人臣颂美其君之辞，盖颂体也。”或合称雅、颂二体为雅颂体，《唐书》卷二〇二《孙逖传》：“时（开元十年）海内少事，帝赐群臣十日一燕，宰相萧嵩会百官，赋‘天成’、‘玄泽’、‘维南’、‘有山’，杨之华‘三月’、‘英英有兰’、‘和风’、‘嘉木’等诗八篇，继雅颂体，使逖序所以然。”

赋、比、兴是《诗经》的表现手法，即《诗经》创作的三种基本体式，前人以“赋体”、“比体”、“兴体”论《诗》的例子举不胜举，把用（或主要用）赋的表现手法创作的诗称为“赋体”，把用（或主要用）比的表现手法创作的诗称为“比体”，把用（或主要用）兴的表现手法创作的诗称为“兴体”。宋李樗、黄櫄谓“赋比兴特风雅颂之一端”，“风雅颂之中有赋比兴。”①

赋、比、兴最早见于《周礼》，汉郑玄《周礼注疏》卷二三云：“赋之言铺，直铺陈今之政教善恶。比，见今之失不敢斥言，取比类以言之。兴，见今之美，嫌于媚谀，取善事以喻劝之。”朱熹的解释则更为简明扼要，准确精当，其《诗经集传》卷一谓“赋者，敷陈其事而直言之也”，赋是以铺采摛文的手法直陈其事，以气势胜；“比者，以彼物比此物也”，比是比喻，托物而喻，使所写之事更为鲜明、具体、形象；“兴者，先言他物以引其所咏之辞也”，指因物有感，因感起兴，借他物以引起所咏之事，能渲染气氛。

风、雅、颂指诗之体，赋、比、兴指诗之用，宋林岊云：“诗有六义，风、雅、颂者诗之体，赋、比、兴者诗之用。赋，铺陈也；比，取譬也；兴，托物而有感也。自风、雅、颂定体而言之，则风主感动，雅主齐正，颂主赞美。自风、雅、颂杂用赋、比、兴之理而言之，则一篇之中或有赋，或有比，或有兴，有各得其一义者，有一篇而全具者，有一篇而兼具者。体不易，用相参。”②也就是说，风、雅、颂指诗体分类，是不变的；赋、比、兴是“诗之用”，是《诗经》的表现手法，可单用也可并用。元明之际刘玉汝的《诗缵绪》，《四库全书》提要认为“其大旨专以发明朱子《（诗）集传》”，“无不寻绎其所以然”，“于《集传》一家之学则可谓有所阐明”。其卷一论兴云：“兴有二例，有无取义者，有有取义者。传前以彼此言者，无取义也；后言挚而有别，和乐恭敬者，兼比也，兼比即取义之兴也。传兼二义，故云后凡言兴者仿此，欲学者各随文意而推之。”

---

① （宋）李樗、黄櫄《毛诗集解》卷一，文渊阁四库全书本。

② （宋）林岊《毛诗讲义》卷一一，文渊阁四库全书本。

（三）左 传 体

以书名为体者如左传体。《后汉书》卷九二《荀悦传》云："帝好典籍，常以班固《汉书》文繁难省，乃令悦依左氏传体以为《汉纪》三十篇，诏尚书给笔札，辞约事详，论辨多美。"明黄佐《翰林记》卷一九云："成化中学士王鏊以左传体裁倡。""辞约事详，论辨多美"①是左传体的主要特点。

（四）骚体（楚辞体、骚体赋）

以篇（自然是名篇）名为文体名者更多，如骚体，就是指以屈原《离骚》为体。《郡斋读书志》卷五下引宋赵希弁《附志》云："校晁氏本增《吊屈原》、《鹏赋》二篇，而去《七谏》、《九怀》、《九叹》、《九思》四篇，公（朱熹）谓四篇虽为骚体，然词气平缓，意不深切，如无所疾痛而强为呻吟者。"黄震《黄氏日抄》卷三四《晦庵先生文集》："《感春赋》、《空洞赋》皆用骚体，而无其愁思寄兴悠远矣。"叶適《习学记言》卷三一云："余观诗人之音节未有不顺者，至《骚》始逆之。骚体既流诗人之顺，遂不可复，自（沈）约以后，其声愈浮，其节愈急，百千年间天下靡然，穷巧极妙而无当于义理之豪芒。其能高者不过以气力振暴之，暂称雄杰，而约方言灵均以来此秘未睹，盖可叹也。"清李光地《榕村语录》卷三〇："骚体最难作，屈子后惟汉武帝《瓠子》、《秋风》可以步武，文中子《东征歌》非大有意思人不能作。"骚体又叫骚人体，严维《赠别刘长卿时赴河南严中丞幕府》诗："文变骚人体，官移汉帝朝。"②宋毕仲游《和赵达夫入试院》云："凭诗更作骚人体，为说幽兰静处芳。"③

骚体是屈原在楚国民歌基础上创造的一种抒情韵文，以《离骚》为代表，其特点一是句式上对《诗经》四言体有重大突破，六言为主，掺进五言、七言，以"兮"字作语助词，大体整齐而又参差灵活；二是不拘于古诗章法，放纵自己的思绪，陈述悲吟，回环照应，脉络极其分明；三是体制上的扩展。屈原以前的诗歌大多数仅十多行、数十行，而《离骚》则长达三百七十多句，近二千五百字，奠定了中国古代诗歌的长篇体制。

---

① （明）彭大翼《山堂肆考》卷五九，文渊阁四库全书本。

② 《御定全唐诗》卷二六三，文渊阁四库全书本。

③ （宋）毕仲游《西台集》卷二〇，文渊阁四库全书本。

由于后人常以"骚"来概括《楚辞》，所以"骚体"亦可称为"楚辞体"；由于司马相如的《长门赋》、《大人赋》，班固的《幽通赋》，张衡的《思玄赋》等作品与《离骚》体裁相类，所以后者亦称之为"骚体赋"。因而"骚体"又包括了与《离骚》形式相近的一些赋。

（五）七　　体

七体，以西汉枚乘《七发》而得名。《七发》谓楚太子有病，吴客探问，向他铺叙音乐、饮食、车马、游观、田猎、论道等七事，使太子出了一身大汗，其病痊愈。

《七发》寓意深刻，描写细腻，辞藻繁富，多用比喻和叠字，以叙事写物为主，在赋中形成了一种定型的主客问答形式，是一篇完整的新体赋，促进了汉赋的发展，标志着汉赋体制的正式确立。后来《昭明文选》将《七发》、《七激》、《七依》、《七辩》、《七启》等单列为一种文体，并称之为"七"。此后，以七段成篇的赋就成为一种专门的文体，称为"七体"，历代作家多有摹拟。

关于七体，详见本书第三章第二节《七》。

（六）九　　体

屈原之后，出现了一系列以吊念屈原为主题的骚体赋，如宋玉的《九辩》，曹植的《九愁》、《九咏》，陆云之《九愍》，王褒的《九怀》，刘向的《九叹》，王逸的《九思》等，一脉相承，九章成篇，体制固定，主题相类，作为骚体赋的一种体制，虽然规模不大，却具备了独有的格局，与大赋的"七体"相映，这就是"九体"。

关于九体，详见本书第三章第二节《九》。

（七）选　　体

选体指梁萧统《文选》（或称《昭明文选》）所选诗文的风格体制，具体指辞藻华丽，声律谐婉，讲究对偶的诗文风格。

萧统（501—531）字德施，兰陵（今江苏常州西北）人，南朝梁武帝长子，天监元年（502）立为太子，未即位而卒，谥昭明，世称昭明太子。他信佛能文，原有集，久佚，后人辑有《昭明太子集》。又曾招聚文学之士，编成《文选》三十卷，选先秦至梁的诗文辞赋，不选经、子二部，史部也只选论赞。其《文选序》论其选文标准云：

> 自姬、汉以来，眇焉悠邈，时更七代（指周、秦、汉、魏、晋、宋、齐），数逾千祀。词人才子，则名溢于缥囊；飞文染翰，则卷盈乎缃帙。自非略其芜秽，集其菁英，盖欲兼功太半，难矣。若夫姬公（周公）之籍，孔父（孔子）之书，与日月俱悬，鬼神争奥，孝敬之准式，人伦之师友，岂可重以芟夷，加以翦裁？老、庄之作，管、孟之流，盖以立意为宗，不以能文为本，今之所撰，又以略诸（之）。若贤人之美辞，忠臣之抗直，谋夫之话，辨士之端，冰释泉涌，金相玉振，所谓坐狙丘，议稷下，①（鲁）仲连之却秦军，（郦）食其之下齐国，留侯（张良）之发八难，曲逆（陈平）之吐六奇，盖乃事美一时，语流千载，概见坟籍，旁出子史，若斯之流，又亦繁缛，虽传之简牍，而事异篇章，今之所集，亦所不取。至于记事之史，系年之书，所以褒贬是非，纪别异同，方之篇翰，亦已不同。若其赞论之综辑辞采，序述之错比文华，事出于沉思，义归乎翰藻，故与夫篇什。杂而集之，远至周室，迄于圣代，都为三十卷，名曰《文选》云尔。

这篇序的内容很重要。萧统编选此书的目的是“略其芜秽，集其菁英”，以使读者收到事半功倍之效；选文标准是“以能文为本”，专收“综辑辞采”，“错比文华，事出于沉思，义归乎翰藻”，也就是堪称文学作品者。根据这一标准，他不收经书，即所谓“姬公之籍，孔父之书”；不收子书，即老、庄、管、孟之作；史书只收赞论之有文彩者，不收谋夫辩士之论。可见他已初步明确了文学作品与非文学作品的区别，故其《文选》只选“能文”的作者和富有文采的作品。所以《文选》多选辞藻华丽、声律谐婉的楚辞、汉赋和六朝骈文，诗歌也主要选对偶严谨的颜延之、谢灵运等人的作品，而陶渊明自然平易的作品却入选较少。他明确区别了文学作品与非文学作品。

清人阮元说：“昭明所选，名之曰文，盖必文而后选也，非文则不选也。经也，子也，史也，皆不可专名之为文也。故昭明《文选序》后三段特明其不选之故，必沉思翰藻始名之为文，始以入选也……言之有文，专名之曰文者，自孔子《易·文言》始。传曰：‘言之不文，行之不远。’故古人言贵有文。孔子《文言》实为万世文章之祖，此篇奇偶相生，音韵相和，如青白之成文，如咸韶之合节，非清言质说者比也，非振笔纵书者比也，非诘屈涩语者比也。故昭明以为经也，史也，子也，非可专名之为文也；专名为

---

① 坐狙丘，议稷下：曹植《与杨德祖书》李善注云“齐之辩者曰田巴，辩于狙丘而议于稷下，毁五帝，罪三王，一旦而服千人”。

文，必沉思翰藻而后可也。”①可见选体即指辞藻华丽，声律谐婉，对偶严谨的诗文风格，为历代文人学习的典范。

杜甫《宗武(杜甫子)生日》云：“诗是吾家事，人传世上情。熟精文选理，休觅彩衣轻。”胡仔《苕溪渔隐丛话》前集卷九云：“(郭思)《瑶溪集》云：‘子美教其子曰：‘熟兹《文选》理。’《文选》之尚，不爱奇乎，今人不为诗则已，苟为诗则《文选》不可不熟也。《文选》是文章祖宗，自两汉而下至魏、晋、宋、齐，精者斯采，萃而成编，则为文章者，焉得不尚《文选》也。唐时文弊，尚《文选》太甚，李卫公德裕云：‘家不蓄《文选》。’此盖有激而说也。老杜于诗学，世以谓前无古人，后无来者，然观其诗，大率宗法《文选》，摭其华髓，旁罗曲探，咀嚼为我语。至老杜体格，无所不备斯。周诗以来，老杜所以为独步也。”段成式《酉阳杂俎》卷一二：“(李)白前后三拟《词选》(即《文选》)，不如意悉焚之，唯留《恨》、《别》赋。”《御选唐宋诗醇》卷二七引樊汝霖曰：“(韩愈)《秋怀诗十一首》，《文选》诗体也。唐人最重《文选》学，公以六经之文为诸儒倡，《文选》弗论也。独于《李郱墓志》之曰：‘能暗记《论语》、《尚书》、《毛诗》、《左氏》、《文选》。’而公诗如‘自许连城价’，‘傍砌看红药’，‘眼穿长讶双鱼断’之句，皆取诸《文选》，故此诗往往有其体。”

(八) 玉　台　体

《沧浪诗话·诗体》云：“玉台体：《玉台集》(又名《玉台新咏》)乃徐陵所序，汉魏六朝之诗皆有之。或者但谓纤艳者为玉台体，其实则不然。”此言不确。清冯班《钝吟杂录》卷五《严氏纠谬》认为严羽所说的《玉台集》收诗标准及时间断限皆误：“案：梁简文在东宫，命徐孝穆撰《玉台集》，其序云‘撰录艳歌凡为十卷’，则专取艳诗明矣。又其文止于梁朝，今云六朝皆有，谬矣。观此则于此书殆是未读也。”章培恒先生则认为《玉台新咏》非徐陵所编，乃张丽华撰录。②

《玉台新咏》是继《诗经》之后我国第二部诗歌总集。《四库全书总目》卷一八六《玉台新咏》提要引《大唐新语》云：“梁简文为太子，好作艳诗，境内化之。晚年欲改作，追之不及，乃令徐陵撰《玉台集》以大其体。据此则是书作于梁时。”全书十卷，共收诗七百六十九篇。前八卷为自汉至梁的五言诗，第九卷为歌行，第十卷为五言二韵诗，从此书可了解当时的五言诗体及歌行体。

---

① (清)阮元《揅经室三集》卷二《书梁昭明太子文选序后》，四部丛刊本。

② 章培恒：《〈玉台新咏〉为张丽华所“撰录”考》，《文学评论》2004年第2期。

徐陵《玉台新咏序》以主要篇幅描写“丽人”的“佳丽”与“才情”，文字华艳，所谓“倾国倾城，无双无对”，可谓自评其文。序文论其编纂此书目的云：“往世名篇，当今巧制，分诸麟阁，散在鸿都，不藉篇章，无由披览。于是然(燃)脂暝写，措笔晨书，撰录艳歌，凡为十卷。曾无忝于雅颂，亦靡滥于风人，泾渭之间，若斯而已。”可见他奉梁简文帝编纂此书是为了收集艳诗，本不以上继《诗经》为目的，“九日登高，时有缘情之作；万年公主，非无累德之辞”，重在“缘情”，不惜“累德”。①陈玉父《玉台新咏后序》亦云：“顾其发乎情则同，而止乎礼义者盖鲜矣。”②《玉台新咏》的纂辑是为了纠正永嘉以后的玄风，《玉台新咏》所收诗也并非都不符合缘乎情、止乎礼义的儒家诗论标准。陈玉父继云：“其间仅合者亦一二焉。其措辞托兴高古，要非后世乐府所能及，自唐《花间集》已不足道，而况近代狭邪之说，号为以笔墨动淫者乎？又自汉魏以来，作者皆在焉，多萧统《文选》所不载，览者可以观历世文章盛衰之变云。”有人统计过，此书所选八百七十章(由于历代传刻各有增补，故不同版本篇数不一)，其入《昭明文选》者仅六十九篇。《四库全书总目》提要又云：“(此书)虽皆取绮罗脂粉之词，而去古未远，犹有讲于温柔敦厚之遗，未可概以淫艳斥之。”故借此书亦可了解当时的诗风。“专取艳诗”，“皆取绮罗脂粉之辞”确为此体特点，后世一些艳诗往往直接以玉台体名篇，如《全唐诗》卷三二八就收有权德舆《玉台体十二首》。其一云：“昨夜裙带解，今朝蟢(蟢、喜同音)子飞。铅华不可弃，莫是槁砧(代指丈夫)归。”韩元吉《南涧甲乙稿》卷五《焦尾集序》云：“汉、魏以来，乐府之变，《玉台》诸诗，已极纤艳。”刘克庄《后村诗话》卷一批评此书“赏好不出月露，气骨不脱脂粉，雅人庄士见之废卷”；同时卷五又肯定“《玉台新咏》如‘是妾愁成瘦，非君重细腰’，如‘弦断犹可续，心去最难留’，如‘城中皆半额，非妾画眉长’，如‘怨黛舒还敛，啼妆拭更垂’，有唐人精思所不能及者”。

(九) 宫　　体

严羽《沧浪诗话·诗体》：“梁简文伤于轻靡，时号宫体。”宫体只是一种具有特定题材的诗风，严羽把宫体置于多以书名或篇名名体的《选》体、《柏梁》体、《玉台》体、《西昆》体、《香奁》体后并与之并列，似不尽妥，姑且仍之。

梁简文帝萧纲(503—551)字世缵，梁武帝第三子，在位两年，为叛将侯景所杀。为太子时常与文士徐摛、庾信等以轻靡绮艳的文辞，以宫中日常琐事为题材，描写宫

---

① (南朝陈)徐陵《玉台新咏》卷首，文渊阁四库全书本。

② (南朝陈)徐陵《玉台新咏》卷末附，文渊阁四库全书本。

女的抑郁愁怨，一般为七言绝句，被称为“宫体”。

严羽所言本于《梁书》卷四《简文帝纪》：“太宗简文皇帝讳纲字世缵……幼而敏睿，识悟过人。六岁便属文，高祖惊其早就，弗之信也。乃于御前面试，辞彩甚美，高祖叹曰：‘此子吾家之东阿。’既长，器宇宽弘，未尝见愠喜。方颊丰下，须鬓如画，眄睐则目光烛人，读书十行俱下，九流百氏，经目必记。篇章辞赋，操笔立成。博综儒书，善言玄理……及居监抚，多所弘宥，文案簿领，纤毫不可欺。引纳文学之士，赏接无倦。恒讨论篇籍，继以文章。高祖所制《五经讲疏》，尝于玄圃奉述，听者倾朝野。雅好题诗，其序云：‘余七岁有诗癖，长而不倦。’然伤于轻艳，当时号曰宫体。”又卷三〇《徐摛传》云：“摛文体既别，春坊尽学之，宫体之号，自斯而始。”《隋书》卷三五《经籍志·集部序》云：“永嘉以后，玄风既扇，辞多平淡，文寡风力。降及江东，不胜其弊。梁简文之在东宫，亦好篇什，清辞巧制，止乎衽席之间；雕琢蔓藻，思极闺闱之内。后生好事，递相仿习，朝野纷纷，号为宫体。流宕不已，讫于丧亡。”其卷七六《文学传》亦云：“梁自大同(546)之后，雅道沦缺，渐乖典则，争驰新巧。简文、湘东，启其淫放；徐陵、庾信，分路扬镳。其意浅而凡，其文匿而采。辞尚轻浅，情多哀思，格以延陵之听，盖亦亡国之音乎。”

宫体诗历代多有。《新唐书·虞世南传》：太宗“尝作宫体诗，使赓和。世南曰：‘圣作诚工，然体非雅正。上之所好，下必有甚者。臣恐此诗一传，天下风靡，不敢奉诏。’”温庭筠诗：“南朝漫自称流品，宫体何曾为杏花。”①皮日休《陆鲁望昨以五百言见贻，过有褒美，内揣庸陋，弥增愧悚。因成一千言，上述吾唐文物之盛，次叙相得之欢，亦迭和之微旨也》诗：“或作制诰薮，或为宫体渊。”②又《孙发百篇将游天台，请诗赠行，因以送之》(卷六)云：“百篇宫体喧金屋，一日官衔下玉除。”王建有《宫词》百首。宋李觏《戏题玉台集》诗：“江右君臣笔力雄，一言宫体便移风。”③

后代的宫词也属宫体诗。释惠洪《跋李成德宫词》云：“唐人工诗者多喜为宫词：‘天阶夜月凉于水，卧看牵牛织女星’；‘玉容不及寒鸦色，犹带朝阳日影来’，世称绝唱。以予观之，此特记恩遇疏绝之意于凝远不言之中，非能摸写太平，藻饰万物。读成德所作一百篇，知前人之未工也。其收拾道山绛阙之春色，刻画玉楼金屋之情状，使海山濒海之人读之，如近至尊。非其才当世何以治此！”④可见宫词有两种内容，一

① (明)曾益《温飞卿诗集笺注》卷九，文渊阁四库全书本。

② (唐)皮日休《松陵集》卷一，文渊阁四库全书本。

③ (宋)李觏《盱江集》卷三六，文渊阁四库全书本。

④ (宋)释觉範《石门文字禅》卷二七，文渊阁四库全书本。

是“记恩遇疏绝”，一为“摸写太平，藻饰万物”，较之永明体更为狭窄，以艳情为多，有不少吟风月、狎池苑的作品。其形式在永明体的基础上踵事增华，声韵格律更为精致，由轻绮而流为淫靡。

（十）香奁体

香奁体因《香奁集》而得名，指香艳华丽的诗风。香奁体诗的写作渊源于六朝宫体，但描写范围则从宫廷贵族扩大到一般士大夫的恋情、狎邪生活，笔致更为细腻酣畅，对后世诗歌有一定影响。另外，香奁体也为元散曲风格之一种，朱权《太和正音谱》列之，谓“香奁体，裙裾脂粉”。

《香奁集》的编者，说法不一。一说为韩偓，《沧浪诗话·诗体》云：“韩偓之诗，皆裾裙脂粉之语，有《香奁集》。”韩偓（842—约 923）字致尧，一作致光，小字冬郎，自号玉山樵人，京兆万年（今陕西西安东南）人。龙纪进士，官至翰林学士、中书舍人。黄巢攻入长安，随昭宗奔凤翔，授兵部侍郎、翰林承旨。后以不附朱全忠被贬，南依闽王王审之，卒。韩偓富才情，词致婉丽，为诗有情致，形容能出人意表。其《香奁集自序》云：“余溺章句信有年矣，诚知非丈夫所为，不能忘情，天所赋也。自庚辰辛巳之际，迄辛丑庚子之间，所著歌诗不啻千首，其间以绮丽得意者，亦数百篇。往往在士大夫之口，或乐工配入声律，粉墙椒壁，斜行小字，窃咏者不可胜计。大盗入关，缃帙都坠，迁徙不常厥居，求生草莽之中，岂复以吟讽为意？或天涯逢旧识，或避地遇故人，醉咏之暇，时及拙唱。自尔鸠辑，复得百篇，不忍弃捐，随时编录。遐思宫体，未敢称庾信攻文；却诮玉台，何必倩徐陵作序。粗得捧心之态，幸无折齿之惭。柳巷青楼，未尝糠粃；金闺绣户，始预风流。咀五色之灵芝，香生九窍；咽三危之瑞露，春动七情。如有责其不经，亦望以功掩过。翰林学士承旨行尚书户部侍郎知制诰韩偓序。”①其以宫体、玉台、庾信、徐陵自喻，特别是“柳巷青楼，未尝糠粃；金闺绣户，始预风流”一联，颇能说明其诗歌倾向。

一说《香奁集》的编者为和凝。沈括云：“和鲁公（凝）有艳词一编名《香奁集》，凝后贵乃嫁其名为韩偓。今世传韩偓《香奁集》，乃凝所为也。凝生平著述分为《演纶》、《游艺》、《孝悌》、《疑狱》、《香奁》、《籝金》六集，自为《游艺集序》云：‘予有《香奁》、《籝金》二集，不行于世。’凝在政府避议论，讳其名，又欲后人知，故于《游艺集序》述之，此

① 《御定全唐诗录》卷九三，文渊阁四库全书本。

凝之意也。予在秀州，其曾孙和惇家藏诸本，皆鲁公旧物，末有印记甚究。"①似乎言之凿凿，但胡仔《渔隐丛话》前集卷二四引《遁斋闲览》，谓和凝《香奁集》乃自作浮艳小词，非诗总集《香奁集》："《笔谈》谓《香奁集》乃和凝所为，后人嫁其名于韩偓，误矣。唐吴融诗集中有《和韩致元侍郎无题二首》，与《香奁集》中《无题》韵正同，偓叙中亦具载其事。又尝见偓亲书诗一卷，其《袅娜》、《多情》、《春尽》等诗多在卷中。偓词致婉丽，非凝言。'余有《香奁集》不行于世'，凝好为小词，洎作相，专令人收拾焚毁。然凝之《香奁集》乃浮艳小词，所谓不行于世，欲自掩耳。安得便以今《香奁集》为凝作也？"宋葛立方《韵语阳秋》卷五亦云："稽之于传与序，无一不合者，则此集韩偓所作无疑。而《笔谈》以为和凝，嫁名于偓，特未考其详尔。"

《香奁集》所收诗多香艳华丽之作，后效其体者亦如之。如陆游《读香奁集诗戏效其体》②云："金铺一闭几春风，咫尺心知万里同。麝枕何曾禳梦恶，玉壶空解贮啼红。画愁延寿丹青误，赋欠相如笔墨工。一事目前差自慰，月明还似未央中。"元黄庚《闺情效香奁体》云："金鸭烟消一字香，满怀春恨强梳妆。看花又怕东风恶，偷隔纱窗看海棠。"③

（十一）西　昆　体

西昆体又简称昆体。叶梦得《石林诗话》云："欧阳文忠公诗始矫昆体，专以气格为主，故其言多平易疏畅。"

西昆体之名始于杨亿编的《西昆酬唱集》，其《西昆酬唱集序》云："取玉山策府之名，命之曰《西昆酬唱集》。"西昆指西方昆仑群玉之山，《穆天子传》卷二云："昔日，天子升昆仑之丘，以观黄帝之宫"；"至于群玉之山……先王之所谓册府。"郭璞注："言往古帝王以为藏书册之府，所谓藏之名山者也。"杨亿等人奉诏在秘阁编修《历代君臣事迹》，秘阁是帝王藏书之地，正如西方昆仑群玉之山为藏书之府，故名以《西昆酬唱集》。此集主要收杨亿、刘筠、钱惟演三人的酬唱之作，三人之诗约占整个集子的五分之四，同时还收有李宗谔等十五人的酬唱之作。入集之诗，风格大体一致，以用典赡博、属对精工、音韵和谐、语言浓艳为特征，与当时流行的以浅切为特征的白居易体形成鲜明对比，引起学子争相效法，统治真宗朝和仁宗朝初年的诗坛达三四十年之久，

---

① （宋）沈括《梦溪笔谈》卷一六，文渊阁四库全书本。
② （宋）陆游《剑南诗稿》卷四三，文渊阁四库全书本。
③ （元）黄庚《月屋漫稿》，文渊阁四库全书本。

故被称为西昆体。欧阳修《六一诗话》云:“盖自杨、刘唱和,《西昆集》行,后进学者争效之,风雅一变,谓之昆体。由是唐贤诗集几废而不行。”

西昆体主要是就杨亿诸人的近体诗风而言,但也兼指他们所作的四六骈文。杨亿诸人不仅诗宗李商隐,而且四六骈文也以李商隐的《樊南四六》为宗。田况《儒林公议》卷上云:“杨亿在两禁变文章之体,刘筠、钱惟演辈皆从而效之,时号杨、刘。三公以新诗更相属和,极一时之丽。亿乃编而叙之,题曰《西昆酬唱集》,当时佻薄者谓之西昆体。其他赋颂章奏虽颇伤于雕摘,然五代以来芜鄙之气由兹尽矣。”这里就是并其诗、文而言之的。欧阳修《记旧本韩文后》云:“是时天下学者,杨、刘之作号为时文(指四六骈文),能者以取科第,擅声名,以夸荣当世。”赵彦卫《云麓漫钞》卷八亦云:“本朝之文循五代之旧,多骈俪之词,杨文公(亿)始为西昆体。”可见西昆体是包括四六骈文在内的。

因为西昆体作家皆宗李商隐(义山),因此不少人把李商隐诗误为西昆体。宋人释惠洪云:“诗到李义山,谓之文章一厄,以其用事僻涩,时称西昆体。”①“时”者指李义山同时或其略后,但遍查唐人著述,没有称李义山诗为西昆体者。这大概是最早把李义山诗误作西昆体的,其后沿袭其误者不少。南宋严羽《沧浪诗话·诗体》云:“西昆体即李商隐体,然兼温庭筠及本朝杨、刘诸公而名之也。”如果只是说西昆体即李商隐、温庭筠体,作为溯源还是可以的;但严羽所说是兼及“本朝杨、刘诸公”,而且在解释“李商隐体”时,也明确说“即西昆体也”,可见他的说法与惠洪完全一致。金人元好问《论诗绝句三十首》云:“望帝春心托杜鹃,佳人锦瑟怨华年。诗家总爱西昆好,独恨无人作郑笺。”②首句乃李商隐《锦瑟》诗成句,次句也是化用此诗前两句,可见这里所说的“西昆好”,也是指李诗好。金人李纯甫(号屏山)《西昆集序》亦云:“李义山喜用僻字,下奇字,晚唐人多效之,号西昆体”。③可见金人亦多沿袭其误。清人吴乔甚至把解李义山诗的专著题作《西昆发微》。但不少清人长于考证,对此多有驳正。清冯班《钝吟杂录》卷五《严氏纠谬》驳《沧浪诗话》云:“按《西昆酬唱集》是杨、刘、钱三君唱和之作,和之者数人,其体法温、李,一时慕效,号为西昆体。其不在此集者尚多,至欧公始变,江西已后绝矣。及元人为绮丽之文,亦皆附昆体。李义山在唐与温飞卿、段少卿号三十六体,三人皆行第十六也。于时无西昆之名,按此则沧浪未见。”钱曾《读书敏求记·西昆集跋》驳严羽云:“西昆之名创自杨、刘诸君及吾远祖思公(指钱惟

① (宋)释惠洪《冷斋夜话》卷四,中华书局1988年版。
② (清)顾嗣立《元诗选》初集卷三,文渊阁四库全书本。
③ (金)元好问《中州集》卷二引,文渊阁四库全书本。

演)，大年(杨亿)序之甚明……今云即商隐体而兼庭筠，是统温、李先西昆矣。且'及'之云者，杨、刘反似西昆继起之人。疑误后学，似是实非。"翁方纲《石洲诗话》卷七驳元好问云："西昆者，宋初翰院也，是宋初馆阁效温、李体，乃有《西昆》之目，而晚唐温、李时，初(本)无《西昆》之目也。遗山沿习此称之误，不知始于何时耳。"

第四节　以派而论的风格分体

以派名体也主要是从作品的风格方面着眼的。如豪放派、婉约派，复古派、茶陵派、公安派、竟陵派、神韵派、性灵派、格调派、桐城派、阳湖派之类。明代文坛宗派林立，以派名体者更是特别多。

(一) 豪　放　派

诗词曲的风格都可以婉约、豪放概括，明人孟称舜《古今名剧合选序》云："若夫曲之与词，分途不同，大要则宋伶人之论柳屯田(永)、苏学士(轼)者尽之。一主婉丽，一主雄爽。婉丽者，如十七八女娘唱'杨柳岸，晓风残月'；而雄爽者，如铜将军铁绰板唱'大江东去'词也。后之论词者，以词之源出于古乐府，要须以宛转绵丽、浅至儇俏为上，挟春华烟月于闺幨内奏之，一语之艳，令人魂绝，一字之工，令人色飞，乃为贵耳；慷慨磊落，纵横豪健，抑亦其次。故苏、柳二家，轩轾攸分。曲之与词，约亦相类。而吾谓此固非定论也。曲本于词，词本于诗。《诗》三百篇，《国风》、《雅》、《颂》，其端正、静好与妍丽、逸宕，兴之各有其人，奏之各有其地，安可以优劣分乎？今曲之分南北也，或谓'北主劲切，南主柔远'，'辟之同一师承而顿渐分教，俱为国臣而文武殊科'，是谓北之词专似苏，而南之词专似柳。柳可为胜苏，则北遂不如南欤?"但这只是论其大概，细分则有种种不同："夫南之与北，气骨虽异，然雄爽婉丽二者之中亦皆有之。即如曲一也，而宫调不同，有为清新绵邈者，有为感叹伤悲者，有为富贵缠绵者，有为惆怅雄壮者，有为飘逸清幽者，有为旖旎妩媚者，有为凄怆怨慕者，有为典雅沉重者。诸如此类，各有攸当，岂得以劲切、柔远画南北而分之邪？曲莫盛于元，而元曲之南而工者，《幽闺》、《琵琶》止尔。其他杂剧无虑千百种，其类皆出于北。而北之内，妙处种种不一，未可以一律概也。"①

豪放派，词的风格流派之一。清人刘熙载《艺概》卷四《词曲概》说："太白《忆秦

---

① (明)孟称舜《古今名剧合选》卷首，商务印书馆1958年版。

娥》,声情悲壮;晚唐五代,惟趋婉丽;至东坡始能复古。后世论词者或转以东坡为变调,不知晚唐五代乃变调也。”这话是颇有道理的。

词的发展经历了三个阶段,走了一个“之”字路,来了一个否定之否定。词在唐代初兴的时候,因为来自民间,虽然形式短小,不甚成熟,但内容还比较广泛,格调也较清新。其中有声情悲壮的“伤别”,如传说李白所作的《忆秦娥》;有轻松愉快的渔歌,如张志和的《渔歌子》;有雄浑旷远的边塞风光,如韦应物的《调笑令》;有情景交融的江南风光,如白居易的《忆江南》。这时的词并非专写儿女情长。

词言情,词为艳科,是在晚唐,特别是五代,经过文人的所谓“提高”之后。这时,词的内容越来越狭窄,几乎到了专写女人风姿的地步;格调越来越低下,充满了寄情声色的脂粉气;语言越来越华艳,剪翠裁红,铺金缀玉,着重雕饰。晚唐的温庭筠,五代的《花间》词,就是这种词风的代表,被称为婉约词。一时间,它似乎倒成了词的正宗。

宋初的词基本上承袭了晚唐五代“香罗绮泽”、“绸缪婉转”的风气,直至苏轼以前没有根本转变。但苏轼以前的词人也为苏轼创立豪放词创造了条件。一是经过他们的努力,使词这种形式日趋成熟,他们陆续创作了很多成功的词调,使苏轼能够运用自如。二是他们中的一些人,对词的题材、内容也作了一些开拓性工作,如李煜以词抒写亡国的悲痛,范仲淹以词抒写苍凉悲壮的边塞生活,特别是柳永以词抒写个人的怀才不遇(如《鹤冲天》)、羁旅离情(如《雨霖霖》)和城市繁华(如《望海潮》),无论在内容上和形式上,都把婉约词发展到了登峰造极的地步。物极必反,苏轼在前人成就的基础上另辟蹊径,创立了词风迥然不同的豪放词,把似乎“不可复加”的以柳永为代表的婉约词远远地抛到了后面。正如胡寅《向芗林酒边集后序》所说:柳永“掩众制而尽其妙,好之者以为不可复加;及眉山苏氏一洗香罗绮泽之态,摆脱绸缪婉转之度,使人登高望远,举首高歌,而逸怀浩气,超然乎尘垢之外。于是花间为皂隶(奴仆),而柳氏为舆台(奴隶)矣。”①

苏轼是自觉地要在柳词之外别树一帜,他在《与鲜于子骏书》中说:“近却颇作小词,虽无柳七郎风味,亦自是一家。呵呵,数日前,猎于郊外,所获颇多。作得一阙,令东州壮士抵掌顿足而歌之,吹笛击鼓以为节,颇壮观也。”信中所说“作得一阕”即指熙宁八年(1075)他在密州写的《江城子·密州出猎》,这是一首典型的豪放词,是苏轼本人豪放词风形成的重要标志。李清照的《词论》,强调词“别是一家”,②词要写得来与诗不同;苏轼强调他的词“自是一家”,要写得与北宋前期把婉约词发展到登峰造极的

① (宋)胡寅《斐然集》卷一九,文渊阁四库全书本。

② (宋)胡仔《渔隐丛话后集》卷三三引,文渊阁四库全书本。

柳永不同。柳七郎的词是写给酒筵上的歌女唱的，苏轼的词却是供“东州壮士抵掌顿足而歌之，吹笛击鼓以为节”。苏轼在黄州作《哨遍》，也“使家僮歌之，时相从于东坡，释耒而卷二和之，扣牛角而为之节”，并感到“不亦乐乎”。①过去的词多以婉丽为美，他却以自己的词“颇壮观”自豪。

豪放词与婉约词有什么不同？俞文豹《吹剑录》载，苏轼曾问一位善歌的幕士：“我词何如柳七（柳永）？”幕士回答说：“柳郎中词，只合十七八女郎，执红牙板，歌‘杨柳岸，晓风残月’；学士词，须关西大汉，铜琵琶，铁绰板，唱‘大江东去’。”②苏轼听后，笑得前翻后仰。这位“善歌”的幕士，用非常形象的语言，道出了以柳永为代表的婉约词和以苏轼为代表的豪放词的不同的特点：婉约词香而软，豪放词粗而豪。如果说欧阳修完成了宋文革新，苏轼、黄庭坚完成了宋诗革新，那么，苏轼则完成了宋词革新。

无论赞扬或讥刺苏词的人都说苏轼“以诗为词”：“退之以文为诗，子瞻以诗为词”③，说“少游（秦观）诗似小词，先生（苏轼）小词似诗”。④李清照《词论》则说，东坡词“皆句读不葺之诗耳”。所谓苏轼“以诗为词”究竟是什么意思呢？从内容方面看，主要是指苏轼大大扩大了词的题材。诗的内容几乎是无所不包的，东坡词的内容也几乎是无所不包的。他以词的形式记游吟物，怀古伤今，歌颂祖国的山川景物，描绘朴实的农村风光，抒发个人的豪情和苦闷，刻画各阶层的人物。在他的词中，有“雄姿英发，羽扇纶巾”的豪杰（《念奴娇·赤壁怀古》）；有“帕首腰刀”的“投笔将军”（《南乡子》“旌旆满江湖”）；有“垂白杖藜抬醉眼”的老叟，也有“旋抹红妆看使君，三三五五棘篱门，相排踏破倩罗裙”的农村少女群象（《浣溪沙·徐门石潭谢雨》）。正如《艺概》卷四《词曲概》所说，苏轼的词确实做到了“无事不可入，无意不可言”。

但在苏轼同时及其以后相当长一段时间，包括他的门人在内，并没有多少人步苏轼豪放词的后尘。黄庭坚有少数词模仿苏词的清旷风格；秦观词风却与苏轼完全不同，走的仍是婉约词的道路；陈师道《后山诗话》甚至公开批评“子瞻以诗为词，如教坊雷大使之舞，虽极天下之工，要非本色”。直至南北宋之际，特别是南宋中叶，丢掉了半壁河山，一些爱国词人如陆游、辛弃疾、刘克庄，又开始以词言志抒愤。尤其是辛弃疾，更把豪放词发展到登峰造极的地步。豪、放二字既可形容苏、辛词风之同，同属豪

---

① （宋）潘自牧《记纂渊海》卷七八引，文渊阁四库全书本。

② 《御选历代诗余》卷一一五引，文渊阁四库全书本。

③ （宋）陈师道《后山诗话》，文渊阁四库全书本。

④ （宋）胡仔《渔隐丛话前集》卷四二引《王直方诗话》引晁无咎、张文潜语。

放词派;也可形容苏、辛词风之异,周济说:"苏之自在处,辛偶能到;辛之当行处,苏必不能到。"①谭献说:"东坡是衣冠伟人,稼轩则弓刀游侠。"②陈廷焯《白雨斋词话》卷六云:"东坡心地光明磊落,忠爱根于性生,故词极超旷,而意极和平。稼轩有吞吐八荒之概,而机会不来,正则可以为郭、李,为岳、韩,变则即桓温之流亚。故词极豪雄,而意极悲郁。苏、辛两家,各自不同。后人无东坡胸襟,又无稼轩气概,漫为规模,适形粗鄙耳。"苏词飘逸、旷达、超脱、清新、雄放,辛词则沉郁、苍凉、悲壮、豪放。如辛弃疾的《永遇乐·京口北固亭怀古》作于开禧北伐前夕,用典很多,思想很矛盾,他渴望有孙权、刘裕那样的"风流"人物北伐中原,但又担心当权者轻举妄动,落得像刘义隆那种"仓皇北顾"的结局,引来强过"佛狸"的金人饮马长江;更感慨自己像廉颇一样被人谗毁,弃置不用。全词将历史典故、国家前途、个人命运融为一体,正如《白雨斋词话》卷六所说:"拉杂使事,而以浩气行之。有如五都市中,百宝杂陈;又如淮阴将兵,多多益善。风雨纷飞,直能百变,天地奇观也。"《永遇乐》的特点是"拉杂使事",《八声甘州·夜读李广传》则单用李广事,"落魄封侯事,岁晚田园","看风流慷慨,谈笑过残年。汉开边、功名万里,甚当时健者也曾闲",都是借李广以抒己慨,充满抑郁忧愤。这两首辛词颇能说明苏、辛词风之不同。

(二)婉 约 派

"婉约"一词,最早见于《国语·吴语》:"故婉约其词,以从逸王志。"意谓委婉其辞。后多用以形容女子的柔顺,《玉台新咏序》说:"阅诗敦礼,岂东邻之自媒;婉约风流,异西施之被教。"③《花间集》卷九毛熙震《浣溪沙》云:"佯不觑人空婉约,笑和娇语太猖狂。忍教牵恨暗形相。"又《临江仙》云:"纤腰婉约步金莲。"后来才以婉约形容词的流派,即指内容侧重写儿女风情,结构深细缜密,语言圆润清丽,词格婉转含蓄的词派。婉约派的代表人物远比豪放派多,如温庭筠、李煜、柳永、晏殊、欧阳修、秦观、晏几道、李之仪、周邦彦、贺铸、李清照、姜夔、吴文英、张炎等,词坛多以婉约派为正宗。

苏轼在词的发展史上的主要贡献在于创立了豪放词,但他对婉约词发展的贡献也不容忽视。苏轼不满柳永词,但并非不满婉约词,而是不满柳词中的淫词艳语。苏门四学士之一的秦观作《满庭芳》词,中有"销魂,当此际,香囊暗解,罗带轻分。漫赢

---

① (清)周济《介存斋论词杂著》,人民文学出版社1984年版。
② (清)谭献《复堂词话》,中华书局1986年《词话丛编》本。
③ 《文苑英华》卷七一二,文渊阁四库全书本。

得青楼，薄幸名存”等语。秦观自会稽入京见苏轼，苏轼对秦观表示不满说：“不意别后，公却学柳七作词！”秦观回答道：“某虽不学，亦不如是。”苏轼反问道：“‘销魂，当此际’，非柳七语乎？”①可见苏轼不愿其门人写柳永式的艳词。但柳永也有一些格调较高的作品，苏轼却十分推崇。柳永的《八声甘州》无疑是婉约词的代表作，赵德麟《侯鲭录》卷七载，苏轼认为其中的“渐霜风凄紧，关河冷落，残照当楼”等语，“不减唐人高处”。由此可见，苏轼并不因为自己另创豪放词，就贬低婉约词。相反，在现存三百五十余首东坡词中，真正堪称豪放词的并不多，东坡词的绝大多数仍属婉约词。就艺术水平看，苏轼不仅豪放词写得好，他的婉约词也不亚于任何婉约词人。陈廷焯《白雨斋词话》说：“东坡词寓意高远，运笔空灵，措语忠厚，其独到处，美成（周邦彦）、白石（姜夔）亦不能到。”周邦彦、姜夔均是南北宋婉约词的名家，苏轼某些以婉约见长的词，不但不逊于他们，而且时有过之。有些论者往往只看到苏轼对豪放词形成的巨大作用，而忽视了他对婉约词发展的影响。其实，不仅辛弃疾等豪放词人深受苏轼的影响，姜夔等婉约词人也受到苏轼影响。在苏轼以前咏物词不多，苏轼成功地创作了一些咏物词，其后姜夔等人才大量创作咏物词，这与苏轼的影响显然是分不开的。因此，无论就苏轼婉约词的数量、质量还是就它对后世的影响看，都应引起我们的重视。

（三）茶　陵　派

明代第一个影响最大的流派是台阁体，前已论及。其次则是以李东阳为代表的茶陵派。茶陵派是明成化、正德年间的一个诗歌流派，因该派领袖李东阳为茶陵人而得名。明成化之后，严重的社会弊病与粉饰太平的台阁体日渐不容，以李东阳为首的茶陵派起而振兴诗坛，以图荡涤台阁体平正醇实的诗风。他们主性情，反模拟，尊李杜，不拘一格；重视诗歌的声调、节奏、法度、用字，力求以新的风格取代台阁体，成为前后七子复古运动的先声。

李东阳（1447—1516）字宾之，号西涯，祖籍湖广茶陵（今属湖南），年十八中进士，在翰林院任职三十年，在内阁任职十八年。他是明代弘治年间的贤相，通达下情，直言敢谏，整顿财政，重视水利，改革弊政，反对腐改，关心民艰，是当时著名的政治家和文坛领袖，著有《怀麓堂集》。

《明史·李东阳传》云：“（李东阳）为文典雅流丽，朝廷大著作多出其手，工篆隶书，碑板篇翰，流播四方。奖成后进，推挽才彦，学士大夫出其门者悉灿然有所成就。

---

① （清）徐釚《词苑丛谈》卷三，文渊阁四库全书本。

自明兴以来宰臣，以文章领袖缙绅者，杨士奇后，东阳而已。”同书《李梦阳传》亦云：“弘治时，宰相李东阳主文柄，天下翕然宗之。”谢铎、张泰、陆钱、邵宝、石瑶、罗玘、顾清、鲁铎、何孟春、乔宇、储瓘、钱福、吴俨、靳贵、汪俊、林俊、陆深、张邦奇、孙承恩、杨慎等均属茶陵派，或与之相友善。明人徐泰《诗谈》即云：“庐陵杨士奇，格律清纯，实开西涯之派，文则弱矣。”①西涯是李东阳的号，“西涯之派”实际就是茶陵派。明末清初的钱谦益《列朝诗集小传·丙集·李少师东阳》云：“吾友程梦阳读怀麓之诗，为之擿发其指意，洗刷其眉宇，百五十年之后，西涯一派焕然复开生面，而空同之云雾，渐次解驳，孟阳之力也。”“西涯一派”也是指茶陵派。

李东阳《怀麓堂诗话》是茶陵派论诗主张的集中表现，认为“诗必有具眼，亦必有具耳。眼主格，耳主声。闻琴断知为第几弦，此具耳也。月下隔窗辨五色线，此具眼也”；“试看所未见诗，即能识其时代格调，十不失一，乃为有得”；他推崇盛唐诗特别是杜甫诗：“长篇中须有节奏，有操有纵，有正有变，若平铺稳布，虽多无益。唐诗类有委曲可喜之处，惟杜子美顿挫起伏，变化不测，可骇可愕，盖其音调与格律正相称，回视诸作，皆在下风。然学者不先得唐调，未可遽学杜也。”李东阳与彭民望等交往甚密，常有唱酬。彭官场失意，离京回乡。李东阳《怀麓堂诗话》载：“彭民望始见予诗，虽时有赏叹，似未犁然当其意。及失志归湘，得予所寄诗曰‘斫地哀歌兴未阑，归来长铗尚须弹。秋风布褐衣犹短，夜雨江湖梦亦寒’，黯然不乐。至‘木叶下时惊岁晚，人情阅尽见交难。长安旅食淹留地，惭愧先生苜蓿盘。’乃潸然泪下，为之悲歌数十遍不休。谓其子曰：‘西涯所造一至此乎！恨不得尊酒重论文耳。盖自是不阅岁而卒，伤哉！”这篇《寄彭民望》诗正具有杜诗沉郁悲凉的特色。

（四）复古派（前后七子）

明代复古派是以前、后七子为代表的文学流派。前七子指弘治、正德年间（1488—1521）的李梦阳、何景明、徐祯卿、边贡、康海、王九思、王廷相，其中以李梦阳、何景明影响最大。

李梦阳（1473—1530）字献吉，号空同子，庆阳（今属甘肃）人。弘治六年（1493）中进士，为官刚劲正直，敢于同宦官权贵、皇亲国戚作对，以至多次入狱。他上书明孝宗，历数皇后之父张鹤龄的罪状，差点送命。著有《空同集》。

李梦阳抨击宋诗根源理学，其《缶音序》云：“诗至唐，古调亡矣，然自有唐调可歌

---

① （明）陶宗仪《说郛》卷七九下引，文渊阁四库全书本。

咏,高者犹足被管弦。宋人主理,不主调,于是唐调亦亡";"宋人主理,作理语,于是薄风云月露,一切铲去不为。又作诗话教人,人不复知诗矣。诗何尝无理?若专作理语,何不作文而诗为邪?"他最推崇民间真情流露、天然活泼的歌谣:"孔子曰:'礼失而求之野。'予观江海山泽之民,顾往往知诗,不作秀才语,如《缶音》是已。"①其《论学下》强调"真诗在民间":"吁《黍离》之后,雅、颂微矣,作者变正靡达,音律罔谐,即有其篇,无所用之矣。予以是专风乎言矣,吁,予得已哉!"为了隔断同宋代理学的联系,他提倡追古,其《徐迪功集序》:"夫追古者,未有不先其体者也。然守而未化,故蹊径存焉。虽然辞荣而耽寂,浮云富贵,慷慨俯仰,迪功所造诣,予莫之竟究矣。今详其文,温雅以发情,微婉以讽事,爽畅以达其气,比兴以则其义,苍古以蓄其词,议拟以一其格,悲鸣以泄不平,参伍以错其变,该物理人道之懿,阐幽剔奥,纪记名实,即有蹊径。"他主张古体诗应学汉魏,近体诗应学盛唐,散文当学秦汉。其《驳何氏论文书》主张"以我之情,述今之事,尺寸古法(学其格),罔袭其辞"。

何景明(1483—1521)字仲默,号大复,河南信阳人,著有《大复集》。他与李梦阳等人一同倡言文学复古,其《杂言十首》云:"经亡而骚作,骚亡而赋作,赋亡而诗作。秦无经,汉无骚,唐无赋,宋无诗。"②早在宋末,严羽《沧浪诗话·诗辩》已主张学诗应"以汉、魏、晋、盛唐为师,不作开元、天宝以下人物"。明初推行八股文考试制度,许多士子只知时文范本,所作陈陈相因,千篇一律。前七子针对这种情况,首倡复古,使天下知文有秦汉,诗有盛唐,对消除宋之经义、明之八股的弊端是有一定作用的。

后七子之名始见于《明史·李攀龙传》,并言之颇详:"攀龙之始官刑曹也,与濮州李先芳,临清谢榛,孝丰吴维岳辈倡诗社。王世贞初释褐,先芳引入社,遂与攀龙定交。明年先芳出为外吏,又二年宗臣、梁有誉入,是为五子。未几,徐中行、吴国伦亦至,乃改称七子。诸人多少年,才高气锐,互相标榜,视当世无人,七才子之名播天下。摈先芳、维岳不与,已而榛亦被摈,攀龙遂为之魁。其持论谓文曰西京(西汉),诗自天宝而下俱无足观,于本朝独推李梦阳诸子,翕然和之,非是则诋为宋学。攀龙才思劲骜,名最高,独心重世贞,天下亦并称王、李,又与李梦阳、何景明并称何、李、王、李。其为诗务以声调胜,所拟乐府或更(改)古数字为己作;文则聱牙戟口,读者至不能终篇。好之者推为一代宗匠,亦多受世抉摘云。"

李攀龙(1514—1570)字于鳞,先世籍贯济南长清县,祖父移居历城(今山东济南)。因其家靠近东海,自号沧溟,人称沧溟先生。嘉靖进士,官至参政,著有《沧溟

---

① (明)李梦阳《空同集》卷五二,文渊阁四库全书本。

② (明)何景明《大复集》卷三八,文渊阁四库全书本。

集》。为人刚正不阿，有见地。其《沧溟集》风行天下，所编《古今诗删》、《唐诗选》推崇汉、魏古诗和盛唐近体诗，影响也很大。

王世贞(1526—1590)字元美，号凤洲，亦称弇州山人，明太仓(今属江苏)人。嘉靖进士，官至南京刑部尚书。为人正直，不附权贵，精于吏治，奖拔后进。他博学多才，以才华声气冠绝海内，善诗，以声韵为主；好古文，文名满天下。《明史·王世贞传》云："攀龙殁，独操柄二十年。才最高，地望最显，声华意气笼盖海内，一时士大夫及山人词客，衲子羽流莫不奔走门下。片言褒赏，声价骤起。其持论'文必西汉，诗必盛唐，大历以后书勿读'。而藻饰太甚，晚年攻者渐起。世贞顾渐造平淡，病亟时刘凤往视，见其手苏子瞻集，讽玩不置也。"可见他晚年的文学倾向也有变化。一生著作不辍，专集之多，卷帙之繁，是我国文学史上屈指可数的人物，有《弇州山人四部稿》、《续稿》、《弇州山人诗集》、《艺苑卮言》等近三十种著述传世。

前后七子的文学复古思潮，在当时和后世既有负面影响，也有正面影响。正如沈德潜《明诗别裁集序》所说："弘、正之间，献吉(李梦阳)、仲默(何景明)，力追雅音，庭实(边贡)、昌穀(徐祯卿)，左右骖靳，古风未坠……于鳞(李攀龙)、元美(王世贞)，益以茂秦(谢榛)，接踵曩哲。虽其间规格有余，未能变化，识者咎其少自得之趣焉，然取其菁英，彬彬乎大雅之章也。"这是较为客观的评价。

(五) 唐 宋 派

唐宋派是明代嘉靖年间的一个散文流派，代表人物有唐顺之、归有光、王慎中、茅坤。他们反对前后七子的复古，推崇唐宋八大家，主张"文道合一"，其散文成就超过前后七子。

唐顺之(1507—1560)字应德，一字义修，号荆川，武进(今属江苏常州)人。嘉靖八年(1529)会试第一，累官翰林编修、兵部主事、兵部郎中、右佥都御史。曾督师浙江，亲率兵船破倭寇于海上。谥襄文。学者称"荆川先生"，著有《荆川先生文集》。

唐顺之学识渊博，对天文、地理、数学、历法、兵法及乐律均有研究。早年曾受前七子影响，中年以后对七子的复古思潮表示不满，主张师法唐、宋。他编辑的《文编》中，既选有《左传》、《国语》、《史记》等秦汉文，也选了大量唐、宋文，对确定"唐宋八大家"的历史地位颇有贡献。他在《答茅鹿门书》中论务求本色，反对剿袭，十分精彩，颇能代表唐宋派的文论主张：

> 只就文章家论之，虽其绳墨布置，奇正转折，自有专门师法；至于中间一段精

神命脉骨髓，则非洗涤心源、独立物表、具古今只眼者，不足以与此。今有两人，其一人心地超然，所谓具千古只眼人也，即使未尝操纸笔呻吟，学为文章，但直抒胸臆，信手写出，如写家书，虽或疏卤，然绝无烟火酸馅习气，便是宇宙间一样绝好文字。其一人犹然尘中人也，虽其颛颛学为文章，其于所谓绳墨布置，则尽是矣，然翻来覆去，不过是这几句婆子舌头语，索其所谓真精神与千古不可磨灭之见，绝无有也，则文虽工而不免为下格。此文章本色也。即如以诗为喻，陶彭泽未尝较声律，雕句文，但信手写出，便是宇宙间第一等好诗。何则？其本色高也。自有诗以来，其较声律、雕句文、用心最苦而立说最严者，无如沈约，苦却一生精力，使人读其诗，只见其困缚龌龊，满卷累牍，竟不曾道出一两句好话。何则？其本色卑也。本色卑，文不能工也，而况非其本色者哉！且夫两汉而下，文之不如古者，岂其所谓绳墨转折之精之不尽如哉？秦汉以前，儒家者有儒家本色，至如老庄家有老庄家本色，纵横家有纵横家本色，名家、墨家、阴阳家皆有本色。虽其为术也驳，而莫不皆有一段千古不可磨灭之见。是以老家必不肯剿儒家之说，纵横家必不肯借墨家之谈，各自其本色而鸣之为言。其所言者，其本色也。是以精光注焉，而其言遂不泯于世。唐宋而下，文人莫不语性命，谈治道，满纸炫然，一切自托于儒家。然非其涵养畜聚之素，非真有一段千古不可磨灭之见，而影响剿说，盖头窃尾，如贫人借富人之衣，庄农作大贾之饰，极力装做，丑态尽露。是以精光枵焉，而其言遂不久湮废。然则秦汉而上，虽其老、墨、名、法、杂家之说而犹传，今诸子之书是也；唐宋而下，虽其一切语性命、谈治道之说而亦不传，欧阳永叔所见唐四库书目百不存一焉者是也。后之文人，欲以立言为不朽计者，可以知所用心矣。①

这里他强调要“独立物表”，“具千古只眼”，要“直抒胸臆，信手写出”；反对“专学为文章”，仅在“绳墨布置，奇正转折”下功夫。他以陶、沈作比较，认为陶潜诗耐读在于“本色高”；沈约用尽力气，却“不曾道出一两句好话”，就在于“本色卑”。他又以先秦诸子与唐、宋文人作比较，先秦的老、墨、名、法、杂家皆“各自其本色而鸣之为言”；“唐、宋而下，文人莫不语性命，谈治道，满纸炫然，一切自托于儒家”，“如贫人借富人之衣，庄农作大贾之饰，极力装做，丑态尽露”。可见这位唐宋派较早的代表人物对唐宋儒学特别是宋代道学也是毫不客气的。唐顺之的创作实践了他自己的主张，诗如《岳将军墓》：“国耻犹未雪，身危亦自甘。九原人不返，万壑气长寒。岂恨藏弓早，终

① （明）唐顺之《荆川[集》卷四，文渊阁四库全书本。

知借剑难。吾生非壮士，于此发冲冠。”文如《任光禄竹溪记》颂扬竹“孑孑然有似乎偃蹇孤特之士，不可以谐于俗”的品格，都是他独具只眼，“直抒胸臆”的表现。

归有光(1506—1571)字熙甫，世称震川先生，昆山(今属江苏)人。屡试不第，嘉靖四十四年(1565)，年近六十，才进士及第，授长兴(今浙江湖州)知县。调顺德(今属广东)通判。隆庆四年(1570)任南京太仆丞，掌管内阁制敕房，编撰《世宗实录》，死于任上。著有《震川先生文集》。

归有光与复古派相对抗，力矫前后七子之弊，提倡唐宋古文。其文朴素简洁，善于叙事，黄宗羲推他为明文第一人。其《项脊轩志》是借项脊轩的兴废，写与之有关的家庭琐事，表达物是人非、三世变迁的感慨，也表达作者怀念祖母、母亲和妻子的感情。其首段云：“项脊轩，旧南阁子也。室仅方丈，可容一人居。百年老屋，尘泥渗漉，雨泽下注；每移案，顾视无可置者。又北向，不能得日，日过午已昏。余稍为修葺，使不上漏。前辟四窗，垣墙周庭，以当南日。日影反照，室始洞然。又杂植兰桂竹木于庭，旧时栏楯，亦遂增胜。借书满架，偃仰啸歌，冥然兀坐，万籁有声，而庭阶寂寂，小鸟时来啄食，人至不去。三五之夜，明月半墙，桂影斑驳，风移影动，珊珊可爱。然予居于此，多可喜，亦多可悲。”①可喜亦可悲，就是全文所表现的复杂感情。

王慎中(1509—1559)字道思，早年号遵岩居士，后号南江。因排行第二，又称王仲子。晋江(今属福建)人。嘉靖五年(1526)进士，历官户部主事，常州通判、山东提学佥事，江西、河南参政。王慎中为人鲠直，不屑于阿附权贵，早年曾得罪夏言。夏言后为首辅阁臣，借口罢了慎中的官。但他毫不介意，飘然离开官场，遨游于名山大川之间，悠然自得，专事著述，著有《遵岩集》。

王慎中《与江午坡书》主张不背于古而自为其言：“居闲读书，观古人之言，得其用心之所存，恍然若与其人并世而生，同席而议，决然不敢徇近儒之是而阿流俗之好。此率难以具于书，且亦知非兄之所欲急闻者。其作为文字，法度规矩一不敢背于古，而卒归于自为其言，此在前世为公共之物，而在今日亦为不传之秘，欲以语人，都无晓者。”②他很推崇曾巩之文，其《曾南丰文粹序》云：“由西汉而下，莫盛于有宋庆历、嘉祐之间，而杰然自名其家者南丰曾氏也。观其书，知其于为文良有意乎，折衷诸子之同异，会通于圣人之旨，以反溺去蔽而思出于道德，信乎能道其中之所欲言，而不醇不该之蔽亦已少矣。视古之能言，庶几无愧，非徒贤于后世之士而已。推其所行之远，宜与《诗》、《书》之作者并，天地无穷，而与之俱久。然至于今日，知好之者已鲜，是可

---

①　(明)归有光《震川集》卷一七，文渊阁四库全书本。

②　(明)王震中《遵岩集》卷二三，文渊阁四库全书本。

慨也。”

茅坤(1512—1601)字顺甫,号鹿门。归安(今浙江吴兴)人。官广西兵备佥事时,曾领兵镇压广西瑶族农民起义。他反对“文必秦汉”的观点,提倡学习唐宋古文,所编《唐宋八大家文钞》,影响较大。其《自序》云:“魏、晋、宋、齐、梁、陈、隋、唐之间,文日以靡,气日以弱,强弩之末,且不及鲁缟矣,而况于穿札乎!昌黎韩愈首出而振之,柳柳州又从而和之,于是始知非六经不以读,非先秦两汉之书不以观。其所著书,论、叙、记、碑、铭、颂、辩诸什,故多所独开门户。然大较并寻六艺之遗略,相上下而羽翼之者。贞元以后,唐且中坠,沿及五代兵戈之际,天下寥寥矣。宋兴百年,文运天启,于是欧阳公修从隋州故家覆瓿中偶得韩愈书,手读而好之,而天下之士始知通经博古为高,而一时文人学士彬彬然附离而起。苏氏父子兄弟及曾巩、王安石之徒,其间材旨小大,音响缓亟虽属不同,而要之于孔子所删六艺之遗,则共为家习而户眇之者也……我明弘治、正德间,李梦阳崛起北地,豪隽辐辏,已振诗声,复揭文轨,而曰吾左吾史与汉矣,已而又曰吾黄初、建安矣。以予观之,特所谓词林之雄耳,其于古六艺之遗,岂不湛淫涤滥而互相剽裂已乎?予于是手掇韩公愈、柳公宗元、欧阳公修,苏公洵、轼、辙,曾公巩,王公安石之文而稍为批评之,以为操觚者之券,题之曰《八大家文钞》。”①显然,他编此书的目的就是为了纠正李梦阳等复古派的“互相剽裂”。

(六)公 安 派

在晚明的诗歌、散文领域,以“公安派”的声势最为浩大。公安派是明代后期出现的一个文学流派,以袁宗道、袁宏道、袁中道三兄弟为代表。他们是湖北公安(今属湖北)人,故称公安派。其中袁宏道声誉最高,成绩最大。这一派的作者还有江盈科、陶望龄、黄辉等,他们所持的文学主张与前后七子的拟古主义针锋相对。他们提出“世道既变,文亦因之”的文学发展观,又提出“性灵说”,要求作品“独抒性灵,不拘格套”,能直抒胸臆,不事雕琢。他们的散文以清新活泼之笔,开拓了我国小品文的新天地。

袁宏道(1568—1610)初字孺修,改字中郎,号石公,又称六休。公安人。与兄宗道、弟中道并有才名,世称“三袁”。万历二十年(1592)进士,选吴县知县,官至考功司员外郎、稽勋郎中。《明史》卷二八八有传。他是公安派的领袖人物,他的文论主张成为公安派的纲领。其《叙小修(袁中道)诗》是其文论主张的集中体现:

---

① (明)茅坤《唐宋八大家文钞》卷首,文渊阁四库全书本。

弟小修诗，散逸者多矣，存者仅此耳。余惧其复逸也，故刻之。

弟少也慧，十岁余即著《黄山》、《雪》二赋，几五千余言，虽不大佳，然刻画饤饾，傅以（司马）相如、太冲（左思）之法，视今之文士矜重以垂不朽者，无以异也。然弟自厌薄之，弃去。顾独喜读老子、庄周、列御寇诸家言，皆自作注疏，多言外趣，旁及西方之书（佛书）、教外之语（佛教之外的书），备极研究。既长，胆量愈廓，识见愈朗，的然以豪杰自命，而欲与一世之豪杰为友。其视妻子之相聚，如鹿豕之与群而不相属也；其视乡里小儿，如牛马之尾行而不可与一日居也。泛舟西陵，走马塞上，穷览燕、赵、齐、鲁、吴、越之地，足迹所至，几半天下，而诗文亦因之以日进。大都独抒性灵，不拘格套，非从自己胸臆流出，不肯下笔。有时情与境会，顷刻千言，如水东注，令人夺魂。其间有佳处，亦有疵处，佳处自不必言，即疵处亦多本色独造语。然予则极喜其疵处；而所谓佳者，尚不能不以粉饰蹈袭为恨，以为未能尽脱近代文人气习故也。

盖诗文至近代而卑极矣，文欲准于秦、汉，诗则必欲准于盛唐，剿袭模拟，影响步趋，见人有一语不相肖者，则共指以为野狐外道，曾不知文准秦、汉矣，秦、汉人曷尝字字学《六经》欤？诗准盛唐矣，盛唐人曷尝字字学汉、魏欤？秦、汉而学《六经》，岂复有秦、汉之文？盛唐而学汉、魏，岂复有盛唐之诗？唯夫代有升降，而法不相沿，各极其变，各穷其趣，所以可贵，原不可以优劣论也。且夫天下之物，孤行则必不可无，必不可无，虽欲废焉而不能；雷同则可以不有，可以不有，则虽欲存焉而不能。故吾谓今之诗文不传矣。其万一传者，或今闾阎妇人孺子所唱《擘破玉》、《打草竿》（明代流行的民歌曲调）之类，犹是无闻无识真人所作，故多真声，不效颦于汉、魏，不学步于盛唐，任性发展，尚能通于人之喜怒哀乐嗜好情欲，是可喜也。

盖弟既不得志于时，多感慨；又性喜豪华，不安贫窘；爱念光景，不受寂寞。百金到手，顷刻都尽，故尝贫；而沉湎嬉戏，不知樽节，故尝病；贫复不任贫，病复不任病，故多愁。愁极则吟，故尝以贫病无聊之苦，发之于诗，每每若哭若骂，不胜其哀生失路之感。予读而悲之。大概情至之语，自能感人，是谓真诗，可传也。而或者犹以太露病之，曾不知情随境变，字逐情生，但恐不达，何露之有？且《离骚》一经，忿怼之极，党人偷乐（苟且娱乐），众女谣诼，不揆中情，信谗齌怒，①皆明示唾骂，安在所谓怨而伤者乎？穷愁之时，痛哭流涕，颠倒反复，不暇择音，怨

① “不揆”二句：屈原《离骚》：“荃不揆余之中情兮，反信谗而齌怒。”谓楚怀王不察我忠信之情，反信谗言而疾怒于我。揆，察，揣度。齌，炊火猛烈，引申为急。

矣，宁有不伤者？且燥湿异地，刚柔异性，若夫劲质而多怼，峭急而多露，是之谓楚风，又何疑！①

此文虽较长，但值得细读。一是生动刻画了袁中道的为人，是一篇完整的袁中道小传。他“少也慧，十岁余即著《黄山》、《雪》二赋，几五千余言”，对各种杂书“备极研究”；“既长”后，遍游各地，“泛舟西陵，走马塞上，穷览燕、赵、齐、鲁、吴、越之地，足迹所至，几半天下，而诗文亦因之以日进”；末写其“不得志于时”，“以贫病无聊之苦，发之于诗”，年四十七才考中进士，五十七岁就去世了。二是集中概括了他的性灵说，主张“独抒性灵，不拘格套”；内容要“从自己胸臆流出”，语言要“本色独造”；力主“孤行”，反对“雷同”；要发“真声”，“情随境变，字逐情生”，“情至之语，自能感人，是谓真诗”。三是对复古派进行了深刻透辟的批判：“盖诗文至近代而卑极矣，文欲准于秦、汉，诗则必欲准于盛唐……曾不知文准秦汉矣，秦汉人曷尝字字学《六经》欤？诗准盛唐矣，盛唐人曷尝字字学汉魏欤？秦汉而学《六经》，岂复有秦汉之文？盛唐而学汉魏，岂复有盛唐之诗？”明代自弘治以来，文坛为以李梦阳、何景明为首的“前七子”和以王世贞、李攀龙为首的“后七子”复古派所统治，他们倡言“文必秦汉，诗必盛唐”，“大历以后书勿读”，影响极大。《明史·李梦阳传》说：“天下推李、何、王、李为四大家，无不争效其体。”其间虽有归有光等“唐宋派”与之抗争，但不足以矫正其流弊。万历间，李贽针锋相对地提出“诗何必古选（指《文选》），文何必先秦”，成为公安派的先导。公安派反对前、后七子拟古之风，提出性灵说，与李贽的童心说一脉相通，与伪道学尖锐对立，反对剿袭，主张通变，强调表现个性，解放思想，“独抒性灵，不拘格套”，直抒胸臆，不事雕琢，要发前人之所未发。

（七）竟　陵　派

竟陵派是明代后期的文学流派，因其代表人物钟惺、谭元春都是竟陵（今湖北天门市）人，故被称为竟陵派，或称为竟陵体、钟谭体。

钟惺（1574—1624）字伯敬，号退谷，又号退庵。万历三十八年（1610）进士，官至福建提学佥事。著有《隐秀轩集》。他反对拟古，强调从古人诗中寻求性灵，他选古逸诗至隋诗十五卷，名《古诗归》；又选唐诗三十六卷，名《唐诗归》。其《诗归序》批评复古派说：“今非无学古者，大要取古人之极肤、极狭、极熟，便于口手者，以为古人在是。

① 《袁宏道集笺校》卷四，上海古籍出版社1981年版。

使捷者矫之，必于古人外自为一人之诗以为异。要其异又皆同乎古人之险且僻者，不则其俚者也，则何以服学古者之心？无以服其心，而又坚其说以告人曰：'千变万化，不出古人。'问其所为古人，则又向之极肤、极狭、极熟者也。世真不知有古人矣！"对这种极肤、极狭、极熟、险、僻、俚，他们决心要以"古人真诗所在"与之抗衡："惺与同邑谭子元春忧之，内省诸心，不敢先有所谓'学古'、'不学古'者，而第求古人真诗所在。真诗者，精神所为也。察其幽情单绪，孤行静寄于喧杂之中，而乃以其虚怀定力，独往冥游于寥廓之外。如访者之几于一逢，求者之幸于一揠，入室之欣于一至。不敢谓吾之说非即向者千变万化不出古人之说，而特不敢以肤者、狭者，熟者塞之也。"①

谭元春(1586—1637)字友夏，少聪慧而科场不利，四十八岁始举于乡，五十一岁死于赴进士考试途中。著有《谭友夏合集》。他与钟惺合编《诗归》，宣扬他们的文学主张，批评前后七子"文必秦汉，诗必盛唐"的诗文评判准则，风行一时，成为影响较大的竟陵诗派。但谭元春刻意雕章琢句，求新务奇，语言佶屈，形成艰涩隐晦的文风。不过他也有一些清新之作，如《瓶梅》："入瓶过十日，愁落幸开迟。不借春风发，全无夜雨欺。香来清净里，韵在寂寥时。绝胜山中树，游人或未知。"②完全是对自己处境和精神的写照和抒发。

(八) 云 间 词 派

云间词派是明、清之际的词派，因其代表人物陈子龙是云间(今上海市淞江)人，故称云间词派。自此以后，清代词派林立，有广陵词派、阳羡词派、梅里词派、浙西词派等，风格各异，一唱百和，形成了清词中兴的繁荣局面。

陈子龙(1608—1647)字卧子，号大樽，松江华亭人。自少学诗作赋，与李雯、徐孚远等交游，共结几社。乡试中举后赴京，与张溥、张廷枢、吴伟业等相交。崇祯十年(1637)进士。南明弘光时曾任兵科给事中。清兵南下后，因曾从事抗清而被捕，自杀。著有《安雅堂稿》、《陈忠裕全集》、《湘真词》，与人合撰《史记测义》，合编有《农政全书》、《皇明经世文编》、《皇明诗选》。

几社的文学主张是复古，贯穿于诗、词、文创作。陈子龙的《幽兰草词序》可说是一篇词史："词者，乐府之衰变，而歌曲之将启也。然就其本制，厥有盛衰。晚唐语多俊巧，而意鲜深至，比之于诗，犹齐梁对偶之开律也。自金陵二主(五代李璟、李煜)以

---

① (明)贺复徵《文章辨体汇选》卷二九七，文渊阁四库全书本。

② 《御定佩文斋咏物诗选》卷二九七，文渊阁四库全书本。

至靖康(北宋末),代有作者。或秾纤婉丽,极哀艳之情;或流畅澹逸,穷盼倩之趣。然皆境由情生,辞随意启,天机偶发,元音自成,繁促之中,尚存高浑,斯为最盛也。南渡(南宋)以还,此声遂渺,寄慨者亢率而近于伧武,谐俗者鄙浅而入于优伶,以视周、李诸君,即有'彼都人士'之叹。元滥填辞,兹无论已。明兴以来,才人辈出,文宗两汉,诗俪开元,独斯小道,有惭宋辙。"他认为南唐、北宋代表了词的最高成就,南宋以后开始变调,元、明已趋于衰落。《幽兰草》是"云间三子"(陈子龙、李雯、宋征舆)词的合集,他称李、宋之词云:"今观李子之词,丽而逸,可以昆季(李)璟、(李)煜,娣姒(李)清照。宋子之词幽以婉,淮海(秦观)、屯田(柳永)肩随而已,要而论之,本朝所未有也。"①他称美"秾纤婉丽"、"流畅澹逸"、"丽而逸"、"幽以婉"的词,反对"亢率"、"伧武"、"谐俗"、"鄙浅"之词,这就是他的词论主张。

其《王介人诗余序》认为宋无诗而词"独工,非后世可及";认为作词有四难:要"以沉挚之思而出之必浅近,使读之者骤遇之如在耳目之前,久诵而得隽永之趣,则用意难";要"篇无累句,句无累字,圆润明密,言如贯珠,则铸词难";要"有鲜妍之姿,而不藉粉泽,则设色难";认为词"贵含蓄,有余不尽,时在低回唱叹之际,则命篇难"。②介人为王翃字,嘉兴人,布衣终身,著有《二槐堂词》。陈子龙认为本朝以词名者,"大都不能及宋人",独称王翃的"小令、长调,动皆擅长,莫不有俊逸之韵,深刻之思,流畅之调,秾丽之态,于前所称四难者,多有合焉……王子真词人";宋人不能诗,王翃诗"淡宕庄雅,规摹古人,远非宋代可望,而后知王子深远矣……王子非词人也"。"俊逸之韵,深刻之思,流畅之调,秾丽之态"及《三子诗余序》的"婉弱倩艳,俊辞络绎,缠绵猗娜,逸态横生",就是他对词的要求。而陈子龙的词基本上属婉约清俊一格,正体现了他的词论观。

(九)阳羡词派

阳羡词派是清代以陈维崧为代表的词派。维崧(1625—1682)字其年,号迦陵。宜兴(今属江苏)人。康熙十八年(1679)举博学鸿词,授翰林院检讨。五十四岁时参与修纂《明史》,卒于任所。著有《湖海楼诗文词全集》。

陈维崧早有文名,一时名流如吴伟业、姜宸英、王士禛、邵长蘅等都与他交往,其中与朱彝尊尤为接近,曾合刊过《朱陈村词》。清初词坛,陈、朱并列,陈为阳羡词派领

---

① 《幽兰草》卷首,明刻本。

② (明)陈子龙《安雅堂稿》卷二,辽宁教育出版社2003年版。

袖。其《湖海楼词》一千六百多首，词风豪迈奔放，接近宋代的苏、辛，而兼有清真娴雅之风。陈廷焯《白雨斋词话》卷三云："国初词家，断以迦陵为巨擘。"又云："迦陵词气魄绝大，骨力绝遒，填词之富，古今无两。"又云"其年《醉落魄·咏鹰》云：'寒山几堵，风低削碎中原路。秋空一碧无今古。醉袒貂裘，略记寻呼处。　男儿身手和谁赌？老来猛气还轩举。人间多少闲狐兔？月黑沙黄，此际偏思汝。'声色俱厉，较杜陵'安得尔辈开其群，驱出六合枭鸾分'之句，更为激烈。"①蔡嵩云："阳羡派倡自陈迦陵，吴园次（吴绮）、万红友（万树）等继之，效法苏、辛，惟才气是尚，此第一期也。"②以陈维崧为宗主的阳羡派与同时稍后的浙西词派一起开始形成清代词风，谭献《复堂词话》说："锡鬯、其年行而本朝词派始成……嘉庆以前，为二家牢笼者，十居七八。"

阳羡派的兴起与江苏宜兴一带的人文传统分不开。蒋景祁（1646—1695）字京少，亦宜兴人。一生落魄。笃学嗜书，不屑为章句之业，尤肆力于词，追步陈维崧，著有《梧月亭词》。陈维崧《蒋京少梧月词序》，③首写宜兴自古为文人荟萃之地："铜官崎丽，将军射虎之乡；玉女峥泓，才子雕龙之薮。城边水榭，迹擅樊川；郭外钓台，名标任昉。虽沟塍芜没，难询坡老之田；而陇树苍茫，尚志方回之墓。一城菱舫，吹来《水调歌头》；十里茶山，行去《祝英台近》。鹅笙象板，户习倚声；苔网花笺，家精协律。居斯地也，大有人焉。"次写自己与蒋的交游："仆也十年作赋，愧逊陈琳；三径论交，欣逢蒋诩。"序的主体部分是用大量典故称美蒋的才华："其人也，九侯第宅，四姓衣冠。家风通显，东京萧育之家；门第清华，北魏崔悛之宅。夫其幼敏，才情蚤耽经史；行间芍药，盈箱潘岳之花。字里葡萄，满箧邱迟之锦；王恭逸态，濯杨柳于月中；谢朓清文，烂芙蓉于日下。文兼各体，傅鹑觚博奥之宗；诗备诸家，刘越石清刚之选。而乃名同小宋，妙解音声；系出竹山，尤工乐府。"宜兴景色优美，铜官山峥嵘，玉女潭清幽；名人荟萃，汉代萧育，晋人周处、王恭、刘琨（越石），南朝任昉、潘岳、邱迟、谢朓，北魏崔悛，唐代杜牧，宋代苏轼、贺铸（方回）、蒋捷（竹山），都曾与阳羡结下不解之缘。

陈维崧也是清初骈文大家，这篇《梧月词序》以及《与芝麓先生书》、《余鸿客金陵咏古诗序》、《苍梧词序》等，均是他的骈文代表作。他亦能诗，但成就不如其词与骈文。

（十）浙西词派

浙西词派，因其开创者朱彝尊及其主要成员（如李良年、李符、沈皞日、沈岸登、龚

---

① 唐圭璋《词话丛编》本。

② 蔡嵩云《柯亭词论》，唐圭璋《词话丛编》本。

③ （清）陈维崧《陈检讨四六》卷一〇，文渊阁四库全书本。

翔麟等)大都是浙西人而得名。

朱彝尊(1629—1709)字锡鬯,号竹坨。秀水(今浙江嘉兴)人。康熙时,举博学鸿儒,授翰林院检讨,日讲起居注官。精通经学考据,工诗能文。尤擅长词,存词六百多首,除陈维崧外,很少有人能与之匹敌。但浙西词派不限于浙西词人,还包括创作倾向相近的他籍词人,正如朱彝尊《鱼计庄词序》所说:"浙词之盛,亦由侨居者为之助,犹夫豫章诗派,不必皆江西人,亦取其同调焉耳。"①

朱彝尊论词尚淳雅,主清空,标榜南宋,推崇姜夔、张炎,其《陈纬云红盐词序》:"宜兴陈其年诗余妙绝天下,今之作者虽多,莫有过焉者也。其弟纬云继之,撰红盐词三卷,含宫咀商,骎骎乎小弦大弦,迭奏而不失其伦……词虽小技,昔之通儒巨公往往为之,盖有诗所难言者,委曲倚之于声,其辞愈微而其旨益远。善言词者,假闺房儿女子之言,通之于《离骚》变雅之义,此尤不得志于时者所宜寄情焉耳。纬云之词原本《花间》,一洗《草堂》之习,其于京师风土人物之胜咸载集中。"其《乐府雅词跋》云:"词以雅为尚。"其《书绝妙好词后》云:"词人之作,自《草堂诗余》盛行,屏去激楚阳阿,而巴人之唱齐进矣。周公谨《绝妙好词》选本虽未全醇,然中多俊语,方诸《草堂》所录雅俗殊分。"其《静志居诗话》云:"数十年来,浙西填词者家白石(姜夔)而户玉田(张炎),春容大雅,风气之变,实由于此。"②其《解佩令·自题词集》云:"不师秦七(观),不师黄九(庭坚),倚新声玉田差近。"为了宣扬姜、张,朱彝尊还选编唐、五代、宋、金、元五百余家词为《词综》,其《词综·发凡》云:"世人言词,必称北宋;然词至南宋始极其工,至宋季而始极其变。姜尧章氏(夔)最为杰出。"③《词综》流传广泛,此书一出,浙派词风愈炽,对整个清代词坛影响深远。

(十一)神 韵 派

神韵派是清初诗人王士禛创立的诗派。

王士禛(1634—1711)字贻上,号阮亭,又号渔洋山人。新城(今山东桓台)人。出身于世代仕宦家庭,自明后期至清中叶前后二百多年间,王氏家族科甲蝉联,簪缨不绝,人才辈出。顺治十五年(1658)进士,初官扬州推官,得江山之助,诗名大起。后升礼部主事,转翰林,官至刑部尚书。康熙四十三年(1704)罢官归里。著述甚富,有《带

① (清)朱彝尊《曝书亭集》卷四〇,文渊阁四库全书本。

② (清)朱彝尊《静志居诗话》,人民文学出版社2006年版。

③ (清)朱彝尊《词综》卷首,文渊阁四库全书本。

经堂集》、《池北偶谈》、《古夫于亭杂录》、《香祖笔记》、《王士禛诗话》等；诗选有《王士禛精华录》，理论著作《律诗定体》，则对古代诗歌声调韵律作了归纳总结。

王士禛论诗，以神韵为宗，认为诗要清幽淡雅，含蓄婉转，富有情趣风韵。“神韵”一词，南齐谢赫《古画品录》以“神韵”评画，他把画家分为五品，评第二品顾骏之云：“神韵气力，不逮前贤；精微谨细，有过往哲。”①唐人论诗也讲“韵”，但多指诗韵、诗章。宋代严羽《沧浪诗话》说：“诗之极致有一，曰入神。”《永乐大典》八〇七卷《诗》字引范温《潜溪诗眼》对“韵”的内容作了远比严羽精辟的阐述，认为“韵”是声外之余音遗响，言外（或象外）之余意。明、清时期，在王士禛之前，“神韵”一词已被普遍使用，王士禛正是在前人基础上，发展了早就存在的神韵说，把神韵作为诗歌创作的根本要求。其《带经堂诗话》主张诗应“色相俱空”，“兴会神到”，如“羚羊挂角，无迹可求”。翁方纲《复初斋文集・坳堂诗集序》曾说：“王士禛所以拈举神韵者，特为明朝李、何一辈之貌袭者言之。”《七言诗三昧举隅・丹青引》也说：“独在冲和淡远一派，此固右丞之支裔，而非李、杜之嗣音”。②

王士禛的神韵说影响深远，一时门生诗友半天下，他主持诗坛达半世纪之久，成为文坛领袖，一代诗宗。他的诗作正是他的创作理论的具体体现，其近体诗最能代表他的诗风。七绝如《真州绝句》：“江干多是钓人居，柳陌菱塘一带疏；好是日斜风定后，半江红树卖鲈鱼。”③《初春济南作》：“山郡逢春复乍晴，陂塘分出几泉清？郭边万户皆临水，雪后千峰半入城。”④七律如《秋柳》：“秋来何处最销魂，残照西风白下门。他日差池春燕影，只今憔悴晚烟痕。愁生陌上黄聪曲，梦远江南乌夜村。莫听临风三弄笛，玉关哀怨总难论。”⑤其诗颇受康熙赏识，他曾应康熙之命，选取自己诗作三百首编为《御览集》呈上，康熙亲书“带经堂”赐之，更加强了他在文坛上的地位和影响。

（十二）广陵词派

广陵词派指康熙年间广陵（今江苏扬州）地区以王士禛为代表的词派。王士禛作为文坛盟主，在扬州任推官时，引来大批文人聚集扬州从事词的创作，阵容十分庞大。他们的词论与词风并不完全相同，但都促进了清词的中兴。

---

① （南齐）谢赫《古画品录》，文渊阁四库全书本。

② 翁方纲《复初斋文集》，上海古籍出版社 1963 年版《清诗话》本。

③ （清）王士禛《精华录》卷五，文渊阁四库全书本。

④ （清）王士禛《香祖笔记》卷一二，文渊阁四库全书本。

⑤ （清）王士禛《精华录》卷五，文渊阁四库全书本。

王士禛在广陵经常与友人雅集唱和，游燕于平山堂，泛舟红桥，所作之词编成《红桥唱和词》；又与友人邹祗谟共同编选《倚声初集》，这是为续明人《词统》而选，所选作品特详于明末，凡选词人四百六十余家，词一千九百十四首，王士禛序谓凡明末清初“五十年来荐绅、隐逸、宫闱之制，汇为一书，以续《花间》、《草堂》之后”；①又支持长期流寓扬州的孙默编成《国朝名家诗余》，这是清代最早的一部规模宏大的词总集，所收十七家词人中，有王士禛、王士禄、董以宁、董俞、陈维崧、陈世祥、邹祗谟、彭孙遹、黄永、尤侗等，皆为广陵词派的中坚人物。

王士禛在词学方面的业绩决不亚于其诗，他是清初颇受推崇的词作家和词学批评家，他在广陵的词学活动是清词中兴的重要原因。王士禛肯定“词为艳科”，推尊晚唐、北宋词，以温庭筠、李煜的婉约词为正宗。著有《阮亭诗余》，他自序其词云：“向十余岁，学作长短句，不工，辄弃去。今夏楼居，效比邱休夏自瓷，桐花苔影，绿入巾舄，墨卿毛子，兼省应酬。偶读《啸余谱》，辄拈笔填词，次第得三十首。易安(李清照)《漱玉》一卷，藏之文笥，珍惜逾恒，乃依其原韵尽和之。”②其词作也确系婉约一路，徐釚《词苑丛谈》卷五云：“王阮亭《和漱玉词》，有‘郎似桐花，妾似桐花凤’之句，长安盛称之，遂号为王桐花，几令郑鹧鸪(郑谷以《鹧鸪》诗得名，至有郑鹧鸪之称)不能专美。其词云：‘凉夜沉沉花漏冻，欹枕无眠，渐听荒鸡动。此际闲愁郎不共，月移窗罅春寒重。　　忆共锦裯无半缝，郎似桐花，妾似桐花凤。往事迢迢徒入梦，银筝断绝连珠弄。’时太仓崔孝廉出阮亭之门，有‘黄叶声多酒不辞’之句，人亦号为崔黄叶。汪钝翁云，有王桐花为师，正不可无崔黄叶作弟子。一时传以为佳话。”同书同卷载，广陵词派的另一代表人物彭骏孙亦以“艳情(词)当家”：“阮亭尝戏谓彭十是艳情当家，骏孙辄怫然不受。一日彭赋《风中柳・离别》词云：‘槐树阴浓，小院晚凉时节。别离可奈肠如结，歌喉轻转，听唱阳关彻。情脉脉，几回呜咽。细语叮咛，道且自、消停这歇。

灯火高城更未绝，残妆重整，送向门前别。伴今宵，为伊啼血。’阮亭见之，谓曰：‘试以此举似他人，得不云吾从众耶？’彭一笑谢之。”但他并未排斥苏、辛的豪放词，其所自作如《踏莎行・醉后作》、《沁园春・偶兴》，也有苏、辛之风。

(十三) 格　调　派

格调派是以沈德潜为代表的文学流派。

---

① (清)王士禛、邹祗谟《倚声初集》卷首，影印南京图书馆藏清顺治十七年刻本。

② (清)王士禛《阮亭诗余》卷首，商务印书馆 1937 年版。

沈德潜(1673—1769)字确士,号归愚。长洲(今江苏苏州)人。沈德潜是位神童,五岁时便通晓四声,十六岁前已通读《左传》、《韩非子》、《尉缭子》等书,名闻乡里。但屡试不第。乾隆三年(1738)才中举人,次年殿试二甲,为翰林庶吉士,此时他已六十七岁,成为乾隆的侍臣。七十四岁升为内阁大学士,受到赐座、赐宴的宠遇。获准退休归乡后,乾隆下江南,他以耄耋之年四次接驾,并随同南巡。《圣祖仁皇帝御制文初集》卷一一《沈德潜归愚集序》:"沈德潜将锓其《归愚集》前,稽首而请序,且曰:'人臣私集,自古无御序例。第受特达之知,敢恃宠以请。不即望序,或训示数语,可乎?'德潜老矣,怜其晚达而受知者惟是诗。余虽不欲以诗鸣,然于诗也好之习之,悦性情以寄之,与德潜相商榷者有年矣。兹观其集,故乐俞所请而序之……夫非常之人然后有非常之遇,德潜受非常之知,而其诗亦今世之非常者。故以非常之例序之,异日者江国行春,灵岩驻跸,思欲清问民艰,暇咨新什,将访归愚叟于愚公、溪谷之间矣。"但据《南巡秘记补编》载,在沈德潜死后不久,乾隆再次南巡,得知其《咏黑牡丹》诗有"夺朱非正色,异种也称王"句时,龙颜大怒说:"若在圣祖(康熙)之世,允宜族诛。即朕早知胸襟不正,亦应明正典刑,乃竟为所欺数十年之久。"结果将其所有爵衔尽行革去。

沈德潜著述甚富,有《沈归愚诗文全集》、《说诗晬语》,选编有《古诗源》、《唐诗别裁》、《明诗别裁》、《国朝诗别裁》。其《说诗晬语》倡导格调说,①主张"怨而不怒","中正和平","温柔敦厚";讲求比兴、蕴蓄,认为不可"过甚"、"过露",以致"失实"。他特别重视诗歌的体制、音律、章法、句法、字法等,认为诗人的性情,诗歌的兴象风神,都可以体现在诗歌的体制、声律上;但他也反对死守诗法,主张通变。他说:"诗以声为用者也,其微妙在抑扬抗坠之间。读者静气按节,密咏恬吟,觉前人声中难写、响外别传之妙,一齐俱出。朱子云:'讽咏以昌之,涵濡以体之。'真得读诗趣味。"又说:"乐府之妙,全在繁音促节,其来于于,其去徐徐,往往于回翔屈折处感人,是即依永和声之遗意也。"沈德潜现存诗二千三百多首,有不少应制之作,但也有一些反映社会现实、民间疾苦的作品,如《观刈稻了有述》;近体诗如《吴山怀古》、《月夜渡江》、《夏日述感》等,多清新可诵。

(十四)桐　城　派

桐城派指清代安徽桐城的古文派,是清代文坛最大的散文流派,作家队伍庞大,涉及地域广,持续时间长。他们阐道翼教,宣扬儒家思想,尤其是程、朱理学;为文力

① (清)沈德潜《说诗晬语》,上海古籍出版社1963年版《清诗话》本。

求清真雅正，简明达意，条理清晰。桐城派的古文运动，是唐、宋古文的继续、发展和终结。

戴名世是桐城派奠基人，方苞、刘大櫆、姚鼐被尊为“桐城三祖”，姚莹、曾国藩、吴汝纶、马其昶等均属此派。

戴名世(1653—1713)字田有。桐城(今属安徽)人。早年课徒自给，卖文为生。年五十七，始中会试第一，殿试一甲及第，授编修。两年后，清初三大文字狱之一的《南山集》案发，因《南山集》中录有南明桂王时史事，多用南明年号，以“大逆”罪下狱并处死。此案株连数百人，震动儒林。著有《戴名世集》。戴名世是桐城派的先驱，认为作文当以“精、神、气”为主，文章要传神，关键在于“义理”，语言文字为次；必须“道、法、辞”兼备，即思想内容、结构法则与文辞语言应当完美结合；要平易自然，言之有物，反对藻饰剽窃。他与桐城派方苞交往甚密，其论文主张对桐城派古文的发展有一定影响。

方苞(1668—1749)字凤九，一字灵皋，号望溪。康熙四十五年(1706)进士。因《南山集》案牵连入狱，后经营救免死，以白衣入南书房，编校《御制乐律》、《算法》诸书，充武英殿修书总裁。雍正朝，授左右允，迁侍讲学士、内阁学士、礼部侍郎，充《一统志》总裁。乾隆元年充《三礼义疏》副总裁。因病辞归，赐翰林院侍讲。著述甚富，有《方苞文集》等。方苞论文提倡“义法”，认为义即言之有物，法即言之有序。义为经，法为纬，乃为成体之文。桐城派的文论即以此为纲领。

刘大櫆(1698—1780)字才甫，一字耕南，号海峰。为方苞所推重，雍正年间，经方苞、张廷玉荐举博学鸿词科和经学，皆不第，遂不复试，后归隐枞阳。著有《海峰文集》、《海峰诗集》、《论文偶记》等。论文强调“义事、书卷、经济”，“神气”、“音节”、“字句”，是继方苞之后桐城派的中坚人物。

姚鼐(1731—1815)字姬传，一字梦谷，人称惜抱先生。乾隆二十八年(1763)进士，历任翰林院庶吉士、兵部主事，山东、湖南乡试主考官，累官刑部郎中。参与纂修《四库全书》，主持梅花、紫阳、敬敷书院四十年。著有《惜抱轩全集》等。姚鼐提倡义理、考证、文章三者要结合，阳刚、阴柔两大类风格都为文章所需，不能偏废，成为桐城派较系统的古文理论。其文纡徐要渺，雍容和易；诗清新淡远，尤工近体。

曾国藩(1811—1872)字伯涵，号涤生。湘乡(今属湖南)人。晚清重臣，官至两江总督、直隶总督、武英殿大学士，封一等勇毅侯。一生著述颇多，而以《曾文正公家书》、《曾文正公全集》流传最广，影响最大。死后赠太傅，谥“文正”。曾国藩宗法桐城派的方苞、姚鼐而自成一格，形成晚清古文的湘乡派。所为古文，深宏骏迈，雄奇瑰玮，为后世所称。所编《经史百家杂钞》与姚鼐的《古文辞类纂》成为学习古文的典范，影响甚大。清末及民初的严复、林纾、谭嗣同、梁启超等均受其影响。

(十五)性 灵 派

性灵派是清代中叶以袁枚为代表的文学流派。

袁枚(1716—1798)字子才,号简斋,晚年自号仓山居士、随园主人、随园老人。钱塘(今浙江杭州)人。少有才名,擅长诗文,乾隆四年(1739)进士,授翰林院庶吉士,曾任沭阳、江宁、上元等地知县,三十三岁父亲亡故,辞官养母,在江宁(南京)建随园定居,游历南方诸名山,以诗酒自娱,过了近五十年的闲适生活。著有《小仓山房集》、《随园诗话》、《新齐谐》、《续新齐谐》等。

袁枚是乾隆、嘉庆时期代表诗人之一,与赵翼、蒋士铨合称为"乾隆三大家"。他提倡"性灵说",反对清初以来拟古和形式主义的流弊,使诗坛风气为之一新。为文自成一家,与纪昀齐名,时称"南袁北纪"。性灵派以主张直抒"性情"而得名,他的论诗著作《随园诗话》集中表现了性灵派的主张,其卷一云:"杨诚斋曰:'从来天分低拙之人,好谈格调,而不解风趣。何也?格调是空架子,有腔口易描;风趣专写性灵,非天才不办。'余深爱其言。须知有性情,便有格律;格律不在性情外。《三百篇》半是劳人思妇率意言情之事;谁为之格,谁为之律?而今之谈格调者,能出其范围否?况皋、禹之歌,不同乎《三百篇》;《国风》之格,不同乎《雅》、《颂》:格岂有一定哉?许浑云:'吟诗好似成仙骨,骨里无诗莫浪吟。'诗在骨不在格也。"①同卷又云:"诗写性情,惟吾所适。"卷二云:"咏物诗无寄托,便是儿童猜谜。读史诗无新义,便成《廿一史弹词》;虽著议论,无隽永之味,又似史赞一派:俱非诗也。"卷三云:"千古善言诗者,莫如虞舜。教夔典乐曰:'诗言志。'言诗之必本乎性情也。曰:'歌永言。'言歌之不离乎本旨也。曰:'声依永。'言声韵之贵悠长也。曰:'律和声。'言音之贵均调也。知是四者,于诗之道尽之矣。"卷四云:"近有《声调谱》之传,以为得自阮亭,作七古者,奉为秘本。余览之,不觉失笑。夫诗为天地元音,有定而无定,到恰好处,自成音节。此中微妙,口不能言。试观《国风》、《雅》、《颂》、《离骚》、乐府,各有声调,无谱可填。杜甫、王维七古中,平仄均调,竟有如七律者;韩文公七字皆平,七字皆仄,阮亭不能以四仄三平之例缚之也。"卷六下云:"阮亭尚书自言一生不次韵,不集句,不联句,不迭韵,不和古人之韵。此五戒,与余天性若有暗合。"又云:"诗分唐、宋,至今人犹恪守。不知诗者,人之性情;唐、宋者,帝王之国号。人之性情,岂因国号而转移哉?亦犹道者人人共由之

---

① (清)袁枚《随园诗话》卷一,人民文学出版社1982年版。

路，而宋儒必以道统自居，谓宋以前直至孟子，此外无一人知道者。吾谁欺？欺天乎？七子以盛唐自命，谓唐以后无诗，即宋儒习气语”。卷七上云：“无题之诗，天籁也；有题之诗，人籁也。天籁易工，人籁难工。《三百篇》、《古诗十九首》，皆无题之作，后人取其诗中首面之一二字为题，遂独绝千古。汉、魏以下，有题方有诗，性情渐漓。至唐人有五言八韵之试帖，限以格律，而性情愈远；且有‘赋得’等名目，以诗为诗，犹之以水洗水，更无意味。从此，诗之道每况愈下矣。余幼有句云：‘花如有子非真色，诗到无题是化工。’略见大意。”补遗卷三云：“孔子论诗，但云‘兴观群怨’，又云‘温柔敦厚’，足矣！孟子论诗，但云‘以意逆志’，又云‘言近而指远’，足矣！不料今之诗流，有三病焉：其一填书塞典，满纸死气，自矜淹博。其一全无蕴藉，矢口而道，自夸真率。近又有讲声调而圈平点仄以为谱者，戒蜂腰、鹤膝、迭韵、双声以为严者，栩栩然矜独得之秘。不知少陵所谓‘老去渐于诗律细’，其何以谓之律？何以谓之细？少陵不言。元微之云：‘欲得人人服，须教面面全。’其作何全法，微之亦不言。盖诗境甚宽，诗情甚活，总在乎好学深思，心知其意，以不失孔、孟论诗之旨而已。必欲繁其例，狭其径，苛其条规，桎梏其性灵，使无生人之乐，不已慎乎！唐齐已有《风骚旨格》，宋吴潜溪有《诗眼》：皆非大家真知诗者。”补遗卷一〇云：“每见今人知集中诗缺某体，故晚年必补作此体，以补其数：往往吃力而不讨好。不知唐人：五言工，不必再工七言也；古体工，不必再工近体也；是以得情性之真，而成一家之盛。试观李、杜、韩、苏全集，便见大概。”总之，他不止一次地提出“诗人者，不失其赤子之心也”（卷三），“作诗不可无我”（卷七）。也就是说，作诗要有真性情，要有个性，对当时的拟古诗风，确实有很大的冲击作用。但对于清初以来的著名诗派他并不一笔抹杀，而能有所分析，指出其优劣得失。

赵翼（1727—1814）字云崧，一字耘松，号瓯北。阳湖（今江苏常州）人。乾隆二十六年（1761）进士，官至贵西兵备道。他论诗也重“性灵”，与袁枚接近。他反对明代前、后七子的复古倾向，所著《瓯北诗话》，系统地评论李白、杜甫、韩愈、白居易、苏轼、陆游、元好问、高启、吴伟业、查慎行等十家诗。

张问陶（1764—1814）字仲冶，号船山。遂宁（今属四川）人。清代名相张鹏翮玄孙。乾隆五十五年（1790）进士，官至山东莱州知府。著有《船山诗草》。他是清代乾嘉诗坛大家和著名诗学理论家，为性灵派后期的主将和代表人物，与袁枚、赵翼并称清代性灵派三大家。

（十六）阳　湖　派

阳湖派是清代乾隆、嘉庆时期的散文流派，因其代表人物张惠言、恽敬都是阳湖

(今江苏常州)人而得名。他们以桐城派为宗,但又有自己的主张,为矫桐城派卑弱狭窄之陋,提倡才学修养,对桐城派大家多有批评。

恽敬(1757—1817)字子居,号简堂。乾隆四十八年(1783)举人,历官浙江富阳、新喻等县知县,为官清正,颇有治绩。著有《大云山房文稿》等。恽敬与张惠言同为阳湖派创始人,其文推崇孔、孟之道,宣扬性、命之说。其《三代因革论》认为"治天下有二,伦物之纪,名实之效,等威之辨",①与张惠言思想倾向相近。他以文贵天成相标榜,以洁、正、奇为核心,融桐城派、性灵派之长,自成一家。恽敬在《答方九江》中说:"人以恽子居(恽敬)为宋学者,固非;汉唐之学者,亦非。要之,男儿必有自立之处,不随人作计,如蚊之同声、蝇之同嗜。"张惠言在《送恽子居序》中说:"始子居(恽敬)之语余也,曰:'当事事为第一流'……君子出其言,则思其行;思其行,则务固其志;固其志莫如持情,实行莫如取善。"②

张惠言(1761—1802)原名一鸣,字皋文,号茗柯。嘉庆四年(1799)进士,官庶吉士,充实录馆纂修官,改翰林院编修,卒于官。张惠言是经学家、散文家,又以词名世,与恽敬同为阳湖派首领人物,常州词派的创始人。著有《茗柯文编》、《茗柯词》,编有《词选》。其《送钱鲁斯序》和《古稿自序》,都曾自道其为文本末。阮元《茗柯文编序》称他"不遁于虚无,不溺于华藻,不伤于支离"。③所作如《游黄山赋》、《赁春赋》、《邓石如篆势赋》、《送恽子居序》、《词选序》、《上阮中丞书》等,或恢弘绝丽,或温润朴健,或气格丰茂。

张惠言、恽敬都有特立独行的精神,虽受桐城派影响,但绝不苟同,不随人作计,虽其影响远不及桐城派,但清代古文可与桐城派抗衡的,也只有以恽敬、张惠言为首的阳湖派了。

(十七)常 州 词 派

常州词派是清代嘉庆以后以张惠言为代表的重要词派。张惠言有感于浙西词派题材狭窄、内容枯寂,于嘉庆二年(1797)编成《词选》,选录唐、五代、宋词凡四十四家,一百一十六首。与浙派相反,他推崇唐、五代词,贬抑南宋,对浙派特别推尊的姜夔只

---

① (清)恽敬《大云山房文稿·初集》卷一,四部丛刊本。

② (清)张惠言《茗柯文初编》卷一,四部丛刊本。

③ (清)张惠言《茗柯文》卷首,四部丛刊本。

选了三首，张炎仅收一首。其《词选序》强调“比兴寄托”，[1]强调应该重视词的内容，要“意内而言外”，“意在笔先”，“缘情造端，兴于微言，以相感动”，要“低回要眇，以喻其致”；要符合“诗之比兴，变风之义，骚人之歌”，“不徒雕琢曼词而已”。他批评柳永、黄庭坚、刘过、吴文英诸家词作“荡而不反，傲而不理，枝而不物”。但他勇于立论，却疏于考史，对唐、五代词的推崇往往有穿凿附会之处。如谓温庭筠《菩萨蛮》“小山重叠金明灭”，是“感士不遇也，篇法仿佛《长门赋》”，“‘照花’四句（照花前后镜，花面交相映。新帖绣罗襦，双双金鹧鸪），《离骚》‘初服’（进不入以离尤兮，退将修吾初服）之意”。王国维《人间词话》批评其“深文罗织”说：“固哉，皋文之为词也。飞卿《菩萨蛮》、永叔《蝶恋花》、子瞻《卜算子》，皆兴到之作，有何命意？皆被皋文深文罗织。”张惠言作词不多而颇有佳构，其《水调歌头·春日赋示杨生子掞五首》的“东风无一事，妆出万重花”，“晓来风，夜来雨，晚来烟。是他酿就春色，又断送流年”，借暮春景色抒发感慨，陈廷焯《白雨斋词话》卷四称其“既沉郁，又疏快，最是高境……热肠郁思，若断仍连，全自《风》、《骚》变出”。

周济（1781—1839）字保绪，一字介存，号未斋，晚号止庵。荆溪（江苏宜兴）人。清嘉庆十年（1805）进士，官淮安府学教授。自负有济世之才而不能用，于是寄情艺文，为常州派重要词论家。他推衍张惠言的词学，但持论比张精审，著有《味隽斋词》和《止庵词》各一卷，《词辨》十卷，《介存斋论词杂著》一卷，辑有《宋四家词选》。其《介存斋论词杂著》在张氏推尊词体的基础上，强调词的比兴寄托，“词非寄托不入，专寄托不出”；认为“感慨所寄，不过盛衰：或绸缪未雨，或太息厝薪，或己溺己饥，或独清独醒，随其人之性情学问境地，莫不有由衷之言。见事多，识理透，可为后人论世之资。诗有史，词亦有史，庶乎自树一帜矣”。[2]可见他认为词不仅仅要抒写个人情思，还要反映现实生活，发挥社会功能，甚为精辟。但他实际品评词作时，还是更重视婉约词派，其《宋四家词选》，主张“问涂碧山（王沂孙），历梦窗（吴文英）、稼轩（辛弃疾），以还清真（周邦彦）之浑化”，其中，除辛弃疾外，其他诸人都以婉约见长。

常州词派影响深远，近代谭献、王鹏运、朱孝臧、况周颐等词家，都属常州词派。谭献选辑清人词为《箧中词》，王鹏运汇刻《花间集》及《四印斋所刻词》，特别是朱孝臧校刻的《彊村丛书》，都对诸家词的整理作出了巨大贡献。

历代以派论诗词文风格者很多，不能尽述；有些以体称者又同时称派，如西昆派即西昆体，宋诗派即同光体，不再赘述。

---

① （清）张惠言《茗柯文二编》卷下，四部丛刊本。

② （宋）周济《介存斋论词杂著》，唐圭璋《词话丛编》本。

体　类

第十二章　以类而论的文体分类

文体的种类非常繁多，加上词曲（以词牌、曲牌为体），多达数千种。人们在编纂总集和别集以及其他一些书时，需要对繁多的文体按体裁、体格（风格）、题材或时序进行粗细不同的分类，这就是我们这里所谈的“体类”。从这种意义上讲，文体分体与文体分类是两个外延不同的概念。以类而论的文体分类也有不同的分类角度和标准，或依据题材内容，或依据同类体裁，或依据相似风格，或按时序或不按时序，而依据大类套小类的原则进行分类。

第一节　总集的文体分类

总集和别集的编纂（排）方式往往说明了编者的编辑方式，又间接体现了编者的文体分类观点，故有必要了解历代总集和别集的编纂。先说总集。

《四库全书总目·总集类序》认为文体分类是出于编纂总集的需要：“文籍日兴，散无统纪，于是总集作焉。一则网罗放佚，使零章残什，并有所归；二则删汰繁芜，使莠稗咸除，菁华毕出。是固文章之衡鉴，著作之渊薮也。”

如前所说，体类的概念是萧统《文选序》首先提出的：“凡次文之体，各以汇聚。诗赋体既不一，又以类分；类分之中，各以时代相次。”也就是说，《文选》不仅是按体编排的，也是按题材内容分类编排的，各类之文又以时代先后为序。这说明诗文的分体分类首先是出于编纂总集的需要。

总集的编纂，始于先秦。《尚书》虽列为经，但实际上是我国最早的文章总集。孔安国《尚书序》云：“芟夷繁乱，剪截浮辞，举其宏纲，撮其机要，足以垂世立教：典、谟、训、诰、誓、命之文凡百篇。”[①]《诗经》也被列入经，但实际上是我国第一部诗歌总集，分为风、雅、颂三大部分；雅又分为大雅、小雅，都有文体分类意义。风又分为十五国

① 《尚书注疏》卷首，文渊阁四库全书本。

风，雅、颂下又分为各个小类，是按题材分的。实开以后总集以体标目，以文（诗）系体之例。

《尚书》、《诗经》既已列入经部，西汉刘向所编的《楚辞》，往往被列为我国最早的总集，此集收入屈原、宋玉、景差、贾谊、淮南小山、东方朔、严忌、王褒、刘向、王逸等人的辞赋，实开以后总集以人标目，以文（诗）系人之例。

魏晋南北朝人所编的总集大都以体标目。晋人挚虞编的《文章流别集》，正如《四库全书总目·总集类序》所说："其书虽佚，其论尚散见《艺文类聚》中，盖分体编录者也。"南朝梁萧统所编《文选》是分体编录的总集典型。全书按赋、诗等不同体裁分类，每类之下又按内容分为若干小类，以后的总集多采用这种体例。南朝徐陵编的《玉台新咏》，前八卷收自汉至梁的五言诗，第九卷收歌行，第十卷收五言歌诗，也是分体编录。历代总集多主分体，因此历代总集的编纂体例是我们研究古代文体观的重要依据。

唐人所编总集，不少是以人标目，以诗系人，如元结的《箧中集》、殷璠《河岳英灵集》、芮挺章《国秀集》、令狐楚《御览诗》、高仲武《中兴间气集》、姚合《极玄集》等等。总集发展到唐代，形式已逐渐增多，出现了专载同仁会宴诗的《高氏三宴诗集》，专收唱和诗的《松陵集》，专收某氏兄弟作品的《二皇甫集》、《窦氏联珠集》等。元结《箧中集》，仅选七个人的二十四首诗，尽管编者声称只是就"箧中所有，总编次之"，但显然与他不满"近世作者，更相沿袭，拘限声病，喜尚形似，且以流易为辞，不知丧于雅正"有关，故只选沈千运等"凡所为文，皆与时异"者的作品（元结《箧中集序》）。殷璠编《河岳英灵集》，明确提出"编者能审鉴诸体，详所从来，方可定其优劣，论其取舍"的编选原则，他不满"理则不足，言常有余，都无兴味，便贵轻艳"的作品，他"恶华好朴，去伪从真"，只选"兼备"的作品，对"名不副实，才不合道，纵权压梁、窦，终无取焉"（《河岳英灵集序》）。所选诸人，皆有品题，是我们研究殷璠诗体观的重要资料。令狐楚奉敕编纂的《御览诗》，只取近体，无一古体，反映了当时务以声律谐婉相高的时代风尚，与元结、殷璠的选诗标准大异其趣。①

宋代随着印刷术的发达，人们所编总集，规模越来越大。《文苑英华》上承《文选》，收南朝梁至唐代的诗文多达一千卷。《乐府诗集》上起陶唐，下迄五代，总括历代乐府。唐人选唐诗十种，规模都较小。宋代开始出现旨在反映一代诗文风貌的断代总集，如《宋文选》、《宋文鉴》等。《五百家播芳大全》亦皆录宋文，题"五百家"，实为五百二十家，网罗颇富。宋人除继续编有唱和集（如《西昆酬唱集》，《同文馆唱和诗》、

---

① 所引均见《唐人选唐诗十种》，上海古籍出版社 1978 年版。

《坡门酬唱集》等)、家集(如《清江三孔集》、《三刘集》、《二程文集》等)外，一些新的总集形式，如专收地方文献的《会稽掇英集》、《严陵集》、《成都文类》、《天台集》、《赤城集》;专收某一方面内容的总集，如《古今岁时杂咏》、《声画集》(专收宋人题画诗)、《回文类聚》、《唐僧宏秀集》(专收唐代僧人之诗)。为适应科举考试的需要，宋代还出现了《古文关键》、《论学绳尺》、《文章轨范》、《十先生奥论》等总集，这些书皆“不出科举之学”，“为当时举业而作”。随着宋代理学的形成，还出现了以宣扬道学为宗旨的总集，如真德秀编的《文章正宗》。《四库全书总目・总集类序》说:“《文选》而下，互有得失。至宋真德秀《文章正宗》，始别出谈理一派，而总集遂判为两途。”所谓两途是指北宋以前的总集多为“文章之士”从文的角度编选的(即使在北宋以后，这种总集仍占优势)，而从南宋起，“道学之儒”从宣扬道学出发，编了一些“以理为宗”的总集。

元人所编总集也很多，但其体式尚未突破宋代的总集。到了明代，出现了旨在求全的断代总集。明以前的总集，实际上都是选集。《四库全书总目・总集类》的第一部总集即为《文选》，书名就已表明它是选本。萧统《文选序》说:“词人才子，则名溢于缥囊;飞文染翰，则卷盈乎缃帙。自非略其芜秽，集其清英，盖欲兼功太半，难矣!”后之总集，尽管宽严标准不同，识鉴能力有别，但在主观上多以“略其芜秽，集其清英”为目的。即使多达一千卷的《文苑英华》，实际也不过是大型选本。周必大《文苑英华跋》说:“是时印本绝少……修书官于(柳)宗元、(白)居易、权德舆、李商隐、顾云、罗隐辈，或全卷收入。当真宗朝姚铉铨择十一，号《唐文粹》，由简故精，所以盛行。近岁唐文纂印浸多，不假《英华》而得传，况卷帙浩繁，人力难及，其不行于世则宜。”①从这段话不难看出，《文苑英华》“全卷收入”者不过柳宗元等数家，而周必大对此还颇不以为然，这很能代表宋以前人的看法。

明李濂云:“录之者各以体类(按体分类)，每体仍以世代先后为序。”②王守仁云:“以年月为次，不复分别体类。”③冯惟讷《古诗纪凡例》云:“各家成集者编法，先乐府，次诗，各分四言、五言、六言、七言、杂言。齐梁以下诸体渐备。今各以体相从，而诸体之中又各以类相附。”④可见《古诗纪》也是“以体相从”，而“以类相附”。冯舒不以分体分类编排为然:“一人所作咸备诸体，一题所赋或别体裁，未有可以篇之长短，韵之多少为次者。古人之集亡来已久，陈思、蔡邕、二陆、阴(铿)、何(逊)，俱系后人编集，

① 《文苑英华》事始，文渊阁四库全书本。

② (明)李濂《汴京遗迹志・凡例》，文渊阁四库全书本。

③ (明)王守仁《王文成全书》卷三四附录三《年谱》，文渊阁四库全书本。

④ (明)冯惟纳《古诗纪》卷首，文渊阁四库全书本。

四言、五言亦并间出，足知《宋文鉴》以前无分体之事矣。玄晖（谢朓）、文通（江淹）二集是原本，然玄晖首撰乐府，三言、五言间列；文通稍如后世体例，但五言之外，本无别体可以异同。今一人之作必以四言先于五言，一题所赋又以三韵先于四韵，即如萧子显《春别》一诗，简文、元帝各有和章，首末各三韵四句，惟次章六句三韵。今以六句之故，各移第二章为末章，是犹歌南曲者以尾声止于三句，而移之引子之前也，何俟知音始为拊掌！"①说《宋文鉴》以前"无分体之事"，不符合客观实际，吴曾祺《涵芬楼文诀·辨体第六》所举《昭明文选》、《唐文粹》、《文苑英华》、《宋文鉴》、《金文雅》、《元文类》、《明文典》诸书，皆分体编排，有的还在体下分类，证明历代总集往往既分体，又分类。

明人梅鼎祚编历代《文纪》(《皇王大纪》、《皇霸文纪》、《西汉文纪》、《东汉文纪》、《西晋文纪》、《宋文纪》、《南齐文纪》、《梁文纪》、《陈文纪》、《北齐文纪》、《后周文纪》、《隋文纪》和《释文纪》)，则"巨细兼收，义取全备"，在选本式的总集之外，开全文总集之体。梅鼎祚这种"巨细兼收，义取全备"的总集形式，对后世影响甚大，以后所编的断代或通代的分体总集，多采用"义取全备"的体例。

清人编总集的气魄很大，所编《全唐诗》，"自有总集以来，更无如是之既博且精者也"；《全金诗》，"金源一代之歌咏，彬彬乎备矣"；《历代赋汇》，"二千余年体物之作，散在艺林者，耳目所及，亦约略备焉"。②这些话虽不无颂主之嫌，但称其"博"是大体合乎实际的。其后编成的《全唐文》、《全上古三代秦汉三国六朝文》，亦"义取全备"。

近人和今人所编的《全汉三国晋南北朝诗》、《先秦汉魏晋南北朝诗》、《全宋词》、《全金元词》、《全元散曲》、《全宋诗》、《全宋文》，现在正在编纂的《全清词》、《全明诗》，亦以"全备"为宗旨。特别是现在，选本式的总集，一般都叫选集；今人心目中的总集，主要是指"巨细兼收，义取全备"的总集。

由此可见，在今存近千种总集中，形式是多种多样的。就时间看，有通代、断代之分；就文体看，有兼收诗文的，也有单收某一文体的；就编纂体例看，有按时代先后，以人标目，以文系人，以人系体的，梅鼎祚《杂曲歌辞》就主张所编歌辞"依世次，代以统人"；③就收文宽严看，有求精（选本式的总集）、求全之别；就选文标准看，有"文章之士"和"道学之儒"选文角度的不同；就纂修者看，有私修和官修，个人编纂和集体编纂的不同；就总集内容看，品种尤繁，有专收某地文献的，专收某家父子兄弟诗文的，专

---

① （清）冯舒《诗纪匡谬》，文渊阁四库全书本。

② 均见《四库全书总目·总集类五》。

③ （明）梅鼎祚《古乐苑》卷三二，文渊阁四库全书本。

收一时唱和之作的，专收某一流派的，专收某一诗社之诗的，等等等等，不一而足。

第二节　别集的文体分类

《四库全书总目·集部总叙》说："古人不以文章名，故秦以前书，无称屈原、宋玉工赋者。洎乎汉代，始有词人，迹其著作，率由追录。故武帝命所忠求相如遗书，魏文帝亦诏天下上孔融文章。至于六期，始自编次。唐末又刊版印行。夫自编则多所爱惜，刊版则易于流传。四部之书，别集最杂，此其故欤！"这里简明概括了我国别集的形成和发展，指出了"四部之书，别集最杂"及其原因。

别集的编纂情况很复杂，有自编者，有子孙、亲友、门生所编者，有自编、他编结合者，有原集已佚，为后人重辑者。

所谓"自编则多所爱惜"，言外之意是自编会收文较滥。但从现存别集看，凡自编者都比他编的好得多。王禹偁的《小畜集》三十卷即为作者所自编，他在《小畜集序》中说："咸平二年守本官知齐安郡，年四十有六，发白目昏，居常多病，大惧没世而名不称矣。因阅平生所为文，散失焚弃之外，类而第之，得三十卷。"《四库全书总目·别集类五》说："禹偁尝自次其文，以《易》筮之，得乾之小畜，因以名集。晁公武《读书志》、陈振孙《书录解题》皆作三十卷，与今本同。"现存《小畜集》还是宋本之旧，现在流行的四部丛刊本即为影印宋刊本。此集编排很得法，"集凡赋二卷，诗十一卷，文十七卷"，并未收他的《五代史阙文》。《四库全书总目·别集类六》谓邵雍《击壤集》亦为"邵子所自编"，"前有治平丙午自序"。这是一部诗集，并未把他的《皇极经世》、《无名公传》、《渔樵对问》阑入以壮大篇幅。

作者子孙、亲友、门生所编的别集一般也比较好。余靖的《武溪集》就是他的儿子余仲荀所编，周源《余少师襄公武溪集序》云："嗣子尚书屯田员外郎仲荀，编公遗稿得古律诗一百二十，碑志记五十，议论箴碣表五十三，制诰九十八，判五十五，表状启七十五，祭文六，凡二十卷，泣而谓源曰：'先人知君深，尝五荐君于朝，得君文及书，必命别藏箧中。序先人集，非君而谁！'源不敢辞，而为序云。"①欧阳修《赠刑部尚书余襄公神道碑铭》，亦谓"有文集二十卷"，可知《武溪集》即编于余靖去世后不久。《四库全书总目·别集类五》谓苏颂《苏魏公集》七十二卷，亦为"其子携所编，《宋史·艺文志》、陈振孙《书录解题》皆作七十二卷，今本与之相合，盖犹原帙。"

亲戚编的如徐铉《骑省集》，为其婿吴淑所编。陈彭年《故散骑常侍东海徐公文集

---

① （宋）余靖《武溪集》卷首，文渊阁四库全书本。

序》说："公《江南文稿》撰集未终，一经乱离，所存无几，自勒成二十卷。及归中国（宋王朝），入值禁林，制诏表章，多不留草。其余存者，子婿尚书水部员外郎吴君淑编为十卷，通成三十卷。所撰《质论》、《稽神录》、奉诏撰《江南录》，修许慎《说文》，并别为一家，不列于此。"①今检《骑省集》，实由两部分组成，前五卷为诗（卷一含赋三篇），六至二十卷皆文（卷六至卷八为制诰），当即陈彭年所说的徐铉"自勒成二十卷"的《江南文稿》。卷二一、二二又是诗，卷二三至三十为文，这一部分恰好没有"制诏表章"。这十卷都是归宋后的诗文。可见吴淑所编的《骑省集》，前二十卷悉遵徐铉自编集之旧，后十卷才为吴淑所新编。这两部分均未掺入徐铉的学术专著和其他杂书，编纂很严谨。

生友所编者如柳开《河东先生集》，即其门人张景所编。张景《河东先生集序》说："今辑其遗文得共九十六首，编成十五卷，命之曰《河东先生集》。"②今本《河东先生集》亦为十五卷，九十六篇（其中除卷十三含诗外，皆为文），可见为原本相传，未改其旧。苏舜钦《苏学士集》，则为友人欧阳修所编。欧阳修《苏学士文集序》说："予友苏子美之亡后四年，始得其平生文章遗稿于太子太傅杜公之家，而集录之以为十五卷。子美，杜氏婿也，遂以其集归之。"但今本《苏学士文集》已非其旧，《四库全书总目·别集类五》云："修序称十五卷，晁、陈二家目并同，而此本乃十六卷，则后人又有所续入。"

原集已佚，今本为后人重辑，比较集中的是清人编《四库全书》，从《永乐大典》辑出之本。其中有些重辑本还搜罗较全，如宋庠的《元宪集》，《四库全书总目·别集类五》说："史称庠所著有《国语补音》三卷、《纪年通谱》十二卷、别集四十卷、《掖垣丛志》三卷、《尊号录》一卷，今惟《国语补音》有传本，已著录。余书与文集并佚。国朝厉鹗编《宋诗纪事》，仅采掇《西清诗话》、《侯鲭录》、《合璧事类》、《扬州府志》所载，得诗八首，则海内绝无其本已三百年矣。《永乐大典》修于明初，距宋末百余年，旧刻犹存，故得以采录。而庠文章淹雅，可取者多，故所载特为繁富。今以类排比，仍可得四十卷，疑当时全部收入也。"别集重辑本多数没有《宋元宪集》这样完整，一般重辑本的缺点，一是挂一漏万，如《四库全书总目·别集五》谓"《东都事略》称，（晏）殊有文集二百四十卷"，清人胡则堂所辑《晏元献遗文》一卷"仅文六篇，诗六首，余皆诗余"。纪昀不无惋惜地说："原集既已无存，则此裒集之编，仅存什一于千百者，亦不能不录，备一家矣！"又如宋庠之弟宋祁的《宋景文集》，四库辑本为六十二卷。据《宋史》本传，祁集为

---

① 《徐公文集》卷首。

② （宋）柳开《河东集》卷首，文渊阁四库全书本。

一百卷，已佚三十八卷；据《宋史·艺文志》、马端临《文献通考》，为一百五十卷，则佚八十八卷。《四库总目提要·别集类六》谓金君卿《金氏文集》原为五十卷，“原本久佚，今掇拾《永乐大典》所载，仅得十之一二”，编为两卷。二是重辑本往往张冠李戴，误收他人之文。四库馆臣从《永乐大典》中辑得的毛滂《东堂集》，卷十有《佛鉴大师语录序》一篇，文有“会补之至金山，师倾盖欣然，语以家弟无极宰说之……亦以补之于道有少分，因出门人次集语录，求为序引。补之闻之……”从行文看，当为晁补之（晁说之为其弟）之文。查晁补之《鸡肋集》，果见于卷六十九。这篇文章，可以肯定当为晁作，《东堂集》中的《龙图阁直学士太中大夫知亳州王益柔可差知江宁府制》、《承议郎直集贤院范育可权发遣凤翔府制》、《朝议大夫宋吏部尚书曾孝宽可资政殿学士知颍昌府制》亦为误收，因与毛生平事迹不合。

前面提到，作者后代所编的别集一般也比较好，这主要是指其子孙，如果是远裔，情况就与重辑本差不多。蒋堂的《春卿集》原为二十卷，久佚。明天启中其二十世孙掇拾其遗稿而成，凡赋一篇，诗三十七篇，记一篇，不及原集十分之一。《四库全书总目·别集类六》载，曾肇原有《曲阜集》等近百卷，明代失传，清康熙中“其裔孙佺等取所存奏议，益以诏制碑表诸逸篇，掇拾编次，别为此集，前三卷皆诗文，后一卷则附录也”。可见，现存《曲阜集》四卷，曾肇诗文仅三卷而已。

别集书名之杂也很惊人，有的不下三四十种之多。不少还名实不符，仅从书名很难断定其书性质。别集多数是以集、全集、遗集、文集为名。以文集为名者，所收不仅仅是文，也包括了诗或诗词。张孝祥的《于湖居士文集》四十卷，卷一为赋、辞、颂、乐章，卷二至卷十二为诗，卷十三至卷三十为文，卷三十一至三十四为词，卷三十五至卷四十为尺牍，此书以文集名就包括了诗词文。

以全集或全书为名的，有的不仅收了作者的别集，而且还收了各种专书，《中国丛书综录》把这些全集算作丛书，如《王安石全集》除收了他的文集、诗集外，还收有他的《周官新义》十六卷、《唐百家诗选》二十卷。《陆放翁全集》，除收了他的《渭南文集》、《剑南诗稿》、《放翁遗稿》外，还收了他的《南唐书》、《家世旧闻》、《斋居纪事》。《真西山全集》除收其文集外，还收了他的《读书记》、《文章正宗》、《心经》、《政经》、《大学衍义》。像这样不仅收他们的专书，而且还把他们编纂别人诗文的总集也一并阑入，当然不能算别集，只能算丛书了。但又不是所有全集都是丛书，刘克庄的《后村先生大全集》，虽然收有讲义、进故事、诗话等，但其他宋人别集也往往有类似情况，故一般目录书仍把它归入别集类。

有的书虽以“集”名，但实为总集，如孙述编的《声画集》，“所录皆唐宋题画之诗”；有的书名似总集，而实为别集，如《四明文献集》，从书名看，似为四明的地方文献总汇，而却是王应麟的别集，《四库全书总目·别集类十八》称其为“一人之作冒总集之名也”；有的书虽以集名，却是语录或笔记，《四库全书总目·凡例》云：“陈埴《木钟集》，名似文集，而实语录。”《四库全书》把它划归子部儒家类，提要亦云：“是编虽以集名，而实则作语录，凡《论语》一卷、《孟子》一卷、《六经总论》一卷、《周易》一卷、《尚书》一卷、《毛诗》一卷、《周礼》一卷、《礼记》一卷、《春秋》一卷、《近思杂问》一卷、史一卷……其体例皆先设问而答之，故卷首自序谓取《礼》‘善问者如攻坚木，善答问者如撞钟’义，名曰《木钟》。”张端义的《贵耳集》与此类似，名为集，而实为笔记。他在自序中说：“余从江湖游接诸老绪余，半生钻研，仅得《长短录》一帙……余端平上书得罪落南，无一书相随，思得此录，增补近事，贻书索诸妇，报云：‘子录非《资治通鉴》，奚益于迁臣逐客，火之久矣！’余悒怏弥日……因追忆旧录，记一事，必一书，积至百则，名之《贵耳集》。耳为人至贵，言由音入，事由言听。古人有入耳着心之训，又有贵耳贱目之说，怅前录之已灰，喜斯集之脱稿。”①此书多记朝廷杂事、兼及诗话、考证，故《四库全书》把它归入子部杂家类。其他如车若水《脚气集》、张君房《丽情集》、张镃《四并集》、无名氏《观时集》等，亦非别集。

以“稿”名别集者也不少，而且名目更繁。有仅以稿名，如度正《信善堂稿》；有遗稿，如高选《江村遗稿》；有存稿，如高斯得《耻堂存稿》；有懒稿，如方夔《富山懒稿》；有悔稿，如项安世《平庵悔稿》；有类稿，如卫博《定庵类稿》；有摭稿，如杜衍《杜祁公摭稿》；有漫稿，如徐瑞《松巢漫稿》；有初稿，如王同祖《学诗初稿》；有余稿，如武衍《适安藏拙余稿》；有杂稿，如李曾伯《可斋杂稿》；有友稿，如张蕴《斗野友稿》；有文稿，如黄仲元《四如先生文稿》，等等，不一而足。以稿名集的，多为诗集，但也不可一概而论，《耻堂存稿》、《存雅堂遗稿》等就皆为诗文合集。

别集除以集、稿为名比较集中外，还有名为“遗文”（如罗颂《罗郢州遗文》）、“杂著”（如吴循《棣华杂著》）、“吟”（如王镃《月洞吟》）、“草”（张弋《秋江烟草》）等等，不过数量都不多。

前面说过，有的书名为集而实为子书；但也有相反的情况，有些书名似子书，而实为别集。《四库全书总目·凡例》指出：“《倪石陵书》（倪朴）名似子书，而实文集。”类似情况还不少，如沈辽《云巢编》似笔记名（方勺《泊宅编》即为笔记），但实为别集，一至六卷为诗，七至十卷为文；华岳《翠微南征录》看似行记，亦为别集，卷一为文，卷二、卷三为诗。僧惠洪的《石门文字禅》也是别集，仅从书名很难作出判断。

别集的内容和编次也很复杂。《四库全书总目》宋庠《元宪集》提要说：“唐宋诸集

① （宋）张端义《贵耳集》卷首，文渊阁四库全书本。

有兼收杂著例也。"宋人别集"兼收杂著"之例尤为突出。由于宋代理学的形成和发展，宋人别集中往往收有经解、经义、语录、注释之类的文字；宋代设有侍讲、侍读等官，皇帝常听他们讲论经史，因此，不少宋人别集中还收有经筵讲义、南省说书、玉堂答问、进故事之类的文章；诗话、笔记也往往收入别集中，《欧阳文忠公集》、《后山集》、《后村先生大全集》皆收诗话，陆游《渭南文集》中的《入蜀记》八卷，张舜民《画墁集》中的《郴行录》，吕祖谦《东莱吕太史文集》中的《入越录》、《入闽录》、《庚子辛丑日记》，方凤《存雅堂遗稿》中的《金华洞天行记》，楼钥《攻媿集》中的《北行日录》，赵鼎《竹隐畸士集》中的《游山录》，谢翱《晞发集》中的《金华游录》，都是逐日记游文字。宋代别集中还收有族谱、年谱、花谱、砚谱者。苏洵《嘉祐集》中有《苏氏族谱》、《族谱后录》上下篇，详列眉山苏氏世系，还有讨论族谱重要性及其作法的《谱例》、《大宗谱法》；《欧阳文忠公集》中收有《欧阳氏谱图》、《砚谱》、《牡丹记》(类似花谱)。年谱一般都作为别集的附录，但在《朱文公文集》卷九十八却收有《伊川先生(程颐)年谱》，卷六十五还有一篇《武成日月谱》，形式也似年谱。蔡沈《九峰公集》还收有楹联(《题白莲寺联》)。

别集的编排次第也很复杂。一般都是诗、文、词分体编排。诗集部分有的分体编排，有的以写作时间先后为序，古今体混合编排。词集部分一般按词牌编排。文集一般都按文体或内容分体、分类编排；编得较好的，各类文章又按写作时间先后顺序编排。一般别集都诗前文后，如《东坡集》、《栾城集》；但也有文在前诗在后的，如《嘉祐集》。辞赋有置于全书之前的，如文同《丹渊集》。也有些集子大概是出于尊崇皇帝吧，把写给皇帝的各类文章置于前，如叶適的《水心文集》，卷一至卷五为奏札、状表、奏议，卷六至卷八为诗；卷九以后为其他文章。有关作者家世、生平等的附录资料一般都在集后另编，但也有编入集内的，有的分量还很大，如祖无择《祖龙学文集》十六卷，十一至十六卷皆为附录(包括家集在内)；韩琦《安阳集》收有十卷家传、别录；王苹《王著作集》八卷，有四卷半都是附录。

综合上述可以看出，别集情况复杂是由多种因素造成的，我国图书传统的四部分类法不科学，不严密，分类标准不统一，集部书中实际又有经、史、子各部的内容。我国的文体分类也很庞杂，明人吴讷的《文章辨体》分为五十九类，徐师曾的《文体明辨》分为一百二十七类，实际情况还要复杂得多。四部分类不严密，各部之书易于混杂；文体分类庞杂，文集编者即可各随所欲，这是造成"四部之书，别集最杂"的主要原因。

第三节　按体裁分类

诗、文、词、曲、小说、戏剧的各种体裁的分体分类，是本书的主要研究对象，前已详论，这里只略作归纳。唐人成伯玙仅就《诗经》的诗体就论及《诗经》有二言、三言、四言、五言、六言、七言句；论及篇之大小，章之多少，“或一章为五篇”，“或二章为一篇”；有的诗只有两句，有的多达三十八句；“或重章共述一事，《采芣》是也；或一事而有数章，《甘棠》之诗是也”；有“首章同而末异者”，“有首章异而末同者”；而助词的用法更是五花八门。后代诗体更杂，“于是有辞，有咏，为引，为行，悲愤成谣，长吟效古，寓言感兴，即事陈情。今古不同，未知其极，斯则变中之变也。虽无美刺之目，并属诗家之流。”①《四库全书总目·毛诗指说》提要云：“四曰文体，凡三百篇中句法之长短，篇章之多寡，措辞之异同，用字之体例，皆胪举而详之，颇似刘氏《文心雕龙》之体。”可见体裁涉及面很广。严羽《沧浪诗话·诗体》：“风雅颂既亡，一变而为《离骚》，再变而为西汉五言，三变而为歌行杂体，四变而为沈、宋律诗。五言起于李陵、苏武，七言起于汉武《柏梁》，四言起于汉楚王傅韦孟，六言起于汉司农谷永，三言起于晋夏侯湛，九言起于高贵乡公。”这里所讲的也是诗歌体裁。

文中的散文、辞赋、骈文（四六文）、诗词曲以外的韵文及其内部的各种文体，如散文的论、记、书、序、题跋；辞赋的骚体辞、汉赋、骈赋、律赋、文赋；四六文的制、诏、表、启；韵文的箴、铭、赞、颂、哀祭文之类，都是指的体裁。词的词牌，曲的曲牌是不同词、曲的体裁。

本书所研究的文体主要是指诗、文、词、曲的体裁，指各种诗、文、词、曲为适应不同需要而形成的各种体式，是其语言形式、结构形态、表述形式的有机统一。分体的标准，或依据语言形式，包括句式，即每句的字数，如诗的三言、四言、五言、六言、七言、杂言；词、曲句式看似比较自由，实际各句字数都有限定。或依据语言格律，如李之仪《谢人寄诗并问诗中格目小纸》把诗分为近体、古体、格律、半格律，以及叹、行、歌曲；②《宋文鉴》把诗歌分为古诗、律诗、绝句，也是依据其是否有格律。或依据句与句之间的关系，是否讲究骈俪，要求对偶，从而形成骈文和散文的区别。或依据音韵形式，是否要求押韵和平仄相对，从而形成韵文与无韵文的区别。或依据篇章结构，如诗、词、散曲、戏剧，都有相对固定的结构；各体散文和小说，结构相对不太固定；词、曲有固定的分阕，而辞赋、骈文、散文及诗词以外的韵文一般不分阕。或依据篇幅大小，如张炎《词源》把词分为令（小令）、慢（慢词），清毛先舒《填词名解》把五十八字以内的词定为小令，把五十九字至九十字的词定为中调，把九十字以上的词定为长调之类。比较起来，散文是最为自由的文体，在句式上以散行单句为主，可骈可散，比骈文、四

---

① （唐）成伯玙《毛诗指说·文体第四》，中华书局1965年版。

② （宋）李之仪《姑溪居士前集》卷一六，文渊阁四库全书本。

六文自由；在语言上，可有平仄韵律，但不要求平仄韵律，比辞赋、诗、词、曲自由。

第四节　按风格分类

一提起文体，人们往往只想到诗文的体裁，其实文体还指诗文风格。如明人周履靖《骚坛秘语》卷上认为不同的诗体有不同的风格："诗：五言，章句整齐，声音平实；七言，章句参差，音律雄浑。歌：情扬辞达，音声高畅。吟：情抑辞郁，音声沉细。行：情顺辞直，音声浏亮。曲：情密辞宛，音声绺缛。谣：隋谲辞寓，音声质俚。风：情切辞远，音声古淡。唱：与歌、行、曲通。乐歌：情和辞直，音声舒缓。叹：情戚辞老，音长声绝。解：与歌、曲、叹、乐通。引：情长辞蓄，音声平永。弄：情活辞丽，音声圆壮。清：情逸辞激，音声清壮。辞：情长辞雅，音声平亮。舞：情通辞丽，音声应节。怨：情沉辞郁，音声凄断。讴：情扬辞直，音声高放。"①文体学，国外常称为风格学。以风格而论的古代文体，还有以下多种不同称谓，均指文体风格：

一称体、文体、诗体。刘勰《文心雕龙・体性》所论"八体"即指风格："总其归途，则数穷八体：一曰典雅，二曰远奥，三曰精约，四曰显附，五曰繁缛，六曰壮丽，七曰新奇，八曰轻靡。典雅者，镕式经诰，方轨儒门者也；远奥者，馥采典文，经理玄宗者也；精约者，核字省句，剖析毫厘者也；显附者，辞直义畅，切理厌心者也；繁缛者，博喻酿采，炜烨枝脉者也；壮丽者，高论宏裁，卓烁异采者也；新奇者，摈古竞今，危侧趣诡者也；轻靡者，浮文弱植，缥缈附俗者也。故雅与奇反，奥与显殊，繁与约舛，壮与轻乖，文辞根叶，苑囿其中矣。"这里的"八体"，就不是指诗文的体裁，而是指诗文表现的体性，即诗文风格。

梁萧纲《与湘东王书》云："比见京师文体，懦钝殊常，竞学浮疏，争为阐缓……但以当世之作，历方古之才人，远则扬、马、曹、王，近则潘、陆、颜、谢，而观其遗辞用心，了不相似。若以今文为是，则古文为非；若昔贤可称，则今体宜弃。"②这里论的"文体"、"今体"，也不是指诗文体裁，而是指当时"懦钝"、"浮疏"的诗文风格。

沈约《谢灵运传论》云："自汉至魏，四百余年，辞人才子文体三变：相如巧为形似之言，班固长于情理之说，子建（曹植）、仲宣（王粲）以气质为体，并摽能擅美，独映当时。是以一世之士，各相慕习，原其飙流所始，莫不同祖风骚。徒以赏好异情，故意制相诡。降及元康，潘（安）、陆（陆机、陆云）特秀，律异班（固）、贾（贾谊），体变曹（曹

---

① 《中华大典・文学典・文学理论分典・二》，凤凰出版社2008年版，第630页转引。

② 《梁书》卷四九。

植)、王(粲),缛旨星稠,繁文绮合。缀平台(梁孝王所建)之逸响,采南皮(曹丕所游之地)之高韵,遗风余烈,事极江左(西晋)……爰逮宋氏(南朝宋),颜(延年)、谢(灵运)腾声,灵运之兴会标举,延年之体裁明密,并方轨前秀,垂范后昆。"①这里所说的"文体三变",也不是指诗文体裁之变,而是指诗文风格之变。

唐人刘知幾云:"词人属文,其体非一,譬甘辛殊味,丹素异彩。"②以甘辛、丹素喻体,显然也是指诗文风格。唐释齐已《风骚旨格·诗有十体》的"高古"、"清奇"也是指诗歌风格。③唐释皎然《诗式·辨体有一十九字》云:"一十九字括文章德体,风味尽矣。"这十九字是:"高:风韵朗畅曰高。逸:体格简放曰逸。贞:放词正直曰贞。忠:临危不变曰忠。节:持节不改曰节。志:立性不改曰志。气:风情耿耿曰气。情:缘境不尽曰情。思:气多含蓄曰思。德:词温而正曰德。诫:检束防闲曰诫。闲:情性疏野曰闲。达:心迹旷诞曰达。悲:伤甚曰悲。怨:词理凄切曰怨。意:立言曰意。力:体裁劲健曰力。静:非如松风不动,林狖未鸣,乃谓意中之静。远:非谓淼淼望水,杳杳看山,乃谓意中之远。"④这十九个字的"辨体",也主要是辨诗的风格、风貌。王玄编《诗中旨格》有"拟皎然十九字体",为皎然所说的十九体各配以例诗。《文镜秘府论》引《文笔式·论体》云:"凡制作之工,祖述多门,人心不同,文体各异。较而言之,有博雅焉,有清典焉,有绮艳焉,有宏壮焉,有要约焉,有切至焉。"这里所论"文体",也是指风格。

欧阳修《六一诗话》云:"圣俞、子美齐名于一时,而二家诗体特异。子美笔力豪俊,以超迈横绝为奇;圣俞覃思精微,以深远闲淡为意:各极其长,虽善论者不能优劣也。"这里所说的"二家诗体",也不是指五言、七言、古体、今体等外在形式,而是指诗歌风格。吕南公《与汪秘校论文书》认为文章"与时而变,不袭一体"的"体",也是指风格:"商之书,其文未尝似虞夏,而周之书,其文亦不似商书,此其大概。若条件而观之,则《谟》(《大禹谟》、《皋陶谟》)不类《典》(《尧典》、《舜典》),《五子之歌》不类《禹贡》,《盘庚》不类《说命》,《微子》又不类《伊训》,至于《泰誓》、《洪范》、《大诰》、《周官》、《吕刑》之文,皆不相类也";"刘向之文未尝似(董)仲舒,而(司马)相如之文未尝似(司)马迁,扬雄之文亦不效孟子也";"由扬雄至元和千百年,而后韩(愈)、柳(宗元)作,韩、柳之文未尝相似也"。⑤

---

① 《宋书》卷六七,文渊阁四库全书本。

② (唐)刘知幾《史通·自叙》,文渊阁四库全书本。

③ (明)陶宗仪《说郛》卷八〇,文渊阁四库全书本。

④ (明)陶宗仪《说郛》卷七九上,文渊阁四库全书本。

⑤ (宋)吕南公《灌园集》卷一一,文渊阁四库全书本。

二称体制，多指诗文风格、韵味。南宋徐鹿卿《跋黄瀛父适意集》云："余幼读少陵诗，知其辞而未知其义。少长，知其义而未知其味。迨今则略知其味矣。大抵义到则辞到，辞义俱到则味到，而体制实矣。故有豪放焉，有奇崛焉，有平易焉，有藻丽焉，而四体之中，平易尤难工。就唐人论之，则太白得其豪，牧之得其奇，乐天得其易，晚唐得其丽。兼之者少陵，所谓集大成者也。"①这里的"体制"，豪放、奇崛、平易、藻丽"四体"即指风格。彭时《文章辨体序》云："唐人律诗，只是眼前景物，眼前说话，即事起兴，写将出来，便自有高下。有清新富丽者，有雄浑飘逸者，有纤巧刻削寒陋者。体制不一，音节亦异。"②其所说体制也指风格。

三称格或体格。皎然《诗式》云："体格简放曰逸。"③刘昫云："(高)適年过五十始留意诗什，数年之间，体格渐变，以气质自高，每吟一篇，已为好事者称诵。"④宋洪迈指责当时应试之文"唯务贪多，累牍连篇，何由精妙？宜俾各遵体格，以返浑淳"。⑤《四库全书总目·王魏公集》提要称宋王安礼"内外制草颇典重可观，叙事之文亦具有法度……视安石虽规模稍隘，而核其体格，固亦约略相似也。"又《北海集》提要评宋綦崇礼云："今观是集所载内外诸制，大约明白晓畅，切中事情，颇与《浮溪集》体格相近。"《古赋辨体》提要云："其书自楚辞以下，凡两汉、三国、六朝、唐宋诸赋，每朝录取数篇，以辨其体格。"陈廷焯云："匪独体格之高，亦见性情之厚。"⑥这类"体格"都是指文风。

四称品。文有文品，元富大用云："开府之荣名重矣，矧优其礼命，视于文品为第一。"⑦王士禛云："宁都魏禧叔子以古文名世，余观其《地狱论》上中下三篇，殊非儒者之言。宣城吴肃公《晴岩街南集》文品似出其右，而知之者尚少。"⑧诗有诗品，司空图《二十四诗品》所列雄浑、冲淡、纤秾、沉着、高古、典雅、洗练、劲健、绮丽、自然、含蓄、豪放、精神、缜密、疏野、清奇、委曲、实境、悲慨、形容、超诣、飘逸、旷达、流动，这些诗品也多指诗的风格。《四库全书总目》卷一九五《诗品》提要就直接称之为体、格："所列诸体毕备，不主一格。"严羽《沧浪诗话·诗辨》云："诗之品有九，曰高，曰古，曰深，

① 《宋宗伯徐清正公存稿》卷五，豫章丛书本。
② (明)吴讷《文章辨体序说》卷首，(明)程敏政《明文衡》，文渊阁四库全书本。
③ (元)陶宗仪《说郛》卷七九上，文渊阁四库全书本。
④ 《旧唐书》卷一一一，文渊阁四库全书本。
⑤ 《宋史》卷一五六《选举志二》引，文渊阁四库全书本。
⑥ (清)陈廷焯《白雨斋词话》卷一，唐圭璋《词话丛编本》。
⑦ (元)富大用《古今事文类聚》新集卷三，文渊阁四库全书本。
⑧ (清)王士禛《分甘余话》卷四，文渊阁四库全书本。

曰远，曰长，曰雄浑，曰飘逸，曰悲壮，曰凄婉。”这也是论诗的风格。词有词品，杨慎著有《词品》六卷。曲有曲品，涵虚子《词品》实论元曲风格：“马东篱如朝阳鸣凤，张小山如瑶天笙鹤，白仁甫如鹏抟九霄，李寿卿如洞天春晓，乔梦符如神鳌鼓浪，费唐臣如三峡波涛，宫大用如西风雕鹗，王实甫如花间美人，张鸣善如彩凤刷羽，关汉卿如琼筵醉客，郑德辉如九天珠玉，白无咎如太华孤峰，以上十二人为首等。”

严羽《沧浪诗话·诗体》除论诗歌体裁外，还论诗歌风格，不同的时代有不同的风格：“以时而论，则有建安体、黄初体、正始体、太康体、元嘉体、永明体、齐梁体、南北朝体、唐初体、盛唐体、大历体、元和体、晚唐体、本朝体、元祐体、江西宗派体。”不同的作家有不同的风格：“以人而论，则有苏李体、曹刘体、陶体、谢体、徐庾体、沈宋体、陈拾遗体、王杨卢骆体、张曲江体、少陵体、太白体、高达夫体、孟浩然体、岑嘉州体、王右丞体、韦苏州体、韩昌黎体、柳子厚体、韦柳体、李长吉体、李商隐体、卢仝体、白乐天体、元白体、杜牧之体、张籍王建体、贾浪仙体、孟东野体、杜荀鹤体、东坡体、山谷体、后山体、王荆公体、邵康节体、陈简斋体、杨诚斋体。”不同的总集有不同风格：“又有所谓选体、柏梁体、玉台体、西昆体、香奁体、宫体。”

除以“体”论诗文风格外，古人还常以“派”论诗文词风格。这是因为同一风格的诗文多了，就形成了流派，如诗有江西诗派、江湖派，词有豪放派、婉约派，文有桐城派、阳湖派之类。文学流派是由文学风格相近的文人及其作品形成的。

第五节　按题材分类

前已论及《诗经》按体裁分为风、雅、颂，其下又按题材分为若干什，实开体类之先河。《文选》除按体裁分类外，又按题材内容分若干小类，如赋分为京都、郊祀、耕籍、畋猎、纪行、游览、宫殿、江海、物色、鸟兽、志、哀伤、论文、音乐、情等小类；诗又分为补亡、述德、劝励、献诗、公燕、祖饯、咏史、百一、游仙、招隐、反招隐、游览、咏怀、哀伤、赠答、行旅、军戎、郊庙、乐府、挽歌、杂歌、杂诗、杂拟等小类。其后的各种总集均大体仿此。

吴曾祺云：“自《昭明文选》而下，如《唐文粹》、《文苑英华》、《宋文鉴》、《金文雅》、《元文类》、《明文海》诸书，皆主分体。”所列诸书分体之下也与《文选》一样再按题材分类。宋人编的《文苑英华》一千卷，目录太多，不能尽举，只能举例说明。如赋分为天象、岁时、地类、帝德、京都、邑居、宫室、苑囿、朝会、禋祀、行幸、讽喻、儒学、军旅、治道、耕籍、乐、杂伎、饮食、符瑞、人事、志道、射博弈、工艺、器用、服章、画图、宝、丝帛、舟车、薪火、畋渔、道释、纪行、游览、哀伤、鸟兽、虫鱼、草木等类，其下又分为若干小类，如天象又分为月、星、星斗、天河、云、风、雨、露、霜、雪、雷、电、霞、雾、虹、天仪、大衍、律管、气、象、空、光、明、骄阳。乐府分为音乐、乐瑟、筝笙、琵琶、箫笛、杂乐、箜篌、歌舞、歌妓、宴集、寄赠、宴集、宿会、逢寓、释门、道门（仙、宫观、道门、宫观、送赠道人、送宫人入道）、隐逸（征君、居士、处士、山人、隐士）、寺院（塔附）。诗歌分为酬和、寄赠、送行、送人省觐、赋物送人、留别、行迈、奉使、馆驿、军旅（讲阅、征伐、边塞）、边将、悲悼（追述、哭人、哭僧道、哭妓、送葬、坟墓、第宅、怀古、遗迹、挽歌）、居处（宫怨、宫殿、楼台、阁堂、亭、园、斋、别业、村墅、山庄、田家、郊祀、宿斋、祠堂）、花木（牡丹、桃、杏、紫薇、柳、松、柏、桧、桂、桐、槐、竹笋、果实、木藤、枸杞、兰萱、草茶杂味、萍木叶苔苇）、禽兽（禽、虫、兽、鱼）、歌行、天、四时、仙道、纪功、音乐、酒、草木、八书、图画、杂赠、送别、山石、隐逸、佛寺、楼台、宫阁、园亭、经行、兽、禽、愁怨、服用、博戏、杂歌。

《乐府诗集》一百卷，总括历代乐府，上起陶唐，下迄五代，分为郊庙歌辞、燕射歌辞、鼓吹曲辞、横吹曲辞、相和歌辞、清商曲辞、舞曲歌辞、琴曲歌辞、杂曲歌辞、近代曲辞、杂歌谣辞、新乐府辞。

《历代赋汇》正集一百四十卷，外集二十卷，补遗二十二卷，分为天象、岁时、地理、都邑、治道、典礼、祯祥、临幸、搜狩、文学、武功、性道、农桑、宫殿、室宇、器用、舟车、音乐、玉帛、服饰、饮食、书画、巧艺、仙释、览古、寓言、草木、花果、鸟兽、鳞虫、言志、怀思、行旅、旷达、美丽、讽喻、情感、人事、天象等类。

明焦竑《与友人论文》云："汉世蒯通、隋何、郦生、陆贾，游说之文也，而宗战国；晁错、贾谊，经济之文也，而宗申、韩、管、晏；司马相如、东方朔、吾丘寿王，谲谏之文也，而宗《楚词》；董仲舒、匡衡、扬雄、刘向，说理之文也，而宗六经；司马迁、班固、荀悦，纪载之文也，而宗《春秋》、《左氏》。其词与法可谓盛矣，而华实相副，犹为近古，至于今称焉。唐之文实不胜法，宋之文法不胜词，盖去古远矣，而总之实未澌尽也。"①他把文分为游说之文、经济之文、谲谏之文、说理之文，显然也是按题材内容分的。

以上数例已足以说明，历代各类总集不仅按体裁分类编排，也按诗文题材内容分类编排。

第六节　其他各种分类法

中国古代文体分类往往有多重标准，因此有各式各样的分类法。

一是从经、史、子、集四部中体现出的文体分类法。中国古代图书的传统分类法

① （明）贺复徵《文章辨体汇选》卷二四六，文渊阁四库全书本。

是分为经、史、子、集四大部类，这既是图书分类法，也是文体分类法，因为经、史、子、集各部都有相对固定的体裁。除《诗》、《书》、《易》、《礼》、《春秋》等被尊为经外，吴曾祺云："古之著作家，惟屈子之《离骚》，扬雄之《太玄》直名为经，以外无所闻。唐陆鲁望有《耒耜经》，宋苏子瞻有《酒经》，当是踵陆羽《茶经》为之，其体皆与记为近。"①其实以"经"名书或名篇者远不止吴曾祺所举，还有无名氏《山海经》，"孔子为曾子传孝道"《孝经》，②李悝的《法经》，旧题扁鹊的《难经》，伯乐《相马经》，宁戚《相牛经》，陶朱公《养鱼经》，魏崔浩的《食经》，荀勖的《中经》，梁简文帝的《灶经》，周武帝的《象经》，桑钦的《水经》(一说所著为《地理志》)，僧慧能的《坛经》，柳彦询的《龟经》，师旷的《禽经》，医家更有《医经》、《脉经》、《针经》、《灸经》，可谓不胜枚举。

史书中的文体名更多。司马迁的《史记》是我国第一部纪传体史书，其所创立的本纪、表、书、世家、列传以及所附论赞、自序，本身就成了文体名。刘知幾的《史通》虽为论史之作，但有些部分的内容与文体论密切相关，如卷二的《二体》(编年、纪传)、《本纪》、《世家》、《列传》，卷三的《表历》、《书志》，卷四的《论赞》、《序例》，卷九的《序传》之类。

子书中的类书如欧阳询等的《艺文类聚》，虞世南的《北堂书钞》、徐坚等的《初学记》、宋初编的《册府元龟》，清人编的《古今图书集成》等，都汇集了丰富的文体资料，都通过有取舍地分类编排前人论述文体分类的资料，体现了编者的文体分类观点和方法。

集部书中的总集、别集除按写作时间先后编排外，不少也是分体编排，特别是文集部分，即使编年也往往是在分体之下再按写作时间编排，从中也可看出编者的文体分类意见。集部中的诗文评，文体资料更多。

二是以篇名为体。有些诗文很有名，拟仿之作甚多，于是就成了文体名，如言体。明人宋绪《元诗体要》云："托物兴喻，辞多引用，而复断以己意，若扬子《法言》，庄周《寓言》，宋玉《大言》，皆言也。诗家亦有此题，今因题得诗，就诗命体，其篇什多有可录者。故立言体，以备观者之采择云。"③"因题得诗，就诗命体"，这也是一种分体方法。又如无题体，《元诗体要》卷九《无题体》云："无题之诗起于唐李商隐，多言闺情及宫事，故隐讳不名而曰无题。其间用隐语如'身无彩凤双飞翼，心有灵犀一点通'，'春蚕到死丝方尽，蜡炬成灰泪始干'之类可见。此编效颦于李，观其辞运意之精，亦庶几

① 《文体刍言·杂记类第九》，商务印书馆宣统三年本《涵芬楼文谈》附录。

② (清)毛奇龄《孝经问》，文渊阁四库全书本。

③ (明)宋绪《元诗体要》卷四《言体》，文渊阁四库全书本。

前人之可及矣。”《四库全书总目·元诗体要提要》批评此书体例不纯云：“或以体分，或以题分”，“或以题分”即举其《香奁》、《无题》之类。其实以题分体古已有之，《文选》卷三四李善注：“《七发》者，说七事以启发太子也，犹楚辞《七谏》之流。”后来“七”就成为一体，或称为“七体”。

三是按作文、行文之法分体，如魏天应《论学绳尺》卷首《诸先辈论行文法》从行文角度论及折腰体、蜂腰体、掉头体、单头体、双关体、三扇体、征雁不成行体、鹤膝体、集句体、人名体、地名体、药名体之类，分体既多且杂。

四是按人们的不同社会地位、不同心理状态分其作品为台阁体和山林体等。杨万里《石湖先生大资参政范公文集序》云：“长于台阁之体者，或短于山林之味；谐于时世之嗜者，或离于古雅之风。”吴处厚《青箱杂记》卷五云：“小说载卢樵貌陋，尝以文章谒韦宙。韦氏子弟多肆轻侮，宙语之曰：‘卢虽人物不扬，然观其文章有首尾，异日必贵。’后竟如其言。本朝夏英公亦尝以文章谒盛文肃，文肃曰：‘子文章有馆阁气，异日必显。’后亦如其言。然余尝究之，文章虽皆出于心术，而实有两等：有山林草野之文，有朝廷台阁之文。山林草野之文则其气枯槁憔悴，乃道不得行，著书立言者之所尚也；朝廷台阁之文则其气温润丰缛，乃得位于时，演纶视草者之所尚也。故本朝杨大年、宋宣献、宋莒公、胡武平所撰制诏皆婉美淳厚，过于前世燕、许、韦、杨远甚，而其为人亦各类其文章。王安国常语余曰，文章格调须是官样，岂安国言官样亦谓有馆阁气耶？又今世乐艺亦有两般格调，若朝庙供应则忌粗野嘲哳，至于村歌社舞则又喜焉，兹亦与文章相类。晏元献公虽起田里，而文章富贵出于天然。尝览李庆孙《富贵曲》云：‘轴装曲谱金书字，树记花名玉篆牌。’公曰：此乃乞儿相，未尝谙富贵者。故余每吟咏富贵，不言金玉锦绣，而唯说其气象。若‘楼台侧畔杨花过，帘幕中间燕子飞’；‘梨花院落溶溶月，柳絮池塘淡淡风’之类是也。故公自以此句语人曰：穷儿家有这景致也无？”明彭大翼《山堂肆考》卷一二六《台阁山林》云：“《归田录》：夏英公（竦）尝以文谒盛度，度曰：‘子文章有馆阁气，异日必显。’曾端伯（慥）云：‘文章虽出于心术之微，而实有二等：有山林草野之文，有朝廷台阁之文。山林之文，其气枯槁，道不得行，著书立言者所尚也。台阁之文，其气温润丰缛，乃得位于时者所尚也。’”

元张之翰《题资山集》：“诗固多体，有馆阁，有山林，有神仙，有英雄，盖人之不齐，所作亦不齐。”又《书懒庵别集后》：“始予过江浙间，闻懒庵才名，窃意师本优婆尼，不过多读本色书，能作本家语耳。及读是集，见一诗一文皆从法度中来，无半点蔬笋气，使人三复不已，可谓所见胜所闻矣。”又《跋林野叟诗续稿》：“诗僧莫盛于唐宋，唐宋才百余人，求其传世大家数，不过如皎然、灵澈、贯休、齐已、惠崇、参寥、洪觉范，余则一咏一联而已。高沙林野叟有诗名淮海间，近袖《续稿》过余，余爱其气无蔬笋语，不葛藤，奇联警句已足出人一头地，抑未知曾参皎、澈《铜椀歌》、《东林寺》之峻拔乎？曾拟休、已《古意》、《风琴引》之精深乎？又未知曾效崇、寥、觉范《淮上别墅》、临平竹尊者①幽洁之与老健乎？"②

僧人诗为山林体之一。刘诜《蔬笋诗集序》云："僧翠微诗不多见，然每不苟作。往余初观其稿，喜其仿佛韦(应物)、王(维)蹊径，尝进以一语，今见其嗜慕益坚，譬之饮食，猩唇豹胎与刍豢之悦口者，皆却而不御。所御者乃庾郎(庾杲)之瀹韭，周颙之晚菘，文与可之烧笋，苏长公之蔓菁。虽富儿之绮罗膻荤者所不取，而风致乃未易及，惟知味者知之。翠微诗可谓得僧家之本也，然使百尺竿头，更进一步，岂不更可敬哉？"③

虞集《会上人诗序》极论不同人有不同的诗："古者诸臣赓歌于朝以相劝戒，颂德作乐以荐于天地宗庙，朝覲宴享之合，征伐勉劳之恩，建国设都之役，车马田猎之盛，农亩艰难之业，闺门和乐之善，悉托于诗，而其用大矣。至于亡国失家、放臣逐子、嫠妇怨女之感，淫渎谗刺之起，而其变极矣。于是又有隐居放言之作，市井田野之歌，谣诵谶纬之文，史传物色之咏，神仙术数之说，鬼神幽怪之语，其类尚多有之。而最善者君子之道德，有乎其身则发诸音而成文者，足以垂世立教，以成天下之务者也。上下千百年间，人品不同，所遇异时，所发异志，所感异事，极其才之所能，其可以一概观之也哉？"次论禅僧不以文字为宗，而又"以其超诣特卓之见，撙节隐括以为辞，固有浩博宏达，大过于人者，则固诗之别出者也。而浮图氏以诗言者至唐为盛，世传寒山子之属，音节清古，理致深远，士君子多道之"。末论会上人"其平生深得禅悦之味，枯槁介特，绝不与世相婴"，而"其一绪之清思，终日累月，吟哦讽咏于泉石几榻之间，其运思苦，造言深矣。至其贬驳众人，曾不少贷，虽古尊宿犹吹求其失而论之"。④

元人赵文《萧汉杰青原樵唱序》充分肯定了山林体："萧汉杰出所为诗号《青原樵唱》示余。或曰樵者亦能诗乎？余曰：人人有情性，则人人有诗，何独樵者！彼樵者，山林草野之人，其形全，其神不伤，其歌而成声，不烦绳削而自合，宽闲之野，寂寞之滨，清风吹衣，夕阳满地，忽焉而过之，偶焉而闻之，往往能使人感发兴起而不能已，是

① 《能改斋漫录》卷一一《竹尊者》："崇胜寺后有竹千余竿，独一根秀出，人呼为竹尊者。洪觉范为赋诗云：'高节长身老不枯，平生风骨自清癯。爱君修竹为尊者，却笑寒松作大夫。未见同参木上座，空余听法石於菟。戏将秋色供斋钵，抹月披风得饱无。'韩子苍云，始黄太史(庭坚)见之喜，因手为书之，以故名显。"

② 以上均见(元)张之翰《西岩集》卷一八，文渊阁四库全书本。

③ (元)刘诜《桂隐文集》卷二，文渊阁四库全书本。

④ (元)虞集《道园学古录》卷三五，文渊阁四库全书本。

所以为诗之至也。”也揭露了伪江湖体：“后之为诗者，率以江湖自名。江湖者，富贵利达之求，而饥寒之务去，役役而不休者也。其形不全而神伤矣，而又拘拘于声韵，规规于体格，雕锼以为工，幻怪以为奇，诗未成而诗之天去矣。是以后世之诗人，不如中古之樵者。”①

第七节　文体的层次性及大类套小类的分类法

中国古代的文体非常繁多，而且随着社会文化的发展越来越多。萧统《文选》把此前的诗文分为三十九体，其中真正属于诗体的只有诗、乐府、挽歌、杂歌、杂诗、杂拟等，而大部分均属文体，如赋、骚、七、诏、册、令、教、文、表、上书、启、弹事、奏记、书、檄、对问、设论、辞、序、颂、赞、符命、史论、史述赞、论、连珠、箴、铭、诔、哀、碑、墓志、行状、吊文、祭文等。宋初李昉等编的《文苑英华》，姚铉编的《唐文粹》，南北宋之际吕祖谦编的《皇朝文鉴》，其收文范围及其文体分类都大体与《文选》相近。但宋代产生了不少新的文体，为解决《全宋文》的文体分类及其编序，我们仅统计了二十种宋代总集和别集，文体就已达一百三十余种。这与明代徐师曾的《文体明辨》所收诗文分为一百二十七体，明末贺复徵《文章辨体汇选》分为一百三十体大致相近。《文体明辨》的诗体，除古歌谣词、四言古诗、乐府、五言古诗、七言古诗、杂言古诗、近体歌行、近体律诗、排律诗、绝句诗、六言诗、和韵诗、联句诗、集句诗、杂句诗、杂言诗、杂体诗、杂韵诗、杂数诗、杂名诗、杂合诗、诙谐诗、诗余等外，其他均属狭义的文体。这充分说明文体比诗体更复杂繁多。

但徐师曾、贺复徵的文体分类还远未概括无余，如受传统文学观念的影响，词、曲、小说、戏剧诸体就漏略颇多。词、曲一般以词牌、曲牌为体。明曹学佺《诗话记》云：“《花间集》十卷，孟蜀卫尉少卿赵崇祚选，欧阳炯序。内云李太白应制《清平乐》四首，为词体之祖，不知陈隋之《玉树后庭花》、《水殿歌》词，已有之矣。”②这里的“词体”即指《清平乐》、《玉树后庭花》、《水殿歌》等词牌，而词牌、曲牌就数以千计。

中国古代文体是分层次的。第一个层次分为文、诗、词、曲、小说、戏剧。第二个层次是在文、诗、词、曲、小说、戏剧之下再分，如文又可分为骈文与散文，韵文与无韵文。第三个层次是在骈文与散文，韵文与无韵文之下再细分，如骈文又可再细分为诏令、公牍、表、启等。第四个层次是在诏令、公牍、表、启等之下再细分，如诏令又细分

① （元）赵文《青山集》卷一，文渊阁四库全书本。

② （明）曹学佺《蜀中广记》卷一〇四《诗话记·第四》引，文渊阁四库全书本。

为诏、诰、制、命令、戒敕、喻告、赦文、册文、御札、御笔。公牍又可再细分为国书、羽檄、露布、移、判等。这些不同层次的文体都应研究，但重点是研究最基层的文体。

某些文体称谓不同而差别甚小，但又确有差别，必须尊重这一事实。为了使这众多的文体有所归属，做到纲举目张，有条不紊，只有把相近的文体归类，以大类套小类。事实上前人已经这样做了，只是划分大类小类的角度、方法不同罢了。章炳麟的《国故论衡》把我国的文体区分为有韵、无韵两大类。这种分法虽有一定用处，但也有缺点，类太大，近于未分。试想，如果把徐师曾《文体明辨》所列的一百二十七种文体（实际上还不止此数），仅分为诗与文，有韵与无韵两大类，有多大价值呢？而这两大类也概括不了中国古代的文体，正如严既澄所说，“无论哪一国的文学，大抵只能划为韵文和散文两大部，惟有中国的文体，在这两大部而外，却还有那自成一体的骈文，既不能算是散文，只好让它自成为一部了”。[①]而且有些文体也很难用韵文、散文和骈文归类。中国古代的很多文体，特别是赋、箴、铭、颂、赞、哀辞、祭文等，都既可用韵文，也可用骈文，甚至用散文写作。各种序，一般都是散文，但也有纯以骈文为序者，如姚勉《雪坡集》卷二五《回张生去华求诗序》。究竟把他们归入哪一类呢？清人姚鼐《古文辞类纂》和曾国藩《经史百家杂抄》就曾把这众多的文体归为十余类，大小适中。近人姚永朴（1862—1939）对姚、曾之分门别类作了说明：“文有名异而实同者，此种只当括而归之一类中，如骚、七、难、对、问、设论、辞之类，皆词赋也；表、上书、弹事，皆奏议也；笺、启、奏记、书，皆书牍也；诏、册、令、教、檄、移，皆诏令也；序及诸史论赞，皆序跋也；颂、赞、符命，同出褒扬；诔、哀、祭、吊，并归伤悼。此等昭明皆一一分之，徒乱学者之耳目……自惜抱先生《古文辞类纂》出，辨别体裁，视前人乃更精审。其分类凡十有三：曰论辨，曰序跋，曰奏议，曰书说，曰赠序，曰诏令，曰传状，曰碑志，曰杂记，曰箴铭，曰赞颂，曰词赋，曰哀祭。举凡名异实同与名同实异者，罔不考而论之。分合而入之际，独厘然当于人心。乾隆、嘉庆以来，号称善本，良有以也。上元梅伯言曾亮约之，有《古文辞略》之选，而增诗歌类。曾文正公又选《经史百家杂钞》，其分门有三。著述门凡三类：曰著述，曰词赋，曰序跋；告语门凡四类：曰诏令，曰奏议，曰书牍，曰哀祭；记载门凡四类：曰传志，曰叙记，曰典志，曰杂记。”[②]

---

① 转引自陈怀《中国文学概论》，中国书局1934年版。

② 姚永朴《文学研究法》卷一《门类》，王水照《历代文话》本。

图书在版编目（CIP）数据

中国古代文体学.下卷,中国古代文体分类学/曾枣庄著.—上海：上海人民出版社：上海书店出版社，2012

ISBN 978-7-208-11116-5

Ⅰ.①中… Ⅱ.①曾… Ⅲ.①古典文学—文体论—分类学—中国 Ⅳ.①I206.2

中国版本图书馆 CIP 数据核字(2012)第 266058 号

出版策划　王为松　许仲毅
责任编辑　孙　莺　田芳园　邹　烨
特约编审　钱玉林　罗　湘
封面设计　王小阳
技术编辑　伍贻晴

中国古代文体学
——下卷,中国古代文体分类学
曾枣庄　著
世纪出版集团
上海人民出版社
上海书店出版社 出版
（200001　上海福建中路 193 号　www.ewen.cc）
世纪出版集团发行中心发行
浙江新华数码印务有限公司印刷
开本 720×1000　1/16　印张 399　插页 42　字数 6,042,000
2012 年 12 月第 1 版　2012 年 12 月第 1 次印刷
ISBN 978-7-208-11116-5/I·1074
定价　1500.00 元
（全七册）